2024年度国家出版基金资助项目

2023年度浙江文化艺术发展基金主题出版类项目

2024年度宁波市重点文艺项目

中国大港

刘克中 著

浙江文艺出版社

图书在版编目(CIP)数据

中国大港 / 刘克中著. —杭州 : 浙江文艺出版社，2024.4（2024.6重印）

ISBN 978-7-5339-7534-0

Ⅰ.①中… Ⅱ.①刘… Ⅲ.①长篇小说–中国–当代 Ⅳ.①I247.5

中国国家版本馆CIP数据核字(2024)第047393号

策划统筹	许龙桃	关俊红	柳明晔	责任印制	吴春娟	张丽敏
责任编辑	许龙桃	张　可	徐　旼	责任校对	唐　娇	牟杨茜
营销编辑	宋佳音			数字编辑	姜梦冉	诸婧琦
封面设计	吕翡翠					

中国大港

刘克中　著

出版	浙江文艺出版社
地址	杭州市环城北路177号
邮编	310006
电话	0571-85176953（总编办）
	0571-85152727（市场部）
制版	浙江新华图文制作有限公司
印刷	浙江新华印刷技术有限公司
开本	710毫米×1000毫米　1/16
字数	765千字
印张	51.75
插页	5
版次	2024年4月第1版
印次	2024年6月第3次印刷
书号	ISBN 978-7-5339-7534-0
定价	188.00元

版权所有　侵权必究

目录

第一卷　向海生　　001
 第一章　　003
 第二章　　031
 第三章　　056
 第四章　　080
 第五章　　095
 第六章　　119

第二卷　猎虎鲨　　149
 第一章　　151
 第二章　　179
 第三章　　197
 第四章　　224
 第五章　　249
 第六章　　280

第三卷　飞天桥　　303
 第一章　　305
 第二章　　333
 第三章　　353

第四章　　377
　　　第五章　　399
　　　第六章　　427

第四卷　深水区　　463
　　　第一章　　465
　　　第二章　　489
　　　第三章　　505
　　　第四章　　526
　　　第五章　　553
　　　第六章　　577

第五卷　化鲲羽　　597
　　　第一章　　599
　　　第二章　　620
　　　第三章　　634
　　　第四章　　644
　　　第五章　　658
　　　第六章　　672
　　　第七章　　701
　　　第八章　　727

第六卷　驭四海　　745
　　　第一章　　747
　　　第二章　　768
　　　第三章　　788
　　　第四章　　806

尾声　　　　　　　823

第一卷 向海生

汉子死在浪尖上,懦夫死在板板上。
向海而生,是被海逼到了死的绝地。

第一章

1

　　没人理解恨的力量,其实它跟爱一样,浸透人生所有的时光。

　　渔民的儿子梁云霄对大海的爱恨尤甚。海山群岛孤悬沧海,如浪涛间时隐时现的片片浮叶,而落叶岛渔村就是浊浪汪洋中最飘摇的那枚。落叶岛上的渔民到海山本岛要乘四个小时驳船,到连接大陆的宁州还需乘船两个小时,遇到风浪,船要从清晨漂到黄昏。偏偏父亲梁海生和岛上的渔民都很自信,总把"向海而生"四字挂在嘴上,而在梁云霄看来,这个所谓的"生",是被波涛汹涌的大海逼到了死的绝地。

　　那个暴雨黄昏的绝望,梁云霄刻骨铭心。

　　千禧龙年,八月,他的父亲梁海生死了。

　　梁海生驾驶的三千吨远洋捕捞渔船在异国海域触礁沉没。噩耗传来,距梁云霄前往东海交通大学入学报到只剩七天。母亲丁春草本要筹办一场梁云霄的升学喜宴,他是落叶岛几十年来第一个考上国家重点大学的孩子。梁家人翘首祈盼梁海生从远洋归来。然而,升学喜宴转瞬之间就变成了一场葬礼。梁海生的遗体是梁云霄和十六岁的堂弟梁宝从千家门渔港邻村渔船冷冻舱里接回来的。

　　夏日的正午,阳光刺眼,海山本岛千家门渔港,回港的远洋渔轮云集海湾,身穿雨裤、头顶烈日的码头渔业装卸工人正拿着铁钩子从冷冻舱的传送带上钩出一块块结成冰块的鱼虾。梁云霄和梁宝乘坐着驳船靠近了一艘五千吨的远洋渔轮。渔老大五十多岁,肤色黝黑,满脸络腮胡子。他拍了一下梁云霄的肩膀长叹一声说:"跟我来吧。"

渔船冷冻舱重重的舱门咣当打开,浓重的海腥味和寒气扑面而来。梁云霄打了个寒战,继而接连打了三个喷嚏,然后跟着渔老大下了冷冻舱。一个个铁皮盘子上装满了冻成冰块的鱼虾,码放在十几米的冷冻舱里。渔老大这次远洋捕捞收获颇丰,满舱的冰冻"金条"。码放整齐的大黄鱼鱼鳞在灯光下反光,金灿灿耀人眼。在一堆冰冻大黄鱼冰垛的最里面,梁云霄看到了一个被棉布盖着的铁匣子。渔老大掀开棉布的那一瞬间,像是有一把锋利的刀子捅进了梁云霄的身体,一下子洞穿了他的心脏,他的情感、思维、血液、呼吸,包括浑身的器官像是瞬间被冰冻凝固了。他僵硬地站在那儿,想哭,可声音也像是瞬间凝固在了喉管里。他呆呆地望着父亲梁海生,凝视着眼前的一切。梁海生躺在一个长两米、宽一米半的敞口铁匣子里,铁匣子里结满了晶莹剔透的冰,梁海生凝固在冰块里。虽然漂洋过海三十几天,此刻凝固的冰块却丝毫掩饰不了他与生俱来的骄傲、狂热和不羁。那张脸天庭饱满,鼻直口方,唇角上翘,虽然并不出众,但辨识度极高,多年后仍然清晰地烙印在梁云霄的脑海里。

"云霄你节哀,我们也是没法子,只能用这样的办法带你爸回来。"

堂弟梁宝冲着铁匣子跪下,连磕了三个头,号啕大哭起来。

"叔,我哥来接你了,咱们回家。"

梁云霄似乎没听到渔老大的解释和梁宝的哀号。他机械地伸出手,想去触摸冰层之下父亲那张熟悉的脸。刺骨的冰冷顷刻间从指尖钻进了他的骨子里,但他的整只手还是摸了上去。从记事起,他就没再触碰过父亲的脸。梁海生在船上做惯了老大,浑身上下带着海盗船长般唯我独尊的匪气和霸气,连说话都带着惊涛骇浪的海腥味。梁云霄从小就跟梁海生不亲,梁海生这张高高在上、严肃中带着杀气的脸,像一面冰冷的盾牌,阻断了他们父子间的亲近。此刻,梁云霄双手抚摸着父亲的身体,感受到的却是一股一股冰凉的寒气渗透进他的骨头里,针刺般的疼痛传遍全身。梁云霄开始心疼眼前这个被冰封在冰块里的男人。万里归途,他的父亲梁海生就是这样躺在冰冷刺骨的冷冻舱里,越过好望角,漂过印度洋,横穿太平洋……悲伤的闸门瞬间打开,梁云霄抱着这块巨大的冰块撕心裂肺地喊出了一声:"爸——"

梁家小白楼前聚满了渔民。屋外电闪雷鸣,暴雨倾盆,黑压压的人群站成一片。他们面无表情地站在院子里,如泥塑刀刻的雕像,任凭大雨冲刷。人们似乎还沉浸在梁海生集资造船时为他们描绘的海市蜃楼里不肯醒来:三千吨远洋渔轮傲视沧海,劈波斩浪,驰骋于异国海域,一网下去,大黄鱼满船乱飞,这些乱飞的大黄鱼瞬间幻化成百元大钞翩翩飘舞,令人目眩。一年前,也是在这里,这些人争相集合,满怀激情、满眼放光地盯着梁海生,听他口若悬河地讲述这一切。

梁海生算是海山群岛远洋捕捞最厉害的船老大之一,梁家也算是渔村为数不多先富起来的人家。村民们眼睁睁看着这个个子不高的男人开大船、挣大钱、起高楼。梁家那座白墙青瓦的六层小楼伫立在月塘湾半山腰,依山面海,背阴朝阳,出海归来的渔船在几海里外就能看见,旭日之下,白墙青瓦,灯塔一样明晃晃耀人眼。看得见的硬实力,让村里渔民无不对梁海生顶礼膜拜。那天,梁海生站在自家小白楼前豪迈宣告:不出三年,落叶岛上所有渔家,都能住上像他梁家这样的小白楼。那一刻,月塘湾爆发出海浪般的欢呼,各家各户随之倾囊出资,花花绿绿的钞票一捆一捆码在梁家的桌子上。梁海生选了个好日子,带着侄子梁宝和村里几个年轻人去了宁州第二造船厂。

大船从建造到下水,耗去整整九个月。九个月里,梁海生像打了鸡血一样亢奋,他一遍遍地跑海山、宁州,补习英语、办证件、招募工人……他像儿子梁云霄备战高考那样备战远航,在憧憬、期待、煎熬、焦躁、梦寐中等待着三千吨渔轮出坞的日子。那段时间,梁海生吃住在造船厂,睡在船坞甲板上,一双眼睛死盯着他那艘一点点搭建、焊接起来的大船。钢板用最好的,辅料也用最好的,他要造最大的船,出最远的海,捕最贵的鱼。造船预算一次次超支,那个日渐崛起的钢铁家伙,就像一头永远吃不饱的吞金巨兽,成捆的百元大钞很快就被它吞噬殆尽。梁海生像个赌红眼睛的赌徒,不停往返于宁州、海山、落叶岛,像一只没头苍蝇,四处找人投资、找人借钱。

梁海生无限膨胀的野心吓坏了梁云霄和丁春草。在梁云霄眼里,母亲丁春草是个眼界开阔的渔民,她养虾、养蟹、养海参、养鲍鱼和贻贝,月塘湾最远的那片海域,就是她每年都会丰收的海上良田、水上牧场。细算起来,梁家家业其实大半是丁春草积攒起来的。梁海生的远洋捕捞是很挣钱,可每次远洋出海回来,他都有大半年在醉生梦死。梁海生的钱就像海滩上的巨浪,来得快,去得也快。二十年来逆来顺受的丁春草突然间性情大变,以死相逼,坚决抵制梁海生赌徒一样地赌上一切。她跟梁海生从一开始的争论变成争吵,从谩骂变成厮打,从冷暴力变成了楼上楼下分居,直至提出了财产分割和离婚。

父母的矛盾毫无疑问影响到了梁云霄的高考备战。为了挽救父母的婚姻和那个原本幸福的家,梁云霄不得不一次次从海山市返回孤岛,从中调停。野心无限膨胀的梁海生固执得像海边的礁石,任凭丁春草一次次怒潮拍打仍岿然不动。梁云霄的苦苦哀求也无济于事,母子二人的一切努力都未能改变梁海生造大船、出远洋的决定。这个发疯般地要纵横四海的巨轮船长,心如磐石。为了儿子梁云霄的高考,丁春草不得不理智地选择了妥协。

千禧年高考百天倒计时,梁云霄蜷缩在海山市海洋中学高三宿舍的被窝里。他没有去上课,也不想吃饭。他病了。那段时间,各地远洋渔轮海难不断。邻村有艘五千吨渔轮在好望角附近远洋捕捞时遭遇风暴触礁沉没,船上几十吨金枪鱼连带着所有船员沉入海底,无一生还。一连几天,梁云霄都被光怪陆离的梦魇折磨着:风暴、海啸、巨浪、沉船、海底猛兽的撕咬……一个梦连着一个梦,像在播放桥段无缝衔接的电视剧。他跟着父亲梁海生在一艘渔轮上颠簸,狂风巨浪中渔轮被海浪击碎了,所有的人都沉入了水底。大海深处,他和梁海生不停地下沉。梁海生伸出手去拉他,一个巨大的漩涡在他身边旋转。梁海生瞬间被卷进了漩涡,梁云霄大声呼喊着父亲,拼命想去抓他的手,可是梁海生一下子没有了影子。继而,梁云霄也被漩涡卷了进去,他划水、踢腿、挣扎,一切都无济于事……心神不定的梁云霄匆匆从海山市海洋中学返回了落叶岛,虽然他知道,他不可能改变梁海生这个霸道船长既定的航向,但他还是想跟母亲一起再做一次努力,尽可能地劝阻父亲。

那天夜里,梁家客厅氛围压抑沉闷。梁云霄把自己的担心告诉父亲,梁海生用鲅鱼骨头剔着牙齿,瞪着眼睛看着他,用低沉的声音告诉他:"汉子死在浪尖上,懦夫死在板板上。"这是梁海生挂在嘴边的口头禅,也是他独断专行的好借口。梁云霄还想再说什么,梁海生吐出嘴里的鱼骨头告诉他:"好好读你的书,老子的事不用你管。"说完,起身出了门。临走时,他看了一眼梁云霄,接着又撂下一句话:"老梁家不出懦夫。"面对梁海生的强势和粗蛮,梁云霄无可奈何。丁春草冲着梁海生的背影高喊:"我要跟你离婚!"门外传来梁海生嗤之以鼻的声音:"那就尽快办手续。"那天,梁云霄第一次从丁春草脸上看到了她对婚姻的失望。心力交瘁的丁春草歇斯底里,第一次在儿子面前爆了粗口。她冲着门外高喊:"离,谁不离谁是小娘养的。"那天,梁云霄劝住了丁春草,而梁海生却像一头倔强的疯牛,在通往远洋大船梦想的道路上狂奔。

这天黄昏,身穿旧西装,歪打花领带,手拎着干瘪的破皮包,一身疲惫的梁海生在海山市海洋中学门口徘徊。看到梁云霄出来,梁海生立刻就抱住了他,难掩兴奋地大声告诉他:"儿子,老子的大船出坞了。"梁海生忘乎所以的喊叫引来不少学生疑惑的目光,弄得梁云霄一脸窘迫。亢奋的梁海生根本没有顾及梁云霄的感受,他从宁州第二造船厂急匆匆赶回海山,第一时间就是要来跟儿子分享这个喜讯。梁海生告诉梁云霄:"开渔节海祭,跟你老师请两天假,老子的三千吨大船要出海了。海祭的时候,你得去。"

开渔节海祭前夜,十几个岛屿的百余艘渔船和大批渔民云集月塘湾这个百年渔港,等待着明日涨潮启航。每年,月塘湾开渔节都盛况空前,渔民会在海湾的空地上设祭台、摆供品,焚香祷告,祈祷平安。东海云生号渔轮在岛上渔民的欢呼声中驶入月塘湾。月光下,巨轮停泊在月塘湾码头,在百艘渔船中鹤立鸡群。舷号东海8043的渔轮,出自宁州第二造船厂二号船坞,纯钢结构,船长一百六十米,宽四十三米,船体雪白,舷号鲜红,船体上挂满了各种旗幡。渔轮驾驶舱里,梁海生操作着一排仪器,一脸豪迈地对梁云霄说:"老子的船,是东海吨位最大、航程最远、最先进的渔船。"

渔船上有四十九名船工,船长自然是梁海生。大副、轮机长、甲板长都是高薪从宁州聘来的,船员大部分是村里集资的股东。梁姓家人有四个,分别是梁云霄的二伯父、四叔、堂兄,还有堂弟梁宝。另外,船上还聘请了一个英文翻译及四名来自非洲、越南的远洋熟练船工。这些人聚集在船舱里,跟村里来送行的家人们喝酒，喧嚣的笑声、嘈杂的吵闹声不时传来，这个夜晚，注定是个不眠之夜。月光清冷，梁云霄跟在梁海生后面上了船顶的甲板。望着灯火辉煌的海港和月光下通体银亮的大船，梁云霄怯懦地说出了自己的想法："我想跟你一起出海。"梁海生怪异地看了一眼梁云霄，像是没听清他说的话。梁云霄接着又低着头说了一声："我也想出海。"这次他声音很大。梁海生的脸一下变了。他声音低沉，但透着不可抗拒的威严："海祭后，你给老子滚回学校读你的书去，这辈子不准你吃渔民这碗饭。"

"为什么？"

"在老子面前没有为什么。"

"我都十八了，梁宝才十六，为什么我不能？"

"梁宝是梁宝，你是你，只要老子还活着，这事你就别想了。"

"我不是懦夫。"

"不是懦夫就给老子考个大学看。"

梁云霄还想说什么，梁海生突然间翻了脸，一下子提高声音："滚下去，从明天起，不准给老子再上船。"

话不投机，梁云霄气呼呼地下了船。

天刚亮，海祭的人越来越多。尽管心里充满了对梁海生的不满，丁春草还是和村里的渔嫂们一起带着祭品来到了祭祀场。作为最牛渔老大的女人，每年的祭祀盛典上，丁春草都是月塘湾渔嫂的代表。梁海生带着船员手捧酒碗面朝大海，带头高诵："一敬酒，感恩沧海；二敬酒，风平浪静；三敬酒，鱼虾满舱。"雄壮激昂的声音在月塘湾上空飘荡。丁春草带着村里的女人们手端五谷，望着登船远去的男人们，祈祷风调雨顺，男人们平安归来。

梁云霄在梁宝的掩护下偷偷躲在船上，企图蒙混过关跟着大船出海。结果，他被梁海生从船舱里揪了出来。一脸阴冷的梁海生鼓起两个大眼珠子，狠狠地抽了梁云霄两记响亮的耳光，一脚把他踹进了大海。粗蛮彪悍的梁海生，就是这么蛮不讲理。他自己带着船队纵横四海，却不允许他的儿子再踏上渔船半步。这天，距离梁云霄高考还有一个月。梁海生站在甲板上粗鲁地骂梁云霄："不考到省城去，老子回来溺死你。"那一刻，梁云霄痛恨梁海生蛮横无理的谬论。梁海生是东海最好的渔民,却拒绝自己的儿子延续逐浪生涯。

大潮轰鸣而来,百船齐发。梁云霄从海水中爬上岸,沿着海岸线一路奔跑,最后,他只能站在海湾的悬崖顶上,眼睁睁看着梁海生驾驶巨轮消失在茫茫沧海的天际。两个月后,舷号东海8043的渔轮在异国海域触礁沉没。

汉子死在浪尖上,懦夫死在板板上。梁海生真的就死在了浪尖上。

大海从来都是埋葬勇敢者的坟墓。死在浪尖上是梁海生的荣耀,却是梁云霄厄难的开始。

2

灵堂里光线暗淡,屋子里烛光摇曳。里面挤满了人,外面站满了人。一身雪白、腰间系着麻绳的梁云霄坐在客厅里。一张平板床上,放着梁海生正在随着冰块融化的尸体。梁云霄的目光始终没有离开梁海生的那张脸。烛光之下,那张坚毅的面孔开始变得松弛起来。梁云霄觉得这柔和的脸一下子变得陌生起来。

东海云生号渔轮的幸存者梁宝跪在梁海生遗像对面。梁宝是个十六岁的年轻渔民,身材矮小,肌肉发达,肩宽背阔。他佝偻着身子,一边哭泣,一边用嘶哑的声音讲述着那场发生在异国海域的海难:"那个黄昏,我们真的遇到了鱼群,大黄鱼鱼群。一网起来,几千斤金灿灿的大黄鱼在甲板上乱蹦。我叔高兴地对我说,初步估算,如果这艘船能安全返港,购船款还清还有盈余,婶子就不会再提跟他离婚的事了……"

梁宝胆怯地望了一眼满脸冰霜的丁春草。丁春草跪在梁云霄对面,没有再看梁海生流淌着海水的尸体,也没有听梁宝在说什么。她呆滞的目光死死盯着外面阴雨的天空。梁云霄心里明白,此刻,她的心里不仅充满了悲伤,还有跟爱交织的恨。

梁宝接着他的回忆:"可是那天,天气出奇地怪,台风提前来了。一时间,恶浪滔天。按道理,8043是大船,抵抗这样的台风根本不成问题。可是,邻村五千吨渔船却出了问题,眼看就要翻了。我叔要我割断网绳,去救那艘渔船。那网就要起来了,那可是几千斤大黄鱼啊。我不干,我叔就一连扇了我三个耳光,我只好忍痛割断了网绳。我叔要大副开足马力,超到小船前面,用我们的船顶住渔船。可我们不知道,我们的前面就是海峡暗流,渔船没救到,我们的船却一头撞到暗礁,船瞬间就翻了,然后就沉了。十几万斤大黄鱼,还有大船,也就几分钟的时间,就这么没了……"梁宝开始哀号,"冰冷的海里,我叔用力托着我的身体,用尽了最后的力气把我举到了海面。我抓住了一个漂浮的救生圈,回头再找我叔,发现他人已经不见了……"

梁云霄无心听梁宝的回忆,他对梁海生舍己救人的壮举丝毫不感兴趣,只是望着身边安静地躺在那里,像冻鱼一样的梁海生。

一条腿残疾的同门大伯梁顺拄着拐走了进来。梁顺算是梁海生的师父,在一条腿没有被渔船上绞索机的钢丝绞索活生生夹断之前,他是月塘湾的渔老大。梁顺手里拿着崭新的寿衣。梁海生必须尽快入殓,拉到对面镇子上的火葬场去火化,倘若慢点,解冻的尸体就会散架。

目光呆滞的丁春草接过梁顺手上的寿衣,机械地跪在梁海生尸体旁边,用雪白的毛巾开始为他擦拭身体。梁海生冰冻后彻底融化的身体开始柔软,继而坍塌。几个月前还身板儿笔挺的梁海生此刻软成了一摊泥。丁春草仔细地擦着那张脸,然后是胸膛、小腹和四肢。整个过程,丁春草都没有出声,她机械而细致地完成着她的每一个动作。她不再哭泣,眼睛里也没有了眼泪,只是在履行着一个妻子对亡夫最后的责任。

那张被海水浸泡过的脸开始变得没有血色,浑身上下一片灰白,继而,五官开始模糊,两腮、鼻梁都开始坍塌,眼睛深深凹陷在眼眶里,面孔瞬间变得狰狞起来。梁云霄不敢再看那张变得松软、丑陋、陌生的脸,他已经习惯了梁海生板起脸来的威严。他的目光转向那张黑白遗像,遗像上的梁海生仍保留着昔日的神情,这神情已经定格在梁云霄的脑海里。

梁顺和梁宝已经帮着丁春草为梁海生穿上了崭新的寿衣。黑色的西服,黑色的裤子,雪白的衬衣。梁云霄手里拿着一双崭新的皮鞋为梁海生穿鞋。尽管鞋子买的时候大了两个尺码,但梁海生已经膨胀松软的脚怎么也伸不进去。梁顺摆了摆手说:"穿不上算了,奈何桥孤魂野鬼、劣畜野狗多,你爸可以脱下来砸狗。"很多年以后,梁云霄一直在心底痛恨自己:有生以来,他从来没为梁海生做过任何事情,就连临终为他送行的时候,都没为他穿好鞋。

梁海生的葬礼空前隆重。梁家院子里挤满了来送葬的人,不过梁云霄心里清楚,这些人里除了亲戚,更多的是参与大船集资的渔民。葬礼上,岛上的渔民近乎倾巢出动,家不留人。那时候,梁云霄和丁春草还没搞清楚,那艘沉没在异国海域的大船到底花了梁海生多少钱,疯狂的梁海生到底借了多少外债。葬礼已毕,人却没有散去。他们围在小白楼门口,静静地站在院里院外,目光盯着梁家敞开的大门。

黄昏,天空一片阴霾,乌云掠过海面,重重积压在梁家小白楼屋顶,浓浓的雾气包围着四周,气氛压抑得让人喘不过气来。梁云霄和丁春草静坐在客厅里。整个葬礼,梁云霄没再哭泣,不是安静地坐着,就是如木偶般机械地走着,让渔民们有些害怕。然而此刻,梁云霄的心底却像要爆发的地下火山,伤痛、愤懑、悲哀、绝望的情绪交织在一起,燃烧、冲撞,四处寻找着奔涌的出口。

一个矮个子村民把厚厚的账本和一摞借条推到了丁春草面前。他清晰地看到丁春草那只接账本的手在颤抖,继而浑身都开始颤抖。梁云霄努力地控制着自己,可燃烧的愤怒之火还是无法熄灭,沸腾的热血还是无法平静。他坚持认为,梁海生不遗余力地造大船,纵横四海的野心一天天膨胀,跟这些整天做着发财梦的渔民有很大的关系。渔村的男人,跟梁海生一样,没有一个是安于现状的。波涛汹涌的大海蕴藏着无限的凶险,同时也充满了无尽的幻想和永不满足的未知,虽然他们都清楚,大海从来都是埋葬勇者的坟墓。

那一刻,怨恨就像一条蜿蜒盘踞在胸口的蛇,扭曲着梁云霄的五脏六腑。他的目光盯在厚厚的账本和一张张借条上,终于再也无法抑制自己,从母亲手中夺过账本和借条抛向天空,然后怒吼一声,在众目睽睽之下冲出了房门。

雷电撕扯混沌的天,狂风裹挟阴沉的云驱赶倾盆而泻的雨,白浪掠过滔天翻滚的海,一股脑地罩在梁云霄头上。霹雳闪电中,梁云霄追着海浪奔跑、呐喊、控诉、叫骂、诅咒、哀号:"该死的大海,你也把我带走吧!"

第二天清晨,天空飘着蒙蒙细雨,大海出奇地平静。月塘湾客运码头被贴着海面的乌云笼罩着。因为是早班船,码头上只有零星几个人。梁云霄怀揣东海交通大学海事学院的录取通知书,要逃离落叶岛。昨夜淋雨,他有些感冒,发着烧,脑袋大如斗,脚下轻如云。尽管如此,他还是决定尽快离开这个该死的孤岛。

梁云霄苦苦哀求,让丁春草舍掉家里的一切,跟他一起去省城东海。丁春草拒绝了。梁家小白楼四周昼夜都站满了集资造船或者借钱给梁海生的人,她根本不可能离开落叶岛半步。梁云霄想过放弃上大学的机会去做海员,跟丁春草一起挣钱把欠下的债还清。可是这个念头在脑海里闪过之后,瞬间就被他掐死了。他很清楚,此刻,但凡他说出"放弃"两个字,一定会杀了丁春草。梁海生死了,梁云霄去东海上大学,是丁春草活着的唯一理由。可是,梁云霄又不忍让丁春草留下来独自面对这一切。母子两个在内心的复杂煎熬中挨到了天亮。

码头上,丁春草在村里两个年轻女人的陪同下一起来送梁云霄。这两个年轻女人梁云霄都熟悉,按辈分,梁云霄应该叫她们嫂子。她们同样一身雪白重孝,泪眼婆娑,因为她们的男人跟梁海生一起葬身海底。舷号东海8043的渔轮上死了三个人,印证了"43"这个数字。所以,这两个年轻女人与其说是陪同,不如说是盯梢。村里人害怕丁春草受不了打击、顶不住压力,自寻短见。冤有头债有主,借债的人死了,他老婆必须好好活着,即便再悲痛再绝望也不能死。丁春草生无可恋,可也欲死不能,这样的痛苦只有梁云霄才能体会。

梁云霄和丁春草拎着行李走向停泊在码头的驳船。丁春草站在比梁云霄高一级的石阶上,抱着他的脑袋亲吻着他的额头。丁春草的胸膛虽然散发着咸涩的汗味,但久违的温暖渗透全身,还是让梁云霄热泪横流。从十二岁开始到海山本岛上初中的那天起,梁云霄就开始拒绝母亲这样的亲昵举止。可是这天,他没拒绝。丁春草亲吻梁云霄额头时,干涸的双眼泪如泉涌,泪水顺着脸颊流到梁云霄的唇边,和海水一样苦咸。

梁云霄哽咽着告诉母亲:"妈,别担心,还有我。"

丁春草悄悄塞给梁云霄一张银行卡,在他耳边轻声说:"这张卡是以你舅舅的名义办的,你省着些花。记住,别再回来。你要是回来,妈立刻就死。"

丁春草是个未雨绸缪的人。这些年来,梁家若没有她,根本起不了高楼,存不下什么钱,更不会那么风光。梁云霄手里攥着那张银行卡,心如刀割。他心里清楚,此刻连死的权利都没有的丁春草就是孤岛上的囚徒和人质。梁云霄上了船,远远望去,高山之巅有三座新坟,最显赫的那座里埋着梁海生,丁春草用家中最后的积蓄为他建造了这座阴宅。人死为大,入土为安,村民们容忍了这个女人最后的放纵,同时也给了死去的梁海生最后的尊严。

站在小客轮船头,面对不停翻滚的海浪,梁云霄在蒙蒙细雨中声嘶力竭地宣泄着他的仇恨:"这辈子,我再也不会回到这个鬼地方来了!"

人生总要有个开端,梁云霄的人生开端从逃离开启。

3

沧海之上,来往的货轮扯着长长的汽笛等待入港。梁云霄急匆匆前往海山客运码头转船。客运码头距离海山港新建的大宗商品货运码头不远,码头上高耸的桥吊正在繁忙作业。

填报高考志愿的时候,梁云霄听从了老师们的建议,选择了东海交通大学海事学院的港口与海洋工程专业。他们说,学了这个专业,将来毕业能进港口,端上挣大钱的铁饭碗。这是梁云霄有生以来第一次离开海山本岛,前往省城东海。在此之前,他连海对面的宁州都没去过。

梁云霄双腿松软,做梦般行走在人群中。处理梁海生的葬礼和造船集资的后事,让他一连几天没睡好,精神有些恍惚。混沌之中,他看到一个身穿白色碎花连衣裙的女孩出现在自己的视线中。女孩身材修长,皮肤白皙,鼻梁挺拔,明目黛眉,朱唇皓齿,白净的脸上虽然还带着少女的生涩,但成熟女性的特征已然吸引了众多男人的目光。码头和客轮连接处,两个身穿蓝色码头工人操作服的男人在为她送行。老者六十来岁,肤色黝黑粗糙,白发寸头,精神矍铄,性格豪放,说话的声音浑厚有力,中气很足。中年人清瘦儒雅,架着一副近视眼镜,说话声音不大,但很文雅。听三个人聊天,显然是三代人。老者坚持要把孙女送到宁州,女孩和父亲则坚决反对,三人站在登船口争执不下,很快就堵塞了上船的路。梁云霄没有再往前走,只是静静地站在他们身后,等着他们做出最终决定。

后面的人却不乐意了,一个粗野的外地男人,挑着两个很大的保温箱,显然里面装的是岛上诸如黄鱼、螃蟹、大虾之类的海鲜。外地男人急着上船,就扯着嗓子冲梁云霄大声叫嚷:"你还上吗?不上下去,磨蹭什么!"外地男人说着朝前面挤了过来,梁云霄被挤了个趔趄。他扭过头,狠狠地瞪了一眼外地男人,大声回怼道:"你挤什么?"外地男人见是个儒雅少年回怼他,很是恼火,使劲向前推了梁云霄一把,梁云霄一下子被推到了少女身上。梁云霄恼了,用背上的行李推了回去。这一下,梁云霄用力很大,外地男人被推了个趔趄,差点掉下船。他骂骂咧咧就要跟梁云霄动手,老者眼睛顿时瞪圆了,怒喝一声:"你是想动手吗?"声音低沉却底气十足。外地男人立刻被吓着了。中年人劝住了老者,慌忙给外地男人道歉:"对不起,是我们挡了路。"女孩和中年人最终妥协了,让老者提着两个箱子上了船。队伍顺畅登船,中年人站在码头上冲着老者和女孩挥手告别。

梁云霄上了船才发现上面人很多,过道上摆满了散发着海鲜腥味的泡沫箱子,一下子让整个船舱变得特别拥挤。梁云霄找了最边上的一个位置勉勉强强坐下来,可是行李却放不下去,只能把行李扛在肩膀上。这时,女孩悄悄拉了下梁云霄的衣服,示意跟她走。梁云霄拎着行李,一脸疑惑地跟着女孩上了客轮二层。客轮二层人少一些,狭窄的过道两边是标着序号的包厢。女孩推开了一个包厢,老者正与进包厢给他倒水的乘务员聊天。乘务员显然跟老者很熟,一脸谦卑地叫他"老爷子"。老者豪迈地掏出一袋大白兔奶糖递给乘务员,说:"吃糖,我孙女考大学的喜糖,她考上了东海交大。"乘务员接了喜糖,连声道喜:"东海交大可是名牌大学,整个海山群岛也没几个能考上的。祝贺姚老爷子,你们家出了个女状元。"梁云霄看了一眼漂亮文静、一脸青涩的女孩,这才知道,原来她也是前往东海交大报到的,他们算是校友。

老者见梁云霄进来,就问乘务员:"我这包厢里多个人没问题吧?"乘务员笑着答:"您说没问题就没问题。"说完拿着那袋喜糖出去了。梁云霄把行李放到床下,冲着老者和女孩鞠躬道谢。老者的目光落在他右边短袖袖口套着的黑色孝箍上,就问他家中有谁故去,梁云霄回答说是他的父亲,老者就惋惜地说:"看你小小年纪,你父亲应该年龄不大。"梁云霄顺口回答:"刚满四十岁。"老者扼腕:"英年早逝,节哀!"又问梁云霄是哪儿的人,等梁云霄报出"落叶岛"这三个字,老者若有所思地苦笑了一下,说:"那可是东海最飘摇的地方,你们那儿有个月塘湾,对吧?"梁云霄点了点头。

　　老者看了看梁云霄的行李,接着问他:"你这是去打工吗?"梁云霄摇摇头,看了一眼坐在床边的女孩,说:"去读书。"老者惊讶地看了一眼梁云霄,点了点头:"嗯,落叶岛出个大学生不容易。你们那儿,像你这样的年纪,怕是在渔轮上都能干大副了。去宁州还是去东海?"老者接二连三的询问让梁云霄心里很不舒服,就没再回答他。他心里想:凭什么落叶岛上渔民的儿子就不能去省城读书?

　　女孩看出了梁云霄的不悦,嗔怪地对老者说:"爷爷,您是公安局派来查案子的吗?"老者尴尬地笑了笑,说:"船到了宁州,你还得坐火车,要是你们能同路,我不是能放心些啊。"女孩说:"爷爷,我都十八岁了,这是去上大学,不是去上幼儿园,您有什么不放心的?"老者不说话了,端起他的白色搪瓷缸子喝乘务员为他倒的开水。女孩充满歉意地对梁云霄说:"人老了就爱絮叨,你别见怪。"梁云霄苦笑一下,说:"没事,老人家还真没说错,我也去东海交大,我们同路。"听了梁云霄的话,女孩一下子兴奋起来,拍了一下梁云霄的肩膀,脱口而出道:"你是梁云霄,海洋中学的?"梁云霄一脸惊愕地问道:"你怎么知道?"女孩说:"我爸在教育局的网站上看到的,他说我们海山考上东海交大的就我们两个。"

　　梁云霄一头雾水,他根本不知道互联网是个什么东西。那时候,互联网在中国刚刚开始崛起,整个海山市,也就市政府和教育局通了网线。

　　女孩伸出手,一脸高兴地介绍自己:"梁云霄同学,我叫姚子期,从今天起,我们就是至亲的老乡加同学了。"老者看着眼前两个年轻人握手,顿时兴奋起来,一脸得意地对孙女说:"你看吧,我这双眼睛,看人毒着呢!怎么样,你去省城找到伴了吧?"老者伸出那只厚实、粗糙的手握住了梁云霄的手,继续说道:"小子,我们也认识一下。我叫姚四海,海山港的老工人。我孙女子期说得对,从今天起,你们就是至亲的老乡加同学了。你是男子汉,到了省城,麻烦你保护好她,我老姚就拜托你了。"老者的手像一把钳子,瞬间握得梁云霄的手生疼。

　　客轮在宁州码头靠岸,姚四海叫了一辆黄色面包出租车,把梁云霄和姚子期送到了火车站。这是东海孤岛渔民的儿子梁云霄有生以来第一次走出海山本岛,也是他第一次乘坐火车。少年的远行,一切都是稀里糊涂的,就像做了一场梦。梁云霄拖着疲惫的身体,带着一颗伤痕累累的心逃离了那座孤岛,那片浑浊的沧海。天地一片昏暗混沌,他原本暗无天日的孤独旅途,却因为身边有了姚子期的陪伴变得明朗起来。火车穿过黑暗的隧道,穿越低垂的乌云,阴霾的雨季,终于迎来了刺眼的阳光。火车铿锵前行,也将身处死境的梁云霄带上了人生未知的旅程。窗外,海湾、滩涂、宁州炼化高耸入云的烟囱、港口气势恢宏的桥吊、来往穿梭的货轮、城市的高楼大厦渐渐远去了,取而代之的是广袤的原野、丛林和村庄,前面则一望无际,无限宽广,无限辽阔。

虽然连续一个星期都没怎么睡觉,整个人十分憔悴和困顿,但梁云霄此刻依然一点睡意也没有,眼睛一直盯着窗外。绿皮火车都是硬座,人却严重超载,长长的过道上也挤满了人,人挨着人,连双脚站立都很困难,不少人在金鸡独立。行李架上也爬上了人,这些人佝偻着身子,让身子紧贴车顶。梁云霄庆幸自己买到了有座位的票,不至于一只脚站到省城。漫长的旅途中,姚子期没跟他有过多的交谈。她似乎能明白一个刚刚失去亲人就赶往异乡之人的心境。梁云霄不主动跟她说话,她便不开口问。

梁云霄望着对面的姚子期。她坐在靠车窗的位置,正在认真地看一本书,书的名字叫《百年孤独》,车厢里的喧嚣丝毫没有影响她入神痴醉地阅读。天气很热,她甚至没顾上去擦那张白皙的、带着毛茸茸汗毛的脸上挂着的汗珠。那一刻,梁云霄觉得姚子期安静娴雅的样子真的很美。他从背包里掏出一瓶矿泉水递给姚子期,姚子期放下书,擦了一把汗,然后打开瓶子喝了口水,顺便看了一下手腕上那块小巧的手表,说:"时间还早,你睡会儿吧,快到站的时候我叫你。"梁云霄摇摇头,再次将目光投向窗外,心里不禁想:未来到底会是个什么样子呢?

4

绿皮火车在夜色中穿越城市。五彩斑斓的城市高楼林立,各式各样的建筑群伫立在辉煌的灯火之中。花花绿绿的灯箱上写满了外语广告,如果不是满街的人流,梁云霄都要怀疑自己置身于外国的街道上了。他背着自己的行李,两只手拎着姚子期两只沉重的大箱子走出了车站。姚子期要伸手帮他,被他拒绝了。此行一路,他能为姚子期做的也只有这些了。

大学接人的大巴车停在火车站广场上,红色的横幅上写着"东海交通大学新生接待处"几个白色的大字。横幅下面站着一个身穿白色短袖衬衫、笔挺西裤的瘦高男生和几个穿着各色花裙子的女生。梁云霄和姚子期走到大巴车前,拿着录取通知书和身份证登记上车。负责登记的白衬衫男生盯着姚子期看了很久,姚子期都被他看得不好意思了。梁云霄挡在姚子期前面问:"这位同学,有什么问题吗?"白衬衫男生突然连声喊道:"姚子期?姚子期!姚子期,真的是你吗?"姚子期一头雾水,疑惑地回答并反问:"是啊,有什么问题吗?"白衬衫男生说:"是我,宁嘉南,宁州港的宁嘉南,我们在东海蓝天幼儿园时是同学啊。"姚子期笑了:"原来是你啊,'大鼻涕'。"宁嘉南不好意思地笑了笑:"我都不叫你'小黄毛'了,你还叫我'大鼻涕'。"梁云霄没想到姚子期在这里遇到了旧相识,在两位师姐的帮助下,他拎着箱子上了大巴车。身后,梁云霄听到姚子期在介绍他:"我刚认识的,叫梁云霄,我们海山落叶岛的。"

大巴车开到学校时,混沌如在梦境中的梁云霄掐了一下自己的胳膊。他告诉自己,虽然人生的大船已被巨浪击碎,但既然命运的汪洋给了他这块木板,他就必须拼尽一切力气抓住。校园真的是太大了,宿舍、餐饮中心、教学楼、图书馆、实验室、深潜俱乐部、篮球俱乐部、足球场,以及这个学院、那个学院。梁云霄花了半个月时间才分清东南西北。姚子期拉着他一起去领床单被褥、暖瓶脸盆,办饭卡、图书证。在海山开往宁州的船上,姚四海要他保护、照顾姚子期,可到了大学,他倒成了姚子期照顾的对象。这里的一切对姚子期来说仿佛一点都不陌生,每个人见她都似曾相识,面带微笑。梁云霄跟在她后面,像个不认识路的弟弟。梁云霄心底有一种东西慢慢生长起来,这种东西叫自卑。他原本以为大家这样对姚子期,是因为她的天真和漂亮,可后来他发现,人和人是不一样的,姚子期有种近乎天生的社交能力。

这种能力,在宁嘉南身上同样得到了淋漓尽致的体现。宁嘉南是以超出录取分数线四十分的成绩进入东海交通大学的,加之他是东海大港宁州港领导的儿子,独特的优越感,让原本性格孤傲、卓尔不群的他在人群中很是显眼。开学之前,宁嘉南第一个到校,看望了校办主任。校办主任是他父亲宁海楼昔日的同事。之后,他积极协助学生会的师哥、师姐们处理新生接待工作,因此学校的事他比同届的新生了解得更多一些。而且他的为人处世、待人接物都十分成熟:你要口渴,他很快就能递上矿泉水;你要觉得热,他很快就能递来扇子;同学关系交恶,他很快能帮忙调解好。他跟老师们的关系也不错,甚至老师们的家住在哪儿、有些什么喜好,也都装在他的脑子里。入学两个月,宁嘉南就当上了班长。

大学里的宿舍四人一间,宽敞舒适,宁嘉南和梁云霄刚好分到了同一间。宿舍是上床下桌的布局,地面铺的是光滑的瓷砖,人走在上面能照出影子。公共阳台很大,视野也很开阔,绿茵场一览无余,很是养眼。入学第四个月,宿舍四个人按照年龄大小论了兄弟,梁云霄最小,刚满十八岁,宁嘉南十九岁,是宿舍里的老大。他是班干部,人很强势,学院里的大事小情他都能刷到存在感,宿舍里的另外三个人都尊称他为"船长"。老二张达的家世很神秘,但他成绩平平,为人处世低调。老三孙家成家里有船,做航运生意,是挥金如土的"富二代"。三位兄长的家庭条件都很优越,唯独梁云霄来自沧海孤岛,家境窘迫。

可梁云霄也有他的长处,他人长得帅气,且憨厚豁达,班上同学,尤其是女同学,遇到难事,都会半真半假地找他帮忙,其实是存了想跟他交往的心。梁云霄寡言少语,执行力很强,但凡大家交给他的事,只要他能做到,都会做得一丝不苟,力求完美。所以,梁云霄的女人缘很好,在同学中威信颇高,被班里人称作"大副"。平日里,生活上兄弟三个对梁云霄都很照顾,四个人的活动或者聚餐从来不让梁云霄出钱。梁云霄不愿接受他们这样的照顾,所以几次之后就不再参与了。久而久之,梁云霄除了睡觉,很少在宿舍里待着,他要么去图书馆,要么去深潜俱乐部,或者去做兼职。总之,梁云霄成了宿舍里的一匹孤狼。

学校的深潜俱乐部是对外营业的,梁云霄从小就在浪尖上玩耍,有着强大的肺,可以不戴供氧设备完成比普通人更长时间的下潜,所以,他在深潜俱乐部找了份陪练的工作。水下陪练是按小时收费的,每小时二十块钱。梁云霄每周前四天的晚上各陪练两个人,每天共三个小时;周五从下午开始,陪练四个人,共六个小时。他还有一份快餐店服务员的工作,周末两天去,一天工作八个小时,一小时十块钱,刨去交通费,剩一百五十六块钱。不过他最心仪的还是潜水陪练的工作。渔民的儿子,水下才是他的乐园。至于母亲给他的那张卡,他去银行查了,里面共有八万三千块钱。他用这笔钱交了第一年的学费和住宿费之后就没再动,因为他决定靠自己的双手完成学业。

宁嘉南心里明白,虽然大家都说他孤傲,但其实,外表憨厚、谦卑的梁云霄的骨头才是比谁都硬。宁嘉南和姚子期曾不止一次劝告梁云霄,要学会拒绝和接受,既不能做任何人都能驱使的卑微者,也不要做自我封闭的孤勇者。梁云霄全部付之一笑,不置可否,于是姚子期生气地给他起了个绰号,叫"憨憨"。

大学无疑是年轻男女褪去青涩、释放天性的地方,大学宿舍更是大家畅谈一切的地方。每天熄灯之后,宿舍里的另外三个人就开始聊天,上到国家大事,下到男女之情,他们什么都敢说。梁云霄很少搭腔,遇到追问才偶尔回答两句,更多的时候,他根本无暇听兄弟们云山雾罩地乱侃,他太累了,身体一沾到床,很快就会进入梦乡。

不过兄弟们虽然言谈无忌,却没人敢评论姚子期,因为他们都知道,姚子期在梁云霄心目中是女神般的存在,谁敢提她,梁云霄会跟他们较真,甚至会跟他们拼命。他们清晰地记得,一天晚上,宁嘉南出去喝酒迟迟未归,张达就提了一嘴,说姚子期的身体变化很快,胸部像两只长熟的水蜜桃,弹指可破,搞不准今晚就被老大给摘去了。结果只听嘭的一声,张达的桌子就被梁云霄一拳砸出个洞。望着梁云霄瞪圆的双眼,张达吓得直哆嗦。他很清楚,老四看似眉清目秀,却长了一身疙瘩肉,平时别看他寡言少语,为人低调,大家公认的好脾气,但要是惹着了他,会很惨。果不其然,大一下学期刚开学,梁云霄就因为姚子期出了件大事。

东海交通大学海事学院学生会纳新,姚子期和宁嘉南都报了名。学生会里有一个叫李子木的男生,见姚子期的第一眼就喜欢上了她。李子木高姚子期两届,是学生会的副主席,个子不高,人生得白白净净,一脸斯文。但他对姚子期的追求却十分高调,送鲜花、约电影、造偶遇,一系列大学生求爱操作来了个遍。

一开始，姚子期碍于面子还会婉拒，时间久了之后，就对李子木十分厌烦了。

一天晚上，李子木在女生宿舍前面摆了九十九朵玫瑰和三百六十五支蜡烛当众向姚子期表白。姚子期羞愧难当，从窗口兜头泼下一盆水，浇了李子木一个落汤鸡。宁州干部家庭出身、当年以全省理科探花身份入校的李子木，对自己的条件十分自信，虽然遭此尴尬，对姚子期的追求却仍锲而不舍。又一天晚上，姚子期在图书馆查资料查到很晚，出门就遇到手捧鲜花等候在门外的李子木。姚子期警告李子木不要再纠缠她，李子木就说希望姚子期能再给他一个机会。从深潜俱乐部收工回宿舍的梁云霄正好路过，远远就看到李子木正在拉扯姚子期。梁云霄飞奔过去，出手把李子木推了个趔趄，同时警告李子木，要是再纠缠姚子期，就要他好看。偏偏李子木是个很不识相的家伙，竟然扬言要约梁云霄单挑。第二天晚自习结束，东海交通大学足球场上，李子木就被梁云霄打到崩溃。梁云霄的一阵拳脚输出，致使李子木门牙松动，胳膊脱臼。

李子木立马报了警。那天晚上，呼啸的警车疾驰而来，几个警察围上来就把梁云霄带走了。姚子期看到这个情形，顿时吓坏了，急匆匆去找宁嘉南，两个人搭车去了派出所。派出所的走廊上，姚子期和宁嘉南见到了靠墙蹲着的梁云霄。见两个人过来，梁云霄没有说话，下巴紧贴着手臂，眼睛盯着地面。宁嘉南责怪梁云霄不冷静，院务办为此很恼火，正在研究给他处分。而且李子木本来就爱在学校里搞事情，弄不好，梁云霄的学籍就保不住了。看到脸上也带着伤的梁云霄，姚子期心疼极了。她对宁嘉南说："这会儿他心里也不好受，你就别再说他了。"好在李子木的伤不是太严重，拍片、验伤之后，警察觉得李子木不构成轻伤，就把梁云霄交给了学校保卫处。

从派出所出来后，姚子期和宁嘉南又马不停蹄地去找了院务办主任，讲明了事情原委。梁云霄平时为人谦逊低调，憨厚真诚，在老师、同学眼里一直是善良、老实的形象。梁云霄暴打李子木，确实是李子木把老实人给逼急了。宁嘉南开始鼓动班里男生宣扬李子木利用学生会干部的身份纠缠女生的事，很快引起了公愤。他们班的师生联名给校长写信反映情况，最后院务办给了梁云霄一个通报批评处分，李子木声名狼藉，学生会副主席之位被剥夺。

那天以后，姚子期开始真正走进梁云霄的生活。梁云霄第一次对爱情的认知,来自高中二年级时去海山港看的那场电影。海上灾难片《泰坦尼克号》风靡北美之后,1998年开始席卷中国各大城市,片子到海山播放时已经是冬天了。海山港的职工电影院是当时整个海山市最好的电影院,梁云霄是被工会主席的儿子拉去看的,工会主席的儿子说是一部闻名全球的爱情片。进了电影院,梁云霄才发现其实是一部灾难片。作为渔民的儿子,梁云霄对沉船的故事不陌生,月塘湾十岛八屿,几乎隔上几年就有一起海难事故。大海变幻莫测,谁也不知道颠簸在浪尖上的船会发生什么样的故事。可是,那部电影却给梁云霄留下了一生的记忆。主人公在灾难中的生死相依和杰克为爱情献身的桥段,让当时影院里的年轻男女唏嘘一片。梁云霄是流着眼泪离开电影院的,那时候他想,如果有一天,他遇到了像罗丝那样的女孩,那么他也会像杰克那样为爱去死。现在,他的面前就站着一个跟罗丝一样曼妙的女孩,她浑身发光的美丽,丝毫不逊凯特·温斯莱特。

　　天气热起来之后,姚子期迷上了潜水。放暑假之前的一段时间,她是深潜俱乐部晚间训练的常客。深水池边,每次单独直面姚子期被潜水衣包裹得凹凸有致的身体,梁云霄都有一种难以掩饰的羞涩。那个黄昏,梁云霄至今还把它留在自己的梦境里。刚刚进入深水区,姚子期的腿就抽筋了,人不停地下沉。梁云霄深潜到水底,搂住了姚子期的腰捞她。呼吸困难的姚子期不停挣扎,紧紧地搂住了梁云霄的脖子。两个年轻的男女像两条彼此缠绕的鱼。那是梁云霄第一次这么近距离接触女性的身体,那一刻,他的心在剧烈跳动,像是要瞬间爆裂……

　　美妙的爱情一定是在对的时间遇到对的人。梁云霄心里很清楚,姚子期是喜欢他的。这个时候,如果他向姚子期表白,肯定能得到他想要的答案。每天,他看到近在咫尺的姚子期,都有难以遏制的冲动,想拥抱她、亲吻她,哪天看不到姚子期,心里就会很慌;每天,他见到姚子期,总有表白的欲望,可每次话到嘴边又都被他强压到了喉咙里。在情感的表达上,他就是梁海生口中那种死在板板上的懦夫。理智告诉梁云霄,他必须彻底斩断那种难以抑制的冲动。于是,他以要打暑假工为由拒绝了姚子期一起回海山的邀请。爱的欲望就像一只老虎,他害怕这只老虎会蹿出笼子,开始不可控制地噬咬。姚子期家境优渥,人也漂亮,机敏聪慧,举止得体,他可望之,却不可即。家境的磨难,让梁云霄变得脆弱、敏感、自卑、孤独,甚至偏执。他始终压抑着爱的冲动,这种被抑制的青春冲动令他近乎疯狂。

可是,姚子期却不管这些。新学期开学,她依然很喜欢跟梁云霄待一起,教室、食堂、图书馆、深潜俱乐部、英语角……只要有梁云霄在的地方,就会看到姚子期的身影。姚子期黏梁云霄,几乎黏到了过度依赖的地步。一日三餐,她都会到男生宿舍附近的拐角处等着梁云霄的到来,看不到梁云霄的影子,她是不会去食堂的。近一年的时间里,两个人的饭卡基本上是裹在一起用的。每到月初,姚子期就会往梁云霄的饭卡上充钱。

梁云霄想到跟姚子期在一起的点点滴滴,甜蜜中总包裹着一丝酸涩。从沧海孤悬的海岛考到省城大学的学生不多,进入东海交大的只有他们两个,因此梁云霄曾固执地把姚子期对他的依赖,当成是一个小姑娘孤身在外缺乏安全感、孤独无助的表现。他相信,或许随着时间的推移,等她有了新的朋友、新的依靠和寄托就会好一些。

可是他错了,他发现姚子期像是真的喜欢上了他。姚子期开始时时刻刻地管着他,吃饭、穿衣,每天去哪儿、干什么,原本比他还小的姚子期,像极了他的母亲丁春草。这个时期的女孩大都比男孩成熟得快,锦衣玉食的姚子期已经学会担负起照顾另外一个人的责任,也学会了调动男孩的情绪,渐渐习惯用这种命令和驱使来获取自我满足感,更会在引领男孩的成长中获得成就感。

这样的日子对姚子期来说很美好,对梁云霄来说也很惬意。梁云霄渐渐习惯了姚子期对他的命令和驱使,听着姚子期半真半假的嗔怒,他心里的暖流就会涌上来。宿舍正对着操场,每天黄昏,姚子期都会出现在操场一侧的跑道边,红色的、蓝色的、黄色的服饰,梁云霄看到,就会一路飞奔着赶来。然后,两个人一起去图书馆、深潜俱乐部、英语角,或者食堂,两个人像是真的恋爱了。梁云霄长相俊朗,为人真诚,乐于助人,很受女孩的喜爱。姚子期青春靓丽,落落大方,在男孩的心目中是高光般的存在。两人在一起算是才子配佳人,得到了大部分人的理解和祝福,除了宁嘉南。

跟李子木一样,宁嘉南在大巴车前看到姚子期的第一眼眼睛就直了。邻家小妹初长成,当年跟在他屁股后面给他起外号的黄毛丫头,如今已出落成了如此曼妙的女子。另外,姚子期的成绩也跟他不相上下,一口纯正、娴熟的英语更是令他惊叹。都说海山岛是荒蛮之地,教育资源匮乏,姚子期出落得这样优秀,确实是个奇迹。

后来,宁嘉南突然想起他偶然听父亲宁海楼说过,姚子期的父亲姚江河是东海交通大学的硕士生,她母亲苏淑琴做过英语老师和翻译,后来到英国读书,现任香港国际航运投资公司的金融高管。宁嘉南和姚子期双双加入学生会后,在一块儿相处的时间相对多一些。宁嘉南发现姚子期做事低调沉稳,社交能力也很强,对她的喜欢就日益加深。

一个周末的夜晚,家在省城的老二和老三都回去住了,宿舍里只剩下梁云霄和宁嘉南。宁嘉南躺在床上问梁云霄:"老四,你告诉我,你们是不是真的在一起了?"梁云霄没有回答宁嘉南,因为他不知道"在一起"的真正含义。宁嘉南告诫他说:"我不认为你们在一起会有结果。姚子期的父亲是海山港副总经理,她是海山港的海公主,她应该有更美好的生活。"梁云霄听到这个消息有些惊愕,眼前浮现出海山客运码头那个清瘦儒雅、戴着眼镜的中年男人的形象,继而又浮现出姚四海的形象。宁嘉南说得对,他不能把自己跟姚子期的相处理解为"在一起"的关系。

宁嘉南在梁云霄面前毫不掩饰自己对姚子期的喜欢,也毫不掩饰他们家跟姚家过去的关系。他们两家是世交,两家的大人还分别是宁州港和海山港的领导。宁嘉南还告诉梁云霄另外一个让他意想不到的消息:"你可能还不知道,姚子期的母亲在香港,是英国一家公司的高级金融管理人员,所以,她毕业后是不可能再回海山,甚至是不可能会待在国内的。"

宁嘉南的告诫像是一盆冷水灌顶而下,瞬间让梁云霄的头脑清醒起来。姚子期对未来的规划他是清楚的,她一直在选修国际航运金融和国际贸易相关课程。她告诉梁云霄,未来,她的办公室应设在欧洲金融、国际贸易繁荣的中心城市的摩天大楼里,最起码也是亚洲或国内一线CBD大楼的顶楼。

梁云霄想到了他的未来。他的未来会在哪里呢?他就是个在汪洋大海中抱着一块破碎木板的海难幸存者,任凭惊涛骇浪把他带到任何一个地方。那块摇摇欲坠的木板能再承载一个姚子期吗？不，绝对不能，他的母亲还被巨额债务"囚禁"在荒岛渔村呢。必须下决心掐断爱她的念头！梁云霄在心底对自己发出了呐喊。

5

　　伴随着冬天的第一场飞雪，梁云霄把两个人向恋人发展的关系彻底冻结了。姚子期早早替梁云霄抢到了春运的火车票，可就在火车要开的时候，梁云霄却没来。那个冬日，姚子期在漫天飞雪中从正午一直等到天黑，最终也没有见到梁云霄。寒风像刀子一样裹挟着雪花吹打着姚子期的脸，她在火车站门口的广场上徘徊着。她无法联系到梁云霄，却还是不愿意一个人离开，她相信梁云霄早晚会赶来的。火车站广场华灯初上的时候，姚子期却等来了宁嘉南。梁云霄托宁嘉南转给了姚子期一个海豚娃娃和一封信。在信中，他说自己就像是《泰坦尼克号》中沉船漂浮在巨浪中的杰克，一块小木板承载不了他和罗丝的重量。与其两个人一起沉没，不如他一人选择放弃，如果姚子期不能释怀，他只能选择退学出海去远洋渔轮捕鱼。梁云霄还告诉姚子期，他找了一份寒假工，春节就不回家了。信的末尾，梁云霄对两个人的关系做了最终的界定：做至亲的老乡，做最好的朋友。

　　那一天，姚子期是跟宁嘉南一起坐车回的宁州。其实，那天梁云霄就躲在火车站旁一家海鲜酒店的二楼窗口，看着姚子期和宁嘉南在广场上争执了很久。最后，姚子期还是抱着那个海豚娃娃，跟宁嘉南一起走进了车站。那一刻，梁云霄静静地靠着墙泪流满面。内心煎熬的梁云霄就待在这家海鲜酒店做后厨小工。他在海边长大，收拾海鲜十分娴熟，酒店给的工钱也不低。

　　万家灯火的除夕夜，梁云霄是在混沌、恍惚和伤感中度过的，他只能不停地干活，用以平息内心的空虚、孤独和落寞。从那天起，梁云霄活成了一具行走的尸体。

　　那个寒假，姚子期过得沮丧、痛苦、纠结，甚至还有些愤怒和仇恨。在整个海山港，她都是男人们举在头顶的海公主。她小的时候，母亲离开孤岛去了英国。从那天起,码头的男人们就把她当成了自家的女儿。她的一举一动、喜怒哀乐都牵动着这些男人的心。所以,她的童年,没人敢对她翻个白眼。可是,她的一腔真情此刻却被一个渔民的儿子给挖空了。姚四海和姚江河似乎看出了她的情绪,不放心把她一个人留在家里,就把她带到了码头上。国家加入WTO之后,海山港的货运明显繁忙起来。大批的煤、铁矿、钢材、水泥进口,吞吐量很大。外国人是不过春节的,所以整个春节,码头上都在加班。姚子期没心思跟那帮叔叔伯伯斗嘴,一个人来到了海边。海边的寒风冷得刺骨,她站在码头上,望着来往的货船,心里却空荡荡的。不知不觉,姚江河抱着一件军用大衣默默站在了她的身后,把军用大衣披在她的肩膀上,轻声问:"你的事能跟我说说吗?"姚子期没有正面回答他,只是对他说:"爸,我想去一趟落叶岛。"

大年二十九,天空中飘着雪花,姚子期坐着姚江河驾驶的小艇去了三百多海里外的落叶岛。海面上没有结冰,雪花落在海浪上,瞬间化为乌有。正午的月塘湾很宁静,附近的海面上一只船都看不到,空无一人,码头上的船都锁在了港湾里,上面挂满了红布,贴上了春联,偶尔传来稀稀落落的鞭炮声,预示着新年即将到来。岛上的渔民都在窝冬,街道上也没有人。姚江河带了礼品和年货,找了村里的梁顺。梁顺早些年在港口码头跑过水泥和煤炭,两人有些交往,只是后来梁顺被夹断了一条腿,两人见面就少了。大过年的登门,带年货和礼品也算是尊重。

梁顺对姚江河父女这个时候到来很是惊讶,听完他们的来意,便摇头摆手说:"姚老弟,我们是多年的伙计,对你我不说虚话。云霄是我们本家侄子,他们家的情况太糟糕了,我建议你还是不要去了,不然以后保不准会有很多意想不到的麻烦。"姚家父女一头雾水,梁顺就把梁云霄家里的情况跟他们一五一十地说了。姚子期这才知道,之前报纸上刊载的那艘在南非海域沉没的远洋渔轮就是梁云霄家的。

原来梁云霄是背负着这样沉重的精神负担和生活压力去读大学的。姚子期眼前顿时浮现出梁云霄那张眉头紧皱、目光忧郁的英俊脸庞,心疼得厉害。姚江河听了梁顺的意见,没有登梁云霄家的门,礼物和年货则托梁顺给丁春草送去了。姚家父女站在梁云霄家那栋小白楼附近向院子里看去,发现院子里竟然出奇地站了很多人,正围着一个四十来岁的中年女人说着什么。梁顺告诉姚家父女,要过年了,那些人都是来要债的。回海山的车上,姚子期和姚江河一路上都没说话。

除夕晚上,姚子期跟父亲面对面坐着,长时间陷入了沉默。许久,姚江河率先打破沉默,说:"记得你刚上初中的时候,我们之间就有过约定,我们之间可以没有秘密,但我尊重你的隐私,所以没有问你。现在能说说吗,到底怎么回事?"姚子期点了点头,向父亲讲述了她对梁云霄的喜欢以及梁云霄对她的态度,一边说一边委屈地哭着。她没想到梁云霄会这么绝情,她对他付出那么多,换来的竟是这样的结果。姚江河没有发表意见,只是默默地听着,也没告诉姚子期该怎么做或者不该怎么做。最后,他用反问的语气对她说了一句话:"或许,他做得对。你觉得呢?"姚子期想了很久也没想明白梁云霄到底哪里做对了。

寒假结束,姚江河送姚子期去宁州的客轮码头。那一刻,姚子期多么希望姚江河能给她提供一点建议,可是姚江河只是重复着他之前说的那句话:"或许,他做得对。"姚江河像是自言自语,又像是对她说的。继而姚江河又说:"如果你不想他逃得更远,就重新界定你们之间的关系。他做的或许是对的,你们或许真的最适合做至亲的老乡、最好的朋友。"姚子期仍然一脸懵懂,一头雾水。姚江河陪着她到宁州,直到送她上了火车,才在拥挤的人群里再次对她说:"不管你们结果如何,我都希望你们之间不会有恨。"开往东海的火车上,姚子期手里捧着小说版的《泰坦尼克号》,一个字也没有看进去。这个时候,她的眼前似乎就坐着那个满脸忧郁、不停看着窗外的英俊男孩。她想起她跟梁云霄的过往,眼泪止不住地流下来。她觉得梁云霄跟姚江河很像,性格坚韧,可能这是她喜欢梁云霄最重要的原因。

新学期开始,梁云霄再次看到姚子期,感觉到她这个春节过得不好。她的脸依然是那么白,剪去了长发,额前是一排整齐的刘海,只是眼圈发黑,人也瘦了许多,原本光洁的面孔长满了青春痘,看样子是熬了许多个夜晚。黄昏,两个人站在绿茵场的塑胶跑道边,谁也没有说话。姚子期把梁云霄的饭卡、深潜俱乐部的会员卡、借书卡装在一个大信封里,一股脑地交给了他。梁云霄在接到信封的时候,心里疼了一下。他知道,这是两个人关系的一次切割。姚子期苦涩地笑了一下,说:"过去一直都是你听我的,现在我听你的,我们做至亲的老乡,做最好的朋友。"原本可能的爱情,归于尘土。

夏日再次到来的时候,梁云霄取得了专业潜水二级教练的资格,升级成深潜俱乐部的兼职教练,可是,他再也没在深潜俱乐部见到姚子期。他的心里有些疼,但很快就释然了。他们原本就不是一个世界里的人。

梁云霄以为界定两个人的关系之后,他就能很坦然地面对姚子期,可是他仍然不能,他甚至不敢直面姚子期的目光。梁海生说得没错,他就是个懦夫。他不敢想,面对这样的窘境,姚子期会是怎样的心情。那时,他还不知道姚子期曾经去过他的老家。他一直没有向姚子期解释自己家里的情况,这是他心里的刺,每次提起,千疮百孔的心脏都会被刺得流血。

宁嘉南开始频繁地约姚子期。周末,他们去看电影、话剧、足球比赛,去听音乐会。最初,姚子期答应跟宁嘉南去听音乐会是想排解心中那种近乎窒息的情绪。寒假归来,梁云霄总是躲着她,甚至不敢正眼看她,这让她对梁云霄的懦弱很失望。在她的认知里,渔民的儿子骨子里应该有着《老人与海》中渔夫搏击大海的勇敢、永不放弃的坚韧和大海般广阔的胸怀,可是她看到的却是梁云霄的怯懦、封闭和脆弱。和宁嘉南约会,让姚子期豁然开朗,原来男女之间的交往,那种叫恋爱的东西还能给她带来如此多的愉悦。跟宁嘉南在一起,他会安排好一切,出行购票、约会点餐,甚至连她每个月不舒服的时间,他都记得很准。每次约会都是宁嘉南花钱,当然,她买单也从来不吝啬,只是每一次心里还是禁不住有些许欣喜,觉得自己在男女关系中得到了尊重。跟宁嘉南聊天,她不用小心翼翼,不用担心哪一句话说错了会影响他的心情。宁嘉南的开朗、大度,甚至有些开放的心态,让她感觉到了自由和舒适。

姚子期很快走出了失恋的阴霾。她不记得是哪个作家说过,忘记一段感情最好的方式是开启一段新的感情。但她仍不知道她是否真的要跟宁嘉南开启一段新的感情。母亲苏淑琴打电话告诉她,爱情是一件能让人身心愉悦的事情,既然不快乐,那就必须尽快结束。明知暗夜无边,不必眼巴巴等待明天的到来。苏淑琴不反对姚子期谈恋爱,但反对她过早地结婚。恋爱和婚姻是两码事。感情的到来是无法选择的,而婚姻,是可以也必须慎重选择的。苏淑琴谈到了她和姚江河的婚姻。她说,这就是爱情和婚姻混成一团带来的恶果。苏淑琴的第二段婚姻维系了近十年,仍然以失败告终,她用自己的遭遇对爱情和婚姻做了真实的注解。渐渐地,姚子期释怀了。没有了那么多的纠结,再次面对梁云霄的时候,她就多了一份坦然。只是爱情毕竟是爱情,跟宁嘉南在一起的时候,姚子期偶尔也会想起梁云霄,那个英俊、忧郁的少年,仍然让她心生怜惜,莫名地心疼。

周末,宿舍里的老二和老三都是要回家去住的。每当梁云霄拖着疲惫的身躯回来时,宁嘉南的床上也总是空的。那时,梁云霄会一个人躺在床上,望着天花板,猜想宁嘉南和姚子期这一个晚上会去哪里,会干些什么。有一天晚上,宁嘉南照例回来得很晚。等他躺好,他盯着黑暗中的天花板,幽幽地对着对面床上的梁云霄说:"我要向姚子期表白了,老四,你没问题吧?"梁云霄心里疼了一下,一种从未有过的羞辱砸了过来。他没有回答宁嘉南,因为他不知道自己该如何回答宁嘉南,这种硬塞过来的羞辱,他无法抵御,也无法反击。黑暗中,宁嘉南再次用很小的声音询问他:"憨憨,我要向姚子期表白了,你没问题吧?"宁嘉南的声音很小,却像是戳在梁云霄胸膛的一把刀。梁云霄小声回答道:"那是你的自由。"宁嘉南笑了笑,说:"那就好。"黑暗中,梁云霄像是在天花板上看到了梁海生嘴边上翘的不屑。懦夫,他是天底下最卑微、最无耻、最懦弱的懦夫。梁云霄在心底默认了自己的懦弱。这一夜没了猜测,他反而睡得很好。他觉得,或许姚子期和宁嘉南在一起才更合适,他们都很优秀,家境优越,门当户对,这样的两个人在一起才值得祝福。

那之后,姚子期给学院最牛的教授罗子坤做了英文翻译和特别助理,主要负责协助罗教授整理资料、文件及与外国留学新生沟通,每天除去上课,她更多是待在罗子坤的实验室里,跟梁云霄的交集越来越少。到了暑假,宁嘉南在班里倡议,有条件的同学可以约一次欧洲旅游,主要去领略一下几个著名港城的风采。班里不少人报了名,自然少不了姚子期。

梁云霄没有报名,他在省城水上中心找了一份教潜水和游泳的工作。那个暑假,他带了三十七个学生。

新学期开学的时候,姚子期送给梁云霄一艘地中海航运公司超级集装箱货轮的模型。模型是纯铝做的,浑身散发着银亮的光泽,上面的集装箱五彩缤纷,可以随意拆卸,随意组装。宁嘉南告诉梁云霄,姚子期为了把这个模型带回来,在各国海关费尽了周折。为了感谢姚子期,梁云霄在他新兼职的一家西餐馆特意安排了一次聚餐,请了她和宁嘉南。姚子期兴奋地向梁云霄讲起了在欧洲各大海港参观旅游的经历,讲她第一次站在五十层楼楼顶俯瞰荷兰鹿特丹港全貌时的情景。望着姚子期神采飞扬的样子,梁云霄心里隐隐作痛。他猜测,那一刻,站在姚子期身边的是宁嘉南。他心里很明白,姚子期是真的跟宁嘉南恋爱了,而他连嫉妒的资格都没有。姚子期和宁嘉南的相爱,是那么顺理成章、天经地义。

年轻人对男女情感的界定是:不能成为伴侣,最好成为陌路。但姚子期并没有跟梁云霄成为陌路,实际上,她对梁云霄的帮助和驱使从未停止。毕业论文开题日一天比一天临近,姚子期要宁嘉南叫上梁云霄,一起去图书馆商量论文的选题。宁嘉南选了集装箱码头建设方面的选题。千禧年前后,能上大型集装箱码头的港口不多,他从小在港口长大,写起来得心应手。姚子期将厚厚的资料袋和一张光盘交给梁云霄说:"我的论文改选题了,这些资料你用吧。"梁云霄和宁嘉南都愣住了,梁云霄这才知道,这段时间,他只顾着去水上中心做兼职,没有跟姚子期沟通,导致他跟姚子期的选题内容撞了,都是关于东海未来港口建设的。他一脸羞愧,低着头对姚子期说:"反正我也没有做太多的准备,我改选题吧。"说完起身想走。姚子期一下子怒了,指着他说:"你这样的状态写论文是毕不了业的,既然毕不了业,那你这大学还苦巴巴地上它干什么?"梁云霄被姚子期生气的样子吓着了,他从来没有见过她生气的样子。

姚子期眉头紧皱,眼睛半眯,一脸鄙视地说:"连大学都毕不了业,你别说你是从海山岛出来的,我没有这样的老乡。"说完扔下资料和光盘就离开了。宁嘉南也生气地对梁云霄说:"你知道子期为这个选题做了多少功课吗?你要是真毕不了业,也别说你是从我们寝室出来的,我们没你这兄弟。"宁嘉南追出门去,留下梁云霄愣愣地坐在那儿发呆。他的耳边传来宁嘉南责怪姚子期的声音:"时间这么短,你重新准备,来得及吗?"姚子期故意大声说给梁云霄听:"我又不去做兼职。"梁云霄顿觉脸上火辣辣的,羞愧难当。

梁云霄论文开题，导师组四个人，系主任、副主任、任教授，还有一个就是罗子坤。导师是看了论文提纲才决定分组的，梁云霄没想到，他和姚子期、宁嘉南分到的这组，导师一个比一个牛。罗子坤五十岁不到，人长得很精神，表情却很严肃。他带过梁云霄这个班一学年，课讲得大家都爱听，也不说废话，上完课就走人，很少跟学生沟通。传说中，他是东海交通大学大神级的存在，身上有好几个国家级课题和对外交流的项目，且基本不带本科学生。梁云霄有些紧张，一边讲一边看着罗子坤。他的论文是关于海山群岛十万吨以上深海港口群建设的，内容都是数据和名词，枯燥无味。整个开题演讲，梁云霄的腿都在哆嗦，汗水顺着脊背往下流。梁云霄讲到一半，罗子坤的手机突然响了起来，他看了一下，附在系主任耳边说了一句话，然后起身离开。临走前，他拍了一下梁云霄的肩膀说："行了，你这个选题不错，跟我吧。"

清高、孤傲、高不可攀的罗子坤居然主动要求做了梁云霄的毕业导师。论文选题和导师确定后，毕业前的实习就要开始了，第四个学年完成答辩，梁云霄的大学生涯就要结束了。毕业后要去哪里？梁云霄没有目的地，他仍然像《泰坦尼克号》电影中的幸存者，在无边的大海上，抱着一块木板随波逐流。命运就像无休无止的洋流，他也不知道自己会被带向何方。

第二章

1

癸未羊年八月,东海交通大学海事学院准大四学生梁云霄入宁州港口实习刚满一个月。浊浪翻滚,梁云霄站在港口集装箱码头调度台玻璃窗前,望着两艘拖船把地中海航运公司的八万吨集装箱货轮拽进宁州港深水泊位。看着满载集装箱的庞然大物,梁云霄万分感慨:梁海生倾尽月塘湾三岛十三村渔民所有,借贷几百万元打造的所谓大船,在这里就像海狗遇到了巨鲸。

三年来,梁云霄没有回过一次落叶岛。母亲丁春草给他写过无数封信,信中提得最多的还是那句话:你若敢回,我就死给你看。丁春草告诉他,她在落叶岛生活得还算好。村里人每天轮流照顾她的生活起居,替她干活,不让她出海。只要她丁春草好好地活在落叶岛上,她儿子梁云霄就能回来,就能认他们的债。他梁云霄可是月塘湾三岛十三村唯一考出海岛、考上国家重点大学的孩子。丁春草还说,自从梁云霄走后,梁家的小白楼像是成了村里的庙宇,她丁春草则成了庙宇里被人好吃好喝供着的菩萨。丁春草希望梁云霄读完大学就出国,到一个别人找不到的地方好好生活,彻底把落叶岛从他未来的生活中剔除。每次读丁春草的来信,梁云霄的心脏都如刀剜一样疼痛。虽然母亲说村里人把她当作了菩萨,可在梁云霄看来,母亲就是孤岛上的囚徒、债主们的人质。

上个月,堂弟梁宝来宁州找他,说村里出了大事。大船出厂的时候,梁海生还欠宁州第二造船厂一百三十二万元,村里梁宝他们三家亲戚为梁海生做了担保,梁海生死了,这些担保人就成了追债对象。宁州第二造船厂把他们三家人起诉了,要打官司收他们的家产。梁宝刚说了个媳妇,听到这个消息也打算退婚。梁宝问梁云霄该怎么办,梁云霄告诉他说:"我能怎么办?我又不能去抢银行。"梁宝失望地走了,临走告诉梁云霄:"这事弄不好,还会出几条人命。"

马上就要到梁海生的三周年祭了,梁云霄不知道该不该回孤岛,更不知道该如何面对丁春草和落叶岛上那些血本无归的渔民。

宁州港连江通海,是千年良港,地理优势和早期发展优势令其傲视整个东海。海船、海事专业的大学生,进宁州港是毕业首选。在没有进入宁州港之前,梁云霄只是远距离看到过海山港。进出的只只货轮,装载的都是煤炭、矿石、钢材等散货,偶尔也看到过大型油轮,但从来没有见到过集装箱货轮,更没见到过集装箱码头上高耸入云的桥吊塔台和一座座林立的龙门吊。那天,来接他和宁嘉南的是宁嘉南父亲宁海楼的司机。因为梁云霄初来乍到,宁嘉南特意让司机带着他们在长达几公里的码头上走了几个来回,因为没戴安全帽,他们不能下车,但内心的震撼和兴奋,还是让梁云霄对未来充满了希望。

梁云霄来宁州港实习,是宁嘉南帮忙的结果。平心而论,宁嘉南很多时候确实有老大的风范。宁州港只给学院分了两个实习生的名额,宁嘉南却带了梁云霄,以至于让老二、老三直呼老大偏心。宁嘉南告诉他们俩:"以后学院有什么好事,都要想着咱们家憨憨,他年龄最小,也最不容易。"宁嘉南是宁州港的"港三代",海港土著。他的爷爷宁五洲是港口集装箱码头的建设者,也是第一批龙门吊的机车师傅,他的父亲宁海楼是港口的总经理。从踏上港口这片土地开始,宁嘉南"世子爷"的身份就被体现得淋漓尽致。办公楼、码头上的干部、工人见了宁嘉南,都会亲热地跟他打招呼。

在码头上实习这段时间,梁云霄只在第一天见过宁海楼。身材高大、肤色黝黑、满脸胡楂的宁海楼,看起来人很糙,说话却有很强的亲和力。他很忙,办公室里人来人往,电话不断。宁海楼见他们的时间很短,宁嘉南想必是已经向他夸张地介绍过了情况。宁海楼只是简短地问了梁云霄几句,然后就把他和宁嘉南分下去了。分配的结果让人很意外,宁嘉南去了一线码头做龙门吊的码货工,梁云霄却被分到了吹着冬暖夏凉的中央空调的港口操作部。一个月里,梁云霄就在这个庞大的办公室内,参与指挥、调度全球各国的商船入港、装卸、报关和出航。紧张、忙碌的生活充满希望,这是他人生真正意义上的开端。

电话打破了梁云霄复杂的心绪。一个年轻健康、体态饱满、满脸雀斑的女孩招摇地扭动着臀部去接电话,然后扯着尖锐的嗓子喊:"梁云霄,电话。"女孩目光冷漠地瞟过来,嘴角流露出不满意的神色。刚入职时,雀斑女孩对梁云霄表现出了相当的热情。梁云霄重点大学在读,身材匀称,长相俊朗,实习期就能进操作部,这样的条件,确实让女孩子心动。周末,雀斑女孩主动约梁云霄去看了一场电影。接到女孩的电影票,梁云霄犹豫了很久。他问了带班师父陈奎,陈奎笑着告诉他:"看场电影怕什么,她又吃不了你,只当是维护同事关系了。"陈奎鼓励他跟雀斑女孩去看电影,梁云霄就去了。雀斑女孩嘴里嚼着口香糖,问了他一些个人情况,还告诉他,她的父亲是宁州港某部门的领导。漆黑的电影院里,女孩的头不停地朝他的肩膀靠过来,嘴里的呼吸很粗重。梁云霄不停地躲闪,但还是躲不开女孩散发着浓郁香味的头发在他的脖子上蹭来蹭去。

梁云霄不喜欢这个女孩。不喜欢倒是其次,重要的是他无心在这个时候开启一场毫无意义的恋爱。来宁州实习时,他就给自己定了一个目标:毕业后进宁州港工作。东海国企中也就港口、石化的工资最高,能进来,很不容易。所以,梁云霄在操作部里,只要能干的,每天都争着去干,干不了的,就问师父陈奎和同事。每天,他第一个进办公室,最后一个离开,所有的夜班几乎都是他替的。师父陈奎是操作部副主任,是宁嘉南爷爷宁五洲的徒弟,人长得五大三粗,却戴着一副高度近视眼镜,头发自来卷,牙齿被烟草熏得黑黄,板着脸,话不多。

陈奎很喜欢梁云霄这个木讷内秀、谦卑勤奋的徒弟。这小子头顶重点大学的帽子,动手和执行能力却极强,交给他的事情,无论时间有多紧、任务有多棘手,他都能想办法完成。操作部里,同事交给他的活儿,他都去干,哪怕是别人挖的坑,也毫不犹豫地去跳。陈奎嘴上骂梁云霄浑身上下冒傻气,心里却觉得他跟自己手下那帮"港二代""港三代"完全不一样。他的到来,给死气沉沉的操作部带来一股朝气蓬勃的气象。

陈奎鼓励梁云霄跟雀斑女孩试着交往一段时间,如能成"港女婿",他留在港口就不成问题。梁云霄从心底不愿意在男女的事情上浪费时间,女孩再约他,他就找借口拒绝了。又一周下来,雀斑女孩对他态度大变。陈奎转告他,女孩托人打听了他的身世。她一直以为,大学还没毕业就进港口实习的人,一定是市里某个领导家的孩子,再不济也是港口哪个领导的亲戚。可打听到的结果让她很沮丧,梁云霄只是海山孤岛渔民的儿子,能进宁州港实习,是同学宁嘉南帮助的结果。

听了师父的话,梁云霄苦苦一笑。陈奎告诉梁云霄:"女孩没嫌弃你的出身,是恼火你对她的态度。你一个渔民的儿子,还端着架子让她倒追,她对你示好你还无动于衷,这是对她的羞辱。"这件事,让梁云霄看清了世俗。雀斑女孩的退却,并非因为他对她的示好无动于衷,而是因为他的家世不堪。

梁云霄起身去接电话。雀斑女孩把电话撂在一边,满脸的不屑。继而,她开始跟对面格子间里满脸粉刺的年轻男孩窃窃私语,一边嘀咕,一边还不停地朝着梁云霄看过来。梁云霄心里明白,雀斑女孩在发泄着她的不满,根据她的口型,梁云霄甚至可以判断出他们对话的内容:一个实习生,屁事真不少。

电话是姚子期打来的。姚子期简短转达了院务办和罗子坤教授的通知,要他立刻结束宁州港的实习,前往海山港,进入罗子坤教授的DHDG课题组。梁云霄很是意外。导师罗子坤是东海交通大学海事学院唯一能拿到国际级、国家级重点课题项目的业界大拿。梁云霄听着话筒里姚子期的不停催促,目光投向了窗外。此刻,地中海航运公司八万吨集装箱货轮已经进港,五彩集装箱上醒目的公司标识十分刺眼。大船进港,悠长的汽笛声掩盖了姚子期的声音。梁云霄不得不把声音提高八度询问自己进课题组的原因。梁云霄的声音很大,办公室里的几个人顿时停下了手中的工作,顷刻间投来轻蔑的目光。梁云霄能清楚地看到,雀斑女孩目光中的鄙视和残留在唇角的嘲弄。这几个人都是宁州"港二代"或"港三代",他们是从一线码头风吹浪打、烈日暴晒三年才调上来的。原本,他们就对他这个大学未毕业就闯入的异类心存芥蒂。雀斑女孩大声咳嗽了一声,算是警告。

"对不起。"梁云霄捂住话筒连声对办公室里几个人道歉。

几个人移开了聚焦在梁云霄身上鄙视的目光,开始忙自己手中的事。

梁云霄压低声音问姚子期:"为什么会是我?"

姚子期回答:"鬼知道。"

梁云霄接着问:"不是你跟宁嘉南吗?"

姚子期说:"鬼知道你烧了什么高香。梁云霄,你听清楚,三日后,我和教授在宁州客运码头等你,那是进岛的最后一班船,过时不候。"

梁云霄还想说什么,姚子期已经挂了电话。

姚子期的大小姐脾气来了。梁云霄已经习惯了她这种强势的语气,放下电话,盯着繁忙的集装箱码头愣了好大一会儿。事情来得太突然,他有点儿蒙。巨轮靠岸,码头上四台桥吊机就开始了紧张的作业。桥吊机把庞大的集装箱从货轮上吊起来,稳稳地放在摆渡卡车上,然后摆渡卡车开往堆场。梁云霄想了想,跟陈奎说了一声,然后拎起安全帽,到码头集装箱堆场去找宁嘉南。他要离开,就必须得跟宁嘉南说一声,另外,他也必须跟宁嘉南的父亲宁海楼告个别。一个月前,他跟宁嘉南一起来宁州实习,宁海楼把他放在了码头操作部的技术岗,却把儿子宁嘉南派去了码头一线工人岗。在宁州港做了一个月实习生,梁云霄见多了纷杂的社会关系和世俗不平事,可他对大权在握的宁海楼还是从心底敬重。

2

宽阔、漫长的码头路桥一直延伸到大海深处,海面上的货轮码头毫无遮挡。夏日的阳光亮得刺眼,一排高耸的红色桥吊直插天空,入港的几艘几万吨集装箱货轮正在装卸,钢丝垂吊绳起起落落,把几吨重的箱子吊上吊下,向大海彰显着巨力。每次走在码头上,梁云霄心底就会升起一股力量,豪迈、激昂,肾上腺素就会不由自主地飙升,这股力量也令周身的毛孔瞬间张开。陈奎曾经对他说过:"港口是大海的爷们儿,征服才是本性。"这话是那天陈奎带着他和雀斑女孩到码头上检查堆场时说的。那天,雀斑女孩穿了一身自己改过的工装,束腰修身,把她的丰乳肥臀展现得淋漓尽致。陈奎拍着梁云霄的肩膀,悄声提醒他:"小梁,她爸是代理公司经理,你搭上她,能少奋斗十年。"听着师父半真半假的戏谑,梁云霄羞红了脸。

码头堆场像一座钢铁浇铸的城市,集装箱五颜六色整齐码放,组装成纵横交错的高楼街道,大卡车和大型叉车在街道上繁忙疾驰。远处,轨道龙门吊下,集装箱起起落落,格外繁忙。行走在集装箱堆场的巷道里,看着不远处龙门吊司机坐在吊塔里码放几吨重的集装箱,像是在操作游戏机里的俄罗斯方块,找准卡槽,准确下落,梁云霄顿时觉得自己十分渺小。码头叉车工不停地搬运着打包好的货物,像装火柴一样,一根一根把货物装进火柴盒一样的集装箱里,然后,庞大的龙门吊再把它们装到集装箱拖车上,运到码头泊位,桥吊机再把集装箱装到几万吨的货轮上,几十天或者几个月后这些货物就会出现在地球另一端的码头。

宁嘉南曾对梁云霄说,码头工人其实是一种枯燥而疯狂的职业。他们每天就像搬运的蚁群一样不停地忙碌着,周而复始,让数以万计的货物实现时空穿越。宁嘉南说,他不喜欢码头的蚁群生活,他的志向是成为马士基、地中海那样的航运公司的高管,率领庞大的船队纵横四海,他读交通大学的港口与海洋工程专业,只是作为"港三代"迫不得已的选择。所以,他根本不在乎实习的时候父亲把他分在哪里,反正他也不会永远待在码头上。宁嘉南曾不止一次询问过梁云霄的志向,可梁云霄读大学没有什么志向,他的生活没有诗和远方,只有眼前的苟且。

宁嘉南坐在十几米高的龙门吊操作舱里,心绪很烦乱。操作舱很狭窄,他和带班师父坐在里面,显得有些拥挤。师父个子不算高,但有些发福。龙门吊正在码垛。马士基航运公司的大船半个月后才能进港,可装满小商品的集装箱却已经从金州运到了堆场。为倒腾码头上的空间,卸下地中海四艘货轮的货,他和师父必须尽快整理完这些箱子。满头汗水的宁嘉南正在起吊小型集装箱进行码货。经过一个月码头的风吹日晒,宁嘉南白皙的肤色已经变得鲜红、粗糙,但是这些仍掩盖不住他的儒雅和稚气。

梁云霄要进DHDG课题组了,这让宁嘉南感到很意外,也很愤懑。他们这届明年的毕业生,科研牛人罗子坤教授只带了三个学生:他、姚子期和梁云霄。宁嘉南自认为最有可能进课题组的是他和姚子期,而且实习出发前,罗子坤曾经也有过这方面的意向。梁云霄成绩不错,但也不是显山露水的优秀。上班前,姚子期给他打电话,要他帮忙买三张去海山岛的船票。夏日海山岛是旅游旺季,去孤岛一票难求。他问姚子期谁要回岛,姚子期告诉他,教授的国家级课题项目终于落地了,要带她和梁云霄进岛。宁嘉南接到这个电话蒙了很久,他搞不懂罗子坤临阵换将的原因,姚子期一点信息都没透给他。

宁嘉南十分清楚进入国家级课题组的意义。学院每年每个班会有两个保送读研的名额,进入国家级课题组,有三分的加分,这种加分换算成学分成绩,平均分一下子能甩别人好几条街。宁嘉南各科成绩都是优,无论在学校还是在港口,他从小就是家长口中的"别人家的孩子"。实习离校前,他和姚子期都在备战考研,两个人最有希望成为罗子坤的研究生。宁海楼倒是很希望宁嘉南能尽快毕业,回港子承父业。在宁海楼退休之前,还能把宁嘉南扶到一定的位置,这是港口人心照不宣的惯例。可是,宁嘉南却十分厌倦港口的蚁群生活。他的爷爷宁五洲、父亲宁海楼、叔叔宁海魁、堂妹宁霞……宁家十几口就像蚁群中的一个部落,每到上班时间就一头扎进码头这片钢铁浇铸的世界,开始了搬运、装卸的生活,周而复始。

考上东海交通大学的那天起,他就告诫自己,要逃离这种简单而枯燥的码头生活。马上面临毕业,继续读研深造,是他寻求改变的绝佳机会。自从去年那次欧洲航海七国旅行之后,宁嘉南更加坚定了离开宁州港的决心。同样是海港,宁州港跟欧洲的大港有天壤之别。姚子期曾说,她太喜欢站在五十层楼楼顶俯瞰荷兰鹿特丹港和鹿特丹港城的感觉了,海、港、城自然融为一体,高楼林立,商业繁华,金碧辉煌。他断定姚子期也不会心甘情愿地待在海山港。那个沧海孤悬、与世隔绝的小岛,或许早就让姚子期深恶痛绝了。

实习之前,姚子期请他和梁云霄一起在茶餐厅吃了顿饭。刚端起茶杯,姚子期就要宁嘉南、梁云霄跟她一起备战考研。宁嘉南听了,心里很想笑。姚子期大二下学期开始成为罗子坤重点实验室的特别助理,成绩跟他不差上下,进课题组没人跟她争,保研根本没有问题。他的情况也不差,学分不错,学生干部也有加分,不出意外,保研也没问题。梁云霄每周要做三个兼职,根本没有时间备考。宁嘉南很清楚,姚子期这是要拿着鞭子赶着梁云霄这具"僵尸",他对姚子期这个"赶尸人"的身份很不舒服。

他觉得是该跟姚子期挑明他的感受了:她跟梁云霄的交往,要有边界。大二寒假前,姚子期跟梁云霄可谓形影不离。两个人都是从海山群岛漂洋过海考到东海的,按姚子期的话说,他们是至亲的老乡。那时有人曾传言两个人正在热恋,可宁嘉南根本不信。他固执地认为,那时的姚子期才十八岁,一个人离开海山岛进入省城,梁云霄只是她的心理依赖和寄托,懵懂的姚子期根本不懂什么是爱情。跟姚子期交往的这一年多来,宁嘉南是自信的。姚子期对男女关系,确实是一张白纸。他们相处更多的是拉拉手、抱一抱而已,仅有的一次亲吻,姚子期浑身都在抖。姚子期的生涩,让宁嘉南坚信,她跟梁云霄并未有什么身体上的接触。

可最近一段时间发生的一系列不可思议的事,把他这种自信打破了。他记得,姚子期曾把自己定位成一艘大船,宁嘉南是她的船长,梁云霄是她的大副。现在,宁嘉南真不敢肯定,在姚子期情感的大船上,谁会是船长,谁又是大副。宁嘉南心里有事,手上动作就有些变形,吊在钢绳上的箱子不停摇摆,吓坏了一旁带班的秦师傅。秦师傅大声提醒宁嘉南:"停!"

宁嘉南有些惊慌失措。

秦师傅望着如此心神不定的宁嘉南,强忍着怒火说:"上了操作台精力不集中会出大事的,换作别人,我早就一耳光上去了。"

秦师傅扒开宁嘉南,亲自操作,把集装箱稳稳地放在了摆渡车上。秦师傅说的是实话,学徒在操作台上挨耳光是常有的事。可宁嘉南不一样,他是总经理宁海楼的儿子,宁州高级技工宁五洲的孙子。碍于情面,秦师傅忍了忍,没有对宁嘉南动手。

"不舒服就回家休息,明天再来。"秦师傅强忍怒火,劝宁嘉南道。

宁嘉南没再坚持,抱歉地对秦师傅鞠躬,然后,一个人下了操作台,朝着用集装箱改建的临时更衣室走去。望着宁嘉南离去的背影,秦师傅摇头叹息,他从来没带过这样的徒弟。

3

  烈日炙烤让码头热气腾腾,梁云霄在高高低低的集装箱组装的迷宫里寻找宁嘉南,经过询问,终于在东南的角落里找到了临时更衣室。宁嘉南换好衣服出门,梁云霄正在门口等着他。宁嘉南没说话,一个人朝集装箱堆场远处走去。梁云霄感觉到了宁嘉南对他的冷淡,跟在后面追了上去。集装箱巷道悠长,两个人并肩朝着码头尽头走去。宁嘉南知道,梁云霄接到通知,肯定会第一个来找他。

  梁云霄问宁嘉南:"老大,我进课题组的事,你知道了吗?"宁嘉南点了点头。虽然心里不快,但他在梁云霄面前还得表现出老大的矜持。

  梁云霄继续解释道:"罗教授这倔老头像是跟我们三个开了个玩笑。"

  宁嘉南笑了笑,回他一句:"此地无银三百两了啊。"

  梁云霄一脸疑惑问:"老大,你什么意思?"

  宁嘉南仍故作轻松地跟他半开着玩笑说:"还什么意思?这个时候,你找我说这个是什么意思,炫耀吗?"

  宁嘉南说完,一个人朝着集装箱码头的班车点走去,梁云霄跟着走了几步,继续解释:"老大,我事先真的一点都不知道。"

  宁嘉南反问他:"你不知道?你能说你的论文开题也跟DHDG课题无关?DHDG是什么,那是'东海大港'的拼音缩写,你的论文题目是什么,《海山群岛十万吨以上深水大港集群建设》,这也是巧合吗?"

  梁云霄顿时语塞,继而他接着解释道:"老大,论文开题,我、子期和你,我们三个不是一起讨论过?这事你都知道的。"

  宁嘉南继续朝前走:"谁知道你是不是跟姚子期商量好的?"

  宁嘉南这句反问声音不大,杀伤力却很强,彻底把梁云霄给惹急了。一瞬间,梁云霄额头上青筋突显,汗水直淌。他气愤地把宁嘉南拉了个趔趄,怒目紧盯着宁嘉南,嘴唇直哆嗦,却说不出话来。自从宁嘉南告诉他,姚子期接受了他的表白之后,他心里虽然很难过,但还是由衷地祝福两个人在一起。姚子期的家世和条件,只有宁嘉南这样的男生才能配得上。为了不给姚子期带来情感上的困扰,他已经在刻意回避姚子期了。他就是担心宁嘉南会多想,结果怕什么来什么,宁嘉南还是误解了他。

宁嘉南见梁云霄满头是汗,知道他是真的急了,就哈哈一笑,搂住梁云霄说:"你个憨憨,我是跟你开玩笑的。"

梁云霄真生气了,说道:"没你这么开玩笑的。你怎么想我,怎么说我都可以,可你不能这样说子期。"

宁嘉南扳了一下梁云霄的脑袋说:"行了,你别说了,你老四我还不知道?我都说了跟你开玩笑的。"

梁云霄一脸正色地说道:"老大,以后你这样的话千万别在我面前说,否则,我跟你割恩断义。"他挣脱宁嘉南,"今天我就把话放在这儿,我对教授的什么课题组根本不感兴趣,我也不会读什么研究生,我只想论文顺利通过,能按时毕业,找个好工作,能挣到钱。"

宁嘉南笑着说:"我知道,我知道,我相信你。有一点,请你也相信我,这宁州港不是谁想进就能进的,我也把话放在这儿,今年只要宁州港进人,我不进,你也得进。我知道你后天走,我们喝酒去。"

梁云霄摇摇头说:"这事你还是先不要跟我师父说。"

宁嘉南笑着说:"你个憨憨,在操作部待几天还成精了,你是担心陈奎知道你去海山的事不要你了吧?哼,他那儿你还不能进呢,要进也得进代理公司,那个地方才挣钱。"

梁云霄一脸苦笑着说:"我得跟师父请假。"

宁嘉南不屑一顾地说:"还请什么假,我打电话叫上他,一起喝。你这事就是要广而告之。我就是要告诉他们,我们老四是人中吕布马中赤兔,这样的人才他们不抢,将来会后悔死。"

宁州港宿舍区附近餐馆林立,霓虹闪烁。这里的饭店、歌舞厅、洗脚房一街两行。这里如此繁荣,不仅仅是因为港口工人腰包鼓,更多的是因为这里是那些集装箱代理、货船代理、物流代理、货物代理云集的地方。宁嘉南选择了一家淮扬菜餐厅。省城上学三年,宁嘉南越来越不喜欢吃海鲜了。餐厅很大,能容纳十几个人的样子,屋内平板大彩电、闪光灯、音响设备齐全,看起来是个能吃饭、能跳舞的地方。

黄昏的时候,陈奎带着五女二男七个同事来了。梁云霄看到,雀斑女孩竟然也在其中。人到齐,菜开起,酒倒满。宁嘉南主持,陈奎作陪,晚宴主题是给梁云霄送行。宁嘉南把梁云霄和导师的课题说得云山雾罩,总之一句话,实习这段时间,操作部办公室里这些狗眼看人低的家伙给梁云霄穿小鞋穿错了。梁云霄去了课题组,很快就会王者归来,成为集团公司的人。宁嘉南说这话的时候,眼睛不时朝雀斑女孩那边瞅,雀斑女孩就有些不好意思。之前她骂梁云霄诸如"癞蛤蟆想吃天鹅肉""臭海鳗还想做蛟龙"那些话,此刻像是被啪啪打脸还了回来。

酒过三巡,菜过五味。陈奎提议:酒敬起来,歌唱起来,舞跳起来。雀斑女孩端着酒来给梁云霄敬酒,说道:"我有眼不识泰山,小梁你是做大事的人,千万别跟我一般见识。"这话能从雀斑女孩口中说出来,梁云霄几乎不敢相信自己。梁云霄喝了雀斑女孩敬的酒,几个同事又接二连三来敬酒,梁云霄来者不拒。他从十岁就跟父母去近海起网,冬天不喝酒,在船上根本站不住。

音乐声响起,有人唱歌,有人跳舞,有人还在喝酒。雀斑女孩和另外一个长得还算好看的女孩被陈奎撺掇着,摇摇晃晃邀请梁云霄和宁嘉南跳舞。梁云霄附在宁嘉南耳边说:"老大,我不会跳舞。"宁嘉南拉着他说:"胡乱蹦就行。"灯光很快暗下来,疯狂的音乐响起来,有些刺耳,屋内所有的人都蹦了起来。雀斑女孩上来就搂住了梁云霄,让梁云霄感到很难受。一阵群魔乱舞之后,大家重新返回饭桌接着喝。酒足饭饱,餐厅里横七竖八倒下了五六个人。酒场上只剩下梁云霄、宁嘉南和陈奎还算能坐得住。陈奎酒喝多了,话也就多了。梁云霄感到脑袋有些晕,没听清楚陈奎操着绕口的浙南普通话说了些什么,总之其中一条是真心希望梁云霄能回到宁州港。

"港口要发展,人才不能靠近亲繁殖。"陈奎说到近亲繁殖的时候,看向了醉倒在屋内沙发、椅子上的男男女女。雀斑女孩也喝倒了,人仰躺在沙发上。梁云霄不免心生怜悯。他没想到晚上陈奎也会叫她来,也没想到她会来。明明知道来这里就是被羞辱的,但她还来自取其辱。他只是宁州港的一个实习生,能不能回来还是个未知数，即便能回来，也不过是个外来普通职员。看来她是碍于宁嘉南的面子，或者是不想得罪她父亲的顶头上司。在这里流传着一句话，"港一代"拼拳头，"港二代"拼技术，"港三代"拼老子。宁嘉南家拳头、技术、老子都在，雀斑女孩不得不有所顾忌。

宁嘉南喝得也有点多，要到外面去吐。梁云霄搀扶着他出门。陈奎去结账。宁嘉南哇哇一阵子猛吐，起身后对梁云霄说："走，我带你去个地方泡澡，蒸一蒸，醒醒酒。"两个人来到了一座修得金碧辉煌的建筑门口，门口霓虹闪烁，写着"海市蜃楼"四个大字。盐水浴池，云雾缭绕，热气腾腾。两个人脱光了衣服躺水里，闭着眼睛说话。宁嘉南说："梁云霄，说实话，我挺羡慕你的。"梁云霄苦笑了一下，说："你话说反了，我有什么好羡慕的？"宁嘉南说："最起码，你自由。"说到自由，梁云霄一下子想到了苍茫大海孤岛上被债务囚禁的母亲丁春草，眼泪忍不住奔涌而出。

宁嘉南向梁云霄吐露心声："陈奎说，'港口要发展，人才不能靠近亲繁殖'。话很糙，但理不糙。你看啊，这里不少中层以上的干部，都是近亲繁殖的结果。要么是'港二代'，要么是'港女婿'。他们子子孙孙，无限死循环。"宁嘉南继续说道："我们一生下来，好像就跟咸苦的海水、毒辣的太阳、刺骨的寒风和那些铁疙瘩结下了生死之缘。说实话，我一天都不想在这里待，蚂蚁一样爬啊爬，搬啊搬，枯燥极了。可是，仍然有很多人往这里挤。"宁嘉南说完，看了一眼梁云霄，问："我听陈奎说，操作部的那个雀斑女孩追你，死乞白赖想让你和她在一起？"梁云霄苦笑着摇头说："没有的事。"宁嘉南戏谑地说："我告诉你，你要是真想进港口，想挣大钱，做'港女婿'，进代理公司，是最好的捷径。"梁云霄有些恼火地说："人总不是牲口吧？"宁嘉南哈哈大笑道："说得好，牲口，这里牲口的事多着呢，漂亮妞为进港口找八戒，大帅哥为进港口找如花，这样的事多了去了。雀斑女孩长相还算好，皮肤还白。说实话，我还真佩服她。你不知道，她爸为了内部联姻，想把她嫁给集团党委副书记的儿子。你说她爸咋想的，这两个人结婚，家里不得再多添点堵吗？"

热水一泡，脑袋清醒了许多。梁云霄就问宁嘉南："到了海山，见了教授，我该怎么说？"宁嘉南苦笑着说："说实话，这事我也给不了你建议。进课题组确实是个千载难逢的机会,可任何事情都有两面性。教授的这个课题要转化成项目落地,少则三年五年,多则十年八年。项目如果落在宁州,对你来说,无疑是件好事,可要是落在海山,那你肯定就回不来了,海山港跟宁州港还是没法比。当然,你要这个时候放弃,也不合适,你能不能毕业,还在罗教授的掌控之中。我的意思是,你还是先去吧,静观其变。"宁嘉南的话让原本就迷茫的梁云霄更没有主意了。宁嘉南继续说:"我知道你明天肯定要去找我爸,憨憨,我告诉你,见了他一定要表现出对留在宁州有着强烈的愿望才行,凡事留一线,日后好相见。我们家宁总是个爱才的人,市里港口要重组,海港、河港、江港要合并,成立港口集团,过去他是海港的老大,这回他可能要做副手,所以他身边急需能干的自己人,你这时候进来是最好的机会。我是你的老大,这事我得想着你。"

梁云霄很感动,换位思考,毕竟姚子期和他曾经有过一段时间的交往,宁嘉南要是对他心里没膈应,那才不真实。这个夜晚,两个人洗澡、汗蒸,最后赤条条地在休息室里睡到了天亮。其间两个人敞开心扉谈了过往、谈了未来,唯独没有再提姚子期。

4

港口机关办公大楼白得耀眼,楼下停着很多车。梁云霄望着这栋高耸入云的白色大楼,突然间就想起了飘摇在孤岛之上的家里的那座小白楼。梁海生海难去世后,他越来越讨厌白色。他觉得,蓝天浊海之间,白色显得那样轻浮,没有丝毫安全感。他甚至开始讨厌穿白色的衣服,那样让他觉得自己像一根白色的羽毛,随时都会被海风吹上天。梁云霄更喜欢深蓝或墨黑,像岩石一样的颜色,那样,他的双脚就能深沉于海底,像锚一样把身体固定在这个世界上。

大门内外,身着蓝色工作服的办公人员来往匆忙。梁云霄找港口机关人事科办完手续,矮个子李科长对他说:"你先等等,宁总说是要找你聊点事。"梁云霄很着急,就上楼去找宁海楼。宁海楼的秘书很忙,冷冰冰地告诉他:"宁总在开会,你先等着吧。"梁云霄只好在走廊上焦急地等着宁海楼。梁云霄非常清楚,这里是宁州海港集团总部,主宰宁州港上万人命运的地方。接到前往海山港的通知后,梁云霄对自己未来还有没有机会在这栋大楼上的某个办公室里办公,就不是很清楚了。

宁州港会议室里,宁州港口集团董事会正式成立。副市长周晓乙个子中等,肤色白净,微胖,两腮鼓起,梳着油亮小分头,戴着一副金丝框架深度近视眼镜。他环视会场里的宁州港董事会成员,脸上露出温和的微笑。传说中这个年轻、干练、铁腕独断的改革型干部,似乎同样有很强的亲和力。屋内很安静,气氛似乎很融洽。终于,周晓乙清了清嗓子,示意身边有些略胖的市委组织部副部长:"开始吧!"组织部副部长清了清嗓子宣布:"根据市委研究,任命市国资委原副主任董平任港口集团董事长,市交通运输局原副局长罗刚任港口集团总经理,原海港航运公司总经理宁海楼任宁州港口集团常务副总经理,负责港口航运业务。"众人掌声雷动。

三十六岁的副市长周晓乙踌躇满志,意气风发,他的讲话更具煽动性。周晓乙说:"同志们,时下国企改革进入第三阶段深水区,宁州千年大港也应乘势而为,走向深蓝。我们的目标只有一个,三年迈进全国前三,五年跻身世界前十……"

周晓乙的豪言壮语,振聋发聩。众人议论纷纷,宁海楼备感压力。千禧年以来,全球航运竞争激烈,太平洋海域,东北亚、南亚、东南亚港口竞争更加残酷。宁州港除了要面对来自国际港口、航运的竞争压力,还要应对国内港口激烈残酷的内卷。周晓乙的这个目标定得确实有些高。

梁云霄站在走廊尽头,听着会议室内潮水般的掌声此起彼伏,知道会议就要结束了。见宁海楼和几个人簇拥着副市长周晓乙出了会议室,梁云霄顺势躲到了楼道安全楼梯口。

宁海楼和几个人送周晓乙等人下楼。分手时,周晓乙握着宁海楼的手说:"宁州千年大港遇千年良机,时不我待,我期待宁总直挂云帆。"宁海楼谦卑地为周晓乙拉开车门,送他上车。上车后的周晓乙按下车窗,不忘再次对宁海楼嘱咐道:"国企改革,人才为本,用人要打破铁框框,能上能下,不换脑袋,就换人。"宁海楼知道,周晓乙是在敲打他。宁海楼听到过一个小道消息,周晓乙是从省里下来的干部,这次港口集团重组,自己的职务原本可以再提升一下,但最终没动,原因就是周晓乙对港口系统领导和中层干部近亲繁殖很不满意。此刻,周晓乙仍没忘记敲打他,意思很明白,他宁海楼也在随时被更换的范围之内。宁海楼干脆地回答了两个字:"明白。"然后,目送轿车一路绝尘而去。

董平对宁海楼说:"老宁,响鼓不用重槌敲,多余的话我就不说了。晓乙市长刚从省里下来任职,人年轻,有魄力,敢作为,按他说的干,我看没问题。别的我不管,经济指标要上来,年底吞吐量要过千万吨,标箱得过三百万。"董平说完,跟总经理罗刚上车走了。操作部副主任陈奎对宁海楼说:"宁总,这不'大跃进'吗?"宁海楼训斥道:"废什么话!"

宁海楼转身朝楼上走,在楼梯口遇到了梁云霄。他拍了一下脑袋,连呼"该死"。上午,东海交通大学海事学院打了个电话,要他尽快把梁云霄调到海山港,进罗子坤教授的DHDG课题组。按理说,梁云霄一个实习生,宁海楼交代下去,办好手续,让他走人就完事了。可宁海楼从通知里嗅到了敏感重要的信息——罗教授要带DHDG课题组去海山港。于是宁海楼想找梁云霄先聊聊,看他到底对这个课题了解多少。

DHDG课题组,其实就是东海大港课题,是交通运输部为数不多的国家级十万吨以上深水大港项目的前期课题论证研究,课题的理论论证一旦完成,很快就能转化成项目。最近几年,全国城市和港口发展比较快,但是岸线资源匮乏。尤其是国家加入WTO之后,港口货物剧增,但港口泊位大部分都在五万吨左右,纵深堆场面积不足。宁州是千年大港,背靠东海,连接长江,能上十万吨以上港口项目,一直是宁州港的梦想。

几天前,宁海楼就曾亲自驱车去东海交通大学海事学院找过罗子坤,希望他能先来宁州海域考察。罗子坤答应了,可此刻他却要先去海山。前几天,宁嘉南信誓旦旦地告诉他,他目前是课题组的最佳人选,等真正进了课题组,他可以随时提供信息。宁海楼当时觉得,这也不失为一个办法。可他没想到,罗子坤突然调走了梁云霄。罗子坤的动向,不得不让宁海楼往深处想,罗子坤是不是放弃了宁州而选择了海山。

宁海楼带着梁云霄进了他在七楼的办公室。办公室里外两间,里间靠窗,用来办公,推开窗就可以看到一望无际的大海和港口全貌。外间是小客厅,后墙上挂着一幅全球航运图,摆着一长两短三张沙发,茶几上摆着一套工夫茶茶具。宁海楼坐在茶几前,摁了一下纯净水开关,开始烧水泡茶。这间办公室梁云霄熟悉,一个月前,宁海楼也是在这间办公室里见的他。那天,宁海楼把亲生儿子宁嘉南下放到了一线码头,却把梁云霄留在了码头操作部,还专门指派操作部的副主任陈奎亲自带他。梁云霄的眼睛盯着宁海楼对面的时钟,内心很着急。宁海楼却悠然自得地给梁云霄泡着茶。他一边泡茶,一边招呼梁云霄坐下,并问道:"小梁啊,在宁州港的工作生活还适应吧?"

梁云霄窘迫地坐在那里,望着宁海楼说:"谢谢宁总,师父和同事们对我都很好,从他们身上我学到了不少东西。"

宁海楼哈哈笑了,说:"你这个小梁,没说实话。港口上上下下都是'港二代''港三代',打断骨头连着筋,排外的情绪很严重,我知道你受了不少委屈,叔叔照顾不到的,还要你见谅。"

梁云霄站起身说:"没有的事,感谢叔叔、嘉南对我的照顾,师父和同事们对我真的很好。"

宁海楼娴熟地洗茶、倒茶,把杯子推给梁云霄。

"喝茶。听陈奎说,你在操作部表现不错。你谦逊踏实,任劳任怨,动手能力很强,正是海港急需的人才。"

宁海楼看了一眼端起茶杯的梁云霄。时下的年轻人世俗、利己、浮躁、空谈,眼前这个年轻人却有点脱俗。

"我听嘉南说,实习完之后,你想留下来?"

梁云霄点了点头。宁州港确实很有吸引力,而且宁州这座城发展也很快,跟省城相比,不差上下。

"你是嘉南的同学,很多事我就不瞒你了。宁州港进人难,港口机关进人更难。"

梁云霄笑了一下。宁海楼此话不虚。

宁海楼话锋一转,说:"可港口要发展,人才是根本。宁州港未来肯定要上深水港,你专业对口,工作踏实,实习期间的工作可圈可点,你师父喜欢你,我也满意你。我这人看人是很讲眼缘的,第一眼看你,我就觉得咱爷俩对路。我也断定你正是我想要的人,我宁海楼把话放在这儿,宁州港操作部只要今年进一个人,就是你梁云霄。"

梁云霄疑惑地问:"那嘉南呢?"

宁海楼笑了一声,说:"他?哼,你们是同学,一间屋子里住了三年,他怎么想的,想必你更清楚。你别看他整天待在一线码头,装得像是要扎根海港干事业的样子,其实心浮气躁。自从他出了一次国,心就跑到外边去了,觉得外国月亮都是圆的,唉,现在的年轻人啊。"宁海楼叹了口气,喝了杯茶再为梁云霄满上一杯,盯着他看了好大一阵子,话还没出口自己却笑了,于是继续说道:"不过这次他这个小心思,还真给我办了件好事,就是把你梁云霄给我拽到宁州港了。你放心去海山跟课题,毕业后可得回到宁州来,操作部我给你留一个技术岗。宁嘉南他小子爱去哪儿去哪儿。"

听话听音,宁海楼的一席话,透露了宁嘉南帮他的真实意图。宁嘉南铁了心不想再回宁州,把他拽到宁州港来实习,是打算找个替代品。梁云霄没再搭话,眼睛接着朝时钟看了一眼。宁海楼也看了一下时钟,问他:"小梁,你还有事?"梁云霄摇了摇头说:"没事。"其实,梁云霄心里还真有一件事,他想去一趟宁州第二造船厂,了解一下梁海生当年造船到底花了多少钱。当年离家时,梁云霄曾拢了一下家里的欠账,梁海生死后,家里花尽了积蓄,还欠了两百多万元的账。其中,欠船厂一百三十二万元的造船费用。造船时,预算一次次超支,梁海生一次次往里面投钱。梁云霄想知道,到底是怎样的一艘船,花了那么多钱。宁海楼想了想说:"没事我们就多聊一会儿。是这样,云霄,你对罗子坤教授的课题了解多少?你觉得,罗教授的课题转化成项目得多长时间?"宁海楼绕来绕去,最终还是把正题绕到了罗子坤的课题上。

梁云霄被问住了。他对这个课题的了解真的不多。他犹豫了片刻,只好如实回答道:"我也是临时被叫去的,能不能进课题组,还真难说,至于课题项目转化的事,我想还得等几年吧,毕竟刚刚开始。"

宁海楼继续问:"这项目罗教授是落在海山,还是落在宁州?"

梁云霄摇了摇头,说:"那我就更不清楚了,叔叔。"

宁海楼思考一阵,说:"也是,毕竟课题还在论证阶段嘛。叔叔求你一件事。"

梁云霄爽快地回答："您说。"

宁海楼说："叔叔给你留个电话号码,你到了那边呢,也给我留个电话号码,我们随时保持联系,宁州这边,有什么事你就直接打电话找我。"宁海楼给了梁云霄一张名片。梁云霄拿着名片,心里突然一动,就对宁海楼说："叔叔,我还真有一件事麻烦您。"梁云霄就把梁海生的死和家里面临的困境以及他想去造船厂了解情况的打算说了。宁海楼听完沉思了一阵,说："这事有点麻烦。按理说,造船厂跟我们是兄弟单位,他们厂长我也熟,可这船的造价是人家的商业秘密,不好透露的。"梁云霄说："我不是想找事,我就是想去问问,那艘船到底花了多少钱,我们家到底背了多少债,日后我该怎么还人家。"

宁海楼听了,心里暗暗吃了一惊,望着梁云霄看了很久,摇摇头说："你这个傻孩子,哪有要账的不着急,欠账的着急的啊。船已经沉了,人也死了,这就是一笔死账。人死账销,即便是父债子还,你也还不起。我劝你啊别去找,也别问。"梁云霄说："他们告了我妈和村里的三个担保人,这笔钱不还,担保人就得卖家产。账是我父亲欠下的,不能让这些人跟着我们家一起惶惶不可终日,弄不好还会出人命,叔叔您说,我该怎么办?"

梁云霄这话问住了宁海楼。他没想到眼前这个尚显稚气的孩子,肩膀上承载着这样大的压力。他叹息一声说："那好吧,这事我去找他们秦厂长问问情况,然后给你个准信。另外,我也劝劝他们,人都死了,别再逼那么紧,再逼出了人命,那就是他们的责任了。"

梁云霄深鞠一躬,说道："谢谢您,叔叔,我们不是不还,而是真的没钱。另外,我的这些情况还请您不要告诉宁嘉南,这些事情我还没跟他们仔细说过,我怕他们听了替我堵心。"

宁海楼点了点头说："好,我不告诉他们。不过,我们可说定了啊,如果毕业后没有更好的选择,你就来宁州。别的我不敢保证,只要你好好干,总会有出头之日的。"

梁云霄感激地再次道谢。

宁海楼伸出手说："那好,小梁,我们就先这样说好,宁州港期待你的加盟。"

梁云霄伸出的手,被宁海楼那只肥厚温暖的大手攥得生疼。

5

宁州开往海山的船,一天只有早、中、晚三班,搭乘晚班船的人很多。宁州客运码头售票大厅人头攒动,熙熙攘攘。身材高挑,身着一袭红色碎花裙子、长发飘逸的姚子期在人群中显得格外醒目。此刻,她和短小精干、架着一副深度近视眼镜的导师罗子坤站在售票大厅里,望着售票大厅里排起的长长的队伍直摇头。

姚子期打着移动电话朝问事处走去,精致小巧的红色波导手机上系着一串小铃铛,在她白皙俊俏的一侧脸颊摆动着。移动电话稀缺的年代,年轻漂亮的女孩子一边走路一边打电话的情景颇为令人羡慕。手机是去年暑假宁嘉南拉她一起在宁州做货代兼职挣来的。宁嘉南堂妹宁霞的舅舅贾山在跑金州小商品欧洲外贸货代的单子,姚子期和宁嘉南陪着贾山见了几次欧洲货商,为他装了几次门面,做成了几单生意。姚子期人很漂亮,英语口语也很给力,贾山一高兴就给他们每人买了一部手机。姚子期很喜欢这个红色的小手机,移动通信给她带来了很多便利,她越来越喜欢这样随时都可以打电话沟通的生活。

姚子期给宁嘉南打电话,询问安排他买票的事。宁嘉南的母亲齐英是宁州客运码头接待处主任。暑期船票虽然很紧张,但姚子期安排的事,宁嘉南从来不敢怠慢。宁嘉南一边接着电话,一边穿着衣服。他刚冲完澡。天太热了,骄阳似火,尽管集装箱改装的临时更衣室里风扇呼呼转个不停,但室内仍像一个铁皮蒸笼。宁嘉南顺从父亲宁海楼的安排来一线码头受这个罪,就是为了顺利完成他跟姚子期的缓兵之计,先把读研的事定下来,然后一有机会就一起出国。可宁嘉南心里清楚,对于他这个"港三代"来说,他的这个愿望根本不可能实现。宁家人三代承蒙大海和港口的恩泽,理应生于斯,亡于斯,奉献一切来回报海港的馈赠。按照爷爷宁五洲的话来说,他宁嘉南一生下来就是港口的一员,逃离就是背叛。正因如此,他才不得不用主动接受码头一线磨砺、扎根海港的假象来掩盖他的计划。

整个下午,宁嘉南都在休息室里等姚子期的电话,接到姚子期的电话,他知道她已经到了宁州。宁嘉南在电话里嘱咐姚子期:"出门在外一定要注意安全,天太热,要带着我给你买的那个大水壶。"

姚子期问他:"你在干吗,上班吗?"

宁嘉南告诉她:"嗐,别提了,码头上毫无遮掩,天上在下火,地上在着火,人都快晒成肉干了。"

姚子期嘱咐说:"那你也多保重,千万别中暑。多喝水,少喝可乐。"继而,她很快把话转到正题上,"梁云霄三天前就已经接到了通知,这会儿他人怎么还没到,他在干吗?"

宁嘉南心里有气,但嘴上还是半开着玩笑说:"你问我,我怎么知道?你这个至亲老乡你还不清楚?什么事都磨磨蹭蹭的,不能什么事情都让你为他操心吧?哎,我说姚子期,你不会真想当他一辈子的保姆吧?"

姚子期了解宁嘉南,知道他肯定对课题组换人的事很不服气,于是她很快就回怼道:"宁嘉南,你什么意思,你没进课题组也不能把气撒到我身上吧?你要是心里真的不服气,我和罗教授就在你们宁州客运码头,你赶紧过来,亲口问问教授到底怎么回事。这事的解释权不在我这儿。"

宁嘉南很清楚姚子期。她是被姚家人和海港工人宠大的孩子,是海山港有名的海公主。她的低调和谦和是分人的,对亲近的人向来直来直去,没那么多的好脾气。宁嘉南也习惯了这种回怼,说不清为什么,他最近特别想念姚子期。那种躁动不安的想,就感觉自己像是放在烧烤架子上的肉,被姚子期翻来覆去地拨动,反反复复地炙烤。宁嘉南的语气一下子软了下来:"我妈在等你,你让她打开接待室,你跟教授一边休息,一边等梁云霄那个憨憨吧。"

对于宁嘉南的主动服软,姚子期很受用,也被他的这种示弱死死拿捏着。姚子期也缓和了语气,撒娇道:"你来不来嘛!"短短的几分钟,宁嘉南就感觉到了冰火两重天,姚子期竟然也学会撒娇了。宁嘉南对着手机音筒亲了一下说:"你跟教授解释一下,我在码头值班,真的不能送你们去海山。你告诉他,他返程的时候我开车去码头接他,好好请他吃饭。"姚子期在电话里嗤之以鼻地说:"哼,我还不知道你,你是没进组,觉得脸上挂不住。"姚子期就是这样口无遮拦,把人的短处揭得鲜血淋漓。

说话间,齐英扭动着微胖的身体朝姚子期走来。远远地,她就看到一袭长裙的姚子期站在售票大厅里。齐英的脑海里立刻想起十几年前在省城幼儿园那个扎着小辫、野里野气的小丫头。女大十八变,姚子期靓丽的容貌很好地遗传了她的母亲苏淑琴。那个时候,苏淑琴在省城一所中学教英语,身材窈窕、肤色白皙,走起路来春风摆柳,像极了电视上的女模特。起初,齐英听儿子说,他在跟姚江河的女儿谈恋爱,她是不乐意的。姚子期是家世不错,跟儿子宁嘉南在一起也算是门当户对,但海山港的条件跟宁州港比,还是天壤之别。

董平的女儿董娜刚从财经学院毕业,很喜欢宁嘉南。虽然那个董娜长得矮胖,但是齐英还是希望宁嘉南能和董娜在一起。当时就传港口改制开始了,要成立港口集团,董平很可能就是集团的董事长。港口子女大部分都是内部联姻,原因是港口效益好、工资高,子女联姻可以资源共享、相互帮衬,这叫肥水不流外人田。

可是,齐英一见到长大了的姚子期,立马就喜欢上了她。姚子期看到齐英亲自拿着钥匙过来,立刻迎上去亲热地跟她打招呼。齐英四十几岁,体态有些微胖,但不失华贵气质,一身职业西装,肤色白皙,见到姚子期和罗子坤,表现出了超常的热情。她领着姚子期和罗子坤直接走到了接待室。

齐英一边开门,一边悄声在姚子期耳边说:"嘉南在上班,上了龙门吊。票都给你们准备好了,你跟罗教授先到接待室歇着,这里凉快。"

姚子期说:"麻烦您了,阿姨。"

齐英连声说:"应该的,应该的。"

齐英一边给两个人倒茶,一边不停地盯着姚子期看,满脸看不够的慈爱,以至于在为罗子坤倒茶时溢了水。齐英一阵慌乱擦拭了茶几上的水,寒暄几句,又看了一眼姚子期就离开了。接待室设在二楼,空调早就打开了,凉爽的空气中弥漫着浓郁的花香。室内陈设奢华得体,满墙书画,真皮沙发,欧式茶几上摆放着鲜花和时令水果。罗子坤一边喝茶,一边环视着接待室,很显然,这个接待室规格不低。这次到海山进行课题调研,罗子坤没有通知宁州方面。全省的港口改制和政策调整正在进行,他的这个深水大港课题转化成的大港项目到底花落谁家还很难说。宁州的副市长周晓乙和港口集团的宁海楼他都熟悉,这两个人一周前曾专门拜访过他,询问过这个项目的情况。此时,他们若知道他在宁州,他今天绝对上不了船。

齐英走后,罗子坤用英语问姚子期:"这个齐主任你很熟?"

姚子期笑着用英语回答:"她是宁嘉南的妈妈。"

罗子坤哦了一声,随即释然。罗子坤习惯用英语跟他的三个学生交谈。三个人中,姚子期的英语口语最好。罗子坤起初很诧异,后来才知道,姚子期的母亲是东海外国语学院的毕业生,后来去剑桥留过学。姚子期的英语能力是从小培养出来的。

罗子坤沉默了一会儿,继而问:"宁嘉南在宁州港怎么样?"

"他您不用担心,他是'港三代',从小在码头上长大,他爸还是海港码头上的老大,肯定如鱼得水。"

罗子坤试探着问:"据我了解,宁嘉南也不想再回宁州港去吧?"

姚子期微微一笑,用英语回答:"老师,没人规定港口工人的后代就必须在码头待一辈子吧?"

罗子坤严肃地问她:"你也是这种想法?"

姚子期毫不掩饰,点了点头。

罗子坤叹口气,靠着沙发闭上眼睛不说话了。

姚子期用英语说:"我只是不想重复别人或者过被人安排的人生。"

罗子坤没再说话。国家加入WTO后,大学生的思想空前活跃,出国大潮人海汹涌。海事学院有太多港口子弟办了出国留学,姚子期也不例外。年轻人向往外面的世界,这点也无可厚非。罗子坤很欣赏姚子期的诚实和直率,这个天资聪慧、讲一口流利英语的女生从来不掩饰自己的想法。姚子期大二时就进了他主导的国家海洋工程研究所,做了他的助理。DHDG课题组成立后,姚子期成为最早的一员,主要负责资料翻译和资料库的建立、整理。最初选她,是看中她的英文翻译和口语沟通能力,可接触久了,罗子坤发现姚子期对东海,尤其是海山海域海洋资源和港口发展情况十分了解,并且还有许多与众不同的见解。另外,姚子期手里掌握的海山群岛海域海洋资源数据,比资料库里的数据更准确。

姚子期的家庭情况,也是他的课题组获得国家批准后,罗子坤才搞清楚的。姚子期的父亲姚江河和他曾是东海交通大学本科时的同学,现在是海山港口集团的常务副总,海山港名副其实的当家人。罗子坤带学生,并不排斥海港领导子弟,毕竟多数领导子女的综合素质是好的,他们家庭条件优渥,成长环境良好,视野也比较开阔。这些年,他的学生遍布全国各大港口,尤其是东海海域的港口,中层以下的骨干大多出自他门下。可是,这既是港口子弟的优势,也是他们的壁垒。这些重新回到港口的学生多数安于现状,娶妻生子、调岗升职,少有大作为。

所以,这次带本科的毕业生,罗子坤要了渔民的儿子梁云霄。罗子坤给梁云霄他们这个班上课不多,对他的印象也不是很深,只觉得这个肤色有些黑、长相俊朗的男生学习并不算突出。如果不是助理姚子期的推荐,低调沉稳、寡言少语的梁云霄很难入他的法眼。可是那次论文开题,梁云霄的开题报告确实让他眼前一亮。梁云霄的理论基础是扎实的,思维是超前的,数据是翔实的,对海山群岛的海底世界也是熟悉的。重要的是,梁云霄是孤岛渔民的儿子,从生下来开始就浸泡在那片大海里。梁云霄的出现,让罗子坤如获至宝。

梁云霄风尘仆仆赶到的时候,距离开船还有二十分钟。操作部的电脑坏了,那台国产486电脑的内存条因潮气太重生锈了,读不出来。陈奎调不出资料很是恼火。梁云霄清洗了内存条,又装上去,才重新启动。弄完电脑,梁云霄这才急匆匆赶到码头。梁云霄的姗姗来迟,让姚子期很生气。她瞪了梁云霄很久,一句话也不说。她觉得梁云霄越来越颓废,刚入学时那种坚忍不拔的劲头像是被慵懒的大学时光消磨得差不多了。梁云霄被姚子期一双怒目瞪得心里发毛,他知道,若不是罗子坤教授在场,她一定会骂人,肯定比论文选题时骂得还难听。

梁云霄不停地冲罗子坤鞠躬道歉,却没有说他迟到的理由。这个时候在姚子期面前说这个理由,无疑就是找死。罗子坤倒是没有说什么,只是询问了他在宁州港工作的一些情况。梁云霄逐一回答了他的问话。这时,齐英拿着票,带着两个乘务员进来说:"教授,子期,要开船了,我们先上去吧。"梁云霄跟乘务员抢了罗子坤的行李,拉起来准备出门。齐英看了一眼梁云霄说:"哎呀,子期,这孩子就是你们的同学梁云霄吧,长得这么帅?"姚子期听了这话,奇怪地看了一眼梁云霄。梁云霄低下头,一脸窘迫。姚子期这一眼的意思他明白,这是批评他情商太低。宁嘉南安排他去宁州港实习,这么长时间宁嘉南的母亲竟然是第一次见他。这样处理人际关系,梁云霄就是被分到宁州港,也不会有太大的发展。梁云霄一脸歉意地对齐英说:"对不起阿姨,我到了码头操作部后太忙了,一直没顾上去看您。"齐英笑着说:"这事怪嘉南,一个多月都不知道带你到家里去吃饭,码头上的活太累,伙食也不太好,你瞧瞧,人都累瘦了吧。"几个人说着,朝着客轮走去。

熟悉的客轮,同样的二楼小包厢。这艘往返于宁州和海山的白色两层机轮船,三年前曾搭乘着梁云霄和姚子期来宁州转火车去省城,今天他们再次一起返回海山。放好行李,姚子期和梁云霄跟齐英挥手告别。船徐徐开动了,岸边的风景逐渐消失,四周只剩下苍茫大海。

姚子期上了客轮顶层,梁云霄也跟着上来了。船头护栏边,姚子期乌发飘飞,红色裙裾飞舞。两个人靠在客轮甲板的护栏边,姚子期没有问他,梁云霄也没再主动解释,两个人就这样望着螺旋桨泛起的浊浪默默无语。罗子坤也走上了甲板,姚子期就和他聊着她小时候在海山港发生的逸闻趣事,两个人说说笑笑很开心。姚子期从小在海山港码头长大,她介绍海山群岛和海山港时,梁云霄根本就插不上嘴,何况他本来就是个寡言少语、不善言谈的人。在东海交通大学海事学院,能被罗子坤看中的学生不多。梁云霄猜测,他进课题组,多半是因为他的那篇开题报告。当然,更少不了姚子期的强力推荐。那篇开题报告是姚子期带着他一起商定的,一半以上的材料、数据都是姚子期提供的。没有她,面对罗子坤这样治学严谨的教授,他的开题报告能不能审核通过还真不敢肯定。对姚子期一次次的无私帮助,梁云霄内心充满了感激和感动,如果世间真有菩萨,姚子期就是他的菩萨。

惊涛拍打船体,水花四溅。罗子坤的兴致很高。他手里拿着相机,不停地拍着浊浪中时隐时现的岛屿。夕阳坠落,残红洒落粼粼波光。这片海域,在渔民的儿子梁云霄眼里没有丝毫美感。滚滚长江奔流到东海,水急、浪高、泥沙俱下,没有清澈见底,更没有无边湛蓝,只有一望无际的浑浊苍黄,在他看来,这就是一片翻滚的黄泥汤。只有季风到来时,太平洋的潮汐让碧蓝的海水涌进来,这里才会呈现昙花一现的清澈和湛蓝。天色暗下来,海山群岛沧海孤悬,如一片片散落浊浪之上的浮叶,只有远处璀璨的灯火昭示着它的雄心勃勃。

那里,就是海山港。

第三章

1

海风沁骨。徐正生、姚江河二人站在码头迎接东海交通大学海事学院的罗子坤教授。

最近一段时间,海山港副总经理姚江河心力交瘁。

海山港是千年渔港。因群岛远离大陆,航运港口是二十世纪八十年代后期在渔港基础上建设起来的。港口基础设施薄弱,主要经营石化、矿石、煤炭等大宗商品的进口。海山港改制会议刚刚开过。港务局长徐正生兼任总经理,董事长是在省厅港务局任综合处副处长的方平,但方平在省厅的工作还未结束,到任也得是一年以后的事了。资产清理、股权分割、人员调配、生产安排、项目筹划,港口的一切事务如今都是姚江河一个人在处理。

徐正生很年轻,年龄比姚江河小十几岁,他个子高,人清瘦,生得白净儒雅,有些仙风道骨的感觉。徐正生入职港务局时,姚江河是他的师父。后来,他读了在职研究生,调到市委,跟着市委书记做了三年秘书。等他再回港务局,不仅做了局长,还兼任了港口集团的总经理。三十五岁的徐正生仕途一帆风顺,徒弟超越师父,成了姚江河的上司,这样的变化让徐正生有些不适应,所以两人相处的时候总是有些尴尬。

"晚餐订在千家门渔港大排档。师父您看合适不合适?"

徐正生仍叫着师父,态度谦卑。姚江河看了一眼徐正生。徐正生说这话时没有丝毫的装腔作势,他的谦卑和尊重来自他对姚江河的了解和信任。于是,姚江河一脸郑重地说道:"徐总,以后这师父你千万不能再叫了。从今天起,你是我的上级,你是拍板人,凡事你定了,我们执行,不要问合适不合适,这不符合班子规定。"

徐正生却不以为然地说道:"师父,我二十几岁就跟着您了,从海山港到省港务局,又回到海山港,这师父我叫了十年,一时半会儿改不了。私底下,您还是叫我小徐,我还是叫您师父,不然我很别扭。您是我的师父,这是客观事实。另外,海山港口,无论是建设、管理还是运营,没人能比得过您。眼下东海港口群雄逐鹿,竞争得厉害,海山港远离大陆,孤悬沧海,发展受限,困难重重,市委把我放在海山港这个火盆上烤,您是我亲师父,没您,我不成。您可千万不能看我的笑话。"

徐正生说得诚恳,甚至有些动情。

姚江河却仍很认真地说:"徐总,这么多年来,我做事你知道,该我做的,能做十分,不做八分;不该我做的,我绝不僭越。家有千口,主事一人,你是港口的当家人,我是你的副职,是辅助你的。工作该怎么做,大主意,你拿。"

话说开了,徐正生就再没了拘束,开始说正题、聊正事。

徐正生说:"这次罗教授来,可能是我们海山港翻身的机会,课题本身就是项目,我问了省厅的朋友,宁州也在盯着这个课题。这次课题调研,我们得下点功夫。不过,这次我们占优势,罗教授课题组的两个人都是我们海山的,这就很明显了,罗教授把目光投在了我们海山。"

姚江河摇摇头说:"正生,你也不要想得太乐观,课题调研是一回事,项目落地又是一回事。另外你也不要指望子期和那个小梁,他们只是学生,发挥不了太大的作用。见了罗教授了解一下情况再说吧。"

说到姚子期,徐正生就岔开了话题,悄声问姚江河:"子期眼看就要大学毕业了,您有什么打算?"

姚江河无奈地说:"现在年轻人的事情,谁能说清楚,看样子是不打算回来。现在的孩子,眼睛都向外看,外国的月亮是圆的,外国的空气是甜的。"

徐正生就劝他说:"国家入了WTO后,对外交流越来越频繁,子期想出去学习,见见世面,然后再回海山港帮我们,我认为没什么不好。她若真有那个想法,我支持她。"

姚江河在鼻子里哼了一声,说:"那不见得。"

徐正生知道自己说错话了。姚江河前妻苏淑琴原来在东海一所中学做英语老师,后来跟着姚江河到了海山,做了几年翻译。再后来,大概是因为受不了孤岛上的生活,辞职去了英国留学。两年后,姚江河没等回来她这个人,却等来了她寄回的离婚协议。听说她毕业后又再婚嫁到了香港。这件事,是姚江河不可言说的痛。徐正生对姚江河报以歉意的笑,这个话题就此终结。

罗子坤和姚子期望着倚在船头栏杆上一直沉默不语的梁云霄,他们心里很清楚梁云霄心里在犯嘀咕。

罗子坤首先打破沉默,问梁云霄:"你家住在什么岛来着?"

梁云霄回答:"落叶岛。"

罗子坤又问他:"离本岛有多远?"

梁云霄说:"要坐四个小时船。"

罗子坤长叹了一口气,说了声:"不容易。"

梁云霄苦笑。从读初中开始,他就每周一次往返于海山岛和落叶岛。遇到天气不好的时候,他从早晨坐船离岛,到校时班里已经开始上晚自习了。

罗子坤问:"如果不上大学,你现在会在做什么?"

梁云霄说:"出海打鱼,一年两百天都漂在海上。"

罗子坤愣住了。

梁云霄笑着说:"落叶岛上,男人生下来当天就会被扔进海里接受浪的洗礼,不然长大后就上不了船。如果男人十五岁还上不了渔船,拖不动网绳,就会被人骂作废物。"

罗子坤接着问:"像你这样大的男子,在渔船上该做船长了吧?"

姚子期笑了,说:"他做不了船长,他只能做大副。"

梁云霄鼻子向上抽了抽,没有理会姚子期。他想告诉姚子期,这辈子,打死他都不会去做什么狗屁船长,更不屑去做什么大副。如果有可能,他都会毫不犹豫地远离那片该死的海。可是现在,他似乎已经被那片该死的海给套牢了。

梁海生为了制造那艘该死的万吨渔轮,花光了家里所有积蓄,花光了全村人的集资款,还花光了海山市信用社的一百万元贷款,他的母亲丁春草还像人质一样被囚禁在孤岛那栋空荡荡的小白楼里。梁云霄的深蓝大船梦,早在梁海生葬身海底的那一刻,就搁浅在了落叶岛的滩涂上。

黄昏薄雾缭绕的客运码头,姚江河、徐正生和司机早已等候多时。罗子坤一行三人刚一下船,姚江河和徐正生就迎面接了上来。二人跟罗子坤、梁云霄一一握手。第一次跟姚江河握手,梁云霄感觉很特别。姚江河的手跟宁海楼的手有着本质的区别。宁海楼的手厚实,姚江河的手骨感,如同龙门吊上的抓钩,咬合力很强。梁云霄再次审视姚江河。眼前的男人四十七八岁,个子中等,平头,面孔清瘦,轮廓分明的五官透出严肃、儒雅和自信。

姚江河也再次打量梁云霄,这个曾经让女儿整整一个春节都痛不欲生、欲罢不能的男孩子。的确,他的长相算是出众的,也满足他给姚子期提出的择偶条件之一——身体好。姚子期大学入学前一天,姚江河就给女儿提出了未来择偶的三个条件:身体好,人善良,有担当。如今作为统领近七千港口工人的集团老总,他也算阅人无数。他敢肯定,姚子期与梁云霄之间出现问题,不会是因为梁云霄品行不端。

"徐总,你们可千万不要忽视了我这个DHDG课题组的重要成员,没有我,罗教授是不可能顺利地在海山港上岸的。"姚子期跟徐正生很熟,平常跟他闹腾惯了,听说他现在除了当局长,还是父亲的上司,所以见面就戏谑他。

姚江河顿时变得严厉起来,训斥姚子期道:"臭丫头,别没大没小的。"姚江河说着,看向徐正生和罗子坤。罗子坤没说话,脸上露出了很自然的笑,很显然,他习惯了姚子期这样的交流方式。徐正生毫不介意,半开玩笑地伸出手:"好,欢迎DHDG课题组姚子期女士莅临指导。"

姚江河和罗子坤都笑了,大家也跟着笑起来。这样其乐融融的交流方式,令梁云霄紧张的情绪瞬间也放松了起来。他突然间发现,虽然都是港口,海山港跟宁州港的人际交往有着天壤之别。宁州港等级森严,人与人之间说话谨慎,做事小心,完全没有这样直爽轻松。说话间,考斯特中巴车到了码头,几个人上了车。中巴车开动,姚子期问徐正生:"徐大总经理,海山港准备了什么大餐来欢迎我们尊贵的罗教授啊?"

徐正生问:"你觉得我们海山有什么拿得出手的欢迎宴啊?"

姚子期毫不犹豫地回答:"千家门渔港海鲜大排档。"

徐正生对罗子坤说:"那就千家门渔港?"

罗子坤说:"客随主便。"

罗子坤接着悠然说古:"千家门两山屏障,是天然的避风良港。北宋起,就开辟了开封通往高丽的千年航道,每逢鱼汛,几十万渔民云集港内,桅樯林立,鱼山虾海,小酌观景,渔灯齐放,繁星如织,好地方啊。"

罗子坤通古博今,众人不住称赞。梁云霄坐在后面,透过车窗,望着海山岛城街道上的霓虹沉默不语。千家门渔港是梁云霄在海山最熟悉的地方。从记事起,每年捕鱼期,如果不出远洋,父亲梁海生和母亲丁春草都会驾船到近海捕捞海鲜,每隔几天,他们就会带着梁云霄来这里卖海鲜。附近的海鲜酒楼提起落叶岛的渔老大梁海生,没有人不知道的。可自从三年前,梁云霄从这里把冻在冰块里的梁海生接回家后,繁华喧闹的千年渔港和附近的海鲜排档,就再也见不到落叶岛的那个渔老大了。

千家门渔港大排档很快到了。沿着海滨百十家摊位一路拉开,灯火辉煌,几乎家家客满,海鲜都是现捞现做现吃,大师傅煎炒烹炸煮,食客唱着、喝着、吃着、笑着,热闹非凡。徐正生选的大排档的圆桌靠着海。众人落座,满桌子十几种海鲜立刻摆上了桌,罗子坤被这阵势吓着了。说到海鲜的种类,应该是渔民的儿子梁云霄的主场。七八岁的时候他就跟梁海生下水去捞海,这些东西他都熟悉。响螺、花螺;扇贝、贻贝、牡蛎、九头鲍;龙虾、明虾、竹节虾;甘鲷、米鱼、鳓鱼、大小黄鱼……梁云霄讲着产地、做法、吃法,如数家珍。说话间,大排档女老板亲自端上来一条清蒸大黄鱼。她告诉众人,在东海海域,这样的大黄鱼已经很少见了。这么大的黄鱼,渔民得跑到万里之外的远海去捕捞。众人都把目光聚焦到了那条大黄鱼上。清蒸的大黄鱼金光灿灿,鼓着两只白色的眼睛,死死地望着梁云霄。梁云霄抑制不住胃里的翻江倒海,失礼地跑出门,对着大海一阵狂呕。

姚子期追着他跑出来,不停地询问:"梁云霄,你怎么了?"

"没什么,我晕船。"梁云霄摇着头告诉她。

姚子期一头雾水:"晕船,你怎么会晕船呢?"

姚子期清楚梁云霄的水性和在船上生活的能力。渔民的儿子从生下来就在浪尖上颠,怎么可能晕船?梁云霄没有告诉过她,三年前他来千家门接父亲梁海生时的情景。

那天,梁海生就躺在冰冻大黄鱼的冷冻舱里,眼睛也没有闭上,鼓着的两个大眼泡子死死地瞪着他。

2

宁州港家属楼灯火辉煌。宁海楼家一楼大院里,花草葳蕤。他家房子宽敞,四室两厅。客厅的正对面摆放着一艘五万吨集装箱码头巨轮的模型,上面陈列柜里摆放着各种奖杯。宁海楼、齐英坐在沙发上看着电视,电视上正在播放宁州港国企改革的新闻,副市长周晓乙正在慷慨激昂地发表讲话。这时候,画面上出现了认真记着笔记的宁海楼。齐英兴奋得手舞足蹈,冲着宁海楼叫起来:"他爸,快看,快看,是你,是你。"

宁五洲拿着自己的搪瓷缸子气呼呼地从外面回来了。晚饭时,宁五洲显然喝了酒,满脸赤红,满口酒气。宁五洲拿起茶几上的遥控器,关了电视。齐英不知道什么事情惹毛了老爷子,心里不高兴但也不敢说话,起身正要朝卧室走,却被宁五洲给叫住了:"儿媳妇,你先别走,我有话说。"

宁海楼笑着问:"爸,怎么了这是?"

宁五洲没有正面回答他,反问了他一句:"你儿子呢?"

齐英回答说:"下班后,说是跟几个发小吃顿饭,晚点儿回来。爸,您不能从早到晚都管着他,年轻人都有自己的社交圈。"

宁五洲张口就骂人:"社交? 一个码头工人,搞什么社交? 他是港口领导吗? 你看看他,整天吊儿郎当的,有个码头工人的样子吗?"

齐英不高兴了。自从宁嘉南回海港实习,宁五洲和宁海楼总是在挑他的不足。在宁家,儿子从小就是她的骄傲。宁五洲喝醉了酒,又来找儿子的不是,继续给他说古,说什么心要沉下去,根要扎下去啊,要低调做人、踏实做事,要珍惜宁家的荣誉,别给宁家丢脸等等。他每次喝醉酒都要找宁嘉南念经,连她都听得耳朵起了茧子。想到这儿,齐英就反驳宁五洲说:"爸,您孙子是重点大学的大学生,不是您码头上的那些个徒弟,您就别再反反复复地给他念叨了。"

宁五洲气不打一处来,说道:"他有天大的能耐,也得懂规矩,干正事。你看看他,整天心神不宁的,几吨重的东西掉下去,那是要出人命的。"他重重地把空茶缸子放在茶几上,声音高出了八度。

宁海楼皱起眉头,拿起宁五洲的搪瓷缸子倒了一杯水,然后,在宁五洲身边坐下来问道:"爸,什么情况?您慢慢说。"

宁五洲接过茶缸子,吹了吹,喝了一口,嘴巴还是被烫着了。他重重地把茶杯放在桌子上,说道:"我让他跟大秦上了龙门吊,这小子心不在焉,差点把箱子给放斜了。大秦让他下去歇歇,他倒好,出了错还不谦虚,不跟着学,嘿,下了操作台就溜号了。你说,这是当学徒的态度吗?换了我,我大耳光抽他。"

宁海楼苦笑一下,说:"爸,您先消消气。"

宁五洲责怪宁海楼:"你的儿子,你也不管?"

宁海楼苦笑道:"你的儿子能管好,我的儿子我管不好,那怎么办?"

齐英扑哧一声笑了,说:"宁海楼,你可真不要脸,变着法儿地表扬自己。"

宁海楼也笑了,说:"我是实事求是,我和我弟海魁,没给宁家丢人。"

宁五洲对宁海楼和齐英的不严肃很不高兴,他板着脸说:"你们还笑得出来,就他那样儿,进了港口,你们不嫌丢人,我可嫌丢人。老宁家,一家三个劳模,不能出这样一个小浑蛋。"说话间,宁嘉南回来了。他见爷爷宁五洲的脸色很不好看。很显然,宁五洲已经从徒弟秦师傅那里了解到了前几天他在集装箱码头上的表现,接下来,老头肯定会拉着他唠叨个不停。于是,他跟家人打了个招呼,直接朝自己房间走去。

"你站住!"宁五洲叫住了他。宁嘉南站在了门口。宁五洲盯着他看了一会儿,说:"明天你哪儿都别去,我亲自上台带你。"

宁嘉南不以为然地说:"不就是码垛的活儿吗,又不是桥吊装船,您犯不着,我学得很好。"

宁嘉南不羁的态度彻底惹恼了宁五洲,他近乎怒吼道:"你学得好?就你这个态度,你能学得好?你以为码垛工的活儿好干?码箱子得跟装船一样,错不得半毫,否则台风一来就会倒一大片。我告诉你宁嘉南,要么你就别学,要学你就得学精,否则,你就别给我出现在码头上。从明天起,码头你别去了。"

宁嘉南嘟囔了一句:"不去就不去,您以为我想去?正好,我要准备论文,我还要复习考研,不准备就业了。"

宁嘉南说着进了房间,咣的一声关上了房门。

宁五洲气得站起身来,怒骂道:"那就赶紧滚,准备论文滚回学校去准备,别在宁州港给我丢人现眼。"

宁嘉南打开房门说:"那谢谢爷爷,我明天就回东海。我在这儿你们嫌丢人,毕不了业,我丢人。"说完再次关上了门。

宁五洲气得发抖:"你……"

宁五洲来到宁嘉南房间门口,气得要拿脚踹门,宁海楼拦住了他。

宁海楼说:"爸,您还是算了吧。这事您别管了,我的儿子我来管。您还是喝杯茶,解解酒,他爱怎么样就怎么样吧。"

宁五洲喝了口水,又把搪瓷缸子重重地放在了茶几上,背靠沙发,闭上了眼睛。

"怎么了这是,上午还好好的?"齐英觉得宁嘉南的情绪不对,很纳闷地问宁海楼,"他不会是跟老姚家的女儿闹矛盾了吧?"

宁海楼苦笑:"那可没准儿,他没能进罗子坤的课题组。"

齐英惊讶地问道:"啊,那是为什么啊?"

宁海楼提高了声调,故意说给宁嘉南听:"为什么?那还能为什么?人家罗教授没看上他呗。"

宁海楼的挖苦,再次刺激了宁嘉南。

宁嘉南隔着房门回击道:"那还不是因为你们宁州港,你们想十万吨大港想疯了,是人家罗教授看不上你们宁州港好不好?"

宁五洲一听就不乐意了,他指着宁嘉南的门骂:"小混蛋,什么叫我们宁州港,你不是吃宁州港喝宁州港长大的?"

宁嘉南隔着门大声道："爷爷，您就别指望我做您的'港三代'，给您生个重孙子做'港四代'了，我要考研，将来说不准还要出国。我把话撂在这儿，毕业后，宁州港我是不会回来的，这事您别想了。"

宁五洲气得说不出话来。

宁海楼冷笑一声，转头劝父亲宁五洲："爸，您跟他生不来这个气，这才是他的真实想法。您先回海魁那儿早点歇着吧。"

宁五洲沮丧气恼地出了门。

宁海楼疲惫地靠在沙发上，心里十分懊恼。此刻他真正体会到了儿大不由爹的无奈和沮丧。在宁州港号令近万名港口工人、杀伐决断的宁海楼，唯独对他的儿子和老子束手无策。宁五洲是港口集团的元老，他入职航运公司的时候，港口业务还以内河跟长江航运为主，主要营运砂石、水泥、粮食等大宗商品。改革开放初期，宁州被列为国家第一批沿海开放城市，外贸经济活跃，内港很快被海港取代。宁五洲是海港码头的第一批员工，更是集装箱码头的开创者。宁五洲早就光荣退休了，但是港口为了留住他这个国家级的劳动模范，还是返聘他到集装箱码头做了技术顾问。退休后的宁五洲比上班时还积极，一年四季像一枚钉子一样死钉在码头上，一双眼睛死盯着码头上的桥吊、龙门吊、码垛、装船岗位。宁五洲在码头干了四十多年，一线大部分技术骨干、中层领导都是他手把手带出来的，加之他还是宁海楼的父亲，所以他在码头上深受尊敬。但有的时候，他这个人又倔又轴，弄得码头上管理人员面子上下不来。

在家里，他也不服老。上管天，下管地，中间还管空气。宁家一共弟兄两个，弟弟宁海魁生了两个女儿。对孙女宁霞和宁虹，重男轻女的老爷子基本不管。两门独守一圃独苗，所以宁五洲从小对宁嘉南的管理就很严格，大事小事，不让宁海楼和齐英插嘴。可自从宁嘉南读了大学之后，宁五洲的话在宁嘉南面前就不管用了。宁五洲就骂宁海楼："你的儿子你不管了？谁的儿子谁管，子不教，父之过。"宁海楼冤，可没地方说理。

宁海楼觉得，宁嘉南今天是过分了。两天前，宁嘉南在码头上的表现确实踩了他的底线。码头重地，就是出了天大的事，也不能带到桥吊操作台上去，出了事就是大事。去年，一个工人在船上就因为走了一点神，被几吨重的集装箱压成了肉泥。那种惨状,至今让宁海楼心肝乱颤。宁海楼决定跟宁嘉南好好聊聊,可宁嘉南关上了门,他只能站在门口跟他交流。宁嘉南似乎根本不想理会他,打开了复读机,开始复诵英语单词。

"罗子坤为什么不要你？宁嘉南,我替你说了吧。DHDG课题,是国家级课题,未来东海的大港项目,这样的项目,他怎么可能会要一个一心想着去看外国月亮的人来做他的助手？你的想法,不说我也清楚,你是想走捷径,进课题组就是为了那个交换生机会,然后出国读书,好留在国外天天看你说的外国月亮,如果我是罗子坤,也不会要一个没有线的风筝,没有锚的破船。"

知子莫若父,宁海楼一语击中宁嘉南的要害。

"罗子坤不要你,宁州港也不要你。明天带着你所有的想法,滚吧。至于你出国的想法,你爷爷不同意,我也不同意,出国读书的资金问题,你自己想办法解决。我和你妈没钱供你去国外读书,宁州港给我的年薪是我的血汗,也是宁州港码头工人的血汗,宁州港不养白眼狼。"宁海楼继续输出,话越说越难听。

宁嘉南戴着耳机跟着复读机学雅思英语,他根本就没理会外面宁海楼的聒噪。宁海楼见宁嘉南不回应,气呼呼地回自己卧室去了。

齐英到门口听了一会儿,跟着宁海楼进了卧室。

齐英问宁海楼:"课题组罗教授换谁了？"

宁海楼回答她:"小梁,梁云霄。"

齐英暗自思忖道:"我说呢,今天他跟罗教授一起上船了,当时我还纳闷。哎,这小梁不是在操作部实习吗,怎么去海山了呢？"

宁海楼长叹了一口气:"我是真想把他留在宁州,可他恐怕是要被海山港要走了。"

齐英的心思还在姚子期身上,她像是悟出什么似的啊了一声。

宁海楼吓了一跳:"你干什么呢？一惊一乍的,吓我一跳。"

"啊,我明白了。"

"你明白什么了？"

"那个梁云霄是冲着老姚家的女儿去的。老姚家要招上门女婿。"

看着老婆一脸惊讶又一本正经的样子,宁海楼笑了。

"你想什么呢？他是人家罗子坤钦点的将，如果不是这样，这个人我是不会放的。这些年我一直想招这么一个人，踏实、肯干、有想法，不像有些人，墙上芦苇，头重脚轻根底浅，山间竹笋，嘴尖皮厚腹中空。"

齐英上了床，说："有你这么说自己儿子的吗？"

宁海楼说："他本来就是。"

齐英靠在床头，还在琢磨宁嘉南和姚子期的事。

齐英说："我说老宁，你跟老姚在省城交通运输厅港务局好歹也共过事，要不，咱们不妨托个媒人，明天就去海山跟姚家把两个孩子的事情定下来，早成家，也不妨碍他立业。我们要想留住儿子，这也是个办法。说实话，姚江河那个女儿姚子期我见了，真是女大十八变啊，不仅人漂亮，还是重点大学的大学生，比老董家的女儿强多了，我是真喜欢。"

"你真喜欢有什么用？老姚这个人你还不清楚？清高孤傲，女儿就是他的眼珠子，就你儿子那样的，怎么可能是他姚江河盘中的菜？"

宁海楼起身扯起毛毯盖上，准备睡觉。

齐英一把扯过毛毯，说："没你这样的，他不是你儿子？行了，这事你别管了，海山港的一把手徐正生，我过去帮了他不少忙，我请他做这个媒人，他老姚家的女儿，我们家还娶定了。"

宁海楼熄灭了灯，告诫老婆道："你定什么定？我告诉你，不准，你可千万别脱了裤子推磨，转着圈地给我丢人。"宁海楼又扯了一下毛毯。

齐英再次扯过毛毯，说："怎么什么话到了你嘴里都是臭鱼烂虾？这事得抓紧，这可能是把儿子留下来的最好的办法了。"

宁海楼在鼻子里哼了一声说："儿大不由爹娘，随他去吧。"

"最近咱们港口的孩子出国的可不在少数，他要是一去不复返了，这个儿子我们可真就白养了。"

黑暗中，齐英给了宁海楼一个巴掌。

3

夜色如墨。海山港滨海招待所背山面海，条件简陋，被褥潮湿。梁云霄嗅着大海的潮腥味醒来时，已经是午夜时分了。电话铃声响起，梁云霄在电话里听到了罗子坤的声音："你到我住的地方来。"声音嘶哑、沉闷，但透着威严。说不清楚原因，梁云霄有些惧怕罗子坤。尽管在姚子期的描述中，罗子坤是正直无私、心地善良、亲和力很强的人，可对梁云霄来说，罗子坤是陌生的。大二时，罗子坤给他们上海岸工程课，他课时不多，下课立刻就走人，戴着黑色方框近视眼镜，走路低着头，像是总在沉思着什么问题。整整一个学年，罗子坤都是神龙见首不见尾。如果不是姚子期的极力举荐，梁云霄觉得，自己根本进不了罗子坤的视野，更别提能像姚子期、宁嘉南那样和他有密切交往。

罗子坤住在一个独栋两层小楼里，离大海更近，涨潮时，能听到海浪击打礁石的声响。梁云霄到的时候，罗子坤正独自坐在二楼阳台的藤椅上，望着大海，聆听着涛声，抽着烟斗。海面波涛汹涌，漆黑一片，只有远处渔船上星星点点的灯光时隐时现。近海的渔民还在下网、下钩捕捉鱼虾海蟹，去赶明天的早市。罗子坤在大排档喝多了酒，已略显醉态。梁云霄想去开灯，罗子坤制止了。烟斗明暗相间，罗子坤那张清瘦斯文的面孔时而清晰，时而模糊。

"黑灯瞎火，不必看对方的脸色。"罗子坤声音有些嘶哑，用一个幽默的方式开场，"我看了你的开题报告，讲海山的深水大港建设，虽有瑕疵，却令我震惊。现在的年轻人，目光长远的不多。我想问你，为什么要选这个选题？"

梁云霄的嘴唇动了动，心里苦笑一下。当初选这个选题，只是因为他熟悉这片海，论文好写，更容易毕业而已。从记事起，每个寒暑假，他都会跟着梁海生在近海往返穿梭，下网、下钩、下水去做捞海人，挖牡蛎、抓海参、摸鲍鱼、捡海螺，什么活都干过，大小岛屿他去过大几十个，海山群岛周边的地形、地貌、气候、洋流、海底情况他不算陌生。

梁云霄在黑暗中看了一眼罗子坤，说："我是海山人，自认为做这个选题更熟悉些。"

罗子坤点了点头:"没错,海山群岛是东海之门,更是国家之门,也是未来航运的风暴眼。立论不错,论据充分。全球七条国际航线,有六条经过海山。这里的地理位置、水文条件,几百年前英国人、葡萄牙人就觊觎已久。它的位置之重要,英、美、法、德等国都有定论。鸦片战争之后,晚清政府还算明智的选择就是没把它给割让出去,成为英国人的国际自贸港。这里要是成了香港和澳门那样的自贸港,列强的坚船利炮就会顺风直取渤海,入天津,进北京,大清的国运只会更悲惨。"

梁云霄听着罗子坤讲古,心里却有些慌乱。当初论文开题写这些的时候,他根本没有想那么深。

黑暗中,罗子坤往烟斗里重新摁了些烟草,划了一根火柴,点燃了。然后,他深深地吸了一口,吐出来。巴西烟草呛人的味道弥漫开来。

"民国初期,孙中山先生曾经有一个东方大港梦,也曾带着这个梦去北京找过李鸿章,可一百多年过去了,他的梦仍未实现。改革开放二十多年过去了,国家经济崛起,航运也在飞速发展,我坚信,梦不远矣。东海一定要建国际大海港,一定要建国际自贸港,国家的海洋战略,毋庸置疑。我们这代人,不知道还能不能看到它雄霸全球的那一天,可我坚信,你们这代人能,一定能。"

罗子坤站起身来,面对着夜色中苍茫的大海。

"不管有没有人相信,未来这里会是十万吨、二十万吨、三十万吨,甚至更大货轮码头云集的地方。全球最大的港口集群,会在这里诞生。"

梁云霄一下子被罗子坤的野心吓着了。

罗子坤说:"说实话,要论做课题,宁嘉南比你聪明,姚子期比你细致。"

梁云霄想问:那您为什么选我?可是,他张了张嘴,话却没有说出口。

黑暗中,罗子坤还是猜中了他的心思。

罗子坤笑了,露出洁白的牙齿,说:"我知道你想问我为什么没选宁嘉南。我告诉你,我有我的私心。这个项目要做起来,短则五年,长则十年,大船没有锚地就进不了港,有了锚地没有重锚,船也泊不了位。"

梁云霄心虚地问:"您怎么知道,我是您想要的重锚?"

罗子坤没有回答,他狠抽了两口烟,剧烈地咳嗽了几下,将目光投向夜色中的海。在梁云霄印象中,姚子期告诉过他,罗子坤过去烟酒不沾,是个自律性很强、对自己过分苛刻的学者。据说,他最大的爱好是关在屋子里听着交响乐画油画。梁云霄还听说,罗子坤这个海洋力学专家的油画在书画市场上价格不菲。可是,此刻罗子坤也开始抽烟喝酒了。

"东海十万吨级深海码头课题提出的时候,学院里不少人说我吹牛,课题拿到北京论证,有人说我是个疯子。"罗子坤像是自言自语,又像是在对梁云霄说。

梁云霄问:"那为什么您还要坚持做?"

"海洋资源。"罗子坤的声音低沉有力,像是来自大海深处的涛声,"未来这片海域,十万吨以下的港口会风起云涌,可深水巷道和岸线就那么多,过不了多久,国营、外资、民营商业码头和工业专用码头会遍地开花,码头纵深、货物堆场、物流配套都会迅猛发展,早期规划不好,资源就会浪费掉,到时候,我们想再建大港,将无从着手。"

梁云霄的心动了一下,说道:"可是,宁州港也一直在筹划上十万吨泊位的码头,课题为什么不能在宁州做?"

罗子坤笑着说:"是啊,很多人都这么劝过我。宁州港水通长江、陆接长三角,直连太平洋国际航道,加之宁州是国家计划单列市,也是改革开放最早设立的沿海开放城市之一,资金充足,物流通畅,放在宁州,课题转化为项目的时间不会太长,宁海楼也曾亲自找过我,给我开出了优渥的条件,可我还是决定把它放在海山来做。"

梁云霄问:"那是为什么?"

罗子坤说:"宁州是千年大港,又逢开放良机,工业和城市地产发展很快,海岸线上五万吨以下港口林立,巷道岸线资源基本耗尽,发展的空间虽然很大,但局限性更大。我们建十万吨、十五万吨码头,必须为二十万吨、三十万吨以上码头做好理论预设,海山港口的发展,绝不能再走宁州的老路。"

虽然知道罗子坤的想法是对的,但梁云霄更希望罗子坤的课题能放在宁州。自从父亲梁海生去世后,他开始从心底痛恨海山群岛。如果不是母亲的羁绊,他更希望自己离它远远的。

"理论上毋庸置疑,可是,海山群岛远离大陆,沧海孤悬,内陆商品物流上会存在很大困难,我们建设港口的同时,总不能再架几条跨海大桥吧?"梁云霄说着,看了看远处黑暗中的大海。

"孺子可教也。海山的'大陆连岛'工程指日可待。"

梁云霄在黑暗中摇了摇头。

"怎么,你也不信?"

梁云霄说:"即便我信,也需要时间。"

罗子坤长叹了一口气,盯着夜色中苍茫的大海,沉默了很久。

"是啊,时间。时间对于年轻人来说,日月流年,可对于我这个年龄的人来说,分秒珍贵。我知道,我这样的设想,很多人都认为是海市蜃楼。可是有一点你必须相信,中国和世界航运的深港大船时代已经到来,我们不抓紧时间,就会错失良机。二十世纪八九十年代,亚洲的四小龙皆因港城的崛起而崛起。新世纪的全球经济崛起始于中国,港口要看宁州和海山。"

罗子坤说得很兴奋,梁云霄听着心里却一片迷茫。这是一个迄今为止他不曾触及的领域。

罗子坤说:"好了,我今天喝多了酒,话也说得太多。跟我做这个课题,是个漫长的苦差事。大锚沉下去,可能会是五年、十年、二十年。我说了,你不必急着回答我,如果不愿意,可以退出。好了,你可以走了。"

罗子坤说完,磕掉了烟斗里的烟灰,然后起身摸索着下楼,一个趔趄,差点摔倒。梁云霄扶着醉酒的罗子坤上了床,替他盖上被子,悄悄离开了罗子坤的住处,沿着海边的水泥路回到了自己住的地方。

这个夜晚,梁云霄没有了丝毫睡意,因为他想到了宁州港。此刻的宁州港一定是灯火辉煌。同样的港口,不同的境遇,让梁云霄看到了海山港的困境,这同时也会是DHDG课题组的困境。大海开始涨潮了,汹涌澎湃地击打着防护堤,发出巨大的声响。命运再次把他裹挟到了波涛汹涌的大海之中。梁云霄迷茫了。罗子坤把海山当作了他的锚地。可梁云霄的锚地到底在哪里?或许,父亲梁海生死后,他的人生就没有了锚地,命运的浪涛里,他只能随浪而行。

DHDG课题落地海山,从理论上讲,未来可期。可这个未来会是多少年?五年,十年,还是二十年?未来可期却不可测。罗子坤在赌未来的十年。可梁云霄却没有这个勇气,他手里没有赌资。大学三年,学费大部分是助学贷款。他必须先把自己的贷款还清,然后才能帮母亲丁春草摆脱巨额债务的泥潭。家里的小白楼已经抵押给信用社了。万吨巨轮倾覆海底,异国海事局已宣告,打捞失败。高傲自负的渔老大梁海生在出海前根本没想到会是这样的结果,渔船也并没有投保。小白楼挂牌出售,可没人敢买。渔村里的人不仅自己不买,还阻止外面的人来买。他们害怕把这个苦命的女人逼急了,一根绳子上了房梁,那样他们借给梁家的钱就彻底打水漂了。只要母亲丁春草还在村里住着,梁云霄就不可能不回村。渔民们都知道丁春草还有一个上大学的儿子,父债子还是他们唯一的希望。

梁云霄想到丁春草此刻的心境,心口的痛又在隐隐发作。小白楼归属的不确定性,时刻折磨着苦命的母亲。那里原本是她的家,可一夜之间,她却成了寄宿者,随时随地都可能居无定所,而那个房子的主人,今后也不知道会是谁。虽然小白楼仍然伫立在落叶岛的半山腰,像灯塔一样存在着,可在梁云霄看来,母亲就是村里渔民在押的人质,小白楼就是压着母亲的雷峰塔。小时候,邻居四奶奶给他讲过《白蛇传》的故事。白素贞被法海压在雷峰塔下受尽了屈辱磨难和母子分离之苦,后来,白素贞的儿子许仕林高中状元,搭救母亲出了苦海。梁云霄虽然自认没有许仕林的本事,可也不能忍受母亲被囚禁孤岛的内心煎熬。

眼下,他最大的愿望是能够顺利毕业,早点开始工作挣钱,入职宁州港是个好机会。实习期间他已经打听清楚了,港口一线工人的工资一个月能拿一千多,加上加班补助、福利,能拿到两千多。挣钱最多的代理公司,拉订单拿提成,一年能挣好几万。梁云霄有些后悔选了这样的论文题目,更后悔选择了罗子坤这么一个被人称作疯子的怪老头导师。

一夜无眠。

天亮时,梁云霄痛定思痛,决心退出课题组。他不能毕业后再谈撤出,那样会误了罗子坤的课题。可是,退出课题组这样的话,他不知道该怎么去跟罗子坤说。解铃还须系铃人,梁云霄决定去找姚子期。

4

晨雾笼罩着宁静的海港。

姚子期家就在海山港早期的家属院。院子依山而建，面朝大海。从外观上看是两层带一个阁楼，独门独院。房屋建于二十世纪八十年代初期，红砖青瓦，有点老旧，但很僻静，门口是一排整齐的法国梧桐，一条不太宽的水泥路蜿蜒伸向远方，走几步，就是老港口。前面的院子不咋大，也就十几平方米，靠山的后院却不小，足有三四百平方米，种着蔬菜、瓜果和花草。千禧年，港口房屋改建，姚四海花两万块钱买下了这个小院。姚江河住在港口在市里盖的家属楼，这里只住着姚四海。

姚四海是海山港元老中的元老，港口码头有他数不清的徒子徒孙。周末一到，这些人就在小院里支起桌子，只是就着干鱼腊肉、赶潮捞的小海鲜、花生米、腌萝卜，也能从早晨喝到晚上，闹腾一天。海山本岛孤悬沧海，整个城市也就巴掌一块大的地方，码头工人没有什么地方可去，周末喝大酒就成了他们雷打不动的习惯。在码头上紧张工作一周，周末大醉一场，既是娱乐，也是放松。

姚四海喜欢热闹，早晨七点，大家就拎着早晨赶海弄来的海鲜靓货陆续来了，闹哄哄张罗早酒。此刻，他正在前院收拾着他从小码头弄来的小海鲜。徒弟贺大年和胡彪拎着从外贸公司弄来的澳洲龙虾和北美帝王蟹，二人一高一低、一瘦一胖走进了小院，进门就嚷着给师父开洋荤。姚四海平时说话声音很大，穿透力很强，此刻却压着嗓子警告他们："虾爬子和鲇鱼头，你们两个小声点，子期睡得很晚，惊扰了她，要你们好看。"小脑袋瘦高的贺大年跟矮胖子大脑袋的胡彪低声答应着。

楼下的嘈杂还是惊扰了姚子期的美梦。昨晚，她跟宁嘉南煲了半宿电话粥，睡得晚了些。宁嘉南告诉她，他跟家里人摊牌了，毕业后出国，所以，这次无论能不能拿到学院公派名额，他都得走。他希望姚子期也早点跟家里人说，别到时候被动。两个人肆意畅想着未来，等闭上眼，姚子期就和宁嘉南梦游在了意大利迷人的威尼斯水城。

姚子期慵懒地伸了个懒腰,身上一袭睡裙,穿着拖鞋踢踢踏踏地上了阳台。向远处望去,海湾被淡淡的雾霭笼罩着,没有风,也没有太阳,像个晨起慵懒的女人,睡眼惺忪。姚家二楼阳台上种满了各种花草,这些花草都是姚四海为姚子期种下的,有盆栽,也有土栽。姚子期每次回来都住在小院,这里承载了她童年所有时光。姚子期活动了一下双肩,扭扭脖子,朝楼下院子里看去。院子里早场酒早已开喝,众人正在推杯换盏,猜拳、劝酒的兴奋早已让他们忘了姚四海的警告。

姚四海端着一盘炒花螺从厨房里出来,见姚子期揉着蒙眬的睡眼上了阳台,知道这些人把孙女给吵醒了,照着猜拳声音最大的徒弟贺大年就是一脚:"虾爬子,不是让你们喝哑巴酒吗?号什么号?"

这一脚正踢在屁股上,贺大年就从凳子上摔了下去,来了个四仰八叉。他揉着屁股嘟囔着抱怨道:"师父,这哑巴酒喝个什么劲?"

姚四海说:"不能喝,就滚蛋。"

贺大年起身看向楼上叉着腰一脸不满地看着他们的姚子期,继续跟姚四海贫嘴:"师父,您眼里可别只有您的宝贝孙女啊。她马上就要大学毕业了,将来是要嫁人的,嫁出这海山岛,将来还得我们这些徒子徒孙陪您。"

众人听了开始起哄。

胡彪说:"虾爬子,你又胡说八道,子期是我们海山港的海公主,谁能娶得走?我们是要招龙门婿的。海山岛,只能进,不能出。"

话题一开,众人七嘴八舌议论起来。贺大年提高嗓门,像是故意说给楼上的姚子期听:"鲇鱼头这话说得好,这龙门婿我们得好好替她选。过不了我们这一关,别想进姚家门。"

姚子期实在忍不了这些男人的聒噪,但她又不能改变他们的生活。

"我说各位,你们是喝酒啊,还是打嘴仗啊?光说不练,不是好汉。"姚子期居高临下,冲着院子里喊。

这帮人要的就是姚子期搭话,给这场早酒定义一个话题,见姚子期加入,大家立刻又热闹起来。

贺大年朝阳台上的姚子期喊道:"子期,你赶紧下来,陪着叔叔、伯伯们喝杯酒,到时候上门女婿欺负你,我们好给你出气。"

姚子期说:"喝酒就喝酒,别老拿我说事。"

胡彪喊道:"子期,你赶紧下来,陪你叔喝一杯。"

"鲇鱼叔,就您那酒量,还敢提跟我喝酒?忘了我上大学走的那天了?您都喝得一头扎海里了,要不是我爸和爬子叔,您早就见龙王了。"

姚子期嗤之以鼻。

贺大年见姚子期上了钩,倒了满满一杯酒说:"好,这才是咱们海山港的女英雄,来,叔给你倒一杯。"

姚子期偏偏不上当:"对不起,爬子叔,我不喝早酒。你们等着吧,有本事晚上你们别走,不把你们喝趴下,我不是姚子期。"

贺大年说:"子期,你省城待了几年,人变鬼了,你是等叔叔、伯伯们自相残杀一整天,你再上场?有本事你现在下来。"

"有本事你们先歇着,晚上再说。"姚子期笑着说,"不跟你们说了,我去洗脸了。"她说着回到了屋里。

梁云霄推开了姚家小院,进门就被浓烈的酒味呛着了。他对这帮人大清早就开始喝酒感到诧异。众人停下喝酒,目光齐刷刷看向门口。只见一个身穿衬衫、牛仔裤的陌生青年站在门口,身材中等偏上,健硕挺拔,浓眉大眼,五官立体,除了肤色黑点,算得上英武俊秀。

梁云霄以为自己走错了门,一脸懵懂地问:"请问,姚子期在吗?"

"你是她什么人,找她什么事?"贺大年上下打量着梁云霄。

梁云霄说:"我是她同学,找她有事。请问,她在吗?"

贺大年一听是姚子期的大学同学,眨巴了一下眼睛,立刻来了精神。他故意扯着嗓子喊:"既然是子期的同学,那得入乡随俗吧?"

贺大年拎起一瓶白酒拦在了梁云霄前面,顺便给胡彪递个眼色。胡彪立刻会意,也端着酒杯起身,说:"进了姚家门,就得随姚家的规矩。来,喝一杯,喝完这杯酒,我告诉你。"胡彪说着就搂着梁云霄,把他往身边的椅子上摁。梁云霄有些无措,想起身,可胡彪铁杵一样的胳膊压在了他的肩膀上,他只好坐下来。贺大年手里拎着酒瓶子,对着圆口的玻璃杯就倒满了一杯酒。

二楼正在洗漱的姚子期听到梁云霄的声音,一边刷着牙,一边跑到阳台上,正好看到这一幕,急忙制止:"爬子叔,你别让他喝,他胃不好,昨天晕船,刚吐过。"

众人见姚子期劝阻,就更来劲了。贺大年调侃姚子期:"哟,子期,这么快就心疼上了?那可不行,这进门酒,不喝不行。"

梁云霄一笑,接过了他们递来的两杯酒。渔民的儿子对酒不怵。

姚子期见梁云霄上了当,着急地冲他说:"你别听他们的,别喝。"

姚子期话音未落,梁云霄左右开弓,端着两个大杯子,一饮而尽。几个码头工人、阳台上的姚子期、端着菜刚从厨房出来的姚四海顿时被惊着了。两杯烈性酒下肚,直顶脑门,酒精刺激胃黏膜,身体也跟着有些痉挛,让梁云霄有些难受。他调整了一下身子,很快就稳住神,笑着说:"进门酒我喝了,等跟子期聊完事,我们再陪着大家喝?"

贺大年和胡彪盯着梁云霄,知道遇到了硬茬。这样的酒量,真的喝起来,他们占不了便宜。二人犹豫之间,姚子期急匆匆从楼上跑下来,一把夺过了梁云霄手里的杯子,道:"梁云霄,你傻不傻?大清早的你喝什么酒,不要命了!"贺大年和胡彪见姚子期这么护着梁云霄,立刻来了底气,接着倒满了酒。姚四海看到姚子期涨红的脸,知道孙女真生气了,立马呵斥二人:"喝什么喝?再闹腾就给老子滚出去。"姚四海骂人的调门很高,声音嗡嗡响。贺大年、胡彪借坡下驴,坐了下来。贺大年嘟囔道:"师父这么早就开始护犊子了。"

5

姚子期趁机把梁云霄拉上了二楼。

阳台小花园里,梁云霄在藤椅上落了座。姚子期给梁云霄倒了一杯水,一脸嗔怪地对他说道:"他们都是酒篓子,他们给的酒你也敢喝?"梁云霄笑了笑,看着身穿睡裙,头发蓬乱,邋邋遢遢的姚子期,很诧异她的变化。印象中的姚子期很注重外在的精致。校园里,无论是去上课,还是出门,她的头发、衣着都保持着得体和齐整。此刻的姚子期却毫不掩饰自己的放松和散漫,这里是她的王国,她可以为所欲为。

姚子期很诧异地看着梁云霄："没想到你还挺能喝。"

"小时候跟我爸冬天出海的时候冷，也能喝几口，只是我没有早晨喝酒的习惯。"

梁云霄满眼血丝，姚子期猜他昨夜一定没有睡好，就问他："教授找你聊过了？"

梁云霄点了点头。

姚子期急切地问他："是不是激情澎湃？"

姚子期听罗子坤讲课的时候确实激情澎湃。她八岁随父亲姚江河从省城来到海山港，是在港口长大的孩子。罗子坤的构想若真能在海山实现，无疑是姚子期最想看到的。梁云霄犹豫再三说："我想退出DHDG课题组。"

"你说什么？"姚子期简直不敢相信自己的耳朵，盯着梁云霄的脸看了许久，"我没听清楚，你再说一遍。"

梁云霄知道姚子期不高兴了。他站起身来，把茶杯放在藤条茶几上，极力让自己的心绪平静下来，把语速放慢了告诉姚子期："我说，我想退出课题组。教授希望我像铁锚一样沉在这里，跟他做五年、十年，甚至更长时间，我不敢肯定我能坚持下来。"

姚子期明白梁云霄的顾虑，但气恼他的低情商。DHDG课题是东海交通大学好不容易申请到的国家级课题，进了这个组，就有了优先保研、出国深造的机会。为让梁云霄进项目组，她从梁云霄的论文开题就开始了铺垫。她给罗子坤做了一年多助理，深知他的脾气。罗子坤清高、孤傲，多数人求而不得。姚子期不敢想象，一旦出现梁云霄主动拒绝和退出课题组的情况，会给罗子坤造成何等尴尬的局面。

姚子期无奈地摇头，继而缓和了一下语气，劝梁云霄说："我想，你先不要急着退出课题组。课题跟你的论文高度吻合，你的论文还要答辩，你还要毕业、考研，导师还要面试。你若想退出，总得等你顺利毕业吧？更何况罗教授也是看了你的论文选题，才临时决定换人的。"

"我不能骗他，不能骗你，更不能骗我自己。"梁云霄仍坦诚地说出了拒绝的理由。

"那你今天找我,是什么意思?"姚子期被梁云霄的坦诚搞得哭笑不得。

"我想请你去跟教授说一下,我不合适,请他另选他人吧。"

姚子期站起身来,眉毛瞬间竖了起来,说道:"你开什么玩笑?"

"我没开玩笑,这是我的真实想法。"

姚子期懊恼地问:"进课题组对你不好吗?"

"可是我的家庭情况比你想象的更糟糕。实话告诉你,等大学毕业了,我必须尽快去工作。眼下,或许宁州港是我的最好去处,那里工资可能会高一些。"

失望、失落、沮丧瞬间使姚子期眉头紧锁,她拉着梁云霄坐下来,声音压得很低,像是鼓起了很大的勇气平静地望着梁云霄:"有件事,希望你听完之后,不要生气。"

梁云霄看着姚子期一副认真的样子,有些疑惑。

姚子期说:"我极力推荐你进入课题组,除了帮你之外,也有私心。"

梁云霄皱了一下眉头:"哦?"

姚子期接着说:"你知道我还选修了国际航运金融和国际贸易相关课程。海山港未来的深水大港集群建设,仅靠国家投资是不够的,必须跟国际资本接轨。所以我想出去看看。"

梁云霄一惊,问:"你也想出国读研?"

姚子期点了点头,说:"是。但我也想帮我爸,所以我希望你能留下来帮他。罗教授的课题确定后,宁州港在争,海山港也在争,其他滨海城市都在争,如果课题能转化为落地项目,对海山港和海山岛来说,无疑都是机遇。我希望你能协助罗教授让这个课题在海山落地。"

梁云霄苦笑一声,想打断姚子期的话,可姚子期制止了他。姚子期拉了一下藤椅,靠近他继续说道:"你别急着拒绝。我认为只有你可以,你是海山的男人,你对这片大海的理解比我更透彻。你性格沉稳、坚韧,我想或许只有你和罗教授才能帮得上我爸,帮得到海山。另外,我也考虑到了你的实际情况。你的家在落叶岛,岛上还有你的母亲。我是这么想的,如果罗教授的课题能在海山落地,你就可以入职海山港,这样,你工作的单位离你家就会更近一些,你对家里也能有所帮衬。"

梁云霄没有再说话,他有些失望,甚至有些沮丧。姚子期跟他讲了这么多,目的只有一个,让他留下来帮她的父亲,帮海山港,这样她就可以心无旁骛地跟宁嘉南远走高飞了。他觉得眼前的姚子期是陌生的,是令他意外的熟悉的陌生人。原来,她跟宁嘉南一样,是想为自己的逃离找一个替身,为自己背叛家族找一个借口。那么我梁云霄算什么,提线木偶吗?可是这个念头瞬间闪过之后,他又被眼前人畜无害的姚子期给打败了。他觉得自己不应该这样怀疑她。复杂矛盾的心情充斥了梁云霄的内心,他有些愤懑,也有些懊恼。

姚子期看到了梁云霄的不快,长叹一口气说:"云霄,你要相信,我不会害你。"

梁云霄低头沉默。姚子期说的确实是实情。无论姚子期和宁嘉南出于何种动因,都是实实在在地在帮他。梁云霄再次望着眼前这个一直像白月光那样照亮他的女孩,她连自私和心机都让人觉得温暖。梁云霄真想告诉姚子期,他已经被梁海生留下的那个烂摊子压得喘不过气了,她赋予他的这个使命,他担当不起。梁云霄想了很久,最终还是固执地摇摇头。姚子期强大的耐心被梁云霄的固执击溃了,她被惹恼了。

姚子期说道:"退出的事,我不会替你去说。话说出去,覆水难收,就没有挽回的余地了。你是渔民的儿子,最知道向海而生的道理,我们都有退路,而你没有。"

姚子期说的是实话,可实话最难听。梁云霄心里很恼怒,"向海而生"这四个字再次刺激了他。他在心里说:去你的向海而生,这本身就是一个人生的悖论。如果不是因为这四个字,他的父亲梁海生就不会葬身海底。

梁云霄倔强地下了楼。姚子期没送他,抱臂站在阳台上冲他喊:"你到大海边吹一下海风,清醒一下脑子再做决定。人生关口,别人替你做不了决定。凡事努力而不达,是力不能及,但如果你认怂,另当别论。"

姚子期说这两句话时声音很大,语速也很快,直直地刺入梁云霄的耳鼓。随着姚子期的喊声,楼下喝酒的喧闹瞬间停止。众人望着阳台上的姚子期,看着梁云霄倔强地出门,都知道两个小年轻闹矛盾了。

贺大年起身,对梁云霄喊:"嘿,小子,坐下再喝一杯。"

梁云霄没有理会他,已经走出了院子。姚四海觉得贺大年多事,一把拉他坐下。贺大年一屁股坐空,摔了个四脚朝天。众人哄堂大笑,阳台上的姚子期也笑了。

梁云霄心情复杂地离开姚家。两边种植着笔挺白杨树的水泥路,一直延伸到大海边。路上空荡荡,只有他一个人孤独地走着。梁云霄独自一人沿着水泥路走到大海边,大海仍然波浪翻滚,他的脑子却一片空白。他的耳边回响起姚子期抛给他的那句话。

姚子期无疑是生活的智者、语言的天才,以至于很长一段时间里,梁云霄认为姚子期都是对的。一个从善良出发,并能给予他帮助的女孩子,他没理由怀疑她的真诚和善意。他羡慕姚子期的这种自信,而"自信"两个字对梁云霄来说很奢侈。自从父亲遇难之后,自信似乎从他的身体里被抽离得所剩无几。他一直认为,没有自信的人,就像大海中没有锚地的船,只能随风浪漂流。此刻,他就是那一艘在风浪中漂流的小船,没有目的,也没有方向,最终在大海中消失。他曾经认为,如果说人生有老师,那么姚子期应该算一个。她总能在茫然无助中给他一丝亮光,可现在姚子期抛给他一个同样熟悉的命题,让他独自去面对。在此之前,梁海生也曾给过他一个这样的命题。而这个命题,最终以"死在浪尖"作为最后的注解。

梁云霄决定独自面对他人生的海。

向海而生,还是选择逃离?他要自己做出决定。

第四章

1

　　海山港为课题组落地海山开了个会。姚江河主持会议，徐正生和海山市主管副市长亲自参加。梁云霄、姚子期坐在罗子坤左右两边，暂且算是课题组成员。梁云霄就坐在姚江河的对面。姚江河的声音不大，但像是从大海深处发出来的一样，浑厚有力。姚江河在会上讲了什么，梁云霄只听了个大概，但他把对方仔细审视了一遍。对面的姚江河，身材中等，理着平头，人瘦，但精神、干练。他两眼间的距离比常人的要大，黑色眼镜框的间距印证了这一点，犀利、敏锐的目光似乎一眼就可以看穿人的五脏六腑。就整体形象而言，姚江河的举止表里一致，是毋庸置疑的直率型性格。梁云霄在笔记本上记下这些特征后，又把这些特征跟宁海楼的外貌特征进行了对比，最终得出结论：宁海楼谦和温暖，姚江河直率坦诚。

　　姚江河用浑厚、抑扬顿挫的话语结束了发言。梁云霄的思绪却还停留在对姚江河的分析中。一旁的姚子期偷窥到了梁云霄笔记本上胡写乱画的部分内容，窃窃地笑了。在大学图书馆里，姚子期曾对梁云霄爱看一些关于哲学或宿命论的书十分不解。在她的眼里，身体健硕，在深水中如虎鲸一样迅猛、敏捷的梁云霄跟宿命论好像不搭边。时间久了，她渐渐读懂了梁云霄的无助和彷徨。波涛汹涌的海面上停泊着两条大船——宁州和海山，梁云霄必须尽快选出一条船，然后一脚踏上去。

罗子坤讲述他的DHDG课题。姚江河借此机会,开始审视正对面的年轻人。此人算长得帅气,却没学生的稚气,相反,小麦黄肤色和健硕的身体,倒给他添了几分硬朗和沉稳,上身一件洗得发白的牛仔裤,里面的格子衬衣显然是刚买的,领子板正坚挺。此刻,他的笔虽然在不停地记着、写着,但姚江河一眼就看出,他的精力显然不集中,脸上写满了忧郁。这个男孩子心里承载了太多的东西,压抑使他的能力和智慧得不到淋漓尽致的发挥。

姚江河和梁云霄两个人都在胡思乱想,会很快结束了。

众人送海山市副市长和罗子坤上车离开时,副市长秘书跑过来转告罗子坤,说省委办公厅把电话打到了市委办公室,省委领导要约请罗子坤谈话。这个"约"字让罗子坤精神倍增。临上车,罗子坤对着不远处的姚江河说:"老姚,梁云霄的情况,子期想必也跟你说了。他原本在宁州港实习,宁海楼把他当成了宝贝,是我硬把他拽到课题组的。我打算先把他放在你这儿,让他早一点熟悉海山港的基本情况。实习工资呢,你们看着给他开,不要少于宁州港就行。"罗子坤又凑到姚江河耳边,"老姚啊,这小子有点心神不定,就怕宁州给的筹码太高,你可得看牢了,他人要是走了,无论项目在不在你这儿落地,都是个大损失。"

姚江河悄声对罗子坤说:"明白,你放心吧。我会妥善安置的。"

众人目送罗子坤乘车离去。

姚江河冲着不远处跟姚子期说话的梁云霄喊道:"你来一下。"

梁云霄跑到姚江河身边。姚子期也跟了过来。

梁云霄问:"您有什么吩咐,姚总?"

姚江河说:"你先去人事科办一下实习手续,到技术科报到,人在港口实习,只听罗教授调遣,课题调研遇到什么问题,或者有什么想法,可以找子期或者去找办公室协调,当然,也可以直接来找我。"

梁云霄跟姚子期在办公楼门口分开。

姚子期问:"要不要我陪你去人事科和技术科?"

梁云霄说:"不用了,我自己去吧。"

姚家那次深谈之后,姚子期明显感觉到了梁云霄见到自己时的冷淡,她心

| 081 |

里很清楚,无论如何,两个人的关系很难回到从前了。姚子期望着梁云霄远去的背影,心里竟然有一种莫名的失落。

梁云霄找技术科长报到,科长不在。副科长卢明是一米八几的黑大个子,正指着一个肤色白净、架着高度近视眼镜的矮个子技术员一顿臭骂。卢明昂头怒骂,声音高亢,技术员低着头解释,一脸窘迫。门半开着,梁云霄站在门口想等卢明骂完人再敲门进去。顺着门缝朝里看,梁云霄顿感吃惊,他遇到了熟人。挨骂的人虽然低着头,但他还是看清了那张熟悉的面孔,这人正是上一届东海交通大学海事学院毕业生,被他打得门牙松动的李子木。李子木低着头,眼睛不由自主地朝门口看了一眼,正好看到拿着文件袋的梁云霄。两个人都没想到会在这样的场合再次相遇,很意外,也很尴尬。

屋内,卢明骂声还未停止,李子木碍于面子,仍在不停解释。卢明一下子恼了,声音就又提高了一个八度:"你他妈的解释什么?做错了还说不得了?你不懂,让你找个德语翻译,还是小学体育老师教出来的。你看这些数据,都是什么呀?错、乱、漏、粗,你还有脸解释?"他把厚厚一沓预算资料朝李子木头上扔过去,纸张漫天飞舞。

当年李子木捂着流血的嘴冲着梁云霄叫嚣:"君子报仇,十年不晚,你小子给老子等着。"世界如此之小,冤家就是路窄。三年不到,二人再次孤岛相遇,李子木的脸都丢到太平洋去了。李子木蹲在地上捡起散乱的纸,逃跑似的出了门,慌乱中,落下了一页资料。梁云霄弯腰捡起了那页纸,是一页打满设备型号和报价数据的德语表格。

李子木愤懑地走在走廊上,心里把卢明和梁云霄的祖宗骂了个遍。他咬着牙恨恨地骂道:"这个倒霉催的,一露面,老子就倒霉。"

梁云霄知道卢明刚骂完人,心情不好,迟疑着要不要把介绍信给他。卢明发现了梁云霄,没好气地问他:"你有什么事情?"梁云霄就把学院的介绍信给了卢明。卢明接过介绍信,见是东海交通大学海事学院的实习生,气不打一处来,嘴里骂骂咧咧:"又来一个东海交大的,还他妈重点大学,都培养了些什么学生?"

梁云霄无端被责骂,很不舒服,就回怼道:"东海交大又没惹您,您怎么张口就骂呢？更何况,集团姚总的女儿也是东海交大的。"

卢明斜着眼睛看了一眼梁云霄,虽然知道自己有些过分,但架子还是放不下来。他指着身边的一张桌子说:"你就坐那儿吧。来实习,就虚心点,我这儿不养闲人。"梁云霄放下自己的双肩背包,动手收拾了一下格子间,坐下来,又仔细看了一眼那页表格。这类表格他在宁州港操作部见过,不算陌生,上面果然有不少错的地方。梁云霄问道:"这套表格我能看一下吗？"

卢明不信任地看了梁云霄一眼,没有回答。

梁云霄继续说:"我在大学选修了德语和意大利语,这些单子能看懂个大概,我看能不能帮上您。"

卢明半信半疑地把一套打满德国设备型号和报价的单子扔给梁云霄,头也没抬地说道:"下周三姚总要,下周一你必须交给我。"

海山港铁矿石码头设备老化,要采购德国进口设备,他在忙着做预算,已经连续加了三天班。李子木没帮上忙,还添了乱,此时抓到了梁云霄这个公差,卢明也只能死马当活马医了。

梁云霄翻看了几页资料,发现是拟定进口矿石码头机械设备的资料。他刚到宁州港的时候,雀斑女孩曾经十分认真地带他给技术部报送过。两个港口,都是基本相同的设备,连技术参数都几乎一模一样。看完这个,梁云霄心里就有谱了。他微微一笑,回答道:"好,我尽力。"

2

DHDG课题组从宁州去海山的消息传来。周晓乙叫来了董平和宁海楼,严厉批评他们不够敏感。周晓乙从省委机关下来任职,对省委领导的任何风吹草动都很敏感。据说省委领导约谈了正在海山调研课题的罗子坤。周晓乙由此嗅到了一个重要信息,省里要加快港口改革和建设了。国家经济如何发展,他只能根据政策去判断,可省里经济如何发展,他必须做个明白人,领导希望怎么干,他就怎么干,跟着领导的风向标走,这点没有错。

周晓乙背靠在沙发上,正对着董平和宁海楼。

周晓乙说:"城市发展跟人生一样,关键几步,抓得住机遇就坐快车,抓不住机遇就坐牛车。"

宁海楼自己检讨说:"是我们的工作做得还不够细致,对罗教授的项目跟踪不够,另外我们跟市长您请示汇报也不够,不清楚市里对港口发展有什么新政策。今天,请市长做出指示,我们立刻就去执行。"

宁海楼态度诚恳,说话也很得体,周晓乙紧锁的双眉舒展开来。

"这样,我尽快去东海交大协调一下,老宁去一趟海山,看能不能再找罗教授谈一次。他来宁州,条件他来提,只要他敢要,我就敢给。"周晓乙道。

宁海楼面露难色,没敢说自己已经在省城见过罗子坤,而且还遭到了他的拒绝。宁海楼用眼睛望了一下董平,希望他能打个圆场。

"市长,我们到海山地面上去撬活儿,会不会影响两港、两市的关系?"

董平说的是实话,但这实话不识时务。宁海楼预感到周晓乙要发脾气了。最近一段时间,国企改革的力度很大,周晓乙的脾气也很大,据说已经撤了两个副处级干部了。想到这里,宁海楼心里就为董平捏了一把汗。

"我的老哥,咱能不能多动动脑筋?话不能直白说,事不能直着干,你们直着搞,当然会影响两市的关系,你就说,宁州港要发展,需要罗教授这样的专家多关心、多指导,你们拿出点经费,弄个什么研究所呀,专家咨询委员会呀,或者发展委员会什么的,从北京或国外多聘请些专家,为港口和港城的发展出谋划策。至于海山方面,也不必顾虑太多。我们这样做,也都是为了长三角经济崛起,为了国家的航运事业做贡献。况且,行业本身就存在竞争嘛,课题怎么容易成功,项目怎么容易落地,怎么尽快建成,怎么尽快为区域经济服务,那就怎么办嘛。宁州的地理和资金优势是客观存在的嘛,对不对?"

周晓乙话说得有水平,批评的同时给了政策也给了方法。

宁海楼慌忙表态:"对,太对了。市长这一点拨,我像是醍醐灌顶,我们按市长的要求去落实。"其实,宁海楼已经开始做了。他这次来找周晓乙,就是想探明一下他的态度。

周晓乙靠在真皮沙发上,满意地一笑,说:"哎,这就对了嘛。我这个人做事从来不跟上级讲条件,上级也不喜欢你讲条件,上级是要结果的,他们不关注过程,你们说对不对呀,老董、老宁?"

董平慌忙点头说:"对,市长说得太对了。领导给思路,我们抓落实。"

宁海楼和董平再一次领教了周晓乙的强势。周晓乙时常挂在嘴上的"对不对呀",看似是征求你的意见,其实早已乾纲独断;他的想法看似是跟你进行探讨,其实就是拍板;他的有些鼓励,其实就是对你持有不同意见的不满和批评。宁海楼和董平出了周晓乙办公室,就简单地分了工。董平去找场地、批经费,成立宁州港口发展专家咨询委员会。宁海楼去请专家,还得尽快把罗子坤请到宁州,想办法将他的DHDG课题留在宁州。

二人走出市政府大楼,分别去找自己的车。宁海楼刚打开车门,他的手机就响了。电话是梁云霄打过来的。梁云霄说:"叔叔,我现在住在港口的招待所,这是房间里的电话。"宁海楼问梁云霄:"课题组情况怎么样?"梁云霄把这边开会的情况跟宁海楼说了。宁海楼说:"我知道了。哦,对了,你上次托我问的事情我打听过了,你爸确实欠了厂里一百多万的款子,他们厂长也说了你们家的一些情况,不还不大可能,必须得还,可至于什么时间还、怎么还,可能还有变通的余地,我再跟他们说说。"梁云霄表示了感谢。

宁海楼长叹了一口气。事情他真的去问了,造那艘船,厂子里是挣了钱的,可谁也不嫌钱多啊。更何况,造船厂竞争也很激烈,厂子撑下去也不容易。宁海楼告诉厂长说:"那艘船,已经死了三个,残了两个,还有要上吊、喝农药的,要再死几口子,你们船厂那可真出名了。"厂长告诉宁海楼:"我已经跟厂办打过招呼了,要他们适可而止,最起码近期不会再去催债了。可他们得认账,国家的事你也知道,只要有账在,就不算你的亏损。"宁海楼握着厂长的手千恩万谢,说道:"那我谢谢你,改天我请你喝酒。"厂长问宁海楼:"那是你什么人啊,这么上心?"宁海楼苦笑着说:"是亲戚,唉,我这个亲戚还真不容易。"

3

周五下班前,梁云霄把厚厚一本翻译资料递给了卢明。

梁云霄说:"时间紧了些,因为设备跟宁州港的大致相同,我参照了宁州港的技术参数,您先看看,如果需要我周末加班,您知会我一声。"

卢明接过资料翻看了几页,眼睛突然亮了起来,语气舒缓了许多,连声说道:"好、好、好,小梁,你先放在这里,我先看看,周一姚总回来,等他看完再说,周末你不用加班,先到市里转转。"

梁云霄放心地离开海山港,坐着船去了市里。罗子坤去了省城,不会有事找他,卢明又明确说不用加班,他决定利用这段时间到市里的水上活动中心看一看有没有教潜水或者游泳的兼职。

在宁州时,他在一家水上中心上了几次体验课,老板和客户都还满意,已经开始挣钱了,不料却被调整到了海山港。梁云霄在海山市找了几家水上活动中心,结果令他很失望。海山跟宁州不同,几家水上中心其实就是中低档的游泳馆,多数水上活动培训项目也就是教孩子们学"狗刨",兼职教练的门槛很低,培训费更少。游泳馆的老板给他提供了一个信息,这个信息让梁云霄欣喜若狂。距离本岛五十海里外的凤凰岛,有一个潜钓场在招潜水猎人训练的活儿,据说教练费很高,一天一百,账一日一结。梁云霄决定过去看一看。

盛夏,太平洋的季风裹挟着巨浪,深蓝的海水从远处涌来,把长江一路奔腾而来的泥沙荡涤得干干净净。随之,海山群岛的大片海域,就像一个原本美丽的女子洗净了浊黄的污垢,露出靓丽的面容,美得格外招摇。海山本岛五十海里外的凤凰岛海水六月份才开始变蓝,九月底离场,海水从黄泥汤到水晶蓝,只有短短三个多月。长江泥沙俱下裹挟的各种营养物质沉淀海底,季节性海底植物像干枯的草原沐浴过春雨甘露,疯狂生长。各种鱼类、虾类、贝类就像追逐水草而来的羊群,把这里当成了海底牧场。这时的凤凰岛海域,海水蓝得像透明的水晶,能看到鱼群在海峡和礁石间穿行。

每年,随着海水变蓝,各色鱼虾的出现,各地的游客就会乘船而来。潜水、垂钓,品味大海每年短暂馈赠的饕餮大餐。新千年以来,海山本岛附近海域禁止捕捞,给潜猎、海钓带来无限商机。凤凰岛潜钓场,只有三个多月的好日子。这段时间恰好是梁云霄最要紧的空档,他准备在剩下的两个月里,把自己四年的助学贷款清零,像这片污浊的海一样洗去自身的铅华,然后再去面对梁海生和那些债主。思前想后,梁云霄还是在梁海生三周年祭那天偷偷出现在了他的墓前。梁海生养育了他十八年,他打算用十八年的时间偿还梁海生欠下的巨额债务。十八年后,他虚岁四十岁。即便别人的账还不清,最起码梁海生的账清零了。如果真是那样的话,只能算自己力不能及,落叶岛上的渔民也只能自认倒霉了。

梁云霄顶着火辣辣的烈日,在码头上等来了潜钓场的老板贾山。渔民出身的贾山,中等身材,小眼睛,大脑袋,理着平头,大热天还穿着西裤、衬衫,脖子上吊着一条红格子花领带。看他这身打扮,梁云霄就想起了父亲梁海生。贾山一边打量梁云霄,一边在心里暗喜,自己这次算是捡到宝了。不过他面上一点不显,只对梁云霄说:"去领设备吧,我还是要看看你水下的功夫。干这行是在水下玩命,不是闹着玩的。"

大潮没退,海浪汹涌地撞击着海面上时隐时现的礁石,发出此起彼伏的吼声。梁云霄是正午时分潜入海底的,强烈的阳光照射在或翡翠般碧蓝,或墨色的海面上,墨色的地方是暗礁或深水区。日光毒辣,海面上已经没有了其他游客的影子。那些人大都在下午三点,或者更晚一些才能在浅水区入水。潜钓游船颠簸在浪尖,梁云霄背的是深潜设备,得在深水区入水。下潜到十米,水温开始变冷。水位是另一种冰冷的界限,把海水隔离出两块不同的时空。梁云霄并未觉得艰难,反而觉得自己的身体越发自如起来。东海水下,更像沐浴雨水之后的森林,草木葳蕤,平坦泥沙处,绿草如茵,珊瑚像是草地上疯长的七彩蘑菇,很是漂亮。

十几分钟后,梁云霄看到自己身下飘过一道修长的蓝光,也许是紫色的光,他没有来得及凝神看仔细,那道光就潜到更深的海水中去了,仿佛天空中一道稍纵即逝的霓虹在水底反射了一下。梁云霄想,这可能是一种鱼类。潜钓场里的人说,这附近常有狗鲨、猫鲨之类的鱼类。于是,他追逐着这道光继续下潜。在三十米的海峡深处,水底像是白日已尽,暗夜到来。梁云霄手持猎鱼枪,打开了头上的潜水灯,一股海底暗流拦住了他的去路。他停止了追逐,像是奔跑到了陡峭河岸的车子突然刹了车,被一条奔涌的大河拦住了去路。刚才的那道光就在暗流中央。

在潜水灯的照耀之下,梁云霄终于看清了:那道光是个人,还是个女人。深潜到这样的水位,纤细柔韧的身体像一道亮光一样,借着洋流的力量射向幽蓝的深处,继而又像箭镞一样在水中疾飞。此时的海底就像一个偌大的广场,女人就像绝美的舞蹈演员,梁云霄和这些海底生物则像痴迷的观众,观赏着她精彩的独舞表演。

梁云霄惊愕、欣喜。他不认为自己是因为缺氧而产生了幻觉,他像是在黑暗深邃无边的隧道里奔跑的人遇到了亮光,拼命地追赶着那束光。他心里明白,此刻,好奇心比那束光还有诱惑力,他迫切地想证实眼前的这一切。梁云霄毫不犹豫地纵身跳入了暗流,可是,那束光突然间再次消失了。海底洋流的力量一次次挤压着他的身体,他开始感觉到暗流像橡皮布一样柔韧而有力地裹住了他。他不做反抗,顺势向水底沉了下去,想用自己的脚探测到暗流的底。这时,卷着他的力量恰好翻转,梁云霄差不多是被弹到海岸上来的。他大口呼吸的同时,看到自己伸在空中的胳膊像是被什么东西刮了一下,紧身的潜水服被撕开了一道口子,胳膊似乎也被划伤了。但他毫无察觉,也没感到一点痛。

梁云霄再次向下、向前,用他的脚不断地探索着。终于,他感到脚底下铺满了幽深的海草,或是其他厚厚的海底藓类植物,像天鹅绒一样舒适。他想就这样舒适地躺下去,像梁海生那样长眠于水底。他不知道梁海生在沉入海底时感受到的是溺水的痛苦,还是同样遭遇了这样的奇遇或者是梦境。如能在这样舒适的境遇里长眠,那也是个不错的选择。他活得太累了,只想这样舒适地死去。

突然,那道光在梁云霄正上方再次出现。不,是那个女人。那个女人直直地向下朝他伸出了手,那只手像是在他的脸上触摸了一下。不,她好像甚至没有触摸到他,他就已经苏醒了。他好像没像梁海生那样长眠于海底,他活着,就像清晨早起时慵懒地躺在床上。或许是因为这一切都是在静默中发生的,梁云霄感觉自己完全置身于一个不真实的梦境中。他闭着眼睛伸出手,感受到纤柔的手若有若无的抚摸,水的阻力让他仿佛捕捉到了不具形体的珍贵之物。他再次努力伸手,每次伸手都像是一次与熟悉事物的邂逅,但是其中饱含徒劳之感。

梁云霄眼前仿佛感触到了现实生活的质感,一个清晰的画面瞬间从他脑海飘过:某个春夏交替的清晨,姚子期端坐在窗前凝望,窗帘因微风吹拂而在舞动。这样完美的景象似乎很长一段时间都浮现在他的夜晚和清晨。睡眼开始惺忪,视线开始清晰。那是一只纤纤玉手,漂亮,柔软,不停向他招摇,像女巫的魔法梦境一样召唤着他。梁云霄睁开了眼睛,彼此的潜水灯照亮了对方的面孔。潜水镜下,梁云霄看到了一双明亮的眼睛,一双跟姚子期一模一样,甚至更漂亮的眼睛。梦境?不,似梦非梦。梁云霄试图抓住那只像姚子期一样的纤细的手,是的,那是一双真实存在的手,跟一道光一样真实存在。于是,梁云霄跟随着那道光箭镞一样射出了水面。

　　大海波涛翻滚,梁云霄大口地喘着粗气,呼吸着海面带着咸涩味道的空气。他平躺在波浪翻滚的海面上,筋疲力尽,仍然臆想着海底的境遇。他感到自己正被不可避免地抬高到了世界的顶端,仿佛端着一碗盈满的水,让他舍不得一滴水外溢。

　　"你他妈是想找死吗?"几十米外浪尖上,驾驶着潜钓游艇疾驰而来的潜钓场老板贾山挥舞着拳头气急败坏地向梁云霄怒吼。梁云霄爬上游艇,靠着船舷,朝着贾山咧着嘴笑。贾山又气又恼道:"这不是我的潜钓场,这是深水峡谷,谁他妈让你跑到这儿来的?"梁云霄没有向贾山述说自己在海底的境遇,那是他有生以来最完美的体验,他不想跟任何人分享。此刻,他已暗暗下定决心,他肯定还会来这个地方。这里会是他的天堂,而那个女人,准确说是一个年轻的女孩,像谜一样充满诱惑,即便是死神的召唤又如何?

　　潜钓场的冲洗间是用码头集装箱改造而成的,被海水锈蚀得黑一块白一块的。梁云霄一边冲洗,一边回味着海底发生的一幕。

　　贾山也在冲洗,嘴里还在不停地絮叨。

　　"我原本不想跟你签合同,账一天一结,免得麻烦。可现在我改主意了,你要愿意在我这儿干,合同必须签。你他妈就一个找死的人,合同上必须加一条,你要是不遵守潜钓场的规定,淹死了,跟我没半毛钱关系。"

　　"合同我们什么时候签?"梁云霄龇着大牙冲贾山笑。

　　贾山又开始骂:"笑,你还他妈笑,那片海域去年刚淹死了一个人,我现在还跟人打官司呢。"贾山嘴上说着、骂着,其实心里美成了一朵花,心想,他这次还真的是捡到宝了。

4

姚子期开车在码头上接到了从省城回到海山的罗子坤。罗子坤带来了好消息。这次省委领导约他,就东海大港课题谈了一天一夜。令罗子坤没想到的是,省委领导提出的东海大港建设,似乎比他的构想更宏阔,竟然是站在国际战略上考量港口建设问题。姚子期很高兴,先打电话给姚江河报喜,又给招待所打了个电话找梁云霄,总机说,小梁到海山市中心去了。姚子期知道,梁云霄这时没准又去找兼职的活儿了。

姚江河接到姚子期的好消息,十分兴奋,立刻给徐正生打电话,准备摆家宴,宴请罗子坤。姚江河刚放下电话,技术科卢明拿着一份翻译资料就来找他了。卢明一脸兴奋地对姚江河说:"姚总,人才啊,那个小梁真是人才啊,谦逊、认真、踏实,这才是我们技术科应该招的人。姚总,这个人不要往下面放了,我要了。"姚江河看了一眼材料,笑着说道:"你要了?他是罗教授课题组的人,我能不能要得到,还是两说。"卢明听后,失落地走了,一边走一边说:"我们技术科怎么就不能招一个这样的人呢?"

卢明走后,姚江河拿着那份材料仔细看起来。德文资料术语翻译得简洁、明了,设备的规格、数据清晰准确。姚江河刚把材料装进公文包,徐正生的车就已经开到楼下了。姚江河匆匆下楼,见徐正生兴奋地冲他招手。他也很兴奋,海山港已经很久没听到这样的好消息了。

姚家老屋炊烟缭绕。姚四海已经在厨房忙活开了。二楼阳台上的小花园,姚子期和罗子坤正在喝茶。姚江河和徐正生走进小院,就冲着楼上的罗子坤招手。两人上楼落座,姚子期给他们倒了茶。姚江河把那份翻译资料递给姚子期,说:"你有空先看看,顺便校对一下。"姚子期接过资料看了两眼,说道:"这是德文的?好像翻得不错。"姚江河说:"稿子的事回头再说,我们说正事。"四个人喝茶,听罗子坤兴致勃勃地畅谈未来的构想。罗子坤告诉大家,省里对这个课题很重视,课题一旦落地,十万吨以上的大宗商品深港项目就有了希望,这是海山港多年以来魂牵梦绕的祈盼。听到这样的消息,姚四海高兴地去给午饭加菜。好事,必须得有好菜,还必须得有好酒和好面。

午饭十分丰盛,煎炒烹炸,十道菜一碗面。菜上齐,姚四海抱出来一坛他珍藏了十八年的状元红。酒坛打开,香气四溢,五只碗中都倒满了琥珀色的黄酒。徐正生望着姚江河说:"师父,您借着我师爷的美酒说句话吧。"

姚江河一笑,说:"今天虽然在我家,但讨论的却是海山港的百年大计,那就不是家宴了。正生,你是海山港现在的当家人,这话该你来说。"

姚子期也说:"是啊,我爸说得对,徐总,这话该您来说。"

徐正生看了一眼姚四海,说:"这话该我师爷来讲。姚大厨,您来说。"

姚四海批评徐正生说:"你这个小徐,让你说,你就说嘛,海山港如果能在你的任上上马十万吨的货轮大港,我就不退了。"

姚江河笑着说:"爸,您已经返聘好几年了,再不退,我都该退了。"众人哈哈大笑。

姚江河正色道:"正生,你讲吧。"徐正生端起酒碗,谦逊地望了一眼姚江河和姚四海:"那好,那我就讲几句。尊敬的罗教授,今天,我师爷老姚师傅亲自下厨为您准备了十道菜,算是十全;接下来,他还要为您用五种贝类、三种海虾和金、银两种虎鱼这十种海鲜做的靓汤,下一碗他亲手擀的韭叶面,算是十美;我们就用这十全十美和这碗十八年的状元红,来感谢您给海山、给海山港带来的百年不遇的大好事!"徐正生说完,端起酒碗一饮而尽。

"好,说得好,十全十美。好!"罗子坤端起酒碗环视众人和满桌子美味佳肴,连声叫好。继而,他颇为感动地说道:"子期,你把酒端起来,冲着你爷爷和海山港领导这份真情实意,我们也得把这件事做好,做漂亮。"

罗子坤说完,端起酒碗一饮而尽。姚子期也端起酒碗一饮而尽。

酒碗放下,罗子坤问姚子期:"那个梁云霄去哪儿了,还没联系上吗?"

姚子期给梁云霄打掩护说:"我打电话问了港口的技术科,他们卢副科长说,他刚帮着翻译了一套设备采购资料,说是熬了通宵,这会儿没准猫在哪个地方补觉去了。"

罗子坤说:"哦,这么快就开始上手工作了,那我错怪他了。"

姚江河微微一笑,说:"罗教授,这事我可以做证,那套资料技术科卢明上午拿过来了,就是刚才我给子期的那份。我简单翻了翻,译得不错,清晰、准确、规范,可以做机关办公的范本了。"

姚江河很少在工作上当众表扬人,这次他破例了。那份资料,姚子期刚才简单翻了翻,翻译得确实好。梁云霄一下子让姚子期刮目相看。他竟然把大学选修的德语学得那么精,还那么专业。最近半年多,姚子期曾为梁云霄的颓废感到失望和担心,现在看来,是她对他的了解渐渐少了。

罗子坤听完姚江河和姚子期的赞许,就把梁云霄未到的事情放下了。

徐正生却对卢明动用罗子坤的人很不满意。

"这个老卢,真不像话,罗教授的人也敢抓公差?"

罗子坤说:"哎,什么我的人?他要真能在海山扎下根,就是你们的人。年轻人,多干点活儿没什么坏处。你们有事,就是要让他干。"

姚子期一边端着饭碗,一边想着梁云霄。这个该死的家伙,时刻都没忘记他的挣钱大业。总有一天,他会累死在这个"钱"字上。姚子期不知道,此刻梁云霄会在哪里,能去从事什么样的兼职。海山不比省城,也不比宁州,能赚钱的地方很少。要想挣大钱,得伸手朝大海要,可真要是这样,他梁云霄倒不如回老家落叶岛去,那里的资源远比海山本岛丰富得多。有时候,姚子期连自己都搞不明白,她为什么时时刻刻都把梁云霄挂在心上,是因为希望他能留下来帮助自己的父亲吗?好像也不是。虽然她知道,跟宁嘉南正式开始恋爱后,她跟梁云霄已经没关系了,可梁云霄还是让她牵肠挂肚,包括他的学习、他的生活、他的困难,他的一切一切。此时此刻,梁云霄会在哪儿呢?

骄阳如炽,明晃晃耀人眼,折射到湛蓝海水涌起的波浪上,光亮更刺人。凤凰岛潜钓场,梁云霄在贾山用集装箱改造的办公室里浏览着三页纸的合同,合同大致的意思是,梁云霄每周来两天,每天一百块钱,工作从上午十点半到下午四点半,干得好,客人给的小费,自己可以留一半,上交一半。合同的最后一条是手写的,说明如果他在水下出现意外,潜钓场不承担任何责任,后果由他自负。梁云霄看完合同,刚在乙方下面签好自己的名字,偶然一瞥,门口一个熟悉的身影一闪而过,很像海底那个女孩的背影。梁云霄追出门去,却没看到女孩的影子,正要寻找,贾山叫住了他:"嘿,小子,合同还没弄完呢。"梁云霄才缓过神来,他不知道自己眼前是出现了幻觉,还是那个女孩是真实存在的。贾山从抽屉里拿出一个圆形的盒子,打开之后,里面是血一样猩红的印泥。贾山指着合同上的签名,要梁云霄在签名上面摁上手印。梁云霄伸出手指在红彤彤的印泥盒子里蘸了蘸,朝着自己的名字摁了上去。然后,他拿着卫生纸擦手指上的鲜红,可是红色像血液一样渗入了他手指的皮肤纹理,无论怎么擦也擦不掉。

梁云霄想起四年前那个上午,他陪着梁海生去镇上的信用社贷款的情景。梁海生跟信贷员签完贷款合同,也是拼命地擦着手上的红色印泥。贾山拿起合同,吹了吹,折叠起来放在自己的手提包里,然后伸出手说:"小子,合作愉快。"梁云霄没有理会贾山的握手,他此刻的兴趣点不在贾山这个奸商身上。他要寻找那个在水底邂逅的女孩。梁云霄的目光在屋外四处搜寻,很期待能跟女孩再次相遇。好奇心让他终于忍不住询问贾山:"你们这里是不是招了一个深潜女教练?"

贾山一脸警惕,盯着梁云霄看了一下,反问道:"你问这个干吗?"

梁云霄有些尴尬地回答道:"没什么,我好像见到了一个熟人。"

贾山一脸疑惑地说:"熟人?你跟她熟吗?"梁云霄心里一阵狂喜。贾山如此说,那女孩一定就在这里。随后,贾山又对梁云霄说:"跟我去小码头,我带你去见老贾,也就是我爸贾庆春。以后我不在,你就找他。"

午后的阳光稍微温和了些,贾山带着梁云霄走出了办公室,去小码头附近一个用集装箱改装的屋子里见父亲老贾。一路上,贾山继续交代道:"以后你在这里做事,如果有人问起潜钓场的老板,你就说是老贾。其实这个潜钓场,老贾才是真正的法定代表人,我们都是替他打工。"梁云霄一脸疑惑,不知道贾山为什么会跟他说这个。

下午三点,游客开始从几间集装箱铁皮屋子里走出来,朝着码头走。这时,梁云霄远远地看到一个高个子老男人正在码头上跟一个身材高挑、穿着红色衬衣的女孩子讲着什么。梁云霄诧异地发现,那个女孩的身材、形态跟他在水下遇到的女孩一模一样。梁云霄急匆匆赶往码头,可女孩已经上了一艘摩托艇,很快消失在海面上。

贾山把梁云霄带到了父亲老贾那里。六十来岁的老贾留着长长的大胡子,双眼有神,光着背,浑身黝黑,肌肉成块,一看就是在风口浪尖上滚过多年的职业渔民。梁云霄在为两个北方来的游客准备潜水猎鱼装备,贾山却跟老贾发生了争吵。梁云霄隐约听到,争吵的内容有两个:贾山摊子铺得太大,恨不得把全世界的钱都挣到自己的腰包里;欠了太多的账不还,为了钱连亲人都不认。贾山要父亲的声音小一些,老贾却根本不顾他的劝阻,声音反而放得更大了。

老贾怒骂道:"别人的钱我不管,你得尽快把你姐夫家的钱还了,他一个瘫子,还有两个孩子,你欠人家那么多钱,都快十年了,你就好意思?你这样做对得起你姐吗?"贾山笑着对老贾说:"你还真别说我对不起我姐,她现在在希腊跟黄毛水鬼好着呢,在餐馆挣着欧元,住着乡村庄园,不比她陷在一个瘫子穷窝里强?"老贾痛恨地骂儿子:"你这样说话,连畜生都不如。你姐夫是怎么瘫的,你心里没数吗?他舍命挣的钱不都被你拿去还账了吗?还有,你姐寄回来的钱,你给你外甥女了吗?这话要是让你大外甥女听到了,她不拿猎鱼枪弄死你,我不姓贾。"贾山口头上答应着:"我不手里没闲钱吗?等我有了钱,我加倍还给他们,行了吧?好好干活吧老头,我将来一定让你住别墅、开宝马,再给你找一个年轻的老太太。"贾山说着,上了一艘摩托艇,飞一样疾驰而去。老贾对着儿子的背影长叹了一口气,说:"我怎么就养了你这么一条臭鱼!"

梁云霄带着两个北方客人和一身潜水猎鱼装备上了老贾的快艇,老贾要把他们带到自家的潜钓场。梁云霄在潜钓场的兼职就这样开始了。

第五章

1

周晓乙的办公室简单却不失大气。沙发、茶几、桌椅摆放得很规则,后墙是整墙的书柜,办公桌正对着世界航海图,桌上有一个硕大的航海地球仪。宁海楼和董平互相望着对方,周晓乙靠在沙发上眯着眼睛休息,二人静等周晓乙醒来继续给他们开会。省里关于港口系统深化改革的会议已经开完了,周晓乙一定会有大动作。由于前期准备充分,宁海楼和董平只用了半个月就把宁州港口发展专家咨询委员会的筹备工作完成了。此刻,厚厚的资料就在周晓乙面前摆放着。

宁州市委刚开完会,周晓乙还兼任了宁州湾开发新区管委会的主任,开会筹划新区,去省、部相关职能单位跑经费、招商引资、拉企业,干劲十足的周晓乙此刻也显得十分疲惫。终于,周晓乙叹了口气说:"你们说吧。"声音沉闷浑厚,有些嘶哑,像是从地下冒出来的。宁海楼和董平都被吓了一跳。宁海楼不敢耽搁,抓紧时间开始汇报。周晓乙背靠在沙发背上半眯着眼睛,一边听着宁海楼的汇报,一边小憩。

宁海楼说:"这次的专家请的是东海交大以及交通运输部的,场地我们也选了三个,名单和图片都在报告里,请您定夺。活动准备安排三天,如果专家想在宁州转转,也可以延长到五天,具体时长,请您决定。省、市领导的名单还得市长您定,我们的资源太有限了,当然省委、省政府领导能来就更好了。"

董平接着汇报道:"经费我们的预算是三百七十五万。"

周晓乙像是睡着了,又像是在仔细听着。董平说到经费这一块的时候,周晓乙半睁着眼睛问了两个字:"够吗?"

董平怕挨批,急忙说:"不够我们再从集团机动经费里出……"

两个人似乎听到了微微的鼾声,不免有些心疼。宁海楼一脸歉意地轻声说:"市长,您先休息,我们改天再来,您这么辛苦,我们还来叨扰,真是对不起。"宁海楼和董平向周晓乙歉意地鞠了一躬,转身准备离开。

"等等!"周晓乙睁开眼睛,"你们那个宁州港口发展专家咨询委员会的名字不好。你们看把宁州后面加上'国际'两个字好不好啊?既然是国际港口发展专家咨询委员会,不妨请几个国际海事、港航方面的专家过来,筹备第一届宁州国际港口深水泊位专家论坛,这样,对宁州港的国际化发展是不是更有益处?你们想一想,请一些国内外的专家领导出面是不是更方便?你们说对不对呀?比如那个有着国家课题的罗子坤和他的团队,就一定要请来。你们要搞清楚,开这次会的最终目的是什么。最终目的是要利用国际会议的机会,想办法告诉罗子坤,宁州才是他那项国家课题落地的地方。我知道你们请不来他,那就让市委领导、省委领导出面请嘛。"

宁海楼和董平如醍醐灌顶。二人除了吃惊,剩下的就是感动了。周晓乙连睡觉的时候都在思考问题。刚来的路上,宁海楼还在发愁如何能请动罗子坤,这一下,一切理由都充分了。而且,活动一旦落地,宁州港上十万吨以上码头就有了更充分的理论基础。两周以前,周晓乙曾提醒他们,新到任的省委领导约请了罗子坤,而且两个人进行了一番长谈。谈话之后,罗子坤再次回到了海山,这说明不管国家战略如何布局,省里肯定对东海深水大港项目十分重视。宁州港十万吨货轮深海码头的早期论证一定要借这股东风,尽快完成,尽快落地。想到这里,宁海楼和董平对周晓乙敏锐的判断、英明的决策无不真心称赞。宁海楼感动地说道:"市长高屋建瓴,思考周全,既给政策又给方法,这事我们要是干不好,愧对您对宁州港的关心。"

周晓乙又闭上了眼睛,微微一笑。

"你们不是愧对我,而是愧对宁州港、宁州市委和宁州人民的期望。"周晓乙瞬间把问题提升到了另外一个高度。

周晓乙继续说道:"我为你们联系了几位国际海事、航运、港口方面的专家,其中尼德教授最重要,他跟罗子坤教授是好朋友,在国际上很有影响力,联系方式你们去找我的秘书小陈要。你们再看看,国内、国际上还有哪些更顶尖的专家和学者,包括那些航运巨头,多请一些来。一定要显示出宁州港向国际著名大港看齐的决心。大家都认为十万吨港口群应该落地宁州,在理论上我们就能让罗子坤教授无话可说。"

宁海楼说:"好,我尽快落实。"

"我等会儿跟中国石化储运公司的徐总还有个会议,他们要建专属码头。宁北港岸线那块地可能保不住了,他们打算建十万吨油轮码头。他们是国字号的央企,我们惹不起啊。好了,你们去吧,我小眯一会儿。"

周晓乙再次入睡,宁海楼小心地为他关上了门。

屋内很快响起了周晓乙的鼾声。

董平不禁感慨道:"都说周副市长年轻有为。年轻,他年龄在那儿摆着呢,三十大几岁;有为,这两个字,着实不易,不仅脑袋转得快,还得靠拼才行啊。"

宁海楼说:"周副市长如此加大力度,宁州港发展不上快车道都不行啊。"

"老宁啊,就怕你我老骥伏枥,跟不上他的脚步啊。"董平面露为难之色,"跟不上脚步,是要挨板子的啊。"

米家湾的黑石滩是个奇怪的地方。风起后随浪涌上来的不是沙子和黄泥滩,而是一个个大小基本均匀的黑色鹅卵石。罗子坤跟梁云霄踩着鹅卵石沿着几千米长的滩涂一边走一边讨论着这片海域的地质条件。

罗子坤提醒梁云霄:"看来,这里的海底和宁州以及东海其他海岸的地质条件都不一样,所谓的海山、宁州都是黄泥滩涂的说法不能一概而论。所以,我们的调查和研究一定要细致,把海底的情况搞明白,对深水港口的建设至关重要。"梁云霄点着头跟在罗子坤后面,只是倾听,一言不发。继而,罗子坤话锋一转,转到了梁云霄身上:"虽然我不知道你目前的真实想法,但我希望你在毕业之前把我交给你的工作做好。论文的题目是你自己选的,开题在我这儿过了,但你必须按照我的要求做好实地资料的充实工作。记住,我要做翔实、准确的实地地质、水文、洋流和海岸力学资料。你知道我做学问的态度,不喜欢哗众取宠,喜欢的是脚踏实地,否则,你不仅做不了我的研究生,毕业也会成问题。"

罗子坤一脸严肃,梁云霄低下头。罗子坤拍了一下梁云霄的肩膀,长叹了一口气,又说道:"那天我喝多了,说了很多醉话。我知道我这样要求你有些苛刻,给你造成了心理负担。最近你有些心事重重的,状态不是很好,你有什么困难?有困难你就对我说,我不会勉强你的。"

"对不起,老师,我……"梁云霄打算提出他想退出课题组的事,但话到嘴边,还是咽下去了。梁云霄通过姚子期的提醒和这段时间的接触,多少也清楚了罗子坤的性格,在海事学院,他坚持的事情,校长和院长都无法说服他改变。片刻思考之后,梁云霄还是决定先替罗子坤完成前期的资料搜集工作,项目论证之后再提退出的事。

罗子坤安慰梁云霄说:"未来的事情,你还是暂时不要想那么多吧,重要的是做好眼下。你眼下的精神状态就不太对,我不清楚你遇到了什么样的困难,但有一点我可以告诉你,一个人,只要精神不倒,一切皆有可能。做事不能三心二意,有了专注,不一定会有好的结果,没有专注,那就一定不会有好结果。"

梁云霄没辩解。最近一段时间,他的状态不仅让罗子坤失望,连他自己都觉得很颓废。罗子坤对学生十分严厉,但他也是个慈祥善良的儒雅学者,如果自己说出家庭的情况以及面临的处境,罗子坤可能会理解他、原谅他,甚至怜悯他,可此刻,梁云霄还是不想要罗子坤的怜悯。

梁云霄停住了脚步,目光投向远处灰蒙蒙的海天,心情极其复杂。不知不觉中,罗子坤已经走出了很远。罗子坤一直脚步不停地朝前走,等到猛然回头,才发现梁云霄已经远远地落在了自己身后。梁云霄看到罗子坤回头,就假装蹲下身去系鞋带,然后跑了几步追上来。

梁云霄小心地问罗子坤:"老师,您还有什么吩咐?"

罗子坤说道:"我看了地图,你们那里好像有个月塘湾。"

梁云霄点头回答道:"是的,老师,我们那里是有个月塘湾,每年都有开渔节,附近岛屿的渔船都会从月塘湾出发,到远洋去捕鱼。"

罗子坤点了点头,说道:"如有可能,你带我去一趟你的老家落叶岛吧。"

罗子坤的这句话,把梁云霄说得一愣,不知道罗子坤的葫芦里到底卖的什么药。落叶岛是梁云霄心头绕不过去的痛。宁州第二造船厂的欠款可以缓一缓,但并不是说事情已经了结。为梁海生担保的那三家人,同样背负着巨大的生活压力。梁云霄不知道,他陪着罗子坤回到落叶岛,一旦遇到村民的围困,会是怎样尴尬的情形。梁云霄突然想把家里的情况跟罗子坤说明了,可罗子坤没等他再说话,一路快跑着回住处去了。

2

因为省委领导重视,DHDG课题进展顺利。罗子坤工作加快了节奏。他每天不是和徐正生、姚江河一起去见市委书记、市长,就是带着梁云霄、姚子期实地核数据、搞调研。这天,罗子坤带梁云霄和姚子期结束对蟹子岛的实地考察,突然接到学院的一个电话。电话是东海交通大学海事学院院长亲自打来的,说学院和宁州市联合成立了一个宁州国际港口发展专家咨询委员会,正在筹备举办第一届宁州国际港口深水泊位专家论坛,希望罗子坤亲自参与咨询委员会的筹备成立工作并主持论坛,到时候,院领导和省领导要亲自参加揭幕仪式。罗子坤解释说他的课题已经进入实质落实阶段,他离不开海山岛。院长却告诉他说:"国家部委、东海省对这次会议都很重视,希望罗教授能两边兼顾。"学院的这个通知,一下子把罗子坤去落叶岛的计划给打乱了。梁云霄则长出了一口气。最起码最近一段时间,罗子坤不会到落叶岛去了。

大海边,风裹挟着乌云从海面上滚来,天空中布满阴霾,大雨欲来。姚子期和梁云霄在海边等着港口派来的交通艇来接罗子坤去宁州,远远地,两个人看到两艘快艇劈波斩浪,向海边的渔用小码头飞奔而来。前面的交通艇是海山港的交通船,上面坐着来为罗子坤送行的姚江河和徐正生。后面的船是宁州港的豪华游艇,驾驶游艇的却是副总经理宁海楼。宁海楼亲自开着豪华游艇来接人,这样高规格的接待,再次显示了宁州港对罗子坤的重视。

两艘快艇靠了岸,徐正生一见面就开始调侃宁海楼:"宁总这是亲自开船来抢人了。"宁海楼笑着说:"徐总,你这个'抢'字不好,我是来'请'。"徐正生凑到宁海楼耳边说:"宁总,抢就是抢,别装矜持了。宁总,你们不能总是这样,我这边刚要打喷嚏,您那边就刮台风。我这儿刚说要停,您就开始截和。您这港口集团的副总亲自开豪华游艇来抢人,明白人说你们宁州港财大气粗,做事招摇,不明白的人得说罗教授的架子大,会摆谱。"

宁海楼哈哈一笑,说道:"徐总啊,话不能这么说,罗教授是东海交大委派到宁州国际港口发展专家咨询委员会的会长,也是这次论坛的主持人,作为主办方之一,我们当然得重视。另外,不是我们宁州港财大气粗,这游艇也是市政府和东海交大海事学院宁州国际港口发展专家咨询委员会的专家用船,至于我嘛,是政府抓的公差,他们爱怎么传就怎么传。"

宁海楼一本正经,话说得滴水不漏,差点把徐正生的肺气炸了。宁州这是明摆着财大气粗欺负人。为了争夺十万吨深水码头在宁州落地,人家专门成立了一个专家咨询委员会,还专门聘请罗子坤做会长,连豪华游艇都配上了。徐正生不禁感慨:"钱多豪横没道理啊。"宁海楼根本没理会徐正生,他的眼睛直盯着罗子坤。

姚江河一边招呼罗子坤上船,一边说:"老宁,正生这是在跟你开玩笑呢,你别当真。"

宁海楼调侃道:"这玩笑可开不得,我无所谓,你们别吓得罗教授不敢上船。"

罗子坤也笑了,说:"这会儿,你们就是给我弄一艘邮轮过来,我也敢坐。"

宁海楼接过话茬:"罗教授请放心,宁州港正筹建邮轮码头,很快会有的。"

徐正生想说什么,被姚江河拦了下来。姚江河说:"老宁,天快下雨了。再不走,海上起了浪,你这游艇怕是要被留在岛上了。"

宁海楼扶着罗子坤上了船,跟岸边的几个人告别。码头上宁海楼看了一眼姚子期和梁云霄,意味深长地说了一句:"罗教授先去见一下市领导,开会那天,你们两个可一定得去。国际会议,你们也去开开眼。"梁云霄说:"会的。"姚子期对宁海楼的强势很不高兴,她没跟宁海楼说话,只是嘱咐罗子坤:"老师,到了宁州尽量少喝酒,您身体不太好,酒喝多了伤肝。"罗子坤笑着说:"我听徒弟的。"

众人目送游艇离开小码头,姚子期和梁云霄招呼姚江河、徐正生上了船。四个人刚到船上,大雨转瞬即至。雨滴敲打着船窗玻璃,噼啪作响。姚江河望着雾蒙蒙的大海沉默不语。徐正生一肚子闷气，愤愤地对姚江河说道："姚总，你看到了吧，罗教授的课题这边刚刚提出个概念，人家那边国际论坛就要开始了。"

姚子期安慰徐正生和一言不发的姚江河道："你们放心，罗教授是个较真的人，他认准的事情，别人很难动摇。"

姚江河看了一眼姚子期说道："你懂什么。"

姚子期吐了一下舌头，到船尾去了。

梁云霄站在船尾，望着茫茫大雨和滔天巨浪一言不发。姚子期在船尾坐了下来，说："我看了这次论坛的名单，他们竟然请来了尼德教授。"梁云霄的表情很严肃，说道："这事没那么简单。"

徐正生向正在思索的姚江河说道："师父，我看这事里透着邪啊。"

姚江河笑着说："是有点邪，不邪就不是宁海楼了。不过，这个点子，宁海楼想不到，怕是他的后面出了高人。"

徐正生点头问道："我们要不要参加？"

姚江河笑了笑说："当然要参加，不仅要参加，而且市委书记、市长和相关领导都要参加。正生，这事你得去找孙书记，既然是国际论坛，我们也要申请参加。虽然他们是主场，但我们海山深水码头泊位的岸线资源更丰富，在论坛上要展示出来，这个论坛才有说服力，才有国际水准嘛。"

徐正生为姚江河的睿智竖起大拇指，兴奋地说道："师父就是师父。我尽快向孙书记汇报，既然是国际论坛，我们必须表明我们的态度。建十万吨大宗商品深水泊位，我们海山最有发言权。这个发言权，不仅要让罗教授说，我们的市委、市政府也要有态度。"他想了想，强调一句，"这个发言很重要，你我怕是得好好准备准备。"

姚江河说："我们得找罗教授合计合计，我觉得这个发言还是他来为好。"

徐正生感叹："是啊，宁州出了高人，借着国际专家的口阻击我们罗教授，罗教授如果不反击，就只能听从摆布。"

宁嘉南跟宁海楼闹翻之后，真的就离开宁州港，返回了学校。他开始一门心思地准备研究生考试和咨询出国留学的事情。宁州这次举办国际港口深水泊位专家论坛，尼德要作为嘉宾出席的消息传来，宁嘉南心中狂喜。尼德是瑞典国际海事学院的资深教授,也是东海交通大学海事学院的首席客座教授,在国际港航界很有影响力。他对宁州、海山港航建设的历史以及未来的发展十分感兴趣,发表了大量学术文章,出了不少著作,而且他本人跟罗子坤交往颇深。宁嘉南决定,一定要想办法接触到尼德。如果能争取到尼德和罗子坤交换研究生,他不用宁海楼也能顺利出国。宁嘉南不相信,等他人到了国外,他的母亲齐英还能不出钱。

夜晚,宁嘉南拎着他让母亲齐英准备的珍贵礼品,去找分管这次活动的院务部领导。送礼这种事情,宁嘉南轻车熟路。从小,他就目睹了家里的迎来送往,他认为送礼也是社交的一部分。他跟这位院务部领导比较熟悉,知道他喜欢抽什么烟、喝什么酒。可这次送礼,他偏偏没有准备这些。领导这种爱好,他懂,别人也懂。他要母亲齐英托人从国外带回来两盒古巴雪茄和一件希腊羊毛披肩。齐英也是"港二代",两个姐姐都在国外,弄这些东西不难。

宁嘉南拎着礼物大大方方来拜访父亲的朋友,无可厚非。院务部领导夫人对宁嘉南十分热情,端茶倒水,一阵寒暄。客套话说完,院务部领导说起了宁州和学校海事学院合作成立宁州国际港口发展专家咨询委员会和举行专家论坛的事,并告诉宁嘉南,学院对这次活动十分重视,要挑选优秀在校生组成志愿者团队,服务保障这次活动。宁嘉南以谦逊好学的态度,强烈要求成为这次活动的志愿者。宁嘉南一直在学生会任职,组织了学校许多重大活动,院务部领导对他的社交能力、外语口语水准相对都比较了解,就把他派到了会务组。

尼德几次来华授课都是姚子期担任的翻译和生活助理,这次,院务部领导希望宁嘉南能代替姚子期,担任尼德的英文翻译和在宁州活动期间的中方特别助理。院务部领导给出了一个特殊的原因,说尼德是偕夫人来的,他的夫人是瑞典国际海事学院的校董,让一个年轻漂亮的女孩做尼德的私人助理不太方便。院务部领导的暗示已经很明显了,尼德这次来不仅是要参加活动,还是为了交换生而来,在此之前,深度接触尼德很重要。宁嘉南心里暗自好笑,院务部领导根本不清楚他跟姚子期的关系。他并不想取姚子期而代之,而是担心姚子期不珍惜这样的机会,再次犯傻,把这样的机会给了梁云霄。

宁嘉南对院务部领导的关心很感动,对着院务部领导和其夫人深深鞠躬致谢道:"我代表我爸妈,感谢叔叔、阿姨对我的帮助和关心。"宁嘉南告辞出门,身后传来院务部领导夫人的称赞声:"到底出身不同,老宁家这孩子聪灵通透,未来可期。"从院务部领导家里出来,宁嘉南难抑内心的兴奋。多日来笼罩在心头的阴霾一扫而光,一切都已柳暗花明。宁嘉南对自己的社交能力颇为自信,这次他一定要利用好给尼德教授和他夫人服务的机会,跟他们搭上关系。如此一来,无论能否成为他的学生,瑞典国际海事学院都算是他跟姚子期出国的一个选择。宁嘉南掏出电话想跟姚子期分享这件高兴的事情,可他想了想,还是决定先不告诉她。宁州港和海山港一场新的比拼就要开始了,此刻的姚子期心里肯定很恼火。

宁嘉南从宁州机场接到了从希腊飞来的尼德和他的夫人艾丽斯。宁嘉南对尼德并不陌生,这个五十几岁的白人老头思维活跃,幽默风趣,属于乐天派。他的夫人艾丽斯是肤色白皙、雍容华贵的北爱尔兰贵族。上次尼德来海事学院讲课,他跟姚子期一起参与了接待工作。姚子期英语口语底子比他扎实,做了尼德的翻译;他为尼德鞍前马后,算是特别助理。尼德对姚子期的印象特别深刻,对宁嘉南的印象也不差。机场大厅,尼德见到宁嘉南,张开双臂,给了他一个深深的拥抱。

宁嘉南没想到尼德见面就询问:"姚怎么没来?"

宁嘉南向他解释道:"姚去了罗子坤教授的课题组,暂时不能为您服务了。但有一点可以保证,论坛上,您一定能见到她。"

3

梁云霄在凤凰岛再也没有见到过那个神奇的女子。

梁云霄带两名客人出了水面,上了老贾的游艇。这次收获颇丰,猎到几十斤石斑鱼。潜钓场这次接待了一个海都来的旅游团,六男六女,男人三十几岁到四十岁不等,女孩都很年轻,最大的二十岁出头,小的不过十七八岁,一个个涂脂抹粉的,看上去有些风尘,但人确实是一个比一个漂亮。六个男人分三组打比赛,取了个名字叫"赏金猎人",比赛哪一组猎取的目标鱼最多,梁云霄带领了其中一组。上了岸,三组的海底猎物先后上秤,优胜的一组可以获得一万元奖金。六名身穿比基尼的年轻女孩叽叽喳喳地围了上来,观看比赛结果。说是观看结果,其实她们是来看梁云霄的。有如此俊朗的外表,还有如此健壮的身体,这股雄性的力量吸引了这群女孩的目光。

梁云霄带领的这组获胜,客人高兴,给了梁云霄一千元奖赏。老贾的小眼睛笑得眯成了一条缝。梁云霄换好了衣服,去老贾的住处结账,顺便向他请假。出门时,姚子期曾对他说,罗子坤要回海山了,他一定要尽快回去,不然罗子坤会不高兴。梁云霄来找老贾请假,老贾把五张百元大钞数给了梁云霄,却没有答应他的请假。

老贾告诉梁云霄:"你都看到了,这个团今天不会走,明天六个女的要比赛,她们在竞价让你做教练,费用涨到了一千块一个小时,赏金也涨到了两千块。有钱不挣,你傻啊?"

梁云霄一脸为难地说:"明天我确实不行,我的导师要回来了,我若再开溜,他一恼火,我真就毕不了业了。"梁云霄提出的要求确实让老贾为难,现在潜钓俱乐部是旺季,梁云霄一天不来损失很大。老贾打电话给贾山,贾山正在跟客户打牌,电话里只回了两个字:"不准。"梁云霄十分着急,威胁老贾说:"实在不行,我就辞职了。"老贾怕梁云霄真的说辞就辞,也就不再阻拦梁云霄,而是又抽出五百块钱给他,说:"那你忙完事赶紧回来,一年就这几天,机不可失。"

罗子坤这次去宁州,宁海楼、董平和周晓乙对其简直众星捧月。尤其是周晓乙,表现出了超常的热情和过分的谦卑。他亲自带着市政府一帮要员在门口迎接罗子坤,还请来了市委书记、市长陪同他一起用晚餐。宁州作为国家计划单列市,书记和市长都是副部级,市委书记是省委常委。这样的规格和殊荣一般人根本接不住。酒过三巡,周晓乙巧妙地抛出了DHDG课题组的话题。罗子坤是个认真、固执的人,他微笑着表示感谢之后,再次表达了自己的观点:"这个课题,宁州若是感兴趣,可以深度参与。宁州、海山同在一个海域,又都在六条国际航线的交会点上,完全可以深度融合,一起发展。"

场面一度有点尴尬。罗子坤话说出口就后悔了,他深知自己的提议根本不可能实现。宁州的经济体量是海山的十几倍,因背靠长三角、面朝东海的地理、交通优势,发展速度不是海山能比的。周晓乙笑着打破了沉默:"您说的这种办法,我们宁州市委、市政府两位领导考虑过,他们不排斥我们在海山建港,主要是要看海山方面的领导思想是不是可以解放一些,把管理和经营权交过来,可以拿岸线资源作为股份入股,这样才是双赢,您说是不是呀,罗教授?"

周晓乙的一句话把罗子坤问住了。他还真没有往这方面想。此刻一想,也不失为一个能快点把课题转化成项目落地的办法,海山的经济体量还是太小了。于是,罗子坤说:"这倒是个两全其美的办法。宁州和海山能够联手,实现共赢,当然是一件好事。"周晓乙顺水推舟,接着说道:"这根红线,还得罗教授的课题来牵啊,不然海山这个小老弟又要到省里叫屈,请家长出面了。"周晓乙借力打力,把皮球再次踢到了罗子坤脚下。事后,罗子坤想了想,他还是一脚跳进周晓乙挖的坑里了。

罗子坤虽然在宁州忙于筹备宁州国际论坛的事,但百忙之中,他还是坚持利用周末的时间回了一趟海山港。黄昏,姚子期和梁云霄在码头上接到了罗子坤。几天不见,罗子坤一脸疲惫,显然,他在宁州没休息好。罗子坤从宁州带来了一些海底监测设备、潜水设备和一台微型水下摄像机。搬运设备的时候,梁云霄心里有些激动,专业的海底检测、潜水和拍摄设备,他只在学院水下实验室里用到过,尤其是那台日本产的水下摄像机,能在水下借助自带的可见光拍摄百米以外地方的影像。

一路上,罗子坤嘱咐姚子期和梁云霄,海山海域的实地和水下考察工作不能停下来,要尽快完成海山群岛靠近几条国际航道几十万平方公里范围内岛屿、海湾陆地以及水下情况的资料收集。罗子坤还告诉姚子期和梁云霄,省里给的课题经费下来了,必要时可以聘请专业潜水员对水下情况进行拍摄。晚饭后,罗子坤随姚江河、徐正生去跟市领导谈事情,临走时,他让梁云霄和姚子期在他住的独栋小楼里等他回来,商量一个考察计划。

梁云霄、姚子期在楼里等着罗子坤回来。夜已深,姚子期困得直打哈欠,还是未见罗子坤归来。梁云霄心里很是着急,他不停徘徊到窗前,看送罗子坤的车是否回来了。晚饭时,梁云霄给老贾的破手机打了个电话。老贾告诉他,无论如何,他明天下午三点半必须赶到凤凰岛。梁云霄不知道罗子坤会不会给他安排任务,如果起了冲突,他必须想办法应对老贾的斥责。姚子期像是看出了梁云霄的心思,就问他道:"你周末是不是又找了兼职?"

梁云霄点了点头。姚子期不想再说梁云霄什么,只是轻轻叹了口气。梁云霄在这一声叹息里听出了姚子期的失望。梁云霄心里很难过,因为姚子期已经不再骂他了。俗话说,不打不骂烂白菜。他在姚子期的心里,已经是一棵烂白菜了。

午夜时分,姚江河送罗子坤回到住处。罗子坤见姚子期、梁云霄还在等他,脸上露出了歉意,说:"子期先回去歇息吧,工作的事,我们明早再说。"姚子期就向罗子坤告了别,然后随父亲下楼离开了。梁云霄出门为罗子坤拎了两壶开水进来,回到房间,发现罗子坤已经进了里屋。梁云霄为他倒了一杯开水,小心地问道:"老师,我们明天怎么安排?"罗子坤没有回答,屋里已经响起了罗子坤的鼾声。梁云霄虽然急于知道罗子坤明天的安排,但见此情景,也只好作罢,他悄悄地关上了罗子坤的门。

夜色墨黑。姚江河心事重重地开着车。姚子期从父亲的神色里似乎已经看出,课题组落地海山的事并不乐观。

姚江河突然问姚子期:"那个尼德教授,你了解吗?"

姚子期说:"他在东海交大讲课的时候,我做过他的翻译。他是瑞典国际海事学院的教授,全球著名的海事、港航专家,挺有意思的一个英国老头,怎么了?"

姚江河说:"他到宁州了。"

姚子期说:"哦?我还真不清楚。"

姚江河继续问姚子期:"你们大学跟宁州联合举办的这个论坛,罗教授怎么一点消息也没得到?"

姚子期摇摇头:"可能是最近才决定的吧?我明天打电话去学院问一下。"

姚江河说:"哦,我知道了,你不用问了。"

姚子期搞不清楚,宁州突然跟学院联合搞这么个论坛是什么意思,但她从姚江河敏感的态度可以猜测到,这可能会跟他们的课题有关系。

姚江河再次沉默起来。

姚子期小心地问:"跟罗教授的课题有关吗?"

姚江河点了点头。

姚子期长叹了一口气,说:"宁州这是专门为应对罗教授的课题而设置的,为阻击海山,宁州这次下了血本了。"

清晨,梁云霄突然被罗子坤在楼下的叫声惊醒了,他睁开眼睛,天已大亮。罗子坤早已起来,穿着汗衫短裤准备晨跑。罗子坤有晨跑的习惯,一旦跑起来,一般人跟跑都很困难。梁云霄连呼糟糕,这次没准又要挨批。梁云霄穿好衣服下楼的时候,罗子坤已经沿着海边的公路跑出了半公里。梁云霄追上了罗子坤,默默跟在他身后跑。海山母港码头周围的环山公路一共六公里,去时跑,回来的时候基本是走。罗子坤一边走,一边跟梁云霄聊着课题组的事。罗子坤给梁云霄下了一个不可思议的任务。

罗子坤说:"梁云霄,这次宁州国际港口深水泊位专家论坛你替我发言,就按照你毕业论文的观点发言。"

梁云霄一下子惊呆了。

梁云霄说道:"老师,这不是一般的答辩,而是主题发言。台下是国际、国内著名或知名的海事、港航专家和省、市、学院的领导。"

梁云霄说完仍是一脸惊愕和惶恐。

罗子坤笑了,说道:"你慌什么?研讨嘛,就是研究和讨论。你怎么写的就怎么说,怎么想的就怎么说。说好了,一鸣惊人;说错了,最多算你无知,无知者不为罪。"

梁云霄还是犯怵,磕磕巴巴地问罗子坤:"真……真的可……可以吗?"

罗子坤说:"当然需要事先准备。我在你论文初稿上做了详细的批注,需要准备的数据、材料、国内政策、文件我都准备得差不多了,我交给姚子期,让她辅助你。"

梁云霄曾听说罗子坤教学生和做学术总是不按规矩出牌,总有非常之举。这次,梁云霄算是真正领略了,没想到罗子坤竟如此离谱。

罗子坤看梁云霄不说话,就又笑着说道:"到时候,部里的专家、省里的主要领导会亲临现场,你是海山人,算是借题发挥,替海山发声,海山群岛的优势你要说充分,弊端也要说到要害,尤其要讲到远离大陆、沧海孤悬的困难,海山港口发展优势也要说充足。我相信你会讲得很好的。"罗子坤说完,慢跑着回了住处。这次,梁云霄没有跟上来。

梁云霄一个人坐在大海边,罗子坤的这个安排如同大海的巨浪,一波又一波地撞击着他的内心。事情太大,他不知道该如何是好。许多年后,梁云霄才从宁海楼口中得知,研讨会上罗子坤让他这个乳臭未干的小子发言,实属迫不得已。宁州举办这次研讨会,目的就是想率先拿下十万吨深水大港项目。他们知道,国家根本不可能同时在一片海域批准两个十万吨以上深水大港项目。宁州港资本雄厚,业务不断拓展,祈盼大港已久;海山港航道、岸线优越,更希望通过石油、铁矿、煤矿、钢铁、建材等大宗商品仓储、中转来提振城市经济。可海山无论资本来源、交通设施,还是物流配套,都无法跟宁州抗衡。海山港提出申请参加论坛,在别人的主场为自己争取利益,不仅胜算不大,还会遭人诟病。梁云霄是海山人,一个大学未毕业的愣头青,哪怕是口出狂言也不为过,不知者不畏,就是这个道理。

早饭过后,罗子坤乘船离开海山返回宁州。姚江河、姚子期、徐正生赶来港口送行。考斯特车上,徐正生和姚江河不停地用目光审视着梁云霄,看得梁云霄很不自在。两个人的目光里有着一致的潜台词:罗子坤把海山的命运放在这个乳臭未干的小子手上,这不是儿戏吗?

码头上分手时,罗子坤再次嘱咐梁云霄:"还有半个月时间,你和子期好好准备,遇到困难就找姚总和徐总。"梁云霄看了一眼姚江河和徐正生。二人微笑着点头,算是鼓励。姚子期一头雾水,不知道几个人到底在嘀咕什么。送走罗子坤,四个人上了考斯特。姚江河对梁云霄说道:"昨晚,关于这件事我和徐总聊了很久,你只管好好准备,我在海山群岛干了二十几年,资料也准备了几箱子,我选些能用的,到时候让子期拿给你。"

徐正生接过话茬说:"那可都是姚总压箱底的宝贝,我跟着他做了十几年的徒弟也没有资格看。小子,你珍惜这次机会吧。"

梁云霄一脸为难:"我就怕到时候讲不好,辜负了大家的期望。"

姚子期望着姚江河和徐正生,最后目光定格在梁云霄脸上看了许久,一头雾水地问道:"爸、徐总、梁云霄,你们到底在说什么,我怎么一点都听不懂?"

姚江河、徐正生两人相视而笑,一起看向梁云霄。梁云霄窘迫地低下头,没有说话。

徐正生笑了笑说:"罗教授点将,要梁云霄到宁州国际港口深水泊位专家论坛上发言。这场戏,他是主角。"

姚子期一下子愣住了。

4

罗子坤交付的重任,压得梁云霄差点喘不过气来。他心里十分清楚,此事虽然是罗子坤的一个"儿戏",但他的表现关系到海山港的命运。

命运再次把他这个抱着一块木板的海难幸存者推上了风口浪尖。

姚子期从徐正生那儿申请到一艘小艇作为课题组的水上交通工具。小艇是崭新的,通体雪白,上面印刷着"DHDG课题组"的字样。徐正生上次在码头被宁海楼刺激到了,回到局里当天就立刻叫来采购科长,让他购买两艘交通小艇。采购科长心疼钱,一脸为难地说道:"局长,咱跟宁州攀比不起,咱没钱啊。"向来儒雅的徐正生拍桌子骂人了:"这叫什么攀比,宁州港为这次课题论证能花几百万,我们如果连起码的交通问题都解决不了,海山港怎么可能把罗教授的课题组留在海山,局里就是勒紧裤腰带,破船也得换成新船。海山买不起豪华大游艇,交通小艇还买不起吗?别他妈废话,一周之内,在港口码头看不到交通小艇,你别干了,我换能办的干。"

三天没到,两艘小艇就到了。梁云霄很喜欢这艘小艇。在苍茫的大海上,小艇是最好的交通工具,它就像马路上奔跑的高级跑车,奢侈时尚,神气拉风。这艘小艇,徐正生花了血本,发动机是进口的,力量足速度快,艇身设计成流线体,十分美观。

驾驶小艇,对从小就在船上生活的梁云霄来说不是一件难事。他在水上练习了半天,操作起来就已相当熟练了。梁云霄要姚子期陪他去一趟凤凰岛。当务之急,他得去潜钓场找老贾,把兼职辞掉。姚子期听完梁云霄的要求,爽快地答应了。姚子期坐在小艇上,长发迎风飘飞。梁云霄戴着墨镜,穿着竖领子的防晒衣,驾驶小艇的样子帅气逼人。望着梁云霄意气风发的样子,姚子期觉得她心里那个上进的梁云霄似乎又回来了。姚子期心里很美,但嘴上还是不饶人,就又开始怼人了:"梁云霄,这是海山港的机会,你千万不能再吊儿郎当,不当回事了,你要是再颓废下去,我就真的不理你了。什么至亲的老乡、最好的朋友,都一边儿去。"姚子期说这话的时候,梁云霄再次看到了当初姚子期爱嗔怒的样子。梁云霄能做出这样的决定,还是让姚子期吃了一惊的。她原本以为,梁云霄已经做好了退出课题组的决定。她甚至还在想,如果梁云霄说不出口,她就最后帮他一次,替他找罗子坤提这件事。现在看来,梁云霄似乎已经做出了继续跟罗子坤做完这个课题的决定了。

凤凰岛也在罗子坤筹划的十万吨以上深港码头、两千万吨铁矿石堆场以及仓储建设的范围之内。原因很简单,这里海水变蓝的时间只有三个多月。三个多月之后,长江泥沙覆来,水下生物就会迁徙。确切地说,这里就是个临时过渡牧场,众多的鱼类、贝类、虾类等海洋生物,吃完了就走,交配、繁殖都不会在这里完成。在这里建深水码头,对海山海域的水下生态影响不会太大。罗子坤如果不去宁州,要重点实地调研的就是凤凰岛和月塘湾。所以刚才听完梁云霄的请求,姚子期要他带上深潜设备,想顺便陪他一起收集一下凤凰岛的水下数据。课题组的深潜设备是专业的,供氧设备分船载和便携两种,供氧时长、安全系数比潜钓场的设备要好得多。梁云霄对姚子期这样的安排十分感动,前段时间形成的隔阂也烟消云散了。

两人换上潜水服,背着设备去港口小码头的路上遇到了贺大年和胡彪。贺大年就跟姚子期开玩笑,问道:"子期这身打扮,跟小女婿到哪儿去?"姚子期不怒也不解释,只是跟贺大年开玩笑:"爬子叔,你再胡说,我让爷爷罚你跪扳手。"贺大年是姚四海棍棒之下出来的高徒。他十七岁上码头学手艺,就一直跟着姚四海,没少挨揍。据说当年他在码头上出了错,被姚四海在烈日下罚跪了两个小时扳手。贺大年尴尬地笑着说:"你们俩要真成了一对,罚跪扳手叔也认。"姚子期没心思和他扯闲篇,就和梁云霄一前一后,迅速朝码头走去。两个人上了小游艇,很快消失在海面上。

贺大年、胡彪却还在纠结两个人的关系。

贺大年说："看起来,子期还真招回来一个小女婿。"

胡彪说："我觉得两人挺般配的。这个小梁还真不错,你说他什么样的家世啊,能找到子期这么好的女孩。'官二代'还是'富二代'？家里有船还是有矿？"

贺大年摇着头说："那个小梁的底细我问了。听技术科的李子木说,他好像就是咱们海山什么岛上渔民的儿子。你说,咱们子期可是海公主,怎么会找一个渔民的儿子呢？"

胡彪说："这你就不懂了,郎才女貌,还要什么小汽车啊？当年咱们江河兄还是码头工人的儿子呢,不照样在东海找了个大学生老婆。"

贺大年就骂胡彪："你就别哪壶不开提哪壶了,结果怎么样,人家跑了呀。"

胡彪思忖着点头："说得也是啊,鱼找鱼、虾找虾,最多牡蛎找花蛤。你这么说,他们还真不般配。"

贺大年又骂胡彪："你这个鲇鱼头,什么话到你嘴里,都一股子臭鱼味。"

梁云霄和姚子期出现在潜钓场的时候,两对男女正对老贾发难。前几天他们输给了梁云霄带的那组,今天预先支付了三倍的培训费。这次他们参加水下"赏金猎人"的身份变了,改为六个女孩分三组,赏金变成了五万。获胜的一组女孩,可以在六个男人中挑选两个男人,被挑中的男人就是出钱人。女孩们换好装备,在码头上焦急地等待着。贾山也回来了,他躲在附近的一个铁皮屋子里拿着一个望远镜看着码头上发生的一切。这个夏天的潜钓黄金周,贾山发了一笔小财。六个女孩见梁云霄迟迟未到,围着老贾叽叽喳喳地吵闹个不休。老贾也说不出个所以然来,女孩纷纷要求退钱。这时,盯着远处水面的老贾高兴起来,只见码头不远的水面上,梁云霄开着一艘崭新的快艇,带着一位美女来了。老贾像是遇到了救星,急匆匆上前拉梁云霄去准备装备。梁云霄告诉他,这次装备他自己带了,专业的深潜设备。老贾要的是尽快准备下水,梁云霄却拉住老贾说："大爷,我得跟您商量一件重要的事。"梁云霄跟着老贾进了铁皮屋子。姚子期一身潜水服,戴着墨镜,靠在快艇上百无聊赖地等着梁云霄。

码头上,几个男人开始打量身材修长、体态丰满的姚子期。姚子期太美了,身体虽然被紧身潜水服包裹着,但掩盖不住她的雪白;脸虽然被遮阳帽和墨镜遮挡着,但掩盖不住她天生丽质。她坐在崭新洁白的小艇上,比画上的人还美。姚子期被他们赤裸裸的目光看得很羞怒,干脆转过脸去,看远处的游船和摩托艇。体态臃肿的男人们一边盯着姚子期看,一边还在议论品评。姚子期猜测这帮人的狗嘴里一定吐不出什么象牙来,就从船上找到一件防晒衣穿在了身上,希望梁云霄尽快跟潜钓场老板聊完。姚子期如出水芙蓉,涂脂抹粉的六个女孩子黯然失色,立刻醋意大发,也对着姚子期评头论足起来。一个女孩子甚至骂出声来,说:"这个死贾山,不知从哪儿弄出一个水妖来,这不扫兴吗?"另一个女孩一脸疑惑地问:"潜钓场弄来这样一个美女教练到底是什么意思,他们上新项目了?"

躲在铁皮屋子里吹着空调拿着望远镜的贾山也看到了这一切。姚子期他是认识的,去年他在宁州做金州小商品发往欧洲的货物代理,外甥女宁霞的堂哥宁嘉南就是带着这个女孩跟外商进行的谈判。那次他小赚了一笔,就给了宁嘉南和她一人一部手机。宁嘉南说,这个女孩是他的同学,海山港老总姚江河的千金。贾山跟宁嘉南混得不错,这两年,利用宁嘉南发小父亲的关系,帮着欧洲客户从宁州港及时弄到了发货的集装箱,两个人一直保持着联系。现在,海山港的海公主姚子期和梁云霄出现在这里,他就有点搞不懂了。

铁皮屋子里,梁云霄和老贾发生了争执。老贾告诉梁云霄:"你解约不解约我管不了,这事你去找贾山说,今天你得先把活儿干了再说。"梁云霄答应这次免费陪一组女孩下最后一次水。梁云霄拎着新设备,来到潜水码头。姚子期被几个男女盯得十分恼火,见梁云霄领着两个年轻女孩从老贾的铁皮小屋出来,气更是不打一处来。她悄声对梁云霄说:"这就是你找的狗屁兼职?"梁云霄笑了笑说:"最后一次。"梁云霄和其他两个男教练带着三组六名女孩坐上老贾的船离开了小码头,姚子期则开着小艇尾随着老贾的船,朝潜钓场疾驰而去。

船上的一名妙龄女子问梁云霄:"小梁教练,你可以啊,女朋友开豪华游艇来盯岗。"梁云霄警告她:"你别胡说,那是我同学。"另一名女孩就开始起哄,一屁股坐到了梁云霄的腿上说:"是不是同学,我们一试就知道了。"另外几名女孩紧跟着附和:"对,盘他。"六个身穿比基尼的女孩一下子围住了梁云霄,搂的搂,抱的抱,不时发出尖叫声。后面跟着的姚子期越看越生气,一边开着船,一边暗骂道:"好你个梁云霄,还真是堕落了。"说话间,她猛地一加油门,快艇就跑到了老贾的船前面。一个女孩尖叫起来,喊道:"看,看,她吃醋了。"

宁海楼陪着周晓乙、董平到宾馆去见尼德。他没想到,尼德的翻译竟然是儿子宁嘉南。如果说宁嘉南毅然决然放弃宁州港的实习,返回校园令他彻底失望的话,此刻他以这样的身份出现,又委实让宁海楼刮目相看。宁嘉南操着一口纯正的英语替尼德和周晓乙翻译。此刻的宁嘉南重新找回了自信,他坐姿自然,谈吐自如,相比之下,倒是宁海楼和董平显得很是拘束。

周晓乙也能讲一口流利的英语,但他跟尼德讲话的时候,讲的却都是汉语,因为他代表的是中国宁州市政府。谈话之前,宁海楼已经把宁州计划建设十万吨以上深水港口的意向书给尼德看了,所以双方谈起来话题就很聚焦。周晓乙计划在宁州湾附近选址筹建大港项目,以便为宁州引进大型钢铁、炼化、矿石贸易等大型企业,由此依港兴城,以城兴港,产生互助式化学反应,进而推动整个宁州湾经济的发展。

尼德说:"很显然,宁州上马十万吨以上深水大港的航道在理论上是没有问题的,重要的是岸线腹地纵深和土地资源的问题。"

周晓乙说:"这个的确是困扰我们很久的问题,同时也是我们要破解的瓶颈问题,我们上深水大港,目的就是节约岸线资源,集中形成合力。"

尼德对周晓乙的想法很赞同,两个人聊得很高兴。接下来的许多技术类问题,则是由宁海楼和董平跟尼德进行沟通。专业术语的翻译,对宁嘉南来说并不陌生,所以沟通起来很顺畅。周晓乙不停地用目光审视眼前这个英俊、帅气的年轻人,不时赞许地点头。偶尔,他也会跟宁嘉南用英语进行对话,宁嘉南对他们谈话内容的理解和专业水平都不差。

交谈在愉快的氛围下进行。尼德的情绪很高昂,表示会想办法利用论坛的机会,劝说他的好朋友罗子坤放下他的固执,尽可能把课题留在宁州。其实,尼德此行还带着另外一个使命,那就是想尽一切办法促使罗子坤的课题以及未来十万吨以上深水大港项目在宁州落地。全球最大的国际港运巨头之一的斯兰特公司正在跟海山市政府谈判,他们想在凤凰岛那片海域建设亚洲最大的大宗商品大型堆场,实现他们独霸东海大宗商品运输的战略规划。尼德是斯兰特公司全球高级战略顾问,临行前,斯兰特公司总裁斯兰特专门在东京宴请了他们夫妇。斯兰特曾任意大利航运公司马士基航运集团高管,他的野心一直很大,可是,他跟海山市政府的谈判并不顺利,凤凰岛的战略位置太重要,也太敏感。罗子坤在东海建设大港集群课题的出炉,让斯兰特的这个谈判变得更加遥遥无期。当然,尼德并未暴露此行的目的,他现在的身份是宁州市政府特邀的论坛专家,实现斯兰特的委托只是顺水推舟而已。

周晓乙跟尼德交谈得十分高兴。他对宁嘉南说:"宁州是千年丝绸之路上的重要枢纽,小宁要陪着尼德教授在宁州好好转一转。"

"好的,市长先生,虽然我是宁州人,但很愿意陪着尼德教授一起,再次接受宁州千年港口文化的熏陶和洗礼。"

宁嘉南的回答令周晓乙更加满意。

梁云霄陪着他们那组两名女孩完成了两个小时的水下猎人任务,收获十三公斤乌头和青石斑。船靠岸,渔获称重,潜钓场再次响起阵阵欢呼声。其中一个女孩的男朋友是一个四十多岁的男人,粗矮、肥胖,游泳裤只挂了半个屁股。此人被同行的人称作廖总,一看就是个土豪。廖总手里拿着一沓子百元大钞,要再次奖赏梁云霄,梁云霄却要他把钱交给老贾。高度锈蚀的铁皮屋子里,梁云霄跟老贾告别。

梁云霄说:"这次的奖励和工资我就不要了,麻烦您跟贾总说一声。等我毕业了,到时候我会再来的。"

老贾苦笑着说:"等你毕业了,我这儿黄花菜都凉了。我这儿认真算下来,其实只有两个半月的生意好做。好了,我也不为难你,奖金我收着,工资还是得跟你算清。"

老贾说着,从一沓钞票中抽出两张递给了梁云霄。

梁云霄接过钞票,出了铁皮屋子。

宁嘉南替尼德送周晓乙、宁海楼、董平出门。

周晓乙很高兴,赞赏地拍着宁嘉南的肩膀对他说:"小伙子,你的翻译很专业,口语也不错,方便留个联系方式吗?"

董平笑了,说:"周市长,这个您就不用麻烦了,他是宁总的儿子。"

周晓乙高兴起来,说:"哦,老宁啊,原来你是深藏不露啊,在尼德教授身边埋伏了一个奇兵啊。"

宁嘉南用得意的眼神望着宁海楼,宁海楼一脸尴尬地笑了笑。他不知道该如何回答周晓乙。

5

凤凰岛外海,微风轻拂,水面微波荡漾,水下却是深水峡谷,暗流涌动。海水湛蓝,清澈见底。深潜的梁云霄睁开眼睛,阳光轻易洞穿海水,束束光柱如射出枪口的子弹倾泻而下,穿透密密匝匝的繁茂水草,延伸到深邃无底的海峡深处。梁云霄正深潜海底,用微型水下摄像机搜集海底资料。小艇静静地停泊在水面上。阳光温暾,照得人有些慵懒。小艇遮阳伞下躺着身穿紧身潜水衣的姚子期,她一边往脸上擦着防紫外线的乳霜,一边盯着氧气瓶上的表盘。她原本要随梁云霄一起深潜,却被他拒绝了。这片海域的凶险,梁云霄已经领略过了。

下午五点,深水中的珍贵物种和大型鱼类也开始下潜。这里跟贾山的潜钓场不同,是深水鱼类的天堂,各种鱼在暗礁、水草、珊瑚间往返穿梭。梁云霄深潜到了水下五十米,用水下摄像机拍摄两边海峡的岩石。港口航道,岩石的地质结构十分重要,它要承受巨轮入港的冲击力,以及码头重型机械起吊的重量压力。这次,梁云霄虽然背着猎鱼枪,但只用于防身。他的目的除了拍下这里的海底地形,还要取下岩石中的一块做成分化验和抗压、承重实验。

一个修长的身影掠过梁云霄的镜头。梁云霄吃了一惊,目光朝着远方看去。那个女孩又出现了,只见她飞快地追逐着鱼群,熟练地使用猎鱼枪猎取深海鱼类,瞄准、射击、取枪、收鱼,一气呵成。梁云霄朝着这个深海猎人追了过去。深海猎人似乎发现了他,回眸看了一眼,继续朝着深海游去。一株水草挂住了深海猎人的头发,乌黑飘逸的长发散开,如随浪飘舞的水墨,瞬间弥散在海底峡谷里。随着微波摇晃的小艇上,姚子期的眼睛死死盯着氧气瓶上的表盘,氧气瓶上的刻度表眼看就要到底了。姚子期格外着急,却还不见梁云霄出水。梁云霄还在追逐水下猎人,但他身上的警报响了,无奈之下他只能先回到小艇。

梁云霄出水,筋疲力尽地爬上小艇。

姚子期指着氧气表盘责怪他说:"你在水下玩嗨了吧?你别忘了,你已经在水下待了两个小时了。"

梁云霄喘着粗气不停地说道:"不可思议,太不可思议了。"

他的思绪还停留在水下的那个女孩身上。再次的邂逅,让梁云霄确认那天他在水下没有产生幻觉,真的有人在这里畅游,也确实是个女孩。

"什么不可思议?"姚子期一头雾水,望着一脸惊愕,又像是惊喜的梁云霄问。

"我在水下遇到了牛人。"

"牛人?"

"一个女孩,自背深潜设备,在几十米水下,像鱼一样自如。"梁云霄由衷赞叹,"牛,确实是太牛了。没想到,我在海底再次遇到了她。"

梁云霄靠在快艇船舷边,按捺不住内心的狂喜。

姚子期望向远处,水面并无船只。

"你脑子缺氧,糊涂了吧?你看看,这里几百米水域,根本就没人。"姚子期伸手摸了一下梁云霄的额头说,"你确认不是在说胡话?"

梁云霄摇了摇头,坚定地说道:"没有。我确定我没有看错,她那样子,真的很飒。"继而他又惋惜道:"可惜我在海底没有追上她。是个女孩,跟你身形差不多的女孩。"看着梁云霄惊喜的样子,姚子期的眼前却浮现出潜钓场那几个穿比基尼的女孩围着他的情景,于是又气不打一处来,接着怼梁云霄:"憨憨,你想女人想疯了吧?梁云霄,我真是没看出来,你还是个花痴!"梁云霄没有理会姚子期的调侃,他的目光开始在水面上搜寻。突然,远处暗礁附近一个女孩露出了水面。梁云霄一阵惊喜地对姚子期喊:"看,在那里。"

梁云霄指着远处刚露出水面的暗礁,一块两米左右泡沫板做成的筏子出现在视野中。一会儿工夫,潜出水面的女孩上了筏子,用木板划水,筏子顺水而行,朝着远处的岸边而去。

姚子期说:"你是渔民的儿子,这有什么可奇怪的。那不是捞海人吗?"

梁云霄还是觉得不可思议:"你是没看见,真的很厉害。"

姚子期看了看手表,说道:"我们得赶紧走了,今晚我爸从省城开会回来,我们得去见他。还有你工作的事,我们必须得跟他和徐总说清楚你以什么身份留在海山港。"

姚子期决定带梁云霄去见姚江河和徐正生,希望他们能给梁云霄一个承诺。宁嘉南告诉她,梁云霄在宁州实习的一个月里上下都很满意,他父亲宁海楼把他夸成了一朵花,恨不得把他当成自己的儿子。梁云霄的能干,姚子期心里自然很清楚,她也看了梁云霄的毕业论文初稿,如果她做,未必能比他做得好。梁云霄是个完美主义者,他是一个想把每件交办给他的事情都做到极致的人。在小阳台上,梁云霄说的那些话,也能说明宁州港似乎给了他某些承诺。宁州港的条件比海山港强得真是太多,对于一个即将毕业要找工作的人来说,可遇而不可求。可是,如果梁云霄这次随罗子坤去宁州参加那个论坛,就等于把他进宁州港的后路给堵死了,宁州港不会招一个身在曹营心在汉的新职员。宁州港是很不好进,但海山港进人也很难。这些年,虽然海山港发展不是太好,但港口的人比宁州港少得多,退休职工、伤病残人员以及二级、三级企业相对较少,港口的负担相对较轻,所以,码头工人和机关干部的收入,比起市里其他国企和行政、事业单位的收入还算相对高。姚子期很清楚,港口机关技术岗、管理岗的干部岗位更少,一个萝卜一个坑。海山港机关每年进的新人不多,可找她父亲的人是真不少,什么局长的侄子、科长的小舅子、市领导的远亲等等,还有很多"港二代""港三代",关系错综复杂。梁云霄从小在孤岛长大,对社会人情了解太少。姚子期是在港口工人堆里长大的,港口的大事小情,她耳闻目睹了不少。回海山港的船上,姚子期将这些情况和利弊都跟梁云霄讲了。

姚子期说:"梁云霄,既然你不想继续读研,就必须为你未来的发展考虑。"

"我无所谓,能留就留,留不下来,我就去干其他的,天无绝人之路。"

梁云霄还对宁州港抱有幻想,姚子期则让梁云霄打消这种幻想:"不管宁总给了你什么样的许诺,我可以断言,你进宁州港的可能性不大,尤其是你决定参加这次论坛之后,就更不可能了。"

梁云霄苦笑了一下,没再接姚子期的话茬。

姚子期说的是实情,他相信她的话是真诚的,也相信她是真心想帮他,可万事皆有变数,在宁州的一个月,他也多少了解到了一些关于宁州港进人难的事。多年以来,港口人事方面多数是近亲繁殖,他身边的那些同事都是"港二代""港三代"和转业军官、退役军人,应届大学毕业生进港口的也有,但为数不多。别的不说,就说李子木,他是宁州人,却跑到了海山港入职,还在码头干了一年多才借调到技术科,排队等着那个技术岗的名额。

其实最近一段时间,他想了很多。他相信罗子坤的那句话。未来的事情,不必想得太多,重要的是做好眼下。他甚至觉得,宁州港和海山港对他来说,都已经不太重要了,重要的是能挣到钱。退一万步讲,宁州港、海山港他都进不去,只要他能顺利毕业,就能找到挣钱的门路。最近,他也对宁州、海山的港航企业进行了调查。他突然发现,随着港口经济的发展,跟港航有关的企业雨后春笋般地成长了起来。货代、船代、箱代、车代,这些代理人都是不错的职业,他懂英语,还兼修了德语、意大利语,拿到了潜水证,还有一张重点大学的毕业证书,只要有头脑,有一股子力气,就能挣到钱,就能完成他四十岁之前预定的人生计划,什么理想、事业,对他来说都是海市蜃楼,生而为人,就得行为人之道,让梁海生在天之灵瞑目,让丁春草早日解脱,是他最低的人生目标。

"我不想让叔叔为难。"梁云霄找了个很好的借口谢绝了姚子期的好意。

"他有什么为难的,你能留下来,是在帮他。他整天忙得像陀螺一样,不找个能帮他的人,他早晚累死。"

梁云霄淡淡一笑,说:"还是等论坛结束之后再说吧。"

姚子期嗔怪地看了梁云霄一眼,没再说话。她觉得这事还是梁云霄去宁州参加论坛之前说为好,她一直都是个未雨绸缪的人。可梁云霄不认为他去宁州参加一个所谓的论坛,就能帮到姚江河,帮到海山港。

第六章

1

宁州市港口博物馆出自欧洲著名设计师布朗斯特之手,造型奇特,海洋标志凸显,彰显着千年丝路港城的独特魅力。

宁州国际港口深水泊位专家论坛如期举行。会议大厅内,灯光亮如白昼。十几位肤色各异的外籍专家和省、市领导前排落座。西装革履的宁嘉南和一身杭丝旗袍的姚子期站在台上用中、英两种语言主持论坛,才子佳人妙语连珠,赢得阵阵掌声。梁云霄也一身西服,打着领带。西装是姚子期带他在宁州大商场新买的,徐正生从港务局给批了两千块钱。可是此时,梁云霄自己都觉得他穿西装确实没宁嘉南穿西装好看,这身衣服穿在身上有种演戏的感觉。他坐在论坛一角,望着台上的姚子期和宁嘉南二人,不得不从心底承认,他们才是般配的一对。

尼德先发言,主讲了国际港口、航运发展的趋势,用一系列数据论证了全球航运已经迈进深港大船时代。继而,他话锋一转,讲的却是中国港口发展在太平洋港口航运发展过程中所处的位置以及未来发展面临的严峻瓶颈问题。宁嘉南担任了尼德的翻译,他口齿清楚,翻译准确,尼德演讲的精彩之处,不时赢得阵阵掌声。最后,尼德讲到了长三角和东海港口的发展,把重点引向了宁州深水大港建设的优越条件和时代紧迫感。台下的周晓乙很紧张,也很兴奋,因为那位一直对东海港口高度重视的省委领导也来参加了这次论坛。他时刻关注着省委领导的一举一动。省委领导时而眉头紧锁,时而不停点头,时而用笔不停书写。尼德演讲结束后,省委领导带头起立鼓掌,并跟尼德热情握手。随后,是另外两名专家的演讲。梁云霄的脑子嗡嗡地响着,他根本不知道台上的专家到底讲了什么。他浑身开始冒汗,汗水顺着身体和四肢不停地滑动。姚江河和徐正生坐在梁云霄身边,看着梁云霄紧张的神情,心都提到了嗓子眼。

终于,关键的时刻到来了。姚子期用中英两种语言宣布:"下面请东海交通大学海事学院罗子坤教授发表演讲。"

罗子坤不紧不慢走上台,说:"各位领导,女士们、先生们,今天,我的演讲将由我的学生梁云霄先生代替,他发表的演讲也就是他毕业论文的核心论述《海山群岛十万吨以上深水大港集群建设》。"没有人会想到,在国内外海事、港航专家云集的国际论坛上,罗子坤却要一个尚未毕业的大四学生代替他发言。罗子坤话音一落,众人哗然。坐在嘉宾席上的周晓乙的脸色一下子变了。宁海楼和董平也惊呆了,两人立刻走到周晓乙身边蹲下了身子。周晓乙压低声音询问身后的宁海楼和董平道:"他想干什么?这不是儿戏吗?"

宁嘉南站在一侧辅助姚子期翻译,他简直不敢相信自己的耳朵。作为这次论坛筹备委员会的副主席,罗子坤竟然以这样的方式参与这次论坛。虽然知道罗子坤历来不按常规出牌,但没想到在如此重大的场合,他竟然还能做出如此荒唐的决定。

罗子坤拍了拍话筒,示意众人安静。罗子坤说:"对不起,请大家安静。我们举办的这次论坛,是帮助东海解决问题的论坛,不是一般的学术论坛。首先要说明的是,梁云霄的演讲,代表的是我的观点,恳请诸位听一个海山群岛渔民的儿子对大海、对航运、对港口的理解和展望。谢谢!"这句话该轮到宁嘉南翻译,此刻,他却没有接上。姚子期瞪了宁嘉南一眼,迅速接上了英语翻译。姚子期心理素质极强,不动声色地衔接,让流程进行得毫无瑕疵。等宁嘉南回过神来,台下的梁云霄已经站起身朝着讲台一侧走来。来到讲台一侧,梁云霄咬了咬嘴唇,定了定神,才健步走上了台。

豁出去了!梁云霄在心底对自己说。那一刻,他竟然想起了梁海生从月塘湾驾驶着三千吨渔轮乘风破浪离开东海的情景。梁云霄站定在众人瞩目的台上,望着台下肤色、发色各异的专家和议论纷纷的领导,眼前却只有百船拔锚启航的那个早晨。姚子期站在舞台一侧,冲着梁云霄握了握拳头,向上冲了几下。梁云霄似乎没把台下就座的这些人放在眼里,他不卑不亢地操作着会议的台式电脑,把一张海山群岛的地图用投影仪投到了大屏幕上,图上,出现了红线标注过的经过海山群岛的六条国际航线以及和大大小小各个岛屿的交会点。

"各位领导,各位专家,女士们,先生们,刚才尼德教授的演讲精彩绝伦,作为他曾经的学生,我由衷赞叹。我只是一名学生,我的目光看不到那么远,但我更关注我熟悉的海山海域。这片海域,向内,它是中国其他港口连接欧亚各国六条航线的必经之路;向外,它更是连接中国长江流域,以及运河沿线诸省奔向大海、走向世界的东海之门。它是中国深港大船发展的风暴之眼,更是中国外向型经济发展的引擎,它的地理位置和时代重要性,我不赘述。我只说它的现状和我的未来构想,以及它未来发展的可能性……"

姚子期压抑着自己内心的激动,用清晰、纯正的英语翻译着梁云霄的演讲。梁云霄的开场白还算得体。姚子期在梁云霄的一侧一边翻译,一边看着台下,很显然,刚才的混乱和窃窃私语已经停止了,专家们开始认真聆听。跟尼德居高临下的演讲相比,梁云霄谦卑的开场白和富有磁性的声音让人听起来更具有研讨的氛围。省委领导一边细听,一边点头。

梁云霄继续他的演讲:"遗憾的是,它至今仍然孤悬于沧海之上。因为它的孤悬,我们丧失了集装箱深港码头发展的良机,所以,短时间内它已经丧失了成为新加坡那样大港的可能了。我们姑且就以它孤悬沧海之上作为基础,讨论它在诸如石油、煤矿、铁矿、钢铁、谷物等等大宗商品航运方面的贡献。"

梁云霄点开了电脑上一张张系统的数据表,那是国内生产链急需的能源资源、矿石原料,以及粮食进出口的动态数据。接着,梁云霄的话锋转向了未来的可能性。电脑和投影仪替代了原来的幻灯片,增添了论坛的科技感。梁云霄用比较先进的数据建模,推算则采用了国际港口的先进算法,他思路清晰,数据准确,论点鲜明,论据有力。台下的专家看着、听着,不时轻声讨论,会场的氛围空前热烈起来。梁云霄的演讲也渐入佳境,台下的众人对他刮目相看。他们根本不相信,这样的论述出自一个大四学生。

梁云霄的演讲和数据分析无疑对专家和领导的触动很大。当然,这些数据更多是来自姚江河。梁云霄的这份论坛讲稿,倾注了姚家父女大量的心血。来宁州之前的两个星期,姚江河、姚子期陪着梁云霄充实数据、修改稿件。此刻,梁云霄在台上口若悬河,姚子期在一侧用英语流畅地翻译着,姚江河则是在台下看着、听着,这是他多年来积聚的心血,此刻听到梁云霄替他一吐为快,心中十分激动。

"资源优势为海山群岛实现深水大港,以及十万吨以上巨轮出入东海提供了可能性。这里有几万平方公里的海域、几百公里的海岸线,能建设十万吨以上货轮泊位港口的孤岛有几十个,关键是,每个港口背后都有千万吨,甚至几千万吨级别商品堆场和仓储的岸线土地纵深。我们今天探讨的是国际深水码头泊位的问题,海山没有建设十万吨以上集装箱码头的奢求,海山目前的目标只定在了大宗商品码头的假设上,因为孤悬沧海,尚不能与大陆实现陆海联动……"

台下的专家和领导也开始悄声讨论着,梁云霄用充分的理论依据和翔实的数据支撑了自己的论点,并构建了一个未来深水大港集群的宏阔前景。他的精彩发言,引起了省委领导的重视。省委领导仔细听着,认真记着,不时点头称赞。

梁云霄结束了冷冰冰的数据分析和干巴巴的论证,转而动情地讲述了一个海山人、海港人对未来的祈盼。

"海山港渴望拥抱大陆,渴望得到来自宁州、海都大城、大港的支持。我曾听说,省里正在论证'大陆连岛'工程,这个工程倘若能够实现,海山港的发展就实现了东海之门的真正打开。它八万平方公里的海域不仅能保障大船的自由畅通,更能助力兄弟港口以及内陆江、河港口实现中转码头、中转枢纽、堆场、仓储、物流的水上联动,未来也可能实现江海、陆海、空海的联动。海山人不仅渴望拥抱大陆,更渴望大陆能够拥抱它。很多年前,曾有人提议架设跨海大桥,实现大陆与孤岛互联融通。作为海山群岛最偏远的落叶岛上一个渔民的儿子,我感同身受。对于海山群岛上的人们来说,莫说架起一座桥,就是从陆地抛来一根绳子,也是我们千年的祈盼。"

讲到这里,梁云霄也动了真感情。这是他发自内心的声音,此刻的他已经把原来的稿子放到了一边。他眼前浮现出他逃离落叶岛的那个清晨和自己的遭遇，泪水禁不住流下来。姚子期看到了梁云霄的眼泪，省委领导、专家也都看到了。灯光下，年轻男孩眼睛里、脸庞上都是泉涌般的热泪。在场的人，无一不为之动容。

梁云霄继续他的演讲，基调由悲愤转变为激昂："如果能按照我以上所述，加快海山深水港口的发展，那么，十年后的海山港，大宗商品港口泊位将是十万吨、二十万吨巨轮云集的地方，年吞吐量将突破三十亿吨；如果能结束它孤悬沧海的历史，那么十年后的海山港，深水集装箱码头将会一箱难求，年吞吐量将突破四千万标箱……日本的横滨港、新加坡的新加坡港、荷兰的鹿特丹港，以及我国台湾的高雄港、香港的维多利亚港，都将被它抛在身后……"

梁云霄豪言一出，全场哗然。梁云霄彻底豁出去了，他根本没去看台下那些专家面面相觑的表情。梁云霄向姚子期眼神示意，他决定用英语结束自己的发言。梁云霄饱含深情、掷地有声地说道："海山人总讲向海而生，那是因为他们身处绝境，后无生路。阿基米德曾说，给我一个支点，我就能撬起整个地球。海山人渴望身后有一个这样的支点，有了这个支点，它真的可以撬动全球航运。"这些都是他的真心话。梁云霄像是一个单词一个单词地把这些话喊出来一样，声音沉稳有力，既像控诉，又像渴求，更像号角。

时光不欺少年，这样一个年轻的、稚嫩的、俊美的、阳刚的少年，用真情和雄心打动了在场的所有人。会场先是宁静的，鸦雀无声。可这个宁静却是短暂的，省委领导、尼德相继站起身来，二人率先鼓掌。众人掌声雷动。没有人能相信，这样一个论坛演讲，竟然在一个乳臭未干的小子这里沸腾了。专家、学者、领导和参加会议的相关人员纷纷站起身来鼓掌。

周晓乙也像是被梁云霄的演讲感染了，一时间，他似乎忘记了举办这次论坛的初衷，他不时观察着省委领导的神情，心里似乎也已经明白，这次利用论坛阻击罗子坤课题在海山落地的事怕是要泡汤了。他有些失落，但这种失落瞬间被另外一种情绪掩盖了。他把手伸出很长，跟着省委领导鼓掌的节奏使劲地拍着巴掌，还示意身后一脸蒙的宁海楼和董平他们鼓掌。周晓乙一边鼓掌，一边安慰自己：将来课题、项目到底花落谁家都不重要了。最起码，这次论坛的举办是成功的,省里领导是满意的。

宁海楼和董平站在那里,跟着周晓乙的节奏鼓掌。宁海楼也很兴奋,备感欣慰。虽然他知道,他未完成周晓乙交付的使命,但有一点可以肯定,活动得到了周晓乙的认可。宁海楼的目光盯着台上向众人鞠躬的梁云霄,又看了一眼失落地站在一侧的儿子宁嘉南。同样的西装革履,同样的英俊帅气,可才华和气度,不可相提并论。一时间,宁海楼释然了。或许宁嘉南选择不留在港口,而是继续读书、出国发展是对的。如果宁嘉南真留在宁州港,未来的十年,他将跟梁云霄同场竞技,而他将毫无获胜的可能。宁嘉南被梁云霄的演讲给搞蒙了。梁云霄这个憨憨,真的是深藏不露。此刻,他开始明白梁云霄能进课题组,似乎真的跟姚子期的帮助无关。梁云霄用憨憨的外表欺骗了所有人。此刻,宁嘉南开始为自己曾经的幼稚感到可笑。他一直认为,梁云霄就是个弱者,一个根本无法跟他同台竞技的弱者。不管他进不进课题组,他和梁云霄都不在同一个重量级上。可现在,梁云霄才是强大的征服者,他征服了在场所有人。

姚江河和徐正生也在鼓掌,徐正生的眼眶湿润了,姚江河的眼睛里则含满了泪水。姚子期站在台上,眼睛里也都是泪水。梁云霄在演讲的时候,她的眼前像是出现了一个幻觉。她一直觉得台上演讲的人不是梁云霄,而是年轻时的父亲。梁云霄说出的每一句话,都是这些年来姚江河的肺腑之言;梁云霄在论述里描绘的那番景象,就是父亲姚江河这些年来的梦想。

掌声中,罗子坤拥抱了满含热泪走下讲台的梁云霄,继而,姚子期也拥抱了他。宁嘉南也走上前拥抱了一下梁云霄,说了些赞美、祝贺之类的话。论坛还在继续,宁嘉南还要留在台上继续做英语翻译,可他总是注意力不太集中,有些魂不守舍的样子,语法错乱,还说错了好几个单词。如果不是姚子期在一边补充纠正,好几次他都会被晾在台上。没有人能够永远自信,宁嘉南遭遇了有生以来最大的一次挫败。

宁州国际港口深水泊位专家论坛继续进行,接下来的专家演讲、讨论,梁云霄虽然认真在听,但他根本没有听清楚他们在讲些什么。他像是被抽空了一样,疲惫、无力,他甚至感觉到腿仍然在发抖。

这个夜晚,注定会是很多人的不眠之夜。

2

宁州的夜晚比海山的夜晚喧嚣得多。

晚上十点,街道上仍然灯火辉煌,车辆、人流仍是川流不息。姚子期和梁云霄下了黄色面包车,进了一家都市音乐酒吧。这是梁云霄第一次进酒吧喝酒,满眼都是新奇。宁嘉南早已点好了啤酒,坐在卡座里等候他们多时了。宁嘉南迫切想见到姚子期,过二人世界,见她拉来了梁云霄,心里不是很高兴,但也无可奈何。姚子期和梁云霄来宁州,他尽地主之谊,理所当然。宁嘉南穿着白色的T恤和运动裤,显得洒脱休闲,姚子期则穿了件白色的裙子,干净、清纯。梁云霄穿着那件上台时穿的白衬衫,裤子也没有换。他没有来过这样的场合,也不知道要来这样的场合。自从宁嘉南和姚子期确定关系之后,梁云霄很不喜欢三个人聚在一起。因为三个人在一起,梁云霄总觉得很不自在,总感觉自己的存在显得多余。梁云霄似坐非坐,犹豫之间,宁嘉南故作大方地拥抱了一下他,继而把他摁在了卡座的真皮沙发上。以往,宁嘉南都表现得很大度、很自然,可是今天,他自己都觉得心里很虚。梁云霄在论坛上的表现,显然在他意料之外。宁州花了几百万举办的这场盛大的论坛,梁云霄却成了盛装出演的主角。无论心里有多少泛酸、多少嫉妒、多少愤懑,此刻的宁嘉南也只能将情绪隐藏在微笑里。面对姚子期,他得展现他的大度;面对梁云霄,他也得拿出老大的风范。

宁嘉南一脸热情地拧着梁云霄的脸说道:"老四,你个憨憨,这会儿你不用绷着了,你需要放松。"

姚子期看到了梁云霄的拘束,也随声附和道:"宁嘉南要尽地主之谊,你就别客气了,我们今晚不醉不归。"

梁云霄勉强坐下来说:"子期,明天一大早,我们要跟你爸和老师一起回海山,喝多了不好。"

宁嘉南打开三瓶啤酒,把其中一瓶塞给梁云霄,说道:"说你是憨憨,你还真憨啊?明天老师要跟尼德教授一起参加宁州国际港口发展专家咨询委员会的揭牌仪式,他才没有时间跟你回海山呢。另外,今晚你是海山的功臣,在论坛上为海山港挣了那么大的面子,你今晚就是喝成烂泥,他们海山也得把你当成一朵花捧回去。"

梁云霄看着姚子期说:"子期,今晚你爸和徐总都在宾馆,喝多了也不好。"

姚子期一笑,说:"我和我爸说了,我们出来喝点酒,他同意了的,再说了,谁让你喝多了。"

姚子期说着抓起一瓶啤酒。

宁嘉南也举起一瓶说道:"来,为我们憨憨精彩的演讲,语惊四座,干了。"

三人碰杯,各干了一瓶啤酒。自从姚子期和宁嘉南在一起以后,三个人很长时间没有这样喝酒了。

宁嘉南没有回避梁云霄,说道:"尼德教授跟我们老师谈了交换研究生的事,这可是个好机会,我想试试。"

梁云霄故意装作没听到。

宁嘉南继续说:"说是要再进行一次公开的答辩。"

姚子期说:"怎么答辩?"

宁嘉南看了一眼梁云霄,说:"我就在他们两个晚餐闲聊时听了这么一嘴。"他故作大度,"老四、子期,我劝你俩也试试。不出钱,公费出国读研究生,那是多好的事啊。"

梁云霄苦笑了一下说:"我不试。我今晚公开跟他唱了对台戏,试也白试。况且,你们两个正好想着出国,这个机会不能错过。"

宁嘉南半开玩笑说:"那可不行。今天听了你的高论,当时就把我给吓着了。憨憨,真是没想到,你的演讲声情并茂,妙语连珠,当时我就想,那是你吗?莫不是你三魂出窍跟阿基米德对上话了?憨憨,如果你参加,答辩的时候可千万不要让着我,你我兄弟归兄弟,钢刀归钢刀。你是知道的,我也是拿过学院演讲第一名的。"

姚子期有些不高兴地看了宁嘉南一眼。他这种天生自我优越感爆棚、高高在上的姿态,在姚子期看来,恰恰是他不成熟、不自信的表现。姚子期讨厌宁嘉南这样的姿态,也曾经提醒过他。可是宁嘉南口头上答应得很干脆,说是一定注意,但一旦到了实际生活中却坚决不改。他的天性使然,这种傲气不由自主地就流露出来了。

姚子期再次提醒他:"宁嘉南,你说什么呢?"

宁嘉南知道自己又在姚子期面前说错话了,慌忙找补道:"我也就开句玩笑。老四,你今天可真把所有人都给吓着了。我爸、周副市长都吓得发抖了。你就是代表海山来砸场的。你知道,台下坐的最大的官可是省委领导,还有部委的领导、专家。憨憨,你可真是豪气冲天,无知者无畏啊。"姚子期再次看了宁嘉南一眼,宁嘉南的赞美突然间就变了味,"你竟然还飙起了英语,把我都吓蒙了,以致我在后面的专家发言翻译中总说错单词,有几次我连语法都错了。梁云霄,你的海山群岛英语,把我都给带沟里去了。"

姚子期看到了梁云霄脸上的尴尬,打断宁嘉南的话,对梁云霄说:"云霄,你别听他胡说,我觉得你的结束语说得很棒,发音准确,词义恰当。我相信尼德教授和在场的外籍专家都听得很明白,也很受鼓舞,不然也不会反响那么热烈。"

梁云霄苦笑着说:"行了,子期,你就别再笑我了,我在你面前说英语,那是关公面前耍大刀,你们就权当我无知者无畏吧。"

三个人喝了一阵酒,但话不太投机,酒喝起来就索然无味。慢摇吧舞台上灯光旋转起来,音乐响了起来,男男女女开始到舞台上蹦迪。姚子期拉起梁云霄上台跳舞,梁云霄拒绝了。他真的不会跳舞。宁嘉南拉着姚子期上了舞台。梁云霄看着两个人贴着面跳着舞,喝完手里那瓶啤酒,起身离开了。外面霓虹闪烁,空气顿时新鲜起来。梁云霄大口地呼吸着,胸中舒畅了许多。梁云霄不清楚宁嘉南当着姚子期的面跟他说这些的目的,但直觉告诉他,此刻的宁嘉南不是单纯的坦诚。他不知道这个夜晚接下来会发生什么事,那都是人家情侣之间的事情。梁云霄抑制住自己的思绪不去猜测。

宁嘉南欣喜于梁云霄的知趣,也庆幸他的离开,但嘴上还是责怪梁云霄就是个直男,没有生活情趣。宁嘉南又打开两瓶啤酒,将其中一瓶递给姚子期说:"这个憨憨,让他放松,好像是在折磨他。"

姚子期埋怨宁嘉南道:"是你刚才的话有些过分了。"

宁嘉南笑着说:"是,我不该那么说他。可是,我是想帮他。没错,我们老师让他来参加这次论坛是为了帮你们海山港,可也堵死了他进宁州港的门。本来我爸是打算让他进宁州港的,这下,他帮着罗老头跟宁州唱对台戏,跟全球的理论泰斗尼德教授唱对台戏,罗老头人家是大学教授、业界大咖,可以不食人间烟火,梁云霄能吗?"

姚子期不说话了,宁嘉南说的是实话,也是她所担心的。姚子期有些后悔拉梁云霄到海山去了,她也为自己的自私深感愧疚。

宁嘉南说:"你知道吗?宁州港和海山港都准备上十万吨以上深水码头的项目。这是宁州市定下的深海战略。"

姚子期不以为然地说:"这事尽人皆知。"

宁嘉南说道:"可有一点你还不知道,这次论坛,宁州就是冲着这个来的。不然,他们花那么多钱,请那么多专家,搞那么大的活动干什么?我们市那个周晓乙副市长还兼任着宁州湾开发新区管委会的主任,他希望能在宁州湾落地这样一个铁矿石大港项目,好引进钢铁集团、炼化集团。这样一来,就不单单是港口建设的事了,而是整个宁州湾发展的大事。省里是考虑你们海山的港口项目,还是考虑宁州湾的发展?"

姚子期懵懂地问他:"你是说,这次海山还是没戏?"

宁嘉南说:"我看悬。宁州和海山都要上大港,都要科学的理论做依据。罗老头的课题刚在海山落地,宁州就请了个更大的专家。罗老头那个课题好不好?好,高屋建瓴。但声音叫得高,不如事做得实。什么'大陆连岛'?架一座跨海大桥,得花多少钱?买几条轮渡船,才要多少钱?所以你帮不了你爸,罗教授和梁云霄也帮不了他。你我都是学这个专业的,不能一拍脑袋想什么是什么,得面对现实。"

姚子期一脸疑惑地说:"不会吧?罗教授的课题,省委领导很重视的。"

宁嘉南说:"重视可以,给钱啊。一座大港几千万、几个亿,一座跨海大桥,那得几百个亿。一个省,财政就那么多钱,指望上面给钱,杯水车薪。这一点,我从一开始就赞同你的观点。你爸爸有跨海大桥梦、深水大港梦,可以理解,但仅靠国家投钱很难成功。现在是WTO时代,贸易全球化,资本为什么不可以全球化?走出去,才能拉回来,才能帮到海山,帮到你爸。行了,这些我也是在尼德教授跟周晓乙副市长聊天时听到的。我们不是他们,也不说他们了,我们说我们自己。"

宁嘉南坐下来,抱着姚子期,姚子期温顺地靠在了他的胸膛上。

宁嘉南说:"这段时间,我也想明白了,我们不管他们想干什么,还是不干什么,都跟我们没关系。我们要尽快出国。读完硕士读博士,能留下,就在欧洲工作,在欧洲成家,来一个巴黎浪漫婚礼;退一万步讲,留不下来,我们回来就是海归,可以去北上广深或是香港发展。俗话说得好,乌鸦反哺。可是如果我们一直待在海港,只能反哺臭鱼烂虾;如果我们出去练就一双翅膀,再回来反哺,那就是燕窝鱼翅……"

姚子期听着宁嘉南口吐莲花地说着他的打算。半年前,宁嘉南就已说动了姚子期。其实姚子期外表看似强悍,但对宁嘉南很依赖。把自己扮成玛利亚的姚子期,内心始终充斥着强烈的不安全感。这样的不安全感跟青少年时期父母长期两地分居和他们婚姻最终的破裂有着很大的关系。母亲离开后,姚子期被爷爷和父亲两个男人照顾、保护得很好,她的人生可谓一帆风顺,从初中、高中到大学,除了被那个叫李子木的小个子男人纠缠过,她就没有遇到任何阻碍和挫折。她衣食无忧,手里从来不缺钱;她天生丽质,条件优越,身边从来不缺男人的仰慕、追求。可是,她的身边不能缺少男人的呵护和保护。

刚进大学时,她把梁云霄当成了她的守护神。渐渐地,她对梁云霄产生了依赖。那时的她还不知道她对梁云霄的依赖算不算爱情。偏偏梁云霄又是个随叫随到,随时能出现在她生活中给她这种安全感的人。他们一起到学院,一起去图书馆,一起吃饭、上课。梁云霄就是她睁开眼就能抓到的人,所以她对梁云霄的情感要求越来越高,越来越肆无忌惮。很长一段时间,她把梁云霄的呵护当成了生活中的必需品。

可当她和梁云霄一天一天疏远之后,她就开始检讨自己,是不是这种过分的依赖吓跑了梁云霄。后来,她发现不是,是她的优越感给梁云霄制造了压力。生活中姚子期花钱从来都是随心所欲的,她看到想要的就买,见到好吃的就吃,看到好书,再贵都能买回来,哪怕一页纸都没翻过。这对梁云霄一个靠助学贷款、做兼职维持生活的人来说,都是无形的压力。梁云霄是个敏感且自尊心很强的人,总会找借口躲避跟她去逛街、去吃饭、去看电影,或者去看一场演唱会,虽然每次都是她来花钱买单。同时,梁云霄也没有时间陪她浪漫,他要兼职赚钱。梁云霄寡言少语,更多的时候,他只是一个倾听者。他很少跟她争论,更像她的附属品。随着年龄的增长,她开始不喜欢这种感觉。她需要找一个家庭条件相当,能平等对话、能给生活带来愉悦的人。这时,宁嘉南出现了。很多时候,姚子期问自己,她到底是不是真的爱宁嘉南。她跟宁嘉南相爱,是不是为了填补梁云霄离开的空白。

但随着时间推移,她发现不是。宁嘉南是个深谙风情,很懂抚慰的男人。他英俊帅气、谈吐优雅,和她在一起交流,他总能找到她的兴奋点。每次出去逛街、吃饭、看电影,或者结伴旅游,虽然都是AA制,但他们在一起的时候很愉悦。虽然宁嘉南身上也存在着这样那样的缺点,但有一点可贵:他真心爱她。在情感的表达和守护上,梁云霄是做不到那样的。梁云霄更像她的父亲姚江河,寡言少语,默默付出,却又不善表达。

酒吧灯光幽暗的角落里,他们亲吻了。年轻人的情欲,就像生活里的罂粟,品尝之后,久久难忘。深夜的酒吧,喧嚣的音乐已经停滞,舒缓的音乐,粉红、暗黄色的灯光给年轻的酒客提供了这样抒发情欲的空间。他们忘情地吻着,根本不在乎身边有人走过,或者有人窥视。之前有几次,他们差点突破禁忌,偷食禁果。姚子期清楚地记得,最危险的一次是在鹿特丹港城酒店顶楼房间的泳池边。窗外万船待发,邮轮霓虹闪烁。他们几乎裸体,拥抱、亲吻、缠绕,像两根纠缠的藤。宁嘉南用手拨开了她的裙子,差点就成功突破了她的身体。疼痛让姚子期清醒了,她拼命地推开了他。任性的宁嘉南有些羞怒,但她的坚持很快让他缓缓熄灭了自己的欲火。其实,那时候,她甚至有些渴望把自己交给他。但一个可怕的念头阻止了她:性爱是会有孩子的。

长期以来,她一直把自己视作一个多余的人。有时候,她甚至会沮丧地想,父亲姚江河和母亲苏淑琴生下她就是个悲剧。如果当初不是因为有了她,姚江河的人生就不会过得那样艰难,苏淑琴也不会过得那样无奈。其实,寡言少语的姚江河是个内心十分浪漫的人。他喜欢读书、绘画和音乐。如果不是长期生活在那帮浑身散发着汗臭味、粗蛮放荡的码头工人中间,姚江河会是个西装革履的谦谦君子。这样的情绪束缚着姚子期,但同时,她还是十分渴望来自男性的亲吻和抚摸。很长一段时间,姚子期都喜欢宁嘉南的怀抱和他温柔的抚摸,以及甜蜜的亲吻,这样的抚摸和亲吻会抚平她身心的褶皱。可真的要行男女之欢之时,姚子期还是十分抗拒的,她觉得他们之间的交往,还是不要有身体的羁绊更好。终于,抚摸和长吻停了下来。姚子期静静地躺在宁嘉南怀里,品味着来自他们唇间的薄荷酒的清凉和甘甜。

"实在不行,我们毕业就结婚吧,我这边没有丝毫问题。我妈特别喜欢你,她恨不得现在就把你娶回家里做儿媳妇。"宁嘉南用手指拨弄着姚子期的唇说。姚子期叹了口气想坐起来,可宁嘉南却把她死死地抱住了,她的脑袋顺势就靠在了他的腿上。她在昏暗的灯光下,很严肃地看着宁嘉南那双有些迷离的眼睛,说道:"我不想那么早就成为婚姻的奴隶,更不想有孩子。宁嘉南,如果你爱我,你就必须接受我的决定。我不想走我妈的老路,为了成为独立女性,去背负一个坏女人的罪名。我必须告诉你,无论将来我们的结局如何,我们必须保留完整的独立,这是我的底线。"

宁嘉南说:"所以,为了我们的爱情,我们必须尽快离开。你知道,无论是在宁州还是在海山,丁克夫妻的婚姻都得不到他们的祝福。"

姚子期打开手机,手机上有许多姚江河打来的未接电话。姚子期起身,整理了一下自己的衣服和头发说道:"我该回去了。"

宁嘉南问她:"我们的计划,你打算什么时候跟你爸爸说?"

姚子期起身,拢了拢长发,在头顶扎了一个高高的发髻,说:"再说吧。我爷爷的态度很坚决,不想让我离开海山港,更不想让我出国,我不想那么早就在家里掀起一场战争。"

宁嘉南说:"我们家的战争已经开始了。"

3

梁云霄悻悻地从酒吧回到了宁州宾馆大堂。在电梯口,他遇到了匆匆来找罗子坤的宁海楼。梁云霄猜测,宁海楼深夜访问罗子坤肯定有重要的事。两个人在电梯口站定,等着一起上楼。梁云霄不敢看宁海楼,低着头,问候了一声:

"宁总好。"宁海楼看了一眼梁云霄,笑着说:"好小子,我还真没看错你,还真有你的,平时看你寡言少语的,没想到今天却是出口成章,语不惊人死不休啊。"

梁云霄没敢搭茬,歉意地一笑,替宁海楼摁了一下电梯。两个人一起进了电梯,梁云霄一脸谦逊地说:"我是赶鸭子上架。"

宁海楼哈哈一笑说:"你说是赶鸭子上架,这话我信,可你这只鸭子是只金鸭子,一张嘴抵我花几百万。怎么样,在海山港还好吗?"

梁云霄说:"我主要是跟着罗教授做课题,那边没有安排我工作。"

宁海楼说:"那就好好跟着罗教授学,如能按你所说,十年以后,东海这一大片海域,都是你的。"

宁海楼的话半真半假,梁云霄听出了弦外之音。宁海楼对论坛出现这样的结果很意外,对梁云霄以这样的身份出现并代替罗子坤发言更感意外。电梯到了八楼,梁云霄带宁海楼去见罗子坤。走廊上,宁海楼随意问了一句:"梁云霄,你认为按照你的理论理解,宁州湾建十万吨以上货轮码头的可能性有多大?"梁云霄说:"宁州、海山属同一水域,如果岸线允许,理论上没问题。"宁海楼又问:"那你跟罗教授还在海山论证个什么劲儿啊,到宁州湾来论证,条件成熟,科研可直接转化成项目,干不就完了?"梁云霄笑了笑。他无法回答宁海楼。宁海楼说的都是实际情况,建深水大港,不像梁海生造船,渔船充其量只是头虎鲸,大港吞金如山呼海啸,这一点海山实现不了,宁州却可以很快实现。资金就是王道,这可能也是姚子期不愿留在海山的直接原因。

梁云霄敲开了罗子坤的门。宁海楼是来提醒罗教授参加明天的宁州国际港口发展专家咨询委员会揭牌仪式的,罗子坤是委员会副主席,是要发表讲话的。罗子坤对这样的地方组织不太喜欢,他告诉宁海楼:"会我去参加,讲话让尼德教授讲,他讲话代表国际性。"宁海楼说:"尼德教授肯定要讲话,那这个仪式,请您主持。"罗子坤再次拒绝:"专家委员会的地方是你们宁州出的,钱也是你们花的,我建议这个主持还是晓乙市长来弄的好。另外,请转告晓乙市长,仪式完了之后,我可能得早点回去,我得搭省委领导的顺风车回东海,有一大堆学生的事要处理,我就是个教书匠,不能误人子弟。"

罗子坤从这次论坛的情况看到了课题转化成项目落地的渺茫。宁州虽然上大港项目的决心很大,但绝对不可能按照他的课题构想去实操,宁州有宁州的考量,省里有省里的考量,这不是他一个专家学者所能左右的。宁海楼面带难色,继续挽留道:"晓乙市长有件事想请罗教授帮忙,这事可能会让教授为难。"罗子坤爽快地说:"你说。"宁海楼说:"晓乙市长想请您邀请一下省委领导,看他能不能出席一下揭牌仪式。"罗子坤笑了笑说:"你这个宁海楼,这才是你今晚找我要说的主要事情吧?好,人我去请,但要看领导有没有时间,给不给这个面子了。"宁海楼听后,欢欣鼓舞地去了。

梁云霄送宁海楼到了电梯口,并替他按了电梯。他满脸感激地对宁海楼说:"宁总,造船厂的那件事我十分感激,他们撤诉了。"宁海楼摆摆手说:"举手之劳,不足挂齿。"电梯门开了,梁云霄用手挡着让宁海楼进了电梯。

宁海楼对梁云霄说:"就送到这儿吧。另外,海山港如果安排得不好,你就回宁州来,到宁州港也不耽误跟着罗教授做课题。"梁云霄一笑,算是表示感谢。电梯门关上,宁海楼走了,梁云霄却迟迟没有离开。宁海楼的话,他也就姑且听听。他心里很清楚,再回宁州已经不可能了,除非他立刻退出课题组。梁云霄没想到,自己竟是用这样的方式把回宁州港的路给断了个彻底。梁云霄回到罗子坤教授屋内,有一肚子话想对他说,可是坐在台灯下的罗子坤正在翻看着资料,根本没理会他的纠结。他愣愣地站在那里,许久没说话。

"你这次表现不错,在我这儿算过了,回去早点睡,明天跟姚总、徐总和姚子期赶紧回海山准备资料。你要把精力集中到课题上来,别整天心事重重的。做我的学生,你这个状态,要做好挨骂的准备。"

罗子坤话虽然这样说,心里却有些小得意。这是他带过的最像他年轻时的一个学生。青春不负韶华,英雄不欺年少,此人雕琢好了,能成大器。所以,他跟梁云霄说话就不再客气了。罗子坤对自己亲近的人没有好话,对自己看不上的人也从来不说废话。

梁云霄想告诉罗子坤他的真实想法,里间的电话突然响起来。罗子坤进里间接电话,扭头对客厅里欲言又止的梁云霄说:"你怎么还不走?磨蹭什么?"梁云霄见罗子坤一脸严肃,知道不走又要挨骂,遂悻悻出门。

姚江河在宁州宾馆大堂门口法国梧桐树漆黑的树影下徘徊。他手里拿着一部诺基亚手机,再次看了看手机屏,时间很晚了。徘徊犹豫之间,他看到一辆车在不远处停下来。宁嘉南和姚子期下车,拥抱吻别。树下的姚江河从刺眼的车灯中看到了这一幕,心抖了一下。他想上前去看个究竟,但还是停下了脚步,他不想让姚子期尴尬。姚江河很意外,姚子期竟然和宁嘉南在谈恋爱。

姚子期遭遇跟梁云霄的情感挫折后,姚江河就很少过问她的感情问题了。在此之前,他一直没搞清楚她跟梁云霄的关系。老乡?同学?朋友?可现在她跟宁嘉南却又这样相处,他不明白,到底是时代变了,还是自己已经老了?姚江河一脑门子的糊涂官司,纠缠不清。说话间,姚子期拎着包一路摇晃着来到了宾馆门口,却看到姚江河一脸严肃地站在那里。

姚江河的出现,吓了姚子期一跳。她知道自己有些过分了,于是就先发制人,责怪起姚江河来:"爸,这么晚了,您怎么还不睡啊,明天不回海山了?"

姚江河知道姚子期是欲盖弥彰,反问道:"这要问你,你看看这都几点了?一个女孩子,这么晚跟一个男人回来,还喝了这么多酒,你没觉得自己有点过分了?"

姚子期知道姚江河肯定是看到了宁嘉南跟她吻别的一幕,有些心虚,口气就软了下来:"是的,我错了,我是有点过分,对不起,我接受批评。"

姚江河心里很不舒服,严肃地说道:"光接受批评是不够的,我们之间有契约,彼此没有秘密,你犯规了。你说你瞒了我多少事?必须跟我说清楚。"

姚子期上前挽住了姚江河的胳膊,撒起娇来:"人家都已经道歉了,您还想怎么样?我困了,要睡觉,一切等回到海山再说。"

姚江河一脸阴沉,摆脱了姚子期的手,说:"那赶紧睡觉,回海山再说。"

"是,船长。"姚子期俏皮地敬了个礼,逃走似的进了酒店大堂。

姚江河强忍怒火没有发作。在这样的时间、地点,询问女儿这样的事情,显然不合适。姚江河有些无奈。事实上,女儿进入青春期后,他和父亲姚四海就已经束手无策了。一个家里,两个男人,一个女孩,交流起来本来就很困难。话说轻了,她不以为意;话说重了,容易伤害到她。很多时候,姚江河只能放下父亲的尊严,尝试跟姚子期做朋友。姚四海则更会纵容她一些,反而他的话,姚子期会更听一些,因为姚子期是爷爷带大的。好在姚子期从小就很乖巧,也算听话,青春期也没有出现严重的叛逆心理。虽然追求她的男孩子很多,但她也没有早恋。从中学到大学,她一直很优秀,姚江河倒是也算省心。

现在,姚江河反而焦虑起来了。女大不中留,留来留去都是愁。女儿大了,总要嫁人。男怕入错行,女怕嫁错郎,选人很重要。这一点,他的态度是开明的,女儿大了,有谈男朋友的自主权,他只有建议权。可眼下,要他跟宁海楼做亲家,他心里还真是别扭。当然,并不是因为宁海楼是他的竞争对手,而是宁海楼为人处世的方式他不敢恭维,实在是太过精明。宁嘉南他也见过几次,通过观察,他的精明可比他老子有过之而无不及。女儿太善良、太耿直,姚江河怕她吃亏。想到此,姚江河又有些后悔当初叫停了女儿跟梁云霄的交往。

这一晚,姚江河也没睡好,睁着眼睛熬到了天亮。

宁海楼盯着让人把"宁州国际港口发展专家咨询委员会"的牌子端端正正地挂在了一栋欧式白楼门口,然后,鲜红的绸布从上到下垂下来,遮住了白牌黑字。秋阳下,红地毯、红绸布,把粉刷一新的欧式建筑衬托得格外耀眼。楼是老楼,是十九世纪中叶英国商人设计建造的。宁州开埠比较早,这样的古建筑很多。地址选这栋楼,是周晓乙定的,旨在彰显宁州百年国际大港的辉煌历史。

罗子坤不喜欢参加地方组织的活动,但学院领导要亲自参加揭牌仪式,他不能不来。十几个国内外海事、港航专家也陆续到了。周晓乙、宁海楼早早就站在了门口,准备迎接省、市领导和专家。昨夜,罗子坤接受委托,去请了省委领导,省委领导答应要来参加。宁州的党政领导闻讯更是不敢怠慢,早早也到了。众人翘首祈盼,等待省委领导的到来。可是,直到活动结束,那位省委领导也没来。

昨夜,省委领导一夜没睡好。自从调到东海省任职以来,他一直在基层跑。他去海山的时候,并没有通知市里的领导,而是直接去了濒临东海公海的三个孤岛。公务船在海上颠簸了几天,以至于到了晚上,他还总觉得屋子里的床和窗户都在晃动。沧海孤悬之苦,他亲身体会到了。孤岛上的交通环境确实太差了,离岛渔民的生活太穷太苦。落叶岛上,村支书指着东山梁上十几座新坟告诉他,离岛上的渔民向海而生,也少不了向海而死。埋在那些好坟墓里的人,都是出海打鱼死在海上的人。他很清楚,大海蕴藏着无穷的资源,发展海洋经济是东海未来经济发展的重点。他看了海山市委提交的汇报材料,题目叫《海山市渔、港、景发展战略》,没表扬,也没批评。孤悬沧海之上,渔民世代靠打鱼为生,解决不了交通问题,发展港口经济和海洋旅游经济就是空话。

之前一连几天都在船上,如今到了陆地,晚上睡觉时,人和床似乎仍晃动得很厉害,省委领导睡不着,干脆坐起来,打开灯,开始翻看东海交通大学海事学院罗子坤教授的两个大课题:一个是关于海山群岛"大陆连岛"工程的,一个是关于海山群岛十万吨以上深水港口群建设的。两个课题看似独立,其实环环相扣,互生共存,关联密切。罗子坤这个人他并不陌生,两人在大学读研究生时曾是同学。罗子坤这个人他了解,没上大学之前在东南孤岛上做插队知青,恢复高考时考入东海大学读海船系,研究生读了力学专业。此人年轻时有些书生意气,放荡不羁,研究生毕业后好不容易争取到了留京机会,可在交通运输部干了不到一年就被调到了东海交通大学做讲师。领导认为,罗子坤更适合做学问。

二十年过去了,罗子坤学问做得不错,算是桃李天下,著作等身。可再次见面,这人的性格没变,做事套路倒是学会了。罗子坤不仅邀他参加了宁州关于港口发展的那个论坛,还派个海山渔民的儿子来了一番长篇大论,看似荒诞不经,其实是为他做了一篇文章。这篇文章,他看懂了,也听进去了,还真的被打动了。那个叫梁云霄的年轻人的演讲,让他想了很多。这类论坛,他以前参加过不少,中国加入WTO后,直接参与国际竞争,类似的国际学术交流日益增多。这样的交流是必要的。专业技术方面的论坛、研讨会,他虽然能听懂,但技术层面不是他关注的重点,他关注的是思路的突破。一个地区的发展,只要思路对了,方向就不会偏离,发展就不会走弯路。重大项目的论证如果没有前瞻性,就会出现资源浪费、重复性建设问题。

灯光下,省委领导翻看了他在论坛上记的笔记:所谓向海而生,是因为身后无生。莫说架起一座桥,就是从陆地抛来一根绳子,也是海山人千年的祈盼。省委领导又看了两遍笔记记录,写写画画,折腾到半夜,再躺下来,才渐渐入睡。清晨,秘书走进房间的时候,省委领导睡得正香。秘书关上门,悄然出去了。

小白楼里,专家们似乎还沉浸在昨天论坛上的学术和理论讨论之中,氛围很热烈。宁嘉南陪着尼德和他夫人艾丽斯到了。艾丽斯是瑞典国际海事学院的校董,她的到来,无疑给委员会增加了含金量。尼德手里拄着一根古老的欧式手杖。宁嘉南注意到了那根手杖,金属的尖端十分短小,球形的杖柄上镶嵌着一颗亚克力钻石。尼德夫人五十多岁,穿着一身礼服,显得雍容华贵。周晓乙接到省委领导秘书的电话,说之前领导去海山群岛调研坐了几天船,人很疲惫,而且他十点钟还要坐车赶回东海参加省里的一个会,原定的仪式就不参加了。周晓乙有些失落,跟市委书记低声汇报了一下,就由市长宣布,挂牌仪式开始。所谓的挂牌仪式,无外乎领导揭牌,众人拍照合影。罗子坤照完相匆匆跟尼德告别,他嘱咐宁嘉南,要好好陪尼德在宁州走一走,宁嘉南高兴地答应了。罗子坤对宁嘉南的印象总体不错,唯一不喜欢的是他的优越感和高调。

罗子坤搭省委领导的顺风车回省城东海时,省委领导一脸疲惫,充满歉意地说:"罗教授,仪式我缺席了,应该给你道个歉。"

罗子坤跟省委领导倒是没有拘谨,笑了笑说道:"我也是中途离场,搭你的顺风车,要说道歉,我们都欠他们宁州一个道歉。"

省委领导笑了,对秘书说:"那好,罗教授和我的歉意,一并向宁州转达。"

副驾驶位置上的秘书答应着给宁州市的书记打了电话表达歉意。

省委领导把头靠在座椅靠背上对罗子坤说:"这次海山考察,感触颇深。你的两个课题,回到东海,我会转给省里相关部门尽快论证。这两个项目可是吞金巨兽,如果可行,我们一起去一趟北京。但是,我们都不要太过于乐观。这么大的项目,我估计会把部长都给吓着。"

罗子坤苦笑道:"我知道,你不说我是疯子,我就有信心做下去。"

省委领导说:"做事得清醒地去做,想事就得往疯处去想。时代发展很快,你那个关于港口的课题设想,还不够疯。"

罗子坤立刻来了精神,问道:"哦,你有新想法?"

省委领导说:"你的深水大港课题,不能局限于海山群岛。东海港口的发展,必须打破地域发展的壁垒,走一体化融合的道路。你的那个课题题目,怕是要改一改,叫《宁州及海山十万吨以上深水港口群建设》。"

罗子坤一下子被惊着了,他转身看着省委领导:"你是说,两个港口合起来?走一体化融合的道路?"

省委领导一笑,说道:"不,不只是两个港,是不是应该把东海所有岸线的港口都合起来?"

"这……这,怎么可能?"

罗子坤陷入沉思。

省委领导从公文包里掏出了厚厚一沓手稿递给罗子坤,说道:"国企改革进入了深水区,暗礁遍布,暗流激荡,对于国有港口来说,怎么改才能顺应时代大潮的洋流,这才是关键。这几天在船上晃荡得厉害,晚上我睡不着,就弄了这么个东西,有些地方我也还搞不太明白,所以,我们不要希望所有的人都能想明白,让明白人想明白,也需要时间。但有了这个想法,我们就迈出了第一步。"

罗子坤戴上眼镜,迫不及待地看起了第一张。一行遒劲有力的大字立刻映入眼帘:《关于推进宁州、海山港口一体化及东海港口一体化的几点想法》。罗子坤立刻被文章的内容吸引了,转头再看省委领导,他已经靠在座椅靠背上睡着了,轻微的鼾声渐渐响了起来。

宁州国际港口深水泊位专家论坛结束了。这场戏剧性的论坛,对梁云霄来说,更像大海的潮汐,经过潮涨潮落,生活又恢复了平静。驳船仍旧在浑浊的浪尖上颠簸。梁云霄却坐在船尾,很平静地望着归途的海面。宁州到海山的百十公里海路,一年四季,都是黄水。太平洋的一汪碧蓝,洗不尽长江水在这里留下的浓墨重彩,潮涨浪涌,依然如故。可时光经不起潮汐的涨落。

姚子期还在想着昨夜宁嘉南的那些话。客舱包厢里,徐正生跟姚江河商议,回到海山,就论证蟹子岛十万吨以上铁矿石深水码头的项目,等罗子坤的方案一出来,就向省交通运输厅申报。他们说的,姚子期没有完全听明白。此刻,她望着父亲两鬓渐白的头发,很想把宁嘉南的话说给他听。宁嘉南的话有多少真实性,姚子期不得而知。但有一点可以确认,罗子坤、姚江河他们心心念念的深港大船,前途未卜。返回的船上,姚江河没跟姚子期说话。她知道,父亲生气了。她清楚姚江河对宁嘉南的印象如何,她认为,她做出的决定姚江河并不会坚决反对。很多次,姚子期都想把自己跟宁嘉南的事告诉姚江河,但话到了嘴边,还是咽了回去。

姚江河容易说通,爷爷姚四海的态度她却心里没底。爷爷是个固执、倔强的老头,他含辛茹苦地把她带大,很不容易。记得十三岁那年深夜,大雨滂沱,风急浪高,姚子期发了高烧,姚四海背着她去码头等船前往宁州。船老大害怕浪大出事,就是不肯起锚。姚四海抡起大板斧,逼退了船老大和开船的工人,一下子就把锚绳给砍断了。大海上惊涛骇浪,姚四海背着姚子期,硬是顶住狂风巨浪把一艘小货船开到了对岸……大学期间,姚四海几乎每隔一段时间就要坐船、坐车去东海,带上他从深海里打捞出来、专门烘焙的大虾去看她;她每次回来,姚四海就是再忙,也会坐船到宁州,在客运码头等她,然后陪着她漂洋过海回海山。姚子期心里清楚,姚四海离不开她。想到这里,姚子期心里就开始难受,心绪一下就乱了。

姚子期走出客舱,想到船尾吹吹风。

梁云霄正在船尾坐着,他似乎再次成了那个寡言少语的人。梁云霄沉默地望着远方出神,连姚子期走到他身边,他都没察觉。

"昨晚你怎么不说一声就走了?"姚子期站在梁云霄一侧,问他,"我跟宁嘉南到处找你。"

梁云霄说:"那种地方,我不习惯。"

梁云霄擦了擦一边,让她坐下来。

"梁云霄,公派出国的事,你怎么想?"

昨夜宁嘉南的话,让姚子期改变了她原来的想法。

梁云霄说:"出国的事,我从来没想过,也不会想。"

姚子期说:"我觉得,尼德教授公开答辩的事,你还是得去。"

梁云霄回答得很干脆:"我不去,还是你跟宁嘉南去吧。"

姚子期继续鼓励他道:"其实,尼德教授这人我还是了解的,他在学术上是个严谨的人。他有自己选人的标准,万一我和宁嘉南都不是他想要的那个人呢?另外,你也不必顾忌宁嘉南说的话,他就是那样一个人,看起来自信满满,其实这个时候他比谁都心虚。你要参加,鹿死谁手,也未可知。"

梁云霄说:"子期,你千万别这么说。宁嘉南的自信来自他的实力。况且,你们本来就想出国,如果真的都跟尼德教授去了欧洲,那才是皆大欢喜。"继而,梁云霄从远处收回目光，凝视着姚子期，一脸真诚地说道："其实宁嘉南除了傲气，其他方面真的很不错，我是真心希望你能跟宁嘉南一起出国，更是真心祝愿你们能够在一起。"

姚子期说："你参加这个竞选，跟我们在不在一起有什么关系？宁嘉南给我透露了一个消息，宁州早就想上十万吨以上港口了，宁州湾要大开发，政策倾斜，资金充足，估计一上就会是十个这样的码头。罗教授很希望把课题组留在海山，可是我觉得项目落在海山的前途悲观。那个公派出国的名额，是定向委培性质的，出去了就必须回来。我也是真心希望你能学成归来，帮一帮海山港，帮一帮我爸他们。那天我在我家阳台上讲的话，我收回，那是我的短视和自私，我的意见是，这个名额，你还是争取一下。"

梁云霄起身说道："子期，我知道你是真心为了我好。你已经帮我够多了，这件事，你就尊重一下我的选择。"

梁云霄说完，起身返回了船舱。姚子期仍然站在船尾，任海风吹散了她的头发。头发在风中飞舞，她有些迷茫，目光中透着一丝担忧。

4

冬天很快来临。这个冬天，海山虽然很冷，但港口没有结冰。这就是它的妙处所在。天然的不冻港是大自然馈赠给海山的得天独厚的条件，港口没有休班，反而更加繁忙。课题组的工作仍在继续，但随着论证的不断深入，热度反而降低了。梁云霄仍然挂在海山港技术科实习，姚子期却在预算中心实习，她从荷兰弄回来一套计算机预算软件，跟梁云霄一起根据课题进程，做凤凰湾港口建设工程的预算。细细算起来，预算把姚子期的信心都给算没了。凤凰大湾七个十万吨级的深水码头，按荷兰鹿特丹港的设计要求施工需要三十个亿，如果再加上基础设施建设，即堆场、物流中心和建造一座连接海山本岛的大桥，资金还要大量增加，更不要说，建港口堆场拆迁、租地、买地的拆迁费、土地使用费，需要的总资金不可估量。这就意味着，课题组的转化很可能会因为预算而被冰冻。

姚子期腰酸背疼地站起身,离开那台老掉牙的486电脑。梁云霄和姚子期二人站在窗前,望着阴霾的天空和雾霭笼罩的大海,心情都很郁闷。这时,电话铃声响起,姚子期去接电话。宁嘉南告诉姚子期,考研成绩下来了。梁云霄、宁嘉南、姚子期他们三人的成绩都超过国家统招的分数线很多。宁嘉南的成绩最好,三百八十六分,梁云霄紧随其后,三百八十三分,姚子期的成绩反而跟他们差了十几分。

梁云霄是被姚子期连哄带骗,连拉带推进的考场。冬至前后,姚子期告诉梁云霄,罗子坤召他们回校商量课题的事,结果他进了教室才知道,参加的是研究生考试。之前,姚子期因为要为梁云霄申领课题补助要了他的身份证,于是替他报了名。梁云霄坐在考场上,面对着考题脑袋一片空白,三十分钟之后,他才开始答题,好在这些题他似曾相识。没下港实习前,姚子期他们在一起讨论过。姚子期告诉梁云霄,先尽最大努力考完,考完之后再说上还是不上,人生最大的智慧就是:凡事去努力,日后不后悔。

梁云霄就这样考完了所有科目,到最后也没见到罗子坤。原来罗子坤去北京了,他也在经历着一场考试,为保住他的课题舌战群儒,做最后的努力。梁云霄也没想到,他的考试成绩竟然还不错。尤其是政治和英语考试,整整一个秋天和冬天,姚子期都在课题组里让他提问自己,美其名曰帮她备考,无形中,他也跟着学了一遍。姚子期就是这样一个人,总在事情有了结果之后,才让梁云霄明白,她无形中帮了他。

下雪了,纷纷扬扬的雪越下越大,很快弥漫在天地沧海之间。海山终于在寒风中迎来了一场雪。姚子期和梁云霄都长出了一口气,这个冬天,眼看就要把人憋死了。考研成绩的揭榜无疑给这个冬天带来了一抹明亮的色彩。姚子期很高兴,拉着梁云霄去千家门渔港吃了顿大排档。这次,姚子期记住了,没点老板娘推荐的大黄鱼,也没点大虾,而是点了海鲜火锅和黄牛肉。

姚子期激情澎湃地说:"梁云霄,我就知道你的潜能无限,就是缺人逼你。你看,研究生考试你考了,成绩非常不错,一切都很好。咱们海山渔民有句话说得好,汉子死在浪尖上,懦夫死在板板上。遇到机会,你上去了,就可能成功,你厌了,就只有失败。磨刀不误砍柴工,即便是将来你没什么宏图大志,单讲挣钱,学士和硕士的就业含金量也是天壤之别。如果你读研时留在教授的课题组,是可以赚课题费的。算下来,不比你上班拿得少。而且,项目未落地前,你的时间暂时还很充足,也可以继续去做兼职,不耽误你的挣钱大业。当然,如果你能跟学院弄一个在职研究生,同时不耽误在海山就业的话,钱肯定会挣得更多。"姚子期三句话不离她的目的,继续做她的说客。

梁云霄笑了,事实上他已经彻底向姚子期妥协了。于是,他端起酒起身敬了姚子期一杯,说:"不管将来如何,我都感谢你这个'赶尸人',感谢你把我这具'僵尸'赶过了奈何桥。"姚子期笑了说:"你这个比喻真恶心,我们吃着饭呢。"酒过三巡,姚子期又说:"梁云霄,现在我完全收回我在我家阳台上对你讲的那些话,看样子,你的顾虑是对的,我和我爸的深港大船梦,实现的机会会很渺茫,所以,我再次真诚地建议,尼德教授答辩的事,你还是不要拒绝。四年都过来了,你再忍耐两年,只当是为了将来挣更多的钱做准备。"

姚子期的话就像一句句咒语,很多时候让梁云霄唯命是从。梁云霄想起大学时看过一本书,说湘西有个极为诡秘的行当,叫赶尸人,能驱赶着尸体快步如飞。此刻的姚子期就像是那个赶尸人,驱赶着他这具行尸走肉往前走。姚子期念动咒语要他选择论文选题,他做了罗子坤的学生;念动咒语帮助他进课题组,他就进了罗子坤的课题组;念动咒语哄骗他考研,他考了,还考得不错;现在她又念动咒语,让他去跟宁嘉南竞争那个公派留学的名额。听着姚子期富有煽动性的鼓励,梁云霄用十八年帮梁海生还清债务的目标,差点就被瓦解了。等梁云霄再次冷静下来,仍然觉得这次竞争答辩,他无论如何也不会再参加了。

三天前,母亲丁春草托梁宝来告诉他,家里的情况好一些了,说是省里领导微服私访去了落叶岛。镇上落实了一些扶贫政策,鼓励渔民在月塘湾近海的地方养贻贝和黄鱼。梁家在月塘湾背面有一大片海域的养殖场,是梁海生在世时承包的,丁春草的贻贝苗已经下去了。梁云霄想象着丁春草经受浪打日晒和刺骨海风的样子,心里的伤疤就被重新揭开,不停地在流血。近四年里,他已经很久没有这样撕心裂肺的感觉了。伤心久了,也就麻木了;眼泪流多了,泪腺也就干涸了。可此刻,梁云霄突然想起离开落叶岛那天,丁春草把他搂在胸前亲吻他额头的情景,眼泪禁不住奔涌而出。丁春草是在用那样的举动告诉他:他还是个孩子。天塌下来,他还有一个坚强的母亲顶着。既然欲死不能,那她就扛起一切。

分手时,梁云霄把身上积攒起来的钱全部给了梁宝。梁宝再次转告丁春草的原话:"即便大学毕业,你也不能回村。所谓父债子还,那都是屁话,梁海生的老婆还在,轮不到他的孩子。"梁云霄心里很清楚,丁春草也很想念他。十二岁来海山读初中时,他若是一个星期不回落叶岛,丁春草就会来海山本岛看他。她乘坐来千家门渔港卖鱼的船,要忍受来回八个小时的颠簸和臭鱼烂虾的味道。此刻,丁春草已经忍受了近四年不能和儿子见面的日子。

他不能再犹豫了,本校读研也好,出国留学也罢,对他来说都是浮云。大学毕业后,他必须回一趟落叶岛,把母亲手里那些欠条攥到自己手里。他相信,他能让丁春草有尊严地活下去。

5

这个春天,东海省交通运输厅分管港口工作的副厅长钟立达格外焦虑。深夜,省港务局灯火通明,钟立达更是夜不能寐。屋内烟雾缭绕,大茶叶筒做成的烟灰缸里烟屁股堆得冒了尖儿。他一边看着报告,一边痛苦地思索着,香烟燃到了指端也不知道,直到烧疼了手。桌子上放着一份报告和两个课题,报告出自省委领导之手,课题出自东海交通大学海事学院的"罗疯子"。另一边则放着两份申请报告,一份来自宁州,一份来自海山,都是申请建设十万吨以上深水码头的报告。海山、宁州跨海大桥工程,从千禧年就开始了论证,但因资金问题胎死腹中,倒是海山自己两座岛之间的一座联岛大桥竣工了。建桥的大头资金却是当地一个景区出的,实际上就是用景区的香火钱建造起来的。

跨海大桥和两港合一都是时代命题、惊天之举,钟立达有点拿不准。桥的事,分管道桥的副厅长也正在发愁。港口的事,钟立达更是觉得棘手。两座城市,都是向海而生,依港而兴。宁州还好些,工业依托港口发展迅速。海山除了港口,就是渔业和旅游业。渔业随着大规模海洋捕捞,枯竭得厉害。至于旅游业,多年来受交通不便之苦久矣,沧海之上,游客乘船不便,发展也很滞后,港口收入就是全市的财政支柱。

两港合一,不仅宁州不同意,海山也很为难。然而,时下东海航运市场竞争激烈,东海诸港群雄逐鹿,烽火不熄,大宗商品和集装箱价格一降再降。更有甚者,大港以大欺小,不仅价格下调,还凭借港口泊位水深、设备优势垄断市场,直接威胁客户,船只若不靠港,以后就对其关闭。如此一来,大港吃肉,中港喝汤,小港连汤水也喝不上,只好把价格再往下降。如此恶性循环,多数港口苦不堪言。多年痼疾,虽经多次整改,问题仍旧是问题。

钟立达决定先开全省港务合作的吹风会。通知下去,很快全省十几家海港、江港、河港的领导云集省会东海运河宾馆,探讨能否通过诸港合作,走一体化融合发展的道路。

吹风会一连开了七天。大家讨论得激情澎湃,却仍然毫无头绪。港口之间恶性竞争的事闹得沸沸扬扬,不可开交,会场的秩序很乱。钟立达很恼火,他敲了敲桌子,众人立刻严肃了起来。

钟立达看了一眼宁海楼和姚江河,继续说道:"既然这事聚焦海山、宁州两港,宁总、姚总,你们两个说说吧。"

众人将目光投向了宁海楼和姚江河。宁海楼和姚江河都低头看着材料,一言不发。宁海楼知道,这次会议他是众矢之的。兄弟打架,老大首先挨板子,理所应当。计划经济已经大江东去,市场竞争当然要遵循丛林法则,要想不被欺负,首先得自己强大起来。

姚江河咳嗽了一声,说:"国家加入WTO后,随着全球产业供应链的东移,太平洋航线日渐繁忙。海山群岛地理位置特殊,全球七条国际航线经过太平洋,六条得经过海山。大家都知道,我们集装箱码头生意惨淡,大宗散货商品是我们的优势,市场就这么大,虽然是价廉者得,可我们海山港没有参与价格的恶性竞争。"

钟立达点了点头。

姚江河继续说:"宁州连着大陆,物流成本低,可以专注集装箱贸易;海山港距离国际航道更近,我们专注于做大宗商品的生意。海山的集装箱根本无法跟宁州抗衡,但大宗商品散货,海山更有优势。这原本不存在竞争,偏偏这时候,宁州也要建十万吨以上大宗商品的深水大港,如此一来,码头重复建设,航运业务重叠,只能加剧大宗商品散货的竞争。我赞成港口一体化分类管理,这样就能实现互补,合作共赢。"

宁海楼立刻回击道:"江河兄所言,我不敢苟同。最近为招揽更多的生意,提高吞吐量,我们宁州港是做了些价格让步,也正在筹备十万吨以上的大宗商品深水码头和集装箱码头的建设。可这不能怪我们。东海沿线三个省和一个国家直辖市,大大小小几十个港口,都在打价格战。宁州对面还有国家直辖市海域的大港,它们的地理位置更优,十万吨以上的码头已经开始筹建了,就在距海山港不远的航道上。订单宁州不拿,海都也会拿走。而且,海都的招数更绝,它们直接下狠手,国际货轮如果不拿它们的订单就不准入港,如此一来,宁州港的订单锐减。我们是为了应对外部恶劣市场环境在进行自救,怎么就成了众矢之的了呢?自救不是祸首,发展不是原罪。"

宁海楼说的也是实情,众人无可辩驳。

宁海楼清了清嗓子,继续说道:"其实省里也可以同意港口之间实现收购或者并购。首先,江河兄,你把心放在肚子里,宁州湾要建十万吨以上大宗商品深水码头,主要是为了服务在宁州湾发展的钢铁集团、水泥集团和炼化集团,丝毫没有针对你们的意思。即便是开展同样的业务,市场丛林法则也无法回避。当然,省里的政策一下达,没人敢不听。只是这事让地方上怎么办?宁州市近些年在港口和基础设施上投资很多,几百亿的真金白银砸进去了,那是要有收益的,否则市里的老百姓也不愿意。问题是,海山拥有那么好的岸线资源,可是海山港到现在也没有一个八万吨以上的码头。我们也想到过跟海山合作,但既然由我们投资兴建,就应该由我们管理。"

姚江河冷笑起来,说:"你们不就是逼着海山割地相让吗?海山港本来就举步维艰,你们再到海山的地界上插一杠子,这不是枕头边上睡老虎,张嘴就能把海山给吃了?"姚江河不客气地回怼,"老宁,你们吃相太难看了。"

宁海楼打着哈哈说道:"海山净等着分红赚钱,你还不满意?"

两个人你来我往,几个回合下来,面红耳赤,不欢而散。

大家七嘴八舌,议论纷纷,却没有得出任何结果。没有哪个港口负责人敢发言说把自己港口的管理权让给别人。每个市都要发展,港口是衡量GDP的重要指标,更何况没了港口,位子、帽子就都没了。会议没有任何成效地散了,看着会议纪要,钟立达很是懊恼。

会刚开完,姚江河没参加晚上的会餐就准备回海山。

姚江河出了会议室的门,宁海楼就紧跟着追了出来。

宁海楼说道:"老姚,你等等,我有重要的事要跟你说。"

姚江河以为宁海楼要跟他说儿女的事情,气更不打一处来。

姚江河说:"回去告诉你儿子,让他离我女儿远一点。"

宁海楼愣住了,一脸尴尬地说道:"你都知道了……老姚,你的话我可以转告,但管不管用,我说了可不算。"

姚江河说:"那你就让他等着,我一定要他好看。"

姚江河到门口伸手招揽一辆又一辆呼啸而过的出租车。他要尽快赶往东海交通大学跟罗子坤会面,商量项目落地的对策。见完罗子坤,他还得尽快赶回海山。和斯兰特公司合资建设大宗商品大型堆场和物流中心的项目,徐正生带人正在洽谈。谈判的对手正是斯兰特公司总裁斯兰特,这个吃人不吐骨头的国际航运巨头,胃口像鲸鱼一样巨大,他想一口吞下凤凰湾周边三个岛屿以及附近岸线大片滩涂和水域,实施大规模的炸岛填海工程,然后在离国际航线最近的海湾落地这个项目。然而,凤凰湾正是罗子坤课题转化项目中最佳的深水码头群选址地,这是海山港未来发展的命门。姚江河当然咬住不放,不能让外资控股,不然,海山港未来的发展就会丧失控制权。可是,国家资本在短时间内很难大规模入场,海山港的招商引资又迫切希望斯兰特公司资本的进入。面对资方、政府的压力,项目组谈判得很艰苦。

宁海楼开着他那辆刚配发的白色帕萨特专车,见姚江河还在路边等车,就停下车:"坐我的车,我捎上你。"

姚江河头也不回地说道:"你那是贼船,我不坐。"

宁海楼苦笑着摇摇头,看着姚江河上了出租车离开。出租车穿行在大都市高高低低的现代建筑群里,姚江河望着两岸边的灯火辉煌的街景,心里却黯淡无光。他觉得冥冥之中,海山这次上报的深水大港项目要再一次被搁浅了。姚江河更深刻地领会到了梁云霄在论坛上说的那句话：海山人总讲向海而生，那是因为他们身处绝境，后无生路。

可是，海山港孤悬沧海，不生则死。

| 第二卷 | **猎虎鲨**

一鲸落,万物生。
噬咬,生之本能。
猎杀,海底法则。

第一章

1

  凤凰岛向外一百三十海里就是公海。这里的海水湛蓝清澈，像是一个成熟、温顺的女子，孕育着海底的一切。梁云霄开着港务局配发的小艇游弋在公海跟边界的周围。大学早就开了学，开学后学生们都在积极准备毕业论文答辩或是研究生复试。梁云霄毕业无虞，研究生复试虽然还没开始，但他本来就不想读研，所以并没有特意准备。

  学业上没了顾虑，就开始想着挣钱的事了。罗子坤把他留在了海山岛，让他继续搜集海洋资料，考察验证课题组的数据。姚子期则跟着罗子坤继续奔波在东海、北京及荷兰、希腊、新加坡、韩国等地搜集资料，论证课题转化项目落地的事。课题进展得很顺利，项目却落入了反复论证、反复研究的怪圈。姚江河和徐正生被叫到省里开会，继续讨论港口一体化的推进问题。课题组只剩下了梁云霄一个人。

  此时，东海是梁云霄的天堂。他手上有两艘小艇的钥匙，码头油库的油随便加。周末，为了能去到更远，他会把另外一艘小艇里的油抽出一半，装在油桶里，然后一起带去出海。每次都是黄昏出门，第二天晨曦未来之前回到码头。随梁云霄出海的是凤凰湾潜钓场的老板贾山。连梁云霄自己都不相信，他会跟贾山成为朋友。自从去年水温开始下降之后，梁云霄就没再去贾山的潜钓场了。他没想到，贾山却来找他了。那天，梁云霄开着小艇，带着设备在附近岛屿收集海洋资料,远远地就看到贾山开着他那艘破摩托艇一路疾驰而来。梁云霄讨厌贾山这个男人,就不想理他。贾山却死乞白赖地靠近他的小艇并上了船。港务局的小艇确实很漂亮,令贾山很向往。

贾山问梁云霄:"想不想发财?"梁云霄很想发财,但却不想跟眼前这个长相不出众,品行不太好,看起来吊儿郎当,还有些无赖的男人有什么瓜葛。可是,贾山带来的商机却让梁云霄心动了。贾山说:"公海的虎鲨泛滥了,这个时候,这些狗东西馋得狠,闻到血腥味,连自己的亲娘老子都撕咬,一晚上下两排钩,就能回鱼一千斤,不说鱼肉,光剁下一百斤鱼翅,就是五千块钱。但前提是,得有快船。"

梁云霄是渔民的儿子,下钩起网,他门儿清。他觉得这事靠谱,他能干,可他一个人干不了。钓鱼他行,卖鱼他却不在行。贾山见梁云霄心动了,就跳上了自己的摩托艇,一脸诡异地说:"想干,下午开船到潜钓场,我们等你。虎鲨这狗东西在外海也就待七天,错过这次机会,票子就跑到日本海去了。"这天正好是周末,梁云霄是抱着试试看的态度去的。已经开学有段时间了,他的确需要一笔钱。

大海波浪翻滚,夜色苍茫无边。白色小艇停在内海边界线边。梁云霄和贾山靠在长椅上喝着啤酒,望着星光。只等明天晨曦初露,他们去取渔获。梁云霄下了两排七百个鱼钩,上面都是新鲜的小鳗鱼,活物作饵,上鱼率百分之百。东海有较高的水温和较大的盐度,潮差六到八米,海水墨蓝。因东海属于亚热带和温带气候,利于浮游生物的繁殖和生长,海底大陆棚平坦,水质优良,又有多种水团交汇,为各种鱼类提供了良好的繁殖、索饵和越冬的条件,这里盛产大黄鱼、小黄鱼、带鱼、墨鱼等等。

东海禁渔期还没到,此时的公海正是猎猫鲨的好时候。猫鲨是一种虎纹鲨,当地人也叫它虎鲨。这是一种生在中国东海、南海以及日本、韩国、朝鲜、菲律宾等海域的小型凶猛鲨鱼。这个时候,在热带产卵孵化后代之后的雌性虎纹猫鲨会群聚光顾东海的水下牧场,吃饱喝足,然后追逐洋流而去。然而此刻,它们却遇到了猎鲨者。

昨天的渔获很足,两艘艇全装满,足有两千斤。贾山当场给梁云霄数了六千块钱,五千是他应得的,一千是油钱和小艇钱。梁云霄没想到吝啬小气的贾山对自己竟然如此大方。贾山笑着对他说:"合伙干事情,不能只想自己,你小子不是我弟弟,也不是我儿子,我不让你拿钱,你就不跟我干了。这就是生意。"梁云霄对贾山的话半信半疑,他仍然防着贾山,这个无赖指不准会在什么地方给自己下钩子呢。

等待的时间无比漫长,贾山开始聊他的人生。贾山的人生像是给梁云霄开启了一扇门。贾山年龄不大,经历却出奇地丰富。他跟着姐姐贾玲远洋去过欧洲,在希腊餐馆当过小工、厨师,开过练歌房、洗头店、足浴店,做过金州小商品在欧洲的代理。贾山最大的失误就是租了凤凰湾的几万亩海湾开了深海潜钓场。岛礁和海域租期三十年,租金两百万,投资一百八十万。潜钓场建成三年了,至今还未见一分钱的效益,经营利润根本不够还贷款利息和付员工工资的。渔民的儿子贾山也想靠海吃海,向海而生,他没买大船,却同样也坠入了债务的无底深渊。

几百万的债务重压之下,照样喝酒泡妞,玩得潇洒,贾山的态度让梁云霄无比钦佩。梁云霄问他:"贾老板,你怎么不结婚啊?"贾山嗤之以鼻,说:"结婚,结什么婚?迄今为止,跟过我的女人我从不会让她们跟着超过半年。超过半年,准会出事情。"梁云霄问他:"为什么?"黑暗中贾山露出雪白的牙齿,说道:"女人就像是海里的鱼,要捞上来就吃,放久了就不新鲜了,再放,就会臭。你想,谁会去弄臭鱼,还不沾上一身腥?"梁云霄说:"你怎么能这么比喻呢?真恶心。"贾山拍着梁云霄的肩膀笑着说:"恶心?小子,你还年轻,没让女人恶心到你。跟她们在一起久了,她们就会吵着跟你结婚,怀上了更麻烦,麻烦到你死。"两个人这样聊着天,夜晚就显得不那么漫长了。

他们最后的话题聊到了贾山的潜钓场上。梁云霄问他:"既然潜钓场不挣钱,为什么不卖出去?"贾山一笑,说:"那是我的一艘大船,我在等风来,风一来,我的大船就启航了。"梁云霄就骂他痴人说梦。贾山起身在小艇边撒了一泡尿,说:"那可不是痴人说梦,我知道你们是干什么的,你们在勘测地理位置,建码头、建港口。凤凰岛这地方,是建设天然深水码头的地方,你们要建港,建港要什么?要的是地方。十万吨的码头又不能建在天上。我跟村主任都商量好了,人生就是一个赌,我赌他三十年。大港建起来,我那沿海的两千米海岸线、几万亩海域,不给老子几千万,老子不干。"

梁云霄听了,汗毛一下子全竖了起来,浑身起了一层鸡皮疙瘩。梁云霄又问:"那你赌输了怎么办?"贾山一笑,说:"输了就输了,那还能怎么办?可我笃定我不会输,我在希腊港城待过,海边的地都让码头给占了。海山群岛距离国际航线近的也就那么几个地方,凤凰湾、蟹子岛,再远的地方就是月塘湾附近的几个岛了。"

梁云霄长叹一声,摇了摇头,喝了一口啤酒说:"要是三十年后港口才建起来,你也一把年纪了,还有什么意义?"贾山站在小艇上说:"错,即便是等它三十年,那我也算赢了一回。人这一生,就活个心劲儿。要么靠天命,要么靠敢赌、敢熬,我总能赢一回。"

天很快亮了,梁云霄和贾山去收鱼。老贾开了一艘破船停在内海几百米的地方,他们先倒腾一部分渔获到破船上,然后自己的船也收了满满一船舱,放了一些活着的虎鲨,开船返航。

这样的日子重复了一个多星期,等到鱼钩上来一些小杂鱼的时候,两个人知道,虎鲨群走了。公海海钓就此结束。

这天,梁云霄正在招待所里整理资料,贾山背着一个包来了,见面就把三捆百元人民币扔在了梁云霄的床上。梁云霄惊讶问他:"你这是干什么?"贾山说:"这些是你应该得的。"说完拿着一个油乎乎的本子跟梁云霄算起了账。贾山拿着一支铅笔头一边画着一边说:"我俩一共干了八趟,鱼肉卖了三万二,鱼翅卖了四万八,一共八万,分给我爸两万,还剩六万,我俩一人一半,该给你三万,第一次给你那六千,算我这个做哥哥的给你的学费。这事从今天起掀篇了。"

梁云霄望着床上的三万元现金,又惊又喜。三年多来,他从来没有见过这么多钱。梁云霄从里面抽出三千块钱递给贾山,说:"既然是平分,我不能占你便宜。这个也一人一半。"贾山也不推辞,拿起钱说:"那行,亲兄弟,明算账,这钱我收着。"他又从袋子里拿出一个小纸盒,说:"我听说你最近要回学校,没什么送的,这是一个波导手机,新出的,手机中的战斗机。你拿着。我们哥俩联系起来方便。"梁云霄推辞说:"这个我不能要,更何况,你给我我也用不起,电话费太贵。"

贾山打开手机盒。手机很小,银色的流线体,很漂亮。这个手机型号跟姚子期和宁嘉南的有点儿像,但好像又比他们的大一些。梁云霄心里有些痒痒。贾山打开手机,拨打起自己的手机号。手机里彩铃的音乐响起来,是刘欢的那首《从头再来》。贾山笑着说:"买得起马,配得起鞍,移动公司包年的,你尽管打,不用交钱。"

梁云霄再次推给贾山说:"那更不行,我不能花你的钱。"贾山拿起手机就要朝窗外摔:"我贾山送出去的东西多了去了,从来没有拿回来的。你是我兄弟,你要见外,我就扔了它。"梁云霄慌忙阻拦:"我要,我要还不行吗?"他拿了手机,在手里把玩起来,手感真的很好。

贾山拿自己的手机又拨打了一下电话,梁云霄的手机立刻响起来。梁云霄接了电话,贾山站在他对面,对着电话说:"兄弟,我是你哥,赶紧给我回来。"梁云霄对着手机大声回答道:"好!"两个人哈哈大笑。贾山继续对着手机调侃道:"我的兄弟,我想跟你一起对着关二爷磕头,不求同年同月生,但求同年同月死,行不行?"梁云霄也对着手机说:"行。"就这样,性情、身份都相差甚远的二人成了异姓兄弟。

贾山揽着肩膀告诉梁云霄:"兄弟,那咱就这么说定了,抽空我们去一趟关帝庙磕头。"梁云霄笑着说:"去关帝庙就算了,我们就在大海边,插草为香,磕头就成。"贾山说:"那不行,这事是大事,大事不能儿戏。我跟你说兄弟,在潜钓场见到你第一眼,我就觉得,我跟你投缘。那时候我就想,这么帅一个家伙,还是名牌大学的学生,那是东海三太子,一条蛟龙啊,怎么一下子钻到我的渔网里来了?后来我又想,那一定是咱哥俩有缘。再后来,咱们合伙干完这一票,我就又觉得,我得再赌一把,我赌你这个家伙,以后会成为我的贵人。"

梁云霄笑了:"你又胡说,我算什么贵人?我活到今天,命贱如草,怎么可能是你的贵人。"贾山一脸认真地对梁云霄说:"我还真没胡说。我在观音寺抽过签、算过命,卦象上说了,今年我有白龙相助。第二天,我就在潜钓场遇到了你。"梁云霄笑着说:"这个你也信。"贾山把梁云霄摁在椅子上,一本正经地说:"过去我不信,现在我信。自从遇到你,我的命好了。去公海钓鲨鱼,咱们小赚一笔。昨晚,村委会主任找到我说,潜钓场那边他要收回去,给我五百万。"梁云霄吃了一惊:"五百万?那你还不赶紧转掉?"贾山不停地摇头,说道:"老子不给他。要赌,老子就赌一把大的。"梁云霄突然想起了梁海生挂在嘴边上的那句话:"汉子死在浪尖上,懦夫死在板板上。"结果,梁海生就真的死了。梁云霄想把父亲梁海生的经历讲给贾山听,可话到嘴边,又咽了回去。贾山继续给梁云霄画大饼,说道:"以后再缺钱,你就来找我,虱子多了不痒,欠钱多了不愁。你信不信,你哥我少泡几个妞,就能让你活半年。兄弟,以后,诸如公海钓鲨这样的事,你不要再干了,我来干。我是个烂人,什么挣钱的事我都能干,你不能,你得好好混,你给哥鲜亮亮地活成个体面人。"

梁云霄苦笑着心想,即便他是一条龙,也被命运压成了蚯蚓。匍匐在地上的烂人,怎么可能活得光鲜?见梁云霄皱眉沉思,贾山继续说:"兄弟,哥只希望,你以后发达了,别嫌弃你哥我是个烂人就行。"

梁云霄斩钉截铁地说:"那不能。"

贾山很兴奋地搂着梁云霄说:"走,咱哥俩喝酒去,不醉不归。"

若干年后,贾山深陷大狱,病入膏肓,他拉着梁云霄的手说:"其实那时候,我跟你结拜时,我赌你能成,是真真切切的。赌你成了之后,能成为我的贵人,那也是真真切切的。"

当然,这是后话。

2

梁云霄跟贾山的兄弟结拜酒喝得酣畅淋漓。海山岛最好的饭店、最好的菜、最好的酒,要结拜最好的兄弟。醉酒之时,梁云霄号啕大哭。出门三年多,他没回过一次家。贾山被梁云霄的举动吓坏了,听完梁云霄的哭诉更是呆若木鸡。许久,贾山竖起大拇指对梁云霄说:"你爸爸是这个,浪尖上的蛟龙,我得跟你一起去拜他。你妈妈也是这个,南海的菩萨,我得去给她磕头。"当天,梁云霄决定,他要回落叶岛。贾山去丧葬铺买了纸钱、纸楼、纸船、纸汽车和大批供品,还买了一个大猪头。祭祀品装满了港务局的小艇。贾山说:"白天进落叶岛明显不行。我也是被人讨债讨到想过上吊自杀的主儿,我知道那些债主,那都是吸血的蚂蟥,只要你还有一点血,都会来争抢,弄不好,你进去就出不来了。"贾山算好了时间,下午四点出发,天黑进村,清晨烧纸,然后返回海山本岛。一切安排停当,两个人很快就出发了。贾山驾船,梁云霄坐在船头,满腹心事。

丁春草出事了。丁春草在海上放贻贝苗,一头扎进了海水里。如果不是三嫂发现,她就去海里找梁海生了。去年秋天,省里来了考察组,省领导亲自带队。村里汇报了梁家的情况,镇上落实了扶贫政策,信用社免了利息,但本金还是免不掉。丁春草是个要强的人,梁海生去世后她几乎每天都在海上劳作,挖蛏子、海肠、牡蛎、驾船、结网、下钩。这三年多时间,她挣下的每一笔钱几乎都用于还债,除了每月固定还给信用社的,她还会挑选那些急着花钱的村民,先还给他们一部分。可这些都是杯水车薪。去年梁宝找到她说,儿子在宁州找了人,让造船厂撤诉了,不再逼着他们担保的三家人卖家产了。丁春草告诉梁宝说:"你要是有时间就去转告你哥,家里的事尽量少掺和,要他好好读书。钱的事,只要我不死,就别应这茬。"

黄昏,天灰蒙蒙的,飘着小雨,梁家小白楼门口站满了村里的渔民。丁春草躺在床上,满头银发,面色灰白。三嫂请来了医生,正在给她号脉。梁宝进了院子,看到这么多人,心里就很难过。梁宝冲着这些人怒道:"我知道你们担心我婶,你们要是真的担心她,就回家去等消息。你们在这里站着,她心里该多难受。钱是我叔借的,按理说,你们找我婶找不着。"

众人还是不肯散去,梁宝急了,提高了嗓门说道:"你们都在村子里住着,我婶是怎么病的,你们心里比谁都清楚,那是累的。"梁宝说着蹲在地上哭起来。屋内,丁春草听到了梁宝的哭声,就喊他:"梁宝,你进来,我有话跟你说。"梁宝起身,擦着眼泪进了屋。

丁春草的情况真的很糟糕。医生给丁春草打了安眠的针剂,开了药,告诉梁宝说:"心脏不太好,两成是心病害的,八成是累的。这样的病得好好养,多睡觉,心里别想那么多事。"丁春草拉着梁宝的手,有气无力地说:"你别对人家那么凶,他们是在关心我呢。这里的人心善,都担心我死。"梁宝心里很难过:"婶子,他们的心思我们都知道,可他们这样,你心里能好过吗?钱又不是不还给他们。缺你们家这点,他们能死吗?"丁春草说:"话不能这么说,谁家的钱也不是海浪卷来、大风刮来的。"梁宝看着满头白发、骨瘦如柴的丁春草说:"实在不行,我打电话让我哥回来吧,他现在就在海山搞一项大工程。"丁春草的脸一下子变了,瞪着梁宝,发狠地说:"你要是不想让你婶子活,你就打电话。他一个人在外面读书也不容易。"

贾山把小艇停在月塘湾僻静处,熄了火,拔掉钥匙,梁云霄提着几箱子补品上了岸。贾山撑起雨伞,拎着一件破夹克跟过来,看到梁云霄一身西装革履的样子直摇头。贾山说:"我说兄弟,我说你这不是状元夸官,高头大马戴红花,你这是四郎探母,应该是披头散发装叫花。你这样,债主会觉得你混得不错,蚂蟥一样叮上来,你就完蛋了。现在欠钱的,哪个不是有钱还卖惨?你不能给他们希望。来,赶紧换上这个。"梁云霄没有理会贾山,阔步往前走。贾山把破夹克扔到一边说:"那就走高端路线,告诉他们,钱不是不还,让他们等着,兄弟你发了财,账我们认下,就是不还。"梁云霄说:"我这次回来,就是要告诉他们,这钱我来还,让他们别再找我妈。"贾山愣愣地看了梁云霄一会儿,说:"我懂了。"

天完全黑下来了,渔村灯火星星点点。梁云霄看到灯火里的那座小白楼,仍然像他离开前那样,门前屋后的这些人,也在时刻关心着丁春草的生死,也在祈祷丁春草活着。丁春草要是死了,他们就要去找梁云霄。梁云霄三年多没有音讯了,有人说,丁春草已经把所有的账销毁了,梁云霄根本就不认账;有人说梁云霄大学还没毕业就出了国,找个洋妞,就在外面成家了。总之一条,丁春草死了,梁云霄肯定是不会再回来的。

这时,有人眼尖,看到梁云霄和一个男人正朝着院子走来。那人喊道:"看,云霄回来了。"房前屋后瞬间沸腾了。梁云霄的出现令村民们百感交集。他们很惊讶地望着这个已经长得高大健硕的男子,心中再次燃起了希望。他们再也不用担心丁春草死后,没人管那笔烂账了。大家欢呼着纷纷围了上来,问东问西。梁云霄告诉他们:"老少爷们儿,大娘大婶子,你们都回去吧,明天一大早,你们再来。"梁云霄说完,朝着堂屋走去。

众人表情尴尬,慢慢散去。外面还有几个不愿离去的,站在门口朝里面张望。见这些人还不肯散去,贾山发话了:"赶紧走吧,害得人家母子三四年没见面了,还站在这里干吗呀?他们母子不得说说话呀,要不,你们也进来,给你们开几桌酒席。"几个人还是木呆呆站着不肯走,贾山想上去赶他们走,却被梁云霄拦住了,说:"他们要看着,就让他们看着吧。"

丁春草睡着了,嘴里呼唤着梁海生和梁云霄的名字。梁云霄坐在她的身边,看到眼前的一幕,眼泪瞬间落下来。眼前的丁春草满头白发,满脸褶皱。明明只是四十来岁的人,却如七八十岁的老妪。她紧闭着双眼和双唇,丝毫不知道儿子回来了。守候在一旁的三嫂说:"云霄啊,这几天,你妈都梦到了你爸召唤她。"梁云霄凑近丁春草的脸,用嘴唇亲吻着她的额头,轻声呼唤着她:"妈,妈,你醒醒,儿子回来看你了。"梁宝说:"哥,你别叫了,她太累了。医生刚给她打了一针助眠的药水,人刚睡着。"

三嫂突然哽咽起来:"前天浪大,贻贝苗的钢绳翻了,一百亩贻贝,就她一个人翻啊,翻啊,累得不行了,就一头扎在了水里。要不是我刚好划着木船去收网,她就没了。云霄,你妈她活得太难了。"梁云霄向三嫂深深鞠了一躬说:"谢谢您,谢谢您和宝儿照顾我妈。我回来了,您先回家吧,家里还有孩子。"三嫂抹了一把眼泪,起身说:"说这个干什么,我们是一家人。"

三嫂走后,梁云霄、梁宝、贾山三个人守着丁春草。外面的人看见三嫂出来,上前一番询问,得知丁春草没事了,这才走干净。梁宝看了一下门外,叹了口气说:"这帮瘟神,终于走干净了。"

梁云霄的目光盯着丁春草消瘦的面孔,这时,两行眼泪顺着她颧骨凸起的两颊滚落下来。梁云霄握着丁春草的手喊道:"妈,妈,你醒了?"丁春草悄声告诉梁云霄:"傻儿子,其实我早就醒了,我只是不想看到他们为难你。"梁云霄再次泪如泉涌。他主动拥抱了丁春草,母亲的身体很轻,骨瘦如柴。三年多前,母亲在码头的台阶上拥抱他的时候,还是一副丰腴的身体,短短不到四年时间,母亲已乌发染霜。

梁云霄拿起丁春草的手不停拍打着自己的脸,泣不成声地痛骂自己:"妈,我一个人跑到省城去读书,留下你一个人面对那么多的债主,面对那么多的苦难,我就是个不折不扣的懦夫,丧尽天良的混蛋。"丁春草挣脱了梁云霄的手,用无力的拳头捶打着梁云霄的胸膛,哭喊道:"我的傻儿啊,你糊涂啊!两百多万啊,你一辈子也还不清。"梁云霄抱着母亲,泣不成声说道:"妈,你放心,我大学快毕业了,慢慢还,我一定能还得清。"

贾山冲着丁春草跪下来,咣咣咣一连磕了三个头。丁春草一脸惊愕地看着贾山,继而疑惑地问:"你这孩子,这是干什么?"

贾山把他带的西洋参、海参、燕窝等一大堆补品递上来说:"干妈,从今天起,您别再苦着自己,该吃就吃,该喝就喝。贻贝您交给梁宝兄弟养,债能还多少就还多少,没钱,他们还能怎么样?"

梁云霄对丁春草说:"妈,这是我的结拜大哥,明天你就跟我走吧,去省城先把病看看。"

丁春草摇了摇头,对梁云霄说:"不,我哪儿都不去。"继而她又苦笑着说道:"我们两个一起走,一个也走不了。"梁云霄还要说什么,丁春草摆手制止了他,挣扎着要起床。梁云霄把她摁在床上说:"妈,你要干吗呀?"丁春草:"你俩都没吃饭,我去给你们每人下一碗海鲜面。"贾山慌忙说:"您就别起来了,我们自己做,我会做。"贾山去厨房做饭,梁云霄、梁宝陪着丁春草说话。丁春草仔细看着自己的儿子,他的确比出岛的时候成熟了不少。梁云霄环视着家中的一切,除了电器不见了,一切还是老样子。丁春草说:"云霄,吃完面你们就走吧,天一亮,他们一准儿会来找你。"梁宝说:"是啊哥,你进家门的时候也都看到了,你不走,明天来的人更多。"梁云霄苦笑着说:"你们别管了,这事我来应付。"丁春草挣扎着要起床,梁云霄再次阻拦她。丁春草:"我都躺了一天了,再不起来,腿脚会长在床上。"丁春草起身去厨房帮着贾山做面,屋里只剩下梁宝。

梁云霄看了一眼梁宝,他比上次去找自己的时候黑瘦了许多。梁云霄问他:"宝儿,家里给你说的那门亲退了没有?"梁宝摇摇头说:"退倒是没有退,就是他们要两万块钱彩礼,家里没钱给,暂时搁那儿了。我准备今年出海去趟非洲,回来什么事就都解决了。"梁云霄从背包里拿出两万块钱,递给梁宝说:"你拿去先把婚订了吧。出海的事就先算了。"梁宝推让说:"这钱我不能要,我的命都是叔给的。"梁云霄说:"这钱不白给你,我妈是死活不肯跟我走了,我又不能绑她走,家里就托付给你了。明天,你把村主任和大伯叫来,我有话说。"梁宝接了钱,点了点头,然后出门走了。

贾山烧火，丁春草擀面。灶火把贾山熏得眼泪直流。贾山开始用他的三寸不烂之舌劝丁春草："跟我们一起到海山本岛去吧。您在村里，我兄弟难受得直哭。"丁春草笑着说："小时候他不爱哭，他爸喝醉酒揍他，他不跑，也不哭，没想到长大了，眼泪不值钱了。"贾山就说："我从小没娘，是我姐用小米粥把我养大的，从小我就受尽了没娘的苦，那时候我就想，我要是有个娘，长大了一定让她享福。您说您不跟我兄弟走，万一，我是说万一啊，万一您有个不测，我兄弟那还不得一辈子受煎熬啊。有句老话怎么说来着，叫子欲养而亲不待，那是多大的人间悲剧啊。"丁春草反过来劝贾山："你就是说一千遍，我也不会走。你也劝一下云霄，叫他别再回来了。我跟他说过，他要是回来我就死。这话你也让他记着，他要是再回来，我可真不在了。"

面很快就做好了。梁云霄进了厨房，贾山和丁春草两个人还在争执。丁春草把一碗面端给梁云霄说："赶紧吃，吃完赶紧睡觉，明早赶早班船走。"

清晨，渔民们再次聚集到梁家门口。院子里摆着凳子和桌子，桌子上放着梁海生的遗像，村主任和梁顺坐在桌子两侧。梁云霄手里拿着一张银行卡，这张卡是丁春草送他上大学时悄悄塞给他的，他只在第一学期的时候花了几千块钱，后来他做兼职又还了回去。梁云霄拿着那张卡对众人说："这张卡里有八万三千块钱，是原来我妈给我上学的钱，我一分没动，都在里边。大学，我会靠我的双手读完。"梁云霄手里挥舞着那个欠款账本和那些借条，指着梁海生的遗像对大家说："这些账单是你们谁的，谁先拿回去，按照这上面的数目，加上利息抄一遍，我签字。你们的账，别来找我妈了，我认。但有一点我说明白，梁海生养了我十八年，我只替梁海生还十八年。到那时，如果我还没还清，我会去找梁海生，让他来还给你们。"梁云霄说话声音很大，字字掷地有声。这话不仅把丁春草惊着了，也把在场的所有人惊着了。

落叶岛东山梁面朝大海的山顶，遍地都是修葺得豪华奢侈的坟茔。梁海生的坟在最高处，大理石拱门，三级石阶。坟是用水泥浇筑的，圆圆的，像个大蘑菇。墓碑三尺宽、五尺高，隶书碑文，上面是黑白遗像。梁海生的黑白遗像，历经三年多风雨，仍然清晰。他嘴唇上翘，放荡不羁。眼前奢华的一切，对梁云霄来说，是那么不真实，他总觉得梁海生还在异国海域的深海海底。落叶岛上的人们总把阴宅盖得比阳宅都气派,说是对死人的尊重,更是为后人祈福。梁云霄决然不信。他知道梁海生在深海游荡的亡魂,三年多来并没有给他和母亲祈求来什么福分。宿命这东西,他不会再信了。

贾山把带来的纸钱烧了个干净,跪在墓碑前磕了三个头说:"干爹,您的事我兄弟跟我说了,我很佩服您,可您也真把我兄弟和我干娘给坑苦了,活着的时候折腾厉害了,您走了在那边别再折腾了,吃好喝好,好好睡觉。"说完,起身看了一眼神情木然的梁云霄,又说道:"我兄弟给您买了好酒,你们爷俩好好喝两盅。"说完,贾山下山走了。

梁云霄原本准备了一肚子的话,可到了坟前却一句话也不想说。一瓶烈酒,四样祭品。梁云霄喝一杯,倒一杯。一瓶酒很快见底,梁云霄晃晃悠悠下了山。母亲丁春草和三嫂就站在不远处望着他。丁春草还是不愿意走,梁云霄心里清楚,虽然她刻骨铭心地恨梁海生,但她还是不想离开他。

3

宁州火车站人头攒动。贾山坚持要亲自开船把梁云霄送到宁州火车站,送他上车去东海,而且,他还托人买了一张票。一个十几岁的小女孩站在进站口等着他们,她穿着一身学生装,扎着一个羊角小辫。贾山见了她就问:"宁虹,你姐呢,怎么让你来了?"小姑娘很显然对贾山这个舅舅意见很大,怼人的话随口就来:"我来不行啊,我姐忙着上周末电大的课呢,天天就你事多,不是这个朋友买船票,就是那个朋友买车票,我们是开着卖票站吗?更烦人的是,从来不见你给钱。怎么,我们宁家的钱都是大风刮来的呗?"小女孩伶牙俐齿,语速很快,怼得贾山脸上有些挂不住,但他并不生气,弹了女孩脑瓜一下,向梁云霄介绍道:"这是我小外甥女。"

宁虹看了一眼梁云霄,立刻觉得梁云霄跟贾山的其他朋友不一样。贾山向她介绍道:"宁虹,这是你舅舅的亲兄弟,就要从东海交通大学毕业了。厉害吧?你啊,得好好学习,争取有一天考到你小舅的学校去。"宁虹立刻又对着贾山发炮了:"又在瞎扯,我才不信呢。"说着伸出手,"给票钱,我得走了。"梁云霄要掏钱,贾山掏出三张一百的钞票递给宁虹:"小丫头片子,都让你姐给惯坏了,拿着钱赶紧走吧。"小姑娘拿着钱走了。梁云霄接过贾山手里的票,开始排队进站。贾山冲着他做了个打电话的动作说:"兄弟,有事就打电话联系。"梁云霄点了点头,进了车站。

绿皮火车缓缓开动,梁云霄坐在车厢靠窗的座位上,恍然间,好像回到了那年九月,他跟姚子期一起坐火车入校。一时间恍如隔世。

去年宁州国际港口泊位专家论坛结束后,宁嘉南就选择了返校。他一方面是在家里待着难受,另一方面是他在考雅思。为了方便上课,宁嘉南在学校对面租了一套一室一厅的房子。而姚子期时不时要回学校,然后跟罗子坤一起出差,这样也方便两个人待在一起的时间长一些。姚子期告诉宁嘉南,她放弃了在本校读研究生的资格。宁嘉南虽有思想准备,但还是吃了一惊。姚子期希望宁嘉南随她一起去英国,但宁嘉南想去竞争尼德的那个公派留学生名额。倒不是宁嘉南心疼那些自费留学的钱,而是担心姚子期总喜欢带着梁云霄。梁云霄在论坛上光芒四射,让宁嘉南真正感到了危机。宁嘉南根本没有料到,梁云霄这个憨憨还蕴藏着这么大的潜能。宁嘉南是个不服输的人,尼德这个公派留学生的名额,他自认为梁云霄不是他的对手。

下了火车,梁云霄用手机打了姚子期的电话。有了手机就是方便,电话很快通了,不料接电话的却是宁嘉南。宁嘉南告诉他,姚子期在浴室洗澡,要他到校后先去找一下尼德。梁云霄当时一愣,继而就挂了电话。进了学校,梁云霄在公告栏里看到了研究生复试的通知信息。他惊讶地发现,复试名单里,他的名字竟然赫然在列,却不见姚子期的名字。梁云霄问了系办老师,系办老师告诉他,姚子期放弃复试了,可能是要选择出国读研。事实上,梁云霄自己也没有确认参加复试的信息,可奇怪的是,复试的名单里却有他。梁云霄突然想到,姚子期临走前曾经拿走了他的身份证复印件以及考研的材料等,当时他还很疑惑,姚子期说系里要进行毕业生信息采集,他就信了。姚子期是班里的学习委员,经常去系办帮忙,这次他上了复试名单,一准儿是姚子期帮他操作的结果。姚子期这个赶尸人,再次对他挥起了鞭子。同时,梁云霄也再次明白:姚子期要离开海山了,而且去意已决。

东海交通大学海事学院港航工程研究所像是地处深海,玻璃墙被海水充盈着,人走在里面,就像是走在大海的底下。头上四周都是海水、海草和追逐奔跑的各种鱼类。罗子坤在实验室看海山凤凰岛新辟航道的洋流动力试验报告。课题组进展得很顺利,但项目落地却很难,卡在了宁州方面。宁州想建设自己的十万吨以上深水港口,而且他们已经开始了资本筹措和前期选址。项目报到省厅,省里也很为难。

罗子坤给省里打了报告,省委领导也有了批示,可同时上两个十万吨以上深水港口,省里、部里就不得不慎重考虑了。项目落地再次进入深入论证的漫长等待之中。项目暂时搁浅,就意味着课题组暂时停摆。罗子坤有些懊恼,做事情太难,可时间却不等人,周围的新加坡、日本、韩国、菲律宾等泛太平洋国家都在上大吨位港口,一朝落后就会一直落后。

宁嘉南敲门进来了,他给罗子坤带来一个英国登喜路烟斗。烟斗是石楠根手工制作,精巧而光滑。罗子坤疑惑地问宁嘉南:"你怎么知道我抽烟丝?"宁嘉南笑了笑说:"这是尼德教授泄的密。"罗子坤皱起眉头。尼德这次来华,选了宁嘉南做他的助理。罗子坤拿着烟斗仔细琢磨了一番,说:"那好,我收下了,下不为例。"他看了一眼宁嘉南。书读得好,聪明好学,细心听话,了解导师的生活习惯,这样的研究生大多数人都喜欢。可罗子坤既不喜欢读死书、固执刻板的学生,也不喜欢功利心、目的性太强的学生,他真正喜欢的是有想法、动手能力强的那一类。学院今年给了他带研究生的两个名额,他希望梁云霄和姚子期来面试。宁嘉南就是那种读死书、目的性太强的学生。尼德今年会参加罗子坤的研究生面试,选其中一个人成为他的学生,罗子坤也会参加尼德的研究生面试,选一个作为自己的学生。这是两个学院的重要合作项目之一,目的是实现学科之间的教学交流。

梁云霄心里怅然若失。他匆匆去找罗子坤,正好碰上刚出门的宁嘉南。梁云霄急切地问宁嘉南:"你看到子期了吗?"

宁嘉南却说:"你先别管子期了,老师找你。"

罗子坤的实验室,梁云霄不是第一次来,但此刻,头顶上玻璃内的海水,让他感觉像是深潜在水中,很是压抑。罗子坤坐在办公室里,正在等着他的到来。

看着梁云霄到来,罗子坤失落的心略微有了些安慰。姚子期的离开,虽然在他意料之中,但他心里还是有些不舍,她是这些年来他在实验室用得最好的助手。姚子期去英国读国际航运金融,他是同意的。他很清楚姚子期的用意,毕竟海山港发展遇到了资金的瓶颈。罗子坤不反对学生出国深造,如果梁云霄能被尼德选中,他也会同意梁云霄离开。项目一时半会儿很难落地,他出去见见世面,未尝不可。

另外,尼德这次来中国,带来了国际航运资本巨头斯兰特公司要砸百亿欧元投资深水码头和超级堆场的消息。尼德已约了斯兰特,准备跟他谈课题项目转化的问题。这个消息,让罗子坤很兴奋。据说斯兰特公司总裁斯兰特是捕鲸人的后代,他看到了中国经济崛起的势头,也敏锐地嗅到了中国未来的开放政策,想投巨资兴建亚洲最大的深水大港和大宗商品堆场。目前他正在选址,是海山、宁州,还是另外十几个滨海城市,斯兰特资本、项目的团队都在谈。海山深水港口群的项目落地,引入外资也不失为一条捷径,未来航运资源、资本国际化融合的趋势不可阻挡,所以人才的布局更为关键。

罗子坤说:"尼德教授要参加你们的面试答辩,想从我带的毕业生中选一个,你跟宁嘉南好好准备,竞选一个公派留学生的名额。"

梁云霄吞吞吐吐地说:"老……老师,事实上,我没打算读研。"

罗子坤一愣。春天的时候,他背着梁云霄跟姚子期一起去了一趟落叶岛,村主任和梁宝把梁家的情况都说了。罗子坤站在梁家小白楼前,看着院子里满头花白的丁春草佝偻着身子吃力地拉着僵硬的绳索,在上面种着贻贝苗。海边的寒风吹乱了她的头发,发丝飘散在额头,掩住了她的面容,看起来像个疯子。罗子坤没有打搅丁春草,悄悄跟姚子期离开了。

回海山的路上,姚子期告诉罗子坤说:"梁云霄这三年多来一直隐瞒着他们家里发生的一切,他是靠着自己做兼职、打零工支撑下来的。这三年多来,他的母亲以死相逼,不允许他回家。"罗子坤坐在船上,望着远离的孤岛和梁家的小白楼,内心很懊悔。这大半年里,他一直不知道梁云霄内心承载的沉重负担,还在一直骂他。姚子期还告诉罗子坤:"你别看村子里的人对梁云霄的妈妈很友善,但他妈妈是不能离开落叶岛的。"姚子期说这话的时候一阵哽咽,弄得罗子坤也鼻子酸酸的。此刻,罗子坤有些心疼眼前这个还显稚嫩的学生。在省城,这样年龄的孩子很多还没有完全"断奶"。罗子坤虽然心软了,但脸上还是露出了强硬严肃的表情,说道:"没打算读,你考什么考?真是搞不明白,你整天魂不守舍的,到底是怎么想的。"

梁云霄嗫嚅道:"老师……我……"

罗子坤说:"你要愿意上,就参加明天的面试答辩;你要不想上,赶紧滚蛋,我还求着你读我的研究生了?"

梁云霄哑口无言。他不能对罗子坤说,是姚子期再次替他确认了复试的信息。那样的话,罗子坤还会迁怒到姚子期身上。

青藤茶餐厅,水雾氤氲,茶香四溢。古琴声中,姚子期在给姚江河表演茶道。洗茶、泡茶、分杯,动作娴熟。姚江河喜欢女儿这样恬静的样子,温润如玉,很像年轻时苏淑琴的模样。可姚子期还有另一面,出了这个门,姚子期风风火火、伶牙俐齿的一面就会张扬得淋漓尽致。女儿没有读罗子坤的研究生,而且没跟他说,姚江河并没有生气。罗子坤是偏执而癫狂的工作狂,对男人来说,是执着和上进,但对女人来说,那就是神经病。虽然姚子期没把出国的事告诉他,姚江河却已经猜到了一大半。凭姚子期的能力,她不可能考不上研究生,罗子坤也不可能不收她。

昨天,苏淑琴从香港打电话回来说,要姚子期在回学校之前去一趟香港,姚江河已经预感到了很可能会有事情发生。青春期的姚子期十分痛恨苏淑琴。那时,苏淑琴根本没有接近她的机会。有一年暑假,苏淑琴回来看姚子期,就跟姚江河商量,她能否把姚子期带到香港读书。他们的话被姚子期听到了,苏淑琴不仅被她赶出了家门,甚至连苏淑琴给她买的衣服都被她剪成了碎片。姚子期横眉竖眼地痛斥苏淑琴的恶毒心肠,无情地抛弃了她和父亲。那年,苏淑琴是一路哭着去码头的。姚江河劝苏淑琴,或许等女儿上了大学,她就懂事了。姚江河还清楚地记得,香港回归那年,姚子期说了几句刺伤苏淑琴的话:"香港可以回家,而你不能。香港是被强行掳走的,而你是自己跑的。"

"子期,我想知道你的真实想法。"姚江河终于把事情挑明了,"我知道你不喜欢岛上的生活,也不喜欢你现在的专业,但你读完罗子坤的研究生可以留在东海,甚至去北上广工作,干吗非要到国外去呢?"姚江河知道这些劝姚子期的话是多余的,但他还是说了。姚江河心里明白,姚子期放弃一切都要出国的决定背后有苏淑琴的影子。随着年龄的增长,孩子的心思是会变的。姚子期上了大学之后,开始慢慢接受了苏淑琴。那时苏淑琴已经离开了她的第二任丈夫,成了真正的独立女性。寒暑假的时候,姚子期也会去香港跟苏淑琴住上几天。

姚江河能接受姚子期的变化,可这种变化姚四海不能接受,甚至很愤怒。所以,每次姚子期去香港的时候,姚四海的情绪都会变得很暴躁。姚子期每次从香港回来,都会小心翼翼地哄他好几天。人越老,孩子气越重。看起来胡子拉碴、长得粗糙的姚四海,人其实十分敏感。姚江河不敢想象,姚四海要是知道姚子期离开海山出国的消息,会闹成什么样。他开始有些理解女儿一直瞒着他和姚四海准备出国的事情了。

姚子期微微一笑说:"世界真的很大,而我的世界从小四面都是海,只有那个小岛,我想出去看看,您可以理解吧?"

姚江河点了点头,回答道:"当然。"他又试探着问道:"我可以理解为,你还会回来的,对吧?"

"当然!"姚子期托起一小杯茶递给姚江河,"所以您和爷爷不要担心老了没人养。"

姚江河笑着说:"我们倒是不担心这个,我们担心的是你是不是快乐。"

姚子期的眼睛有些湿润。她本以为姚江河会骂她,但姚江河仍然像个朋友那样坐在那儿跟她耐心地聊天。他不会粗暴地干预她的一切,但他会表达他的关切。她记得姚江河不止一次跟她说过:"世界上没有第二个男人像我这样爱你和包容你,因为父爱是无私的、不求回报的。"姚江河是这样说的,也是这样做的。这些年,姚江河一直没有再婚。在海山岛做到处级干部,手下掌管着亿万资产和一两千工人的国企领导,他想再婚,不是难事,但至今他仍然孤身一人。

姚江河有些担心地问她:"是跟他一起走吗?"

姚子期点了点头,继而又摇了摇头。姚子期真的不知道,她是不是能跟宁嘉南一起走。宁嘉南告诉她,如果能读尼德教授的研究生,他倒希望姚子期和他一起去瑞典。尼德教授的夫人艾丽斯是瑞典国际海事学院的校董,而且对他的印象很好。宁嘉南十分婉转地表达了这个意思,甚至把一张银行卡交给了姚子期。他一脸虔诚地对姚子期说:"这是我近年来的存款和搞来的钱。"宁嘉南把做兼职挣外快称作搞钱。宁州港码头附近的宾馆驻扎着各色各样的船代、货代、箱代、卡代,这些私营的代理公司,其实就是夹着空皮包,靠一张嘴赚钱的行当。

　　宁嘉南从大二的暑假就开始搞钱了。他给金州小商品贩子做翻译,跑集装箱、跑卡车司机、跑海关、跑检疫、跑边防,提前装货,提前出海……一个"跑"字,内涵丰富。他的工作就是替人送信,至于信里写的是什么,或者信封里装的是什么,他就不清楚了。他从小在码头工人堆里长大,很多部门的人都是他父亲的同事、下属、同行。他叔叔、阿姨、伯伯地叫着,把来人的信交给他们。有的能办,有的办不了,但能办下来的是多数,在不违规、不违法的情况下,举手之劳。一个暑假下来,宁嘉南银行卡里的钱最多的时候有六位数。姚子期没拿那张银行卡,但心里还是很感动。宁嘉南很看重那张卡,他不止一次地对姚子期说,那张银行卡就是他的命根子。能把命根子交给她,可见他的真诚。

　　姚江河不知道姚子期摇头是什么意思,问她说:"你们发展到哪一步了?"

　　姚江河问得很直接。事关女孩的私密,本不该由一个父亲问出来。可苏淑琴对姚子期的事知道得有限,所以他不得不问。姚江河从侧面打听过宁嘉南的情况,得到的结果都是:龙生龙,凤生凤,老鼠的儿子会打洞。长江后浪推前浪,一浪更比一浪高。宁嘉南的精明,远强于他的父亲宁海楼。越是这样,姚江河的心里越没底。他太清楚女儿姚子期,姚子期太善良而且实在。当善良和实在的人遭遇精明和会算计的人,吃亏的是前者。这些年,他跟宁海楼打交道,吃亏太多。两个人曾在省港务局共事,竞争过港务科科长。论业务和知识储备,技校毕业的宁海楼显然不是大学毕业的姚江河的对手。可民主投票时,宁海楼总是比姚江河多几票。结果,宁海楼做了科长。那时,苏淑琴和姚江河正好也闹了点矛盾,身心疲惫的姚江河就产生了返回海山之意,不久就调回了海山港。

　　姚子期一脸羞涩地告诉姚江河:"我很爱他,他也很爱我。"

　　姚江河打断她说:"我是说将来有什么打算。"

　　姚子期没有回避姚江河的问题。她说:"要结婚的那种。"

姚江河陷入了沉默。虽然生女儿早晚都要面临她离开这一刻,但这一时刻的到来还是早了些,他有些猝不及防。于是,姚江河说道:"婚姻是大事,不是你选择个大学专业,觉得不顺心,说改就改了。你才二十二岁,有大把的时间恋爱、择偶,决定是不是做得早了些?"

姚江河看似是建议,其实是表达了他的意见:他不同意。

姚子期点了点头说:"我们没打算这么早就结婚。"

"对于你现在的这个结婚对象,我说一下我的看法。不管你愿不愿意听,作为父亲,我都必须说。我认为你现在的结婚对象,跟你的性格不大契合。你跟你妈越来越像,你看似外表坚强,其实内心很脆弱,人又太任性。这种性格恋爱的时候可能会有人忍得下,但要相伴一生,这个人必须得有大海一样的胸怀、岩石一样的坚韧,否则,婚姻会很不幸。"姚江河坦诚地说出了自己的担心。

姚子期笑了:"您觉得我应该找梁云霄那样的男人?"

姚江河一笑,没正面回答。

姚子期说:"凡事不能一概而论。您有大海一样的胸怀,还是未能留住我妈那艘小船。您理解她、包容她、忍让她,可结果是什么呢? 她在岛上十年,度日如年。大海的胸怀是够大,但也呛她一生苦涩,不是吗? 不错,梁云霄是我至亲的老乡、最好的朋友,可我跟他在一起的时候不快乐。正如他说的那样,汪洋大海上的一块小木板承载不了两个人的重量,所以,我要想活下来,要么游走,要么选择一艘大船。不是我不想选择跟他抱着一块小木板漂洋过海,而是他不让,这就是他的秉性,您明白吗?"

姚江河无言以对。

时代变了,姚子期他们这一代变得更自我了。

4

下午三点,东海交通大学海事学院公派留学生竞选答辩会准时在学院学术会议室进行。罗子坤、尼德和院领导严肃坐着,注视着宁嘉南西装革履,健步上场。因为准备充足,他自信满满。宁嘉南望一眼观众席,姚江河、姚子期落座其

| 169 |

中。令他意外的是,姚江河不远处还坐着宁海楼。竞选答辩,说是公开,但并没太多人关注,只有下学年有意要走这条路的人来了解程序。

答辩现场,姚江河也没想到会碰到宁海楼。宁海楼热情地伸出手要跟他握手,姚江河的心里虽然很别扭,但还是跟他握了手。宁海楼说:"我来找罗教授商量点事,没想到赶上了。"姚江河不想跟宁海楼啰唆,找了个地方坐下来。宁嘉南全程用英文答辩,他的口语很流畅。宁嘉南专心迎战雅思考试,去年冬天开始,专门请了外教一对一指导,不仅雅思成绩考得不错,口语提升也很快,加之最近跟尼德参加活动,熟悉了他的语境,整场答辩,宁嘉南口齿清晰,对答如流,不时博得众人喝彩。答辩完毕,他还做了个绅士般的鞠躬,然后潇洒离开。

梁云霄对这场竞赛答辩则有些应付。他穿了一条不太干净的牛仔裤,上身则是一件衬衫,头发蓬乱,一脸倦怠。梁云霄望了一眼在观众席的姚子期、姚江河和宁海楼,微微一笑,然后冲尼德、罗子坤鞠躬,就开始了他的英文答辩。梁云霄英文口语不太好,话说得很慢,所以尼德提问时,语速也放慢了一些,希望梁云霄能听懂。尼德给梁云霄的题目是《二十一世纪全球航运发展展望》,目的是考查梁云霄的知识点。梁云霄讲了中国香港维多利亚港、中国台湾高雄港和新加坡新加坡港、韩国釜山港、美国洛杉矶港、荷兰鹿特丹港、德国汉堡港、比利时安特卫普港、阿联酋迪拜港、马来西亚巴生港等港口的现状,他突然话锋一转,讲起了中国的经济崛起与中国的深港大船时代。梁云霄从全球制造业的重心转移,讲到了中国能源输入和大宗商品的输出,从中国港口的地理位置,讲到了中国融入全球深海大船时代的必然性。他讲得有些天马行空,漫无边际,把人们引入了另外一个陌生的情境里。罗子坤敲着桌子提醒梁云霄说:"梁云霄,你跑题了。"梁云霄没有理会罗子坤的提醒,继续他的造梦工程。他的讲述云山雾罩,论据漂浮,逻辑性也不那么严密。结束语,梁云霄却掷地有声地断言道:"不管他国愿不愿意,二十一世纪,中国深港大船时代的启航,已经不可阻挡。"

梁云霄说完,向尼德和罗子坤深深鞠躬说:"感谢尼德教授给我这个答辩的机会。我们渔民有句谚语:自己家里的网七漏八孔,不去关心别人的船上是否跑鱼。"梁云霄借用渔民的谚语委婉拒绝了尼德教授的好意,表示自己无心去做尼德教授的研究生。因为梁云霄的英语有些磕磕巴巴,这句谚语听得尼德教授一脸疑惑。罗子坤听明白了,顿时觉得梁云霄这个家伙可气、可笑,又可爱。姚子期又气又恼又无可奈何,低声用英语嘟囔了一句:"可真是个固执、可爱的憨憨啊,那么好的机会白白让你给浪费了。"她的话被身边的姚江河听到了。姚江河的英语不差,冥冥之中,他感觉到姚子期的退出,似乎跟梁云霄有关。

竞赛答辩结束,众人散去,罗子坤代梁云霄向尼德表示歉意。但他没想到,尼德对梁云霄倒是产生了更浓厚的兴趣。宁嘉南从学术会议室的休息室出来,手里拎着尼德的手提包到学术会议室旁边的小客厅去找尼德和罗子坤。他代替父亲宁海楼去请尼德和罗子坤吃饭。宁海楼在青藤茶餐厅订了包厢,早早去准备了。宁嘉南担心两人不会来,宁海楼说:"来不来他们决定,但请不请是咱们的礼节,礼多人不怪。"宁嘉南对自己的答辩很满意,整个过程行云流水,近乎完美。这次公派留学的名额,他志在必得。

"罗,你这个学生很有意思。"尼德一边品着茶一边说,"我们都是深海的探索者,跟惊涛骇浪相比,我更喜欢暗流涌动。梁云霄是个内心很有力量的年轻人,用我们的专业术语来说,这叫深海动力。我很想跟他单独谈谈,可以吗?"

罗子坤说:"当然可以。如果你能原谅他的鲁莽和无礼的话。"

尼德对梁云霄两三次的表现印象都很深刻。他没有刻意地去阐述自己的学术观点,而是很形象、生动、准确地表达了自己的思想。于是,尼德对罗子坤说:"梁云霄的话,我是不会介意的。亲爱的罗,这么多年来,我们已经带了太多听话的学生。当然,听话没什么不好,可以做我们的助手,但很遗憾,他们缺乏内心的力量,那样的学生很难创造出伟大的事业。我们都希望能遇到给予我们力量的人,而不是我们总给予他们。"

罗子坤说:"是啊,亲爱的尼德,我们都老了,可大海还在波涛汹涌。好吧,你要跟他聊,我这就让人通知他。可这个学生可能会让你失望。其实,我也不知道他最近心里到底想的是什么。"

尼德笑了,说:"虽然你们中国人有句老话'上赶着不是买卖',但我还是想跟他谈谈,那可是他净赚的买卖。"

罗子坤对尼德的固执也很无奈,说道:"其实宁嘉南也是个不错的选择。"

尼德思索了一下,说:"他应该是个很好的学生,聪明、顺从,也很有野心。

您知道,我不太喜欢聪明又很有野心的学生。这好像是个悖论,其实不是。我更喜欢有力量并且很有野心的学生,譬如,梁云霄。"

宁嘉南拎着尼德的手提包给他送来的时候,在门口听到了里面的对话,心情一下子坠落到了谷底。他搞不明白,梁云霄用什么打动了尼德教授,是他的形象、谈吐,还是学识?他的答辩明明一团糟,可为什么尼德教授会给他那么高的评价?宁嘉南的心里顿时像是被掏空了一样,把尼德的手提包交给系办秘书,让他转交给尼德,然后一个人悻悻地离开了学术会议室。

黄昏,夕阳余晖下的东海交通大学校园绿草葳蕤。姚子期陪着姚江河在大学校园里漫步,两个人一边走,一边讨论着梁云霄答辩的事。姚子期气呼呼地骂道:"这个憨憨,我看他就是故意的,白白丧失了这样好的机会。"

姚江河很疑惑姚子期这样称呼梁云霄,就问她憨憨是什么意思。姚子期笑了,说:"哦,这是我给他起的绰号。他这个人可以用憨、呆、直、傻来概括。爸,您是不知道,当初他死活就是不肯考研,要去兼职、去挣钱,是我连哄带骗,硬拉着他去的考场。"

"连罗教授的课题组也是你拉他进来的吧?"姚江河戳破了姚子期的小心思。

姚子期笑了笑,说:"是罗教授选中他的。罗教授缺一个像他这样的助手,他可是手握专业潜水二级教练证的。哦,不对,我听说他已经考过了三级,那是可以加入专业水下打捞队的。另外,他的情况你也知道,如果能在港口就业,也能帮一下家里。"

姚江河继续追问道:"恐怕没有这么简单吧?"

姚子期只好直说:"我也是想帮您,好了吧?"

姚江河继续问:"离开海山,你怕是早就谋划好了吧?你留下他,就可以自己安心跑了?"姚子期不说话了。姚江河自己笑了,说:"你能有这个心意,我就很知足了。"姚子期看到父亲有些伤感,就劝他:"我又不是不回来。爸,请你相信我,我一定会带着海外航运资本回来,到时候,海山港的超级码头和超级堆场就不用发愁了。"姚子期说的这话,姚江河信。斯兰特公司就是苏淑琴对接过来的,她在香港国际航运投资公司做高级金融师。

"如果我当初从省港务局出来,不回海山,而是来这里当老师,你会怎么样?"姚江河像是在问自己,又像是在问姚子期。姚江河是这个学校土木工程专业毕业的学生,成绩优异,英语也相当好。当时他如果不重返海山,而是在大学里任教,像罗子坤那样做个很好的大学教授,苏淑琴也就可能不会出国读书,他们也就不会离婚。片刻后,姚江河又感叹地说:"可人生没有如果。"

  姚江河像是对自己说,又像是对姚子期说。姚子期心里明白,他这是在点拨自己,他对自己的这次决定心里很没底。一个女孩子漂洋过海去欧洲,不管身边有谁,这种担心总是难免的。两个人沉默地走着,快到校门口的时候,姚江河突然对姚子期说:"你去叫一下梁云霄吧,我们一起吃顿饭。"姚子期一愣。昨天,宁嘉南对她说,他父亲宁海楼来了,晚上想请她跟父亲一起吃顿饭。两家人早晚都要在一起正式见面的。姚子期有些为难,宁州港跟海山港的发展和业务上存在竞争关系,姚江河和宁海楼两个人的关系最近不太融洽,可宁嘉南提出来了,她又不好回绝。等到现在,姚子期也没敢向姚江河提,可这会儿再不提,怕是真的要晚了。想到这里,姚子期不好意思地望着姚江河说:"爸,宁嘉南说,他爸爸想请我们跟罗教授、尼德教授吃顿饭。"姚江河皱了一下眉头说:"宁海楼的饭局,我们就不掺和了吧,明天我们单独请罗教授和尼德教授。至于你跟宁嘉南的事,我觉得,你还是抽空把他带到海山去见一下你爷爷,你知道,你爷爷对这事很在意。"姚子期这段时间一直在为如何说服姚四海让自己出国的事而烦恼,要是再加上宁嘉南的事,一准儿会变得更糟糕。此刻她觉得父亲说得也有些道理,就说道:"那好吧,我这就去叫梁云霄。"

  姚子期转身回到学院教学楼的时候,其他几个系的答辩还没完。她在走廊上看到梁云霄匆匆走进电梯,想叫住他,可梁云霄一进电梯就摁了开关,电梯门很快关上开始上行。姚子期赶紧上了旁边上行的电梯,刚出电梯就看到梁云霄进了罗子坤的办公室。

  罗子坤和尼德等了很久,梁云霄才急匆匆赶到。两个人从梁云霄的脸上都看到了诧异。尼德再次审视了这个渔民的儿子,这个小麦肤色、阳光、干净的大男孩没有了在演讲台上的豪情万丈,他有些拘束,甚至说是羞涩。梁云霄低着头站在那里,偶尔用目光打量他们。尼德微笑着用汉语说:"梁,你放松些,这里不是考场。我们只是想征求一下你的意见,你想不想跟我一起去瑞典读书?"梁云霄看了一眼罗子坤。罗子坤说:"尼德教授是问你,你看我干什么?你怎么想的,就怎么回答。"梁云霄丝毫没有掩饰自己的想法,他没有回答,而是用沉默和摇头拒绝了尼德的邀请。尼德似乎对这个答案早有准备,但还是失望地冲罗子坤摊开手,耸了耸肩,表示遗憾。

梁云霄看到罗子坤的脸色很严肃。此刻,梁云霄不知道,尼德的心里十分希望他能答应。斯兰特给了尼德另外一个使命,他们已经看准了海山凤凰岛的那片海域和滩涂,公司董事会也下决心在海山或者宁州投下百亿欧元,建设亚洲最大的深水大港和大宗商品堆场,所以,他们很希望能为公司培养中国本土的专业人才,为未来的人才战略布局。罗子坤似乎也看懂了尼德的这层意思,两个人这几年每年一个硕士、一个博士交换生,似乎都是在为斯兰特公司这个宏伟的战略布局做准备。想到这里,罗子坤心里不由得开始警觉起来。冥冥之中他觉得,斯兰特公司也在打他课题项目转化的主意。罗子坤顿时没了斯兰特公司砸百亿欧元投资深水码头和超级堆场的兴奋和冲动,同时也为自己没跟斯兰特公司见面感到庆幸。

罗子坤看了一眼失落的尼德,又看了看一脸窘迫的梁云霄,说道:"那这事就到此为止了,你先回去吧,我跟学院和海山港方面打招呼,你还是暂时待在海山课题组吧。"罗子坤说完,就跟尼德说了宁海楼约请他们一起吃饭的事。尼德说:"我还有些事情没处理,您向宁先生解释一下,我们改个时间再约吧。"

梁云霄尴尬地离开罗子坤的办公室,准备回宿舍提前收拾一下东西。后面他要长时间待在海山了,而毕业典礼之后,宿舍就不能再住了。一路上,梁云霄的精神有些恍惚,总是感觉到,刚才发生的一切有些不真实。尼德教授竟然看上了自己,这像是命运跟他开了一个不大不小的玩笑。每一次机遇的到来,总是在他做出决定之后才姗姗来迟。可是,他不想改变自己的决定。父亲梁海生曾告诉他,作为船长,一旦下定了决心,就不能随意更改自己的航向。

电梯口,梁云霄遇到了姚子期,两个人一起进了电梯。姚子期神情异样地看着梁云霄,问:"你拒绝了尼德教授的邀请?"梁云霄没有正面回答,而是笑着问她:"你怎么来了?"姚子期继续追问:"你先告诉我,是还是不是?"梁云霄点头说:"是。我原本就没想过读研,更没想过出国。"姚子期长叹一口气说:"你这个人,总是错过最好的机会。"梁云霄又是憨憨一笑。

两个人出了教学楼的门。姚子期说:"我爸让我叫你去青藤茶餐厅吃饭。"梁云霄爽快答应道:"这顿饭我请。我回去换件衣服,一会儿就到。"姚子期说:"你请什么请?我爸已经在那儿等着了。"两个人走到男生宿舍楼门口,梁云霄拿出手机拨打了姚子期的手机,姚子期的手机响起来。梁云霄说:"以后找我打这个手机号,我随叫随到,不必亲自跑一趟。"姚子期看到他手里的新款波导手机,很兴奋地说:"可以啊,用上手机了也不告诉我一下。"梁云霄很想告诉她,他一到校就打了她的手机。可话到嘴边,却没出口。他打电话的事,很显然宁嘉南并没有告诉她。姚子期存了电话号码,转身先去青藤茶餐厅了。

梁云霄无心插柳,却给了宁嘉南当头一棒。梁云霄回宿舍的时候,宁嘉南正在收拾自己剩下不多的东西。老二和老三的东西已经拉回家了,他们都是省城的,东西本来就不多。见梁云霄进来,宁嘉南没有抬头,也没有说话,他心里很不舒服。两个人各自默默收拾着东西。再次面对宁嘉南,梁云霄的心情坦然了。随着他的退出,宁嘉南会成为尼德教授的研究生,他出国的事也算尘埃落定了,这也算还了他当初带自己去宁州港的人情。可梁云霄却不了解宁嘉南此刻懊恼的心情,率先打破沉默,伸手祝贺宁嘉南:"祝贺你,老大。"梁云霄仍然叫宁嘉南老大。虽然宿舍生活就要结束了,但他也没改变称呼。

宁嘉南低着头说:"应该祝贺你。梁云霄,你赢了。"梁云霄很疑惑,此刻宁嘉南不再叫自己老四了,也不叫他憨憨,而是在叫他的全名。

梁云霄一头雾水地问道:"老大,你什么意思?"

宁嘉南苦笑道:"都说早起的鸟儿有虫吃,可这个世界就是很奇怪,我就是整晚上不睡,却总是什么都捞不到。梁云霄,你怎么总是比我幸运?"宁嘉南说完背起背包出了门。梁云霄皱了一下眉头,他不知道宁嘉南说这话到底是什么意思,他想叫住他,可宁嘉南已经走远了。

宁海楼在东海交通大学门口的青藤茶餐厅订了个高档包厢,一切准备就绪,却接到了罗子坤的电话。罗子坤告诉他因为学院晚上临时有安排,他跟尼德教授不能赴约了。宁海楼要服务员撤掉了两个位子,他数了数,还有五个位子,姚江河父女,加上他和宁嘉南。他还打算让宁嘉南叫上梁云霄,正要打电话,宁嘉南推门进来了,放下背包坐在一把椅子上。

宁海楼从宁嘉南脸上看到了从未有过的沮丧和颓废,于是就问他道:"怎么了? 是出了什么事吗?"

宁嘉南一脸郁闷地说:"尼德教授好像看上了梁云霄。"

宁海楼有些意外,又觉得似乎在情理之中,于是说道:"那他有一双慧眼。"

宁嘉南羞恼地看了父亲一眼,很不满地说道:"在你们的眼里,我就那么不堪吗?"

宁海楼微微一笑。这些年,宁嘉南过得太顺了,从小就被家里人保护得太好。在海港、在学校都是被人宠着、惯着,没有遭遇什么挫折。看到一脸挫败的宁嘉南,宁海楼安慰他:"不堪倒不至于,只是还没那么优秀。儿子,这个世界上,优秀的人有很多,不是所有的好事情都是为你准备的。"

宁嘉南长叹一声,说道:"看来,我还是没有把尼德教授琢磨透。"

宁海楼摇头说道:"你还不明白这个道理? 做学问不是做生意,你得把心放在琢磨事上,别净想着琢磨人。生意人琢磨人,琢磨得要准。可是做事情,你得扎下根去把每一个细节都做扎实。当初你把梁云霄带到我办公室的时候,我就喜欢他。他话虽不多,可句句都在点上。他在码头干的时间不长,但他做的报表、核对的数据,都可以当范本。他在专家论坛上说的那些论点、论据,立得住,算得准,字字珠玑。说实话,听了他的演讲,我倒是改变了主意。我同意你出国,最好不要留在港航系统干。在你们同一代人中,这孩子不是池中之物,同一片海域竞争,你不是他的对手。"

宁嘉南不以为然地说:"您不用拿这话激我。"

宁海楼说:"我还真不是拿话激你,我说的是真心话。"

宁嘉南见父亲一脸认真,心里更是懊恼。这时,服务员端来凉菜,询问宁海楼:"热菜上不上?"宁海楼看了看手表说:"再等等。"宁嘉南拿起筷子开始吃起来,说:"等什么等,起菜。"服务员得令出门。

宁海楼又看了看宁嘉南,就问他:"今晚吃饭的事,你没跟姚子期说吗?"宁嘉南一脸懊恼地回答道:"说了,可她说,她爸今晚有事,来不了。"他边吃边埋怨宁海楼,"爸,您就喜欢自作多情。宁州港跟海山港现在是什么样的关系,您跟姚子期她爸又是什么关系,您不是自讨没趣吗?"宁海楼尴尬一笑。儿子说的是实情,这段时间,宁州为了跟海都港争夺市场,没有通知海山港就把航运价格降了下来,加上在上十万吨级大宗商品深水码头项目上跟海山港竞争激烈,姚江河对他的意见很大。可他跟姚江河毕竟做过几年同事,还算了解姚江河。姚江河不是小肚鸡肠的人,今晚他不来赴宴,并非完全因为这个原因。

宁海楼就又问:"你也没跟梁云霄说?"宁嘉南没有回答,只在鼻子里哼了一声。宁海楼摇摇头,点了一支烟,抽了一口。他望着宁嘉南,语重心长地说道:"儿子,姚子期那姑娘很漂亮,也很优秀,你妈喜欢,我也喜欢。可光喜欢不行啊,你们谈朋友,那是你们小年轻自己的事情,可将来要是结婚,就是两个家庭的事了。当然,你和姚子期的关系好,她也是真喜欢你,你们一走了之,姚江河跟他爹姚四海也无可奈何。可你们都是独生子女,毕竟不能在国外待一辈子吧?将来我们两家人如何见面?你想过没有?"宁嘉南停下吃饭,愣了愣。父亲说得很现实。直觉告诉他,基于宁州港跟海山港眼下有些僵的关系,要姚江河接受姚子期跟他在一起这个事实是有些难度。虽然姚子期在短信里告诉他,姚江河是因为晚上有事才拒绝了赴宴,但他能看明白,姚江河不喜欢他。虽然餐桌上是一顿美味大餐,宁嘉南却没心情吃了。梁云霄突然一击,让自信满满的他猝不及防,内心开始翻江倒海。

宁海楼像是看出来了宁嘉南内心的抓狂,继续安慰他说:"儿子,别想那么多了。去读罗子坤的研究生也好,去国外读书也罢,只要踏实地朝前走,我相信你的结果都不会太差。至于你跟姚子期的关系,那是你们自己的事,你们好好商量。"宁嘉南抬头看了一眼宁海楼。自从说了要出国的事情,宁海楼对他的态度似乎改变了许多。是觉得他长大了,还是对他彻底失望了,宁嘉南猜不准,父亲这个人他很多时候都捉摸不透。港口的人都说,宁总开始微笑面对你的时候,你就彻底完蛋了。可是此刻他的父亲,又不像传说中的微笑杀手,毕竟他是宁海楼的儿子。

姚江河跟梁云霄这顿饭吃得很融洽。在他们未到餐厅之前,姚子期似乎已经把梁云霄拒绝尼德的事情跟姚江河说了。从来很少喝酒的姚江河喝了不少白酒,姚子期拦都拦不住。席间,姚江河接到了罗子坤的电话。罗子坤告诉他说:"老姚,无论上面如何下决心,课题组项目转化的事不能停下来。你们该准备的还是要准备。小梁这孩子你觉得能用,就先留在你们海山港,你给他碗饭吃。"姚江河很爽快地答应了。

　　姚江河放下手机,给自己和梁云霄倒了满满两杯酒,说道:"小梁,来,我们俩先把这杯酒喝了,然后告诉你一个好消息。"姚子期诧异地看着两个人把白酒喝完了,奇怪地问姚江河说:"爸,是有什么好消息了吗?"姚江河把杯子重重地放在桌子上,兴奋地冲梁云霄伸出手说:"小梁,教授让我转告你,课题组不能放弃,我代表海山港欢迎你入职。"梁云霄伸出手握住姚江河那只瘦骨凸起的手,他是海山港的一员了。

第二章

1

甲申猴年,梁海生四周年祭前夕,梁云霄正式入职海山港。周年祭当日,梁云霄未能回落叶岛。他那段时间特别忙,作为姚江河的助理,跟斯兰特公司进行的谈判旷日持久。同时,姚江河也投入了蟹子岛铁矿石码头的改造工作。没跟姚江河深度交流之前,梁云霄觉得姚江河儒雅温和,做事慢条斯理,可跟他工作一段时间之后,他发现自己错了。姚江河是个工作狂,事无巨细,对下属要求近乎苛刻。仅就这点而言,他比罗子坤有过之而无不及。另外,姚江河批评人不讲情面,也不讲方式,很多人都怕他。这种怕,跟宁州港职员对宁海楼的怕还有所不同。宁海楼对人笑眯眯的时候,那个人很快就要遭殃了。姚江河的处置则来得更直接,更光明磊落、公私分明。梁云霄更多时候把这种怕称之为敬畏。人有敬畏之心,就会自律。

九月开学,梁云霄成了罗子坤的在职研究生,宁嘉南也成了罗子坤和尼德的交换生,下学期就能随尼德前往瑞典国际海事学院。如愿以偿成为尼德的研究生,令宁嘉南十分意外。姚子期告诉他,是梁云霄拒绝了尼德。起初,宁嘉南不信,去见罗子坤,听他安排课程,见面就深鞠了一躬说:"老师,感谢您收下我,并让我代表您的学生跟尼德教授学习。"罗子坤头没抬,告诉他说:"你别谢我,拿到这个名额,你应该感谢梁云霄,是他拒绝了尼德,才轮到你。哦,对了,尼德现在人就在中国,学校缺少一名翻译,你先跟着他,我的课,我会提前通知你。"

宁嘉南嘴上答应着,心里却犯嘀咕,不清楚梁云霄这样做的原因到底是什么,同时,他对这个结果的产生仍然半信半疑。

宁嘉南去找尼德报到,尼德告诫他说:"其实,亲爱的宁,我不得不实话告诉你,最初我选择的不是你而是梁,我喜欢给予我激情和力量的学生。你知道我所说的力量不是表象,而是宁静中蕴藏的那种力量,像变化无穷的大海。"尼德的话,宁嘉南没有听懂,但还是点了点头。那一刻,他是真的不知道那种力量是什么,更搞不清楚,梁云霄那个憨憨身上到底蕴藏着什么神奇的力量,如此深深地打动了罗子坤和尼德。

成为罗子坤弟子的宁嘉南仍未进入DHDG课题组,甚至因为尼德这半年都在中国,游走于全国各大港口,为斯兰特公司寻找合作伙伴,宁嘉南就一直跟着他。姚子期收到了英国三所学校的入学信,其中最迟报到的是伦敦商学院,报到时间在春节后。姚子期仍然没敢告诉姚四海自己要出国的事,她跟姚江河商量好了,就说她读的是罗子坤的研究生。姚四海的态度很坚决,姚子期留在国内读书,哪怕再多读几年,他都支持,但要是像她妈妈那样出国读书,坚决不行。姚四海有句口头禅:"资产阶级自由化的东西就是腐烂剂,再好的人也能腐烂成臭虾酱。"姚子期打算等春节后再出国,这样她还可以跟宁嘉南一起出去。他们两个商议着,可以从香港转机去英国,顺便看望苏淑琴。到了英国,宁嘉南会等姚子期安置好后再去瑞典。

清晨,罗子坤接到了省委领导的电话,要他陪同再去一趟海山本岛。这次不仅要考察桥,重要的是尽快把港的事定下来。

省委来的车在实验室门口停下来,罗子坤急匆匆上了车,汽车很快开出校园。省委领导靠在汽车后座椅背上叹了口气,突然问道:"宁州港和海山港竞争真的有那么厉害?"

罗子坤反问他:"这话你为什么问我?"

省委领导奇怪地看着罗子坤,笑着说道:"怎么,你也不敢对我说真话?"

罗子坤也笑了,正了正身子:"岂止是宁州港和海山港?东海海域,群雄逐鹿,一片混战。"

省委领导沉思片刻,说:"这不是兄弟阋墙,渔人得利吗?"

罗子坤说:"有利益驱使,就有血腥残杀。"

2

烟波浩瀚的东海公海,"寰球天鹅号"豪华邮轮在夕阳下修长洁白,熠熠生辉,宛若一只白天鹅昂首静浮在浑浊的沧海之上。邮轮顶层,尼德和夫人艾丽斯在跟几个国际航运金融巨头喝酒聊天。等中国人过完他们的春节之后,欧洲航运巨头斯兰特公司将携四家金融投资公司在这艘邮轮上举办一场盛宴。斯兰特公司总裁斯兰特计划用一场别开生面的邮轮派对,拉开中国东海两亿五千万吨大宗商品海运订单,百亿欧元深水泊位,以及大宗商品仓储、堆场项目投资竞标的序幕。

肤色白皙、西装革履、挺拔干练的宁嘉南,作为招标委员会主席尼德的翻译和助理站在不远处的栏杆边,随时听候尼德的召唤。邮轮顶层总裁办公舱窗口,宁嘉南的出现引起了斯兰特的注意。斯兰特叫来秘书,问道:"那个人是谁?"秘书告诉他说:"尼德教授的学生,宁海楼的儿子。"斯兰特笑了,说道:"宁海楼就像大海里的章鱼,触角无处不在。"斯兰特和宁海楼算是熟人,有着十年的交情。那时,他还在国际航运巨头马士基公司做船务经理,他带领的庞大船队,几乎每年都要在宁州港停泊。

斯兰特公司的两个大单如血腥诱饵,吸引了宁州、海山、海都等六家东海港口参与竞标。可明眼人都清楚,能进入最后角逐的只有海山、宁州、海都三家港口。海都港背靠一线都市,资本雄厚,岸线资源更珍贵,只参与竞标海运大单,投资项目只剩宁州和海山角逐了。这两个大单,海山港也一直在跟。那个百亿欧元深水泊位和四千亩的大宗商品堆场项目,斯兰特和姚江河的谈判拉锯一年,悬而未决。斯兰特公司突然发出竞标公告,让宁州和海山这两家港口顿时陷入兄弟阋墙的尴尬境地。

副市长周晓乙急匆匆来到港口,向宁海楼和董平下了死命令,会议室里的气氛顿时紧张起来。周晓乙最近脾气不是很好。宁州湾工业新区的招商不顺,正在引进的北方钢铁集团谈判也陷入僵局。十万吨以上大宗铁矿石深水大港

| 181 |

项目论证报告,宁州港和海山港同时都递交上去了,结果省里一个没批。周晓乙从内部得到消息:省委领导近期正在海山调研。他也明白,海山港的项目论证没过,原因不是项目问题,而是没钱。省里不可能全资拿出那么大一笔钱给海山建港。罗子坤课题接近完成,海山港急等资本到位。资金到位,深水大港就可以立刻上马。很明显,斯兰特公司跟海山港的谈判不顺利,不然,斯兰特公司也不会把两个大单同时抛出来。

宁州项目上马愿望也很迫切。央企刚把最好的深水岸线割走,去建石化储运码头,深水大港项目再不落地,宁州湾的那块地怕是也保不住了。这时,斯兰特公司的两个大单,等于给两港打了鸡血。海山港的铁矿石大港一旦建成,宁州湾引进北方钢铁集团的招商项目肯定会流产。东海海运竞争惨烈,宁州港只能拿集装箱码头跟财大气粗的海都港硬刚,到了那时,宁州港就会腹背受敌。周晓乙把这个利害跟宁海楼和董平说了,宁海楼和董平都感到了局面的严峻。

周晓乙审看了宁州港准备的标书后,起身离开,宁海楼和董平送他到楼下。宁海楼为周晓乙打开车门的一瞬间,说:"市长,斯兰特公司原本就是海山港的客户,这两个项目,海山港一直在跟斯兰特公司谈判。我担心我们这样做会影响两市、两港之间的团结。"周晓乙听完这话就恼了,批评宁海楼说:"老宁,都这个时候了,你还妇人之仁?"宁海楼见周晓乙的脸色变了,就不说话了。董平慌忙给宁海楼补台,说:"老宁,你就是太心善了,这两个项目,他们谈了这么久,斯兰特要是同意,合同早就签了。现在斯兰特公司要公开投标,我们靠实力竞争,他们还能说什么?市长放心,我们一定会全力备战这次投标。"

周晓乙临走时告诉二人:"斯兰特公司的两个大单如果跑出宁州,你们宁州港的班子要承担责任,我这个分管副市长也算失职。"望着周晓乙严肃的表情,宁海楼的心脏猛然收缩了一下。周晓乙已经把话说到这个地步了,他要是再多嘴,就太不识时务了。

车窗开着,周晓乙上车后又对两人说:"你们好好准备,这次竞标,我会亲自参加。"目送周晓乙的车离开港口机关,宁海楼备感压力。这时,他的电话响了起来。电话是姚江河打来的,宁海楼没接。宁海楼心里明白姚江河虽是个老实人,但这次怕也是被逼得骂人了。

蟹子岛铁矿石码头一片繁忙景象。蟹子岛本岛面积不大,但岛屿周边海水不深,八条延伸向深海的礁石连接起来,海滩空地面积就相当可观了。码头的路桥沿着礁石向深海延伸,五年前,姚江河合理地利用了地利,建了三座五万吨级的货运码头,目前主要承担来自澳大利亚、巴西的铁矿石和马来西亚的原煤周转。千禧年之后,国内和东北亚基础设施建设提速,能源业务十分繁忙,这三个码头卸载、堆储、转运吞吐能力就有些跟不上了。不少国际航运船只要在公海和附近海域抛锚,需要等待半个月乃至一个月才能进港,不少客户等不及就跑到韩国、日本港口卸载了。姚江河后悔当初上设备的时候低估了航运业务的提速,泊位吨位建小了。

梁云霄入职海山港后,除了跟姚江河去同斯兰特公司谈判,参与的项目就是蟹子岛的旧港改造。蟹子岛周边海域的情况,梁云霄下潜调查了一遍,也对海底情况、大陆架以及礁石成分做了地理、物理数据分析。罗子坤也带人做了实验室力学论证,航道、泊位稍做疏浚,就能实现技术指标。重点是码头设备和路桥、炸礁整理、铺设堆场等工作。深水码头项目暂时搁浅,跟斯兰特公司的谈判陷入僵局,姚江河就不再等了。铁矿石码头的改造在港口不少人的反对声中开了工,一连几天,姚江河带梁云霄住在孤岛上的临时工棚里,跟施工方研究具体方案。姚子期把斯兰特公司的竞标公告发给梁云霄和姚江河后,坐船赶到了蟹子岛。姚江河看完公告,十分恼怒。他多日来担心的事还是发生了,斯兰特放弃了跟海山港的谈判,还把长期合作的大宗商品订单拿出来招标了。

姚子期带来了一些水果和方便面、火腿之类的食品,另外,还带来了参加这次投标的单位的信息,海山港面对的最大对手竟然是宁州港。旧码头正在改造,声音很嘈杂,姚江河戴着安全帽给宁海楼打电话,但是宁海楼没接,这让姚江河更恼火。

斯兰特的狡猾,姚江河跟宁海楼都清楚,他把航运订单跟投资项目捆绑招标,显然就是胁迫海山去签城下之盟。宁州、海都一杠子插进来,就是火上浇油。姚江河再次拿起手机给宁海楼打电话,他不想出现兄弟阋墙、渔人得利的局面。这时,海山市新上任的分管副市长徐正生戴着安全帽急匆匆赶来,见面就骂宁海楼和董平要把海山逼上绝路。海山港太缺钱了,为了让深水大港项目落地,姚江河也找过内地和香港的港航公司,但海山港沧海孤悬,没有内陆联动,大宗商品深水码头投资大、风险大、周期长,远没有集装箱深水码头来钱快。海山港的招商引资,困难比宁州港要大得多。徐正生、姚江河四处出击,却都是铩羽而归。此刻,最有希望能留在海山的大笔投资,眼看又要飞走了。

徐正生懊恼地说:"这是要把海山港给压死、困死、憋死、饿死。"姚江河长叹一口气,说:"这种局面短时期很难改变,大陆连岛工程如果能启动,或许会好起来。"徐正生苦笑道:"那我就再加一个'死',等死。连岛工程,百亿投资,吓都能把领导吓个半死。"海山港好不容易等到了这次机会,宁州却横插一杠子,活生生地硬抢。二人都清楚,斯兰特抛出诱饵,两个目的:拉宁州港倒逼海山港压低码头中转、堆场、仓储费用;逼海山卖地、租地建专属码头。两个人更清楚,宁州肯定接招了,拉开跟海山血拼的架势。姚江河低头沉思了很久说:"我预计,在竞标开始前,斯兰特肯定会给市里的主要领导下最后通牒,威逼利诱,这是资本家惯用的伎俩。正生,有个底线你得想办法给我守住,凤凰湾那片海域,你不能松口。那是东海之门,国门守不住,你我将成千古罪人。"徐正生说:"放心吧。师父,我就是丢了刚戴上的这个副市长的帽子,也不会让斯兰特得逞。"话还没说完,徐正生的电话响了起来。常务副市长打来电话:"斯兰特给市长打了电话,说要重启谈判。你赶紧回来,书记要开常委会。"徐正生放下电话,对姚江河说:"师父,你真是神人,斯兰特又出幺蛾子了。"

梁云霄和姚子期站在不远处,看着徐正生一边骂人,一边跟姚江河商议对策。姚子期担心地向梁云霄询问海山港跟斯兰特公司谈判的情况,梁云霄就把跟斯兰特公司谈判的进展同姚子期说了。梁云霄说:"目前,谈判的核心矛盾聚焦在项目的控制权上,你爸跟斯兰特都不肯让步。斯兰特公司是海山港煤炭、石油、矿石等大宗商品航运的大单客户,这些年双方在合作上还算融洽,但牵扯双方公司核心战略利益,谈判就变得锱铢必较起来。斯兰特希望能在凤凰湾最好的岸线购买土地,建他们的专属泊位、专属码头堆场和仓储中心。你爸没有同意,斯兰特退而求其次,希望租借凤凰湾四十年岸线和土地,再次遭到拒绝。谈判还在继续,斯兰特却撂下谈判团队,让他们继续纠缠,自己却神龙见首不见尾,很少露面了。"

斯兰特公司的情况姚子期也还是了解一些的,这个公司是欧洲最大的航运和货代公司,不仅有庞大的船队,还代理着欧亚航线主航道上铁矿石、原煤、石油、钢材等大宗商品的航运生意。这些年,海山港一直给予它最好的泊位和最大的堆场。投资项目的基本情况姚子期也比较清楚,毕竟早期她为姚江河翻译过不少斯兰特公司的资料。而项目是苏淑琴推荐过来的,斯兰特公司要是能参与,苏淑琴所在的香港国际航运投资公司也会跟投部分资金。姚子期看了一眼远处时而慷慨激昂,时而又慢声细语商讨的姚江河和徐正生,长叹了一口气,说:"现在看来,斯兰特在跟海山谈判的同时,不仅找了宁州,还找了海都,我估计海山港跟斯兰特公司谈成的希望不大了。"

姚江河师徒二人很快就商量好了对策。徐正生要赶回市里参加常委会,姚江河则要带着梁云霄组织技术科、基建科尽快准备标书。同时,在公开竞标前,他们还要去一趟宁州港,跟宁海楼、董平,甚至宁州分管副市长周晓乙好好谈一次。两个人商量完之后,朝着梁云霄和姚子期走过来。梁云霄和姚子期迎了上去,四个人一起朝着码头边上的船走去,他们要赶到集装箱码头去乘车。海山港的大部分大宗散货码头都是离岛的,上下班大部分人要坐船,只有集装箱码头在本岛陆地上,能乘坐班车。

姚江河对身边的梁云霄说:"你回去尽快通知技术科和基建科,铁矿石码头疏浚改造不能停下来,争取在季风到来之前完工。"姚子期奇怪地问:"斯兰特公司的大单能拿下来吗?"姚江河说:"就目前码头的吞吐量而言,如果不加紧改造,斯兰特公司的大宗商品订单即便是能中标拿下来,码头装卸量不达标,大单也完不成。"姚子期吐了一下舌头,不再说话了。梁云霄接着问姚江河:"技术科还在问,设备还是按照八万吨、九万吨的规格采购吗?"姚江河很奇怪地反问他:"方案没有给他们吗?"梁云霄说:"早就给了,分管财务的副总没签字,他认为把两个五万吨泊位改到八万吨、九万吨,设备按照十万吨以上的采买会超预算,而且审计时会有财务风险。他希望班子能再开个会讨论一下这个整改方案和投资方案。"姚江河的脸色顿时变了。分管财务的副总姜思远是个在花钱上锱铢必较的人,总在关键时刻掣肘,技术科的工作也总是拖后腿,姚江河很是恼火。徐正生问姚江河:"码头改造,不是我在的时候班子已经开过会了吗?"姚江河苦笑着说:"你不是高升了吗?"徐正生一听,更恼火了,说:"看来,海山港要做的不仅是码头的技术改造,人的思想改造也必须同步进行了。这事你别管了,我找老姜去说。"

3

黄昏时分,小艇在码头上停下来。徐正生的车就停在码头上等着,姚江河跟徐正生坐小车走了。梁云霄跟在姚子期身后,一起去码头赶班车回港口机关。姚子期准备再过一段时间就离开海山港。出国留学的事,她跟父亲还一直瞒着姚四海。白天她就跟着梁云霄他们,说是仍在课题组。姚四海正带人备战全省港口技工大赛,工作热情十分高涨。

夕阳的余晖洒在海面上,波光粼粼的,一座座桥吊机巍然伫立在海上,彰显着钢铁的力量。海山港新上马的集装箱码头上,龙门吊上集装箱起起落落,显得格外繁忙。贺大年是集装箱码头的操作部主任,负责码头运营,算是码头上的老大。胡彪是技术部主任,负责设备维修。两个人都是姚四海的徒弟,虽然天天斗嘴,但也是舌头碰牙齿,干起活来不分彼此,相得益彰。两个头儿团结如一人,码头工人干劲足,集装箱码头效益不错,干部职工的收入也相对高些,所以,集装箱码头的工人在港口就有点牛。但在国家级技工劳模姚四海面前,他们还得谦卑地叫师父。在海山港,姚四海是海龙王般的存在,没人敢跟他叫板。

车上的人还不多,姚子期在前排座位上坐了下来,梁云霄却在后面找个位置坐了下来。在宁州港的时候,带他实习的师父告诉梁云霄,有码头的地方,就有江湖,入江湖首先就是拜码头。既然有江湖,就得尊卑有序,论资排辈。坐班车,前面坐的是老师傅,新人得主动往后面坐。姚子期不讲这个,那是因为她是在这群人中长大的,姚四海要坐班车得坐第一个,人家本身就在江湖中。贺大年等人簇拥着姚四海上了车,一眼就看见了坐在最后面角落里的梁云霄。

贺大年说道:"嘿,小子,到前面子期身边来坐。"

众人的目光一下子看过去。

梁云霄倒显得有些羞涩,说道:"谢谢,我坐在这儿挺好的。"

姚子期知道这帮人很快就要拿梁云霄开涮了,于是起身朝后面走去。她走到梁云霄身边坐下后说:"是我坐错了位置,以后梁云霄就是码头的一员了,你们欺负他,就是欺负我。"

众人刚要起哄,姚四海就发话了:"没听到吗?我孙女的话就是我的话。"众人立马闭了嘴。

班车在港口机关办公楼前停下,众人下车散去。梁云霄跟姚子期分手后,正要朝办公楼走去,却被身后的贺大年喊住了。贺大年扯着大嗓门说道:"嘿,梁助理,明天早酒,咱爷俩练练?"梁云霄回头笑了笑,回答道:"好!"

这段日子,贺大年、胡彪找他喝过几次酒,梁云霄没想到,他们都是贾山的朋友。当着姚子期的面,他们跟梁云霄论爷们儿,到了贾山的场上,几个人就成了兄弟,各论各的。姚子期对梁云霄这么快就跟这些人打成了一片感到诧异,这段时间梁云霄的变化更是让她有点不敢相信。

梁云霄去技术科找卢明,碰到了仍未落实编制的李子木。李子木一脸笑意地给梁云霄倒了杯开水,然后起身去找卢明。出了门,他的恨意就立刻写在了脸上。梁云霄突然入职海山港,而且人一到就成了姚江河的助理,让李子木有些措手不及。同样是从东海交通大学毕业的,这不一样的身份和待遇让李子木很是抓狂。算上码头和技术科,李子木在海山港实实在在地干了两年多。技术科今年有一个进入编制的名额,他叔叔跟这里的人事科长是熟人,机关上报应该没有问题。梁云霄虽然干着副总经理助理的工作,但编制可能也会落在技术科。集团党委办公室只有两个秘书,一个是董事长方平的人,在当班做副主任,另一个跟着原总经理徐正生调去了市政府。传说姚江河要接任总经理,可现在文没下,就不能配专职秘书,梁云霄就成了助理,但行政和技术岗的编制都还没落实。

不久前,副科长卢明又对他大动肝火,把厚厚一沓翻译资料拍在了他的办公桌上,对他一顿臭骂:"李子木,你好好看看,同样一件事,用不用心就是两种结果,梁云霄一个刚毕业的大学生,干出来的活怎么就能这么漂亮?再看看你,你给我的是个什么东西?以前,我还对你们东海交大海事学院大放厥词,因为你是你们学校培养的优等生。一个优等生,还在港口干了两年多,交代给你一件事情,你就给干成了废纸篓里的垃圾。人比人该死,货比货该扔。想在技术科干,你就用心干,不然就赶紧滚蛋。我说过,我们技术科不养闲人,尤其是像你这样的闲人。"

闲人?李子木委屈得眼泪都要下来了。他一个重点大学的本科毕业生,在技术科打水、扫地、擦桌子、跑勤务、弄资料,整天忙得连吃饭都得小跑,可在卢明眼里,他却是个闲人。李子木在心里大骂卢明的同时,更恨梁云霄。这个阴魂不散的家伙,仿佛就是他的克星,竟然用了几天的时间就把那份资料翻译校对完了,而且让最喜欢鸡蛋里挑骨头的卢明相当满意。聪慧的李子木一下子就明白了,不是他事没干好,而是卢明在故意利用梁云霄打击他。大三那年,遭遇梁云霄打人事件之后,他就对梁云霄的情况有所了解。梁云霄就是一个渔民家庭出身,浑身散发着臭鱼烂虾的气息,靠助学贷款读书的穷小子。但就是这个穷小子,不仅夺走了他心爱的女人,还差点打掉了他两颗门牙,这种仇恨怎能不叫他刻骨铭心?偏偏这个渔民的儿子的命出奇地好,不仅进了罗子坤的国家级课题组,还读了罗子坤的在职研究生。眼下,这个家伙不仅正式入职了海山港,还被姚江河和徐正生视作上宾。

嫉恨是种毒药,远比仇恨来得更猛烈。李子木很会读书,天生就是个读书的材料,从小学到大学,他的成绩没下过前五。临近大学毕业时,他的首选导师也是罗子坤,可罗子坤硬是没看上他。而今天,罗子坤不仅选梁云霄做了他的弟子,还让他跟进重点项目。李子木想起当初梁云霄对他下狠手的情景,至今还心有余悸。梁云霄就是一个粗莽人,丝毫不讲武德,三下两下,自己的胳膊就脱臼了,两颗门牙也开始前后摇动。冤家聚首,新仇旧恨一起涌上心头。李子木决心把过去受到的耻辱还回去,把失去的尊严找回来:无论怎样,都不能让梁云霄再回到技术科,更不能让他拿到干部岗,这个臭渔民的儿子,就应该滚到大海里去,继续跟那些臭鱼烂虾为伍。

可是眼下,他要想实现自己的目的,就必须过姚江河这一关。李子木想到了姚子期,这个至今还让他魂牵梦萦的女孩。如果说这个名额是姚子期跟他争,他李子木没有二话。姚子期是港口子女,进港口机关无可厚非。可梁云霄不同,他没有一线码头工作经验,怎么能一下就进港口机关,还做了姚江河的助理?这里面一定有猫腻。听码头工人说,姚家要招上门女婿,姚子期和梁云霄在大学时就关系暧昧,或许这个关系他可以利用一下。姚江河一直标榜自己"原则第一,铁面无私",那在梁云霄面前,他也不能例外。

梁云霄等来了刚被姚江河骂完回来的卢明。采购设备的事,分管财务的姜副总不敢担责,没签字,常务副总姚江河签了。眼下,董事长在省里的工作还没交接完,总经理徐正生刚提了主管副市长,港口班子也就姚江河能拍板了。卢明让李子木去食堂订饭,一起商议参加斯兰特公司竞标的流程。三个人吃着饭,开始准备标书,一直弄到深夜。李子木对这次投资项目的竞标很悲观。

李子木说:"我认为海山港孤悬沧海,无论是基础设施、船舶吨位、物流成本,还是开放政策,都比不过宁州。这次竞标,就是斯兰特给海山港一个面子。竞标不竞标,都是宁州的。"

梁云霄却说:"学长,你这样说话我不敢苟同。海山港航道水深,无论是地理位置还是天然条件,都敢跟全球任何一家一流大港媲美。而且随着港口的筹建开放,未来发展空间很大,如果斯兰特有战略眼光,一定会选择跟海山港合作。"

李子木嗤之以鼻地说道:"天真,你才来几天,你对宁州港又懂多少?"

梁云霄说道:"这就是斯兰特抛下的诱饵,逼着我们两家港口竞争降价,他好等着收钩获利。"

李子木说:"那又怎么样?宁州愿意吞钩。"

姚江河站在窗口,望着远处已经灯火辉煌的码头,苦苦思索。他决定到宁州去找宁海楼和周晓乙,如果两笔订单都被宁州拿走,就是把海山港逼上了绝路,宁州也会有很大的损失。

梁云霄正和李子木争论,姚子期急匆匆进来找梁云霄,说:"我爸连夜要去宁州,我怕他不安全,梁云霄,我们一起陪他去吧。"

卢明看了一眼梁云霄说:"那好,梁云霄,你去吧。"

李子木说:"宁州我熟,我也去吧。"

卢明瞪了李子木一眼,说:"你去什么去?活不干了?"

李子木语塞,悻悻地低下了头。

码头上风大浪高,姚子期不放心姚江河的安全,和梁云霄一起也跳上了船,机帆船在巨浪翻腾中朝着宁州港方向开去。海山孤悬沧海,坐船去宁州要两个小时。一路上,姚江河都心情沉重。

梁云霄问姚江河:"难道宁总和宁州方面不知道斯兰特就是要利用他们来压我们的价,逼我们答应他的条件吗?"

姚子期率先接话:"他们怎么可能不知道。"

梁云霄接着问:"那他们为什么不放弃这次跟斯兰特的合作?"

姚子期说:"放弃合作?你太天真了。宁州港号称东海抢单巨鲨,血盆大口已经张开,怎么可能会合上。"

梁云霄跟着姚江河同斯兰特谈了半年。斯兰特虽然是个亚洲通,但骨子里那种欧洲人的傲慢、强势让梁云霄很不舒服。不同的是,姚江河看起来对斯兰特的强势和傲慢根本不在意,始终保持着一张半带微笑的面孔,但谈判中他就是一把软刀子,磨得斯兰特无奈而懊恼。

罗子坤来海山的次数不太多,梁云霄人还在课题组里,盯着课题的项目转化,人则暂时被安排在技术科。姚江河在港口集团公司主要分管技术和基建两大科,他告诉梁云霄:"你这个助理是暂时的,跟斯兰特公司的谈判一完,你肯定要去技术科或者基建科做技术员。"因为姚子期还没离开海山岛,梁云霄没事很少到姚家去,姚江河倒是喜欢带他回姚家老屋吃饭。姚家老屋离机关办公大楼近,每次加班晚了,姚江河就会回老屋,让姚四海下两碗海鲜面。两个人吃完海鲜面,姚江河回市里的宿舍,梁云霄则去机关宿舍。机关宿舍两个人一间,和梁云霄同宿舍的是技术科的助理工程师贺沐,他是贺大年的侄子,两个人关系处得不错。贺沐羡慕地告诉梁云霄:"海山港能有资格吃上姚家海鲜面的人,都是姚家的徒子徒孙、亲朋好友。姚老爷子从来不搭理港口里的那些领导,人家是国家级的技工劳模、技术大拿。"

前不久在姚家老屋吃饭,贺大年挑事,要收梁云霄为徒。胡彪骂他:"你可真不要脸,敢到师父家里挖徒弟,云霄要认师父,怎么可能轮到你?要认,也得认在姚总门下。"众人就开始起哄,要姚江河收下梁云霄做徒弟,姚子期是其中最闹腾的一个。姚江河笑着不说话,只是用眼睛去看姚四海。姚四海打心眼里佩服有本事的人。梁云霄是渔民的儿子,人有本事,却不招摇,这样的年轻人不太好找。姚四海笑了,也不说话。姚子期就拉徐正生做大旗,带头起哄说:"不反对就是同意了,你说是不是啊,副市长师兄?"徐正生不停点头说:"子期说得对,这个师弟我先认下来。"大家就怂恿梁云霄开口叫师父。梁云霄一脸窘迫地站起身,冲着姚江河鞠了个躬,开口叫了姚江河师父。在港口人际关系中,师徒关系最亲近。梁云霄叫了,姚江河也没有反对,关系就这么定下来了。但姚江河告诉梁云霄:"我这人最反对亲亲疏疏,公共场合,这师父还是不能叫。"姚子期高兴地说:"那你就私下里叫。"这样,姚江河成了梁云霄的师父。

天黑,风大,浪高。机帆船在大海之上颠簸。姚江河、梁云霄和姚子期一路上很长时间都在沉默。

"竞标的地点原本定在宁州的海天大酒店,斯兰特却突然改了,还开来了邮轮,说是要在公海上开派对,这个老鬼,想搞什么?是钱多任性,还是想做出一副公平竞争的样子,摆了个决斗场,喝着美酒看我们跟宁州厮杀?"梁云霄很纳闷地问。

姚江河冷冷一笑,说道:"哼,他这么做,绝不是什么钱多任性。你猜测得一点不错,他把邮轮开到公海,看似是以欧洲人最绅士的方式谈合作,其实是想挑起宁州跟海山的血拼。"

"宁州会不明白这个道理,还跟他打配合?"梁云霄惊愕地问姚江河。

"海底的鱼知道鲜肉里面裹着钩刺,为什么还是争相吞下去?"姚江河反问梁云霄,见他一脸疑惑,长叹了一口气,说,"是因为诱惑实在是太大了。两亿五千万吨大单和百亿欧元投资,这是一块肥肉。"

4

"寰球天鹅号"邮轮上华灯骤然绽放,绚丽的白天鹅在大海上璀璨迷人。邮轮上,来自全球的不同肤色的航运专家正在登船。斯兰特却下了船,他要去夜钓。他不会出现在竞标会上,他的上等鱼翅,只跟胜利者分享。

宁嘉南拎着尼德的行李,带着他进了客舱。宁嘉南已从姚子期口中得知,宁州和海山可能会同时出现在这场竞标会上。

奢华、浪漫的竞标宴会看似云淡风轻,私下里却云谲波诡。海山市派来了新上任的副市长徐正生。邮轮顶层甲板小吧台,周晓乙跟徐正生正在寒暄。周晓乙知道徐正生仕途正劲。徐正生比他更年轻,下一届,他很可能会成为海山的常务副市长,仕途不可欺年少,徐正生未来尚可期。周晓乙说:"宁州、海山一家人,无论谁拿下这两个大单,都是东海省的,肉烂在锅里。"徐正生嘴上附和着说:"那是,那是,到时候宁州吃肉,别忘了给我们留点汤。"心里却骂上了祖宗。

梁云霄和姚子期跟在姚江河身后,一个气宇轩昂、气度不凡,一个端庄秀丽、长发披肩,俨然一对金童玉女。宁海楼看着三人信步走来,觉得姚江河只带这两个年轻人来竞标,明显底气不足,毕竟宁州可是带来了二十人的团队。

姚江河低声告诉梁云霄:"还是跟上次一样,你怎么想的就怎么讲,画大饼、抛诱饵谁不会啊,总之一条,就是不咬掉斯兰特的鱼钩。而且要告诉斯兰特,凤凰湾的地,他别想了。"梁云霄肩上的压力一下子就卸下来了。斯兰特他早就见过,传说中捕鲸世家出身的斯兰特一副欧洲老贵族的傲慢形象,自认为自己是四海的霸主,理所当然地傲睨一切。那种强势的谈判拉锯多次,姚江河始终柔中带刚,就是不理他的霸王条款。

会议舱里坐着十几位肤色各异的外籍专家,个个面孔严肃。

梁云霄初生牛犊不怕虎,根本没把这些人放在眼里。他不卑不亢地用幻灯片把海山港天然的深水航道和未来港口建设规划投放在屏幕上,同时,分析了斯兰特公司在亚太地区的战略规划。他告诉众人,海山港将凭借在海上丝绸之路上欧亚枢纽的地理位置,成为东海群港的桥头堡。中国政府正准备实施海山港的"大陆连岛"工程,一旦实现跟大陆的互联互通,斯兰特公司的大宗商品登陆长三角,将节省三个半小时的航程。

"拒绝在今天和海山港合作,斯兰特公司将为自己的愚蠢和短视付出代价!"在场的众人被梁云霄带有威胁和攻击的话惊住了。不少人在心里产生了疑问:这个小子是来竞标的,还是来搅局的?尼德神情专注地盯着情绪激昂的梁云霄,用英语跟宁嘉南交流着。宁嘉南笑了,说道:"教授,这就是他的与众不同。如果在学术会议上,肯定会有更多人喜欢他,可这是生意场,不是课堂。"尼德似乎听懂了宁嘉南的弦外之音,说道:"可他说的就是事实,这样的事情正在发生,如果我是斯兰特,我会接受他的说法。"宁嘉南不说话了。

"完了。"姚子期悄声对身边的姚江河说,"这个狂妄的家伙,到底还是没有绷住,他会把事情搞砸的。"姚江河没有理会姚子期,而是对梁云霄竖起了大拇指。尼德用手势安抚了在场专家和竞标人员。

梁云霄继续说道:"现在,斯兰特公司即将失去这样一个桥头堡,中国的东海,正在敞开胸怀拥抱更多的大船停泊,但我们海山是个开放、诚信的城市,更喜欢坦诚、诚信的伙伴。海山港十万吨级大港的新项目虽然没能上马,但旧港改造工程已经开始,季风过后,将有两个准十万吨级的货运码头开放,所以,海山港的货运码头和堆场,不加入这场毫无意义的价格竞争。"

邮轮顶层,宁海楼和周晓乙悠闲地喝着饮料。邮轮上视野开阔,望着波澜壮阔的大海,周晓乙心情舒畅。他指着远处的宁州湾说:"老宁,宁州湾不仅要建成现代化的工业港城,还要建成休闲娱乐的旅游港城。邮轮港口可能在我这任上完成不了了,但你是港口的当家人,在你任上还是可以完成的。我们宁州的邮轮,未来也要从宁州出发,遨游世界。"这时,周晓乙的秘书走过来说:"市长、宁总,轮到我们了。"周晓乙和宁海楼起身朝竞标场走去。

宁嘉南利用专家中场喝茶休息的机会,溜出来跟姚子期碰面。姚子期戏谑父亲就是邮轮上的堂吉诃德,明知无望,还在努力。看着姚子期一脸愤懑,宁嘉南笑着告诉姚子期,其实这场竞标,就是斯兰特的一场猎鲨,抛下诱饵,让同类血拼,最后坐享其利。虽然早已知道这些,姚子期仍有些崇拜地看着宁嘉南。他总是能洞穿现象,看到本质。宁嘉南望着一脸疲惫的姚子期,很是心疼。两个人其实对这次竞标都不太在意,他们马上就要出国了,到了国外,他们就自由了。宁嘉南想在走之前把两个人的事跟两家人挑明了,可姚子期反对。她说:"现在你们宁州抢了海山的两个大单,两家的老子眼见就成仇人了,这个时候摊牌,就是找死。"

两亿五千万吨大宗商品航运大单尘埃落定。宁州港凭借着千年深港的地位以及物流、仓储、基础设施、优惠政策,当然还有每吨低于海山两成的价格,抢到了订单,尼德以斯兰特公司招标委员会主席的身份宣布了这个结果。姚江河、徐正生、梁云霄和姚子期虽然都知道会是这样的结果,但还是很吃惊,因为他们都没想到宁州能把价格降到这么低。姚江河、徐正生愤怒地看了一眼宁海楼,失望离去。

船运大单拿到了,宁海楼却一点也高兴不起来。宁州付出了巨大代价,每吨大宗商品的海运价格下降了两成。按这个价格算下来,弄不好会赔钱。而让周晓乙心心念念的百亿欧元的亚洲超级堆场、仓储项目的投资,却因都未中标而流产了。该得到的东西悬而未决,周晓乙有些失落,在给省里一位领导打电话时,语气便有些沮丧。省里那位领导批评了他,要他尽快给省厅打个电话,汇报并解释一下这个情况。周晓乙想了想,让宁海楼给省交通运输厅的钟立达打了个电话。宁海楼知道这个电话打过去肯定会挨批,但还是硬着头皮打了。

沧海孤岛,省交通运输厅副厅长钟立达正在陪着省委领导和罗子坤考察东海海域的岸线资源情况。钟立达的手机响了,他背过身子接了电话,脸色一下变了,在电话里少有地发了脾气:"你们这就是胡闹。这样的事,我希望以后不要再发生。"钟立达知悉了斯兰特公司竞标的情况,也知道东海港口货运将面临新一轮的价格战。

钟立达接完电话,回到考察组里。他的心里很忐忑,不知道这个情况该不该在这个时候向省委领导汇报。此刻,省委领导正拿着望远镜,指着一望无际的海域说道:"港口吞吐量是经济的晴雨表,长三角经济崛起的龙头,应该从这里起舞。"他把望远镜递给身边的钟立达,"海山港的五个半'死'讲得好,如不改变这种内耗、内讧,在国际航运竞争越发激烈的今天,不仅海山港的发展会进入死局,整个东海港口的发展也会进入死局。东海海域的港口发展要放在国家、国际战略上去考量。"钟立达望着罗子坤和省委领导一副严肃的样子,心里已经打定主意,这件事,他还是等回到省里,以检讨的形式汇报为好,海山和宁州的问题不是个案,在东海诸港之间普遍存在。

斯兰特在公海上捕到了三头体格健硕的成年虎斑鲨。锋利的刀锋插入鱼鳍,鲜血喷涌而出,被割掉鱼鳍的鲨鱼再次被扔进海里,鲜血迅速在海水里弥漫开来,血腥味很快引来了大批虎斑鲨,它们撕咬、吞噬着同伴的躯体。斯兰特望着海面上虎斑鲨的疯狂肉食派对哈哈大笑了起来。这时候,电话响了,邮轮上的事情尘埃落定。斯兰特冲着游艇驾驶员挥手,示意返航。游艇如离弦之箭,从血腥的狩猎场疾驰离去,海面上留下一片狼藉。游艇上,斯兰特在电话里对尼德说:"我亲爱的尼德,新鲜的鲨鱼已经捕获,请您转告周、徐两位客人,我要请他们品尝深海鱼翅。"

尼德在顶层玻璃窗前,看到众人正送徐正生和周晓乙乘公务船离开。下船前,周晓乙在宁海楼耳边低语了几句:"斯兰特用这点鱼饵就想钓宁州这条大鱼,他也太小看我们了。咬住他的项目投资,务必拿下。"周晓乙满怀心事地下了邮轮,上了公务船,回望夜色中的"寰球天鹅号",心中乱成了一团麻。尼德望着周晓乙的公务船离开了大船,对电话里的斯兰特说:"你的狩猎行为好像不守规则,周和徐都很生气,他们已经离开了。"

斯兰特靠在豪华游艇上笑着说:"那就想办法留下姚和宁。"

尼德再次看了一眼外面,两家港口的竞标团队正要乘船离开,很为难地说:"好像也很难,姚和宁也很愤怒,鬼知道你到底要干什么。"电话那头传来斯兰特爽朗的笑声:"你放心,这场盛宴,一定会留下客人。"尼德却说:"好像不是客人,而是猎物。"尼德说完,打开门,朝着即将离开的宁海楼和姚江河走去。

尼德把斯兰特的意思传达给宁海楼和姚江河。姚江河掩饰着愤怒,用英语拒绝道:"对不起,尼德先生,我从来不食用靠血腥猎杀弄来的食物,另外也请您转告斯兰特先生,我更不喜欢他这样的游戏。"尼德尴尬地笑了一下,把目光转向宁海楼。宁海楼沉默了一会儿。他心里也很懊恼。斯兰特这场猎鲨大戏里,他宁海楼就是最后的猎物。他也想拒绝斯兰特的邀请,但周晓乙临行前再次交代他,务必要把斯兰特公司的百亿欧元投资留在宁州。虽然他知道,投资大单还挂在斯兰特的鱼钩上,继续吊着他的胃口,宁海楼还是无奈地长叹了一口气,说:"那好吧。"

姚子期和宁嘉南依依不舍地分了手,然后随姚江河、梁云霄朝着邮轮一侧走去,几艘公务船静泊在邮轮边。宁海楼望着梁云霄和姚子期离去的背影,一脸担忧。他长叹了一口气,对宁嘉南说:"你跟姚家姑娘的事,我看悬了。"宁嘉南笑了,说:"你们谈的是生意,我们谈的是爱情,两码事。"

宁海楼一脸歉意地送姚江河下了邮轮,上了开往海山的船。临行前,姚江河送给宁海楼几句话:"兄弟阋墙,强盗得利。这次竞标,你们宁州港大宗商品的价格每吨降价两成,海山港就得降三成。宁州没有锦上添花,海山则是雪上加霜,赢家只有一个,那就是斯兰特。"

宁海楼苦笑着说:"这场邮轮盛宴,你我都是斯兰特桌上的鱼翅。"

姚江河冷笑着说:"你是,我不是。"

姚江河一行人上了公务船,朝着海山疾驰而去。公务船在海面上颠簸前行,姚江河紧锁着眉头坐在窗口,一言不发。梁云霄对斯兰特尚未决定投资项目的事很纳闷,他小心地问姚江河:"师父,斯兰特公司百亿欧元项目投资的事为何悬而未决?是想把诱饵继续挂在钩子上割肉吗?"姚江河冷笑一声,说:"斯兰特是在赌,他在赌未来十年里,中国政府有没有气魄投入几百亿资金在海山和宁州之间实现'大陆连岛'工程。我有种预感,接下来,斯兰特会用更苛刻的条件跟我们和宁州进行谈判。"

姚子期问姚江河:"爸,您觉得,海、宁之间,'大陆连岛'工程实现的可能性有多大?"姚江河没有回答。几个人继续沉默着。公务船撞击巨浪泛起的水打在玻璃上,黑暗中,外面的世界更加模糊。

姚子期像是自言自语,又像是在自问:"难道还是海市蜃楼?"

第三章

1

怒潮翻滚,海山港内部管理层因这次竞标失败发生了海啸。徐正生急匆匆赶往港口码头找姚江河。市委刚刚就港口班子进行了调整,姚江河做港口公司总经理的晋升报告,市委常委会研究没有通过。在省厅帮忙工作的董事长方平回到港口,同时兼任总经理,分管财务、设备的姜副总做了常务副总。姚江河的工作也有了新的调整,集团让他专职到蟹子岛码头负责改建工程。徐正生在码头找到了正带着梁云霄和一帮工人对第二个码头改造项目进行实地勘测的姚江河。梁云霄看到徐正生心情沉重,脸色不太好,知道徐正生有重要的事跟姚江河说,就带着几个工人离开了。

徐正生见姚江河身边没了人,就对他说:"师父,对不起,港口这次班子调整……"姚江河打断了他:"打住,这事怪不了你。我知道,丢了斯兰特公司的单,年底市里招商引资的数据会很难看,GDP数据又要在全省范围内垫底了。招商进不来,财政上不去,干部职工的工资就会大打折扣,这事得有人扛,我理解。"徐正生懊恼地说:"可我不理解。凤凰湾那条海岸线的重要性他们不清楚,领导们应该清楚。那是我们海山港发展的命门,这个底线不能松。师父,对不起啊,是我位卑言轻,未能帮到你。"姚江河故作轻松地笑着说:"已经很不错了,我们的底线保住了,不是吗?"徐正生有些难过地低着头说道:"可这对你太不公平。"姚江河望着苍茫大海和正准备施工进场的大型机械,苦笑着说:"没什么,我都习惯了，做不做这个总经理，对我来说无所谓。不过，现在更好，蟹子岛码头的改造已经开始了，我可以从那些繁杂的事务性工作中抽出时间，集中力量干点正事了。"

徐正生点了点头。他跟了姚江河几年，后来还在一起工作、搭班子，徐正生对他的性格很清楚。姚江河在副处的位置上干了将近十年，每年的工作都可圈可点，海山港沧海孤悬，能有今天的发展，多半是他的功劳，但凡姚江河想走仕途，可能他早就不在这个位置上了。徐正生心情复杂地想着，手机突然响了。电话是省交通运输厅副厅长钟立达打来的，他在电话里说："小徐啊，我想来想去，还是想把全省港口技工大赛桥吊专业的决赛放在海山岛，原因有两点：一是宁州港的集装箱码头太忙，堆场积累的箱子太多；二是省委领导这两天就在海山考察，也能展示一下港口工人的风采。"说第二点的时候，钟立达把声音压得很低，他正陪省委领导在海山考察。钟立达接着又对徐正生说："这事你跟姚江河商量商量，要他来负责，别人组织，我不放心。"徐正生有些生气地说："钟副厅长，我跟姚副总此刻正在蟹子岛施工现场，市里刚对港口班子进行调整，他不分管这一块了，这事您让方平负责吧，他刚从省厅回来，董事长兼总经理总该干点正事吧。"徐正生说完，就把电话挂了。

姚江河皱起眉头，告诫徐正生："正生啊，你用这种语气跟上级说话可不对啊，人家毕竟是省厅领导。"徐正生仍然怒气未消："师父，合着宁州是省里的大儿子，我们都是小娘养的。他们省厅能往海山下人，那这活儿方平就该接着。"姚江河见徐正生在为他打抱不平，笑了笑，说："人家方平也没惹着你，你怎么对他那么大的火气？据我所知，方平在省厅港务局任综合处副处长，他还真不愿来海山任职。更何况，这个常务副总是我不愿意再干的，事务性活动太多，港口改造这么大的事，我得亲自盯着。"

徐正生无可奈何地收起电话，埋怨姚江河说："我的好师父啊，也就您能这么想。那行，这事您接着干。"梁云霄拿着测量仪正朝这边瞄过来。徐正生心里很清楚，梁云霄在得知姚江河的任命后内心很忐忑，就试探性地问姚江河："师父，这小子您打算怎么办？要不调到市政府去吧，我刚好要换秘书。"姚江河制止了他，说："你这不是帮他，是害了他。"徐正生笑了，说："知道您舍不得，我也就这么说说。怎么,还想继续像当年熬我一样熬他?那可别怪我没提醒您,这小子心事太重,别把人家给熬跑了。"姚江河在鼻子里哼了一声,说:"他要是真熬不住,也成不了鹰,充其量是只小家雀。"

梁云霄跟着姚江河坐徐正生的公务船回到了海山港。他发现,海港还是那个海港,楼还是那栋楼,楼里的人还是那些人,但似乎一切都开始变了。国有企业职场里的世俗冷暖,梁云霄在宁州港已经领教过了。这就是个世俗的江湖,里面的是是非非、恩恩怨怨、蝇营狗苟,有暗藏其中的,有半遮半掩的,有的干脆很直白地裸露在外。某种程度上,海山港的世俗比宁州港更突出。海山孤岛,相对封闭,人际关系的闭环更小,干部成长的近亲繁殖和裙带关系更厉害,古往今来的人情世故表现得更为突出。梁云霄算是高光进入这个江湖的:罗子坤的弟子,姚江河女儿的同学,最近还有人在传,他是海公主的白马王子。于是,他很快就成为众人议论的焦点、是非风暴的中心。而那时,港口还在传姚江河要被扶正了。徐正生升任主管交通的副市长,姚江河一定是董事长、总经理一肩挑。可随着斯兰特公司竞标的失败、投资项目的搁浅,紧接着姚江河升职的落空,众人看梁云霄的目光瞬间就变了。梁云霄一下子成了办公室里最忙的人,脏活、累活都是他的。

李子木是最高兴的一个。几个月前,梁云霄高光乍现,让他心里很失落。他来技术科帮忙已经一年多了,技术员的编制一直没有落实。随之,调回宁州的计划也就泡了汤。李子木家人都在宁州,父母是市里的科级干部,叔叔还是宁州港的人事科科长。当初大学毕业没分回宁州港,已经很丢人了。他来海山港就想解决个编制问题,然后调回宁州港。叔叔已经跟宁海楼说过了,只要这边解决编制,就回宁州港。最近港口疯传的梁云霄是姚江河招来的上门女婿的流言就出自他口。对他来说,这不是谣传,是事实。大学里,梁云霄跟他在足球场上的决斗足以说明这个问题。姚子期越来越漂亮了,李子木每次远远地看到她,心里总是产生一股莫名的冲动。那时他是那么喜欢她,喜欢到一日不见心里抓狂的地步,可姚子期给他带来的羞辱和挫败也是刻骨铭心的。求爱被泼水、决斗被殴打这两件事成了他的心理阴影,以至于大学毕业他没有选择读研,早早离开了那个伤心地。那时李子木就曾暗暗发誓,要让这个高傲的女孩为此付出代价。

姚子期从市里回来,她给姚江河、梁云霄采购了前往蟹子岛必备的生活用品,治疗感冒、肠胃炎等的常用药物,还有姚江河三个月的胃药。姚江河的胃不好,忙起来还老是忘了吃药。蟹子岛是离岛,回本岛不便,东西准备不齐,到时候就得受罪。姚子期在办公楼下面打电话,要梁云霄下来拿,到时候一起带到岛上去。梁云霄正在办公室里弄卢明交给他的蟹子岛十万码头的设备清单,接到电话,朝窗外看了看,姚子期正站在法国梧桐树下等他。寒风萧瑟,姚子期穿着一件红色的大衣,格外显眼。

李子木坐在靠窗户的位置,看到了姚子期修长的身姿和被风吹起的飘逸长发。他也听到了梁云霄在接电话,知道楼下那个曼妙的女人在等梁云霄。嫉恨的野兽不停地在内心生长,无名火升腾起来。李子木扔给梁云霄一个厚厚的资料册子,说:"今天的资料,你必须尽快弄完,否则,科长回来没法交差。"这段时间,李子木总是拿科长来压梁云霄,而且这话明着是说给卢明听的。梁云霄没理会李子木的颐指气使,微微笑了,说:"那是你的事,我只做我分内的事。"梁云霄关掉自己的电脑,起身出了门。

李子木气恼地指着梁云霄的背影说道:"你狂什么狂?背后没人挺你,你算个什么东西。"卢明这个时候正好进屋,听到李子木在背后骂人,气就不打一处来,他再次操着海山本地话大骂起来:"就算有人挺你,你也不算什么东西。赶紧把自己手里的活干好给我,如果明天我拿不到蟹子岛改造计划的设备预算,你该干吗就干吗去。"

港区的马路上,姚子期把一个很大的帆布包交给梁云霄,说道:"这是我为你和我爸准备的一些日常用品和药物,蟹子岛离本岛太远,这些必备的东西一定要带全了。另外,这里面的胃药是我爸经常吃的,他在工地上一忙起来就会忘记吃药,拜托你提醒他。"梁云霄像是一下子明白了,姚子期这是要走了,来跟他告别。尽管他心里明白,还是禁不住问了一句废话:"出国的事准备得怎么样了?什么时候走?"姚子期说:"就这两天了,外面的事情都已经办好了。对了,我爷爷还不知道,你别说漏嘴了。"

姚子期不打算把出国的事告诉姚四海。昨天夜里,她跟姚四海说要离开海山的时候,鼻子里有些酸,眼泪差点掉下来。当时姚四海正跟贺大年和胡彪几个人一边喝酒一边商量技工大赛决赛的事,他嘻嘻哈哈地对姚子期说:"不就是去趟东海吗,过几天不还得回罗教授的课题组?这次爷爷就不送你了。"姚四海还被蒙在鼓里,他只知道姚子期考了罗子坤的全日制研究生,还跟罗教授的课题组,读书和做项目混在一起,一会儿在海山港,一会儿去东海上课,十天半月就能见上。他不知道,姚子期这一次是要去英国了。

　　姚子期想到这里,眼泪差点再次掉下来。梁云霄又问道:"是跟宁嘉南一起走吗?"话一出口,他又觉得这话问得多余。姚子期点点头说:"是,他先送我去英国,然后自己再去瑞典。"梁云霄哦了一声,点了点头说:"那就好。"姚子期看到梁云霄有些心事重重的样子,知道他现在在技术科的处境不太好。机关里都是人精,聪明人聚集,是非四起,远没有码头工人的关系单纯。梁云霄是个憨憨,没什么心眼,在技术科肯定吃亏。更何况,他那里还有个冤家路窄的李子木。

　　姚子期想到这里,就觉得很对不起梁云霄。当初她是真心想帮他,才千方百计把他留在海山的,现在自己却要走了。梁云霄把帆布包拎在手里,说:"其实你打个电话来,东西我去拿就行,没必要来送一趟。最近关于我们的流言蜚语太多,我倒无所谓,就怕……"姚子期笑着打断他的话说:"流言止于智者,我不在乎他们说什么。另外,临走之前,我肯定会去找徐大哥,他现在是副市长,你的事他不能不管。我让他争取把你在技术科的技术岗编制弄下来,等你研究生一毕业,他们就得给你定工程师的职级,若是行政岗,该给你个副科长。"

　　梁云霄故作轻松地说:"子期,这事你就别管了,我心里有数。另外,也请你放心,你不在的时候,师父和爷爷我都会照顾好的。"姚子期一脸愧疚地说:"梁云霄,对不起……"梁云霄知道她要说什么,就打断了她的话,说:"你什么都不要说了,你走的时候,我可能送不了你了,祝你跟宁嘉南一路顺风,学业有成。"梁云霄说完,拎着那个大包转身朝办公楼走去。

　　望着梁云霄远去的背影,姚子期顿觉有些心疼,也有些伤感。她在心里默默地对自己说:还是对他有些不舍吧。

2

两艘小艇停在凤凰湾礁石边上,在浪涛中颠簸。海边的岩石上,梁云霄满脸歉意地对姚江河说道:"师父,对不起……"梁云霄的话没说完,就被姚江河打断了。他笑着说:"你道哪门子的歉啊,这事跟你没关系。"姚江河望着凤凰湾远处一片苍茫的海域说:"留得青山在,不愁没柴烧。这件事做得值。"这话像是自言自语,又像是在对梁云霄说。梁云霄有些不明白,就问姚江河:"斯兰特在我们的项目上还是让步了的,您为什么仍然没有同意?"姚江河盯着凤凰湾荒芜的海滩告诉梁云霄:"这里是东海群港之门,卧榻之侧,怎容虎狼酣睡?"梁云霄顿悟,斯兰特之所以没有定下仓储投资项目,是对凤凰湾这块地还没死心。姚江河坚决地说:"国门重地,投资赚钱可以,再建租界不行,中国不再是一百年前的中国了。"

梁云霄后来才知道了这件事的原委。其实斯兰特在公司举行竞标会之前,曾经给海山市领导打了电话。他提出的一个附加条件,就是让海山市在凤凰湾附近追加八千亩滨海租地,租期为四十年。市里的分管领导为了引进这笔巨额投资准备答应他,姚江河得到这个消息,就跟罗子坤一起去找了正在海山考察的省委领导,省委领导及时叫停了这场谈判。断人财路如杀人父母,姚江河的晋升就此搁浅。姚江河目光长远,令梁云霄十分钦佩。

梁云霄试探地问姚江河:"师父,等技工大赛一过,我跟您一起去蟹子岛吧?"姚江河皱了一下眉。梁云霄解释说:"师父,我是担心您的身体。我去了,和您也有个照应。"姚江河看了一眼梁云霄,笑了笑说:"你是担心自己在港口的处境,对吧?"梁云霄的心思像是被看穿了,低下了头。

姚江河似乎看穿了他的心思,笑着对他说道:"宁海楼倒是说了很多次,他很希望你到宁州去,你怎么想?"梁云霄说:"师父,您认为我现在去了宁州,处境会比海山强到哪里?"姚江河笑了。梁云霄跟罗子坤来海山,去宁州的路就断了。梁云霄入职宁州港,会被人视为异己。姚江河盯着远处停泊在海面上等待入港的一艘艘货轮,像是在鼓励自己,又像是在告诫梁云霄:"靠自己努力吧。"

梁云霄点了点头。

大潮汹涌,海山港集装箱码头全省港口技工大赛桥吊专业决赛在即。海山港八万吨集装箱新码头上集装箱整齐码放着,设备全被粉刷齐备,鲜亮耀眼。虽然很不乐意,姚江河还是被钟立达临时从蟹子岛工地上抽调回来,亲自组织这次决赛。梁云霄也被姚江河从技术科抽调上来保障会务。他主要负责的事务有三项:赛场准备,参赛队员的食宿安排,参赛选手赛前熟悉设备。大赛在即,梁云霄和负责码头技术的胡彪对设备检查了一遍又一遍。梁云霄走在海山港集装箱码头堆场高高低低的箱堆中间的过道上,感触颇深。

胡彪告诉梁云霄,这座新港是姚江河从港务局调任集团副总经理的第二年开建的,当时,港口上报的是八万吨,但姚江河在后期施工中冒着违规丢帽子的风险打了埋伏,港口实际上是按照十万吨码头基础设施的标准建设的。所以,码头的堆场面积比宁州港最大的集装箱码头的堆场都大。后来,因码头预算超两千万,采购桥吊、龙门吊等大型设备的时候资金短缺,工程验收审计的时候,姚江河因违规施工,还被上级点名批评。现在看起来,姚江河的目光还是看得更远。

"你别看宁州港的集装箱码头比我们起步早,但我们的技工可丝毫不输他们,你师爷、我的师父,至今还保持着放箱入筐、贴箱位移、嵌箱进位、堆箱复位四项全能纪录,这个纪录,十年内无人能破。"人都说姚四海人牛霸道,梁云霄这才明白,在港口一线码头,技术好就是王道。

胡彪还悄悄透露给梁云霄一个秘密:"其实港口机关人员的工资并不高,我跟老贺的工资和补助加起来,不比姚总挣得少。你小子要是不嫌一线的活脏,就来我跟老贺这儿。"梁云霄对胡彪抱拳施礼说:"多谢师叔,我可听说了,码头上也是一个萝卜一个坑,别到时候您和爬子叔都不要我。"胡彪说:"没有的事,你要来,叔把这技术部主任让给你。"梁云霄笑了说:"我要敢抢您的饭碗,那帮师哥师弟不把我扔到海里去。"

两个人说说笑笑,赛场就准备完毕了。胡彪带人离开,黄昏的码头上空荡荡的,只剩下梁云霄一个人。姚子期已经走了,一个人悄悄离开的,没人送她。姚江河、姚四海和他都在准备这场决赛。很长的时间里,他把姚子期称作"赶尸人",是她驱赶着他这个没有灵魂的躯体行走在他原本生无可恋的人世间。现在,拿鞭子的人走了,他自己也搞不清楚,自己四处飘荡的灵魂是否已经回到了自己的肉体。梁云霄一下子感觉到从来没有过的孤单。四周是堆积如山的集装箱,眼前是一直延伸到苍茫大海边的巷道和路桥,直到今天,他仍然不知道自己未来的路会是个什么样子。走在这里,他才觉得自己很渺小。他如同沧海一粟,人生更像是茫茫大海,每天都波涛汹涌,变幻无穷,蕴藏着未知。他的人生,如是。

决赛前一天,参赛队员都来报到了。理论笔试,拼的是"学思赶"的智能;实操,搏的是"比拼超"的技能。笔试前,梁云霄负责登记参赛队员。海山港带队的自然是姚四海,副队长是码头操作部主任贺大年,队员都是姚四海的徒子徒孙。宁州港的领队是宁五洲,队员有六个人。梁云霄在人群中看到了一个似曾相识的身影。这是一个年轻的女孩,身材高挑,长发在脑后盘了一个发髻,用黑色的网状物束缚起来,戴着蓝色的帽子和一个浅黑色太阳镜。她身上的浅蓝色工作服很合体,丝毫不显任何的臃肿,反而衬托出她挺拔而健康的身躯。这个女孩子朝他款款走来,梁云霄的思绪一下子闪回到凤凰湾海底那个熟悉的身影。他的心顿时突突突地跳动了起来。没错,是她!

梁云霄搞不清楚,凤凰湾深水海域里那个海妖一样充满魔幻色彩的神秘女子,为何在此时出现在了自己面前。思绪恍惚间,那个女孩子已经在梁云霄面前站定,用异样的目光看了一眼梁云霄。她似乎也认出了眼前这个帅气、俊朗的年轻男子。她同样充满了疑惑,眼前这个男子之前为何会出现在凤凰湾深水之下。梁云霄对着参赛表上的照片看了一下,这个叫宁霞的女孩子真人比照片还漂亮。

宁霞很快恢复了平静,冲着还在遐想中的梁云霄说了一句:"嘿,愣什么呢,我可以入场了吗?"梁云霄缓过神来,对着照片又看了一会儿,然后说:"请把你的墨镜摘掉。"宁霞摘掉了墨镜,梁云霄先看到了一双乌黑的眼睛,睫毛细长,黛眉似柳叶,鼻梁山根高高的,嘴巴不大,微笑时,雪白的牙齿很整齐。她的肤色跟姚子期比不算白皙,但很干净。宁霞见梁云霄再次走神了,就接着笑问:"好了没有?"梁云霄再次回过神来,说:"哦,好了,祝你赛出好成绩。"

宁霞在鼻子里哼了一声,没再理会梁云霄。她拿过自己的参赛证件,在签到表格上签下自己的名字,进了考场。梁云霄望着宁霞的背影,思绪再次回到了凤凰湾的深水之下。整个上午,选手们都在考场上静思答题,梁云霄却一直回味着自己跟宁霞的再次邂逅,这次邂逅让梁云霄觉得很离奇。

这时,梁云霄手机的振动声从大腿外侧的口袋里传来。梁云霄打开手机,收到了姚子期的一条短信:我已到省城,再见,梁云霄。梁云霄也给姚子期回了一条信息:祝你们一路顺风,保重。

姚子期就这样走了,有点像当初他逃离落叶岛那样逃离了海山,然后她会和宁嘉南会合,双宿双飞一起奔赴万里之外的地方。梁云霄曾无数次预想姚子期彻底从他生活中离开时的感受,肯定会伤感,可能会心痛。可此刻,离别的伤感和内心的伤痛好像并没有那么严重,只是有些淡淡的失落和遗憾。后来他曾多次想,或许,是宁霞的出现,把这种伤感和伤痛冲淡了。这个念头瞬间产生,瞬间又消失了。梁云霄这时对宁霞只是好奇,他被她身上的神秘所吸引。这个叫宁霞的女孩在百米之下的大海深处救过他,现在,她又将出现在几十米高的桥吊塔室里。她的身上充满了谜一样的传奇。

一阵铃声响起,上午的笔试结束。梁云霄站在门口,等着宁霞从考场里出来。可是,当宁霞再次出现在他面前的时候,他又不知道该说什么了。宁霞并没理会他,她身后跟着气呼呼的爷爷宁五洲。真正的竞技还没开始,宁五洲就跟姚四海干上了。这两个人是几十年的死对头,每次港口系统大比武,他们几乎都能遇上,比武的名次也各有千秋。两个人都是省级、国家级的劳动模范,在东海港口系统里,都是泰斗级的前辈。过去的竞赛比武,大部分场地都在宁州,可是,桥吊专业的冠军奖杯每次都被海山港拿走了。这次,宁五洲铆足了劲,他对姚四海说:"这次,我发誓要把桥吊冠军奖杯从你们海山拿到宁州去。"姚四海当然不能由着宁五洲口出狂言,他鄙夷地看了宁五洲一眼,说道:"之前在你们宁州家门口,你们每次都还输得那么惨,这次来到我们海山了,我们会尽地主之谊,尽量不让你们输得更惨。"两个老头你一句我一句地打着口水仗,朝门口走来。宁霞劝着气得要骂人的爷爷宁五洲,梁云霄根本没有插嘴的空隙。就这样,他眼睁睁地看着宁霞走远了,心里准备的很多开场白,就这样再次被埋在了心里。

码头观礼台上坐满了海山港的干部职工。港口没排班的人都被姜副总动员来观看比赛了,而且每个人还发了一身新工作服。省里领导要来观看决赛,海山港干部职工要展现出斗志昂扬的新气象。李子木被宣传部门借去做宣传造势工作,他不仅请来了电视台,还带来了职工锣鼓队,一时间鼓声震天,加油助威的喊声震天响。梁云霄再次见到了穿一身工作服、戴着安全帽的宁霞,只见她走在一群男队员里,身姿格外显眼。

比赛分放箱入筐、贴箱位移、嵌箱进位、堆箱复位四个环节进行,选手在几十米高的桥吊塔台上,操纵着几吨重的集装箱准确无误地找到位置,并把箱体下面的卯榫准确对位,然后固定死。钢铁卯榫只有鸡蛋粗细,在规定的时间里,要将铁销插入固定小孔,难度确实很大。

贺大年亲自出马,第一个走上桥吊塔台。四周掌声、锣鼓声、呐喊声响彻云霄。胡彪晃着大脑袋带着码头工人组成的锣鼓队在敲锣打鼓,这些男人都光着膀子,头上系着必胜的红布条,一副誓死比拼的架势。梁云霄拿起海军高倍望远镜,在远处参赛队伍里寻找。宁州参赛队里,那个叫宁霞的女工清晰出现在他的眼底。周围锣鼓喧天,呐喊雷动,她却泰然自若地坐在那里,俏丽的面孔上没一丝表情。

姚四海在欢呼的人群中没有找到姚子期的影子。他走到梁云霄面前,挡住了他望远镜的视线。姚四海问梁云霄:"子期呢,我怎么没见到子期?"梁云霄被姚四海的突然出现吓了一跳,定了定神说:"我也没见到她,她不是回学校了吗?"梁云霄对姚四海撒谎了。姚四海自言自语地说:"这孩子,港口这么大的事,怎么能不回来呢?"梁云霄有些慌乱,接着掩饰道:"可能她记错了日子,也可能正往回赶呢。"姚四海嘀咕着离开了。

海山港办公室楼顶的观察点上站着四个人,省委领导、罗子坤、省交通运输厅副厅长钟立达和海山市副市长徐正生。这里居高临下,视野开阔,整个海山港尽收眼底,一览无余。他们每个人手里都拿着一个高倍望远镜,能看得更远。全省港口技工大赛桥吊专业决赛如火如荼,宁州港和海山港的冠军争夺进入到白热化阶段。四人的望远镜都从远处的沧海聚焦到了比赛现场。桥吊、龙门吊是港口的门面,海山港跟宁州港的比拼,历来都很激烈。宁州港的老师傅宁五洲亲自带队,海山港的老师傅姚四海调兵遣将,两队的比拼火药味很浓。

省委领导被眼前的景象感染了,不禁感叹道:"真是提气啊,很多年没有看到这么热闹的场面了。"钟立达和徐正生对视了一下,会心一笑。钟立达小声请示道:"您要不要到现场看一下?"省委领导似乎猜到了钟立达的意思,脸色一沉,询问道:"这场比赛,是不是因为我要来而专门准备的?"钟立达慌忙回答说:"这倒不是,技工大赛是我们港口系统一年一度的必修课,目的就是实现技术交流,形成理论知识的'学思赶'和技术实操的'比拼超'。"钟立达心里很慌,脸上却是一副云淡风轻的样子,从容地回答着省委领导的问话。

省委领导满意地点了点头,说道:"最好是这样。中国的产业工人是全世界最敬业的工人,他们勤奋、踏实、敬业,而且十分睿智,这样的人最值得尊敬。如果比武活动议程是早就有的,你们就继续,如果用来迎合我,折腾工人,那就是形式主义。形式主义会害死人。"罗子坤慌忙上前说道:"钟副厅长说的都是事实,这个我可以做证。"省委领导满意地笑了:"罗教授这样说,我就信了。这样的活动很好,要多组织,可以考虑设立一个工匠奖金,鼓励比武中出现的技术革新、技术创新人才,大力表彰和弘扬工匠精神。"钟立达、徐正生点头称是。

一阵阵观众的惊呼之中,最后的对决到来了。比赛台上,梁云霄坐在姚四海和宁五洲身后,手里拿着贾山给他的那个海军高倍望远镜,朝着几十米高的塔台上望去。宁霞正在桥吊塔楼上操纵着几吨重的集装箱,在众人的欢呼声中,集装箱稳稳落在了规定位置上。高倍望远镜里,宁霞俊俏的脸上满是从容,她全神贯注地注视着操纵台,装箱、靠箱、叠箱、嵌箱……动作娴熟,分毫不差。梁云霄的脑海里,宁霞妖娆的身影在碧蓝大海深处和高耸云端的塔台上不停切换:深海处,那具宛若鳗鱼一样柔软的身躯从他眼前蜿蜒而过,锋利的猎鱼枪瞬间飞出去,准确命中一条肥大的石斑鱼。然后,宁霞追上大鱼,娴熟地把鱼放入随身携带的鱼护……

而此刻,高高的塔台上,她操作着下垂的钢绳,吊起几吨重的庞然大物,然后稳稳地落到规定的位置上,她脸上呈现出来的那种安静、泰然自若的神情,显示她胸有成竹。再之后,宁霞飒爽地站起身子,双手握拳在胸前帅气地晃动了一下。她成功了,单箱体平均用时三十一秒二。也就是说,她每个小时可以装吊一百一十五个集装箱,打破了由海山港姚四海保持了十年的纪录。当裁判宣布这一成绩时,整个赛场变得鸦雀无声,锣鼓声没有了,呐喊加油声没有了。继而,宁州港来的参赛队员和保障人员跳起来欢呼。宁五洲轻蔑地看了一眼坐在身边一脸阴沉的姚四海,起身伸出手说:"承让。"姚四海脸色铁青地望着赛场。一个身材苗条的女子从塔台上款款下来,走向比赛的主席台。宁州港的参赛队员发疯似的跑向她,把她抬起来,抛向高空……

前排的姚四海在比赛场上如坐针毡。梁云霄知道,姚四海面子上挂不住了。此刻,几乎整个海山港的干部职工都在比赛现场,这个结果等于把他几十年的荣誉都给抹杀了,这令他无地自容。

比赛颁奖仪式开始了,姚四海望着老对手宁五洲带着宁霞走上领奖台,一个人手里拿着证书,一个人举着那座金灿灿的奖杯。那个奖杯在海山港待了整整十年,今天,就要被宁五洲那个老家伙抱走了。海山港一群大老爷们竟然输给了一个丫头片子,输赢事小,侮辱性却极强。姚四海想起身离开,但一口气没上来,身子晃了晃,直挺挺地倒了下去。坐在姚四海身后的梁云霄觉察到姚四海的情况不对,伸手想去扶他,可还是没来得及。姚四海重重地摔倒在水泥地上,梁云霄、贺大年、胡彪一阵惊呼,纷纷围了上来……

3

深夜,围在病房门口的姚四海的徒子徒孙们陆续离开了,只剩下梁云霄和姚江河守护在姚四海的病床边。姚四海闭着眼睛,他做了一个梦,梦中仍然是那个技工大赛桥吊专业决赛的现场。一个女孩在高高的塔台上娴熟地操纵着桥吊机,准确无误地完成了一个个竞赛动作。欢呼的人群中,他跟那个女孩一起走上了领奖台,一起骄傲地举起了那座竞赛奖杯。那个女孩不是宁五洲的孙女宁霞,而是他的孙女姚子期。

姚江河面对昏迷不醒的姚四海很是自责,也很焦急。晚饭后,徐正生来了一趟,告诉他说:"省委领导决定在海山开一个交通基础设施建设会议,宁州、海山的主要领导,省国资委、省交通运输厅、省财政厅和省委、省政府分管领导都要参加。钟副厅长说,海山港这部分想让您在会上讲。"徐正生说这话的时候,看了一眼病床上的姚四海,"看师爷这个样子,您也走不开,实在不行,就由我来讲,可是我讲毕竟还是不如您讲合适。"

姚江河也知道这个会议的重要性,但此刻父亲却躺在病床上紧闭着双眼。偏偏这个时候,姚子期要出国了,而且姚四海还以为她只是去省城了。姚江河不知道父亲在得知姚子期出国后的反应会是怎样的,但有一点可以肯定,这个打击远比宁州港捧走他捍卫了十年的奖杯要大得多。

梁云霄一边为姚四海揉着腿,一边对姚江河说:"师父,既然是省委领导召集的会,肯定很重要,您去吧,爷爷这里有我呢。"姚江河看了一眼梁云霄,又看了一眼紧闭双眼的姚四海,说道:"还是等等吧,等他醒过来再说。"梁云霄看了一眼姚四海,见他仍闭着眼,就对姚江河说:"我刚问了医生,不确定爷爷什么时候醒过来。您去吧,别耽误了大事。"姚江河没有就这个话题再说下去,他问梁云霄:"子期走之前跟你说什么了没有?"梁云霄就把姚子期托他带药的事说了。姚江河又问他:"她应该是跟宁嘉南一起走的吧?"梁云霄点了点头说:"她说宁嘉南会先送她去英国,等她安置好之后再去瑞典。"姚江河沉默了。梁云霄说:"师父,您不要担心子期,凭她的英语口语水平和独立能力,即便没有宁嘉南陪着,也可以照顾好自己的。"

姚江河笑了笑,说道:"你倒是对她挺了解的。这个我倒是不担心她。"两个人聊着姚子期出国的事,不知不觉,过了午夜。梁云霄对姚江河说:"师父,您就听我的,先回去睡吧,明天一大早,您该去开会就去开会,这里我守着。"姚江河拍了拍梁云霄的肩膀说:"你先回去睡觉,今晚我陪着,你天亮的时候来换我。"梁云霄说服不了姚江河,就说:"师父,我年轻,没事,熬得住,我陪您吧。"师徒两个就在病床前陪着姚四海,不知不觉,窗外有了亮光。躺在病床上的姚四海瞬间睁开了眼睛,但很快又闭上了。这个细微的动作,姚江河跟梁云霄都没有察觉。其实,这个时候,姚四海已经苏醒过来了。姚江河和梁云霄两个人的对话,他也听明白了。两行眼泪从姚四海的眼角流下来,无声无息地流淌着。姚四海把头在被子上蹭了蹭,继续闭上了眼睛。

天亮的时候,姚四海睁开了眼,姚江河和梁云霄一阵惊喜,慌忙叫来了医生。可医生到的时候,姚四海的眼睛又闭上了。医生为姚四海做了一个全面的检查,告诉姚江河:"总体情况有所好转,病人基本脱离了危险,脑血管里堵塞的血栓块已经溶解了。老年病,很多情况不能最终确定,还是要等他彻底醒过来再说。"此刻,窗外太阳已经升起来了。姚江河看了一下手表,梁云霄就对他说:"师父,您先走吧,不然开会真就迟到了。"姚江河给姚四海掖了掖被子,转身出门去了。

梁云霄拎着暖水瓶出门打水,在走廊上碰上贺大年和胡彪,贺大年正在给姚子期打电话。梁云霄一见贺大年,就知道事情糟了,想赶紧阻拦他给姚子期打电话,可是已经晚了。贺大年大大咧咧,说话的声音很大。只听他说:"姚子期我告诉你,老爷子到现在还昏迷不醒呢,你必须赶紧请假回来……姚子期我不是吓唬你,你得赶紧回来,不然你能不能见上老爷子最后一面都难说……"贺大年还想说什么,手机被梁云霄抢了过去。梁云霄在手机里对姚子期说:"子期,你别听爬子叔的,有我在,爷爷没事的。"说完,梁云霄把贺大年的手机塞给他说:"爬子叔,你是不是还嫌事不够大不够乱啊,火上浇油。"贺大年跟胡彪一脸惊愕。贺大年不解地问他:"你这小子,她爷爷倒下了,我叫她回来,怎么就是添乱了?"

梁云霄把姚子期要去英国留学的事和他们说了,二人听完,嘴巴张得老大,大得能塞进一个鹅蛋。贺大年知道这次他的祸闯大了,于是瞪着一双大眼泡子喃喃说道:"我的天,我的天,老爷子要是知道这事,醒过来也得再晕过去。"胡彪就开始责骂贺大年:"我说虾爬子,不是我说你,你干什么事能干成?参加个比赛,硬是让人家宁州港一个小姑娘给打趴下了,弄得师父跟着你光着屁股推磨,在全省港口系统丢脸,人都给你气到医院里来了。你说你,这个节骨眼上给子期打什么电话,她人都在出国的路上了,听到你这个电话,她是不是立刻就得回来,回来了以后,师父是不是就知道了?虾爬子,师父他人还没醒,你这不是要他的命吗?成事不足,败事有余。"胡彪劈头盖脸一顿骂,贺大年第一次没有回怼他。他像个知错的孩子,愣愣地站在那儿,许久才缓过神来,说:"小梁,你说这事叔该怎么办?"梁云霄想了想说:"行了,鲇鱼叔,你也别骂我爬子叔了,他也是好意。这样,你们两个去陪爷爷,记住,等他醒来,千万不能把子期出国的事告诉他。我打电话给子期,让她不要回来。"

姚子期接到贺大年电话的时候,正要登机去香港。距离最后登机只有十分钟时间了,宁嘉南在一旁格外着急。梁云霄的电话这个时候打了进来。梁云霄说:"子期,爬子叔就是个大嘴巴,他的话你千万别信,爷爷只是老年病,前段时间准备技工大赛的事累着了,休息一段时间就好了,你先走吧,家里有我跟师父呢。"姚子期急切地问:"我爷爷呢?我想听他说话。"梁云霄沉默了一会儿说:"子期,他这个时候不能受刺激,我觉得你还是别跟爷爷说话了吧。不说了啊,我还要去找护士,准备给爷爷换水。"姚子期挂了梁云霄的电话后更加犹豫了。她的情况只有梁云霄知道,她也很清楚梁云霄是不想让她分心才故意这么说的。姚江河虽然知道她要出国的事,但她真正离开的时候并没有跟姚江河说,她想到了香港转机的时候再给姚江河打电话。

姚子期拨打了姚江河的电话,可这时的姚江河正在海山市委会议室里列席重要会议,他的手机关机了。姚江河的手机打不通,姚子期心里更着急了,她再次拨打了贺大年的电话。此刻,病房里的姚四海已经醒过来了,听到是姚子期打来的电话,突然就翻了个白眼,吓得胡彪赶紧去叫医生。贺大年、胡彪的呼喊,以及医生慌乱抢救的声音瞬间通过手机传到了姚子期耳边,姚子期的脸一下子变得煞白。宁嘉南慌忙把姚子期抱在怀里,姚子期突然哭起来,对宁嘉南说:"嘉南,我要回家,我要去看我爷爷。"宁嘉南心里很着急,但还是温柔地哄着姚子期:"你先别着急,等我们把事情弄清楚之后,如果真的必须回去的话,我陪你一起回去。"姚子期再次拨打姚江河的电话,此刻,姚江河的手机仍然处于关机状态。

海山市委会议室里,围绕海、宁跨海大桥建设,"大陆连岛"工程和两港一体化建设展开的争论到了白热化的地步。首先是省、市两级领导的意见不够统一。部分领导认为,如果只是为了解决交通不便的问题,完全可以多购买几艘大型轮渡船,没必要投资上百亿建设一座跨海大桥,这样的投入和产出比太低了。反应最强烈的是宁州方面。周晓乙很显然是豁出去了,他看似态度平静温和,表达的意思却强烈而坚决:"我个人认为,宁州作为大桥的投资主体很不妥当。同样是港城,大桥建成之后,宁州得不到海山的互补,海山却能得到陆地的支撑。作为兄弟城市,我们可以伸手帮忙,事实上这些年我们也是这么做的,淡水、电力、通信、航运交通,我们一直把海山当作自己的好兄弟。可是,大桥和港口,要我们宁州主体投资,我们的经费还是很吃紧的。同样一句话,海山要发展,宁州也要发展。"

省委领导微笑着环视众人,一直没说话。只见他走到世界地图前,在太平洋画了几个圈。新加坡的新加坡港,日本的神户港、横滨港、大阪港,韩国的釜山港,中国台湾的高雄港,最后把圈画在了海山港。然后,省委领导清了清嗓子说道:"诸位,刚才大家讲了很多,尤其是晓乙同志讲了基础设施对现代化港口城市建设的重要性和互补性。当然,从区域经济发展的角度来讲,他也没有错,可是目光还是看得短了些。我个人的想法是,跨海大桥还是要搞,不仅跨海大桥要搞,海山群岛的'大陆连岛'工程也要搞,只有把东海之门连成一片,我们才能出得去,进得来。"

省委领导停顿了一下,继续环视在座的众人,众人的神情都十分严肃。省委领导接着又看了一眼罗子坤,微微一笑,接着说:"这是我跟罗教授在海山群岛两次调研的心得,拿出来跟大家进行讨论,大家各抒己见,我不搞一言堂。说到海山和宁州的互补,很可能短时间内看不出来,但十年、二十年之后会日渐凸显。二十一世纪是个更开放、互融的时代,海山是东海省港口的桥头堡,我们不能单单从解决海山的交通问题来考虑。向外,我们应该想到整个太平洋、印度洋、大西洋;向内,我们应该想到整个长三角和长江流域,乃至整个内陆……"省委领导的话,令徐正生和姚江河格外振奋,他们对视了一下,彼此会心一笑。

姚子期犹豫再三,还是决定推迟前往香港,返回海山去看爷爷。宁嘉南虽然心里不愿意,但还是决定陪姚子期回一趟海山。因为他知道,姚子期从小是姚四海带大的,她对姚四海的感情很深。而且,他也知道,姚四海不同意姚子期出国,他更担心姚子期这次回去,出国的事很可能会有变数。姚子期对宁嘉南能陪她一起回去十分感动,一路上,她蜷缩在宁嘉南怀里,感觉宁嘉南宽阔的胸腔是如此可靠。

梁云霄拎着两暖瓶开水回到病房,见医生和护士正在一阵忙乱地抢救姚四海,顿时吓坏了。医生和护士再次检查了姚四海的身体,并没发现重大病变,就嘱咐梁云霄:"病人的情绪不稳定,你们陪护人员一定要让病人保持安静,不能再刺激他了。"护士把贺大年和胡彪赶出了病房,梁云霄也出来说:"爬子叔、鲇鱼叔,你们俩千万别再来添乱了,你们这样一惊一乍的,还想不想爷爷好啊?"贺大年和胡彪对梁云霄嘱咐了老半天,又看了一眼病房,才依依不舍地离开了。

会开完了,徐正生和姚江河去找钟立达,钟立达为二人分别倒了杯开水。徐正生急切地问他:"钟厅长,您觉得省里对'大陆连岛'工程的决心有多大?"钟立达告诉姚江河和徐正生说:"省里的决心很大,可仅靠省里很难完成这么大的工程。省委领导去北京找了国务院和部委领导,可国家的海洋经济会议还没开,省里也在等政策。"姚江河苦笑说:"海山已经等了十年,岛上百姓早望眼欲穿了。"钟立达对姚江河说:"老姚,省委领导决心谋划宁州、海山两港一体化,调你先到省厅港务局任综合处处长一职,重新回到厅里来,怎么样?"姚江河笑着摇摇头说:"老钟啊,这个任命要是早五年,我还考虑,现在干部都讲年轻化,你看,我的徒弟都干到副厅级了,我年纪都这么大了,就不跑到省厅去占年轻人的位置了,就在海山港熬到退休算了。另外,我想干点实际的事,蟹子岛的铁矿石码头正在改造施工,集团班子让我负责这事,我得赶紧回到岛上去。"

钟立达长叹一声,说:"老姚,我是为你的职务考虑。你看我们厅的小方到了你们港口任董事长,本来这个总经理该是你的,可你们市里非让他兼着,我要不给你想个路子,你后面发展的路就被堵死了。"姚江河一脸正色地说:"老钟,说实话,我还真不在乎这个,我在乎的是十万吨级码头项目的事,不能再拖了,再这样拖下去,海山港会丧失重大发展的战略机遇。"钟立达跟徐正生交流了一下眼神,无奈地叹了口气,说:"老姚,你啊……真是让人没法说你。"

4

姚四海醒过来了,见梁云霄跟姚江河都坐在床边,他一句话不说,眼睛骨碌碌转着在屋里寻找。姚江河就问他:"爸,你在找什么?"姚四海张嘴想说话,却一个字也没蹦出来。梁云霄急切地问来查房的医生:"医生,我爷爷为什么还不会说话?"医生说:"脑梗过的人,很有可能会丧失语言功能。"姚江河和梁云霄顿时就愣住了。梁云霄惊愕地问:"他为什么变成这样了?"医生绷着脸说:"能动弹就不错了,严重的可能会一辈子成植物人。"

姚江河的心情顿时沉重起来。蟹子岛打电话来说,码头疏浚航道时出事了,一边航道坍塌了。岛上的项目负责人不敢拍板,希望他尽快回蟹子岛去解决问题。姚江河向董事长方平报告了这件事,方平亲自去了一趟蟹子岛,但他对蟹子岛的情况不是很了解,对港口工程也是一知半解,根本没解决任何问题就回来了。

午饭过后,方平带班子成员来看望姚四海。姚四海毕竟是海山港口集团的国家级技工劳模,而且还是姚江河的父亲。众人在病房外寒暄了几句,方平询问了一下姚四海的病情。临走时,方平还是希望姚江河能抽出时间亲自回蟹子岛一趟。方平是土生土长的东海人,亲朋好友和家属都在省城,他对海山港的情况早有耳闻,如果不是想有一段在基层任一把手的经历,他根本就不想来海山港任职。其实,他的任命在企业改制后就下来了,但是他借着处里涉外的一个项目没有完,在厅里拖拖拉拉快一年才到任。来到海山港后,他不仅看清了海山港的现实,而且对班子内部成员的结构十分不满意,混日子的居多,能干活的太少。这些人大都是海山港土生土长的干部,不仅近亲繁殖严重,而且跟市里的关系盘根错节。海山岛就这么屁股大一点地方,港口放个屁,大街小巷都能臭几天。他终于理解姚江河在海山港这些年遇到的难处了。这样的人才结构,这样的处境,要干成一件事,真是太难了。

最近方平听到厅里一些传闻,说是上级要调姚江河去省厅港务局做综合处处长。方平心里很清楚,这些年他在省厅工作,做副处长的时候上面有处长顶着,下面也就负责两个办事员,管理上千人的队伍他想都不敢想,现在海山港这个烂摊子,如果连姚江河也走了,他就更没办法了。想到这里,他趁着姚江河送他出门的机会,拉着姚江河的手悄声说:"姚总啊,我算看明白了,海山港要是没有你,肯定塌天。你可得帮我。"姚江河微笑着说:"不至于,不至于,你要是想让我去蟹子岛,我尽快去就是了。"方平解释说:"老姚,我说的都是真心话。像你说的这样,我成什么人了?"方平说得诚恳,姚江河姑且信了,就对方平说:"我知道你听到了风声,说我有可能调到省厅去。我实话告诉你,我要想调早调了,这些年你在省厅,你最清楚,我不是没有机会。我是大学毕业分到省厅机关待了几年的,我是待够了才回来的,现在我只想在海山港干点事情。"方平听了很高兴,说:"好,你有这想法就好。"

送走方平等人,姚江河回到病房,姚四海仍睁着一双大眼睛瞪着他。姚江河就问他:"你是想问子期的事吧?"姚四海的眼睛动了动,目光期待地望着姚江河。姚江河没有继续问下去,也没有继续说下去,这事他真不知道该如何向姚四海说。姚四海见姚江河不说话,似乎已经明白了什么,很快闭上了眼睛,眼泪再次流下来,他的嘴巴动了动,想说话,但没有发出声音来。姚江河的心疼了一下,安慰姚四海说:"爸,我知道你心里舍不得子期。可是你得为她的未来着想,她该有自己的生活。她做出这样的选择,虽然我也不舍,但我们必须尊重她的选择。另外,一个女孩子,最终还是要嫁人的,你也不想她的后代一辈子待在离岛上生活吧?现在最好的办法是什么都别想,安心把病养好,你我能有一个好身体,不让她担心,不让她牵挂,就是爱她最好的表达。"姚四海听了儿子的话,心情很复杂。他已经很长时间没听到姚江河对他讲这么长一段话了,苏淑琴走后,儿子就变得寡言少语。

梁云霄拎着饭盒在走廊上接到了姚子期的电话。姚子期在电话里说她回海山了,梁云霄听了很吃惊,心里想:真是惹事的不嫌事多,她这个时候回来,起不到任何作用。梁云霄进了病房,放下饭盒,拉着姚江河到了门外,悄悄告诉他说:"师父,子期说她回海山了。"姚江河长叹一声说:"我就知道,她听到爷爷生病的消息,一准儿会回来。"梁云霄一脸担忧地说道:"她这一回来,还走得了吗?"姚江河好像并不着急,说:"回来也好,反正这医院里离不开人。"梁云霄说:"我可以的。"姚江河看了一眼梁云霄,苦笑着说:"久病床前无孝子。他这个病,熬人的时间长着呢,怎么,你课题不做了,活不干了,钱不挣了,债不还了?"梁云霄愣住了,他此刻倒是没想那么多。姚江河接着说:"过几天,爷爷平稳下来,你就赶紧回到工作岗位上去,技术科的任务很重,你还有课,还有课题,忙你的去吧。"梁云霄还想说什么,就听里面传来扑通一声,姚四海滚下了床。姚江河和梁云霄慌忙进了病房,一起把姚四海抬到床上。内外交困,姚江河的情绪有些崩溃,他对姚四海说:"爸,你这病急躁不来,就好好在床上养着吧。这病要是能养好,心气就别再那么高了,不就是一个技术比武吗?你得了那么多年的第一,也没把别人气到病床上呀。"

姚子期是一个人回到海山的,她没敢让宁嘉南送她。这个时候,爷爷要是知道她是和宁嘉南一起出国的,准会再晕过去。客运码头,齐英给她买好了票,跟宁嘉南一起把她送到了船上。宁嘉南有些担心姚子期这次回去会被家里人拴住,所以虽然知道姚子期心里很着急,但话还是得嘱咐:"留给我们的时间不多了,你得尽快做决断。"姚子期说:"出国的事绕不开我爷爷,等他身体好些,我就跟他说。学校那边我也会递交暂缓入学的申请,如果时间来不及,你就先走,直接去瑞典吧。到时候,我去找你。"

宁嘉南着急了,说:"别啊,我们都说好了的事,怎么能说改就改呢?"姚子期说:"我爷爷都这样了,这时候我一走了之,我怕留下遗憾。"船开了,宁嘉南站在岸边不停招手。齐英叹了口气,说:"你们两个谈个恋爱,事情怎么就这么多呢?"宁嘉南也有些懊恼,这事把他弄得猝不及防。齐英拉着宁嘉南回接待处,一边走一边说:"你说这事怎么就这么巧,怎么偏偏是你妹从姚老爷子那里夺回了比武的奖杯,我看你跟姚子期这事悬了。"宁嘉南听了,皱起了眉头。齐英絮絮叨叨地把比武的事情说了,宁嘉南听后更担心了。姚子期对姚四海的感情很深,他觉得,这次姚子期跟他一起出国的事,变数很大。

5

宁五洲带着宁霞从海山港捧回了姚四海把持了十年的桥吊冠军奖杯,高兴劲刚缓过来,就听到海山港那边传来了不好的消息。姚四海因为丢了揣了十年的奖杯突发脑梗。宁五洲越想越不是滋味。姚四海二十世纪八十年代初曾到宁州港来学习过龙门吊,算起来两个人也算是同门师兄弟。那时候,龙门吊设备还全部是德国产的,姚四海这个人特爱琢磨,硬是把整套设备都琢磨透了,不仅操作上面很出色,连修理、安装也摸得透透的。不仅如此,整个港口码头面上的十几个工种,如堆场、码垛、叉车、铲车等,他都给操弄个遍,等回到海山港,就成了码头上的大拿。

这几十年,港口系统技能大比武,几十个工种,他们各有输赢,但唯有八十年代末新上的集装箱桥吊,姚四海每次比武总拔头筹。按理说,宁州的集装箱码头比海山先上,不应该输给海山港,可姚四海有股子狠劲,硬是把操作技术练到了炉火纯青的地步。这次宁霞虽然赢了,但赢得很惊险,四项比武,她只赢了半分钟。宁五洲知道,姚四海突发脑梗,更多的原因是他那帮徒弟惨败在了宁霞一个女孩子手上,他脸上挂不住。

宁五洲一直跟着宁海魁一家住,原因是二儿子下海爆破残废了,儿媳妇贾玲跑了,只剩下宁海魁和宁霞、宁虹姐妹俩,他要帮扶。宁家老屋是坐落在老港区的二层老小楼,二十世纪七十年代初盖的,跟海山姚家老屋有些像。院子里种菜,还养了一群鸡鸭。小院依山傍海,很精致。传说要拆迁,但传了很久都没有下文。晚饭是宁霞做的,四菜一汤:四条黄鱼,四只梭子蟹,辣炒花蛤,韭菜鱿鱼,外带一盆紫菜蛋花汤。宁霞还给宁五洲烫了一壶状元红。酒菜刚摆上,宁海魁还没上桌,宁海楼就来了。港口的庆功宴要等到董平从省厅开会回来以后才能举行,宁海楼来参加这个家宴,算是提前向宁五洲表示祝贺。宁霞添上一副碗筷,为宁海楼倒上酒,然后去堂屋喊父亲吃饭。

宁五洲两个儿子,虽然第三代只留下宁嘉南一个男丁,但宁海楼更喜欢的还是宁霞这个侄女,这种喜欢是从宁霞十五岁报考港务技校时开始的。其实初中时,宁霞的成绩比宁嘉南的还要好,可是考虑到家庭因素,宁霞就没再去读高中,而是读了港务技校。技校跟港口对口,港口子女毕业就能安排上岗,但只能做一线工人。当然,也有在职读电大拿下大专、本科文凭然后转干的,但毕竟是少数。当时,宁海楼是坚决反对的,他认为他这个侄女比很多男儿都要出色,老二这个家全靠她撑着。

宁海魁自己划拉轮椅来到了餐桌前,宁霞给他盛了饭,舀了一碗汤,然后招呼正在写作业的宁虹也来吃饭。宁海楼给宁海魁也倒了一杯酒,跟他碰了一下。宁海魁有些受宠若惊地看了一眼父亲和大哥,低着头把酒喝了。宁海魁很害怕父亲和大哥。他从小性格就有些懦弱,残了之后就更自卑。当年,宁五洲把他送到东海舰队当兵锻炼,就是想让他坚强起来,可退伍后的宁海魁胆子倒是练大了,性格却没改。

　　宁海魁在海山岛上当工程兵,打山洞、炸礁石,干了不少苦活,从海山孤岛凤凰岛驻军部队复员后,被分到海港的港建公司做炸礁队的潜水员,没多久,一个漂亮的渔家妹子就找上了门。得知宁海魁找了个海山孤岛的渔家女,宁五洲和宁海楼气得不行,都坚决反对贾玲进门。可后来,他们还是松口答应了,因为贾玲的肚子鼓起来了。贾玲嫁进来时是渔民户口,港口没办法安排正式工,宁五洲就托人让她在港口机关招待所做了服务员。婚后不久,贾玲就生了个闺女,取名宁霞。

　　二十世纪八十年代中期,港口效益不好,双职工日子都过得紧巴,宁海魁弄回来两张嘴,日子过得更艰难,可偏偏贾玲还有个酒篓子父亲和未成年弟弟要养。宁海魁每个月都把工资交给贾玲,贾玲会一分为三,一份给父亲买酒喝,一份用来养弟弟,剩下的一份才拿来跟宁海魁过日子。所以,宁海魁家每个月还过不到一半,钱就没了。开始,宁五洲还拿自己的工资接济他们,得知贾玲的情况后,才意识到这就是个无底洞。

　　贫贱夫妻百事哀,宁海魁一家整天吵闹。宁五洲骂了几次宁海魁,也劝了几次儿媳妇,可贾玲就是油盐不进,贴娘家贴得越发过分,有几次竟然拿宁霞的学费给弟弟花,宁五洲就更讨厌这个他原本就不中意的老二媳妇了。天长日久,宁海魁家的事,宁五洲和宁海楼就都懒得管了。没有了宁五洲和宁海楼的贴补,宁海魁家的日子就更难过了。穷则思变,贾玲脑子活络,招待所食堂对外搞承包,她得知消息,就鼓动宁海魁找宁海楼和战友借了几千块钱,凑足了承包费。宁五洲也帮着找了做招待所经理的徒弟。最终,贾玲拿下了港区临街门面,开了家餐馆。

　　为还欠款,宁海魁接了水下爆破的私活去挣外快。一次深水爆破,雷管哑了,宁海魁下水排爆,为了救徒弟,人被炸成了残疾。宁海魁残了,日子就更难。宁五洲、宁海楼找了港口的领导,给宁海魁弄了个病退,工资不多,但多少有些保障。最初几年,餐馆经营不错,贾玲也安分肯干,日子勉强过得去。可是她再能干,一个人也撑不起来两个家。弟弟贾山虽然已经长大,但和酒鬼父亲老贾仍然像蚂蟥一样吸在她身上,十天半个月就来宁州要一回钱。

二十世纪九十年代初,宁州港的集装箱码头开始繁忙起来,来自欧洲的集装箱货轮频繁进出港口,外国人就多了起来。外国人常来餐馆吃饭,贾玲就跟希腊船上的一个厨子混熟了。偏偏这个时候,贾山和一个中学女孩早恋,女孩家人找上门要打死贾山,贾山就跑到宁州来找贾玲。两个人不知道怎么商量的,第二天,宁霞去上学的时候,两个人就跟着希腊厨子的船走了。后来贾玲就跟宁海魁离了婚,留在了希腊,据说是和那个希腊厨子结了婚,在希腊港附近开了一家中餐馆。当时,前往欧洲打工的人很多,宁州下面的一个县就去了三十万人。华人多了,自然要吃中餐,贾玲就发了些小财,托贾山送回来一些钱,但更多的钱还是被贾山给挥霍了。

一家人吃完饭,宁海魁双手划拉着轮椅进了自己的房间,他最近一直在琢磨遥控爆破电路的事。两姐妹收拾完餐桌,宁虹去洗碗,宁霞去泡茶。穷人的孩子早当家,还在上学的宁虹也已经开始帮宁霞分担家务了。宁霞为宁五洲和宁海楼泡好茶,端过来,担心地问:"我听说海山姚家老爷子被气病了,要不要去看看他?"宁五洲在鼻子里哼了一声,说:"这时候去看他,他会怎么想?会骂我们是穷显摆。"宁海楼说:"你爷爷说得对,这时候去看他,就是火上浇油,我打电话向姚江河问候一下就行了。"

宁霞接着又说:"听伯母说,他孙女在和我哥谈恋爱,我们不会给他惹麻烦吧?"宁五洲说:"我们靠本事拿奖杯,光明正大,是他肚量小,还赖着我们了?"宁海楼接过宁五洲的话,告诫宁霞道:"你也别听你哥说怪话,他的脑子本身就有问题。多上了几天学,人就变样了。"宁海楼看一眼宁五洲,他这话是在为儿子宁嘉南出国做铺垫。宁五洲没说话,端着泡好茶的搪瓷缸子出门,宁海楼跟着出去了。院子里,宁五洲问宁海楼:"你儿子出国的事定下来了?"宁五洲不再叫宁嘉南的名字,也不再喊孙子了,而是把宁嘉南称作"你儿子"。宁海楼心里顿时明白了,宁嘉南出国的事,宁五洲已经知道了,这事他瞒不住。宁海楼说:"嘉南是国家公派出去的。"宁五洲没反对,也没赞同,他对宁嘉南失望透顶。宁五洲长叹一声说:"你这个儿子,从小心高气傲、虚荣张扬。再大的船,扎不下锚,最终也会被风浪吹走的。"宁海楼小心翼翼地问父亲:"那就让他走?"宁五洲说:"那你还想怎么样,他的心根本就不在港口。"宁海楼不说话了,他还要去机关加班,斯兰特公司的订单拿下之后,他得想办法尽快把码头的堆场清理出来,耽误了货物卸载,真会误了合同。另外,他还得尽快把成本降下来,不然,真的要赔钱。

宁霞帮宁虹收拾厨房,因为先前提到了宁嘉南,这会儿就顺带着督促起了宁虹:"你上学期的成绩还不错,继续努力,争取去宁州海洋中学上高中,大哥读的就是那所学校,最后考上了东海交大。"宁虹小心翼翼地问宁霞:"姐,我也想考港务技校,行吗?"宁霞想都没想,打断了宁虹的话:"不行!"宁虹继续问:"为什么不行?反正早晚也是回到港口来,我不想跟大哥那样读十年书再回来,浪费时间。"宁霞恼怒道:"我说不行就不行。"

见宁霞脸上露出了怒色,宁虹就有些害怕了。她两岁的时候,母亲贾玲就走了,她是宁霞带大的,那时宁霞才十岁。宁霞每天做完早饭,给宁虹喂完奶粉,再冲一杯奶粉放起来,她才去上学。宁海魁会把奶瓶放在温水里温好了拿给宁虹喝。子弟小学、初中都离旧家属区不太远,中间隔着一个菜市场,宁霞上午放学时会把中午的菜买好,回家做午饭。下午放学早,宁霞就会带着刚刚咿呀学语、挪步的宁虹出去玩,这样的日子一直坚持到宁虹上幼儿园。在宁虹眼里,宁霞更像亲妈。

宁霞告诉宁虹:"当初我报考技校是迫不得已,现在我们的条件好了,你必须去市里读高中,然后读大学。将来不要像姐一样,一辈子只能做个码头工人。"叛逆期的宁虹接着顶嘴道:"像你这样做个工人有什么不好?还为宁州港拿回了奖杯,我听说连市长都要接见你。"宁霞苦笑着说:"我的傻妹妹,你在码头桥吊塔上见过几个女工?姐是没办法,要挣钱养你,给爸治病,养这个家。"继而,宁霞紧盯着宁虹说:"我告诉你,宁虹,不准胡思乱想,这学期期末考试要是掉了名次,小心姐给你紧皮。"

宁霞是真的打过宁虹。那一年,宁虹七八岁的样子,宁霞带她去大伯家玩耍,回来路过小卖部,宁虹拿着两块钱硬币要买泡泡糖。宁霞看到钱,一下子就发火了。回到家,关上门,打得宁虹满地爬。宁霞告诫她说:"别人的钱不能拿,给也不能要。"后来宁虹才知道,母亲是因为那个希腊厨子的钱才跟他跑的。

见宁虹不说话了,宁霞摸了一下宁虹的头说:"我们家宁虹最听话了,赶紧温习功课去。"宁虹赌气回房间了。宁霞望着走出厨房的宁虹叹了口气,拿出一个旧手机给贾山打电话。电话通了,她对着电话就是一阵责备:"我说贾山,你能不能靠点谱,等宁虹考上高中,住校读书是要花很多钱的,这个月你必须把我妈打的钱送过来,不然我要你好看。"贾山是她的小舅,但宁霞从来不喊他舅舅。宁家破败成这样,都是拜他所赐。

6

姚子期在焦急、沮丧的情绪中熬过了四个小时渡船时光。海山客运码头,她遇到了急匆匆上船的姚江河、徐正生和方平,他们要去东海交通大学商讨蟹子岛综合港口改造的事。姚江河看了一眼有些憔悴的女儿,想说她两句,但还是忍住了。姚子期却跑过来,抱着姚江河哭着不停地道歉:"爸爸,对不起,都怪我。"姚江河说:"是你爷爷心气太高,跟你没什么关系。"姚子期追问:"爷爷情况怎么样了?"姚江河说:"病情已经基本稳定住了,各项指标还算可以,就是还不能说话,动起来有些困难。"姚子期又问姚江河:"您这是要去哪儿?"姚江河说:"去省城开会。"姚子期顿时皱起了眉头,她心想,爷爷病得那么重,父亲竟然撂下他去省城开会,一时间,失望、伤心浮现在了脸上。

姚江河觉察到了姚子期的情绪变化,一脸无奈和歉意地说道:"蟹子岛码头的事,我们想找一下省厅,既然不能新建十万吨以上码头,看能不能在码头二期改造工程中直接上项目。"姚子期此刻没心思听父亲说工作,拎着行李朝码头外面走去。徐正生追上来说:"我的车还没走,你坐我的车回去,师爷的病你也别太担心,梁云霄在医院守着呢。"姚子期想责怪父亲两句,但还是忍住了,转而说:"没事,你们走吧。"她拎着行李,到码头上去找徐正生的政府公务车。

司机帮她装上了行李,再回头,姚江河他们已坐上公务船离开了码头。姚子期有些难过,但更多的是无奈。这么多年来,父亲一直都是这样,从来没有真正关心过她和家人。姚子期想,这或许就是母亲跟他离婚的原因。

梁云霄拿着姚四海的CT片子去找脑外科主任。主任把片子放在诊断灯下仔细查找原因,觉得很奇怪。姚四海的病情明显有所好转,但临床的医学表现却好像越来越重了。他躺在床上不能说话,不能动弹,甚至连吃饭张口也困难。主任决定拿着片子去一趟省城和宁州,找专家进行会诊。姚子期回到海山,急匆匆赶到了医院,在医院走廊上遇到了刚从主任办公室出来、一脸沮丧的梁云霄,急切地问:"我爷爷怎么样了?"梁云霄说:"人醒过来了,就是说话和行动有些困难。"姚子期跟着梁云霄进了病房,望着躺在病床上、双眼紧闭的姚四海,泪如雨下。此刻的姚四海其实是清醒着的。姚四海早就听到了姚子期的声音,他闭着眼睛,心情却十分复杂,他心心念念的子期最终还是舍不下他,回来了。姚四海强忍内心的感动,但泪水还是忍不住滚落下来。姚子期看到了姚四海眼角的泪水,知道他已经醒过来了。她自己流着眼泪,帮爷爷擦着泪水。姚子期的脸贴在姚四海粗糙的脸上,轻轻地在他耳边呼唤着:"爷爷,我回来了。爷爷,你醒醒,我回来了。"

可是,姚四海的眼泪越擦越多,根本擦不干。苏淑琴走后,姚子期每天的吃喝、接送都是由姚四海负责。每天,他在码头上再累,只要看见小子期在子弟小学门口笑容灿烂地喊着"爷爷"向他奔跑而来,他满身的疲惫顿时全消。他会抱着她,举着她,把她顶在头上……这一幕在姚四海的眼前闪过,他听着姚子期的呼唤,心里五味杂陈,酸涩的眼泪流下来,说不清是酸楚还是幸福。

他不知道,此刻姚子期回来是好事,还是坏事。姚江河的话,他是听进心里去了的。姚四海是个跟着大船见过世面的人,外面的世界很大,谁不向往更美好的生活呢?可是从内心来讲,他还是不愿意姚子期离开海山岛。他早就想好了,将来等姚子期的工作稳定了,就为她挑选一个上门女婿。海山本岛虽小,但也有十几万人,姚家的家境不错,姚子期长得也漂亮,还是国家重点大学毕业的,抛开港口几百号年轻的干部、职工不算,从本岛几万适龄的年轻男孩中挑出一个好的,不算是难事。

之前,他就常常幻想姚子期能留在岛上上班、成家,他在家里替她带小孩,享受天伦之乐。那样的日子,是何等惬意。昨夜,经过漫长的思想斗争,他最终横下了心,还是不能让姚子期走。海山出个岛都那么难,万一她像苏淑琴那样不回来了,万里之遥,他想她了,该怎么办?想想这些,他就满心酸楚。

姚子期哭了一会儿,一脸泪痕地起身去倒温水,为姚四海擦脸。姚四海睁开了眼睛,一双眼睛柔和地望着一脸憔悴的姚子期。他的嘴巴动了动,他想说:"你走吧,爷爷没事了。"姚子期读懂了他的唇语,流着眼泪说:"爷爷,子期不走了,子期守着你,一直等到你好起来。"姚子期默默擦拭着姚四海的脖子和背部,梁云霄对她说道:"子期,我来吧。"姚子期就把毛巾递给了梁云霄。梁云霄接着为姚四海擦拭下半身,并对姚子期说道:"子期,你赶了一天的路,先回去休息一下吧,这儿有我呢。"姚子期这才发现自己浑身已经被汗水浸透了。于是,她对梁云霄说:"我回家换身衣服,从明天开始,医院你就别来了。"姚子期知道,海山港的班子刚调整完,父亲没有竞争上总经理,港口机关正处于定职定编的关键时刻,技术科编制竞争激烈,工作耽误多了,对梁云霄不利。

　　梁云霄微微一笑说:"那就白天你来,晚上我换你。"梁云霄为姚四海擦拭完身体,又为姚四海掖了掖被子,然后送姚子期出门。梁云霄说:"其实你完全可以……"姚子期明白他的意思,随即打断了他的话,说:"我明白,你是可以,但我不一样。"梁云霄担心地问她:"爷爷的这个病,一时半会儿很难完全康复,你出国的事怎么办?"姚子期长叹一口气,说:"等等看吧,实在不行,就等明年。"梁云霄说:"那岂不是要耽误一年?"姚子期说:"他养我小,我养他老。"梁云霄听了,很感动,也很惭愧。他想起了远在落叶岛上的母亲丁春草,心里一阵疼痛。梁云霄此刻才发觉,他又有很长一段时间没回落叶岛了。

第四章

1

姚江河、方平和徐正生在省厅得到一个不好的消息：东南亚某国的大港跟北方港开始战略合作，国家部委没把海山港列为国家重点港口项目。三人都很沮丧，这就意味着海山"大陆连岛""大陆连港"工程申请国家级大项目经费的可能性不大了。同时，也就意味着两港一体化的战略构想还只能停留在纸上。

散会后，姚江河找钟立达请假，希望能连夜返回海山港，一方面父亲还躺在病床上，另一方面，铁矿石码头的改造已经动工了，工地上没有人看着可不行。钟立达希望姚江河再等一个晚上，省委常委会正在召开，海、宁跨海大桥到底建还是不建，两港一体化的决策是不是能形成，就在今晚。他望着有些沮丧的姚江河说："没被定为重点，不代表工程就不干了，只是时间问题。"姚江河苦笑着说："关键也是时间问题，海洋经济的大时代就要到来了，面对太平洋航运市场激烈竞争的局面，晚一步，黄花菜都凉了。"

夜里，姚江河躺在东海港务局招待所里，望着天花板心情复杂。父亲病着，女儿出国的事看起来要黄了。根据他对姚子期的了解，她绝不会在爷爷病重的时候离开海山。姚江河甚至想，如果他不做港口副总就好了，这样他就可以理所当然地请假照顾自己的父亲，这样他就可以让女儿毫无后顾之忧地离开海山岛，去英国追寻国际航运金融的梦想。公事、私事一团糟，姚江河虽然很疲惫，但也很难入睡。黑暗中，电话铃声突然响起来。姚江河迅速起身打开了灯，抓起了电话,他以为姚四海在医院出了什么意外。可是,电话是徐正生打来的,他破例列席了省委常委会。徐正生用激动、颤抖的声音对他说:"师父,我们的机遇来了。省委常委会把两件事情都确定下来了。我把省委领导的原话传达给你:有国家的财政支持我们要干,没有支持我们也要干,要干,就快干、大干。港口是我们东海的港,大桥是东海的大桥,干好了又不会跑。"姚江河立刻兴奋地坐起身来,浑身鸡皮疙瘩顿时起来了。

午夜,罗子坤、钟立达、徐正生兴冲冲地赶来了,三人脸上也难掩兴奋的表情。罗子坤激动地说:"这次我随省委领导到北京汇报,眼见他顶着巨大压力,我以为这事肯定黄了,没想到,省委还是做出了最后决定,大桥开建,大港开建。老姚啊,你们海山的春天终于到来了。"钟立达也兴奋地接过话茬说:"是啊,这可是惊天动地的浩大工程,大桥若通,两港互补性就会更强,当年孙中山先生的东方大港梦,有可能在我们这一代实现。"继而,钟立达又说道:"老姚啊,机不可失,时不再来,省厅已经成立了大桥建设的筹备小组,在准备'大陆连岛'的材料,港口建设的材料也不能等,你们干脆别回海山了,来回太耽误时间,你们就在这里准备港口的材料。正好,罗教授也在,我把周晓乙、宁海楼他们也留下来,大家讨论一下,先弄个提纲出来。我估计,省委领导随时会亲自带他们再次去北京汇报。这事我们得想在前面,免得到时候被动。"钟立达觉得事不宜迟,当下就把工作安排了。

众人都很兴奋,姚江河却沉默不语,徐正生知道此刻他心里还在惦记着姚四海的病情和蟹子岛工程遇到的难题,于是就对钟立达说道:"钟副厅长,这会儿还是我带着方平留下吧,毕竟他是海山港的当家人。另外,姚副总家里还躺着一个病人呢。"钟立达这才想起姚四海还在住院,慌忙道歉:"老姚,你看我这一高兴,就把什么事情都给忘了。要不你先回去,等老爷子好一些,你再来。"姚江河看了一下罗子坤说:"理论方面的事,有罗教授在,我还是回海山港先把旧港改造的事办完吧,季风很快就要来了,工期不往前赶,会耽误大事。"

材料准备的事很重要,有姚江河在,钟立达心里还是更有底一些,但听完徐正生的话之后,他又觉得自己的安排有失情理。于是,钟立达无奈地说道:"老爷子的身体是大事,明天你先回去吧,这边遇到情况,我随时打电话给你。"

钟立达和罗子坤走出了姚江河的房间。

等电梯的空当,罗子坤把姚江河拉到一边问道:"梁云霄怎么样?"姚江河说:"是块璞玉。"罗子坤笑了,说:"那就交给你了。"电梯门开了,姚江河、徐正生目送罗子坤、钟立达二人进了电梯,然后跟徐正生一起返回各自的房间。两人远远就看到走廊上,宁海楼站在姚江河房间门口正想敲门。徐正生悄声对姚江河说:"他这么晚来找你,怕是也得到了消息,睡不着了。"宁海楼见两个人回来,一脸笑容地问:"徐副市长这么晚还没睡?"徐正生也微笑着反问他:"你不也没睡吗?怕是你跟你们的晓乙市长也睡不着了吧?"宁海楼不以为然地说道:"我跟周副市长来省厅办事,正好听到你们也来了。怎么落实上面的决策,是你们领导的事,我这会儿来找姚总是想聊点家事。"宁海楼故意把"家事"两个字拖得很长。徐正生说了一声:"那你们聊。"他回自己房间去了,一边走一边纳闷,不知道宁海楼和姚江河能聊什么家事。

姚江河猜想,宁海楼找他说的所谓家事,无外乎儿女的恋情。姚江河对宁嘉南的印象不是太好,那个身材高大、肤色白皙的男孩浑身散发着一股牛奶味,他不喜欢。宁嘉南若跟梁云霄站在一起,这种华而不实的感觉就更明显。两个人在招待所的小茶几边坐下来,宁海楼主动烧了开水,为两个人各泡了一杯红茶。姚江河说:"你喝你泡,不要管我,我喝茶更睡不着了。"宁海楼有些尴尬地端起茶杯,吹了一下,啜了一口,似乎并不急着开口。

姚江河着急地说:"有话你就快说,我明天一大早还要赶回海山。"宁海楼就问了一声:"我们家老爷子原本让我代他去海山看望一下姚老爷子,可又害怕这个时候去看他,他会多想,所以就没去。哦,对了,老爷子现在情况怎么样了?"姚江河说:"人醒过来了,但还不会说话。感谢你和你们家老爷子的关心,如果只是这个事,你可以走了,这事跟你们家没关系。"

宁海楼却一点没有离开的意思,他又啜了一口茶,说:"老姚,你知道吗?子期到了机场又折回来了。"姚江河看了宁海楼一眼,说:"意料之中的事,有什么奇怪的吗?"宁海楼说:"我是说,我们这一代,苦点累点都无所谓,可孩子们有了这样的机会,该放手就要放手。我听嘉南说,子期选读的是国际航运金融专业,这个专业国内刚刚起步,未来港口发展必然跟国际接轨,未来的资本运营、财务结算也必然要融入国际航运金融体系,我相信你的眼光,不至于把子期拴在海山。"

姚江河不想和宁海楼多言,就说:"我怎么做,好像还用不着你来教我。"宁海楼说:"我还真没好为人师的习惯,我只想知道,你对两个孩子在一起的未来怎么看。"姚江河毫不掩饰自己的看法:"说实话,我不看好。"宁海楼苦笑一下说:"子期很优秀,我也很喜欢,可儿大不由爹,他们能发展到什么程度,我们还真说了不算。"姚江河就问宁海楼:"那你是什么意思?"宁海楼说:"他们两个人继续交往,我不支持,但也不反对,顺其自然。"姚江河说:"那就不用废话了,已经很晚了,我该睡觉了。"

两个人话谈得虽然很不愉快,但宁海楼还是没有要走的意思。宁海楼继续说道:"老姚,我只是希望,我们两个之间的矛盾和误解,不要影响到两个孩子的交往。"姚江河说道:"那你还真是小看我了,我不喜欢你那个儿子,跟你还真是没什么关系。"

宁海楼说:"那就好。哦,对了,最近斯兰特跟我们正在谈大型堆场和仓储中心的投资问题。"姚江河笑着说:"那你们得赶紧谈,免得他来烦我。"宁海楼一脸疑惑地问:"难道说他还惦记着海山?"姚江河说:"我可什么都没说。"

"他在赌'大陆连岛'工程是否落地?"宁海楼像是在问姚江河,又像是在自言自语。

姚江河警告宁海楼道:"这我还真不知道,落实省里决策是他们领导的事,你还是想想怎么完成斯兰特公司的航运大单吧。你们吞下的那个远洋大单是把双刃剑,条款苛刻,当心胃口太大,会撑死。"

宁海楼正色道:"江河兄,谢谢你的提醒。"

姚江河说道:"只要你不觉得我是羡慕嫉妒恨,我就阿弥陀佛了。"

宁海楼说:"我还真没这么想。"

宁海楼临出门时没忘记对姚江河说:"我听说那个梁云霄还在你们那儿打酱油?你要用不上他就给我,我这儿急用人。"

姚江河被气乐了:"你这人是海盗吗?怎么看见什么抢什么?"

宁海楼哈哈一笑,说:"好钢用在刀刃上,你不用我用,来了就让他上项目。"

宁海楼说完出门去了,姚江河继续躺下来,但他的睡意一下子全没有了。公事、家事、儿女事,错综复杂地纠结在一起,姚江河心乱如麻。

2

姚子期送来晚饭就回姚家老屋了,贺大年和胡彪几个人在病房里坐了一阵也走了,病房里就只剩下了梁云霄和姚四海。半夜里,半梦半醒的梁云霄发现姚四海突然间坐了起来,一下子就被吓醒了。姚四海轻轻地咳嗽了一声,梁云霄要去开灯,姚四海突然发声阻止了他:"别开灯,你躺好,我有话对你说。"姚四海的声音很低沉,但吐字清晰,跟常人无异。梁云霄暗自惊喜。最近几天,他一直去找科室主任询问姚四海的病情。主任对姚四海的病很上心,省城的医疗专家会诊结果也出来了。姚四海的病情,从病理上讲,确实是在好转,然而,临床上的表现却很怪异。这几天,梁云霄也对姚四海进行了观察,他偶然发现,姚四海竟然掀开被角偷听、偷看他跟姚子期说话,而且偷看时的眼神也很灵动,不像是有脑血管病后遗症的样子。现在,姚四海在半夜突然坐起来,十分冷静地对他说话,更不像是突然好转的。

梁云霄躺在旁边的陪床上,瞪着眼睛看着天花板说道:"爷爷您说吧,我听着。"

"我先问你,今天晚上,我跟你说的话,还有你跟我说的话,等天一亮,你必须一字不落地全忘掉,你能做到吗?"

姚四海的声音很低,但中气很足,丝毫不像大病初愈的样子。

"我能,您说吧。"梁云霄毫不犹豫地回答道。

姚四海看了一下门口,外面的廊灯已经熄灭了。他把目光收回来,又躺了下去,盯着屋顶嘿嘿笑了,继而他收住笑,低声说道:"那好,我实话告诉你吧,我苦心设下这样一个局,目的只有一个,那就是阻止子期出国。眼下,我也只有用这个办法,才能把她留下来了。当然,这事必须得到你的配合。"

梁云霄一惊,多日来的疑虑一下子就烟消云散了:姚四海是在装病,他想打苦情牌把姚子期留下来。梁云霄顿时愣住了,根据他对姚子期的了解,这副牌出手就是王炸。梁云霄后悔自己答应姚四海早了,他这就是在做姚四海的"帮凶"！想到这里,梁云霄想起床离开,可立刻被姚四海低声叫住了,他呵斥道:"小子,你给我躺好了,别动。"

梁云霄只好躺下来,冲着姚四海说:"可是爷爷,我不能跟您合伙骗她。您知道子期为出国留学准备了多久吗？她甚至放弃了读罗教授研究生的机会。而且,她出国去读国际航运金融,是为了将来替海山港招商引资,帮助我师父尽快把项目推进下去。爷爷,您该相信子期,即便她现在走了,也肯定还是要回来的。"

姚四海冷笑一声,说道:"我当然信她。可如果这次她是跟那个姓宁的走了,能不能回来,就很难说了。"

梁云霄一惊,继而沉默了。原来姚四海已经知道了宁嘉南的存在,这是个十分危险的信号。

姚四海见梁云霄许久不说话,有些着急,接着问:"小子,我再问你一句,那个姓宁的小子是不是子期的男朋友？"

梁云霄回答道:"这事我还真不太清楚,爷爷,您……您还是问子期吧。"他说话有些磕巴,姚四海翻身扭过脸来,黑暗中那双眼睛直直地看着他。

姚四海厉声说道:"不说是吧？行,你小子可真行。我告诉你小子,明天我就出院回家了,回家以后,就由子期来照顾我,我不想再看见你。但有一条我必须告诉你,我的病会越来越厉害,最后成为植物人也不是不可能。我对你只有一个要求,我的病你不能对子期透露半个字。"

梁云霄心里很清楚,姚四海一旦把这病装下去,姚子期就真的无法离开海山岛了。于是,他也顾不上姚四海的身份和此刻的态度了,郑重地告诫他说:"爷爷,这是子期人生最关键的时刻,您不能这样硬把子期留下来,不然她日后知道了会恨您,您也会因为她失去这样好的学习机会而后悔。"

姚四海嗤之以鼻,继而训斥梁云霄:"小子,我活了六十多年,该怎么做,不该怎么做,用得着你教我吗？阻止她出国,我不知道以后会不会后悔,但这个时候要是放着她跟那个男人出国,我一定会后悔。你小子入职了海山港,以后可是要在这里做人做事的,要是敢胳膊肘往外拐,我会让你今后的每一天都不好过。"

虽然被逼到了绝境,但梁云霄还是选择了沉默。见梁云霄不说话了,姚四

| 229 |

海冷笑了一声,说道:"你不说我也猜了个大概。子期的男朋友叫宁嘉南,是宁海楼的儿子,宁五洲的孙子,对吧?我实话告诉你吧,这也是我不愿意子期出国的原因。我在宁州港有熟人,他的底细,我这几天也派人摸清楚了,那小子可精明着呢。子期跟他在一起,有没有好的未来我不清楚,但我把话撂在这儿,子期要是跟他一起出国了,一准儿不会回来了。"

梁云霄不说话了。姚四海见自己把天聊死了,就转变了口吻,温和地对梁云霄说:"小子,我跟你接触也不是一天两天了。我知道,你是个好孩子,你这样做,看起来好像是为了子期好,可我告诉你,你这不是帮她,你是在害她。我在宁州港、海山港干了几十年,南来北往也算是阅人无数,宁家那个奶娃娃不会有太大的出息,倒是你这小子……哎,可惜了。"姚四海在黑暗中再次看了一下梁云霄的眼睛,沉默了许久。

医院的夜晚很宁静,静得有些让人窒息。

姚四海瞪着眼睛沉默了好大一会儿,突然问:"小子,你还喜欢子期吗?"姚四海突然抛出了一个让梁云霄不愿面对,但又无法回避的问题,梁云霄愣住了。很长一段时间,这个问题的答案在梁云霄的脑海里是模糊的。很多事情正在慢慢被忘记,但很多事情却又慢慢被想起。如果这个时候说他不再喜欢姚子期了,他连自己都说服不了。可如果说还喜欢,那么这样的喜欢应该又是什么?男女之情吗?好像也不是,应该是兄妹、姐弟之情。确切地说,是一种弟弟对姐姐的依恋。他虽然比姚子期大一点,可在人格成熟度上,他的成熟远比姚子期来得要晚。四年多了,姚子期一直像一个大姐姐一样无时无刻不在关照着他。

姚四海继续说:"不回答,就算是还喜欢。那我再问你一个问题,当初你为什么放弃了子期?"梁云霄在黑暗中苦笑着说:"不,爷爷,那不是放弃,而是那种妄念从一开始我就不应该有。"姚四海在鼻子里哼了一声说:"懦夫。"梁云霄在心里苦笑了一下。懦夫吗?不,不是。随着年龄的不断增长,他越来越觉得,他当初放下那种妄念是正确的。他想起了父亲梁海生割断那一网大黄鱼,冒死去救其他船的壮举。如果他的放手能让姚子期找到自己的真爱和幸福,那么,这样的抉择应该也是勇敢的。

姚四海说完"懦夫"这两个字就翻过身去,像是自言自语,又像是给晚上的谈话做了个总结,他闭着眼睛悠悠说道:"今晚说这么多,总之就一句话,我们得想办法把子期留在海山,我这也是给你机会。好了,明天给我去办出院手续,我要回家养病了。记住,不要忘记我们之间的约定。"姚四海话说完不久,就传来一阵鼾声。

姚四海像是睡过去了,梁云霄却丝毫没有了睡意,这一夜,他的心情极其复杂。

3

姚江河回到海山姚家老屋时,姚四海已经出院回到了家里。医生的病理诊断显示,姚四海的脑部血管情况得到了改善,可是,他仍然不能说话。姚四海回家后,人虽然不说话,但每天的生活起居,只要姚子期照顾,梁云霄一来,他就瞪眼吐口水。梁云霄心里明白,姚四海是在赶自己走,好把姚子期牢牢地拴在家里。好几次,梁云霄想把姚四海的秘密拆穿,可面对姚四海瞟过来的哀求的眼神,又心软了,只能望着姚江河和姚子期,苦笑着说:"师父、子期,爷爷是越来越讨厌我了,看来我不走都不行了。"姚江河笑着说:"那你就尽快回技术科上班吧,方董事长正在搞机关人事改革,人员在定编定岗。这段时间照顾爷爷,你已经耽误许多工作了。"

梁云霄看了一眼姚四海,转身就出了姚家。姚子期出门送他,他欲言又止。姚子期说:"这段时间我在家里,你就安心工作吧,家里你也尽量少来,我爸眼下处境不是太好,别影响了你。"梁云霄不以为意地说:"我才不把那些乱嚼舌根的家伙放在眼里呢。"姚子期苦笑着说:"听没听到一个在机关大院传得沸沸扬扬的流言?"梁云霄苦笑说:"马闲啃树皮,人闲生是非。我没时间听这些,又不给钱。"姚子期笑了,说:"这个流言很有想象力,说我爸之所以跟斯兰特公司谈判未能成功,是因为他在跟斯兰特公司谈判时,让我妈做了他的白手套。我妈向斯兰特公司提出的要他们为我在欧洲置办房产、办理留学的条件太苛刻了。"梁云霄哈哈笑了一阵,眼泪顿时流了出来。这里面的前因后果、是非曲直,梁云霄最清楚,他的眼泪是为姚江河的忍辱负重而流的。

| 231 |

继而,梁云霄义愤填膺地说:"这帮无知无耻的家伙,无时无刻不释放出负能量的毒箭,是非曲直,时间会证明一切。"姚子期见梁云霄义愤填膺的样子,微微一笑说:"这些话,我爸这些年听得可多了,你没必要为这些又蠢又傻的井底之蛙的呱呱乱叫而生气。"梁云霄说:"我只是为师父感到心寒。"姚子期继续笑着说:"我爸要为这个心寒,他早就不干了。你回去后,安心忙你的工作吧。这时候我爸帮你还不如不帮,我说这话的意思,你明白吗?"梁云霄点了点头。

分手时,梁云霄再次告诫姚子期说:"子期,你还是尽快出国吧,你一个女孩子,真的不适合再待在海山。"姚子期嫣然一笑,说道:"谢谢你,云霄,我会考虑的,也祝你好运。"

梁云霄回到了技术科,副科长卢明一把把他拉到了文印室。文印室里只有卢明分管的打字员小梅,算是他的人。卢明问梁云霄:"小梁,你跟李子木究竟谁能定编的事港口都在猜,你还不赶紧让姚总和徐副市长为你打招呼?"梁云霄超编安排在技术科,如果不能纳编,就只能到一线码头去。在宁州、海山港都待过的梁云霄,自然明白机关编制的利害,一个萝卜一个坑,拔出一个才能进来一个。技术科两个超编的技术员,只能定一个助理工程师。梁云霄因为是在职研究生,暂时还定不了工程师,所以只能跟李子木竞争这个助理工程师的指标。科长老赵是姜副总的人,自然要保李子木。

卢明说:"小梁,反正这次我是豁出去了,我就挺你一个,那个李子木要是在技术科定了编,海山港那可真就没希望了,老子就去徐副市长那儿告状。"梁云霄谢过卢明,回到自己的工位上。李子木走过来,交给他一摞厚厚的资料说:"项目组花的钱,姜副总没签字,财务部打回来了,说是许多发票不太正规,怕是报不了,科长让你再整一下,实在不行,就自己去补一些发票。"梁云霄看了一眼李子木,把发票放在抽屉里说:"那好吧,这些发票很多都是徐副市长在位的时候他签字的,港口报不了,就找港务局和市财政吧。"

李子木嗤之以鼻道:"你还真别把徐副市长挂在嘴上,他毕竟还不是常务。"这时,贾山打来电话,说梁云霄大学时的二哥张达到海山了。梁云霄一头雾水,张达来海山不找他,却去找了他的结拜大哥贾山?梁云霄向卢明请了假,准备去见张达。李子木却叫住了他,说:"梁云霄,你的票据可得尽快准备好,姜副总最近要搞一次会签,误了这次会签,你的那些票据可是要作废的,没有票据冲账,你过去的借款会被催缴的。"梁云霄说了声:"知道了。"转身出了门。

梁云霄尽地主之谊,请张达去凤凰岛渔家乐吃了顿真正的海鲜大餐。说是他请,饭其实是贾山安排的。十荤十素,十味小海鲜,晚宴十分丰盛,说是兄弟叙旧,核心议题却聚焦在了贾山的潜钓场。贾山想从张达那里购买一批进口钢材,扩建潜钓场的小码头。张达家里有关系,毕业就去了海都港,入职代理公司任业务员,但现在已经辞职了。张达家里有人在海都做钢材进口生意,他就跟人合伙买了两艘三万吨的货轮,专门为宁州、海山等周边沿海城市运输钢材和水泥。贾山托人购买建材,七拐八拐就找到了张达。二人见面,张达随口问起了海山港梁云霄的情况,贾山一听,喜出望外,就对他说:"那是我异父异母的亲兄弟。"兜兜转转,毕业分手后的两兄弟却在海山孤岛相遇了。

梁云霄对张达的辞职很吃惊,张达却很不以为意,他告诉梁云霄:"老四,国企就是个江湖,是江湖就有凶险。没有背景就得有真功夫,两样都没有,只能是人家的炮灰。我是不想做人家的炮灰。"张达能进海都大港,靠的是一个亲戚的关系,后来,那个亲戚出了经济问题被带走调查了,几乎一瞬间,所有的同事都开始针对他。张达在代理公司举步维艰,很快就待不下去了。不过张达辞职下海后,事业干得不错,带着两艘船、两个船老大和几十个船工,不停往返于海都、宁州、海山之间。两艘船,每个月都能盈利十几万,他人还自由,不用看别人的脸色。张达语重心长地拍着梁云霄的肩膀说:"老四,我告诉你,在国企或者政府单位干,没有大背景,就是别人踩在脚下的渣渣,眼睁睁看着别人踩在你的脸上台阶。"梁云霄很清楚他在海山港其实没有什么背景,如果姚江河算是他的背景,现在姚江河也是自顾不暇,偌大一个海山港,他要生存,只能靠自己。

三人狂饮三箱啤酒,共叙一阵兄弟情谊。酒足饭饱后,贾山再次把议题转到了他的潜钓场小码头的改建上。贾山告诉梁云霄说:"我已经跟村委会主任商量好了,准备把潜钓场的小码头改造成一个五万吨级的货运小码头,专门装卸、买卖像张兄弟正在做的这些建材。海山远离大陆,百废待兴,水泥、钢材、板材的需求量太大了,潜钓场码头附近那么大一块空地闲着太可惜,要是能在那儿弄个临时的市场,肯定能挣钱。"

梁云霄皱起眉头，担心地对贾山说："大哥，这事风险可太大了，凤凰岛这片地，可是海山港确定的五泊位以上、十万吨以上码头深水大港的建设用地，不久就要开发了。"贾山一听，气就不打一处来，气呼呼地说："兄弟，你可千万别再提这件事了，你们海山港，确切地说，就你那个师父姚江河，可把我给坑苦了。"梁云霄皱起眉头，没接贾山的话。贾山长叹一口气，说："我这边清一色三顺子，早就停牌了，就单吊你们海山港的东风做一将，赢他个清一色外加东顺风，可谁知道，你师父一根筋，跟斯兰特公司硬刚，生生把我的一手好牌弄成了流局。"

梁云霄知道，跟斯兰特公司谈判的失败，招来很多人的怨恨，其中就包括凤凰湾的渔民，心心念念的拆迁泡汤了，大伙儿心里都憋着气。于是关于海山港和斯兰特公司谈判的事，在海山市内流传了很多个版本。总而言之，就是姚江河放着河水不洗船，白白把百亿欧元的投资给弄黄了。深水大港项目搁浅，贾山等拆迁、发大财的梦还得等若干年。潜钓场每天都在烧钱，银行、债主在不停地催款。村委会主任见贾山有些撑不住了，等他山穷水尽的时候，就鼓动村民收回他租下的那片海湾。贾山当然不能坐以待毙，他仍然四处不停地借钱，借钱就得上项目。贾山从外面弄回来十几万，拿几万贿赂了村委会主任，二人商议，拿出码头附近的一块地，跟村里合伙建一个货运小码头，弄一个建筑材料的临时堆场和转售集散地。堆场和临时市场建成后，村里的老百姓也就有活儿干，有钱赚了。村委会主任把贾山看成了会下蛋的母鸡，暂时没有收回他手里那个四十年的合同。

三个人喝得醉醺醺的，来到海滩上吹风醒酒。贾山领着梁云霄、张达视察他的领地。贾山想拉张达干成这事，梁云霄却不想让张达掉进贾山挖下的这个大坑。凤凰湾原有的码头是渔港码头，就航道的水深而言，停泊三五万吨的船只是没问题的。贾山絮絮叨叨地说着他的伟大构想，梁云霄心里明白，他就是想打这个擦边球，在渔港码头上一套临时设备，打着扩建潜钓场需要大批建材的幌子，在空地上多建几个堆场，代理售卖钢材、板材、水泥。

梁云霄见状，干脆明着提醒张达，但话却是说给贾山听的，他说道："我说大哥，你这也太冒险了，这里面政策风险太大了。海山港的新港项目一旦开始，这里的一切就得全部拆掉，如此一来，前期投入就会打水漂。"贾山狡黠一笑，说：

"我的兄弟啊,我就怕他们不拆。你哥我等了好些年,烂都烂成这样了,不赌一把大的,哥不甘心。拆了我的码头,不搞他们大几千万赔偿,老子誓不罢休。"

贾山搂着张达的肩膀,指着远处苍茫的大海说:"你看啊,兄弟,这里远离本岛,他们那个大港项目要是下来了,难道不进设备、不进料?要进料,他们不要码头?要用码头,我就租给他们,卖给他们;要用料,我们有现成的。"梁云霄笑了,他不得不佩服贾山空中画饼的能力,连这个都添油加醋地给画进去了。只是梁云霄没想到,张达竟然支持贾山,两个人一拍即合。这几年,海山群岛不仅本岛发展很快,下面两个县的发展也不慢。城市要发展,建材的需求量就很大,价格比宁州要高。不过张达预测,建材的价格高涨也就这几年,海山港的吞吐量一旦上来,大船入港,价格很快就会下来。

趁在海边撒尿的机会,梁云霄提醒张达说:"二哥,我这个贾山大哥心不坏,可就是心太大,我怕你跟着跳下去,上不来。"张达对梁云霄说:"老四,没事,我心里有数。这事挺靠谱,我已经拿下了北方几个钢厂和水泥厂在宁州、海山地区的总代理权,而且还拿下了这两个地区废铁、废钢回厂置换新钢材的总代理权。海山国营的、民办的旧港口普遍都在升级改造,城区也在大面积拆迁,这地方太大了,我成立了临时建材专卖码头,那些小商贩收的废旧钢材用小船拉到这里,我再给他们换成钱,换成新钢材。眼下,我也是急着找临时堆场,能用一天是一天。老四,不是哥劝你,你要是干得不顺心,有辞职的决心,就跟二哥一起干。我把话撂在这儿,还清你们家那些烂账,用不了五年。"

梁云霄见张达执意要跟着贾山冒险,就不便再劝他了,只说:"二哥,我知道你们家有钱,不怕坑深事险,既然你也这么有信心,你们就合在一起干。"贾山知道梁云霄心实诚,人太憨,而且对张达和他合作不看好。他担心梁云霄会坏了自己的好事,就搂着梁云霄的肩膀提醒他说:"老弟,你跟我插草为香,是磕过头的兄弟,你二哥也是你大学四年的兄弟,我贾山是欠了一屁股债,但有一点我可以向你保证,这事我要是让他吃了亏,你立马跟我割袍断义,骂我不是人。"

梁云霄见自己的心思被人看穿了,红着脸说:"大哥,我这也是为你担心。"

贾山笑着说:"兄弟,我知道。你跟着那个罗教授在凤凰湾勘测这么久,你要真为我担心,就为我的老码头改造画张图,想办法让你二哥三万吨的船开进来。另外,你在技术科,我听说你们蟹子岛正在进行改造,拆卸下来的二手设备现在是个什么情况,你从技术科弄份资料给我。你放心,这事要是干成了,哥亏不了你。"

梁云霄吃了一惊,贾山的消息可真灵通,蟹子岛的新设备还没到,他就已经惦记上那些二手设备了。梁云霄问:"哥,你怎么知道那些旧设备要卖呢?"

贾山笑了,说:"你们科长老赵已经派人联系我了,要我给他联系个客户处理掉,买那些老玩意儿要不了几个钱。"贾山见梁云霄面带犹豫之色,就转变了语气,笑着说:"行了,设备资料的事你就别管了,等设备到了之后,你抽时间给我看看,管用我们就要了,不管用卖废铁。但是,码头改造图的事,你得给我画一个,这里水下的情况你最清楚。"

说话间,太阳很快落山了。贾山要留张达和梁云霄在岛上过夜,梁云霄要回本岛去,张达也说市里还有事要处理,贾山只好开摩托艇送两个人回了本岛。梁云霄在脑海里想着罗子坤对凤凰湾未来开发的构想,并排八个十万吨以上深水泊位的确避开了旧渔港,在岛的背面,留给老码头几万亩海滩和腹地,准备炸岛填海造陆,也是为建设超一流的大宗商品堆场做准备。原来的渔码头,也的确要建一个施工进料的五万吨以下的综合码头。这个早期规划,海山港知道的人并不多,也就姚江河、徐正生、姜副总、技术科和基建科以及港口原有的领导班子成员。可眼下,他猜测贾山可能已经知道了这个规划。若真是,那贾山的本事也太大了。

4

姚子期在海山一待就是半年,等在宁州的宁嘉南很焦急,不得不跟尼德申请,将到瑞典的时间推到了第二学年。但最近尼德已经打来了好几个电话,催促他尽快带着宁州湾的资料赶过去。他准备到海山来当面问问姚子期,如果姚子期的时间再定不下来,他就只好一个人先走了。

可是姚子期却离不开家,姚四海的一双眼睛死死盯着她,姚子期一会儿不在都不行。宁嘉南只好给梁云霄打了电话。梁云霄急匆匆赶到家属区,远远见宁嘉南在马路上不停地徘徊。梁云霄见面也没跟他多说话,带他去港口招待所开了个房间。海山港招待所比不上宁州的条件,梁云霄虽然为宁嘉南选了个最好的房间,但看上去还是很寒酸。房间很潮湿,破的木质地板有些斑驳,被褥倒是新的,但也是那种粗布床单,看上去糙得很。

梁云霄没敢把姚四海装病的事告诉宁嘉南,只好安慰他说:"其实子期也很着急,可她也没什么办法,姚总在工地上,爷爷躺在床上不能自理,身边不能没有人。"宁嘉南说:"可现在,如果子期再不去学校报到,她就只能自动退学了,这不仅仅是浪费了几万块钱的事,有可能子期会失去这次出国深造的机会。"梁云霄说:"其实当初她就不应该回来。你先在招待所等着,我去家里换她,你们商量吧。"梁云霄说完,就去见姚子期了。

姚四海生活已经逐渐能够自理了,但仍不会说话,脾气变得越来越大了。梁云霄进姚家老屋的时候,姚子期正在电话里跟母亲争吵。苏淑琴警告姚子期说:"伦敦商学院国际航运金融专业的名额很难争取,失去这个机会,你可能就再也争取不到了。"姚子期告诉她说:"爷爷这样的情况,身边离不开人。"苏淑琴说:"你到市里为他请个保姆专职照顾他,这笔费用我出了。"姚子期说:"这不一样。"苏淑琴很气恼地问:"要是你爷爷再也好不起来了,你打算在海山一辈子吗?"姚子期看了一眼在阳台摇椅上熟睡的姚四海,回答道:"若真是这样,我也认了。"电话那头的苏淑琴发怒了,骂道:"你跟你爸一样死心眼,那你就在那个破岛上待一辈子吧!"姚四海坐在摇椅上,半眯着眼睛听姚子期和她母亲在电话里吵架,听到这里,他的眼睛全闭上了。

姚子期心力交瘁。宁嘉南迟迟等不到她的回音,来到了海山。母亲也对她的举棋不定发出了次次声讨。她猜测,苏淑琴对她说的这些,一定也打电话对姚江河说过了,远在孤岛工地上的姚江河肯定被苏淑琴骂得体无完肤了。现实就是这样残酷,姚子期进退两难。

梁云霄走上阳台,看到一脸失落、望着大海心事重重的姚子期,心里很替她难过。他蹲下来在姚四海的脸上审视一番,姚四海的眼睛微微睁开了一点,疑惑地看了看梁云霄,意思在问:你怎么来了?梁云霄在姚四海耳边说:"我的爷,算你狠。"姚四海苦笑了一下。梁云霄又悄声说:"爷爷,我有事想跟您说,得让子期暂时离开一会儿。"姚四海点了点头。梁云霄凑到姚子期耳边和她说已经把宁嘉南安排在了招待所的事,姚子期看一眼装睡的姚四海,平复了一下心情,说:"爷爷,先让云霄陪您一会儿,我出去办点事。"见姚四海没有回应她,姚子期就下楼出门去了。

姚四海睁开眼,看着大马路上姚子期的身影消失,长出一口气,说:"小子,想说什么?说吧。"

梁云霄说:"爷爷,俗话说,久病床前无孝子,子期对您的爱,您都看到了,她宁肯放弃出国留学的机会也愿意留下来照顾您,这份孝心苍天可鉴,您要是再为难她,我可就实话实说了。"姚四海撇撇嘴没理会他。梁云霄接着说:"爷爷,您是长辈,按理说,我不该指责您。可凡事适可而止,过了,就伤人了。我可听说了,子期要是再不走,伦敦商学院的入学名额就作废了。您就这么狠心,眼看着她失去这么好的学习机会吗?"

姚四海这次没有立刻反驳梁云霄,而是选择了沉默。他盯着远处大海上往返的货轮,长叹了一口气。刚才,他听了姚子期和苏淑琴的对话,也开始怀疑自己做的决定,后悔自己的作为。梁云霄见有机可乘,就继续说:"我知道您不喜欢子期跟宁嘉南在一起,可子期跟他的日子还长着呢,对不对?况且,子期跟他也不是去一个国家、一个学校,未来他们两个怎么样,也是个未知数。所以,您得相信子期,相信她对您的爱。行了,适可而止吧。"

"就这么算了?"姚四海像是在问自己,又像是在问梁云霄。

梁云霄也叹口气,说:"行了,找个台阶下来吧。不然,您要是真让子期知道,您那么不相信她,可就真伤她的心了。到了那个时候,您又怎么收场?况且,您打算一年、两年就这样装哑巴,装老年痴呆?累不累啊?"

姚四海终于动摇了。他的动摇不是来自梁云霄的劝告,而是姚子期待在家里的这半年,她不快乐。虽然姚子期在他面前表现出云淡风轻的样子,可他深深地知道她备受煎熬。从小,姚子期都是极自律的人,每天都会拿着复读机在二楼的阳台上温习英语,尽管她的英语口语水平已经很高了。而且,每天她都会学习到很晚。夜里,大海边的姚家老屋二楼,灯光总是亮到很晚。那些英文版的大部头的专业书籍堆满了她高高的书架。白天,姚子期总是一脸笑容地面对他,但黄昏、夜晚、清晨,她会坐在二楼的阳台上,面对波涛汹涌的大海,看日出、日落,或是漫天的星辰。姚四海知道,姚子期是不快乐的,那个每天都洋溢着笑容的姚子期已经不见了。

白天,招待所不太宽敞的房间内拉着窗帘,灯光有些昏暗。姚子期和宁嘉南光着身子拥抱着躺在微微散发着潮湿味道的被子下面。宁嘉南闭着眼睛,发质柔滑、带自来卷的头直抵在姚子期饱满、光滑的胸前。他像一个刚刚出生的婴儿,用嘴唇寻找高高隆起的丘顶。激情的潮水退却之后,两个人浑身都是柔软的,犹如被遗留在沙滩上的海鳗。

姚子期也闭着眼睛,脑海里一片混沌,仍然不停地闪过他们之间刚刚发生的事。见面、拥抱、亲吻,然后就倒在了这张不太宽敞的床上,宁嘉南不停地撕扯她的和自己的衣服,再然后就是两个身体十分生疏的交合,一切都是那么生涩。环境的简陋、心情的抑郁,让姚子期初次的感受并没有想象之中的浪漫和欢愉,确切地说,是一塌糊涂。她曾无数次幻想过这一时刻的到来。粉紫色的窗幔,宽敞、铺满鲜花的大床,浪漫的轻音乐,两个人都做足了心理和生理的准备,没有生涩,顺畅美好的融合,灵魂出窍的欢悦……可此刻,她除了那一刻钻心的疼痛和最后的瞬间快感之外,剩下的全是遗憾。

尽管他们彼此是那么的激动、那么的迫切,身体也是那么的渴望,他们都希望把自己的肉体和灵魂交给这次床笫之欢,尽管整个过程中,宁嘉南都在照顾、询问她的感受,但姚子期的体验还是极其糟糕。整个过程都是生涩的,宁嘉南的每一次起伏,都像一把锤子击打着一根凿子,不停地深入,带来的是不停的疼痛,而且身体像是在不停地流血,这种蔓延全身的疼痛,就像关节炎病人遇到潮湿天气,就是在梦里,也还能感受到那种沁骨的疼痛。

姚子期没有任何性爱的经历,理想和现实的差距,让她猜测,他们此刻发生这种事情,是在错误的时机发生了错误的事情。她甚至安慰自己,那种销魂的性爱感受可能只存在于理想状态。

宁嘉南睁开了眼睛,昏黄的灯光下四周的墙壁不那么雪白,窗帘甚至有些陈旧。宁嘉南眼睛睁开了一会儿又再次闭上了,问姚子期:"几点了?"姚子期说:"天快黑了吧。"宁嘉南坐起身子,找到了床头边的眼镜。

两个人继续讨论他们最开始讨论的那个问题。姚子期仍然坚持她最初的想法,说道:"反正这个学年就要过去了,我想过段时间再走,直接读下一届的研究生。"宁嘉南长叹了一口气,说:"那就随你吧,反正我得走了。"宁嘉南放弃了就这个问题跟姚子期继续进行讨论。他的妥协让姚子期感到意外,姚子期用手指拨弄着宁嘉南的嘴唇,说:"怎么,你不再坚持等我了?"宁嘉南长叹一声,说:"反正我也说不通你。我已经推迟半年了,再等下去,尼德教授和罗教授会开除我的。"

姚子期起身去卫生间洗澡。宁嘉南对姚子期光滑的身体十分着迷。白皙、挺拔、光润、饱满,纤细的腰肢弧线优美,健康的张力十足的臀部,如欧洲文艺复兴时期油画上的女神画像落地。这次来海山,宁嘉南内心无比满足和惬意。姚子期是他的了。宁嘉南闭着眼睛,回想着他们第一次的床笫之欢,尽管最初她的身体无比僵硬,可后来还是越来越好,这种感觉让他如醉如痴。

姚子期披着浴巾回到床边,开始穿衣服,然后催促宁嘉南赶紧起床。临走,她留下了两套崭新的衣服:一套浅灰色的休闲运动装,一身黑色的西服和雪白的衬衫以及一条浅色格子领带。另外,她还扯下并带走了床上印着猩红血迹的床单。宁嘉南笑着对她说:"怎么,你还想留下来做个纪念?"姚子期羞涩地把床单塞到挎包里,嗔怪地看了宁嘉南一眼,逃跑似的离开了房间。

宁嘉南打开窗户,望着姚子期离开的背影,舒心地笑了。

5

姚子期走在回姚家老屋的路上,脑子里还在想着跟宁嘉南在招待所房间里发生的荒唐事。她的脸很红,火辣辣地热得发烫。长期以来,她自诩是个独立、完整、自我的女性,可此刻,她觉得她身体的一部分已经是宁嘉南的了。她这才发觉,女人在跟她心意所属的男人发生第一次关系之后,这种不完整的感受是那么强烈。她觉得,这件事的发生,源于与宁嘉南分别前强烈的占有欲和她的负疚感,以及她对两个人身体的约定和爱情的献礼。她觉得,他们有了这次肌肤之亲,彼此的心灵和肉体上都有了对方的印记,他们就不再是自由的男女了。

梁云霄见姚子期心绪不宁,脸色酡红地回到家里,就问她道:"你没事吧?"姚子期一边把换下的衣物和床单塞进洗衣机里,一边对梁云霄说:"我能有什么事,你赶紧回去上班吧。"梁云霄在姚四海耳边轻声说:"爷爷,该说的我都已经对您说了,您也好好想想,我走了。"

姚子期送梁云霄出门。梁云霄对姚子期说:"晚上我会请宁嘉南吃顿饭,你放心吧,这几天我会照顾好他的。"姚子期微微一笑,说:"他明天就走了。"梁云霄一脸疑惑地问:"他不等你一起走吗?"姚子期看了一眼阳台上的姚四海,苦笑道:"我爷爷这个样子,我能走吗?"此刻,梁云霄很想把事情的真相告诉姚子期,可话到嘴边,还是咽下去了。他对姚子期说:"爷爷现在恢复得很好,你跟他再好好聊聊,说不准,他会同意你走。"姚子期摇摇头说:"我还是想过段时间再走。"

梁云霄直接回到了技术科。卢明让他准备一下,明天跟他和姚江河一起去蟹子岛检查刚到的新设备。梁云霄问卢明:"新设备上了以后,那些五万吨以下的旧设备怎么处理?"卢明说:"有人要就卖掉,没人要就报损。科长让李子木去联系了,说是有人要买。"卢明对梁云霄问这事有些奇怪,就问了一句:"怎么,你问这个干什么?"梁云霄慌忙说道:"没什么,我的一个大学同学最近想弄个建材装卸小码头,让我问问。"卢明立刻一脸严肃地压低声音说:"这事你别瞎掺和,那是人家的自留地,断人财路如杀人父母,你正在关键时刻,别自找麻烦。"梁云霄不说话了。卢明说:"姚副总已经先走了,明天到了蟹子岛,你自己的事要跟姚副总说,你不说,这个编制可就是李子木的了。今天你走后,方平让我给他回了个电话,说是征求我的意见,但不停地问李子木的情况,我不管他怎么想,反正我是挺你的。"梁云霄感激地看了一眼卢明说:"谢谢卢科长。"

梁云霄在招待所的小餐厅请宁嘉南吃饭,算是为他送行。他突然发现,宁嘉南的精神状态大变,一改刚到海山时的沮丧和失落。宁嘉南刚洗过澡,头发梳得格外亮,黑西服、白衬衫,架着那副金属边的眼镜,像是恢复了大学宿舍里老大的形象,对梁云霄"老四,老四"叫得特别亲切。

服务员上来酒菜,六个菜一个汤,两瓶白酒。宁嘉南看了一眼桌子上的酒菜,打量着娴熟倒酒的梁云霄,不禁感叹道:"士别三日当刮目相看,你酒量见长啊。老四,看这阵势,今晚不放倒我,你誓不罢休啊。"梁云霄说:"老大,我还真没这个意思,今晚我们哥俩敞开心扉,喝酒聊天,尽兴就行。"

梁云霄端起倒满的酒,一杯递给宁嘉南,然后碰杯道:"来,老大,听子期说,明天你就要走了,这第一杯,我祝你一路顺风。"宁嘉南接过酒,一饮而尽,说:"谢谢老四。出国名额这事,大哥谢谢你。"

梁云霄拿起酒瓶再次满上两杯,微微一笑,说:"老大,你不用谢我,我的处境,你跟子期都很清楚,若不是你们拿着鞭子在后面驱赶着我,我这个在职研究生就读不了了。要说感谢,我得感谢你们。"

梁云霄再次举杯,继续说道:"这第二杯,我祝老大学业有成。"宁嘉南喊了一声:"好!"端起酒杯,又一饮而尽。

梁云霄第三次倒满酒,端起酒杯,一脸真诚地对宁嘉南说:"老大,这第三杯酒,我真心祝福你跟子期,美满幸福。"宁嘉南会心一笑,端起酒杯,也一脸坦诚地说:"老四,过去是大哥小心眼,醋坛子泛滥,误会了你跟子期之间的情谊。今天,既然你把这话说了,大哥也把话给你放这儿,无论走到哪里,我一辈子都会让子期幸福。"梁云霄跟宁嘉南用力地碰杯,说:"好,为你们的幸福,干杯。"两个人再次豪饮。

三杯过后,两人吃菜小酌,说知心话。梁云霄推心置腹地对宁嘉南说:"老大,我从沧海一粟的落叶孤岛上上省城读书,有幸结识子期和你,你们对我的照顾和关心,我刻骨铭记。你放心,你们这份情谊,我一辈子都会珍惜。"宁嘉南倒酒举杯,说:"这话说得好,来,为我们这份来之不易的情谊,干杯。"

两瓶白酒见底,梁云霄叫服务员继续拿酒,宁嘉南制止了他,说:"老四,天底下没有不散的筵席,只要情谊不散,不日就能再聚。这里是子期的家,不管他们认不认,也就是我的家。我们肯定还会回来的,我希望我们五年之后回来,你能在这里干出一番事业来。"

梁云霄一脸疑惑地问:"怎么是五年,不是两年吗?"宁嘉南笑了:"憨憨,这话我也就是跟你说,我们既然出去了,就会想办法一起把博士读了。"

梁云霄愣了愣,继而憨憨一笑,说道:"也对,你跟子期都是读书读得好的人,是应该把博士读完再回来。"

宁嘉南笑着说:"其实你的书读得也不错,而且更注重实干,更适合在海港干,将来你我在同一片海域竞争,我绝对不是你的对手。"

梁云霄说:"大哥,你胡说。"

宁嘉南说:"这话是我爸说的。"

梁云霄一脸疑惑地问道:"你爸说的,怎么可能?"

宁嘉南自嘲地一笑:"哼,在他眼里,你更像是他的儿子。他说,我是墙上的芦苇、山间的竹笋,你才是大海里的锚,能一头扎在深海里,经得起风吹浪打。"

梁云霄苦笑说:"大哥,那是你爸高看我了。其实我在海山港干得一塌糊涂,啥都不是。这次机关定岗定编,我可能连助理工程师的编制都定不下来。"

宁嘉南一脸疑惑地问:"怎么可能?你可是罗教授项目组的人,我爸都拿你当宝贝,海山港怎么可能这样对你?"宁嘉南思考了一阵,说道:"我听说子期她爸不仅没有晋升,反而连常务也不是了。过去,我总以为宁州港口领导之间的关系很微妙。原来,海山的情况更糟糕。看来,海山港这些年发展不起来,并不完全是因为地理环境的困境,子期离开海山港是对的。"

梁云霄依旧苦笑:"行了,大哥,你若不想再喝,就早点回去睡吧,明早还得去赶早班船。我也得回去准备资料,明天好和副科长一起去蟹子岛安装新设备。"

宁嘉南说:"那好吧。云霄,如果你干得不顺,我这儿倒是有两个选择。其一,就是调到宁州去。我爸前几天还跟我提起你,说宁州港成立了港口研究所,你要是想去,可以先干个助理研究员,研究生毕业就能干副所长,那可是行政副科。其二,斯兰特公司在宁州成立了分公司,那可是令人眼馋的外企,你要是感兴趣,尼德教授那儿有决定权。"

梁云霄长吐一口气,说:"谢谢老大,这事还是以后再说吧。"

梁云霄和宁嘉南出了餐厅,在招待所门口分手。回机关办公楼的路上,梁云霄一直在想宁嘉南最后的提议。这件事罗子坤曾经对他讲过,斯兰特公司一直希望在东海建立自己的专属深水码头、超级堆场以及物流仓储中心的项目,他们聘请尼德做了他们的国际战略专家团专家,为他们公司培养高端人才。当初尼德希望梁云霄能做他的学生,最主要的原因也在于此。

夜色很快暗下来,港口机关大楼的灯光在暮色雾霭中变得朦朦胧胧。梁云霄朝着大楼走去,眼前灰蒙蒙一片。他不知道,他未来的人生是否就如眼前的道路一样,灰蒙蒙一片。

6

徐正生带着方平,同周晓乙、宁海楼等人在省厅一起讨论港口一体化改革的汇报材料。钟立达说到统一规划、统一建设、统一经营、统一管理时,周晓乙提出了一个十分尖锐的问题。

他说道:"四个统一,很有力度,但归属权问题却值得商榷。如果是海山管,宁州是大港,小管大,这说不过去。如果是宁州管,海山当然也不愿意。港口是人家城市发展的命门,谁愿意自己的命门让人家掐着?如果还是宁州、海山各管各的,这四个统一根本就没有意义。如果是省里管,那么宁州、海山的政府充当什么样的角色?当地政府投入大量的岸线土地、海洋资源和资金用于港口的基础性建设,怎么核算?港口的收入、财税怎么算?这就不是我们这些芝麻小官能坐下来讨论的事了。"周晓乙说的是实情,众人点头称是。

周晓乙继而说:"这个统一规划的问题,我还是赞同的,我们毕竟归省里领导,这些年也一直是在省厅领导下进行项目规划建设的。现在斯兰特公司跟我们谈的那个百亿欧元级别的超级堆场和仓储中心的项目,我们不是仍然在等着省厅和省里的意见,对不对?"

会议开到了半夜,大家仍然一头雾水,钟立达只好宣布休会,让大家先回去休息。周晓乙说道:"天色已晚,钟副厅长,我提议,我请客,大家一起吃个夜宵。"钟立达笑着说:"谢谢晓乙市长的邀请,我年纪大了,得赶紧回家睡觉,你们吃,算我请客。"钟立达说着起身离开了。徐正生一脸歉意地抱拳说:"我这几天肚子有些不舒服,就不陪各位了。方总,你陪周副市长一起去吧。"徐正生心里不舒服,他不愿跟周晓乙多说一句话。众人起身离开。宁海楼在周晓乙耳边嘀咕了两句,周晓乙说:"这样,大家先回房间方便一下,十分钟后楼下集合,我们宁总请大家去运河游船上吃夜宵。"

夜色阑珊,一艘灯火通明的游船行驶在运河上,两边的夜市生意正好。方平一进游船包厢,就知道今晚的夜宵是冲着他来的。安排这顿夜宵的是宁州港人事科的老李,他坐在了请客人的位置上。这个李科长就是海山港技术科李子木的叔叔。李子木的事,宁州港的李科长之前就找过他。方平没到省厅之前,曾在宁州人事科做过干事,两个人也算是早年的老熟人了。前段时间,方平还真对这个李子木进行了考察。李子木毕业于东海交通大学,在一线码头锻炼了一年多,又在技术科帮了一年多的忙,纳编到技术科做个助理工程师不是什么大问题,当时他就答应了这个老熟人。

可后来,他打电话问技术科副科长卢明,发现自己答应得还是有些草率了。卢明力挺梁云霄,他说,像梁云霄这样的人才,处理不当,寒了人家的心,保不准人家就走了。这样的人要是离开了海山港,那将是极大的损失。如此一来,港口机关的人事改革还有什么意义?卢明义愤填膺,方平却很为难。今晚,为了侄子的事,李科长不惜动用了周晓乙,方平觉得这顿饭吃得就有些别扭。

犹豫之间,周晓乙把方平摁到了自己身旁。一阵推杯换盏后,见大家都不提这事,方平心里明白,看来不给个痛快话,怕是大家的酒都喝不高兴,于是就端起酒杯说:"李科长侄子的事,我尽快办就是了。"周晓乙哈哈笑着,说:"这事就不算个事。今天的议题是祝贺你,海山董事长、总经理一把抓,以后两港一体化合作就不会那么为难了。来,我敬你。"周晓乙端起酒杯一饮而尽。

宁海楼在心里笑了。他心想,周晓乙喝完这杯酒,方平就被架到了海山港的炉子上了。对于海山港的董事长兼总经理方平来说,一个助理工程师纳编的事,的确是鸡毛一样的小事。可这事牵扯到了梁云霄,就不算小事了。李子木要是纳了编,梁云霄就得去一线码头。那样的话,姚江河和徐正生的脸就掉在地上了。宁海楼对李子木能不能纳编并不感兴趣,虽然人事科李科长算是他的人,他也答应了李科长,等李子木纳编成为助理工程师后,他会帮忙尽快将李子木调回宁州港,在宁州港给李子木找个合适的位子。但此刻,他还是更关心梁云霄的命运。之前在跟斯兰特谈判的时候,尼德教授和斯兰特同时提到过梁云霄。宁海楼想,如果这个时候想办法把梁云霄弄到宁州新成立的港口研究所负责斯兰特公司的项目,应该是个不错的安排。

一场大酒,大家喝得都很尽兴。此刻,港口一体化的初步讨论,并没人把它放在心上,因为这原本就是一个不可实现的伪命题。

清晨,方平的脑子还是一片混沌,但昨晚的事还是给他带来了一些小小的烦恼。梁云霄的情况,方平也有所了解,他很清楚,梁云霄在读罗子坤的在职研究生,人还没出课题组。DHDG课题项目转化遇到了挫折,看来,一时半会儿也很难上马。方平在电话里跟班子里的成员沟通了一下,几个副总都侧重于先解决李子木的编制问题。李子木毕竟已经在一线码头干了一年多,借调到技术科也一年多了。梁云霄入职海山港时,档案虽然放在了技术科,可人却跟着姚江河和斯兰特公司谈判,名义上是姚江河的助理,实际上干的是秘书的活。港口只有一个党委秘书的编制,也属于超编。常务副总姜总在电话里说:"没有规矩不成方圆。虽然人事改革,但还是要按照规矩来。梁云霄是个人才,但人才更需要到基层去锻炼,吃得苦中苦,方为人上人嘛。我建议这次还是把李子木的编制解决掉,梁云霄先到基层去,从技术员做起。"

方平打电话给姚江河,把班子成员的意见说了。姚江河想了一会儿,然后说:"如果是班子里大家一致的意见,少数服从多数,按你们定的办,我就不发表意见了。"姚江河说完就把电话挂了,他的态度让方平犹豫起来。梁云霄和姚江河是师徒关系,这事处理不好,不仅会影响自己和姚江河的关系,而且会影响自己和徐正生的关系。方平决定等李子木的事办完之后,尽快找梁云霄谈一谈,安抚一下他的情绪。

方平主导的海山港口机关人事改革很快尘埃落定,技术科人员编制也随之尘埃落定,毫无疑问,那个坑里的萝卜是李子木。卢明很恼怒,也很沮丧。他在文印室里对梁云霄直言道:"小梁,你看到了没有,我们的方大人提出的所谓人事改革也只是打嘴炮,百年老汤不换药,海山港没有希望了。技术科老子不干了。"卢明把桌子拍得啪啪响,他决定申请调离技术科。方平不在港口,姜副总当天就批了。梁云霄申请去蟹子岛,姜副总很快也批了。姜副总还找梁云霄谈了话,啰啰唆唆说一大堆,最后他说:"小梁,去了之后跟着姚副总好好干,未来的深水大港,是你们的。"梁云霄直接回怼了他:"海山港是海山的,是东海的,是国家的,不是我们的,也不是你们的。"姜副总的脸色顿时变得很难看。

梁云霄就跟着卢明去了蟹子岛旧港改造工程部。可他刚在蟹子岛干了不到一个月,该死的斯兰特公司就嗅到了大桥项目要落地的消息,突然回过头来,要求重新开启跟海山港合作的谈判。过去一直是姚江河带着梁云霄去跟斯兰特公司谈的,可现在梁云霄却被弄到了蟹子岛。方平对自己不在的这段日子姜副总的做法很恼火,他知道姚江河和梁云霄心里都很不舒服,就亲自到蟹子岛,希望姚江河能继续带着梁云霄跟这个项目。姚江河苦笑着对方平断言:"跨海大桥一天不开工,这个谈判就是扯淡,我不想在毫无意义的谈判上浪费时间。"方平就提出让熟悉项目情况的梁云霄跟着自己,继续做编外助理。

梁云霄刚在蟹子岛扎下根,不愿意跟着方平做这个助理。方平答应梁云霄,年底机关人员调整,就换他当秘书。可是,这个董事长助理的工作,让梁云霄做得很尴尬,也很无奈。斯兰特明摆着就是用百亿欧元的投资大单吊着宁州跟海山两市的胃口,逼着双方做出更大的让步,于是,谈判一直拉拉扯扯,就是见不到实际行动,时间长了,两边胃口都被吊没了。偏偏这个方平又是个机关出身的人,材料一个接着一个准备,耗去了梁云霄很多时间。

梁云霄不愿意在这上面浪费更多的时间,如果谈判持续到年后,他原定的一切计划就都泡汤了。梁云霄找到方平,告诉他自己想换个岗位。方平要梁云霄在技术科和基建科之间选一个,反正就是不能离开港口,他能随时找到梁云霄就行。梁云霄就向方平说道:"反正到哪儿都是编外,我不如去一线码头。"方平没想到梁云霄会提出这样的要求,想了想,就答应了。他觉得梁云霄这样为自己考虑也是对的,毕竟,他刚下文,港口机关有规定,没在一线码头干够一年的员工,不允许调到机关任职。

梁云霄去找贺大年和胡彪,贺大年建议他去胡彪的码头技术部,梁云霄却一心想着跟贺大年上桥吊塔。贺大年跟胡彪打赌,姚江河肯定不会让梁云霄到他的一线操作部,于是就当着胡彪和梁云霄的面给姚江河打了个电话,还故意把手机话筒调整到免提。贺大年认定梁云霄吃不了一线工人的苦,想借姚江河的口回绝他。可是电话那端,姚江河沉默了一会儿,说:"那就让他去吧,你亲自带他,调教不出来一个一级技工,不把丢的奖杯给我拿回来,我拿你是问。"姚江河说完把电话挂了,贺大年顿时傻眼。他问梁云霄:"小子,姚副总说让我把你调教成一级技工,把丢了的奖杯拿回来。这话你自己说,你信吗?"

梁云霄的脑海里瞬间浮现出技工大赛那天,宁霞在几十米操作台上,从容自如地操纵巨大箱体时英姿飒爽的样子,那样的气魄,让他很向往。于是,他就豪迈地说了一句:"我信。"

贺大年嘿了一声,说道:"你小子,说大话不怕闪了舌头。"

第五章

1

乙酉鸡年农历十月十九,梁云霄的生日。这天更是他被分到集装箱码头操作部的第三天。梁云霄坐在窗前,给自己算了一笔账。这一年多的时间,他一共还掉欠款六万七千元。他在一个本子上为明年的还账做着预算。过完年,他准备说服贺大年带他上桥吊塔。桥吊操作工人是重点岗位,有加班补助,一个月下来最多的时候能拿到七八千块钱。等明年天气转暖,只要可以下水,他就可以到凤凰湾潜钓场继续做捞海人。天气再暖和一些,双休日他仍可以去潜钓场的外海做教练。

贾山和张达的临时码头和建材堆场竟然干成了。航道疏浚完成,蟹子岛码头拆卸下来的三套旧设备,贾山通过赵科长和负责这件事的李子木,花了不到一百万就拿下了。设备运到凤凰湾,梁云霄和张达都很吃惊,二人不禁对贾山刮目相看。张达禁不住连呼:"大哥威武,这跟买废铁的价格相差不多。"尽管梁云霄心里很不愿意,可还是帮了贾山。临时码头的改造图纸是他做的,他花了半个月时间,从航道修改,到航道疏浚、泊位施工,每一张图都画得很仔细。等综合码头改造完毕,把设备上了,平整好堆场,整个民用码头就齐活了。

梁云霄再次提醒贾山,凤凰湾的项目肯定不会久而不决,临时码头的投资不能投入得太多,而且手续要齐全,不然到时候说拆就拆了,补偿肯定很难拿全。贾山听了梁云霄的话,原有的综合码头执照是有的。大港项目迟迟不落地,这地本来就是贾山租赁的,能上项目增加税收、增加就业,区里当然很乐意。贾山就拿着村子里盖了章的综合码头改造申请去找分管副区长,三万吨综合码头改造工程项目很快就批下来了。后来,梁云霄才知道,批这个码头整改,是当时分管土地和工业的副区长在和海山港赌气。百亿欧元的投资项目就这么给谈黄了,当时差点把副区长的肺都给气炸了。政府拿地建港,自然比不上外资进来拿钱多,这事傻子都能看明白。冥冥之中,梁云霄有预感,对未来凤凰湾深水大港建设来说,渔村就是个火药桶。

贾山这事做得倒是漂亮,码头改造和设备开销总共没超过三百万。张达投资了两百万,只占股三成,设备到位后,张达的钱很快就到账了。贾山用潜钓场做抵押从银行贷款一百万采购了三套旧设备,加上土地,占股七成。贾山给梁云霄拿了五万块钱,可梁云霄没敢要。贾山也没坚持给,他正缺钱,就答应等赚了钱,给梁云霄百分之五的分红。梁云霄只是笑笑,没把贾山的话当回事。

梁云霄望着窗外,码头上车来车往,桥吊吊起集装箱,正在往大船上装。海山港的冬天仍然是繁忙的,从金州小商品城运来的集装箱里装载的都是要运往欧洲各国的圣诞节用品,诸如圣诞树、圣诞帽、小彩灯,甚至连平安夜的蜡烛都是金州生产的。三百个标准箱的小单,原本是要从宁州港发出的,可斯兰特公司的大单今年尚未完成,宁州港只能抓大放小,船多开三个半小时,在海山港转马士基公司的大船,在圣诞节前抵达德国汉堡港,然后再分发到中欧、西欧各国,去点亮欧洲人的圣诞狂欢。

宁嘉南已经在瑞典待了三个月,姚子期则执意要过完春节再去英国。前几天,苏淑琴千里迢迢从香港赶回了海山,没有回姚家老屋,而是住在市里的星级酒店海山大酒店。人是梁云霄替姚子期从码头接到市里的,梁云霄第一眼见到苏淑琴,就觉得他见到了第二个姚子期。苏淑琴穿着一件米色的风衣,皮肤白皙,身材修长、挺拔,温婉美丽,浑身上下很难看到年龄的痕迹,她跟姚子期走在一起,很多人都会觉得她们是姐妹。按年龄推算,苏淑琴和丁春草的年龄应该相差不多。她生姚子期的时候应该和丁春草生他的年龄也差不多。同样都是女人,有人活得像花儿一样高贵、鲜亮、灿烂,有人活得像枯草一样卑微、低贱、暗淡。命运这东西,有时候真的不公平得让人痛恨。梁云霄几乎是一瞬间就站在了姚子期这边,他更加庆幸自己跟姚子期早早地分开了。女人就应该像苏淑琴这样活着,长时间绽放自己的灿烂。

梁云霄叫了一辆出租车,在码头接上苏淑琴。一路上,苏淑琴问了姚家老爷子的病情和姚子期的一些情况。

午饭是梁云霄陪着苏淑琴吃的,她一边斯文地吃着西餐,一边仔细打量着梁云霄。女儿从大学时才开始试着跟她交朋友,她知道女儿曾为眼前这个男孩深陷苦恼,最终的决心还是她替女儿下的。苏淑琴用自己和姚江河婚姻的不幸,例证了姚子期跟梁云霄的未来。

三个月前,宁嘉南途经香港时去看望过苏淑琴,说了一些姚子期的情况。宁嘉南在省城上幼儿园的时候,跟着苏淑琴学过英语,苏淑琴也算是从小看着他长大的。宁嘉南的学识、儒雅和家庭成长环境,苏淑琴整体还是满意的。眼前的梁云霄,个子没宁嘉南高,肤色也没有宁嘉南白皙,但他的五官却很立体,身材更健硕一些,尤其一点,他的言谈举止有些像年轻时的姚江河。苏淑琴开始后悔当初没把姚子期带到英国或者中国香港去,而是让她跟着父亲一起生活,这样的单亲女孩寻找初恋对象,很多时候是按照父亲的标准找的。

姚子期在家里安置好姚四海,匆匆赶到了酒店。母女两个见面,没有问候和寒暄,反倒是剑拔弩张。苏淑琴本就强势,这次更凸显,进门就把姚子期拉到套间里面的房间去了。梁云霄想走,但又担心出什么事情,很尴尬地留在外面的客厅里。卧室里,苏淑琴狂飙英语,质问姚子期:"你知道的,如果不是因为事态紧急,我这辈子不打算回到这个地方的。可我还是千里迢迢地来了,我为了什么?你说,我到底为了什么?"姚子期没有理会苏淑琴的强势,回怼道:"我知道你看不起这里,一秒钟也不想待在这里,可我长在这里,我的爷爷、我的父亲、我的叔叔伯伯都在这里,你想让我跟他们做切割,对不起,我做不到,我没有你那副钢铁做的心肠。你不喜欢这里可以不来,我们可以在电话里说。"苏淑琴很恼怒地质问姚子期:"我不来?我不来你还想等到什么时候?伦敦商学院已经退了你的入学申请,我不得不重新给你联系剑桥商学院,这次要再被退掉,你就干脆别再出国了,我也不会再理你了。你就像你爷爷、你父亲那样一辈子待在这里吧。"

姚子期和苏淑琴在里面一会儿说英语,一会儿说汉语,一会儿歇斯底里,一会儿又轻声细语,最后声音小了下来。梁云霄见没事了,正想离开,卧室的门开了。苏淑琴梨花带雨地擦着眼泪,姚子期也红着眼睛出来了。这次,双方都做出了妥协,姚子期出国的时间定在元旦前。其实那时已经很迟了,姚子期到了英国,还要做一到两个月的学前适应。

　　听到这里,梁云霄心里开始埋怨姚四海。那次,他的话已经说得很明白了,可姚四海还是迟迟不做决定,一拖就是几个月。苏淑琴在海山岛待了三天,这三天对她来说度日如年。这里给她留下了太多伤感的回忆。这三天里,她甚至没有联系姚江河。临走时,苏淑琴告诫梁云霄,不要告诉姚江河她曾经回来过。苏淑琴告诉梁云霄:"他就是一块石头,一块焊死在海山港的铁疙瘩,跟他说什么话都没有用。"

　　苏淑琴走的那天,梁云霄又悄悄跟姚四海聊了一次。这一次,他狠了狠心对姚四海说:"爷爷,这样对子期太不公平了。您要再不妥协,我就直接告诉子期了。这件事埋在我心里,太折磨人。"姚四海的态度终于有了根本性的改变,看来,他内心的煎熬程度也达到了顶点。

　　梁云霄刚到操作部,贺大年没让他上码头,这几天,他一直替贺大年在值班室接电话。姚子期打电话要梁云霄叫上贺大年、胡彪几个人,下班后到姚家老屋去吃饭。姚子期兴奋地告诉梁云霄,老爷子说话利索了。梁云霄接到这个电话,在心里笑了。功夫不负有心人,这老头终于彻底妥协了。

　　梁云霄决定去码头找贺大年。一线操作员工作时间是禁止使用手机的,遇到要紧事,只能靠人或者对讲机去叫,而且,大部分时间对讲机都处于通播模式,喊吃饭这事显然不能用对讲机,否则整个码头都听到了。

　　时间是下午五点半,天色早已暗下来,梁云霄跟办公室里拎着饭盒来值夜班的陈姐打了个招呼,说道:"姐,你先在值班室看一会儿,晚饭后,我来这里替你值夜班。"陈姐三十几岁,比一般女人高大一些,骨架也宽,像个男人。听到梁云霄这样说就咧开嘴笑了,说:"正好我们家那口子刚从蟹子岛回来,正想找人晚上替我呢。"梁云霄说完就下了办公楼,出了门。

　　梁云霄缓慢走在集装箱码头上。风很大,路很滑,梁云霄刚到风口就被吹了个趔趄。这时,贺大年已经从桥吊塔台上下来了。桥吊机是靠油压工作的,天一冷就容易出故障。贺大年在对讲机里骂胡彪:"鲇鱼头,你能不能行,不行我们就提前下班了。"胡彪在对讲机里答道:"天太冷了,我也没办法,告诉他们提前下班吧,我们得检查油泵。"贺大年说:"那你可得快点,你要是弄得欧洲不快乐,大洋鼻子、大洋马都得扯着脖子骂你。"胡彪接茬说:"他们快不快乐关我啥事,大洋马又不给我暖被窝。"贺大年就笑了,说道:"还大洋马给你暖被窝?哼,当心你老婆把你扔海里去。"两个人就这么斗着嘴,从集装箱巷道里走出来,朝着班车走去。

梁云霄叫住了贺大年和胡彪,说:"贺主任、胡主任,二位等等。"贺大年见是梁云霄,就说:"小梁,这风跟刀子似的,你不在值班室待着,到这儿来干什么?"梁云霄凑到贺大年身边说:"我找您有事。"贺大年以为又是缠着他学桥吊的事,就说:"小梁,你缠我没用,你看,那缺德的玩意儿,我还弄不住它呢,别说你了。"梁云霄笑着说:"您什么时候愿意教,我什么时候跟您学,我不缠您。今天有喜事,您听不听吧?"贺大年和胡彪就一起凑过来问:"什么喜事?"梁云霄说:"老爷子说话利索了,要我来传他的原话。"梁云霄学着姚四海的样子说:"哎,我说小梁啊,你小子叫上虾爬子、鲇鱼头到老子这儿来喝酒吃饭,老子要开始骂人了。"

贺大年跟胡彪一听,觉得梁云霄是在借着姚四海的名义骂他们两个。贺大年说:"你小子,胆肥了,敢借着老爷子的名义骂你叔。"两个人拽着梁云霄的胳膊往前跑,顺着海边的路桥要把他往海里扔。梁云霄一边哀求一边说:"叔,叔,这真是老爷子的原话。老爷子说了,大锅鲅鱼都炖好了,黄酒也煮上了,去晚了喝不上酒、吃不上肉不说,还得挨骂。"贺大年跟胡彪开始觉得这事是真的了,就拉着梁云霄上了班车。班车上人还不太多,贺大年就对司机说:"张师傅,赶紧开车,我有急事。"张师傅不敢得罪贺大年,启动班车,车就开走了。梁云霄悄声问贺大年:"叔,我们坐车走了,后面的人怎么办?"贺大年说:"傻小子,你没看到后面还有四辆车吗?天不好,班车加车了。"

姚家老屋摆着两个烧着固体酒精的大锅,一锅腊肉风干鸡,一锅鲅鱼棒子肉、大虾、鱼片、墨鱼仔、丸子、豆腐、粉丝、青菜摆了一大桌子。姚江河也从蟹子岛回来了。方平打电话让他回来,说是要他和徐正生、钟立达、罗子坤跟着省委领导去国家部委汇报凤凰湾深水大港项目。姚四海满面红光,坐在正中央。姚江河、贺大年、胡彪几个人落座后,姚四海身边却空了一个位置。梁云霄和姚子期端着大茶壶向众人碗里倒酒,姚四海却把梁云霄喊住了,说:"小梁,你别忙了,来我身边坐。"

众人一下子愣住了。梁云霄看了一下姚子期,姚子期笑着,却不说话。姚江河说:"今天你是小寿星,你不坐,大家没法开席。"梁云霄顿时觉得一股暖流从心中向全身蔓延,一时间不知说什么好,眼泪止不住地流了下来。漫长的五年多时间,除了母亲丁春草和姚子期,几乎没有人能记起他的生日。他心里很明白,随着姚四海的妥协,姚子期很快就真的要走了。她是想让码头这些人记住,农历十月十九,是他梁云霄的生日。梁云霄又看了一眼站在对面的姚子期,一句话哽咽在喉头,他没有说出声来,而是仰脸一口气喝干了手里那碗酒。

姚四海拍着身边的位子说:"傻小子,这怎么还哭上了呢?来,赶紧坐下,大家还等你开饭呢。"梁云霄诚惶诚恐地坐在了姚四海身边。姚四海端起酒碗说:"今天是小梁的生日,我这病也好了,咱们大家喝一个,为傻小子庆生。来,喝一个。"众人端起酒碗,碰了一下,大口喝起来。姚江河也端起酒碗,说:"来,借着云霄的生日,我也给大家宣布两件喜事。第一件,海、宁大桥二期工程最终敲定了,'大陆连岛'最关键的项目就要开工了。"众人愣了一阵,顿时欢呼起来。梁云霄更是难掩内心激动的心情:"海山岛人渴望的那根绳子,终于抛过来了。"

姚江河接着说:"这第二件喜事,是凤凰湾深水大港项目也已经立项了,我这次从蟹子岛回来,就是准备去北京汇报这个项目开工的事。"众人更是一片欢呼。姚四海也高兴地举起酒碗,兴奋地说道:"傻小子,你们这代人,创造辉煌的机会就要来了。来,小子,我敬你一杯,一切都在酒里。"姚四海说完一饮而尽。

这场生日宴因为有了姚江河带来的两个好消息,大家喝得都很尽兴。姚子期端上了为梁云霄定制的生日蛋糕,十寸的蛋糕上五彩斑斓。众人叫嚷着让梁云霄许愿吹蜡烛。梁云霄吹灭了蜡烛,默默许出了心里的三个愿望:第一个愿望给母亲丁春草,希望她早日脱离落叶岛的苦海;第二个愿望给姚子期,希望她能尽快出国,跟宁嘉南在一起能够幸福;第三个愿望给海山港,跨海大桥建成后,海山港凤凰湾的深水大港跟陆地物流接轨。他将这三个愿望深埋在心底,举起酒杯对姚四海和姚江河说:"爷爷、师父,在没切蛋糕之前,希望您二位能答应我一个愿望。"姚四海知道梁云霄想说姚子期的事,就故意板着脸没有说话。姚江河不知道其中的缘故,微笑着说:"你说吧。"

梁云霄看了一眼姚子期,继而向二人深深鞠躬,说道:"我希望爷爷和师父能让子期出国。我替她向你们保证,她学成之后,肯定会回来的。"众人一愣,都觉得梁云霄在这个场合说戳老爷子心窝子的事不太合适。贺大年更是痛斥梁云霄说:"小梁,你还没喝多,怎么就说胡话呢?"梁云霄眼睛里含着眼泪,祈求地看着姚四海说:"爷爷,就算云霄求您了。"姚江河看了一眼姚四海,姚四海竟然破例没生气,眼睑向下耷拉着,脸上带着的不是愤怒而是羞愧。姚江河心里像是明白了什么,对梁云霄说:"这事回头再说。来,先切蛋糕吧。子期,先把蛋糕拿下去切开,给大家分了吧。"姚四海咳嗽了一声说:"小子,今天也就是你,敢跟爷提这个要求。行,你容爷想想。"

众人听了,面面相觑,梁云霄看到姚子期眼中滑下两行热泪。

2

十二月底的时候,海山下了一场雪。海山这个冬天出奇地冷,越是接近新年,天气就越是冷。姚子期真的要走了,她未能陪姚四海过丙戌狗年的春节。梁云霄陪着姚四海、姚江河把她送到了客运码头。风雪弥漫的码头上,姚子期跟爷爷和父亲告别,三个人拥抱在一起说着依依不舍的话。梁云霄拎着姚子期的大箱子先上了船,他一下子想起了五年多前的那个夏天,姚四海和姚江河送姚子期上船读大学时的情景。那是梁云霄跟姚子期第一次相遇,当时,也是这样的送别情景。梁云霄站在船边,恍然如梦。

姚子期话还没说出口,眼泪就不争气地流了出来。姚四海虽然很不舍,但痛定思痛之后,还是决定放姚子期走。当然,他仍然没把装病的事告诉姚子期。姚四海为姚子期远行做了充足的准备,他几乎拿出了自己所有的存款,托人在银行换了四万英镑的外汇。其实姚四海从几个月前就已经开始悄悄准备了,他的存款日期时间不一,他也舍不得那些既得的利息,所以到期一笔就取一笔。

姚子期拿到这些英镑时眼泪顿时流成了河。姚子期嘱咐了姚四海平时要注意的事,姚四海老泪纵横地拉着姚子期的手,哽咽着说:"小丫头,爷爷对不住你,爷爷想告诉你……"姚子期没有让姚四海说下去。其实,她早在几个月前就发现了姚四海装病的端倪。回到海山后,她做的第一件事就是拿着爷爷的病历去了宁州,去了东海,甚至还去了一趟海都,请医疗专家再次进行会诊。姚四海的病,根本没有他临床表现的那样重。姚子期知道,爷爷是舍不得她到离家那么远的地方,而且,他更担心,她会像她妈妈那样永远也不回来了。

船很快就要开了,姚子期跟父亲拥抱分别。这个看似精瘦,但胸膛像大海一样宽阔的男人,一直是她避风的港湾。他的开放和包容,给了她毫无拘束的成长快乐。此刻,她要离开这个港湾,投入到另外一个男人的港湾去了。这种内心的割裂感,让她从心底升起一种疼痛。昨夜,姚江河仍然心平气和地和她谈了很多,从学业、事业,到爱情、婚姻、家庭,姚江河更多的时候是在检讨自己,检讨他给苏淑琴带来的爱情的伤痛和婚姻的不幸。他告诉姚子期,宁嘉南离开海山那天,他跟宁嘉南在码头上见了面,两个人也谈了很多。他觉得,宁嘉南身上有很多优点,事业目标高,看得远,会生活,懂浪漫;可缺点也很明显,好高而骛远,浪漫而多变。这样的人,事业和生活一直一帆风顺还好,但就怕他为功利而不择手段,遇挫折而情绪无常。他有些担心她和宁嘉南在一起不会幸福。

姚子期这次没有反驳姚江河的话,而是静静地倾听着,继而她说道:"爸爸,您说的话,我都记住了,我也会随时提醒他。交往这些年,我的话他还是能听得进去。他的功利心的确很强,我也看不惯,可是爸爸,这恰恰是您跟梁云霄所缺乏的。这些年,您遭遇不公,就是因为您对这些很淡泊,可眼下这个社会,淡泊名利就是遭遇不公的代名词。"姚江河知道,这些年他在工作、仕途上的不畅,某种程度上还是影响到了姚子期。是啊,人是有社会属性的,不良的社会生态对年轻人的价值观影响太深,姚子期对海山港也有些寒心了。

当然,两个人的谈话也离不开梁云霄。姚江河再次重申了他的观点。梁云霄是可以作为最可靠的朋友交往下去的,但绝对成不了她的另一半,因为梁云霄和他很像,而且越来越像。他人太执拗,书生气太重,和他在一起生活,没有太多情趣和快乐。但是,男女间保持这样的关系,一定要注意边界感,而这种边界感恰恰又是难把握的,容易给婚姻、家庭和另一半带来困扰。

姚子期点了点头,跟姚江河说:"爸,您要相信我,我会处理好的。我也相信梁云霄,他也会处理好的。我们只做最好的朋友,等他找到一个自己心爱的女孩,我们的边界感就会更清楚了。"姚江河点了点头,说道:"这样更好。"姚子期告诉姚江河:"您别看梁云霄每天生龙活虎的样子,其实他对事业和生活的态度很悲观,对未来也很迷茫,换句话说,他根本没有方向感。过去是我拿着鞭子不停在驱赶着他往前走,现在我不在了,希望爸爸您能多关心他。爸爸,您要相信,梁云霄是被现实的枷锁捆绑住了手脚,其实他跟您一样,都是有远大理想和抱负的人。在他心底,其实也隐藏着一个深港大船梦。我相信,这次海山'大陆连岛'的消息一定会给他带来更大的信心,他也一定会像大锚一样深扎在这里,成就一番事业。"

姚江河点了点头,但他却不认同姚子期的观点。他说道:"梁云霄已经不是五年多前的梁云霄了,他对未来的认知已经有了自己的方向。一个成熟的男人,光靠别人的驱赶是干不成大事的。我会帮助他,但他的成长,还得靠他自己。你们80后,有你们自己的时代使命和历史担当。"

姚子期上了船,张开双臂,给即将下船的梁云霄一个拥抱。梁云霄犹豫了一下,还是紧紧地抱住了她。这是亲人之间的拥抱,就像姚子期刚刚拥抱姚江河一样。梁云霄觉得这种感情,已经是男女之间的情爱所不能替代的了。梁云霄本想送姚子期去宁州,然后跟她一起搭乘火车去东海,一直把她送上飞机。姚子期却在他的耳边说:"送君千里,终有一别,哥,再见了。"一瞬间,梁云霄再也无法掩饰内心的情感,顿时泪如雨下。他又紧紧抱了一下姚子期,在她耳边流着眼泪哽咽着说道:"再见,姐。"一声"姐",再次把姚子期的眼泪给叫下来了。虽然她年龄上比梁云霄小那么几天,可梁云霄没有叫她妹妹,而是感激地喊了她一声"姐"。

客轮的汽笛声响起,船要拿下路桥,开始起锚了。姚子期和梁云霄很快就要陆海两隔了。梁云霄冲着客轮大喊一声:"姐,保重!"姚子期再也无法掩饰自己内心的情感,回到客轮包厢,抱着行李箱号啕大哭。

梁云霄大声高呼的一声"姐",也彻底把姚江河和姚四海的心给喊碎了。几乎就在一瞬间,姚江河心存的疑虑在伤感和动情中烟消云散了。回港口的车里,梁云霄双手捂着脸一直把头埋在双膝之间呜呜地哭着,他的哭声让姚四海和姚江河也泪流满面。

漫天的飞雪仍在下,天地间一片雪白。越野吉普车行驶在沿海大道上,许久之后,梁云霄终于抬起头,擦干了眼泪,用衣袖擦掉了玻璃上的雾气,透过车窗看着远处无边的大海,那艘客轮已经消失得无影无踪。

这次,姚子期是真的走了。

这时,梁云霄的手机短信铃声突然间响了起来。

姚子期发来了短信,是一首李商隐的古诗。

君问归期未有期,巴山夜雨涨秋池。何当共剪西窗烛,却话巴山夜雨时。

3

大海仍然波涛汹涌,浑浊的海水再次奔涌而来,春天就这么悄悄降临了。春天里,蟹子岛的旧港改造已经完成了,大宗商品深水码头和堆场扩容之后,算是整个东海最大的散货堆场了。姚江河和徐正生大部分时间都在出差,去北京、去东海,偶尔也会去宁州跟斯兰特谈判。斯兰特亲自跟着方平、姚江河去看了蟹子岛的深水码头和堆场的工作现场。旧港改造很成功,而且已经开始跟国际巨头马士基航运公司签订大宗商品的订单了。斯兰特希望重返海山,合作开发凤凰湾的超级码头、堆场和仓储中心,他已经得到了凤凰湾大桥即将开工的消息。大桥贯通,海山到宁州的通车时间不超过一个半小时。斯兰特被这个突如其来的变化弄了个措手不及。谈判的天平突然倾斜,主动权瞬间易主。可是,斯兰特仍然不愿意放下他高傲的身段,把原本准备开建的项目无限期向后拖延着。斯兰特以一己之力扛住了国际航运金融巨头们的压力,他给他的股东们最好的解释是:"资本最根本的表现形式就是,以无坚不摧的力量攫取最大的利益回报。"

春江水暖,宁州湾大桥开工,凤凰湾也开始了打桩。距离贾山潜钓场几公里远的地方就是大桥指挥部。贾山和张达的综合小码头成了入场进料的必入之口,如此一来,这一宝,贾山押中了,张达起飞了。因为桥体是钢架结构,张达的船队一下增加到了八艘,每天往返于海山和北方钢厂间拖运特殊板材,运费赚得盆满钵满。大港项目虽然没有落地,但大桥已经开工了,冬天已经过去。

姚四海满血复活,每天都会出现在码头上。他人早在退休前就不上桥吊塔了,但操作部的瞭台上每天还是有他一张喝茶的桌子和一把晒太阳的椅子。姚四海每天会在这里坐上几个小时,喝喝茶,晒晒太阳。茶桌上放着001号对讲机和一个高倍望远镜,对讲机里放着通播,码头各部门在里面吵吵嚷嚷,过去他偶尔还会插上一两句话,但基本都是在骂人。自从上次技术比武被人捧走了奖杯之后,他就不再插话了,只在里面听着贺大年和胡彪骂人,然后自己呵呵笑。偶尔,他还会到路桥尽头的防浪大堤上去钓鱼,这里的青头、石斑很多,但码头上的事,贺大年和胡彪还是希望他能帮着把关。

四月的一天,梁云霄第一次跟着贺大年上塔台。姚四海和胡彪坐在瞭望台上拿着望远镜,看着身材高大的贺大年领着身穿一身新工装和雪白衬衫,脖子上挂着一条雪白毛巾的梁云霄走过高高低低的集装箱巷道,一路走上塔台。姚四海又在对讲机里骂人了,不过这次他把对讲机调到了贺大年的对讲机上。姚四海骂道:"狗东西,你让小梁穿得人模狗样的,是让他去塔台上做新郎吗?"胡彪笑了,也在对讲机里跟贺大年喊话:"虾爬子,师父骂你呢。"贺大年戴着耳机,看了一眼身后办公楼顶上,两个小小的人正朝着他们这边望过来。然后,他看了一眼穿得很整齐的梁云霄笑了,说:"小梁,你怎么穿这么齐整?你师爷在楼顶骂你呢。"

梁云霄没带对讲机,听不到里面的说话,顺着贺大年手指的方向望去,果然发现远处的楼顶上,有人在朝他们看。梁云霄说:"今天我是第一次上塔台,总得有点仪式感吧。"一身油污的贺大年说:"你这身衣服,下了塔台就成黑的了,尤其是你这白衬衣。"梁云霄这才明白,自己今天这身打扮出丑了。贺大年说:"小梁,我说过了,什么样的人干什么样的事、吃什么样的饭,你是知识分子,叔的这碗饭,你吃不了。"梁云霄说:"叔,我既然想在港口干了,港口哪个碗里的饭,我都想尝尝。"贺大年哈哈苦笑两声,说:"傻小子,可真是你师父的好徒弟,这事也就你能这么想。"

姚江河没当上总经理,贺大年和胡彪这些中层和下面的技工组长本来就憋了一肚子气。梁云霄没落编,贺大年更是恼火。他曾找到姚江河,为梁云霄抱不平。贺大年说:"不是我不想要小梁,关键是这事做得真他妈不地道,像小梁这样的人就应该待在技术科或者基建科。港口机关上百人,一个这样的人才,在哪儿找个编制不能落下来啊,偏偏就把梁云霄给晾在那儿了。你不给落编就别用人家啊,一会儿去项目组,一会儿去技术科,一会儿还带着人家去谈判,拿人家当驴使,又不给人家吃草料。打狗还得看主人呢,港口上下,谁都知道小梁是你引进的,人家刚毕业就跟着你跑项目,给你做助理,哦,你总经理没干上,常务也给撸了,就这样折腾人家,这就是姓姜的故意做给你看的。"贺大年是港口出了名的火炮筒子,逼急了他真敢把这些话放到对讲机里通播一遍。

姚江河苦笑着警告贺大年:"虾爬子,你别一张臭嘴四处乱说,梁云霄要想在港口扎下根,有所作为,那就得把港口的各种工种都摸清了,我这些年就是这么过来的。"姚江河说的是实情。这些年,姚江河虽然是领导,可码头一线工种,他几乎都干过。他当上海山港副总那年,还亲自上过桥吊塔,跟贺大年一起搭过班。贺大年苦笑着说:"我的哥呀,这也就是你呀,你看那个方平,什么都不懂,还四处指手画脚,他怎么不到桥吊塔上来啊?所以,你活该就是干活的命。"

姚江河不想跟贺大年纠缠,就骂他说:"你再胡说八道,我让人把你操作部主任给撸了。"贺大年更生气了,说:"你就知道对自己人狠。"姚江河说:"这话你还真说对了。梁云霄你要带,还得给我带出来,下次比武,把奖杯给弄回来,这才是你要做的。"贺大年不说话了。这是他二十几年桥吊工作中最大的滑铁卢,是他的软肋。

姚江河还对贺大年说:"要带你就得下狠手,别觉得梁云霄是子期的同学、我的徒弟,还碍于老爷子的面子,就手软了。子期告诉我,这小子是有能耐,可你不逼他,能耐就出不来。"贺大年担心地说道:"我这一下狠手,要是把人吓跑了怎么办?子期走了,海山港对人家又这个样子,人家一生气,甩手走了,那怎么办?"姚江河说:"他想走,我们留不住;他想留,我们打不走。"

贺大年和梁云霄戴着安全帽,站在几十米高孤零零直入云霄的桥吊塔下面。去年整个冬天,梁云霄都在琢磨桥吊的理论,姚四海也拿着木头打造的桥吊模型摆来摆去给他讲技巧。梁云霄算是个动手能力很强的人,技术上,比较简单的机械原理和力学原理,他琢磨得很透彻。可是此刻,站在几十米高的塔吊下面,他心里还是有些没底。贺大年抓着梯子往上爬,梁云霄爬到一半的时候心里就开始有些慌乱了。他的脑袋有点发热,腿也开始打哆嗦。过去,他从来没有站到过这么高的地方,他站得最高的地方也不过是梁海生的那艘三千吨渔轮,船舷距离海面不过十来米高,他可以一头扎进水里,没有任何恐惧。

可此刻,桥吊操作台太高了。梁云霄进入桥吊操作台的时候,后背已经被汗打湿了,他不敢朝下看,一看脑袋就天旋地转。操作室的空间很狭窄,只容得下两个人,前边就是液压表盘和操作杆。贺大年一看满脸惨白的梁云霄,知道这小子完了,他恐高。贺大年笑了一声,在对讲机里对姚四海说道:"老爷子,完了,这小子也是个晕鸡。"姚四海在对讲机里笑了一声,说:"老规矩,先给他个耳刮子。"贺大年伸出手啪地给了梁云霄一记耳光。这一耳刮子用力有点大,打了梁云霄一个趔趄,疼痛让梁云霄定下了眼神。

贺大年坐上了操作台,对梁云霄吼道:"瞪大眼睛,看着。"贺大年是姚四海的嫡传弟子,得了姚四海的真传,只见他推动座位两侧的操纵杆,左倾、右倾、左旋、右旋,下方的吊具随之向不同的方向移动。吊具紧紧卡准下方的集装箱,巨大的吊具抓起了箱体,稳、准、巧地落在了货轮上,分毫不差。梁云霄的眼睛盯着吊具的箱体,强忍眩晕,看着五十米远的地面,腿仍然在抖动。

贺大年一边操作,一边对梁云霄说:"我的硕士先生,你算一下,五十米的高空,要完成下面两厘米的精度,上面需要多少倍的精度?"梁云霄的脑袋是混沌的,此刻他的高等数学在这里就等于零。贺大年说:"两千五百倍的精度。下面船上,所有集装箱的最大误差,不能超过两厘米,否则,这些箱子在船上是抗不了风浪的,一旦箱体倾斜,船就会翻,明白吗?你别在这儿站着了,你现在就给老子滚下去。"梁云霄心里很害怕,但嘴上还是说:"我,我不怕,我就在一边看着您操作。"贺大年没理会他,一边操作一边吐出三个字:"滚下去。"

梁云霄的桥吊塔首秀糟糕透顶,他甚至不知道自己如何下的塔台。回去的路上,贺大年跟过去判若两人,他铁青着脸,直到上了班车,他脸上也一丝笑容都没有。梁云霄知道,他应该是贺大年带的最糟糕的一个徒弟。贺大年不说话,梁云霄也不敢跟他搭腔。梁云霄觉得,他再提上桥吊塔台的事,贺大年一定会跟他急。胡彪拎着马扎和钓具,跟在姚四海身后上了班车。胡彪伺候姚四海在第一个位置坐了,一看身边的贺大年脸色不好,就说道:"嘿,虾爬子,今天第一天带徒弟,不顺心?"贺大年没心思跟他聒噪,随口吐出一个字:"滚。"

胡彪从前面转坐到梁云霄身边,嘿嘿一笑,鼓励他说:"小梁,不错,比某人强,没尿裤子。"贺大年再也忍不住了,大声骂起来道:"鲇鱼头,你今天要是找不自在,老子炖了你。"梁云霄有些沮丧,也有些泄气,他想放弃,想起几个月前在贺大年面前说过的大话,更是一脸燥热。胡彪刚想替梁云霄说话,姚四海在前面咳嗽了一声,胡彪立刻闭嘴了。姚四海说道:"小梁,从明天起,你就跟着贺主任,就在他身边站着。"贺大年就坐在姚四海后面,他连忙说:"师父,这……"姚四海扭过身,眼睛一瞪说:"你闭嘴!自己是怎么过来的,心里没数啊?"贺大年就闭嘴了。

4

梁云霄在海山港没有年轻一些的朋友,人很孤单。码头上的单子不忙的时候,他总一个人待在宿舍里,人就更孤单了。加之上个月,他在桥吊塔上刚挨了贺大年的耳光,心里也很郁闷。他想回一趟落叶岛,但这小半年的收入不太高,身上不太宽裕。同时,他上不了桥吊塔,补助也拿不到,这个季度的还款计划肯定要泡汤,他必须尽快想办法增加收入。另外,上一周,罗子坤打来电话告诉他,凤凰岛外围的水下资料,尤其是棋盘岛水域周围水下的地形、地物、地貌情况要进一步进行核实。课题项目转化为报告,需要更准确、更翔实的资料。

棋盘岛梁云霄曾经去过,也在那里下过水。这片海域在凤凰湾以东四五公里处。之所以被人称为棋盘岛,是因为许多无人礁石在大海中随着大潮时隐时现,阳光下颜色也有所不同,风平浪静时星罗棋布,传说是东海龙王闲来无事和天上四海游仙下棋的地方。这些明礁、暗礁很密集,蓝绿色的海水如一张大棋盘,其间褐色、黄色、绿色的礁石沟壑纵横,上面长满了各种颜色的植被,海潮一来,顷刻间隐入海底,海潮退却,这些植被生机勃勃,跟陆地上一样,一海一花一世界,四季分明。

棋盘岛远看就是片礁石群,近看才发现周围怪石嶙峋,退潮之后,形成了大大小小的坑、池,露出的礁石上长满了海蛎子、藤壶、海葵、笔架、贻贝、锅盖螺,以及因大潮来不及逃离的海参、鲍鱼、鳗鱼、石九公、海鲳鱼、石斑鱼、黄金螺蛳、响螺等,所以这里是渔村妇女共享的天然海鲜池。每年春夏,天气变暖,她们都会驾着小船到这里来捡宝贝。捡到的宝贝拿到千家门渔港的海鲜大排档,就能换回几张百元大钞。后来,来这里赶海的人多了,小海鲜就越来越少了。再后来,附近村里的男人们开始打水下海鲜的主意,水性好的,戴个潜水镜,一猛子扎下去,在水下的礁石沟壑里挖宝,这些人俗称捞海人。赶海人潜不了深水,所以大一些的海鲜就挖不到。而那些身穿潜水服,戴着氧气瓶,能深潜到水下几十米的,就能在悬崖峭壁、山峰沟壑里寻找到更大的野生鲍鱼、各种贝类,猎取到更大的鱼类。那里水下地形复杂,水底暗流涌动,所以棋盘岛对捞海人的要求极高。而且那里几乎每年都会死人,能下到水下三十米以下讨生活的人少之又少,毕竟冒死求财的人并不多。

梁云霄在潜钓场做教练的时候就听人说过,棋盘岛那片水域的捞海人很挣钱,而那个宁霞就是捞海人中的翘楚,据说她一次出海能挣到两千多元,遇到野生鲍鱼群,就能挣到五千元以上。此刻罗子坤叫他去棋盘岛勘测水下地形,他也想看看能不能顺便捞点外快。另外,梁云霄曾经很多次梦到自己再次跟那个叫宁霞的女孩在百米水下擦肩而过,甚至在水下欢舞的情景。宁霞是那里的常客,保不准他们能在水下再次相遇。于是,他就决定尽快前去试一试。况且心里淤积了太多的苦闷,他也很想到海底和海面上撒撒欢。

去棋盘岛得有船,眼下最重要的是解决船的问题。课题组项目转化搁置了这么久,徐正生特批的那艘小艇,技术科也给收走了,眼下是李子木管着。技术科卢明不在了,赵科长很器重李子木,科里的大小事都让他管着。梁云霄知道这事去找赵科长或者李子木肯定没戏,五一小长假,这艘小艇就成了姜副总、赵科长和李子木接待客人的专用交通工具。于是,梁云霄就给徐正生的秘书大刘打了电话。徐正生的秘书仍是他在港口时的党办秘书大刘,他和梁云霄很熟。梁云霄给他打电话,说他准备利用五一长假,对棋盘岛海域搜集的水下资料进行核对,想申领一下交通工具和水下设备。大刘深知梁云霄的处境,也很同情他。那艘小艇和深潜设备原本就是给项目组批的,按道理,技术科没有权力挪作他用。

李子木接到大刘电话时,正开着小艇送姜副总的家人去观音寺烧香,听说梁云霄要用小艇,心里一百个不愿意。他打着姜副总的旗号说:"实在对不起啊,刘秘书,今天港务局领导有接待任务,要不,您让他等两天?"大刘一听,当下就恼火了,说:"李子木,我告诉你,这艘小艇是项目组专用的,谁让你们用作接待了?徐副市长说了,你抓紧时间把设备交给梁云霄。"李子木背后有姜副总撑腰,姜副总的背后是常务副市长,所以他并没把大刘的话放在心上,就说:"刘秘书,这事怕是不好办啊,船我正在用着,我们已经出发了,要去观音寺烧香,没办法给他。"大刘很生气,于是就说:"这艘小艇本身就是项目组的,项目组要立刻收回去。"李子木笑着说:"刘秘书,项目组早就没了,您这会儿说项目组要收回去,糊弄谁啊?"说完,李子木就把电话挂了。大刘给李子木打电话的时候,就在徐正生的办公室里,徐正生听到了他们之间的对话,顿时怒火冲天。凤凰湾项目是徐正生的心病,李子木说这话就等于戳了他的肺管子。徐正生对大刘说:"你通知海山港的班子成员、中层干部,除了在蟹子岛负责施工的姚副总外,全部到会议室集合,我要开会。"大刘知道徐副市长生气了,他要发飙了。

梁云霄没等到大刘回话,放弃了用公家船去捞海的念头,这样他也就没有了占公家便宜的愧疚感。于是,他决定带着那套便携式的潜水设备,去千家门渔港坐渔船去凤凰湾,然后再想办法去棋盘岛。梁云霄暗自庆幸这套便携式的专业潜水设备还在。设备是徐正生特批给他的,整个港口专业的潜水员不多,他不仅有证,还是其中最年轻的一个。便携式潜水设备不算复杂,有氧气瓶、潜水衣、潜水镜、脚蹼,以及专业的背囊。但是这套设备因为供氧装置太小,在水下待的时间不能太久。他这次算是牛刀小试,而且没有了小艇,也没必要带船载的设备。去凤凰湾没有客轮,只能乘来千家门交易渔获的渔船。这里每天有不少从凤凰湾来交易养殖产品的渔民,他们每天凌晨四点就到了渔港,卖了鱼虾和海鲜,然后买些生活用品就返回凤凰湾了。梁云霄先到了千家门渔港,他想先了解一下野生海鲜的市场情况。

太阳刚出来,千家门渔港的小海鲜交易市场早已人声鼎沸。这里有卖养殖海鲜的,也有卖野生海鲜的,有凤凰湾的渔民,也有本岛的捐客。同样的海产品,价格却是一个在天上,一个在地下,相差一倍还要多。这个市场梁云霄并不陌生。从记事起,他就跟着梁海生和丁春草来这里卖渔获。只是,那时候他人很小,对海鲜的价格和交易的行情并不太清楚。他只记得,他们家的渔船入港靠岸,就交给一个长得很胖的女人。丁春草跟那个女人很熟悉,交货,给钱,然后丁春草就带着他去后面的街上吃早饭,到小卖铺买些日常生活用的东西,然后再回落叶岛。他们凌晨两三点出门,回到家已经是下午了。梁海生开始跑远海后,这里就很少来了。丁春草赶海的渔获,就给了村里的人,换点钱。

梁云霄了解了各种野生鱼类的价格,石斑鱼、东星斑最贵,野生鲍鱼、海参的价格也比养殖的价格高,一斤能卖到几十块,至于那些螺类、贝类,根据不同的品种,价格也很可观。这些野生的海鲜,大部分都是当天从海上弄来的,还带着海潮的气息,放在氧气池子里养一天就不太新鲜了。梁云霄走出小海鲜市场,跟着卖完海鲜的人去码头上乘坐渔船。

大潮过后,赶海人很快就离开了棋盘岛这片海域。五月的气温还不算高,这个时候几乎没有什么捞海人,大海深处就是一个没人涉足的世界,野生鲍鱼、扇贝、牡蛎大得吓人。梁云霄带着赶海人所用的铲子、凿子、锤子、钎子以及猎鱼枪,身后背着一个很大的细眼网。野生鲍鱼喜欢聚堆,在海底,它们伪装成礁石,用强大的吸盘跟礁石融为一体,隐没在海草和海带之间。梁云霄从小跟着丁春草和梁海生赶海,对撬鲍鱼、扇贝、贻贝之类的海货轻车熟路,他左手把鲍鱼从悬崖峭壁的石头缝里撬起来,右手让其顺利入袋,手法极其娴熟。在棋盘岛第一次捞海下潜,梁云霄就弄了个大满贯。因为身上带着的靓货太多,梁云霄决定把第一个袋子里起获的鲍鱼放在露出海面的礁石上,然后轻装下潜,再弄点鱼。

刚出海面,梁云霄就看到不远处有条小船,一个身穿黑色潜水衣,戴着黑色潜水装备的女人拉着一艘小船找到了一块刚露出水面的礁石,然后把船拴在了礁石上。那是一个似曾相识的身影,梁云霄心中一阵暗喜。只见那个女子去掉潜水衣的帽子,理顺了一下头发,然后再次把帽子罩在了头发上。一瞬间,刚出水面的梁云霄就看清了那张熟悉的面孔，没错，是宁霞。那个叫宁霞的女孩果然在这里出现了！只见宁霞携带好装备，一个标准的下潜动作，人很快就下到了海里。梁云霄在一块礁石上系好装满鲍鱼的袋子，然后也重新下潜到了水里。

两个人竟然再次在海里邂逅了。宁霞似乎在海底也看清了梁云霄的身影，竟然冲着他伸手打了个招呼。然后，宁霞开始猎鱼。宁霞喜欢先猎取活物，然后再去礁石、海崖上捡那些不太喜欢移动的贝类和螺类。海底猎人，最大的兴趣是先向庞大的猎物出手，因为这要碰运气。梁云霄取下猎鱼枪，从一块礁石一侧转移过去，大群的鱼从海草、珊瑚、海带的丛林里被轰出来。宁霞率先开枪，一条几斤重的东星斑很快就中枪了。宁霞娴熟地取下东星斑，放进身后的网袋里。这边梁云霄也猎取了一条十斤左右的石斑鱼。鱼一进袋子，身上顿时沉重不少。这时，宁霞对他做了个从右边包抄的手势，两个人分头前进，把鱼群赶到了一片没有太多水草和石缝的开阔地。宁霞不停开枪，不停收鱼。宁霞顿时觉得，海底猎鱼，两个人远比一个人要轻松得多，彼此之间如果配合默契，更是事半功倍。一条巨型海鳗被梁云霄逼出了石缝洞穴，带着斑纹的黑色怪物，扭动着肥胖的身躯迎着宁霞游去，带着鱼线的猎鱼枪疾飞而来，锋利的枪头穿过巨型海鳗丑陋的脑袋。一阵扭曲和挣扎后，巨型海鳗最终落入了宁霞拖着的长长鱼护中。在海底猎场一阵激烈猎杀后，两个人拖着满满的渔获出了水面。宁霞一边朝着自己的小艇游去，一边扭头冲梁云霄竖起了大拇指。

5

梁云霄成了千家门海鲜市场的捞海人。他第一次开捞，收获颇丰，可售卖猎物时却闹出了一场风波来。作为渔民的儿子，他对捞海并不陌生，可对卖东西却是一窍不通。他捞到的二十几斤鲍鱼，刚到海鲜市场，就被一男一女、一瘦一胖两个海鲜贩子给盯上了。瘦男人出价三十一斤，胖女人出价三十五一斤。梁云霄当时并不清楚鲍鱼的价格，出海前只问了个大概，谁知道，这里面的水太深了。女海鲜贩子见梁云霄答应了他，一手掏钱，一手就抓住了梁云霄的网袋。

这时,网袋却被一只年轻细腻的手抢先抓住了。梁云霄一看,是一身运动装、青春靓丽的宁霞。宁霞伸出手说:"八十一斤,我包圆了。"

胖女人一听就不干了,说道:"你以为这是野生鲍啊,野生鲍没有长这么大的。"梁云霄慌忙要解释,宁霞却拦住了他,一笑道:"我认为它就是野生鲍。我愿意掏八十一斤,怎么了?"胖女人一手拉着网袋,一手抓住梁云霄说:"小子,我们都成交了,你还要卖给别人,这事说不通。"宁霞一使劲,把袋子拽到了自己手里,将一沓子钱塞进了梁云霄手里:"这是两千块钱,鲍鱼我拿走了。"

胖女人拦住宁霞说:"这东西你拿不走,我先谈好的价格。"宁霞仍然面带微笑说:"我说大姐,待价而沽,价高先得,你在这条街上做生意,不明白这个道理啊?"胖女子说:"我管你什么屁道理,我们已经成交了,你横插一杠子,是想坏我好事吗?"宁霞笑了一声,说"买卖讲究一手交钱一手交货,你说你们已经成交,但他收你钱了吗?你拿到货了吗?他可是拿到我的钱了,两千块。现在货是我的,有本事你出两千五,我让给你。"胖女人撒起泼来,说道:"哦,原来你们两个是一伙的,一唱一和来唬人。来人,抓骗子!"

海鲜市场突然热闹起来,人流中立刻站出来两男一女,朝着三人围上来。继而,很多人也上来围观了。那两男一女显然也是胖女人一伙的。梁云霄的脸上露出了胆怯之色,想息事宁人。宁霞却底气很足地站在那儿,把装鲍鱼的网袋在手里挽了一圈后,说道:"呵,怎么,想抢啊?你们来抢个试试?我让你在这条海鲜街上没法待,你信不信?"胖女人冷冷一笑说:"威胁我?我可是这条街土生土长的,今天你欺负到我头上来了,别怪我不客气。来人啊,抓骗子!"

宁霞拿着手机晃了晃说:"你叫谁也没用,我打了市场管理员大李的电话,他们一会儿就来人,要不要我再打个派出所何所长的电话,让他也来?"胖女人说:"你也别拿大李跟何所长来吓我,我不怕。"宁霞说道:"我没让你怕,是我害怕,我怕你们压价欺人,人多打人,你三十五一斤就想拿走人家一百多一斤的货。"胖女人说:"你说一百多一斤的货,谁信啊?"宁霞说:"你不信,但这条街上的人都信。我拿出来给你们看。"宁霞从袋子里扒拉出几对大鲍鱼说:"你看,这是两尾鲍,两个一斤。你再看这种品相,外壳绿毛,肉色红润。两尾鲍是超极品,一百五一斤,这里面不止十对吧?十斤两尾鲍市场价多少钱?一千五百块。

这里面还有三尾、四尾和五尾的,最不济的也有七尾,这兜货加起来,我卖你两千五,你还有钱赚。你说我是骗子,还是你是骗子?"

胖女人哑口无言,众人面面相觑。宁霞继续说道:"你们知道这些鲍鱼哪儿来的吗?棋盘岛水下百十米海崖子绝壁上撬的,是用命换来的,你出这个价,不怕黑良心?"胖女子有些露怯,但仍不甘心,继续跟二人对峙。

宁霞的一番话令梁云霄暗暗吃惊,他开始为自己的愚蠢和无知深感懊悔。众人看到事情真相,相继散去,剩下的三个人还想说什么,远远看见市场管理员大李走来,也就离开了。胖女人指了一指宁霞说:"你行,算你狠。"大李走过来问宁霞说:"小宁啊,你打我电话有什么事?"宁霞和没事人一样,说:"我今年第一次下棋盘岛,捞了些小海鲜,等会儿您去大排档,让吴婶烧给您吃。"大李笑着说:"哎呀,不着急,不着急,我还以为你出了什么事呢。怎么,没人欺负你吧?"大李的声音特别大,像是说给一街两行的人听的。宁霞笑着说:"有您在,哪有人欺负我。"大李说:"我不在也没事,我这儿可是模范市场,价格合理,买卖公平。"大李说完,晃着脑袋走了。

宁霞对梁云霄说:"走,带着你的鱼,一起跟我走。"梁云霄抱起用冰袋保鲜的石斑鱼,跟在宁霞后面朝着海鲜大排档走去。一路上,宁霞都在责怪梁云霄:"你不懂市场,就不要一个人卖渔获。你卖货的时候跟我商量一下能死啊?野生海鲜的价格都让你们这些菜鸟给弄坏了。今天我要不去,你的鲍鱼连零头都卖不到。"

梁云霄一路跟着宁霞,一句话也没敢反驳,这件事确实是他做得不对。两个人是从棋盘岛一起回的凤凰湾,又是一起坐着渔民的船到千家门的。一路上,梁云霄也没问宁霞海鲜怎么卖。下了船,宁霞的货直接送到了大排档。梁云霄一会儿的工夫没有看见宁霞,就去了海鲜市场。宁霞说:"等一会儿到了大排档,你别说话,就说是我的货,忘在船上了,让你给我拿过来的。"梁云霄说:"好,反正这些货已经是你的了。"宁霞笑了,说道:"那好,以后你捞到的货,就先卖给我,我当你的老板。"梁云霄也笑了,回答道:"是,老板。"

梁云霄第一次下海当捞海人,一共赚了四千一百块钱。仅鲍鱼一项,他就卖了两千五百多。宁霞把票子数给梁云霄说:"比你给贾山做潜钓教练挣钱多吧?从今天起跟着我干吧?"梁云霄说:"好。"宁霞笑着问他:"你信不信我这个中间商也赚你的差价?"梁云霄摇了摇头说:"不信。"宁霞继续笑着说:"你这人,看着长得精明,其实憨得可爱。"梁云霄咧开嘴巴笑了笑说:"你知道我上大学的时候同学都叫我什么吗?"宁霞毫不犹豫地随口说道:"憨憨呗。"梁云霄顿时想起来,她是宁嘉南的堂妹。

梁云霄打算请宁霞吃顿饭,感谢她那次在深海之下救他,也感谢这次卖海货帮了她。这时,李子木来电话,要他立刻回港,姜副总找他。梁云霄不得不尽快返回海山港,于是他对宁霞说:"真对不起,本想请您吃顿晚饭,可港口有个会,只能等下次再请宁老板了。"宁霞咯咯笑着说:"没事,本老板也要急着回宁州。跟着本老板好好干,出水交货就行。"二人在千家门渔港吴婶海鲜大排档门口分了手。

梁云霄搭车回海山港的路上,还在不停地回味这一天发生的事情。他想,命运有时候就是这么神奇,他和宁霞就这么再次在水下相遇了,宁霞还成了他的老板!

梁云霄急匆匆回海山港去见姜副总,肥头大耳的姜副总笑眯眯地看着他说:"小梁来了,坐,喝水自己倒。"梁云霄没有倒水,也没有坐,只是站在姜副总办公桌对面等着他发话。姜副总拿出一把钥匙递给梁云霄,脸上仍保持着笑容,说:"小梁,这是那艘小艇的钥匙,当初把它收上来呢,是为了安全考虑。你也知道,港口的安全工作是由我负责的。你要用小艇,你跟我说嘛,干吗跟徐副市长打电话?"梁云霄敏感地意识到,大刘把这件事告诉徐正生了。可他不知道,儒雅温和的副市长徐正生真的发飙了。

徐正生当天召集中层以上开会,骂了一个上午。徐正生在港口任职时,政企并没有完全分开,他还兼着市交通运输局港务局的局长,常务副总是姚江河,所以他在港口大刀阔斧用人、开人,港口中层以上领导都怕他。现在他虽然离开了港口,但他是高升,还分管国企和交通运输局,他说话,没人敢顶撞。当初梁云霄下一线码头,其实徐正生很不满意。凤凰湾深水大港项目是堵在他喉咙里的一根鱼刺,什么时候落地,这根刺才能拔出来。梁云霄是这个项目重要的一环,也正是为了这个项目,罗子坤才把自己徒弟放在了海山港。而且,从个人来讲,他也特别喜欢梁云霄。这小子跟他一样,没什么背景,想干事、能干事、会干事,人也很踏实,这样的年轻人将来放在项目上,他也放心。当然,他更清楚,宁海楼也在盯着他,这样的年轻人海山港留不住,将来肯定会后悔。

徐正生因梁云霄的事跟姚江河商量过,但姚江河想继续"熬鹰"。他仍固执地认为如果梁云霄心有梦想,早点接触港口一线员工,接受码头一线锤炼,不见得是坏事。可徐正生却不这么认为,80后这代人,跟他们50后、60后这代人的思想有所不同,他们需要快速被认同、被理解、被重用,他们的付出需要尽快变现,没有那么多的耐心去接受考验和煎熬。梁云霄算是好的,换个人,早就辞职去宁州了。徐正生不想失去梁云霄,他有个决心,不管上面的政策或者领导的好恶如何,他只要在海山市还能干下去,就会不遗余力地推进这个项目。这是师父姚江河和他共同的梦想。一个人活着,总得有点梦想。

时下,"大陆连岛"工程已经开启,港口一体化战略也不会迟迟不动,这是千载难逢的战略机遇。项目是靠人去不断努力推动的,可他更了解海山港的情况。海山港好像并没有意识到时间的紧迫性,更没有强烈的使命感。中层以上干部跟市里领导都有着盘根错节的关系,这种关联他撕不开,也拉不动,让他很着急,也很难受。尤其是这个姜副总,徐正生主政时就想换掉他,可这人左右逢源,上下联动,像一个不倒翁。徐正生很懊恼。交通小艇的事原本就是个小事,可反映出来的问题就是方平、姜副总这届班子对形势的不敏感。港口中层以上干部中,充斥着守旧、悲观、中庸的腐朽气息,这样的氛围,根本无法迎接即将到来的改革大潮。长期淤积在徐正生胸中的那股怒火,此刻再也控制不住了。

徐正生这次开会话说得很直白,针对性也很强,言辞更是犀利。他敲着桌子骂道:"过去我想不明白,海山港建深水大港在某些人的心里怎么就这么心不甘情不愿,没有丝毫的紧迫感和使命感。现在我终于看明白了,某些人深知,新型港口建成之后,他们必然会被淘汰,他们害怕失去现有的权力和既得的利益,因为他们不善于学习,只想混吃等死。可我要告诉你们,这种混吃等死的日子不会太久了,时代大潮浩浩荡荡,你们没有能力阻挡。看清形势,你们还能晚点死,看不清形势,你们死得更快。"方平一头雾水,姜副总却很清楚,徐正生是要公开摊牌了。

徐正生接着说道:"有些人宁可把时间用在到观音寺烧香磕头,祈祷神仙赐福,让他们升官发财上,也不愿把时间花在谋正事、干正事、做准备上,那我告诉你,头上三尺有神灵,菩萨也是公平的,你做了什么,他看得一清二楚。行了,我话就说到这儿,你们好自为之。"

徐正生说完就起身离开了。方平不清楚怎么回事,就跟到了下面。上车前,徐正生很生气地对他说:"一个梁云霄你们就这么容不下他?老方,我告诉你,罗教授的课题转化项目海山港要是留不住,梁云霄这个人你要是留不住,你我都是时代的罪人。"方平更糊涂了,他知道徐正生对眼下港口班子的状态不满意,说实话,他也不满意,可这是多年来留下的痼疾,并不是他一个人造成的。

送走徐正生,方平在办公室里郁闷了一个中午。最后,他不得不打电话向徐正生的秘书大刘寻求答案,大刘就把李子木的原话说给方平听了。方平听完气不打一处来,打电话叫来了姜副总。姜副总仍然认为是梁云霄向徐副市长打了小报告,徐副市长今天的发飙,只是因为他们收了项目组的交通小艇。

方平很恼火,质问姜副总:"交通班那么多交通艇,你们干吗收了项目组的小艇?你们没那艘小艇能死吗?那艘艇是港务局出钱给项目组买的,不是你姜副总的私人交通工具。猪脑子!小艇赶紧还回去。另外,李子木解决了编制,为什么到现在还没调走?成事不足败事有余的东西!你跟宁州的老李和宁海楼说,调不走就换到一线码头技术部去做技术员。你们还想提拔他做副科长,这样的人能当副科长吗?"

姜副总上午刚被徐正生不点名地骂了,现在又被方平骂成了猪,心里很不痛快。回到办公室,他叫来李子木,然后就是一阵臭骂:"有你这么跟副市长秘书说话的吗?另外,你为什么要用那艘小艇?"李子木说:"那艘小艇是新的,还是德国进口的,好用。"姜副总气不打一处来:"我们去烧香的事,你干吗跟刘秘书说?猪脑子!"

这些事,梁云霄一无所知,姜副总自然不会告诉他。姜副总仍然笑眯眯地说:"项目组我们一直很重视,我们一直都渴望凤凰湾项目尽快落地,那些说项目搁浅的人都是王八蛋。小梁,钥匙你拿着,好好准备项目,我跟方董事长等着你们的好消息。"梁云霄接过那艘小艇的钥匙,正要出门,姜副总叫住了他,说

| 271 |

道:"小梁,安全起见,你每次用小艇前还是要报告一下。"

梁云霄答应着,出了门。

6

第二天,梁云霄接到了贾山的电话。电话里,贾山很兴奋地说:"老弟啊,你得赶紧来凤凰岛,公海上的猫鲨群来了,乌泱乌泱的。"梁云霄说:"你不是说猎猫鲨的事你去做,不让我做了吗?"贾山嘿嘿一笑说:"今年情况特殊,这虎鲨特别邪,是靠我们这边的,可能是旁边的渔民捕捞得太厉害,都跑到我们这边来了。不过这次你放心,我去渔政部门拿了证的,合法捕捞。"

梁云霄还是有些犹豫。随着年龄的增长,梁云霄觉得,当初他和贾山插草为香、磕头结拜兄弟是有些热血上头了。当然,他不是不重视跟贾山的情谊。贾山为人很仗义,对他也没的说。可是,贾山做事胆子太大,还总是打擦边球。这事姚江河曾经提醒过他。有一次姚江河发现梁云霄也有了手机,就问他手机的来历。梁云霄没敢告诉他手机是他和贾山一起去公海钓猫鲨赚的,就撒谎说:"这是我在凤凰湾潜钓场做兼职时,老板为了联系方便给配的。"姚江河的脸色立刻就严肃了起来,问他说:"这个老板叫贾山吧?"梁云霄就点了点头。

梁云霄从姚江河阴沉的脸色可以看出来,姚江河和贾山很熟,但是不喜欢他。姚江河很严厉地对他说:"以后你别什么人都接触,什么人的东西都要。"梁云霄听懂了姚江河的意思。别人眼里的贾山就是个老赖,欠了一屁股债,却租下凤凰湾几万亩的滩涂和海域,他就是要赌深水港的拆迁款。这分明就是等着薅国家的羊毛,等着挖海山港的墙脚。所以,姚江河对贾山很反感。

梁云霄做了姚江河的助理后,跟贾山吃过几次饭,一次还是在凤凰湾渔家乐吃的。贾山还叫了他们村委会主任。酒桌上,贾山搂着梁云霄的肩膀告诉村委会主任说:"这是我的兄弟,海山港口集团姚总的秘书,一人之下,千人之上,海山港的未来二号领导。"梁云霄不喜欢贾山在人们面前这样吹嘘他,跟贾山使眼色,贾山就说要出门方便。两个人来到大海边,梁云霄一脸为难地对贾山说:"哥,你这不是害我吗?这话要是传到姚总的耳朵里,我就完了。"贾山就搂着梁云霄的脖子说:"你放心,村委会主任跟我是一条船上的人,他不会卖你的。我跟你说弟弟,你哥要是不这么对那老家伙说,我的潜钓场就保不住了。"这件事之后,梁云霄与贾山的交往就少多了,梁云霄的手机也很少用了。

见梁云霄久久不回话,贾山那边着急了,说道:"老弟啊,我今年雇了四条大船,必须大干一场,可人手确实不够啊。别人我又看不上,也信不着。再说了,你这大半年流年不利,没挣到什么钱,可你得还债啊。你设计图纸,我给你钱你也不要,这次遇到卖苦力挣钱的活,哥不找你,哥找谁?另外啊,等你来了,我们跟张达一起把综合码头的账拢一拢,今年你哥我挣到钱了,总得有个说法吧?还有,潜钓场以后怎么发展,我不得跟你商量商量?"这几年,贾山遇到事,总喜欢跟梁云霄商量,梁云霄的话,贾山一直还算是听的。

梁云霄答应了,但对他说:"我没有船了。"贾山说:"你等着,哥去接你。"

海山港生活小码头,贾山开着他新买的快艇来接梁云霄。梁云霄很奇怪,贾山的综合码头和大片堆场,现在被大桥指挥部租用了,一年的租金就好几百万,而且几公里外的潜钓场,港口项目也要落地了,将来的拆迁赔偿又是一大笔收入,像猎猫鲨这样的钱,贾山怎么还在赚?贾山像是看懂了他的心思,悄悄对他说:"到了潜钓场,哥给你说个大计划。"贾山开着快艇,很快就到了他在凤凰岛的综合小码头。码头上即便是节假日也还在忙活,小型桥吊、塔吊机、龙门吊在装卸、码垛着钢材和板材。空旷的滩涂上架起了圆形的防潮库房,工人在搬运着水泥。

贾山带着梁云霄在综合码头待了几分钟,接着上船去了他的潜钓场。潜钓场确实进行了改造和修缮,铁皮房子换成了集装箱改装的钢架结构屋子,潜钓场还专门弄了个简易的小码头,停着几艘快艇和一艘豪华游艇,潜钓场屋子前已经有好几个漂亮的女人坐在那里闲谈了。梁云霄问贾山:"哥,潜钓场开始营业了?"贾山说:"没有,早着呢,我不得宣传宣传啊?这些都是公司新招的员工。"梁云霄笑了,说:"半年多不见,大哥的生意真是越搞越大了。"

梁云霄跟着贾山进了他的办公室。半年多没来,贾山的办公室鸟枪换炮了,老板椅、红木桌、真皮沙发前还摆了工夫茶茶具。贾山一边为梁云霄倒着茶,一边悄悄说:"这都是给张总准备的,他平时不在,我用了。"梁云霄问:"张达呢?"贾山长叹一口气,说:"我的弟啊,我算看明白了,没钱是什么都干不成啊。你看,在我的仙山,人家做真神,你说我冤不冤?"梁云霄看出了贾山和张达之间的矛盾,奇怪地问:"综合码头,你不是大股东吗?"贾山说道:"大股东管个屁用,人家上了八条船,建材也是人家的,我这儿就是个鸡窝,鸡和蛋都是人家的。"梁云霄说道:"那没办法,当初如果租了你的这块地,你还不如现在拿得多呢。"

贾山从保险柜里拿出十万块钱,对梁云霄说:"老弟,这是上次说好的给你的分红。"梁云霄说:"大哥,这钱我不能拿,说好了,我只是帮你。"贾山凑到梁云霄耳边说:"你只管拿着,你的分红还不止这些,剩下的那些算你入股。我悄悄告诉你,我也买了一条船。"梁云霄大吃一惊,说:"哥,你疯了,你哪来的那么多钱?"贾山说:"银行贷的啊,有村里担保,用码头抵押。"

梁云霄的嘴巴张得老大,惊愕地说:"哥,你有钱怎么不还人家钱,还贷款买船?"贾山嘿嘿一笑,接着说道:"老弟呀,你别那么大惊小怪的,虱子多了不痒,债务多了不愁,只要我还在折腾,那些借我钱的人就不用担心我还不了他们钱。我的大船一到,守着上百亿的大桥工地,我还能缺钱?"

贾山呷了口茶,接着说:"张达他们家不是很有钱吗?雪球也是这样滚起来的。这就叫资本运作。不过,我眼下确实很缺钱,每一分都缺。"梁云霄把那十万块钱推给贾山说:"哥,那这钱你接着用吧。"贾山一脸豪气地说:"这不行,咱老娘一天还在落叶岛待着,你心里一天都不安生,你拿回去,赶紧还债。"梁云霄拿了两万,剩下的推给贾山说:"那好,我拿两万,剩下的你拿去用。"贾山说:"行,你怎么说,我就怎么办。"贾山把钱放进了保险柜里,顺手拿出了一张捕鱼证说:"你放心带人和船去,这次猎猫鲨是在我们海山的海域,我们是有证的。"

两个人说了一阵话,老贾进来,看到梁云霄,眯着眼笑着说:"小梁来了。"梁云霄起身应了一声。老贾把贾山拉到一旁,说:"船和渔具都准备好了,你带一条,我带一条,小梁带一条,宁霞再带一条。这次不用晚上,我们早晨去,下午回。"贾山说:"那好吧。这事我本来不想让宁霞来。"老贾不高兴了,说:"你是怕她跟你要钱吧?贾山啊,你糟蹋了那么多的钱,怎么就不能把该是她的还给她呢?孩子不容易,有个瘫子爹,还有一个上学的妹妹,你就看在你姐姐的面子上,该给她的钱,这次就给了吧。"贾山不耐烦地说:"行了,爸,我知道了,该给她的,到时候我会加倍给她。"老贾不说话了,气呼呼地出了门。梁云霄疑惑地看着贾山,贾山说:"我爸爸总这样,絮叨个没完。"

五月,太平洋的暖流回转,天气开始放暖。三艘船从凤凰湾向着公海疾驰而去。贾山、老贾和梁云霄每个人都带着手机,还有对讲机。渔船很快就到达了公海附近。附近的猎鲨船已经有了不少,至少十几艘。正午的大海风平浪静,贾家带来的三艘船分布在三个海域,三个人趁着大海短暂的安静,开始挂饵、下网。这次,鱼钩上挂的都是半斤重小活鱼,贾山计划要钓大货。梁云霄从记事起就开始挂饵下钩,这样的活饵,鲨鱼钩得快,而且大部分都是巨物。梁云霄手法娴熟,很快就下完了鱼饵。这时对讲机里传来了一个女人的声音:"你们谁船上有活饵?我船上没带。"梁云霄慌忙说道:"我这儿还有,我给你送过去。"

梁云霄让师傅开着船,朝着女人的方向开了过去。远远地,他就看到了一个熟悉的身影。只见她一身紧身潜水衣,头上戴着一顶潜水帽,身材饱满而修长。等船开近了,看清了对方的脸,梁云霄才最终确认她是宁霞。宁霞也没想到会在这样的场合再次遇到梁云霄,笑着说:"嘿,真是巧啊。"梁云霄也回答道:"对啊,是很巧。"两条船靠近了,开船师傅把一块木板伸过来,梁云霄拎着两个装着活饵的水桶上了宁霞的船。

梁云霄帮着宁霞把活饵挂上了吊钩,并帮着她下完了鱼钩。之后,梁云霄没回自己的船,只是让师傅把船开回去了,自己则在宁霞的船上跟她聊天。梁云霄说:"没想到你还真行,能上天,还能入海。"宁霞一笑,脸颊上露出一对迷人的酒窝,说:"我也没想到,你一个文质彬彬的人,不但是深潜的高手,还喜欢捕鲨。"梁云霄哈哈笑了,说:"我们就别再彼此恭维了。我现在跟你一样,到一线码头工作了。"宁霞一脸惊愕地问他:"你们海山港怎么了,让一个高才生去当桥吊工人?"梁云霄一脸惊讶地问:"你怎么知道我的情况?"宁霞笑了,说:"你别忘了,宁州港跟海山港是一个系统的,就隔着一片海,没有什么秘密。我还听说,你们秣马厉兵,弄了个什么种子选手,要把奖杯赢回去。"

梁云霄尴尬地笑了。宁霞问他说:"你笑什么?"梁云霄没有回答。他不想说那个种子选手差点就是他,而他差点被吓尿在了塔台上。宁霞问他:"桥吊塔台上的感觉如何?"梁云霄一脸尴尬地说道:"我恐高,被师父赶下去了。"这次,宁霞咯咯笑了,她笑起来的样子很好看。宁霞说道:"你的情况,我听我哥说过一些,你在一次论坛上的演讲我也听过,我大伯都夸你是个人才。"梁云霄尴尬地笑了:"那都是几年前的事了,那时候大学还没毕业,年轻气盛,说了很多不着边际的话。"宁霞说道:"哪能啊,那次论坛我在会务组帮忙,就站在下面给领导们倒水,省里、市里的领导都给你鼓掌了。"梁云霄挠着头说:"不提那个了。"

宁霞歪着脑袋,一脸好奇地问道:"你怎么会去一线码头呢?"梁云霄说道:"我主动要求去的。"宁霞说:"码头一线的活儿,我觉得你还是算了吧,都是脏活儿、累活儿,码垛、桥吊、锁钢缆。尤其是桥吊塔,几十米高,你要是恐高,下来都困难。"梁云霄羡慕地看了一眼靓丽飒爽的宁霞,说:"你都能干得那么好,我怎么就不能呢?"宁霞叹了口气,说:"我是没办法,但凡有一点办法,哪个女孩想在一线码头干呢?有时候,我真的很羡慕你们读书读得好、学历高的人。操作部那个小陈,你也认识的,脸上有些雀斑的那个女孩,人家现在都提副主任了呢。"

梁云霄想起了那个曾经跟他一起看过电影的雀斑女孩,就笑着说:"跟她比,我还是更羡慕你,有门过硬的技术,不靠天,不靠地,也不靠老子,就靠自己。"宁霞说:"到底是有文化,真会说话,我也觉得是这个道理。"说话间,宁霞的排钩上中鱼了。猫鲨成群,中一个就会中一大片,梁云霄就开始帮着宁霞收鱼。

一条条土黄带着老虎斑斑纹的猫鲨被拽了上来。今年的猫鲨比往年的大,大的有四五十公斤重,头很大,尾巴很长,最长的一条快两米长了。宁霞用力拽着猫鲨,突然,一根拽着排钩的鱼线开始下坠,顺着惯性,把宁霞给拽下了水。梁云霄顿时在心里喊了一声:糟糕!遇到大鱼了!他拎起船上的猎鱼枪,瞬间就跳了下去。

宁霞在水底,手里仍死死抓着排钩上的主绳,前面不知道是一条什么样的鱼把排钩带走了。梁云霄追着宁霞,游动的身影在水中迅速掠过,宛若一条灵动游龙。宁霞被大鱼拖拽的速度非常快,他根本追不上。梁云霄心里很着急。很显然,前面是一条深不可测的大鱼,而此时的海域里,最大、最凶险的莫过于噬人鲨。这种鲨鱼体形大的可超过七米,重三千多公斤,力大无穷。

宁霞没有追上那条鱼,开始往回游。此时的太平洋,海水还不是那么蔚蓝,一个硕大的身影迅速掉转了头,朝他们袭来。梁云霄看到,宁霞手里断掉的排钩绳子上还有一条猫鲨,心里连呼糟糕。他一把拉住宁霞,示意她丢掉那头猫鲨,可宁霞手里仍然拽着那头猫鲨。

那个硕大的身影已经迅速掠了过来。梁云霄伸手抱住了宁霞,用手抠开了她那只还牵着绳子的手,最终宁霞松开了绳子,绳子上的那条猫鲨跑掉了。梁云霄惊惶失措地抱住宁霞,两人躲闪在渔船的船舷边。一条巨型噬人鲨迅速游过来,张开血盆大口,瞬间就咬住了那条跑掉的猫鲨,随即一口吞了,鲜血喷涌而出,染红了大片水面。宁霞此刻也被吓坏了,她躲在梁云霄怀里,柔软的身体不停地抖动。梁云霄抱着宁霞,把她拖上了渔船,急切地对开船的师傅说:"走,赶紧走,快点离开这里。"血腥味在海面上迅速弥漫开来,梁云霄感觉,这条巨物很快就会卷土重来,他们那条船经不起它的折腾。

渔船迅速离开了出事地点。船上,宁霞确实被吓坏了,身体还在抖。过去她在海底也遇到过这样的情况,东海海水湛蓝的时候,时常会有噬人鲨出没,可她从来没有见过几吨重的巨物直冲着她扑来。梁云霄责怪宁霞道:"你不要命了?看到那家伙来了还不赶紧把手里的绳子松开,你这样玩,可是会死人的。"宁霞嘴里哆嗦着说:"我没玩,我以为是头大猫鲨,谁知道是头大家伙。我也搞不明白,它突然间就出现了,吓死我了。"

梁云霄这才发觉,这个时候自己不该责怪宁霞。梁云霄揽住宁霞的肩膀,安抚着她还紧张的情绪。梁云霄让师傅把船开到自己的那条渔船边,安抚了一阵宁霞,让她靠在船舷边上,然后说:"你在船上待着别动,我去把鱼收了。"梁云霄让师傅开着船去收鱼,鱼刚收了一半,排钩的绳子再次被拽走了。梁云霄汲取了经验,没有硬拽,而是让噬人鲨拖着猫鲨和排钩跑掉了。

老贾和贾山的船也遇到了这种情况。下午四点,贾山决定不干了,四条船弄了不到五吨鱼就开始返航。傍晚时分,船到了凤凰湾,宁霞还是惊魂未定。海里面出现了混世魔王,捕鲨的生意就做不成了,梁云霄心里却丝毫没有遗憾。

晚饭是宁霞做的,大锅炖鱼,焖饼子,味道很好。梁云霄吃得很高兴,席间,他终于弄清了宁霞和贾山的关系。吃过饭,宁霞要带着渔船师傅回宁州,梁云霄却劝她说:"最近大桥正在施工,国际航道上的船太多了,晚上行船还是不安全。"老贾也劝她,明天天亮了再走。

宁霞还是执意要走。贾山却不留她,说:"回去就回去吧,家里我姐夫腿脚不方便,宁虹还得上补习班。"临走时,宁霞却跟贾山吵了一架,原因是宁霞向贾山要钱。贾山说:"我的钱都投到项目和船上了,没有钱。"宁霞说:"你有钱买船,就是不还钱?"贾山说:"等我的船挣钱了,潜钓场卖了,就加倍还你。"宁霞说:"你总说要我等,现在宁虹都上初中了,你还说等。我发现了一个问题,你们姓贾的,就没一个靠谱的。"贾山说:"你别没大没小的,我是你舅,他是你外公,贾玲是你妈。"宁霞说:"你别提那个女人,自从她嫁给了那个希腊厨子,我就没见过她一分钱,她就是个抛夫弃女的坏女人。你转告她,我跟宁虹不认她这个妈,你让她死了这条心吧。"宁霞转身去海边小码头坐船了。

老贾望着贾山说:"贾山啊,你把钱还给她,你能死啊?"贾山说:"我就不还,她能死啊?"

梁云霄追到海边码头,对宁霞说:"我送你回去吧。"宁霞看了一眼梁云霄,目光柔和下来,说:"不用了,谢谢你今天救了我。"梁云霄憨憨地挠着脑袋说:"你不也救了我吗?况且你是我的老板,我还指望跟着你发财呢。"宁霞像是忘掉了刚才跟贾山争吵的烦恼,呵呵笑了起来,一脸阳光地指着远处的大海说:"我每个星期天都来,那里就是我们的生意。"梁云霄说道:"那好,一言为定。"

梁云霄目送宁霞上船离开,转身回来,正好遇到了贾山。贾山望着远处的渔船,无奈地摇着头说:"囡囡是好囡囡,就是心高,命不好。"

贾山就跟梁云霄说了宁霞家里的情况,以及他欠钱的原因。贾山说:"我姐托我照顾她们姐妹,我连自己都照顾不好,怎么照顾她们?她骂我这个舅舅没尽到这个责任,可这怨我吗?他们宁家人自以为是工人阶层,高高在上,看不起我们,说我们一家是吸血鬼,我跟我爸没一个好人。他们骂我、骂我爸都行,可他们别欺负我姐啊。他们宁家,尤其是她爷爷宁五洲和她大伯宁海楼,还有她伯母齐英,都看不起我们海山孤岛上的渔民,嫌我们一身鱼腥味,嫌弃我姐生了两个丫头片子,嫌弃我姐照顾娘家,是个'扶弟魔'。我姐就是活生生被他们给逼走的。现在这个宁霞,都被宁家人教坏了,她恨不得我姐死。既然这样,她别向我要钱啊,那可都是我姐在希腊跟那个老外厨子辛辛苦苦挣下的钱,她跟宁虹那个丫头片子骂她妈,我还能给她钱吗?"

梁云霄想告诉贾山,无论如何那都是宁霞和宁虹应得的抚养费,他贾山不应该私自挪用补贴自己。可是,话到嘴边又咽下去了。或许是出于对宁霞的同情,他开始对贾山的人品产生怀疑。这个人对亲人尚且这样,何况他一个插草为香、磕头结拜的异姓兄弟。贾山似乎看到了梁云霄的情绪变化,于是解释说:"她是我的亲外甥女,我怎么会不心疼她?她妈给的钱,我都替她存着,她出嫁的时候,我会一分不留地拿给她。但我绝对不会这会儿就拿给她,这个宁霞我太了解了,保不准她会拿我姐的钱,给她爸再找一个。"

梁云霄没说话,苦笑了一下。他很清楚贾山也就是这样说说,到时候,他仍然会继续用这样的话安慰自己,安慰别人。一个赌徒,心里只想着用更多的筹码去赌。他现在已经买了一条船,保不准以后想再买一个船队。这一个承诺只有用下一个承诺来兑现。

梁云霄在心里感叹:我以为就我命不好,原来她的命比我也好不到哪儿去。

第六章

1

姚江河、徐正生与斯兰特的谈判最终还是谈崩了,徐正生对斯兰特的最终离开深表遗憾。两个人收拾好东西,从斯兰特宁州分公司出来。他们都认为,虽然"大陆连岛"工程全面开启,斯兰特有些着急了,可他这个捕鲸人的后代,还在玩他的资本为王的海洋丛林法则游戏。姚江河断定,斯兰特最终会决定跟宁州合作,如果没猜错的话,物流仓储项目的投资协议会在近期签署。

徐正生笑着说:"师父,您的判断从来都很准。斯兰特本还想钻政策的空子,现在看来,他在您这儿是彻底绝望了。"姚江河说:"一鲸落,万物生。斯兰特眼里,宁州就是他放在砧板上的鱼,他想吃鱼翅就吃鱼翅,想吃鱼胶就吃鱼胶。"徐正生笑了,说:"让我们的晓乙副市长和海楼兄去应对吧。"

果然,第三天,斯兰特在宁州最豪华的滨海大酒店天海厅举办了项目签约仪式。但一切妥协都是有条件的,斯兰特拿到了他想拿到的一切。斯兰特在跟宁州的合作协议里又附加了一条:在宁州湾腹地附近增租四千亩滨海土地,租期四十年。他要建亚洲最大的铁矿石堆场和分销中心。宁海楼找到周晓乙商议,周晓乙笑着说:"看来,'大陆连岛'工程开启之后,斯兰特是彻底对海山死心了。"宁海楼十分为难地对周晓乙说:"我的副市长啊,他这一刀割走我们四千亩啊。"周晓乙说:"老宁啊,有了铁矿超级码头,北方钢铁集团也就进来了。港口要为宁州湾服务,做出点牺牲,也是值得的。"宁海楼摇摇头说:"可我们付出的代价太大了。"周晓乙说:"一体化改革一旦到位,你的腹地是整个海山群岛,宁州丢掉的岸线资源,可以去海山拿。"

宁海楼顿时听明白了,周晓乙已经得到了确切的消息:"港口一体化"改革很快就会到来。周晓乙代表市政府跟斯兰特公司签了租地合约,他举着酒杯对斯兰特说:"斯兰特先生,我希望斯兰特公司的仓储项目立刻上马。"斯兰特答应得很爽快,他说:"尊敬的市长阁下,斯兰特公司签署的每一份合约都充满了诚信和诚实,我们的资金很快就会到位。"二人碰杯,开怀畅饮。

继而,斯兰特又说:"另外,我们斯兰特公司的船队十日之后就能通过马六甲,我也希望市长阁下能履行合约,宁州港在飓风到来之前,在半个月内,完成一百三十万标箱货物的装卸。"宁海楼不停地冲周晓乙和董平摆手,示意他们不要答应。可是,正在兴头上的周晓乙根本没理会宁海楼的示意,毫不犹豫地说:"没问题,我们签署的每一份合约同样充满了诚信和诚实。"斯兰特哈哈大笑说:"好!我们为诚信干杯!"

宴会散了之后,众人出门。送走斯兰特和周晓乙,宁海楼和董平也上了车。夜色苍茫,天空阴霾,宁海楼的心情极其沉重。董平似乎看出了宁海楼的不快和压抑。董平说:"老宁,斯兰特提出的要求没问题吧?"宁海楼说:"我的兄弟啊,太有问题了,宁州港的吞吐量在每日三万标箱左右,短期之内,很难完成这个任务。"董平大吃一惊。宁海楼说:"我一直在劝周副市长,一定要在签这个合同之前,把订单附加条件也给签了。他斯兰特能出尔反尔,我们怎么就不能?现在好了,到时候一旦违约,人家还不拿项目合同来跟你说事?"

而飓风的提前到来,让宁海楼遭遇了任职以来最大的危机。

姚江河一语成谶。斯兰特公司的船队准时靠港,宁海楼召集中层干部开会,全力备战斯兰特公司的大单。这时,一道闪电划破夜空,暴雨如注。

暴雨到来的时候,宁霞还在几十米的桥吊塔台上。宁五洲跑到塔台下面,在对讲机里大声喊:"宁霞,赶紧下来。"狂风裹挟着暴雨呼啸而来,桥吊巨大的吊具吊着的集装箱在风中飘摇摆动。宁霞目光坚定地盯着箱体,稳稳地完成了最后一个动作。然后,她紧紧抓着铁栏杆,一步步下了塔台。宁五洲在对讲机里大骂操作部主任:"你们这群狗娘养的,不拿工人的命当命。这么大的雨,还有雷电,你们还在工作。"操作部主任委屈地说道:"老爷子啊,完不成单子,我们是要支付巨额赔款的。"宁五洲大骂道:"赔不赔钱我不知道,你们要是弄出安全事故来,死了人,老子不依你们。"

宁州港会议室内,气氛极其压抑。操作部主任陈奎把对讲机关掉,说:"宁总,董事长,你们也听到了,老爷子骂人了。季风气候到了,汛期也提前到了。这几天,因为天气原因,货物装卸都不及时,造成了集装箱的积压和航道拥挤,这活儿没法干了。"法务部说:"那怎么办?斯兰特的货轮不能按时入港和出港,港口会因违约赔付大笔款项。"宁海楼和董平抱臂坐在那里,眉头紧皱。

沉默许久,宁海楼说:"出现这样的结果,赔钱是小事,宁州港刚建立起来的国际大港地位会受到严重损害。"董平盯着宁海楼,担心地问:"问题很严重,现在我们该怎么办?"宁海楼说:"我去找周副市长商量一下,董事长,您带着大家也议一议,看还有没有更好的办法。"宁海楼说完出门了。

周晓乙站在窗前,望着大雨如注的外面,心里也很烦乱。他知道,他高估了宁州港的吞吐能力,中了斯兰特的圈套。宁海楼穿着雨衣急匆匆而来,抖落浑身的雨水之后,望着一脸愁苦的周晓乙,问道:"周副市长,您有什么好办法吗?"周晓乙摇了摇头,说:"必须得尽快拿出好的对策,不然损失惨重。"宁海楼想了想说:"办法倒是有一个。"周晓乙急切地问:"什么办法,快说。"宁海楼叹了口气,说:"我们只能就近求海山港帮忙,分流出去一部分。"

周晓乙说:"能行吗?"宁海楼点了点头。周晓乙想了想,拨通了钟立达的电话。钟立达接到周晓乙的电话就问:"什么事?"周晓乙把宁州面临的困境跟钟立达说了。钟立达听完这个事情,眉头紧皱,问:"你们想怎么办,希望我怎么做?"周晓乙说:"钟副厅长,我想请您给海山港打个电话,或者下个通知,看看海山港能不能帮着消化一部分,我想……"钟立达没等周晓乙说完,立刻来了脾气,数落道:"我说周晓乙啊,我这人性子直,话说得难听,这会儿你们不说这就是市场、市场是残酷的了?市场上你们是老大,对,你说得都对。现在吃多了消化不良了,你让别人替你消化一部分,当初你们低价拿这份订单的时候,怎么就没想到跟海山商量,怎么就没跟我商量呢?"

周晓乙的脸色很难看,但他还是放低了姿态说:"是,当初是我们不对,没有考虑到海山的感受,考虑到您的感受,这是个教训,深刻的教训,我们会反省这个教训。可是钟副厅长,现在的情况很危急,完不成合同,赔款是小事,还会影响我们的国际声誉。"钟立达听了,沉默了好一会儿,然后说:"我可以给方平打电话,给姚江河打电话,你让宁海楼去找姚江河。好了,就这样。"钟立达很快挂掉了电话。

宁海楼只好去见姚江河。姚江河长叹着气说道:"早知今日,何必当初。现在即便是海山港同意分流船只和货物,斯兰特也未必愿意。斯兰特就是等着你犯错,等着收你的罚款,毁你的合约。"宁海楼立刻让董平给斯兰特公司打电话,果然,斯兰特拒绝了这个方案。斯兰特公司像是早有准备,他们给出的理由很简单:海山港从未入港过十万吨以上的货轮,泊位太浅,会让他的货轮陷入危险。

宁海楼望着姚江河,希望他能给出建议。姚江河说:"解铃还须系铃人,你得尽快找到斯兰特,亲自跟他谈,告诉他,海山港能接他的货,弄不坏他的船。"宁海楼拨通了斯兰特的电话,可斯兰特却告诉他,他此刻正在新加坡的森巴旺港,和其他亚洲港口商议这批订单的事。宁海楼说:"斯兰特,我希望能跟你面对面谈一谈。"斯兰特却说:"那你们来吧,我走不开。"宁海楼气得差点把手机给摔了。

宁海楼想请姚江河跟自己一起去一趟新加坡,姚江河答应了。宁海楼说:"既然是去谈判,不如叫上小梁,顺便让他看看新加坡港。"姚江河笑着说:"你倒是到哪儿都忘不了那个傻小子。"

这段时间,梁云霄和宁霞多次合作去捞海,因为有了宁霞的小船,两人合作得越来越有默契,收获一次比一次多。他们在千家门渔港吴婶那里卖完了海货,宁霞每次都给他五千块钱。梁云霄觉得有点多,每次都让吴婶给他们烧几个菜,请宁霞一起吃顿饭喝顿酒。梁云霄的酒量很大,宁霞却不让他多喝,就喝二两。

这天,两个人正在吃饭,望着两个小年轻亲密的样子,吴婶很羡慕,说他们是观世音菩萨缔造的一对神仙眷侣。梁云霄尴尬地笑了,宁霞却也不反驳。这时,姚江河电话来了,要梁云霄准备一下集装箱码头的资料,跟他和宁海楼一起去一趟新加坡。这件事宁霞知道一些,说是斯兰特公司的订单,宁州想让给海山港分流,可斯兰特公司不同意,说海山港的资质不够。梁云霄有些担心宁霞一个人去棋盘岛不安全,就劝她说:"我不在的时候你还是别去了,让那里的海货也长一长。"宁霞笑了笑,说:"好,我听你的,你放心去吧,我等你回来,老板不会一个人吃独食。"梁云霄就匆匆告别宁霞,回海山港去了。

新加坡森巴旺港口酒店里,宁海楼带着姚江河、梁云霄与斯兰特谈判。谈判过程很艰难,斯兰特和在东海时的态度判若两人,他的傲慢和无礼让梁云霄印象深刻。斯兰特戏谑地嘲弄梁云霄说:"小伙子,你的预测很糟糕,照这样的发展速度,中国大陆的港口,再过三十年,也难在太平洋上占据一席之地。"梁云霄这次没有反驳他,而是微微一笑,用英语说:"尊敬的斯兰特先生,或许您说得对。"斯兰特故作懊恼地说道:"我们把五年内最大的订单交给了宁州,是战略上的失策啊。"继而,他指着门外走廊上的那群人说:"日本、新加坡、韩国港口的客户,都在等着接盘宁州港的业务。"斯兰特下了最后通牒,如果这次宁州不能按时履约,他就把接下来四年的订单都收回来,以更低的价格交给其他港口。

姚江河、梁云霄早就习惯了跟斯兰特谈判的艰难,而宁海楼敏感地意识到,宁州像是掉进了斯兰特早已设好的陷阱。姚江河苦笑着说:"我早就告诉过你们,当时我就预料到会有今天这样的窘境。"宁海楼感叹地说:"即便是鲨鱼上了船,也是砧板上的肉。什么时候被宰割,就看斯兰特什么时候下刀了。"宁海楼很悲观,他像是说宁州港,也像是在说他自己。

三个人回到宾馆,姚江河让梁云霄把海山港十万吨深海码头的技术资料整理后打印成册,亲自送给斯兰特,同时,他让海山港的法务草拟了一份船只入港的安全协议,用传真传了过来。梁云霄看完这份协议,大吃一惊。他十分不解地问姚江河:"师父,您这是拿海山港的命运在帮宁州?为什么?"姚江河苦笑着说:"宁州、海山唇亡齿寒,这个时候就不要再说我们、他们了,我们都是东海的港口,我们的对手是斯兰特公司,我们不能把中国港口的脸丢到太平洋上去。"

宁海楼看到这份协议很感动,他用颤抖的声音说:"江河兄,什么话都不说了,海山港的这份情,我宁海楼记下了。"

斯兰特看完了海山港集装箱码头以及改造后的蟹子岛的情况,决定再次开启谈判。姚江河三人诚恳而专业的谈判让斯兰特做出了让步,他最终答应海山港可以分流部分货运订单。宁海楼拿着斯兰特亲笔签下的合作补充协议,心情复杂地走出了森巴旺港口酒店。

夜色下的森巴旺港口灯火辉煌,自动化程度很高的港口货仓、集装箱桥吊、码垛规范有序。这里的一切都让梁云霄瞠目结舌。梁云霄陪着姚江河走在港城的大街上,现代化的港口城市虽然很小,但它的精致确实让人耳目一新。

宁海楼和姚江河与斯兰特公司的船务部门对接他们的航运班次。宁海楼要姚江河准允梁云霄到市里去逛一天,但梁云霄没有去市里,而是去找了大学宿舍里的三哥孙家成。孙家成大学毕业后先是跟张达一起去了海都港的代理公司做业务员,后来一直跟新加坡的航运公司打交道,再后来就被挖到了新加坡的港口,在丹章彭鲁港任代理公司亚太区副总监,主要代理集装箱箱体业务。

老四从国内来访,孙家成很高兴,特意请了假,开着车专程来陪他。梁云霄没心思游逛,让孙家成带着他去新加坡港口群、免税区、大型仓储和物流中心转转。孙家成跟这几家港口的经理都很熟悉,他带着梁云霄一早就出发了,绕马六甲海峡附近的新加坡、裕廊、普劳布科姆、森巴旺、丹章彭鲁五大港口看了个遍,直到夜里两点多,他们才回到宾馆。

梁云霄盯着新加坡地图看了整整一夜。他在孙家成给他的那张港口分布地图上,把几个毗邻的港口圈了起来,围绕马六甲海峡,五大港口连成一片,彰显了马六甲港口群的宏伟气势。

第二天,姚江河、宁海楼在楼下等到了出租车,却迟迟不见梁云霄下楼。大约又等了十分钟,梁云霄才背着包,拿着一张卷着的地图匆匆赶来。宁海楼见梁云霄脸上一对黑眼圈,就问他说:"昨天玩了几个地方?"梁云霄伸出五个指头说:"五个地方。"宁海楼说:"年轻人就是精力旺盛。"姚江河以为他真是去游逛了,就批评他说:"不知道今天要赶飞机啊?玩心也太重了。"梁云霄没向姚江河解释,一脸歉意地跟二人上了车,匆匆赶往机场。宁海楼看着梁云霄抱着那卷地图,就问他:"是什么宝贝,那么稀罕?"梁云霄笑着说:"这是我画的一张图,还没画完呢。"姚江河一听,顿时明白了,梁云霄这一夜没睡好,一定是在捣鼓这张图。

2

宁州、海山两个港口为了完成斯兰特公司的年度海运订单,开始了业务合作。方平把这次合作的事交给了姚江河。时间紧,任务重,为了更好地完成这项任务,宁海楼与姚江河商量,调派一部分码头骨干力量到海山港,两边的技工也展开了技术合作。贺大年交给梁云霄一个任务,让他随技术科的李子木带班车去客运码头接宁州港来的技工。梁云霄很烦李子木,他离开技术科的其中一个原因,就是不想看见李子木小人得志的嘴脸。

早晨,梁云霄跟着班车,接到了睡眼惺忪的李子木,一起去客运码头。帮助宁州完成这个订单,港口班子的意见不是很统一。姜副总是坚决反对把码头仅有的两个泊位空出一个给宁州港的,这样会影响海山港的集装箱吞吐量,而且斯兰特公司给的价格也太不合理了,根本挣不到钱。李子木是姜副总那条线上的人,对这次合作显然也是牢骚满腹,一路上啰啰唆唆说个不停。梁云霄懒得理他,班车就这样到了客运码头。一艘客轮入港,梁云霄在几名技工中看到了身穿工作服、拎着一个大背包的宁霞。李子木也在人群中看到了宁霞,慌忙上前去接宁霞的背包。宁霞看到梁云霄,隔着李子木,把那个很大的背包递给了梁云霄。李子木有些尴尬,他显然不知道,梁云霄和宁霞不仅认识,还很熟悉。

宁霞和李子木在五一长假期间曾经有过一段小插曲。李子木的叔叔、宁州港人事科李科长托宁霞的伯母齐英为他们两个牵红线,在宁海楼家见了面。那天,宁霞刚从凤凰湾回到宁州,本来心情就不太好。刚回到家,妹妹宁虹就告诉她说:"伯母有事,要你到大伯家去一趟。"宁霞换了衣服,就去了宁海楼家。

一进门,她就看到伯母齐英和西装革履的李子木坐在客厅里。齐英向两人介绍道:"这是咱们人事科李科长的亲侄子李子木,在海山港技术科做助理工程师,很快就要调到咱们港了。这是我侄女宁霞,是我们宁州港码头桥吊班班长。你们两个年轻人先认识一下。"宁霞这才知道,齐英是在为他们做媒。宁霞人漂亮、技术好,还是港口的劳动模范,号称宁州港的第一朵花。这两年,为宁霞说媒的人不少,宁霞也见了不少,其中不乏大学生、研究生,可都无疾而终,多数是宁霞看不上别人。宁霞为人要强,对未来另一半的要求也高。每次见面,她为了达到让对方望而却步的目的,总是先把自家的情况和盘托出:未来她的另一半必须做上门女婿,她有一个下肢瘫痪的父亲、一个正在读初中的妹妹,和一个上了年纪的爷爷,这些人都需要未来的另一半和她一起照顾。这个条件一出口,多半人就逃跑了。看到这些人的嘴脸,宁霞就在心底笑了。其实他们宁家并没有这些人想象的那么不堪,她在一线码头上班,挣钱不少。另外,仅仅靠她捞海挣下的钱,也足以支撑父亲的药费和妹妹上学的花销。爷爷宁五洲身体不错,退休金也很高,只要她肯努力,家里的生活不会差。

李子木跟宁霞聊了很久。他这个人个子不高,却很健谈,心气也不低。直觉告诉宁霞,李子木很喜欢她。但李子木这个人,跟她想象中的伴侣相差甚远。谈话间,宁霞问了下梁云霄的情况。不料,李子木对梁云霄嗤之以鼻,说了梁云霄很多坏话,诸如追姚子期,巴结姚江河、罗子坤,为达目的不择手段,等等。宁霞听了,对李子木的印象更差了。继而,宁霞照例把自己家的情况跟李子木说了,她以为李子木会像其他男人那样退却。不料,李子木却对入赘的事不以为意,他甚至说,如果他们两个能成,他可以把自己的工资全部交给她,帮着她一起照顾这个家。

李子木越是这样说,宁霞越是不信。从小就持家的宁霞,跟形形色色的人都打过交道,很善于察言观色。李子木这个人骨子里其实大男子主义很严重。一个大男子主义很严重的人,怎么可能接受这样的条件?齐英留李子木在家里吃了饭,饭后李子木留了宁霞的电话就走了。齐英告诉宁霞说:"宁霞,这次你一定要抓住机会,放下高傲的性子,好好跟人家交往。这个小李跟你哥一样,名牌大学毕业,工作也不错,很快要升副科长了。"

宁霞笑着回齐英道:"那我这个工人更配不上他了。"

齐英一脸神秘地说:"这次没问题,他在求你大伯调他来宁州。你大伯要是不帮他,这次他在海山连机关干部的编制都弄不成。"宁霞一下子明白了,李子木对她这样热情,果然是另有所图。后来,李子木给她打了很多次电话。宁霞要么说很忙,要么干脆就不接他的电话。可这个李子木仍不死心,不停地给她发短信,还在短信里写了很多肉麻的表白。可他越是这样,宁霞就越觉得这个人很恶心。

宁霞觉得自己这次来海山港很倒霉。不是冤家不聚头,她越是讨厌李子木这个人,越是能再遇到他。这次来海山港,她是领队。出门时,伯父宁海楼特意嘱咐她说:"这次是海山港帮我们宁州港的忙,去了之后,一定要跟人家协调好,搞好关系,尽快把任务完成了。"偏偏这个李子木又是海山港口机关派来负责这项工作的,不和他说话好像又不合适。班车到了港口招待所,李子木要为宁霞安排罗子坤住过的那套独栋别墅。宁霞拒绝了,说:"我还是跟我们的技工住在招待所吧,我是领队,这样便于管理。另外,海山港是帮我们宁州港,我们来是干活的,我一个工人住那么好的房子,不合适。"

李子木仍不死心,他说:"这是姜副总亲自安排的,这次你们来的大部分都是男孩,怕你一个女孩住在招待所不方便。"宁霞笑着说:"到了一线码头,都是一样的工人,没那么多的讲究。李工,还是听我的吧,我就住招待所主楼。"宁霞对拎着行李的梁云霄说:"你把我的包拎到招待所主楼去吧。李工,再见。"李子木见宁霞很坚决,只好悻悻而去。临走,他还看了梁云霄一眼。梁云霄看着李子木在宁霞面前吃瘪的样子,禁不住在心里笑。宁霞可不是一般的女孩,李子木要是拿骚扰姚子期的那一套来招惹宁霞,怕是要吃苦头。

宁霞在梁云霄的陪同下去见贺大年。贺大年一见是打败他、气倒他师父的黄毛丫头,心里很不舒服。宁霞见了贺大年,先鞠躬,后道歉道:"贺主任,上次多有得罪,我人年轻,技术上不懂的地方,您还得教教我。"贺大年虽然满心的不高兴,可想到自己算是长辈,人家那么鞠躬道歉,谦虚求教,自己再拿腔拿调也不合适,而且接下来两个班组还要聚在一起干活,自己更不能搞对立,于是他说:"两个泊位,两台桥吊机,你挑一台。"

宁霞说:"贺主任亲自用过的机器,我都放心,不过,您得给我们这边配两个副手,帮着我们熟悉一下机器。"贺大年正在想人选的时候,宁霞说:"要不,梁云霄算一个?"贺大年在心里笑了,但面上还是答应了:"这人可是你选的啊,用着不顺手,你跟我说,我给你换。"宁霞说:"不用了,您再派一个吧。"贺大年又派了一个徒弟。宁霞再次对着贺大年鞠躬道:"谢谢贺主任。"然后就带着梁云霄和另外一个技工出了操作部。

海山港集装箱码头,浊浪滔天。斯兰特公司两艘装满集装箱的货轮准时入港靠岸。宁霞带着她的四个龙门吊工人和两个桥吊工人走上了路桥。两个泊位,同样的货箱,这就是无形中的比赛。贺大年对自己的几个徒弟说:"当初在我们家门口,就是这个小丫头片子把留在我们海山港的桥吊奖杯拿走了。我不服气,你们也都不服气,今天机会来了,大家自己看着办。"海山港的技工们都憋着一股子劲,要跟宁霞的班组一决高下。宁霞却显得从容淡定,带着梁云霄这个"菜鸟"上了桥吊操作台。

狭窄的操作室内,宁霞拿出了一个激光测距仪,然后操作着操纵杆把吊具缓缓放下,用激光测距仪对着吊具和轮船箱体进行测距后,开始操作。梁云霄疑惑地问她说:"宁师傅,之前比赛的时候,我也没看到你拿着这些东西啊。"宁霞笑着说:"目测也可以,但还是没这个精准。"第一次和宁霞这个浑身上下都充满神秘感的漂亮女孩近距离坐在一起工作,梁云霄心里充满兴奋和好奇。

宁霞一边操作着操纵杆,一边说:"技术上的事,熟能生巧。那次是赛场,箱体、距离是规定死的,而目测是靠经验的,这点贺主任肯定比我厉害得多。"梁云霄看着靓丽的宁霞在塔台上娴熟操作着操纵杆,内心十分钦佩。

两万标箱货轮,宁霞组从早晨开始,到晚上八点不到就卸载完毕。贺大年不得不咂舌赞叹,自愧不如,他的组估计到明天还得花大半天的时间。

夜晚,梁云霄在招待所小餐厅请宁霞吃饭,他奇怪地看到宁霞拎了半瓶白酒。宁霞让梁云霄去叫亲自上了桥吊台的贺大年,梁云霄告诉她说:"贺主任这会儿顾不上吃饭,晚上估计也睡不着觉了。"宁霞一听就笑了。吃饭时,宁霞拿出那半瓶白酒,给自己和梁云霄各倒了半杯。梁云霄很奇怪地问宁霞说:"你能喝白酒?"宁霞的脸微微一红说:"在塔台上坐得太久,喝一点能活血,晚上能睡个好觉。"梁云霄觉得她说得很有道理。

宁霞举起杯子对梁云霄说:"谢谢你,那天从噬人鲨口中救了我。"梁云霄说:"这话应该我来说,是你救我在先,我先敬你。"宁霞嫣然一笑,说:"那我们彼此彼此。"说完就跟他碰杯,一口把半杯白酒干了,然后说:"吃饭。"梁云霄也干了那半杯,热辣辣的白酒下肚,浑身上下顿时滚烫起来。

席间,梁云霄向宁霞请教桥吊技术。宁霞没有给梁云霄讲技巧,却和他讲了自己过去的一件糗事。宁霞说:"其实我第一次开桥吊机的时候,也很恐高。他们都说我不是吃这碗饭的料,后来,我就去了宁州水上训练馆,练了几次十米跳台,就不恐高了。"梁云霄好奇地问:"这管用吗?"宁霞认真地说:"管用,当然管用。其实你就是对自己缺乏信心,每一个人面对危险,都有自我保护机制,谁也不是生下来就胆大的。"梁云霄觉得宁霞说得很有道理。

贺大年第二天中午才把整船的货物卸载完,他这次是真的服气了。姚江河把贺大年叫到办公室,跟他说:"事实胜于雄辩,你不服气也不行。码头一线的技术改革和管理机制,必须得向宁州港学习,货轮卸载、转运码垛,人家都是一气呵成的,这就大大节省了时间。"贺大年搞不明白,同样是这么多工人、设备,为何宁霞的效率就是比他们的高。姚江河给了贺大年一本《统筹学》的书,说道:"这本书你回去好好看看,管理也是一门科学,整个码头是一个系统,需要科学统筹,靠单打独斗是不行的。"

贺大年接过书,挠着脑袋说:"你知道我就是不爱看书,我看到书就脑壳疼。"姚江河说:"脑壳疼你也得看,港口一体化虽然喊了这么久都不见动静,但我估计这是必然的趋势。你千万不要觉得集装箱码头操作部是你的天下,未来当一个合格的港口蓝领工人都不容易,何况你还是个中层干部。"贺大年拿着那本书心事重重地离开了。

3

梁云霄端坐在五十米高的桥吊操作台上,目光盯着苍茫大海上的巨大货轮,操作着操纵杆,吊起了第一个集装箱标箱。箱体稳稳地叠放在整齐码放的货轮上,分毫不差。梁云霄突然想起了陈奎的那句话:"港口是大海的爷们儿,征服才是本性。"这一刻,梁云霄有了傲视一切的豪迈和骄傲。阳光刺破云层,照耀着沧海之上的巨轮,梁云霄向下俯瞰,大海在他的脚下,巨轮在他的脚下,他的目光从脚下的巨轮到远处的沧海,到更远处的苍山,他的心像是关在笼子里的飞鸟,待笼子门一下子打开后,直冲云霄,豁然开朗。

宁霞鼓掌向他表示祝贺。经过一个月的培训,梁云霄终于在宁霞的帮助下把第一个集装箱装上了斯兰特公司的大船。梁云霄面色酡红,紧张的心绪终于平静下来。梁云霄望着满脸笑容的宁霞说了一声:"谢谢你,师父。"听到梁云霄这个称呼,宁霞的脸上露出了一丝羞涩:"做师父我愧不敢当,我听说姚副总才是你的师父。"

可梁云霄觉得,宁霞才算是他在一线码头上真正意义上的师父。她不仅让他克服了对高空的恐惧,同时,也帮他完成了他认为自己不可能完成的一件事——成为一名合格的桥吊技工。

宁霞也很高兴看到梁云霄的进步和成长。短暂而快乐的一个月里,她跟梁云霄在这个不到三平方米的封闭空间里,聊了很多她之前没有思考过的事情。他们一起乘坐班车上班,然后就待在这间挪不动步的斗室里。黄昏的时候,他们偶尔也到大海边散散步。梁云霄话不太多,在女孩子面前有点憨厚,也很腼腆,有时候,宁霞会跟他开一些小玩笑,面对大方爽朗的宁霞,他还是一脸羞涩。虽然他不是个很健谈的人,但两个人却聊了很多,几乎无话不谈。

起初,两个人更多的是技术方面的交流。梁云霄说:"我琢磨了你的桥吊技术,之所以那么准确,是因为你对基准标箱进行了激光测距仪测距,实现了集装箱的精准对位。这样,即便后来你不再用激光测距,脑海里也形成了一个准确的对标。"宁霞笑了笑说:"到底是东海交大的高才生,一语中的。这种原始的办法虽然笨拙,但还是胜过人的视觉判断。"梁云霄继续说道:"我想,如果能在吊机上装上电子传感器,集装箱榫卯节点跟箱体能产生感应,那么是不是会更准确呢?"宁霞立刻用钦佩的目光看着梁云霄说:"你这个思路有点意思,继续说下去。"梁云霄说:"很感谢你的启发,是你的激光测距仪提醒了我,科学加技术,很能提高工作效率。"

后来,宁霞跟梁云霄说了家里的很多事,梁云霄也跟宁霞聊了自己的窘境。或许是因为命运相似,梁云霄和宁霞交谈并没有什么心理负担和心理障碍。令梁云霄疑惑的是,宁霞对苦难表现得十分乐观。宁霞说:"哭着过是一天,笑着过也是一天,为什么要哭着过呢?"宁霞乐观的态度显然感染了梁云霄。

宁霞的人生经历,也让梁云霄感到羞愧。她一个女孩子,从小就开始支撑家里,照顾残疾的父亲,带大年幼的妹妹,还成了港口一线工人里的佼佼者。他是一个大男人,却让母亲丁春草支撑着家中的一切。想到这里,梁云霄不由得对眼前这个阳光、靓丽的女孩子产生了更深的敬意和好感。

梁云霄与宁霞亲密的交往,让李子木顿生嫉妒。上次在宁海楼家和宁霞见过之后,李子木十分满意。宁霞虽然没有姚子期白皙,但看起来比姚子期身材更好,五官更立体,浑身散发着成熟女性的魅力。至于她家庭的情况,他暂时可以忽略不计,谈恋爱又不是要立刻结婚。只要宁海楼把他调到宁州,他凭借着家里和宁海楼的关系,很快就能在港口找到一个合适的位置。到时候,如果结婚的事谈不拢,那就算了,反正他也调到了宁州,况且男女恋爱,男人到什么时候都不吃亏。叔叔从宁州打来电话,告诉他宁霞现在就在海山港,要他把握住这个机会。宁家在宁州港算是数一数二的人家,宁海楼虽然只是港口集团的常务副总,但在港口的话语权不亚于董平。李子木也很清楚,宁海楼在这个位置上最多也就五六年的时间,所以这段时间对他来说十分重要。

李子木抽空就会买水果、牛奶、酸奶、话梅、饼干以及炒货之类的小零食来找宁霞,可每次都被宁霞拒绝了。宁霞说她从小就不喜欢吃零食,也没钱买零食吃,另外,她吃这些容易发胖,影响她高空作业。直觉告诉李子木,宁霞好像并不喜欢他。宁霞喜欢跟梁云霄待在一起,而且两个人似乎总有说不完的话。李子木内心的愤怒不禁升腾了起来,他想到了大学时他跟姚子期的事、在技术科梁云霄跟他竞争编制的事,以及和卢明在一起出他洋相的事,一桩桩,一件件,就像一根根刺,深深扎在了李子木的心上。梁云霄就是他李子木的噩梦,总是伴随在他的周围。

这天,李子木去找宁霞,正好碰上梁云霄在和宁霞商量货轮装载的事。每次装船,梁云霄总是先把船的构造、甲板面积、形状以及受力情况等诸多数据因素摸清楚,计算准确,再去找宁霞商量装载。李子木看到两个人在一张桌子上面对面、头对头的样子很是亲密,不禁醋意顿生,言语中就充满了讽刺和挖苦之意。李子木说:"一个学徒就干学徒该干的事,别整天摆着一副专家的样子,有事没事找女师父扯闲篇。"宁霞看出了李子木在吃醋,就和梁云霄商量,故意做出了亲昵的样子。李子木更是恼火,找到贺大年,要求立刻把梁云霄调整到他的班组里去,并一本正经地告诉贺大年说:"我说老贺,你得管管你那个徒弟梁云霄,这家伙最近又开始犯贱了,骚狐狸放臭屁,到处撩女孩。"

贺大年本来就不喜欢李子木这个小人得志、目无尊长的家伙,此刻见他这样说话,心里更是不舒服,于是就没好气地问李子木:"我说李工,你没有证据别胡乱放屁,我们小梁怎么就骚狐狸放臭屁撩女孩,他撩谁了?"李子木说:"从宁州来的宁霞,宁总的侄女。我和她相过亲,是我要订婚的女朋友。"贺大年一听他说得有鼻子有眼的,就私下里找到梁云霄,警告他说:"小子,我警告你,你千万别这山望着那山高。子期在国外上学读书,你就跟别的女孩子瞎胡闹。"听完贺大年的话,梁云霄哭笑不得,贺大年到现在为止还在误会他跟姚子期的关系,而且,此刻还误会了他跟宁霞之间的关系,梁云霄又不能明着跟他解释,这种事越解释就越说不清楚。不过,令梁云霄想不通的是,宁霞怎么突然间就成了李子木要订婚的女朋友了?

贺大年不再让梁云霄去宁霞那台机子,换了一个徒弟给宁霞。宁霞很不解,就去找贺大年。贺大年委婉地把事情的原委告诉了宁霞,宁霞一听,当时就急了,一句话立刻从嘴里脱口而出:"这是癞蛤蟆趴在脚面上,不咬人膈应死人!"贺大年把这话听岔了,以为宁霞说的癞蛤蟆是梁云霄,于是就把这话转给了梁云霄。梁云霄听了,心里也很懊恼。他觉得宁霞绝对不会这样说他,但见贺大年言之凿凿,也就不再去宁霞的那台机子了。宁霞更是恼火了,心道:该死的李子木,你这样恶心我,我也不惯着你。

斯兰特公司的大单终于如期完成了,宁海楼带了一船慰问品来到了海山港,宴请机关和码头的一线工人。招待所摆了三桌酒席,董平、宁海楼、姚江河、方平四个港口领导全部出席。宁海楼举杯对着海山港参与这次抢单的干部职工连声道谢,一口喝光了杯中酒。同时,他还当众宣布道:"凡是参与这次抢单的一线员工,除了加班补助之外,根据岗位不同补发五千到一万元的奖金。"众人听后,欢欣鼓舞。

酒过三巡,领导们因为还有会议,都先离席而去。方平临走把照顾大家的事交给了李子木。众人一走,李子木就成了大家敬酒的中心,李子木也乐于成为这个中心,因为宁州港的中心就是宁霞。李子木不停地给宁霞敬酒,言语中多是溜须拍马和暧昧。宁霞喝过酒后,一脸酡红,面色开始粉嫩起来。她看了一眼在一侧低头喝酒的梁云霄,梁云霄苦笑一下,仍低头喝酒。

偏偏这个时候,贺大年有些不明就里,他端着酒上前敬酒,用一个不合时宜的话题引爆了一场风波。贺大年说:"来,兄弟们,让我们举起杯,祝我们的小宁师傅和李技术员早结连理,爱情美满。"李子木很高兴地举起杯,正要往嘴边放,宁霞起身,横眉冷对地问了一声贺大年:"贺师傅,您说什么呢?您再说一遍,早结连理,我跟谁早结连理?爱情美满,我跟谁爱情美满?"贺大年一头雾水地看着李子木说:"李……李工……"宁霞杏眼圆睁,死死盯着李子木。众人的目光也瞬间聚焦到了李子木身上。

宁霞冷笑着问李子木:"你?"李子木知道事情不妙,慌忙解释说:"宁……宁师傅,我……"他话还没说完,只见宁霞端起酒杯,将满满一杯酒泼在了李子木脸上。众人一下子愣住了。宁霞怒声说道:"我早说过了,癞蛤蟆趴在脚面上,不咬人膈应死人。我只在我大伯家见过你一面,怎么就成了你的女朋友了,还是你要订婚的女朋友?你恶不恶心?从今以后,你不要给我打电话,也不要给我发短信,惹急了你姑奶奶,我大耳刮子扇你。"

李子木羞愧难当,恨不得找个地缝钻进去。众人一片哗然。宁霞对一边坐着的梁云霄说道:"小梁,走,你帮师父我把东西收拾一下,我要回宁州。你们海山港这些男人,我真是服了,比女人的嘴都烂!"宁霞说完,起身离去。梁云霄看了一眼贺大年和李子木,摇了摇头,跟着宁霞出门而去。

梁云霄把宁霞送到客运码头。宁霞在船舷边站定了,对他说:"小梁,我以为你跟别人不一样,现在看来,也没什么两样,那个混蛋的一句话,你就信了?枉费我一个多月的苦心。就这样吧,再见。"梁云霄苦笑一声,没再说话,他不喜欢解释。

宁霞见梁云霄没有解释,只是望着她,心里就明白了。

船开了,宁霞伸手冲梁云霄做了个标准下潜的动作,正是梁云霄很熟悉的一种深潜姿势。梁云霄对宁霞这样的邀约感到很新奇,想到这是独属于二人的默契,舒心地笑了。

4

宁霞回到家里,回味着跟梁云霄交往的一幕幕,心里便有了从未有过的甜蜜。梁云霄家里的情况,她也知道了个大概。这个年轻的男孩,跟她一样倔强,始终高昂着头颅,去迎接命运带来的一个又一个磨难。过去,她心疼自己,而此刻,她却有些心疼和牵挂梁云霄。在她无数次的梦境里,或者是闭目浮想中,总会出现这个被太阳晒得黝黑的名牌大学的高才生的模样,英俊、硬朗、帅气。这种帅气,不是堂哥那种白皙、洋气、文质彬彬的帅,而是一种深沉的、质朴的帅。冥冥之中,宁霞觉得这就是观音菩萨给她送来的那个人。他们几次在海底的相遇以及他们在海港的相处,都让她记忆犹新,她觉得自己是从心底里喜欢上了他。

最近几年,她接触过不少男孩,可是没有一个像梁云霄这样能走进她心里的,她喜欢他,这一点毫无疑问。她喜欢他的谈吐,他的学识,他的能力,他的憨厚和耿直,甚至连他偶尔遥望远方,脸上瞬间闪现出的忧伤,也能让她产生由衷的怜惜。宁霞不知道这种喜欢是不是爱,如果是,那么她不想错过这个男孩。最近一段时间,她每次回到家里,总会有些魂不守舍,她总觉得梁云霄就在她的身边。她似乎有很多没说完的话想对他说,有好几次,她差点就拨通了他的电话。而且合作捞海的钱,她确实赚了他不少差价,几次算下来,得有一万多块,她决定抽个时间,把这些钱还给他。

宁虹回来取补习费,看到了姐姐魂不守舍的样子。没娘的孩子没有安全感,也更敏感,她已经感受到了这段时间姐姐的变化,于是她问宁霞:"姐,你不会这么快就要嫁人了吧?"宁霞就掩饰说:"胡说什么,姐连男朋友都没有,嫁给谁?"宁虹说:"那就行,你要急着嫁人,早点告诉我,我不拦着你,高中我就不上了,我跟你一样上技校,早毕业,早工作,早点回来照顾爸。"宁霞打了宁虹一巴掌,说:"又在胡说八道!说吧,补习费得多少钱?"宁虹说:"两千一。"宁霞给了宁虹两千五百块钱,说道:"剩下的四百自己留着花,别省钱,姐有。"

宁虹其实早就打消了念港口技工学校的念头,她的成绩已经稳居年级前五十名了,这样的成绩上重点高中十拿九稳。不过为了确保万无一失,宁霞还是一直在给她报补习班。家里虽然困难,但在钱上宁霞从不委屈宁虹。女孩子从小要富养,这样才不会跟男人跑了。母亲贾玲跟那个希腊厨子跑了,不仅给宁家带来了莫大的屈辱,还彻底打垮了已经残疾了的父亲宁海魁。宁霞在痛恨贾玲和贾家人的同时,从小就暗自发誓,长大了要好好挣钱,要让父亲找回尊严,让妹妹过上好日子。

宁虹拿着钱要出门,却又转回来压低声音在宁霞耳边说:"姐,我刚才去大伯家拿爷爷的杯子,看见伯母正在跟上次给你说的那个相亲对象说话,伯母好像很生气。姐,你不会是要嫁给他吧?"

宁霞笑着说:"姐的眼光就这么差吗?大人的事,小孩子别打听,赶紧滚。"

宁虹这才满意地说:"我就说呢,癞蛤蟆想吃天鹅肉。"

宁虹出门,正好遇上了齐英。宁虹不喜欢这个伯母,没打招呼就急匆匆骑上自行车,一路飞奔着离开了。齐英心里本来就憋了一肚子火,就骂道:"死丫头,见了伯母也不知道打招呼,白疼你们了。"

齐英是来兴师问罪的。李科长带着李子木登门,把宁霞在海山港羞辱李子木的事添油加醋地说了。齐英很生气。一家有女百家求,不答应人家没关系,你别在大庭广众之下羞辱人家,闹得人家名声扫地啊。宁霞知道李子木在齐英家没说她好话,她也没向齐英解释。齐英这个人眼眶子高,看不起下面的人。当年,贾玲就跟她水火不容,宁霞从小和她也不亲。这些年齐英没帮小叔子家什么忙,宁霞毕业时原本可以去客运码头坐办公室,朝九晚五,还能照顾父亲宁海魁,可齐英坚决反对。她说,客运码头活儿是很清闲,可挣钱太少,宁霞一赌气就去货运码头做了桥吊工。

另外,还有一件事让宁霞耿耿于怀,那就是当初母亲贾玲和希腊厨子的事。最初,他们两人并没有私情,就是因为齐英带人捉奸,羞辱了贾玲,贾玲才一气之下破罐子破摔真去了希腊,贾玲其实是去希腊之后才和那个厨子好上的。

齐英来兴师问罪,宁霞没给她好脸色,把李子木在海山港四处造谣,说他是自己男朋友的事说了。齐英说:"那有什么不好,说明人家喜欢你,认可你。"宁霞一听,火冒三丈,说道:"我需要他认可吗?我认可他了吗?"齐英嗤之以鼻地说:"宁霞,你什么身份,家里什么情况,你不清楚吗?那个梁云霄是长得不错,条件也不错,可他家是落叶岛的,还背着那么多债。贫贱夫妻百事哀,我是不想让你走你妈的老路……"宁霞顿时怒火中烧,怒吼道:"你可别提我妈。她的事别人不能说,你更不能说。另外,我的事以前你没管过,现在和以后你也别再管了。你们都是上等人,门槛高,我够不上,也不想够。"

齐英差点被宁霞这话给气哭了,说道:"宁海楼要不是你大伯,我才懒得管你们家的破事呢。"宁霞顺口说道:"宁海楼是我大伯我认,可是伯母您要是再用这样的态度跟我说话,别怪我翻脸不认人。"齐英一边气呼呼地走出门,一边说:"我可真是贱啊,拿着热脸贴你的冷屁股。"宁霞冷笑道:"那您的脸还不够热,最好还是去贴别人的热屁股吧。"

宁海魁在里屋也听到了她们两个的争吵,见齐英已经离开,就劝宁霞说:"你伯母是长辈,你不该这样对她说话。"宁霞说:"什么长辈,唯恐天下不乱的长舌妇,我要不是看我大伯的面子,早大耳刮子扇她了。"

齐英一片好心,却被宁霞这样怒怼了,气呼呼地哭着回到家时,宁海楼正好从外面回来,她把一股气都撒到了他身上。宁海楼听清楚了事情的原委,气恼地对齐英说:"这事我在海山港也听说了个大概,那个李子木确实可气。这事莫说是宁霞,换作我,也早就一杯酒泼过去了。你什么人不好介绍,非得介绍他给宁霞?"

齐英见宁海楼也是这样的态度,就更气恼了:"你不是说那个李子木要调回宁州了,在海山港还要提副科长吗?我这是想帮你侄女,现在你竟然也这样说,好了,你们家的破事,我不管了。"宁海楼也来气了,说道:"我让你管了吗?老二家的事,这些年你管过什么?你添的乱还少吗?"宁海楼的话,差点没把齐英气晕过去。她气呼呼进了卧室,大声地哭起来。

宁海楼坐在了客厅沙发上,这件事他在海山港也听贺大年和姚江河说了,他本来就对当初跟方平走关系,给李子木定编的事很不舒服。现在,李子木又闹了这一出,确实不讨人喜欢。因为海山港项目组小艇的事,方平挨了徐正生的狠批。方平很恼火,多次打电话要求宁海楼尽快把李子木调到宁州去,可这会儿宁海楼实在不想要这个人。这个李子木就是个搅屎棍,一个单位里要是有了这样的人,确实让人头疼。

而这件事也透露了一个让他喜忧参半的消息：宁霞没看上李子木，她看上梁云霄了。说实话，梁云霄这孩子，聪慧、勤学、踏实、能干，宁海楼很喜欢。这样的人才，做部下他求贤若渴，可是要做宁霞未来的丈夫，他心里还是十分担忧。老二家条件本就不好，宁霞这些年来很辛苦，她所做的一切让他这个做大伯的很是心疼。梁云霄家境更差，到现在还背着那么多的债务，这样两个家庭的结合，就是雪上加霜。

宁海楼决定找时间和宁霞、梁云霄好好谈谈。如果他们是真的相爱了，他得想办法帮帮他们。很长一段时间里，宁海楼都在深深地检讨自己，这些年来，其实他在老二宁海魁的婚姻、家庭、事业上没帮上什么忙。宁海魁和贾玲婚姻的破裂，某种程度上跟他和齐英有很大关系。在老二残疾、贾玲和希腊厨子有了交往后，如果不是他死要面子、齐英尖酸刻薄，给了贾玲太多的外界压力，她和老二也不会走到这一步。

尤其是贾玲走后，宁霞只是一个孩子，就担负起了家庭的重担，他这个做伯父的也没有给予太多的帮助。宁海楼心里一直耿耿于怀，这种内疚和羞愧，在儿子宁嘉南离开之后更甚。同样是宁家的孩子，宁霞所经历的一切让他想起来就一阵心痛。他想在有生之年，为宁霞，也为老二这个家做点什么，来实现自己的救赎。

5

凤凰湾跨海大桥的海底打桩工程进展顺利。苍茫大海上，一根根桥桩耸立在风浪之中，桥桩从宁州的宁州湾、海山的凤凰湾两端向中间延伸，眼见着越来越靠近合龙线。日子就在潮涨潮落中流逝而去，梁云霄的肤色黑了不少，胳膊上黝黑明亮的腱子肉，彰显着成熟男性的力量感。此刻的梁云霄混在码头工人中，已经看不出当初的儒雅和稚嫩的学生气。他和贺大年、胡彪的那帮徒弟打成了一片，可论技术，却是鹤立鸡群。贺大年对梁云霄的成长很高兴，但嘴上还是让他赶紧回到机关去："你都毕业了，我得跟你师父和师爷说，让你赶紧滚蛋，不然我这个操作部主任早晚不保。"梁云霄笑了笑，说："我可没有要夺权的意思。"

九月的时候,梁云霄让梁宝拿回去十三万块钱。这些钱,除了贾山给他的两万和自己的四万块钱工资外,大部分都是他和宁霞一起合作在凤凰湾捞海捞出来的。梁云霄和宁霞已经是千家门渔港最出名的捞海人了。吴婶为了这两棵摇钱树不被别人抢了,每次都是给了顶格的价格。梁云霄跟着宁霞这个老板也算是发了财。某一天,宁霞把她从中间赚的差价给了他。梁云霄坚决不要,他知道宁霞家里也困难。宁霞坚持给了他,说:"你如果不拿着这些钱,你就单干吧。"梁云霄无奈,只好拿着了。

天气很快凉下来。再下水的时候,梁云霄就让宁霞留在船上看氧气瓶。梁云霄把深潜设备带来了,他仍然担负着凤凰湾海底数据的核对任务。宁霞也没再和他争,从宁州给他买了一套很薄的南极人牌保暖内衣,让他套在潜水衣里面用于保暖。天气变凉,海底的海鲜也少了起来,吴婶开的大排档客流量变少了,宁霞就把海鲜带到宁州的海鲜大酒楼去卖。去海鲜大酒楼吃饭的富人和外国人多,价格卖得并不低。不知不觉中,两个年轻人就这样交往得日益密切,虽没有捅破窗户纸,但明眼人都看得出来,两个人恋爱了。

省委领导视察凤凰湾大桥的施工情况,让钟立达、徐正生叫一个海山港的明白人来聊一聊大桥开通后,海山港的建设情况以及对未来港口一体化的看法。徐正生打电话给姚江河,要他带着梁云霄迅速到凤凰湾大桥建设指挥部来一趟,说是省委领导要听他汇报凤凰湾深水大港项目的情况以及对宁州、海山港口一体化的看法。姚江河觉得这事还是让方平汇报比较好,徐正生急了,说道:"姚江河同志,省委领导需要一个明白人来汇报,你要是还想把凤凰湾的项目进行下去,就别顾忌那么多,错失了这次机会,你会后悔的。"姚江河第一次听到徐正生在电话里叫他"同志",知道他是真着急了。姚江河就打电话叫梁云霄,向他说明了情况,并要他开船带着自己一起去凤凰湾。

小艇风驰电掣,破浪而行,凤凰湾综合小码头很快就到了。贾山在码头上接到了梁云霄和姚江河。贾山说:"二位赶紧去吧,省里的领导正在吃面条,说是等会儿还要去宁州,要一边吃饭一边聊工作。"姚江河看了一眼贾山,觉得他这是多嘴。贾山陪着二人去指挥部的活动板房见省委领导,一路上说个不停:

"到底是大领导,就是平易近人,晚饭就让我给他们下了一锅海鲜面条。"贾山一边说,一边看了姚江河一眼。梁云霄觉得他们两人以前肯定有过矛盾。

姚江河和梁云霄一起到板房的时候,省委领导、分管副省长、钟立达、徐正生四个人捞着面条,边吃边议论宁州港差点误单被罚的尴尬事。省委领导感叹道:"海山、宁州两港共用一条深水航道,坐拥长三角经济腹地,但港口各自为政,低价揽货,内耗不断,港口各自规划、管理、建设、运营,岸线资源很难统一配置。这样的体制不打破,我们东海就是端着金饭碗,也只能吃面条。"省委领导说着用筷子敲了一下碗。

看到姚江河带着梁云霄进来,省委领导就问他们两个:"吃饭了没?"姚江河微笑着说:"不着急,我们汇报完再说。"省委领导笑着说:"你不着急,小伙子的肚子着急,年轻人饿得快。我跟你们说,想当年我年轻的时候,这样的碗吃面条,我能吃三碗,熬不到半晌,就又饿了。"大家都笑了。梁云霄和姚江河也坐下来吃面条,几个人又在一起议论大桥通车以后港口一体化的事。

省委领导说:"港口一体化建设不能等到大桥开通后再来讨论。这可不是建一座桥、一条高速公路的问题,而是一个漫长的认识、思考、破解、融合的过程。过程长些并不可怕,实践可以检验一切、验证一切。但停滞不前是绝对不行的,而是要想在前面、走在前列、干在前头、勇立潮头,只有不断实践、不断完善,才能实现东海港口真正的大融合、大发展。"

吃完饭,姚江河重点汇报了凤凰湾深水码头群、超级堆场和物流仓储中心建设中存在的问题。省委领导一边听,一边不停地记,还时不时发问。省委领导对全球港口数据如数家珍,而且提出了面对未来长远的高标准发展的观点。他认为,要经略东海,就要谋全局,不能谋一隅。海山毕竟太小了,连岛工程正在建设,连港工程也要尽快实现,围绕海山这个群港之门,港口规划要把海山、宁州放到一个盘子里去。众人听完,不住地点头。

省委领导盯着梁云霄说:"小伙子,我要你们徐副市长找明白人,姚副总把你带来了,我想听听你的看法。"梁云霄有些紧张。他将一张地图慢慢展开,钉在了指挥部的白色记事板上。众人望去,是一幅新加坡现代化港口群的示意图。梁云霄说道:"各位领导请看,这是新加坡港口群,围绕马六甲海峡有新加坡、裕廊、普劳布科姆、森巴旺、丹章彭鲁五大港口。据我了解,这五大港口是彼此联动的,码头泊位、堆场、仓储、保税区、物流资源都是共享的,可以随时调剂。我概括为'五鲨围鲸',共享马六甲海峡这个巨物。纵观我们东海一线,也是战略海岸线,按理说,我们宁州、海山的战略腹地远比他们广阔,他们能,我们为什么不能?"省委领导点了点头,笑了:"'五鲨围鲸',这个比喻很贴切。我换个说法,五根手指攥成拳头,这个力量就大得多了。"

晚上,宁州港会议室大屏幕上,来自全球的数据正在计算机上生成。随着最后一组数据统计生成,宁海楼、董平等人发出一阵欢呼。宁州港港口货物吞吐量全国排名第四。宁海楼宣读了国家部委的表扬通令。众人彼此祝贺时,宁海楼接到了周晓乙的电话,周晓乙要宁海楼尽快到他办公室一趟。

秘书领着宁海楼进到周晓乙办公室时,周晓乙仍然靠在椅子上半眯着眼睛,似睡非睡地望着办公桌对面的他说:"老宁,两件事,一喜一忧,你先听哪个?"宁海楼说:"那就先听喜的吧。"周晓乙像是在梦呓,说道:"宁州以港兴城,以城助港,城市GDP突飞猛进,排名全省第二,宁州港发展已经进入快车道,成为亚洲港口名城未来可期。"宁海楼说:"这应该感谢周副市长,没有您的大力支持,这件喜事,很难实现。"

周晓乙哼了一声,扔给宁海楼两个文件,说道:"你再看看这个。"宁海楼拿起文件,红头文件的红色大字标题格外醒目,《关于东海港口一体化改革试行草案》映入眼帘。周晓乙说:"尽管我们对港口一体化的改革方案有所抵触,但文件还是落地了。知道这意味着什么吗?"宁海楼小心地问道:"您认为不能以我们为主?"周晓乙说:"我看很难,港口一体化改革的试点就从宁州和海山的两港合并开始,下个月,港口管委会就要挂牌成立了。到时候,省委领导会亲自参加。"宁海楼继续问道:"看这意思是省里要统一管理?"周晓乙说:"现在说不准,算是统一协调吧。"宁海楼说:"看来,港口一体化改革不是改不改的问题,而是怎么改,改到哪一步的问题了。"周晓乙仍半眯着眼睛,心情沉重地说:"那就看年底省委领导有没有变化,下一届领导的决心又有多大了。"

第三卷 | 飞天桥

哪怕从陆地抛来一根绳子,也是海山人千年的祈盼。
那座横跨东海之上的天上飞桥,却不再是神话。

第一章

1

这年冬天,宁州港和海山港发生了一件大事:宁州港不再是宁州港,而海山港也不再是海山港了。两家港口的名字都从官网上消失,统称"宁州—海山港"。省委领导亲自前往宁州为管委会揭牌,办公地点设在省交通运输厅。

一体化,是个什么样的一体化?布局、规划、投入、管理、运营、财务、税收……这些问题怎么归属,大家都在犯嘀咕。

周晓乙更是没想到这一天来得这么快。这就意味着,但凡有国家、省里的港口发展资金,就不会再由市里掌管了。宁州、海山的岸线资源、土地,市里也没有了自主权。至于港口项目的审批,市里也没有太多的主动权。

省委领导对这些地、市、港口领导微微一笑,语重心长地讲道:"港口兴,则城市兴;城市兴,则经济兴。大家要消除疑虑,打破行政体制区划限制。整合两港资源,是面向未来发展的必然趋势……"

省委领导缓了口气,继续说:"从今天起,宁州—海山港正式成立了。之所以在宁州和海山中间加一条小横线,是知道在落实两座港口统一规划、统一品牌、统一建设、统一管理等问题上,大家的思想还有待统一,真正实现融合还需要一段时间。但是我希望,这一条小横线要尽快缩短,直到彻底消失,港口真正实现一体化融合……"

梁云霄站在角落里,禁不住心潮澎湃。他的硕士论文就是关于东海深水大港建设的,这个课题他从本科就开始研究,一直未能转化成项目落地,直到昨天,凤凰湾这个计划拥有十万吨以上深水泊位的综合码头群项目才终于获得了省政府的审批,得以立项,怎能不让他百感交集?

梁云霄是来省城找罗子坤商量事情的,两个人忙活了几天,正好赶上揭牌仪式,罗子坤就顺便带着他来了。黄昏,梁云霄想在青藤茶餐厅宴请罗子坤,算是谢师宴。毕竟,如果不是罗子坤向学院申请,把梁云霄的全日制研究生转成了在职跟项目的研究生,梁云霄这书根本就没办法读下去。不过罗子坤没答应赴宴,而是把梁云霄带回了家里。

罗子坤住在大学简陋的专家宿舍楼里,三室一厅的旧楼房一楼,满屋子的书。进门有个两三平方米的小院,铁栅栏上爬满了常青藤。

两个人进门的时候,罗子坤的妻子何梅正在准备晚饭。何梅在省城艺术学院教中国画,书法和山水画造诣很高。她知道罗子坤有这么一个上得了桥吊塔、下得了深海的学生,今天却是第一次见,觉得跟自己想象中的样子有差距,就责怪罗子坤:"老罗,你总说人家小梁憨直得可爱,今天见了,人家这么帅气聪慧的一个小伙子,怎么就憨了?"

罗子坤笑着说:"说他憨直,是在夸他。"

何梅嗔怪道:"没见过你这么夸人的。"又夸梁云霄带来的海鲜新鲜。

梁云霄道:"师母喜欢吃,下次我多带些来,都是我自己下海捞的,很方便。"

何梅说道:"等大桥通车了,我带学生去你们海山写生,有机会。"

梁云霄顿觉窘迫,望着何梅道:"师母,实在对不起,是我来家里太少了。"

何梅说:"那你以后就常来。记住,再来,就不要带那么多海鲜了,我想吃,就去海山找你。好了,我不啰唆了,你们先去书房喝茶聊天,等饭好了,我叫你们。"

梁云霄跟罗子坤进了书房。罗子坤的书房很大,除了书就是画。闲暇时,罗子坤也画画,他的油画也很有功底,算是被海港和桥梁耽误的画家。最近一段时间,罗子坤迷上了书法,临摹上了魏碑。他铺好宣纸,一边琢磨写什么字,一边问梁云霄:"听说你拿了桥吊一级工的证书?"

梁云霄笑了笑,没有搭罗子坤的话茬。他不敢跟罗子坤说,桥吊一级工的工资跟集团副总的工资相差不大,他得挣钱。

"你还真别说,五十米高的桥吊塔,我还真没上去过。"罗子坤边运笔边道,"看到你能在海山港扎下根,我真的很高兴。有段时间,我也快坚持不下去了,那时我就想着,把你介绍到一家民营企业去挣钱算了。你看现在,张达辞职后买船搞近海航运,也赚了不少钱。"

梁云霄苦笑了一下,说道:"我没有经商的头脑,怕是只能吃技术这碗饭了。更何况,张达的路子也不可复制,他家里有钱,说买几条船,就买几条船。"

罗子坤笑了,说:"也是,各有各的命,各有各的道。"

罗子坤接着说姚子期和宁嘉南的情况。姚子期两天前刚跟罗子坤通过电话,说她正在攻读剑桥商学院国际航运金融的硕士学位。宁嘉南则不仅拿到了瑞典国际海事学院国际港口管理专业的硕士学位,还获得了攻读国际航运专业博士学位的资格。

这些消息,梁云霄也听姚子期说了。姚子期近期可能要到香港实习一段时间,至于是否留英继续深造,她还没想清楚。

罗子坤问梁云霄接下来有什么打算,梁云霄想都没想,顺口说道:"我也搞不明白我到底要干什么,我听老师的。"

罗子坤没有回答,只是运笔疾书,写完盖上私印,递给梁云霄:"拙作一幅,送给你吧。"

梁云霄一看,纸上是两行遒劲有力的魏碑行书:"长风破浪会有时,直挂云帆济沧海。"

他顿时明白了罗子坤的意思,手托着这张还在散发着墨香的宣纸,望着已经一头白发的罗子坤,眼含热泪,千言万语不知道从何说起。

罗子坤看着这个肤色变得黝黑,身材变得更加健硕,目光变得更加深沉,浑身上下稚气全脱的学生,也是感慨万千。他微微一笑,对梁云霄说:"什么话都别说了,走,喝酒去,一切都在酒里了。"

何梅把菜摆在了餐桌上,六菜一汤,其中四个海鲜都是梁云霄带来的。师生二人没有废话,端酒碰杯,一饮而尽。

三杯酒下肚,罗子坤的话就开始多起来。他长叹一声:"项目算是落地了,但是落在了宁州—海山港口管委会,我就怕将来宁州、海山再扯起来,会没完没了。所以,小梁你回去之后,要尽快协助姚江河、徐正生他们两个做好凤凰湾勘测以及清场的前期准备工作,我想宁州湾的项目可能也会同时上。宁州湾港口的设计是尼德做的,他们下手比较早,而且跟斯兰特公司合资的超级堆场和仓储物流中心的土地也已经确定了,时间上可能会占些优势。可不管怎么样,设计和规划不能操之过急,我们做的是百年大计,不是为了挣快钱。未来海山的综合大港一定是国际一流、世界第一的,明白吗?"

梁云霄点了点头,继而又摇了摇头,说:"老师,这事太大了,我就是个小人物,沧海一粟,沙丘一粒,能做些什么呢?"

罗子坤一愣,继而说:"是,在这场大战略大布局中,你我都是小人物,我们的力量如同巨浪上的孤桨,微不足道,但也绝不能随波逐流,无所作为,只要我们做了我们所能做的,就不会成为时代的逆流。"

梁云霄迷茫地点了点头,可也备感压力。

2

台风到来之前,天气预报说会有几天暴雨。果然,一阵狂风之后,大雨倾盆而下。凤凰湾沙鳖岛的潮水不断上涨,岛上几间用集装箱改造的铁皮房子在狂风中摇摇欲坠。铁皮房子里,梁云霄跟唐军正拿着脸盆接屋顶上的漏雨,避免屋内积水成河。

唐军是施工合作方央企港航建设集团公司深海炸礁队的副队长,整个夏天,他和梁云霄就住在大潮到来时只有几十平方米的沙鳖岛上。他们要在项目施工前,对凤凰湾一期工程的深海巷道进行最后一次勘测。

等图纸最终确定下来,报请港口管委会批准后,估计在秋天,凤凰湾一期工程项目就要开工了。这是姚江河、徐正生、罗子坤以及海山港干部职工多年以来的祈盼,也是东海海域东方大港时代的开启。梁云霄不敢懈怠,从管委会与央企港航建设集团公司签约开始,就对项目进行全程跟踪,设计图纸的每一个环节、每一个细节,他都不放过。

年初,在职研究生毕业还不到一年的梁云霄被任命为宁州—海山港口集团海山港基建科副科长和凤凰湾港口一期工程的项目经理。他的这一任职,在海山港掀起了轩然大波,首先反对的,就是常务副总姜总。

两港合并之后,方平和董平都去了港口管委会,担任钟立达的副手。这两人本来就是省厅下来的,再回去,理所当然。姜副总死盯着海山港一把手的位置,可是这次,他在海山市的关系没用了,钟立达用了姚江河,宁海楼、姚江河分别成为两港的当家人。

姜副总跟另外两个副总,以及几名班子成员坚决反对梁云霄的任命,理由是他太年轻,没有在机关任职的经历,主导这样的大项目会出问题。可姜副总没想到,姚江河没有再像过去那样一味隐忍,而是恢复了他早期到港口任职时的强硬手腕,宣布中层以上所有职位一律采用竞聘制,能者上,庸者下,刮起了一场人事改革的风暴。

钟立达亲临竞聘现场,全程监督,竞聘结果令姜副总那帮人大跌眼镜:梁云霄顺利竞争上岗,姜副总自己却连常务也没竞聘上,只能退而求其次,做分管设备的副总;另外两个年龄偏大的副总也没有竞聘成功,提前退至二线;省厅港务局下来的两个年轻干部接管了技术、操作、基建三项工作。姜副总很恼火,带人到省里告状,被钟立达痛骂了一顿。钟立达告诉他:"国企改革已经进入深水区,逆潮流者,最终只能沉没在海底。"

沙鳖岛距离贾山的潜钓场直线距离不到两千米。退潮时,岛屿挺大,很像一只大海龟;涨潮时,就剩下岛屿顶部,很像在水中遨游的鳖头。因岛的主要成分是粗质的花岗岩,故称沙鳖岛。

梁云霄听着屋顶噼里啪啦的声音,望着窗外巨浪滔天的大海和天海一片的暴雨,为宁霞担心。

暴风雨来临之前,梁云霄刚送走宁霞。这次宁霞到岛上来,主要是为梁云霄送淡水、食品和防蚊虫叮咬的药膏、蚊香,以及治疗感冒和腹泻的药品,顺便带走了百十斤野生鲍鱼和十几斤野生海参。

因为接下来会连续下几天的雨,给养船根本靠近不了海岛的简易小码头。

梁云霄将宁霞送到海边,怕风大浪高,小艇在海上会不安全,强烈要求跟宁霞一起回海山本岛,结果宁霞安慰他说:"要是浪太大,我就住在凤凰岛,明天坐大船回千家门渔港。"梁云霄就没再坚持。临走时,宁霞还在船上给他比了个"OK"的手势,满脸灿烂笑容。

风越刮越大,雨越下越大,浪越来越高。梁云霄心神不定地在屋子里徘徊,唐军安慰他:"宁霞是开着贾山的小艇来的,此刻应该在凤凰湾,不会在大海上的。"

梁云霄还是有些担心,连声埋怨宁霞不该在这样的天气到岛上来。同时,他也懊悔自己没能跟宁霞一起回海山本岛。

唐军知道梁云霄是心疼宁霞,就不再说话了。梁云霄给宁霞打了个电话,宁霞没有接。梁云霄猜测,宁霞此刻肯定还在大海上。梁云霄很清楚宁霞的性格,这样的浪根本阻止不了她去千家门,于是又给千家门大排档的吴婶打了个电话,吴婶说宁霞还没到,到了就给梁云霄回电话,可梁云霄的心神还是定不下来,不停地拨弄着手机,焦急地等着吴婶和宁霞的电话。

岛上的日子是寂寞的,除了不停关注潮汐,在图纸上修改标注数据,就是跟那些海底的动物打交道。梁云霄在水下勘测时,会顺手撬了这些海货,用细网养在海里,等宁霞来时,就把这些东西带走。唐军也加盟了他们的捞海队伍,成了宁老板的业余员工。

唐军是海山本岛人,个子不高,人却很健硕。也许是由于常年在水上作业,长得比较着急,三十岁出头的人长得像是四十几岁了。几年前,他娶了个离婚带女儿的宁州女子,结婚后一直住在岳父母家。据说他老丈人以前是电信公司的科长,两人婚后第二年,老丈人因经济问题出了事,想不开,喝醉酒投海没了。两年前,他老婆给他生了一对双胞胎,岳母顾不过来三个孩子,他老婆就做了全职太太。

唐军一人养家,日子过得紧巴巴的。因此,他那份,宁霞每次都会多给一些。唐军自是感激不尽,得知梁云霄有顾虑,喜欢宁霞却不敢表白,唐军不以为然道:"你不要想那么多,也不必那么认真。你父亲的那笔糊涂账,你家里能还多少就还多少,如果真还不上,法院也不能判给你,让你耗上几十年来还。父债子还这个道理虽然是老祖宗传下来的,亘古不变,可法律就是法律,你不是债权人,你的母亲虽然有这个义务,但她已经倾其所有,你们家已经没有法院可以执行的财产了。"

这个道理,梁云霄比唐军懂。这些年他研究了相关法律条文,也曾经想过放弃,可梁海生借款、贷款时都有担保人。当年上船的渔民,都是梁海生的担保人,这些人中,最可怜的是三嫂,死了丈夫,同样也替梁海生背着债。梁海生死了,村上这些人却都还活着。他们投下的钱已经没了,再让他们背债,确实冤枉。

唐军却说:"你更冤枉,谁能理解你的冤枉,理解宁霞的冤枉?"

宁霞每次来的时候,唐军都会开着船到海上去,让梁云霄和宁霞单独相处。宁霞要下水,唐军就会在船上守着氧气。唐军很羡慕这对苦命的神仙眷侣,不想打搅他们。

大雨还在下,梁云霄躺在床上,翻看着厚厚的记录本。

他还面临着一个最重要、最棘手的问题,那就是岛上渔民的搬迁以及房屋、土地的赔偿问题。而在这个问题上,有一颗最大最硬的钉子,就是宁霞的小舅贾山。

贾山的潜钓场、综合小码头、滩涂、岸线都是他的赌资。另外,海湾建大港的话题炒了很多年,把海湾渔民这些年来对拆迁和搬迁的期望炒得越来越高,这件事弄不好,会成为项目推进的最大障碍。

罗子坤给梁云霄打来电话,告诉他一个消息:年底,那位省委领导可能要调任更重要的岗位了。领导班子的调整,会不会影响项目的进展,怕是要打个问号了。

3

黄昏时,吴婶打来电话,说宁霞到了千家门渔港。等换了宁霞接听,梁云霄就开始责怪:"你不要命了,那么大的浪,开个小艇在浪尖上跑。你再这样,我宣布,我们散伙,我不干了。"

宁霞知道梁云霄是担心自己,嘻嘻笑着,也不发脾气。她刚洗完澡,边擦头发边道:"对不起,是我不对。我向你保证,以后我绝对不会再这样了。你别生气了,好不好? 好不好嘛?"

听着宁霞在电话里冲他撒娇,梁云霄的心一下子就软了下来,但依然嘴硬:"以后你这个老板就别当了,你就做个会计、做个销售,怎么生产,怎么出货,我来安排。你也太不拿命当回事了。"

宁霞继续妥协:"好好好,梁老板,我听你的,以后我什么都听你的,好了吧?"

梁云霄说:"行了,赶紧让吴婶给你弄碗姜汤,别感冒了。今天就别回宁州了,到我宿舍去睡一觉,明天浪小的时候再走,听见了吗?"

"听到了,婆婆妈妈的。这是吴婶的手机,要电话费的。"

"那就等你到了家里,我们再打电话。"

宁霞突然惊讶地说道:"哎呀,我的手机可能进水了,不能打了。"

梁云霄说:"我宿舍里有固定电话。哦,对了,后天就是你的生日了,我抽屉里最下面有个盒子,是我为你准备的生日礼物,原本想回去亲手送给你的,可是遇到了这样的天气,我得守在岛上记录海潮的数据,你要是喜欢,就自己拿走吧,提前祝你生日快乐。"

宁霞问:"什么礼物?"

梁云霄说:"打开你就知道了,反正这会儿用得上的。"

挂了电话,宁霞见外面的雨下得小了些,就骑着吴婶的电动摩托车去了海山港梁云霄的住处。梁云霄提了副科长之后,分了一套一居室的单人宿舍。宁霞穿着粉红色的雨披,行驶在海山港港区中心道上,俨然是雨中的一道风景。李子木打着雨伞下班回宿舍,正好在小区门口看到了宁霞的背影。只见宁霞把电动摩托车停在一楼的楼梯间,上了二楼的宿舍。

李子木在姚江河没有推行人事改革之前是技术科的副科长,跟卢明竞争科长失利后,就改任助理工程师了。他的宿舍在对面楼的三楼,等他朝这边望过来时,宁霞刚在地垫下找出钥匙,打开了梁云霄宿舍的门。一瞬间,李子木的心情跌落到了谷底。

宁霞的羞辱,让他成了海山港口机关的笑话。他没想到,这个自以为高贵得像公主一样的宁霞,竟然成了梁云霄的女朋友。羞怒、嫉妒、愤恨顿时涌上了心头,一个恶作剧般的邪恶念头顺势在李子木的脑海里形成。他戴上口罩和墨镜,拿着雨伞,转身下了楼,朝着厂区门外的公共电话亭走了过去。

天色暗下来,外面的雷声和雨声仍然不断。宁霞转了一圈,大致看了看梁云霄的宿舍布局:客厅里摆着一套桌椅、一张破沙发和一个破茶几,陈旧,但干净利落。对面墙上挂着一幅装裱好的书法作品,落款是罗子坤。卧室里有一张床、一个书橱,书橱里整齐码放着各类书籍。一张电脑桌上放着一台破旧的电脑,电脑旁边摆着一个小镜框,是梁云霄高中时跟母亲丁春草的合影。

宁霞简单收拾了一下床。床上其实很整洁,棉布格子床单,一床军用被子已经洗得发白了,但仍然很干净。在宁霞的印象里,梁云霄其实就是这么个干净的男孩子。哪怕是跟人交往,也时刻注意着边界感和规则感。宁霞很喜欢这样清爽的男人,她不喜欢那种黏黏糊糊、没有分寸的男人。

宁霞拉开抽屉,发现里面有机关食堂的饭票,用皮筋扎着,放在最边上。除此之外,还有一个系着彩带、包装精美的小盒子,宁霞知道这就是梁云霄所说的礼物。

这些年,宁霞很少过生日,也很少提起,梁云霄却记得,从两人一起做捞海人开始,每年他都会送上礼物。上一次,梁云霄送了宁霞一块机械小坤表,淡紫色的,很漂亮,这次不知道是什么。宁霞将盒子打开,没想到里面居然是一部三星滑盖手机。

宁霞早就想换手机了,上次卖完小海鲜,她在附近的电子商场看了很久,看上了这款漂亮的小手机,可它却价格不菲,要三千多块钱。她忍了忍,就没买,没想到,梁云霄会给她买这样昂贵的手机。

不知不觉,夜色已深,门外响起急促的敲门声。宁霞放下手机,起身去开门,门口却站着一名警察,带着两名辅警和几个海山港保卫科的人。他们都穿着雨衣,拿着手电,一脸严肃。

带队的警察个子不太高,很精干。他打量了一下宁霞和屋内的环境,就问:

"你这是什么情况?"

宁霞一脸疑惑:"什么什么情况?我没听懂。"

警察继续问:"你跟这间房子的主人是什么关系?"

宁霞说:"朋友关系。今天风大浪高,我回不了宁州,在这借宿,不可以吗?"

警察到卧室里看了一眼,见屋子里很规整,但抽屉却开着,一个崭新的手机放在电脑桌上,警觉地问:"你跟你这个朋友已经亲密到可以翻他抽屉的地步了吗?"

宁霞没有掩饰地说:"是,他打电话告诉我可以,这部手机是他送给我的生日礼物。"

保卫科副科长孙顺冷笑了一声,说:"怕不是他送的,而是你自己来拿的吧?"

宁霞顿时恼了,她觉得这帮人是把她当成入室盗窃的小偷了,立刻怒目圆睁,对孙顺说道:"你什么意思?你怀疑我是来偷东西的?"

孙顺刚要说话,警察拦住了他。警察委婉地说道:"姑娘,能看看你的身份证吗?"

宁霞拿过包找身份证,却突然想起,这次出门走得急,身份证忘在了家里。她在包里没有翻到身份证,却露出了吴婶刚给她结的现金,厚厚的一沓,共计两万一千四百元。

大量现金让孙顺心中的疑惑更深,他说道:"张警官,还跟她说什么?人赃并获她还狡辩,扣了吧。"

宁霞顿时怒火中烧,说道:"什么叫人赃并获?你嘴巴放干净点儿。"

警察再次阻拦了孙顺,问宁霞:"怎么证明你的身份?"

宁霞有些慌。虽然这些年的独立生活培养了她处变不惊的心理素质,可她从来没有见过这样的阵仗,脑子顿时一片空白。

屋外已经聚集了不少看热闹的人,宁霞用眼睛一瞟,立刻就在人群中看到了想躲避却躲避不及的李子木。

孙顺见宁霞拿不出身份证,还有些慌乱,立刻对警察说:"张警官,这个屋子的主人是我们基建科的梁副科长,他人在沙鳌岛项目工地上,这女的出现在这里,显然不正常。你看,她包里不仅有这么多现金,房里还有一部手机,我们抓人吧。"

警察看了一下宁霞,宁霞的目光顿时落在了固定电话上。她走到固定电话旁边,按下免提,拨通了梁云霄的手机。

梁云霄正在等宁霞的电话,所以电话很快就接通了。宁霞把这边的情况仔仔细细地说给梁云霄听,梁云霄强压着怒火说:"你把电话给警察同志吧。"

宁霞看了一眼警察和孙顺,说道:"你说吧,我按了免提。"

电话那端传来了梁云霄的声音:"警察同志好,感谢你们深夜出警,保卫平安。我是202室的户主梁云霄,我家里的这个女孩,是我的女朋友宁霞。你们听好了,我们是真正的男女朋友关系,是要结婚的那种关系,也就是说,她是这间屋子的女主人。你们听明白了吗?"

梁云霄的声音很大,宁霞听完,一股幸福的暖流瞬间流入她的心窝。其他人听完也傻了,躲在人群中的李子木顿时像泄了气的皮球,沮丧地离开了人群,朝着自己的住处走去。

梁云霄在电话里接着说道:"后天是她的生日,可我在孤岛上检测风浪的数据,不能陪她。今天既然你们都来了,那就让我当众祝福她。亲爱的,那部手机就是我送你的生日礼物,提前祝你生日快乐。"

孙顺很清楚梁云霄的性格,心里有些发毛,忙道:"梁副科长,这几天港区宿舍不断有人丢东西,我们也是接到报警电话,说你不在,却看到你们家进人了,才来你家里看看的,没想到是你女朋友。对不住,实在是对不住。"

梁云霄压住怒火说:"那就谢谢你们了。"

孙顺连声说道:"不谢,不谢,不客气。"

梁云霄接着道:"孙副科长,我跟你客气什么?既然你在,那就麻烦你想办法把那个报警的好心人找出来,回去我一定好好谢谢他,也谢谢你。"

孙顺说:"好,好,好,我查查。"又不好意思地对宁霞说:"对不起,小宁,我们也是为梁副科长的财产安全考虑。"

警察看了一眼孙顺:"以后了解清楚了再报警。"说完带着辅警离开了,临走还向宁霞敬了个礼:"不好意思,打扰你了!"

众人离开之后,宁霞拿起了听筒,梁云霄安抚她说:"对不起,宁霞,吓着你了吧?是我的错,不该让你一个人回海山本岛。明天你别走,等浪小些,我就赶回来,你等着我。"

宁霞点了点头,说道:"嗯,我不走,我就做这里的女主人。"

暴雨倾盆,梁云霄浑身颤抖,潸然泪下。

4

翌日中午,雨停了,梁云霄趁着退潮的时机返回了海山港。

出租车进港区停在了宿舍楼门口,宁霞听到汽车的引擎声,迫不及待地打开窗户,看到梁云霄正飞奔向二楼的宿舍。宁霞打开门,梁云霄朝她张开双臂,她跳到梁云霄身上,纤长有力的双臂瞬间就搂住了梁云霄的脖子,梁云霄也回搂住她柔软的腰肢。

两个人的唇就这样紧紧地贴在了一起,他们不再掩饰,不再犹豫不决,各自都在心底重新界定他们之间的关系,甚至忘记了那扇原本不太结实的、陈旧的门此刻还敞开着。

阴霾的天空已经微微放晴,太阳透过云层的间隙刺破苍穹,璀璨的光芒照耀着两个年轻火热的身体,这一刻是这么辉煌。

"等等。"宁霞羞涩地说,"门还没关。"

"不。"梁云霄根本不理会这些,他的声音低沉而暗哑,像是忍耐了太久,"就现在。"

后来的事情,顺理成章地发生在这张简陋、简朴而整洁的床上。粉紫色的被罩、粉紫色的床单,还有粉紫色的枕头套。就在这个上午,宁霞已经为即将到来的一切做好了准备。从今天起,她就是这间小屋子的女主人了。他们赤裸着身体在这张床上翻江倒海,已经等不到天黑下来了,时间、空间,一切的一切已经跟他们之间的欢爱没关系了。她爱他,他也爱她,这就够了。

她闭着眼睛,像是在惊涛骇浪之下。他也闭着眼睛,像是在惊涛骇浪之上。她无限度地张开身体迎合着他,他听到她微微的呻吟,这声音像是在他的心尖荡漾。他把她抱得更紧,更加深入她的身体。她剧烈的心脏跳动撞击着他的肋骨,呼吸声越来越急促。他的意识开始混沌,只能感受到她身体的温暖和柔软。

她的血液像是在血管里歌唱、沸腾,然后在一声莺啼般悠长的呼唤中散如浪花。而他也在一瞬间用双手抱住了她的头颅,拼命地吮吸着她鲜嫩薄透的嘴唇……

终于,一切恢复了平静。她温顺地躺在他的怀里,两个人都没有动,闭着眼睛回味从正午到现在发生的一切。爱情,是那么的美好。

天色暗下来,可能已经是黄昏,或者是夜晚。时间对他们来说不算漫长,而是太过短暂了。宁霞用一双乌黑的大眼望着梁云霄,梁云霄第一次感觉到她的睫毛很长,也很茂密,在那之下的眼睛干净得如两汪深不可测的湖水。

"我爱你。"宁霞再次主动吻上梁云霄,"我们在一起吧。"

"我也爱你。"梁云霄再次抱紧了宁霞,"我们已经在一起了。"

"永远。"

"对,永远。"

宁霞躺在梁云霄的臂弯里,枕着他的胳膊,贴着他的胸膛,听着他的心跳睡着了。梁云霄就这么静静地看着她,看着她那张立体的、俏丽的、略带粉红的脸出神。

这是个他够得着、抱得住的女子。她不嫌弃他的贫穷和困顿,他更不在乎她日后所要面对的困难。只要他们相爱,一切都不是问题,他准备过段时间就去找宁海楼说明自己跟宁霞的关系。不论是娶她,还是做上门女婿,都无所谓。

宁霞此刻安静地睡着,身体无限放松,每个毛孔都散发着幸福的气息。她终于可以这样安静地睡觉了,二十几年内心漂泊、孤立无助的她,此刻像是终于找到了可以停泊的港湾。

不知过了多久,宁霞醒了,看到梁云霄凝望自己,有些羞涩地把脸埋到梁云霄怀里,说:"你不要这样看着人家。"

梁云霄扳正了她:"我就要这样一辈子看着。我的爱人,就是这样美。"

"以后有的是时间。我去给你做点吃的,你一定饿坏了。"宁霞说着准备起身,梁云霄又把她拉到了自己怀里。

宁霞推开他:"别闹了,你先睡会儿,我去做饭。"

两碗海鲜面,配两只鲍鱼、两只虾、四个荷包蛋。

两个人开始在昏暗的灯光下吃面,梁云霄边吃边望着宁霞粉嫩的脸。宁霞的脸上再次露出羞涩:"别再看了,赶紧吃面,不然就坨了。"她把自己碗里的荷包蛋和鲍鱼夹给梁云霄,"你多吃些。"

两人吃饭时,屋子的门是开着的。对面三楼走廊上,一个人影晃了一下,梁云霄和宁霞都看见了,那个人就是李子木。宁霞给梁云霄透露了一个信息:"昨天晚上,我看见李子木也在围观的人群里,警察问我的身份,他明明是知道的,可他晃了一下,人就不见了。"

梁云霄想了想,说道:"我在想,怎么你一进我的屋子,就有警察上门了。"

他本打算吃完饭去保卫科找孙顺问问情况,但宁霞觉得跟小人计较没意思,他也就作罢了,只是跟宁霞说了自己的打算:先去宁州见宁海楼,然后托师父姚江河去宁家提亲,就是做上门女婿,他也不在乎。

宁霞听了,脸上露出一点羞涩,抱着梁云霄的脸狠狠亲了一下,说道:"我们不在乎这一时半会儿,等些日子吧。大桥很快就通了,我听说,到时候宁州到海山也就四十几分钟,这些问题就都不存在了。"

梁云霄再次亲吻宁霞,这时,宁霞的新手机响起来了。

电话是宁虹打来的,说爷爷宁五洲问她什么时候回去。

宁霞说道:"明天浪小一些就回去。"

宁虹压低声音说:"姐,听爷爷跟爸爸说,有人看见你在海山跟男朋友住在一起了。姐,你不会真的要嫁到海山去吧?"

宁霞立刻就皱起了眉头:"什么人,嘴巴怎么这么碎。你告诉他们,别听人胡说八道。我在海山处理些事,明天风浪小些,我就回家。"

宁霞挂了宁虹的电话,梁云霄问宁霞:"你没事吧?"

宁霞一笑,说道:"你说的还真没错,还真就是那人在使坏。"

梁云霄说:"你在家里等着,看我怎么收拾他。"

宁霞劝梁云霄:"我说过了,别让他坏了我们的心情。"

梁云霄却说:"坏人遭殃倒霉,好人才会有好心情。亲爱的,你开着门,就站在这走廊上看,看我怎么让坏人不高兴。"

宁霞担心梁云霄做傻事,就拉着他说:"亲爱的,你别跟他动粗,不值得。"

梁云霄拎着一条从沙鳖岛上带回来的大咸鱼和一个铝盆下了楼,回头对宁霞说:"我不揍他,我要表扬他、宣传他、学习他。"

梁云霄的身影很快就出现在对面那栋楼的三楼。随着咣咣咣的铝盆敲击声,两栋楼里单身的年轻人都被叫了出来。梁云霄拉着李子木站在三楼的走廊上,当众对李子木表达谢意,并郑重其事地把那条开始发臭的咸鱼挂在了李子木的脖子上,道:"尊敬的李技术员,我梁云霄是个知恩必报的人。今天,我感谢你,感谢你关心邻居,感谢你爱做好人好事。一条咸鱼,不成敬意,难表我的感激之情。诸位,你们这儿有宣传科的,有保卫科的,有工会的,有党办的,还有机关各单位的年轻干部,我觉得我们大家都应该大力宣传一下我们的李技术员,宣传他品德高尚,宣传他助人为乐,带着警察敲我的门,确认我女朋友的身份,调查我们的关系,保护我的财产。"

机关和一线的单身干部大部分对李子木都有意见,而且也都知道昨晚的事情,于是开始起哄。

有的说:"对,应该奖励。小梁,你得再奖励他一桶虾酱,这样才更够味。"

有的说:"你看,这点我就不如李技术员。小梁,昨晚我也看见你家灯亮了,我咋就没他这觉悟呢?"

还有的说:"人家李技术员那是关心同事,品德高尚呗。"

李子木像是被当众脱光了衣服,挣扎着想回屋,但他的胳膊却被梁云霄那只有力的大手死死地攥着。李子木羞愧难当,又挣脱不得,脸涨得通红。

对面二楼走廊上,宁霞咯咯笑了起来。她从小没有母亲,父亲还是个瘫子,受尽了别人的冷眼和欺负。所以,她更喜欢率真、有担当的男人。于是,她不再掩饰什么,双手围在嘴边,冲对面的梁云霄喊道:"行了,亲爱的,你该感谢的都感谢了,赶紧回来吧,别耽误大家休息。"

梁云霄听后便对李子木鞠了一躬,大声说道:"师兄,我谢谢你,以后请继续关心我,爱护我!"说完转身下了楼。

众人皆说,上次李子木因为被宁霞泼酒怒骂,在海山港臭了大半年。此事一出,他又得接着臭半年。

5

清晨,姚江河刚到办公室,就听秘书小钱讲了这两晚发生在港口单身宿舍的事。姚江河从不听八卦,这次却听得很认真。梁云霄跟宁霞的事他虽然有些耳闻,但得到证实后,还是有些意外。他让小钱给梁云霄打个电话,让他来一趟,说是要跟他商量项目拆迁的事,然后就走到一张规划图前,开始沉思。

梁云霄和宁霞在海山客运码头登船前,给分管基建的副总江涛打了电话,说要去送女朋友。

江涛刚从省厅港务局下面的港航设计院来到海山港任职,是个学术型的年轻干部,三十二三岁的样子。他说:"如果姚总没特别安排,就快去快回。"

船刚到,钱秘书的电话就到了。宁霞安慰梁云霄:"还是工作要紧,这件事,我们从长计议。"

梁云霄担心宁霞回到家里会挨骂,宁霞笑着说:"那个家里我说了算。"

梁云霄说:"越是这样,越得跟你爷爷和爸爸好好说。另外,还有宁虹,那小丫头,我见过她,不好对付的。"

宁霞说道:"小丫头是有些难对付,正在青春期,叛逆着呢。"

船要开了,梁云霄跟宁霞抱在了一起,两个人都有些不舍。宁霞亲了梁云霄一下,转身进了船舱。梁云霄在码头上站了很久,船开远了都没动。这几天就像一场梦,此刻,梁云霄是多么渴望这个梦永远不要醒来。

梁云霄进姚江河办公室的时候,姜副总正好出门。他跟姜副总打了个招呼,姜副总却没理他。梁云霄觉得,李子木肯定又来告状了。

梁云霄进门后,就等着姚江河骂他。姚江河王者归来,脾气大得很,过去隐忍、儒雅的形象,在人们的印象里像是被抹掉了,他成了杀伐果断、言出必行的强硬派。奇怪的是,姚江河并没有骂梁云霄,而是站在规划图前跟他讲项目的事。

凤凰湾深水大港项目一期工程开始筹备了,主巷道要直接连接国际重要巷道。一条航道进港,四个十万吨综合码头泊位一字排开。姚江河把梁云霄叫到办公室商量,是要求给二期工程留足余地。二期工程深水港,很有可能是十五万吨,甚至二十万吨大船的泊位。

姚江河提出的这个要求,梁云霄丝毫没有感到意外,因为姚江河的目光总能看得更远。

梁云霄对凤凰湾海上、海下的情况闭着眼睛都能讲出来,他告诉姚江河,二期工程,棋盘岛的巷道清理,可能难度更大一些。那里水下面的情况更复杂,礁石遍布,怪石嶙峋,而且岩石的质地较之沙鳖岛更硬,水也更深,频繁的水下爆破也会影响巷道力学结构。

梁云霄讲得很专业,但也通俗易懂。二期工程情况讨论告一段落,姚江河又换了个主题。他这次把梁云霄叫来,最核心的问题,还是拆迁。

梁云霄简要把情况说了。凤凰岛上仅就户籍上算的原住民并不算太多,三个自然渔村,三十几户人家,可牵扯的利益相关方却不少。毕竟,那里是天然的人工养殖渔场和海鲜养殖基地。而凤凰岛本岛虽然离航道距离远一些,但那里是未来建设超级堆场、仓储中心和物流中心的地方。尤其是跨海大桥通车以后,这里一定是陆海交通的枢纽。根据计划,这些人必须都得迁走。梁云霄一家一家地去谈,大部分人家根据拆迁补偿标准谈妥了条件,眼下,最大的障碍是贾家的潜钓场和综合小码头。

梁云霄说到这里,姚江河皱着眉头问道:"这个贾山,你很熟悉?"

该来的还是来了。梁云霄没回避他跟贾山的关系,就把当初如何去潜钓场做陪练,后来如何和贾山插草为香结拜兄弟,以及后来小码头的事一五一十地都说了。姚江河听后,眉头拧成了一个"川"字。他一脸严肃地问:"除了你业余为他打工的事之外,你们之间没有什么经济往来吧?"

梁云霄摇摇头说:"凤凰村那个小综合码头改造设计的图纸是我做的,哦,就是现在跨海大桥指挥部进料的那个小码头。那个小码头,村里原先都有的,是他们区分管副区长亲自批的改造项目。"

姚江河继续问道:"你拿钱了吗?"

梁云霄的心一下子沉了下来，说道："贾山给了我两万块钱。他本来要给十万的，我只拿了两万。"

姚江河长叹一声："你啊……"他想骂梁云霄，但话到嘴边又咽了下去，从抽屉里拿出一张卡，"小梁，听我的，这里面有三十万元，是我这些年的积蓄，你暂时拿去还债。其中的两万元，你必须尽快还给贾山。"

梁云霄摇摇头："不，我不能拿您的钱。"

姚江河一脸严肃地说道："这钱，算你借的。你要想在港口有所作为，这种事情必须杜绝。我可以明确地告诉你，这事你解决不了，项目不能交给你。"

梁云霄点了点头，没敢看姚江河，说道："我现在有些钱，可以先还给他。"

姚江河把银行卡推给梁云霄："心里没鬼，才能理直气壮。"

梁云霄拿起那张银行卡，心里有一股暖流在激荡，他瞬间哽咽了，流着眼泪点了点头。

姚江河叹了口气，又说："至于那个贾山，拆迁和补偿都是有标准的，只要他的要求合理，我会酌情安排。港口那么大的项目在建设，只要他能干事，想干事，在不违规的情况下，我们可以优先考虑他。拆迁涉及民生，老百姓不容易，你是渔民的儿子，好好跟人家说话。"

梁云霄长出一口气，说："是，师父。"

姚江河继续告诉梁云霄："徐副市长的秘书大刘到凤凰湾所在区任分管副区长了。政府该做的事，你让他去做，凡事有个缓冲，总是好的。"

梁云霄感激地看着姚江河："谢谢师父。"

他拿着银行卡起身准备离开，姚江河又叫住了他："你跟那个宁霞，你想好了？"

梁云霄点了点头。

姚江河想了想说："宁霞倒是个好姑娘，漂亮，能干，我也很喜欢。可过日子光喜欢没用，你得好好想想。经济上，你帮不了她，她也帮不了你。"

梁云霄目光坚定地说："师父，我想好了，我们能把日子过好。"

姚江河说："那行，我跟宁海楼商量了，你们两个的事情，我去跟宁家说。"

梁云霄没想到，他还没说出口的事，姚江河已经帮他想到了。又一阵感动袭来,梁云霄无法自抑,深深地朝着姚江河鞠了一躬。

什么都不用说了,师徒如父子,姚江河就像一个严厉却慈爱的父亲。这样的父爱,他在梁海生那里没有感受过。梁海生除了打骂,从来没有这样推心置腹地跟他谈过。

6

阴雨和大风正在酝酿着台风的到来,梁云霄决定这段时间先跟贾山聊聊,顺便探一下他的口风。

这个时候见贾山,梁云霄的心情是复杂的。贾山既是他插草为香、三跪九叩结义的大哥,又是宁霞的舅舅。眼下,两个人还是拆迁谈判的敌对方。

对于拆迁赔偿,梁云霄预想,贾山的期望值肯定高得离谱,这个红了眼的赌徒肯定会狮子大张口,恨不得把拆迁款这个大饼一口吞下去。

梁云霄先去天桥集团找了张达,就在海天大厦的最高层。张达的生意真的做大了,天桥集团乘着跨海大桥的东风,靠着建材、航运两大主营业务,日进斗金。

大桥建设是国资控股,大批民营资本入资,张达拿到了建材的供货、运输权,综合小码头和货场的事都交给了贾山。最近,两个人的矛盾很大,一批价值几百万元的钢材经贾山的手出了货,货款却还没给北方钢铁集团,弄得张达很被动。可是,张达还得在凤凰岛做事,又不能跟贾山翻脸,一肚子火气都堵在了嗓子眼里。他说:"我真后悔当初没有听你的,跟那个滚刀肉合伙干了这个生意,现在是大象掉进水井里,出不来,下不去,难受啊。"

梁云霄对张达跟贾山的矛盾略知一二。张达通过贾山拿下大桥供料和运输订单后,就想一个人做。可贾山也是个有野心的人,不仅上了船,而且跟北方钢铁集团也取得了联系,找到了供货渠道。两个人为了分这块大蛋糕,争得厉害,但面上还是在合作。

想到这里,梁云霄只得安慰张达:"行了,二哥,你也正是因为有了这次合作,才有了凤凰湾大桥项目这么大的生意,跟大哥合作,你也不亏啊。"

张达苦笑:"我也只能这么想了。"

张达是生意人,一切合作追求利益最大化,只想自己的,不想别人的。在梁云霄看来,不管他生意做多大,这样也不会长远。因此,听了张达的话,梁云霄顿时觉得他跟贾山半斤八两,有时候甚至还不如贾山。最起码,贾山面子上还算仗义,他赚一百块钱,能分给兄弟三十块钱。而张达不同,他想吃掉贾山,自己独吞。梁云霄暗自庆幸,当初没有辞职跟着张达干。张达这个人野心更大,钱挣得越多,心里就越容不得别人。

张达对项目方给出的一千八百万元补偿款很悲观:"你的那位贾大哥,最低的心理预期是三千万元。没有三千万元,他的一揽子项目你谈不下来。眼下大桥主体工程还没有竣工,还有后来的路面,那个大料场一天的租金就是七万元,更不用说综合小码头了,那就是贾山的摇钱树。另外,这里面的道道太多。区里的关系他要去维护,他跟凤凰村村委会主任贾贵以及村委会有约定,补偿款要交一半到村委会。这里面,还有几个村委会委员的暗股,补得太少,根本堵不住贾山的窟窿。而且,贾山最近又上了两艘三万吨的货轮,小码头货场也已经抵押给了银行。拆迁办跟贾山谈判,贾山拿不到足额的补偿款,银行都不会同意。"

梁云霄听了这些情况,脑袋嗡的一下就大了,这才想到,徐正生为什么会安排分管副区长之位,派自己的秘书大刘来这里任职了。

梁云霄刚从海天大厦出来,就预感到贾山快要打来电话了。张达从他这里探完口风,一定会打电话给贾山。果然,人就是经不起念叨,刚上出租车,贾山的电话就来了,约梁云霄去千家门渔港吃海鲜。梁云霄没再推辞:"大哥,要吃海鲜,你得吃你弟弟刚从海底捞上来的。我请你吃吴婶小海鲜,我先让她蒸上,你这会儿就往那儿赶。酒你也别带了,我从我师爷那儿拿了二十年的状元红。今天我有很重要的事要跟你说。"

贾山听了,心花怒放。梁云霄担任凤凰湾一期工程的项目经理之后,他打了很多次电话,梁云霄要么不接,要么就说太忙。直接去沙鳖岛堵人,梁云霄也不是下了海底,就是去了海上,拆迁补偿的事,一个字都没给他透露过。

贾山心里也很清楚,梁云霄之所以不见自己,原因大概有两点:一是自己没弄清补偿的标准和底线;二是被自己要的补偿金数额给吓住了。

黄昏,海山本岛华灯初上,梁云霄搭乘出租车去了千家门渔港。

这两年,海山本岛发展很快。徐正生接手市政、交通之后,公共基础设施建设一日千里。徐正生主导的岛城点亮工程更见成效,夜幕降临,海岛灯火璀璨。

为了解决供电问题,本岛周围的小岛上建了三家火电厂。海山是大型煤炭和铁矿石堆场的聚集地,不缺煤,不缺矿,就不该缺电,更不该缺钢铁。电力供应充足,也带动了造船、建筑、机械等工业的发展。海山本岛一天天好起来了,沧海一粟变成了夜色中的明珠。这个变化,让海山人信心倍增。看到了光明,就意味着黑夜要退却了。

贾山来的时候带了一个二十岁左右的女孩,叫金子萱。贾山说是他的秘书,梁云霄一看就知道,是他新交的女朋友,据说是宁州海洋学院大专毕业,宁州本地人,学的是航运金融专业,说白了,也就是个会计。大二实习时她就跟着贾山了,算是跟贾山时间最长的女孩。

金子萱人很聪明,跟了贾山之后,就把名字里的"萱"字给去了,出门直接介绍自己叫金子。贾山很喜欢她的这股伶俐劲,生意人身边跟着"金子",说出去多喜庆。几次之后,贾山就发现金子不仅会说话,酒量也大,渐渐地,在生活和生意上有点离不开她了。

梁云霄让吴婶烧了六道菜,红烧鲍鱼、葱爆海参、清蒸石斑、韭菜墨鱼、辣炒花蛤,还有一盆蓝花蟹糯米粥,算是野生海鲜的高配,外加一坛状元红二十年陈酿,用姜丝煮了。

酒菜齐备,金子给两人斟了酒,三个人就吃起来了。梁云霄和贾山东拉西扯,都刻意避开了主题。酒过三巡,吃了些饭菜,金子给梁云霄敬酒时说道:"梁哥,我早就听山哥说起您,说您是他掏心窝子的兄弟。今天金子敬您一杯,希望您以后别跟山哥生分了。山哥说,您要是跟他生分了,这辈子,他就再也没有兄弟了。"

金子话说得情真意切,眼睛里瞬间还有了晶莹的泪水,真可谓梨花带雨,楚楚动人。梁云霄把杯里的酒一饮而尽,金子也把酒喝完了。继而,她再次把二人的酒斟满了,继续说道:"梁哥,山哥最近摊子铺得太大了,遇到的难事多,压力也特别大,顿顿吃不好,夜夜睡不着。这世上,花他钱的人很多,为他出主意的却没几个。山哥说,遇到难事也只有您能帮他……"

贾山听了,故作不高兴地说:"你闭嘴。一个小丫头片子懂什么,我跟我兄弟拜把子的时候,你还没上大学呢。行了,喝了这碗酒,你先逛街去吧,花多少钱记得开票。我跟我兄弟说知心话,你别在这里碍事。"

金子看了一眼贾山,哼了一声,说:"死要面子活受罪。这话,我也就跟梁哥说说,别人,我懒得跟他们啰唆。行了,不碍你眼了。梁哥,我先走一步,山哥交给你了。"

金子碰完酒,一饮而尽,扭着身子就走了。梁云霄看着她的背影,知道这是两个人唱双簧,她是在为贾山接下来谈正题做铺垫,于是就笑着调侃贾山:"看金子姑娘这样子,有当大嫂的意思啊。你还真别说,这小大嫂有点意思。大哥,我得祝贺你啊。"

贾山嗤之以鼻,说道:"才当了几天炮架子,谱就摆上了。这女人,你就不能给她好脸,给好脸就蹬鼻子上脸。"

梁云霄笑了笑,没说话。他觉得这个金子不简单,贾山对她是真的上心了。

酒足饭饱,贾山要换个地方聊天。梁云霄笑着说:"大哥,这件事,你换的那种地方不适合聊,而且以后,那种地方我怕是不会再去了。我们就在这个地方说吧。"

贾山很奇怪:"不就是拆迁补偿款的事吗?"

梁云霄笑着说:"大哥,我今天请您来,还真不是跟您说这事的。我要说的是,从今以后,我就不能再叫您大哥了。"

贾山心里一紧,以为梁云霄要跟他摊牌了,慌忙问道:"什么严重的事,让咱们连兄弟也做不成了?"

梁云霄犹豫片刻,继续说道:"可能我过不了多久就得叫您舅舅了,亲舅舅。"

贾山顿时明白了,梁云霄跟外甥女宁霞是真的恋爱了。

最近,他虽然对梁云霄和宁霞的事有所耳闻,但觉得可信度不高。梁云霄是研究生毕业,海山港的翘楚,宁霞在宁州干得再好,也只不过是个普通工人。更何况,宁家还有个瘫痪的病人和一个正花钱的学生。要命的是,宁霞只招上门女婿,梁云霄这样的条件,家里虽然有些债务,可凭着他的头脑和才干,离开海山港单干,不出两年,都能抹平。

贾山还是不相信梁云霄跟宁霞能成,他也不希望两个人成。梁云霄要是成了宁家的上门女婿,他这么多年在梁云霄身上下的赌注就没用了。这些年,他跟宁霞关系不好,而且有点怕这个外甥女。他们两个人要是结了婚,宁霞是不会让梁云霄帮他的。但此刻,他不能泼梁云霄的冷水。

贾山笑着说:"那有什么,你俩要真成了,咱们各论各的。"

梁云霄说道:"那可不成,您是宁霞的亲舅舅,这样论,是会乱套的。"

贾山说:"那我管不着,反正我那个外甥女也没把我这个舅舅放在眼里,见面从来都是喊我的名字。这事就先搁着,你们现在还没结婚,将来结不结还不一定,我们现在只论兄弟。"

梁云霄还想说什么,贾山制止了他:"说实话,我还真不反对你们在一起,毕竟郎才女貌,神仙眷侣。可话说回来,我的弟啊,你跟宁家结亲戚,我心里还真不敢恭维。他们宁家人眼眶子都太高,人也太鸡贼,能把人逼疯。"

梁云霄笑了,知道贾山仍然在为过去的事耿耿于怀。

梁云霄一直不提拆迁补偿的事,贾山却憋不住了:"兄弟,拆迁标准下来没有?我那一块,你们怎么考虑的?"

梁云霄摇摇头:"大哥,这事我还真不太清楚。不过我听说你们区里专门成立了拆迁办公室,是分管副区长亲自挂帅,他最近可能要跟你谈。"

贾山说:"谁跟我谈我不管,反正你是项目经理,真金白银从你那儿出,哥知道你不会坑哥。"

梁云霄苦笑着说:"哥,你知道,我也就是个办事的,手上没什么权力。"

贾山一笑:"你没权力,你师父姚江河有。他是海山港一把手,我听说还一言九鼎,没人敢说个'不'字。你给我透个底,他能给多少?"

梁云霄说:"那也不是他说给多少就能给多少的,都是按照标准算的。我按照标准给你算了一下,估计也就千把万吧。"

贾山一下子就站起来了，愤然说道："千把万？他还不如说一分不给算了。我的综合小码头、货场、料场、潜钓场的投资、地租，以及那么大一片海域，他就给我这么点钱，他也能说出口！"

梁云霄苦笑着说："政府可不是斯兰特，可以满嘴跑火车，能拿出这么多钱补偿，已经很不容易了。我听我师父说，他会尽可能为渔民多争取补偿金，可至于多少，我就不能确定了。"

贾山说："那你转告他，这事他就别想了。小梁，我也不怕你说哥哥跟你反目。反正我不同意，我那儿的一根草，谁都动不了。"

贾山起身就要离开，梁云霄知道他在气头上，也没拦，只坐在座位上一动不动，对着贾山的背影说了一句："你不想听我把话说完，那我后面的话就烂在肚子里，这辈子都不跟你说了。"

刚走到门口的贾山听完这句话，愣了一会儿，又转身回来了。

梁云霄这次没给贾山好脸色，说道："你走呗，话不投机半句多。我也不怕你跟我割袍断义，做不成兄弟。其实这兄弟，早晚都做不成，等我跟宁霞结了婚，你就是舅舅了，这个大哥自然也就不存在了。当然，你也可以因为拆迁的事跟我成为敌人……那我们就公事公办，该怎么样就怎么样。你不让动工，那是政府要解决的事，我去找副区长大刘，也是我的好哥们儿。他是找银行跟你谈也好，带着警察跟你谈也好，那是你们的事，跟我半毛钱关系都没有。"

贾山见梁云霄有些翻脸了，心里就很虚，叹口气，坐下来，用期待的眼神看着梁云霄，说道："小梁，哥刚才听你说的数，脑袋一下子就蒙了，情绪就控制不住，你别怪哥。哥外面欠的债太多了，这些钱还完人情，给村里分一分，就没有了啊。哥知道你主意多，也知道你不会亏待哥，你那后面的话是什么，你说吧，哥愿意听。"

梁云霄看了贾山一眼，缓和了语气，说道："当初我帮你改造综合小码头项目，赌的是它能帮你挣钱，而不是让你回过头来多向海山港要赔偿款。你应该也记得，当初我也劝过你，深水大港是国家项目，土地和岸线资源是国家的，就不可能像斯兰特公司那样补偿你太多钱。当时，你没有听。接下来也只是我的建议，你能不能听进去随便，听完后，你想怎么做，自己做决定。"

贾山说:"你说,你说,我听,我听,我一定听。"

梁云霄从手提包里掏出两万元现金,推给贾山:"大哥,在我给你提建议之前,你先把上次给我的这两万块钱收回去。至于你说的股份,可能在你心里从来也就没有过,所以,今后也不要再提了。"

贾山一脸疑惑地说道:"兄弟,你这是干什么?没有你的图纸,就没有我这个日进斗金的小码头,这都是你该得的,股份也是我愿意给的,你要不信,我现在就可以跟你立个合同。"

梁云霄觉得贾山误解了他的意思,继续说:"我要你的股份干什么?我当时就说过,我帮你,不图这个。"

贾山说:"可你现在急着用钱还债。这钱天知地知,你知我知,你我不说,没人知道。"

梁云霄指着自己胸口,十分认真地说道:"可我心知。你要是不收回这两万块钱,我就不能做这个项目经理,而且今后在这个项目上,我也帮不了你了。"

梁云霄话说得十分严肃,贾山知道,他是认真的,可还是没动桌子上的钱。给出去的钱,就如同吐出去的口水,自己不可能再从地上舔上来,更何况这钱确实是梁云霄该得的。据张达说,当时请别人弄张图纸得大几十万元,后来的设备安装、料场、堆场的规划,梁云霄也是帮了忙的。

梁云霄把钱拿起来塞进了贾山的皮包里,然后又坐回到贾山面前。贾山拿出一支烟点燃,狠狠地抽了一口。很显然,他对梁云霄这个做法有些生气。他错认为,梁云霄是要跟他撇清关系,在拆迁补偿一事上跟他公事公办了。

就在上个月,分管副区长也退给了他十几万块钱,告诉他说,当初给他批了村里的综合码头,完全是为了凤凰村的民生考虑,没有任何个人想法。村委会主任昨晚也找到了他,说上面最近要到村里蹲点,认真核查跟他项目合作的事,要他嘴巴一定要严起来,上面要问,只说村里那部分,至于他口头胡乱承诺给村委会成员个人的股份,是根本就没有的事。

贾山知道,上面对凤凰湾深水大港项目太看重了,市里这回是要动真格的了。这会儿,贾山心里也特没底,他去找了海山港的姜副总,姜副总告诉他,这事他没有任何对策,姚江河就是个滴水不进的人,看他能不能从梁云霄这里打开个缺口了。贾山知道姜副总这人跟梁云霄和姚江河都不对付,就没再跟他探讨下去,弄不好,还会被人当枪使。

梁云霄说道:"大哥,我知道你喜欢赌。可你赌的不是自己的运气,而是政策,是国运。你的潜钓场赌拆迁赌了这么多年,如果不是大桥开始动工,你的综合小码头、料场、堆场、建材市场也不会让你赚钱,赚大钱。这个,你承认不承认?"

贾山点了点头,梁云霄继续说道:"这次项目拆迁,作为项目经理,我最头疼的就是你的那些东西。你的底细我越清楚,给你的补偿,我心里就越没底。项目部把千把万元给你,对你来说,确实不多。我还可以跟我师父说,在不违背原则的情况下,向管委会为你多争取一点。可我估计,就是我跟我师父把骨头都砸断了,给你的补偿款也不会超过一千五百万元。我也知道,这个跟你的期望值相比,刚刚过半。可我师父说了,如果你能带这个头,让项目顺利落地,他不会亏待你,更不会亏待凤凰湾的每一个渔民。"

贾山一脸苦相,接过话茬,为难地说道:"小梁你也知道,这事牵扯的人太多,区里、镇里、村里。哥还要继续在这里做事为人,不能像张达那样过河拆桥,我……"

梁云霄知道他想说要处理各种关系,兑现各种承诺,于是就打消了他的疑虑,说道:"这个你也不需要过于担心,政府层面已经开始布局了,区里分管这块的副区长已经被拿下,这会儿可能已经进去了。我不知道你们之间是不是有经济往来,如果仅仅是口头承诺的股份,你可能没事,如果牵扯行贿受贿,那就麻烦了。另外,凤凰村村委会近期会改选,刘副区长会亲自到村里主持工作,那些想从中牟利的人很快也可能被清理,你只核对你的成本,合理诉求提出来就行了。你记住,该是村里集体的、村民个人的,赔偿你必须落实。北方钢铁集团的货款你都敢挪,可这笔钱,你千万不能挪用,必须让村里的老百姓都得到实惠才行。"

贾山抽完一根烟,接着又点上一根。梁云霄说的话句句属实,也句句在理。只是,他对这么多的补偿款还是不满意,他的心理期望值的确就是三千万元。有了这三千万元,他就能再造三艘船,这样就可以跟张达抗衡了。看着张达把那么多原本属于他的钱挣走,他确实心有不甘。

吴婶沏了一壶茶端进来,梁云霄给贾山倒了一杯,然后拿出笔记本推到贾山面前:"大哥,我给你算了一笔账。这样算下来,你不仅不会亏,净剩五百万元都有。当然,可能你会说,你要还银行的贷款,还要还亲戚朋友的借款,可我听说你最近已经上了四艘船了,还准备再买两艘旧船,对吧?银行的贷款可以继续用船做抵押。"

贾山一脸苦笑,无奈地指着梁云霄道:"你怎么都知道?你可……你可太会算计了,比宁州人还会算计。"

梁云霄笑了,说道:"搞不明白,我能跟你谈吗?"

贾山说道:"补偿款的事暂时就这么说吧,哥希望你能帮哥理理哥下面要做的事。"

梁云霄喝了一口茶:"既然你问到了,那我就问你,你敢不敢再赌一把?"

贾山一听来了兴致,起身凑向梁云霄,问道:"赌什么?"

梁云霄说道:"国运你赌准了,接下来,赌海山港的港运。"

贾山一脸疑惑:"海山港的港运?"

梁云霄说:"说是赌港运,其实赌的还是国运。凤凰湾港口建成之后,这里会是国际航线最繁忙的港口。大桥贯通之后,这里会是长三角最前沿的物流枢纽。这也是我不希望你在拆迁问题上和海山港成为敌人的原因,你是我见过的目光最长远的商人,在这点上,你比张达要强。我断言,这一步,你要赌对了,张达不是你的对手。"

贾山眼前一亮,继而暗淡下来,说道:"可眼下,我得活下去才行。"

梁云霄笑了笑,说:"打不死的贾山比蟑螂都顽强,你不仅能活下去,而且会活得很好。你想想,你以前有什么?除了欠账,还是欠账。可现在你有几条船,还有几百万元资金。是,凤凰湾大桥的建材和运输,张达抢了你的风头,可谁敢保证海山八个十万吨以上超级码头的建材和运输还是他的?谁能保证未来长三角江河联运的散货也是他的?我的话只能点到为止,你回去想想吧,小舅。"

梁云霄最后用"小舅"这个称谓,取代了"大哥"。尽管贾山对梁云霄最后一番话很受用,但这个称谓听着还是十分别扭。他起身对梁云霄说:"你密密麻麻说得太多,我得消化一阵子。另外,你这个小舅叫得早了些,还是先叫大哥吧。"

梁云霄也起身走出了吴婶的海鲜大排档。千家门渔港的夜潮提前到来了,他走在汹涌澎湃的海边,也觉得跟贾山说的话有些多了。他不知道贾山是不是能够听进去,但有一点他可以肯定,一个崭新的时代就要开始了。

第二章

1

钟立达从省城赶到宁州,听取宁州湾、凤凰湾两个深水大港项目的汇报。台风即将到来,连续阴雨绵绵的天气,让人感到整个世界都被云层和迷雾包裹着,情绪很压抑。

港口一体化改革实施快一年了,项目推进还是有些缓慢。当初推动这项工作的省委领导调往海都任要职了,一体化改革虽然仍在进行,但情况不容乐观。当初省委领导的预感是准确的,钟立达也很快发现了:两座城市、两个港口的一体化管理和融合,太难。这就好比拉郎配,两个原本独立的个体,成了家就必须面对柴米油盐酱醋茶。

海山百废待兴,资金缺口就像个大漏斗,有多少都能吞进去。而宁州正在推进现代化工业港城建设,大批炼化、炼钢、火电等重工业设施也在不断入驻。这样的企业对专属码头的需求也在不断增加。海山没钱,宁州没地,千头万绪的工作堆积到了港口管理委员会案头,四处都是难题。

但令钟立达欣慰的是,宁州和海山的领导班子思想转变得都很快。尤其是宁州方面党委、政府思想也很统一:时代所需,大势所趋,彼此理解,相互支持。不同的声音当然也有,毕竟是两个地区,城市要建设,经济要发展,民生要兼顾,一个地区的当家人,各自都要关注自己的一亩三分地。同在仕途,这一点,钟立达也理解。

天空仍然下着雨,宁州分管副市长周晓乙亲自到火车站接钟立达。周晓乙的现代港城计划受挫,十分郁闷。他觉得,宁州、海山港两港合并后,宁州在建设大海港、大通道,发展大物流上并没有提升速度,相反,建设深水大港和与之相配套的物流港、仓储港的速度还放慢了,尤其是跟斯兰特公司的合资项目,因为岸线资源管控,进展缓慢。

周晓乙一见到钟立达,就开始发表自己的观点:"谋全局,应该先谋一域,集中财力、人力、物力,把宁州港打造成亚洲乃至全球的大港,然后再谈一体化的问题。要真正实现一体化,需要一个漫长的过程,而全球海洋经济发展一日千里,宁州必须分秒必争,东海也必须分秒必争。"

钟立达认为周晓乙说的不无道理,可站在长远、战略的位置上,还是要他把目光看得更远一些。宁州的岸线资源十分珍贵,城市的发展,不要总把眼睛盯在港口上。宁州港每年为宁州贡献的GDP也就十几个亿,但宁州—海山港口群建成之后,拉升整个区域经济的增长却远远不止这些。眼下,宁州看起来是吃了些亏,可长远来看,这点牺牲是值得的。

路上,钟立达给徐正生、姚江河打了电话,要他们尽快赶到宁州碰头。台风很快就要到来了,季风过后,海山港凤凰湾一期工程要尽快开工。

姚江河、徐正生带着梁云霄是下午到的。海面上风浪太大,船靠不了客运码头,他们来到宁州港口招待所的时候,天已经快黑了,匆匆吃了几口晚饭,就赶到会议室开会。姚江河、梁云霄汇报了凤凰湾一期工程的设计、技术和筹备情况。梁云霄对项目的汇报很详细,最终,问题还是聚焦到了资金上。这次,管委会统筹到的配套资金不到施工预算的三分之一,徐正生从海山市财政预算中配套了一部分,但资金缺口还差一半。最近,姚江河又从香港找到了安全的战略合资方,香港李氏集团决定投资用于国际航运船只停用的两个专属深水码头。

资金不成问题,项目自然顺理成章。宁州湾的深水大港项目比较复杂,中间牵扯了石化、炼化、炼钢、化工等诸多专属码头建设,海湾的综合码头还要考虑斯兰特公司超级堆场、仓储和物流中心的建设,整个港口群在规划和设计上就麻烦得多。设计师是瑞典国际海事学院的尼德教授。这个项目他早就开始着手做了,但变化太多,一切都还停留在图纸修改上。

钟立达决定海山凤凰湾港口项目尽快上马,宁海楼表示没有异议。海山港在斯兰特订单上帮了忙,投桃报李这事还得做。

钟立达要海山方面盯紧香港李氏集团的资金,不要产生什么变故。姚江河微笑着说:"目前就香港方面反馈过来的信息,应该没有太大问题。凤凰湾跨海大桥的开工,对海山招商引资的利好影响比较大,资本好像比过去对海山有信心了。"

资本流向海山的苗头早在年初时就已经出现了,这一点,宁海楼深有体会。斯兰特现在也开始彷徨和观望了,他似乎对离开海山转投宁州有些后悔了,于是,在很多细节谈判以及资金进入上总是有着这样或那样的问题。当然,斯兰特也回头去找过姚江河以及徐正生。姚江河拿李氏集团跟斯兰特公司的资本做了比较,认为香港的资本还是相对安全些。斯兰特很懊恼,可世界上最难吃的就是后悔药。

周晓乙见木已成舟,也做了顺水人情。他表示,坚决拥护港口管委会的决定,如果海山港香港方面的资金有问题,宁州港可以筹借一些给他们——周晓乙之所以这么大方,是因为徐正生和姚江河顶住了斯兰特公司的利诱,断了斯兰特想吃回头草的念想。

钟立达见双方都没什么意见,事情就这样定了下来。他很高兴,邀请两市、两港的领导吃饭。可这顿饭,姚江河跟宁海楼都请了假。徐正生在钟立达耳边悄声说道:"两个儿女亲家要商量私事。"

钟立达就笑了,说:"好,这个假,我准。"

海山港跟香港李氏集团的投资合作,离不开姚子期的牵线搭桥。姚子期跟着导师汉斯在香港国际航运投资公司实习。汉斯不仅是这家跨国航运金融公司的实际控股人,还是欧亚国际航运联盟的发起人之一。另外,他还是苏淑琴的硕士同门。

跨海大桥开工后,国际资本开始关注海山群岛的商机。姚子期在汉斯组织的一次论坛上,详细介绍了海山港凤凰湾项目的详细情况。她对港口建设的专业分析和资本运营的预判,打动了几家国际港运公司,其中就有李氏集团。李氏集团拥有亚洲最大的航运船队和国际港口的专属码头,急需在东海有自己的专属码头和超级堆场。起初,他们想全额投资,但海山方面只能给两个专属码头,而且不负责运营。经过几轮谈判,最终达成了投资协议。

这个情况,钟立达是清楚的。他还是希望能把姚子期弄回来,这样的专业人才,宁州—海山港太缺了。宁海楼的儿子更有出息,在读尼德教授的博士。现在梁云霄已经开始在海山挑大梁了,姚子期要是回来了,港口的事业将如虎添翼。

姚江河和宁海楼请假,并非为了姚子期和宁嘉南。姚江河要宁海楼陪他去见宁五洲和宁海魁,他要为梁云霄和宁霞提亲保媒。梁云霄跟宁霞在一起,宁海楼没有意见,他担心的是老爷子会提出让梁云霄上门。宁州的条件显然要比海山强,更何况,老二家里离不开宁霞。老二生活仅仅能自理,宁虹还在上学,宁霞嫁到海山,显然不大可能。梁云霄在海山港负责凤凰湾那么大一个项目,入赘到宁州来,似乎也不大可能。因此一路上,宁海楼跟姚江河都在商量要如何跟宁五洲和宁海魁说。

姚江河说道:"最快一年,最迟一年半,跨海大桥就修好了,宁州到海山也就四十几分钟,白天去海山上班,晚上回宁州,也耽误不了什么事。搁在过去,这事我觉得也不靠谱,这会儿,就不是个事。"

姚江河登门为梁云霄提亲,按照宁州的规矩,礼物、礼金带得很齐备。礼物是贺大年和胡彪带着徒弟送来的,算是男方的家人。

姚江河要带徒弟来提亲的事,宁海楼昨天夜里就跟宁五洲和宁海魁说了。梁云霄在宁州实习时,还有那次全省港口技工大赛,宁五洲都见过他。这个孩子论长相、论才识,包括在港口系统的发展势头都无可挑剔,比齐英以前介绍的那个李子木强了不止一星半点,宁五洲和宁海魁都很满意。

不过宁霞还没来得及跟宁虹说提亲的事。宁虹中考考得不错,录取通知书已经发下来了,是令人羡慕的宁州海洋中学,也就是宁嘉南读的那所省重点中学。那天宁霞回来,宁虹就拿着她的新手机爱不释手。宁霞曾承诺过她,等她考上重点中学,就奖励她一部新手机。宁霞知道宁虹想要个手机,可这手机意义特殊,是梁云霄送给她的生日礼物,她无论如何都不能送给宁虹。

接到录取通知书的第二天,宁虹就到港口生活区的大超市做了收银员,因为她想自己挣钱买智能手机。宁霞原本不同意,要她提前预习高中的课本,但宁虹不以为然,她觉得自己能跟上。超市的收银员三班倒,宁虹却一连上了三个班,午饭和晚饭都是吃超市提供的简易盒饭。这样一天能挣九十元,一个月就是两千七百元。

因为宁海魁腿脚不方便,酒宴是在宁家老屋举办的。宁海楼请了机关食堂的厨子做了一大桌子菜,七八个人坐在院子里喝酒、吃饭、聊天。话题离不开梁云霄、宁霞的人品和未来的幸福生活。宁五洲和宁海魁的满意早就显现在了脸上,不过宁五洲还是提出了希望梁云霄上门的要求。姚江河当着众人的面问了梁云霄,梁云霄表示这方面他没问题。既然如此,一切问题也就都迎刃而解了,剩下的就只有喝酒、聊天、说祝福话了。

姚江河提议,两个人先把关系确定下来,过些日子两个人回一趟落叶岛,见一下梁云霄的母亲丁春草,再确定订婚的日子。年轻人虽然是自由恋爱,可宁家的规矩和路数还是不能少。宁海魁望向父亲宁五洲和哥哥宁海楼。这个家里,他人好着的时候没有发言权,现在人残着,就更没有发言权了。宁五洲答应了姚江河的提议。一个港口领导,为自己的下属做到这一点,很是难能可贵。他一直认为,姚江河的能力和才干都在自家儿子之上。

梁云霄和宁霞看着众人,相视一笑。梁云霄问宁霞:"宁虹有什么意见?"

宁霞说:"回头我慢慢跟她说吧。"

2

齐英去超市买东西,结账时正好遇上一边吃盒饭一边收银的宁虹。宁虹和宁霞都不喜欢齐英这个伯母,宁虹就没跟齐英打招呼,看货、收钱、结账、装东西,然后把东西递给了她。

姚江河来宁家为梁云霄提亲,按理说,宁霞没有母亲,齐英这个做伯母的应该出现。可她因为上次李子木的事生宁霞的气,所以晚上宁愿在家里吃面条也不愿意去凑热闹。此刻,见宁虹这样对她,齐英心里的气就更大了。于是,她对宁虹说:"你这孩子,海山港到你家给你姐提亲,家里做了一大桌子好菜,你在这里吃什么盒饭。"

宁虹对姐姐男朋友提亲的事一无所知,当时就蒙了。但她很快恢复平静,说道:"我不喜欢凑热闹,况且,没人给我顶班。"

齐英笑了:"你这孩子,你姐没跟你说就没跟你说。她也没跟我说,我今天晚上煮面吃。"

齐英说完走了,宁虹的心一下子就乱了。她从两岁开始就跟着宁霞,说长姐如母这话,一点都不过分。这些年,在上中学之前,姐姐就一直睡在她身边,把她搂在怀里。而现在,海山那个跟姐姐在一起的男人上门提亲了,姐姐很快就要成为别人家的人了。想到这里,宁虹根本没心思上班了。她取下了围裙,跟领班说了一声,就朝着家里跑去。

姚江河带人为梁云霄提亲的事算是顺风顺水,酒足饭饱后,众人离开宁家老屋,上了宁海楼准备的车。上车前,姚江河让梁云霄留下跟宁老爷子和宁海魁再说说话。车刚开走,梁云霄和宁霞就看见宁虹气呼呼地跑了回来。宁虹看到家里那么多客人刚坐车离开,立刻就明白了。

宁虹在梁云霄面前站定,上下打量着梁云霄,问:"你就是那个要娶我姐的人?征得我的同意了吗?"

梁云霄看着眼前这个小一号的宁霞就笑了,说:"我这次来,就是征求你们家人意见的。"

宁虹继续问:"你凭什么娶我姐?"

梁云霄一下子想起几年前在宁州车站送票时的宁虹,就继续笑着说:"凭我爱她,她也爱我。"

宁虹嗤之以鼻:"酸掉牙。我不同意,怎么办?"

宁霞呵斥了宁虹一声:"你别没大没小的,皮紧了是吧?"

宁虹冷冷地看了一眼宁霞:"这么快就护着他了?姐,你别忘了我们的约定,你嫁人,我就上技校,爸爸需要有人照顾。"

梁云霄继续保持着微笑："这是什么逻辑？我们在一起,没说要你姐离开这个家。我加入进来,多一个人照顾叔叔,不好吗？"

宁虹再次看了一眼梁云霄,说："不好,我们不需要。你赶紧走吧,我不欢迎你。"

宁五洲瞪了一眼宁虹："赶紧回屋,小孩子家家的,没你说话的份。"

宁虹似乎并不害怕宁五洲："爷爷,您说得不对,我是这个家的一分子,我就有说话的份。好嘛,你们商量着,就把我姐嫁人了,你们跟我商量了吗？尤其是姐姐你。我中考前是不是跟你商量过,你要想早嫁人,我就考技校,早点就业,早点接你的班,可你没同意,让我考海洋中学。哦,我刚考上海洋中学,你就要嫁人了？还有,今天晚上,家里聚了那么多人商量这事,你们谁告诉我了？没有。你们当我是空气。既然你们当我是空气,我走人就是。从今天起,我流浪天涯,跟你们宁家没任何关系。"

梁云霄看着蛮不讲理的宁虹,又好气又好笑。他根本没把未来小姨子的刁钻放在心上,相反,倒是很喜欢她的率真。

宁虹盯着一脸笑容的梁云霄说："怎么,哥们儿,是你走,还是我走？"

梁云霄继续笑着说："我走,我走,我惹不起你,我躲得起。"

宁霞看着梁云霄丝毫没有生气的意思,悬着的心就放下了。

梁云霄跟宁海魁、宁五洲道了个别,转身出门,临出门对宁虹说："这次哥来没告诉你,让你挑理了,对不起,哥向你道歉。下次哥来,提前向你请示报备,再见。"

等梁云霄出了门,宁霞收住笑容,转脸对宁虹说："走,进房间。你不是要挑理吗,姐姐就跟你好好论论理。"

宁霞说是理论,其实是安抚,是劝诫,更确切地说,是妥协。宁霞像每个母亲那样,面对青春叛逆期的女儿束手无策。她虽然只比宁虹大八岁,但宁虹更像是她的女儿。宁虹最近让她很头疼,青春期女孩的固执和偏执真的让她很无语。她开始检讨,是自己把宁虹保护得太好了,也把她宠得太狠了。宁虹就像她身上的鱼鳞,别人动了哪一片,她都会钻心地疼。

其实,宁虹是个很乖的小女孩,宁霞在她的成长道路上做出了很好的示范。

她从小就很自我,也很独立,不甘示弱,不为人后。这跟她们的家庭成长环境也很有关系,从小没有母爱,父亲又是个残疾人,在这样的环境中成长起来的人,遇到威胁,首先会露出獠牙。只有这样,才能让不安的内心平静下来。在宁虹内心深处,梁云霄就是个入侵者、掠夺者,要抢走宁霞对她的爱了。

宁虹没想到,一向在她面前强势严厉的宁霞竟然向她道歉了。宁霞说:"对不起,宁虹,姐姐选择爱人,没有征求你的意见,没考虑你的感受,这是姐姐的错。但有一点姐姐必须明确,姐姐选择爱人,并不意味着要抛弃你跟爸爸,而是想找个帮手,更好地照顾你们,爱护你们。"

宁霞示弱的态度,并没有换来宁虹的改变。宁虹认为,在这个家里唯我独尊、无人能挑战的一家之主宁霞竟然为了一个男人跟她道歉了,可见这个男人在宁霞心中的地位。那么,此刻自己在宁霞心中的排序,也只能排在那个男人之后了。

夜里,宁虹挤在宁霞床上,再次像过去十几年那样搂着她,说着自己的担忧。宁霞听了,眼睛里泛起泪花:"不会的,我们虽然都是从一个妈妈的肚子里爬出来的,可你更像是姐姐身体里的一部分。"

宁虹咿呀学语喊出的第一个字不是"妈",不是"爸",不是"爷",而是"姐";宁虹人生迈出的第一步是姐姐牵着走的;宁虹上幼儿园、小学的第一天是姐姐送的;宁虹小学、初中的家长会是姐姐开的。宁虹想到这些,就搂着宁霞哭起来。她从来没想到两个人有一天会分别,这样的分别就是把连着的身体切割开来,身心血肉模糊,疼痛难忍。

宁霞安慰宁虹:"我们只是确定了恋爱关系,并不是要立刻结婚。即便是结婚,我们还是一家人。我们不会分开。"

宁虹说:"可是,你还是爱他爱得更多一些,你有了他就不会像过去那样爱我了。"

宁霞搂着宁虹:"我对他的爱跟对你的爱是不同的。如果爱是我血管里的血,从你生下来,我的血就跟你的血永远凝结在一起了,你丝毫不用担心它们会分开。而我跟你梁大哥的血,是因为相爱才凝结在一起的,如果我们不再相爱,血自然会分开。你明白吗?"

黑暗中,宁虹似懂非懂地点了点头。

宁霞又说:"这样的爱,你以后也会遇到的,到时候你就明白了。你有了这样的爱,也不会改变对姐姐的爱,其实都是一样的。"

3

台风"鹦鹉"在暴击西太平洋之后,终于归于平静。海山港的客运码头和千家门渔港遭遇了前所未有的打击,码头被巨浪击毁,整个路桥都被掀翻了。航行在国际航线上的两艘二十万吨级货轮侧翻,停泊在公海上的四艘空船神秘"出走",直到几十海里外的小岛附近才被找到,其中两艘触礁沉海了。

暴风雨肆虐的整整一周,姚江河都没有睡好觉。他跟梁云霄只能待在宁州的宾馆里,用电话指挥港口各部门启动台风预案,抗击台风。所幸,海山港集装箱码头和蟹子岛的深水港口承受住了风暴的打击,没有发生事故。

只不过,梁云霄和唐军在沙鳖岛上的房子生生被刮进了海里。多亏两个人在台风到来之前都有任务,早早离开了,不然,他们两个会被吹到哪里,根本不可预测。梁云霄暗自庆幸,这次来宁州,让他躲过了这场浩劫。

可另一场浩劫已经悄然来临:由远在大西洋彼岸的美国引起的金融危机犹如这场风暴一样席卷了亚洲,引爆了全球经济的大萧条。国际航运市场遭到重创,香港金融市场也毫无疑问地在亚洲金融风暴之后再次受到冲击。

天空仍然布满阴霾,雨季绵绵无期。梁云霄、姚江河随钟立达一起乘坐火车去省城,他们要跟香港李氏集团洽谈凤凰湾深水码头项目入资的事。国际金融危机,航运经济受到致命打击,李氏集团的投资信心有些动摇。三个人坐在餐车茶座上,望着列车外灰蒙蒙的雨天,各怀心事。

阴霾的雨季里,一个好消息还是让梁云霄和姚江河的心情有些好转:姚子期要回国了。这次她是随导师汉斯,带着李氏集团的财务总监来东海考察凤凰湾项目的。但姚子期带来的消息不是很乐观,国际港运大市场的萧条给香港投行带来顾虑。

"大西洋感冒,太平洋跟着咳嗽。"姚江河望着火车玻璃窗外面仍在下着的大雨,说了句前不着村后不着店的话。

坐在旁边的梁云霄听出了他的弦外之音:美国金融危机波及全球,香港不受影响显然不可能。

坐在对面的钟立达沉思了很久,对姚江河说:"你们尽可能跟他们谈,如果谈不拢,也不要强求。美国的次贷危机,对国际资本和全球各国的经济打击确实很大,但对我们的基础设施建设不见得就是坏事。"

姚江河立刻问:"是不是国家要出手了?"

钟立达微微一笑,说:"国家的应对力度很大,对公共设施可能要投放巨额资金,估计会有几万亿元。"

姚江河沉思片刻,点点头说道:"我说呢,昨晚子期告诉我,我们东海设在香港的几家国字号投资公司,好像也有意愿。"

钟立达点点头,说道:"宁州好像在香港就有一家政府控股的国资投资公司,叫长兴集团,你们不妨接触一下。政府这边我会跟他们沟通。"

姚江河皱着眉头问道:"老钟,你觉得宁州市政府能拿出那么多的资金支持海山港?"

钟立达微微一笑:"老姚,此一时彼一时啊,我们也不能老戴着近视眼镜看宁州啊,人家宁州的领导看海山的近视眼镜可能早就摘掉了。一桥飞架南北,天堑变通途啊!大桥这么一通,我这港口管委会主任才算是真正能做点事了。"

姚江河兴奋地说道:"能用宁州的资本,当然更安全了。老钟,这事你要是能促成了,功德无量。"

"你们先跟李氏集团聊,我也跟他们主管的常务副市长再沟通沟通。香港那边,你也让子期先接触一下。国企改革,政企分离,人家是香港投资公司,还得按市场规律办。"

"这就更好了。跳开藩篱,天地广阔嘛。"

梁云霄听了也很兴奋:"这事我们要是谈成了,晓乙市长能气疯。"

钟立达立刻严肃地说:"这话可不能乱说,人家晓乙市长在会上的表态还是不错的,海山港要是需要帮助,宁州可以提供资金支持。"

姚江河舒心地笑了："小梁，你打电话给子期，让她回东海前去见一下长兴集团的老总。做生意，合作共赢，我们按照金融市场的运作规律，不搞先入为主。"

晚上六点，火车到了省城东海站。姚江河上了钟立达的专车去港口管委会，梁云霄则搭车去东海交通大学见罗子坤。他是凤凰湾项目的总设计师，梁云霄要向他汇报项目筹备的情况。

梁云霄拎着宁霞为他准备的野生海参、野生鲍鱼和贻贝干进门的时候，正赶上何梅刚做好晚饭。师生二人一边吃饭，一边说着凤凰湾项目的事。罗子坤这几天正在忙海都大洋港的二期工程。

大洋港是二十世纪九十年代末立项的国家级大港。当时为了解决海都港没有深水大港造成的海内外贸易进出口集装箱航运压力，租借海山大洋岛兴建了集装箱深水码头。时下，一期工程已经很难满足航运要求，近期要开工二期工程，还要筹备三期工程。

情况变了，凤凰湾项目二期工程的泊位设计可能还要调整，罗子坤更倾向于建综合性港口，避开集装箱港口的内部竞争。梁云霄担心，临时修改设计会影响跟李氏集团的谈判。罗子坤却不以为然："现在的情况变了，外来资本可能会对基础设施投资项目有顾虑，可这场金融危机，国家的战略调整，一定会对你们很有利。外来资本进不来，不见得是坏事，港口管委会可以协调本地国有资本。"

梁云霄想了想，说道："您说的这个问题，路上钟主任也讲了，我晚些时候就把这个情况跟姚总汇报，跟您一起尽快把设计改过来。"

何梅听说梁云霄做了项目经理，很高兴地拿出了一瓶红酒，说道："这是姚子期从英国葡萄酒庄园寄过来的手工酿造，我们喝一杯，庆祝你们师生几年的梦想就要成真了。"

碰过杯，梁云霄说："子期这周就要回到海山了，到时候我们一起来看您。"

何梅就问梁云霄："宁嘉南读了尼德教授的博士，听说跟小姚在谈恋爱，他俩怎么样了？"

宁嘉南作为公派留学生出国却毕业不归，至今没个交代，罗子坤心里不痛快，就在鼻子里哼了一声。梁云霄赶紧转换话题："老师、师母，我也谈女朋友了,我师父刚带着我上门提了亲。她是宁州港的桥吊工,下次带来,让您和老师看看。"

何梅立刻高兴起来:"好啊,好啊。女人做桥吊工,那可不容易。下次我带学生去写生,给她画一张。"

梁云霄很羡慕何梅的心态,五十几岁了还像少女一样,心无旁骛,天真可爱。

4

香港维多利亚海湾的灯火彻夜都是明亮的。苏淑琴居住的高级公寓区就在海湾的半山腰上。公寓不大,小三居,有开放式厨房和大阳台,跟客厅连成一体,阳台的落地窗正对着海港。

最近几年,苏淑琴一直在汉斯的国际航运投资公司做高级金融师和投资总顾问。她是汉斯在剑桥商学院金融系的同门师妹,汉斯对她很信任。汉斯大部分时间都待在英国,或者美国的华尔街,很少来香港,苏淑琴是他放在香港的一双眼睛。所以,苏淑琴在公司的待遇跟职业经理人一样,是拿年薪的。她跟那个英国男人离婚的时候还分到了一笔家产,即便她立刻退休,也能衣食无忧。现在,苏淑琴唯一的愿望就是女儿姚子期能够幸福。

姚子期跟汉斯来香港实习后,一直跟着汉斯做李氏集团和凤凰湾项目的单子。这个单子汉斯本是想交给苏淑琴的,但自从斯兰特公司在海山港的项目投资谈崩,苏淑琴就发誓,但凡跟海山港项目有关的事,她都不会再过问。姚江河太轴了。她拒接了这个单子,但让汉斯带上姚子期,目的自然是想在姚子期未来的履历中添上一笔。李氏集团在亚洲航运公司中算是翘楚,他们在东海航线上有迫切的业务需求,海山港急需资金投入,即便时下受金融危机影响,国际航运市场低迷,可若无太大变故,单子的成功率仍然很高。苏淑琴在国际航运金融方面深耕多年,这点把握还是有的。

苏淑琴和姚子期坐在窗前摇着玻璃杯里的红酒,望着灯火璀璨的港湾,聊的不是姚子期的单子、姚江河的项目,而是姚子期的事业和未来的归宿。苏淑琴希望姚子期能留下来。资本运营,香港才是亚洲的,才是国际的,只有留在香港,才能不辜负这几年在国外苦读所学。但姚子期还是想回海山。

因为凤凰湾项目,姚子期跟梁云霄在电话里聊了很多。短短几年,国内的情况变化很大。跨海大桥已经开建,凤凰湾项目不仅立项了,而且海山市把一期、二期宝贵的岸线资源都拿给海山港了。姚子期决定先回海山,看看情况再做决定。

苏淑琴清楚,姚子期此刻哪怕是有这样的念头都是很可怕的。她告诫姚子期,不要失去留在香港国际航运投资公司的机会,自己还能干几年,利用人脉关系带带姚子期。更何况,汉斯也很欣赏姚子期,他的跨国公司在香港的发展势头很好,错失了这样的机会,将来姚子期会后悔。

苏淑琴又问起了宁嘉南的情况,推心置腹地说:"倘若你跟宁嘉南有结婚的打算,我建议你不要再想着回宁州、回海山。根据我的判断,心高气傲的宁嘉南是不会甘心待在那儿的。或许在他看来,十年寒窗读出来的旅欧博士,定居香港已经是他的最低标准了。"

苏淑琴提到她和宁嘉南的未来,姚子期犹豫了。宁嘉南在瑞典国际海事学院混得不错,算是尼德教授最得意的弟子之一。另外,进入博士在读阶段,宁嘉南跟着尼德教授做项目,收入颇丰。尼德教授在北欧、南欧几个国家都有港口项目,宁嘉南在他的项目上挣到了钱。

出国后,两个人更是聚少离多。姚子期只去找过宁嘉南两次,一次在秋天,一次在冬天。两个季节的北欧之旅,给两个人留下了太多浪漫美好的回忆。宁嘉南也曾经来英国看过姚子期三次。他待的时间每一次都很短,最长也不超过三天。最后一次,宁嘉南来劝她去瑞典国际海事学院读国际航运金融学的博士,说是尼德教授的意见。尼德教授希望宁嘉南和姚子期都留在北欧航运联盟协会,那是他和夫人一起主导的非政府机构,有足够的经费和干不完的项目。可姚子期那时已经要跟汉斯去香港实习了,就没有答应。

离开英国前,姚子期在伦敦给宁嘉南打了一个电话,说想去瑞典看他。宁嘉南说他最近有可能也要回国,斯兰特公司的项目也要启动了,尼德教授要他准备好资料。于是,姚子期就打消了去北欧找宁嘉南的念头。

最近一段时间,宁嘉南的电话越来越少了。打通电话后,宁嘉南总是说他在忙:"该死的尼德,分给我的任务太多了,简直就是要把我的所有血肉和骨髓都榨干。"

宁嘉南的声音很疲惫,姚子期很是心疼:"要是很辛苦,你就回来吧。"

宁嘉南说:"我必须完成博士论文,毕了业才能回啊,毕不了业怎么行。"

苏淑琴一刀切中了姚子期的软肋。姚子期喝干了杯子里的红酒,看了看窗外的夜色,起身回房间去给宁嘉南打电话。

苏淑琴盘腿坐在那里,望着姚子期的背影说道:"好好想想,千万不要那么早做决定。"

5

宁嘉南接到姚子期电话的时候,人正站在哥德堡海港滨海别墅的阳台上。不远处的沙滩上,一个混血女孩正在冲他招手。

他最近可谓身心俱疲,这种状况一半来自他的导师兼老板尼德,另一半来自不远处的那个女孩——赵艾米。前者是来自身体的折磨:尼德决定在前往中国之前,尽快结束在北欧的几个项目,所以,宁嘉南的工作量很大,最近一直在加班。后者来自内心的纠结:赵艾米是尼德教授新收的博士生,两人相处不到半年,宁嘉南就沦陷了。

宁嘉南是在尼德教授的家庭晚宴上见到赵艾米的。初次见面,宁嘉南以为赵艾米就是个欧洲女孩。她身材高挑,皮肤雪白,五官立体,发色金黄,除了眼珠是黑色的之外,没有半点华人血统的痕迹,哪怕她能说流利的汉语,宁嘉南还是半信半疑。两周后,尼德带着他前往欧洲航运巨头斯蒂芬国际航运集团洽谈深水港口项目,他才知道原来赵艾米还是斯蒂芬集团总裁赵芬芳的外孙女。

别看赵老太太慈眉善目的,在公司却是杀伐果断、手段极强,老斯蒂芬退休后,把家族产业的决策大权都交给了她,公司由她和职业经理人打理,老斯蒂芬的三个亲生儿子只做股东,安享分红。赵艾米从小跟着赵芬芳长大,聪慧过人,算是赵老太太亲手调教、培养的接班人。

尼德教授忙于项目，很多课题都是宁嘉南和赵艾米两个人一起帮他做的。赵艾米从小接受西方教育，性格开朗，热情奔放。宁嘉南跟她相处，也没有什么男女拘束。宁嘉南身材高大，人长得也很帅气，而且学识渊博、谈吐幽默，既有东方人的儒雅，又有西方人的绅士，于是，赵艾米对他一见倾心。

事情发生在赵艾米带宁嘉南参加的一场私人化装舞会上。那天，十几个男女聚集在赵艾米租住的高档公寓内，灯光暧昧，音乐喧嚣，所有人都奇装异服，戴着面具，看不清谁是谁。凌晨时分，该走的人都走了，宁嘉南也要离开，却被拉住了。几乎就在关门的一瞬间，一张柔软的嘴就堵住了他的嘴，两条修长的胳膊吊上了他的脖子。赵艾米双腿一跃，缠住宁嘉南的腰，整个人挂在他身上，使他彻底沦陷……

天亮的时候，宁嘉南是逃一样离开赵艾米家的，那狼狈的样子，后来被赵艾米形容成"中枪的野獾"。

宁嘉南迷茫了。他不明白，他跟姚子期青梅竹马那么多年，怎么就抵不上跟赵艾米相处的几个月？是赵艾米火辣奔放的情欲，还是她背后显赫的家世？这段时间，宁嘉南都不敢照镜子，更不敢面对姚子期。每次看到姚子期打来的电话就心惊肉跳，不知道该如何对姚子期撒谎。

宁嘉南胆战心惊地接听着姚子期的电话，不远处，赵艾米好像是等急了，她想让宁嘉南帮她擦防晒霜。

姚子期问宁嘉南："我现在人在香港，这周就会去东海，然后回海山。你什么时候能到宁州？"

宁嘉南平复了一下惊慌的心绪，说道："尼德教授在哥德堡港的项目还没完，我也没法确定归期。"不远处赵艾米还在不停喊着，宁嘉南害怕姚子期听到，忙捂紧电话，"教授和夫人在等着我上车。先这样吧，回头我打给你。"

阳光明晃晃地耀眼，远处蔚蓝的海波涛汹涌。赵艾米躺在躺椅上，眯着眼睛享受着日光和宁嘉南双手的揉搓。对宁嘉南这个新男友，她是满意的。这段时间，他们几乎每天都在一起。她一边呢喃地抒发着内心的舒畅，一边感谢尼德这个懒惰的老头给她创造了如此美好的机会，让她认识了宁嘉南这个能时刻给她带来新鲜感和绝妙体验的男人。

上个月,宁嘉南随着赵艾米又见到了她的外祖母赵芬芳。单独相处时,赵芬芳目光紧盯着宁嘉南,问他愿不愿意留在北欧,到斯蒂芬公司来。她可以为他在荷兰、芬兰、瑞典任何一个港口找个职业经理人的位置,可以让他得到一辈子都花不完的财富。可这些都有一个前提,那就是不能跟赵艾米结婚。

老太太直言:"小伙子,我从你的目光中看到了你的野心。我很喜欢有野心的职业经理人,却不喜欢一个有野心的外孙女婿。"

赵艾米告诉宁嘉南,赵芬芳不是不喜欢他,而是有了外孙女婿的人选,对方是欧洲矿产巨头、华裔富豪的儿子蒋思涛。蒋家在非洲、澳洲都有铜矿和铁矿,是斯蒂芬国际航运集团的大股东,蒋思涛也是她的前男友之一。

宁嘉南告诉赵艾米:"我已经决定跟老师一起回宁州了,你说的这一切跟我都没有关系。"

赵艾米就抱着宁嘉南哭了:"我爱你,我就想跟你在一起。"

6

姚江河给姚子期打去电话,希望她回东海之前去接触一下长兴集团投资公司董事长颜辉。姚子期皱了一下眉头:"李氏集团入资在即,您还在小心翼翼?"

电话那一端停顿了片刻,继而传来一阵尴尬的笑声:"男怕选错行,女怕嫁错郎嘛。"

姚子期很清楚父亲在这个项目上倾注的心血,更相信他不是个吹毛求疵、故意挑刺的人。他是把这个项目看得很重,更担心东海国门大港的运营安全。于是,就跟父亲开起了玩笑:"您这是一语双关啊。您放心,嫁人这事,我心里还是有数的。"

姚江河说道:"那就行。"

这段时间,姚子期根据汉斯给出的要求,调查香港金融产品的情况,发现了一个问题:国有控股投资公司在香港的金融市场很活跃,虹吸资本的能力也在加大,而且大部分投资项目都是国内的基础设施。为应对美国次贷危机引发的金融风暴,国家出手了。姚子期决定把这个消息尽快告诉梁云霄。

姚子期给梁云霄打电话时,他正和罗子坤修改港口设计方案。他把手机开了免提,放在罗子坤面前。罗子坤听到这个消息,想了想,大声道:"大桥即将开通,两港一体化融合正在深入,宁州国资投资公司将按市场化运作对海山投资。子期,我觉得你爸的这个备选方案很好,你可以尽快接触国内资本。有句老话说得好,放着河水不洗船,会很傻的。"

电话那端的姚子期咯咯地笑,罗子坤说话还是那样幽默。

苏淑琴在一边听着姚子期的这两个电话,很是恼火,觉得姚江河在跟斯兰特谈判时多疑的老毛病又犯了。她拿起手机,拨通姚江河的电话,发了一通脾气,最后说道:"如果你们还在犹豫,我就让汉斯终止你们这次谈判。"

她放下电话又对着姚子期怒吼:"时下金融危机,就海山那破地方,如果李氏集团不是急需在东海有泊位停船出货,怎么可能去投这个钱?姚子期我警告你,你是在代表汉斯国际航运投资公司为香港李氏集团服务,你必须清楚自己的身份。这个行业,做坏一个单子,就失去了很多机会。"

姚子期安抚苏淑琴:"我亲爱的老妈,你说得都对。是,我跟汉斯老师是在为李氏集团做金融管理服务,能谈成这个案子,对我个人的利好,对公司的利好,我也都明白,可是,谈判的对象是我老爸,是海山港。还有,你多心了啊,我爸只是让我接触一下长兴投资的颜辉,并没说跟他们合作。而且这家公司的控股方是宁州市政府主控的国企投资公司,你想,一家宁州的国有控股投资公司,海山港能不跟他们接触?而且,宁州跟海山的情况你又不是不知道,他们怎么可能去投海山的港口?我是搞不懂,所以想了解一下,知己知彼,百战不殆嘛。"

姚子期这话是故意说给苏淑琴听的,果然,苏淑琴听了很舒服。姚子期见这一招奏效了,就撒娇道:"老妈,我听说这个颜总你很熟悉,帮忙打电话约一下呗?"

苏淑琴告诫姚子期:"这个行业不允许吃里爬外的事发生,一旦出现,你在英国那几年就白学了,这一行没人要你。"

苏淑琴一边说一边给颜辉打电话,很快得到了回复,说会按时赴约。

下午,太阳西斜。姚子期坐在维多利亚金融城楼顶咖啡厅靠窗户的卡座上等待客人到来。这里面朝大海,视野开阔,极目远望,蔚蓝大海上船来船往。

颜辉如约而至。此人三十五六岁,西装革履,戴着眼镜,个子不高,人很精干,典型的南方男人。他三年前从宁州市国资委下面的投资公司来香港任职时,苏淑琴帮过他,他跟汉斯也很熟悉,所以,姚子期没必要跟他藏着掖着。

国内的变化令姚子期惊愕,她有些后悔,过去把更多时间投入到关注欧美金融市场和华尔街投行的数据预测和评估上了,从而忽视了国内金融市场和政策的变化,尤其是金融危机到来之后,中国的货币和金融政策。几万亿元基础设施建设资金和一系列拉动内需政策的落实,不仅成功稳住了中国经济的大盘,也帮助国有投资公司在亚洲金融市场上站稳了脚跟。

姚子期没想到,长兴集团对海山凤凰湾综合港口项目近期进展的关注并不比她少。而且,他们对宁州、海山港一体化进程的了解和理解也比她更深刻。令她更欣喜的是,颜辉对凤凰湾港口项目的态度很积极,对宁州和海山两地一体化的融合思维更是超前。

颜辉望着远处的大海若有所思:"深圳和香港就是个例子。香港回归之后,国际上很多人在唱衰,尤其是华尔街和伦敦金融城那帮人。可事实是,香港依托深圳和内地,持续保持着它的繁荣和稳定,深圳也背靠香港创造了世界奇迹。未来,融合互补将是区域经济发展的趋势。海山项目只要过了风险评估,投下去能挣钱,跟投到全球任何一个地方没有什么区别,而且国内投资规避风险的能力更强。"

姚子期视野也瞬间开阔起来:"听君一席话,胜读几年书啊。"

颜辉微微一笑:"谈不上,这也是我这几年的亲身感受。哦,对了,你们谈你们的,我明天也会亲自去一次海山港。不过,我不能像李氏集团那样大张旗鼓地去,去听管委会的官方介绍,听海山港的项目进度推演。我就想让一个熟悉项目的人带着我到实地考察几天,以便能细致地了解项目的筹备情况,尤其是未来的。"

姚子期说:"那就我爸?"

颜辉说:"你爸近期可能时间会很紧张,换个人吧。当然,最后我肯定要跟他谈。"

姚子期想了想说道:"那就让项目经理梁云霄全程陪您,上到五十米的桥吊塔台,下到百米深处的大海,他都能陪您看。"

颜辉笑道:"那倒不至于。不过,你说的这个梁云霄,几年前我在宁州港口论坛上见过。那时我刚从美国读博回来,给投资公司老总做特别助理,听过他的长篇大论。哦,对了,那时你也在场吧,做英文翻译,结果那小伙子自己飙起了海山口音的英语。"

姚子期笑了:"世界可真是小。"

颜辉不由得感叹:"是啊,世界可真小,时间却很快。"他的思绪好像还停留在那次论坛上,"年轻可真好啊。"

姚子期笑了笑,没再接茬。颜辉的年龄也不大。

两个人聊了一下午,姚子期视野大开,不觉黄昏已到。夕阳余晖洒满维多利亚港,各种船只抛锚、入港,仍然一片繁忙景象。

颜辉请她在旋转餐厅吃晚餐,两个人一边取着自助餐,一边说道:"如果这次海山港跟李氏集团聊得不好,我们立刻就可以启动跟海山港的投资洽谈。"

姚子期狡黠一笑:"果然是在商言商,您是想在跟李氏集团谈判的条件上,让海山港做出更大的让步?"

颜辉说道:"那倒不是。我们的投资目的和李氏集团不同,他们投资是基于自身集团业务发展做出的市场判断,我们则关注未来的市场前景。"

姚子期不禁对颜辉的务实更加钦佩。

回到苏淑琴家时,夜已经深了。苏淑琴见姚子期一脸喜悦地回来,知道他们聊得不错,就有些后悔让他们见面。如果这次海山港跟李氏集团的谈判能成功,姚子期就能留在香港了。

姚子期跟苏淑琴打了个招呼,就要回自己的房间收拾东西。明天她要跟着李氏集团的谈判团队去东海,然后再回海山港。苏淑琴却叫住了她问道:"你这次回去得几天?"

姚子期答:"那我可真说不准。"

苏淑琴又问:"你不会回到海山就不回来了吧?"

姚子期笑了笑说道:"不会的。可至于是不是要留在香港,我还没想好,回去看看再说。老妈,你得给我时间,让我做出选择。"

姚子期知道这样回答，苏淑琴不会满意。随着年龄一天天增加，苏淑琴越来越觉得，她的生活里如果没有姚子期，会要了她的命。年轻的时候，她渴望自由，渴望独立，不想成为任何人的附属品。可是跟那个英国人离完婚后，她又开始觉得一个人生活在这个世界上确实很孤单，很无聊。因此，她越来越喜欢这个过去曾经被她视作累赘、负担，乃至生活噩梦的女儿。姚子期继承了她的漂亮、高贵和优雅，性格里还有姚江河内敛的坚韧和外在的书卷气。更重要的是，姚子期强势中还兼备着她跟姚江河都没有的亲和力，这样的女子在职场上无往不胜。

姚子期还在提前降低苏淑琴的心理预期："老妈，我希望我未来无论是留在香港还是回到海山，都能得到你的理解和支持。"

苏淑琴苦笑了一声："知道了。你去睡吧。"

姚子期进了自己的房间，心想，敏感的苏淑琴怕是又要失眠了。

第三章

1

飞机开始下降,姚子期从舷窗俯瞰,蓝色海水和浑浊江水汇聚,大海就变成了苍黄的颜色,那就是东海。听梁云霄说,海山机场也在筹备扩建,国际航班未来可期。

飞机降落的一瞬,姚子期难掩激动,轻声说道:"我回来了。"

姚江河、梁云霄等人在东海云山机场接到了由汉斯及李氏集团投资、财务、航管、运营等业务部门代表组成的十几人团队。双方握手寒暄,等轮到姚子期,姚江河张开双臂,拥抱了女儿。姚子期早已泪流满面,在姚江河耳边轻声说:"爸爸,我回来了。"

姚江河点了点头,虽然极力掩饰,但他的眼睛还是禁不住有些湿润。等调整好情绪,姚江河接过汉斯手里的行李,带着众人往前走。

梁云霄接过了姚子期的行李,姚子期张开双臂跟他抱了抱,而后放开,打量着这个几年不见的朋友,赞了一句:"兄弟,状态不错。"

梁云霄红着眼睛笑着说:"是兄还是弟?你记住,我比你大。"

姚子期歪着脑袋看了他一眼:"怎么,你想翻天啊?我说兄弟就是兄弟,既是兄又是弟,有毛病吗?"

梁云霄嘿嘿笑了:"没毛病。"

姚子期压低声音问道:"听说你已经是项目经理了,感觉怎么样?"

"不怎么样。我在沙鳖岛上待了半年多,身上都要长毛了。"

姚子期压低声音说:"我们在东海的谈判估计时间不短,你找个借口赶紧回海山港,香港长兴集团投资公司的颜辉颜总估计晚上到宁州,你陪着他先回海山岛。"

梁云霄一脸疑惑:"李氏集团的投资不是已经定了吗,怎么……"

姚子期笑道:"知道你心怀疑问,具体为什么,回头我会告诉你。另外,那个颜辉在宁州工作过,对海山港比较了解,别来虚的。哦,我忘了,来虚的你也不会。"

梁云霄窘迫一笑,继续道:"这事太大了,什么该说,什么不该说,我心里可没底。"

姚子期告诉他:"颜总问什么,你就讲什么。他只对项目的未来感兴趣,你就只跟他聊项目。另外,还要想办法把颜总陪好,他可是个财神爷。"

梁云霄点了点头,而后,在海山港开启跟李氏集团谈判的当天上午,他就请假回到了宁州。

谈判在宁州—海山港管委会会议室展开,钟立达环顾一圈,不见梁云霄的踪影,就问姚江河:"小梁呢?"

姚江河笑着说:"凤凰湾项目组正在拆迁、清场,小梁回海山了,项目情况,我亲自向代表团汇报。"

钟立达会心一笑。

梁云霄在宁州客运码头等颜辉的时候遇到了宁海楼和齐英。他想躲开齐英,却没躲开,宁海楼主动叫住了他。

宁海楼是送尼德、斯兰特几个人去海山岛的,斯兰特还在为大型堆场、物流仓储中心的项目纠结,他对中国政府应对这场金融浩劫的能力持怀疑态度。国际资本的池子很难向亚洲地区放水,在这个资本操纵一切的世界里,他相当自信。宁州湾项目很快就要落地,他还对海山凤凰湾海域的岸线资源耿耿于怀。宁海楼送完人,跟齐英聊了一会儿宁嘉南的事,一扭头就发现了梁云霄。他有些奇怪:"你不是跟姚总和钟主任去东海聊投资的事情了吗,怎么会在这儿?"

梁云霄笑了笑说:"宁总,这次谈判中,我只是一个小喽啰,有没有我无所谓,我还是回沙鳌岛看海去。"

宁海楼微微一笑:"你说得没错,现在港口一体化,我们都一样,都是小喽啰!"

宁海楼最近的工作稍微轻松一些,港口一体化开始实施之后,宁州港的步子放慢了,土地审批、岸线资源、资金投入由省里统一规划、统一调配。这对宁州港和宁海楼来说倒没什么不好,他可以腾出手来对集装箱码头进行升级改造,对现有泊位进行疏浚、监测、修复,还有处理人才引进、岗位培训以及内部管理的强化等事务。宁州湾的项目开发已经落地,斯兰特公司的超级堆场、物流仓储中心项目设计迟迟到不了位,很大程度上已经影响了项目的进程。宁州港这些年发展太快,主要是内地经济发展太快,宁海楼觉得自己有些力不从心,身心都很疲惫。

齐英不喜欢宁霞,对梁云霄自然也很别扭,可她面上却表现得很热情,从一边的小摊上买了几瓶矿泉水,用塑料袋装了,递给梁云霄:"拿着路上喝。"

梁云霄有些受宠若惊,想拒绝,但又说不出口。

宁海楼接过水,对齐英说道:"你忙你的吧,我跟小梁说会儿话。"只有他知道齐英微笑和热情背后的伪装。

齐英走后,宁海楼问梁云霄跟宁霞的打算,梁云霄说道:"我听宁霞的,等宁虹高考完吧。"

宁海楼皱了一下眉头,叹了口气:"宁虹这孩子从小就没了妈妈,被她姐姐宠坏了。你们也不必考虑她一个孩子那么多,回头我跟她谈谈,也会跟宁霞说一声。你们都不小了,早点把婚事办了好。"

梁云霄说道:"那就等大桥通了之后吧,到时候,我们照顾叔叔也方便些。"

宁海楼欣慰地看了他一眼:"既然你们都考虑好了,我就不多事了。等忙过这一段,我带宁霞去一趟落叶岛见你妈妈。虽然你们是自由恋爱,但礼数还是要到位的。"

梁云霄憨憨一笑:"我给我妈打了电话,她还是建议我暂时不要回到村里去。"

梁云霄说这话的时候低下了头，宁海楼知道他是怕家里的债务会牵连到宁霞，就安慰他："宁霞告诉我，你家的情况你没瞒她，这很好。她家的状况你也看到了，既然你们仍然决定要走到一起，那么宁霞就必须面对。遇到困难我们大家一起想办法吧，办法总比困难多，年轻人有些磨难，不见得是坏事。"

梁云霄没想到宁海楼对他跟宁霞这么支持，很是感动："谢谢您，宁总。"

宁海楼笑道："这会儿就别再叫宁总了。"

梁云霄说："谢谢您，大伯。"

宁海楼知道梁云霄这几年经济压力很大，活得很辛苦，就安慰他："还债的事，别着急，要慢慢来。年轻人有点生活压力不见得是什么坏事，人无压力轻飘飘嘛。"

梁云霄点了点头，又说了一些凤凰湾项目的筹备情况。宁海楼听得很认真，不停点头称赞，继而道："小梁，你是项目经理，能这样想，这样做，我很欣慰，凤凰湾项目组就需要这样的项目经理。可你太年轻，我给你两条建议：一是不要擅作主张；二是要洁身自好。这里面牵扯的利益相关方太多，这两点你要是做不好，会出问题。"

梁云霄点了点头："我记住了。"

宁海楼知道姚子期为海山港对接了香港李氏集团，这次会陪着考察团回来，于是就问梁云霄："见到子期了？"

"是，她跟她导师汉斯做了李氏集团的投资顾问。"

宁海楼像是自言自语，又像是在回梁云霄："哦，姚江河还是比我有福气。"

梁云霄知道他惦记宁嘉南，就安慰他："嘉南怕是不久也会回来的。"

"子期跟你说的？"

"那倒没有。我也是自己判断的，一般硕士生、博士生是要跟老师的，尼德教授来了，他肯定是要跟项目的。"其实，据梁云霄对宁嘉南的了解，宁嘉南不回来的可能性更大。

宁嘉南几年未回，也很少跟宁海楼联系，宁海楼最初倒没觉得有什么不妥，毕竟他们父子原本就不那么亲。好不容易等到宁嘉南硕士毕业，他又说准备读博，而且参与了几个研究课题，项目都还没完。宁海楼告诉他，宁州的深海港口研发项目也要启动了,尼德肯定要来中国,港口正是用人之际,希望他能回来,可宁嘉南说他还没想好。宁海楼就在电话里斥责:"你是公派出国的留学生,不能吃完奶就忘了娘。"

宁嘉南说:"这有什么,大不了我把奶粉钱还回去呗。"

这话让宁五洲勃然大怒,夺过电话就骂:"你命还是宁州给的呢,你还是海港养大的呢,要还,就把命还回来!"

宁嘉南没再说什么,直接挂断了电话。

这次尼德随斯兰特来宁州,宁海楼以为宁嘉南会跟着回来,可他没有。昨晚,宁海楼问尼德有关宁嘉南的近况,得知宁嘉南确实如他所说,在跟着做欧洲的项目。宁海楼又问了尼德对于宁嘉南未来事业的规划,尼德说他不会干涉学生的自由,欧洲的项目没完,他没有理由强迫学生做出决定。

梁云霄不清楚宁海楼此刻的心情,心里却很羡慕宁嘉南:有一个如此为他操心的父亲,那是怎样的幸福?

2

颜辉匆匆赶来。宁海楼认识颜辉,两个人寒暄了几句,船就来了。颜辉问梁云霄:"他没问你项目投资的情况吧?"梁云霄摇摇头。

梁云霄给颜辉买了卧铺舱,为他收拾好行李,两人就一起去了船顶,望着远处正在繁忙施工的大桥。夕阳下的大海之上,桥柱逶迤伸向天际,很是壮观。

梁云霄以为颜辉会问起项目,结果并没有,而是问了他的学习和工作经历,让他有些疑惑。紧接着,颜辉就问到了凤凰湾渔民的生活情况。梁云霄答道:"项目确定之后,我就一直住在岛上,跟周边几个渔村里的渔民打交道很多,颜总要是有时间,这次我们就住到村里去。"

颜辉说:"那倒不用。我还是住在千家门渔港,我很馋那里的小海鲜。"

梁云霄说道:"那您可算找对人了。"

二人是在黄昏时分到达海山港的,海山港港口机关招待所距离集装箱码头不太远,梁云霄为颜辉安排了过去罗子坤住的那栋独门独院的小楼。梁云霄把颜辉的行李安排妥当,就开着项目部的交通小艇带着颜辉去千家门渔港。千家门渔港华灯初上,夜色迷人。

颜辉、梁云霄在吴婶店里巧遇了贾山。大桥的建设已经进展到桥面的沙石、水泥备料了,这样的生意,贾山是不容错过的。这会儿,他正带着金子请大桥路面施工方的负责人吃饭。金子穿了一件蓝色的束腰小西装,亲昵地挽着西装革履的贾山,夫唱妇随的样子。

贾山见梁云霄和颜辉走进来,就想拉他一起入席凑热闹。梁云霄知道贾山有吹嘘的毛病,不想参与他组的饭局,就悄声在他耳边说道:"我这边有贵客,就不能凑你的热闹了。"

贾山打量一眼颜辉,见此人气度不凡,很热情地伸出手:"这位老兄,我是小梁的大哥。您到海山来,我兄弟的贵客就是我贾山的贵客,不要客气,吃好喝好,等会儿我敬您一杯酒。"

颜辉笑了笑,没有拒绝,也没有说话。

见机会就上,这是贾山的风格,要是平时,梁云霄笑笑也就算了,可颜辉的身份不同,贾山这样显然不合适。他对贾山说:"大哥,你忙你的吧,我们今晚谈事,不喝酒,我建议你也少喝点。"

贾山尴尬一笑,仍然不死心,搂着梁云霄的脖子道:"等会儿我那边你得去一趟,大哥指望你支个场子。"

梁云霄心里很不舒服:"那边的人我都不认识,过去不合适。更何况,我这边的客人真的很重要,算了吧。"

贾山只能失望离去。

梁云霄带着颜辉进了一个靠海边的小包厢,餐桌上已经摆满海瓜子、小鲍鱼、墨鱼仔、花蛤、扇贝等下酒小海鲜。还有一个炭火的小炉子,上面的陶制酒壶里正温着黄酒。

这个小房间是吴婶专门给梁云霄和宁霞留的,两个人交好货,就经常在这里吃饭。早先梁云霄对宁霞跟吴婶的关系很是纳闷,吴婶对宁霞的好,已经超出了卖家跟买家的关系。后来才知道,吴婶的大排档,宁霞早年就入了股,她能当半个家。

这个包间的视野极佳,可以看到千家门渔港的斑斓夜色以及夜晚入港的一艘艘渔船。颜辉显然被这夜色感染了,感叹道:"果然是千年渔港,夜色名不虚传。"

梁云霄说:"跟维多利亚港的夜色比,还是逊色许多吧?"

颜辉笑道:"不一样的风景,不一样的感受。"

梁云霄端起温好的黄酒,倒了两杯。黄酒里煮了青梅,芳醇中透着一股酒香。颜辉笑了:"你不是说我们不喝酒吗?"

梁云霄也微微一笑:"我是怕他黏人。您来海山,就不能不尝尝青梅煮酒的味道。来,颜总,我敬您一杯!"

颜辉跟梁云霄碰了杯,品了一下黄酒,味道果真不错。

硬菜陆续上桌,颜辉吃得很高兴。二人青梅煮酒,聊了很多项目上的事。梁云霄这几年一直都泡在这里,介绍东海深水大港项目是他的强项。他聊到了凤凰湾、月塘湾、蟹子岛、大青山湾区等十几个孤岛海湾,聊到了未来可能落地的十几个东海港口群。他对周边海域的地理、洋流、水深如数家珍,就像海底活地图。

颜辉望着眼前这个年轻人,跟刚回国的自己是那么相似,专注、准确。此刻的他谈论起项目,眼睛里闪烁着明亮的光芒。颜辉暗自庆幸自己所做的决定,更庆幸姚子期安排了这样一个人跟自己对接。

酒足饭饱,梁云霄憨憨一笑:"明天我们去沙鳌岛,可以吗?"

颜辉已经有了些醉意:"客随主便,要去哪儿,你安排。今天就先这样吧。"说着就晃晃悠悠起身朝外走,梁云霄随后跟上。

吴婵给他们叫了一辆出租车,梁云霄扶着颜辉上车坐好,自己也正要上去,就听到身后传来一声惊呼,回头一看,见是金子下楼梯时摔倒了,还被一个肥胖的男人压着起不来。男人的手十分不老实,金子上一秒刚推开,下一秒他又跟上来。梁云霄下意识用目光去找贾山,发现他在另一辆车里趴着,显然是喝醉了,梁云霄只好自己走到台阶上,扯开了那男人的手,把金子扶起来,说道:"金子,你先上车,我扶客人过去。"

金子感激地看了梁云霄一眼,坐上了副驾驶位。贾山正趴在副驾驶的后座上,半醉半醒间责怪道:"庞总呢,你怎么一个人上来了?"

委屈和愤怒顿时让金子难以自抑,她回头打了贾山一记耳光,边哭边下车,跟跟跄跄地走了。贾山对着她的背影直骂:"疯婆娘,你抽什么疯?"

梁云霄把庞总扶上车座,对贾山说:"小舅,照顾好你的客人,别什么都推给小舅妈。她是你的女人,你心里没数吗?"

梁云霄说完,看了一眼庞总。那个庞总似乎也清醒了不少,显然明白梁云霄这话的意思。

贾山也听懂了,就把话岔开:"我们去唱歌,小梁,叫上你的客人,一起啊。"

梁云霄关上了车门,对司机说:"赶紧走。"

"这是我最好的兄弟,是海山港凤凰湾项目的经理。你别看他年轻,可是个上可通天的人物……"

出租车带走了贾山的聒噪,梁云霄苦笑着摇摇头,上了一旁的车。那个曾经跟他插草为香、磕头结盟的仁义大哥,在他心里的形象越来越模糊。

3

海山港跟李氏集团的谈判第一天还算融洽,在长三角拥有自己的永久泊地是李氏集团旗下国际航运公司亟待解决的问题。双方的利益比较契合,谈起来气氛就十分融洽了。姚江河介绍了项目的筹备情况,汉斯和姚子期代表资方谈了资本准备、入资方式、资本管理模式、回报模式等等。姚子期的言谈举止很专业,人也显得很干练。一天下来,谈判似乎没有什么障碍。

回到宾馆后,姚子期很累,但也很兴奋。明天,双方就会聊未来港口运营以及合作的细节了。如此看来,父亲的担心有些多余了。李氏集团的入资诚意,在这一天的谈判中得到充分的体现。她正准备给苏淑琴发个短信分享喜悦,电话就响了,是远在北欧的宁嘉南打来的。

宁嘉南声音有些嘶哑:"子期,我想你了……"

姚子期更奇怪了,因为过去宁嘉南给她打电话只说英语,现在却说的是汉语。听着嘈杂的背景音,她问宁嘉南:"你在哪儿?怎么这么吵?"

宁嘉南像是喝多了酒,断断续续用混沌的声音说:"子期……我……我想回家!"

姚子期一下子就慌了,直觉告诉她宁嘉南那边一定是出了什么问题,于是急切地问:"嘉南,你没事吧?你怎么了?"

电话那端像是有一个女人在用英语喊宁嘉南的名字,宁嘉南就挂断了电话。姚子期刚要回拨过去,宁嘉南的短信就到了:我在参加一个朋友的生日派对,只是喝多了酒,我没事。

姚子期回了信息:那你小心点,别再喝了。赶紧回家吧,我很担心你。

宁嘉南回了一个字:好。

姚子期放下手机,心绪乱了。她听到的那个女声很强势,甚至有些颐指气使的意味。她心里很纳闷,是什么样的女人能这么对宁嘉南?

赵艾米在斯蒂芬家族北欧小镇葡萄酒庄园别墅门口的绿草坪上举办的生日派对仍在狂欢。鲜花簇拥的派对现场,篝火、烤肉、美酒、香槟,俊男靓女们随着乡村乐队狂野的音乐起舞。

望着被人群簇拥在中央的赵艾米和她的前男友蒋思涛,宁嘉南精神有些恍惚。他发现,自己在赵艾米面前所谓的自信,在蒋思涛豪门阔少的背景对比下,变得不堪一击。三十岁不到的蒋思涛身材高大,白皙俊朗,毕业于英国剑桥大学,获得工商和金融双学士学位。他还是家中独子,有着英俊的容貌以及不输宁嘉南的才华。最关键的一点,他是赵艾米的初恋,两个人在英国上学时就住在一起。

赵艾米在跟宁嘉南交往的同时还在跟蒋思涛有着密切的联系,这一点赵艾米并不避讳。她告诉宁嘉南,她跟前男友的关系已经结束了,现在爱的是宁嘉南,这就够了。可是在宁嘉南的认知里,爱只能是唯一的,他不可能接受赵艾米跟前男友牵扯不清。也就是在此刻,宁嘉南意识到,自己想要跟赵艾米长期在一起,已经很不现实了。于是他决定离开。

狂欢中的赵艾米此刻是这里最耀眼的明星,她跟蒋思涛舞动在一起,丝毫没有发现宁嘉南已经开着尼德教授留给他的那辆破奔驰离开了。直到派对结束前,赵艾米想向众人隆重介绍自己的结婚对象时,才发现他已不见。她给宁嘉南打电话,想告诉他,自己花那么大的心思,请那么多的朋友,办那么大的派对,就是想告诉所有人,她已经彻底地爱上了他。可是,宁嘉南关机了。

姚江河把姚子期叫了过去,姚子期表达了她对这次谈判的积极预判,姚江河却不以为然。两个小时前,李氏集团的运营总监给他发来了一份传真,他把这份传真递给姚子期。李氏集团计划在凤凰湾投资的深水码头,不仅要有专属的停泊权,还要享有独立的运营、管理以及财务核算权。毫无疑问,这就是借笼养鸟的协定。

姚子期皱起了眉头。很显然,李氏集团和汉斯过高地估计了他们这次投资在凤凰湾项目中的决定性因素。姚子期很清楚,明天的谈判会陷入僵局,甚至会流产,因为他们挑战了姚江河的底线。她想去找汉斯要说法,被姚江河制止了:"一切问题,还是等到明天谈判时再说吧。我们可以做出一些让步,满足他们要专属停泊权的要求,但港口的运营和管理权是我的底线。"

从姚江河那儿出来,姚子期犹豫再三,还是拿着李氏集团新传来的那份补充协议敲响了汉斯的门。汉斯正跟苏淑琴打电话,谈判成功在即,他很兴奋。见汉斯打完电话,姚子期把补充协议递给他,道:"老师,这份补充协议您看了吗?我们前期看到的条件不是这样的。要两个深水码头专属停泊权,独立的运营、管理、财务结算权,这种条件,怎么可能?"

汉斯笑道:"为我们的客户争取利益最大化是做投行的基本要求。对方觉得苛刻,我们可以谈,不然要谈判干什么呢?"

姚子期说道:"老师,这样就是朝着谈崩去的。"

汉斯一脸疑惑:"会吗?"

"不是'会吗',而是一定会。这就是走当年斯兰特公司的老路,用投资的办法拿下最优质的岸线资源,实现对它的利益最大化。海山港要是能同意,项目就不会等到现在还开不了工。"

"李氏集团跟斯兰特公司的情况还是有所不同的。"

"我没觉得有什么不同,谈判期间突然改变原有的条件,附加了那么多条件,您觉得明天的谈判还能继续下去吗?"

"这就得看你能否说服你那个顽固的父亲了。"

姚子期摇头:"这事,连我这儿都过不去。"

汉斯突然严肃起来:"姚,你要注意你的立场,我们是在为李氏集团做金融服务。"

"我只为有原则的用户服务。老师,我希望您能说服李副总和他们那些总监,不要玩专属权的文字游戏,他的汉语水准太差。"

姚子期说完出门去了,汉斯失望地摇摇头。

第二天,谈判的氛围急转直下。李氏集团副总裁李亚东态度很坚决,姚江河坚守底线不松口。姚江河不仅否掉了对方提出的两个码头的独立经营权,还把他们的专属停泊权解释为优先入港停泊权。姚江河的理由是:凤凰湾项目是一个综合性港口项目,一期工程只有两个深水码头,李氏集团国际航运公司要经过这条航线的货轮,一个深水码头足以满足停泊。特殊情况不够,可以优先调剂给他们。码头如果失去了运营权和管理权,就不能体现港口的主体地位,也不能更好地为包括李氏集团国际航运公司在内的所有客户服务。

汉斯很恼火:"那我们的投资利益通过什么来实现呢?"

姚江河微微一笑:"在商言商,你们的投资可以在港口运营中得到利益体现。而且,你们的优先入港停泊权也解决了你们的货轮在东海停泊、靠岸的难题。"

李亚东道:"这背离了我们当初投资建港的初衷,我们可以终止投资。"

姚江河摊开双手:"我不能阻止李先生的决定,但我还是劝您能留下来。"

李亚东起身:"很抱歉,实现不了我们的目标,我们必须重新召开董事会讨论。"

姚江河继续保持着微笑:"那李先生可要尽快做出决定,项目已经拖了很久了,不能再拖了。你们的资本不到,我们就先建一个深水码头,在冬天到来之前完成航道开设、路桥打桩。"

李亚东道:"那我们就不耽搁了,明天的海山,我们就不去了,准备先回香港开会,等董事会有了决议之后,再说入资的事。"

钟立达虽然有思想准备,但也没想到谈判会崩得这么快。他起身说道:"我还是希望你们双方再仔细考虑一下,这个项目,大家已经接触、谈判很久了,不要留下遗憾。"

李亚东跟汉斯用英语商量了一下,而后道:"很抱歉,我建议还是暂时中止吧。"说着起身离开会议室,汉斯和团队人员紧随其后。

海山港跟香港李氏集团的谈判早期轰轰烈烈,结果无疾而终,谈判考察团人员开始收拾东西离开东海。苏淑琴请求汉斯将女儿带回香港,汉斯看到一旁的姚子期已经帮他收拾好了行李,就对她说道:"姚,你也快回去收拾,我们赶紧返回香港。"

姚子期说道:"对不起老师,我恐怕得回一趟海山港去看望我的爷爷。"

汉斯疑惑地望着姚子期:"你不会不回香港了吧?"

姚子期微微一笑:"怎么可能?您和我妈妈都在香港。"

"我是说入职国际航运投资公司,做一个职业金融师。"

"老师,您让我想想,晚一些再答复您。"

钟立达、姚江河送李氏集团谈判考察团去机场。李亚东没有看到姚子期,就问汉斯她怎么没来,汉斯说姚子期想留在东海办一些自己的事情。李副总点点头:"东海还是很美的,真想留下来多玩几天。"

姚江河伸出手跟李亚东握手:"不用那么生分,买卖不成仁义在,什么时候李副总来,不论东海、宁州还是海山,我都作陪。"

李亚东尴尬一笑,姚江河又道:"无论我们能否合作成,你们的船在海山港都享有优先入港的专属权。"

"那就谢谢姚总了。"

送走了众人,从机场返回东海的车上,姚江河接到了姚子期从宁州打来的电话。梁云霄跟颜辉聊得不错,她准备明日回海山,跟颜辉聊这边谈判的情况。姚江河道:"你在宁州等我一下,我们两个先碰一下,看怎么跟颜辉聊,如果聊得很好,他们的资本充足,我打算跟他把二期也一并聊了。"

姚江河放下电话,立刻给钟立达报告了这个信息,钟立达很高兴:"东方不亮西方亮,看来这事靠谱。"又问:"老姚,你能不能想办法把子期留下来?"

姚江河感叹一声:"我做梦都想,可我说了不算啊。"

4

沙鳖岛上,篝火正旺。梁云霄跟颜辉一边烤着从海底捞上来的石斑鱼,喝着烈性白酒,一边聊着这片海。两个人刚从海底上来,虽然身上穿着保暖衣,还是冻得直哆嗦。一杯白酒下肚,身上顿时暖和起来。

曾经学过潜水的颜辉还是被这片海域海底的波澜壮阔惊着了。苍茫的大海从上面看是浑浊的,深潜到百米之下,却是透明干净的。海底跟地面一样,沟沟壑壑,峰峦叠起,整个海湾像是一座拥有天然屏障的城堡,屏蔽了涌动的暗流……海底真的令人震撼!

昨晚,姚子期给颜辉带来的消息同样令他振奋。日后,李氏集团终将为他们的投资短视行为而后悔。凤凰湾项目成功之后,将是西太平洋濒临国际航线最多、距离国际航线最近的国际化港口之一。颜辉在心底盘算着,单靠长兴集团的投资额度,怕是很难完成这么大的工程。可他们是一个有着国家资本信誉的融资平台,任何资本都是趋利的,他相信,能够为凤凰湾项目拿到充足的资本。

沙鳖岛的夜色真的很美,四周没有任何建筑物,大海聚在脚边,夜空变得跟大海一样干净。月色如洗,星辰稀疏,蓝得深沉的天幕上,浮云如絮,自由飘摇。颜辉跟梁云霄喝着酒,听他聊着凤凰湾综合大港的未来,突然间有些羡慕这个年轻人了。

颜辉是宁州从美国按特殊人才引进来的国际金融博士,来宁州任职时刚满三十岁,任市国资委副处级秘书,算是宁州比较年轻的干部。他同样也是胸怀壮志,一心想在仕途上有所作为,可是工作了一段时间之后,他就发现自己把官场和仕途想得太简单了。在复杂的人际关系和权力斗争中,个人的能力和才干显得并不那么重要。第二年,他跟的那位主任调任其他城市做市长,选了个事无巨细,能把工作、生活安排得天衣无缝的人做秘书。新来的主任也另选了个新秘书,颜辉就到企业办做了个副主任,被挂了起来。这个时候,他开始对自己未来的人生进行重新规划和思考,捡起了老本行。正好,宁州长兴集团要在香港增设一个窗口投资公司,颜辉就竞聘上岗,做了投资公司的副总经理。刚到香港的时候,投资公司也就三五个人,董事长和总经理一人担着,人还在内地任集团公司副总,香港的事情也就颜辉一个人负责。

投资公司都是轻资产,加起来不到一个亿,主要投资金融、证券、地产之类的项目。国际金融是颜辉的专业,也是强项,他到了香港之后很快如鱼得水,先后做了十几笔单子,公司资产很快增加到三个亿,宁州的几家国有银行也跟着赚了不少钱,银行对公司的授信也增加不少。

美国次贷危机之后,金融业受到重创,国家开始转向基础设施建设。颜辉因为得到华尔街的信息比较早,投资公司基本没有受到太大的影响。金融、债券、外汇生意是不能再做了,国家放开基础设施投资之后,宁州的几家国有银行都找上了门,希望借助这个平台,寻找优质的投资项目。前段日子,颜辉投了凤凰湾大桥的道路项目,也投了大湾区填海造地项目,可是这些项目的投资周期长,见效很慢。宁州湾的港口项目,以及跟斯兰特公司合资的超级堆场、物流、仓储项目,他们都是主体投资,市国资委为公司注资好几个亿,可项目迟迟开不了工,让他很焦虑。

姚子期最初跟颜辉聊起凤凰湾综合大港这个项目的时候,他很心动,但也并没有那种非投不可的欲望。况且,海山港跟李氏集团的投资已经到了签约阶段,他颜辉也就是个备胎。谁知一夜之间,风云突变,海山港跟李氏集团谈崩了。冥冥之中,颜辉觉得他的机会来了,拿下海山港凤凰湾综合大港项目,是天时、地利、人和。

颜辉看好凤凰湾综合大港项目,更看好梁云霄这个人。眼前这个二十几岁的年轻人看起来要比他的实际年龄成熟许多,憨厚、诚恳、踏实、能干,但丝毫不乏聪慧。他的聪慧和机敏就蕴藏在他看似波澜不惊的外表之下,很多事情,他一点就透,而且执行能力很强。更重要的是,他对这片海域,对现代化港口有着十分清晰的认识,对未来也有着准确的预判。

投资,看似是在投项目,某种程度上是投人。曾在官场上摸爬滚打了几年的颜辉,对人的判断也很精确。主导这个项目的人是市里最年轻的副市长徐正生,操刀这个项目的人是东海港口系统公认的专业能力强、管理最严格、有着深水大港梦想的姚江河,执行这个项目的人是这个年轻人,项目落地、建设、运营都不会有太大问题。

不知不觉,两个人聊到了深夜。篝火灭了,鱼吃完了,酒喝干了,两个人就晃晃悠悠,到铁皮小屋里去睡觉。唐军家里有事,请假回宁州了,屋里没人。

铁皮小屋是简陋的,一张桌子,两张床,还有一些简单的生活用品。因为颜辉要来,梁云霄才又带了一台小型发电机、一台小彩电和一个看电视的"信号锅"。不过颜辉不喜欢看电视,梁云霄就把电视关了,灯也关了,简单聊了两句,就在大海涨潮的涛声中进入了梦乡。

5

宁海楼和老婆齐英天不亮就起床了,两个人兴奋得一夜没睡好。昨晚姚子期打来电话,请求齐英为她和父亲代买两张回海山的卧铺船票。姚子期在电话里连声"伯母"叫得格外亲昵,还说她特意从英国给齐英带了礼物。齐英很高兴姚子期找她帮忙,这说明姚子期跟儿子宁嘉南的关系没有什么变化。结果她刚放下电话,就收到了儿子的短信,内容很短,只有四个字:我要回家。

齐英兴奋得像个得了糖果的孩子,很快,她的心脏就受不住了,宁海楼赶紧去找了两粒速效救心丸给她含在嘴里。宁海楼知道,这一夜,老婆肯定是睡不了觉了。两个人在床上猜测儿子的心思,结果揣摩了大半夜,也没搞明白宁嘉南的想法。宁嘉南出国之后,几年间不仅人没回来,电话也很少,言谈中都是国外如何好,莫说他主动提出要回家,就连回国的事情都没说起过。

整整一个夜晚,齐英一次次翻看着手机,看着那四个字,不停地对宁海楼絮叨:"儿子说的不是要回国,而是要回家啊。看来,他还是没有忘记他的爹娘,没忘记这个家啊。"

齐英一会儿笑,一会儿哭,宁海楼觉得她像是魔怔了,就紧紧把她抱在了怀里,想办法让她安静下来。宁海楼和齐英都觉得,儿子能做出这个决定,是因为姚子期回国了。看来,父母情、祖孙情都比不上爱情的力量大,儿子还是爱着姚子期的。

宁海楼开车带着齐英去火车站接姚子期时,齐英突然让他顺道去接上宁霞:"你给宁霞请个假,要她中午陪个客。"

宁海楼不知道齐英又要出什么幺蛾子,一脸疑惑地问:"我们请子期和姚江河吃饭,你带上宁霞干什么?"

"宁霞现在不是跟小梁谈着吗?小梁跟嘉南和子期是大学同学、好朋友,现在他们眼看就要成为一家人了,在一起说说话,有什么不好?反正明天就是周末,宁霞也会去海山找小梁,如果她跟着子期一起回去,一路上还能跟她嫂子说说话。"

宁海楼猜中了齐英的小心思。当年,她给李子木保媒,听李子木说过,姚子期喜欢过梁云霄,而且姚家和海山港的那些工人,还都把梁云霄当成了姚子期钓到的"金龟婿"。齐英拉上宁霞,就是要告诉姚子期,梁云霄已经跟宁霞定了亲了。

看破不说破是他们夫妻避免争吵的相处之道,为此,宁海楼少了很多烦恼。宁海楼只是盯着齐英嘿嘿笑了笑,齐英也明白宁海楼不想拆穿她,就明知故问:"你笑什么?"

宁海楼说道:"你真是想儿媳妇想疯了。你怎么知道人家姚子期就一定会嫁给你儿子?"

齐英叹了口气:"所以啊,咱们做爹娘的要操心啊,那么好的儿媳妇,儿子抓不住,你能甘心?"

宁海楼摇了摇头,微笑着,没再搭话。

宁霞就站在路口的法国梧桐树下,在秋风中亭亭玉立。她穿了一身黑色风衣,前短后长,里面是白色高领的毛衣,下身是一条洗得发白的紧身牛仔裤,搭配一双棕色高筒靴,这样的打扮,把她的腿衬得更加修长。天凉之后,宁霞就听梁云霄的,没再下水了,皮肤也变得细腻白皙起来。

她原本打算乘坐下午的晚班车去海山。梁云霄提前从东海回来了,却没在宁州停留,说是陪一个投资商考察项目,宁霞就想去岛上看看他。一大早,宁霞接到齐英的电话,让她中午陪一陪未来的嫂子姚子期。宁霞对姚子期并不陌生,也曾听齐英跟她讲过姚子期跟梁云霄的事。于是她就去问了梁云霄,梁云霄向她坦白了过往的一切,也明确界定了现在他跟姚子期的关系:亦兄妹,亦姐弟,亦亲人。

梁云霄的坦白,宁霞信。可是姚子期这个女孩太优秀了,她的家世、容貌、才华、谈吐,都让宁霞嫉妒。很多时候,宁霞甚至觉得,姚子期这样的女孩才是梁云霄应该拥有的伴侣。

此刻,宁霞也能明白齐英要她陪客的目的。姚子期是她堂哥的女朋友,她是梁云霄的女朋友。说实话,她不喜欢齐英这样直白的界定,但还是十分愉快地接受了。内心自卑的人,喜欢把最强硬的一面展现在对手面前,她要宣誓自己对梁云霄这片领地的主权。

宁海楼将车停在路边,让宁霞上来,三个人说笑着到了车站出站口,就见姚子期和姚江河出了车站。虽然旅途劳顿,宁霞见到的姚子期仍然光彩照人。米色的风衣,上身是紧身羊绒毛衣,下身却是宽松的高腰裤,洋气、高贵、雅致。

宁霞迎着姚子期走过来,跟姚江河打招呼,接过了姚子期手里的行李。姚子期没有见过宁霞,但从父亲口中已经知道了她的身份,于是,就仔细打量起让梁云霄这个憨憨深爱的女子来。宁霞的漂亮、健康、阳光,让姚子期心里暗自佩服梁云霄的眼光独到:这是一个会过日子,而且能把日子过得很好的女人。

姚江河跟宁海楼、齐英握了握手,一阵寒暄后,五个人朝着停车场走去。齐英给他们买的是下午最后一班的船票,姚江河心里装着事,想尽快赶回海山,就想让齐英把船票改成中午的,宁海楼没有答应:"今天不吃顿午饭,说什么也不能这么快让你走。宁州码头客运站没我发话,没人敢让你上船。"

姚江河笑道:"你是海盗吗?光天化日,你要劫持我吗?"

宁海楼说道:"你说什么都行,反正今天中午不喝两杯,你走不了。"

姚江河看了一眼姚子期,希望姚子期说句拒绝的话。不料,姚子期却笑着说道:"客随主便,谁让伯父、伯母管着船呢?"

姚江河也就不再坚持了,一行人上了宁海楼的越野车,朝着客运码头疾驰而去。

　　因为早有安排,接待室房间里开了空调,水果、茶水也都准备好了。姚子期给宁海楼、齐英、宁霞都带了礼物。宁海楼表示过谢意,带着姚江河进了里间,坐在沙发上,谈了会儿工作,宁海楼就把话题绕到了儿女的婚事上:"江河老兄,不瞒你说,子期是个好姑娘,我跟嘉南妈妈都喜欢得不行。老宁家能娶到这样的儿媳妇,我得去观世音那儿磕一百个响头。可知子莫若父,我知道宁嘉南差子期不是一星半点。我也知道,你当初没看上他。说实话,我也没想他能成多大的器。他跟子期,这么多年下来,不仅没断,反而更好了。昨天,他妈接到了他的短信,说是要回来……"

　　姚江河打断了宁海楼:"海楼兄,有什么话,你直说,别绕。"

　　宁海楼尴尬一笑:"你看,是这样,你说他们年龄也不算小了,总这么拖着,不是个事。那小子要回来,我就想着,我们当大人的,把他们的事先定下来。首先声明,我不是担心子期会有什么变化,我主要是担心那个混小子会辜负了子期。你说,我们两个虽然工作上磕磕碰碰,但什么时候都是以诚相待、肝胆相照的,万一那个混球对不住子期,我又如何再见你?"

　　姚江河压低声音问:"海楼兄,你什么意思?是嘉南他有什么变化?"

　　宁海楼慌忙解释:"那倒没有。我就是听一下你的意见。"

　　姚江河思索了一阵:"这两人不是云霄和宁霞,他们太有主见了,自己的事就让他们自己定吧,我管不了。"

　　宁海楼点了点头:"你有这个态度,我就放心了,等宁嘉南回来,他们两个商量一下,我会按海山的规矩,上门去求亲。"

　　"那就到时候再说吧,我们着急也没用,不是吗?"姚江河没有拒绝,也没有答应。

　　宁海楼说道:"那好,我们就先这样。"

　　宁嘉南能回国,令姚江河也很意外。这几年,尼德教授来过几次海山,宁嘉南都没跟着。姚江河本以为他会留在瑞典国际海事学院,或者在北欧找工作。如果他能回来,姚子期回来的可能性就更大了。这是皆大欢喜的事,姚江河自然很高兴,至于两个人的婚事,姚江河倒是没有考虑太多,他更希望水到渠成。

| 370 |

心里没有太多顾虑,两个人的聊天也就变得融洽起来。外间,姚子期跟齐英、宁霞的聊天也很融洽。姚子期邀宁霞跟她一起到海山去找梁云霄,宁霞本来就打算去,随口就答应了。

午饭后,三人一起回海山。这次,齐英为宁霞订了一张卧铺票,这也是宁霞第一次睡卧铺去海山。

宁霞跟姚子期上到船顶,只见远处大桥的柱桩蜿蜒伸向海山孤岛,很是壮观。姚子期禁不住心潮澎湃,她没想到,短短几年,形势发展得这么快,桥都快通了。她问宁霞:"大桥通了之后,你要做的第一件事是什么?"

宁霞憧憬道:"买车!这样,我们家云霄上下班就方便了。"

姚子期笑了。宁霞一口一个"我们家云霄",显然是在宣示主权。她说:"你们家云霄可真幸福,有这么贤惠的媳妇想着他。"

姚子期一个逻辑重音落在"你们家"上的回应,给了宁霞最想听的答案,宁霞的戒备之心也消除了。姚子期问他们打算什么时候结婚,宁霞叹了口气:"我们跟你和嘉南哥还不一样,我们要面对的难事太多,恐怕要等到大桥彻底通车以后了。我爸身体不好,到时候我们家云霄可能要来回跑。另外,我们还得准备房子,我们家的房子太小了。"

宁霞这次去海山,是想跟梁云霄商量集资房的事,顺便去找贾山要一些钱。贾山的生意越做越大,可欠她的钱就是不还。宁州港要分职工集资房,宁霞想用宁五洲的指标要一个大一些的,最好能是个四室一厅的,将来,不仅有爷爷、父亲,还要把梁云霄的母亲也接到宁州来,三个老人,房子小了肯定不够住。集资房款,梁云霄的工资肯定指望不了,他还要还家里的欠款。这次,贾山那儿,她必须把钱要回来。

宁霞把这个想法跟姚子期一说,姚子期望着宁霞,心中产生了一种莫名的感动和释然。生活就是柴米油盐酱醋茶,梁云霄是幸运的,找到了这样一个能理解他、帮助他、真心爱他的田螺姑娘,她这个"赶尸人"终于可以放下手中的鞭子了。想到这里,姚子期就从身后揽住了宁霞,动情地说道:"宁霞,你们家云霄能找到你,真的是他的福分。你们在一起,一定会很幸福很幸福的,我看好你们,祝福你们。"

宁霞羞涩地笑了:"子期姐,我这样想,你不会笑我吧?"

姚子期一脸认真地说:"怎么会?我一定会把你的这份真心、真情告诉梁云霄,他何德何能,能得到这样的爱?那个憨憨要是敢欺负你,你就跟我说,我来收拾他。"

宁霞也伸出有力的胳膊,揽住了姚子期的肩膀:"好,我肯定会跟你说。"

宁霞说着,突然自己笑起来,姚子期就问她笑什么,她说:"跟他在一起,好像都是我在欺负他。"

姚子期也笑了:"他这人是个慢性子,有时候做事不太主动。宁霞,以后你得在后面拿小鞭子抽他,这样,他才能进步得更快。"

宁霞叹了口气:"我可不想再拿鞭子抽他了……舍不得。"

姚子期再次体会到了温暖和感动,心想:是啊,梁云霄这样的男人,确实太让人心疼了。她跟宁霞说:"我真替梁云霄感到高兴,我要是个男人,我也娶你。"

宁霞羞涩一笑,想到梁云霄,心里确实满满的幸福。

6

梁云霄和颜辉很投缘。沙鳘岛上的两天,颜辉在心里已经打定了主意,从香港地产中撤出资金,集中力量投凤凰湾的港口项目,但面上仍然不动声色。

姚子期给梁云霄打电话,说她已经回到海山,想让梁云霄跟颜辉尽快从沙鳘岛赶回海山港,颜辉却执意要在凤凰湾多待两天。颜辉看了梁云霄修改过的规划图纸,要梁云霄带他去看一下现场筹备以及拆迁的情况。颜辉在宁州市国资委待过几年,大型项目拆迁的事他门儿清。宁州湾环城铁路就因为两家钉子户不拆迁,推迟开工一年半,财务成本增加了一千多万元。

凤凰湾的拆迁也遇到了难题,这个难题就是贾山。贾山的潜钓场、小码头、堆场张口向拆迁指挥部索要赔偿三千万元。尽管梁云霄上次跟他推心置腹地深谈了一次,副区长大刘也跟他谈了多次,但贾山根本不松口。梁云霄清楚贾山的心态,他就像一个赌徒,一直在输,好不容易握了一把好牌,稳赢不输,索性就赌一把大的。他的消息十分灵通,这次海山港的深水大港项目,年底必须开工。贾山的问题,成了项目拆迁的主要问题。

梁云霄开船带着颜辉上了凤凰岛。在此之前,他悄悄用短信通知了徐正生和大刘。大刘匆匆来到凤凰岛,见贾山的堆场和码头仍然在运营,就找刚上任的村委会主任贾政问情况。贾政一肚子苦水:"贾山经常不在家,说是跟人合伙成立了个船舶公司,从长江和内河往港口倒腾外贸货。潜钓场就留下了老贾,老贾整天除了钓鱼,就是拿着鱼叉围着他的那几间房子晃悠,很吓人。"

大刘指示:"一周之内必须清场,找不到贾山就强行拆除,对这样贪得无厌、损公肥私的家伙,我们要坚决打击。"

贾政无奈地说道:"这个贾山就是个滚刀肉,他扬言,跟项目经理小梁是亲兄弟,除了小梁经理的话,他谁的话都不听。"

大刘说:"等会儿小梁经理就到了,你通知他,今天就把问题谈好。"

梁云霄的船在综合小码头靠岸。只见大桥施工的料场堆成了山,小码头上,小型货轮很繁忙。为了满足大桥施工部的进料需求,贾山专门在渔村又建了一个小码头,供村民生活保障,这里就成了五万吨以下货轮的专门进料码头。

颜辉到了现场,皱了一下眉头。梁云霄注意到了,就让贾政尽快通知贾山过来。贾政一脸为难地说:"梁经理,我通知他了,可你这个大哥就是条鳗鱼,土龙见首不见尾,滑溜得很。没有你这样的捞海人,治不了他。"

梁云霄清楚贾山死猪不怕开水烫的做派,从上次跟他谈过后,就没再找过他。自己已经掏心掏肺地跟他讲了那么多,该说的不该说的都讲给他听了,甚至姚江河跟自己讲的那些知心话都透露给了他,他却还是这样的态度。梁云霄对贾山失望了,原本的那些兄弟盟誓和温情过往被消耗殆尽。

梁云霄看了一下四周和远处山顶:"这个关键时候,他不会走远,没准就在不远处拿着望远镜偷看我们呢。"

梁云霄说得没错,此刻的贾山就在不远处的岩石后面拿着望远镜偷窥他们。金子劝他说:"村里换了村主任,贾政已经说服了不少渔民。看来,小码头和堆场在大桥路面对接后,很难再给路面工程用了,除非你不想跟港口项目合作了。"

贾山对金子的絮叨很不耐烦:"你懂什么,这就是谈判的砝码。你听我的,安排一下,我要请庞总和任总吃饭,争取尽快跟他们把合同签了。"

庞总和任总就是前两天他们在吴婶店里宴请的老板,此时又听贾山提起,金子一脸羞愤地说:"我不去。那个庞总,人脏,手脏,心也脏。我不想见他。"

贾山皱眉看着金子:"钱也脏,可它是好东西。金子,就这一次,合同签了,订金拿了,我们就不退了。他们要退钱,我们就找港口项目部要。这叫三角债,扯皮,谁不会啊?"

金子气恼地说:"政府是不会任凭你胡闹的,钱拿到手,拆迁开始,我们就得违约,还得加倍退回去。折腾什么呢?"

贾山哼了一声:"你什么时候见钱到我手里还退回去过?违约赔款那是港口项目组的事。快去!"

金子说道:"我不去!"

两个人正在争执,贾山的手机响了。贾山一看,是梁云霄的,就没有接。过了一会儿,金子的手机也响了。金子问贾山说:"是小梁的,接不接?"

贾山想了想,说道:"接,就说我去宁州找人贷款还债去了。"

金子摁了免提键,刚要开口,就听梁云霄在那边喊:"贾山,你赶紧出来吧,我都看见你了,拿着个破望远镜在那儿偷看,有意思吗?今天刘副区长和村委会贾主任都在,我把话放这儿,我就给你一周时间,赶紧把合同签了,把赔偿金拿了,不然,我亲自开推土机把你的堆场给推了,让唐军把你的小码头给炸了,你信不信?贾山……"

贾山听梁云霄"大哥"不喊了,"舅舅"也不叫了,而是直呼其名,气恼地骂了一句:"这臭小子,反了他!"

金子觉得事情不妙,就劝他:"你还是出去见他一下吧,小梁这回是真恼了,怕是要跟你割袍断义。逼急了,他真敢把你的小码头给炸了。"

"不管他,让他喊去。我就不信,他敢炸,你让他去炸。"

梁云霄见贾山迟迟不说话,就接着道:"小码头是怎么来的,堆场的生意是怎么来的,我最清楚。现在,村里、区里的文件都在我这儿,大桥路面工程的进料堆场,区里已经跟他们谈妥了,你还想趁机多讹一笔赔偿款,你别做梦了。一周我等不了,明天就发公告,给你三天时间清场,三天后,你在这里的所有场料我全部给你推海里,小码头我给你炸掉。"

贾山暗自冷笑一声,仍然没有理会梁云霄。

大刘就很生气,当场打电话给区公安分局,让安排铲车。梁云霄也打电话安排唐军带人来炸小码头。贾政见两人要来真的,就对梁云霄说:"小梁,这个小码头可千万不能炸啊,将来港口项目进料,你不还得用吗?"

梁云霄一笑:"那些桥吊设备,当初海山港就是当废铁卖给他的。海山港旧港改造,破铜烂铁有的是,一个进料的简易小码头,炸了重建,要不了五百万元。他现在张口就是三千万元,根本就没有谈的诚意嘛。"

大刘说道:"这个贾山,擦边球打惯了,我不惯着他。他再胡搅蛮缠,影响了大港的进度,我就让分局抓了他。另外,小码头是拆了也好,租用也罢,所有收益,折算之后,渔民平分。这个钱我亲自来分,不能入他贾山的账。"

梁云霄的手机没关,金子的手机也开着,众人的谈话,贾山都听到了,脸色顿时就变了。金子在一边着急地示意贾山赶紧出来搭腔,梁云霄要跟他动真格的了。贾山慌忙接过手机说道:"小梁,我的好兄弟,听金子说,你跟刘副区长到凤凰岛了。哎呀,你每次来都不跟你哥说一声,你说了,我还能不在岛上等着你吗?我这会儿正在海山本岛谈贷款的事,马上就完,你等着啊,我这就赶回去,咱们好好聚一聚,凡事好商量嘛,你说是不是?你我是插草为香结拜的兄弟,什么话不好说?我听你的,你说怎么办,我就怎么办,你绝对不会坑我,是不是?"

梁云霄笑了,对颜辉说:"今年无论外资是不是进来,工程都是要开工的,所以拆迁的事,我最迟会在月底全部弄完,否则,我这个项目经理就向集团辞职。"

颜辉笑道:"小梁经理这是在立军令状吗?"

梁云霄说道:"颜总是这个项目的大股东,您说是就是吧。"

颜辉笑了,心想:这个梁云霄看似憨厚,却是一点就透。

大刘也向颜辉保证:"我也是因为保障凤凰湾项目才被徐副市长派下来干管工业和交通的副区长的,完不成任务,我就主动辞职。"

颜辉紧锁的眉头舒展开来。他太清楚大型项目的事了,很多时候,因为拆迁问题拖延太久,这里面的财务成本太高了。

几个人站在海边的岩石上,隔海相望。跨海大桥已经向远处延伸,很快就能跟宁州的两大深水主港相连。梁云霄向颜辉介绍了凤凰湾深水港规划,他指着这片海域说道:"颜总,远处的沙鳌岛将被炸平,平岛造陆跟这里连起来,修建集装箱、大宗商品的堆场,未来这里将是长三角、东海海域最大的货物存储、周转枢纽。海对岸就是宁州大港,这片港区建成之后,海山、宁州两大港口集团将正式联动,大桥握手,将从这里开始。"

颜辉点了点头说道:"历史将会见证这一时刻。小梁,你将是前无古人、后无来者之人。"

梁云霄笑着说道:"颜总,不是我,是你们。"

颜辉望着远方的大海说道:"是我们。"

第四章

1

贾山在黄昏时带着金子姗姗来迟。大刘已经回去了,贾山不敢跟他硬碰硬。前任副区长因为受贿被判了刑,贾山在区里就没有了根基。大刘和梁云霄说得没错,这些年他贾山打了太多擦边球,上面真要处理他,能有一百个理由。金子说,梁云霄已经对他这个大哥很不满了。梁云霄是项目经理,这个时候,傻子才跟自己的兄弟翻脸。

这些,贾山都懂,可拆迁这个机会千载难逢,没人跟钱有仇。梁云霄上次说的数,跟他的期望值差得太远。兄弟情义跟上千万元赔偿金相比,他还是决定选择后者,他要添新船、造大船。

大桥建设,张达既做材料供货商,又负责运输,这日进斗金的生意刺激了贾山:凭什么他做下的鸡窝,却让张达养鸡下蛋,赚得盆满钵满?

梁云霄知道大刘一走,贾山就会现身。上次自己跟贾山说了那么多,结果他压根儿就没听进去。

贾山见梁云霄不想理自己,就让金子跟他说说好话。金子说:"小梁,天眼看着晚了,今晚你干脆就跟客人在岛上住下来,潜钓场的住宿条件不错。拆迁的事,你们哥俩好好商量,什么事情都好商量。"

梁云霄也想在颜辉跟海山港谈判之前,把该解决的事解决掉,这样姚子期和师父那边就好谈多了。

贾山见梁云霄没拒绝,知道这事有缓和的余地,就凑上来道:"小梁,拆迁这事,哥知道错了,没听你的,可……"

梁云霄根本不听他解释,也没正眼看他,去大海边的岩石上征求颜辉的意见:"颜总,接下来您想有什么安排?"

颜辉想了想,就笑着说:"客随主便,在这茫茫的大海上,我不听你的也没办法。"

"您今晚要是决定住下来,我就安排晚饭和住的地方;要是回本岛,我让人送您回去。"

"怎么,你不回去吗?"

梁云霄指着潜钓场、小码头、堆场这一大片场地,悄声说:"这儿的主人回来了,区里、村里找到他不容易,今晚我得想办法把他拿下了。"

颜辉笑了:"那我得看看你怎么把他拿下。"

"颜总,您真是看热闹不嫌事大。"

梁云霄和颜辉下了岩石,跟着贾山、金子和贾政去了潜钓场的接待处,见宁霞正在门口杀鱼,满满一盆,活蹦乱跳。

宁霞到了海山,听说梁云霄还在沙鳖岛上,就急匆匆坐了渔船赶来。这段时间,她每天就盼着双休日快点到,好去见梁云霄。梁云霄、老贾都喜欢吃炖杂鱼贴饼子,她想做了给梁云霄送到岛上去。

金子见宁霞来了很高兴,就帮着她一起备饭。梁云霄倒是有些意外:"你怎么来了?"

宁霞嗔怪地看了梁云霄一眼:"怎么,就你能来,我不能来?"

梁云霄憨憨地笑了,没再多问,带着颜辉进了最高的一栋钢架结构的屋子。

金子问宁霞:"小梁陪着的那个客人,好像很重要?"

宁霞随口道:"香港来的大老板。"

金子点点头,又问:"投资港口项目的?"

宁霞说道:"应该是吧。"

金子一下子高兴起来:"谢天谢地,终于给等来了。霞,你舅舅想求你跟小梁说说,拆迁补偿的事,让他别卡那么死。"

宁霞从来不过问梁云霄工作上的事,只道:"他就一个项目经理,拆迁补偿的事,他说了不算。"

"怎么不算？几千万元的拆迁款,没有他点头签字,那是一分钱都拿不出来的。"

"你可别吓我,我们家小梁没那么大的本事。"

"真的,我可没骗你。上次,因为拆迁补偿的事,小梁跟你舅舅闹了不愉快。小梁说,码头、堆场、潜钓场,只能给一千五百万元,你舅舅没同意,两个人闹得兄弟都不做了,舅舅也不喊了,刚才,小梁直接喊你舅舅全名了。"

宁霞就问:"他想要多少钱？"

金子答道:"三千万元。"

宁霞大吃一惊:"他疯了吗？他这儿才投了多少钱,狮子大张口要三千万元,他怎么不去抢啊？"

金子拉了拉宁霞:"你别那么大声。你舅舅说这个数,小梁不还得往下还一还嘛。你跟小梁说说,让他别还那么多,哪能对折砍呢？我跟你说,现在你舅舅的野心可大了,刚准备跟银行贷款两千万元,要再买几艘大船跑运输,缺口大着呢。"

宁霞说道:"我还想买下马士基、地中海呢。有多大能耐就干多大事,更何况,赔偿是要评估的,他要多少就给多少啊？金子,你也不劝劝他收收心,好好过日子算了。人都快四十岁了,要干吗呀？"

金子一脸委屈:"我可劝不了他,我是他什么人啊？秘书？朋友？伙伴？陪酒员？我什么都不是。"金子想到最近遇到的不愉快的事,眼泪禁不住流下来。宁霞心里很气愤:"金子,以后我们都不惯着他,害人精。"

凤凰岛潜钓场接待处,最高处独立的屋子建在窝风朝阳的高处,面朝大海,室内装饰也很现代。梁云霄让颜辉休息一会儿,等吃饭了再来叫他,然后就出门找贾山做最后的谈判去了。

颜辉站在阳台上,看见海边有人钓鱼,就从一侧的梯子上下去看看。

钓鱼人是老贾。深秋季节,正是深海石斑鱼群上浮觅食,准备深潜过冬的季节,这时候,最适合海钓。颜辉刚到,老贾就钓到了一条深海龙胆。这条鱼个头很大,力气很足。

颜辉帮老贾硬撑着钓竿,好不容易才把这条鱼给弄了上来。老贾顺手用电子秤称了称,见有十斤六两,很是高兴,就把身边的另外一根钓竿给了颜辉,两个人一边钓鱼,一边聊了起来。

梁云霄给张达打了个电话,张达很快就从大桥工程项目部赶来了。他是个聪明人,抓住了机遇,钱赚得多了,人却低调起来。他刚跟大桥工程部做生意时,视野不太够,跟贾山因为鸡毛蒜皮的事闹得很凶。梁云霄觉得他就是个生意人,趋利、短视,跟他来往不多。几年生意下来,张达成长很快,知道抓大放小,贾山的那些蝇头小利,他就不再计较了,毕竟他的生意还在凤凰湾地界上。

张达一身黑色毛呢风衣,戴着一副金丝眼镜,绅士儒雅,见了梁云霄,亲热地拥抱他,喊道:"我的老四啊,可想死二哥了。"

三个人在贾山装饰奢华的办公室里泡茶聊天,张达第一个表达了自己的意愿:"老四,我就是个生意人,肯定想得到更多的赔偿,谁能跟钱过不去啊,是不是?可今天来跟我谈这事的是我的好兄弟,那我就表个态,这补偿款,你给,我要,你说不给,我屁都不放一个。钱哪儿都能挣,老四只有一个。这就是我的态度。"

张达说完,瞟了一眼贾山。贾山觉得梁云霄这会儿叫张达来一起聊拆迁赔偿的事,就是故意点他的,心里就想:当初梁云霄被弄到一线码头做桥吊工人的时候,你怎么不这么想?现在来巴结,还不是因为梁云霄是项目经理了,你那十几艘货船日后好入港。我贾山也不是目光短浅,就是太缺钱。

贾山想到这儿,就道:"小梁,张总的态度你也听到了,你赶紧去陪客人,我去张罗饭。晚饭以后,我们哥俩单独谈。"

贾山说着就要起身离开,梁云霄的脸色变得严肃起来:"贾总,吃饭不重要,我们先说正事。"

贾山见梁云霄跟张达兄弟长兄弟短地论着,对自己仍是一副官方的态度,心里不舒服,脸上挂不住,干脆不给他面子了:"梁经理,你今天要是这个态度,那我们就公事公办。我还是那句话,三千万元,少一分你们谁动一下我这里的一粒沙子试一试。"

梁云霄见贾山真要翻脸了,就道:"你还真别激我,我的性格你知道,明天你就等着。"

话不投机,眼见就要谈崩了,张达慌忙起身:"你看你们兄弟两个,有话好好说不行吗,怎么说翻脸就翻脸了呢?"

贾山恼火地对张达说:"行了,你的态度已经表明了,该忙什么就忙什么去吧。"

等张达出门后,他又气呼呼地对梁云霄道:"你今天要想来谈这事,就不该让外人来。我们两个那是插草为香的兄弟,肉烂在锅里。"

梁云霄不想听他再说一家人、亲兄弟之类的鬼话了,为了钱,他连亲姐姐、亲外甥女都骗,做人的尺度低到了没有底线。梁云霄冷笑一声:"该说的不该说的我都跟你说了,今天我犯不着跟你聊那么多,你要是觉得你的愿望能够实现,那你就一意孤行,如果你能成功,除非我这个项目经理不做了。"

贾山道:"那我也告诉你,你当不当什么狗屁项目经理跟我没关系,少我一分钱就没的谈。"

"你爱谈不谈。"

"我就不谈!"

"你不谈也得谈。"宁霞带着金子进来了。

贾山红着脸说:"一边去,这里没你什么事。"

宁霞笑了:"没我什么事?贾山,这话你也好意思说出口。"

贾山怒吼:"我是你舅舅!"

宁霞冷笑:"你算什么舅舅?你就是个害人精!我妈妈是怎么跑的,你没数啊?还不是因为你闯了祸,为了给你还债,她才丢下我和两岁的妹妹,去希腊打工!你说,你这些年赚过什么钱?你就是个吸血鬼,吸我妈妈的血,吸我妹妹和我的血,吸我外公的血!你租这片海域办潜钓场,用的什么钱?用的是我妈跟我爸离婚,托你带给我和我妹的抚养费以及我外公的养老钱!十万欧元啊,你硬是一分没给我们,全投在这里了。小码头你又从我这儿借了五十万元,说给我百分之十的股份,现在你说跟我没关系?你的这份家业,我才是大股东。"

宁霞说着,拿出几张合约和地契对梁云霄说:"你别跟他磨嘴皮子,潜钓场、码头、堆场的租地合同都在我这儿,我外公是法定代表人,你跟他谈不着。"

贾山要上来抢合同,宁霞拎着一把猎鱼枪说道:"你敢硬抢?信不信我给你身上穿几个窟窿!"

梁云霄上前制止:"别这样,危险。"

宁霞目光还是盯着贾山:"本来我也不想这样,这几年你生意越做越大,欠债却越来越多,可公司的法定代表人还是我外公。你就这点资产,押了贷、贷了押,欠我的钱不想着还,还接着投资。我外公一把年纪了,为你卖命不说,还天天担惊受怕,跟你一次次上法庭。现在好不容易等到拆迁款了,你就用这种方法跟云霄拖着、耗着。你耗得起,我耗不起了,我外公跟你耗不起了。云霄,今天这事我做主了,你拿着合同,开始走账吧。钱都打到我外公的账上,还掉银行的贷款,扣掉他欠我的钱和我外公的养老钱,其余才是他的,他接着去干他的大生意,挣个金山银山我们都不眼馋。"

贾山指着宁霞歇斯底里:"臭丫头,把合约给我。我买船还有贷款,到期还不掉,他们就要扣我的船。"

宁霞说道:"那跟我没关系,船运公司的法定代表人是你,打官司跟我外公也没关系。云霄,拿着合约,我们走。"

贾山被治住了,胆怯地望着宁霞,又转向梁云霄:"我谈,小梁,我跟你谈。"

梁云霄没想到宁霞会用这样的办法来治贾山,一向在贾山面前软弱的老贾怎么就舍得把那么多合同给了宁霞?谈判原本陷入了僵局,瞬间峰回路转了。

宁霞把合同收回口袋里:"贾山,我妈为了扶持你,家都不要了,两个女儿也不要了。我外公为了你,连命都不要了,差点被催债的打死。还有金子,都怀了你的孩子,你还让她去陪酒,你说,你还是个人吗?"

贾山尴尬一笑:"我不是说了,我谈,我跟小梁好好谈还不行吗?"

宁霞说道:"不行,谈判,我得参加。贾山,我妈、我外公、金子惯着你,我不惯着你。亲归亲,财要分,这几天就把这笔糊涂账算清楚。"

大海边的岩石上,颜辉也上了鱼,他拖了很久才弄上来,发现竟然是一条石斑鱼,浑身鲜红,透着金色,在岩石上蹦来蹦去。老贾帮他取了钩子,用电子秤称了下,九斤九两,差一两十斤。

老贾说:"哎呀,贵客好福气啊,这样的红石斑,我钓了一个秋天也没上来一尾,你一来就上了这么大一尾。九斤九两,九九归一,九鼎之尊啊。吉兆,吉兆啊!"

颜辉也很高兴,取下鱼钩,把这条红石斑重新放回了大海里。老贾很心疼:"这条鱼可值钱了,到了宁州大饭店,几百块钱一斤。"

颜辉笑道:"你都说它是九九归一,九鼎之尊了,就让它重返大海去吧,我们要的就是个吉祥。"

他给老贾点了支烟,两个人边抽边聊,聊到拆迁的事,老贾说:"我儿子投资这个潜钓场不容易,自己欠了几百万元贷款不说,还欠了亲戚朋友一屁股债。眼下,这个潜钓场是肯定保不住了,至于如何赔偿,要跟拆迁办好好商量一下。"

颜辉说道:"项目是省里的项目,硬顶也不是办法。"

老贾看一眼颜辉:"我们没想着硬顶,我只是舍不得这个地方。靠海吃海几十年了,搬到本岛的城里,就没有了营生。另外,上面的补偿太少了,根本就不够还我儿子的贷款。"

颜辉很奇怪,就问他:"你家儿子这么大一片地方,听说不是要补偿一千多万元吗?"

老贾叹了口气:"我那个儿子,心比天高,命比纸薄,一心想做大生意,赚大钱,刚刚买了几艘货轮,贷了很多钱。"

老贾就把贾山这几年的生意跟颜辉说了,颜辉笑道:"照你说来,你儿子还真是个做生意的奇才,百十万元就弄了这么大个生意。"

老贾苦笑:"你还夸他。这些年天天有人追着屁股要账,他把他老子和亲人都坑苦了。"

颜辉确实觉得贾山有商业眼光。眼下海山岛百废待兴,基建、地产业都开始兴盛,运输和建材生意的市场前景的确很好。

| 383 |

梁云霄、宁霞跟贾山的谈判陷入了窘境。贾山用他现有的货轮做抵押,分期贷款,在宁州船厂定制了三艘五万吨的货轮,他就指望用这笔拆迁款来还每年的分期和利息。这样算起来,补偿款一千五百万元的确不够。梁云霄给他算了算,补偿款给村里分完以后,只剩下七百多万元了。而且,这些钱还要花大几十万元在本岛购置两套安置房,不然他跟老贾、金子就没地方住。

宁霞说道:"反正我不管,我的两百万元你得给我,宁州港的集资房要付款,我妹妹要上学,我爸要治病,我外公要养老。"

贾山用乞求的目光看看梁云霄,又看看宁霞,沮丧地说道:"你们这是要把我逼死吗?"

宁霞说道:"我们把你逼死?哪一次不是你把我们大家逼到了悬崖边上。"

梁云霄想了想,说道:"你这个情况也确实是个问题,我们大家都想想办法。但拆迁的事情不能等,今年,一期工程不管外资到没到,都得开工。"

贾山见事情有缓和的余地,就哀求梁云霄:"补偿款能不能再多给点?"

梁云霄道:"不能。不过,项目开工后,我跟我师父请示一下,跟施工方商议,用你的船进料。"

贾山无奈地说:"以船养船的办法我想了,现在缺的是本金,本金。"

梁云霄说道:"那我就没办法了。你的这个局,就是个死局。"

2

颜辉烧火,老贾做鱼。天完全黑下来的时候,一盆杂鱼,两条大鱼,全鱼宴很快出锅。梁云霄、宁霞跟贾山的谈判还在僵持,老贾让金子去叫他们吃饭。贾山气老贾把合约和地契全给了宁霞:"你们干脆杀了我算了,吃饭,还吃什么饭。"

他起身去了海边,想着自己统领船队纵横四海的深海大船梦怕是还没启航就要破灭了。一切万事俱备,老贾把他的东风给挡了。大海波涛汹涌,贾山恨不得一头扎进大海里死了算了。

众人围在一口大锅边吃杂鱼贴饼子。颜辉问老贾:"要不要去叫一下贾老板?"

老贾终于硬气了一回:"别管他,让他接着做梦去吧,梦里有吃有喝。"

宁霞就对梁云霄说:"明天你就按我说的,把事情了掉。"

梁云霄看了一眼老贾,老贾说道:"你别看我,你听宁霞的。"

金子流着眼泪,担心地说道:"这样,你们就真的把他逼上绝路了。"

颜辉问梁云霄:"贾老板的船运公司缺多少钱?"

梁云霄说道:"大概两千多万元。"

颜辉像是自言自语,又像是说给梁云霄听:"眼下,本地这个行业,像是很挣钱。"

梁云霄点了点头:"是,现在长三角实行江海联运,我那个大学同学张达,靠着跨海大桥的建材和运输行业,挣大钱了。颜总,如果您要有办法,也帮着想一想。"

颜辉沉思了一会儿,笑了笑说道:"吃过饭,你把贾老板叫到我的住处,我们三个合计合计。"

众人疑惑地望着颜辉。梁云霄知道颜辉心里有了想法,故意道:"颜总,那您可要想好了,他就是个赌红了眼的赌徒,您沾上他,就甩不掉了。万一他跑了,您就惨了。"

颜辉继续笑着说道:"我不怕他跑了,他跑了你还在。眼下这个赌局,好像稳赢不输。"

金子眼睛一亮,放下饭碗,抹掉眼泪,一路飞奔去找贾山了。宁霞喊了一声:"金子,你慢着点。"

夜里,梁云霄、颜辉商议为贾山解套的具体方案,宁霞和金子在房间里等消息。金子高兴地抱着宁霞说道:"我就知道,你们家小梁不会不管他大哥的。"

金子话说完,就知道自己说错话了,忙改口:"是舅舅,是舅舅。"

宁霞问起金子跟贾山的打算,金子抚摸着肚子说道:"如果不是考虑孩子,我早就跟你舅舅分开了。我不想我的孩子生下来没爸爸。"

贾山遇到了贵人。颜辉答应投资贾山,成立山海航运公司,长兴投资可以占股百分之四十,公司由贾山运营。梁云霄虽然担心颜辉跟贾山这样的人合作会有风险,可他不得不佩服颜辉的投资眼光。

宁州长兴集团投资了北方钢铁集团,是大股东。北方钢铁生产的优质钢材就是张达给跨海大桥供货的主要厂家。大桥很快就要竣工了,而凤凰湾的码头项目很快也要开工。码头的打桩、路桥、轨道需要更多的钢材,这些原料要进场,就需要中型货轮运输。港口建成之后,货船挂靠海山港,做转运的生意,未来江河联运,货物出海都从这里出发,货场里的生意少不了。颜辉建议贾山除了买船,也可以租船,把货运、物流的生意做起来。三个人商议到深夜,颜辉要公司财务尽快到海山来,核算、评估贾山船运公司的资产,尽快入资。

从颜辉房间出来,贾山兴奋地跳起来:"小梁,我的好兄弟,你可真是你大哥的贵人。你大哥眼看就要到跳海的时候了,柳暗花明。"

梁云霄说道:"行了,我算什么贵人,贵人是颜总。瞧瞧你下午的时候,恨不得拿刀把我给杀了。"

贾山说:"是你跟宁霞要掐死你哥,我也是没办法。老天爷,你可真是开眼啊,把一个大财神带到了凤凰岛,老子这是一下子要飞起来了。"

梁云霄警告贾山:"颜总那儿可是正规的国资投资公司,你人得讲信誉,别为了钱,什么都不要了。新公司的规划、运营你得听颜总的,要干,你就得正规地干。"

贾山的眼神突然暗淡下来:"你放心。以前哥是在赌博,现在哥是在干事业。宁霞那儿,你得跟她说,我欠她的钱,不是不还,是没有啊!拆迁款是要下来了,可造船厂这个月就要出一艘船,她一下子要拿走两百万元,我确实……"

梁云霄看了一眼贾山:"我知道你是要干事业,可亲人你也不能不管不顾了呀。我听说,本岛的两套安置房,你一套都没交钱。外公和金子总得有个住的地方吧?另外,宁霞你也看到了,这些年她一个人养着一大家子,我未来的岳父身体还那样,你怎么能狠得下心?其他的我不管,补偿金下来之后,该给村里老百姓的,你一分不能少人家的;外公和金子,你得给他们住的地方;宁霞那儿,你至少得保证她把宁州港的集资款给交了,剩下的你跟她商量。眼下我跟她还没结婚,我说了不算。"

贾山说道:"你跟宁霞说说,我不是不给她。我知道这会儿她谁的话都不听,就听你的。你让她放心,她妈妈是我亲姐姐,我是她亲舅舅,将来我不会亏她的。刚才你看到了,人家颜总投资占股百分之四十。月底这艘船出厂,船运公司怎么也得估三千万元,我给宁霞百分之十的股份,就是三百万元。等我过了这个坎,我全给她。"

梁云霄叹了口气:"那我跟她说说。"

"你跟她说,这股份我给她写在合同里,那可都是真金白银。还有当初我答应给你的,都写给她,一共百分之十五,她跟颜总一样是大股东。"

梁云霄笑了:"那你就把合同给她写上,你要是不兑现或者乱来,到时候她跟颜总联合起来就是百分之五十五,撵跑你。"

贾山一下子就愣住了,指着梁云霄道:"你是不是跟颜总商量好了?"

梁云霄故意逗他:"你说得没错,商量好了。"

贾山意识到了,叹了口气,伤感地道:"我这个外甥女太不容易了。你也让她放心,这次拆迁款,我就是再难,也得给她挤出来五十万元。宁州港的集资房她得买,你们快结婚了,我这个当舅舅的坑了她这么多年,不能不给她添点嫁妆。"

梁云霄微微一笑:"有你这句话,我跟宁霞好说多了。"

第二天,颜辉离开了凤凰岛。姚子期、姚江河、徐正生坐着公务船来接他商议香港长兴集团投资的具体事项,梁云霄、宁霞、贾山、金子等人来送他。

颜辉对贾山说:"放心吧,贾老板,我答应你的事,马上就办。"

贾山感激涕零:"颜总,我答应您的事也马上兑现。"

姚子期低声询问梁云霄:"颜总跟贾山有什么事?"

梁云霄也悄声说道:"颜总新投了一家船运公司。拆迁工作全部完成。"

姚子期一愣,继而笑着说:"看来,你还有意外之喜啊。"

梁云霄没有跟船一起回海山港。送走众人,他带着宁霞、老贾、贾山和金子去了一趟拆迁办公室,办理了拆迁补偿手续。大刘告诉贾山,姚江河跟徐正生根据他的实际情况,在原有基础上,给他增补了一百五十万元。贾山十分感动。

大刘认为,贾山在凤凰湾的影响力某种程度上要比贾政强,就跟他商量,让他加入凤凰湾拆迁办,帮助拆迁,贾山爽快地答应了。大刘对贾山的能力很了解,因为他主持了村委会的改选,贾山的选票远高于贾政。渔村百姓趋利,谁带着他们挣钱,谁的威望就高。因为小码头和堆场是贾山的,贾山跟大桥工程施工单位交往就频繁,进料、出料装卸工这儿,大部分都是贾山在负责。村委会改选时,他要跟拆迁办掰扯拆迁款的事,就主动放弃做这个村主任。

拆迁办有了贾山的加盟,一应工作进展很顺利。大刘感慨地对梁云霄说:"用对一个人,事半功倍。"梁云霄对贾山的看法也就稍微有了变化,就觉得有些时候,贾山的冷血也是因为被逼到了绝境。

想到贾山,梁云霄就会不由自主地想到父亲梁海生。两个人竟然出奇地像,倔强、冷血、绝情、心比天高,都拥有一个一夜暴富的巨大梦想。

宁霞仍然不相信贾山到时候会兑现股份,坚持要从拆迁款中再拿出一百万元给老贾用作养老金。梁云霄就劝她:"你能拿到五十万元,就是进步。外公身体硬朗,还能坚持几年,哪一天老得干不动了,还有我呢。"

宁霞听了梁云霄的话,心里很温暖,于是就主动从后面抱住梁云霄:"你的话,我信。"她也同意继续入股贾山的公司。

梁云霄问宁霞:"亲爱的,你实话告诉我,你在千家门也有生意吗?"

宁霞笑了笑:"在吴婶的海鲜大排档有一点小小的股份。"

梁云霄转身把宁霞抱在怀里:"你这个生意精,到底还有多少事瞒着我?"

宁霞说:"我可不能告诉你。"又说想让梁云霄近期回一趟宁州。宁州港的集资房就要交钱选房了,宁五洲是全国劳模,可以第一批选房。等房子选好了,他们再回一趟落叶岛,看能不能把丁春草接到宁州来。

梁云霄抱着宁霞,心里从来没有感受过这样的温暖:在另一个人的世界里,他的亲人不会缺席。

3

晴朗秋日,天空湛蓝。香港长兴集团的投资签约仪式在海山港顶楼的大玻璃房内举行,面朝大海,阳光灿烂。这里极目远眺,沧海无边,远处大桥蜿蜒延伸,货轮劈波斩浪,很是壮观。

徐正生代表海山市政府参加了这次签约仪式。仪式是姚子期筹划的,氛围热烈,还邀请了省城东江电视台现场直播。徐正生发表了热情洋溢和令人振奋的讲话,签约之后,掌声雷动。姚江河伸手紧紧握住颜辉的手,说道:"相信海山港不会让颜总失望。"

颜辉充满信心地回答道:"我当然相信。"

颜辉代表香港长兴集团大手笔入资海山港,令徐正生很意外,也很兴奋。大桥开工之后,宁州的国有资本投资海山的基础设施项目不在少数,但投资这样的大型基础设施项目的还真不多。毕竟,宁州港和海山港仍然存在业务竞争。虽然两港成立了一体化的管理委员会,可财务、人事仍然是相对独立的,划归各市管理。宁州港是宁州市国资委旗下的重要国有企业,资本外溢到海山港,这一举动,无疑是解放性的。

徐正生打电话给周晓乙表示感谢,周晓乙笑着说:"老徐,你好像是第一次由衷地向我说出'谢谢'这两个字。"

徐正生也笑:"那我就多说几次。"

周晓乙接到徐正生电话的时候,正在跟宁海楼商议宁州湾深水大港项目的落地问题。他不准备再等斯兰特公司了,斯兰特朝秦暮楚、犹豫不决,已经拖延了太多时间。接完徐正生的电话,周晓乙脸上的笑容立刻消失了。国家破局金融危机,大手笔投入基础设施建设的政策,让港口建设项目有了足够的资本支撑,相比之下,斯兰特扭扭捏捏的投资就变得很可笑。周晓乙已经开始后悔了。

海山港跟香港长兴集团的投资谈判很成功。颜辉看了梁云霄和罗子坤修改过的新的规划图,这个规划比李氏集团的那个规划更宏大,更具有前瞻性。所以,一期工程,香港长兴集团入资一亿五千万元,占股百分之三十,二期工程预算再投三个亿。长兴集团没有提出任何额外要求,只是按照市场规则分享港口收益。

姚子期跟完了整个合约洽谈的过程,颜辉对姚子期的专业素养很是赞赏。颜辉在签约之后向姚江河提出了两点口头要求:一是梁云霄作为这个项目的项目经理不能变;二是海山港要有一名像姚子期这样懂得国际金融的财务总监。这两个人很可能是保证项目成功的关键。

第一个要求,姚江河答应了。可第二个要求,他有些迟疑。

颜辉微微一笑,问姚江河:"要不要我跟子期沟通一下?"

姚江河微笑回应:"还是我跟她说吧。"

姚江河跟颜辉年龄相差了十几岁,但相谈甚欢,没有回避问题,彼此做到了坦诚相待。在海山港任职这么多年来,姚江河经历了很多次谈判,他觉得哪次谈判都没有今天这样顺畅和契合。

梁云霄没赶上香港长兴集团跟海山港的签约仪式,他在办完凤凰湾所有拆迁事宜,准备开船带宁霞返回海山港时,接到了姚四海的电话。姚四海问他有没有新鲜的海货,说是晚上姚江河跟姚子期要在家里宴请香港来的客人。梁云霄知道,这就代表签约成功了,心里很高兴。

宁霞听说梁云霄要下水,很不情愿:"天气太冷了,还是别下水了,我们到吴婶那里拿些现成的吧。"

梁云霄说道:"我跟颜总前几天还一起下水了呢。下面是有点凉,但还能接受。"

宁霞嗔怪地看了他一眼:"你不让我下海,自己倒是下了,还带着一个菜鸟,你不要命了?"

"颜总可不是菜鸟,看他的样子,过去还真下过海。"

宁霞嘴上嘟囔,但还是同意跟他去沙鳖岛。两个人带好深潜设备来到了沙鳖岛附近,梁云霄停好船,要宁霞守在船上。

宁霞说:"我下吧,这几天你太累了。"

梁云霄笑了笑:"有男人在,怎么能让女人下水呢?落叶岛的女人是不下水的。"

宁霞拧开一瓶烈性白酒递给梁云霄:"你先喝点酒,水下太冷了。"又为梁云霄准备好潜水装备,打开了氧气瓶的开关,梁云霄拎着猎鱼枪就下水了。

三十米的水下,水温并不低,峡谷腹地的水是清澈的。长江水涌进太平洋,风浪大的时候,上层水是浑浊的。

深秋的捞海人不多,鲍鱼、牡蛎胆子都比较大,这类小海鲜梁云霄很快就装了一袋子。接下来就是鱼类。深秋,产子之后的鱼类比较慵懒,捕起来相对容易。

两个小时后,梁云霄满载出水。上了船,宁霞先给梁云霄喝了两大口烈性白酒,接着又把一个暖水壶递给了他,里面是黄酒煮生姜。黄酒的升温速度虽然比不上白酒,却很持久。宁霞又帮梁云霄把海鲜拉上来,去掉他身上的设备,脱掉潜水衣,掀开身上穿的军大衣裹住他的身体。小艇静静地停在微浪颠簸的水面上,宁霞用自己的身体温暖着梁云霄的身体,两个人就这样紧紧地抱着,没多久,梁云霄的身子就暖和了起来。宁霞把大衣穿在梁云霄身上,就去开小艇。小艇启动,一路朝着海山港的方向疾驰而去。

梁云霄从后面用军大衣裹住宁霞,对她说:"今天去我师父家吧,尝尝我师爷的手艺。"

宁霞有些担心:"桥吊比赛,我差点把老爷子气晕过去,这会儿去怕是不合适。"

梁云霄一笑说道:"老爷子不记仇,你就跟我去吧,早晚得见。"

宁霞就说:"那好吧,我听你的。"

姚江河在家中宴请颜辉。姚四海亲自下厨,宁霞、梁云霄拎着一袋子新鲜海鲜进来。姚四海先是一愣,继而平静了下来。宁霞深深地给姚四海鞠了一躬:"爷爷,对不起,比武的事……"

姚四海打断她:"先别说话,帮爷爷干点活。"

梁云霄知道比武的事已经过去太久了,姚四海早就不把这当回事了。

宁霞很高兴,带着梁云霄给姚四海打下手。她是收拾海鲜的行家,姚四海一边跟梁云霄杀鱼,一边仔细打量这个漂亮、干练的女孩,不停感叹:"宁五洲这老东西不怎么样,他的儿子可是真会生啊,这小囡囡,谁见了都喜欢啊。"

梁云霄就跟他调侃:"会生可不如会娶。"而后又悄声说,"开始还不敢来,怕您骂她,毕竟上次比武……"

姚四海用手敲了一下梁云霄的脑袋:"你小子,哪壶不开提哪壶。你告诉她,她要是嫁过来,爷爷就不生她的气了。你要是敢做上门女婿,爷爷我可不认你。"

梁云霄想了想,绕了个弯:"那是一定的。"

宁霞处理完小海鲜,过来帮他们杀鱼了。姚四海说道:"囡囡,成家之后啊,你别惯着他,让他干。我告诉你,海山港的男人,不会做一手好菜,那就不叫好男人。"

宁霞笑了,对梁云霄说道:"爷爷的话,你听见没有?"

梁云霄赶紧回答:"听到了,爷爷是海山港的海龙王,他的话就是龙王旨意,不听话就水淹三山五岳。"

姚四海又拿着炒菜勺敲了一下梁云霄的脑袋:"快干活,你小子,嘴变贫了。"

姚子期看到厨房里三个人在热热闹闹地准备菜,也赶过来凑热闹。

姚江河、徐正生、颜辉在客厅喝茶聊天,颜辉再次谈到了航运金融的事。他说:"未来,全球化进程日益加快,航运国际结算是必然趋势。"

徐正生立刻回应:"是啊,海山港的航运结算、金融这一块确实是短板。师父,我们得想办法把子期留下来,按照她的情况,国际航运金融硕士,而且还有留学经历,回到海山港就可以定副科级。"

姚江河说道:"这事恐怕我们说了不算,晚上我问问她。"

晚餐很丰盛,满桌子的海鲜都是刚从海底捞上来的,色泽鲜艳。姚四海的烹调也很有特色,大部分是水煮,不添加任何作料,海鲜本身以及汤汁的鲜美都令人回味无穷。

酒是梅子黄酒和姜丝黄酒,海鲜配着美酒,让颜辉大呼好吃。徐正生告诉他,这是梁云霄跟宁霞刚从海底捞上来的,颜辉更是感动。他曾经跟梁云霄一起去过沙鳌岛的海底,深秋时节,海水已经很冷了,这些东西不太好弄。

颜辉端起酒杯,给梁云霄和宁霞敬酒,简短地说了一句:"这次来海山,不虚此行,感受颇深。一切都在酒中。"

梁云霄也将杯中酒一饮而尽:"颜总再来海山,会有更深的感触,更大的惊喜。"

颜辉点了点头:"我相信,肯定的。"

席间,徐正生、姚江河都只简单地讲了两句,其他都是随意的聊天。只有姚子期的电话不停在响,因为,苏淑琴发飙了。

4

苏淑琴在电话里大骂姚子期愚蠢。

李氏集团回到香港之后就结束了跟汉斯团队的金融合作,理由很简单:姚子期促成了香港长兴集团跟海山港的合作。海山港的项目,让姚子期犯了投行的大忌。汉斯知道事情的原委之后,对姚子期很失望,但还是很绅士地约谈了苏淑琴,让苏淑琴很是狼狈。香港投行有很多,但航运金融板块说得着的也就那么几家。圈子很小,这事很快传播开来,汉斯很没面子,苏淑琴自然也丢了脸。

苏淑琴站在豪华公寓落地窗前歇斯底里:"你尽快赶回香港,给汉斯、给李氏集团一个合理的解释。"

姚子期皱着眉头对苏淑琴说道:"我有什么可解释的？谈判中我尽到了一名投资顾问的职责,是李氏集团临时提出的苛刻条件,一而再,再而三地挑战海山港的底线,他们还有什么脸面对海山港进行指责,对我进行批评？"

苏淑琴怒喝道:"那你也不该无缝衔接,促成了长兴集团跟海山港的合作。这是行业的大忌,你懂吗？"

姚子期说道:"我当然懂。可谈判是建立在相互尊重、互惠互利的原则之上的,而不是倚仗资本有恃无恐,随意践踏对方的底线。"

苏淑琴气恼地说:"你是不想在这一行干了吗？"

姚子期说道:"不,我很想在这一行干,而且还想干得更好!"

苏淑琴用英语骂了一句"做梦"就挂了电话。

姚子期从楼上下来,虽然故作轻松地给众人敬了酒,但姚江河和梁云霄还是知道她在电话里挨骂了。

徐正生看见她,就道:"子期,你要回来。我跟管委会钟立达主任和咱们市交通运输局打电话,你的职务定副科级,跟梁云霄一样。你先做项目组的财务总监,项目完成后,就做海山港口集团的财务总监。"

姚江河道:"正生,你喝多了。"

徐正生想继续说,梁云霄却站起身来抢过话茬:"接下来的话,我替徐副市长说,你们听听看对不对。"他清清嗓子,学着徐正生的样子,"姚子期同学,海山港碰到了千年难遇的大机遇,大机遇没有大人才不行,而你就是大人才。今天,你跟大家说,海山港召唤你,你回来吗?"

姚子期愣住了,姚四海指着梁云霄对徐正生说:"小徐啊,你看,这小子学你学得还真像。"

梁云霄继续说:"姚子期同学,我看到你迟疑了。你不愿意。我知道,香港是国际化大都市,亚洲的金融中心。可是你看到了吗?国际资本的那些大佬,什么斯兰特、汉斯、李氏集团,一个个就像饥渴的虎鲸,恨不得把海山的优质岸线资源一口都吞进他们自己的肚子里去。满足不了他们的胃口,他们就倚仗万恶的资本羞辱你一番,然后扬长而去。你也看到了,今天肯拿真金白银砸进海山港的,是宁州的公司,我们本土的资方,我们的颜辉大哥。就在不久前,他对我说,因为你促成了我们海山港跟长兴集团的合作,你少拿了一大笔佣金不说,还有可能因此丢掉香港的好工作,这一点,我代表海山港,代表我师父感谢你,我给你鞠躬。"

梁云霄说着就给姚子期深深鞠了一躬,姚子期大声喝道:"梁云霄,你想干什么?"

梁云霄倒了满满一碗酒,端给姚子期:"我想让海山港需要的大人才回来。我再问你一句,海山港召唤你,你回来吗?你要回来,就把这碗酒喝掉。"

宁霞拉了梁云霄一把,梁云霄没有理会:"姚子期,你又迟疑了。当初,我留在海山港,我也迟疑,是你骂醒了我。是你在这个院子的阳台上对我讲了很多话,你讲话的样子还历历在目,你说你出去是想为海山港找一条出路,我信你了。可现在你却迟疑了,我不骂你。这碗酒,你不喝,我喝了。"他端起酒碗一饮而尽。

姚江河呵斥:"梁云霄,你喝多了。宁霞,扶他回去睡觉。"

宁霞扶着晃晃悠悠的梁云霄要走,姚子期满满地倒了一碗酒,让梁云霄站住,而后也将碗中酒一饮而尽,高声说道:"我郑重地告诉大家,我姚子期回来了。"

梁云霄高叫一声:"好!"然后醉倒在了宁霞的怀里。

姚四海、姚江河欣慰地笑了,徐正生也哈哈笑了。

宁霞搀扶着梁云霄回到了他的单身宿舍,梁云霄直到第二天下午才醒,他起身一看表,就大呼糟糕,开始找衣服。宁霞知道他要去送颜辉,就把手机拿给他说道:"颜总已经走了,这会儿你去码头,来不及了。"

手机上是颜辉发来的一条短信:青春未可欺年少,沧海扬帆皆可期。

5

姚子期入职海山港,做了财务科副科长兼总会计师。姚江河很高兴,姚四海很欣慰。姚子期上班后仍然住在姚家老屋,阳台上的小花园,雏菊正在盛开,星星点点,推开窗户,花香扑面而来。

姚子期回来了,重新做回了海山港的海公主。每到周末,贺大年、胡彪一群人仍然大清早就来喝早酒,跟她开玩笑。被一帮港口的工人叔叔、兄长簇拥着、呵护着,一切都是那么熟悉、那么亲切,她像是又找到了众星捧月被宠着的感觉。

清晨,李子木站在办公室的窗口,望着款款走来的姚子期。李子木要调走了,调到宁州去给周晓乙当秘书,算是一步登天。他能调到海山港,得益于他在宁州港的叔叔老李。老李最近提了宁州港分管后勤的副总,跟副市长周晓乙走得很近。因为跟斯兰特公司合作不畅,周晓乙最近对宁海楼不是很满意。

李子木的视野里,姚子期还是那么美丽、高雅。在齐英给他介绍宁霞之后,李子木先后又接触了很多女孩,可他没有一个看上的。他被姚子期罩住头了,自从在大学见到姚子期的那天起,这样的女孩,就成了他今生的择偶标准。得到姚子期去英国读书的消息后,李子木也考了雅思,准备去读剑桥大学的国际金融专业。可是,他发过去的读研申请却没能通过。于是,他就报考了母校的航运金融专业的在职研究生。姜副总离开港口之后,他在宣传部、工会干了几年,也刚刚熬到了副科级,本以为此生跟姚子期不会再有什么交集了,没想到他梦中的女神又回来了。

李子木拿着组织关系、行政关系到财务科办理财务关系。他西装革履,头发梳得油光滑亮,敲响了姚子期的办公室房门。这是他李子木扬眉吐气的一天,明天,他会出现在宁州市政府办秘书的办公室里,那是让姚子期、梁云霄、宁嘉南难以望其项背的地方。他要告诉姚子期,他此后的人生将青云直上,他们都将在他的脚下。

一切都是那么巧,梁云霄正在跟姚子期核对凤凰湾项目的资金预算。二人都是一身港口工装,疑惑地望着装扮不伦不类的李子木出现在面前。李子木觉得效果达到了,就笑道:"怎么,二位学弟、学妹,不认识了?"

梁云霄和姚子期都听说了李子木调动的事,知道他要表演了,梁云霄就故意调侃他:"李秘书这是要到宁州走马上任了,夸官游街呢?"

李子木说道:"梁云霄,你不要这么阴阳怪气的,我是去为周晓乙副市长服务,不是去当官。"

梁云霄接着调侃:"晓乙市长我见过几次,很有官威。子期你看,学长这秘书还没干上,走路都带着风了。"

姚子期笑着制止他:"行了,你就别打岔了。学长,你来财务科有事?"

李子木说道:"来办财务关系,请您签字。"

姚子期就把已经签好字的财务关系给了李子木:"我已经签好盖章了,祝学长鹏程万里,官运亨通。"

李子木呵呵一笑:"学妹客气了,晚上我想请学妹吃顿饭,不知道学妹赏不赏光?"

姚子期也一笑:"哦,那还真不巧,凤凰湾项目的财务预算太紧,我怕是没时间为你送行了。"

梁云霄接过话茬:"我有时间。学长,我代子期宴请学长,为你送行。千家门渔港海鲜大排档,靠海雅座,我们一起吹吹海风叙叙旧,怎么样?"

李子木心里一紧:"云霄学弟啊,子期学妹很忙,你更忙。你看我这人,差点忘了,你是凤凰湾项目的大经理,算了。反正港口一体化了,宁州、海山是一家,你我山高水长,有的是机会。"

梁云霄穷追猛打:"看来还是男女有别啊,学长只记得学妹,忘记了学弟,这是厚此薄彼啊。子期在算账,我们不好打搅她,我叫上机关的几个兄弟一起聚,好不好?"

李子木拿起财务关系慌不择路出门,一边走一边说:"不用,不用,低调,低调。"

姚子期望着李子木离开的背影,再也忍不住,笑出了声来。

梁云霄冲着门口冷笑一声:"小丑上舞台,他低调得了吗?"

姚子期忍住笑:"真没想到,几年不见,你嘴巴上的功夫练得这么厉害了。"

"这种人,就是要让他的一肚子坏水憋回去。"

姚子期感叹:"晓乙副市长的眼光和视野有所下降啊,怎么选了这样的人做秘书。"

梁云霄又是一声冷笑:"虾有虾路,蟹有蟹道,没准人家是同路人呢。"

姚子期点点头:"有道理。"

梁云霄继续道:"我最近回了一趟母校,李子木读了海事学院副院长的研究生,航运金融专业,那个副院长跟晓乙副市长关系很密切。"

"怪不得呢。不过也有可能晓乙副市长对李子木的情况并不是太了解。"

"应该很了解。李子木做秘书的工作确实很合适,能屈能伸,八面玲珑,还能出阴招。"

"这可不是秘书的优点啊。徐副市长也是秘书出身,我怎么就没看到他有这特点?"

"因领导喜恶而定吧。不管怎样,你、我、我师父,都做不了秘书。"

"这话我赞同。"

李子木拎着行李走出单身宿舍。虽然他此刻算是荣升调离,但没有人送他走马上任,因为他在海山港几乎没有朋友。更何况,他是调往宁州。海山港跟宁州市八竿子打不着,此刻没人在意他李子木的去留。

办完手续,李子木去找了一趟姚江河。姚江河倒是对他很客气,托他向周晓乙问好。其实李子木很清楚,这是客套话。这几年,周晓乙在任上没少给海山港制造麻烦。

姚江河又派了老赵来送李子木。老赵是原来的技术科科长,现任工会副主席。老赵一脸的恭维和尊敬,说了些祝他前途无量的话,李子木根本没有听进去。他望了一眼海山港的办公大楼,在心里冒出四个字:后会有期。他很纳闷,搞不清楚为什么心里会冒出这四个字。

不用后会了,后会也无期。

第五章

1

己丑牛年六月,梁云霄跟宁霞结婚了。

他们对婚姻的渴望是如此强烈,甚至等不及姚江河带着宁海楼到落叶岛去跟梁云霄的母亲丁春草商量婚事,或者等到宁虹高考之后了。在百米之下的海底,梁云霄单膝跪地,给宁霞戴上了那枚戒指,身边匆匆来往的各类海洋生物见证着他们的幸福。然后,在漫长的梅雨季里偶尔的一个晴天,二人在海山市民政局结婚登记处领到了两张大红结婚证。

八月,梁海生九周年祭,梁云霄带着未过门的妻子宁霞回到了月塘湾。

说是未过门的妻子,是因为两个人悄悄领了结婚证,却没有举办婚礼。去落叶岛也不是举办婚礼,而是告知丁春草,告知落叶岛上的渔民,他梁云霄带着一个可以跟他共同面对命运挑战的女人回到了这个古老、纯朴、荒蛮的村落。

梁云霄牵着宁霞的手从月塘湾的小码头上走上来,码头对面的高山上埋葬着大海的勇者梁海生。梁云霄没有急着去祭拜那个亡故的船长,而是急匆匆往家里赶。

梁海生的这个祭日,梁云霄原本是不打算回来的。梁宝打电话来说,丁春草在家里弄了个渔家乐,生意很红火,这些天客人太多,丁春草像打了鸡血一样,谁都劝不住。梁宝害怕丁春草累倒,希望梁云霄回来劝劝她。

梁云霄接电话的时候,宁霞就在旁边,她逼着梁云霄回落叶岛阻止丁春草开店,再接去宁州养身体。梁家的债虽然还有几十万元,对宁霞来说,已经不是什么问题。她跟梁云霄商量,准备把在吴婶那里的股份抽出来,这样就能把窟窿补上了。丁春草身体不好,还患有风湿性心脏病,不能过于劳累。

梁云霄答应把母亲接出来,但拒绝用宁霞的钱还债,两个人吵了一架。最终宁霞妥协,但要梁云霄答应,他的工资和平常捞海的钱存在一张卡上,他不能动,都用来还债。

宁州港的集资房交房了,四室两厅两卫,用的是宁五洲的指标。三个朝阳的房间,宁霞准备一个给宁五洲,一个给丁春草,一个给宁海魁。两个客厅留下一个,隔出一间给宁虹做闺房。她自己和梁云霄就住不朝阳的那间。

宁五洲不喜欢住楼房,宁海魁也觉得他的轮椅上电梯不方便,宁五洲就跟宁霞商量,他跟宁海魁不搬家,他身体硬朗,能照顾宁海魁,新房就留给宁霞和梁云霄做婚房。

两个老人不愿意搬家,宁霞也不好再说什么。等新房装修的气味散尽,宁虹就先拿了钥匙,抢了其中一间带阳台的屋子,说是周末要复习功课。宁霞很恼火,觉得宁虹越大越不懂事。

宁五洲和宁海魁让宁虹也不要搬到新房子里去,小夫妻跟她一个十几岁的女孩住在一起,不是很方便。宁虹自然不高兴,跟宁霞闹了一阵子脾气:"也就是说,你跟那个姓梁的结婚之后,就跟我们不是一家人了呗?"

宁霞解释:"我从来没有想过跟家里分开,我跟你姐夫结婚后肯定是要跟爸爸、爷爷住在一起的。"

宁虹就说:"那只有我是个多余的呗。"

见宁虹对自己嫁人的事这么敏感,宁霞就有些后悔了:早知道这样,就用自己的指标再要一套两居室了。梁云霄要宁霞不要烦恼,海山港很快也要建集资房了,到时候他可以认购一套三居室的房子。

宁霞说:"现在已经不是房子的问题了,宁虹的心理像是出了问题。"

梁云霄就道:"那就说定,暂时不搬家了。婚礼就在老房子里办,到时候我们住在老房子里,让宁虹住那套新房,离她学校也近。"

梁云霄的态度,让宁霞很暖心。

宁霞第一次来落叶岛,就被眼前的景色迷住了。

休渔期,整个海湾泊满了渔船。渔船的桅杆高高低低,错落有致。长长的栈桥是乱石堆成的,但通向岸边的路却是翠绿的。两边刚刚盛开的花一片粉紫色,像是一片薰衣草的海洋。山坡上的一座座别墅一样的小房子都被翠绿色的爬山虎覆盖着,很像传说中绿野仙踪的部落渔村。

梁云霄拉着宁霞的手上了大青山的山梁,从山梁上下去,两个人在山冈上站了一会儿。宁霞指着月塘湾大青山朝阳坡上那些被植被和鲜花覆盖的错落有致的建筑问梁云霄:"为什么那个村子里没有住人?"

"住着人的。"梁云霄一脸严肃,"死去的人。"

宁霞有些害怕,钻到梁云霄的怀里:"我看到处是别墅,以为那就是你们村。"

梁云霄一本正经地说:"确实是我们村,我们村的阴宅。"他指着最高处的那座被绿树、芦苇掩映着的建筑,"那是我爸的。"

宁霞点点头:"村子里把阴宅盖得漂亮是为了福佑后人吧?"

梁云霄在鼻子里哼了一声:"我倒是没有觉得他福佑了谁。"

宁霞不说话了,梁云霄拉着她的手下山。

对面的山坡上才是真正的月塘湾渔村,梁云霄指着被苍翠爬山虎半覆盖的小白楼说:"那就是我们家。"

正值午饭时刻,二人到家门口的时候,梁云霄见大门敞开着,门楣上有几个草书大字"贻贝海鲜面馆"。院子里和堂屋里很热闹,有好几桌客人正在吃饭。三嫂和两个年轻女孩端菜、开啤酒,穿梭不停,生意像是很红火。

三嫂见门口站着两个年轻人,就跑过来张罗,发现是梁云霄和宁霞,先是一愣,转而跑向厨房:"婶婶,婶婶,你快出来,快出来,你看谁回来了。"

丁春草从厨房里跑出来,看到带着一个年轻姑娘站在院子里的梁云霄,似哭似笑地说了一声:"我的老天爷啊,你,你们怎么回来了?"

梁云霄看着丁春草。曾经面黄肌瘦的丁春草脸上红润了起来,头发也染过了,像是枯萎的春草重新活过来了一样,人也年轻了许多,脸上挂着泪珠,但笑容灿烂。他拉过宁霞,对丁春草说道:"妈,这就是宁霞。"

丁春草哦了一声,用一双温暖慈祥的眼睛看着宁霞。

宁霞极力掩饰着激动的心情,喊了一声"妈",丁春草也激动地答应着,声音中充满了喜悦。她紧紧地拉着宁霞的手说道:"走,妈给你下面吃。"

宁霞笑着对丁春草说:"妈,我还不饿。忙生意要紧,我去给您帮忙。"二人说着话就去了厨房。

梁云霄仔细打量着这个曾经风雨飘摇的家,复杂的情绪在心中翻滚。

门外一阵摩托车的声音传来,是梁宝回来了。梁宝摩托车的后面带着两个袋子,袋子里都是贻贝等小海鲜,晚上店里要用的。

梁云霄过来帮梁宝把海鲜倒进院子里的海水池,梁宝说:"中午翻桌三次,一共十七桌,晚上预订的就有九桌了。三嫂、我老婆和邻村一个女孩做服务员都累得受不了了,更何况你妈这个大厨。她身体还不好,这样下去,非累趴下不可。"

梁云霄问:"这孤岛上的生意怎么这么好?"

梁宝也很纳闷:"谁知道呢?从今年五一开始,到现在,咱们月塘湾邪门了,人乌泱乌泱的,尤其是山背面的沙滩,白天夜里都是人。"

梁云霄又问:"没想过找两个厨子?"

"你妈那人你又不是不知道,害怕花钱呗。况且论做小海鲜,别人也没你妈那手艺啊。这里来的,不少都是回头客。"

丁春草再三阻拦,也没拦住宁霞下手帮忙。收拾小海鲜,宁霞是行家里手,干净利索,三个服务员眼睛都看直了。她们没想到,眼前这个从宁州大城市来的女孩还有这样一手绝活。丁春草也很惊讶,觉得这孩子的经历不简单。她不知道的是,宁霞从十五岁开始就一边上技校,一边在宁州海鲜市场的大排档帮忙了。

丁春草忙不过来,宁霞就直接上手了。煎、炒、烹、炸、煮、蒸、炖、烧,什么海鲜配什么料,什么火候,用什么蘸什么汤汁,门儿清。菜出锅,丁春草一尝,不住点头,跟她做的不相上下。

三嫂趁机跑出来问梁云霄:"你这老婆是干什么的?"

梁云霄一脸疑惑:"开龙门吊的,工人啊。"

三嫂不信:"你就骗人吧,她就是个大厨。"

梁云霄跑到厨房,看见宁霞正在熟练地颠勺,也惊呆了。跟宁霞接触这几年,梁云霄也没看出她有这本事。

午餐一直持续到下午三点,众人累瘫了一样坐在院子里的餐桌前休息。宁霞做了几个菜,丁春草下了面,几个人才开始吃午饭。梁宝带着三嫂几个人在外面吃,丁春草和梁云霄、宁霞在堂屋吃。梁云霄看着宁霞湿透的衣服,有些心疼。

吃着饭,宁霞对丁春草说:"妈,我向您提个建议行吗?"

丁春草夹一筷子肉给宁霞,笑道:"行啊,别说一个,一百个都行。"

宁霞说道:"把面馆转出去,跟我和云霄去宁州吧。"

丁春草一愣,继而摇头:"这个建议,妈肯定不会答应。生意刚开始,食材都是海里捞的,一本万利,我得做下去。"

梁云霄说道:"就您这个干法,身体能坚持多久?"

丁春草说道:"我现在身体没问题,比前几年强多了,干两年,债就还清了。"

宁霞说道:"妈,您别怪我说话不好听。要是债还清了,人没了,您让云霄怎么活?妈,我从小就没有母亲,但好歹还有父亲。为了云霄,您得好好活着。"

看着宁霞眼泪汪汪,丁春草的眼泪也下来了。她觉得儿子找了个知道疼人、理解人的好老婆。她放下饭碗,擦干眼泪,笑着对宁霞和梁云霄说:"你别替妈担心,忙也只是暂时的,十一过后就会闲下来。我们家地段好,这个面馆可挣钱了。"

梁云霄说道:"面馆看着是挣钱,可不是您一个人能撑下来的。妈,您就听我跟小霞的话,转出去吧,这会儿生意好,没准能转个好价钱。"

宁霞接过话茬:"是啊妈,宁州的房子我们买好了,四室两厅两卫在那儿空着,您去宁州检查一下身体,好好养养,不然我们会很担心的。"她说着递过去一张银行卡,"这是云霄今年的工资,您拿着给梁宝去还债,三四年就能还完了。您用不着那么拼。"

丁春草又笑了,然后把工资卡推给宁霞:"上次你们订婚,按理说我该上门,可家里的情况你也知道,我离不开。听云霄说你大伯要到村里来,我就说先别来了,你们过得好就行,我不在乎那些礼节。说到还账,我今年也挣了十几万块钱。面馆的生意也好,我看等天冷下来,还能挣下个大几万元。"

宁霞看了一眼梁云霄,知道劝不动丁春草,就退而求其次:"妈,我知道,您说舍不得面馆,其实是舍不得这个家。那我们就折个中,我从千家门渔港给您找一个男厨师,颠勺的活您让他干。您就负责做面,也清闲一些。这边也就五一到十一几个月的生意,淡季的时候再让他回到那边去做,您看好不好?"

丁春草思忖半天说道:"我是小本生意,兴师动众的,不划算。"

梁云霄一脸严肃,强硬地说道:"那您就别干了。"

丁春草见梁云霄这态度,愣了一下。儿子在她面前从来没有这样强硬地说过话,看来儿子长大了,他的话好像不听是不行了。于是,丁春草态度缓和下来:"那就试试吧。"

夜晚,海鲜面馆上了十三桌客人,收摊的时候,已经是晚上十一点了。宁霞的加盟,让丁春草轻松了不少,一天下来,她竟然没觉得累,还给梁云霄和宁霞收拾了床铺,要他们早点休息。

宁霞用太阳能热水洗完澡,见梁云霄端了一盆温水要给母亲洗脚,赶紧接过。丁春草推辞着,坚决不让宁霞给她洗脚。宁霞说:"妈,您就让我尽尽孝吧。"她把丁春草的脚抱在怀里,脱掉了袜子。

温水浸泡着丁春草的脚,温润的感觉很快遍布全身。丁春草望着灯光下的宁霞,觉得这个女孩像极了年轻时的自己。等洗好脚,宁霞出去倒水,不一会儿却又回来了,丁春草很疑惑:"累了一天了,怎么还不回去休息?"

宁霞坐在床边,搂着丁春草撒娇:"妈,我想跟您睡。"

丁春草的心一下子酥软了:"好,那你就跟妈妈睡。"

这一夜,丁春草搂着宁霞,跟她讲了很多梁云霄小时候的事,也讲了该死的梁海生:"小霞你放心,我这个儿子不像他爸,更像我,看着很刚强,其实心很软。他爸的心肠那可是真硬啊,硬得像铁,硬得像石头。可他爸心也不坏,就是太野、太大,像大海那样,大得无边。你说说,就我们这个家底,他爸还花那么多钱,欠那么多债,造那么一条大船……坑苦儿子了。"

这一夜,宁霞抱着丁春草,也讲了自己的家世,讲了母亲贾玲,讲了妹妹宁虹,讲了父亲宁海魁,讲了舅舅贾山和外公老贾。丁春草听着,心疼地把宁霞紧紧搂在怀里。这个孩子的命运,像是比儿子梁云霄还苦。

宁霞讲着讲着就睡着了。这么多年来,她像是从来没有睡得这么踏实过。是啊,她从十岁起就没有这样躺在母亲怀里睡觉了,更糟糕的是,她的怀里躺着的是两岁的宁虹。宁虹哭啊闹啊,吃奶、喝水、尿床,年幼的宁霞似乎就没有感受过这样的温暖。

2

宁霞第一次起晚了,睁开眼的时候,霞光已经铺满了整个渔村。渔村的早晨是宁静的,没有喧嚣的汽车轰鸣和嘈杂的声音。

宁霞醒来的时候,丁春草已经不在床上了。她起身出门,站在院子里向远处望。梁家院子的视线真的很好,站在院子里就像站在五十米桥吊塔楼里,极目远眺,无边的大海潮涨潮落。

落叶岛的贻贝养殖基地就像一望无际的海上牧场,梁云霄帮着丁春草在海里收贻贝。丁春草养殖的贻贝个儿特别大,一个个黝黑的贝壳出水就闪着亮光。梁宝驾驶着船,带着新婚不久的老婆小青和三嫂一起来帮忙,大家都称赞丁春草的贻贝养得好。丁春草从来就是个做事认真,干什么成什么的人。从小,梁云霄就敬佩母亲的这个能力。

粗糙的尼龙绳上,贻贝一串串,一堆堆,像是穿起来的黑色大元宝。梁宝驾驶着机器木船,梁云霄把尼龙绳挂在船尾,拖拽着绳索朝海边开去。绳子上除了青绿色的水草,就是成串贻贝,偶尔还有吸在上面的鲍鱼和贝类。然后,三嫂她们再将其摘到三轮车斗子里,拿到村子里的贻贝加工厂去卖。

贻贝个大肉肥,卖的价格自然不错。丁春草估算了一下,能卖到三十万元左右。这些贻贝苗是政府扶贫免费赠予的,赚的钱除了给村里上交租金,剩下的都用来还债。

梁云霄心里很不是滋味。母亲拖着病体还要还债，粗粗算起来，跟他还的数额差不了许多。

这一大片海域的养殖场是梁海生在世时承包的，月塘湾外海，包括山后面的那片荒岛，都是梁海生的领地。他给梁云霄留下的最大遗产就是这片他承包的海域，承包期限是二十年。梁云霄看了，这片海域比贾山的潜钓场还大，且还有一片沙滩。

梁海生曾经在月塘湾做了三届村委会主任，后来因为买大船要出远海，就辞了职务。他去世后，村委会改选，主任曾经上门跟丁春草商量，想回购这片海域，梁宝不乐意了，跟村委会主任打了一架。

月塘湾梁姓是大户，梁家老大虽然瘸了腿，但在村里还算有号召力。丁春草分了一半给梁宝和三嫂，说是转租给他们，但从来也没收过租金。那片小沙滩水很浅，梁宝开发了，供游客玩耍，盛夏的时候收入还算不错。最近县里的旅游局看中了那地方，想收去开发旅游资源，也被丁春草给拒绝了。梁家二十年的承包合同还有十年，梁宝跟梁云霄商量，这片海域得想办法开发起来，不然各处都在打主意。

宁霞到海边的时候，该收的贻贝已经收完了。梁云霄把梁宝的想法跟她一说，她就让梁宝开船带她去看了看，看完心里就有了主意。

月塘湾由于离长江入海口比凤凰湾远两百海里，海水蔚蓝的时间就比凤凰岛要长三个月。也就是说，几乎从五一到十一期间，海水都是清澈的。所以，这里办潜钓场的条件比凤凰湾好得多。凤凰湾项目启动后，贾山的潜钓场就废了，而设备、游船都还在，集装箱和钢架结构的房屋拆除后，堆在堆场准备卖废铁，如果把潜钓场迁到月塘湾，那无疑会是个明星级别的文旅项目。

这一夜，宁霞兴奋得不行。她是典型的宁州商人血统，除了在五十米高的塔楼上专注于桥吊技术外，但凡有赚钱的项目，她都不会放过。她跟梁云霄说："这事我们不跟贾山谈，让我外公去。外公正好不愿意待在安置社区里跟那帮老头老太太跳广场舞，他一天不跟大海斗一斗，心里就长毛。"

梁云霄笑了："你是怕贾山会抹了你在船运公司的股份吧。股份的事你别想了，他就是挣下个金山银山，你的股份他也不会跟你结算。"

"正是因为这样,我才让外公去说,或许这里才是外公这个渔民颐养天年的地方。"

梁云霄觉得,这是宁霞最终的目的,她放不下外公老贾。老贾的孤独和无助,梁云霄这段时间比宁霞更能深刻体会。大港项目打桩已经结束了,眼下正在根据岸基地形和岩石质地铺设路桥,修建港口办公楼。没有了潜钓场,远离大海的老贾却每天还要来这里,用一根钓竿跟大海对话。没有来海上劳作,老贾似乎老得更快了,头发花白,背像是也有点驼了。

梁云霄也似乎明白了丁春草不愿离开落叶岛的原因。陆地上,人老了故土难离;大海上,人老了更难离那片海。

梁云霄和宁霞在落叶岛上待的第五天,千家门渔港的厨师就来了,三十五六岁,姓吴,是吴婶的侄子,店里的二厨。宁霞每个月给他开五千元工资,比在渔港大排档多拿五百元,却跟丁春草说他的月工资是三千元。丁春草试用了两天,见吴师傅人很勤快,干活利索又干净,比较满意。

这时梁云霄接到姚子期的电话,说姚江河去了北京,钟立达要他们两个后天去一趟东海,汇报凤凰湾项目进展和资金使用情况。当晚,梁云霄叫来了梁宝和大伯梁顺。宁霞没让他开口,自己把建潜钓场的事说了:"月塘湾的情况我都看了,我决定在这里投资建一个潜钓场。这片海域的租用合同在我妈这儿,我外公贾庆春预计再投资两百万元,由凤凰岛潜钓场控股,因为他们有资质,有设备,有资金。公司成立之后,梁宝负责管理运营,算是总经理,法定代表人和董事长是我的外公。财务由我妈负责,梁宝的媳妇小青协助,负责具体核算、税务,我们会聘请专业的会计。梁宝和大伯,你们各占一成。"她拿出早已打印好的合约,"这是我草拟的合同,大家都看一看,如无不妥,就签字生效。"

梁顺要推辞:"我一个残疾之人,就算了吧。"

梁云霄接过话茬:"项目虽然是梁宝运营,但大伯您是实际的掌舵人,一成的干股是您应得的。三嫂也算一个,给她百分之五的股份。以后梁家人若要进人,你们再酌情商议。"

几个人听了,都十分高兴。梁宝担心村里或县旅游局会来掺和,梁云霄说道:"我已经跟市里的徐副市长做了沟通,村里、旅游局只能为你们提供服务,不能干扰你们的经营。你们挣的钱多了,税收也就多了啊。"

梁宝顿时没有了顾虑:"那我们还怕什么,干就完了。"

梁云霄说道:"你们做合法合规的生意,不必担心那些人会来捣乱。明天梁宝就跟我们一起回凤凰湾拉设备和集装箱房以及钢架结构的组合房,先选好地址,安置好屋舍,设备和游船都是现成的,弄回来就能营业。梁宝,我只跟你强调一点,那就是安全运营,不能出危险。"

梁宝说:"哥,这个你放心,那片海域,咱们从小在海底下可是摸了个遍的。"

宁霞说道:"那不一样。到时候我会派专业的潜水员来做陪练,每个人都持证上岗。业务上,我外公经营了快十年,到时候你跟他半年,就什么都懂了。我们争取今年就试营业。"

第二天是梁海生的祭日,梁云霄和宁霞给他烧了些纸。宁霞说:"爸,我虽然没见过您,可没少听云霄说起您。前几天,我跟妈说了一夜您的事,她已经不恨您了。您在那边好好的,保佑我妈有个好身体,保佑云霄万事皆顺利。爸,儿媳妇给您磕头了。"

墓碑上梁海生的照片已经有些斑驳,可那桀骜不驯的神情仍然很清晰。

梁云霄没再给梁海生磕头,也没跟他说话。他的话,宁霞已经替他说完了。下山的路上,梁云霄问宁霞:"你让他保佑我,保佑我妈,为什么唯独没有让他保佑你?"

宁霞说道:"你跟妈都好了,我自然就好了。"

梁云霄抱住宁霞:"你心里就只装着别人。"

宁霞纠正他:"你和妈都是我最亲的人,怎么是别人?"

梁云霄无力反驳。

祭祀完毕,梁云霄带着宁霞辞别丁春草,准备回海山港。分手时,丁春草把一个翡翠弥勒佛吊坠给了宁霞。这个吊坠是梁云霄的外公跑远洋渔船时在缅甸买的,算是丁春草陪嫁里最值钱的东西。宁霞坚决不要,丁春草就有些生气了:"你要不让我心里有愧就拿着。男戴观音女戴佛,这个值不了几个钱,就是个祝福。小霞,妈祝你跟云霄白头到老。"

宁霞抱着丁春草落泪,有些依依不舍。她对丁春草的眷恋,好像比对梁云霄更深一些。她说:"妈,这次回来,最主要的目的是接您去宁州,您不去,就得好好保重身体。过年我一定跟云霄回来,我们已经领证了,我就是梁家的人了。"

丁春草也很动情,抱着宁霞不放,仿佛一夜之间,她对梁云霄的爱全部转移到了宁霞身上。

宁霞继续说:"妈,我真想跟您住在一起,每天都能见到您。"

丁春草笑了:"那就早点给我生个孙子或孙女。我会好好养身体,等你生孩子的时候去伺候你月子,给你带孩子。"

宁霞说道:"那就说定了。"

丁春草望着梁云霄、宁霞离去的背影好一会儿才转身回家。

梁宝也跟着他俩去凤凰湾拉设备,回头看了一眼丁春草,感慨道:"村里没有人不佩服我婶婶的。"

宁霞附和:"是啊,跟妈妈接触这几天我才知道,她内心太强大了,像是有一种摧不垮的力量。"

梁云霄叹口气,苦笑着说:"所以,她才叫丁春草啊。七岁我外婆就没了,我外公常年在外面跑船,家里全靠她撑着了。后来嫁了人,我爸又是那个德性,一手把她推进了惊涛骇浪,她不强大,就没法活下去。没办法,她命太苦。"

宁霞说道:"她不会再受苦了,因为有我们。"

3

绿皮火车疾驰在开往东海的大桥上。梁云霄和姚子期面对面坐着,有些恍惚。快九年了,当年的青葱少年和曼妙少女也是这样面对面坐着去东海。此刻,姚子期跟那时候一样,拿着一本小说看,是塞林格的《麦田里的守望者》。

开往东海的车次越来越多,据说别的地方已经开始运营动车了,所以车上人不多。梁云霄把姚子期的书收了,说:"我觉得人和人沟通,远比跟书本沟通要好。"

姚子期发现,当年极度社恐,像蜗牛一样把自己龟缩在硬壳里的梁云霄变得喜欢跟人交往了,而且在众多的社交场合中,他的谈吐更流畅,表达更委婉。相比之下,姚子期却越来越不愿意跟她认为没必要交往的人在一起聊天。梁云霄批评她这是海归病,这种不接地气的高傲很容易把自己孤立起来。

姚子期知道梁云霄是想通过交谈来消磨漫长的旅途,就波澜不惊地说了个重磅新闻:"宁嘉南回国了。"

梁云霄一阵惊愕:"为什么不告诉我?"

姚子期一笑:"我为什么要告诉你?你跟宁霞领证告诉我了吗?"

梁云霄憨憨地笑:"对不起,对不起。我们还是说说宁嘉南吧,他人在哪里?"

"东海大酒店,他会到火车站来接我们。"

梁云霄很兴奋:"这么巧,宁霞明晚的火车,也要来东海。"

"怎么不让她跟我们坐一班火车来?"

"她要上班啊。更何况,我们是出差,她是办私事。"

宁霞来东海,是应何梅之邀。前段时间,何梅去宁州采风,宁霞全程陪同。何梅给她拍了很多照片,还画了一张速写。

梁云霄就把这事跟姚子期一说,姚子期对梁云霄更是嗤之以鼻:"你讨好师母把老婆都赔上了?"

"我这是支持师母伟大的艺术事业,更何况,师母准备为我们画几张油画,算是新婚礼物,这多有意义。"

"师母的油画可是很值钱的。"

"这怎么能拿钱来衡量,我要挂在婚房里看一辈子的。"

"为什么不去影楼拍写真?你不肯读书就算了,还故作风雅,累不累?"

梁云霄火了:"姚子期,你现在怎么变得这么刻薄?"

两个人争执了起来。姚子期发现,自从梁云霄跟宁霞恋爱后,他们俩的聊天越来越不在一个频道上。不过,看着梁云霄和宁霞聊起对方时眼睛放光的样子,她又很羡慕,她跟宁嘉南之间的交流就没有这样的默契,原本梦想的有灵魂伴侣的未来生活,看起来就像是海市蜃楼。

不知不觉火车到站了,两个人下了火车,远远就看到宁嘉南一身休闲装,在出站口等着他们。梁云霄一下想起来,九年前,宁嘉南也是站在那里,代表学院来接他们新生。事情就是这么巧,可造化弄人。

宁嘉南先跟姚子期像欧洲人那样拥抱、亲吻,然后才跟梁云霄拥抱了一下:"我是叫你老四还是妹夫?"

梁云霄笑道:"你怎么叫顺口就怎么叫吧。"

宁嘉南说道:"那我还是叫老四吧,更亲切一些。"

姚子期说道:"你还是叫妹夫吧,妹夫更亲。"

宁嘉南用英语对姚子期说:"那好吧,亲爱的,我听你的。"

梁云霄嘲笑他们太酸:"都回国了,说中国话。"

宁嘉南接过姚子期的行李:"走,上车。"

他领着两人走向停车场的一辆奔驰轿车,梁云霄惊讶地道:"可以啊老大,这一回国,大奔就开上了,看来你在尼德教授北欧的项目上没少挣。"

宁嘉南上车,替副驾驶座上的姚子期系好安全带,说道:"这是斯兰特公司在东海办事处的公务用车,我借过来先开几天。"

吃饭的时候,梁云霄和宁嘉南都觉得彼此的变化很大。特别是宁嘉南,他留起了长发,梳着发髻,一副外国学者的打扮,谈话间总是中英文转换。宁嘉南已经不谈宁州港和海山港了,他的眼里都是全球最牛的国际化大海港。等梁云霄说起东海港口的一体化战略,他又道:"看来斯兰特说得对,在现有体制下,中国港口未来三十年也难有大发展。"

梁云霄问起宁嘉南今后的打算,宁嘉南说道:"我还是想留在东海交大,尼德教授想在东海交大设立一个国际研究院,专门承接中国的港口项目。"

梁云霄说:"在现有体制下,尼德这样的学者型生意人,我看很难实现。"

两个人的谈话,姚子期很少插嘴,她觉得两人都不够真诚。

4

去见钟立达之前,梁云霄和姚子期先去拜访了罗子坤。梁云霄先到,跟罗子坤聊了聊项目。罗子坤对凤凰湾一期工程的进展很满意,他重点关注的是二期工程。梁云霄告诉他,宁嘉南回来了,他点点头表示知道。宁嘉南想留在东海交大,学院领导很重视,来征求他的意见。他觉得宁嘉南在国际海事学院跟着尼德做了很多项目,但在学术上的建树太少了,教学或者做科研似乎都不大行,就表示反对。

梁云霄说道:"尼德教授希望跟东海交大成立一个国际研究院?"

罗子坤说道:"这些年尼德的变化太大了,把做学问变成做生意了,这个国际研究院很可能就变了味道。没有学术的研究院,你觉得它有多大的价值?当然,也有一些领导喜欢沽名钓誉,那我就管不了那么多了。"

罗子坤在学院以孤傲著称,而且有些愤世嫉俗,不喜欢就是不喜欢,梁云霄就不再多问,走进了师母何梅神秘的画室。此刻何梅正为宁霞画像,阳光从窗户上投射进来。明亮的光晕里,宁霞一身红色的裙子,披散着长发。何梅为她化了淡淡的妆容,她的身后是一个圆形的小桌子,桌子上是黄红交错的一簇玫瑰。宁霞一动不动,何梅画得很认真。梁云霄蹑手蹑脚,不敢惊动她们。

由卧室改成的画室不大,里面挂满了各种油画,有一张还没从画板上取下来,是何梅在宁州港采风回来后为宁霞画的。画中的宁霞抱着安全帽,走在钢铁巨物间。海风吹起她飘逸的长发,她迎着朝阳,走向高耸入云的桥吊塔,彰显了劳动女性的美。坚硬与柔和,宏大与渺小,力量与柔美,强烈对比,凸现出艺术的魅力。另外一张已经装裱好的油画也是画的宁霞,在碧蓝的海底,宁霞正跟鱼儿嬉戏。这两张画的主人公都是同一个年轻美丽的女性,都取名为《海的女儿》。

梁云霄赞叹何梅丰沛的内心世界,她将女性跟大海不同的交流方式呈现得如此唯美。同时,梁云霄也开始理解老师罗子坤作画的原因了。一个除了上课就是搞学术的寡言少语的工科学者,脑海里有无数个钢铁巨物的构图,把自己的业余时间交给这些油彩,或许就是他要跟这个世界进行美好精神交流的唯一渠道。

梁云霄羡慕罗子坤跟何梅的相处模式,他们用这样美好的方式交流,就像他跟宁霞喜欢在海底交流一样,一个动作、一个眼神都能从身体贯穿到心灵。

这时姚子期来了,也进了画室,静静地坐在那里看师母为宁霞画像。宁霞的美丽在于她的质朴无华,干干净净,像山谷里的溪流。她的肤色不算白皙,但很水润,大眼睛、长睫毛,眼神清澈。宁霞的美不张扬,不艳丽,乍一看不算出众,但仔细看,越看越有内容。

画像的时间好像还要很久,梁云霄碰了碰姚子期,示意去找老师讨论港口二期工程预算的事。据姚子期推算,二期工程十万吨的深水泊位群,需要的资金超过十个亿。长兴集团预计再投资三个亿,但省里、市里的投资缺口还要大一些。

罗子坤皱眉想了想:"你先把预算拿出来,我去找钟立达,宁州—海山管委会统筹安排项目资金。宁州港的项目恐怕也要开工了,资金池子就那么大,很难做到双头并进。你俩回去之后,跟海山港商量,抓紧时间把项目方案和预算请款做一个报告上来,给到管委会,一定要快。香港长兴集团也是宁州市国资委控股的公司,宁州湾港口群项目上来之后,估计颜总那边二期工程就会有压力。我的意思是,二期沙鳌岛工程要加快,炸岛填海,不是一个小工程。"

梁云霄沉思一阵说道:"老师,一期工程还没投产,您觉得二期工程审批下来的可能性有多大?"

罗子坤说道:"我只能说有可能。子期,你也盯一下香港的国际资本。"

姚子期点了点头:"好。"

罗子坤打开设计图纸,三个人就项目的事讨论了一上午。

罗子坤最近正在做依托孤岛做路桥,替代打桩入海的方案来增强码头的稳定性,这样可以节省建设成本。二期工程由四个环形的小型岛屿构成,山体铲平之后,直接延伸到码头泊位上,承重和稳定性增加,路桥直接连接堆场,这是海山群岛独特的地理优势。如此一来,疏浚泊位巷道的工程量就大一些,海底定向爆破工程任务会很艰巨。

这个工程的施工难度比一期工程的大一些,这也是梁云霄在一期工程没有开工前,一直待在沙鳖岛上的原因。他跟施工方的唐军早已把那里的情况摸得一清二楚,光是水下施工图纸就画了几千张,装了满满四个箱子。

　　望着厚厚一摞图纸,姚子期的眼睛有些湿润。她突然觉得,她一路上调侃、批评梁云霄气质下降有些过分了。港口没有水下探测仪器,这些图纸不仅要画,而且图上的数据都是要下水一遍一遍矫正的。而完成这样大的工作量是需要时间的,梁云霄把更多的时间交给了项目。姚子期一遍遍跟罗子坤讲解二期项目的情形,突然发现梁云霄就是海山港的第二个姚江河。

　　午饭,梁云霄和姚子期简单下厨弄了点米饭,炒了几个菜,宁霞和何梅吃过后又进了画室。罗子坤带着姚子期和梁云霄再次对项目二期工程的每个环节进行了梳理。

　　傍晚的时候,何梅给宁霞画的像大功告成。宁霞望着画板上的自己,简直不敢相信,她决定请大家吃顿大餐。

　　五个人说说笑笑来到了青藤茶餐厅,何梅让姚子期给宁嘉南打电话,三家六个人一起吃顿团圆饭。姚子期打了,宁嘉南说他在开会,斯兰特和尼德教授回到了东海,周晓乙副市长也会到,要姚子期帮他跟老师、师母请个假。罗子坤听说后,笑道:"都是师生聚会,来不了就算了。他们吃他们的,我们吃我们的。"

　　梁云霄敏感地察觉到了什么,不由得对罗子坤的预判钦佩不已:"老师,您还真说对了,宁州湾项目像是要动了。"

　　姚子期又给姚江河打了个电话,转达了今天跟罗子坤讨论的情况,同时把宁州的情况也说了。姚江河沉思了一会儿,道:"你们两个先不要急着回来,我这就去东海,带上罗教授,我们一起去管委会找钟立达主任。"

5

　　东海大厦凤凰厅,周晓乙带秘书李子木宴请了斯兰特、尼德和宁嘉南三人,宁嘉南是作为尼德的特别助理参加这次晚宴的。晚宴的核心议题自然是宁州湾的深水大港项目和超级堆场、物流仓储中心合资项目。观望了五年的斯兰特终于决定开工了,宁嘉南心里清楚,斯兰特不再等待,是因为他得到了一个令人沮丧的消息:凤凰湾跨海大桥年底就要正式通车了。物流走宁州到海山本岛的大桥高速,四十分钟就能到达。他早期跟海山洽谈的凤凰湾,很快就会成为东海物流的交会枢纽。

宁嘉南感叹,时光不能倒流,凡事没有如果,斯兰特高估了金融危机对中国的影响,低估了中国对基础设施不惜下血本投资的决心。不过,斯兰特前期投资宁州湾的决策也不错,毕竟岸线资源越来越少,几年前他拿到的土地升值不少。资本历来就是跟利润挂钩的,钱都是股东的钱,实现不了财务指标,投资就是失败的,没有什么理由可讲。

宁嘉南观察今晚周晓乙的态度,明显感到,此周副市长已不是彼周副市长了。周晓乙对斯兰特依然很热情,微笑始终洋溢在脸上,可这背后却是在极力掩饰着懊恼和愤怒。

早前宁嘉南给父亲宁海楼打了个电话,打听斯兰特公司跟宁州合作的情况,想在还没入职东海交通大学之前跟着尼德做宁州湾的项目,因此知道时下宁州上下对周晓乙当初拍板引进斯兰特公司投资的诟病很多。

宁嘉南还发现,其实今晚周晓乙宴请的主要客人不是斯兰特,而是尼德教授。宁海楼告诉宁嘉南,周晓乙已经干满了一届副市长,这一届如果再提升不了常务,年龄优势就没有了。这一届,周晓乙分管了城建、交通和招商,宁州要打造现代化港口城市,周晓乙很需要尼德。至于斯兰特,他很可能要被下最后通牒了,如果项目再不开工,宁州就算赔偿违约金也要收回他原先租下的滩涂。

很显然,斯兰特也感受到了来自这位强势副市长微笑背后的冷淡和愤怒。所以,他放下了以前的傲慢,说话谦卑了许多,不停向周晓乙敬酒,信誓旦旦地许下诺言。宁嘉南跟在他后面翻译,心里着实佩服他的演技。

实则,晚宴上另外一个人的演技更胜一筹,这个人就是李子木。

宁嘉南再见李子木,心里感慨颇多。几年不见,这个男人的成长让他刮目相看,甚至都有些不认识了。眼前这个个子不高的男人西装革履,戴着眼镜,跟在周晓乙身后,言辞机敏,八面玲珑,而且说着一口发音标准的英语。那个曾经因为追求姚子期,而在大学足球场上跟梁云霄决斗,被打得满嘴是血,声名狼藉的小男人,那个被扔在海山港码头做一线技术员,求着他父亲宁海楼,甚至不惜做宁家赘婿也要调回海山港的小科员,现在竟然是周晓乙副市长的秘书。

宁嘉南端着酒杯,起身给周晓乙敬酒。周晓乙言语间毫不掩饰对宁嘉南的欣赏,当着李子木的面直言不讳:"李秘书,其实当初我最理想的秘书人选是小宁,结果人家更有志向,出国走了。这一点,你得向人家小宁学习,尼德教授的博士,海归才俊。"

宁嘉南以为李子木会尴尬,可李子木却是一脸虔诚:"好的市长,学弟是我的榜样,我一定向他好好学习。"

晚宴过后,宁嘉南送尼德返回宾馆,正要回去见姚子期,李子木的电话就来了,周副市长要约他喝茶。

运河茶馆,红灯高悬。宁嘉南搭车赴约,李子木早早就在门口等他了:"宁博士,市长已经在里面等您了。"

宁嘉南觉得不好意思,谦虚地叫了声:"学长,真是不好意思,还麻烦您在门口等我。"

李子木笑着说道:"应该的,市长让我向您好好学习,以后我们多联系,多交流,还烦请宁博士多多关照。"

李子木领着宁嘉南在廊亭轩榭间左拐右拐,进了一间僻静的茶室后,又关门出去了。周晓乙招呼宁嘉南坐下,用茶托推过来一盏茶:"我们边喝边聊吧。"

宁嘉南谦卑地说道:"谢谢市长,让您亲自斟茶,受宠若惊。"

周晓乙一笑:"能为宁大博士斟茶,无上荣幸。"

宁嘉南说道:"市长您就不要取笑我了。"

他啜了一小口茶,赞不绝口:"好茶。我在国外待的这几年,好久没有喝过这么好的茶了。"

周晓乙也啜了一口:"嗯,这里的茶是不错。听说你快毕业了,是打算回来,还是跟着尼德教授留在国外?"

宁嘉南回答说:"还没想好。"

周晓乙说道:"国家对你们这些有留学经历的高学历人才有政策,你这时候回来,很有优势。当然,跟着尼德教授,也不错。"

宁嘉南就把想留在东海交大却被罗子坤拒绝的事跟周晓乙说了,周晓乙笑道:"你们那个罗老师,思想确实不太开放。"

宁嘉南说:"我爸倒是希望我回宁州港。"

周晓乙说:"那也是条路子,不过我还是建议你去宁州—海山港口管理委员会。眼下他们正缺人,钟立达主任求贤若渴,你去了,没准能有个好位子。"

宁嘉南好奇地问道:"我听说,那不就是个空架子吗?"

周晓乙说道:"眼下的情形,这个单位是有些尴尬,可它统筹宁州港、海山港,未来很有可能统筹东海所有港口的发展,资金、资源都很不错。英雄要有用武之地,比待在学校强得多。"

"那就多谢市长指点迷津了,我明天把我的简历发给李秘书。"

"那好,我先跟钟主任打个招呼,你爸跟他也熟,这事应该不太麻烦。"

"那就感谢周市长了。"

"以后私下里也别叫什么市长了,你比你爸更对我脾气,叫叔叔吧。"

宁嘉南慌忙起身鞠躬:"谢谢周叔叔。"

周晓乙说道:"你看,都叫叔叔了,你还谢。你如果到了管委会,级别肯定不会低,能定到主任科员,任职满两年就是副处级。你有名校留学经历,又是博士,职务可能会更高一些。你爸干了一辈子,也可能就是你这个级别了。"

宁嘉南很是感激,突然觉得回国发展也不失为一件好事。

两个人聊了很久,最后,周晓乙终于说了单独约他的目的,希望他能和尼德说服斯兰特,尽快让项目开工。晚宴上没有深入探讨这个问题,是还不想与斯兰特公司彻底撕破脸。

周晓乙说道:"小宁啊,你知道,该死的斯兰特已经摆过宁州港一道了,宁州港不想跟他打官司。另外,如果斯兰特公司的项目落地,我希望尼德教授在设计上能跟宁州港多沟通。现代化港城需要统一规划,宁州湾的发展对整个城市的发展来说很重要。"

宁嘉南谦虚地说道:"市长这么对我说,是抬举我了。我只是尼德教授的学生,人微言轻,但您的原话,我一定会跟尼德教授转达。您以后要是有用得着我的地方,尽管吩咐。"

周晓乙笑道:"我会的。你爸爸是我的好兄长,都是一家人。"

周晓乙另外请了人,要李子木送宁嘉南回酒店。路上,李子木对宁嘉南恭维道:"真是羡慕你啊,海归博士,学成归来,连周副市长都视为座上宾,你要是走仕途,未来可期啊。"

宁嘉南也恭维了李子木两句:"学长说笑了,你都已经是周副市长的身边人了,将来宁州港总经理、董事长的位置还不都是你的。"

李子木慌忙解释:"我就是个拎包的,跟你不能比,不能比的。"

快到宾馆的时候,宁嘉南接到了姚子期的电话,问他在哪儿,得知他还有三五分钟就到宾馆,姚子期就说在门口等他。

车在宾馆门口停下,宁嘉南下车,才发现是梁云霄和宁霞送姚子期回来的。李子木坐在车里,看着成双成对的四个人,脸色顿时阴沉了下来,没等宁嘉南跟他打招呼,就对司机说:"我们快走。"

6

姚子期、梁云霄、宁霞三个人跟罗子坤夫妇的聚餐吃到很晚,主要聊的是宁霞和梁云霄的婚礼。当然,何梅也提起了姚子期跟宁嘉南的婚事。姚子期就想,关于婚姻,她跟宁嘉南好像从来没有认真地讨论过,他们两家人及亲朋好友好像也没正儿八经地提起过,像何梅这样郑重地提出来让大家议论,好像还是第一次。过去两个人都在读书,提起来不太现实,眼下两个人都回国了,何梅这么猛地提起,姚子期也觉得,她跟宁嘉南的婚事好像真的该提上日程了。

宁霞见了宁嘉南,当下就给了他一拳:"你这人也真好意思,回了国,不回家不说,连个电话都不打。"

宁嘉南说道:"我告诉你老公,你不就知道了。"

宁霞笑了:"就你会强词夺理。"

四个人坐在大堂的沙发上聊天。姚子期对宁霞说:"昨晚你们是睡在老师家的吧,今天都这么晚了,就别过去了,就住在这里,明早吃完早饭再一起回宁州。"

宁霞犹豫了起来,看了一眼梁云霄,梁云霄猜测她是不想花几百块钱住星级宾馆,就笑了。

宁嘉南看了一眼二人,笑道:"你们今晚的住宿费我掏了。"

宁霞喜笑颜开:"我早就等你这挣欧元的人说这句话了。"

姚子期也笑了:"你们两个,真是不是一家人,不进一家门,我算是服了你们了。"

宁嘉南说道:"行了,去登记吧。"

宁霞和梁云霄的房间被安排在三十二层,拉开窗户,整个城市一览无余。省城东海江、河、湖、海汇聚,九月大潮汹涌,高楼霓虹璀璨,很是壮观。

宁霞第一次住这样奢华的宾馆,在房间里转了老半天,觉得灯光柔和、寝具舒适、被褥清洁。等洗漱完毕,她拥着梁云霄感叹:"这张床真好,像在海里一样,我也想买一张。"

梁云霄笑道:"这个愿望,老公很容易就能满足你。"

"等我们把家里的债还完了,就攒钱环游世界。我们要去深潜最清澈的海底,住最豪华的宾馆。"

"小霞,这辈子我可能挣不了大钱,但我能保证,我一定能满足你的这个愿望。"

"老公你放心,我们家会有钱的。"

"我当然放心。"

梁云霄对未来的生活充满信心,因为宁霞很能干。她的能干不仅体现在技能上,还体现在她的商业才能上。她把自己准备将潜钓场搬到月塘湾落叶岛,且还是让老贾管的事跟老贾一说,老贾很兴奋。这些日子,他待在动迁社区里快闷死了,很想到大海上撒欢。宁霞就让老贾把潜钓场的执照、资质拿给了她。

夜里,老贾跟贾山摊牌,要贾山把潜钓场的那些船和设备留给他来处理,他要卖点养老钱花花。一开始,贾山没理会他。这些旧设备和游船,贾山已经谈好了价格,准备以八十万元贱卖给宁州的一家旅游公司。老贾闲着没事,每天堵在公司门口骂贾山,正赶上贾山和颜辉派来的财务总监谈入资山海航运公司的事,贾山就很恼火。

宁霞私下里找到金子,告诉了她老爷子闹事的原委。宁霞对金子说:"我舅舅的心太大,鸡蛋不能放到一个篮子里去,万一船运公司有个闪失,外公和你的生活就没有保障了。月塘湾的潜钓场办成之后,外公有养老钱,你和孩子也能有份家产,心里不慌。"

宁霞是拿着凤凰湾潜钓场的合同跟金子谈的。老贾占股四成,梁家出海出地也只占四成,梁宝和梁顺、三嫂出人出管理占两成。宁霞说:"我外公占的四成,一半是你跟孩子的。"

金子相信宁霞,跟老贾内外夹击,贾山勉强答应了。香港长兴集团的钱到账之后,新货轮很快出了船坞。贾山只关注他的大生意,他害怕老贾和金子跟他闹。另外,老贾在家里闲得发疯,贾山也烦,就把处理旧设备的事交给了他。宁霞在来东海前就让梁宝找了一艘大船,一船拉去了月塘湾。

梁云霄没有去找徐副市长,而是拿着月塘湾的资质找到了大刘。大刘跟着徐正生当了几年秘书,跟全市各个县区的领导都很熟,而且这件事就在他拆迁办的管辖范围内,拆了人家的生意,给找个搬迁的地界,合理合法更合情。

大刘跟月塘湾所在的区、镇打了电话,宁霞拿着凤凰湾的资质带着梁宝跑去找人,公司地址、公司名称的变更三天就办完了。宁霞给潜钓场取了个名字,叫月塘湾旅游餐饮有限公司,公司资产把贻贝海鲜面馆也包括进去了,注册资金两百万元。老贾是法定代表人、董事长,梁宝是总经理,丁春草是最大的股东,掌管财务。

公司执照办下来,梁宝带着人就开始安置钢架结构的旅客中心和集装箱改装的铁皮小屋了,宁霞是安排完这一切才来的东海。

此刻,宁霞躺在梁云霄怀里,把月塘湾的事跟梁云霄一一说了。梁云霄刮着宁霞的鼻子说道:"我老婆就是脚底下踩着风火轮的哪吒,神速。"

夜里,两个人畅谈着未来,脸上始终洋溢着幸福。

7

迷人的阳光照耀在宾馆楼顶自助餐厅的玻璃窗上,此刻已经是上午九点了,就餐的人不是很多。宁霞和姚子期一起挑着菜品,宁霞突然发现姚子期的手指上多了一枚亮闪闪的戒指。

姚子期悄声对宁霞说:"昨晚他向我求婚了。"

宁霞有些惊讶:"这可真是喜事啊。"

昨晚,宁嘉南布置了一个简单的求婚仪式,整个房间布满了红玫瑰,芬芳满屋。宁嘉南单膝跪地,打开一个红色的戒指盒子,灯光下,宝石的亮光格外耀眼。

宁嘉南说道:"亲爱的,嫁给我吧。"

那一刻,幸福像是浸润了每一个毛孔,姚子期的身体瞬间颤抖了一下,终于说出了那一个字:"好!"

八年的爱情马拉松终于在这一刻撞线了。这一晚,二人极尽缠绵,直到太阳高照,才被宁霞的电话叫醒,让他们起来吃早餐。宁霞知道姚子期和梁云霄上午十点要去见领导,就害怕她会睡过头。

宁嘉南慵懒地责怪道:"这个宁霞,就是个专门破坏气氛的海妖。"

姚子期翻身起床去卫生间洗漱,对嘟嘟囔囔不愿起床的宁嘉南说:"你还真别说,我跟宁霞还真对脾气。单纯、直爽,没那么多弯弯绕绕。"

宁嘉南搞不明白,姚子期竟然短时间内跟宁霞成了好朋友。一个阳春白雪,一个下里巴人。姚子期驳斥宁嘉南这样的说法,她认为宁霞是个纯净得可以看到灵魂的人。她的这个观点,大艺术家何梅也很赞同。何梅告诉她,宁霞的美,像是海底经历过惊涛骇浪荡涤之后的纯净的美,这是别人所不具备的品质。这样看似言谈粗糙的女子,需要细细地去品,才能懂得她的高贵。

宁嘉南想了想,觉得也有些道理,就说道:"你们这么一说,倒还真是,这些年,好像没有什么事能压倒她。梁云霄这个憨憨,娶了我妹妹,捡到宝了。"

四个人吃着早饭,商量后面的计划。梁云霄和姚子期要随着姚江河去港口管理委员会找钟主任汇报项目的事,宁嘉南决定先回一趟宁州。回国快一周了,不回家露个面,好像真的说不过去。而且,他还有一件重要的事情要做,就是随宁家长辈去海山提亲。

宁嘉南在国外待的时间长一些,认为结婚是两个成年人的事,不必顾虑两家人的想法,就应该像梁云霄和宁霞那样,先把结婚证领了,婚礼的事从长计议。姚子期却觉得不妥,她希望他们的婚姻能得到双方家庭的祝福。

宁霞也觉得宁嘉南的想法不妥。她说:"我们不办婚礼,是要考虑宁虹,等宁虹高考结束后再说。你们不一样,你们没有那么多障碍。"

宁嘉南一脸愁苦:"怎么没有障碍,你们中间有一小,我们中间有一老。"

四个人就笑了。宁嘉南说的一老,是姚四海。

宁嘉南继续道:"两个老爷子几十年来针尖对麦芒,尤其是姚老爷子,至今认为子期当初出国是受了我的蛊惑和拐骗。"

梁云霄笑道:"老爷子可真没冤枉你,事实上你就是把子期给拐到国外去了。"

宁嘉南望一眼梁云霄:"听说你对付老爷子有一套,有什么好办法,想一个?"

梁云霄想起姚四海和他那帮徒弟的手段,就笑着对宁嘉南说:"我还真没太好的办法,不过,我还是要提醒你,老爷子那一关,好像真的不太好过。"

姚子期说道:"没你说的那么邪乎,我爷爷是世界上最通情达理的老人。你先回宁州跟伯父、伯母住几天,你们也商量一下,按照海山的规矩准备一些礼物,提亲的事等我从东海回去再说。"

宁霞说道:"子期说得对,提亲、订婚都是形式,关键问题是女方本人愿意嫁……"她刚说到这,一个陌生电话打了进来,等她接完,脸色都变了。

电话是宁虹的班主任打来的,说昨晚宁虹拿着水果刀追着一个男生满操场跑,差点把人给捅了。学校保卫处很快展开调查,得知那个男生给宁虹写过几次情书,宁虹没理会他,他仍不停纠缠,约宁虹在操场见面。宁虹成绩下降,本来心情就很烦躁,想赶快把这件事情了结,就答应了。不料,那个男生按捺不住激动的情绪,对宁虹动手动脚,宁虹羞怒之下就掏出了出门前顺手拿来防身的水果刀。

真相水落石出,学校责令男生向宁虹道歉,并给了他一个记过处分。宁虹认为学校的处理太轻,应该把男生开除。她找到班主任,说如果那个男生不消失,她就休学。

宁虹是班里的尖子生,提出要休学,班主任批评了她,她一气之下就上了学校的房顶。班主任被吓得够呛,万幸宁虹没再做过激动作,只说心口闷得慌,想到楼顶吹吹海风。班主任昨晚给宁霞打了很多电话,结果宁霞关机了。

宁霞赶紧回房间,一边收拾东西,一边向梁云霄转述跟班主任通话的内容。昨晚,宁虹借同学的手机给她打了很多电话她都没有接,还把手机关机了。宁霞想到宁虹在楼顶给她打电话打不通时无助的样子,心痛到了极点。宁霞懊悔自己把宁虹的手机没收了,这些日子跟她的沟通少了,没能及时了解她憋在心里的事。

自从宁霞跟梁云霄领证后,宁虹性情大变,很多事都不跟宁霞说了,还跟她对着干。这段时间,宁虹像是成了宁霞的敌人,动不动就冲她发火。委屈、憋屈、伤心、揪心顿时涌上心头,宁霞捂着脸,坐在床上痛哭起来。

梁云霄亲吻着她,轻声细语地安慰:"小霞,我这就跟姚总请假,跟你一起回宁州。"

宁霞制止了他:"二期项目这么大的事,你是项目经理,这么重要的汇报,你不在不行。"

梁云霄想了想说:"那你答应我,宁虹的事仔细问,慢慢来,千万别着急,也别发脾气,她这个情况,不是发脾气就能解决的。我去港口管理委员会汇报完项目,会尽快赶回宁州,我们一起想办法。"

宁霞擦干眼泪说道:"你忙你的。这死囡囡,我就是对她太好了,心、肝、肺、脑子都挖给她吃了,她还这样对我。这次,我不会再惯着她。"

梁云霄抱着宁霞,亲吻了她的额头,笑道:"行了,别说气话了,以后我们一起惯着她。"

宁霞一下子破涕为笑:"你总是跟我唱反调。"

梁云霄半开玩笑的话让宁霞心里很温暖。因为宁霞知道,梁云霄很清楚宁虹的一系列作妖行为是针对他的,可是他没生气,也没不耐烦,还反过来安慰自己。梁云霄这样的态度,宁霞很受用,也很感动。

四个人推着行李箱出了宾馆的门。梁云霄和姚子期又安慰了一番宁霞,就先打车走了。宁嘉南开斯兰特公司的车带着宁霞回宁州。

一路上,宁嘉南问了宁霞很多她跟梁云霄的事,说无论如何也想不到他们两个会在一起。宁霞皱着眉头问他:"怎么,我是你妹妹,梁云霄是你最好的朋友,你不看好我们、祝福我们吗?"

"那倒不是。我只是觉得梁家的坑太深了,你们家的情况也好不到哪里去,两个人都在坑里,婚后的日子会很难过。俗话说得好,贫贱夫妻百事哀。"

"我并不担心梁家的债务和经济问题,也不担心家里的困难,我是担心宁虹。这孩子这段时间心思太重了,她总担心我嫁人了会离开她。我刚也说了跟梁云霄只领证没办婚礼,就是害怕给她造成心理负担,荒废了学业,结果没想到,还是影响了她。"

宁霞跟宁嘉南说了宁虹占婚房的事,宁嘉南提醒她:"现在孩子的心理问题很重要,这个千万不要忽视了。宁虹的成长环境跟其他孩子不一样,极度缺乏安全感,要是有了心理问题,不仅影响学业,未来的生活也会有影响。"

宁虹对宁霞婚姻问题的抵触,让她很头疼,跟宁虹的沟通也变得很艰难,打不得骂不得,甚至连说话都变得小心翼翼,生怕哪一句话说得不对,就触碰了她那敏感的小神经。过去,班主任已经提醒过宁霞两次了,说宁虹在学校的情绪有些不对,遇到不会的题,或者跟同学有些小矛盾,就会发脾气,人还说不得,叛逆得很。宁霞单独找宁虹聊了几次,宁虹说她没事,就是学习太紧张了,压力太大。

高中开始,宁虹的成绩还不错,全年级一千多名学生,她一直保持在百名以内。可是最近,她的成绩下滑得很厉害,已经在三百名以外了。

宁霞说:"我的情况不比她更难过吗?为什么我能扛下所有困难,她就不能?"

宁嘉南苦笑:"正因为你替她扛得太多了,她才会这样。更何况,这世上有几个像你这样的女人,铁打的,钢铸的,金刚不坏之身。"

两个人一路说着,车就到了宁州。宁霞让宁嘉南把她放在宁州海洋中学门口,她要去看一下宁虹。宁州海洋中学也是宁嘉南的母校,他跟校长很熟,就陪着宁霞一道去了。

宁嘉南是海归博士,重返母校,无疑让校长和老师备感荣耀。宁霞跟在宁嘉南身后,像是高光之下的一道阴影,心情很复杂。其实初中时,她的成绩很好,如果不是命运的玩笑,她相信自己在学业上的成就不会比宁嘉南差到哪里去。因为宁虹,她成了现在这个样子。可是,宁虹现在却这样对她。现实的残酷让宁霞的心很痛,她强压着内心的难过,不让眼泪掉下来。

校长安排了一个小会客厅让他们见面。宁虹头发凌乱,面色惨白,宁霞抱着她,心疼的泪水还是落了下来。宁霞没有多说,让宁嘉南跟宁虹聊天,自己出门去跟班主任沟通。

宁虹的情况比宁霞想象的还要糟糕。同学关系处理不好、学习成绩下降,宁虹变得很敏感,很没有安全感。班主任希望宁霞能把宁虹接回家,找心理医生看看,治疗一段时间,等情况好一些,再送到学校来。宁霞本来担心宁虹正在学习关键时期,耽误了功课会跟不上,可为了宁虹的身体状态考虑,还是答应了。

宁嘉南跟宁虹因为年龄相差太大,生活没太多交集,两个人见了面也没什么可说的。宁虹只求宁嘉南一件事,就是让他劝宁霞不要那么早结婚,那么早抛弃她。宁嘉南觉得宁虹这个要求不仅奇怪,而且有点过分,就对宁虹说:"你这样要求,对你姐不公平。"

宁虹哭了:"我知道我这样很自私,可没有我姐,我活不了。"

宁霞正好进来,听到这句话,没再责怪宁虹,而是轻轻地抱住她道:"宁虹,姐从来没有觉得你是拖累,姐已经为你办好了休学手续,走,跟姐回家。"

宁虹有些愕然地望着宁霞,她以为宁霞会冲她发脾气,可宁霞没有。

宁霞把宁虹接回了宁家老屋。一路上,宁虹一直在宁霞怀里哭。回到家里,宁霞把过去她们的高低床架了起来,上下铺铺好之后,指着上面的床对宁虹道:"姐知道,姐最近忙着你姐夫家里的事,双休日回家少了,跟你在一起的时间少了,这是姐的错。姐答应你,从明天开始,姐不会离开你了,姐跟你睡。但有一点,姐对你有要求,姐的话,你得听。"

宁虹流着眼泪说:"姐,我听你的。"

第六章

1

　　宁嘉南海外学成归来,宁家的客人络绎不绝。

　　传说宁嘉南要回宁州港,国家对海归高学历人才高职高配,他回来就会任分管货代公司或者分管基建的副总。这消息,是分管后勤的李副总传出来的,信息的源头是他的亲戚李子木。

　　副市长秘书放出来的风,自然具有一定的真实性。于是,消息风一样地传遍宁州港上上下下。宁州港是正处级,未来宁家会有两个处级干部,创造了海港成立以来的纪录。

　　宁嘉南的归来,让齐英腰杆子笔挺,走路都带着风。宁五洲心里也很高兴,他倒是对宁嘉南能分到什么位子,任什么职级不感兴趣。宁嘉南能回来,他的心里就备感欣慰,这说明,这些年孙子没有辜负他的谆谆教导。

　　夜里,港口几个领导聚在宁家,给宁嘉南接风洗尘,说着振兴宁州港是港口后代的使命,宁嘉南责无旁贷一类的话。宁嘉南只是微笑着,没有理会这些人的聒噪。酒过三巡,宁嘉南端起酒杯,对爷爷、父亲和众叔伯说道:"我这次回来,没打算回宁州港。"

　　所有人都愣住了,宁五洲的反应很强烈,当下就把酒杯蹾在了桌子上。

　　宁嘉南对众人说:"感谢大家对我的信任和期望,宁州港我可以回,但我不能回。大家都知道,我爸是宁州港的当家人,我就不可能待在宁州港,免得有人说宁州港成了宁家港。"

李副总道:"宁州港正处于转型期,人才是发展的关键,举贤不避亲,我觉得这没什么。贤侄,你不必介意别人怎么说,你是瑞典国际海事学院尼德教授的高足,有本事,让他们也弄出一个你这样优秀的儿子来。"

众人哈哈大笑起来。宁海楼看了一眼宁嘉南,觉得儿子这次回来成熟了不少。众人又把目光聚焦到宁海楼身上,宁海楼便道:"大家都不要猜了。他能回来,我就很高兴了,至于他是去大学教书,还是到其他海港集团,我都不阻拦。总之,他回宁州港做什么副总的消息都是谣传,谣言止于智者,我希望诸位不信谣不传谣,把心思都用在宁州港的建设上,聚焦在宁州湾的项目上。"

海山港的二期港口群项目港口管委会暂时没批,梁云霄和姚子期都很失望,姚江河倒是没有太大的反应,这个结果早在他的意料之中。

钟立达笑道:"项目暂时没批,并不是说不批,而是省里有更深层次的考量。就在昨天,港口管委会研究,报请省国资委和交通运输厅,成立深海岸线开发重大项目组。项目组就设在宁州,我亲自任组长,江河,你和海楼、方平,你们三个任副组长,方平算是我的联络员。两个项目小组,一组负责宁州湾项目,二组负责凤凰湾项目。一组的负责人选暂时还没定,我看二组的负责人就是你,梁云霄。项目组成立预算组,我准备把子期调进来做预算、做财务总监,负责项目预算、财务核查。江河,你有什么意见?"

姚江河笑着说:"主任都盘算好了,我能有什么意见。"

钟立达看着梁云霄和姚子期说道:"二位才俊有何见教啊?"

梁云霄和姚子期都摇摇头,钟立达就说:"没意见的话,从明天开始,云霄和子期就是管委会的人了,回头我就下文。凤凰湾一期工程年底必须竣工投产,大桥年底就要通车了,我希望海山港要上快车道。"

梁云霄道:"好,我保证完成任务。"

钟立达道:"那好,你们尽快回去准备吧。"

三个人起身,钟立达叫住了姚江河:"江河,你留步,我还有事跟你商量。"

梁云霄和姚子期出了大门,都是一头雾水。梁云霄问姚子期:"钟主任什么意思,两港真能合在一起建?"

姚子期说:"怕是一厢情愿吧? 不过,这下你好了,可以去宁州跟宁霞团聚了。"

"你不也一样? 你婆家也在宁州,咱们兜兜转转,竟然都成宁家人了。"梁云霄调侃了一句,又问姚子期,"你是等你爸,还是跟我一起回宁州?"

姚子期说:"你赶紧走吧,知道你担心你家小姨子。"

提起宁虹,梁云霄头都大了。他问姚子期:"你说我都已经答应做赘婿了,我那小姨子干吗还那么排斥我?"

姚子期想了想说道:"可能是因为宁霞最近老跟着你跑,陪她的时间太少了吧。她从小就缺乏安全感,猛一住校,学习压力又大,情绪上难免会出问题。"

梁云霄继续问:"那我该怎么办?"

姚子期叹了口气:"还能怎么办,给她安全感呗。"

梁云霄思索片刻,若有所悟地点了点头,拦了一辆出租车,丢下姚子期,一个人先走了。姚子期冲着他喊:"梁云霄,你个憨憨,回宾馆不知道带上我吗?"可惜车已经走远了。

钟立达把一份简历放在姚江河面前,姚江河拿起来一看,上面印着宁嘉南的照片。

钟立达说道:"周晓乙推荐宁嘉南任第一项目小组的负责人,我想听一下你的意见。"

姚江河皱着眉头说道:"这几年,我真是不太了解这孩子了,你得问老宁。"

钟立达一脸疑惑:"都快成女婿了,你这未来岳父竟然说不了解他,算不算很过分?"

姚江河苦笑:"做不做岳父,我说了也不算,怎么了解?"

钟立达笑了:"你跟海楼都很怪,海楼竟然对我建议,这个项目,宁嘉南负责不太合适。为什么?"

姚江河再次苦笑:"这个为什么,好像也只能老宁来回答你。"

钟立达思索片刻说道:"海楼倒是说,他这个儿子做事不太踏实。另外,也没做过什么项目,这一点比不上梁云霄。可我看了宁嘉南的简历,他跟着尼德在北欧倒是做了两个港口的项目,总体还不错。"

"知子莫若父,老宁可能有老宁的考虑吧,是不是想让他回宁州港?"

"这个肯定不会,宁嘉南不愿回宁州。我这儿要是行不通,他肯定会跟着尼德做项目。周晓乙很相信尼德,宁州湾项目肯定还是他来做。"

"那我就搞不明白了,你自己定夺吧。"

"宁嘉南这样的人才,再出去了可惜啊。我决定了,用他吧,毕竟有海楼和你,还有梁云霄,我想他也出不了格。"

"那今天你跟我说的话,我从来没听过,你也没说过,走了。"

姚江河说着出了门,钟立达望着他的背影摇了摇头:"这两个做老子的,可真有意思。"

姚子期在门口等到了父亲,就问他钟主任把他留下说了些什么。姚江河说是要定项目一组的负责人,姚子期还问他是谁,他很奇怪:"你不知道?"

姚子期觉得好笑,拦了个车,招呼姚江河上车,说道:"我怎么知道?"

姚江河说:"他想定宁嘉南。"

姚子期一脸愕然,又惊又喜。这么大的事,宁嘉南昨晚竟然没对她说。

出租车开动起来,姚江河压低声音问姚子期:"你跟宁嘉南到哪一步了?"

姚子期说道:"他向我求婚,我答应了,要他回宁州跟家里商量,去海山提亲。"

这次轮到姚江河一脸惊愕:"你们两个,都很行。"

姚子期知道姚江河有些生气了,就撒了个娇:"就昨晚的事,我这不是还没来得及告诉您和爷爷吗?"

姚江河闷声闷气:"你还不如不让我们知道,领证结婚了好。"

宁嘉南回到宁州一周后就接到了宁州—海山港口管理委员会的通知,拟定录用他到港口管理委员会深海岸线开发重大项目组任主任科员,负责宁州湾项目。

齐英欢欣鼓舞,宁海楼却波澜不惊,好像早就知道了。宁嘉南对宁海楼的反应很意外,宁海楼就把他叫到了书房,问他:"你回国之后,见过周副市长了?"

见宁嘉南点头,宁海楼叹了口气:"我就知道是他推荐的你。"

宁嘉南听李子木说过,最近一段时间,宁海楼跟周晓乙发生了一次激烈的争论,争论的焦点就是跟斯兰特公司的合作。宁海楼主张,宁愿赔偿违约金,也得想办法把斯兰特公司租用的土地要回来。这几年,斯兰特公司迟迟未启动项目,已经影响到了宁州港的发展布局。撕毁合约,废掉跟斯兰特的合作,就意味着当初的决策是错误的,周晓乙当然不愿承认自己的错误。想到此,宁嘉南说:"如果您觉得对您有影响,我可以不去。"

"我倒是不担心对我有什么影响,只是你要承担这么大的项目,我心里没底。"

这话就让宁嘉南心里不舒服了:"我在北欧负责的那两个项目,每一个都不比宁州湾的项目小,如今,一家港口已经开始运营了,也没什么问题。您是担心我还是不如梁云霄吗?"

宁海楼微微一笑:"既然你问到了,那我就直言相告,你还真不如他让我心里踏实。"

宁嘉南苦笑:"那我无话可说。可是即便是我不做这个项目的负责人,整个设计方案还是会由我来实施。尼德教授已经在国内了,宁州湾港口项目只是宁州湾区域开发的一部分,整个宁州湾都是周副市长在负责,这有什么区别吗?"

宁海楼长叹一口气:"这样也好,最起码,我能清楚进展情况。宁嘉南,我实话告诉你,你要负责这个项目,就别怪你老子盯你盯得死。几个亿的大项目,百年大计,不是开玩笑的。"

宁嘉南信誓旦旦地说:"这个我当然很清楚。你放心吧,爸,北欧的项目我能做好,国内的项目我更能做好。这是我回国的首秀,我不会拿自己的命运和前途开玩笑。"

宁海楼告诫他:"既然决定要做了,就一定要把心沉下去,不能出任何纰漏,一旦出了问题,就是大问题。"

"您尽管放心。宁州湾海域的水下资料比较系统完整,各类数据也比较准确,港口建设施工也相对成熟,我在设计上一定采取全球一流码头的标准,建成群港明珠。另外,这个项目周副市长还邀请了尼德教授坐镇,一定能后来者居上,抢在凤凰湾二期项目前面开工。"

宁海楼点了点头:"好,那我就不拦你了。好在我跟姚江河都是项目组副组长,子期和云霄也进了项目组,我们大家都盯着你。小子,我再告诫你一次,要听得进去不同意见,尤其是子期和云霄的意见。"

宁嘉南一阵惊喜:"子期和云霄也进项目组了?"

宁海楼回答他:"你在一组负责宁州湾项目,云霄在二组负责凤凰湾二期项目。子期是项目组的预算组长,负责预算和财务核查。"

宁嘉南笑道:"那太好了。"

公事说完了,宁海楼就问起了宁嘉南跟姚子期的婚事。宁嘉南说:"子期的意思还是要按海山的规矩走一下流程。"

宁海楼点头:"没有规矩不成方圆,我们不能让姚家挑理。这事我跟你爷爷商量,礼物让你妈准备,尽快吧。"

"谢谢爸爸。"

宁海楼慈爱地看了一眼宁嘉南:"好好干,别给你爷爷丢脸,现在你是他最大的希望。"

宁嘉南起身说道:"我会的,爸爸。"

他回到房间,给姚子期打了电话,责怪她回海山路过宁州也不跟他打招呼。姚子期说:"你要去管委会的事也没有给我打招呼啊。"

宁嘉南解释:"我当时就是投了简历,没想到他们那么快就录用了,我以为要半年或者几个月呢。"

"你是沾了政策的光,省里开启百、千、万人才工程,你是百名人才引进的一类。"

"幸运之神总是降临到我的头上,你说我算不算是幸运儿?"

"是不是,得项目投产后才算。梁云霄负责二组,你们可能会成为对手。"

"很荣幸,再次成为他的对手。"

这边也是公事说完说私事,宁嘉南问他什么时候能上门提亲,姚子期压低

| 432 |

声音说:"得看我爸和我爷爷的心情。听我电话吧,我已经为我爸做好了心理预设,到时候你应该不会太难堪。"

宁嘉南窃喜,说了声:"好。"两个人就挂了电话。

2

已丑牛年寒露,大潮。苍黄的大海上,浊浪滔天。

凤凰湾港口一期工程通过验收,终于在跨海大桥竣工之前正式投产。

大船入港那天,梁云霄组织了一个简单的投产仪式。钟立达、姚江河、徐正生、颜辉等人站在港口操作部的指挥楼上,看着梁云霄用无线电指挥着马士基、地中海航运公司的十万吨巨轮上的中方领航员,顺利入港。

巨轮劈波斩浪,稳稳停泊在阳光下鲜红耀眼的深水码头。深水码头设计、施工自主,设备全部国产。东海重工的起吊、龙门吊、轨吊、叉车、摆渡车全部国产化。码头堆场设计合理,运转快捷,汽笛长鸣,大船开始卸载,繁忙的码头已经开始担负起了它的时代使命。

不远处的大桥基建开始对接,两艘货轮上的集装箱很快被装上卡车,第一批通过大桥高速,驰向内地广袤的原野。未来之路,从太平洋到长三角,到中国腹地,无限延伸,一个崭新的时代即将开启。

当天晚上,管委会在海山港招待所设宴招待四方宾客。钟立达拉着颜辉的手,举杯说道:"今天我们见证了一段历史的开启,也见证了港口一体化迈出的第一步,这是我和江河这一辈海港人见到过的最美风景,让我们为深水大港时代的真正到来干杯!"

这一晚,从来不醉酒的姚江河喝醉了,人是梁云霄跟姚子期背回姚家老屋的。刚进门,姚江河就抱着梁云霄号啕大哭,边哭边说:"徒儿,这是师父我最高兴的一天。你说过,哪怕是大陆扔过来的一根绳子,也是咱们海山人的千年祈盼。用不了多久,就在你的那个堆场,咱们的货可以用车装着上高速了。"

梁云霄也流下了眼泪:"师父,咱们成了。"

姚子期帮着梁云霄、姚四海把姚江河扶上了床,姚子期拿着毛巾给姚江河擦脸,望着他一头的白发,禁不住哽咽起来。

姚江河倒在床上,很快打起了呼噜。姚四海说:"这下好了,他可以睡个好觉了。"

梁云霄辞别姚四海和姚子期返回招待所去照顾颜辉,他在晚宴上也喝了不少。姚子期送梁云霄出门,二人也感慨万千。梁云霄想起当初姚子期苦口婆心地劝他留在海山港时的情景,感激地对姚子期说:"子期,谢谢你。"

姚子期也喝了酒,一脸醉态:"你谢我干什么,应该是我谢谢你。"

梁云霄说:"不,是我应该谢谢你,感谢你这个'赶尸人',让我这具行尸走肉还魂成人了。"

姚子期笑了:"凡事努力不成,天命使然,如果自己认怂,另当别论。那是你自己的造化。"

梁云霄握拳跟姚子期相互鼓励:"加油!"

姚子期回应他:"加油!"

回到房间后,姚子期给宁嘉南打电话:"宁嘉南,你和提亲的人可以来了。"

宁嘉南问:"你喝酒了?"

姚子期说:"都喝醉了,心情超级好。"

宁嘉南知道凤凰湾一期工程竣工投产了,大家都很高兴,今晚海山港是欢乐的主场。提亲的事,在人高兴的时候提,自然事半功倍。于是宁嘉南决定明早就出发,他给姚子期发了随行人员名单:爷爷宁五洲、父亲宁海楼、母亲齐英、本人宁嘉南,姚子期让他再加上宁霞。

深夜的千家门渔港依然很喧闹,虽然已经是深秋,海风已经很冷,吴婶家的海鲜大排档里人还是很多。

贾山在此邀颜辉喝第二场酒,颜辉晚宴上喝了不少,梁云霄本不打算过来,经不住贾山的纠缠,就邀颜辉去喝点海鲜汤醒醒酒。

吴婶亲自下厨做了鲍鱼苗海鲜汤,小半盆小指盖大的鲍鱼苗熬制的汤,汁水雪白,味道十分鲜美。火炭炉子上煮着黄酒,加了这个时候很难看到的新鲜青梅。靓汤美酒下肚,颜辉清醒了很多。

贾山说了他的想法："颜总,小梁,山海航运公司定在明天正式开张,我想把仪式搞大。小梁,你能不能跟姚江河或者海山港分管货代公司和外包业务的陈副总说一声,让他们出面站个台？政府方面你跟徐副市长很熟,能请到更好啊。颜总,您是大股东,明天您要是能到场,那是再好不过了。另外,我还请了乐队和歌舞团。开门做生意,还是得隆重些啊。"

颜辉没说话,看着夜色中的沧海,许久才把目光收回来,对梁云霄笑了一下："小梁,说说你的看法。"

梁云霄不太想掺和贾山的事,看了一眼滔滔不绝的贾山："贾总,我觉得你这个仪式要小搞,甚至不搞。"

贾山一听就不乐意了："你们的投产仪式搞得那么隆重,怎么我……"

梁云霄冷笑一声,不再说话了。

颜辉一脸严肃："贾总,你让小梁把话说完。"

梁云霄才又道："你那儿是个什么大公司吗？如果不是颜总给你投资,充其量就是个个体户。姚总和陈副总我不会给你请的,徐副市长也不可能给你站台……"

贾山再次插话："小梁,这开门做生意……"

颜辉有些恼了,对贾山喝道："我说了你让小梁把话说完,别插嘴。"

颜辉这样说,让贾山很是尴尬。

梁云霄说："贾总,我觉得你眼下要做的是把公司内部的东西理顺。开业仪式你要搞,就请一些客户及工商、税务部门的熟人,象征性地走个过场就完了。你的船是挂靠海港的,而且,你还要做二期项目的生意,就尽量跟海山港的人撇清关系,甚至大陆连岛工程项目部的人你都不能请。政府部门的领导,我跟你们的刘副区长打个招呼,他去一下就行了。他去也是因为凤凰湾项目拆迁时拆了你的潜钓场,占了你的地,他帮你是出于公心。海山港给你项目进料业务,让你的几艘小船挂靠代理公司,也是想弥补你在项目征地中的损失。你就一个小公司,海山港、市政府凭什么给你站台,凭什么给你业务？贾总,你是聪明人,打擦边球的高手,百十万元投资套得上千万元,可我们得把聪明用在想问题上……"

颜辉听着梁云霄的话,脸上露出了赞许的笑容。

贾山愣住了,吃惊地望着梁云霄,心里暗叹:这才几年啊,那个胡子还没长全的小弟就生生给我上了一课。

颜辉咳嗽了一声,把贾山的思绪拉了回来:"贾总,知道我为什么要投你的那个破船运公司了吧?我是为了凤凰湾项目能顺利开工才投的,确切地说,是冲着小梁投的。当然了,在商言商,这次投资肯定能挣钱。公司的开张仪式我不会去,你那儿我只派一个财务,运营上,我一个人不派,但是,我下面的话你得记在心里:你那一套也就是套个原始积累,接下来干运营,你不灵。小梁的话你要听,遇到了重大问题,你得去问他。"

贾山惭愧地低下头连声说:"好好好,我记住了。"

颜辉对贾山说:"明天公司还要开业,你先走吧,我跟小梁还有事要聊。"

贾山悻悻地离开了,临走还没忘记把账结了。

颜辉起身打开窗户。窗外的渔港很宁静,有不少渔民还在夜灯下忙碌着。窗外冷风吹来,颜辉和梁云霄都更清醒了一些,梁云霄就说了凤凰湾二期工程的事。

颜辉对管委会平衡宁州和海山两港建设的策略很不舒服。国家对内优越的财政政策是个好机会,国际资本市场瞬息万变,机会稍纵即逝。二期工程如果不能如期启动,错过这个时机,资本市场就可能发生变化。颜辉说:"这是个千载难逢的机遇,无论对宁州港还是对海山港来说,错过了都太可惜。既然资本不成问题,步子一定要迈得大一些,两个港口的重点项目完全可以齐头并进发展。两港一体化战略是正确的,统筹安排项目假设也没有错,但绝对不是搞地域平衡。"

梁云霄跟颜辉的认识是一致的。一年多的交往,他将颜辉当成良师益友,最好的知己。颜辉也喜欢、信任和依赖他,觉得这个年轻人踏实而不中庸,锐意而不冒进,思维很敏捷,人也很聪慧。颜辉甚至产生过挖人的念头,这个年轻人即便是抛弃他所学的专业,在金融市场上也能闯出一片天地来。

梁云霄说道:"颜总放心,我进了项目规划组,二组的项目肯定会快速推进,不管他们怎么想,我都会尽我所能。"

梁云霄陪着颜辉回到招待所，安置他睡下，回到港口机关宿舍的时候，见有一个人影在门口晃动，走近一看，发现是贾山。梁云霄一边开门一边问他："小舅,你怎么还在这儿?"

两个人进了屋,贾山说道:"小梁,你能不能不叫我小舅,还叫我大哥?你这样叫我听着很生分。"

梁云霄笑道:"我跟宁霞已经领证了,她是你亲外甥女,这层关系是有血缘的,怎么就生分了呢?"

贾山说道:"宁霞跟我不亲,我还是觉得我们歃血为盟的兄弟情分更亲。要么就分场合,各论各的吧。"

梁云霄给贾山倒了一杯水:"你明天不是要搞开业庆典吗,怎么还不回去睡觉?"

贾山说道:"听弟一席话,胜读十年书。大哥就是读书读少了,脑子转不过弯来。你说得对,这关系是拿来用的,不是拿来亮的,面子光不如里子厚,你说我理解得对不对?"

梁云霄又笑了:"你理解得十分透彻。港口代理公司挂靠的事,张达也找过我,我把他拒了。很多事情我不能做,当时也是因为我师父说拆迁不能亏了你,才帮你的。"

贾山扇了自己一耳光:"兄弟,拆迁这件事,是大哥目光短浅,伤了你的心,大哥自己罚自己。颜总说得对,今后有大事,我得听你的,你可不能不管我。"

"不会的。我也是提建议,最后的主意还是得你来拿。"

"年底,凤凰湾到本岛、周边小岛的短线大桥也要开工了,我准备再上几条四万吨的船。"

梁云霄摇头说:"我不建议你再上五万吨以下的船。"

"为什么?"

"大桥的开通,对小型货船的船运生意会是个不小的冲击。五万吨以下的船出不了远洋。"

"那么多基建工程,不都得进料吗?"

"可桥不能总在建。而且,你认为这些进料的活都能给你?现在你已经有五条船了,能抢到的单,怕都吃不饱。"

"那我该怎么办?"

"集中资金上一艘大船。资金充足的话,沿着凤凰湾找闲置的工厂,把地势平坦的地方租下来做堆场,发展物流货运。"

贾山的思路一下子跟不上来:"你容我想想,容我想想。"

他捧着茶杯在屋子里来回踱步,突然间眼前一亮,大呼一声:"哎呀,我怎么就没想到呢,光想着进料了,怎么就没想到出料呢?海山港未来就是个大池子,水进出都得从这儿过啊。谁在这个池子里扑腾得厉害,谁挣钱啊。兄弟啊,我们这里还是地值钱啊。好了,我明白了,我们就弄个水陆两栖的转货站。"

梁云霄笑道:"那叫物流站,或者叫储运公司。"

贾山说:"行,你先歇着吧,我就按你说的办。"

他出门要走,又回头问梁云霄:"听金子说,我们家老爷子把潜钓场的那些设备拉走了。都这把年纪了,他还想折腾什么?"

梁云霄一笑:"这事我还真不太清楚。"

贾山狡黠一笑:"我听说东西在月塘湾落户了。"

梁云霄继续打马虎眼:"我也听宁霞说过那么一嘴,说是老爷子一天不在海里扑腾心里就发慌,不是折腾你就是折腾她。给老爷子找点事做,免得折腾你们。"

贾山竖起大拇指:"这事她做得好。另外,我问你一下,你们俩打算什么时候办婚礼?我得送份大礼。"

梁云霄说道:"不着急,到时候再说吧。我最近可能要去宁州办公了,这儿很少回来了,你有事就打电话吧。"

贾山一听,着急了:"你调去宁州港了?那我怎么办?"

梁云霄说道:"不算调动。宁州、海山两港一个管委会,管委会最近成立了深海岸线开发重大项目组,我还负责凤凰湾工程。"

贾山拍着胸口说道:"你吓我一大跳。"

贾山走了,梁云霄给宁霞打了个电话,说明天要去宁州。宁霞说:"宁州你别来了,宁家人要拎着礼物到海山去提亲了。"

3

早晨起来,姚子期决定把宁家要来提亲的事告诉姚四海。这事,姚子期从东海回海山的时候就跟姚江河讲过了,姚江河也给姚四海做了心理预设。他说:"子期在外面谈了朋友,可能要结婚了。"

姚四海心里对宁嘉南有气,就回答道:"男大当婚女大当嫁,让他们来提亲就行。"又问姚子期:"你那个结婚对象是谁?"

姚子期笑了笑:"过些日子人家会来提亲,人到了你就知道了。"

姚四海也笑了笑,没再问她。

一大早,姚子期发短信给梁云霄,要他早点来姚家老屋。

太阳跃出海面的时候,姚四海见梁云霄拎着几个塑料袋进来,有些意外:"你怎么来了,还买了早餐?"

梁云霄说:"昨晚师父喝多了,胃不舒服,小米粥润胃,我就买了些。"

姚四海慈爱地看了他一眼:"你这徒弟比你师爷的徒弟强。"

这段时间,码头桥吊机坏了,油压上不来,只剩下一台桥吊,装卸载很繁忙。贺大年和胡彪他们每个晚上都加班到很晚,姚四海的早酒就取消了。没有了早酒,早餐就吃得没滋没味。梁云霄每次从项目部回来,一定会来陪姚四海喝早酒,师爷徒孙四两白酒下肚,一整天姚四海都很高兴。

姚子期要梁云霄来姚家老屋,也是担心姚四海听了这个消息会彡毛。梁云霄见姚四海早餐吃得很开心,心里盘算着怎么寻找机会开口提姚子期的事。这段时间,姚四海很喜欢他这个徒孙不假,可这老头儿脾气有点儿怪,说翻脸就翻脸。

早晨,姚江河起得晚了些,胃还真是有些不舒服,头也有些晕。姚子期和梁云霄把塑料袋里的小米粥拿出来,姚江河喝了一碗,起身坐在沙发上看报纸。

梁云霄看了一眼姚子期,对姚四海说道:"爷爷,我听着外面的喜鹊喳喳叫,今天老姚家怕是有喜事临门了。"

姚四海不以为然:"这群闹腾鬼,每天早晨都这样叫,也没见有什么喜事。"

梁云霄说道:"今天有。"

姚四海看了一眼他,又看了一眼姚子期,心里像是明白了什么,于是明知故问:"什么喜事?我听听。"

梁云霄端着一杯白酒故意逗他:"你猜,猜对了,这杯酒我干了。"

姚四海在鼻子里哼了一声:"到现在你们还瞒着我?老宁家今天要来提亲了吧?"

梁云霄、姚子期和姚江河三人都愣住了。原来姚四海知道姚子期的结婚对象是宁嘉南。

梁云霄看着满满一杯白酒说:"行吧。老爷子,真有你的,我干了。"说完,他咬咬牙,一饮而尽。昨晚喝了两场酒,梁云霄是真的喝不动了。一杯烈酒下肚,呛得他两眼泪汪汪。

姚四海看了一眼梁云霄:"跟他们一起糊弄我,该。"他啜了一口酒,又道:"该来的总要来,让他们来吧。"姚四海话说得很无奈。宁嘉南是姚子期看中的人,生米已成熟饭,他再反对,也无济于事。

姚子期和姚江河进了自己的房间,留下梁云霄跟姚四海继续喝酒。梁云霄压低声音,还在给姚四海做着思想工作:"爷爷,子期跟嘉南已经相爱多年,要散早散了。他们两个都是在国外留过学的人,要是不顾及您的感受,早就在国外结婚生子了,还能按着我们海山的规矩提亲、订婚?我们得学会面对现实不是?子期这个人您又不是不知道,又自我又坚持。当初她出国留学,您装病,硬留她小一年,结果怎么样?人家还是走了。她学成之后,香港那么好的工作,为了您和海山港,这不也回来了吗?嘉南也可以留在欧洲,人家为了子期也回来了。光这一点,我就佩服他。我再给您透露个消息,管委会成立深海重大项目组,我们三个都进了。大桥年底就通车,您去宁州,或是他们回来,也就四十分钟。您不用担心我是赘婿、子期要嫁到宁州去什么的,您放心,周末耽误不了陪您喝早酒。当然,那时候,您还有孙女婿。"

姚四海死死盯着梁云霄看了一阵:"臭小子,平时看你话不多,没想到这么会说。我警告你,虽说你是宁家的女婿,可也是我姚四海的徒孙,屁股不要坐错了位置。"

梁云霄跟姚四海碰了个杯:"爷爷,这个您放心,我的屁股就在这儿。"

姚四海笑了:"你都成宁家人了,你的话,我暂且听听。"

姚四海对宁州人的印象不好。两个地区虽然只隔着一片海,但一方水土养一方人,文化、秉性还是有很大差异。宁州是千年大港,面朝大海,内连长三角,地理位置独特。晚清开埠也早,思想开放,商业发达。所以,宁州人给人的印象是开放明达,精于算计。海山沧海孤悬,民风纯朴,生计所迫,向海而生,所以这里的人大都性格直爽,敢作敢为。姚四海打心底里不愿意姚子期找一个宁州人,尤其是宁家人。

日上三竿,姚四海的两个徒弟贺大年跟胡彪来了。两个人都换了新西装,还扎了领带。贺大年人高而瘦,西装有些短。胡彪矮而胖,西装有些紧。

梁云霄悄声对姚子期道:"我师爷把他的哼哈二将叫来了。"

姚子期看着两人的样子,忍不住笑着打了梁云霄一下:"什么哼哈二将,多难听。"

梁云霄提醒姚子期:"我话难听,宁家人今天脸色会很难看。"

果然,贺大年进门就道:"小梁,今天可不能给你师爷丢人,要把宁家人全喝翻。"

姚子期听完,脸色顿时不好看了。可这两个人是姚四海请来的陪客,当着姚四海的面,她不能说他们。

梁云霄把贺大年和胡彪叫到一边嘱咐:"两位师叔,今天不管老爷子跟你们交代了什么,还是你们心里想了什么,你们只管陪酒,不能裹乱。子期跟嘉南相爱多年,你们要想让子期不理你们,今天就随便折腾。"

贺大年道:"小子,你这还没做上门女婿,就开始向着老宁家说话了?"

胡彪骂了一句:"叛徒。酒场上你要敢叛变,我代表我师父撂倒你。"

十点,宁家提亲的队伍带着烟、酒、茶、糖和各色礼物准时进门。十全十美,这个时间点不能错。男客是宁五洲、宁海楼、宁嘉南和宁州港分管技术的副总陈奎,女客是齐英和宁霞。六个人,一行人摆渡了两台车,一台是宁嘉南开回来的黑色奔驰,一台是宁州港的商务面包车,礼品拉了满满两后备厢。

姚家请了厨子,千家门渔港的吴婶带着三个人上手,午饭十一点就上了桌。众人落座,姚四海、宁五洲居中,姚江河、宁海楼和各方的主客岔开坐着。梁云霄、宁嘉南、宁霞和姚子期就坐在两个老人对面。梁云霄和宁嘉南做了开酒、倒酒的酒司令,宁霞和姚子期做了传菜员。贺大年把三箱本地产的东海龙贡搬过来,一副血战到底的样子。宁海楼看了一眼梁云霄,梁云霄笑了笑,算是领会了他的意思。可姚四海瞪着一双大眼,梁云霄也无可奈何,没办法张嘴帮他。

酒不过三巡、菜不到五味不说事,这是海山正式酒场上的规矩。

三巡酒喝得异常艰难,姚四海的领杯酒喝过之后,姚江河胃不好,就成了贺大年跟胡彪的借口。两个人敬酒不用杯子,而是用小碗。虽然宁海楼、宁五洲能喝酒,还带了个同样能喝的陈奎,可他们所谓的能喝,无论如何也拼不过沧海孤岛上早酒就上碗的贺大年和胡彪。三巡酒过后,陈奎和宁家三人就顶不住了。紧接着又是几轮劝酒,陈奎就忍不住叫梁云霄过来挡酒了。

梁云霄刚毕业实习的时候跟着陈奎,陈奎还鼓励他追女孩子,算是半个师父,加上梁云霄是宁家的女婿,梁云霄就很为难。他给陈奎挡酒,贺大年和胡彪不干了,也要他帮着挡。他是两边都敬,两边都喝,两边都不得罪,不一会儿就先把自己喝倒了。宁霞心疼,见他脸都绿了,一时兴起,端起酒碗就跟贺大年杠上了。

宁霞不端酒碗则已,端起酒碗很快就把贺大年和胡彪喝倒了。姚四海没想到宁霞这个女孩不仅操作技术好、能干,还这么能喝,心里就对她刮目相看起来。贺大年和胡彪倒下之后,姚四海是爷爷辈,不能主动跟宁霞喝。可宁霞敬姚四海酒,姚四海就不能不喝了。酒场如下棋,宁霞当门一炮,就把姚四海将成了死棋。酒喝到这里,也就该谈正事了。

宁五洲说道:"四海兄,你看,两个孩子年龄都不小了,恋爱也谈七八年了,我们商量商量,把婚事定下来?"

姚四海看一眼对面的宁嘉南,没说话。宁嘉南给姚四海倒了一杯酒,起身说道:"爷爷,我先干为敬。"

宁嘉南喝酒的时候,姚子期也站起来了。

宁嘉南说道:"爷爷,您放心,我们相爱多年,我会好好爱护、照顾子期的。"

姚四海嗯了一声:"好听的话谁都会说,我这人只看行动,你要是辜负了子期,我会把你吊在百米高的桥吊上当鱿鱼晒。"

齐英接过话茬:"这点我向老爷子保证,绝对不会。能娶到子期这样的儿媳,是上天给我们家的恩泽。子期小时候我就很喜欢她,她嫁过来不会受委屈,我会当女儿一样对她。"

姚四海皱起眉头:"怎么不是宁嘉南过来?"

这话一出口,场面顿时尴尬起来。

姚四海笑着补充:"云霄可以过去,嘉南也可以过来嘛。"

宁海楼看了一眼姚江河,宁嘉南看了一眼姚子期。最后还是宁海楼哈哈笑道:"宁州港、海山港已经合成一家了,大桥开通以后,开车最多也就一个小时,两边可以轮着住,不存在过来过去的,对吧,老姚?"

姚江河也笑:"对,这不是个问题。宁州那边条件好一些,教育、医疗、交通、生活,这是事实。"

两个人这么说,气氛就缓和了。姚四海道:"那婚礼要先在海山办。"

宁海楼爽快地答应了:"好,婚礼先在海山办,让嘉南先过来,然后在我们那边再办,让子期再过去。"

姚四海点了点头,看一眼宁嘉南,说道:"倒一碗酒,喝了。"

宁嘉南看了一眼姚子期,见姚子期点点头,立刻欣喜地照办。

订婚宴磕磕绊绊,最终还是把婚期定下来了:大桥通车预计在十二月,他们想抢在通车仪式当天来海山办第一场婚礼。

按规矩,提亲、订婚、商量婚期是三个环节,但因为漂洋过海很烦琐,宁海楼跟姚江河商量就一次性定下来算了。

下午三点,宁五洲、齐英、陈奎先走了,留下宁海楼、宁嘉南跟这边商议接下来的细节。

姚子期和宁嘉南订婚,却醉倒了梁云霄和宁霞。两个人被姚江河的司机送回了机关宿舍,衣服也没脱,很快就睡死过去。

4

宁霞醒来,天快黑了。她起身连呼:"老公,不好了,我赶不上最后一班船了。"

梁云霄没有睁眼,慵懒地翻了个身子抱住她:"那就明天回吧。"

宁霞推开梁云霄:"不行,宁虹在家里呢。"她看了一下手机,发现宁虹打了她好几个电话,还发了好几条信息,都是在问她什么时候回去。

梁云霄一惊,也忙坐起身。

宁霞从东海回来,就带着宁虹去宁州医院看了心理医生。高中女生普遍的心理问题让宁霞大吃一惊,什么原生家庭问题、压抑问题、初恋问题、人际关系问题。她搞不明白,她十七岁技校毕业,白天跟着爷爷上塔台学桥吊,下班还要带孩子、照顾病人,买菜、洗衣、做饭,睁开眼睛就得盘算一个月的收入和支出。自己童年、少女成长阶段遇到的磨难和挫折,搁在现在这些孩子身上,早就跳楼八百次了。

宁霞抱着梁云霄,哭着说:"我真的不知道该怎么办了。"

梁云霄安慰她:"你别担心了,我这就收拾东西,今晚跟你一起回宁州。宁虹的事,我们一起想办法。"

宁霞疑惑道:"你明天不是还要去上班吗?"

梁云霄一边收拾东西一边说:"我不在海山港干了。"

宁霞一脸惊愕:"你辞职了?老公,你可别犯傻。"

梁云霄看着宁霞一脸惊讶、害怕的样子笑了,把管委会的调动说给她听。宁霞听完,兴奋得一跃而起,搂住梁云霄的脖子:"太好了!"

梁云霄把资料、图纸装了满满两个大纸箱,然后打电话给张达,要他们为大桥运水泥的货船在海山港附近的综合小码头停一下,然后跟宁霞一起去宁州。

一切收拾停当,梁云霄张开双臂对宁霞说道:"小霞,这就是我的全部家当,你要不嫌寒酸,我就嫁了。"

宁霞扑到梁云霄怀里,感动地说道:"我什么都不要,就要你。"

梁云霄和宁霞是午夜回到宁家老屋的。梁云霄只拿了换洗衣物,其他大件行李都留在张达在宁州的船运公司里。

宁虹一直没睡,听到外面的动静就跑过来,扑到宁霞怀里,哽咽着喊了一声:"姐!"

宁霞拍了拍她的后背,安抚了她一阵。继而,她看到了梁云霄,脸色陡然就变了。

梁云霄没有理会宁虹的冷漠,温和地柔声说道:"宁虹,从今天起,哥住在这个家里,可以吗?"

宁虹一脸冷漠地望着梁云霄:"不可以。"

梁云霄微微一笑:"从今天起,我是这个家里的人了,为什么不可以呢?"

在宁虹的认知里,梁云霄就是这个家的入侵者,抢走了她的姐姐,抢走了她爱的人。她拦在门口:"你胡说,你不是我们家里的人,你赶紧走。"

宁霞呵斥:"宁虹,别胡闹。"

梁云霄仍然一脸微笑,用手势制止了宁霞,示意她不要管。他拉开包,拿出一张鲜红的结婚证,打开后伸到宁虹面前说道:"我跟你姐是合法夫妻,我是你铁定的姐夫,这是无法更改的事实。现在摆在你面前的是一道单项选择题:A.我住进家里;B.你姐跟我去海山。"

宁虹愣在当场。

宁海魁听到动静,滑动着轮椅出来了,看到宁虹堵在门口,怒斥:"宁虹,你发什么疯?"

此刻,宁五洲也披着衣服出门,正要发话,就听见梁云霄对宁虹说:"你们高中生喜欢绝对民主,绝对公平,那我们就投票表决。"

梁云霄说完对着宁五洲和宁海魁一鞠躬:"爷爷、爸爸,我调到港口管委会重大项目组来了。从今天起,我想住在家里,成为家里的一员,不知道你们欢迎不欢迎?"

宁五洲备感欣慰地点了点头:"好,好孩子,爷爷欢迎你成为家里的一员,今晚你就睡爷爷的房间。"

宁海魁听后,百感交集。今天或许是他受伤致残以来最高兴的一天,女儿宁霞为这个家受尽了苦难,今天,她终于有一个肩膀可以依靠了。宁海魁眼含喜悦的泪水回答:"愿意,愿意,爸爸欢迎。"

梁云霄摊开双手对宁虹说道:"你看,三比一。算不算公平?"

宁虹顿时傻眼了。她的嘴唇动了动,但没有说出话来,让开路,一个人气呼呼地进房间了,一边走一边说:"你们合伙欺负人。"

宁霞对梁云霄竖起大拇指:"你真有一套。"

几个人说笑着进门,宁五洲就要搬到宁海魁的房间去住,被梁云霄制止了:"爷爷,我跟您挤一晚就行,您不用搬。管委会项目组给我准备了宿舍,天亮我就搬过去。"

宁五洲说着压低声音:"小梁,我看你最近还是住在家里比较好,宁虹这孩子,宁霞治不了她。"

梁云霄的到来,宁五洲不仅高兴,而且扬眉吐气。白天在海山委曲求全,憋了一肚子气吃的亏,看到梁云霄拎着行李入门的一瞬就找补回来了。

时间太晚了,梁云霄跟宁五洲合睡在了一张床上。宁五洲人老了,瞌睡就少,加上心里兴奋,就躺在床上跟梁云霄聊起了天。他从宁海魁娶贾玲开始讲起,讲了宁海魁深海炸礁,为救徒弟伤了腿,只能截肢;讲了贾山父子吸血鬼一样的索取给宁海魁一家带来的灾难;讲了宁海魁出事后,贾玲做生意跟老外跑到海外,对两个孩子和宁海魁的绝情;讲了十岁的宁霞是如何带着妹妹宁虹的同时还要照顾伤残的父亲;讲了宁霞十五岁上技工学校,十七岁到港口一线做学徒,上桥吊塔楼如何苦练技术;讲了宁霞一个女孩子担负起全家的重担,十几年的不容易。当然,宁五洲还讲了家里未来要面对的困难。

宁五洲娓娓道来,声情并茂,梁云霄听得很认真,也很伤感,对宁霞既心疼,又钦佩。宁五洲话说得也很坦诚:"小梁,爷爷知道你是个好孩子,到这个家,爷爷就得提醒你。爷爷年纪大了,可能帮不了你们几年了,这个家以后就靠你了。小霞是个女孩子,硬撑到今天,太苦、太难了。小梁,你能进这个家,爷爷感谢你,爷爷也替你那个不争气、可怜的爸爸感谢你。"

黑暗中,梁云霄能觉察到宁五洲在落泪。这个强硬了一辈子的男人,在暮年仍在为他儿子和孙女日后的生活担忧。宁五洲默默哭着,慢慢就没有了声音。他睡着了。

这一夜,梁云霄却没有睡。这个残破的家就像漂泊在命运沧海上的孤舟,他在思考着,要如何带着这叶孤舟冲破惊涛骇浪,驶入幸福的大港。

宁霞也一夜未眠。梁云霄就这样不声不响地来到了这个家庭,对他来说,太不公平。姚子期嫁人,要办两场婚礼。梁云霄入赘,夹着铺盖卷儿就来了。梁云霄爱自己,所以不说什么,但周围的人会怎么看他?丁春草和落叶岛上的父老乡亲会怎么看他?梁云霄是港口系统的青年翘楚,未来可期,他们的婚姻不可以成为别人的笑柄。宁霞决定跟家里人商量,等宁虹好起来,她也要办两场婚礼,先去落叶岛,再回宁州来。这样,她宁霞就是嫁到落叶岛上去的儿媳妇。她相信她的能力,更相信梁云霄的能力,只要他们齐心协力,他们会幸福的,这个家也会幸福的。

宁虹此刻就睡在宁霞的身边,安静得像个婴儿。宁霞想起贾玲出走的那年冬天,宁虹躺在婴儿床里,嘴唇乌紫,哭得连气都没有了,是自己解开棉衣,用身体温暖着她,直到她又嘶哑着嗓子开始啼哭。

宁霞抱着宁虹深一脚浅一脚地追到码头上,希腊的货轮已经离港起航了,寒风中的她犹如一片被刮飞的叶子,她的身边,就是坐在轮椅上面无表情、生不如死的宁海魁。

宁霞痛恨贾玲的冷漠、绝情、残忍。十几年来,被抛下的三人相依为命,宁虹已经成了宁霞身体里不可分割的一部分,就像她十月怀胎生下来的孩子。她甚至做过一个梦,梦里她生下了一个浑身是血的婴儿,这个婴儿就是宁虹。

昨晚,宁霞跟宁虹聊了很久。宁虹的志向很大,要报考东海交大,因为这是宁霞的梦想。可宁州海洋中学是东海省的重点中学,学习压力本就巨大,偏偏学校里又有几个男孩追求或骚扰她,给了她更大的精神压力。

梁云霄起得很早,宁霞和宁虹起床的时候,梁云霄已经把早餐买好了,院子里也被他收拾得很利落。项目组要开始筹备,工作千头万绪,梁云霄要早点过去。

宁虹去洗漱,发现卫生间被整理过了,她的洗面奶、牙具不仅放错了地方,卫生间里还多了梁云霄的洗漱用品、拖鞋和毛巾。宁虹哇地大叫一声,把其他人吓了一跳。她气势汹汹地跑出来对梁云霄道:"谁让你动我东西了?臭变态。"梁云霄顿时很尴尬。

宁虹的这句话惹怒了宁霞,她一脸阴沉地走向宁虹,让她把刚才的后半句话再说一遍,于是宁虹更大声地说道:"臭变态。"

梁云霄阻拦不及,宁霞一记耳光就打了过去,宁虹白皙的脸上顿时五个手指印。宁虹惊呆了,开始放声大哭,一边哭一边道歉:"姐,对不起,我错了。姐,对不起,我错了。"

她去拉宁霞,宁霞甩开她,狠心怒喝道:"不愿吃饭就滚回你的房间去,今天老实给我待在房间里温习功课,不然你爱滚哪儿滚哪儿去,我是你姐,不是你妈。"

宁虹重复着道歉的话进房间去了,宁霞自己也哭了起来,梁云霄过来劝她:"这是我的错,我的东西不该放在卫生间里。你不该打她,也不该凶她。"说着看了一下手表,"时间不早了,我去上班了。"

梁云霄跟宁海魁和宁五洲打了声招呼就要出门,宁霞找出了一身新西装给梁云霄换上,是她在东海时偷偷买的。

宁五洲也起身,看了一眼宁虹的房间,感叹老天无眼,厄运总找上这个千疮百孔的家。他满腔悲怆地出门,正遇到为梁云霄整理衣服的宁霞,便道:"小霞,你们搬到新家去住吧。各人有各人的命,你要她好好活,她非要自生自灭。"

梁云霄道:"爷爷,不至于,一切都会好起来的。"

宁五洲苦笑一下就离开了,宁霞流着眼泪对梁云霄说道:"对不起,没想到你第一天在家里住就弄成了这样。等你宿舍弄好了就搬过去住吧。"

梁云霄笑着擦去宁霞脸上的泪水:"台风躲不过,就得闯过去。小霞,我们既然选择在一起,就必须共同面对。放心吧,有我呢。"

5

梁云霄八点钟准时来到了项目组。眼前一座晚清欧式建筑耸立在沧海之滨。三层的建筑物像是刚刚粉刷过,青瓦覆顶,墙体雪白。这栋楼本属于宁州港宁州国际港口咨询发展专家委员会,委员会成立后,三四年才举办一次活动,就成了宁州港的鸡肋。宁海楼原本想在这里弄一个宁州港的港口资料馆,还没来得及,就被港口管委会征用了。

宁州—海山港口管理委员会虽然位置尴尬,但省政府的正式编制单位在那儿摆着,统筹协调港口建设、发展,统筹资金、资源管理的职能也硬邦邦在那儿戳着。宁州港虽然还是宁州市的宁州港,海山港虽然也还是海山市的海山港,但两家头顶上却戴着同一顶帽子——港口管委会。

不久前,梁云霄跟颜辉探讨过这个问题。颜辉曾猜测,当初那位省委领导成立管委会的初衷,是要快速协调推进两港一体化进程,并不希望它长期存在。只是这位领导调任,离开了东海,港口管委会就被推进到了这样一个窘境。

项目组办公区分三层:一层是项目组办公室、会议室、财务室各职能办公室;二楼是项目一组,宁嘉南还没有到,宁州港设备科来了四个年轻人;三楼是项目二组,半边办公,半边是单身宿舍。海山港来了三个人,还有一个是罗子坤的研究生熙雯。熙雯提前一天到了,是个女生,中等个子,胖乎乎,皮肤白皙,戴着黑框眼镜,像一只可爱的熊猫。她本科读的是海事学院的工程力学专业,计算能力很强,罗子坤把她派过来,算是项目实习。

猛然离开凤凰湾工地和身边波涛汹涌的大海,梁云霄心里空落落的,再次陷入了迷茫。项目前面到底是个什么样子,一切都是未知。

张达的公司派车把梁云霄的东西送来了,海山来的小郑帮他一起把东西抬进了宿舍。宿舍是个小套间,外面的客厅能开会能办公,里面是卧室。小郑是海山港基建科的,凤凰湾一期一直跟着梁云霄。他提前三天来,为梁云霄购置了两个简易书架,熙雯帮忙把书摆放齐整。装图纸的箱子,梁云霄用塑料纸裹起来,放在了床底下。

十点钟左右,宁嘉南和姚子期来了。

姚子期的预算组,管委会给她配了三个人,两女一男。她的宿舍在靠走廊的最里面,也是个套间。宁嘉南看了看,不太满意,悄声对她说:"我们还是住新房吧。"宁州港集资房,宁海楼要了一套四居室,一百七十几平方米,背山面海,很漂亮。

姚子期说:"还是不能搞特殊。"

但宁嘉南坚持不住项目组,他准备买一辆好一些的车,住家里。

方平召集众人开了个会,宣布了项目组的人员、编制职务。宁嘉南是幸运的,刚回国就赶上了港口一体化改革和国家人才引进政策,瑞典国际海事学院尼德教授博士的头衔,给他带来了事业的高起点。宁嘉南主导项目一组,主攻宁州湾十万吨码头建设项目;梁云霄领导项目二组,主攻凤凰湾十万吨码头项目。两个项目组项目齐头并进,哪个项目先完善,哪个先投入建设。

梁云霄听完方平的讲话,心里笑了。他很清楚,海山港二期项目没办法比宁州湾一期项目先开工。管委会这种平衡地域关系的做法,让他心里很不舒服。方平在上面讲,他在下面画图,姚子期坐在他和宁嘉南中间,偷偷瞟一眼过来,发现他画的竟然是宁州湾的地图。姚子期笑了,她知道梁云霄对凤凰湾二期项目暂时搁浅很不甘心,他在项目组不会甘于寂寞。

方平在海山港干了两年多,没有突出成绩,这董事长做得憋屈。海山港能干的人大多数站在姚江河那边,跟他处得不错的姜副总、赵科长等人,大多数跟他一样,都是在市里、省里有些裙带关系的。他在海山港搞了一系列改革,多数胎死腹中,姚江河回来后,他曾经提拔上来的人也多数在后来的岗位聘任中落败了。所以,他来海山港镀金,未见金光灿灿,倒是给他的仕途蒙上了一层黯淡的阴影。在领导的印象中,他成了喜欢夸夸其谈的赵括。

这次让方平来重大项目组任副组长,是钟立达给他的一次机会。他硕士毕业时成绩很优秀,钟立达挑的他。他在省交通运输厅机关十年,干到了港务局的处长,算是进步快的。从海山港回到省厅,处长的位子没了,钟立达就把他要到了管委会,任排名最末位的副主任。

方平对梁云霄的印象不算好。他认为梁云霄太轴了。可此刻他不能表现出真实的情绪。这小子太能干,凤凰湾一期工程成功投产,运营十分顺利,梁云霄的名字在省厅和东海港务系统已经被人所熟知。

会不长,众人离开,方平把梁云霄、宁嘉南、姚子期留下了。方平感慨地说道:"现在罗教授的三个弟子齐聚项目组,一个博士、两个硕士,师出同门,名校海归,大事可成。"

梁云霄微微一笑:"这里面数我最差,我一定好好学习。"

方平一笑:"小梁有这个态度,我很高兴。凤凰湾一期项目不错,省里表彰了,戒骄戒躁,更进一步。哦,对了,晚上周副市长请客,点名小宁、小姚参加,小梁你晚上要是没事,也一起吧。"

梁云霄说道:"对不起,主任,我晚上真有事,就不去了。"

方平说道:"那我缺少个挡酒的干将。"

姚子期也跟着说:"主任,我最近身体不舒服,您和嘉南一起去吧。"

宁嘉南知道姚子期是不想看见李子木,就附和道:"消炎药吃了吧?"

姚子期见宁嘉南配合她,莞尔一笑:"吃了。"

宁嘉南说道:"晚上还得吃。"

方平问姚子期:"要不要去医院看看?"

姚子期说道:"不用了,天气变化太快,可能着凉了。"

方平就说:"那今天就到这儿吧。"四个人就散了。

一楼走廊上,姚子期问梁云霄:"毛脚女婿上门,感觉如何?"

"还好。你们先聊着,我得赶紧回家了。"梁云霄说着,出门骑车走了。

宁嘉南望着梁云霄的背影笑了笑,姚子期问他笑什么,他说:"看起来好不到哪儿去。"

姚子期疑惑地问:"你对你这个妹夫不满意?"

宁嘉南说道:"从感情上讲,我十分希望梁云霄能成为我的妹夫,他很能干,能帮宁霞分担一些压力。可从理性上讲,我二叔那个家,他陷进去就完了。那个家不仅有瘫痪的父亲、吸血鬼小舅,现在又多了一个精神出了点问题的小姨子。进了那烂泥潭,即便他是鲲鹏,也会被困住翅膀。这就是现实。"

姚子期心里不由替梁云霄担心起来了,命运对梁云霄来说,好像真的有点不公平。

宁嘉南又道:"李子木那小子当了周副市长的秘书后,好像没那么令人讨厌了。"

姚子期说道:"那是因为他还没有恶心到你。我提醒你,那个人坏到了骨子里,你千万不要跟他搅和在一起。"

"可现在他是周副市长的秘书,以后难免要打交道。我建议你和梁云霄也别跟他关系搞得那么僵,阎王好见,小鬼难缠。"

姚子期嗤之以鼻:"我跟李子木那样的小鬼缠不着。这样的人最好一辈子不见面,他在海山港针对梁云霄和宁霞干的那些事,见一次打一次都不解气。"

宁嘉南不禁感慨冤家路窄。李子木在大学因纠缠姚子期被梁云霄揍得鼻青脸肿,几年后在海山港再次因宁霞被整治得落荒而逃。他想,李子木对梁云霄的恨肯定到了骨子里。

6

梁云霄无论如何也没想到,他跟叛逆小姨子宁虹的破冰之旅,源自一道微不足道的几何题。晚饭时分,宁霞下班晚了,梁云霄做了一大桌子菜,宁霞回到家就吃到了现成的,闷了一天的坏心情顿时好了起来。

宁霞叫宁虹吃饭,宁虹却正在跟一道解不开的几何题较劲,做不出来就不吃饭。宁霞建议宁虹,拿给梁云霄看看,宁虹十分不屑。梁云霄笑着走过去扫了一眼,故作为难地对宁霞说道:"我高考都过去多少年了,可能还真不会。"

宁虹不屑地说了一句:"水货。"

梁云霄说道:"我要是能解出来,二小姐能去吃饭吗?"

宁虹把卷子推过来,没有说话。梁云霄一笑,拿起笔画了两条辅助线。宁虹看到那两条辅助线,眼睛顿时一亮。梁云霄道:"我们一起算,看我能不能蒙对。"

不到一分钟,梁云霄就算好了,宁虹把自己用十多分钟算出来的答案跟梁云霄的一对,竟然一模一样,于是诧异地看了梁云霄一眼。

梁云霄拿出一张草稿纸,开始给宁虹讲起来:"证明解析考的就是你的逻辑思维能力,其实就两个关键点。"

宁虹心悦诚服,但嘴上还是很硬:"这个还要你说?"

梁云霄说道:"愿赌服输,吃饭。"

宁虹放下卷子,出了房间开始吃饭了。宁霞欣喜地望着梁云霄,一脸崇拜。

梁云霄心里笑了,画了几千张图的研究生,几何就是吃饭的本钱。

夜里,梁云霄就住在了宁五洲的房间。宁霞给他抱被子过来时,他说:"我明天去一趟学校门口的书店,把宁虹的教材和练习册买一套回来。宁虹落下的课,我来帮她补。"

宁霞高兴地在梁云霄脸上亲吻了一下:"好。"

梁云霄跟宁虹的关系就这样算是有了好转。宁虹还是不肯去学校上学,梁云霄就利用双休日和工作日晚上来帮她补习功课。宁虹见到他仍然很冷漠,仍然不叫他"哥"或者"姐夫",总是叫他"喂"或者"姓梁的"。宁霞想对她发脾气,被梁云霄制止。梁云霄说:"她爱叫什么叫什么吧。"宁霞也就不管了。

这样的日子过了一个多月,转眼期中考试就要到了,梁云霄就跟宁虹商量:"二小姐,敢不敢去学校考期中考试?"

宁虹斜了他一眼:"不去。"

梁云霄说道:"你信不信,你这次期中考试能在年级提升一百名。"

宁虹自然不信:"你又不是神。"

梁云霄说道:"那我们赌一把,敢不敢?你要是提升不了一百名,我自己滚蛋。但你要是提升了一百名,我也不让你叫我姐夫,你就叫我名字,可以吗?"

宁虹不说话,算是默许。等成绩下来,宁虹兴奋了,因为她的成绩提升了一百八十名,位列全班前十。宁霞很吃惊,就问梁云霄:"你是怎么做到的?"

梁云霄说道:"学习方法的问题。"

宁虹果真从那天开始就叫梁云霄的名字了。宁霞担心梁云霄白天上班,晚上辅导宁虹太累,就跟宁虹商量,要她返回学校,可她还是不愿意。梁云霄劝说宁霞:"还是慢慢来吧。"

宁州的冬天潮湿阴冷,宁家老屋因为港区距离大海不远,潮气太重,没有阳光的时候,寒气就像从地缝里冒出来的一样,沁骨地往身体里钻。宁霞和宁虹的手脚都长了冻疮,疼痒难耐。宁霞给宁虹和宁海魁的房间添了电暖气,可老房子的线路有些老化,总是跳闸。宁霞每天上班走路都疼得龇牙,晚上回到家里,梁云霄就为她脱鞋洗脚。宁虹仍然不愿去学校上课,整天待在被窝里,慵懒得像一条冬眠的蛇。

这天,宁霞下班回来,看到梁云霄在院子的灯下用电焊机焊着一个铁罐,一问才知道是在为家里装水暖。铁罐不太大,下面连着一个能烧柴烧散煤的炉子,水管从炉子的加厚钢管流过,出来的就是热水。热水通过管子连接到每个房间的暖气片上,走一个回路,几个房间里就有了暖气。

这年的冬天,宁州特别冷,刚入冬就下了一场鹅毛大雪,可宁家老屋却因为梁云霄的到来温暖如春。屋子里的温度适中,穿着毛衣还会微微出汗,宁虹就更不愿意到学校去了。

7

宁虹的情况有所好转,宁海楼真心为弟弟宁海魁高兴,要单独请梁云霄吃饭。梁云霄跟着他进了一家宁州菜馆,菜馆不大,很安静,菜的味道也很可口。

二人坐下来,宁海楼打开一瓶酒说道:"你来宁州有些日子了,早就想请你吃顿饭,一直没顾上,今天我们喝两杯。"

梁云霄说道:"您想喝酒,我们在家里喝就行,没必要来饭馆。"

宁海楼说道:"我们好长时间没聊天了,我就想跟你说说话。"

酒菜齐备,梁云霄倒酒,宁海楼举杯:"宁虹的事多亏有你,我替海魁和宁霞谢谢你。"

梁云霄跟宁海楼碰了一杯:"她是我妹妹,都是应该的。"

宁海楼感慨:"我这个弟弟,当兵从海山回来后就没过上一天好日子,娶了一个那样的女人,摊上岳父和小舅子那样两个人,又遇上那样一次劫难……宁霞这些年不容易,不过你来了,一切都好起来了。"

两个人吃着、喝着、聊着,很快聊到了项目组,聊到了深水大港的项目上。梁云霄把他担心的情况说了,宁海楼叹了口气:"这三年是个关键期。真是搞不清楚,为什么还搞地域平衡。海山港凤凰湾二期项目全部投产,跟宁州港也不在一个体量上。既然是推进一体化,那就按照一体化发展,就怕搞成一个帽子三家戴,政出多门,我都不知道该怎么搞了。"

最近,宁海楼的烦心事是宁州湾深水大港项目。周晓乙在宁州湾港口发展战略上有了大变化,让原本在跟斯兰特公司合作项目上吃了大亏的宁海楼很难接受。宁州搞了一个宁州湾工业新城的设想,除了跟斯兰特公司的合作项目外,还引进了钢铁公司、水泥企业、石油化工企业。国企、外企、民企扎堆建设专属深水码头,这对未来宁州港的发展布局是不利的,可他也不能说周晓乙的做法不对。为官一任,造福一方,宁州湾新区发展需要国内外资本的注入,招商金额、城市税收、GDP发展是衡量政府官员业绩的硬指标。而宁州湾经济的崛起,无疑也带动了港口的发展。这两年,宁州港的集装箱吞吐量增长,业务飙升很快。所以,宁海楼没怎么管宁州湾项目的问题,他把主要精力放在了港口的运营上。可不管不代表问题不存在。宁海楼想到港口未来的发展,还是忧心忡忡。

宁海楼自斟自饮了一杯,问梁云霄:"你对眼下这两个重大项目怎么看?"

梁云霄说道:"宁州港宁州湾的项目,继续深耕集装箱码头的策略是对的,这是它的地理和区域优势决定的。海山港凤凰湾二期项目,我也有了新的想法,尤其是跨海大桥开通之后,大宗商品散货堆场和仓储才是重点。我会向项目组建议,二期工程计划建设的三个集装箱码头,可以毙掉两个,改成大宗散装商品专属码头,扩大堆场、中转、储运设施建设,这样海山的业务就跟宁州区分开了。"

宁海楼同意梁云霄对二期工程大胆的修改,欣慰地望着他,觉得他这几年成长很快。宁海楼问:"你的这些话,跟嘉南说过没有?"

梁云霄摇摇头说:"我觉得,即便我说了,恐怕他也未必能听得进去。周副市长决心要打造港城工业区,方向上怕是已经定准了。最近,两个人联络很密切。"

宁海楼沉默了好大一会儿,担心地说道:"我听说他还想把跟斯兰特公司合作的项目放进去。"

梁云霄苦笑:"狡猾的斯兰特就是等着上宁州湾基础设施和深水大港建设的大船呢,这样他的项目就可以坐享整个配套基础设施。而且,他额外租用宁州湾的那片土地价格暴涨,未来无论是转手还是政府回购,都会赚得盆满钵满。"

宁海楼长叹了一口气,摇头说道:"屁股决定脑袋啊,他还是被斯兰特公司牵着鼻子走了。"

宁海楼对与斯兰特公司的合作耿耿于怀。他后悔当初没有像姚江河那样硬顶,吐掉斯兰特公司抛下的诱饵。可是当初,周晓乙的强势,他即便是硬顶,也无济于事。自己吞下的诱饵,即便是里面裹着鱼钩,如鲠在喉,周晓乙也要硬吞下去。

梁云霄说道:"我预测,斯兰特公司一定会压缩一期工程的规模。东南亚经济如同台风掠过,惨不忍睹。他在赌中国经济能否在次贷危机中站起来,固执自负的斯兰特根本不相信中国能躲过这一劫。"

宁海楼点了点头。

梁云霄向他建议:"所以,大伯,我认为,宁州港即便是赔一些违约款,也得想办法把斯兰特公司这个鱼钩吐出去。"

宁海楼沉思片刻,再次点头:"我会再次向宁州市政府和港口管委会起草一份报告,陈述我的观点。长三角经济的崛起,就决定了未来的宁州港集装箱业务繁忙,宁州宝贵的岸线资源应该放在集装箱港口的发展上,外来招商资本要建设的专属码头,不应该成为挤占宁州港发展空间的理由。更多大宗商品专属码头,应该建到海山去。这不是宁州和海山经济发展的问题,而是事关整个长三角经济发展的引擎问题。未来国货要出港,保障畅通才是我们的职责。"

梁云霄不禁对宁海楼肃然起敬,他从宁海楼身上看到了另一个姚江河。宁海楼明知道这样做就是跟周晓乙唱反调,但他还是坚持做了。宁州港的事,梁云霄曾经跟姚江河有过沟通,姚江河也十分不理解管委会为何转变了方向。

这顿饭,两个人吃了很长时间。宁海楼跟梁云霄说了很多,也喝了不少酒。他好像有些醉了,这些话好像在心里憋了很长时间,总是说不完。

梁云霄很疑惑地问宁海楼:"大伯,或许这些话您应该跟嘉南说,或者跟子期聊聊。"

宁海楼苦笑:"你的话他肯定不会听,我的话,他也未必能听。他从国外回来了,我很高兴。可他进管委会项目组,我是不同意的,你师父肯定也投了反对票,可钟主任还是用了他。好在我跟你师父还是副组长,我们都有建议权。至于子期,我不想让她卷入这样的是非。"

酒足饭饱,梁云霄和宁海楼出门,两个人都有些微醺。

宁海楼说道:"小梁,大伯知道你是个心直口快的,唯一的缺点就是锋芒毕露,这对你今后的发展是不利的。你管好你的项目就好了,宁州的浑水你别蹚,好钢更硬也易折。记住我的话,跟宁霞好好过日子,照顾好那个家。我那个兄弟的家好不容易安稳了下来,你就是屋顶,不能再出事了,听明白了吗?"

梁云霄顿时感觉到胸口有一股暖流涌上来。他冲宁海楼点了点头,两个人在港区的十字路口分手。梁云霄慢慢地朝着宁家老屋走去。

天空突然飘起了雪花,夜色中,路灯下洁白的雪花无声滴落在雾霭里,让这个混沌的世界有了一丝亮色。

宁家老屋的灯暖暖地亮着,宁霞打着雨伞出门,看到梁云霄回来,就迎上来,为他拍打着雪花,还取下了手套,用温暖的手攥住了他的手。

这个冬天,梁云霄觉得,没那么冷。

8

己丑牛年末,潮涨宁州客运码头。

一艘挂满红绸的客轮从宁州客运码头迎着旭日起航。宁家迎亲的队伍新衣红绸,熙熙攘攘在码头送行,他们要送宁嘉南前往海山做一晚的上门女婿。明日,宁家迎亲的车队再接姚子期嫁到宁州。

明日,也是海山人千年翘首祈盼的日子。跨越四个岛屿,穿越九个涵洞、两条隧道的海山跨海大桥将于明日正式通车。消息风一样刮遍了海山群岛,一时间多少人热泪横流:孤悬沧海的日子终于要结束了。

船送,车接,两场婚礼,见证了海山和宁州几千年隔海相望的牵手。婚礼是姚子期策划的,让宁霞和梁云霄都十分佩服。姚子期就是姚子期,一出手就石破天惊,她的婚礼,注定多年之后仍会成为海山和宁州两地新婚的美谈。

大海波浪翻滚,婚船乘风破浪。

梁云霄和宁霞一个西装革履,一个红衣红裙,胸前佩戴着伴郎伴娘的胸花。宁霞答应了姚子期,要全程做她的伴娘。

宁嘉南也一身蓝色西装,戴着一副金丝边眼镜,胸前戴着新郎的胸花。他望着梁云霄和宁霞,开他们的玩笑:"我怎么看怎么像是你们俩的婚礼,我是送亲的大舅子。"

梁云霄笑了:"那我们俩蹭你一次婚礼。"

宁霞打了梁云霄一下,嗔怪地说:"见过蹭饭的,没见过蹭婚礼的。"

宁嘉南抱拳打趣:"同喜同贺,欢迎来蹭。"

海山码头,贺大年、胡彪和基建科的小郑以及海山港十几个年轻人来接亲。宁霞和宁嘉南一下车就被一群年轻人给围住了,分别接进了两辆花车里。梁云霄一头雾水,正要问贺大年,却被贺大年拉进了宁霞的婚车里:"傻小子,今天你也大喜。姚家既接宁家上门女婿,也娶宁家新娘。"

宁霞和梁云霄更蒙了。

贺大年见前面宁嘉南的婚车已经开走了,没有理会两个人的疑问,慌忙对司机说道:"赶紧开车,跟上前面那一辆,姚家老屋。"他说完从手提篮里递给梁云霄和宁霞一对胸花:"你们两个把这个换上。"

梁云霄一看,胸花上写着"新郎""新娘"。贺大年递给梁云霄和宁霞一份婚礼流程,上面写着:梁云霄先生和宁霞女士新婚大喜。宁霞顿时明白姚子期让她一定要提前一天来海山的原因了,姚家人是想借着这样的机会,也给她和梁云霄办一个同样的婚礼。梁云霄和宁霞感动得眼泪顿时流了下来。

姚家老屋张灯结彩。小院、小楼,红灯、红毯、红绸,苍茫大海边,红红火火,格外醒目。姚家招婿、娶亲,两对新人进门。海山港一片轰动,登门贺喜的络绎不绝。院子里、屋子里,门口还搭起了长长的彩棚,摆满了桌子。

姚四海高兴得合不拢嘴,不停地给港口的老伙计们散烟撒喜糖。徐正生和大刘也来了,徐正生悄声对姚江河说道:"师父,子期这一招让老爷子高兴疯了。这丫头了不得,择了个大桥贯通的吉日,又弄了个四人同喜。"

姚江河也笑了:"她这是耍了小聪明,怕老爷子把她的婚礼弄得鸡飞狗跳。挑个普天同庆的好日子,还找来了宁霞和梁云霄当帮手。"

徐正生哈哈笑了:"这就是我们海山港的性格,有条件要办好,没条件创造条件也要办好。"

姚子期为宁霞准备了一样的喜服,苏绣的鲜红唐装,大红的裙子,连头上的流苏和头花都是一样的,不仔细看,两人俨然一对亲姐妹。梁云霄和宁嘉南也是一样的蓝色西装,打着红色的领带,一个俊朗挺拔,一个儒雅俊秀。屋里屋外人声鼎沸,热闹非凡,众人品评着两对新人,皆是赞美之词。

欢声笑语中,翘首期盼的婚礼仪式就开始了。

先是宁嘉南和姚子期这一对新人。证婚人徐正生上台介绍了新人的情况,说了祝福之词。两个人一个海归博士,一个海归硕士,郎才女貌,令来客羡慕。因为今天是宁嘉南上门,姚子期和宁嘉南就拜见了姚子期这边的长辈。宁嘉南改了口,递了茶,大婚礼成。

梁云霄和宁霞走上台的时候,司仪请出了神秘嘉宾丁春草。梁云霄和宁霞不约而同地看了一眼姚子期,感激之情无以言表。丁春草也禁不住热泪横流。

两天前,姚子期只身来到了落叶岛。她在梁宝的带领下走进梁家贻贝海鲜面馆时,丁春草正在厨房里揉面。最初,听完姚子期的来意,丁春草是拒绝的。她流着眼泪说:"孩子,这样的场合我出现不合适,也不配,这些年我给云霄带来的拖累够多了。"

姚子期拥抱着丁春草说:"阿姨,我经常听云霄和宁霞提起您,您是一位伟大的母亲,他的婚礼您不去,他心里会很难过,宁霞也会不高兴的。"姚子期再三劝说,丁春草才答应跟她一起来海山本岛。

姚江河做了梁云霄的证婚人。他讲了丁春草的不易,讲了宁霞的贤德,讲了梁云霄的努力,讲了海山人的诚实守信,讲了宁霞照顾父亲、带大妹妹的孝心,众人听了,无不动容。姚江河说:"就是这样一个家庭,靠着能干、苦干,已经还清了本不应该由他们承担的一半欠款。这样的贤良母亲值得敬佩,这样勤奋的儿子值得称赞,这样孝顺的女儿值得学习。此刻,我为这一对新人做证婚人,见证他们今天幸福地走到了一起,希望他们能携手克艰,走向幸福的明天!"

众人热烈鼓掌。宁霞端着一杯茶,激动得颤抖地喊了一声:"妈!"

丁春草眼含热泪接了宁霞的茶。二人的婚事也算礼成了。

徐正生和大刘也告辞了。徐正生主管交通,他要随市领导迎接省里领导参加通车的剪彩仪式。姚江河、梁云霄送他出门。徐正生握着梁云霄的手感慨万分地说:"小师弟啊,这会儿,我的耳边还不停地响起你在宁州讲的一句话。"他酒喝得有点多,但脑子却异常清醒,一字不落地复述说:"'对于海山群岛上的人们来说,莫说架起一座桥,就是从陆地抛来一根绳子,也是我们千年的祈盼。'当时,我流泪了,今晚,我们就要见证这一历史时刻了。"

参加婚礼的人相继退去,宁嘉南再次喝醉了酒。整个婚礼,海山港的亲朋好友对准他这个"上门"女婿和宁霞的娘家人火力全开。宁霞是梁云霄的新媳妇,根本救不了他。梁云霄今天的角色变了,他是儿子的身份,这里就成了他的主场,自然也救不了宁嘉南。贺大年、胡彪带着姚四海的徒子徒孙轮番上阵,宁嘉南虽然有姚子期护着,还是被灌了很多酒。酒宴刚过半场他就倒下了,姚子期和宁霞把他扶到了二楼的新房里,等他睁开眼睛,天已经黑透了。

两对新人站在姚家老屋的平台花园里,等待着那个重要时刻的到来。海山岛沧海孤悬,冬天的夜晚比宁州要冷。可是这个夜晚,注定是火热激情的。嘭嘭嘭的烟花从远处大海上直冲云霄,紧接着,满城的烟花在不停地绽放,一片连着一片,从未间断,因为零时零分,海山人要迎来跨越历史的时刻:大桥要通车了。烟花彻夜绽放的海岛注定不眠。

姚子期面朝大海,望着四周岛屿上绽放的烟花问宁霞:"这样一个婚礼,你满意吗?"

宁霞抱着姚子期:"满意,我太满意了,子期,我真不知道该怎么报答你。"

姚子期回抱宁霞:"做姐妹吧。"

宁霞把脸贴着姚子期的脸,眼含泪水哽咽着说道:"好。"

姚子期见宁嘉南过来,慌忙扶住他,解开羽绒服,跟他包裹在一起,靠在栏杆上看烟花。梁云霄和宁霞借口下去看看,就把美妙的二人空间留给了他们。宁嘉南望着海山本岛和不远处几个海岛上空不停绽放的烟火,很是惊讶。冬天的夜空很干净,海天空旷。明亮的星辰、冉冉升起的明月,被璀璨的烟花烘托着,整个夜空美得出奇。

宁嘉南感叹:"真美啊。这是为我们送来的祝福吗?"

姚子期说道:"是,也是为海山的美好未来送来的祝福。"

宁嘉南感慨,姚子期就是这样与众不同。姚子期身上机敏、聪慧的气质让宁嘉南喜欢,同时也让他有些惧怕。姚子期总会利用对未来敏感的预判来决定现在的行动,并进行周密细致的安排。譬如这场婚礼:情理上,她照顾了姚四海、姚江河以及海山港那么多亲戚、朋友的情绪;场面上,她又享用了机遇馈赠的这样唯美、宏大、浪漫、喜悦的新婚之夜;意义上,明天大桥开通,宁州、海山就此握手,他们在这个时候结婚,就是天作之合,历史为证。他们的婚礼,不仅有明天大桥通车的时代印记,也有海山人不眠之夜的美好祝福。而且这样美妙的机遇,她还跟梁云霄分享了。梁云霄和宁霞蹭到的这场完美婚礼,也被她安排得天衣无缝。

海山人在漫长的等待中度过了漫长的夜晚。大桥开通仪式正式剪彩,大桥上车如长龙,车灯流光溢彩。

宁州的迎亲车队、海山的送亲车队浩浩荡荡行驶在跨海大桥大道上。两辆婚车是敞篷的,新娘的婚纱随风飘舞,俨然一道美丽的风景。姚子期坐在头车里,跟宁嘉南一起感受着陆海相连的激动和幸福,后面紧跟着的是梁云霄和宁霞。婚车疾驰在大桥上,梁云霄迎着大桥上呼呼的风,内心如同海浪般波涛汹涌,这座飞天而来的桥不再是神话,让孤悬沧海之上的岛,从此不再飘摇。

| 第四卷 | 深水区

大洋深处,有谁到过。
深海之地,可见星辰。

第一章

1

姚子期和宁嘉南婚后住在宁州港新建的集资房。房子朝阳,靠海,可以看到一片沧海环拥的宁州港港区的集装箱码头。姚子期把海山姚家老屋的一些花草搬到了宁州,阳台上绿意盎然。由于项目都还在论证中,财务组不是太忙,双休日不用加班,姚子期也不太喜欢社交,就喜欢在阳台上坐着,上网了解一下国际金融市场。

宁嘉南婚后在家待的时间不多,尼德和斯兰特就在宁州,他是尼德的学生,这是个很好的借口,姚子期也不大愿意管他。在国外长期独立的生活,让两个人都喜欢有私人空间。当然,这不妨碍两个人偶尔来点小浪漫,比如去吃一顿烛光晚餐,看一场电影、话剧,或者去听一场音乐会,傍晚也会到海边走一走,看看晚霞和落日。宁嘉南依旧是那么彬彬有礼,提前买票、定座位,开车接送姚子期上下班,这样的相处,让两人都觉得自己跟未婚没什么差别。他们没有因为柴米油盐酱醋茶而争论,他们的生活弥漫着小资的味道。不过这样的生活也很磨人,磨得姚子期对轰轰烈烈的婚礼带来的婚姻生活激情大大减少。

宁嘉南在外面的生活很风光。他是尼德教授的博士,很可能还会成为博士后;他是宁州湾项目的总负责人,很可能还是未来宁州港或者海山港的负责人。不论是大学讲座、论坛,还是私人宴会、酒会,他每次出场,身上似乎都带着光环:海归博士、青年才俊、仕途新秀。

他常常拿这些经历跟两年前在斯蒂芬家族庄园赵艾米的生日酒会上受到的羞辱做比较,以便获得极大的满足和安慰。不过每次想起赵艾米,他还是会觉得小有遗憾。姚子期是安静的海,赵艾米是狂放的浪。安静的海是包容,狂放的浪是刺激。很多次,他想改变姚子期心如止水的生活状态,邀她参加一些酒会。姚子期似乎对这样喧闹的社交场合很抵触,每次等他回来都会告诫他当心捧杀。宁嘉南觉得姚子期很扫兴,久而久之,也懒得请了。

齐英偶尔会过来帮他们收拾一下卫生,姚子期也就偶尔跟齐英一起去逛逛超市,买些菜把冰箱装满。不过青菜最后都会放烂,肉食或者奶制品也都会放到过期。他们很少开火,齐英就觉得他们的日子过得索然无味。姚子期距离她想象中贤惠媳妇的标准太远。于是,她就会旁敲侧击地告诫姚子期,女人要学会把日子过得有些烟火气。姚子期会装作很认真地听取她的建议,可多数是这只耳朵听,那只耳朵就丢进了汪洋大海里。齐英很无奈,觉得两人这样相处下去,婚姻迟早会出问题。宁海楼骂她多事:"以后他们两人的事你少插手,这样的话你也少说。"

阳台上很多植物都开始开花了,争奇斗艳起来。

姚子期突然感觉,冬天就这样过去了。日子开始繁忙了起来,宁嘉南、梁云霄的项目预算都报到了财务组。姚子期延续了在海山的工作习惯,对工程预算抠得很死。宁嘉南给她找来了很多国外港口兴建的预算资料,建议她有国际视野。听着宁嘉南总把"我在芬兰做项目的时候"挂在嘴边,姚子期就有些反感。宁嘉南还不止一次地批评姚子期在香港和海山港耽误了大好时光,应该在英国把金融博士读完,更好地跟世界接轨。姚子期没有反驳他,也没再跟他争论,而是很含蓄地笑了。这样的笑让宁嘉南很懊恼。姚子期用这样的笑向他证明,她已经懒得跟他争论了。宁嘉南把这样的笑理解为嘲讽,姚子期在嘲讽他对国内的情况不太了解。姚子期已经成功完成了海山港凤凰湾一期工程的所有财务流程,这个流程已经被姚子期编程,做成了电脑系统,拷贝成软件,在东海港口财务系统中应用。东海港口的财务系统不可能跟世界接轨,就像他宁嘉南代表不了世界一样。

宁嘉南觉得受到了挑战,这种不满的情绪萌生之后,就开始在他的心里蔓延、生长。

2

太平洋暖流随着季风吹到了东海,项目组小白楼上的爬墙绿植覆盖了整个楼体。随着天气变暖,项目组的工作也开始繁忙起来。只不过省里对宁州—海山港的发展思路仍然不是很明确,是宁州、海山的项目一起开,还是一个项目一个项目来,是先开宁州湾,还是先开凤凰湾,一切都是未知。

熙雯的电脑突然就死了机,对梁云霄抱怨道:"师兄,我们的电脑太不给力了,就是不如一组的好。"

另一个组员小马附和:"是啊,组长,我听说一组的宁组长从欧洲弄回来两台机子,用的是瑞典国际海事学院标准的计算软件,绘图、计算、生成速度超级快。他们准备采购一批,全部配发,我们是不是也搭个顺风车,把电脑换了?"

梁云霄没有回答,走到熙雯电脑前,迅速敲击起来。整个冬天,梁云霄一直在跟姚子期学习计算机编程。这些年在国内,他落下的东西太多。梁云霄突然发现熙雯的电脑资料库中出现了许多木马病毒,就问她:"你的电脑是不是上了无线网?"

熙雯肯定地说:"没有。"

梁云霄又问:"接没接移动介质?"

熙雯答:"接了项目一组的移动硬盘。宁师兄弄来一套计算软件,很先进,我想学习一下。"

梁云霄听完,瞬间眉头紧皱,继而急切地问道:"硬盘接资料库的加密电脑了吗?"

熙雯回答:"没有。"继而,她又小心地问:"有问题吗,师兄?"

梁云霄严肃地说道:"问题大了。"

梁云霄拿着硬盘去二楼找宁嘉南,宁嘉南正指导组员用刚到的电脑测试应用软件。宁嘉南对项目还是很上心、很敬业的,这一点,无论是一组还是二组的成员都很钦佩。在图上作业和数据上,宁嘉南虽然很少上手,但对下属要求却很苛刻。项目方案上,他沿袭了尼德对他的要求和标准。每天,一组的成员都会加班到很晚,因为第二天宁嘉南要验收、审核他们的工作进程,量化评比他们的工作业绩。

宁嘉南见梁云霄进来,兴奋地说道:"梁组长,我们一组准备采购设备,样机回来了,你们二组想不想搭车?"

梁云霄一脸严肃地说:"我没这个打算。走,去你办公室,我要跟你说件事。"

宁嘉南打开自己的办公室,笑着问梁云霄:"怎么了,老四?神神秘秘的。"

梁云霄把熙雯拿给他的移动硬盘交给宁嘉南:"这个,接你们一组的办公电脑了吗?"

宁嘉南回答道:"接了。我刚弄回来一套计算、绘图软件,很好用,你们组的熙雯拿去拷贝了。怎么,你觉得不好用?"

梁云霄苦笑:"是很好用,里面的木马也很好用。"

宁嘉南很疑惑:"什么意思?"

梁云霄回答说:"里面的木马遇到我们组的程序,电脑死机了。宁组长,我建议不要采用国外的设备和软件来处理东海的海洋资料。"

宁嘉南更加疑惑:"为什么?"

梁云霄一笑:"你问为什么?宁州湾巷道连着什么你不清楚吗?那是军港,里面停泊着什么你心里更清楚。东海的战略位置太重要,一旦海洋资料泄露,后果不堪设想。"

宁嘉南哈哈笑道:"我说你是憨憨,你还真憨得可爱,这都哪儿跟哪儿呀?国产设备的芯片,不都是进口西方国家的吗?"

梁云霄见宁嘉南毫不在意的样子,一下子严肃起来了,说道:"宁组长,我不是在跟你开玩笑。我看你是在国外待久了,基本的海洋安全常识都忘干净了。国产计算机的芯片是用进口的没错,可它是经过安全处理的,而且有安全软件做保障,如果你有专门配套的国产安全软件系统,我绝对不会向你提出这样低级的建议。"

宁嘉南不高兴了,再次问道:"你认为我的办公设备采购计划很低级?"

梁云霄认真地说:"我只是建议,建议你用安全的办公系统来处理东海的海洋信息。"

宁嘉南说道:"一组的事,轮不到你们二组操心。梁云霄,你管得也太宽了吧?"

梁云霄说道:"不是我管得宽,而是你忽视了最基本的常识。听我的,办公设备和软件还是用上级规定的吧,慢虽然慢了点,可数据更安全。"

宁嘉南说道:"你这就是吹毛求疵,我要是不听呢?"

梁云霄一笑:"那这事你还真干不成。"

他说完就出了门,宁嘉南冲着他的背影冷笑一声:"那我就拭目以待。"

结果来得很快,令宁嘉南猝不及防。他把更新办公设备的采购报告打上去之后,迟迟没被批准。他去找方平,方平告诉他,报告被钟立达给打回来了,办公统一使用国产设备,软件用的也是罗子坤教授团队最新研发的。宁嘉南愤懑地找到钟立达表达了自己的不满情绪,他认为梁云霄的思想太狭隘,有些吹毛求疵。钟立达笑着说:"嘉南,这你就错了。他这可是为你好,为项目组好。你可能在国外待久了,保密和安全意识差了些,有则改之嘛。办公设备的采购,上级是有要求的。另外,关于海洋国土安全的学习,是要加强。"

事后,项目组专门用了一星期时间学习国土海洋安全保密条例。

姚子期是几天后才知道宁嘉南跟梁云霄吵架了,就问梁云霄怎么回事,梁云霄说自己是咸吃萝卜淡操心,让姚子期直接问宁嘉南。等宁嘉南把事情经过跟姚子期一说,姚子期也立刻严肃起来:"他说的是对的,这是最基本的常识啊。"

宁嘉南很生气:"最基本的常识你不告诉我?"

姚子期很纳闷:"最基本的常识还用我告诉你?再说你问过我吗?你知道你差点惹祸了吗?国家的海洋资料是保密的你不知道吗?项目开始之前,安全保密手册认真看、认真记了吗?"

姚子期一连串的质问让宁嘉南有些蒙,继而有些恼火:"不就是买几台进口电脑吗,你们用不着跟我上纲上线。"

姚子期说梁云霄完全是在为宁嘉南着想,宁嘉南却说:"他就是觉得我没做过国内的项目,没他懂得多呗。你们是不是都觉得我们一组做不过他们二组?"

姚子期望着宁嘉南气得有些变形的脸庞,像是在看一个陌生人。宁嘉南不仅变得更加现实,而且很狭隘。

宁嘉南觉得姚子期向着梁云霄说话,心情很郁闷,二人发生了宁嘉南回国后的第一次争吵。事后,姚子期觉得,他们之间的争吵不仅是因为这次办公电脑的采购事件,更重要的是,他们的沟通变得艰难起来。宁嘉南好像越来越听不进别人的任何意见,这样对他主导的项目来说很危险,虽然他的身后站着尼德。

宁嘉南的应酬越来越多,回来倒头就睡,第二天起床就走了。有时候,姚子期面对醉得不省人事的宁嘉南,觉得像是不认识他了。大学里的宁嘉南为人随和,善解人意,对她百依百顺,呵护有加。时下,宁嘉南戴着尼德教授高足的帽子,高高在上,刚愎自用,变得越来越陌生而遥远。

宁嘉南跟周晓乙走得很近。周晓乙每每有应酬,都会叫上宁嘉南。宁嘉南借助周晓乙接通宁州和省里的人脉,周晓乙借助宁嘉南这个尼德教授所带博士的头衔装门面,正在尝试说服省、市相关领导,实现他的宁州湾港城战略,尽管这个战略跟时下港口的发展战略并不那么吻合。

宁海楼对周晓乙以港兴城,强调港口对城市经济崛起保驾护航这点是认同的,可是把各类工业专属码头杂乱地聚合在一个海湾,会对整个宁州港的未来发展有制约性,这样的发展不具战略性。混合港需要更大的战略空间,宁州湾不具备这个条件,应该把海山的岸线资源统一考虑进来。可他屡次提出的建议,都被周晓乙驳回了。他对宁州湾新城的发展有自己的考量,城市的经济活力靠GDP说话,宁州湾港口发展要服从城市建设的大局。

齐英打电话给姚子期和宁嘉南,让他们回家吃饭。宁嘉南不愿意,姚子期劝他:"我们已经有两个月没回家里吃饭了,妈妈叫,若是再不回去,就有点不像话了。"

宁嘉南是个不太恋家的人,初中、高中、大学以及在国外的许多年都是脱离家庭独自生活的,对原生家庭没有太多的依恋。婚后最初的一段时间,姚子期还会拉着他回家吃晚饭,因为姚子期自己不会做饭,单位也不提供晚饭。后来,宁嘉南的应酬多了,姚子期也就很少回家吃饭了。

宁嘉南不想回家,也是不想跟宁海楼争论,更不愿听宁海楼对他毫无意义的批评。宁海楼的那个观点已经被周晓乙和钟立达否决了,多说无益。

不料,这次宁海楼跟他谈的却不是项目的事,而是跟他谈责任心。宁海楼严肃地问了宁嘉南:"项目开工之前,你去现场亲自勘测了几次?海底情况你了解多少?施工单位的筹备情况你了解多少?做项目不能光停留在图纸上,这样大的项目,百年大计,出了问题怎么办?"

宁嘉南的回答让宁海楼不满意。他说:"港口项目您早几年就已经勘测完毕,海底资料十分翔实。设计图纸是尼德教授带着我和东海交大设计院一起完成的,而且还在进一步修改完善。施工单位是国内一流的国企施工单位,您放心,我们拿出的这几个码头,所有的设计标准都是国际一流的,这个方案将来会由市里、管委会的专家委员会论证。请问您不放心的是什么?"

宁海楼有些恼怒:"我不放心的是你做事的态度。你能不能把心沉下来,扎扎实实沉到现场去,沉到实处去?"

宁嘉南笑了:"像梁云霄那样下潜到水底去吗?我不想借此假公济私,顺便捞点海货去卖钱。"

宁海楼的眉头一下子皱了起来:"你就是这样想梁云霄的?你认为他一次次下潜就是为了捞海货挣钱?"

宁嘉南反问:"您以为呢?"

宁海楼摇摇头,长叹一口气:"宁嘉南,我没想到你会这样想他。那我实话告诉你,梁云霄为了做好凤凰湾项目,在孤岛上待了两年半,海底的各种数据,发生的任何变化,都有详细的记录。没错,他是顺便做了捞海人,捞点海货用来还债,那是他替他老子还债,六年他还了八十几万元。你呢,我的大少爷,家里百十万元的积蓄都让你扔在欧洲了吧?"

宁嘉南的火气上来了,冷笑着对宁海楼说道:"我亲爱的宁总,我算看明白了,是不是在你眼里,我做得再好都不如梁云霄?"

宁海楼也冷笑了一声:"你还真说对了。该说的我都说了,至于你怎么做,那是你的事。"

宁嘉南怒气冲冲出了书房，齐英见状，在客厅责怪宁海楼："你就不能好好跟儿子说话？你们是仇人吗？"

宁海楼没说话，把书房的门一关，点燃一支烟，任凭齐英在外面聒噪。

姚子期没想到，两个月没回来，父子两人一见面就发生这样激烈的争吵。

宁嘉南对着姚子期说："你走不走？你不走，我走了。"

姚子期一脸歉意地对齐英说："他最近属刺猬的，逮谁扎谁。"说完就追宁嘉南去了。

宁海楼站在书房的窗口，看着宁嘉南气呼呼上了车，冥冥之中，他有个不祥的预感，宁嘉南早晚要出事。

一路上，宁嘉南愤愤不平地开着车，一路都在诅咒、怒骂。姚子期冷冷地看着，觉得自己很有必要和宁嘉南谈一谈，可是看到他这样的状态，话到嘴边，还是没有说出口。

回到家里，姚子期一句话也没说，洗澡，上床，熄灯。直到两个人并排躺在床上，瞪着两双大眼睛看着黑暗中的天花板，宁嘉南才打破了沉默："你不想对我说点什么吗？"

姚子期在黑暗中苦笑了一下："我说什么有用吗？"

宁嘉南不说话了，他开始讨厌姚子期的理性，这样的理性近乎冷漠。

3

周晓乙跟北方钢铁集团和山水集团的项目谈得很顺利，而北方钢铁集团跟斯兰特公司的澳洲铁矿石项目合作也已尘埃落定。斯兰特拿下了澳洲的大型铁矿，他希望实现从运输矿石到贩卖矿石的转变。另一方面，斯兰特通过入资的北方钢铁集团，向宁州地方提出建设大型专属码头进行基础设施配套的要求，周晓乙为实现北方钢铁集团这个大项目的落地，就答应了。未来，斯兰特公司就可以利用这个专属码头以及铁矿堆场，对矿石品质进行筛选分类，然后溢价卖向内地。

斯兰特跟北方钢铁集团的合作，最初想选址在凤凰湾，这样他的大型矿石货轮就不会舍近求远,建在宁州。可是斯兰特未能跟姚江河谈拢,退而求其次定在了宁州。而在宁州跟斯兰特公司谈判的时候,只是谈了超级堆场和仓储中心的项目。狡猾的斯兰特步步为营,一步步实现了自己的战略目标。周晓乙当然不是傻子,他也能实现宁州湾工业振兴的目的。宁州湾拥有两家建材巨无霸,无疑是城市建设发展的发动机。

省里此刻对宁州湾港口建设的定位也开始出现摇摆。宁州湾未来是建成制造业、小商品聚集出口的自贸区,还是建成能源、建材的产能重镇,成了亟待解决的问题。周晓乙为宁州经济发展考虑,改变了宁州湾深水大港原有的规划,而这就意味着宁州湾项目的一揽子规划也得改变。两个大型散货深水码头必须重新按照十万吨以上进行设计,而这个设计,斯兰特公司早在几年前就开始了布局。宁嘉南的加入,只不过是把这个设计拿出来优化实现而已。所以,宁州湾一期工程的两个深水码头,只是两个专属码头。毫无疑问,这两个专属码头在跟未来的集装箱码头争夺最宝贵的航道、岸线资源。

可是,他的方案遭到了宁海楼的强烈反对。为了这个问题,宁海楼跟周晓乙持续争论了两个小时。宁海楼说:"周副市长,您从宁州经济发展大局考虑,让海山港做出牺牲,这没问题,可宁州湾四个十万吨以上集装箱深水泊位是我的底线,现在,您一个给北方钢铁集团,一个给山水集团,这就改变了当初我们在宁州湾打造大型集装箱码头集群的初衷。这个方案我不同意。"周晓乙也很恼火说:"这个问题我们讨论了很多次了,你有意见,可以保留。你不要忘了宁州港还是宁州的企业,你宁海楼还是宁州的市管干部。"宁海楼说:"我已经把我的意见递交给了管委会,请他们裁决。"周晓乙说:"那就放到论证会上去讨论吧。"

宁州湾城市建设的战略转型,让宁海楼措手不及。宁嘉南理解他被愚弄后的懊恼,更能理解他建设未来国内最大集装箱码头群梦想被阻的失落。可作为这个项目的执行者,宁嘉南无力扭转这个局面。就宁嘉南本人来讲,他也不想扭转这个局面。眼下,他最重要的目标是把项目做成。

两个港口的规划设计方案都做了颠覆性的修改,这个情况让钟立达举棋不定。港口管委会,宁州—海山港口重点项目初审专家论证会上,宁嘉南用3D影像的形式把港口、码头、航道呈现在了专家面前,其项目设计理念先进,码头设计科学,跟国际接轨。

钟立达、徐正生、周晓乙、宁海楼、姚江河、罗子坤等人也参加了论证会,宁嘉南的首秀,让人刮目相看。他抓住了宁州是省里能源、工业大市的特点,强调了宁州湾工业新城的区域战略地位,描绘了一幅宁州湾港口服务区域经济,打造能源、建材和工业经济新区的壮美画卷。很显然,他的讲解里,有很多周晓乙的想法。论证会开始之前,省里分管能源、工业的领导已经给宁州湾港口项目建设定了调子,宁嘉南觉得这次他志在必得。

梁云霄听着宁嘉南时而汉语、时而英语的讲解,心里也在犹豫,既然已经这样了,他还要不要坚持。他看了一眼姚江河、徐正生和罗子坤,又看了一眼宁海楼,四个人正认真地听宁嘉南讲解,也在不停用目光交流。钟立达边听边点头,看起来很满意的样子。

宁州湾港口深水码头群规划内容的改变,无疑给梁云霄来了一个釜底抽薪。在同一海域和同一航道上同时增加两个十万吨以上级别的大宗商品散货深水码头,无疑是在演同室操戈的老戏码。斯兰特演了一出借尸还魂,让梁云霄十分愤怒。可是,他已经从近段时间以来省里和港口管委会的态度变化中得到了不好的信息:这次论证,项目一组的项目可能很快就会定下来。

宁嘉南强调港口的未来跟宁州未来能源、材料、工业化城市的战略定位相配套,凸显了工业化城市港城一体化发展的特点。这个规划设计理念,得到周晓乙的高度评价,他觉得,宁州能源、工业化港城的地位要凸显,港口的基础设施服务职能要发挥。

梁云霄想再做一次努力,在项目航道优化、工程预算、未来港口现代化运营和操作便捷上做相应调整,再次强调了凤凰湾建设大宗商品散货码头的重要性。梁云霄仍然希望钟立达能考虑凤凰湾跟宁州湾两个项目,尽可能避免重叠。而且他强调,宁州湾宝贵的海洋资源除了国防、央企占用之外,尽可能不建外企参与的企业专属码头。梁云霄的针对性极强,矛头直指斯兰特公司染指宁州港口项目的企图。周晓乙、宁嘉南的脸色顿时变得很难看,宁嘉南想起来反驳,被周晓乙示意制止了:"既然是项目论证会,那就听一听他的想法嘛。"

宁海楼望着梁云霄摇头,示意他不要再讲下去了。前段时间,他就告诫过梁云霄,这话,到时候他亲自来讲。他没想到,梁云霄还是拿到论证会上来讲了。

梁云霄从新加坡五大港口的联动讲起,接着讲到宁州湾、凤凰湾项目,并提出了宁州、海山两港发挥地理位置、岸线资源优势,考虑长三角进出口货源配置,以宁州港为中心建设江海联运集装箱标箱中心枢纽深水大港,以海山港为中心建设江海联运大宗商品散货中心枢纽综合港口的思路,实施重点突出、联合互补的联合港口战略。他特意强调,联合港口不是混合港口,不是为一域的企业发展提供便利,而是从全局去思考问题。

梁云霄又开始讲新世纪十年来的中国经济,讲国家制造业过剩,去产能、"走出去"设想,讲长三角制造业以及集装箱码头建设的紧迫性。周晓乙咳嗽了一声,笑着说道:"士别三日当刮目相看,看来小梁不仅是港口系统的翘楚,还涉足经济学领域了。可是,我们今天是港口项目论证会,不是经济论坛,时间很宝贵,小伙子。"

方平也随声附和:"小梁,你讲凤凰湾的项目吧。"

梁云霄看了一眼周晓乙,继而转向钟立达。钟立达笑了笑说道:"继续说吧,尽可能不要跑得太远。"

梁云霄再看了看姚江河、徐正生、罗子坤、宁海楼,长叹一声说道:"宁州、海山港口一体化战略提出有几年了,想必在座的各位领导和专家都很清楚提出的初衷,就是为了优化资金、资源配置,建设一个像新加坡港那样的联合港口群。企业招商,这一家招不来,那一家还会来,可宝贵的海洋资源就这么点儿,一座十几万吨的码头戳在那儿,就永远改不掉了。我想,当初那位省委领导提出这么一个宏伟战略,可能并不是为了考虑一个宁州湾的发展,而是希望它能成为长三角经济乃至中国经济的引擎。刚才周市长说得对,我是不该在这里聊经济。经济领域博大精深,我不敢在诸位面前班门弄斧,可有一点我很清楚,港口的吞吐量是经济发展的晴雨表,尤其是对外贸易。"

周晓乙一笑:"小梁,我并没有批评你说得不对,你还是继续说你自己的项目吧。"他话说得很委婉,但意思很直接:你不要再对宁州湾的项目指手画脚了。

梁云霄接着说:"周副市长,我是负责项目二组,但我也是重大项目组的成员。您也说过,今天是项目的专家论证会,我只不过是在说我的想法而已。更何况,一组项目的改变,会直接影响二组的布局。情况变了,项目都要变,我只不过是讲了建立联合港口的设想。"

梁云霄丝毫没给周晓乙面子,宁嘉南很愤怒,李子木也很愤怒。

周晓乙始终面带微笑,但可以看出,他上翘的嘴角还是未能掩饰住他内心的不满和不屑。梁云霄这样的小人物在他面前说这些,就是螳臂当车。

姚子期的目光扫过这些人,最后落在不卑不亢、侃侃而谈的梁云霄身上。她突然对梁云霄钦佩了起来,她没想到,一直猫在沙鳌岛上的梁云霄竟然有如此宽阔的视野,看来,一个人的成长,学习环境并不是关键,关键还是取决于个人。梁云霄不再是需要"赶尸人"的"尸体"了,此刻,他本身就是个能负重的奔跑者。

姚子期开始发言了,她的发言虽然仅限于两个项目的预算以及国际航运市场的未来预期,但对专属码头资金保障问题做出了界定。姚子期说:"我只有一个问题需要界定,那就是资金来源、额度、去向、用度,专属深水码头的资金是否算在宁州湾项目资金里。"

周晓乙道:"当然,我们必须具备基础设施的条件,人家才能把重大项目放进来。小姚,这个你尽管放心,宁州湾项目不缺资金,如果大家都不健忘的话,凤凰湾项目一期缺口还是宁州资本补上的。"

姚子期思考一阵说:"那我就想不明白了,既然宁州不缺资金,那这两个专属码头为什么要放到港口重大项目的篮子里来?北方钢铁集团和斯兰特公司完全可以独立开辟自己的入港航线,干吗要搭便车?"

姚子期话说得很直,但一语中的。宁嘉南看了看周晓乙,周晓乙的脸色有些不好看了。宁嘉南有些懊恼:宁州湾项目,梁云霄插刀就算了,怎么你姚子期也出来插刀。

姚江河和徐正生一直保持着沉默。罗子坤看了一眼钟立达,他很清楚,此刻的钟立达很尴尬。宁州湾项目是宁州自己投资,省里的配套很有限,虽然管委会有统筹安排项目的权力,但宁州的资本投入要实现利益最大化。宁州湾工业新区也是省里的重点项目,事关上百亿的两个大项目落地也不是小事。钟立达也看了罗子坤一眼,罗子坤知道,多说无益。

第一次论证会就这样无疾而终。方平很恼火,钟立达很无奈,徐正生不满意,周晓乙很失望。会后,周晓乙、徐正生分别单独找了钟立达,都希望在资金上给予倾斜。钟立达说两个项目都做了大幅度修改,他得向省里汇报。

两个人走后,钟立达有点恼火。他认为宁州湾的方案改得离谱,而且单个码头的预算超了凤凰湾三倍。凤凰湾的方案也做了很大幅度的修改,二期项目做下来,就要超宁州湾三倍。省里下拨的配套资金成了唐僧肉,谁都想大快朵颐。

周晓乙的态度更是强硬,宁州湾可以不要配套资金,但前提是,管委会不要成为宁州湾发展的枷锁。这话说得十分不客气,钟立达苦笑了一下,没有跟他再争论,因为已经毫无意义。

下午钟立达就回省城了,他决定把这次论证会的情况向省里汇报,等二次论证完之后,再定项目的事。

4

梁云霄也越发质疑项目组存在的意义。两个项目组耗在这里半年多了,一切都还停留在论证层面。

罗子坤居住的宾馆房间里,徐正生和姚江河正邀请他顺便到海山看一看,去千家门渔港吃一次海鲜大排档。梁云霄拿着宁州湾港口的规划图纸进来,铺在茶几上,十分懊恼地对三人表达了自己的观点:"斯兰特公司已经租下了大洋港四千米外的四千亩土地建设仓储项目,租期四十年,这就意味着,建成的宁州湾项目失去了大块战略纵深。斯兰特这个楔子钉进来,无论是对港口,还是对宁州湾的未来发展来说,都会如鲠在喉。"

三个人看了看图纸,再看看梁云霄义愤填膺的样子,都没说话。

梁云霄对姚江河和罗子坤说:"师父、老师,你们一个是管委会的副组长,一个是战略顾问,就不考虑联合港口深水码头未来的发展空间?"

罗子坤和姚江河对视了一眼,罗子坤云淡风轻地说道:"小梁,宁州湾的事你就不要再想了,海山群岛的上千个岛屿还不够你想的吗?"

梁云霄吃惊地望着罗子坤:"怎么,我说错了吗,不是说两港是一家吗?"

罗子坤说道:"小梁,事物的发生、发展总需要一个过程,就譬如跨海大桥的通车,最终不还是实现了吗?大桥通了,一切就都有了可能。宁州有的,海山可以有,而海山有的,宁州未必有。你还年轻,急什么?"

梁云霄有些疑惑了。罗子坤的心态好像变化了很多,没有了那么多的指点江山、激扬文字,更像一个泰然自若的智叟。梁云霄想一想,也是,罗子坤快六十岁了,东海深水大港战略和港口一体化战略整整磨了他十年,直到现在,还只是个雏形。对于一个成年人来说,没有太多个十年,自己也即将从青葱少年步入而立之年。

徐正生看了一眼百思不得其解的梁云霄:"小梁,我们对他们宁州湾项目的情况不感兴趣,你对凤凰湾二期项目的修改倒是很对我的胃口,能不能把你在论证会上的东西形成文字,给我一份?"

梁云霄说:"那怎么不可以,反正它躺在那里也是睡大觉。"

众人对宁州湾项目的漠不关心,让梁云霄对港口一体化的前景更加悲观。他说:"我见过新加坡五大港口,他们围绕一个马六甲海峡就能做出那么大一篇文章,为什么我们就不能围着太平洋的六条国际航线、海山港这么大一片海域,做更大的文章?"

夜晚的跨海大桥金碧辉煌,宛若一条金黄色海龙横在沧海之上。徐正生、姚江河的两辆车一前一后行驶在跨海大桥之上,徐正生车上带着罗子坤和梁云霄,姚江河车上带着姚子期。

罗子坤坐在副驾驶的位置上,按下车窗,让呼呼的海风吹进车里。他的心情十分舒畅,对身后的徐正生和梁云霄说道:"小梁,当年你渴望大陆抛过来一根绳子,这个时代给了你一座跨海大桥。"

梁云霄郁闷的心情一下子得到了缓解。罗子坤说的是对的,任何事情都有一个过程,可这个过程太长了,像是被人扯着肠子,熬得人很难受。

罗子坤接着又说:"熬着吧,该过去的总要过去,该到来的终归会到来。"

梁云霄把目光投向了灯火璀璨的跨海大桥。最近,他和宁霞双休日总坐大巴回海山,每次路过跨海大桥,他的心里就禁不住激动。这会儿是旅游旺季,吴婶的大排档生意火爆,月塘湾旅游餐饮公司的游客也多了起来,宁霞很忙。

大桥开通后,海山的游客倍增。梁宝每天早晨会开着游船来渔港码头接游客,吴婶的大排档就成了他接散客的点。早晚两班船,月塘湾旅游餐饮公司生意不错,每天都要接送一两百人。宁霞算了算,一年下来,早期的投资就能回本了。

一次,他们坐晚班大巴车回来,宁霞望着桥梁边彩色的路灯,兴奋地告诉梁云霄:"这里太美了。老公,我想好了,等家里的债还完了,就买辆车,每天开着在这座大桥上跑一个来回。"

千家门渔港大排档灯火通明,人头攒动,食客数量大增。

晚宴是宁霞安排的,她很重视,早早坐班车来了,在吴婶店里留了一个靠海的大桌。小海鲜是梁宝从月塘湾用船运过来的,那里的小海鲜比凤凰湾的更丰富、更新鲜。

姚子期的心情就有些郁闷了,回海山聚餐,宁嘉南又缺席了。他给姚子期发了短信,说是周晓乙找他。姚子期知道这是借口,因为这一次,梁云霄是彻底把宁嘉南给惹恼了,梁云霄的井水犯了他的河水。

这半年多来,梁云霄不仅在更改凤凰湾的项目方案,同时还把手伸到了宁州湾。只是宁嘉南没想到,姚子期也会跟着插他的刀,宁海楼还帮梁云霄说话。

宁嘉南给姚子期发短信:若我这边结束得早,就会到场。

姚子期把宁嘉南的情况向徐正生、罗子坤解释了,罗子坤笑着说:"没关系,他忙他的。"

罗子坤说这话的时候云淡风轻,似乎宁嘉南来不来参加这个晚宴,对他来说并不重要。一些重要场合,罗子坤基本不再提宁嘉南是他的学生。宁嘉南现在是尼德的学生,这个头衔的含金量似乎更高一些。

傍晚,李子木请宁嘉南去海边喝酒。李子木转达了周晓乙对宁嘉南在论证会上表现的赞赏,同时也表达了他对港口管委会的愤怒。他告诉宁嘉南,周副市长会全力支持宁嘉南的方案,宁州湾项目肯定会比凤凰湾项目先开工。

这天,宁嘉南和李子木都很愤怒,愤怒的火种来自梁云霄。李子木跟宁嘉南讲了他在海山港的遭遇,凡是有梁云霄的地方,他总会倒霉。宁嘉南想起大学毕业时那段经历,心里也有同感。宁嘉南原本不太喜欢李子木,通过这段时间的交往,却觉得这个师哥并非姚子期和梁云霄说的那么不堪。两个人同时聊起一个人,心里都像长了刺,那就说明这个人特别令人讨厌。

宁嘉南心里不痛快,酒就喝得特别凶。李子木安慰他:"本来,宁州国企资本入资海山港的事情,周副市长给港口管委会面子,睁一只眼闭一只眼算了,可现在梁云霄不知天高地厚地敢跟他叫板,副市长就恼了。他已经找了市国资委的主任,凤凰湾二期工程的投资,香港长兴集团不可能再入资了。"

宁嘉南疑惑地问道:"也就是说,即便是宁州湾工程暂时停摆,凤凰湾的项目也开不了?"

李子木想了一会儿,道:"除非他们有别的资本进来。凤凰湾一期工程能开工,那是因为有了宁州市国有资本香港长兴集团的投资,不然,就凭海山和省里的资金,连航道工程都完不成。"

宁嘉南叹了口气:"那是谁给了那个憨憨底气?"

李子木在鼻子里哼了一声:"要不他叫憨憨呢。"他眼睛转了一下,"不会是你老婆在香港为他融到钱了吧?"

宁嘉南肯定地回答:"不可能。她因为跟李氏集团翻脸的事,在香港投行已经很难融到资了。"

李子木嘿嘿笑了:"看来,子期师妹为了海山的项目,还真是赌上了一切。"

宁嘉南觉得李子木话中有话,而且笑得有些暧昧,就瞪了他一眼,正要驳斥他,姚子期的电话就来了,问他在哪儿,他只说在外面有事。直到宴请罗子坤的晚宴快结束,宁嘉南都没有露面。

5

大排档海鲜晚宴,一众人讨论的焦点只在一事:论证会上,周晓乙的态度传递出一个不太好的信号,凤凰湾二期工程的入资可能会有问题。徐正生决定从市里再挤出一部分城投资金,可单凭省里的配套资金和海山的投资,要再建大港,杯水车薪。

罗子坤说:"或许,可以从海都再想想办法。"

徐正生眼前一亮:"罗教授这个办法可行,当初那位提出东海港口一体化战略的省委领导,此刻正在海都任书记。我知道,他是您的同窗好友。罗教授,这事可能还得麻烦您亲自跑一趟。"

罗子坤笑了:"海都大洋港的二期工程,租用的是你们海山的海域,你们是地主,还是股东,每年可是要收租的。"

徐正生一激灵,若有所悟地点头:"可以变一变合作模式。"

姚子期很兴奋:"海都是国际化大都市,还是国内资本云集的金融中心,有股票交易所,如果海都的资本能进来,我们的项目很快就能动起来。"

梁云霄也接过话茬:"老师,看来我们在跨海大桥开通后,没有跟风,而是及时调整二期工程方案,不主打集装箱码头,策略是对的,这样我们跟大洋港同一海域仍然不存在业务竞争,而且可以联动互补。"

罗子坤看了一眼梁云霄:"脑子还不算笨。我们的那位领导到了海都任书记以后,已经开始考虑这方面的问题了。他最近去了大洋港,二期工程只上集装箱码头。"

梁云霄急切地问:"那东海集装箱航运市场的竞争岂不是会更激烈?"

罗子坤一笑:"竞争可能会有,但价格战肯定打不起来了。最近他可能要跟我们省里领导一起开会,商讨统一价格的问题。未来,国家经济的发展会再提速,海外贸易也会更加繁忙,海都港的集装箱码头也很难满足保障需求。宁州要迅速抓住这个机遇才对,如今,他们仍想谋好一域再谋全局,恐怕已经来不及了。我们耽误了太多时间,只怕将来会很被动。"

梁云霄继续问:"您是说,他要在整个东海海域下一盘更大的棋?"

罗子坤微微一笑,没有再说下去。时下,罗子坤是大洋港二期、三期工程的规划设计者,他的消息只能透露这么多。罗子坤开始感叹那位领导的全球视野。他说道:"谋一域和谋全局者的视野是不会一样的,只是我们这一域,太拉胯。"罗子坤说到这里,再次停住不往下说了,这个老头儿也还是学会含蓄了。

梁云霄的眼前浮现出在凤凰湾跨海大桥指挥部吃面条时,那位省委领导儒雅温和的面孔。在其位,谋其政,梁云霄开始真正理解这句话的深刻含义了。

千家门渔港远处海面上的渔船灯火熄灭了,渔港大排档的食客仍然聚集不散。几个人送罗子坤去了宾馆,然后梁云霄开车送宁霞和姚子期回宁州。大桥通车后,梁云霄和宁霞都去考了驾照。

姚子期坐在后排给宁嘉南打电话,语音提示对方已关机。她望着大桥两侧辉煌的灯火及远处苍茫的大海,心情十分郁闷。她觉得,她必须跟宁嘉南好好谈谈了。

宁霞从后视镜里望着满腹心事的姚子期说道:"子期姐,我觉着你们夫妻两个老是这样不行,夫妻就是锚离不开船,船离不开锚,不能各过各的。这样过着过着,人就过独了,你们得经常在一起,彼此沟通。当然,这事更大的责任在宁嘉南。男人是要干事业,可不干事业的时候,就得顾家。"

梁云霄打断宁霞:"每对夫妻的相处方式都不同,人家这叫给对方留自由空间。"

宁霞不同意:"这话我不爱听。想自由,你结婚干吗?"

梁云霄笑笑:"两个人相处,舒适不舒适最重要。这话你得问子期。"

宁霞就问姚子期:"子期姐,你觉得我说的对不对?"

姚子期说:"你说的是对的。"

宁霞就骄傲起来,看着梁云霄:"你看,还是我们女人最理解女人。"

姚子期确实很羡慕梁云霄和宁霞的婚姻生活,他们两个人只要有空闲时间就会待在一起,甚至还保持着周末深潜的捞海习惯,虽然他们的经济条件已经好转,据说要不了两三年,梁云霄家的债就要还清了。又据说宁霞在千家门渔港大排档和月塘湾都有生意。

姚子期回到宁州家中的时候,已经晚上十一点了。她打开灯,屋内空无一人,宁嘉南还没回来。过去,宁嘉南要是晚归,总会打个电话或者发个短信告知,可这个夜晚,他却关机了。姚子期觉得这是因为上午在会上,她没对项目一组给予支持,而且对项目一组的资金问题提出了质疑。可姚子期觉得,这都不是她的立场出现了问题,而是她必须履行的职责。打着港口管委会的名义,为斯兰特公司入资的北方钢铁集团的专属码头买单,无论资金出自宁州还是管委会,这都不合乎规定。姚子期决定等宁嘉南回来跟他好好谈谈,包括他们的相处。她觉得,他们的婚姻一定是出了什么问题,这种仍然像旅居一样的家庭生活,让她很没有家的归属感。

宁嘉南迟迟未归,姚子期就先给正在大洋彼岸出差的颜辉打了电话,向他说明凤凰湾二期工程的情况,正好也不会打扰他休息。电话里,尽管颜辉仍然坚持凤凰湾二期的基本投资不变,可来自宁州方面的压力很大,宁州湾建设的投资不断加码,香港投资公司的投资额度就紧缩了不少。颜辉告诉姚子期,海都方面的合作要尽快去谈,鉴于中国经济的回暖,国际资本趋利中国内地,海都是重要的金融中心之一,资本不会成为问题。姚子期听完长吁一口气,颜辉的建议证实了她的判断,凤凰湾二期工程资金问题有解。

零点钟声响起的时候,宁嘉南回来了。就在他伸手去摸开关的时候,黑暗中却见姚子期就蜷缩在正对着门口的沙发上,一双眼睛亮亮的。他很疑惑:"你怎么不开灯?"

姚子期说道:"黑暗中等待,更容易思考。"

宁嘉南龇着牙笑了:"悖论。"

姚子期也笑了笑,不跟他争辩,只道:"就在黑暗中聊聊吧?"

宁嘉南摸到姚子期对面坐下,说:"聊什么? 要是聊上午发生的事情,我建议还是等明天再说,这个问题无解。"

姚子期说:"不,我想聊聊我们的婚姻,我想知道你对我们婚姻的感受。"

宁嘉南一怔,继而笑着起身,走向姚子期。他想抱她,但姚子期挣扎了一下。宁嘉南蹲下来,望着她的眼睛问:"那么认真,我们的婚姻出问题了吗?"

姚子期反问道:"你认为呢?"

宁嘉南很疑惑,他觉得婚后散漫的生活让他很放松。他们的收入够多,生活没有压力,两边父母不需要照顾,二人世界不缺乏浪漫,性生活也算和谐,于是道:"我觉得很好。"

姚子期再次笑了,宁嘉南对她这样的笑感到很不舒服:"有事说事,你这样的态度,让我很不高兴。"

姚子期说道:"我觉得我们近在咫尺,反而没有异地时的感情好。"

宁嘉南问道:"为什么?"

姚子期也问他:"你还会思念我吗?"

宁嘉南一怔,继而沉默。

姚子期说道:"那时候我们虽然隔着北大西洋,乃至后来,我们隔着太平洋和北大西洋,可我们每天都在想着对方,想着彼此的冷暖、心情、生活、工作。我们每天渴望着相见、拥抱、接吻,乃至成为对方身体的一部分。可是现在,我们各干各的事,各过各的生活,有各自的社交圈。我觉得我们成了每天相见的陌生人,你觉得这样的婚姻生活好吗?这时候,你敢说你的心里除了工作和社交,除了男人的生理欲望,还有对我的渴望吗?"

宁嘉南再次沉默了。姚子期的话让他很吃惊。她说得没错,他也不知道自己怎么了。如果坦诚地说,他每天除了工作,心里最思念的人其实是赵艾米,甚至在男人生理冲动的那一瞬间,想的还是赵艾米。

是因为他对姚子期不爱了吗?好像也不是。

婚姻就真的是爱情的坟墓吗?

宁嘉南不敢把自己的真实想法告诉姚子期,那样会伤害她。宁嘉南强迫自己镇定下来,笑着再次走到姚子期身边,蹲下来,把脸伏在她的膝盖上说道:"亲爱的,对不起,是我的错,我知道我频繁应酬,忽视了你的感受,我会改正。从明天起,我下班就早点回家,我陪你看电影、潜水,甚至我们可以轮着回海山住,开车来上班,好不好?"

姚子期抚摸着宁嘉南的头,淡淡地叹了一口气说道:"我也试着改变一下我自己。"

6

盛夏就这么匆匆到来了,可省里依然没有定下两家港口项目的启动时间。宁州湾北方钢铁集团的专属码头没有批,海山向省里提出跟海都大洋港合作的方案也没有批。这样的结果,打破了周晓乙对宁州湾的布局,他当然很不满意,跟钟立达争论了一个上午,最终还是愤怒地离开了。东海港口的战略地位越来越重要,省里这次的态度很强硬,也是希望管委会能拿出一个更好的方案。

夜晚,宁州湾新开业的五星级大酒店顶楼餐厅,周晓乙宴请斯兰特、尼德和北方钢铁集团的商务代表。宁嘉南参加了这个聚会,他跟在斯兰特和尼德以及公司法务的后面。奇怪的是,李子木还带了一个打国际官司的律师,律师姓丁,在业内很有名望。冥冥之中,宁嘉南感觉到了晚宴热闹气氛背后的尴尬,他望了一眼斯兰特,斯兰特很沮丧,也很郁闷。

斯兰特赌输了这一局。周晓乙端着红酒杯微笑着向他下了最后通牒,宁州湾他租下的那几千亩滩涂,要么尽快履约把百亿欧元砸下去,要么政府就会收回去。

斯兰特两难。他搭便车的计划失败了,北方钢铁集团钢厂的地址只能选在他几年前租用的那片滩涂上。那地方距离宁州湾新港规划的地方太远,要建专属码头就得开凿、疏浚巷道,造价超出预期若干倍。

放弃吗?不,放弃不是斯兰特的性格。而且,这样的结果,他也没办法跟股东们交代。斯兰特想做最后的努力,他在周晓乙耳边低语,说的却是娴熟的汉语。他希望周晓乙尽可能地去说服省里,拿到专属码头。

周晓乙叫来了丁律师:"斯兰特先生,这事我们今天不谈,由丁律师跟你们的法务谈吧,我们在一起放松一下不好吗?来,喝酒。"

周晓乙回复斯兰特用的是英语,斯兰特尴尬地应对着,样子很狼狈。

宁嘉南读懂了周晓乙话里的意思:这事没法谈了,接下来就是朝着毁约谈的,至于打不打官司,得看谈的情况。斯兰特公司合资项目拖了整整一届政府班子,周晓乙确实累了。按照李子木的话来说,斯兰特公司的这片滩涂,拖住了周副市长在仕途上前进的脚步,弄不好,他会搁浅在这里。

时过境迁,斯兰特公司和尼德的处境已经很尴尬了。

晚宴后,斯兰特和尼德有些沮丧地离开,周晓乙委派宁嘉南和李子木送他们。临上车,斯兰特拉着宁嘉南的手嘱咐他:"宁,不要灰心,我们还有机会。"

宁嘉南在心里笑了:这个捕鲸人的后代,这次终于自己玩漏了网,掉进了大海里。

李子木望着远去的车子,对有些失落的宁嘉南说:"他肯定很懊恼,如果他能再稍微大方慷慨一些,分摊一些专属码头的资金,这事没准就成了。"

宁嘉南苦笑着说:"他习惯了他制定规则的赌局,可是这次庄家换了。"

李子木拍着宁嘉南的肩膀说道:"算了,你别跟着他们玩了。"

方平为了实现业务交流,让一组和二组互相给对方提意见。宁嘉南对凤凰湾项目根本不感兴趣,梁云霄让熙雯送来的凤凰湾项目方案和图纸,他原封不动地退回来了。宁嘉南是想用这样的方式告诉梁云霄:你我最好还是井水不犯河水。

梁云霄要宁州湾的资料,结果宁嘉南一张纸都没给他。梁云霄去找宁嘉南,宁嘉南告诉他:"你自己的项目都没搞明白,就别插手别人的事了。"

七月的一天,项目一组的方案批复下来了,宁州湾一期两个集装箱码头开始修改完善施工方案,筹备开工,宁嘉南带着项目一组开始加班。

钟立达从省城急匆匆赶过来,跟项目组开了个会,希望项目二组暂时放下手里的活,帮助一组尽快完善方案。会后,钟立达单独跟梁云霄谈了话,把宁州湾项目的图纸全部给了梁云霄,希望他能跟宁嘉南一起商议一下施工的细节。这么大的项目,他还是对宁嘉南有点不放心。钟立达倒不是质疑宁嘉南的专业水准,他担心的是宁嘉南能不能专心扎进项目里去。

梁云霄苦笑着说道:"主任,这事恐怕您得跟宁组长聊。"

钟立达很疑惑:"你们师出同门,有什么话不能说吗?"

梁云霄说:"您跟他说,师出有名。"

钟立达哈哈一笑:"好,那就我跟他说。"

梁云霄叫来了炸礁队长唐军。宁州湾水下的情况他很熟悉,两个人对着图纸商量了几天,也觉得没什么问题,梁云霄就拿着图纸去找宁嘉南了。

眼见正午时分,天气十分燠热。宁嘉南买来了雪糕,两个人在姚子期的办公室里,一边吃雪糕,一边商议着预算的事。梁云霄进来,看到两个人亲密互喂雪糕的样子也很高兴,可是他一开口,宁嘉南的画风就变了。

梁云霄打开图纸对宁嘉南说道:"老大,整个规划和设计我都仔细看了。我建议,水上设计要稍作修改,为后期自动化升级留足空间。重要的是水下部分,我希望你在开工前再对一下数据。这个设计图纸用的数据是不是最新的水下数据?我觉得,航道两侧的承重结构可能会有问题。"

宁嘉南看了一眼说道:"绝对不可能,我核对了很多遍。况且,我们用的可是国内最强的施工团队,不会有问题的。"

梁云霄一脸严肃地问:"你确认不再核对一遍?万一出现……"

宁嘉南顿时来气了:"我说你这个憨憨,就不能盼我点好?"

见宁嘉南真生气了,姚子期替梁云霄打圆场:"你生什么气?他也是为了你好嘛。"

宁嘉南见姚子期为梁云霄说话就更生气了:"为了我好?我谢谢了。你问他,他们二期的项目我参与了吗?指手画脚了吗?"

梁云霄心想:你以为我愿意看你的图纸?要不是钟立达一而再,再而三地找我,我吃饱撑的?我一连加了好几个晚班,你不感谢也就罢了,还是这副嘴脸。于是,梁云霄说道:"我没给你看吗?我让熙雯给你送过去的图纸和方案,不是被你原封不动地退回来了吗?"

宁嘉南嗤之以鼻:"你以为我跟你一样?我没有那么多的算计。"

梁云霄恼了:"我算计?我算计什么了?"

宁嘉南说道:"宁州湾不行了,凤凰湾接上呗,你别以为我不知道你心里的小九九。我告诉你,这次宁州湾项目上不了,你的项目也上不了。"

梁云霄哈哈大笑:"行了,宁组长,咱们谁小心眼,自己心里清楚。"

宁嘉南的声音高起来:"我当然清楚,你就是不想让我好……"

宁霞拎着饭盒来给梁云霄送饭,刚进大楼就听到两个人争吵,急匆匆朝姚子期的办公室走去。

姚子期对宁嘉南的表现很不满意,批评他道:"行了,梁云霄也就谈谈他的想法,有什么不对的?"

宁嘉南火力转向姚子期:"你怎么总是向着他?"

"谁对,我就向着谁。"

"你向着他,你跟他过好了。"

宁嘉南脱口而出的一句话把梁云霄和姚子期都惹恼了,梁云霄拎着宁嘉南的衬衣领子怒吼:"宁嘉南,你混蛋!"

宁霞这时进门,看到紧攥拳头的梁云霄,大声喊道:"梁云霄,你干什么?"

梁云霄松开宁嘉南:"宁嘉南,你可真有你的……"说完气冲冲地出门了。

宁霞诧异地问姚子期:"他们这是怎么了?"

姚子期忍着要流下来的泪水说:"疯子,都疯了。"

宁霞在项目部门口追到了梁云霄,两个人在一棵树下站定。宁霞问清楚事情的来龙去脉,笑了:"这是宁嘉南的性格。他是独子,被我爷爷和大伯母给宠坏了,从小就唯我独尊,没想到人都快三十岁了,还是这个样子。"

她劝梁云霄:"别生气了,他爱怎么样就怎么样,反正你们凤凰湾的项目不急。要不你休年假吧,我们回落叶岛。我想妈妈了,也想去潜水,梁宝打电话来说,月塘湾外海水清了,我们带上设备,带上我爸,带上宁虹,我们一起回家。"

宁霞故意把逻辑重音放在了回家上,是回海山月塘湾落叶岛的那个家。

姚子期认为宁嘉南的表现很过分,尤其最后那句过火的话,更是不可理喻。

其实,宁嘉南说完这句话就后悔了。他不知道当时的他怎么能够说出那样的话,如果姚子期真想跟梁云霄过,根本轮不到他。他望着一脸冰冷的姚子期,张嘴想道歉,姚子期拒绝了他,拎起包气冲冲出了门,留下他拿着那根快要化完的雪糕愣愣地站在那儿。

第二章

1

庚寅虎年八月,梁海生十周年祭。

梁云霄带着宁霞、宁虹、宁海魁回月塘湾老家。这次,梁云霄和宁霞都休了一个月的假。这次回月塘湾,一是祭祀,二是补办他跟宁霞的婚礼,三是为了旅游公司的事。据金子说,大桥开通后,月塘湾游客聚集,潜钓场和贻贝海鲜面馆生意爆棚,村里有人眼红,想搞事情。

大清早,天高云淡,星斗尚明,金子开着越野车来接他们。

金子跟贾山分手了。她为贾山生了个女儿,却一直看不到结婚的希望,还抓了他几次现行,打过闹过,贾山还是一如既往。贾山有了颜辉的入资和指导,生意越做越大,有些膨胀。

宁霞替金子打抱不平,带着金子去贾山在宁州的公司堵他,希望他能像个男人一样承担起为人夫为人父的责任,贾山却说出了他不愿意跟金子在一起的种种理由,比如贪钱、揽权、干涉他的自由。金子很伤心,因为很多时候,她规劝贾山,都是出于对公司的安全考虑。贾山就觉得她多嘴,是公司发展的障碍。

金子奶着孩子,还有些产后抑郁,天天跟贾山吵架,日子久了,心就凉透了。最糟糕的一次,金子抱着孩子上了跨海大桥,想一头跳下去,母女就解脱了。多亏宁霞和梁云霄到得及时,强拉硬拽,才避免了一场灾难。

宁霞痛骂贾山活着就是亲人的祸害,跟贾山谈判,要他给金子最起码的保障,否则就让他身败名裂、公司破产。贾山知道宁霞不好惹,公司有她的股份,而且这会儿他正在跟颜辉谈二轮融资。他也清楚,颜辉之所以投他的公司,是因为梁云霄在那儿。这事要是闹到颜辉那儿,弄不好二轮融资就会泡汤。于是,他速战速决,给了金子五十万块钱和一辆越野车。

宁霞带着金子和孩子找到了老贾。老贾很喜欢金子这个儿媳,况且,她还有了贾家的孩子。在金子和贾山的事上,老贾明显站在金子一边,他对金子说:"不管那个孽障认不认,你们母女,我老贾认。"

宁霞跟梁云霄商量后,就做主让金子进了月塘湾旅游餐饮公司,做了游客中心的经理。这件事后,金子对宁霞既钦佩又感激,两个人就成了好朋友。金子是海山本岛人,人漂亮,脑子活泛,嘴巴也会说,在招揽游客这方面很有一套。因为老贾还给了她一点股份,她也就把这事当成事业在做,所以干起来很卖力。听梁宝说,是小舅妈一个人扛下了旅游公司的半壁江山。

宁虹长这么大,很少坐私家车出远门,人在车上就兴奋得不行。宁霞原本不打算让她跟着一起出来的,她开学就上高三了,正是分秒必争的时候。可梁云霄坚持要带她来,说是要缓解一下紧张的情绪,只要基础打牢,不在乎这几天。宁虹一蹦三尺高,高呼"梁云霄万岁"。宁虹按照当初的约定,没有再叫梁云霄"姓梁的",只是也不愿叫他姐夫或者大哥,时间一长,梁云霄也就习惯了。

宁虹已经不吃药了,人也精神了很多,只是仍旧不愿住校,而是要梁云霄接送。于是宁霞狠了狠心,为梁云霄买了一辆重型摩托车,梁云霄偶尔也会骑着它送宁霞去千家门渔港。宁霞很喜欢从后面抱着梁云霄在跨海大桥上疾驰的感觉,她说这样的感受是坐在任何高档汽车里都没有的。

宁虹也喜欢梁云霄把摩托车停在路灯下,拿着头盔在一旁等她放学的样子,觉得安全感爆棚,更喜欢摩托车加速时发出的震耳欲聋的吼叫。她已经对梁云霄产生了依赖,每天晚上放学回来,都要缠着梁云霄为她讲题。

鉴于宁虹对他的态度有了转变,梁云霄就开始惯着她,把宁霞给自己的零花钱给她,陪宁霞一起去给她买衣服,甚至花了半个月工资给她买了能无线上网的平板电脑。

金子驾驶着越野车疾驰在跨海大桥上,宁虹按下车窗,望着海面上不停被抛在身后的轮船,兴奋地拍着坐在副驾驶座位上的梁云霄大声喊道:"喂,梁云霄,你答应带我骑摩托车跨越大海的,什么时候兑现?"

梁云霄说道:"高三上学期你要是还能保持在年级前一百名,我就带你飞一个来回。"

宁虹跟他击掌为约:"就这么定了。"

宁霞看着宁虹高兴的样子,一脸幸福地嗔怪梁云霄:"你就惯着她吧。"

金子的车开得飞快,很快就到了海山。

金子把越野车停在千家门渔港吴婶的大排档门口,跟宁霞和吴婶一起去小包厢里聊天。吴婶拿出一个红包给宁霞:"小霞,你要成家了,这是我给你的结婚礼物。卡里有二十万块钱,也有你今年提前的分红。"

宁霞收了红包说道:"表姨,谢谢您了。"

吴婶眼含热泪:"小霞,看着你成家了,还找了小梁这么好的男人,表姨真替你妈为你高兴。"

宁霞的脸色一下子黑了,把红包还给吴婶:"这里面有她给的钱吧?如果有,请您收回去,我不想拿她的钱,我嫌脏手。"

吴婶惊慌失措地说道:"没有,真的没有,我跟你妈已经好些年没联系了。"

吴婶是贾玲的远房表姐,丈夫早年远海坠海死了,一个人带着两个孩子生活。宁霞曾怀疑,吴婶的大排档在起家时用了贾玲的钱。

吴婶把装着银行卡的红包塞进宁霞的口袋里,很快岔开话题,说起大排档的生意。如今月塘湾的游客跟大排档挂上了钩,生意更好了。她接着夸奖起金子来:"金子真是个福将,她来了之后,我这儿的客人越来越多了。唉,你那个舅舅啊,是真能折腾。"

金子的脸色也不好看了:"吴婶,能不能不提他?"

吴婶啪地打了自己一嘴巴:"你看我今天嘴歪,总是说错话。"

宁霞笑道:"这不怪表姨,要怪就怪贾氏姐弟没有一点人性。"

梁云霄推着宁海魁走在千家门渔港的码头边,四个人等着梁宝的船过来。

宁海魁腿受伤后,还是第一次返回海上,此刻他望着远处苍茫的大海,百感交集。当年,他就是在这里接上的贾玲,坐船回的宁州。曾经沧海,而今身残,孑然一身。年轻时的回忆是美好的,可现实却这样残酷。

梁云霄望着一脸凝重的宁海魁说道:"爸爸,我们今天不想那些不愉快的事,我们高高兴兴地回家。"

宁海魁长叹一口气,把目光收回来:"如果我没有把她带到宁州去就好了,小霞也就不会受那么多苦。"

梁云霄笑道:"爸爸,你要不把小霞带到这个世界上来,我上哪儿找这么好的爱人去,对吧?爸爸,我们不说那么多的如果,我们朝前看,好日子都在后头呢。"

宁海魁笑了:"你这么说,也很有道理。"他对眼前这个女婿是一百个满意。

梁宝和金子招呼满船的游客上了岸,带着两个人开始给吴婶卸刚从海里捞上来的小海鲜。这个时候,月塘湾的小海鲜正在大批出货,吴婶大排档的生意供货充足,牌子一下就响了。

梁宝卸完货,开始捯饬他的那艘小客轮。金子就带着一个年轻人贴"囍"字,挂灯笼。宁霞一脸诧异地问:"梁宝,我不是跟妈讲了,不张罗这个了吗?"

梁宝一本正经地说道:"那怎么行?婶子是个要面子的人,人家娶媳妇,要一个船队呢。"

金子指着渔港里停着的另外两艘崭新的小客轮说:"我们也有一个船队。今天游客特别多,我准备了三艘。"

宁霞说道:"不必租船讲那个排场,浪费那个钱。"

金子笑着说:"那两艘也是我们家的,市里旅游公司给配套了两艘小客轮,我前几天刚办完手续,说是徐副市长特批的。"

宁霞很吃惊。这事,她到现在都还不知道。她看了一眼梁云霄,梁云霄笑了:"我也是上个月接到大刘的电话,说是市、区两级旅游局为了振兴旅游业,配套了一些交通设施,我就跟主管交通的徐副市长打了个电话,没想到,他竟然一下子给批了两艘船。"

宁霞又兴奋又感动,对梁云霄说道:"这两艘船可值不少钱,我们该怎么感谢徐副市长?"

梁云霄笑道:"回头我请他喝一回酒。"

宁霞说道:"是该好好请。"

梁宝问梁云霄:"婶婶准备了六十桌喜宴,说是要请全村的人,那要不要请一下姚总、徐副市长和刘副区长?"

梁云霄犹豫了一下说道:"从本岛到月塘湾坐船要四个小时,来回得一天。他们都忙,加上我们也就补办个仪式,我看还是算了吧。"

宁霞想了想说:"也是,那就回头再请客吧。"

说话间,本岛的地接导游带着两队游客到了,金子接过旗子,招呼游客上了另外两艘船。她大声说道:"择日不如撞日,今天这两艘船是送亲的喜船,船票全部免了,我们都做新娘的娘家人,到时候,喜宴全免。"

众人顿时欢呼起来。

梁云霄望着金子,对宁霞说道:"这个金子,还真是可以。"

太阳从波涛汹涌的大海上喷薄而出,是梅雨季少见的艳阳天。三艘小客轮披红挂彩,劈波斩浪。

梁宝的船上还带了响器班子。乐队一奏乐,宁虹就乐了起来:"这也太给人惊喜了。姐,你不会真嫁到岛上不回来了吧?你回不回来我不管,梁云霄可是答应我了,要等我大学毕业后才离开我们家。"

宁霞咯咯笑道:"你可太没良心了,这么快就不要姐姐了。"

宁虹红着脸说:"我没有,我是说,你们不能出尔反尔。"

宁霞笑着对梁云霄说:"早知道这样,我捯饬捯饬,换一身好衣服了。"

梁宝把驾驶的活交给徒弟,对宁霞和梁云霄说道:"哥、嫂子,你们跟我来。"

宁霞和梁云霄一脸疑惑地跟着梁宝下了船舱,顿时惊呆了,船舱里摆满了丁春草为宁霞准备的"十里红妆"。

梁宝打开了一个箱子说道:"嫂子,你来看,这是你的嫁衣,我婶婶早就为你准备好了。"宁霞凑过去一看,只见箱子里装着整套凤冠霞帔。

宁虹也跟过来了,此时不由惊呼:"哎呀,姐姐,真是太漂亮了。"

梁宝说道："上次从海山港回来,我婶婶就开始一针一针地绣了。嫂子你看,这些材料都是婶婶托游客从苏州和海都买来的,包括这凤冠上的珍珠,全都是我们月塘湾深海里的。"

宁霞的眼泪顿时下来了。每个人对爱和祝福的表达方式都不同。姚江河嫁女、宁嘉南娶亲,两场婚礼隆重非凡,可谓是高举高打。丁春草用自己的双手来表达对儿子、儿媳的至亲至爱和祝福,这样的举动,如何能不让宁霞泪流满面?

梁宝接着打开了另外一个箱子,里面是一顶礼帽,一件红色长袍、马褂以及一套苏绣旗袍。红袍、马褂和礼帽是给梁云霄的,旗袍是给宁虹的。宁虹特别喜爱这身手工绣制的富贵牡丹旗袍,不停地在身上比画着,发出啧啧的赞美:"哎呀,这得是什么样的手才能绣成这样。"

梁云霄的眼睛也湿润了。这就是他的母亲丁春草,在她看似平淡的人生中,总有惊人之举。

月塘湾码头红灯高挂,红彩绸拱门。一顶八抬大轿停在码头上,雕龙画凤、红纱蒙顶,其内雕工精美的盒子里装满了各种饰品和布偶。

船队在月塘湾码头靠岸,宁虹搀扶着凤冠霞帔的宁霞,红袍马褂的梁云霄推着一身新衣的宁海魁下了船。金子站在码头上给游客发红绸布,同时拿着一个白色的小喇叭,用高亢的嗓音喊道:"今天月塘湾旅游餐饮公司有喜事,百位游客可凭喜布免费入席,感受月塘湾民俗婚礼,品尝海鲜喜宴。"

众人再次欢呼,下船时争抢着红布条,喜滋滋地系在自己的衣服上。

百名游客喜做娘家人,送亲的队伍披红挂彩,蜿蜒数里,从码头一直延伸到一片红色的小白楼。山路两旁的树木上也系着红绸,仿佛一条披着红袍的金龙,洋溢着吉祥喜庆。坐在轿子里的宁霞掀开红纱遮掩的轿帘,望着浩浩荡荡、一眼望不到头的送亲队伍,禁不住热泪盈眶。

梁家大院被红色笼罩着,爬满绿萝的白色墙体上到处都是红绸、红纱和红灯。院子里铺着红地毯,摆满了红桌椅,挤满了人,每个人的胸前都系着红布条。

在众人的注目中，一顶红纱大轿在门口停下，一身红衣的新郎抱起凤冠霞帔的新娘进了院子，在司仪的安排下拜了天地、爹娘和乐得合不拢嘴的老贾，然后就入了洞房。

梁云霄挑开宁霞的红盖头，宁霞看到眼前一片炫目的红色。满屋子雕龙画凤的家具，都是传统婚庆的器物，在雕刻、编织和上漆等装饰工艺上十分讲究。木器和竹制品一般采用两种独特的工艺：以朱金髹饰与雕刻相结合的朱金木雕工艺和以生漆、瓦灰、金箔为主要原料的泥金彩漆工艺。雕刻技艺主要有阳雕、阴雕、镂空雕等等，装饰图案一般采用吉祥喜庆的龙凤呈祥、鸳鸯戏水、麒麟送子、三星高照、年年有鱼等，寓意深刻。

十里红妆的婚礼现场震撼了宁霞，也惊呆了宁虹。这样的婚礼，丝毫不输姚子期和宁嘉南。婚宴摆了六十桌，喝酒划拳，热热闹闹，黄昏时终于降下帷幕。众人散去，宁霞搂着丁春草的脖子流着眼泪说道："妈，谢谢你，给了我这么隆重的婚礼。"

丁春草拍着她的手说道："儿婚女嫁，就这一回，妈不能让你留下遗憾。"

老贾和宁海魁望着一脸幸福的宁霞，无比欣慰。在他们心里犹如被苦水泡大的宁霞，终于苦尽甘来了。

2

第二天上午，徐正生带着副区长大刘来了，陪同的还有市里的交通、旅游局两个局长。家里来了大人物，丁春草有些慌张。徐正生见面就对丁春草说："婶子，您的贻贝面现在可是月塘湾的旅游招牌，我今天就是冲着您的面来的。"

丁春草激动地说道："普通一碗面，副市长想吃，管够。"

徐正生打量了一下刚刚办过喜事的梁家，对梁云霄说："小师弟啊，你不够意思啊，回家办喜事，不通知你大师哥，若不是我来月塘湾调研，别人议论你们的十里红妆，这杯喜酒我还喝不上了。"

宁霞慌忙解释说："副市长，您还真不能怪他，我们没打算办，也是上了船才知道的。"

徐正生笑着说:"弟妹,你别替他打掩护。今天一起补上。"

徐正生下午晚些时候要返回海山本岛,参加大陆连岛会议,中午就没喝酒,吃了满满一大碗贻贝面,先行离席。临走时,他把大刘和市里的旅游、交通部门领导留下了,要他们留在这里调研一下月塘湾成立风景区的事。市里下一步要进行产业大调整,旅游业的位置可能要提到渔业前面了。

梁云霄和宁霞把徐正生送到码头。

徐正生拍着梁云霄的肩膀说:"旅游公司不错,估计账也快还完了。解决了你的后顾之忧,你就可以鲲鹏击水了。"

宁霞感激地对徐正生说:"多谢副市长的支持,我和小梁都不知道说什么好了。"

徐正生一本正经地说:"弟妹啊,你给月塘湾办了一件大好事,大桥通车了,旅游业的春天可能要来了。月塘湾旅游业做大做强,也是我的政绩,要说感谢,我得感谢你。"

梁云霄和宁霞目送徐正生坐船走了。二人手牵手返回小白楼。宁霞对梁云霄说:"补办这场婚礼,可把妈给累坏了。"梁云霄说:"她高兴就行。这是有生以来,我看到我妈最高兴的几天。"宁霞站在山梁上,看着远处梁海生的高高隆起的坟墓问梁云霄:"你说,爸要是看到今天家里这个样子,也会高兴吧?"梁云霄脑海里浮现出梁海生模糊的面孔:"我好像从来没有见过他开心笑的样子。"

贾山在月塘湾码头下了船,看到前面牵手走上山岗的梁云霄和宁霞,一边喊,一边急匆匆追上来。宁霞见是贾山,脸色顿时阴沉下来。

贾山说:"小梁,小霞,你外公昨天给我打电话,说是你们要补办婚礼,接到电话时,我人在香港。紧赶慢赶,还是来晚了。"

"你来不来,都无所谓。"宁霞见到贾山就没好话。

"怎么叫无所谓,我是你小舅。"

宁霞哼了一声,不再理会他了。

梁云霄就问贾山:"还没吃午饭吧?"

贾山说:"还真没有,等会儿吃碗贻贝面就行。"

三个人就要沿着山路朝着渔村走去。

这段时间,梁云霄对他很冷淡。他和宁霞在宁州办婚礼的时候,没通知他,这次补办婚礼也没告诉他。贾山心里很忐忑。贾山越来越觉得,民营企业要活着,没有人脉和能力,光凭运气去赌,绝对不行。这些年他确实结交了不少人,可维持关系,就靠钱砸,有钱是兄弟,没钱就扔一边,没有一个是像梁云霄这样真心帮他、想着他的。贾山明白,凤凰湾拆迁的事和金子的事,梁云霄对他有看法。这次贾山去香港找颜辉,说他想买下海山的那家破机械厂,上集装箱卡车,希望颜辉能帮他融资。颜辉没有正面回答,要他去问梁云霄。贾山心里就更清楚了,这事要是梁云霄说不行,颜辉肯定不帮他。

梁云霄问贾山:"这次去香港,是找颜总要投资去了吧?"

贾山实话实说:"是,大桥通车了,我想买下黑沙滩附近的那家破机械厂,再弄个物流车队,上仓储物流。"

"弄到钱了?"

"颜总让我问你。"

梁云霄说:"厂子我还是建议你租,不要买,集装箱堆场和仓储物流的事,你要干,也就三年。三年之后,海山港凤凰湾超级中转货场和集装箱码头建成了,你的仓储物流和海山的超级物流中心竞争,没有生存空间。另外,未来海山本岛寸土寸金,那个地方将是城市新区,你这时候买地,申请政府审批通过的可能性基本为零。"

贾山点了点头。

梁云霄接着说:"物流车队就算了,投入太高,回报率太低,车辆可以租赁。但集装箱箱体生意可以做,三五年后,宁州、海山、海都三大港口将会一箱难求。"

贾山迟疑一阵问道:"何以见得?"

梁云霄说道:"信,你就听;不信,算我白说。未来国际贸易出口会激增,箱体制造技术不难,北方钢铁集团在宁州建厂后,钢材价格会降下来。你可以再去找一个更偏僻的地方,就像当初你赌凤凰岛那样的荒岛。你到那儿买块地,不是为了赌拆迁,而是老老实实做实业。你建个箱体厂,生产出来的国际标准箱体,可以出售,也可以租赁。"

贾山立刻兴奋起来:"我信,干。"

梁云霄笑问:"关键问题是,你有钱吗?"

贾山立刻尴尬起来:"这不就是缺钱嘛。"

梁云霄摇摇头,长叹一口气:"你还在打颜辉大哥的主意吧?"

贾山说道:"是啊,最近我们合作不错,航运公司挣钱了。"

梁云霄说:"那我就征求一下他的意见。"

贾山说道:"他让我问你。"

梁云霄思考一阵说:"这事跟我没有关系。我有句忠告,你们继续合作可以,但得主动让他派财务总监和总经理过来。"

贾山一脸为难:"那钱袋子不就让人家攥着了吗?"

梁云霄说:"那就算我白说。"

贾山一脸愁苦,急忙说:"别啊,你容我想想。"

梁云霄在鼻子里哼了一声:"你的那个团队不行,你没人监督更不行。以前我没有这样提议,是因为你身边有金子,可是金子被你赶走了。"

贾山急忙说:"我让她回来,立刻让她回来。"

宁霞冷笑一声:"你让她回来?我还不同意呢。她眼下在月塘湾干得很好,我得替外公和你的女儿考虑。她在这里有股份,在你那儿有吗?"

贾山说:"宁霞你放心,公司股份,我是做了法律文书和公证的。等公司运转顺利了,你的我加倍还给你。"

"我可不指望你能给我带来什么大富大贵,别再害人就行了。"

3

梁云霄、宁霞跟丁春草商议,尽快把欠村里渔民的钱还了。梁云霄要梁宝按照名单,通知村里的人来领欠款和利息。梁宝出去转一圈回来,说村里那些人不想领欠款了,想用这钱入股月塘湾旅游餐饮公司,想占公司的股份。

宁霞一听这话就急了:"欠债还钱,我们没有赖账,他们这是想干什么?是不是看着公司能挣钱了,都想伸手进来?"

丁春草问宁霞这事有没有得商量,宁霞气恼地说:"妈,这事怎么能商量?一百双手伸进来,一百颗心里都有主意,这事就干不成了。"

丁春草长叹一口气:"唉,村里人也是想有个固定收入。"

梁云霄赞同母亲的这个说法,国家禁渔期的延长,渔业这块,渔民挣不到什么大钱了,大家也是想找一条出路。梁云霄打电话给大刘。他正带着旅游局长在镇子里搞调研,听了梁云霄的描述,不由得笑了:"现在几个村子都想入股,他们要真这样搞,旅游公司搞不好就会被他们给弄黄了。这事必须得把资源整合了,才能做大做强。过几天,我会带着镇政府和旅游局领导去一趟落叶岛,叫上他们村主任和村民代表,我得给他们上一课。"

大刘带着镇长和旅游局长、司法局长来了,集合了村主任和村民代表在梁家开会。

大刘说:"梁家欠款是梁海生欠的,那些款子是风险投资,船没了,大家一起倒霉。梁云霄不还你们钱,法律上没毛病。今天人家本息清账,你们不要钱,却要占人家公司的股,于情于理于法都不合规。旅游餐饮公司手续合法,那片海域也是人家早年租的,有村委会盖的大印。贻贝海鲜面馆是人家自己的,跟你们没半毛钱的关系。公司刚有起色,你们就眼红,伸手想硬抢。这事没商量。"

镇长看了一眼村主任说:"我觉得月塘湾的村民都是好村民,问题就出在你这个村主任身上。月塘湾那么大一片海域,你要有本事,早干出来了。你自己说,你干了这么多年村主任,除了向镇里要扶贫款、扶贫项目,你干得像样的事情能数出几个来?村里'两委'改选,我觉得还是要把能做事的人选上来,你们村的梁宝就挺好,梁宝不声不响就干成了这么大的项目。这事放在你身上,你能做成?"

村主任听了镇长的话,低着头,红着脸,沉默不语。

镇长把一份报告递给村主任:"这是梁宝同志写的一份月塘湾文旅发展计划,你好好看看。我觉得他写得不错,依托月塘湾旅游餐饮公司,你们可以到公司来做工、做导游挣工资,也可以多建一些渔家乐、民宿。游客来了,得把人家留住,玩好、住好、吃好。另外,还有文化方面的,前两天那个十里红妆就很不错,就值得推广。"

| 499 |

梁宝疑惑地望向梁云霄。这哪是他写的报告,都出自梁云霄之手。

宁霞也看了一眼梁云霄,心里由衷钦佩他的能力。

梁云霄起身给众人深深鞠了一躬:"诸位长辈,诸位乡亲,今天我代表我爸梁海生给大家鞠躬致歉。十年前他坑了你们,请你们相信,我梁云霄,我妈丁春草,包括我弟梁宝,我大伯梁顺,都不会坑大家,更不会吃独食。当初开公司,就是想把我们家欠的钱还给大家。主意是我们出的,投资的是宁霞的外公。真金白银几百万,都是他老人家的养老钱。大家想入股,想分红,可宁霞的外公是董事长,我们说了不算。不过我可以保证,公司回了本,就拿出利润给大家分。公司现在的总经理是梁宝,他是我兄弟,我长年在外,可他在村里,只要他还在村里住,我就不会食言。"

众人听了,这才点头。

梁宝把欠款发下去的当夜,梁云霄做了一个梦,梦见自己回到了十年前去千家门渔港接梁海生尸体的那天。渔船的冷冻室里,梁海生的尸体突然就坐了起来。他问梁海生:"爸,你怎么就这么回来了?"

梁海生说:"我回来跟你说一声,我欠了人家不少钱,你得替我还。"

梁云霄说:"你欠的债你自己去还,我不还。"

梁海生诡异一笑:"那就你妈还。"

梁云霄咬着牙说:"你别坑我妈。"

梁海生无赖地一笑:"那我只能坑你。"

梁云霄就问梁海生:"你坑了那么多人,就为了造一艘破船,人还淹死了,你图什么?"

梁海生嘴唇上翘:"我看到了更远的海,去到了别人去不到的地方,感受了大海更深奥的秘密,所以,我不后悔。你想看吗?我带你去,随我来。"

梁海生抖落一身的冰块,一瞬间,身上长满了金灿灿的鱼鳞,像一个身披盔甲的猛士。他冲梁云霄招手,浑身散发着一种光,这种光有着迷人的召唤灵魂的力量,梁云霄就跟随着他出了门。

刺眼的阳光一下子穿到了波涛汹涌的海底,无边的海草像是一眼望不到边的绿色浪潮,淹没了时隐时现的金色的梁海生。梁海生很快就变成了一条凶猛的鱼,穿行在永无尽头的海底。他们来到了一个奇幻的世界,鲨鱼、鲸鱼、鳗鱼、金枪鱼或其他大型鱼都成了他们的奴仆,闪着奇异亮光的鱼类、水母和挂满璀璨珍珠的珊瑚,都像是摇曳旗幡的部族。这就是梁海生一个人的海底王国。

梁海生一边游弋,一边扭头对梁云霄诡异地笑:"看到了吧,这是别人无法感受到的荣耀,这是我的自由王国。"

梁云霄嗤之以鼻。

梁海生没有停止向前游动,光明瞬间消失得无影无踪。远处一片漆黑,他们进入了一道悠长的、黑暗的峡谷。梁海生身上金色的鱼鳞闪着微弱的光,仍然在召唤着梁云霄。而这时,一条黑色的巨型鳗鱼缠绕住了梁云霄,致使他无法摆动,无法向前游动,他只能大声呼唤梁海生。

空旷辽阔的海底就像黑暗中的旷野,梁海生苍老浑厚的声音传来:"想看到你想看到的,就自己往前游吧。"

两条巨型电鳗撞击了梁海生越来越模糊的身体,有道刺眼的闪电落下,一声霹雳声响,梁海生身上奇妙的、金色发光的鳞片在黑暗中不停地散落,像是暗夜苍穹之上时隐时现的星斗,慢慢陨落、消亡、湮灭。

黑暗无边,黑鳗缠绕住了梁云霄的脖子、四肢,让他不能呼吸,也不能动弹,任凭猛烈的巨浪肆意地击打。他在巨型漩涡里挣扎,大声呼喊:"梁海生,你在哪里?"

世界空荡荡的,梁云霄再次被卷入了海底,无边的、黑暗的海底。他大叫一声,醒了过来。

南柯一梦。

梁云霄大汗淋漓,身边的宁霞在黑暗中问他是不是做噩梦了,他点了点头说:"我再次梦到了他。"

宁霞知道,那个"他"就是埋在对面山上那个给梁家带来无尽苦难的梁海生。宁霞把梁云霄的头抱在胸前,用手抚摸着他汗涔涔的脊背,亲吻着他的额头说道:"明天上山,我跟爸说,他欠下的债,你已经帮他还清了,他在那里也能闭眼了。"

明天,梁海生十周年祭。

4

梁海生的十周年祭因丁春草的反对,办得很寒酸。一个猪头,几件供品,外加一些纸钱,烧掉就算完事。丁春草甚至后悔当初为梁海生选了这么好的墓地:"死人风光、活人受罪的事,以后你们不要再去做了。"

供品摆上,纸钱烧过,宁霞把那个皱巴巴的账本也烧在了梁海生的墓前。宁霞说道:"爸,债还清了,您可以安息了,希望您以后不要再去打搅云霄和妈了,儿媳在这里给您磕头了。"

丁春草十年没来过梁海生的墓地,等梁云霄、宁霞、梁宝祭祀完了起身,却见她还静静地坐在坟冢一侧的台阶上一动不动。

宁霞说道:"妈,我们回去吧。"可丁春草好像没有听见,还是一动不动。

梁云霄拉了拉宁霞:"我们先走吧,让妈陪爸说会儿话。"

三个人先行下了山梁,不一会儿就听到了丁春草号啕大哭的声音,宁霞担心地站住,梁云霄又说:"走吧,我妈怕是要骂人了。"

梁云霄从小很少听到丁春草骂人,她骂得最凶的一次是梁海生的大船还要最后一笔钱才能出船坞的那天。那天,梁海生把梁家新楼做了抵押,两个人开始争夺房产证,结果房产证被扯成了两半。丁春草歇斯底里地哭,声嘶力竭地骂,甚至诅咒梁海生去死,结果一语成谶,梁海生真就死给她看了。

丁春草指着墓碑上梁海生的照片骂:"你这个挨千刀万剐的东西,你这个下油锅不得超生、沉海底遭万鱼啃的东西,你注定就是个四海为家的恶人,不该有家,不该有妻儿,更不配有这样的阴宅。今天儿媳妇把你欠下的债还干净了,你对儿子的生养之恩也算尽了,我跟你的结发情也算完了。你活着的时候我跟你没有离成婚,我死了也不会跟你合葬在一起。我不奢望你能荫佑儿子,荫佑梁家的后人,只求你不要害他们也就够了。儿子为了给你还债受了那么多的苦,你还阴魂不散地纠缠他干什么?你若再阴魂不散,我就扒了你的坟冢,挫骨扬灰,让你永世不得翻身。我丁春草是个说得到做得到的人。"

丁春草说着哭着,哭着说着,把跟梁海生在一起生活的委屈,以及他死后这十年的艰辛倾诉了个干净。等骂累了,哭累了,她才缓缓起身,转过头,就看见梁云霄和宁霞又回来了,就站在不远的地方。她顿感浑身轻松,走过去用嘶哑的声音对梁云霄说:"以后周年祭,不用记挂他了,他对你的生养之恩你都还给他了。"

梁云霄苦笑了一下,没有回答。

宁霞上来想扶丁春草,丁春草摆了摆手:"从今以后,妈什么事都没有了,妈就盼望着你们两个过上好日子,过上幸福美满的日子。"

宁霞搂着丁春草说道:"妈,我们一起。"

丁春草拍着宁霞的手说:"好,我们一起。走,我们回家。"

祭祀就这样草草地结束了。宁霞拉着梁云霄,把月塘湾旅游餐饮公司资产看了一个遍。梁家贻贝海鲜面馆自不必说,丁春草无疑是个能干的女人,她把贻贝海鲜面馆弄成了不错的海鲜餐厅。不得不说,梁海生和丁春草很有商业头脑,梁家的小白楼当初在建的时候就很有前瞻性,前后两个院子都很大,前院对着小码头的广场,出了后院门,是一条延伸到大海的小山脊,山脊上开辟了一条小路。涨潮的时候,山脊就被海水淹没了;退潮的时候,山脊露出来,人可以沿着山脊走向大海。客流量大了,丁春草把厨房改在了后院沿主楼拐弯的一个偏房里,偏房紧靠着大海,涨潮的时候,后屋建在岩石上,距离海水只有一米。老贾把捕来的鱼、虾、螃蟹、贝类装在一个网里,用长绳系着,海鲜随着潮起潮落,游客现吃现捞。海鲜保持了海水原始的味道,满足了游客的消费心理。

宁霞让梁云霄对房屋的承重进行了测算,三层的楼房还可以加盖两层,日后有钱,前后院朝阳的空地上还可以再起三层的钢架结构的洋房。

梁云霄听着宁霞的打算,笑着说道:"你这是要累死妈妈。"

丁春草也笑:"生意做得越大,妈越不累,我可以招人。"

宁霞随即附和:"妈这个想法,我双手赞同。"

月塘湾潜钓游客中心设在月塘湾一侧月牙一角的岛屿上,面对大海金沙滩,背靠岩石。游客中心是从凤凰湾全套搬过来的钢架结构建筑,一个大厅,上下两层二十六间抗十二级台风的集装箱组合客房。时下是旅游旺季,这些房子很难订得到。月塘湾另一侧的海边,是时隐时现在绿树红花之间的二十四栋集装箱改装的独立小屋,宁霞给它们取了个名字叫"观澜居"。观澜居一栋两户,面朝大海,可观日出,可赏夕阳,客厅、卧室、阳台装饰一新,空调、电视、洗衣机、大床、餐具,设备齐全。宁霞为房子编了号,一号到二十四号,能接待四十八家游客。梁云霄赞叹宁霞的能干,置办的这份家业可真是不小。

梅汛降水的季节虽然已经过去了,绵绵的细雨还是下了整整三天。

忙忙碌碌的半个月就这样过去了,补办了婚礼,还清了债务,尘埃落定。梁云霄觉得一下子像是被抽掉了绷紧的那根神经,这三天,他除了吃饭就是睡觉,细雨和雾霭笼罩,孤悬沧海的落叶岛上没有了太阳,就像是没有了白天和黑夜。

三天前的晴朗午后,两个人曾经在海湾里进行了一次无氧深潜。观澜居十号下面的海域,水不深,即便是涨潮时也不到五十米。月塘湾的海要比凤凰湾的纯净得多,海湾里水草丰茂,鱼类也比较多。两个人在水下像鱼一样起舞,追逐着鱼群。再往里面去,深水警戒线格外明显。宁霞仿佛一条美人鱼,掠着水草,像开弓的箭一样追了出去。梁云霄犹豫片刻,也跟在宁霞身后追了过去,可是他很快就缺氧了。他开始上浮,眼看就要窒息,宁霞游过来,抱着他就吻了上去。两个人亲吻着浮上水面,在微起波浪的海面上就如两只相爱的海豚。阳光正好,两个人累了,并排躺在沙滩上,听着远处大潮的声音,拥抱在了一起。此刻,梁云霄的心是宁静的,那么多愤懑和不快都消失了。他觉得,只有跟宁霞在一起的时候才会有这种宁静,宁霞的胸膛就像无边的海,包围着他,承载着他。

月塘湾落雨的清晨很惬意,钟立达的电话打破了宁静。省里打算安排他们国庆后组团考察鹿特丹港等几个欧洲港口,他要梁云霄、宁嘉南、姚子期三个人明日务必赶到省里报到。梁云霄有些不舍地睁开眼睛,在宁霞的耳边说:"我不在的时候,你千万不要再下海猎鱼了。从今天起,你就做我的小女人。"

宁霞幸福地抱着梁云霄说:"好,我就美美地做你的小女人。"

第三章

1

这次考察鹿物丹港,宁嘉南和姚子期算是故地重游。两个人准备再次重温那段时光,给温水般的婚姻生活增添一些温度和激情。他们的生活不缺仪式感的浪漫,少的是激情和沸腾。宁嘉南曾不止一次想过,如果不是赵艾米的再次出现,他跟姚子期的婚姻会是什么样的。可惜,人生没有那么多如果。命运就像一条不可逆流的大河,不管你愿不愿意,总是被它带向远方。

考察团一行落地后,住进了距离港口最近的酒店。钟立达带着他们三个刚进酒店的自动玻璃门,一个身穿紫色大衣、戴着墨镜的高个子女人就低着头与他们擦肩而过。几乎在一刹那,宁嘉南的心脏剧烈跳动,血液急速飙升——赵艾米就这么出现了。

宁嘉南揉了揉眼睛回头,以为自己认错人了。可那个女人在酒店门后拉开车门的一瞬间也朝他回望了一眼,那幽怨的眼神,瞬间把宁嘉南定住了。

是她。那张白皙的、辨识度很高的脸是那么熟悉。很长一段时间,宁嘉南的心情也没有平复下来。到了夜晚,他悄悄起身,从冰箱里拿了一瓶可乐,抓起茶几上的烟和打火机,来到了开放式阳台上,先是一口气喝干了可乐,然后点燃一支烟,把可乐瓶当作烟灰缸,一根接一根地抽起来。

一阵冷风吹来,宁嘉南混沌的大脑开始有些清醒。他开始在内心深处问自己,真就那么刻骨铭心、毫不动摇地爱着姚子期吗?如果是,为什么当他看到赵艾米的那一刻,再次产生了怦然心动的感觉?他是真爱赵艾米吗?如果是,为什么他又要不顾一切地回到国内,跟姚子期领证结婚?

一个人不能同时踏入两条河流。宁嘉南觉得,在他的身上发生了极其糟糕的事情,消失的人出现了,那么身边的人该怎么办?

两个小时后,姚子期醒了。她穿着雪白的纱裙睡衣,拿着一瓶红酒和两个酒杯来到了阳台上。

女人是敏感的,尤其是像姚子期这样理性聪慧的女人。事实上,从宁嘉南进入酒店开始,她就感觉到了他的魂不守舍,可具体因为什么,她还猜不透。

两个人就这样坐着,一边抽着烟,一边喝着酒,一直聊到天亮。他们聊大学时烂漫的时光,聊分开那些年的思念,聊每一次相聚时的趣事。可是这样漫无边际的聊天也总有穷尽时,因为他们分开太久了。这个现实让两个人都很心虚。

早饭过后,宁嘉南去鹿特丹港务部门联络参观电气化码头事宜。在北欧求学期间,他陪着尼德教授来过这里很多次。

米蕾副总裁的办公室里,宁嘉南再次见到了跟鹿特丹港洽谈一笔百万标箱的大宗海运订单的赵艾米。许久未见,赵艾米似乎成熟了许多,在米蕾面前为他留足了面子。赵艾米礼貌地向米蕾告别,在留给宁嘉南一个灿烂的微笑后转身离去。

宁嘉南对接完参观的事,刚走出米蕾的办公室,就收到了赵艾米的邮件:如果你还想在你妻子面前保持丈夫的尊严,请你晚上出现在鹿特丹港口酒店3601号房间。

宁嘉南一下子慌乱起来。他很清楚赵艾米的性格,很多意想不到的事情,她说到做到。他不知道该如何回答,可是手机不停在响,仿佛一个已经倒数读秒的炸弹,随时都有可能将他炸得粉身碎骨。

犹豫再三,宁嘉南给赵艾米回了邮件:好。

这一天,对宁嘉南来说无比漫长难熬。接待他们的荷兰姑娘穿着工装,开着一辆电动观光车,戴着安全帽,带着他们走走停停,介绍着港口的基本情况。宁嘉南是翻译,可他心里老想着赵艾米的事,几次都没听到钟立达的提问,姚子期就只好接替宁嘉南,用流畅的英语为钟立达翻译。

观摩间隙,姚子期担心地询问宁嘉南:"你怎么了,是不是病了?"

宁嘉南开始找借口:"没有,可能坐飞机时间太长,昨夜也没睡好。"

他找了个空隙查看手机,果然,邮箱爆满,内容不是埋怨就是咒骂。他回信告知赵艾米自己在工作,赵艾米却说工作可以暂停。于是,当宁嘉南几个人跟着接待处的荷兰姑娘穿过花花绿绿的集装箱堆场,到了操作部大楼的时候,很快就被几个身材高大的安保人员拦住了去路,说技术总监凯特拒绝了他们的观摩访问。宁嘉南打了几个电话,回来就对钟立达说:"主任,可能是沟通出了问题,晚点我会再跟凯特沟通。"

钟立达有些无奈:"鹿特丹港是全球自动化水平最高的欧洲大港,谨慎些也可以理解。"

宁嘉南怕钟立达嫌他办事不力,忙道:"早晨我跟他们总裁办沟通得很好,可能是他们内部的问题,晚点我再去沟通看看。主任,您相信我,不会有问题的。"

钟立达笑着说:"你告诉他们,我们只是观摩,不是偷师。"

宁嘉南也笑了:"我们的桥吊、龙门吊动力用的都是油压,他们的电气化系统,我们还真学不来。"

梁云霄看着堆码整齐有序的集装箱堆场和电力系统操控的机械装置,满眼羡慕,感叹道:"是啊,跟他们比,我们确实还差得远呢。"

"今天的观摩就先到这里吧,大家都回去好好休息一下。"钟立达说着看了宁嘉南一眼,"就辛苦小宁再去公关了。"

终于熬到了夜晚的到来。晚餐后,姚子期、宁嘉南、梁云霄端着酒杯,一边欣赏着夜色斑斓的海港美景,一边聊着第二天参观港口的事。宴会厅一侧坐着一个漂亮的混血女子,自然就是赵艾米。赵艾米一边喝酒,一边看着他们。

宁嘉南心如乱麻,根本没有心思吃掉姚子期专门为他点的米粥。他的手机很快响了,赵艾米提醒,她在等他。宁嘉南拿起手机有一瞬间的慌乱,见到这一幕的姚子期顿时皱起了眉头。

宁嘉南对姚子期说:"我去找凯特了,可能要晚一些回来。"

姚子期关切地问:"你行不行?要不我陪你一起去吧。"

宁嘉南说:"我们约在酒吧,几个男人在一起聊天,你一个女孩子去不合适。"

梁云霄就道:"那我陪你去。"

宁嘉南按住他,起身说:"不用了,我去去就回。"

2

鹿特丹港口酒店顶楼套房里,宁嘉南拥着赵艾米,内心久久不能平静。

这间套房是斯蒂芬家族的长包房,宁嘉南并不陌生。他跟着尼德来这里做过外港项目,彼时赵艾米跟他正处于狂热的恋情之中,赵艾米以学习为由整天待在项目组,两个人几乎在此夜夜笙歌。

床对面的大屏幕上,微蓝的荧光映着赵艾米的脸。赵艾米喜欢躺在床上看海洋电影,此时电影已经结束,两人之间的身体纠缠也结束了。赵艾米摸索着找到了遥控器,关掉了大屏幕上的蓝色荧光,屋内迅速陷入黑暗。

黑暗中,宁嘉南点燃了一根烟,狠狠地吸了一口,香烟的尽头是一粒猩红。赵艾米拿过宁嘉南的烟,放到自己嘴里狠狠地抽起来。宁嘉南惊讶地发现,她一边抽烟,一边在默默流泪。

"跟她结束,跟我开始。"

黑暗中,赵艾米低声说了这样一句话,语气像是在命令,又像是在哀求。

宁嘉南惊愕地望向赵艾米的方向。印象中的赵艾米从来不会这样跟他说话,更不会流泪。可是宁嘉南无法回答她。

"你走后,我泪流如河。"

赵艾米流着泪抽完了原本属于宁嘉南的那支烟,直到猩红的烟头要烧到她纤细的指尖。宁嘉南找到烟灰缸,把烟蒂拿过来拧灭,然后开始在黑暗中寻找自己的衣服。

"站住!"赵艾米用嘶哑的声音怒吼着,继而打开了灯,看到宁嘉南居然在穿裤子。

"你必须给我一个答案。"赵艾米一把扯过宁嘉南的裤子抓在手里,"要么她消失,要么我们两个一起消失。"

赵艾米声泪俱下,讲述了一个令宁嘉南愕然的故事,这个故事里还新增添了一个男婴。没错,她怀了他的孩子,而且把这个孩子生了下来。

宁嘉南听到这个消息,脑袋像被冰冷的锤子狠狠地重击了一下。猝不及防,真的是猝不及防。他下意识看向赵艾米平坦的小腹,其上果真有一道红色的疤痕,像洁白蛋壳上的一条裂缝。他伸手想去抚摸那道疤痕,却被赵艾米挡开了。赵艾米坐在床头,流着眼泪继续她的讲述。

宁嘉南不辞而别后不久,赵艾米就发现自己的身体有了很大变化,去了医院才知道已经怀孕五周了。毫无疑问,这是宁嘉南的孩子。

宁嘉南的离开已经让赵艾米悲痛欲绝,意外怀孕的现实更令她崩溃。最初的一段时间,她还觉得过不了多久宁嘉南就会回来,这种自信源于斯蒂芬家族的分量,以及她本人高贵的气质、出众的容貌和傲人的身材,这一切都注定了她在男女关系中所处的主导地位。她始终坚信,宁嘉南对她很迷恋,他还有一颗纵横四海的野心。如果不是外祖母赵芬芳担心宁嘉南会觊觎斯蒂芬家族的财富,不断从中作梗,或许宁嘉南根本不会离开北欧,甚至早就成了斯蒂芬家族的赘婿。

她是这样自信地等待宁嘉南回头,然而这种自信,随着她的肚子一天天变大,而被一天天消磨殆尽。她也曾想过要打掉这个累赘,有了他之后,她不能去喝酒,不能去跳舞,更不能四处去旅游、吃想吃的东西。可当她产生这样的念头的时候,腹中的胎儿已经开始在她的肚子里手舞足蹈了。

赵芬芳是在赵艾米怀孕六个月的时候才把她接回家的,在此之前,赵艾米一直蜷缩在瑞典国际海事学院附近的一套公寓里,雇用了一名黑人保姆照顾。赵芬芳不允许赵艾米跟宁嘉南联系,她宁可接受赵艾米做一个单亲妈妈,也不能接受宁嘉南进入斯蒂芬家族。当赵艾米从尼德教授口中得知宁嘉南跟姚子期结婚的消息后,近乎崩溃,宁嘉南成为别人新郎的事实让她无法接受。愤怒的赵艾米买好了机票,她发誓,她一定要成为宁嘉南和姚子期婚礼的毁灭者。可是,腹中的胎儿却提前出生了,赵艾米为他取名赵宁。

宁嘉南站在床前听完了赵艾米讲述的他们分手后所发生的一切。赵艾米告诉宁嘉南,她已经跟蒋思涛彻底断绝了关系,希望宁嘉南能尽快回到她的身边来,她已经是斯蒂芬公司的副总裁了,同时还兼任着国际航运投资公司的总经理,眼下正缺人。

赵艾米给了宁嘉南一道选择题:A.跟姚子期分手,接受斯蒂芬公司的全球港运业务,成为一代海洋霸主。B.滚回姚子期身边,她会让姚子期知道他宁嘉南就是个朝秦暮楚的渣男,让他身败名裂,遭万人唾弃。

宁嘉南回想他们在一起的过往,似乎赵艾米总是在给他出选择题,只不过这次她的选择题有些过分了。

赵艾米拉着宁嘉南的一只手,把它放在自己光洁如瓷器的腹部,放在那个疤痕上,然后用修长的双臂搂住宁嘉南的脖子,在他耳边呢喃:"我是因为爱你,你才有选择的机会。"

这是赵艾米第一次放下女王高高在上的架子来求宁嘉南,可她的话还是说得那么强势。她又把宁嘉南的脸贴向她的腹部,宁嘉南流着眼泪,双唇吻向了那条鲜红色的鱼苗一样的疤痕。

姚子期在房间里一直等到深夜,宁嘉南仍然没有归来。她很担心宁嘉南的安危,打电话过去,宁嘉南却关机了。

男人在深夜关机有很多种可能,姚子期想到宁嘉南自昨晚开始的异样,冥冥之中预感到他可能发生了什么事情。姚子期打电话叫来了梁云霄,两个人出门去找宁嘉南。

夜晚的气温还是有些低的,姚子期衣衫单薄,梁云霄就让她先回去,自己在酒店大堂等宁嘉南。可是他等了一整晚,宁嘉南都没有出现。他打算先去吃点早餐等姚子期过来,却奇怪地发现宁嘉南就在餐厅,还跟姚子期和钟立达在一起。他端着餐盘凑过去,听到宁嘉南正在跟钟立达汇报昨晚沟通的情况:"这帮欧洲人没办法,很喜欢到酒吧里泡到天亮,我是硬扛到了凌晨三点。"

钟立达笑了:"你辛苦了。看来,今天我们的参观不会成问题了。"

梁云霄心中的疑问更大了。他推断宁嘉南昨晚应该就在酒店里,不知道为什么要这样说,不过他也怕自己多事,就没当着钟立达的面开口问。

宁嘉南吃完跟钟立达说:"这里的早餐很好,主任,让子期陪您多吃点,我再去落实一下上午参观的事。"

钟立达说道:"好,我们十点钟在楼下集合吧。"

宁嘉南说完匆匆走了。梁云霄赶忙放下食物跟上。

三十六楼的走廊拐角处,梁云霄看见宁嘉南叩响了一间房门,一个一头金发的混血女人开了门。宁嘉南亲吻了她,然后一闪身进去了。梁云霄像是瞬间明白了什么,心头的怒火腾的一下就冒起来了。他怒气冲冲地快步来到门前,手举到一半突然停下——宁嘉南发生这样的事,连他都无法接受,姚子期怎么办?他都能猜到姚子期在知道这件事情之后的反应。身在异国他乡,姚子期如果有个闪失,他怎么给姚江河和姚四海交差?梁云霄退回了拐角处,看着宁嘉南不久后又急匆匆出了门。

上午的参观异常顺利,凯特亲自接待了他们。

操作大楼建在码头附近,一栋五层楼的建筑,楼顶是指挥室,没有大玻璃窗,却有几个超大的显示屏幕,其上整个码头的情况一览无余。操作员只需敲击键盘、点动鼠标,就可以从屏幕上关注到堆场的每一个角落。鹿特丹港的电气化程度令人瞠目,整个港口已经完全脱离了燃油机械。

梁云霄娴熟地用英语跟凯特交流,他的专业水准,令凯特竖起了大拇指。他趁着宁嘉南跟钟立达沟通的空当悄声问:"亲爱的凯特先生,昨晚我们的宁跟你们在酒吧里接洽到很晚吗?"

凯特一脸茫然,觉得梁云霄这个问题问得莫名其妙:"我的女儿才半岁,我晚上从来不泡酒吧。"

梁云霄笑了一下说道:"对不起,是我冒昧了。十分感谢凯特先生对我们的慷慨,让我开了眼界。"

凯特说:"董事长说你们是尊贵的客人,让我必须亲自接待你们。昨天,我是因为没有接到总裁办的通知,显得有些无礼了。这是港口的操作重地,我们有规定,还请您原谅。"

梁云霄笑道：“理解，理解。”

此时宁嘉南走过来问道：“老四，我看你跟凯特聊得火热，聊什么呢？”

梁云霄笑着说：“我在跟凯特聊你们昨天晚上都喝了些什么酒。”

宁嘉南的脸色一下子就变了，压低声音对梁云霄说：“你别多事。”

梁云霄冷笑一声：“你最好别有事。”

宁嘉南问道：“你什么意思？”

梁云霄说道：“这话应该我来问你。3601号房间是怎么回事？你得给我一个合理的解释。”

宁嘉南盯着梁云霄看了好一会儿，他眼里露出了从未有过的凶狠，说：“我跟你解释得着吗？”

梁云霄在鼻子里冷笑了一声：“那你就去跟子期解释。”

宁嘉南愣住了。

3

午后酒店的大厦顶楼景观咖啡馆几乎没有什么人，宁嘉南、梁云霄约在这里，坐在靠角落的地方。

宁嘉南点了两杯加冰的拿铁，梁云霄没动，冷冷地对宁嘉南说：“我没心情喝咖啡，我要你一个合理的解释。”

宁嘉南望着远处波涛汹涌的大海说：“你想听什么解释，憨憨？”

梁云霄强压着内心的愤怒，压低声音怒吼道：“你不要跟我说你昨天晚上跟那个女人什么事都没发生。”

宁嘉南说：“你知道，我跟子期分开了很多年，我们聚少离多。你知道……”

梁云霄歇斯底里地怒吼："你闭嘴，我不想听你在外边的那些破事，就想知道3601号房间那个女人跟你是什么关系！"

宁嘉南继续嘴硬：“师妹，朋友，不可以吗？”

梁云霄冷笑：“那你为什么撒谎说跟凯特到酒吧喝到凌晨三点？我告诉你，

昨天晚上我就在酒店大堂,一直等你到天亮。你电话关了机,是整晚都待在那个女人那儿吧?宁嘉南,大家都是成年人,你千万别说你们是纯洁的男女关系。另外,我还告诉你,我的忍耐是有限的,我不想跟你动粗。"

宁嘉南沉默了。沉默就是默认。

梁云霄端起冰冷的拿铁泼了宁嘉南一脸,宁嘉南说:"老四,我希望你能保持缄默。你知道子期的性格,她若是知道了这件事情,会疯掉的。我们是出国考察,这里是异国他乡,你也不希望子期出什么事吧?"

梁云霄长叹一口气:"宁嘉南,你让我怎么说你?这样,我给你两个选择:要么跟子期坦白,你们该怎么办就怎么办;要么立刻跟那个女人彻彻底底地断掉。"

宁嘉南双手抱住头,抓着头发挣扎了很久说:"我选择后者。"

两个人都没想到,他们的谈话,都被在旁边卡座上的姚子期听到了。她的身体像是瞬间被抽空了一般,脚下无根,眼前无路。她晃晃悠悠地摸索着朝电梯走去,嘴里不停地念叨着一个数字:"3601、3601……"

她不知道自己是如何走到那间房门口的,敲开门之后,那个一脸惊喜地开门,继而惊愕万分的混血女人在见到姚子期的一瞬间,竟然被她吓住了。

姚子期出奇地理性和冷静,惨白的脸上没有任何愤怒的表情:"我们谈谈?"

赵艾米从惊愕中缓过神来,答应了一声,侧身让姚子期进门。她似乎是被姚子期强悍的气场给震慑住了,竟然问姚子期想喝咖啡还是冰水。姚子期没有理会她,走到窗边,拉开了窗帘。午后的阳光瞬间照进来,照在沙发上,一片亮光。姚子期坐在了那里,声音低沉而威严地说道:"我想知道真相。"

赵艾米把一杯冰水推到姚子期的茶几边,开始叙述她跟宁嘉南相识、相知、相恋和分手的过程,着重强调了他们的孩子。赵艾米是个聪明人,她从宁嘉南的口中听过姚子期独特的成长经历,知道孩子可能是她跟姚子期这个强敌博弈时最大的砝码。

姚子期听着,内心的血像是一滴一滴地从心脏流走,她成了一个被放干血、削去肉、抽掉筋骨,只剩下皮囊的空心人。原来在他们分开的这么多年里,宁嘉南的世界已经被另一个女人占满了。姚子期顿时觉得,自己才是那个笑话。

赵艾米推过来一张中国银行的银行卡,对姚子期说:"姚女士,我知道自己在这场关系中扮演了不光彩的角色。这里有一百万元,算是我弥补你的。"

姚子期站起身,冷漠地看着赵艾米:"请你把这个收回去,那个男人,分文不值。"她说完径直出了房门,根本没有再回头看赵艾米轻易获胜的惊喜和愕然。

梁云霄和宁嘉南追随姚子期而来,在姚子期与赵艾米谈判的同时,梁云霄也在逼问宁嘉南更多的真相,得知了两人已有孩子的事实,梁云霄对宁嘉南失望透顶。此刻二人见姚子期出来,都默默地跟上。

外面起风了,姚子期像一片风中的纸,漫无边际地走向已经涨潮的大海。异国海域的海水是那么湛蓝,蓝得幽深无比。

宁嘉南大声喊着:"子期,你听我说,你……"

姚子期回头,冷漠地吐出一个字:"滚!"

宁嘉南愣了一瞬间,突然一把抓住旁边梁云霄的衣领,迁怒地给了他一拳,吼道:"你满意了?"

梁云霄掰开他的手,回了他一记重拳,重复了一遍姚子期说的那个字:"滚!"

宁嘉南倒在地上,望着姚子期沿着漫长的海岸线不停地往前走。此刻,宁嘉南知道,他跟姚子期的爱情和婚姻或许已经走到了尽头。

姚子期正朝着大海深处走去,波涛汹涌的海水已经淹没了她的膝盖、她的腹部。姚子期在心里大声喊:让大海把我带走吧,带回遥远的太平洋,带回家。

梁云霄朝着姚子期的方向跑过去,边跑边喊:"姚子期,你站住!你别让我看不起你!"

姚子期猛然站住了。海浪冲击着她的身体,冰冷的海水瞬间让她清醒了。她的身体开始颤抖,一种从未有过的悲憾在她的周身蔓延。她任凭海浪冲击过她的头顶,此刻,她想到了远在海山的姚江河和姚四海,想到了港口那些赤膊卷腿的大爷、大叔、兄弟。梁云霄无法用语言来安慰姚子期,只能陪着她迎接一浪高过一浪的海水击打。

多年感情在一瞬间土崩瓦解,姚子期痛不欲生,却欲哭无泪,回到酒店就发起了高烧。宁嘉南不敢向钟立达说明真实情况,只能建议姚子期终止考察,尽快回家,却被姚子期拒绝了。

姚子期怀着一颗破碎的心,带病跟考察团一起踏上了下一站的考察之旅。白天,她强颜欢笑,该做的事,每一件都做得井井有条。夜晚,宁嘉南跪在她的床前,请求她的原谅,她翻身朝里,根本不理会他的聒噪。宁嘉南流着眼泪,却不敢再说一句话。

姚子期冷冷地告诉他:"你不要再碰我,也不要跟我说话,否则我就从楼顶跳下去。"

姚子期的性格,宁嘉南很清楚,只能小心翼翼地跟在她的身后,成了离她最近的陌生人。

姚子期表面心如止水、背后痛不欲生却欲死不能的心情,梁云霄最能理解。可他不能说,也不能提。从那天起,梁云霄也不再理会宁嘉南了,他觉得,跟这样的人为伍是一种耻辱。

4

姚子期觉得自己的一切陷入了黑夜,不是万家灯火的那种黑夜,而是停电后伸手不见五指的那种。没有光,没有任何触目可见的东西。

考察还在继续,希腊、芬兰、英国、德国,每一个海港都有不一样的海滩。每到一处,姚子期总喜欢到海边走一走。她塞着耳机,听着读研时就很喜欢的《布列瑟农》。乐曲忧伤而缓慢,像是冰冷的海水漫过脚踝,漫过小腿,漫过膝盖,然后汹涌地漫过她的身体,这样会让心里的难过蔓延得越发透彻。

记得一位情感专家曾经说过,一对无论多么相爱的夫妻,一生中都出现过杀死伴侣的念头。她想,这句话不足以诠释一切。她爱过宁嘉南,爱了,过了,这个男人现在已经没有了让她荡气回肠的激情。现在,她恨他,是被愚弄、被欺骗、被侮辱之后所产生的情绪。

欧洲的十一月已经开始变冷,到德国汉堡港的时候,还下了一场小雪。姚子期总觉得,她身后很远的地方有一个熟悉的身影。那个在她心中曾经青葱的少年已经变得成熟了,高大、壮实,宛若沉默的礁石。

她不叫他,他也不说话,只是默默守候。很多时候,他会躲在很远的地方注视着她,虽然,她很多次告诉他,她不会因为已经不爱的男人而去自杀。可是,他还是一直这么默默地关注着她。

她真的很羡慕宁霞,也羡慕梁云霄,更由衷地赞叹他们的婚姻。两个人一起为家庭打拼,柴米油盐酱醋茶,彼此幸福地厮守。这样的生活,才是正常人所需要的人间烟火。羡慕的同时,她也暗自为梁云霄庆幸,如果他婚姻里的另一半换成是她,也会是这个糟糕的结局吧？总之,她可能成不了宁霞那样的妻子。

从德国汉堡港离开准备回国的时候,梁云霄问姚子期打算怎么办,姚子期说还没想好。姚子期不愿意说,梁云霄就不再问了,这种事,他给不了答案,也不能给。他心里清楚,姚子期已经有了离婚的打算,她从来就是个十分有主见的人。

好在,大家都开始忙起来了。

钟立达对这次海外考察很满意,回国后,他没回省里,直接跟着三个年轻人来到了宁州。一个月的考察,让他对东海的港口布局有了更清醒的认识。当初那位省委领导的决策是正确的,他对宁州港、海山港成为令全球瞩目的世界一流大港充满了信心。这次考察,他对宁嘉南和梁云霄也更加了解了。这两个青年翘楚各有优势:宁嘉南对国际港口了解深入,视野开阔;梁云霄肯钻能干,思路缜密。

钟立达召集徐正生、周晓乙、姚江河、宁海楼、方平等人和重大项目组的所有成员开了会,最后决定,宁州、海山两个项目组按照国际现代化港口的标准规划设计,宁州港主打集装箱标箱深水码头,海山港重点打造大宗散杂商品深水港建设。这次要干,就朝着国际一流大港的方向努力。钟立达下定决心,不管遇到多大的障碍,这个目标都不能变。

周晓乙带着李子木参加了这次会议,会上他一直保持沉默。他最近的心情十分糟糕,宁州湾经济开发区的大战略进展不畅,省里虽然批了北方钢铁集团的专属码头,但钢厂的选址发生了重大变化,钢铁集团国际资本的入资就大打折扣。斯兰特公司没有搭上宁州新港项目深水航道的顺风车,早期布局也就成了黄粱美梦,合作项目也随之缩水。他早期预租的那片岸线土地,近期将由政府回购。斯兰特处心积虑提前下了两步棋,可最终,他的亚洲超级精选铁矿垄断大棋还是破防了。如此功亏一篑,让铁矿股票产生了剧烈震荡,斯兰特公司的股价一落千丈。斯兰特很沮丧,周晓乙也很懊恼,多次跑到省城找领导游说。宁州湾经济开发区战略也是省里的战略,周晓乙把宁州打造成港口工业重镇的方案也是可行的。国家基建推进速度很快,钢铁能源内需迫切。可是,考虑到未来的战略布局,区域战略还必须服从国家战略。

最近一段时间,周晓乙跟钟立达的争论很激烈。从国外考察回来,原本沉稳得近乎中庸的钟立达像是一下子变得激进起来。周晓乙觉得,只要一切没有尘埃落定,他就有机会。

会上,钟立达也没再考虑周晓乙的感受,直截了当道:"出去走这么一大圈,我突然发现,我们丢失了太多宝贵的时间,不能再等了。"

钟立达觉得时不我待,项目组的车轮就飞速地旋转了起来。因为项目的规划设计发生了大变化,宁嘉南的工作量就随之变大了。梁云霄对凤凰湾二期项目的认识也有了新的想法,所以每天晚上都在加班。姚子期归国回来第二天就从家里搬到了办公室,项目的启动为她提供了很好的借口。她拎着箱子离开婚房的时候,看了一眼坐在客厅里抽烟的宁嘉南说:"离婚吧。"

宁嘉南问:"非要走到这一步吗?"

姚子期冷笑:"或许我们就不该开始。八年相处,该结束了。"姚子期把他们八年的相爱说成了相处,因为对于现在的她来说,这八年是对她的羞辱。

宁嘉南把烟灰缸扔向已经关上的门,玻璃烟灰缸瞬间碎了一地。宁嘉南觉得,他的生活自从他归国那天开始,就已经变得糟糕了起来。

姚子期带着预算组开始了紧张的工作,结合东海港口的情况,编写港口项目预算、项目融资、船运保险、航运资金结算等诸多金融系统的程序,同时把宁州港、海山港两个大项目的资金预算装订成册。一切完成后,姚子期向钟立达提交了要离开管委会重大项目组,重返海山港工作的申请。

钟立达一脸惊愕。姚子期在项目组的工作可圈可点,他已经跟委员们沟通过了,准备提姚子期担任管委会预算处的副处长,未来,管委会还要成立国际金融中心,她也是主任的不二人选。

可是,姚子期去意已决。她告诉钟立达:"我有我的想法,如果您不同意,我就辞职去香港了。"

钟立达说:"我给你放一个月的假,你先回海山休息一段时间,考虑清楚了再说。"

姚子期回海山前,找宁嘉南谈了一次,要宁嘉南跟她尽快办理离婚手续。宁嘉南希望姚子期给他改正的机会,姚子期固执地认为,有些事可以原谅,这样的事不能原谅,或许当初,他们就不应该结婚。如果不想让彼此的家人难堪,悄无声息地结束,或许是他们最好的选择。

姚子期对宁嘉南说:"你放心,我不会把你的事情说出去,那样的话,我也会觉得自己很羞耻。"

姚子期答应宁嘉南,他们离婚的事,过一段时间再告诉两边的家人。宁嘉南恳求姚子期再给他一段时间考虑,姚子期说:"这件事必须快刀斩乱麻,明知已经不可挽回,时间拖得越长,彼此会越难堪。"

宁嘉南知道姚子期是考虑成熟之后才做出的决定,他想了片刻,最终还是说道:"如果你觉得事情真的已经无可挽回,那我尊重你的决定。可是子期,你知道,我是爱你的。"

姚子期嘲弄道:"我觉得这话从你口中说出来,就像是个笑话。"

那天下午,他们就在港区的街道办办理了离婚手续。从办事处出来,初雪从天而降。宁嘉南强颜欢笑地向姚子期伸出手,可姚子期的手插在口袋里根本没有伸出来。雪花落在宁嘉南的手上,一片冰凉。他十分尴尬地缩回手,刚想张嘴,姚子期就打断了他:"千万不要说什么分手了还是朋友,我没有那么开放,我宁愿把你当作我过去八年里的一个笑话。再见,斯蒂芬家族的赘婿。"

姚子期头也不回地离开,宁嘉南望着她的背影,手里捏着那本光滑的离婚证,仍在感觉离婚这件事是那么不真实。天灰蒙蒙的,像他迷雾一样的心境。

宁嘉南在心底苦笑了一下。姚子期说得没错,他宁嘉南就像是个笑话。多年柏拉图式的爱情长跑,别人眼里郎才女貌的绝配,那场被宁州、海山无数青年效仿的跨海大桥婚礼,一切的一切,成了姚子期眼里的笑话。如果一切真相大白,他会被全世界嘲笑。

5

雪迎着海风簌簌地飘舞,宁霞开着金子的越野车送姚子期回海山。一路上,姚子期望着飘舞在跨海大桥上的飞雪沉默不语。

姚子期跟宁嘉南的事,梁云霄回来之后没跟宁霞说,姚子期也没有告诉她。在她的眼里,姚子期跟出国之前没有什么变化。几天前,齐英找到宁霞,说宁嘉南跟姚子期的关系不大正常,好像已经分居了,想让宁霞从侧面打听一下两个人到底发生了什么事。夜里,宁霞就去问了梁云霄,梁云霄让她别跟着掺和。宁霞感觉梁云霄说起宁嘉南的时候,牙齿咬得咯咯响,心就沉了下去。

姚子期回海山,宁霞提出相送,几次把话题扯到婚姻生活上。姚子期知道她在侧面打听她跟宁嘉南的婚姻关系,就很坦然地告诉宁霞他们已经离婚了:"宁霞,这件事你是第一个知道的,梁云霄我都没告诉,我不想那么快让别人知道。"

宁霞点了点头:"这话到了我这儿,就打住了。"

等姚子期到家,姚江河问了她调任的事。原来,钟立达已经提前来过电话表示惋惜了:"老姚,你知道,子期我是作为系统重点人才培养的,项目落地后,她的副处级实职很快就会落实。她就这样回海山,要熬到副处级,那得是你们海山港的副总,恐怕还得好几年吧?"

姚江河对姚子期突然提出回海山也很意外,但他很清楚,女儿每次做出决定都是经过深思熟虑的,就答应钟立达会再跟姚子期谈谈,但也表示姚子期很自我,真要下定了决心,怕是很难改变。

姚江河小心翼翼地问姚子期:"你调回海山,是因为宁嘉南?"

见姚子期点了点头,姚江河就觉得,这一年来,宁嘉南的高调和强势确实让人接受不了。女儿的性格他清楚,眼里揉不进沙子,不搅和在里面也好。于是,姚江河微笑着给了姚子期一个肯定的回答:"如果是这样,我支持你回来。"

姚子期向钟立达推荐她从海山港带去的一个大姐做预算组长,自己回海山继续做她的总会计师。她也没继续兼任财务科的职务,这样她的工作会单纯一些,能抽出相对集中的时间做国际航运结算的软件系统。

姚子期还答应钟立达,预算组遇到任何问题和困难,她仍然会帮忙,她虽然调回了海山港,但仍然是港口系统的一员。钟立达很是惋惜,但还是尊重了姚江河跟姚子期的意见。

姚子期调回海山的事,宁海楼是在一个月之后才知道的。他跟齐英一说,两个人隐隐约约就觉得儿子的婚姻出了问题。齐英去了一次宁嘉南和姚子期的婚房,屋内一片狼藉。宁嘉南蜷缩在沙发上,茶几上摆满了方便面和酒瓶。长期住宿舍、住宾馆的生活,让宁嘉南的生活自理能力很差。齐英十分严肃地跟儿子聊了他跟姚子期的婚姻问题,宁嘉南被逼无奈,甩给了齐英五个字:"我们离婚了。"

齐英顿觉天旋地转,等缓过神来,立刻认识到了事情的严重性:一个比他们离婚更糟糕的连锁反应会随之而来。这个消息就是个雷,一旦引爆,会炸倒一大片。最先受不了的肯定是两边的老人,姚四海跟宁五洲都已经上了年纪,他们肯定接受不了这个现实。齐英气恼地问:"谁的原因?"

宁嘉南懊恼地说:"我。"

齐英质问儿子:"为什么?"

宁嘉南有些不耐烦地说:"过不下去了。"

齐英哭着坐在沙发上:"过不下去了,怎么就过不下去了?你们是缺吃、缺穿、缺房,还是缺钱?"

齐英无论如何也想不明白,像宁嘉南和姚子期这样父母已经把物质准备得充沛丰足,无须睁开眼睛为日常所需发愁,生活波澜不惊的小夫妻,怎么会过不下去?齐英气恼地质问宁嘉南:"谁提的离婚?"

宁嘉南依旧不耐烦:"我。"

齐英继而再问:"什么理由?"

宁嘉南随口道:"感情不和。"

齐英把桌子上的空酒瓶横扫到地上,歇斯底里地怒吼道:"感情不和你早干吗去了?感情不和你为什么祸害人家八年?"

齐英虽然宠儿子,可还没到是非不分的地步。姚子期是她心仪的儿媳妇,就这样失去,她接受不了。她气呼呼地跑到宁海楼的办公室,把憋了一肚子的气全部撒到了丈夫身上。

宁海楼听到这个消息,也吃了一惊。齐英让他去问宁嘉南原因,他觉得不用问也知道,两个人走到这一步,宁嘉南的原因更大一些。而且他很清楚,宁嘉南不会把真相告诉他。这些年来,他跟儿子沟通不畅,甚至二元对立。在儿子接手宁州湾项目之后,这种矛盾表现得更加突出。很多时候,宁嘉南根本没把他这个统领宁州港几千工人的总经理放在眼里,更没把他这个父亲放在眼里。海归博士、尼德教授高足、国际航运系统翘楚的赞誉把他抬得太高,让他有点忘乎所以。

宁海楼抽着烟想了很久,还是决定亲自去趟海山。但在此之前,他先约梁云霄到宁州菜馆吃了顿午饭。

梁云霄已经连续加了一个多月的班,人熬得有些消瘦。宁海楼为梁云霄点了四个他喜欢吃的菜,继而问了一些项目上的事。梁云霄告诉宁海楼:"前两天我回了一趟海山,跟徐副市长就凤凰湾二期项目的事进行了讨论。徐副市长说,《海山群岛新区大发展规划》省里和国务院都批了,要建国家级的大宗商品交易中心和江海联运服务中心。而且,自由贸易试验区也批了。我觉得以前我们还是把事情想小了,我得再想想,看项目能不能借点力。"

宁海楼说道:"你能朝着这方面想,说明你开窍了。项目能借政策的力,将来也能为经济发展出力。"

梁云霄有些担心:"我就怕这样重新弄一遍会耽误时间,现在时间最宝贵。"

宁海楼说:"好饭不怕晚。这么大的项目,弄夹生了,将来会留遗憾。"

宁海楼一脸慈爱地望着梁云霄。他心里很纳闷,明明是侄女婿,但他看梁云霄比看宁嘉南舒服多了。

梁云霄吃完一碗米饭,看到宁海楼就这样看着自己,不解地问:"大伯,您怎么不吃?"

宁海楼说:"我早饭吃得晚,还不太饿。"继而问,"子期跟嘉南离婚了,你知道吗?"

梁云霄愣了一下,摇了摇头说:"不知道。不过,我有预感,只是没想到会这么快。"

宁海楼问他出了什么事,他想了想,就把在鹿特丹港发生的事跟宁海楼说了,又安慰宁海楼:"大伯,我觉得这事跟您没多大关系,他们都是成年人,每个人都要为自己的行为承担责任。"

宁海楼长叹一声:"话虽这么说,但子不教父之过,我得给子期和江河兄一个交代。"

他在傍晚时分开车到了海山本岛,选了市内一家西餐厅,坐了很久,才等到姗姗来迟的姚子期。姚子期下午除了接到宁海楼的电话,还接到了梁云霄的,梁云霄告诉她,自己已经把鹿特丹港发生的事告诉了宁海楼。

宁海楼做事向来未雨绸缪,注重细节。他这次来海山,做好了登门谢罪,被姚江河、姚四海骂个体无完肤的准备,可他还是想先约姚子期谈一次,毕竟做错事的是宁嘉南,受伤害的是姚子期。

这算是宁海楼在姚子期跟儿子婚后第一次单独请她吃饭。他对这个儿媳一百个满意,对他们离婚一百个惋惜,可这一切都没有用了,他们宁家跟这个儿媳就这样失之交臂。所以,一见到姚子期,宁海楼就羞愧地朝姚子期鞠了个躬:"对不起,子期,宁家让你受委屈了。"

姚子期慌忙制止:"爸,您别这样,这事跟您没关系,离婚是我主动提出的。"

姚子期的这声"爸"让宁海楼更加难过。他眼睛一红,噙着泪水说道:"你还能这么叫我,让我羞愧难当。那个不争气的东西给你造成了那么大的伤害,你还给他留了那么大的面子,顾及他的前途,我们宁家人都感谢你的大人大量。"说着再次深鞠了一躬。

姚子期在这种情况下仍然肯替宁嘉南考虑,令宁海楼十分感动。他深知,如果钟立达知道宁嘉南的所作所为,就算再惜才,也会挥泪斩马谡。

宁海楼庄重地问姚子期:"子期,有什么要求,你跟爸提,爸都答应你。"

姚子期看了看宁海楼,说:"爸,我只有一个要求,我们今后各自安好。"

宁海楼乞求地望着姚子期,问:"难道你们之间,就真的不可能了吗?"

姚子期淡淡地反问一句:"您觉得呢?"

宁海楼叹了口气："既然这样,我也就不劝你了。这辈子,是我没福气做你的公公,那就允许我跟齐英把你当作女儿吧。"

姚子期说："爸,您放心,我也会把你们二老和爷爷当成亲人的。"

宁海楼很感动："子期,这个我信。"他心疼地望着憔悴的姚子期,"爸知道遇到这样的事,你心情不好,可心情再不好,也得注意身体。"

姚子期说："我的身体没事,能吃能睡能干活。您要是没有其他事,我就先走了。我知道这次您来肯定要找我爸,你们见面的时候,千万别说嘉南在国外的事,我不想让这些事情影响他们的心情。"

宁海楼点头,算是答应了。他看着姚子期出门,自己又愣愣地坐了很久,直到服务员过来询问点餐的事,他才缓过神来,起身说："对不起,我的客人已经走了。"

是的,姚子期此刻只能算是他难以请到的客人了,已经不再是他的儿媳了。想到这里,宁海楼的心禁不住疼了一下。

外面天黑下来,雪开始越下越大。宁海楼给姚江河发了个短信："江河兄,宁海楼负荆请罪到了海山,恳请见上一面。"

千家门渔港,霓虹映照海湾落雪的渔船,让食客络绎的渔港变得格外迷人。宁海楼跟姚江河青梅煮酒,说的却是儿女破裂的婚姻。宁海楼不停地表达内心的歉意,满脸泪水,难洗羞愧心情。

这一个月来,姚子期一直待在姚家老屋,虽然没有直接告诉姚江河和姚四海她离婚的事,但姚江河也猜了个七七八八。他说："我的女儿我知道,如无原则性问题,我想她不会这么快就下了决断。"

宁海楼长叹一声说："我今天来道歉,要说的就是这个。那个孽障,他在那边有人了,而且还有了一个孩子。"

姚江河顿时愣住了,手中的青瓷酒杯差点被他捏碎。他压低声音怒吼道："那宁嘉南回来之后,为什么还向子期求婚?"

宁海楼理解姚江河的愤怒,一脸歉意地说："他刚回国时并不知道那个女人已经怀了孩子,那个女人生孩子的事,他也是前段时间在鹿特丹见面时才知道的。我知道,即便如此,那混账东西也不该隐瞒,更不该欺骗子期,这也是我无法容忍的。"

姚江河心疼女儿心疼得心里要滴血。宁海楼痛心疾首的忏悔更像是一把刀子切割着他的心脏。宁海楼说:"子期这孩子受了那么大的委屈,到现在还不想让我告诉你他们离婚的原因。"

姚江河流泪了。在宁海楼眼里,姚江河是个耿直的硬人。几十年来,这是他第一次见到姚江河在他面前流泪。他也哽咽起来:"江河兄,我愧对你,愧对四海叔。江河兄,我宁海楼百罪难赎。"

姚江河独自喝了一杯黄酒,鄙夷地看了一眼宁海楼,望着窗外的飞雪陷入了沉默。宁海楼清楚姚江河的性格,他知道,此刻他无论说什么,身段放得如何低,态度如何诚恳,也无法打动姚江河。姚江河甚至会认为他是在演戏,在为宁嘉南求情。他更知道,此刻的姚江河对宁嘉南痛恨到了极点,不会接受他的道歉。

宁海楼咬着牙继续说:"江河兄,事情是他做的,他犯了错误,就该受到惩罚。"

姚江河看了宁海楼一眼:"惩罚?你准备怎么惩罚他?"

宁海楼说:"我回去就让他辞职,让他滚。或者,我们一起去找钟立达,让他滚出东海。他不是经常把国外当天堂吗,让他滚回他的天堂去,从今天起,我宁海楼没儿子了。"

姚江河冷笑了一下:"老宁,这话你跟我说不着,我也不想听。你们想怎么样,那是你们的事,跟我也没关系,我只关心我的女儿子期,她被那个人渣坑了这么多年。宁海楼,我只有一个要求,那就是,从今天起,别让那个浑蛋再来打扰她,要是让我知道那个浑蛋还来骚扰我的女儿,我会杀了他。"

姚江河一脸凶光地起身离开。这次他丝毫没给宁海楼留面子,而是把宁嘉南冠以人渣之名。

风雪交加,雪花漫舞。姚江河跟跟跄跄地离开千家门大排档,从来不多喝酒的人竟然醉了。宁海楼想上前搀扶他,被他一手挡开了。他一个人走在沿海大道上,内心一片苍凉。

女儿是他的心头肉。近三十年来,他未曾让她受过一丝一毫的委屈,可现在,女儿被人骗了,骗了八年。一个女孩子,青春芳华的十年就糟践在了那么一个看似文质彬彬、道貌岸然的男人手里。他姚江河是个硬汉,但硬汉也有软肋。多少年来,女儿姚子期一直是他的软肋和底线,现在,他的软肋三刀六洞。

第四章

1

过完元旦,很快就是春节。项目组通宵达旦加班,两个组都希望能在明年开春的二次论证中拿到筹备开工的项目资金。梁云霄等着要熙雯的数据,让人去找,宿舍没人。打电话找她,手机通着,却没人接。梁云霄看了看表,已经凌晨了。

最近一段时间,熙雯总出去玩到很晚。梁云霄告诫过她好几次,她总是笑笑,不解释,也不改正,我行我素。梁云霄就不再说她了,毕竟她只是个实习生,过完年就要回学校答辩了。

熙雯是凌晨四点才回来的。她见办公室的灯还亮着,敲开门,看到沙发上坐着梁云霄,有些不好意思,一脸歉意地说:"师哥,我在酒吧喝了点酒,眯了一会儿,醒来后看到您的电话,觉得太晚了,就没回给您。"

梁云霄见熙雯面色绯红,有些倦怠,就说:"还不算晚,天还没亮。"

熙雯吐了吐舌头,慌忙打开自己的电脑:"对不起,师哥,让您等到现在。数据已经核对完了,您要急着要,我这就拷给您。"

梁云霄指着手表说:"数据的事就算了,我是怕你出事,等着你回来的,你赶紧回去睡吧。"

梁云霄起身打了个哈欠,拎起头盔,准备出门回家。

熙雯叫住了他:"师,师哥,我男朋友说,我毕业后,他能帮忙把我分到宁州港集团机关任职,您觉得靠谱吗?"

梁云霄说:"既然是你男朋友,那就靠谱。"

熙雯的神色有些暗淡:"可我觉得他这人……"

熙雯几乎彻夜未归,想必是发生了什么难以启齿的事。既然难以启齿,梁云霄就不想继续问下去了,劝解她说:"以后还是不要在外面玩那么晚,别吃了坏人的亏。"

熙雯笑了:"您放心,师哥。对了,您跟李师哥交往多吗?"

梁云霄惊愕地问:"你的男朋友不会是李子木吧?"

熙雯看到梁云霄的脸色有些不大对头,有些失望:"我明白了,那就是不靠谱。"

梁云霄说:"那也不一定。他现在是宁州市副市长的秘书,他想办,应该没问题。不过我想知道,你们是什么时候开始好的?"

熙雯说:"我刚到宁州,周副市长请项目组吃饭那次,您没去,我们就留了联系方式,他就约我了,就……"

梁云霄有些懊恼。这个李子木还真是可恶,明知道熙雯是罗教授的学生、他的组员,人刚到宁州就下手了。可是,他此刻又不能说李子木的为人。人和人的价值取向是不一样的,或许熙雯认为他们就是各取所需呢？或许人家是真爱呢？于是,他又问熙雯:"你们到哪一步了,是要结婚吗?"

熙雯微微一笑:"他要是能把我弄到宁州港集团机关,我可以考虑继续交往看看。"

梁云霄笑了。时下的女孩子,都很现实。熙雯聪明剔透,而且听说不是那么好惹的,李子木真要是招惹了她,说不定会被拿捏。想到这里,梁云霄就不再说话了。

熙雯说:"不过,师哥,我听说,下次论证,我们的项目可能还得靠后,这样的话,我等不到项目开工就得返校了。"

梁云霄疑惑地问她:"你得到什么准确的信息了吗?"

熙雯说:"李子木跟宁师哥说的,过完年宁州的深水码头就要上马,可能要考虑和外省一家水泥厂的专属码头一起上马,好像是什么山水集团的水泥厂,人家投了大几十亿进宁州湾新区。"

梁云霄明白了,省里还是考虑到了宁州湾新区的现实问题。

梁云霄骑着他那辆摩托车,疾驰在凌晨近乎无人的街道上,摩托车撕心裂肺的呼啸和耳朵两边呼呼的风声像是在宣泄着他心中淤积已久的愤懑。

海边冬天的风阴冷刺骨,他的心情悲凉。项目在不停地考察、论证、论证、考察,只不过是给省城那帮人最终做出决策提供了时间保障。宁州的深水集装箱码头集群,最终还是塞进了水泥厂专属码头的私货。当然,这对宁州港来说,是更有利的条件,山水集团的巨额资本,为港口集群深水巷道的疏浚,提供了更充足的资金保证。这年头,资本就是王道,没有钱,想干成事,太难。

宁霞一晚上没有睡安稳,她越来越不适应梁云霄不在身边的夜晚。这段时间,她跟梁云霄住在婚房里备孕。她已经快三十岁了,梁家的经济压力卸掉了,宁虹高考应该没什么问题,她希望快点跟梁云霄有个孩子。她一直在听门外的摩托车声响,可是天快亮了,还没听到动静,正想给梁云霄打电话,客厅就传来了开门的声音。

宁霞起身来到客厅,见是梁云霄,一脸疑惑地问他:"我怎么没有听到摩托车的声音?"

梁云霄说:"推进小区的,怕扰民。"

这个小细节,让宁霞很是感动。梁云霄,就是这样一个细心的男人。

宁霞下厨为梁云霄煮了一碗贻贝面。她从丁春草那里得到了真传,面的味道很好。

宁霞觉察到梁云霄的情绪不对,就问他是不是出了什么事情,梁云霄叹了口气说:"项目组我不想待了,我想回海山。"

宁霞想了想说:"回头你问问罗老师,再问问我大伯,再做决定,好不好?"

梁云霄答应下来,洗好澡,躺在床上,眼看天就要亮了,却丝毫没有睡意。凤凰湾深水大港项目凝聚着罗子坤、姚江河和他多年的心血和期盼,他起身来到客厅,给姚江河打了个电话,他知道此刻姚江河已经起床了。

姚江河果然很快就接了电话,梁云霄开口第一句就是:"师父,我想回海山港。"他的语气有些悲凉,像一个在外流浪很久,混不下去的孩子跟父母说要回家。

姚江河愣了一会儿,语气温和地说:"想好了,你就回来。"

梁云霄又去拜访了罗子坤,表示他对海山凤凰湾二期项目的进展很失望。罗子坤给他的消息也不容乐观,尽管钟立达激情澎湃,两港融合发展的思想仍然不统一。宁州港的股份制改革已经到了深水区,正在剥离不良资产筹备上市,海山港这个时候根本不可能融入进来。相比之下,海都大洋港的进展却十分迅速,港口的主体工程已经接近完工,二期工程已经开始筹备了。

梁云霄说:"相比之下,海都跟海山的合作已经打破了属地藩篱,融合起来,反而更快一些。"

罗子坤淡然一笑,劝慰梁云霄:"没有必要悲观。跳出你的小圈圈,把视野再放大一些。未来整个东海都会成为一体,不管有些人是否愿意,这都是大势所趋,时代的浪潮是不可阻挡的。"

梁云霄不想在项目部浪费太多的时光,他想回海山港,想根据一线码头的作业情况,把项目的未来运营、操作、维修情况放进项目里去。罗子坤告诫他:"这事你可想好了,弄不好会得罪钟立达,影响你的仕途。"

梁云霄说:"我就是个渔民的儿子,生下来就是干活的命,哪来的仕途。"

罗子坤笑了:"说得也对,我的学生,大部分都是这个德性,海都港的副总最近转岗成了总工,他今年原本是可以转正的。"

梁云霄得到罗子坤的支持,连夜返回宁州找宁海楼商量,然后就打算写报告,申请调回海山港。

2

天刚黑下来的时候,宁霞接到了姚子期的一条短信:我完了。

宁霞十分震惊,一骨碌爬下床,赶紧拨打了姚子期的电话,她知道姚子期一定是遇到了让她崩溃的事。

姚子期在电话那端痛不欲生地哽咽着说:"我怀孕了。"

宁霞蒙了。早不来晚不来,姚子期这个孩子来得不是时候。宁霞在电话中能感受到姚子期的无助和崩溃,就说:"子期,你可千万别想不开,我这就去海山。"

姚子期回国后,因为情绪抑郁,月信一直没有消息。她有过因为情绪不好导致月信不准的经历,就一直没有当回事。两天前的一次身体检查,她才发现自己已经怀孕三个月了。没想到她跟宁嘉南刚到鹿特丹那晚不太美好的,也是最后一次的经历,居然让她怀孕了。她的情绪很崩溃,觉得自己受到了恶魔的诅咒。腹中两个细胞的结合,不再是爱的结晶,而是羞辱的见证。

拿到结果后,她的第一个念头就是要尽快处理掉。可医生说她的身体机能不太好,打掉这个孩子,再怀上的概率很小,希望她能再考虑考虑。她本是异常坚决的,可当她脱掉衣服躺在手术台上的那一瞬,突然意识到那个孩子其实很无辜,于是,她对那个拿着开宫钳的医生大声说了一个字:"不!"

可是,重新回到家里,她又后悔了,开始一次次痛骂自己的优柔寡断。

整整两天两夜,她无法控制黑暗中两个姚子期在不停对骂的场景,只好打电话向宁霞求助,虽然她知道,宁霞不可能给她任何意见和建议。

姚子期在海山没有太多的女性朋友,更何况,这样的事,她也不想让外人知道。出现这种事情,她第一时间想到的不是母亲苏淑琴,而是宁霞。

姚江河隐约感觉到了这两天姚子期的异样,就去姚子期看病的海山人民医院了解情况。妇产科主任是徐正生的老婆,她不可能对姚江河隐瞒这件事情。得到这个证实,心疼、悲痛、无奈、纠结、愤怒顿时涌上了他的心头。可是此刻,他无法去安慰或者劝解女儿,也无法给她任何建议。他想打电话给前妻苏淑琴,电话拨通之后,他很快又挂掉了,他不知道该如何跟苏淑琴开口。

离婚的时候,苏淑琴坚持要带姚子期走,是他坚决不同意。那时,苏淑琴就断言,他这样一个可以把一切交给海港的人,不可能让女儿健康地成长,给不了女儿幸福的生活。这些年来,唯一真正让他在前妻面前骄傲的事就是他养大了女儿,而且把女儿培养成了一个优秀的人才,让她有了美满的婚姻。可是现在,当面对近乎抑郁的姚子期,他却无可奈何,从来没有的挫败感折磨得他夜不能寐、寝食难安。

姚江河一夜间愁白了头,他决定去宁州找一下宁嘉南,他要让这个浑蛋付出代价。如果离婚给姚子期带来的是心灵上的伤害,那么怀孕则是对姚子期心灵和身体上的双重毁灭性打击。无论这个孩子是去是留,给姚子期带来的痛苦都将伴随她的一生。

跨海大桥上,车辆拥堵。年前这段时间,海山港的集装箱吞吐量激增,大批量的集装箱重卡从大桥上经过。姚江河驾驶着车辆穿行在大卡车中间,不停地按着喇叭,打开车窗查看路况。宁霞开着金子的越野车跟姚江河会车而过,看到姚江河这样失态的举止,猜测他可能已经知道了姚子期的事。遇到这样的事情,姚江河不可能不愤怒。宁霞赶紧给梁云霄打去电话,让梁云霄盯着点。

宁霞拎着两盒燕窝进了姚家老屋,跟姚四海打了声招呼。姚四海见宁霞这个时候一个人来,有些纳闷,就问她梁云霄怎么没一起来。宁霞说梁云霄去省城找罗子坤了,又说今年春节他们在落叶岛过,初三会一起来给姚四海拜年。

寒暄完毕,宁霞放下礼品,说听说姚子期身体不舒服,她要上楼去看看。姚四海一回想,姚子期从医院回来后,确实一连两天没下楼,他做好的饭热了一遍又一遍,就是不见人下来。冥冥之中,姚四海感觉到出事了。这几个月来,宁嘉南一直没露面。姚子期和姚江河为他找借口,说他的项目要开工,天天在加班。可姚四海根本不信。

姚子期回到海山之后,姚四海就感觉到了姚子期的不对劲。她的话变得少了,贺大年、胡彪带着一大帮人来家里喝早酒,玩笑跟她也开不得了。最近的一次,她竟然毫不客气地赶人了。于是,姚家的早酒断了。这会儿,见宁霞上楼,姚四海就多了个心眼,悄悄也跟着上了楼。

宁霞看到姚子期吓了一跳。姚子期像失水的花朵,变得憔悴枯萎。她头发蓬乱,面容泛红,那双水灵的大眼也黯然失色。

姚子期抱着宁霞号啕大哭。宁霞心里明白,如果不是到了手足无措、悲痛欲绝的时候,姚子期不会这样当着她的面大哭,在她的印象里,姚子期是个乐观自强的女性。

姚子期问宁霞:"你说,遇到这样的事,我该怎么办?"

来前宁霞给梁云霄打电话说这事的时候,梁云霄其实交代过,这种事情她不要出主意,可是,宁霞还是没有管住自己有话直说的那张嘴。她说:"如果是我,我会留。男人可恶,孩子无辜。我是普通工人,挣钱吃饭,生儿育女,别无所求。"然后话锋一转,"你不同,你有事业,有梦想,一人带孩子,会耽误你的事业,耽误你的发展。虽然这个孩子是宁家的,跟我有血缘关系,但我的建议是,你不能留。"

姚子期迟疑地望着宁霞,低下头,没说话。

宁霞说得很坦诚:"这孩子你不要,会留一辈子的遗憾,但你要留下,会是一辈子的痛苦,因为我那个堂哥我很了解,你指望不了他。眼看就要过年了,赶早不赶晚,我这就回去请假,陪你到医院做手术,这个月,我来照顾你。"

姚子期感激地望着宁霞,一时间不知道说点什么好。宁霞的意见和建议,其实她在心里已经想过很多遍了,可等真要下决断,她还是心软了。她决定生下这个孩子,尽管这个孩子给她带来的屈辱远大于她做母亲的愿望。宁霞说得对,男人可恶,孩子无辜。

姚四海在外面偷听到宁霞和姚子期的谈话,无异于五雷轰顶,身体顿时抖动起来,如果不是伸手扶住了门框,差点就要倒下了。

怒火在姚四海的胸膛熊熊燃烧。姚子期是他从八岁养大的,无疑是他的眼珠子,现在,他的眼珠子竟然被人抠下来当了鱼鳔踩在脚底下。愤怒的姚四海当即拿定了主意,一定要让宁家人好看。

3

梁云霄从宁州回来,就在跨海大桥收费站口等姚江河。这次去宁州,他是开着自家越野车去的,是宁霞做主添置的。接到姚江河后,两人把车停在了一边的停车场。

海风很冷,刀割一样吹到脸上。梁云霄拿出一盒烟,抽出一根给姚江河,为他点燃了,然后自己也抽了一根。黑夜,猩红的烟头在寒风中燃烧得很快,姚江河被呛得咳嗽了几声,眼泪瞬间出来了。

梁云霄劝姚江河："师父,子期的性格您了解,眼里容不下沙子。宁嘉南的性格您也清楚,即便是错了也不肯低头。所以,我们再揪他们过去的对错,没有什么意义。师父,我劝您,交给他们自己去解决吧,他们有判断和处理事情的能力,也有承担事情所带来的后果的能力。您生气伤神地去找宁嘉南,也不会改变事情的结果。当然,您也可以打他一顿,出口气,这个我支持您。不仅您想打他,我也想,我恨不得拿刀杀了他。可那又能怎么样呢?仅仅是我们出了口气而已,解决不了子期的问题。我们得想想办法让子期好起来,对不对?"

姚江河气恼地说："小梁,这事你们从欧洲回来就不该瞒着我,我要早知道,肯定不会让他们离婚。现在好了,如果子期执意要留下肚子里的孩子,那这孩子不是一生下来就没有父亲?"

"我知道,师父,这是我的错,我应该一回来就把他们在荷兰发生的事告诉您。可他们离不离婚,最终的决定权还是在子期,我们都左右不了子期的决断。"

姚江河沉默了。梁云霄的话说得很客观,也是事实。

梁云霄继续说："子期是个很有主见的人,我知道,这事太大,对她来说,也太重要了,她可能需要更多的时间考虑,这个事,我们都不能替她做决定。"

说话间姚江河的烟抽完了,梁云霄又为他点燃了第二根,他抽了一口,问道："那你说,我们该怎么办?"

梁云霄叹了口气说："那要看子期的态度。如果子期决定留下那个孩子,为了孩子有一个完整的家,童年有亲生父亲的陪伴,那子期的眼里就得进沙子。我会去找宁嘉南,让他必须承担起做父亲的责任。如果子期坚决不要这个孩子,那就另当别论,他宁嘉南爱死哪儿去死哪儿去,若再出现在子期的生活里,不用您出面,我就废了他。"

姚江河说："可怕的是,子期她有第三种选择。"

梁云霄也点燃了第二根烟："做单亲妈妈是子期最后的决定,也是这件事最糟糕的结局。师父,解决这件事的钥匙不在宁嘉南手里,也不在我们手里,而是在子期的手里。所以师父,我建议您这个时候不要去见宁嘉南,也不要去宁家。如果非要去,那就要他一个态度,争取第一种可能性。"

姚江河点了点头。他看着夜色中梁云霄坚毅的神情,顿时觉得,他是真的老了,梁云霄是真的成熟了。

姚江河还是决定去一次宁家。他心里很清楚,单亲家庭,父亲或者母亲辛苦一些不怕,致命的是孩子没有一个完整的人生。就像姚子期,从小缺乏母爱,就养成了她杀伐果断、爱较真的性格。姚江河看事情十分客观,在他们的婚姻关系中,自己的女儿是缺少些小女子的柔顺和温情,她的性格本就像苏淑琴。

夜色墨黑,姚四海带着贺大年、胡彪上路了。

开车的是贺大年,胡彪坐在副驾驶位上大大咧咧地说:"他跟子期结婚时我就看他不是个好东西,只会鼻孔朝上看人。师父,要不我多叫些人,把他们宁家给砸了。"

姚四海骂了一声:"蠢!"

贺大年也跟着骂了一声"蠢",把车开得飞快说:"这事传出去,不丢人啊?他宁嘉南什么东西,就这么甩了我们家子期,要甩,也是子期甩了他。"

路上,姚四海给姚江河打了个电话。姚江河说他去宁州开会,这会儿正在路上。儿子这个时候还瞒着他,这无疑让姚四海怒火中烧。他知道儿子是去宁家商量儿女的事了。他认为,儿子出面,根本解决不了问题。当初,他就曾对宁嘉南放过狠话,如果宁嘉南对姚子期不好,自己一定会让他付出代价。结果现在他们宁家人竟然瞒着姚家把婚给离了,而且离了婚的孙女还怀了宁家的孩子,这样的屈辱,孙女姚子期能忍,儿子姚江河能忍,他姚四海不能忍。

梁云霄和姚江河驱车往市里赶时,宁五洲正在询问宁海楼和齐英,孙子孙媳到底怎么回事。齐英支支吾吾地说出了各种理由,宁海楼知道,这事瞒不住宁五洲。他正要向宁五洲坦白儿子婚变的事,梁云霄的电话就来了,内容是姚江河来宁州的前因后果。

宁海楼听后,喜忧参半。喜的是,姚子期怀上了宁家的孩子,为了肚子里的孩子,她跟儿子的婚姻可能会有转机;忧的是,儿子让姚子期伤透了心,姚子期很可能会打掉肚子里的孩子,彻底跟儿子分道扬镳。姚江河肯驱车来宁州,看来事情真的到了两家人必须坐下,把宁嘉南叫到跟前来说这件事的地步了。

客厅里,宁五洲根本不信齐英给出的理由。等宁海楼接完电话回来,便将矛头直接对准了他,宁海楼就把宁嘉南跟姚子期的事说了。宁五洲听完,杯子一摔,命令宁海楼:"给宁嘉南打电话,让他给我滚回来。"

宁嘉南接到宁海楼电话时,正在山水集团的招待会上,副市长周晓乙正意气风发地说着:"西方不亮东方亮,钢铁集团没进篮子,山水集团进来了,而且带来了四十亿元的投资。我完全相信,宁州湾深水大港建设,在山水集团雄厚资金的支持下,一定能成为东海最大的综合性港口。"

宁嘉南觉得此时不方便接电话,就把电话挂断了。

周晓乙讲完话,带着宁嘉南给山水集团的郝总敬酒。周晓乙介绍说:"这是省港口管委会宁州湾项目的负责人宁嘉南,也是宁州港集团宁总的公子。另外他还是旅欧博士,全球著名港口规划专家尼德教授的高足。你们能搭上宁州湾深水大港项目,他功不可没。"

众人一阵赞誉,宁嘉南如众星捧月。这时,宁海楼的电话再次打来了,宁嘉南看了看,再次把电话给挂了。

招待会上,彼此相互恭维,相互吹捧。周晓乙跟山水集团的领导应酬一番,把场子交给李子木,很快就离开了。宁嘉南趁着周晓乙离场的机会看了一下手机,才知道家里人找他找疯了。他跟李子木说家里有点事,必须尽快回家。李子木却说:"你一个离了婚的人,家里能有什么事?长夜漫漫,对酒当歌,才是正事。"

宁嘉南说:"是我们家老爷子和老老爷子有事,我得赶紧回去。"

宁嘉南醉醺醺回到家里,一路上,想着父亲打电话说的事。父亲说,他岳父姚江河来了。他的第一感觉是:姚江河已经知道了他跟姚子期离婚的事,打上门来了。知道就知道吧,反正结婚、离婚是他的自由。可是,姚江河找上门来,势必要纠缠他过去的事。他是婚姻破裂的过错方,被对方控诉、辱骂、诘问,甚至打两下都在所难免。所以,见了姚江河,他索性一言不发。死猪不怕开水烫,让姚江河出完气,这事就翻篇了。

离婚后,宁嘉南很后悔。拥有的时候不知道珍惜,失去了才觉得珍贵。对他来说,姚子期是一个很好的结婚对象,理性、内敛、包容,胸怀像大海一样宽广,遇事总能为对方着想。他曾给自己找过无数个假设,也痛骂过自己,在鹿特丹如果不遇到赵艾米就好了。即便是遇到赵艾米,他坚强一些,那时候就跟姚子期坦白,可能姚子期还会原谅他。可是现在,木已成舟,覆水难收了。

宁嘉南推开门,顿觉事情比他想象的还要糟糕。屋子里坐满了人,除了梁云霄,还有贺大年、胡彪、姚江河这些很少会出现在他家的人。最可怕的是,客厅正中央还坐着姚四海,他正一脸鄙夷地望着宁五洲在他面前扇自己的耳光,且丝毫没有喊停的意思。宁五洲的唇角已经开始流血,梁云霄上前阻拦,被姚江河制止了。

宁五洲一边打一边说:"老姚,是我们宁家家门不幸,是我们对不起你们家子期,对不起你……"

宁嘉南惊恐地喊了一声:"爷爷!"然后看向宁海楼和齐英。他们两个人呆呆地坐在那儿,也不出来制止。

宁嘉南晃着醉酒的身子走过去,抓住宁五洲的手:"爷爷,您干什么呀?"

宁五洲甩开宁嘉南的手,怒喝一声:"你闭嘴!跪下!"

宁嘉南很清楚,爷爷宁五洲是国家级劳模,在几千港口工人眼中是神一般的存在。宁嘉南更清楚,爷爷跟姚四海几十年谁都不服谁的恩怨。可是此刻,宁五洲当着姚四海的面打自己的脸,这对他来说,是何等羞辱!

宁嘉南在宁州风头正盛,不把任何人放在眼里,此刻只觉得爷爷受了侮辱,没有思考他自己面临的处境,当场就发飙了:"杀人不过头点地,你们这是要干什么?有本事你们冲我来。不就是我跟姚子期离婚了吗?婚姻自由,离婚、结婚,这都是宪法赋予我们的权利,怎么你们还要逼着让人死吗?"

宁海楼上来就给了宁嘉南一记耳光,这一记耳光很响亮,打得宁嘉南脑袋嗡嗡响。然后,宁海楼一脚把宁嘉南踹倒在地,怒吼道:"跪下!"

要说,酒真不是个好东西,让宁嘉南失去了最基本的判断能力。他固执地认为,姚家人是兴师问罪来的。一下子,他公子哥倔强的性格再次爆发了。他晃着身子起身说:"我不跪。我说了,离婚是我们的自由。更何况,离婚是姚子期提出来的,我没同意,她坚决要离,我是成全她。你们不去找姚子期,来找我干吗?"

宁嘉南的话没说完,宁海楼的耳光再次上来了,这一次,他连续打了宁嘉南三个耳光。宁海楼气恼地说道:"你不在外面找人,子期能提离婚吗?你在外面都已经找了人,还祸害人家子期干什么?"宁海楼近乎哭出声来,"你说,你祸害人家子期干什么?"

宁嘉南并没有停止他的辩解,酒精让他变得更放肆,更无所谓。他说道:"是,我是在外面找了个赵艾米,可这并不能说明我就不爱她姚子期。那时候,我孤身一人在国外,我是男人,我有需求,她也有需求,正常的生理需求。西方人都这样,这并不能说明什么。更何况,我是在跟赵艾米分手后,才回国向姚子期求婚的。我也不知道赵艾米生了孩子,所以,我这也不算是欺骗姚子期……"

姚四海和姚江河再也无法控制自己的怒火了。姚四海大骂一声:"畜生!"然后朝着宁嘉南冲过去了。他一个趔趄,人差点仰面倒地,梁云霄眼疾手快,快速上前几步,从后面抱住了他。

姚江河已经冲上去了,他一脚把宁嘉南踹翻在地,狠狠地踢起来。宁嘉南抱着脑袋,把下颌收缩到胸前,趴在地上,忍受着姚江河的暴力踢打。齐英要上前劝解,被宁海楼呵斥了。宁海楼怒喝道:"江河兄,打死他,打死这个猪狗不如的东西!"

姚江河打累了,对气得浑身发抖的姚四海说:"爸,我们走吧,从今天起,我们不跟这个畜生说一句话。"

深夜,姚江河、姚四海坐在梁云霄新房的客厅里抽光了三盒烟。屋内烟雾缭绕,近乎看不清对方的面孔。姚江河、姚四海的面色阴沉,怒火此刻似乎并没熄灭。

梁云霄没想到,尽管宁五洲、宁海楼放下一切尊严,为宁嘉南和姚子期的复合做出了努力,可酒后失态的宁嘉南还是把原本有希望缓和的事弄成了死局。此后,即便宁嘉南跪在姚家门口哀求到死,事情的结局也无法挽回。姚子期跟宁嘉南的关系彻底切割,已成为必然事实,梁云霄和姚江河想争取的第一种结果彻底没有了。可是,姚子期肚子里的孩子怎么办?这个问题,让三个人陷入了沉默。

三个人抽完烟盒里的最后一根烟,姚江河跟姚四海决定连夜回海山。姚四海的情况不太好,心脏剧烈疼痛,脑袋也开始有些混沌。梁云霄把二人送下了楼,嘱咐贺大年和胡彪两个人路上开车慢一些。

姚江河说:"徒儿,师父做了件错事,今天该听你的,不来宁州,更不该让你掺和进来。你在场,处境最难,也最尴尬。"

梁云霄苦笑一声:"师父,您千万别这么说,为了子期能好过些,做什么我都愿意。"

姚江河拍了拍梁云霄的肩膀,一声叹息,然后上车了。

贺大年开姚江河的车,上面坐着姚四海和姚江河,胡彪开着空车跟在后面。梁云霄望着车开出小区,返回家里后,感觉到手机在口袋里振动了一下。梁云霄打开手机,是宁霞发来的短信,告知了梁云霄姚子期的决定。正如梁云霄所料,姚子期决定留下那个孩子,而且似乎不容置疑。

4

宁嘉南的酒彻底醒了,是被宁五洲用冷水泼醒的。醒来的时候,他看到屋子里坐着宁五洲、宁海楼和齐英。屋子里很凌乱,三个人面如枯草,眼睛通红。

宁五洲对眼前这个外人看来光鲜体面的孙子十分失望。他心里很清楚,姚四海父子看似怒气冲冲地来兴师问罪,其实是来服软的。结果,这一切都被眼前这个读了二十几年书,被人称作博士的蠢货给弄得一团糟。

在宁五洲眼里,三十岁的宁嘉南的情商还不如一个十几岁的孩子。社会就是人情世故,而宁嘉南不懂半点人情世故。

醒酒的宁嘉南脑海中不停地闪回刚才发生的事情,姚江河、姚四海、贺大年、胡彪,还有那个可恶的梁云霄也在,一群人逼着他下跪,还打了他,他们不仅打了他,还逼爷爷扇自己耳光。

宁嘉南迷迷瞪瞪还没有完全醒来,见梁云霄又回来了,便摇晃着脑袋骂了一声:"可恶!"

众人没有理会宁嘉南。宁海楼问梁云霄:"你师父他们走了?"

梁云霄点了点头:"师爷的身体好像出了些问题,估计回海山又要住院了。"

宁嘉南一把抓住梁云霄胸前的衣服:"你这个可恶的臭渔民,你说,怎么哪儿都有你?"

梁云霄抓住宁嘉南的手腕,顺手一拧,宁嘉南的手就松开了。宁嘉南松开手后,指着门大声对梁云霄说:"我们家不欢迎你,你滚。"

梁云霄鄙夷地笑了一声,根本就没理会他。他还想再上来纠缠,宁海楼冲他瞪圆了眼睛说:"滚,你滚!我跟你妈、你爷爷,都不想再看见你!"

宁嘉南惊讶地望着宁五洲和齐英。宁五洲脸色阴沉,齐英也流着眼泪,一语不发。他顷刻间知道,这个家里,他才是那个可恶的人了。他气恼地走出家门,愤怒地说了一声:"你们别后悔,我走了,就不会再回来。"

宁五洲恼怒地回了他一句:"你爱死哪儿死哪儿去,宁家没你这样的人!"

宁嘉南顿时明白了什么叫众叛亲离。

梁云霄看了看时间,已经凌晨三点多了,于是就对宁海楼说道:"大伯,事情已经这样了,你们也别太生气伤神了。时间不早了,休息吧,保重身体要紧。"

梁云霄说着出门要走,宁海楼拦住他:"小梁,反正我也睡不着了,你要不困,大伯有话跟你说。"

梁云霄说道:"大伯,我不困。"两个人就进了宁海楼的书房。

宁海楼的书房很大,四个书架整整齐齐码满了专业书籍。他的成长路径跟姚江河不一样,姚江河是大学科班出身,他读的是港口技工学校。所以,他的专业理论知识大部分是自学的。

两个人坐下来,齐英把宁海楼的茶杯端过来,给梁云霄也倒了一杯水。齐英对梁云霄说:"小梁,你跟你哥是同学,了解他多一些,你千万别跟他计较。"

梁云霄说:"大伯母,我不会的。"

齐英点点头,关门出去了。

梁云霄叹了口气说:"大伯,今晚这事其实不该是这个结局。"

宁海楼也长叹一声说道:"那个孽障,别再说他了。我关心的是子期,子期到底是怎么想的?"

梁云霄说:"宁霞今晚在海山陪着她,宁霞说,子期想留下孩子。"

宁海楼一愣:"糊涂!她就没有考虑未来?一个女人带着一个孩子会有多难。"

"没办法,她做出的决定,我看我师父和师爷也没办法改变。"

"既然她做了决定,我们也不能说什么。小梁,我跟你大伯母最近肯定不能去海山,你跟宁霞就帮忙照顾着点,毕竟是宁家的骨血。你告诉子期,不管宁嘉南有多浑蛋,你让她别恨我跟你大伯母。我们是认可她、爱惜她这个儿媳的。另外,如果她需要帮助,孩子生下来,出钱、出人,我们都行。"

"大伯,根据我对子期的了解,她既然要这个孩子,肯定是自己养。当然,我和宁霞也会帮她的,这个您放心。"

宁海楼欣慰地看了一眼梁云霄:"这事我看也就这样了,我们不聊他们了,聊聊你吧。小梁,你看,我再过几年就得退休了。宁州港班子和后备干部是有不少,可很难选出一个能挑大梁的,所以,我想跟钟立达商量一下,把你调到宁州港来。"

梁云霄一头雾水地问道:"调我来?"

宁海楼点了点头:"对,调你来做分管基建的副总。你正科级已经两年了,趁年轻,先把副处调了吧。"

梁云霄没有一点思想准备:"大伯,您知道我对海山港很熟悉,我……"

宁海楼笑了:"我知道你担心你师父会有想法,你放心,我会跟他说。你三十岁不到能调副处,他不会拦你。"

见梁云霄仍然有些疑惑,宁海楼补充:"我就跟你明说了吧,钟立达和周晓乙不止一次跟我商量,想把宁嘉南和李子木弄到宁州港来做港口的接班人。你说,我能把宁州港的未来寄托到这两个人身上?"

梁云霄说:"可据我所知,两港的干部晋升调整,还在两个市里的组织部,管委会也只有建议权,这事您还是绕不过市交通运输局和市委组织部。"

宁海楼说:"这个我当然知道,我相信市委不会不考虑港口未来的发展。我先报上去,只要我还在宁州港,那两个人我就不会要。还有另外一点,管委会把宁州湾这么大的项目交给宁嘉南,我不放心,如果你能来做个负责基建的副总,就可以全程监理这个项目。现在港口负责基建的李副总毛病太多了,还是周副市长线上的人,即便你来不了,我也打算把他换下来。"

梁云霄钦佩宁海楼的工作能力,更敬重他的为人。宁州、海山两港正是因为有了他跟姚江河,才得以稳步发展。这两年,宁州港吞吐量在全国和全球的排名都在稳步上升,全国已经迈入第五,全球也已经数得上了。另一方面,梁云霄也为宁嘉南感到庆幸。可怜天下父母心,即便宁嘉南在婚姻的事上把宁海楼伤成这样,宁海楼还是在为他考虑。

梁云霄思考了片刻,还是不想隐瞒自己的想法。于是,他对宁海楼说:"大伯,我很感激您,遇到好事,总是想着我。可是,我已经向钟主任写了申请,过完年就准备回海山去。您也知道,我从做实习生开始就跟着罗教授和我师父,围着海山港的几个项目在做基础工作,凤凰湾二期项目我不想放弃。另外,我对海山群岛外海也有了很多想法。大伯,我不是不想帮您,我是想干点事。"

宁海楼听梁云霄说完,陷入了沉思,而后叹口气说:"你先回去也好。你是能干事、干成事的人,想必姚江河、徐正生也能为你安排不错的位子。如果你决定回海山,就不要再犹豫,管委会,我看难成大事。我相信港口一体化对我们港口系统发展来说是大事,也是好事,可一体化提了那么多年,到今天还是换汤不换药。钟立达弄的这个项目组,最初我也是抱了很大希望的,说是要统筹调度岸线资源,统筹安排建设资金,可统筹的最终结果,还是在集装箱深水码头群里,硬塞进来一个烧水泥的山水集团。算了,不说他们了。我跟海魁商量过了,今年你带着宁霞回落叶岛过年去。十年没回家过年了,该好好陪你母亲了。"

梁云霄很感激宁海楼的理解,起身对宁海楼鞠了一躬:"大伯,感谢您的理解和教诲。天都快亮了,您也睡会儿吧。"

回去的路上,梁云霄不禁想,他又一次回绝了宁海楼善意的安排。他想,要是他当初留在宁州港,如今会是什么样子?那样的话,他就没办法跟宁霞在凤凰湾水底下再次相遇,跟她一起做"捞海人",然后相爱成家了吧。想到宁霞,他心里无比甜蜜。

5

辛卯兔年的春节,梁云霄带着宁霞回了落叶岛。丁春草把老贾和金子也一起叫到小白楼来过年,金子还带着女儿小玛瑙。大年三十熬岁,梁宝一家都来了。

老贾本来要宣布公司分红,结果他嘿嘿笑了老半天都没说出一个字,宁霞就叫梁宝宣布。梁宝从丁春草手里拿过账本,刨除投资和损耗,以及春节前给村里各家各户按人头发的年货之外,公司纯利润三百七十三万六千元,餐饮和住宿纯利润二百八十四万三千元,减去投资款,还剩三百八十一万多元,明年的大部分收入就是纯利润了。

宁霞让梁宝留下一百五十万元作为来年的流动资金,剩下的按股份比例给大家分了红。二百三十几万的现金是金子从本岛信用社取回来的崭新百元大钞,红彤彤码成了一座小山。宁霞念名字,金子给大家发钱。

众人拿到钱都很兴奋,金子表示来年要更上一层楼,三嫂也激动得热泪盈眶:"我的老天爷,明年大部分都是纯利润,那还不得翻倍啊?"

梁云霄笑着说:"三嫂,分了钱,可千万别到村里去说,大家再红了眼,那可就麻烦了。"

三嫂说:"不怕,上次改选,梁宝做了村主任。现在村里跟着旅游公司也挣了钱了,全村多了那么多家民宿和渔家乐,家家户户都受益了,那个前村主任老婆说,他们家今年挣了三十多万元呢。"

梁宝笑着说:"还是得低调,毕竟能做渔家乐和民宿的还是少数。不过,哥,根据你的吩咐,我们公司今年光给村里发福利就花了三十多万元,春节前,光杀猪就杀了七十多头,落叶岛上每家都是半扇子猪。"

梁云霄说:"这就对了。"

三嫂说:"对什么对啊,你是没见到他们每年春节到你们家要账。这么些年,我婶婶的年有多难过。"

丁春草说:"行了,都已经过去了,我们不说这个。"

丁春草嘴上说着,心里却很难过。她的眼前浮现出了当初村里人背着袋子来家里为梁海生集资的情形,禁不住潸然泪下。

宁霞走过来,抱住丁春草,说:"妈,我们的好日子已经开始了。"

这时,金子带着几个孩子在院子里放烟花。丁春草望着孩子们欢笑奔跑的样子,对宁霞和梁云霄说:"你们要是能早点生个孩子,妈妈的日子就更好了。"

宁霞凑到丁春草耳边说了一句悄悄话,丁春草惊喜万分,拉住宁霞的手说:"傻孩子,你怎么不早说,早说妈妈就不让你坐船颠簸回落叶岛了。"

宁霞一脸羞涩:"我也是刚知道。"

梁云霄凑过来问:"你们说什么?"

丁春草打了儿子一下:"傻小子,你要当爸爸了。"

梁云霄惊喜地望着宁霞:"什么情况?"

宁霞告诉他,自己陪姚子期去医院产检时,顺便也检查了,才知道自己也怀孕了。

宁霞带着梁云霄给外公老贾拜年。老贾对梁云霄这个外孙女婿很满意,觉得他注定是成大事的人。本来半死不活的潜钓场,经过他和宁霞的折腾,竟然就盘出了这么大的生意。

梁云霄没想到在这里竟然遇上了贾山。贾山说他是大年三十夜里来的落叶岛,回来陪父亲过年,原本想着大年初一去梁家拜年,可金子去观音山烧香了,小玛瑙闹,他人走不开。

宁霞知道,贾山陪老贾过年是假,来堵梁云霄是真。梁云霄最近两年跟贾山疏远了很多,因为宁霞说,贾山是她的噩梦。梁云霄爱宁霞,所以,宁霞讨厌的人,梁云霄肯定不喜欢。尽管贾山曾经是他插草为香、歃血为盟的兄长。凤凰湾项目征地,贾山在金钱面前,把兄弟情义丢到了大海里,所以从那时起,梁云霄就尽量不跟贾山再有过多的交集,平时能躲就躲,只有颜辉交代的事,他才会去找贾山商量。颜辉的面子他得给,毕竟当初为了顺利拿下凤凰湾的地,他把颜辉介绍给了贾山,让颜辉投资贾山。

金子不想看见贾山,原本连小玛瑙都要带走,可大过年的,她不想让老贾难过。三十晚上在梁家的聚会结束后,金子顾不上小玛瑙哭闹着找妈妈,一个人去了三嫂家,天不亮就跟着梁宝的老婆小青和三嫂去了观音山烧观音菩萨的头炷香,直到现在都没回来。

金子对贾山的心死了,而宁霞虽然恨他,却不能跟他切断一切关联。他是老贾的儿子、她的舅舅,是血亲。宁霞打电话给金子,说他们就要走了,贾山也走,要金子赶紧回来带小玛瑙,不然老贾一个人弄不住她。金子说,其实她昨晚就回来了,还在三嫂家,就等着贾山的破船离岛。宁霞这才放心了,她最担心的是金子哪一天跟贾玲一样,把小玛瑙丢给老贾,自己跑了。那样的话,老贾的暮年会生不如死。

梁云霄和宁霞乘贾山的游艇返回海山本岛。梁云霄和宁霞要去给姚四海和姚江河拜年,顺便去看一下徐正生和大刘。吃水不忘挖井人,徐正生和大刘给了月塘湾旅游餐饮公司很大的支持和帮助。

海上的船不多,海浪也不算大,游艇跑得很快。贾山在二层的阳光舱里设了茶座,宁霞在玻璃房里晒着太阳。怀孕的人有些疲倦,船一晃悠,她就睡着了。贾山这才敢说他也想看看徐副市长和刘区长,当初拆迁批地,二人没少帮忙。梁云霄知道贾山想蹭关系,没说让他跟着,也没说不让他跟着,只是笑笑,这笑容里包含的一切,他相信贾山能看懂。可他断定,贾山还是要跟着,也对,否则就不是贾山了。

贾山一边泡茶,一边跟梁云霄聊正事,这才是他月塘湾之行的主题。贾山的山海航运公司和山海集装箱厂生意越做越大,可生意越大,贾山心里越没底。这几年,他一直跟张达比着干,建材、杂货运输上,已经把张达逼得没法干。可张达很快上了集装箱大船,他本来就是海都人,又是东海交大毕业,几个大港都有同学。当贾山的船还在跑钢筋水泥的时候,张达的公司跑长江三角洲到公海各港口的集装箱货运业务,赚得盆满钵满,让贾山极为眼红。

贾山恨自己读书太少,过去做生意靠投机,耍小聪明,可是未来要面对国际航运市场,就越来越觉得自己的知识不够用。因为山海航运公司利润很可观,颜辉还没有撤股,还能为他提供一些战略方向上的指导。可颜辉太忙,很多时候,根本顾不上他。他跟人合伙弄的集装箱制造、租赁及储运公司已经全面铺开了,可生意一直不好不坏。

各大港口的标箱租赁,都得跟港口的代理公司搞好关系。搞关系是贾山的强项,可他得有敲门砖。海山港这边,因为梁云霄的人缘好,代理公司的老总很给面子,他出厂的箱子,到了他们那儿,根本不用多说话。当然,贾山也没有亏了人家。宁州港那边,因为宁海楼烦贾山,箱子一直进不去。

贾山把他面临的困境都跟梁云霄说了,说几句就要问一次梁云霄怎么办。梁云霄不回答,他就继续讲,直到他讲累了,梁云霄才放下茶杯,慢条斯理地告诉他:"过去你们都运建材,争个你死我活;可现在人家上集装箱货船了,你就没必要非跟人家死磕了,有什么意思呢?他的集装箱货船要买箱子、租箱子,他又不生产箱子,你们干吗不合作,非要对着干呢?"

"我就看不惯他那个样子,好像全世界的生意都是他的。"

梁云霄冷笑:"对着干?你干得过吗?你背后有资本吗?你有实力吗?你这个时候上集装箱货船,对付你,他不费吹灰之力。"

贾山不说话了。

梁云霄说:"别人怎么样跟你没关系,你就把你的标准箱体做大做强,做出世界标准来,把质量提得高高的,把成本压得低低的,让他不买、不租你的箱子都不行。你的大宗商品短途散货船有优势,就是要把他还在挣钱的散货船给挤对干净。等你强大了,上最好的船,用最好的箱子,那时候你再去对付他,保不准他会翘辫子。"

贾山的眼睛瞬间亮了起来,但随即又暗淡了下去:"就我这个水平,我怎么能把箱子做成国际标准,别人不用我的箱子就不行呢?"

梁云霄说:"你不行,别人行。你身边需要少一些酒色财气、声色犬马之徒,多一些有点子有智慧、锐意进取的人。"

贾山无奈:"我上哪儿找这些人去啊?"

梁云霄说:"我问你,你的产品要对应的市场是什么?"

贾山说:"船和港啊。"

梁云霄一笑:"那不就对了。船和码头才是你的市场。根据市场需求制定产品标准,什么样的船上什么样的箱子,什么样的码头装什么样的船。"

贾山沉思片刻,豁然开朗:"我这就换车间主任和销售部经理。"

梁云霄说:"箱体所选用的钢材也要去跟钢厂谈,承重要经得起检验。研发团队也得组建起来,你得把生意当成事业来干,靠投机取巧,会败得很惨。"

贾山感叹:"每一次听你讲话,都胜读十年书。要不你辞职,我们合伙干算了。"

"我要辞职,也是我自己干。"

贾山有些尴尬:"小霞的股份,我会兑现承诺的。"

梁云霄挥手制止:"别,你千万别再提这个,她会当真。"

6

到了海山本岛,梁云霄带着宁霞、贾山先去拜访了刚担任区长的大刘。大刘三十五岁就是正处级,跟的领导又晋升了常务,人逢喜事,意气风发。

宁霞带了些落叶岛上产的茶和上等贻贝,大刘推辞再三,还是接下了。本是宁霞表达谢意,大刘却反过来感谢宁霞:"弟妹啊,月塘湾旅游餐饮公司可是我的政绩,还有贾总的集装箱标箱厂,都是我这次顺利晋升的政绩啊。"

大刘说着拍了拍梁云霄的肩膀:"好兄弟,你可真是我的福星啊。月塘湾旅游搞得不错,是市里百岛文旅典范。市里还有奖励呢,一艘三十人的小艇。另外,每天早、中、晚还要增加六班五百人的旅游船,我跟梁宝说了,过完春节,全区所有乡镇的一把手都要去月塘湾参观学习呢。"

梁云霄说:"没有好的政策,没有好的扶持,这事早黄了。"

贾山在一旁面带微笑地听着,没插进来一句话。这些年,贾山见了大大小小不少领导,知道什么时候该说话,什么时候不该说话。贾山也留下了自己的礼品,是几条高档香烟,也说了一些感谢的话。

梁云霄、宁霞和贾山从大刘家出来,梁云霄和宁霞准备去徐正生家里拜年,见贾山也跟着上来了,心里都很不舒服。梁云霄刚要启动车走,只见大刘拿着贾山送他的烟匆匆追上来:"小梁,我最近不抽烟了,这烟你拿着抽。"

梁云霄说:"你弟妹有喜了,我也不抽烟了。"

大刘说:"那你留着招待客人。"说完,就把烟塞进了驾驶室,然后转身离开。

贾山见刘区长没有拿自己的烟,心里很着急,可刘区长整个过程都没看自己一眼。宁霞像是看出了端倪,扯开烟盒,见里面装的竟然是美元。梁云霄一下子就怒了,但宁霞在,他不好意思发作,把车开出区政府家属院,看了一眼贾山说:"小舅,等会儿到了路口,你下去搭个车走吧,我们不顺路。"

梁云霄把"不顺路"三个字放在了逻辑重音上,贾山一下子就听明白了,可他还是不想走。宁霞没给他留面子,把那几条香烟递还给他:"你不把人害死不甘心是吗?你以为云霄的朋友跟你见的那些官员一样?你这样做,我跟云霄以后还怎么见刘区长?太丢人了。"

梁云霄劝宁霞:"小舅也是想表达一下自己的感谢之情,你就别说他了。"

贾山忙附和:"对对对,小梁说得对,我就是为了表示感谢。"

宁霞嗤之以鼻:"谁知道你接下来想找人家干什么。"

贾山说:"真没有。"

梁云霄冷笑一声:"说实话会死?"

贾山嘿嘿笑了:"还真是有事。"

梁云霄叹了口气:"我上午在船上刚说过,你的老毛病又犯了。你有事你就说事,大刘哥不是外人。我知道你看中集装箱厂隔壁那块地了,要扩大厂房,你跟他直说就是了,非要弄这个。你拿着这钱,把我说的那两个人才挖回来,把产品质量弄上去,把厂子弄红火,多交点税,大刘哥会更高兴。"

贾山一脸羞愧:"是是是,小梁,我听你的,以后这毛病不犯了。可小梁,你知道那块地寸土寸金,听说很多人都盯着,刘区长要是批给了别人,我扩大厂子的事就泡汤了。"

梁云霄又笑了:"你的心思我早看出来了,你想接着玩凤凰湾那一套,戳个厂房不干正事,到时候坐地涨价。你以为刘区长是傻子吗,他会给你批那块地?你趁早打消这个念头。眼下海山本岛最值钱的就是陆地,填海造地,一亩地的造价多少钱你算过,你想的事,别人也在想。别人不去想的事,你去想,没准事情能成。"

路口,贾山的奔驰越野停在那儿,一个年轻女孩冲贾山招了招手。

梁云霄把车停下来,宁霞没好气地对贾山说:"下去吧。你有豪车美女,还坐在我们车上干吗?"

贾山用乞求的眼神望着梁云霄,梁云霄叹口气:"过完年,你跟我去一次东海交大,看今年航运物流专业的研究生有没有想下海的,先挖一个回来,一起商量一个报告,你大大方方拿去找刘区长。当然,如果规模要做大,去找徐副市长也可以。"

贾山听完,高兴地下了车,说:"小梁,我就知道,你不会不管我的。"

梁云霄摇了摇头,开车走了,路上让宁霞用他的手机给徐正生打电话,说是要去徐正生家拜年。徐正生说:"小梁,你别往这边来了,我们一起去师父家拜年,我也想找你跟师父好好聊聊,来年海山有大戏。"

梁云霄兴奋地说:"好,那我就掉头。"

徐正生又说:"打个电话给大刘,让他也去,因为来年的戏台子,放在他们区。"

宁霞继续帮忙操作,大刘以为梁云霄还想说贾山送礼的事,就说:"东西你收着就行,事我给他办了。他那个厂子我很看好,很有前途。"

宁霞听了,看梁云霄的眼神顿时钦佩起来。

梁云霄笑了:"区长大哥,这事你不要着急给他办,年后,他公司未来五年的发展规划要出来,你要看了报告和资金来源,再说批地的事。"

大刘哈哈笑了几声:"嗯,好,听你这样说,我觉得这事靠谱。"

梁云霄说:"我再次打扰你,不是说这事。领导说,今天中午去我师父家喝酒,商量来年的大戏。他让我通知你一起去。"

大刘一听,也兴奋起来:"好,好,我这就去,马上到,马上到。"

挂断电话,梁云霄踩了一脚油门,车速迅速提上来了。

7

梁云霄和宁霞带着千家门渔港吴婶大排档的厨子赶到姚家老屋的时候,姚四海已经把八个凉菜备齐了。姚江河去蟹子岛油气码头检查假期安全工作了,姚四海说他正往回赶。梁云霄和厨子打开车的后备厢,抬出了两个泡沫箱子,里面全是各种海鲜。货是宁霞让吴婶年前就预备上的,在温室打氧池子里养着,准备初三在姚家老屋上桌。

姚子期站在门口,望着院子里宁霞指挥贺大年和胡彪收拾海鲜,笑着对梁云霄说:"瞧,你老婆像个三军总司令。"梁云霄也笑了。

姚子期白皙的脸上有些泛黄,人也有些慵懒。梁云霄看到她这个样子,心疼的情绪瞬间凝结在了脸上。姚子期看到他的表情,微微笑了一下,说:"没事的憨憨,我挺好。"

梁云霄也笑了一下:"你好,那就好。"

"你要照顾好宁霞。"

"好。"

"听我爸说,你也想回来?"

"是,报告已经写好了。"

姚子期苦笑:"回来也好,当初看钟主任信誓旦旦的样子,我以为两家港口真的会成为一家。"

梁云霄也跟着苦笑:"本来是一本经,念着念着,就又各念各的了。不过,这也很正常,家家都有本难念的经。"

姚子期竟然笑出声来:"你这个比喻,很贴切。就像我跟宁嘉南。"

梁云霄解释:"我说的是港口,你怎么又扯到那个人了。以后我们不提那个人。"

姚子期爽快答应:"好!"

姚子期还是那个姚子期,干脆直爽。

徐正生、大刘两个人一起进了小院,徐正生没有带他的现任秘书。

秘书出身的大刘,官当得相当通透,接到梁云霄的电话后,就开车去接徐正生了。他知道,徐正生现在引人注目,这样的私人聚会,还是低调一些为好。

徐正生进门拱手给姚四海施礼:"师爷,新年好。"

姚四海正在处理一条红星斑,随口说:"新年好,新年好。今天你有口福,我们吃一条红星斑,来年红运当头,吉星高照。"

徐正生哈哈大笑:"借师爷吉言,我们兔年大展宏兔(图),兔(突)飞猛进。"众人哈哈笑起来。徐正生已晋升常务副市长,精壮当打之年,仕途正劲,雄心勃勃。

姚四海指着梁云霄和宁霞说:"这小两口,春节前就准备好了,今天我们大家享他俩的口福。"

徐正生看了看梁云霄,笑着说:"小师弟和弟妹,谢谢你们,你们有心了。"

梁云霄笑了笑,宁霞说:"应该的。"

姚子期招呼众人进屋。徐正生看了一眼姚子期,心里也很难受。年前,市政府团拜会后,师徒二人在小馆子里吃了顿饭。姚江河心里很难过,就把姚子期跟宁嘉南的事说了。徐正生虽然很气愤,但也只能劝姚江河把心放宽一些,把问题交给子期自己去解决。

徐正生对姚子期说:"小师妹,你那个国际港口标准结算软件我看了,编得很好。我敢断定,未来它会成为东海港口系统乃至全国港口系统的标准应用软件。"

姚子期微微一笑:"谢谢师兄鼓励,我会继续完善它,让它跟国际航运金融系统接轨。"

徐正生也笑了:"别那么努力,眼下你最重要的是养好身体,我还等着做大舅呢。"众人于是又笑了。

姚江河风尘仆仆归来,脸上余怒未除。大过年的,他把蟹子岛码头的操作部经理给撤了。蟹子岛是油气码头,那小子竟然值班不到岗,码头上还出现了烟头。

徐正生劝姚江河:"师父,你不必生气,不能干就换人。过完年,全市的国企,我们要先从处级干部开刀,能者上、庸者下、贪者抓。要把年轻的、有才的、能干的放到重要岗位上来。"

梁云霄看了一眼腰杆笔直的大刘,微微一笑。大刘是这次政府机构改革的最大受益者,副区长干了不到三年就提了区长。

说话间,大桌子摆满,黄酒倒上,新年家宴这就开始了。大家给姚四海和姚江河敬了酒,热热闹闹就把一顿饭吃完了。饭后,姚四海、宁霞等人收拾残局,徐正生叫了姚江河、梁云霄、姚子期、大刘,五个人一起进里屋姚四海的茶室,喝茶聊正事。

徐正生聊的正事,是海山市的三十年宏伟蓝图。海山群岛新区规划国务院批了,港口综合保税区、国家级大宗商品交易中心、江海联运服务中心、自贸试验区也获得了国家的批准,这些都是振奋人心的消息。

徐正生说:"市里年前已经制订了一个五年计划,要围绕一港、两基地、一区三个方面下大力气搞建设。这个'一港'就是要打造国际一流的江海联运枢纽中心,让长三角跟世界实现无缝接轨;'两基地'就是航运服务基地和大宗商品储运加工基地;'一区',就是我国的港口一体化示范区。港口一体化,虽然这些年磕磕绊绊,但它是时代大潮,是大势所趋。这一点,子期已经走在前面了,未来江海联运枢纽的国际化财务结算软件已经初步成形了。我们就是要有更多的海山标准、海山价格、海山指数,成为时代的里程碑。"

徐正生说着,把目光投向梁云霄:"小梁,你的事,我听师父说了。你想回来,海山很欢迎,本来你就是海山港的人。大潮就要来了,懦夫死在板板上,男人死在浪尖上,赶大潮就要站在潮头。"

梁云霄没想到,当年父亲说的那句话,今天徐正生也说了出来。或许,这就是海山男人的秉性,大潮就是机遇,也是挑战。经过岁月磨砺的梁云霄也开始深刻理解这句话的含义了。是的,对大多数人来说,逆风而行、顶浪而走的人会遭受无情打击乃至丧命,因为他们会求稳、求安、求富贵、求享乐,可海上的人不行,他们必须面对汹涌的海浪和肆虐的狂风。

整个下午,徐正生不停地给众人讲着,众人也分享了他们的观点。直到天色渐晚,徐正生才离开,去跟市委书记商议国有企业干部问题。临走前,徐正生把梁云霄拉到一边,悄声对他说:"想给你压压担子,让你回来负责海山港全面基建的事。江海联运枢纽港的事你跟罗教授原本就有设想,年后你去邀请他再来一次,住下来。我们在凤凰湾二期工程的基础上再多做些考虑,不怕把项目想得太大,切忌把项目想得太小。我跟罗教授有过沟通,他会把海都大洋港的分管副总也叫来,你一个,师父一个,罗教授一个,我一个,我们五个人尽快把这个事情定下来,不管别人怎么叫,我们先干起来。"

梁云霄热血沸腾地说:"好,我尽快落实。"

徐正生一边上车一边说:"那好,你先跟师父聊,我先走一步。感谢弟妹,她这顿家宴,安排得极好。"

徐正生上车离开了,梁云霄紧握着拳头一跃而起,大喊了一声:"耶!"

第五章

1

这个春节,钟立达过得很郁闷。港口管委会成立以来,一体化进程走一步退两步。当初提出这一战略的那位省委领导,已调任北京。领导说了,东海滩涂上趴满了蜗牛。虽是调侃,但听起来扎耳。元旦前姚子期回了海山,春节前梁云霄也向他递交了一份调回海山港的申请。梁云霄再回海山,项目组就只剩下宁嘉南这个组了,而这个组,管委会基本没有控制权。宁州湾新区虽然归属宁州,却是省里的重点经济开发区。

春节期间,钟立达去给分管领导拜年,向他汇报了管委会的情况,希望能获得领导支持,改变管委会形同虚设的尴尬局面。他说,山水集团的乘船搭车,让他建设全球一流的深水集装箱大港的计划成了泡影。

他想说服领导让省里改变这个计划,可是领导的态度让他更加悲观。领导说,宁州港宁州湾项目要为新区建设服务,这一点不可更改。山水集团是北方的重点企业,前些年公司成功改制,引进了外资,很快成为行业翘楚,生产的水泥占据了东南亚市场的一半以上,是全球建材企业中的巨无霸。宁州湾新区能吸引山水集团入驻,无疑对区域经济的发展起到了至关重要的作用。

经济要发展,城市要建设,基础设施要服务经济建设大局,这个道理领导言之凿凿。

钟立达沉默了。他心里很清楚,领导不能改变这个结局,他若再反驳,就是破坏省里、宁州经济建设的大局。

宁州湾项目要在年后启动,钟立达一上班就带着方平来到宁州,他要跟梁云霄深入地聊一次。经过一年多时间的观察,他觉得,梁云霄比起宁嘉南来,更堪大任,如果他连梁云霄都留不住,他这个管委会主任,做得那不叫失败,那叫惨败。

方平在海山港做过当家人,对梁云霄还算了解,这小子跟姚江河有点像,能干大事,可就是性格太轴。当初技术科的编制给了李子木,他一气之下就去了操作部,而且去了一线做桥吊工。一个名牌大学的研究生去一线做桥吊工,这事也只有梁云霄能做得出来。这事在港口系统传了好几年,让方平也背上了暴殄天物、不惜人才的罪名。冥冥之中,方平感觉钟立达说服不了梁云霄,他对钟立达说了他的担心,钟立达微微一笑:"尽人事,听天命吧。"

一上班,梁云霄就来到项目部,把凤凰湾项目的基础资料、项目图纸、施工方案等一整套资料复印后装订成两尺多厚的资料册,然后抱着资料进了钟立达的办公室。钟立达正在跟宁嘉南商量项目开工的事,梁云霄见宁嘉南在,立刻就想退出去。钟立达叫住了他,然后对宁嘉南嘱咐了几句,宁嘉南就离开了。

宁嘉南在跟梁云霄擦肩而过的时候看了一眼他,目光里充满了怨恨和愤怒。梁云霄讨厌宁嘉南这样的眼神,就没再惯着他,狠狠地回瞪了一眼,大声说:"宁组长,不如你下班后,我们约一下?"

梁云霄所说的"约一下",传递给宁嘉南的意思就是"约一架",他忍这样一个不识好歹、不分好坏、不懂任何人情世故的家伙很久了。

宁嘉南没想到梁云霄会这样挑衅他。他知道,真要打起来,他不会是梁云霄的对手,于是也就从鼻子里哼了一声,丢下一句"幼稚"就转身上了二楼。

梁云霄把项目资料放在钟立达的办公桌上:"主任,凤凰湾二期的所有资料都在这儿了。"

钟立达翻看着最上面的一本,拍了拍说道:"小梁,你这是来交差吗?"

梁云霄心里很清楚,他要走,钟立达这一关很难过,就笑着说:"我总不能整天待在这里吃闲饭吧?"

钟立达皱了一下眉头,问:"你是不是听到什么消息了?"

梁云霄摇摇头说:"没有。"

钟立达尴尬一笑:"海山国家江海联运中心枢纽综合港的项目已经批了,凤凰湾项目很快也会有消息。"

梁云霄顺着杆子就爬上来了:"所以啊,您得放我回海山去。"

钟立达笑着说:"你小子,别跟我耍滑头。你别忘了,管委会是管宁州港和海山港的委员会,你就算回到海山,也是归我管。"

梁云霄也笑:"您这话说得太对了。主任,我无论到哪儿都是您的兵,项目启动,您一声令下,我又回来了不是?主任,去年我们去了全球那么多港口,说实话,国际港口的发展日新月异,我们的宁州港也好,海山港也罢,跟鹿特丹港等等那些相比,在硬件设施、港口管理、港口运营、金融结算等方面都有差距。主任,时不我待啊,我在这项目组闲着,只会浪费大好时光。有这个时间,我不如回海山去,琢磨一下江海联运、港口码头自动化升级改造、现代化管理的事。"

钟立达思考了一会儿,叹口气:"你留在港口管理委员会,也不影响你去海山港调查研究、技术革新嘛。"

"那不一样。我在管委会,以什么身份参与海山港技术改造?海山港的人会让我进行技术改造?主任,凤凰湾二期项目要是明年能开工,我留下来没问题。可问题是,按目前这个情况,凤凰湾二期项目能不能开工,您都保证不了吧?"

钟立达也觉得,就目前管委会的处境,他没法说服梁云霄。可钟立达有钟立达的办法,梁云霄是个宝贝,人都进了管委会,谁再把他放回去,谁就是傻子。

宁海楼春节前曾经找过钟立达,反对李子木和宁嘉南作为后备干部进入宁州港。同时,他向管委会和宁州市委组织部提出,要调梁云霄来宁州港任副总,分管基建和技术两个部门。

宁海楼的心思钟立达也明白,他对未来深水集装箱码头群的项目建设不放心。宁海楼跟钟立达相识共事多年,彼此算是很了解。总的说来,宁海楼算是为数不多的优秀国企干部,他业务精湛,思路开阔,能力很强,人也很干净。宁州港近几年发展速度很快,国内外排名不断提升,省、市领导都很满意。曾经一度,宁海楼否掉了北方钢铁集团插进宁州湾项目,周晓乙又弄进来一个山水集团。为此,两个人的关系变得很拧巴。

周晓乙曾为顺利推进宁州湾新区发展,找过钟立达和厅里的领导,甚至找过省里领导,坚决要求换掉宁海楼,拿掉宁州湾新区发展的绊脚石。钟立达和省厅领导坚决反对,省里领导也不同意。宁海楼在宁州港和东海港口系统中威望很高,省领导和宁州市委领导对他也很器重。

钟立达很清楚,宁海楼不放心宁州湾项目,主要原因不在他跟周晓乙之间的分歧,他是不放心宁嘉南。钟立达对宁嘉南的专业能力还是认可的,可对他能否担负起这么大的项目,心里也打了个问号。宁嘉南进来的时候,履历上写了参与北欧几个港口建设的情况。可那些港口项目主要的负责人是尼德,他充其量是尼德的助理。

宁嘉南和姚子期离婚的事,也让钟立达有些不舒服。在欧洲考察的那段时间,钟立达就隐约觉得这对小夫妻之间出了什么问题,两个人表面装得很亲密,可细心的钟立达发现,他们在很多细节上都显现出了不和谐的端倪。姚子期对宁嘉南表现出来的亲昵是抗拒的,甚至是厌恶的。但这样的表现,他们刚出发时是没有的,所以一定是途中发生了什么事,而且问题还出在宁嘉南身上。姚子期申请调离后不久,钟立达就从姚江河的口中获悉两人离婚的事。当年在省厅,钟立达跟姚江河的关系胜过跟宁海楼的,所以,很多事情,姚江河不瞒他。

当初项目组调进来的三个人,钟立达其实最中意姚子期。她的性格有些像姚江河,有实力,不张扬,钟立达不喜欢花里胡哨的人。姚子期弄的那一套国际航运金融结算系统,算是管委会成立以来能说得上的成绩,然后就是梁云霄的凤凰湾一期项目。而一期项目的招商引资,姚子期功不可没。

整整一个春节,钟立达心里一直在琢磨着宁嘉南和宁州湾项目的事,想得有点脑壳疼。这半年多来,他看了两个项目的所有资料,比较了又比较,最后得出结论:宁嘉南不如梁云霄。

假期最后一天,徐正生也给钟立达打了电话,希望梁云霄回到海山港担任副总,负责基建、技术、金融三大块,尽快促成国家江海联运中心枢纽综合港项目的落地。越是这样,钟立达心里就越是对梁云霄不舍。

昨晚,钟立达苦思冥想到深夜,想出了一个办法:把梁云霄提到省港务局综合处副处长的位置上,同时让他兼任主任助理。梁云霄有了这样的身份,就可以兼顾宁州和海山两港的工作。项目组成立工程监理组,管委会也可以成立一个技术革新委员会,梁云霄都可以兼职,随时可以监理宁州湾项目的施工情况,主导两个港口的技术革新。

早晨一上班,钟立达就跟厅长进行了沟通。厅长同意了他的意见,把方平调回港务局,拟调梁云霄任省港务局综合处副处长兼任宁州—海山港口管理委员会主任助理。

钟立达之所以跟梁云霄绕了一大圈,就是想听一下梁云霄的想法。这小子回海山的想法是真的,也很强烈,但最主要的想法是想干事、干成事。钟立达是从他们这个年龄过来的,知道梁云霄想建功立业的愿望十分迫切,于是就把他的想法和决定跟梁云霄说了,让梁云霄一听愣在当场。

钟立达说:"方平你是知道的,去你们海山港做董事长的时候就是综合处副处长的位置,那时候他很年轻,但也三十六岁了。你才多大?三十岁生日还没过吧?你在副处长的位置上干个两三年,最多四年,你师父姚江河跟你大伯宁海楼也到了退休的年龄了,你接任何一个位置都顺理成章。小子,我是看好你的。"

钟立达见梁云霄仍在犹豫,故意吓唬道:"我今天是代表省交通运输厅党组跟你谈话,你要敢撂挑子,就是对抗组织。"

说完,他还拍了拍那两尺多厚的资料:"把这些东西收回去。另外,你把这个情况跟你师父和你大伯都说一声,他们想从我这儿挖人,没门儿!抱着你的东西,滚蛋吧!"

梁云霄抱着沉重的资料出了钟立达办公室的大门,有些失落,也有些茫然。回到办公室,他好久没缓过神来,找了个僻静处,先给姚江河打了个电话。姚江河听完,长叹一声:"看来,这海山你想回来,是有难度了。副处能落实,也是进步。钟立达想让你介入宁州湾项目,这池子浑水,你一脚插进去,呛死的可能性很大。不过话说回来,有一弊就有一利,江海联运中心枢纽综合港口的事,你是能说服和影响钟立达的。实在不行,你就干吧。"

挂断姚江河的电话,梁云霄又打给了宁海楼。宁海楼听完之后倒是很高兴,说:"钟立达终于干明白了一件事,找一个明白人给他做参谋。这样,电话里聊这事不方便,小梁,下班后,我们去那个小菜馆喝一杯。"

梁云霄能感受到电话那端宁海楼的兴奋和喜悦,这可能是他春节前后几个月里最开心的一件事了。

2

宁州菜馆傍晚的客人不多。宁海楼先到,点了四菜一汤,两坛子黄酒,一坛子已经煮了冷储的青梅。梁云霄来得晚一些,下班后,他开车去医院接了产检的宁霞回家,然后才步行匆匆赶来。宁海楼先让梁云霄喝黄酒暖了暖身体,然后一边喝着酒、吃着菜,聊起了钟立达说的这件事。

"首先可以肯定,这件事对你来说是好事。这样你就能利用这个平台,干成一些你想干的事。另外,宁州湾项目监理的事,你也可以名正言顺地帮我了。"

宁海楼很高兴,如释重负。

梁云霄仍心存顾虑:"根据我对大哥的了解,即便我被委派到了监理组,怕是也很难制约他。更何况,因为子期的事,他看到我像看到仇人一样。"

宁海楼说:"你别管他愿不愿意,这是工作,影响宁州港百年大计的工作。另外,现在负责这项工作的人是陈奎。陈奎你应该熟悉吧,他现在也是副总,我的徒弟。"

梁云霄点了点头。宁海楼的工作能力,他是知道的,向来未雨绸缪,杀伐果断。

宁海楼叹了一口气说:"终有一天,他会明白你我的苦心的。"

梁云霄苦笑:"大伯,我说句话,您别生气。"

宁海楼说:"小梁,我知道你想说什么。你为他做的一切他都不认可。别说是你,连我,连他妈妈、他爷爷为他做的一切他也都不领情。他就是一个傲慢的、狂妄的、不可一世的、以自我为中心的自恋狂。"

梁云霄笑了,因为宁海楼的定义很准确。

宁海楼苦笑着说:"死马当活马医吧。他要真是那匹死马,我也有埋他的义务,对吧?"

宁海楼的话都说到这地步了,梁云霄也只好笑着点了点头:"大伯,若是我的任命真的下来了,您先把宁州湾的所有资料都给我,我们先按规划设计推一遍。说实话,我对项目一组的情况是一无所知。"

宁海楼说:"好,我明天就让陈奎带着全套资料去找你。"

梁云霄说:"我去找他吧,我实习的时候还叫他师父呢,怎么好意思让他来找我。拿到资料后,我先看几遍,必要的话,我会让罗教授也看看。最初的设计有很多尼德教授的东西在里面,我出国看了一圈,尼德教授的设计很完美,也很有想象力,但我觉得,深水集装箱码头在吨位和堆场吞吐量上不能太保守,要充分考虑江海联运真正实行后,长三角入港货物量剧增的情况。另外,码头岸桥、栈桥,还要为未来自动化设备留足空间。"

宁海楼点了点头:"这才是我担心的。"

两个人一边喝酒,一边聊着宁州湾项目的事。梁云霄突然笑了,对宁海楼说:"也许,钟主任也就是这么一提,厅党组能不能通过,我能不能当上这个主任助理还两说。"

宁海楼很自信:"钟立达比你着急。他负责管委会的时间不短了,没有什么成果,过几年得不到晋升,他的年龄也就到线了,若是港口一体化再没有什么起色,他就得退。可眼下,虽然国家大环境很好,什么宁州、海山两港是长三角经济的风暴眼,是国际化城市海都的两翼,东海港口一体化战略进展缓慢,肯定扯后腿。所以,钟立达很想破局,他成立了项目组,想真正统筹东海两个大港的发展。可理想很丰满,现实很骨感,宁州是全国计划单列市,是副省级城市,他统筹起来会很难。海山因为地理位置特殊,很多大项目都是省里或国家部委计划安排的大战略,他更难插手。接下来,他仍然会抓着这两个大项目不放松。宁州湾的项目虽然有些变化,但总体落地是没问题的。只要项目能像凤凰湾一期工程那样顺利投产,他就是大功一件;海山港你提出的江海联运中心枢纽综合港口战略能落地推进,他就能锦上添花。如果我没猜错的话,你的任命可能这两天就会到。我这儿急着要你,徐正生可能也在追着钟立达要人了,钟立达可知道什么叫夜长梦多。"

话音未落,钟立达的电话来了,要梁云霄这个周末随他一起去东海,周一厅党组会议任命一完,要找他谈话。

宁海楼说:"你看,他迫不及待了。"

梁云霄对宁海楼对官场之事的准确判断十分钦佩。

宁海楼又问梁云霄:"厅长找你谈话,你知道该怎么说吗?"

梁云霄摇摇头。

"厅长姓孙,刚从副厅长晋升上来,钟立达就是他当时最强的竞争者,所以两个人关系不是太融洽。他年龄有些大,干满这一届,很可能也就退了。人无欲望,就会求稳,这一届结束,他能平安着陆,就是人生赢家。这个时候,越是干技术的人,越不想冒险。你是钟立达的助理,钟立达要的不仅是能干,还有忠诚。方平就是个例子,他一来宁州就跟着周晓乙走了,你看着吧,周晓乙要是回不到省里,方平的下场会很惨,回到厅里,怕是连个处长的实职位置都难安排,可能要以正处级调研员身份熬到退休了。这就是官场。"

梁云霄搞不明白,官场上原来还有这么多的忌讳。

宁海楼说:"小梁,副处级是官场的一道分水岭,要想走仕途,很多事就不能由着你的性子来。"

梁云霄一脸悲观:"那我还是专心做事好了,仕途我可能走不来。"

宁海楼笑了:"没有位置,谁给你事做?你做不了主,就做不成事。比如你说的港口自动化升级改造,比如你说的江海联运中心枢纽综合港口项目,没有其位,难成其事。"

梁云霄又为难了。

宁海楼给梁云霄夹了一块鱼:"好了,跟你说那么多,你一时半会儿也消化不了。慢慢想,慢慢学,谁也不是生下来就会做事、做官的。"

梁云霄点了点头:"大伯,我问您一句话,您别生气。"

宁海楼一笑:"你又不是外人,我不生气。"

梁云霄问道:"我师父说,您会做人、会做事、会做官,是宁州港的不倒翁,您是怎么做到的?"

宁海楼接着一笑:"你师父可能说得更难听,说我做人圆滑、做事算计、做官钻营吧？"

梁云霄尴尬一笑，没有回答。

宁海楼在鼻子里哼了一声："我就知道他嘴里说不出我的好话来。你也是这么认为的？"

梁云霄低下头："不，我没有。"

过去，宁海楼是给梁云霄这样的感觉。可经过这么长时间的接触，他越来越觉得师父对宁海楼的评价有失公允。在他眼里，宁海楼待人诚恳、做事公允。只是他待人接物、处理事情和上下级关系的方式跟师父相比，是另外一种风格。

宁海楼说："人活一世，只要自己活得有底线，别人怎么说，我从来不在乎。宁州港是几千人的大港，比海山港要处理的关系、矛盾多了去了，遇事都去撞一头包，我还活不活了？"

两个人喝干了酒，打包了未吃完的菜，起身准备回家。

梁云霄犹豫了好一会儿，才不好意思地对宁海楼说："大伯，我想求您给宁霞调个岗。宁霞有宝宝了，我怕她上吊塔有危险。"

宁海楼又惊又喜又责怪地说："你怎么现在才告诉我？"

梁云霄说："宁霞不让我告诉您。"

宁海楼气恼地说："这个宁霞，一定是舍不得她每个月那几百块高空作业补贴。这事你别管了，调，我这就跟码头说，把她调到操作楼上去。"

梁云霄一身酒气地回到家，宁霞问宁海楼找他什么事，他就把钟立达要推荐他做副处长兼管委会主任助理的事说了。宁霞心里很高兴，这下，梁云霄不仅升职了，人也可以待在宁州了。可是宁霞很了解梁云霄，凤凰湾凝聚了他太多的心血，也承载着他的梦想，他回不了海山，心里肯定不高兴。于是宁霞惋惜地说："很可惜，你回不了海山了。那你怎么跟徐副市长和你师父说？"

梁云霄说："我跟师父打过电话了，师父说这个差事可以干。"

宁霞就说："只要你做得舒心，我都支持你。"

梁云霄就从后面抱住宁霞："我就怕以后会更忙了，照顾不了你。"

宁霞嗔怪地打了他一下："我要你照顾？你只管做好你的事就行了，我还早着呢。今天去上班，别人还都看不出来。"

"大伯说会给你调岗,吊塔你不能再上了。"

"没事,医生说,多活动,将来生的时候不作难。"

"那也不行,我恐高,我的孩子肯定也恐高。你得听我的,你说你怀着孩子,还在几十米高的吊塔上工作,我在外面怎么能放心?你要是不听我的,明天东海我就不去了。"

"你明天要去东海吗?"

"说是厅长可能要找我谈话。"

"那你升职的事情是定下来了?"

"可能是吧。"

宁霞掰开梁云霄抱着她的手说:"我去给你收拾东西。"

梁云霄抱着宁霞不让她走,黏在她身上说:"你不答应我,我明天真的就不去了。"

宁霞说:"好,我答应你。"

梁云霄捏了一下宁霞的耳垂:"这样才乖。"

宁霞心疼地说:"不上吊塔,我一个月少拿好几百块钱呢。"

"为几百块钱你委屈了我们的孩子,那可不划算。"

"还没生下来,就开始向着你的孩子了。"

"那是我们的孩子好不好?"

3

孙厅长跟梁云霄的谈话很短。他几次提起了宁州、海山两港未来发展的问题,梁云霄都没接茬,只是认真地听、不停地记。很快,孙厅长把话题岔到了跨海大桥上。梁云霄说了大桥开通后,海山人的变化和感激之情。孙厅长很高兴,对梁云霄提了要求,就开始忙其他事情,梁云霄便退出门去了。

回宁州的路上,梁云霄开车,钟立达在后面接了孙厅长的电话。梁云霄的耳朵很灵,能大概听到孙厅长说的话:"这个小伙子很踏实,很适合做你的助理,只是他也没你说的那么优秀嘛。"

钟立达哈哈笑了："他是见了您,人拘谨。他还年轻嘛,需要学习成长。他跟我说了,厅长高屋建瓴,听您一席话,思路大开,会好好学习,好好领悟。"

听到孙厅长也在电话里哈哈笑,梁云霄知道,宁海楼算是号准这两个人的脉了。他不由回想起当初给姚江河做助理时的情景。那时候,他们之间的关系,是建立在姚子期跟他的同学关系,以及他跟姚江河的师徒关系的基础之上的,所以,可以做到知无不言、言无不尽。而且,姚江河是技术型的领导,两人的性格也有些像。现在,他跟的是钟立达,就完全是两回事了。

司机小秦把车开到项目组的院子里,梁云霄帮钟立达拎着水杯和公文包,跟着他进了项目组的办公室。

身份转变得太快,梁云霄还有些不太适应。好在他给姚江河做过一段时间助理,也目睹了大刘跟在徐正生身后的情形。依葫芦画瓢,很快进入角色。

钟立达跟方平谈了一次话,让他明天就回港务局工会报到,他的新职位是港务局工会副主席。方平没有一点思想准备,谈话时很有情绪,直言管委会就是个坑,谁跳进来也不会泛出水花,根本就没出成绩的可能,厅里这样对他很不公平。钟立达很恼火："不公平?我顶住压力让你到海山港任职,再派你来项目组主导两个国家级的大项目,也都是坑?我给你机会了没有?"

方平仔细想想,钟立达确实给了他很多机会,他从普通办事员到科长、副处长、处长,再到大港的总经理、董事长,都是钟立达给的,可他让钟立达很失望,所以现在人家不想给了。想到此,方平懊恼地走了,临走时看了一眼梁云霄。他知道,从今以后,钟立达能给的机会,是梁云霄的了。

钟立达要梁云霄召集项目一组到会议室开会,讨论宁州湾项目筹备开工的事。宁嘉南带着项目组的几个人以及预算组的赵姐很快就到了。会议室里,他看到宁州港的副总陈奎带着三个人也在,觉得很奇怪。

陈奎正在跟梁云霄叙旧,看到宁嘉南进来,就跟他打招呼,宁嘉南也象征性地回应了他一下。宁嘉南对梁云霄参加项目一组的会议也感到奇怪,怪话刚要出口,钟立达进来了。钟立达在会上宣布了厅里对梁云霄的任命,同时宣布监理组成立的事。宁嘉南脸色顿时变了,盯着钟立达,像是在质问他什么意思。钟立达注意到,微笑了一下,说："建设宁州湾集装箱深水码头是东海港口的百年大计,我们必须未雨绸缪,做好每一个环节和细节。这个项目不允许出事,也不能出事。让二组的梁云霄同志加入进来,主要是他刚做完凤凰湾一期项目,项目做得不错,赶超了国际同行。我希望嘉南不要有其他想法,大家齐心协力,把项目做好。"

钟立达说完这些就宣布散会了,看到情绪有些失控的宁嘉南,就对他说:"有问题,到我办公室去说吧。"

宁嘉南跟着钟立达进了他的办公室。

宁嘉南问钟立达:"工程监理组能不能换?"

钟立达回答得很干脆:"不能!"

宁嘉南退而求其次:"梁云霄能不能退出?"

钟立达的回答仍很干脆:"不能!"

宁嘉南很恼火,赌气说:"那这个项目我就没必要做了。"

宁嘉南的一些表现,曾让钟立达觉得他不成熟。可听到他此话一出,钟立达觉得他不是不成熟,而是幼稚。这么大一个项目,他竟然因为有不喜欢的人进了监理组,就放言不做了。钟立达很生气,但还是微笑着说:"话想好了再说。你把刚才的话再重复一遍。"

宁嘉南说:"如果您让梁云霄进来,那这项目我不做了。"

钟立达皱着眉头,看了一眼宁嘉南,说:"那好,你的想法我知道了,你可以走了。"

宁嘉南顿时愣住了。他不知道钟立达这句话到底是什么意思,站在钟立达的办公室里,走也不是,留也不是。

钟立达看他很愚蠢地站在那儿,更清晰地表达了自己的意思:"你不做了,写个申请来,我批,你走人。"

宁嘉南不知道钟立达对他的态度为什么转变得这么快,他的大脑一片空白,郁闷地离开了钟立达的办公室,来到院子里。冬日的阳光照在玻璃窗上,明晃晃,宁嘉南一时间不知道自己该干什么了。他缓了缓神,打开车门,启动引擎,狠踩了一脚油门,出了项目组的院子。路上,宁嘉南给李子木打电话说想见周晓乙。李子木说:"副市长在开会。"宁嘉南就转而说:"我要见你,马上。"

在市政府对面的茶社,宁嘉南见到了匆匆赶来的李子木。管委会项目组的事,李子木从方平那里已经知道了。方平从钟立达办公室出来就去见了周晓乙,这个变化来得突然,周晓乙也无能为力,方平是十分沮丧地离开宁州的。

宁嘉南把项目组刚发生的事跟李子木一说,李子木就苦笑:"我去宁州港的事也泡汤了,原因是你爸不待见我。看来,我们还是小看了梁云霄那个憨憨。"

宁嘉南情绪很低落:"我想了想,实在不行,我就回欧洲,老子不伺候了。"

李子木一听,着急起来:"嘉南,你一走,梁云霄分分钟接你的盘子,那你所做的一切都为他作了嫁衣。"

宁嘉南嗤之以鼻:"我的东西,他接不了。"

李子木笑了:"那个憨憨,没有他接不了的。"

李子木的意思是说他曾经追过的姚子期和宁霞,一个是梁云霄的前女友,一个是他的妻子。

宁嘉南瞪了李子木一眼,李子木慌忙转移话题:"我的意思是说,你不能就这么轻易放弃。是,你在欧洲有退路,香车美女入豪门。可你回国一趟,不在宁州留下一部鸿篇巨制,就这么灰溜溜走了,不好看,也不好听啊。你的项目,该做还是要做。管委会做不了项目的主,资金是宁州和山水集团投的,项目是你主导的,他不就一个监理吗?"

宁嘉南说:"我讨厌见到他,更不想跟他一起工作。"

李子木说:"这事你少安毋躁,我尽快跟周副市长汇报。你不能意气用事,宁州湾项目咱们兄弟可以做点事,山水集团的水泥、北方钢铁集团的钢材,周副市长都已经应允人家了,你要是撤了,很多事可就不好办了,你也不想就这么光着屁股回来,再光着屁股回欧洲去吧?"

4

时光飞逝,转眼宁州湾深水集装箱大港码头群动工三个月。

梁云霄考虑到宁嘉南的情绪,跟钟立达商议,明面上还是把他的名字从监理组的名单上拿下来了。陈奎担任了监理组的组长,从宁州、海山港基建科抽调了四名工程师,跟施工单位的人吃住在一起。陈奎是宁州港派出的人,宁嘉南无可非议。梁云霄以管委会主任助理的身份在夜里跟陈奎商议工程细节,宁嘉南作为项目经理,每天坚持朝九晚五,不加班,不熬夜,梁云霄晚上出现在工地上,他根本就不知道。

施工单位是山河航运集团,也是凤凰湾一期工程的施工方。经理姓马,是梁云霄的老朋友,梁云霄称呼他老马,或者马兄。

马经理很难适应宁嘉南的高压和强势,每次开会满嘴理论,还不时冒出英语,遇到问题,总是把责任归咎到施工方,嘴上挂着"不专业""愚蠢""没脑子"和"我们欧洲施工团队"如何如何。老马被骂得崩溃,跑来找梁云霄诉苦:"这工程真是干不下去了,遇到猪一样的项目经理,我真想打他一顿,然后辞职算了。"

梁云霄笑着劝马经理:"马兄,你这样就更不专业了。专业的施工团队要跟项目经理打成一片,你要多请示,多汇报,多向他请教经验,一切按照他说的办。只要你的人在干活,他就不能闲着,你把他的指示都记下来、写下来,要他签字。他骂你又不少一块肉,出了问题,板子打在他的屁股上。"

马经理笑道:"这个办法好!我全天候问候他,他想朝九晚五,门都没有。"

梁云霄又一脸严肃地说:"不过,工程质量你得给我盯紧点,遇到问题,及时跟我沟通。深水大港,百年大计,你可不能开玩笑。"

马经理拍着胸脯说:"这个你放心,我们是国企,品牌的口碑第一,质量我不敢含糊。只要你不嫌烦,工程进度和工程问题还跟凤凰湾一样,我每天都会发一份报告给你。"

梁云霄说:"那就好。这才是我的朋友老马。"

梁云霄请马经理吃了一顿夜宵,二人喝个半醉,各自回去睡觉了。

此后无论何时,但凡碰到一点大事小情,马经理都会请宁嘉南去现场。宁嘉南仍然喋喋不休地骂,马经理也不生气了,轮流让副经理、班组长去请教"专业"的宁嘉南,宁嘉南烦不胜烦。

工程每天的进度都会出现在梁云霄的手机上,所以,宁嘉南报给钟立达和宁海楼的情况总是滞后的,钟立达就越来越喜欢梁云霄这个助理。海山国家江海联运中心枢纽综合港口的修改方案,梁云霄完善之后,跟海山方面进行了几次专家论证,也日趋成熟。钟立达去工地看了几次,便返回省城了。他还分管着航务局,有一大堆事情等着他回去处理。

夏天转瞬就来了。这个夏天,宁家最大的一件事就是宁虹高考。

宁虹最近一段时间显得有些焦虑,夜里总是做梦,梦到题不会做,交了白卷,醒过来吓出了一身汗。她还会梦到跟姐姐一起去潜水,在大洋深处溺水了,这确实是她小时候曾经发生过的事。梁云霄怕宁虹的心理又出问题,去咨询医生,医生说解决问题的钥匙掌握在病人自己的手中,如果病人自己能破了心中的壁垒,那就没问题。

刚好高考前碰上三天端午假期,梁云霄又向钟立达请了三天假,说是要陪小姨子高考。钟立达笑着说:"你这姐夫当得够可以的。"

梁云霄赶紧解释了岳父家的情况,钟立达听了很感动,说:"那是应该请假。反正下周就上四天班,你都休掉好了。祝你小姨子考个好成绩。"

梁云霄骑着摩托车去接宁虹放学,回来的路上经过一段沿海公路,见车不多,他就问宁虹想不想飞一次,宁虹兴奋地点了点头。梁云霄右手把油门拧到底,摩托车嚎叫着一路狂奔。宁虹上身穿了一件很长的红色防晒衣,风把衣服的下摆吹起来,像是一道红色的闪电。戴着头盔和护膝的宁虹紧紧地抱着梁云霄的后背,一路疯狂地尖叫着:"我飞起来了,我飞起来了!"

宁虹紧张的心情得到了缓解,回到宁家老屋,梁云霄就试探着问她敢不敢去潜一次水。宁虹一愣,继而说:"怎么不敢,你去,我就敢。"

梁云霄说:"那就说定了。"

宁霞坐在门口等梁云霄和宁虹回来,宁虹一见到她,就问能不能跟姐夫去外公那边潜水。最近一段时间,宁虹叫梁云霄的称呼有些乱,一会儿"姐夫",一会儿"梁哥",一会儿"我哥",总之不再叫他全名了。

宁霞却说:"不能。这两天你就待在家里,不能随便吃东西,也不能去做危险的事情。这两天你别出么蛾子,出了事,会后悔一辈子的。"

宁虹一赌气,回了自己房间。宁霞为了看住宁虹,决定晚上住在老屋,她不想临门一脚还出事。梁云霄却觉得宁虹跟其他的孩子不一样,这会儿就是要激发她的激情和活力,增强她的自信心,就劝宁霞让自己带宁虹回一趟落叶岛,宁虹既然想潜水,索性就满足一下她的心愿。宁霞经不住梁云霄的软磨硬缠,最终还是答应去月塘湾住一晚。梁云霄就想着,可以借贾山的豪华游艇一用。

正巧这时贾山打来了电话,说他从东海交大航运物流专业挖来的研究生小庞,领着力学系、材料系的几个本科生,研究出来的二十万吨承重标箱样品正式出厂,还获得了国家质量认证。明天,贾山准备给这伙年轻人开庆功会,给小庞的团队奖励二十万元,给小庞个人奖励十万元。

梁云霄没想到小庞他们这么快就出成绩了,很高兴,决定明天带着宁虹去参加山海集团集装箱厂的庆功会。年轻人是需要激励的,他觉得宁虹参加这个活动,肯定会对她起到激励作用。

宁霞想了想,也觉得这样的活动好:"知识改变命运,这一点很重要,十万块钱的奖励,我们两个得下几十次海才能捞出来。"

梁云霄对宁霞说:"你去跟宁虹说一声,就说你想明白了,这两天满足她的一切愿望,前提是她每天晚上必须好好睡觉。"

宁霞说:"你怎么不去说?"

梁云霄说:"你得让她明白,咱们家,你说了算。"

宁霞笑了,知道梁云霄这是要改善她们姐妹之间的关系。

宁虹得到消息,高兴得搂住宁霞的脖子高呼万岁,弄得宁霞肚子里的胎儿也兴奋了起来,不停地在肚子里跳舞。宁虹抚摸着姐姐的腹部,感受着另外一个生命的跳跃,觉得很神奇:"姐,等你的孩子生下来,我一定像你亲我一样亲她。不,像你亲我加十倍去亲她。"

宁霞听了,心里无比甜蜜。

宁虹又问:"姐,这两天你能不能搂着我睡?"

宁霞腹中的胎儿又动了起来,宁霞说:"你看,她在嘲笑你,说小姨马上就要上大学了,还让人搂着睡,真是羞羞。"

宁虹的脸热起来,推着宁霞出门:"你出去吧,快出去吧,羞死人了。"

宁霞看着宁虹上了床,为她关掉灯,说:"好好睡觉,好好考试,她会为你骄傲的。"

5

太阳刚出来,贾山带着船员,亲自开着游艇来接梁云霄、宁霞和宁虹去海山。宁虹上了驾驶台,让船员教她开游艇。阳光刺破云层,照耀在波浪翻滚的大海上。看着白色游艇劈波斩浪地疾驰在苍茫大海上的情形,宁虹孩子般地呼喊起来。

梁云霄、宁霞跟贾山坐在阳光茶舱里喝茶聊天。贾山的集装箱厂,梁云霄给起了个很响亮的注册商标名字,叫"山海国际标准集装箱厂"。贾山一边喝茶一边跟梁云霄商议,想把集团公司的名字也改了。梁云霄说:"那就叫山海国际航运集团。"

贾山很兴奋,一拍大腿说:"就叫这个,好记、大气、上档次。"

宁霞笑了,问:"这里面还有没有我的股份?"

贾山毫不犹豫地说:"有,当然有,必须有。百分之十五,公司刚成立那会儿就上了法律文书的。"

宁霞抚摸着肚子说:"小米粒,你听见了,舅公说我们家的股份有百分之十五。"

他们给肚子里的孩子取名小米粒,意思是大富大贵的人生下来好养,一粒米就够了。

宁霞腹中的胎儿动了一下,宁霞便半真半假地开玩笑:"小米粒,你要做证哦,到时候舅公要是不给我们股份,我们就跟他打官司。"

梁云霄笑了:"你教孩子点好的,别学得跟你一样,小财迷。"

贾山也笑了:"没事,孩子肯定没问题,遗传。"

三个人都笑起来。

山海国际标准集装箱厂的投产仪式和表彰大会办得很隆重,全厂五百多名员工集会,政界、商界、金融界都来了领导。徐正生和大刘也来了,徐正生还上台发了言,给足了贾山面子。贾山这次一点不抠,三十万元研发奖金采用现金形式发放,小庞和他的团队披红挂彩,上前抱着成捆的现金照了相。

宁虹坐在宁霞和梁云霄身边,看到这样的场面很激动。她悄声问宁霞:"姐,那些钱是真的假的?"

宁霞说:"当然是真的了。"

宁虹又问:"八爪鱼什么时候这么大方了?"

这是她们姐妹俩给贾山取的外号,意思是见到钱吸住了就不松手。

宁霞解释:"听你姐夫说,那个小庞带着团队研发了一种集装箱,能让舅舅发大财。"

宁虹的眼睛亮了:"那八爪鱼欠我们的钱什么时候还?"

宁霞笑了笑,指着在台上发言的贾山:"要不你上去问问他?"

宁虹气愤地说:"问也白问,他有钱也不还。等我大学毕业,自己挣。"

她说着又开始赞叹小庞和那些年轻人:"他们那么厉害,弄个破箱子都能挣这么多的钱。"

梁云霄听着姐妹二人的聊天,知道宁虹被刺激了,就告诉她:"那可不是简单的箱子,用的是力学原理、特殊材料,二十多吨的承重不变形。"

宁虹说:"我当然知道了。那些人是从哪儿来的?"

梁云霄说:"我从东海交大请来的,那个小庞是航运物流专业的研究生,你以为呢?"

宁虹沉默了。梁云霄跟宁霞相视一笑。

徐正生在贾山的小会客厅跟梁云霄聊了一会儿,梁云霄表达了对这位师兄的歉意。徐正生却笑着说道:"说句套话,革命干部一块砖,哪里需要哪里搬,说不定哪一天我也得离开海山。去哪儿任职不重要,重要的是我们追寻梦想的脚步没停下,我们的事业没停下。你看,你为贾总出谋划策的这个标箱厂就是个开始,海山就需要这个,出手就是国家标准、国际标准。

"我们的国家江海联运中心枢纽综合港口项目也在筹备,保税区、自贸区都在筹备嘛。过去,我们都认为省里成立的两港管委会就是个摆设,可事实上是不对的。我相信事在人为,你在那个位置,帮助钟主任、影响钟主任,就等于影响省里的领导。每个人认识事物都需要一个过程,领导干部也不是神,他们也是人,对不对?我们都是做下属的,就是要做好参谋,做好助手,跟我们的领导一起完善这个过程。"

徐正生良师益友般的一席话,让梁云霄感触颇深。果然不同的年龄、不同的职务,认识的高度就不同,理解事物的角度和深度也不同,考虑问题的方式方法更不同。梁云霄越来越觉得自己过往的种种行为不成熟、不理智、欠思考,也越发觉得徐正生已经是大领导了。他感动地说:"师兄的一席话,令我茅塞顿开,受益匪浅。等宁州湾项目一完,我就会向钟主任请示,跟罗教授一起扎到凤凰湾项目上来。"

徐正生起身说:"好,我等着你更大的惊喜。"

贾山把这次投产仪式办得很成功,梁云霄却一直对他没有好脸色。等宾客都走了,贾山赶紧凑近梁云霄,问:"我看你不高兴,是不是我又做错什么事了?"

梁云霄阴沉着脸问他:"这次活动,你怎么没去香港把颜总请来?"

贾山说:"集装箱厂没有跟他们发生财务往来,我觉得……"

梁云霄语气更冰冷了:"你是觉得这块蛋糕咱们做成了,大家都觉得很好吃,分给别人就不乐意了,对吧?"

贾山被猜中了心思,尴尬地笑了笑。梁云霄很气恼,转身去找宁霞和宁虹,准备离开。贾山追上来说:"你别生气,我错了,我改。"

梁云霄冷笑一声:"晚了。"

贾山低下头,意识到梁云霄说得对,这次他没请颜辉,的确是犯了个致命的错误。年初,梁云霄带着他去东海交大找到小庞的时候,曾经跟颜辉沟通过,颜辉很支持,说:"小梁,你看好的项目肯定没问题。你告诉贾山,如果缺钱,我投五千万元。"梁云霄当时就告诉贾山,这事要是成了,贾山要亲自去一趟香港,跟颜辉商量一下合资建厂的事。

从东海交大回来,梁云霄带着小庞和他的团队熬了三个周末,弄了一份方案和一份产业报告。徐正生看完报告后十分兴奋,不仅给贾山的公司批了地,还为他对接了海山银行。徐正生考虑到未来海山江海联运中心枢纽综合港口对国标集装箱的需求,断定这必定是个朝阳产业,就想把这个产业留在海山,做大做强,所以他希望本地的银行对这样的朝阳产业给予贷款支持,实现双赢。

贾山拿到土地和大笔银行资金之后,就觉得集装箱厂的生意跟香港长兴集团无关,尽可能跟外来资本进行股权剥离,实现独资控股,这样集装箱厂就是他个人的独资公司了。

梁云霄成为钟立达的助理之后开始繁忙起来,加之宁州湾项目开工,就没有顾上贾山的事。他没想到,国标集装箱的事,贾山竟然没跟颜辉说。法理上讲,这个厂,贾山确实没有用山海航运公司的资本,他可以成立任何公司。可他作为山海航运公司最大的股东和法定代表人,就撇不开跟长兴资本的关联。从情理上讲,贾山撇开颜辉,无疑是对他的不尊重。

贾山见梁云霄很生气,赶紧问梁云霄怎么弥补,梁云霄摇了摇头,继而长叹一声:"没法弥补!我估计过不了多久,颜大哥就会派人跟你彻底清算。如果他要售股结算,你必须想办法弄一笔资金。好聚好散,你们的合作可能要结束了。"

贾山疑惑地问:"山海航运还在给他们公司挣钱,会散吗?"

梁云霄肯定地说:"会,肯定会。另外,我纠正一点,你的公司不是为他们挣钱,是为你自己挣钱。别人不欠你的,别说得那么冠冕堂皇。"

贾山慌了:"那怎么办?他要清零,估计我得出一个多亿,那我这边就完蛋了啊。"

梁云霄厌恶地看了贾山一眼:"你完蛋不完蛋,跟人家颜总有什么关系?"

贾山用乞求的目光望着梁云霄:"小梁,你还得帮我。"

梁云霄一脸怒气地说:"帮不了。我说句话,你别不爱听。"

贾山一脸诚恳地说:"兄弟,你说。"

梁云霄摆摆手:"我们不是兄弟。从宁霞那边说,你是小舅。从我这儿讲,你是贾总。接下来我跟你说的话,你要记住。贾山,你变了,你已经不是当初那个跟我平分卖鱼款、给我买手机的大哥了。你的钱越多,生意越大,人就变得越小气,越不愿分享。你这样,跟张达有什么区别?可你能跟张达比吗?人家有不分享的资本和理由,因为他的公司起家,资本是人家自家的。你说,你有什么不分享的资本?"

贾山的脸火辣辣的,汗水都下来了。

梁云霄接着说:"宁虹说你是八爪鱼,伸出八只爪子把所有的好处都抱在自己怀里,就是不肯松手。就目前这个情况,这个厂子肯定会越做越大,以后做集装箱货船的配套也未可知。可是,就你这个秉性,你这个视野,做不成。"

贾山懊悔极了,他开始恨自己读书太少,目光太短浅。他拦住要走的梁云霄:"我这就去香港,负荆请罪。小梁,以后你说怎么办我就怎么办,我不打算盘了,行不行?"

梁云霄苦笑:"你根本不可能不打算盘。如果不是因为怕厂子被你搞黄了,辜负了徐副市长和大刘的期望,我是不会再管你的。"

贾山说:"对对对,徐副市长和刘区长确实给了大力支持,我听说,为了这块地,徐副市长把央企的大领导都给得罪了。这事干不好,是对不起他。你说吧,接下来该怎么办?"

梁云霄对贾山说:"本来我过些日子会去香港跟颜总商议,看怎么在海山下一步大棋,现在看来,算了。我今晚会给他发一封电子邮件,你现在就去香港找颜总。该说的话,我会跟他说明白,若是他愿意继续跟你合作,你们就接着合作,若不愿意继续合作,你就算砸锅卖铁,也要立刻给人家清算。"

贾山点头答应:"是,我这就买机票,立刻就去香港。只是陪不了你们去月塘湾了,我让小徐开游艇去。"

梁云霄说:"算了,旅游公司有船,你的船太贵,用不起。"

贾山一脸愁苦地说:"小梁,我知道我又让你失望了,让你生气了,可今天这船你得用,宁霞怀着孩子呢。"

贾山打电话叫来了船长,让他送梁云霄三人去码头,贾山的游艇已经停在了泊位上。宁虹高兴地上了船,梁云霄心里就算再不情愿,也只得搀扶着宁霞上去。宁霞觉察到他不高兴,他就把贾山没请颜辉的事跟宁霞说了。宁霞很气愤:"梁云霄,你以后要再管那个八爪鱼的事,我跟你翻脸。"

梁云霄说:"我倒是不想管,但这事做成之后能帮到海山港,帮到凤凰湾上百名渔民转岗再就业。"

宁霞愣住了。梁云霄在凤凰湾做项目部经理搞拆迁的时候就跟凤凰湾的渔民说过,以后有机会会弥补他们的。梁云霄是个言必信、行必果的人,他这么做也并不完全是为了贾山。

宁霞想到这里,有些心疼梁云霄。她突然发现,以前把一块钱都看得很重的梁云霄自从还清债务后,对金钱就没了欲望,工资卡都是交到她手上的。山海航运公司的股份,梁云霄也说不能要,只是想着等贾山哪天有钱了,可以把欠款收回。结果贾山的生意越做越大,但就是不还钱。

宁霞也明白,贾山这么拖着,就是想让梁云霄为他出主意、想办法。有好几次,梁云霄不想再帮贾山了,让宁霞放弃那些股份和欠款,但宁霞不同意,说那是贾玲给她们姐妹的抚养费,她必须得要。久而久之,山海航运公司的股份就这么延续下来了。

宁霞看着梁云霄的样子,终于道:"老公,我决定了,贾山欠我的钱我不要了,他们公司的股份我也不要了,你以后不要搭理他了。"

梁云霄有些无奈。眼下,他不理贾山还真不行。

6

月塘湾的海水比凤凰湾的海水变蓝得更早一些,今年似乎更早。宁虹跟在梁云霄身后,一根可以任意伸缩的绳子牵引着她。

海底的世界真的很漂亮,珊瑚、水母、形形色色的鱼群。水草像是一望无际的海底草原,鱼群在漂荡的草丛间穿行。两个人漫无边际地游着,像是驱赶羊群的牧人。

这是梁云霄从小熟悉的环境,宁虹却觉得很新奇,很陌生。东海已经很少有这样的海底了,长江奔腾上万里,冲下来的泥沙都涌进大海里。海纳百川,少有的胸襟。

这是宁虹第一次接触真正的海底,但她有很好的基础,水下的动作也很标准,这都是宁霞的功劳。刚开始,宁虹有些拘谨,小心翼翼地跟在梁云霄身后。

慢慢地,她开始想起宁霞教她潜水时的情景。

宁霞在海洋馆做过一段时间人鱼表演的舞蹈演员,教宁虹潜水时,也顺带教了她一些舞蹈动作,虽然时日久远,但宁虹还能记起来。她舞得很尽情,似乎忘记了身边的梁云霄。渐渐地,梁云霄松开了伸缩绳的挂钩,然后伏在一边,做宁虹忠实的观众。这片海域他太熟悉了,没有暗礁,一直在养殖扇贝、贻贝、大黄鱼、小黄鱼,被人称为海底牧场,只要氧气充足,宁虹可以自在遨游。

宁虹继续下潜,慢慢游向了水草尽头的深水区,那边的海水更蓝,像是暗夜的颜色。宁虹没想到海底的世界真的跟宁霞和宁海魁口中说的那么美好,身边的鱼儿成群地聚集在一起,像是窃窃私语,没有任何喧嚣,世界安静得让人无比舒畅。她仰面静静地躺在海藻之间,时间像是静止了,任凭十几米之上的浪涛在汹涌。

不知过了多久,宁虹翻转了身子,突然发现梁云霄牵着她的那根绳子已经不见了。她心里倏地一惊,四处寻找着梁云霄。梁云霄冲她竖起大拇指,示意她上浮。宁虹跟着梁云霄上浮出了水面,水面上波涛翻滚,宁霞正在远处的游艇上冲着她招手。

上了船,梁云霄递给宁虹一块浴巾:"其实你没有那根绳子,一样会潜得很好。"

宁虹觉得梁云霄在为她做心理建设。是的,这些年,宁霞一直就是她生命中的一根绳子。其实,这根绳子原本早就应该跟她的生活脱钩了。

第二次下潜,宁虹没有再让梁云霄系那根绳子。她下潜到了二十米以下的水底,还捞到了几个漂亮的贝类。再次上来的时候,她看到宁霞坐在梁云霄怀里,就爬上了船说:"你们秀恩爱避人一些好不好?"

宁霞说:"小屁孩儿,懂的还不少。赶紧去换衣服,今晚我们去观澜居一号烧烤。"

这次月塘湾之行,宁虹玩得很开心。潜了水,吃了烧烤,真正毫无拘束地肆意妄为了一次。她像是放下了一切,高考带来的压力像是一下子就随着海浪被带走了。

三天的高考波澜不惊地过去了,考完试,宁虹没跟人对答案,也没想着出去疯,而是踏踏实实地睡了一整天,醒来后,她没心没肺地对梁云霄和宁霞说:"我想去月塘湾给金子姐打个暑假工。"

宁霞还是担心她会偷偷去潜水,故意撒娇说:"我这几天身体有些不舒服,需要有人照顾。"

宁虹明白宁霞是故意给她出难题,嘟囔着说:"不想让我去就明说,别拿这个说事。不让去就不去吧,我来照顾你。"

整整半个夏天,宁虹就待在家里,做饭、拖地、洗衣服,陪着宁霞散步,像是一个照顾孕妇的小保姆。宁霞不由感叹:"我这是终于赚到回头钱了。"

第六章

1

台风黑鲸过境的当天下午,宁霞难产,剖腹生下了重五斤九两半的女儿小米粒。可是梁云霄不在,因为宁州湾项目出事了。

宁霞原本还有半个月才到预产期,梁云霄送她到医院做最后一次产检,医生说有要生产的迹象,梁云霄就提前办了住院手续。结果手续刚办完,施工方马经理的电话就来了,说因为台风,山水集团的码头岸基塌了,估计四号泊位也要废。紧接着钟立达的电话也来了,要梁云霄务必在一个小时内赶到工地,且没等梁云霄回复就挂断了电话。梁云霄再打回去,那边却一直占线。

项目出了大问题,此刻最着急的就是钟立达跟山水集团。宁霞在病房里看到梁云霄拿着电话心神不定的样子,知道工地的事情很棘手。虽然她对生孩子这件事感到很恐惧,但还是催促梁云霄赶紧走。梁云霄给宁虹交代了一些事情就走了,只是他没想到,自己刚到工地,宁霞就开始腹痛了。

暴雨倾盆,巨浪滔天。梁云霄带着马经理、陈奎几个人站在大海边的项目工地上,人差点被风吹到海里。狂风裹挟着豆一样的雨点灌到雨衣里时,梁云霄才发觉身上的雨衣根本不管用。雨水顺着他的身体开始往下流,他打开车门,顺手把手机扔到了车座上。他的手机已经不太好用了,若是泡了水,很快就会报废。

几个人很快开始检查、评估事故现场。宁州湾码头有五个泊位,四个集装箱码头的桥吊设备在台风过境时傲然挺立,钢铁巨物安然无恙,唯独山水集团的专属码头的桥吊设备因岸基坍塌,消失得无影无踪,码头上一片狼藉。

梁云霄带人把事故现场转了几遍,结合马经理的施工情况汇报,基本找准了事故发生原因:肯定跟深挖下去的三米港池有关。

雨太大了,海浪击打着岸基,有一丈多高。马经理拉着梁云霄进了车里,一边汇报着施工期间的情况,一边喋喋不休地为自己开脱责任:"当初我可是坚决反对专属码头的岸基不做力学实验就开工下挖的,这你也知道,可人家宁嘉南不听啊。人家是海归博士,理论一套一套的,你让停工,人家非要干。他还说,你们说好不再管山水集团专属码头的事了,不允许我听你指手画脚。那几天,他就盯在工地上,拿着他的图纸下的深挖命令。我把你的图纸和修改意见都给他了,他看都没看就扔在了一边。"

梁云霄心里惦记着医院里的宁霞,根本没心思听马经理聒噪。他打开手机,发现有许多宁虹的未接电话和短信,短信的内容无一不是说宁霞已经进了手术室,而且难产的。

梁云霄把马经理轰下车准备离开,却不料,不远处钟立达和宁海楼,以及山水集团的徐总等人冒着风雨匆匆而来。

2

钟立达望着一片狼藉的专属码头,不禁想:幸亏当初听取了宁海楼和梁云霄的建议,对项目进行了及时调整,不然,就宁嘉南这样的工作态度,这样一项浩大工程,不知道会弄成什么样子。没有比较就没有伤害,一次台风过境,让一个项目变成两种结局。

山水集团的徐总站在风雨中一脸阴沉,他没想到事情会弄成这样。他叫来了项目负责人小邱,让小邱尽快通知宁嘉南到现场来。结果,小邱联系不上宁嘉南。

徐总走到钟立达、宁海楼等人面前,心虚地问:"钟主任、宁总,接下来我们该怎么办?"

钟立达脸色一变，严肃地说道："徐总，你的话我得纠正一下，不是我们，是你们。"

钟立达很愤怒，也很直接。一场台风，山水集团专属码头的岸基没有经受住狂风巨浪的考验，竟然坍塌了，已安装完毕的桥吊设备坠入深海。投入几千万元的项目干成了这样，事故出得很低级，也很可笑。

其实早在两个多月前，负责质检的陈奎就发现，港池泊位浚深跟图纸设计的有三米多的误差。

山水集团的泊位靠着的岸基没有打桩，借势而为建设在陆基海岸上。理论上说，岸基建在陆基海岸上，远比打桩浇筑的岸基牢固。可是，宁嘉南忽视了岸基地质条件。马经理按照梁云霄说的，在施工时，事事都要向宁嘉南请示，就去建议："三米以下的岸基密度和硬度，跟三米之上的岸基密度和硬度会有差异，岸基的情况，一定要进行力学实验。"

宁嘉南骂马经理是吹毛求疵，偷懒不肯往下挖。马经理拿出图纸，说他只会按照图纸行事。宁嘉南见施工期间一直忍气吞声的马经理居然顶嘴，觉得这是在故意刁难他，两人不欢而散。

马经理后来去找了梁云霄，梁云霄打电话让宁嘉南尽快到工地上来，宁嘉南才解释说这个三米误差是他在跟山水集团商议之后做出的调整，山水集团因为要进水泥货船，泊位比隔壁的集装箱码头泊位深一些。宁嘉南认为，这是山水集团的专属码头，客户提出要求，就必须想办法满足。梁云霄却不这么认为，毕竟山水集团只是搭车，哪有搭车的让开车的更换座椅、改装车子的道理？宁嘉南不管这个，执意要改设计图纸，梁云霄就把事情告诉了宁海楼，宁海楼坚决不同意，说这样肯定会影响相邻泊位的施工质量。

宁嘉南带着山水集团的徐总与宁海楼进行了多次沟通和谈判，宁海楼表示他们若执意如此，宁嘉南就只用负责山水集团的专属泊位，宁州湾的四个集装箱泊位由宁州港的项目组接过来，而且，山水集团的港池不能影响集装箱标箱泊位的工程质量。宁嘉南自然不愿意，宁海楼就把山水集团专属码头的项目停了。

山水集团找到周晓乙和钟立达，要求专属码头按照他们企业的最新要求交工。钟立达召集梁云霄、宁海楼、宁嘉南和山水集团项目负责人小邱开会。李子木代表周晓乙参加了这次会议,会上,李子木转达了周晓乙的意见,希望宁州港方面在不影响宁州湾项目施工质量的前提下,给予支持。

钟立达用恳求的目光看了一眼宁海楼,说:"我基本赞同周副市长的意见,可前提是要保证宁州湾项目的质量和工期。"

宁海楼对钟立达的妥协很失望:"既然钟主任同意,我个人保留意见。说实话,这个项目一开始让人硬插一脚就是个错误,现在你们沿着错误的道路越走越远。联合港不是混合港,未来集装箱标箱码头的自动化升级改造怎么做,堆场没有纵深,泊位就是建到二十万吨,场地也摆不开。未来,我们还想在这地方建设自贸区、保税区,没有土地,那就是天方夜谭。老钟,终有一天,我们会为我们的短视付出代价的。"

钟立达也很无奈:"老宁,你这个时候说这个,还有意义吗?"

宁海楼说:"有意义,很有意义。我认为,我们不能在这条道路上越走越远,我的意见是,既然山水集团的泊位港池要再深三米,你们的码头,你们自己干。四个标准集装箱泊位,我们接手。小梁,这事你接过来,我必须保证宁州湾项目实现预期的生产指标,有更好的生产条件。"

宁嘉南当场怒吼:"你为什么不信任我?我就那么不堪?"

宁海楼很冷静,冷漠地看了他一眼:"你说对了,我就是不信任你。你不是不堪,而是不堪一用。"

宁嘉南起身想要离去,李子木把他摁在了座位上。

钟立达想了想,清清嗓子说:"嘉南,我认为宁总说的也有些道理,这样你就可以集中精力跟山水集团商议专属码头的建设。既然人家企业有新的要求提出来,我们就做好保障和服务。好了,四个标准集装箱码头的泊位、路桥打桩也接近尾声,我的意见是,梁云霄提前介入,跟宁总一起,做好设备、堆场的后期建设。这个港口,我希望能实现电气化、自动化,虽然中间出现了这样或那样的问题,但我还是希望它能成为东海诸港的一个标杆。"

宁海楼和梁云霄的目光一起看向了钟立达。原来钟立达最终的目的,也是想跟山水集团的专属码头实现彻底切割。

钟立达的最后拍板,让李子木、宁嘉南、小邱都感到十分意外。散会后,三个人迅速离开了,打算回市政府去找周晓乙商量对策。望着他们的背影,钟立达长叹一口气:"也算是亡羊补牢,为时未晚吧。"

对钟立达的这个最终决定最感到懊恼和沮丧的人是宁嘉南。项目快收尾了,梁云霄成了摘桃子的人,而他宁嘉南则成了山水集团专属码头的项目负责人。一路上,宁嘉南打电话用英语跟尼德教授发牢骚,李子木则是一边开车,一边怒骂钟立达卸磨杀驴。

周晓乙听李子木、宁嘉南汇报完会议的情况,沉思许久说:"既然已经这样了,那嘉南你就努力把山水集团的专属码头做好,做到让山水集团的徐总满意。至于日后山水集团跟港口的堆场分割问题,我会跟他们做进一步的协商。"

周晓乙的态度让宁嘉南颇为失望。当初他回国,就是冲着宁州湾大港的项目和斯兰特公司的超级堆场来的。他失去了那么多,结果被港口管委会给撂出来了,最终成了这么一个水泥厂的专属码头的负责人。宁嘉南捋了一下这几年来经历的一切,从当初的中外合资世界级项目,到斯兰特公司出局、北方钢铁集团合作失败,一点点演变成了现在这个样子,现实的骨感让他很是沮丧。

钟立达对宁嘉南在宁州湾项目上的表现十分失望。而事实上,项目从规划设计到开建,包括在整个建设过程中,宁嘉南并没有做多少工作。早期规划设计是由尼德教授完成,罗子坤带领专家组论证过的。宁嘉南进入项目组后,对项目进行了修改,后来加入的专属码头,只不过是由斯兰特公司主导的北方钢铁集团专属码头的一个变种。

整个工程施工期间,宁州湾的四个标准集装箱码头泊位,事实上是由梁云霄督导马经理完成的。梁云霄几乎每天都要跟马经理就施工细节进行讨论,每周都会向钟立达做一次汇报,工程现场,他去得比宁嘉南要多得多。钟立达后悔了,他检讨了自己在引进人才时的跟风和狂热,甚至猜测,当初引进宁嘉南来管委会,就是斯兰特公司和周晓乙的一个局。

钟立达此刻考虑的不是山水集团专属码头的问题,而是专属码头岸基的坍塌已经严重影响了相邻泊位的岸基,连接的路桥变形了,相邻的一排桩柱也出现了不同程度的扭曲,第四号泊位基本废了。

如此严重的工程事故,让钟立达怒火中烧,他没有理会一旁的徐总,而是望着梁云霄,想从他这里得到答案:"怎么办?"

梁云霄说:"主任,恐怕这个答案,我暂时给不了您。问题很复杂,我得亲自下水找出原因,做一份准确的事故报告和一份整改方案出来。"

钟立达看着阴霾的天空和仍然下个不停的雨,用嘶哑沉闷的嗓音问:"需要多长时间?"

梁云霄摇了摇头:"不知道。"

钟立达很焦躁:"那就立刻去做。"他对梁云霄今天的表现不太满意,梁云霄一脸愁苦、满腹心事、工作情绪不高的样子很反常。

钟立达训斥的口吻让梁云霄很不舒服,他毫不犹豫地回答:"现在不能。"

钟立达更恼火了,问:"为什么?"

梁云霄说:"我爱人在医院,难产。"

钟立达和宁海楼都一怔。宁海楼急切地说:"那你还待在这里干什么?赶紧回医院!"

钟立达的脸色舒缓过来,语带歉意:"对不起,小梁,是我不了解情况。去吧,赶紧去。"

梁云霄转身往车边走着,一路还能听到身后宁海楼怒声询问的声音:"宁嘉南找到了吗?让他赶紧滚到现场来!"

3

梁云霄是在路上接到宁虹报平安的电话的。风狂雨大,一路飞驰的梁云霄暂且把车停在路边,两只胳膊搭在方向盘上,长出一口气。此刻,他心里想得更多的是宁霞在产床上那几个小时的生死挣扎。作为丈夫的他本应待在她的身边,这是他一辈子的遗憾和愧疚。

梁云霄回到医院的时候雨下得小了一些,宁霞还没有醒,孩子因为早产,暂时在婴儿室观察。宁霞的脸色有些惨白,梁云霄把脸贴在宁霞的脸上,心疼的泪水滴落下来。守护在一边的宁虹很嫌弃："你这次祸惹大了,我姐生小米粒的时候不停地在叫你,你却连电话都不回。"

宁霞感觉到脸上滚烫的泪水,慢慢地睁开了眼。正好护士抱着婴儿进来了,放在宁霞身边,说："这孩子的嗓门可真是大,她这一哭,四五个婴儿就跟着她一起哭,将来一准当领导。"

梁云霄进门就只顾着看宁霞,这个时候才想到他们的女儿已经出世了。护士又递来孩子的出生资料,让他们给孩子取个名字。梁云霄想了想,望着窗外还没有停下的雨说："女儿的名字最好能包含我们的姓,中间再加一个字。加什么字呢……雨！对,你们说,叫她梁雨宁怎么样？"

宁虹想了想说："你还挺有文化,雨跟霞、虹都有关系,她还是大雨天生的。梁雨宁,好,这名字好听又好记,我同意,就叫这个。"

宁霞看了看宁虹,笑着说："我们的一家之主都拍板了,那就这么定了。"

宁虹一脸羞涩："姐,你又开我玩笑。我哪是一家之主啊,老梁才是。"

宁霞说："还行,还没飘到天上去。"

宁虹高考考了六百三十六分,过了第一批重点本科控制线,最近确实有点飘。

宁霞对梁云霄说："她前几天拿到了东海交通大学的录取通知书,说是要读你读的那个系。"

梁云霄问宁虹："你的第一志愿不是东海大学吗？"

宁霞说："这个死丫头,她自己做主把第一志愿改了。"

宁虹说："我想学好了再回到港口来,有什么不好？"

梁云霄笑了："没有什么不好。不过你可要想好了,上了船,可就不好下船了。"

宁虹说："你跟姐姐都在船上,我怕什么？"

宁霞也笑了："这下,爷爷在七十五岁生日上,总该有个笑脸了。"

梁云霄听到这句话,心情一下子沉重起来。

这段时间,对快要过生日的宁五洲来说,没有什么值得高兴的事,特别是姚子期给她刚出生的儿子取名姚遥。遥遥的后面是无期,这就是说,姚子期的儿子跟他们宁家不可能再有任何牵连。

姚子期坐月子的时候,宁五洲带着宁海楼和齐英两口子去了,可是姚四海没让进门,带去的东西也给扔出来了。从海山回来后,宁五洲就大病了一场。

夜里,小米粒睡着之后,梁云霄就把宁州湾项目事故的事跟宁霞说了,宁霞枕着梁云霄的臂弯问:"这事,上面会怎么处理我哥?"

梁云霄说:"不好说,我觉得,他在港口系统可能待不住了。"

宁霞吃了一惊,急切地问:"会开除公职吗?"

梁云霄说:"不知道,可能比开除更严重。投资那么大的项目,就这么废了。"他长叹一口气,"如果我有能力阻止他就好了,可惜我位卑言微,没有人听我的。"

宁霞摸了摸梁云霄的脸:"这事你千万别自责,也别往身上揽责任。你说了你该说的,做了你该做的,问心无愧,一个人总得为他的错误付出代价。"

梁云霄亲了亲宁霞,说:"好,我听你的。"

窗外夜雨潇潇,宁霞眼睛盯着黑暗中的天花板喃喃自语:"爷爷七十几岁的人了,这样的打击,实在是太大了。"

4

山水集团专属码头事故对宁嘉南来说,无疑是灭顶之灾。所谓祸不单行,宁嘉南遭遇婚姻挫败之后,事业也四面楚歌。

台风过境的前三天,宁嘉南、李子木跟山水集团的项目负责人小邱是在夜海笙歌夜总会度过的。李子木要到市国资委任职了,接替颜辉在香港的长兴投资公司总经理一职,颜辉调任省能源投资集团总公司总经理。李子木人逢喜事,自然要跟宁嘉南分享。除此之外,他身后还跟着山水集团项目负责人小邱以及和长兴集团有股权关系的山海航运集团老总贾山。毫无疑问,这两个人是他活动的钱袋子。贾山跟小邱比,人更灵活,更敢花钱。他是民营企业老板,他的钱他说了算。而对于贾山来说,他是要在李子木身上再赌一把。贾山在凤凰岛做小码头的时候,李子木在海山港技术科。海山港蟹子岛那批旧设备,就是从李子木手上拿到的,用废铁的价格拿到了半新的设备。

那日,贾山在被梁云霄骂了之后就上了飞机,夜里在香港见到了颜辉。一阵道歉之后,颜辉呵呵一笑:"小梁这个人我没看错,视野开阔,眼光独到,人也很够意思,是个做大事的人。"

贾山说了梁云霄的意思,希望长兴集团继续投资山海国际标准集装箱厂这个赚大钱的朝阳产业。颜辉想了想说:"小梁的心意到了,我就很欣慰。我之后可能要调到新的岗位上去了,这样的朝阳项目,我建议你尽可能自己控股。航运公司那边,我会先在香港公司开个会,然后你从我公司带个财务回去,把跟航运公司的财务做好清晰的切割。"

贾山听完,内心狂喜,嘴上千恩万谢。颜辉所说的,正是他所想的。

颜辉猜中了他的心思,笑了一声:"我做的这一切完全是冲着小梁这个人,你要感谢就去感谢他。我知道,小梁帮你干成这件事,不图你的钱,也不图你的利,完全是为了凤凰湾那些渔民。你回去后,一定要努力把集装箱厂做大做强,多招一些凤凰岛上的人。他们的海上养殖场没了,渔港也没有了,需要你的这一份工资过好日子。你明白吗?"

贾山点了点头,满口答应下来,顺便问了一句:"颜总,既然未来我们跟长兴还要接着合作,那么新来接任您的是哪一位?航运公司那边,我想上集装箱船,就怕……"

颜辉笑了:"这个我还真说不大准,据说可能是周副市长的秘书,姓李。集装箱船的事,以后你们接着聊吧。"

贾山从颜辉那里得到李子木接班的消息,一阵担忧之后,很快又暗自庆幸。搞定李子木,远比跟颜辉打交道要轻松一些,也就是钱的事。生意人能用钱换来更多的利益,其实也就是生意。从香港回到海山的第二天,贾山就去宁州约到了李子木。做了几年副市长秘书的李子木,人更稳重了一些,但贾山很快就发现这个人除了嘴上说话冠冕堂皇一些,骨子里的贪婪开始野蛮生长,五十万元的银行卡,拿起来眼睛都不眨。

灯光幽暗、色调暧昧的包厢里，整整三天，女人换过了，酒瓶换过了，人混沌得如同漂泊在水上一年的水手。无节制的肆意狂欢之后，四个人酣然入睡，直到第四天上午，小邱接到了徐总的电话，吓得一路狂奔下了楼。

宁嘉南不知道自己是怎么到的海边，当他木头木脑地站在项目工地上，看到一片狼藉的现场，顿时傻掉了。他痛苦地抱着脑袋，蹲在风雨里，无法接受眼前的现实：一切全完了。

宁州湾出现重大事故，分管领导郑副省长带着工作组、专家组在台风过后就到了。天空依然布满阴霾，窗外仍然阴雨绵绵。

港口管委会的会议室气氛压抑。罗子坤带队的专家组有四个人，都是从海都大洋港的项目组来的。工作组有宁海楼、姚江河、钟立达，还有两个东海其他港口的总工。山水集团的徐总和其所在省分管国企的祁副省长也到了。

罗子坤看完事故报告后怒不可遏，责骂宁嘉南："能犯这么低级的错误，你这么多年的书都读到狗肚子里去了？"

宁嘉南把头压得很低，根本不敢与罗子坤对视。

罗子坤又把目光投向梁云霄，骂道："你们在同一个规划处，你又是钟主任的助理，为什么不提醒他、阻止他？"

梁云霄苦笑，沉默不语。

宁海楼没有护短，他扫了一眼宁嘉南，苦笑着对罗子坤说："罗教授，你批评得不对。有句老话说得好，敲锣打鼓唤不醒装睡的人。作为同学、兄弟、同事，梁云霄提醒他、劝说他不止一次，可我们的宁大博士根本听不进去任何人的建议。"

钟立达阴冷着脸询问宁嘉南："初步的事故报告已经出来了，想必你也看了，我想听听你的想法。当然，你也可以为自己辩解，我希望你能拿出有说服力的证据。"

宁嘉南抬起头，打开投影仪，开始自辩："从理论上讲，山水集团专属码头岸基没有打桩，是自然岸基，三十米以内的泊位港池不可能出现坍塌现象。我们用的钢筋、水泥浇灌，抗压能力远远强于桩体结构的岸基，也不可能出现坍塌现象，除非是施工质量和材料质量出现了问题。"

宁嘉南仍然固执地把责任推给了施工方,他的态度,让所有人都很失望。

角落里的马经理坐不住了,起身抱着厚厚的一摞资料放到宁嘉南面前,说道:"宁组长,我就知道你会为自己的愚蠢狡辩。这两摞单子,一摞是材料进货单,一摞是每天施工情况的日志。材料的供货方是你提供的,入场的字也是你签的。每天施工的进度、施工遇到的问题以及解决方案也是你签字的,这个你认还是不认?"

宁嘉南翻看着这两摞资料,无言以对。

屋内众人顿时都沉默起来,气氛阴沉得像窗外欲雨的天气,空气稠密得像是要滴下水来。

钟立达咳嗽了一声,对梁云霄说:"梁助理,你来告诉他最有可能的原因。"

梁云霄看了一下表情木然的宁嘉南,又环视了一下四周所有人,见众人的目光也都望着他,知道此刻他的这个答案一出,宁嘉南将会被送入绝境。于是他看了一眼宁海楼,宁海楼点点头,说:"小梁,你说吧,盖子是捂不住的,你让我们的宁大博士好好学学。"

梁云霄把U盘插进电脑,屏幕上出现了宁州湾海底的真实录像。梁云霄说:"岸基坍塌的根本原因是后来又疏浚的这三米,否则就算再来三十次台风,它也不会塌。港池泊位深挖之前一定要考虑码头抛石基床的稳定性,岸基在没有做好加固处理的情况下,进行浚深工程显然是不行的。港口水深三十米之下的礁石内层密度发生了变化,受压后崩裂,这样就造成了岸基悬空,坍塌是一定的。所以我说,山水集团要求加深的这三米才是元凶。"

徐总不乐意了,看了一眼自己的领导,站起身来说道:"你这是欲加之罪,何患无辞。"

梁云霄没有理会他的聒噪,点开了另一个文件。文件里是整个海底岩石材料的样品、密度、质量、正面和侧面的力学计算以及力学实验模拟视频。梁云霄继续说:"我没有想加谁的罪,我就是想说明一个原因和一个结果。原因就是这样,当然您也可以推翻它。但结果只有一个——山水集团的专属码头废了,我们跟它相连的四号泊位的岸基也废了一半,因为两个泊位的岸基是相连的。你们看,四号泊位紧挨着专属码头的六根桩柱全部扭曲,我们要炸掉它重新浇筑。

因为宁州湾项目是百年大计,我不敢保证,下一场台风到来时,它会不会倒。"

众人的心情一下子凝重起来。

徐总还想说什么,被邻省祁副省长的目光瞪回去了。这位祁副省长不到五十岁,短发,人很精干。他盯着梁云霄看了一会儿,说:"原因我基本听清楚了。山水集团你们也知道,是我们省的支柱产业,产品占据东南亚市场的三成,这也是我们省产能、产业走出去战略的重要一步。我不怕几千万元打了水漂,我就问你,能不能把废了的港池建起来、倒掉的桥吊立起来?"

梁云霄想了想,答道:"我此刻不能回答你。我得下水。"

此话一出,众人愕然。坍塌的岸基,倒掉的桥吊,复杂的水下,潜水员随时都有危险。钟立达和郑副省长立刻投来质疑的目光,姚江河、宁海楼、罗子坤则是冲他摇摇头。

祁副省长没管这么多,继续问道:"重新出个方案,你需要多长时间?"

梁云霄想了想,答道:"一个月。"

祁副省长站起身来对梁云霄说:"好,我听你的。"说完起身,望向其他人说:"老郑,给你们添麻烦了。我先走了,一个月后,我听你们的好消息。"

祁副省长带着徐总和山水集团的人走了,留下来的人继续开会。

钟立达看了一眼郑副省长,说:"我们接着开会。首先,我要做个检讨。宁州湾项目之所以出现现在这样的局面,作为管委会主任,我难辞其咎。当初,宁州方面引进山水集团是省里的决定,我们管委会没有把好方向,在选址的问题上没有做好规划,在设计上没有进行科学的论证,在施工管理上没有做好统筹,放任了企业的行为,在选人用人上,我犯了主观主义错误。我已经在省政府会议上做出了检讨,听从组织给我的任何处分。

"我宣布撤销管委会重大项目一组组长宁嘉南的职务,上报厅党组,建议开除其公职。同时,派出调查组,调查其是否有渎职、经济等问题。宁州湾项目事故善后工作,由省厅港务局综合一处副处长梁云霄同志负责……"

钟立达声音低沉,表情凝重,他的话一句句、一字字敲着宁嘉南近乎崩溃的神经。终于,钟立达再次看向郑副省长:"下面,请郑副省长做指示。"

郑副省长端起自己的保温杯喝了一口茶水,清了清嗓子说道:"今天这个会,我看开得很好,很高效,很扎实。找出了原因,也在寻求解决的办法。如果管委会过去的会、过去的工作能有今天这样扎实,就不会出现这样严重的问题。

"我知道,宁州引进山水集团,大家心里都不舒服。可我们也是没办法,我们处在出海口,就有为兄弟省份提供出海机会的责任和义务,这里面宁州是做出了牺牲的。港口资源有限,那么多的央企、国企都挤到了这里建设专属码头,哪个能建,哪个不能建,我们也是做过考虑的。山水集团的引进,是能为地区的经济崛起发挥重要作用的。

"事情已经出了,必须要有人负责、有人善后。刚才小梁同志能从大局出发,敢于承担重任,在这里要提出表扬,这才是我们港口人应有的胸怀和担当。至于相关人员的处分,老钟,你这个方案我基本同意,尽快落实,不能拖得太久。就这样吧。"

散会后,众人送郑副省长上车离开。钟立达长叹一口气,对梁云霄说:"小梁,今天要是没有你这个表态,我交不了差,过不了关,也下不来台。可你这个表态,却把自己送到鬼门关里去了。下水的事,我看还是缓缓吧。"

马经理跑过来说:"你让唐军他们带人下去吧,你就算了,弟妹还在月子里呢。"

宁海楼赶紧道:"你下水的事我不同意啊,你要有个闪失,宁霞和孩子怎么办?"

姚江河接着宁海楼的话说:"你伯父说得对,我也反对你下水。海山港那么多项目还等着你呢,一个破专属码头,不值得你冒那么大的风险。"

罗子坤也加入劝阻行列:"大洋港弄了个水下机器人,我跟他们说一下,你可以借用。水下的情况太复杂,你不能冒这个险。"

梁云霄憨厚一笑:"行,我听你们的,先用水下机器人探探路。"

众人见梁云霄答应了,就开始相互道别,上车离开。梁云霄送罗子坤和几个专家上了车,罗子坤按下车窗对梁云霄说:"你跟宁霞说,我这次就不去看她跟小米粒了,过几天,我跟你师母一起来。"

梁云霄说:"好,到时候我们一起去海山,也看一看子期和她儿子小豌豆。"

罗子坤笑了:"这两个孩子的小名取得好,一个小米粒,一个小豌豆,五谷杂粮,都很健康。"

钟立达坐着姚江河的车去海山看凤凰湾二期项目的筹备情况,临走时对宁海楼说:"老宁,嘉南的事是我的错,早知道这样,当初真不该招他进来,想着是件好事,结果反而害了他。俗话说,吃一堑长一智,但愿这个大跟斗能让他长长记性。"

梁云霄送走罗子坤,过来问钟立达:"主任,经济上我看宁嘉南不会有什么大问题,关键是渎职这一项,若是项目能善终,能不能别再查他了?"

钟立达长叹一口气,说:"省里的调查组,我说了怕是也不太管用。看看吧,估计公职是保不住了。事到如今,也只能先这样了。老宁,那个烂摊子就交给你跟小梁了,你们多费心。"

宁海楼一脸歉意:"老钟,是那个孽障害了你。我们都没有对不起他,是他不堪一用。子不教,父之过,工程的事你不用担心,儿子犯错,老子自然得顶上,天经地义。"

三个人说话间,姚江河一直阴冷着脸保持沉默。宁嘉南有今天,也算是咎由自取,罪有应得。他跟梁云霄相比,差得可谓是天上地下。直到现在,梁云霄想到的还是能否帮宁嘉南脱罪。姚江河对宁嘉南早已失望透顶,很想劝梁云霄不要再帮助那个烂人。可转念又一想,宁嘉南毕竟是外孙姚遥的亲生父亲,若是宁嘉南获罪入狱,会影响孩子的一生。

想到在海山港一边带孩子一边上班的姚子期,姚江河就恨得牙根疼。女儿本来光辉灿烂的人生、幸福美满的生活,被宁嘉南弄成了一地鸡毛。

5

宁霞生了女儿、宁虹考上了东海交大,有了这两份寿礼,宁五洲的生日才不算落寞,他那颗破碎不堪的心才稍稍有些安慰。可一想到远在海山的那个虎头虎脑的曾孙,宁五洲心里还是隐隐作痛。

寿宴是梁云霄以宁海魁的名义张罗的,办在海天大酒店,请了不少宁五洲的徒弟和能走得动、生活能自理的老同事。寿诞热热闹闹的,宁五洲还喝了几杯酒。

寿宴上，宁海楼让宁海魁坐到了主桌父亲的右手边，过去，那一直是宁海楼的位置。宁海魁要推让，宁海楼说："今天是你张罗的，你是主角，这个位置就应该是你的。说实话，这些年，你比大哥活得荣耀，活得精彩。你把两个孩子教养得很优秀，这点，大哥服气。"

宁海魁动情地说道："大哥，这些年，没有你跟爸，我撑不下去。"

宁海楼说："海魁，你这话说得让大哥惭愧。"他看了一眼一边坐着的齐英，齐英的头顿时低下去了。宁海魁一家过去经历的苦难，很多时候，跟齐英有很大关系。

宁霞接过话茬："大伯，您可千万别这么说，如果没有那么多磨难，我跟宁虹也不会有今天。如果没大伯您和爷爷的接济，我们姐妹也不会有今天。都是一家人，我们把过去都忘掉吧，前面的日子好着呢。"

宁霞的话，让齐英心里更难过了。是啊，老二家的未来好着呢，可他们家的未来呢？

直到切生日蛋糕，宁嘉南也没有到场。寿诞前两天，宁霞给宁嘉南打了电话，宁嘉南在电话里闷声闷气地回了一声知道了，然后就没了下文。宁五洲问了不少自己的徒弟，大家都支支吾吾，只说宁嘉南在忙宁州湾的大项目。宁五洲的头脑很清醒，知道宁嘉南肯定是出了什么事，就去逼问宁海楼。宁海楼还是那句老话："没有锚的船，早晚会被刮走。不踏实的人，早晚会栽跟头。栽了跟头不怕，就怕不长记性。"

宁五洲心里就清楚了，叹了一口气说："你我总是想驮着他过海，而他想自己游，结果沉了。"

宁海楼苦笑着看着父亲："您说得对。能不能爬上岸，还得看他自己。这次，我不想拉他。"

宁五洲目光坚定地说："你说得对，这一次，我们谁都不拉他。"

调查组和专家组走后，宁海楼跟宁嘉南又谈了一次。令宁海楼愤怒的是，宁嘉南还想再找施工单位的问题："这个该死的老马，他每天记我的小账，就是为了今天跟梁云霄一起来整我。"

宁海楼怒不可遏,咆哮着骂他:"梁云霄整你? 宁嘉南,你这话也能说出口。宁州湾五个深水泊位的大港,梁云霄替你干了四个,你就干一个还干成这个样子,还好意思说他在整你? 为了能不让你获罪,他已经做好了亲自下潜去替你擦屁股的准备了,你还说他整你。他要是整你,当初就不会把那个出国的名额让给你。

　　"也对,是他整了你。要不然,你哪里来的博士头衔,哪里来的那么大的派头? 没有了这个派头,你也不可能在国外搞女人,回国再去骗姚子期。他整你? 你在睡大觉、去夜总会唱歌鬼混的时候,他在本来应该是你去坚守的工地上跟老马琢磨解决施工中遇到的问题。你每天高高在上,骂人家老马不专业,骂人家是蠢货、傻瓜,人家老马就该天天去找你问,去找你解决问题。可是,问题你解决了吗?

　　"但凡你能多在工地上待一会儿,工程也不会出现这样的问题;但凡你能听取别人一点建议,项目也不可能干成这样。工程造成这样的损失,你就是犯罪。调查组来问,我就认为你是渎职,你不应该站在这里,你应该待在监狱。天底下有你这样的儿子,我这当老子的就该投海去死。"

　　宁海楼一连串愤怒的质问,把宁嘉南打晕了。他捂着耳朵愤怒地高喊:"天底下有你这样当老子的,我这当儿子的才该死!"

　　宁嘉南气呼呼地走了。宁海楼知道,他这个旅欧博士儿子没救了。

　　宁嘉南去找了李子木。可是,李子木已经前往香港赴任了。

　　夜晚,维多利亚海湾酒店的顶楼灯火璀璨,李子木一边品着红酒,一边有些厌烦地听着宁嘉南喋喋不休的抱怨和怒骂。他的耐心已经被宁嘉南给磨没了,一直在心里打问号:这样一个愚蠢、高傲、自负、低智商的学生,是如何赢得尼德教授的信任,成为他的高足的? 这样一个低情商、低情趣、没情怀的男人,是如何赢得姚子期和赵艾米的芳心的? 山水集团专属码头让他做成这样,跟姚子期的婚姻让他过成那样,一手好牌让他打得稀烂,这样的队友不要也罢。

　　李子木建议宁嘉南去找周晓乙,看极其欣赏他的周副市长能不能给他安排个位子。实在不行就干脆辞职,回到赵艾米身边去吃他的软饭。这是李子木最后一次为他出谋划策,可是李子木知道,宁嘉南根本不会甘心。

第二天,宁嘉南听了李子木的话,回了宁州找周晓乙。周晓乙对宁嘉南也很恼火,可碍于斯兰特和尼德的面子,还是在市政府门口的那家茶社跟他见了面。

周晓乙看到一脸沮丧、胡子拉碴的宁嘉南吓了一跳。二人落座,宁嘉南就开始讲项目从头到尾的不堪,讲调查组如何不讲道理、不讲科学,讲宁海楼如何想把他这个亲生儿子送到监狱里去。周晓乙笑了,觉得眼前这个男人一定是读书读傻了,在遇到挫折的时候,智商会降低到不如一个小学生。他笑着对宁嘉南说:"首先,你尽管放心,无论是钟立达还是你父亲宁海楼,都不会真心想把你送进监狱的。每个人在成长的路上都会遇到挫折,你的人生只是太顺了,而太顺不见得是好事。"

"周副市长,管委会我是一天都不想待了,您想想办法帮我换个单位吧。"

"要不你去宁州港或者海山港?"

"我最大的错误就是回国进了港口系统。"

"要不你去香港,到李子木那里挂个副总?"

"可以可以。我英语比较好,这个工作我合适一些。"

周晓乙望着宁嘉南急着逃离的样子,脸上掠过一丝轻蔑。他为宁海楼有这样一个不能担当的儿子感到疑惑。他有些不想理会眼前这个外强中干的海归博士。

可是,他还是拿起电话打给钟立达:"老钟啊,宁嘉南毕竟是海归博士,尼德教授的学生,还是我们海楼兄的儿子,我们不要一棒子把人打死。要不,我跟宁州市组织部门说一说,调他到企业去任职吧,这样也算对得住海楼兄,毕竟我们是多年的老伙计,弄得太惨,我们情何以堪啊。"

钟立达叹口气:"那我征求一下海楼的意见。"

周晓乙说:"那好,我等你的电话。"

宁海楼接到钟立达的电话,听他说了周晓乙的好意,想了一阵后,还是拒绝了:"立达兄,请你转告周副市长,他的好意我心领了,十分感谢他。宁嘉南要调,就调到宁州港吧,跟着我一起上工地。他闯了祸,想跑,没那么容易。"

钟立达对宁海楼此时拒绝周晓乙有些纳闷,宁海楼说:"老兄啊,宁州港不能再出现搭车的事情了啊。"

钟立达顿时明白了。宁州湾新区的招商还在继续,宁海楼是想跟周晓乙保持距离。

周晓乙听完钟立达的回复,眉宇纠结,继而笑着对宁嘉南说:"你爸不同意,你还是自己想办法去说服他吧。"

宁嘉南一脸倔强:"我不求他。实在不行,我就回欧洲了,斯蒂芬公司等着我的回复呢。这个儿子他不要,有人要。"

周晓乙笑了:"这就对了嘛。斯蒂芬公司可是全球航运的顶级公司之一,千亿级别的,我听说他们正在规划亚太投资。山不转水转,等你衣锦还乡的时候,现在的一切都是过往云烟。"

宁嘉南一脸愁苦:"可他们说我还在接受审查,出不去。"

周晓乙笑了:"这事我来办。"

宁嘉南起身道:"谢谢周副市长了。"

周晓乙说:"别跟我客气。"

宁嘉南换了种说法:"谢谢周叔叔。"

6

这几天,宁州湾的一年四季黄泥汤的海水迎来了短暂的变浅,戴着高倍头灯,能把海底的情况探视个大概。因此,尽管已经借来了水下机器人,梁云霄还是决定亲自下潜一次。水下情况不明,如果出现二次坍塌,会更危险。

宁霞对此坚决反对,可她深知梁云霄的性格,他坚持要干的事情,就一定要干成。于是她拿了潜水设备,说要陪梁云霄一起下潜。梁云霄知道宁霞这是在跟他赌气,宁霞才出月子,他不可能让宁霞下水,只好答应宁霞自己不会去。宁霞说:"你要是敢偷偷背着我下潜,我就跟你离婚。"

这是自结婚以来,宁霞第一次说这两个字。她的神情坚决,丝毫不像是故意威胁。梁云霄一下子被宁霞的决绝吓着了,想到了当年丁春草对梁海生说这句话的样子。那神态,那语气,简直就是翻版。

为了制止梁云霄下潜,宁霞打电话给梁宝,让他把丁春草送到宁州,说希望丁春草能帮着带小米粒。丁春草闻讯立刻把贻贝海鲜面馆托付给三嫂,带着给小米粒做的四季衣服就来了。宁霞又悄悄告诉她让她来的真实目的,她一听,巴掌照着梁云霄的脑袋就打了上去。

梁云霄假装被打痛,赔笑道:"我真是没法活了,生命中最爱的两个女人,现在团结起来要针对我了。"

丁春草拎着梁云霄的耳朵说:"我再给你重复一遍,不准下水。"

宁霞看着丁春草收拾他的样子,咯咯地笑。刚满月的小米粒见宁霞笑,也咯咯笑起来。宁霞见状就道:"不是两个,是三个。"

梁云霄捏着小米粒的脸说:"你个小东西,如果连你也叛变了,你老爸我可是真没活头了。"

夜里,宁霞摸着梁云霄被打的脑袋说:"我知道你很着急,可你到那地方下潜,我真的不放心。我如果能下水,就不会拦着你。我们结婚的时候说过的,无论贫穷、富有、疾病、残缺,生死都在一起的。"

梁云霄捏着宁霞的脸蛋说:"知道你担心我,可是,你再担心,再恼怒,也不能提那两个字,听到没有?"

宁霞缩在了梁云霄的怀里:"你要不犯浑,我就不说那两个字。"

梁云霄亲吻着她说:"你就算说一百遍,我也不跟你离婚。"

第二天一早,梁云霄开车送宁虹到东海交大报到。路上,宁虹对梁云霄说:"你送我去车站吧,我买了火车票,想一个人去学校。"

梁云霄说:"可每一个学生都有亲人送的。"

宁虹说:"我不想背后总有一个人用绳子牵着我。"

梁云霄想了想,觉得也对,就送宁虹去了火车站。到了门口,他问宁虹:"还记不记得,有一年,你到这里给我送火车票?"

宁虹说:"我当然记得,是贾山托我姐买的票。真没想到,你成了我姐夫。"

梁云霄说:"那时候我还在上大学,转眼间,你也上大学了。"

两个人说了一会儿话,宁虹要进站了,突然对梁云霄说:"哥,你办你的事去吧,我会告诉姐姐,你送我去学校了。"

梁云霄望着宁虹拉着一个大行李箱进站的背影,顿时觉得,宁虹是真的长大了。

从正午到黄昏,梁云霄带着唐军在水下摸了个遍。水下,港池坍塌得厉害,山水集团这个专属码头基本上完了。

有了海底的第一手资料,加上潜水机器人拍摄的水下高清照片,梁云霄带着马经理和陈奎,与宁海楼一起,为山水集团的专属码头和四号泊位重新做了个施工方案。

宁海楼带着这个方案去跟山水集团谈判,最后双方敲定:山水集团追加投资,继续完成专属码头的施工。

宁嘉南肯定不会跟宁海楼去工地,他给宁海楼发了很长一段短信,短信里说了很多愧疚的话,可最后抛下的一句话还是把宁海楼给惹恼了。短信写道:爸,或许当初我就不应该回来,您只当宁家没生这个儿子。

宁海楼流着眼泪给他回了一条短信:你说对了,不仅宁家没你这个儿子,你还是宁州的罪人,宁家和宁州都没你的容身之地。

宁嘉南又去了一趟海山港。夜晚,他默默望着窗口姚子期的身影,流下了愧疚的泪水。

宁嘉南最终还是顺利出国了,是周晓乙帮的忙。飞机起飞的那一刻,宁嘉南泪眼蒙眬。

| 第五卷 | **化鲲羽**

鲲化为鸟,取名为鹏。
鹏徙南冥,水击三千里,扶摇而上九万里。

第一章

1

甲午马年十月初,超强台风登陆东海全境。台风百年一遇,风大浪高,伴随而来的是暴雨疯狂肆虐。十九世纪初的那次过境,宁州和海山两地的死亡人数超过了五万人。

外面霹雳闪电,大雨滂沱,海山港凤凰湾深水大港的防汛指挥部里,梁云霄、姚江河、钟立达陪着省交通运输厅孙厅长站在窗口,望着狂风暴雨中傲然屹立的十五万吨大宗散货泊位,神色凝重。凤凰湾二期项目刚刚竣工,一期工程刚满五年,宁州湾深水大港项目安全生产过一千天,两个深水大港十万吨以上的深水码头泊位,能不能经受住十二级台风和巨浪的考验,所有人心里都没底,因为这样的台风谁也没有经历过。

台风预警发布之后,东海省全境高度戒备,各地市的防汛指挥部、驻地武警和军队枕戈待旦。省交通运输厅更是通宵达旦,省政府防汛指挥部的监控大屏幕跟省厅的大屏幕也是同步的,各地的情况,省委、省政府领导随时尽收眼底。

孙厅长和钟立达的压力更大。东海诸港近些年的大项目都是在他们任上建起来的,尤其是跨海大桥,台风过后,能否风采依旧,众人拭目以待。钟立达跟孙厅长明年就要退休了,仕途能否善终,面临考验。宁州—海山港管委会的十座深水码头,梁云霄是实际责任人。五年两座深水大港,是不是百年大计,台风就是试金石。

台风最先从海山外岛登陆,海山本岛是风暴眼。

窗外是呼啸的台风、噼里啪啦敲打着玻璃窗户的暴雨和排山倒海的巨浪。大屏幕前,梁云霄一边给众人泡从落叶岛山顶茶树上采下来的沧海孤岛茶,一边讲茶论道:"此茶,叶子很厚,干茶色泽翠绿,入水浸泡,汤色青绿,叶锋墨绿,叶底嫩绿。味道刚入口微涩,继而微甜,接下来才能品尝到青茶的味道。清香持久,清澈明亮,鲜爽回甘……"

孙厅长和钟立达的目光紧盯着窗外和显示屏,无心品茶,更无心听梁云霄聒噪。梁云霄很清楚,二人内心十分紧张。此刻,他的心里也很紧张,凤凰湾大港在大桥的风头上,一旦大港出事,沉重的设备被巨浪卷向大桥桥墩,所有人的结局都会很惨。尽管从理论上来说不会出现这样的问题,可是理论遇到大自然的无穷变幻就另当别论,山水集团的专属码头就是个典型的案例。梁云霄知道,作为项目的实操者,他不能慌乱,他的任何慌乱都会给这两位年近六旬的领导增添心理上的压力。

为了转移二位的注意力,梁云霄开始讲述沧海孤岛茶的历史。相传,戚继光在海山抗击倭寇的时候,曾经驻扎在落叶岛。倭寇龟缩在落叶岛对面,跟戚家军形成对峙,一连数日,双方粮草皆绝。戚继光心急如焚,食而无味,夜不能寐,夜读兵书,青茶解忧,带来的茶饼已经用尽,他的部将义乌人陈大成就到山上采得此茶,用炭火烘烤,取雨水泡之。戚继光饮后,精神大振,苦思冥想,谋得一计,奇兵夜潜,破敌山寨,荡平倭寇。

孙厅长和钟立达看穿了梁云霄的心思,相视一笑。这小子表面上波澜不惊,其实心里没底。可即便如此,也还在关心着他们的感受。如此年轻,内心却如此缜密有韧性,实属难得。

孙厅长端起茶对钟立达和姚江河说:"看来此茶不喝,会辜负了小梁的一番苦心啊。喝茶,喝茶。"

钟立达笑着拆穿道:"梁云霄,你那点茶经纯属扯淡,用了望海茶的品质,生套了一段抗倭的故事。"

孙厅长接过话来:"嗯,我看这段故事不错,戚继光饮茶抗倭寇,我们喝茶看台风。"他哈哈笑了几声,"谋事在人,成事在天,只要事情做得够用心、够扎实,就不怕老天爷给你下什么样的夹子。小梁,你忙你的去吧,我们三个老家伙喝茶、听风、看雨、观大潮。"

三个人还真扯起了跟台风无关的闲篇。梁云霄望着他们,尴尬地在心里自嘲:三位几十年的老船长,经历的风浪多了去、大了去了,自己还去安慰人家,真是好笑。

超级台风在东海全境折腾了三天,终于消停了下来。台风过后,海山本岛像是经历了一场浩劫。处于台风中心的一家造船厂遭受了巨大损失,两艘二十万吨的货轮在台风中失踪了。一艘大船被巨浪翻卷着顺风朝着大桥漂去,徐正生带人用四艘货轮阻挡、两艘货轮拉拽,才终于将其拽住,凤凰湾大桥免遭劫难。孙厅长等人听完徐正生的电话汇报,都长出一口气。孙厅长赞不绝口:"正生同志,你是好样的。"

宁海楼打来电话,宁州湾和凤凰湾二期项目跟山水集团的专属码头安然无恙,只是堆场倒了一排箱子,现在已经打扫、清理完毕,开始了正常生产。山水集团的专属码头虽然完好无损,但隔壁他们家厂子的烟囱却倒了一半。

钟立达闻言道:"看来那个徐总屁股下面的位子要保不住了。"

孙厅长说:"那可说不准,他就是再断掉一座烟囱也值了。山水集团在东海的桥头堡建立起来了,一座二十万吨超级码头就盘活了他们在东南亚的整个市场。你是没有看到山水集团的股价,一块六毛钱开盘,现在涨到三十九块八毛钱了。真是站在风口,一头猪也能插上翅膀飞起来。"

钟立达感慨:"事到如今,我也不知道我们当初同意宁州新区所做的决定,让邻省插队,是对了还是错了。"

孙厅长也叹了口气:"接下来,来海山插队的会越来越多。央企、各地国企,上至重庆,下到安徽,沿江的内陆城市都得出海。我们这里是出海口,江海联运是大势所趋。国家年底要出台远海战略,海山地处东海前沿,是毫无疑问的风暴眼。大风起兮云飞扬,真正的台风要来了。"

雨过天晴,远处的海上突然就出现了三道彩虹,晚霞灿烂,绚丽得耀眼。大海边傲然挺立着桥吊和龙门吊,集装箱堆场上五彩的箱体堆放整齐,工人们已经开始收拾堆场,等待大船入港。

姚江河向孙厅长和钟立达汇报:"斯兰特公司三艘十五万吨级铁矿石货轮正在远海泊地等待进港。领航员已经派出去了,二位领导要不要看一看?"

钟立达疑惑地问:"他们在宁州不是有自己的堆场吗?"

姚江河笑了,说:"这些矿石要精选分类后运往釜山或东京。去了宁州,他要装大船,还得再倒腾一次。"

孙厅长也笑了一声,继而说道:"牵着不走打倒退,放着海水不洗船。"

梁云霄说:"斯兰特笃定海山短时间内起不来二十万吨的散装大宗商品泊位。"

钟立达一脸歉意地对孙厅长说:"老孙啊,我这五年干得窝囊,老牛拉破车,耽误的时间太多了。管委会这艘大船,在海山这个风暴眼,我这个舵手,能力太弱。你跟省里汇报,让徐正生同志来接替我。这几年,他在海山折腾得不错。"

孙厅长笑道:"你这是在变相地批评我了?"

钟立达哈哈笑了几声,说:"你知道,我没这意思。"

孙厅长说:"我们这一代人,能谋好一域就算不错,这个决心,还得省里和国家拿。俗话说得好,风来好行船啊。"

三天后,斯兰特公司三艘十五万吨级的巨轮顺利入港。徐正生陪着钟立达、孙厅长观看了入港仪式,接着观摩了凤凰湾一期集装箱标箱码头的电气化改造。

台风过后,凤凰湾标箱码头、集装箱堆场、标箱码垛没有出现变形、错位,仍然保持得错落有致。此处距离被卷走大船的造船厂不足十公里,二十万吨的大船都被巨浪卷走了,装满货物的箱体却保持得如此整齐,孙厅长就问梁云霄是怎么做到的,梁云霄说因为用的是山海国际标准集装箱厂生产的国标产品。

钟立达一脸疑惑地问道:"一个简单的铁皮箱子,还能如此神奇?"

梁云霄给每个人发了一本小册子,简单介绍了一下里面的科技含量:"未来海运,安全是王道,到达是荣耀,船箱一体才能保证航运的安全。集装箱货船,箱体高达几十米,承重、牢固是重要保障。这个厂的产品是我们自主设计、自主生产的,厂子就在本岛,是徐副市长亲自指导建起来的,两位领导要是有兴趣可可以去看看,给予指导。"

孙厅长赞叹:"指导谈不上,正生同志年轻有为,我们也去学习学习。"

徐正生跟姚江河相视一笑,知道这个小师弟是在往他脸上贴金,于是就谦虚地说道:"当初也就是为了凤凰湾渔民拆迁后能有活干,有碗饭吃,就支持民营企业弄了这么个厂子,还不太成规模,希望省里也能给点支持。"

钟立达说:"正生同志就是谦虚。我听说你们那个新区已经有些规模了,保税区、大宗商品交易中心、江海联运服务中心都有些规模了。你们这是要制定中国标准、海山标准啊,很有野心的哦。"

徐正生笑了笑,说:"让领导见笑了,还很不成样子。国家的配套资金很有限,市里领导信心很足,可就是缺钱,动力不足啊。"

梁云霄见几个领导在堆场里说着话,就悄悄把电话打给了贾山。贾山听说徐副市长要带着省里的领导来厂里视察,顿时兴奋、紧张得不知道要干什么好了。梁云霄说:"你让小庞带着他们研发部的团队准备好汇报就行了。另外,厂区的卫生、车间里的安全生产秩序保持好就行了。你那边废话少说,虚头巴脑的东西不要做。"贾山表示明白,匆匆挂了电话就去准备了。

2

贾山的山海国际航运集团已经很有规模了。贾山坐拥江海联运、集装箱制造、吹沙填海三大产业,公司发展得很快。贾山的变化也很大,在颜辉、梁云霄、徐正生、姚江河、大刘等人的熏陶下,变得沉稳起来。重要的是,他跟长兴集团的战略合作得到了加强。在大笔投资注入下,新上了四艘十万吨的集装箱货轮,形成十万吨以下的小货运承接江河商品,转到海山上十万吨货轮国际巷道。同时,贾山依托海山港,成立了江河海联运的船舶代理、集装箱代理、仓储代理公司,生意就像吹气球,山海集团瞬间成了大公司。贾山暗自得意,他再一次赌对了人,这个人就是李子木。

李子木接替颜辉之后,在香港混得是如鱼得水、风光无限,先后做成了两家宁州化工国企和一家民营铸造公司在香港上市的资本运作。

李子木之所以成功,跟颜辉打下的基础有很大关系。颜辉在未调入省能源投资集团之前,这三家公司的项目就已经运作成形了。李子木接任之后,算是摘桃子的人。颜辉也很明白,李子木之所以能接替他到香港这个位置,跟分管的常务副市长周晓乙有很大关系。时光是能磨砺人的,李子木在宁州副市长秘书的位置上的成长是惊人的。他学会了谦卑和隐忍,学会了揣摩人的心思,并寻找到恰当的办法让对方接受来自他的诚意和谦和。

起初,颜辉通过多方了解,对李子木的印象出奇地差,没打算把自己的资源给到这样一个投机钻营的人手里。李子木却表现出了跟传闻中截然不同的一面,来到香港之后,在颜辉面前显得低调谦逊,像是对待周副市长那样来对待颜辉这个前任。每次出门,李子木都能做到替他拿包、拉车门、提前订餐位、挡酒,比颜辉的助理做得都周到缜密。除此之外,李子木的学习能力很强,记忆力也很好,接触的人和事,看过的文案,能做到过目不忘。更重要的是,李子木的执行、协调能力都能够让客户和谈判方为之叫好。渐渐地,颜辉也就释然了,李子木如此表现,他怎么好意思对李子木下手。毕竟,他人就算走了,案子也得继续,这样一个八面玲珑的人,调动人脉资源的能力还是有的。

颜辉把他团队的主要骨干都留在了香港,只带了三个人回到东海。不过这并不是因为李子木的关系,而是不希望自己多年在香港所耗费的心血白费。李子木做得也很够意思,颜辉的人,他一个也没动,原财务总监还提了副总,几个骨干也都到了核心部门。如此一来,颜辉就放心地走了,没想到之后那三个项目竟然全部成了,就连其中最不被颜辉看好的国企炼化企业,也顺利、风光地在金融大厅里敲响了上市的金钟。更令颜辉没想到的是,长兴集团跟贾山的合作,李子木不仅没有撤资,还追加了一亿两千万元,成为持股仅次于贾山的最大股东,而且为公司赚到了钱。

每个人都有自己的高光时刻,这个李子木,好像也没有梁云霄、姚子期所说的那样不堪。颜辉把这样的感觉跟梁云霄沟通了,梁云霄说:"但愿如此吧。"

贾山带着公司的副总兼技术总监小庞、销售总监老蒋一行十几人站在门口迎接视察团的到来。山海国际标准集装箱厂的厂房是钢架结构,建得很整齐,办公楼是瓷砖外墙的五层建筑,接待室和会议室也建得很大气。会议室的LED大屏幕比海山港的都大、都先进,小庞介绍了厂里的产品情况,有获得专利的,有获得国际、国内资质认证的,有重要合作客户的。最后,小庞播放了企业宣传片。宣传片做得高端大气,把企业目标、企业文化、企业责任、产品技术讲述得清晰仔细,大家一看就明白了。

贾山自始至终都没有多说话,直到孙厅长点了他的名,他才说:"感谢各位领导的光临。我不会说话,领导让我讲,我就说两句。当初建这个厂,就是市里、区里为了解决拆迁后渔民的生计问题弄的,为此市里、区里给了很大的支持。后来,厂里引进了东海交大庞总的技术团队,又把这个厂推向了这样的一个高度。我贾山就是凤凰湾的一个渔民,大字识不了几个,没有政府,没有政策,没有东海交大的帮助和支持,什么都干不成。感谢政府,感谢这个好时代。"

贾山的讲话,不仅孙厅长、钟立达听进去了,也让徐正生、梁云霄为之一振。好听的话,贾山很会说,可这一席话,若是没人教他,他很难说得这么顺溜。

贾山接着说:"接下来,徐市长主导的新区在建设江海联运服务中心,在推进海山标准、中国标准。这个厂就是要瞄准国际标准,做咱们海山的标准、国家的标准、国际的标准。港口要什么标准的箱子,国际货轮要什么样的箱子,我们就做什么样的箱子。海山港为全国服务,我们为海山港服务。"

贾山的话没有什么假大空,句句都说到了孙厅长的心坎上,让孙厅长十分高兴。徐正生、梁云霄也向贾山投去了赞许的目光。

接下来,贾山带着大家去车间参观。车间里各项工作都很规范,一线工人大部分都是渔民的后代,技术岗上的则是大专院校的毕业生。

徐正生对孙厅长和钟立达说:"二位领导,当初建设大桥的时候,许多领导都不同意。我听说他们说要上百个亿,那得多少船啊,可是,那一任的省委领导还是坚持建了。事实证明,一座跨海大桥,还真不是多少船能解决的问题,那是大陆照进来的一道光,让海山群岛的渔民看到了大海以外的世界。贾山就是个例子。当初,他就守着凤凰湾的那个渔码头,等着海山港建码头,给他一笔赔偿款。"

孙厅长点点头,长叹一声说道:"所以啊,大陆连岛工程还是不能停下来。

船和桥,还是两个概念。"

不知不觉到了黄昏,钟立达接到了省里的电话通知,前几年带队来宁州处理山水集团泊位坍塌事故的沿江邻省那位祁副省长,升任了省长。过几天,他要带着省交通运输厅领导来山水集团慰问、视察。同时,由于山水集团的专属码头先于欧美企业入局东南亚市场,赚了个盆满钵满,而且还扛住了百年一遇的台风,祁省长点名要请梁云霄喝茶。梁云霄听了,有些诚惶诚恐,不知道那位年富力强、儒雅干练的领导找他要聊些什么。

车过跨海大桥,夜幕已经降临。路两边灯火璀璨,但车上三个人却没有心情去观赏海上的迷人夜景。梁云霄坐在副驾驶位上,两眼紧盯着前方。后面两位领导闭目养神,像是在思考问题。

梁云霄猜测,祁省长这次来,一方面是为了台风后山水集团宁州水泥厂复工的事,另一方面也是希望能为专属码头争取到堆场的纵深。宁州湾大港项目,从梁云霄接手后就开始跟山水集团进行了实质性的切割。山水集团专属码头除了跟宁州湾集装箱码头共用一条通往国际巷道的深水巷道外,堆场已经完全实现了物理隔离。当初山水集团带着雄厚资本优先选址的时候,自己选了海湾背山面海的陆地岸基,钱是省下了不少,可地理位置决定了他们没有面朝大海填海造陆的空间。而宁州港要建港口的保税区和超级堆场,就不得不面朝大海的广阔滩涂,发展自己的堆场纵深。当初宁海楼跟周晓乙产生激烈矛盾之处也在于此,现在看来,宁海楼的被迫妥协,歪打正着。

车快到宁州的时候,钟立达先睁开了眼睛,问梁云霄知不知道祁省长要找他聊什么。梁云霄一笑,说:"他爱聊什么聊什么,我听着就是。"

孙厅长也睁开了眼睛,说:"光听是过不了关的。"

梁云霄随口说:"过关的又不是我。"

孙厅长笑道:"祁省长可是十八大以后上任的,过两年说不定就会调到我们东海来了。"

梁云霄憨憨一笑,说:"那他不还没调到我们东海来嘛。"

钟立达说:"话虽不错,站在哪山唱哪歌,我们都是老杆子了,明年就退了,小梁,你可还很年轻啊。"

梁云霄说:"如果我是他,就即刻下令把他们省建在宁州的水泥厂彻底推掉,把厂房改造成超级配货堆场。"

孙厅长和钟立达顿时惊愕,继而相视一笑。钟立达把头靠着车座后背,抱臂笑道:"到底是年轻,什么都敢说。那你就这么对他说。"

梁云霄顿时明白了,他这次可能会再次成为大佬们的炮灰。

3

祁省长在一家茶馆请梁云霄喝他带来的黄山毛峰。他招呼梁云霄在自己对面坐下,开门见山道:"我就想问一问你,山水集团月出口百万吨水泥的吞吐量,堆场纵深能不能解决?"

梁云霄微微一笑:"不能。您没看到宁州湾港区已经开始填海造堆场了吗?"

"我们倒是也想填海造陆,可后面全是石头山,我们不能把整座山给炸掉吧?"

"那没办法,当初选址是你们自己选的。"

"有没有解决的办法?"

梁云霄端起茶杯呷了一口,想了想,说出两个字:"炸厂!"

祁省长先是一愣,继而也端起茶杯,说:"说说你的理由。"

梁云霄拿出笔记本电脑,推给祁省长,说道:"我如果是您,那个烟囱我明天就炸了。山水集团眼下面临的问题不是产能,而是出路。一百万吨矿石拉过来,生产出的水泥出口了,可残渣仍需处理。是,我们现在填海用了他们的残渣,可以后呢?你们有矿石的成本,为什么不把内地更优质的产品拉来,直接装船出口呢?我算了一下,山水集团整个厂区的占地面积,完全可以建成封闭式大型仓储,物流车辆可以直接装船,来不及装船的进仓库,弄出两条电气化装载生产线。这样一来,工人您可以省了,装卸的时间您也可以省了。"

祁省长一边看,一边听,一边不停地点头。继而,他扶了一下眼镜,摇头感叹:"这条弯路,我们走得太远,也太蠢了。"又问:"两条生产线,你能不能负责搞?怎么搞?多长时间能搞完?这期间的出口任务怎么完成?"

面对祁省长一连串问出的四个问题，梁云霄说："省长，这个事情我不能负责搞。至于怎么搞，您派人去海都的大洋港，或者去刚刚竣工投产的凤凰湾二期深水码头看看，照那样子搬过来就能用。至于多长时间能搞完，那得看工程量，您得去问施工方。另外，您也不要担心出口任务完不成的问题，你们的货车多开一个小时就到了凤凰湾二期大宗商品服务区，长江货轮也可以直接从海山服务区转到大船上出海。"

祁省长长叹一口气，说："如果当初选择在海山建港，结果会如何？"

梁云霄笑道："此一时，彼一时。海山当时沧海一粟，选宁州能陆海联运，也是上策。"

祁省长点了点头。

梁云霄喝了一口茶，继续说："省长，我希望今晚您跟我的谈话，您明天就忘掉，或者说，我今晚没见过您。"

祁省长笑了笑："你是怕宁州的领导找你麻烦？"

梁云霄说："他们不会找我，但主管宁州开发区的周副市长肯定得骂人。山水集团是宁州湾的纳税大户，厂子的产值没有了，税收一年减少上千万。"

祁省长点了点头，问："你认为他这样想错了吗？"

梁云霄说："那倒也没什么错，为官一任，造福一方，谁不想自己主政的地方数据好看些？"

祁省长盯着梁云霄看了一阵，说："当初山水集团在宁州湾建深水码头，你肯定也骂吧？"

梁云霄憨憨一笑："说实话，我是骂了，我在心里骂了那个决策者一百遍。可又能怎么办呢，深水码头不还是戳在那儿了吗？您是不知道，它戳在那儿，就像一把刀子戳在我心里。"

祁省长接着问："知道那个决策者是谁吗？"

梁云霄看了一眼祁省长，顿时觉得自己话多了，尴尬地低下头。

祁省长大笑出声："你说的那个人就是我。"

梁云霄一下子站起来，有些惶恐。祁省长笑着示意他坐下，慢慢为自己倒了一杯茶，喝了一口，接着说："不瞒你说，当时啊，我还觉得这是我从政以来的神来之笔。你可能不清楚,金融危机之后,国家为拉动内需,确实上了不少建材项目,山水集团还算争气,五年成了全国同行业的翘楚,品牌也起来了,在沿长江一带城市开了九个分厂。可这几年,国内建材市场开始产能过剩,这么大一个体量的产业,眼见着水肿、虚胖、虚脱了。我也是被逼得没办法,才开始想东南亚市场。

"可水泥怎么出海?白菜盘成了豆腐价,怎么办呢?我就带人到海山考察了一圈,是徐正生接待的我们。当初大桥还没通车,我也曾经想过江海联运的事,可考虑了很久,没敢下决心。为什么呢?我还是想为运输问题多留两条途径,那就是铁路和公路。

"拿下宁州湾建泊位这个项目确实费了很大周折,到你们省里求人,找北京有关部门往下压人,最后才硬是从宁州湾的深水大港项目里挤出来这么一个泊位。山水集团去产能的问题解决得非常好,东南亚市场占住了,产品供不应求,他们就提出港口跟厂子配套的问题。我当时也是脑子一热,立刻就同意了他们配套建厂的提议。现在看来,建厂的事确实就是我一拍脑门,很傻的行为。"

梁云霄为祁省长续上水,赔着笑,没再搭茬。

祁省长看了他一眼,接着说:"三月份我去北京开会,挨了老领导一顿批评,说我干了一件蠢事,为了一个山水集团的水泥厂,干扰了东海深水大港的战略布局。老领导跟我讲起了十年前一个大学生在宁州国际港口深水泊位专家论坛上的一次演讲,还特意嘱咐我,如果有时间,让我找他好好聊聊。我找了不少人问起那个大学生,直到最近才知道,那个小家伙就是你。"

梁云霄笑道:"那时候我大学还没毕业,在海山港做实习生,我是被老师硬拉去的。当时也是无知者无畏,有感而发而已。"

祁省长摆摆手说:"那可不是无知者无畏,山水集团专属码头事故处理会议那次,我就觉得你这个小家伙不简单,是个懂大海的人。这样,你计划一下,明年把水泥厂给炸了,上两条电气化装载生产线。"

梁云霄刚想拒绝,就被祁省长摆手制止:"送佛送到西,这个问题解决掉,堆场的要求我就不向你们省领导提了。炸掉一个厂,代价可不小。"

梁云霄心里想:代价小不小,跟我们有什么关系?你这么大的领导,也开始要无赖了,赖上我了。

祁省长接着要无赖:"帮帮忙吧,小朋友?帮我们也算是帮宁州港。"

梁云霄哭笑不得:"我答应也没有用啊,我就是个小卒子,说了不算啊,这事您还是得找我们领导。"

祁省长把茶杯放在茶桌上,高兴地说:"你们领导的事,你就别管了。"

核心问题聊完了,祁省长又问了点梁云霄的工作、生活等情况,之后就起身结束了谈话。梁云霄出门,目送祁省长上了车。

梁云霄根本不清楚,其实那位老领导已经跟祁省长谈过话了,明年调他到东海省任职。他想为山水集团的事情画一个完美的句号,同时也为那个让他曾经得意很久,现在却又被老领导批评的决定做最后的纠偏。

后来,梁云霄也思考过这个问题。每个想干事的人,都会站在干成事情的角度上去思考问题,去做出决策。同样的问题,换一个位置去思考,去决策,又会有不同的结果。

梁云霄从茶馆里出来时,天色已经很晚。他打开手机,发现有很多未接来电和短信,打开短信一看,不禁吃了一惊——月塘湾出了大事,金子卷着公司账面上的现金以及老贾所有的存款跑了。

4

梁云霄回到家里,宁霞发如蓬蒿,眼睛红肿。金子的女儿小玛瑙正带着小米粒在沙发上玩芭比娃娃,两个孩子根本不知道大人间发生了什么事,还在咯咯咯地笑。小米粒看到梁云霄回来,扑上来亲他。梁云霄抱着小米粒,向宁霞耐心询问事情的来龙去脉。

这几年,月塘湾旅游餐饮公司发展很快,效益也出奇地好,不仅潜钓场及观澜居的装修款和基础设施的投资已经全部收回,每年的盈利也在逐步增加。今年"五一"之后,游客爆满,一直到台风之前,每天接待的游客都在五百人以上。台风的到来虽然让观澜居和潜钓场的部分设施受损,但好在它迟到了两个月,避开了旅游旺季。台风过后的第二天,梁宝要组织人整修,给宁霞报了下预算。

宁霞估计,就算这样,年底也还会有两百多万元的盈余。

身为公司分管业务的副总,金子一周前跟梁宝请假,说要趁着这几天不忙,去香港、澳门谈几家旅行社。走之前,金子还带着女儿小玛瑙来宁州找了一趟宁霞,问她有没有时间一起去香港。宁霞觉得小米粒太小,单位刚从技校分来一批新工人,她走不开,金子就把女儿小玛瑙托付给了宁霞,一走就是七八天。刚开始,金子还是每天晚上都会有打电话过来,跟宁霞说当天的事情,跟小玛瑙聊几句。中间来了台风,金子没打电话来,宁霞也没在意。

等雨过天晴,会计要从银行取款整修基础设施,找老贾要法人章,却发现章不见了。梁宝到银行一查账,发现账上的现金都被提走了,老贾的一百多万元存款也被取走了,而且还多了两百万元的贷款。也就是说,金子卷走的钱款超过了五百万元。梁宝赶紧打金子的电话,可电话已经停机了。老贾听到这个消息,当场就晕倒了,梁宝开船把他送到了海山市人民医院,又赶紧打电话给宁霞。宁霞一边发动熟悉金子的人去找,一边让梁宝以公司的名义报了警。

梁云霄听完事情经过,心里已经有了不祥的预感。尽管如此,他还是把气愤、懊恼、无助的宁霞揽在怀里,劝慰她说:"事已至此,生气、恼怒、懊悔都无济于事,眼下最重要的是外公的病情。"

梁宝打来电话,告知二人老贾得了脑出血,要做开颅手术。此前宁霞因为要照顾两个孩子脱不开身,就拜托梁宝在医院盯着。梁云霄得到消息,准备安排老贾转院,接老贾来宁州。与此同时,宁霞把最新情况同步给了宁虹,宁虹说会赶明天最早的车回来,又气愤地道:"这事得尽快通知八爪鱼,明明是他的老子、他的女儿,凭什么都丢给我们?"

由于宁霞开了免提,梁云霄也能听到宁虹说了什么,就扬声道:"我说宁虹同学,别老八爪鱼八爪鱼地叫,懂点长幼尊卑行不行?"

宁虹嗤之以鼻:"对于不值得尊重的人,我凭什么尊重他?"

梁云霄又说:"一会儿我会通知他,不过他现在在香港准备山海国际航运集团上市的事,也赶不回来。"

宁虹的声音听上去很惊愕:"就他那破公司,还能上市?"

梁云霄说:"你不要小看他的公司,年底上市的可能性很大。"

宁霞说:"可是手术需要他签字啊。"

梁云霄本来就要去宁州医院咨询给老贾转院的事,就说会再问问能不能由他们这些一起生活的亲属代签。宁霞嘱咐他开车慢一些,他捏了捏宁霞的脸,让她放宽心:"只要人好好的,其他的都不是事。"

路上梁云霄给贾山打电话,贾山却在跟李子木喝酒,所以并没有接听。宴会上还有另外三个人:颜辉过去的财务总监、现任宁州长兴集团副总裁的郝敏,姚子期的母亲苏淑琴,以及香港国际航运投资公司的总裁汉斯。

李子木坐享颜辉留下的资源,很快融入了香港金融圈,苏淑琴和汉斯也因为颜辉而对李子木高看一眼。很快,他们二人就一致认为,虽然李子木在能力上比颜辉要弱一些,但他的危机公关能力和执行力比颜辉更强。

山海国际航运集团给出的财务报表及其旗下山海国际标准集装箱厂未来市场的前景都让投资者怦然心动,而且山海的背后还有长兴集团这个潜力股,所以,如果不出意外,公司年底敲钟不成问题。

几个人酒喝得很尽兴,宴会散后,贾山还为在座的每个人奉上了价值不菲的礼品。贾山和李子木送苏淑琴上车时,苏淑琴问了一句:"听说李总跟宁嘉南的关系不错?"

李子木尴尬一笑,没有隐瞒:"我们曾经是校友,在宁州时交往过一段时间,已经很久没联系了。"

苏淑琴微微一笑,说:"那我知道了。"

众人离开,李子木敏感地问贾山:"你跟苏总说过我跟宁嘉南的关系?"

贾山对天发誓:"没有,绝对没有,我连你跟姚子期是校友的事情都没跟她说过。"

李子木说:"这都是已经过去的事了,我们每个人必须向前走,往前看,包括梁云霄,我也不想跟他成为敌人。"

贾山恭维地竖起大拇指:"李总的胸怀和眼界,是这个!"

李子木说:"山海国际标准集装箱厂是优质资产,我希望它的股权是干净的,这很重要。"

贾山拍着胸脯打包票:"当然,我一个人的,干干净净。"继而,他有些为难地问,"李总,我想问一句,这个厂能不能不进这次上市的篮子?"

李子木一愣,目光有些阴冷地说:"你要想控股,恐怕不能。"

贾山狠了狠心说:"那好吧。"

李子木想了想,问:"你可不要瞒我,这里面不会有梁云霄什么事吧?"

贾山赶紧摇头:"没有,公司法务那里,你可以查。"

李子木笑道:"有也没关系,这个厂毕竟是他帮你弄的。但该预留的,你得留出来,这很重要。"

贾山干脆地回答:"明白,百分之五。你找好代持人,我回去就办。"

李子木看了一眼贾山,说:"不,是百分之十。明天我会给你代持人,上市一年之后,逐年变现,能做到吗?"

贾山难受,但还是咬了咬牙说道:"好!"

贾山送李子木上了郝敏的车。隔着车窗,李子木把贾山送给他和郝敏的两份礼品还给了贾山:"我跟郝总的这两份礼物你拿回去,我们是国企,也是大股东,以后这个不允许。你说对不对,郝总?"

郝敏笑了笑,也说:"李总说得对,这事很重要。"

贾山拎着礼品袋,望着车离去,苦笑着摇头,然后才给梁云霄回了电话:"小梁,事成了,我刚才是在……"

"我不管你有什么重要的事,你赶紧回来,外公病危了,晚了我怕你见不上他的面。"

梁云霄的话让贾山一下子愣住了。

5

老贾的手术很成功,所有人都松了一口气。

贾山听说了金子的事,他似乎明白是因为什么。那天,金子自他们分开后第一次主动找到他,两个人在千家门渔港吃了顿饭,然后一夜欢悦。贾山还窃喜,以为金子回心转意了,谁知等天亮才知道,金子是来要东西的。她已经得知山海国际航运集团即将上市的事,希望贾山能给她一些股份。金子觉得,她算是公司的创始人之一,当初堆场、码头,以及后来的航运公司,都有她的功劳,现在贾山生意做得风生水起,赚得盆满钵满,这里面应有她的一份。

贾山搂着她丰腴的身子说:"你回来,回来就有你的一份。"

金子说:"你这里不缺女人,更不缺为你做事的。我就想要点原本就属于我和女儿的东西。"

贾山笑了,他发现金子这几年对金钱的欲望更大了。当初他们分开,一方面是因为自己对待女人的态度,另一方面就是因为金子的贪婪和控制欲,这也是他不看好有金子加入的旅游公司的原因,其他所有人捆在一起也抵不过金子一个人。所以,金子要股份的事,贾山没同意也没拒绝,只说:"公司是有股东的,有制度的,你得容我考虑,给我时间。"

此后两个多月,贾山派人把金子的人际关系摸了个遍,发现金子身边的男人不止一个,甚至还包括自己的宿敌张达。贾山震怒了,想着这样的女人,竟然还敢厚颜无耻地向他要上市的股份。于是半个月前,当金子再次来找他时,他用皮带从上到下把她的身体梳理了一遍,然后扬长而去。金子被打得满床翻滚,却不敢大声号叫,躺到凌晨才缓过劲离开。

贾山想,金子的这次"卷包会",跟自己痛打了她一顿有着直接的关系,她这是在报复自己。可是此刻,面对宁霞和宁虹的询问,贾山自然不会把真相说出来。他若是认了,这五百万元虽然不会让他全拿,但宁霞和宁虹绝对不会放过他。五百万元不是橘子皮,公司正在上市,资产正在评估,他的每一分钱都有升值空间。

贾山对宁霞说:"金子就是一个烂人,你偏把她当宝。她的事,我不会替她买单,谁惹下的麻烦谁来管。"

宁霞很恼火:"外公是法定代表人,她是拿着外公的法人章和公章去贷的款。"

贾山说:"那你去找他。"

宁虹也怒了:"你这话是人说的吗?外公在ICU里躺着,怎么找他?难不成,这两百万元的贷款,你让一个还没醒过来的老人还?"

贾山说:"我的公司在上市,账上没有钱,所以这个事情我管不了。"

他说话的时候不时看向梁云霄,但梁云霄回给他的只有鄙夷冷漠的眼神。见状,贾山唯有苦笑:"小梁,公司账上确实没钱,我回去让会计看看能不能挤出个三五十万……"

梁云霄冷冷地说:"这是你们家里的事,我是个外人,我管不着,以后也不会管。"

这话贾山听明白了,以后他贾山的事,梁云霄不会再管了。

宁霞气得发狂,恨得咬牙,悔得要命,痛得昏厥。她气自己有眼无珠,信任金子这么一个虚情假意、善于伪装的人;她恨金子竟然跟她的母亲贾玲一样,抛弃了女儿。当人性的善良遇到丑恶,受到伤害的总是前者。公司丢钱,宁霞很心痛,但更让她心痛的是,小玛瑙没有妈妈了。

对于金子,宁霞曾经是加了小心的。以往每次分红,她也曾嘱咐老贾,尽可能不要放在金子身上。老贾听了宁霞的话,钱在小玛瑙那儿存了大头,可身份证和公章却没有避讳金子。他觉得金子不大可能会舍弃小玛瑙,也对金子跟贾山和好还抱有幻想,根本想不到金子会那么绝情。

贾山在医院守候了两天,聘请了一个四十多岁的女护工,交代完了事情,就准备离开。宁虹坚决不让他走,说:"外公还没有醒过来,等他醒过来你再走。"

贾山说:"我的公司正在上市,明天要出差去日本横滨港谈集装箱生意。医药费我存足了钱,还请了护工,这里不用你管。"

宁虹怒气冲冲地说:"万一我外公有事,护工能签字吗?他是护工的爹吗?"

贾山心急如焚,扒开宁虹就往外冲。宁虹在停车场拦住他,两个人大吵一架。贾山说他这笔生意能赚七八百万元,宁虹却道:"你做多大的生意跟我没关系,你爸还躺在ICU里,照顾他是你的义务。另外,你的女儿你也尽快领走,你是她的父亲,丢给我姐,毫无道理。"

周围已经有不少人围观,贾山很尴尬,硬着头皮挣脱宁虹,上了自己的车。宁虹站在车前不让他走:"身为一个即将上市的企业的老总,前女友卷走你父亲五百多万元,你本人却抛父弃女,毫无道德可言。我要让这件事见诸报端,我就不信,有良心的股民会买你这无德老板的股票!"

贾山又气又恼,却毫无办法,只能大声怒吼:"宁虹,我到底要怎么做,你才能放我走?"

宁虹伸出手:"现在立刻给我一百万元,给了就能走。"

贾山气得眼冒金星:"你这是敲诈勒索!"

宁虹冷笑:"你让我揭你老底吗?要不要从我两岁的时候开始讲,要不要从贾玲寄给我的抚养费开始讲?"

贾山拿出支票单,填了八十万元的数额,递给宁虹,气恼地说:"你这孩子,现在怎么变成这样了?"

宁虹看了看支票,也不想再和他纠缠,便挪开步子说:"都是你给逼的。"

贾山一踩油门,愤然离开。

6

警方调查了金子的所有社会关系,发现她的交际很广,案发前接触过的人有几十个。经过多方调查,一个叫梅三的观音山香客进入了警方的视线。此人是香港户籍,二十九岁,未婚,名下有一家半死不活的旅行社,跟金子交往一年多时间了。继而,警方查到金子早就悄悄办好了港澳通行证和英国工作签证。梁云霄听到这个情况,知道金子既然蓄谋已久,肯定是不会再回来了,就安慰宁霞:"警方发出了通缉令,有了消息会尽快通知我们的。"

开始的几天,宁霞还抱有希望,可随着时间一天天过去,失望也一天天增加,宁霞的心情也就越来越糟糕,上班的时候总是走神。梁云霄又劝她:"你可千万别想不开,钱这东西,没有了可以再去挣,你要一头从几十米的高台上扎下来,小米粒可就没妈了。"

这个冬天,宁州出奇地冷。宁霞得了肺病,总是不停咳嗽,人变得憔悴、消瘦,脸上常见的笑容和红润也渐渐消失了。梁云霄心疼得要命,带着宁霞去了几次省城,又去了一次海都,甚至还去了一趟北京看病。专家说宁霞的肺部出现了阴影,说不准是幼年留下的钙化灶,还是后天病变形成肺病,做了穿刺和生化检查,排除了恶性的可能。可是,不论怎么治疗,宁霞的病情仍然不见好转。

梁云霄很着急,但因为自己工作太忙,无法时时刻刻照顾,就接来了丁春草。丁春草来到宁州,看到宁霞这个样子,心里难过得落泪。夜晚,她跟宁霞、小米粒睡在一张床上,搂着委屈的宁霞劝她:"小霞,我们把旅游餐饮公司转给镇上吧,这样不仅能还清贷款,还能有盈余,你外公的养老钱和小玛瑙的抚养费都够了。钱这东西,多了就是祸害。你跟云霄上班有工资,我有面馆,一年赚几十万元没有问题。"

宁霞哭着说:"妈,我就是心有不甘。那么好的一份家业,在我手上给毁了。"

丁春草拍着宁霞的肩膀:"小霞,我是死过几回的人,我明白得很,这人啊,没有吃不了的苦,可毁就毁在'不甘'上。人得知足。听妈妈的话,这事我们不想了,好好吃药,好好养病,病好了,你就好好上你的班。云霄的事业越来越好,小米粒也越来越可爱,为了他俩,你得好好活。"

宁霞像孩子一样蜷缩在丁春草的怀里。丁春草个子很高,人很瘦,浑身都是骨头,但她的胸膛却很宽阔,很温暖。这个胸膛,对从小缺少母爱、经历了那么多磨难的宁霞来说,更像个慈爱的港湾。宁霞慢慢地睡着了,丁春草搂着她消瘦的肩膀叹了口气。宁霞从小受了太多的苦,她的经历听起来就让人心疼。世界上没有生来就精神强大的人,精神强大的宁霞其实内心很脆弱。正是因为经历了太多的贫穷和疾苦,所以,唾手可得的财富和幸福就这么失去,才让她无法接受。丁春草已经天崩地裂地走过一遭,所以,更理解她的彻骨之痛。

梁云霄决定抽时间带宁霞去一趟月塘湾,彻底解决公司的事。这是宁霞的心病,也是他的心病,要是解决不了,他们的心都得一直在半空中悬着。他向钟立达请了一周假,然后去见了已经是云海区委书记的大刘。大刘想了很久,说:"你可得想好了,那可是将来做千万富翁、亿万富翁的机会,这样的机会舍了很可惜。"

梁云霄苦笑:"我就是个渔民的儿子,没有那样的富贵命。我爸想有,客死他乡;宁霞想有,重病缠身。我不能为了富贵痛失所爱,舍了吧。"

大刘可惜地说:"那好,我这就安排区里的文旅公司去办。有什么要求,只要不违反原则,你尽管提出来。他们捡了一个聚宝盆,没有理由不答应。"

梁云霄摆了摆手:"我没有什么要求。当初干这个,也就是想,我爸的船上死了人,借了村里人那么多钱,他们对我家有恩,想让他们过上好日子。所以,这些人区里得安置好,村里那些在公司干活挣钱的人,得继续让他们有饭吃。另外,这事是梁宝一直在干,如果你们认为他还行,还是尽可能让他接着干。至于我大伯、三嫂他们的股份,区里该怎么算就怎么算,我们这儿只拿成本。就这些,没有额外的要求了。"

大刘一脸惊愕地问:"这事你跟宁霞商量了吗?她有什么要求?"

梁云霄苦笑:"按她的意思,她肯定不舍。可我不能让她继续再陷下去了,欲望这东西就是大海沟,遇到风暴,就是深渊。"

大刘用敬佩的目光看了梁云霄一会儿,竖起大拇指:"徐副市长没有看错你,你是这个!"

梁云霄尴尬一笑:"这事是我对不住你和徐副市长。这个情,怕是要日后来还了。"

大刘说:"你也别日后了,徐副市长可能过完年就要去你们管委会办公了。"

梁云霄惊喜地问:"你是说,徐副市长过完年要提升正厅了?"

大刘说:"是。去年秋天不是提出了海上丝绸之路倡议,你们管委会要升格了,正厅级,由省政府直接抓。新到任的省长跟徐副市长谈话了,说东海的步子迈得太慢。港口一体化战略提出这么多年了,大部分还停留在纸上,浪费的时间太多了。"

梁云霄长叹一口气说:"所以啊,月塘湾的事不能再拖了。最近我也一直在检讨,或许当初支持宁霞弄这个公司就是个错误。"

大刘摆摆手说:"这绝对不是。月塘湾文旅项目是我在做副区长的时候一手抓的,它要不出事,应该是全区所有项目发展最好的一个。那儿距离观音山很近,游客量大,发展会越来越好。国家文旅部也已经正式批复落叶岛是国家4A级景区了,这个地方未来的发展将是起飞的节奏。当时,如果弟妹不做,不会有这个结果。"

冬至这天,天空中飘着雪花。梁云霄和宁霞在月塘湾码头下船的时候,云海区副区长和文旅公司的米总以及镇上的书记、镇长,还有梁宝,都已等候多时。宁霞带了法定代表人及大股东老贾的授权书和私章,以及公司的所有手续来最终签字。

米总看了公司的基础设施、设备,听梁宝汇报了经营情况,双方开始谈判。宁霞想留下观澜居做民宿入股,把潜钓场给出去。米总提出,除了贻贝海鲜面馆之外,其他全部都要,他可以多折算些补偿。宁霞没有反对,但是脸色很不好看。梁云霄理解宁霞的心情,观澜居倾注了她太多的心血,而且观澜居一号她已经答应留给何梅做画室了。最后,双方各退一步,观澜居宁霞留下海边的那四栋连体别墅,拥有六十年产权,其余的一切都交出去了。

米总答应了梁云霄提出的条件。文旅公司采取国资控股,原有股东以设备、资源入股的方式参与公司的投资,梁宝的经理职位还是不变,三嫂和梁顺的股份都降了些,但人在公司拿工资。合同签署之后,扣除需要偿还的贷款,七日内文旅公司需要支付给他们现款三百二十万元。宁霞算了算,这些钱,也就相当于当初潜钓场设备和建观澜居投资的钱。

兜兜转转,一切又回到了原点,这些年辛苦打拼赚下的钱,都被金子席卷一空了。想到这里,宁霞的心口又开始疼痛起来,梁云霄立马安慰她:"这些钱,应该够外公和小玛瑙生活了。再说还有贻贝海鲜面馆和观澜居那四栋小别墅呢,也算是巨额回报了。不知足,就会不满足,一切还是以你的身体为主。"

宁霞望着梁云霄因心疼她而眉头紧皱的样子,就没再坚持。

从落叶岛回来,梁云霄的心里一阵轻松,宁霞的脸上也露出了久违的笑容。

第二章

1

　　江河奔腾归大海，喧嚣浮尘归于土，一切归于平静。

　　乙未羊年的春节就这么悄无声息地到来了。这个春节，梁云霄和宁霞决定在宁家老屋过，因为宁海魁、宁五洲、老贾都住在这里。

　　老贾出院后不愿意再回落叶岛，他恨透了金子，也恨透了贾山。梁云霄和宁霞更害怕他触景生情，再犯了毛病，就把他安置在了宁家老屋。不过老贾渔民的身体底子好，没有生过什么病，手术后没留下什么后遗症。

　　宁五洲在经历了宁嘉南的事之后，越发看中梁云霄这个孙女婿，他近年脾气变好了，架子也放下来了，很愿意主动跟老贾交流。老贾住在女婿家里，也没有理由主动跟他起矛盾。于是，两个因为儿女婚姻疙疙瘩瘩几十年的亲家就此将恩怨搁置，虽然时不时也有小争论，但人过七十古来稀，多少有点像小米粒跟小玛瑙，吵过之后，很快风平浪静，又接着在一起玩了。

　　宁虹在院子里挂满了红灯笼，还从东海带回来了电子鞭炮。她从大四开学就在宁州港实习，并且已经以全班第二的成绩拿到了保送研究生的资格，成了罗子坤的关门弟子。宁霞不由感慨，时间过得真快。

　　宁霞经过一次大病，悟了许多，从月塘湾回来后，转岗到了宁州港主港码头的操作部岗前培训中心，年轻的技工若是过不了她这一关就上不了岗，所以有一大帮年轻人见了她的面都得叫她师父。下班的时候，宁霞总是坐在班车的第一个座位上,而那个座位在宁霞刚上岗的时候,是宁五洲坐的,所有年轻技工上车第一件事就是鞠躬点头,叫宁五洲一声"师父"或者"师爷"。

宁霞坐在这个座位上,恍然若梦,刚进港口的一幕幕瞬间在脑海里浮现。她觉得这个位置很神圣,是带着光的存在,所以对这份工作也很珍重。她在技术方面没的说,宁州港的特级技工没有几个,三十多岁能到这个级别的更是凤毛麟角。而且,她还拿过全国级别的劳动技工比武银牌,以及省里连续两届技工比武的金杯。同时,为了能在理论上也教得了那些大学生,她还去读了成人本科的结构动力学专业。

宁霞是个学习的能手,平时书不离手不说,还能把专业理论融入实际工作中去。梁云霄曾经偷偷去培训中心听过宁霞讲课,想起宁虹说的,宁霞就是被桥吊、龙门吊耽误的大学教授,觉得特别认同。他不禁感慨起命运对宁霞的不公,倘若不是原生家庭的原因,宁霞的学业绝对不会比宁嘉南差到哪里去。

大年初一,梁云霄、宁霞、宁虹带着小米粒和小玛瑙去给宁家老屋的三个老人拜年,新的一年就这样开始了。

大年初五,一声巨响,山水集团水泥厂的烟囱被炸掉了,废弃的残渣成了不远处宁州港填海造陆的材料。

宁海楼是在宁州湾操作部楼顶用望远镜看到定向爆破这一壮观景象的,他给在施工现场指挥的梁云霄打电话:"你这事做得漂亮,我得请你喝酒。"

现场很嘈杂,梁云霄大声说:"大伯,这一声巨响,宁州湾一年上千万元的税收没有了,指不定会有多少人骂我。"

宁海楼笑道:"咱们私底下骂了人家那么久,你还不允许别人骂你?"

梁云霄憨憨地笑了。自从去年祁省长这个决定下了之后,山水集团、宁州湾开发区、宁州市里领导层曾经掀起了一阵骂人的狂潮,说出主意的人就是个败家子,就是个祸害。宁州一年少了上千万元的税收,水泥厂一千多名工人需要重新安置,最不满的人就是周晓乙。技术开发区一纸诉状,状告山水集团没有兑现合同承诺。直到郑副省长开始兼任宁州市委书记,到了宁州后很快统一了认识:大港时代已经到来,宁州港要轻装前进。骂声才开始从会上转到了会后,从嘴上转到了心里。

大年初六,马经理带人清场,动用了二十台大型机械。梁云霄只给了他二十天时间,他分秒必争。清场之后,这里将要建十八座二十万吨的散装水泥密封防潮仓储罐。

五月中旬,梁云霄为专属码头深港泊位做了电气化装载生产线。设备从安装、调试到正式投产,用了不到一百天。

正式投产那天,祁省长和港口管委会新任主任徐正生陪同邻省省长来剪彩。活动结束,头戴安全帽的祁省长跟梁云霄来到码头厂房楼顶。望着二十万吨巨轮顺着大潮入港,祁省长说:"不到一百天时间,好样的,这才是我们东海速度。"

梁云霄说:"时间太紧,本来还能做得更好,多少有点遗憾。"

祁省长说:"知道谦虚,还能进步。做事情嘛,没有十全十美,总会有遗憾。"他拍了拍梁云霄的肩膀,"东风起,云帆扬,深港大船时代就要到来了。只要有梦想,就会成现实。小朋友,努力吧。"

2

这是一个没风的早晨,青白的海浪一波又一波地冲击着金色的沙滩。早晨的风有些冷,沙滩上飘来一层淡淡的雾,使沙滩泛上一丝灰白。太平洋的洋流再次改变了月塘湾海水的颜色,此刻的它宛若纯情的少女,多少带点怯人的羞涩。正值旅游旺季,沙滩上已经三三两两出现了许多游客,他们追逐着海浪,一片欢声笑语。

宁霞和姚子期站在观澜居的大阳台上,看着沙滩上宁虹拉着小米粒和小豌豆奔跑的身影,梁云霄拿着红色的小桶和绿色的小铲子在后面追。

姚子期说:"过去你总说梁云霄跟宁虹水火不容,现在你看,两个人的关系不是很好吗,像是亲兄妹。"

宁霞点了点头:"梁云霄现在可是把宁虹宠上天了。"

姚子期笑着接话:"他宠宁虹不就是宠你,谁不知道你是宁虹的姐妈。"

宁霞也笑了:"什么姐妈,我有那么老吗?"

姚子期继续笑着说:"没人说你老,我是说你们的姐妹关系。"

宁霞生病之后,变得特别在意自己的外表,而且对年龄的问题也特别敏感。这次出来,她发现姚子期这么多年来,容颜都没有发生太大的变化,好像只是胖了些,皮肤反而更白皙了,浑身上下透着水光,远看近看,决然不像是一个三岁孩子的母亲。反观宁霞自己,肤色虽然变红润了,但人却变得有些骨感,像一朵干瘪的花。这个认知,让宁霞心里的挫败感油然而生,不由得对姚子期感叹:"真是不晓得你用了什么样的办法,让自己变得越来越年轻。"

姚子期笑着对宁霞说:"我哪有什么办法?心情是最重要的。海山港财务那么一摊子事,我要是遇到点什么都生气,人还不被气死?宁霞,此刻你以游客的心态来看这里的大海,心情是不是不一样?一些事放下了,就什么都无所谓了。过去了就是过去了,总是纠结也没有什么意义。再说,你是丢了钱,你想想我,那可是丢了人啊。对不对?"

宁霞一想,确实如此。姚子期遇到的事要是搁在自己身上,那样的打击,远比金子卷走钱大多了。

梁云霄、宁虹带着小米粒和小豌豆回来了,宁霞看见小豌豆身上的白色短裤被弄得特别脏,就开始责怪梁云霄。姚子期说:"来海边就是玩沙子玩水的,小豌豆就是胆子太小了,我倒是希望他经常来大海边玩一玩。"

趁宁虹和姚子期带孩子们进去换衣服,梁云霄对宁霞说:"小豌豆的胆子是太小了,根本不敢下水,一个劲地喊妈妈。看来男孩子没有爸爸是不行。"

宁霞说:"那我们想办法给子期介绍一个好不好?我听说能源集团的颜辉颜总还单着。"

梁云霄笑了:"他们两个要是能行,用不着我们撮合,颜总还是她介绍给我认识的。"

宁霞说:"那可不一定。要不,你打电话,看颜总在不在海山,邀他来住几天呗。"

梁云霄说:"这倒是个好主意,我跟他也好久没见了,大家一起聚聚。"

宁霞高兴起来,说:"我给梁宝打电话,让他不要把观澜居四号安排出去,留给颜总。"

宁霞名下的四套观澜居，平时由月塘湾文旅公司代管，旅游旺季时，宁霞每个月都能有不错的房租收入。

宁霞提这一嘴是有原因的。颜辉从香港回到东海省能源投资集团后，经常来海山考察项目。姚子期作为朋友，每次都会接待他，两个人的关系算是很密切。有一次，宁霞来千家门渔港找吴婶，正好碰见他俩，就一起吃了顿饭。席间，宁霞发现颜辉对姚子期的照顾无微不至，而且看姚子期的眼神里有点那方面的意思。饭后宁霞找吴婶了解情况，吴婶说他俩经常来，每次都坐小包厢，有时一谈就是一下午。

颜辉和姚子期都是海归，而且都单着，宁霞就有了撮合他们的想法。梁云霄认可颜辉的人品，若是两个人能成，也算是金玉良缘，就给颜辉打了电话。

颜辉正在忙龙山湾孤岛项目。东海省能源投资集团准备募集千亿资金，在龙山湾兴建一座世界级别的绿色石化基地。于是颜辉一头扎进龙山湾孤岛，开始了跟梁云霄当初在凤凰湾那样的守岛人生活。梁云霄虽然经常跟他通电话，但这几年真正见面也就两次。一次是颜辉到管委会开会，申请规划航线；一次是在海山徐正生的办公室里，申请征地。两次见面，聊天的时间不超过二十分钟。

颜辉接到电话很高兴，说是会尽快申请交通工具，去月塘湾看梁云霄。梁云霄说："交通工具你别找了，我开船去接你。"

听说颜辉要来，宁霞、姚子期都很高兴，宁霞就提议下一次海，准备晚上的烧烤靓货。梁云霄担心宁霞的身体，宁霞却很坚持："我的身体我最清楚，我已经很久没有看到海底是个什么样子了。这次我带全了设备，颜哥不来，我也会下水的。"

梁云霄还是反对："月塘湾不缺靓货，下钩、下网、路亚钓，都可以。我再说一遍，宁霞，不准下海。"

不过宁霞还是趁他去接颜辉的空当拿出了潜水设备，宁虹见状，也嚷着要去，还打电话找梁宝要了一套潜钓设备。宁霞没有办法，只能答应。

3

宁霞让梁宝派人送来了一条船,带着宁虹换好了装备出海。船离开小码头不到十分钟,两个人就到了宁虹高考前跟梁云霄下水的地方。这个地方很僻静,水域也很宽阔。宁霞抛下船锚,小船就停泊在了碧波之上。海上没有风,浪也不大,正是潜水的好天气。她回望观澜居,不由感叹:"这里可真漂亮,等我们退休的时候就来这里住,住到老死,死的时候就埋在这儿。"

宁虹连呸出声:"姐,你总说我讲话不分场合,你说这话的时候也没过脑子,我们这是要下水,是猎鱼潜。"

宁霞笑着说:"我说的是我跟你姐夫老的时候,跟你没关系的,诅咒不到你。"

宁虹说:"姐,我希望你跟我姐夫幸福活到一百岁,你们都是好人,好人会有好报的。"

宁霞一笑,潜下水去。久违的水下,透明、安静、惬意。宁霞在水下翻滚,丝毫没有不适的感觉,宁虹紧随其后。此刻的水下真的很漂亮,绿色的水草一望无际,微波荡漾,像是绿色的浪。宁虹奋力朝宁霞游去,大片大片的鱼群冲过来,掠过水草和珊瑚树,像是急着去参加演唱会或是观赏人鱼表演的观众。宁虹和宁霞则像两条敏捷的美人鱼,追逐着鱼群。

宁霞到水下,一下子变得活力十足,宁虹想,这才是她那个激情澎湃的姐姐啊。她欣赏着姐姐的人鱼表演,一下子忘记了猎鱼的事情,一条大鱼游过来,跟她近在咫尺,她也毫无动作。宁霞冲着她做了个包抄猎杀的动作,她才缓过神来,绕过珊瑚树,对准那条大鱼,扣动了猎鱼枪,却没有击中。这时,宁霞的鱼枪击发了,大鱼中枪后挣扎着朝珊瑚丛深处逃去,宁虹和宁霞立马追了过去。

前面是一堵像大山一样的岩石,上面长满的珊瑚树像是春天盛开的花海。鱼在花海间游动,最终逃到了一个很大很大的崖洞里。宁虹紧跟着宁霞,朝着崖洞游去。崖洞很大,里面长满了各种绚丽的珊瑚。宁虹被这样梦幻般的景象震慑住了,原来海底还有如此奇妙的风景。宁霞碰了一下她,两个人摸索了一会儿,终于联手抓住了那条鱼。

这是一条龙胆石斑鱼,体形非常大,有十三四斤的样子。宁霞拎着它的鱼鳃,将它递给宁虹,示意宁虹离开,可宁虹不愿意,因为这里太美了,像是传说中的东海龙宫,她还没有看够。

宁霞发现崖壁上吸附着更多的靓货,有鲍鱼、贻贝、扇贝、香螺、黄金螺等等,还真像是龙宫里的奇珍异宝。宁霞把其中体肥个大的通通装进袋子,宁虹则继续猎鱼,只是还不得要领,几次猎杀都没中。宁霞让她接过网兜,亲自上阵,不停命中,一会儿工夫,二人就收获满满。谁知,等她们浮出水面,宁霞摘下氧气口塞就开始剧烈咳嗽。宁虹一惊,也慌忙摘掉氧气口塞,大声说:"姐,你鼻子流血了!你感觉怎么样?你的鼻子怎么会流血啊?"

宁霞捏着鼻子说:"感觉还好。没事,可能是长期不下潜,鼻子里的毛细血管破了。过去深潜,经常会这样,没什么大惊小怪的。"

宁虹开始后悔:"姐,我们应该听姐夫的,不该下水。"

宁霞说:"我没有感觉不适,相反,我很舒畅。这里的水不深,我看了水压表,水压不大。"她说着松开了手,还好,血不流了,宁虹的紧张情绪稍微得到了缓解。

宁霞启动船,二人往观澜居回航。路上,宁霞对宁虹说:"不准告诉你姐夫,不然我们两个都会挨骂的。"

4

黄昏时分,梁云霄把颜辉接到了月塘湾。观澜居阳台上,篝火正旺,宁霞他们已经开始烧烤。颜辉人胖了一些,黑了一些,牛仔裤、海魂衫,胡子有些茂密。几年前那个白衬衣、西装革履的精致男人,此刻却有些邋遢。很显然,是在岛上待久了的缘故。

颜辉笑着对众人说:"对不起,直接从海岛上来,没来得及收拾,样子有些吓人,小朋友们不要害怕哟。"

姚子期笑了,说:"没人笑话你。"

梁云霄来到烤炉边,看到那么多靓货,脸色一变:"你们下水了?"

宁虹低头翻着鱼排,不敢看梁云霄。宁霞笑着说:"我就想试试我的鱼枪还好不好用。"

梁云霄压低声音批评宁霞:"不是说不让你下水吗?"

宁霞一边往烤鱼上撒着调料,一边撒娇:"我这不是没事呀。告诉你,我收获可丰富了,清蒸、椒盐、炖汤煮米线,怎么料理都行。"

梁云霄哭笑不得:"你就作吧。"

他开了两瓶啤酒,端着一盘刚烤好的生蚝过去找颜辉,加上姚子期,三个人就开始聊颜辉那个千亿级别的石化项目。姚子期问:"颜哥,你一个投资集团的老总,又不是项目经理,没必要待在孤岛上吧?"

颜辉苦笑着说:"项目越大,事情就越难做,如履薄冰。这个项目你们可能还不是太清楚,大部分是民营企业资本,国资只是牵头。"

姚子期惊愕地问:"民营资本有能力弄这么大体量的项目?"

颜辉说:"海山到海都的跨海大桥大不大?将来可能也是民营资本搞。"

梁云霄也很惊讶:"海山到海都要建大桥?哇,现在的民营资本不可小觑啊。那么大体量的项目,将来不是民营体制吗?"

颜辉说:"民营体制有民营体制的优势。"

姚子期笑问:"那你一个国投老总,苦哈哈待在岛上干吗?"

颜辉无奈地说:"国资组局啊。你想,民企把那么多真金白银砸进海里,那是对国家、对政府的信任,项目万一有个闪失,那可是国家和政府的信誉受损。所以,我的责任大了去了。"

这个项目是省里的顶级项目,梁云霄并不陌生,可今天颜辉说是民营体制,他还是第一次听说。那片海域,十几年前他跟罗子坤考察的时候就去过。那里距离海山本岛更远,水深浪高,项目难度不小。项目选址在两座本来不相连的孤岛,因为项目的体量足够大,两个岛中间的海域要填上。这样的填海工程开天辟地,听起来就惊心动魄。

那边小豌豆因为抢玩具抢不过小米粒而哭闹起来,颜辉看着姚子期去哄孩子的背影,有些担心地说:"男孩子的成长,没有父亲的陪伴,还真是不行,小豌

| 627 |

豆太女孩子气了。"

梁云霄闻言笑问颜辉:"你也不能总单着,有没有可能……"

颜辉尴尬一笑:"落花有意,流水无情啊,还是做好朋友吧。"又压低声音道,"你还没听说吧?斯蒂芬公司的代表要来东海考察港口投资项目了。"

梁云霄皱起眉头问:"你是说北欧的斯蒂芬公司吗?"

颜辉点了点头,继而说:"全世界还有几个斯蒂芬公司?而且这次来的不是别人,就是宁嘉南,身份是高级总裁助理。哦,总裁就是他的新婚妻子赵艾米。他们人已经到香港跟长兴集团接洽上了,听郝敏说,他们三天后到宁州,会重点考察海山港。"

梁云霄问:"他这是衣锦还乡,还是炫耀示威?"

颜辉笑着说:"人家是来投资的,据说投资额度还不低,起码十亿欧元。"

梁云霄又问:"子期知道吗?"

颜辉说:"不清楚。这事你我就装作不知道吧,毕竟他们之间还有一个小豌豆。"

梁云霄点了点头。

哄好小豌豆,宁霞让宁虹带两个孩子去房里玩,然后问姚子期:"你跟颜哥怎么样了?"

姚子期一脸疑惑:"什么怎么样了?"

宁霞笑道:"装,你还跟我装?你们两个都是单身,如果真有那个意思,就谁也别绷着了,直接挑明。小豌豆你也看到了,成长需要一个完整的家庭,你不为自己考虑,总得为小豌豆考虑吧?"

姚子期咯咯笑起来:"你可真逗,我们就是朋友,只能是朋友。"

宁霞盯着姚子期看了很久,说:"我觉得,颜哥是真对你上心了,钻石王老五,多好的条件。"

姚子期一脸认真地说:"我们真是朋友,充其量是聊得来的朋友。所以你千万别乱点鸳鸯谱,弄得大家都尴尬。"

宁霞有些沮丧:"你说我这又下水又准备大餐的,不都是为了撮合你们俩吗,结果是白费工夫了。"

姚子期搂住宁霞,说:"你的这份心意我领了,我们是最好的姐妹,谢谢你的大餐。"

颜辉不停地跟梁云霄碰杯,天南地北地聊着天。梁云霄很喜欢这样的聊天,因为颜辉提供的信息量很大,也很新鲜,他跟颜辉聊天能长见识。他问颜辉:"颜哥,你觉得,我们管委会接下来该怎么发展?"

颜辉想了一下,说:"我是瞎说的啊,你也就一听……我觉得,很有可能,你们管委会要不了三年就会寿终正寝。你看啊,市场决定一切,不符合市场规律的东西,都会成为市场的藩篱。就拿我们凤凰湾二期的例子来说,如果没有行政的干扰,它不会滞后三年才落地。管委会之所以存在,是为了打破行政区划的限制,推进港口一体化的进程。想法是美好的,可结果是尴尬的,它成了实现区域利益均衡的调和者角色。所以说,很尴尬嘛。"

颜辉一语中的,梁云霄竖起大拇指,再次跟颜辉碰杯。

颜辉接着说:"相比之下,我更欣赏海山跟海都大洋港的合作,这才是市场化融合的最好范例。为什么呢?因为宁州跟海山同属一个省,兄弟合作,爹妈肯定要搞平衡,手心手背都是肉嘛。海都就不一样,那是邻居,邻居就不存在这个,该讲价钱就讲价钱,目的就一个:挣钱呗,赢利呗。如果换作是我,什么宁州、海山、海都,都是一片海域,都是一个市场,那就按照市场化的规律,彻彻底底地合起来。"

梁云霄不由得感慨:"听君一席话,胜读十年书啊。"

一场小聚,二人酩酊。颜辉醉得更厉害,宁霞和梁云霄把他送进了观澜居四号,之后宁霞再扶着梁云霄回一号。梁云霄伏在宁霞的肩膀上对她说:"你堂哥,宁嘉南,要带着他的新老婆,耀武扬威回来了。"

宁霞愕然。

5

午夜,李子木陪同宁嘉南和赵艾米一行人下了飞机。宁州机场贵宾室门口,宁州市常务副市长周晓乙亲自在门口迎接。赵艾米跟宁嘉南一前一后款款走来,后面跟着李子木和长兴集团的副总裁郝敏。赵艾米个子很高,欧洲人的面孔,立体精致,肤色白皙,气场强大。宁嘉南西装革履,板寸头型,架着一副金丝眼镜。他瘦了许多,离开宁州时的臃肿和颓废荡然无存,显得更年轻,更干练。他跟赵艾米始终保持着半米的距离,时刻凸显着赵艾米高贵的身份。

李子木向赵艾米介绍周晓乙,赵艾米伸出雪白的手,用很商务的微笑报了自己的名字以示回应。周晓乙象征性地跟她握了手,客气地说:"赵总裁一路辛苦,先稍坐片刻,一会儿让李总陪你们去下榻的酒店。我今晚还有一班飞机要接,夜宵就不陪你们吃了。你们先休息几天,抽时间,我会在你们住的酒店设宴,为你们接风洗尘。"

周晓乙在宁州市副市长的位置上干了两届,现在,省里对宁州湾经济开发区很重视,他向前再进一步的呼声很高。斯蒂芬是欧洲最大的国际航运巨头之一,旗下的船舶、港口、石油、矿石、化工产业在全球市场也很有竞争力。宁州港口集团正在筹备上市,斯蒂芬投资集团高管亲临宁州、海山考察项目,这对周晓乙来说,无疑是个大好时机。

见到宁嘉南,周晓乙暗自庆幸。当初他顶住压力,在山水集团的事情上放宁嘉南一马还是做对了。凡事留一线,日后好相见。很显然,这次相见,宁嘉南还是很给面子的。昨晚,周晓乙接到李子木的电话,得到了一个不太好的信息:赵艾米根据斯蒂芬集团公司总裁赵芬芳的指令,要重点考察海山港。今晚,赵艾米先到了宁州,很显然,宁嘉南是在里面起了作用的。

众人进了贵宾厅,贵宾厅里摆着色彩鲜艳的水果。周晓乙看了一眼宁嘉南,发现宁嘉南在为赵艾米剥美人橘。美人橘是宁州海岛特产,这个时候能保持如刚摘下来那样新鲜,实属不易。

宁嘉南对周晓乙能在晚上亲自来机场接他们这件事很感动,这是给了他这个曾经落魄之人一个天大的面子。他用英语反复跟赵艾米强调这一点："周副市长日理万机,这么晚还亲自接机,看来对斯蒂芬公司十分重视。"

赵艾米点头,再次向周晓乙表示感谢。周晓乙路上跟宁嘉南沟通了明天的行程安排,这事情按理说不该他来做,可他确实想把斯蒂芬公司的投资留在宁州湾。周晓乙说:"二位车马劳顿,明天做短暂的休整,后天我会让人陪着考察团到宁州湾考察企业和项目,然后开一次见面会。我也知道你们新婚燕尔,赵总也是第一次来宁州,以玩为主,如果赵总有什么想法,可以让嘉南博士转达给我,我再做细致的沟通。"

赵艾米表示同意,众人寒暄一阵,李子木走过来邀请宁嘉南和赵艾米上车去酒店,周晓乙在贵宾室门口目送。

周晓乙要等的另外一拨人是斯兰特,以及苏淑琴和汉斯。他们同从香港飞来,航班就错了一个小时。事情都是李子木安排的,周晓乙开始对这个过去不怎么看中的秘书刮目相看了。短短几年,李子木的成长速度太快了。斯蒂芬、斯兰特两家公司都看中了宁州港、海山港以及两港带动下的航运民营企业。在宁州、海山、海都深水大港的带动下,宁州、海山的民营航运企业发展很快,就连海山渔民贾山捣鼓出来的那个山海国际航运集团也在筹划上市了。

去年,李子木把贾山带到了宁州来见他,他无论如何也想不到,这样一个不起眼、浑身鱼腥味还没有褪干净的家伙,竟然也是坐拥十几艘大船,旗下还有一家弄得不错的集装箱厂、一家填海造陆工程公司的民营企业家。宁州湾要蓬勃发展,不仅国企要腾飞,民营经济更不可小觑。

周晓乙在同样的贵宾室接待了斯兰特、汉斯和苏淑琴。斯兰特见面给了周晓乙一个热烈的拥抱,虽然他知道,过去几年的不愉快,不是这一个拥抱能冰释前嫌的。可是他更清楚,他在宁州湾的仓储物流中心和超级堆场的问题,让周晓乙如鲠在喉。这个问题得不到解决,将是周晓乙从政生涯中永远的疙瘩。斯兰特仓促上马的那个所谓超级堆场和物流中心项目,早已成了宁州湾的鸡肋。这些年,斯兰特、地中海、马士基等公司的大宗商品巨轮,为了更便捷地周转,几乎都不选择在宁州港下货,而是选择就近在海山港下了,所以,那个堆场的利用率不太高。至于税收,更是微乎其微。为了面子上过得去,斯兰特公司自己的货轮会时不时来这里几趟,堆场上长满了一人多高的蒿草,甚至长出了碗口粗的树。斯兰特很清楚,这个堆场,对附近一公里已经投入运营的宁州湾深水大港意义深远。

周晓乙的决策对吗?道理上都对。此一时彼一时,当年吸引外资,出租土地,招商项目,没有什么不对。斯兰特错了吗?法理上他也没错,他交足了土地租用金,投了资,建了项目,而且项目还在运营,至于生意赔或赚,在于经营;且土地租期还有几十年,你若回租,对不起,掏三倍以上的租金。周晓乙气吗?当然气!恨吗?当然恨!可那又如何?他见了斯兰特,照样还得笑脸相迎。

这次,李子木替周晓乙找到了甩掉斯兰特这个包袱的办法,那就是借助斯蒂芬公司的资本,让山海国际航运集团上市,彻底甩掉斯兰特这泡粘在脚上、恶心了他快十年的臭狗屎。李子木带着贾山来找周晓乙的时候,他还觉得这件事有些天方夜谭。可随着宁嘉南和赵艾米的到来,他又觉得,这件事放到资本市场上,完全是有可能操作成功的。

贾山公司的资质和运营状况周晓乙都看了,航运业务中规中矩,但山海国际标准集装箱厂确实让他耳目一新。这样的厂在海山可能发展空间不太大,到了宁州就不一样了。宁州港的主要业务就是集装箱,而不是斯兰特公司的大宗商品,那块地更适合集装箱标箱的生产和代理。这个产业,足以打动以集装箱航运业务为主的斯蒂芬公司。

山水集团的水泥厂都被梁云霄那小子排山倒海地给推掉了,更何况斯兰特公司一个半荒芜的大宗商品仓储中心和堆场。大港时代已经到来,没有勇立潮头的勇气,没有迎风搏浪的作为,一定会被淘汰。周晓乙认可了李子木和贾山的方案,只要跟斯兰特公司谈判成功,山海集团总部就会搬到宁州来,以民营合资企业的名义上市。

周晓乙很清楚,斯兰特一定会借着这个机会狮子大开口,狠狠地敲他们一笔竹杠。但这次,他不会再让斯兰特得逞。回购土地,他会以宁州湾经济开发区的名义去做。对于斯兰特这样的僵尸企业,省里不会手软,周晓乙清楚现任省长的铁腕,而由自己出面跟斯兰特谈,则会是另外一种结果。他深夜来接斯兰特,也只是一种象征意义上的尊重,因为据他所知,斯兰特未来的东海计划里根本没有宁州,他的目标是海山。

周晓乙跟斯兰特一行人做了短暂的寒暄,就安排秘书送他们去宾馆下榻。等目送众人乘车离开,周晓乙把电话打给了李子木,告诉他,一切可以开始了。

第三章

1

宁嘉南站在海天酒店的玻璃窗前恍若隔世。时光如白驹过隙,宁州的变化很大。他走的时候这个地方还是一片大海,现在他已经站在三十八层的高楼上了。他给儿子赵宁打了个视频电话,嘱咐他好好吃饭,晚上按时睡觉。

赵艾米对宁嘉南能回到她身边惊喜万分,当天就带着宁嘉南去见了外婆赵芬芳和外公老斯蒂芬。老斯蒂芬年迈多病,前妻的儿子都是纨绔子弟,因此,这个千亿资产航运帝国的实际掌舵人,是一个快七十岁还穿着时尚旗袍的中国江南小女人。

赵芬芳头发雪白,一双不大的眼睛躲在眼镜片后面,总让人产生一种难以接近的神秘感。她打量着宁嘉南,依旧一脸冷漠:"斯蒂芬公司虽然很大,但从不养闲人,既然艾米这么喜欢你,你就先做她的助理吧。"

她的声音虽小,但听起来让人很不舒服。宁嘉南跟她接触一段时间之后,才发现在整个斯蒂芬家族里,她的强势和手段,连老斯蒂芬前妻的几个儿子都胆战心惊。

赵芬芳刚来斯蒂芬公司的时候只是个前台,后来升了货代公司的主管,最后做了老斯蒂芬的秘书,三十岁成为老斯蒂芬的情人,给老斯蒂芬生下一个女儿后正式成为他的妻子。至于赵宁名字的来源,也并不是由父母双方姓氏组成,而是因为赵芬芳是宁州人。当宁嘉南得知儿子不仅不能跟自己姓,连名字也跟自己没关系时,心里十分沮丧。

宁嘉南回顾这几年寄人篱下的日子,觉得自己活得很卑微。都说豪门深似海,其实他根本就没有进入到那片海里,更不要说深海了,他充其量就是徘徊在沙滩上,面对大海观望的那个人。他拿着工作签证,做着赵艾米和赵宁的保姆,直到赵艾米开始担任斯蒂芬国际投资公司的总裁,他们结婚的事才正式提上议程。按理说,赵艾米是赵芬芳唯一的外孙女,她的婚礼不说盛况空前,最起码也能风风光光,轰动业界。可实际上,他们的婚礼很简单,就在教堂里,牧师祷告一番,两人互换戒指,就算完事了。这给了宁嘉南一个危险的信号:赵芬芳根本没把他跟赵艾米的婚姻当回事,他还是随时随地就会被扫地出门的。

这次回国前,赵芬芳给宁嘉南出了三道题。

其一,宁家能给他跟赵艾米补办一个婚礼,他们的婚姻能得到宁家老人的祝福。

其实他们并没有告诉赵芬芳,宁嘉南在国内曾经有过一段婚姻,还有一个儿子。可是隐隐约约,他们都能感觉到这个无所不知的老太太似乎对这段历史一清二楚,故意给他们出这道题,就是对宁嘉南隐瞒婚史的惩罚。赵芬芳曾不止一次地对宁嘉南说过,这辈子她最仇恨的就是背叛。

其二,跟海山港或者宁州港实现战略合作,最好能合资成立斯蒂芬国际航运集团的亚太分公司。如果能成,这个公司将由赵艾米来主控。

集团的分公司原来设在新加坡,由老三乔治主控,可是去年,分公司连续出现了巨轮侧翻事故和财务人员贪腐事件,就被裁撤了。新的分公司选址有人提议设在日本大阪或韩国釜山,可这个提议被赵芬芳否了。这几年,中国长三角经济崛起迅速,家电、服装、化工、钢铁、小商品集装箱业务剧增,中国出口市场和原材料进口市场很活跃。中国市场是欧美航运巨头的主战场,董事局会议上,赵芬芳力排众议,决定把分公司设在宁州或者海山。

其三,寻找一家或者几家发展势头强劲、发展前景好的民营航运、船舶代理、货运代理、物流代理公司,拓展斯蒂芬公司亚洲航运业务。

宁嘉南想来想去,前两道题都有他想绕开却绕不开的人,唯独第三道题,他心里目前还有些底,因为他已经接触了张达,还有李子木力推的贾山。而这两个人选中,他更愿意跟贾山合作,因为他的公司正在筹备上市,背后不仅有国有资本,还有周晓乙。而且,操控贾山这个蠢货,远比操控张达这个狐狸要容易得多,之所以拉上张达,就是要给贾山和李子木制造一些危机感,这样他也就有了拿捏贾山的空间。

2

夜总会的包厢里,灯光昏暗又暧昧。贾山陪着李子木醉生梦死,等酒喝够了,歌也唱够了,才开始说正事。

李子木说:"今天找你来有三件事。第一,想办法疏通一下宁嘉南跟宁家的关系。宁嘉南的爷爷跟你爸是亲家,先从你家老爷子那里破局。你要让宁老爷子知道,姚子期不让他宠孙子,欧洲还有一个孙子等着他宠。第二,做好考察的准备工作,尤其是集装箱厂的事。郝敏来了,上市的财务报表,你交给她来重做一个,报表要更好看,这事对我们很重要。第三,斯兰特那个老鬼也已经到海山了,还带着汉斯和苏淑琴。记住,你不要跟他接触,也不要跟海山市政府那边的人接触。上市前,你们公司总部可能要搬去宁州湾,在宁州有人罩着。徐正生去管委会了,在海山你不能没人。懂吗?"

贾山不由自主地点头:"明白。"

他走出包厢,到前台结完账就下楼去了,等走到门口,他转身回望那不停闪烁的霓虹灯,摇了摇头。玻璃并不隔音,李子木的吼叫声不时从楼上传来,嘶哑而颓废。

夜总会正对着的巷子口,一辆奥迪轿车静静地停在那里,像一只伏在海水中昏睡的海豹。贾山走过去拍了拍车门,司机小陈已经昏睡很久了,猛然惊醒,忙起身打开车门。后座上坐着贾山新招的秘书胡玫,是海都大学金融管理系的研究生。胡玫揉着惺忪的睡眼问:"贾总,天快亮了,是回宾馆,还是回海山?"

贾山闭着眼睛说:"回海山,去千家门渔港,等从月塘湾回来的早班船。"

确切地说,他是要等从月塘湾回宁州的梁云霄。虽然他很清楚梁云霄现在对他很有意见,甚至说很失望,可这样的机会稍纵即逝,他还是想搏一把。

车子疾驰在跨海大桥上的时候,天亮了。东边海面上晨曦初现,贾山的心里却很忐忑:这一步迈得太大了,像是要起飞的样子,他真担心掉下来,所以,他必须跟梁云霄好好谈谈。直到这个时候,贾山才觉得,这一步飞出去,只有梁云霄是他的降落伞,其他人都是扯淡。

3

清晨的月塘湾雾霭很淡,梁云霄和颜辉坐在观澜居四号房的阳台上,看着大海,喝着早茶。这是颜辉在这里住的第四天,这四天来,两个人喝酒聊天,无比畅快。颜辉很喜欢这里,仿佛是一个逃离城市、独立静谧的个人空间。人在寂静处,方能现本我。他对梁云霄说:"谢谢你邀请我来这里做客,我很多年没有这样过了,喝得过瘾,睡得安心,聊得开心。不过,喝完这杯早茶,我就该走了。"

梁云霄说:"我可能送不了你了,给你叫一条船,你得自己走。"

颜辉问:"你不是在休假吗?怎么,出了什么事吗?"

梁云霄苦笑着说:"不仅宁嘉南跟赵艾米要来,斯兰特带着汉斯和子期的妈妈也来了,徐主任让我跟子期尽快赶回海山去。还有一个不让我省心的贾山,说他公司要搬到宁州上市。"

颜辉一笑:"这三件事,可能都跟一个人有关联。"

梁云霄问:"是李子木?"见颜辉点头默认,他很纳闷,"这个人到了香港,怎么突然间变得这么有能耐了?呼风唤雨、霹雳闪电的。真是士别三日当刮目相看,这个贼成气候了?"

颜辉长叹一口气。

梁云霄很快猜到了,摇着头说:"那是踩着你的头够到的能耐啊。我说颜哥,你也太能化腐朽为神奇了。"

颜辉目光有些暗淡地说:"我离开时,如果不把资源给他,那么,我在香港那么多年所做的一切努力就会付之东流,损失的还是国家。好歹这个人没有糟蹋这些资源,把我努力的三件事都做成了。这就是他的能力,这就是体制的力量,所以我说,此人不可小觑。好了,我们不说他了。这三件事我也没想清楚,所以现在没办法告诉你我的答案。最近几天,我们都想想未来可能发生的事情,最好把三件事联系在一起想,想好了,我们电话里沟通。"

梁云霄若有所思地说:"好,我随时会给你电话。"

早饭后,颜辉先坐船走了。宁霞本打算带着小米粒跟梁云霄离开,却被宁虹拉到一边,说要带宁霞去东海的医院看看。宁霞毫不在乎地说:"我没事,这是长期不潜水的缘故,老毛病了,真要捞一夏天海,什么毛病都没了。"

宁虹说:"还是去检查一下的好,这样我就不告诉姐夫了。"

宁霞拗不过她,只好答应了:"好好好,我去我去。这样也好,我顺便去看看罗教授跟何教授。开学你也是他的研究生了,这次我作为家长去拜一拜码头。"

回海山的船上,姚子期问梁云霄有关宁嘉南跟赵艾米回国的事。梁云霄见事情瞒不住了,就对她说了实情。宁霞说:"子期,我回宁州就去找宁嘉南。他还要不要脸,宁家的脸都被他丢尽了。"

姚子期制止她:"你别管,他们要真是来投资的,我拍手欢迎;要是有其他目的,那就兵来将挡,水来土掩。在我们的本土上,我管他是谁!"

梁云霄对姚子期说:"这次,你妈也回来了,我听说,贾山公司上市的事,好像是你妈跟汉斯操刀的。"

姚子期说:"具体情况我不清楚,这事你得问贾山,他最近跟李子木打得火热。"

宁霞一听李子木,顿时火冒三丈:"真是鱼找鱼,虾找虾,乌龟找王八。这两个人搅和在一起,不会有什么好事。"

姚子期笑了:"宁霞,贾山可是你亲舅舅,你这不是连自己都骂了。"

宁霞说:"我可没他这个舅舅。"

梁云霄劝宁霞:"听我一句劝,这事你别管,也别问,更别生气,等我问明白怎么回事,一定告诉你,好不啦?"

宁霞说:"这次你千万别再心软,他说三句好话,你就又帮他。那就是个白眼狼,埋人的坑,害人的精。金子的事,警察有反馈了,说事发前半个月,有人看到金子披头散发、一瘸一拐地从贾山家离开,还有邻居半夜听到了金子的哭喊声,怀疑是被贾山打的。所以,我的钱就是被贾山间接坑走的,这笔账,一定要算到他头上。"

梁云霄着急地说:"小霞,能不能别再提你的钱了,不然一会儿你又要心口疼了。"

看到梁云霄着急了,宁霞慌忙说:"好,我不提,我们不提了。可你得答应我,这次你不能再帮他了。"

梁云霄说:"好,我答应你。"

4

贾山在千家门渔港客运小码头堵到了梁云霄一行,说他已经订好了包厢,恭候各位光临,只不过没人想理他。姚子期代表众人出面婉拒:"我爷爷做了焖鱼,还等着我们回去呢,你要是找梁云霄有事就你们俩吃吧。"

她说完,带头上了海山港派来的一辆面包车,其他人跟上。贾山尴尬地望着梁云霄,干张嘴,没敢说话。梁云霄一边朝吴婶的大排档走,一边对贾山说:"你不要总是自作主张,不知道宁霞不想看见你吗?"

贾山跟在后面说:"是,是我考虑不周。"

二人落座,梁云霄也不废话:"这么着急找我,有什么事?事先声明,我希望听真话、实话,如果你还是那样,贾总,我会立刻走人,我们从此陌路。"

梁云霄不叫他大哥,也不叫舅舅,又直接叫贾总了。贾山的心情顿时低落下来,把公司上市的事情原原本本地对梁云霄说了,只不过再次隐瞒了他跟李子木的交易。

梁云霄沉思了好大一会儿,说道:"山海国际标准集装箱厂搬到宁州去,不是不可以,你的公司总部搬到宁州去上市,也无可厚非。但我就想知道,海山的厂怎么办?你很清楚,同一产品在同一海域的竞争是存在的,此消彼长,我敢断定,你新建的厂肯定能打败海山厂。为什么呢?因为宁州港的业务是以标箱为主的。如此一来,海山的箱子就会存在销路问题,如果你能保证两个厂的货都供不应求就搬。还有一条路,那就是把职工搬走。那些职工可都是你从凤凰湾带出来的,不少人还是你老贾家的人。你要是能想办法解决他们进宁州的住房问题、子女上学问题、基本生活保障问题,这一切就都不是问题。可问题是,你能保证吗?"

贾山摇摇头说:"好像都不能。"

梁云霄又问:"你公司搬到宁州后,核心产业是航运还是集装箱标箱?如果是航运,公司上市融资就靠那十几艘破船支撑?"

贾山说:"是老集装箱厂和代理公司。"

梁云霄点了点头,接着问:"集装箱标箱厂落地宁州湾,选址在哪里?"

贾山犹豫了半天才回答:"周副市长说,目前还没有定下来。"

梁云霄笑了,直接点破:"跟斯兰特公司的超级堆场和仓储中心有关吧?"

一切果然都被梁云霄猜中了,贾山立刻沉默。正好吴婶端着焖鱼进来放在桌上,梁云霄气得铲出一张饼,边吃边说:"你是给某些人擦屁股去了。不过,要是这屁股擦得好,你也能赚得盆满钵满。可问题是,人家凭什么让你赚得盆满钵满呀?周晓乙是徐正生吗?李子木是我吗?笑话!到时候你就是个笑话!"

贾山说:"可是,上市是个好机会,错过了确实很可惜。"

梁云霄说道:"我说过反对你上市吗?你跟谁有什么交易,怎么勾兑的,我不想听,也不想管,我也没什么办法给你。可有一条,你不能被别人牵着鼻子走,明白吗?"

贾山急了:"怎么才能不被牵着鼻子走呢?"

梁云霄说道:"你以为这屁股是好擦的呀?斯兰特留下的脏东西,擦起来可是很费纸的——哎呀,跟你说这话,恶心得我连饭都吃不下去了——这纸不一定是你一个人全拿,斯蒂芬公司、长兴集团都有可能一起,可最终的代价让谁担着?山海集团。确切地说,是山海国际标准集装箱厂。我的贾总,懂了吗?"

贾山顿时豁然开朗。在这个局里,资本不是最核心的一环,他的山海国际标准集装箱厂才是。贾山这才明白,李子木那么急地要走山海国际标准集装箱厂百分之十的股份的真正原因。他在心里骂起来:这个王八蛋,多亏我还没有把这些股份过法务,不然明天郝敏到了公司,一切都晚了。他不知第几次感慨,是梁云霄又救了他。

梁云霄匆匆吃完饭,道:"最后再提醒你一下,斯蒂芬公司的投资,全盘接收。有人给钱买船,搞技术研发,开拓市场,为什么不呢?斯兰特公司那块地,没有港口管理委员会的批文,谁也拿不走,宁州怎么租出去的,宁州港会怎么租回来,那是宁州港的核心利益,不可能为你做出让步。所以无论怎么说,你别想去碰。我告诫你,不该出的钱一分不出,不该给出去的股份也一股都不能给,尤其是山海国际标准集装箱厂的股份。要是让我知道别人不出投资,你却给人家股份,那么宁霞的股份,我也会全部收回。我有电话录音,也有法律文书,不怕跟你打官司。我要说的话都说完了,至于该怎么做是你的事。我还有事,没有重要的事情就别联系了,我看到你的电话就心烦,见到你的面更烦。"

梁云霄说完,起身走了,留下贾山愣愣地坐在那儿。

5

宁嘉南到宁州的第二天夜晚,周晓乙按照约定,在酒店的西餐厅请他吃了顿饭。赵艾米没有出席,因为她需要保持身材。

西餐厅设在酒店的三十七层,周晓乙之所以选择在这里招待贵客,很大程度上是因为站在这里能够俯瞰整个宁州湾,那个倾注了他多年心血的地方。客观上讲,周晓乙对宁州湾经济的腾飞起的作用是巨大的,付出的努力也是有目共睹的。这里从一片不毛之地,变成东海省经济技术开发区的示范区,不是一日之功。目前,这里产值百亿元以上的上市公司有七家,产值十亿元以上的公司有四十几家,涵盖了科技、航天、军工、航运、金融、化工、医药、建材等几十个门类,上下游产业链齐全,而且科技研发成果喜人,独角兽企业不断冒尖,这些都是能让周晓乙引以为傲的。

宁嘉南望着镏金带一样的跨海大桥和船只穿梭的深水港口,不禁感慨这座桥给宁州、海山带来的变化之大,而周晓乙却在感叹这座桥让宁州人付出的牺牲。宁州就像一个造血池,不停地泵出血给海山。大桥贯通后,宁州原本独享一切收益,现在只能跟海山分享,如果没猜错的话,斯兰特正在跟海山谈投资项目。宁嘉南笑了笑,没接话,只是望向远处山水集团的专属码头。码头由油动力改成电动力之后,整个港口更亮了,灯火辉煌,两条装载线昼夜不停地工作着。这几天,宁嘉南看了山水集团的股价,已经从当初的一元多上涨到了四十几元。他不禁想,自己的滑铁卢,在梁云霄的手下,不仅起死回生了,而且还成了东海港口系统大宗商品深水码头油改电的样板。电气化和自动化是未来港口的方向,或许,那次出国考察,梁云霄已经做好了今天的准备。

周晓乙像是看出了他内心的不平静,笑着说:"小宁,你该庆幸啊。现在看来,当初你听我的,离开是对的,你要留下,结局可想而知。"

宁嘉南长叹一口气,说:"这就是命运。"

周晓乙说:"是啊,命运让你遇到了一个太能干的对手。幸运的是,你选择了避开他。"

宁嘉南苦笑,没有就这个话题再继续下去。

周晓乙接着说:"小宁啊,很多人,很多事,不是想避就能避开的。比如斯兰特这个人,比如他留给我的那个糟糕得不能再糟糕的项目,都这么多年了,仍然挡在我的前面。"周晓乙的目光投向远处海边那片阴暗的、毫无光亮的黝黑之地。

周晓乙的意思,宁嘉南当然也明白,李子木已经向他转达过了,方案他也看过了,具体的操作模式,李子木在香港时也跟他说过了。宁嘉南说:"可是,周叔叔,这个事,我只能努力为之,会有什么样的结果,我也不敢肯定,这事是要上董事会的。斯蒂芬公司是做国际航运业务的,整个集团对亚太分公司重组很重视,意见也不统一,您知道,我的位置很尴尬。"

周晓乙点了点头,说道:"我明白。小宁,别的我不敢保证,有一点我可以保证,斯蒂芬公司的亚太分公司能在宁州湾落地,你也能给集团公司交出一份满意的答卷。"

宁嘉南跟着点头:"这个我自然明白,那地方紧靠着宁州湾深水码头,寸土寸金,分公司能够选在那里,集团公司肯定满意。可斯兰特这个人我是清楚的,我不知道我们要付出什么样的代价才能让他妥协。"

周晓乙微微一笑:"这个你丝毫不用担心,斯兰特不用你来跟他谈,付出多大的代价也不会让你来买单。我要的是一个能看到未来的项目,一个能代表宁州湾蓬勃发展的项目。看到山水集团的水泥厂了吗？一声巨响,旧的一页就翻过去了。"

宁嘉南似乎听明白了,周晓乙的诉求,跟李子木的诉求有着本质的区别。周晓乙给了他底牌,他要的是用新的一页全面覆盖不堪的一面。于是,宁嘉南说:"周叔叔,我明白了,我会尽可能把这件事促成。"

周晓乙见自己的意思已经表达到位,换了个话题:"小宁,这次回来,见到你父亲了吗?"

宁嘉南叹口气,摇摇头:"还没有,我估计他是不会原谅我了。"

周晓乙拍着宁嘉南的肩膀说:"世上没有一个父亲会把子女当仇人的。别担心,抽时间,我会叫上你爸妈一起,再为你和赵总接风。你要么先跟你爸妈认个错,把身段放下来。再强大的儿子,在老子面前也得学会低头;再坚强的父亲,子女也是他的软肋。你要相信,人是可以改变的。"

第四章

1

斯兰特这次来，没有去市政府，而是非常冒昧地直接去拜见了姚江河。这个当初在谈判中死咬着底线不放松的顽固家伙现在也老了，两鬓已斑白。只不过他依旧清瘦儒雅，目光如炬。他身后站着海山港的副总兼财务总监，也是他的女儿姚子期。

姚家父女二人陪斯兰特参观了凤凰湾组合港的全部。斯兰特看得很仔细，发现它虽然算不上全球最好，但绝对堪称一流，除了自动化水平差一些，基础设施丝毫不逊于这条航线上的任何一个港口。斯兰特根本没有想到中国港口的发展速度一日千里，不由得想起当年招标会上，那个年轻人一番让人听起来像个笑话的演讲："拒绝在今天和海山港合作，斯兰特公司将为自己的愚蠢和短视付出代价！"而现在，那个被他耻笑狂傲幼稚的家伙将魔幻变成了现实，他自己也确实为当初的愚蠢和短视付出了代价。他十分渴望见到那个小子，姚子期笑着告诉他："如果没有意外的话，晚上梁云霄先生会跟港口管委会的徐正生主任一起陪您吃海鲜。"

房间的门铃声响起，如果没有猜错，门外就站着那个曾经预言过今天这个结果的家伙。斯兰特收回思绪，整理了一下衬衣和领带，打开了房门。

梁云霄伸出手，用流畅的英语说："斯兰特先生，您好，我是港口管委会的梁云霄，我代表管委会主任徐正生先生，请您前往千家门渔港就餐。"

斯兰特故作夸张地露出惊喜的表情,展开双臂跟梁云霄拥抱:"哦,亲爱的梁,今天能见到你,我十分高兴。"

梁云霄说:"我也很高兴。多年不见,您还是那样神采奕奕,风采依旧。"

千家门渔港人声鼎沸,梁云霄带着斯兰特赶到时,徐正生、姚江河、宁海楼、姚子期早在吴婶大排档靠海的包厢等候了。这个季节蟹肥虾美,各种海鲜靓货出海,斯兰特逐一品尝,最喜欢的三道菜分别是辣椒炒花蛤、韭菜炒海肠和麻辣海瓜子。所谓海瓜子,就是一种瓜子大小的贝类,青辣椒大料爆炒,然后加水煮沸,放入海瓜子,煮熟后浸泡入味,用嘴吮吸,跟嗑瓜子一样。斯兰特由衷感慨:"我没想到,这么小小的海洋生物,也能烹饪出这等美味。"

姚江河接过话说:"小有小的味道。"

斯兰特这次带着汉斯和苏淑琴来海山,目的就是寻找港口的优质资产,撬动国际航运金融市场。斯兰特向徐正生提出了一个宏大的构想,让海山港与斯兰特公司合作,进入国际资本市场,在香港或者华尔街上市。徐正生想了想,笑着说:"海山港、宁州港也好,东海所有的港口也罢,未来一定会走国际化道路。我提前给您透露一个消息,宁州港上市的程序已经走完了,如果没有太大的问题,年底您如有意愿,肯定能买到宁州港的股份。海山港的上市进程也会很快,但无论如何,港口的运营还是第一位的。所以,跟斯兰特公司的战略合作,是我们梦寐以求的。斯兰特公司有大量的货运订单,我们有优渥的岸线资源、一流的国际巷道、众多的深水泊位和广阔的堆场纵深。更重要的是,国家在海山成立了自贸区、保税区,还有江海联运中心枢纽服务区,斯兰特公司不用拿地,不用养人,同样可以实现准确便捷的货物周转和物流目的。唯独有一点,任何一家企业,都不可能实现对两家国有港口的收购、并购,这关系到国家的港口战略安全。"

斯兰特若有所思地点了点头,看了看在座的几人,说道:"诸位,恕我直言。无论是宁州港还是海山港,跟世界,哪怕亚洲的港口差距都很大。要想参与国际竞争,主要的矛盾不仅仅是水域的面积、航道的深度,还有设备的自动化程度和港口的管理。斯兰特公司有这方面的优势。"

梁云霄说:"您的建议很中肯,我们渴望跟斯兰特公司在技术方面的合作。

请您放心,宁州、海山两港一定会在技术和服务方面不断缩小差距,实现超越。另外,我冒昧地问一下,您在宁州湾深水大港附近建仓储中心和超级堆场的那片土地,我们港口管委会可以出您当初租金一倍的价格回租吗?"

斯兰特突然一愣,继而尴尬一笑,说:"这个可以商量。"

宁海楼和徐正生相视一笑。几方盯上那片地的事,梁云霄已经向他们二人汇报过了。他们商议过后,以书面报告的形式经管委会呈送给了祁省长,祁省长已经做出了批复:同意管委会的意见。而这个批复,周晓乙很快就会知道的。

梁云霄接着说:"斯兰特先生,今天宁总和徐主任都在这里,我可以明确地告诉您,宁州港区规划范围内一切岸线资源的转让都已经冻结,您除了跟我们谈,好像跟谁谈也没有用。我说得对吧,徐主任?"

斯兰特迅速看向徐正生,徐正生点了点头,斯兰特的神色一下子暗淡下来。

2

宁海楼陪着姚家父女回到姚家老屋的时候,天上下起了雨。台风天气又要到了,雨说来就来。宁海楼憋了一肚子的话想跟他们说,可话到嘴边,又不知道该怎么说。姚子期见状,心里明白了七八分,说:"爸,我知道您是想跟我说宁嘉南再婚的事吧?"

宁海楼心疼地看了她一眼,点了点头。谁知姚子期却表现得波澜不惊:"这是件好事,无论是对他,还是对我。我知道您和我爸还抱着一丝希望,但对我来说,我们走出民政局的那一刻就彻底分开了。分开后,每个人都有选择自己生活的权利和自由。您不必担心我的感受,他所做的一切,对我没有任何影响。"

宁海楼看了一眼姚江河,姚江河点了点头,说道:"互不打扰是最好的结局,老宁,我的女儿没有那么脆弱。你走吧,天已经很晚了,明天上午,省里还有一个重要的抗台风安全电视电话会议,你我都要发言的。"

宁海楼说:"他跟那个女人,我是不会接受的,我们宁家也是不会接受的。"

宁海楼说完就走,外面的雨好像更大了,姚子期拿起一把雨伞追出来递给他说:"爸,您别担心,我不会不让您看小豌豆,他是您跟我妈的孙子,你们想什么时间来看,我都欢迎。另外,您也没必要不接受宁嘉南,不让他回家。他是您的儿子,是爷爷的孙子。爸,对不起,是我们两个人的婚姻给两家人造成了伤害。"

宁海楼哽咽起来,说:"子期啊,是我们宁家人对不起你啊。"

姚子期看到徐正生的司机小吴已经把车开到了门口,就对宁海楼说:"爸,您千万别这么说,以后无论发生什么事,您和妈都是我的亲人。好了,您赶紧上车吧。"

徐正生和梁云霄都在车里,车子开动起来,宁海楼的心情还是不能平静。梁云霄说:"大伯,您就别操心了,或许这对子期来说真的是一件好事,这次她和嘉南算是彻底分开了。"

宁海楼说:"我很难接受。"

徐正生说:"算了,宁总,儿女自有儿女福。"

宁海楼长叹一声,望着窗外灰蒙蒙的雨说:"我也只能这么想了。"

车子很快就上了跨海大桥,梁云霄在副驾驶位置上,思绪有些纷杂。宁嘉南偕赵艾米高调归来,说姚子期没有任何想法,不太可能。人是情感复杂的动物,毕竟两人相恋多年,还有一场高调的婚礼,就在这座大桥开通之时。这桩让宁州、海山所有年轻人都羡慕的跨海婚姻,竟然以这样的方式结束了,想想就让人唏嘘。

"小梁,斯兰特最后提的那个问题,你怎么看?"徐正生打破了这种沉闷的气氛,问梁云霄。

梁云霄说:"主任、宁总,我说句不太乐观的话,东海港口发展的速度已经跟不上长三角经济崛起的步伐。不说参与国际竞争,如果不分秒必争,我们甚至会拉国家经济发展的后腿,这才是要命的。"

徐正生和宁海楼都不住点头,对梁云霄的成长备感欣慰。但是,徐正生是那种不爱表扬下属的领导,他只是在鼻子里嗯了一声,继而用严肃的声音说:"别来虚的,来实的。"

"提产能。"梁云霄不假思索地说,"油动力已经很难适应现代化港口的生产模式了,油改电的技术改造应该全面铺开了,山水集团就是个例子。我是这么想的,先改集装箱标箱码头。桥吊、龙门吊都要改成电气化动力。我粗粗算了一下,宁州、海山两港每年的标箱吞吐量要达到一千五百万箱才能实现上市。"

徐正生问:"技改完成之后,不增新泊位,能不能完成指标?"

梁云霄说:"技改之后,今年应该能,明后年估计悬。要想跟上,甚至超越国家经济发展的步伐,十万吨以上的深水泊位还得增加三分之一。"

徐正生问:"你打算先从宁州港还是海山港改?"

梁云霄说:"按道理,应该先从宁州港改,宁州的主打业务就是集装箱航运。可是宁州港的上市工作已经在筹备了,技改会影响产能,影响上市。要不,我从海山先动起来?"

一直闭着眼睛没有发言的宁海楼突然说:"不,先从宁州动吧。我还在任上,会坚决支持你把技改弄完。"

徐正生说:"小梁,你要去负责技改,怕是要给你动动位置了,去宁州接替陈奎,做分管技术和基建的副总。宁总,您没意见吧?"

宁海楼一笑,说:"你们早就该这么下决定,之前钟立达要是同意的话,我早就申请退居二线了,哪还会在这里老牛拉破车。"

徐正生哈哈一笑。

3

雨过天晴,老贾、宁海魁、宁五洲和宁霞坐在院子里,一边吃西瓜,一边看着小米粒和小玛瑙玩耍。

贾山把车停在宁家老屋的巷口,拎着两只大海豚玩具和两份礼品进来,要拜访宁五洲。梁云霄的话,他没有完全听明白,但有一点他很清楚,就是要把目标聚焦到争取斯蒂芬公司的投资上。与斯蒂芬公司的合作成功,是公司长远发展战略中的重要一环。斯蒂芬公司不仅有集装箱标箱的巨大需求,而且有公司品牌,一旦合作谈成,就会实现业务箱体销售、租赁、代理以及船舶代理、散货代理的业务绑定。长兴集团的入资只是单纯的钱,更何况这个钱还附加了其他要求。

上午,李子木派来的代持股份的人带着身份证和资料来了。一男一女,四十岁左右。女的叫韩莉,宁州人,经营私募基金。男的叫周海,东海人,戴着眼镜,文质彬彬的,曾经是大学教授,辞职后经营一家化工科技企业。贾山断定,这也就是两家皮包公司的代理人。贾山热情地接待了他们,午饭安排在千家门渔港,吃饱喝好,贾山送上精美礼品,说是要等他们的股金过账之后才能确定股权,两个人有些不高兴地走了。贾山给自己定了个原则,就是尽可能地堵,万一堵不住,最多给出去百分之三。他还不想跟李子木翻脸,进宁州湾不是那么容易,进周副市长的圈子也没那么容易,这是个机会。

老贾搬到宁家老屋以后,贾山来过几次。虽然大家给他都没有好脸色,但他要来看小玛瑙,这个理由足够了。宁霞见他进来,抱起小米粒就走。贾山跟宁五洲和宁海魁打了个招呼,又问了小玛瑙听不听话之类的废话,就对老贾说:"爸,你带小玛瑙出去玩一会儿,我跟我姐夫和伯父说点事。"

老贾嘟囔一句:"你能有什么好事?"说完就带着小玛瑙去港区小卖部买雪糕了。

宁五洲和宁海魁都不说话,贾山有些尴尬,硬着头皮开腔:"伯父,姐夫,不知道你们听说了没有,嘉南回来了,还带着他的新老婆赵总。"

宁五洲在鼻子里哼了一声:"回国就回国呗,有什么稀罕?"

贾山说:"宁家毕竟是添人进口了啊,赵家那边的意思是,宁家这边办个什么仪式……"

贾山的话还没说完,宁五洲的脸色就变了。宁海魁也恼火地说:"他怎么不自己回来说,让你来说,你算老几啊?赶紧滚蛋!"宁海魁说着就要拿拐杖戳贾山,"别以为你挣了几个臭钱就可以跑到我这里来摆谱,有这工夫,你操心一下你老子和你女儿吧,吃饱了没事撑的你!"

贾山跳开了宁海魁的拐杖:"姐夫,两国交战还不斩来使呢。你怎么还这么大的脾气,我就是来递个话的。人家可是千亿资产的豪门公主,我们这边要是怠慢了人家,受气的还是你们家嘉南和他儿子。一入豪门深似海,他们的日子不好过啊。"

宁海魁作势要再打贾山,宁五洲制止了他,叹口气说:"海魁,你听他说完。

贾山,这个仪式,宁嘉南想怎么办?"

宁海魁说:"爸,你这宠孙子的毛病又上来了,我劝你,这事你别管。"

宁五洲又叹了一口气:"唉,我还能管几天啊?贾山啊,你去告诉宁嘉南,他想怎么办,去找他老子,给他老子认个错。这事,他老子能过去,我这儿就没问题。快去吧。"

贾山悻悻地离开,一边走一边说:"这老爷子,这不白说吗,他老子要能说得通,我能来找你吗?"

不过他还是没放弃,在港口家属院门口又拦住了买菜回来的齐英。齐英跟贾山的关系很差,见他开车拦路,张嘴就骂。贾山也不跟她计较,笑道:"嫂子,你上车,我跟你说件大喜事,关于嘉南的,你不听就算了。"

齐英这几天听说宁嘉南回来了,一直想跟他见上一面,可宁海楼不让。现在听了贾山这话,二话不说就上了车。贾山把情况介绍完毕,总结道:"人家提出的要求不过分,就是办一个仪式而已。"

齐英很是纠结:"他们的仪式一办,那嘉南跟子期的关系就彻底断了,那我连孙子的面都见不成了。"

贾山就说:"那边不是还有个大孙子吗,更何况,你难道不要你儿子了?"

贾山这么一分析,齐英就动心了,不过她还是怀疑贾山的动机不良:"你为什么帮我?"

贾山说:"嫂子,我可不是帮你,我是帮我自己。"

他把斯蒂芬公司要投资他的公司,一起上市的事告诉了齐英,可齐英不相信他能把公司做那么大,担心这个渣滓再来害人,就要下车。贾山急了,说:"嫂子,你不要老拿旧眼光看人,你要不信,自己去我的公司看看,我不骗你,我要说我的公司在云海区纳税第二,没人敢说第一。"

齐英也不废话,掏出电话就打给了一个熟人,向他打听贾山公司的事。熟人在那边一阵介绍,齐英的眼睛都听直了。没想到,贾山的生意还真是做得大了去了。

4

宁嘉南陪着赵艾米,带着斯蒂芬公司的财务总监等一行五人考察了山海国际标准集装箱厂、航运公司、代理公司、工程公司,赵艾米觉得比她想象的要理想许多。贾山最初给她的印象不是太好,渔民出身,人太土气,也太油滑。她打心眼里就看不起贾山这种人,充其量也就是一个暴发户,很难跟斯蒂芬公司相匹配,管理一家面对全球国际市场的现代化上市企业。

从某种程度上说,她更看好张达。张达东海交大毕业,出身商贾世家,还读了加州的商学院,人上得了台面,公司也很正规。她的最初意见是跟张达合作,贾山的公司捎带着看一下,也算给了宁嘉南、李子木和周副市长面子。

可是当她看了贾山的几个企业之后,顿时觉得这个人的执行能力很强,产品研发、销售、运营、管理都很现代化,也很规范。出门前,赵芬芳曾经不止一次嘱咐她:"看人不要只看外表,以貌取人,有些人空有其表,金玉其外,败絮其中。看人要看做事。"这几天,贾山以宁嘉南小舅舅的身份鞍前马后,让赵艾米感受到了在宁州受人尊崇的感觉。

另外,贾山还做了一件赵艾米认为连宁嘉南都无法做到的事,那就是促成了齐英跟她的见面。而且,贾山的安排,让赵艾米感受到了在宁家的归属感。这件事让宁嘉南也很意外,因为自从跟姚子期离婚后,齐英对他的态度转变很大。他从侧面打听,齐英最近几年跟姚子期的关系特别好,也很喜欢小豌豆这个孙子。祖孙隔辈亲,齐英对孙子越喜欢,对宁嘉南就越失望。宁嘉南离开的这几年,齐英甚至没再给他打过一个电话。

可是,那天在宁州本帮菜馆望海楼,贾山带来了齐英和宁五洲。虽然宁五洲脸色不太好,可齐英给了赵艾米一只和田玉镯。那只镯子是个老物件,雪白飘绿,晶莹透亮。贾山也会说话,私下对赵艾米说:"外甥媳妇,我告诉你啊,这可是宁嘉南妈妈当初的陪嫁,谁都舍不得给的,她给了你,这不就已经承认你的身份了嘛。况且,老爷子也来了啊。剩下的宁爸爸你交给我,我肯定给你办得妥妥的。"

其实这几天,赵艾米的心情一直很不爽。她去海山港考察时,宁嘉南因为看到洽谈会人员名单上有姚子期的名字就拒绝陪同,让赵艾米很是恼火,觉得宁嘉南不够男人,面对困难总是喜欢逃避。其实,她让秘书安排这次考察,意思很明显,就是要再去会一会当初那个让宁嘉南逃离的女人。结果她发现姚子期并没有她想象中那么不堪,反而很优秀。海山港的会议室里,姚子期心如止水,不卑不亢,落落大方,以主人的姿态迎接了考察团,丝毫没有把赵艾米的挑衅放在眼里。会议结束之后,姚子期也全程陪同,用流畅的英语介绍港口的情况,再优雅地跟赵艾米告别。赵艾米不知道该用什么中文词语来形容她的感觉,自惭形秽,自取其辱?等回到宁州,她懊恼地对着宁嘉南就是一阵狂撕乱咬。

所以,她对如今贾山所做的一切十分满意。作为斯蒂芬公司的首席商务代表,筹建亚太分公司的任务不能不完成。思来想去,她还是做出了决定,拟定合同,在宁州或者海山成立斯蒂芬国际航运亚太分公司,让公司法定代表人宁嘉南跟贾山合作,投资五千万欧元,成为山海国际航运集团公司的第二大股东。

赵艾米跟贾山签署了合作意向书之后,支走了宁嘉南,跟贾山单独谈了一次。贾山受宠若惊地对赵艾米表示感谢,赵艾米一脸严肃地告诉他:"你先不要感谢我,斯蒂芬公司从来都是以财务报表说话,任何投资都是需要回报的。我只给你提三点要求。第一,公司财务制度十分严格,位于新加坡的亚太分公司刚被集团审计部门给干掉了,总经理入狱三年,我不希望宁嘉南也是同样的结局。第二,我不喜欢背后的黑操作,我们入资上市后,股份不允许有外流或短时间套现的情况。第三,山海集团可以在宁州上市,但我建议集装箱厂不必搬到宁州来了。现有厂房和配套设施都很齐全,也很现代化,我希望保持它的稳定增长。如果后期市场够大,我们可以在宁州建新厂。这三点,你能做到吗?"

贾山说:"当然。"

赵艾米又说:"我回到总部后,会跟代理公司建议,斯蒂芬公司所有箱体船,都用我们山海集团的标准箱。"

贾山激动地说:"谢谢赵总。"

5

山海国际航运集团公司标准集装箱厂搬迁用地问题终因徐正生、梁云霄的抵制而流产了。周晓乙拿着厂子的资料,兴致勃勃地向祁省长汇报山海国际上市的情况,可被兜头泼了一盆冷水。祁省长笑着称赞周晓乙能干,又招商了两家朝阳产业,可他同时告诉周晓乙:"斯兰特公司的事我已批复给徐正生,你们商量吧。"

周晓乙知道这事已经黄了。宁州港用翻倍的价格回租斯兰特的仓储中心和超级堆场闲置的用地,填海造陆跟现有土地连成了一大片,梁云霄把它规划成了宁州的江、河、铁、海联运的服务中心区。未来,从金州开来的集装箱小商品和五金配件,将装在火车上,直接开到码头上。这个规划,得到了省委、省政府的充分肯定,而且要求立刻上马,在一年之内完工。于是,宁州港技改工作就这样搁浅了。徐正生安慰他:"小梁,事咱们总得一件一件地做,你就是千手观音,也忙不过来那么多的事。"

斯蒂芬集团的亚洲分公司和山海国际航运集团公司在宁州落地,周晓乙给出了优厚的税收条件,并在宁州湾找到了一栋楼专门给两家公司办公。山海集团虽没拿到斯兰特公司那块品相极好,而且能大展宏图的土地,却成了这场博弈中最大的受益者,获得大笔投资的同时,还获得了斯蒂芬公司亚太区域货轮、邮轮的租赁和货物内陆物流的独家运营权。同时,公司由香港国际航运投资公司操刀负责,成功上市。

贾山站在香港金融大厅敲响那口金钟时恍然若梦。李子木和宁嘉南都已经上台了,他还在让胡玫整理他的西装。一声钟响,山海国际航运集团公司借壳上市,斯蒂芬公司持股百分之三十,长兴集团占股百分之十,另外两个自然人各占百分之三,贾山一人占股百分之五十四。贾山到底还是没有听梁云霄和赵艾米的话,降格跟李子木达成了私下协议。李子木的股份幕后给了谁,贾山没有问,这是潜规则,贾山十分佩服李子木金手指的能力。山海国际航运集团公司的股价,开盘三块八,两个月后持续走高,一路看好。

这天,宁霞下班时,在单位门口碰到了堵她的贾山,只好上了他的车。贾山交给宁霞一张股权证,说:"原本答应给你百分之十的,现在只能给你百分之三,三年以后你就可以兑现了,按现在的股票价格算,应该值个三四千万元。"宁霞半信半疑地问:"真的假的,你能给我这么多钱?"

贾山动情地说:"小霞啊,舅舅这些年对不住了。舅舅欠你的,过去一直想还,可舅舅想干事,总是太缺钱。这东西你放好,谁都不要说,小梁也不能说,他是领导,这么一大笔钱,他不敢要。"

宁霞看着贾山认真的样子,知道这事是真的了。可这笔飞来横财,让她的手有些抖:"你把欠我的钱还给我就行,我不要这个。"

贾山说:"我跟你说了。我公司账上钱很多,可套不了现,要用来造工厂、造船,赚更多的钱。小霞,你就等着吧,三年之后,你这些股份不止这个数。"

宁霞拿着股权证下了车,一时间不知道该怎么办才好。她给梁云霄打了个电话,支支吾吾老半天,却没说这事。

梁云霄接到宁霞这个莫名其妙的电话的时候,正在宁州江、河、铁、海联运中心项目的开工仪式上。联运中心从谋划设计到正式开工,梁云霄用了三个半月。

周晓乙陪着祁省长来参加活动剪彩时见到了梁云霄,望着大海边一马平川的平整的土地和不远处的宁州湾大港,周晓乙半开玩笑地握着他的手说:"小梁,你实话告诉我,这事是不是蓄谋已久?"

梁云霄憨憨一笑:"哪能,这都是省委、省政府领导的高瞻远瞩,我就是个干活的,领导让我怎么干,我就怎么干。让我炸山水集团的烟囱,我就炸了;让我推斯兰特公司的房子,我就推了。"

周晓乙拍着梁云霄的肩膀呵呵笑了起来:"小梁,以后我们得多沟通,别总这么平地一声雷,给人惊喜。"

周晓乙说着看了一眼站在一边的徐正生,徐正生也笑着说:"小梁,听明白了吗?港口现在还是双重领导,你闹出了那么多声响,怎么不跟周副市长汇报?你得多向周副市长汇报。"

梁云霄答应下来:"这是我的问题,以后一定多请示,多汇报。"

周晓乙哈哈一笑:"小梁,跟你开个玩笑而已。以后,港口管委会这边,你还是要多闹出点动静来,我们祁省长喜欢热闹。"

徐正生继续跟周晓乙打哑谜,他长叹一声,说:"不是领导喜欢热闹,是我们这边太冷清了。港口一体化已经提出十几年了,总是听不到响声,老领导心里着急啊。我这个主任当得,唉,惭愧啊。"

梁云霄调任宁州港分管技术和基建副总的人事任命却被宁州方面打了回来。港口管委会协调宁州、海山的重大项目规划,但管理职能仍在海山、宁州两市。徐正生协调了很多次,均未得到回复。

徐正生干着急也没有办法,周晓乙是宁州市常务副市长,分管交通、国资委这一块,港口要调入处级干部,自然要过他那一关。

梁云霄说:"主任,我完全可以理解,现在,宁州港的上市高于一切。"

徐正生很懊恼地说:"磨刀不误砍柴工,他们连这点道理都不懂?"

宁海楼拿着一份文件气呼呼地来到徐正生的办公室,把一张纸拍在徐正生的办公桌上,说:"小梁的报告没批,这个人倒是调进来了。"

徐正生拿起文件看了一眼,说:"这事我知道,宁州港年底无论如何要到香港敲钟了,调入一个懂金融的进来做副总,来帮你,这不是很好吗?"

宁海楼说道:"我要的是能干实事的,不要花架子。"

徐正生说:"人家可不是花架子,东海交大航运金融专业的高才生,这才几年啊,他在长兴集团干得确实很漂亮,弄了四家上市公司出来,这就是资本。"

宁海楼说:"这个人是我看着长大的,人品不怎么样,八面玲珑,酒色财气。这样的人掌管港口的财政大权,我心里没底。"

徐正生笑着说:"你找个有底的总会计师、财务总监不就行了吗?"

宁海楼顿悟:"小徐,还是你的脑子好使。我倒有一个人选,这个人专业没问题,稳重、细致,人也正派,就是怕人家老姚不给。"

徐正生很兴奋,一拍桌子:"子期?嗯,我觉得她很合适。她在英国读的可是国际航运金融,做了海山港那么多年的财务、会计、审计工作,有她在,这事就稳妥得多。小梁,跟我去海山,我们去跟师父说。"

梁云霄见两个人都很兴奋,几次想插话,可欲言又止。路上徐正生看出他脸色不对,就问他怎么了。他说:"李子木是我的大学校友,我在海山跟他也共过事。这个人高傲自负,心胸狭隘,而且工于心计,好大喜功。他在香港做成的前三个上市公司,都是前任颜辉做的,桃子熟的时候,颜辉突然就被调到省能源投资集团去了,换成了李子木。当然,我们不是说他一点能耐都没有,这次贾山的公司上市,前期的情况我也都跟您说过了,斯蒂芬公司投资、山海集团上市、斯兰特公司土地回租,三件事联系在一起,您想想,这个局设得环环相扣,密不透风。宁州港上市,你们调子期来,她会很难做。"

徐正生点了点头说:"这点我倒是没考虑到。"

梁云霄又说:"还有一件事情我当着宁总的面没好意思说,李子木大学时骚扰过子期,被我打了。所以您看,于公于私,能不能不让子期蹚宁州港的浑水?"

徐正生想了想说:"小梁,我是这么想的。眼下,海山、宁州的港口布局基本完成,资本运作也是重要一环。海山港也将走资本运营融资上市的路,子期可以借助这次机会,接受一次锻炼,迎接一次资本的洗礼。那么接下来,海山港上市的时候,她就轻车熟路了。"

梁云霄想了想说:"主任,您分析得很对,但我就担心李子木使坏,子期会受委屈。另外,让一个海山港的人去接管宁州港的财务大权,她工作也会很难做。"

徐正生说:"我们跟子期聊一下,听一下她的意见。这也是大局的需要,我认为就应该把放心的人放到不放心的地方。再说,你觉得我在这个位置上,能让别人欺负到她吗?"

两个人一前一后地走进姚家老屋的时候,姚子期正在因为吃饭的问题训斥小豌豆,还同时教训姚四海,认为是姚四海把小豌豆给惯坏了。姚四海呵呵笑着不接话茬,姚子期说:"爷爷,您再这样,我就把他带走,不让他见您了。"

徐正生和梁云霄进来,算是为姚四海解了围。徐正生把调姚子期去宁州港的事跟姚江河说了,姚江河很是犹豫,姚四海坚决不同意:"不行,这绝对不行,这就是宁家在耍阴谋!子期带着小豌豆调到了宁州,宁海楼两口子就可以每天看到孙子了,宁五洲那个老家伙也能经常看到他的重孙子了。"

姚子期认为这也是个机会,就笑着说:"爷爷,您要是答应不那么惯着您的曾外孙,去宁州,我带着您。"姚四海一听也不闹腾了。

姚江河说出了他和梁云霄一样的担忧,姚子期不以为然:"爸,我都三十多岁了,姚江河的女儿没那么不堪重用,也没那么狭隘。"

第五章

1

宁州港的新办公大楼矗立在宁州湾的大海边，扬帆的外观设计，藏青色玻璃附体，在阳光的折射下明亮耀眼。姚子期刚调到港口财务部就赶上了新办公大楼启用，她的办公室是李子木布置的，明亮的装修风格，简约的办公设施，屋内还摆放了许多绿植。人和人相处，先让对方舒服，这是李子木这几年总结的致胜法则。他跟姚子期的母亲苏淑琴的关系处得就不错，几家公司的上市，没有苏淑琴和汉斯，李子木根本搞不定。

姚子期对李子木的安排相当满意，当面表达了一番谢意就款款而去。李子木目送她离开，一颗心仍怦怦直跳。这么多年来，他一直孤身一人。虽然生活中不缺女伴，但他的梦中只有这么一个让他遥不可及的女人。

宁州港上市，省委、省政府，宁州市委、市政府高度重视，专门成立了筹备工作组。周晓乙任组长，徐正生任常务副组长，宁海楼、李子木任副组长，组织人力、财力，备战最后一役。周晓乙清楚姚子期的工作能力，对她来宁州港任职也很高兴。小组成立之后，周晓乙专门请众人吃了顿饭。周晓乙说："这是宁州港上市前的最后一战，也可能是我在宁州任职的最后一战。仰仗诸位，一战成功。"

酒宴期间，周晓乙看出了李子木对姚子期的喜欢，就半开玩笑地问："子期，最近交没交男朋友啊？"

姚子期羞涩一笑,说:"我都是孩子妈了,还交什么男朋友。"

周晓乙说:"那我就乱点鸳鸯谱了啊。我们李总至今还单着,要不我今天做媒,你们工作交友两不误,怎么样?"

姚子期直接道:"周副市长别乱点鸳鸯谱,我早想好了,余生做一个独身主义者,心中没有才子,也不会做谁的佳人。"她端起酒杯对着李子木说:"师兄,祝你早日觅得佳人,好事成双。"

姚子期当众断了李子木的念想,可李子木却不这么想。女人是用来追的,精诚所至,金石为开,十几年都过去了,他不在乎再来个三年五年。

上市是一个极其复杂的过程,像宁州港这样的大体量公司,上市程序更为复杂,要经历改制阶段、辅导阶段、申报阶段、股票发行阶段,最终才能上市。香港那边有专业的IPO团队,苏淑琴和汉斯都是在这个领域身经百战的高级人才,上市的三步走得很稳,烦琐的审核已经完成。接下来的两步最为重要,一只股票的促销和发行决定了它的原始定价和后期的发展,询价过程就是看数据的过程。为了让公司股价好看合理,宁州港码头在满负荷运转,斯兰特公司、斯蒂芬公司的货物大部分积压在了港口。台风眼看就要来临,港口工人三班倒,昼夜不息。

宁霞带着徒弟们已经上岗了,偏偏她又是个责任心很强的人,一连几天加班,人很疲惫。她这几天身体状况很不好,早晨起床的时候又流鼻血了,梁云霄请了假,要带她去医院看看。宁霞却说,可能是太累了,忙过这段时间就好了。梁云霄找到宁海楼,希望能够让工人们歇歇,他要对宁州港口的桥吊、入港摆渡、装载卸载设备进行全面检查。宁海楼说,快到年底了,市里要看港口在全球航运系统的排名,这关系到宁州港的股价。梁云霄告诉宁海楼,宁州港的设备必须及时进行技术改造,长期满负荷运转,一定会出事。宁海楼想了想,还是答应了,减少了夜班、晚班的排班,加强了设备的检测及安全隐患的排查。不过这个决定却遭到了李子木、周晓乙的强烈反对。全球港口数据对决就在最后两个月,全球排名决定着股价,宁州港的股价能不能再冲几个点,这两个月很重要。几番争论,宁海楼最终还是妥协了,三十六拜都拜过了,临门一脚,努力一把,上市就能博得一个好彩。

2

暴雨如期而至。这个下午,梁云霄莫名地焦躁。他开车从跨海大桥上经过的时候有些堵,雨下得很大,前面明显是出了事故。梁云霄给江、河、铁、海联运服务区工程工地上的马经理打了个电话,要他立刻停止施工,所有工人和装备机械安全入库,工地上一个人都不允许留。马经理跟梁云霄合作很多年了,很听他的话。这几天,马经理看着天气和潮汐明显不对,有个预感,台风可能要提前登陆。

港口技改方案在宁州港搁浅,梁云霄很着急,向徐正生申请,想在凤凰湾一期先做一个试点,等宁州港上市成功之后再全部铺开,徐正生同意了。这主意是姚江河提出来的,海山港反正早晚也要改,晚改不如早改,免得到时候再和海山港的上市撞车。梁云霄的技改方案他看了,凤凰湾一期是梁云霄负责建的,当初已经为技改留下了空间,改起来相对快一些。海山港向港口管委会打了报告:拟调宁州—海山港口管理委员会主任助理梁云霄任海山港口集团有限公司常务副总经理。徐正生拿着报告笑着对梁云霄说:"师父这是准备提前安排自己退休的事了,我要是拦着你不放,他肯定骂我。"

梁云霄就去了一趟海山市委组织部,接受组织谈话,还是姚江河亲自领着去的。姚江河说自己身体不适,希望梁云霄回到海山港做常务副总,负责一段时间港口的全面工作,他好安心去省城看病。从市委组织部出来,眼看就要下雨,梁云霄惦记着在港口一线码头带着那帮年轻技工的宁霞,就跟姚江河分了手,驾驶着车辆急匆匆往家里赶。他没想到刚上跨海大桥,暴雨就来了。

梁云霄很担心宁霞的身体,这些年他带着宁霞去了很多医院,看了很多医生,可就是没查出来什么原因。早晨,宁霞像往常一样,跟梁云霄一起拉着小米粒去幼儿园,然后乘坐班车去港口上班。这一天,梁云霄竟然很奇怪地也跟着宁霞上了那趟班车,宁霞先是一愣,而后悄声在梁云霄耳边说:"这么舍不得我,要跟我一起去码头?"

梁云霄说:"不是舍不得,是不放心。"

两个人的亲昵,引起了全车年轻人的羡慕。车到港口,宁霞下了车,梁云霄冲着她喊:"嘿,你早一点下班,台风可能要提前来了。"

　　宁霞也转身回眸冲梁云霄喊:"你也早点回来,吴婶送来了一条东星斑,我们一鱼三吃。"

　　梁云霄答应着,班车就开跑了。宁霞向梁云霄招了招手,就去了桥吊塔楼。集装箱林立的港口,工人们各司其职,正在有序装船。

　　梁云霄无论如何也没想到,宁霞在港口上转身回眸的那一瞥,竟然会成为他日后漫长岁月中闭上眼睛就能看到的永恒定格。

　　远处风起云涌,港口巨浪滔天。梁云霄驱车赶到码头的时候,工人们竟然还在作业。他看见宁霞朝着桥吊跑去,桥吊和集装箱正不停地在狂风中摇摆。吊塔上的桥吊工人有些慌乱,想把最后一个标箱放下。狂风中,摇摆的集装箱咯咯作响。梁云霄大声呼喊着宁霞的名字,冲向了她。这时,龙门吊承重受限,集装箱坠落在码垛上,倾斜、散落,就要砸向一个年轻的女孩。千钧一发之际,宁霞用尽全身之力把那女孩推开了,自己却未能幸免,被这冲力击昏过去,鼻子里又一次流出汩汩鲜血……

　　梁云霄焦躁地在手术室门口徘徊,他感觉到自己的身体在不停地发抖,脑子里是空的,什么都没有。外面电闪雷鸣,他口袋里的电话也不停地响,可他没有心思去接听。此刻,对他而言接任何电话似乎都没有什么意义,他挚爱的人生死未卜,这个给予了他生活力量和生命意义的女人或许就要离他而去了,他还理会那些打电话的人干什么?他目睹了箱体的滑落,不幸中的万幸,她没被压在箱底。可是这个万幸也是从天而降的不幸,宁霞是他抱上救护车的,她在他的怀里,没有意识,没有动作,面孔是模糊的,眼睛是闭着的。他希望她能动一动,或者说一句话,可是,她什么都没说。手术灯还在亮着,说明手术还在继续。走廊里围满了宁霞的那些徒弟,被救的那个女孩姓卢,叫卢晓晓。她的胳膊仅仅是擦破了一点皮,她在不停地哭,喉咙里不停地哽咽着:"师父,师父……"

　　宁海楼懊悔、沮丧且自责。那个在吊塔上出事的桥吊工人其实是一个熟练的技术工人,只不过因为超负荷的劳作和恶劣的天气,才造成了他内心的恐慌,导致瞬间的操作失误,产生了这样的恶果。这些不利的因素,梁云霄已经在半个月前告诉他了,他也下达了减少生产指标的指令,可是,因为产值、数据、财报的问题,他又选择了妥协。宁海楼无法面对浑身颤抖、扶着墙壁站都站不稳的梁云霄,他知道,此刻梁云霄内心承载的悲痛和压力不比他小。可怜的宁霞,从小就像一株顽强生长的小草,经历了太多的苦难和打击。她带着两岁的妹妹,照顾着残疾的父亲,撑起了这个残破不堪的家庭。可是,命运偏偏不眷顾这个善良的孩子,再次把厄运降临到了她的头上。

手术室的指示灯突然间熄灭了,嘈杂的走廊里顿时变得无比寂静。医生探出头问:"谁是直系家属?"

梁云霄急切地走上前问:"医生,我爱人怎么样?"

医生的表情似乎已经说明了一切:"情况不太好,转院吧,去省城、海都或者北京。"

宁霞是进入海都协和医院急诊室的第九天下午醒过来的。她睁开眼,感觉自己好像是潜水时潜水镜坏了一样,看什么东西都是模糊的。眼前的色调很单一,天是白色的,四周的墙壁也是白色的,唯一能感触到的黑色就是那双熟悉的眼睛。那双眼一直盯着自己,一滴滴眼泪从里面掉下来,继而像是风暴中的雨,不停地落下。她心爱的男人在她耳边哽咽:"小霞,我爱的小霞,你醒了,你终于醒了,谢谢上苍,我爱的人终于醒了。"

宁霞的眼里也流出了泪水。像是经历了一次漫长的深潜,她在深海之下被无数根水草困在了那里,她在不停挣扎,一次次挣脱,一次次再度沦陷。漫长征途中的她一直被死亡的恐惧困扰着,可此刻,她身边有了熟悉的眼睛、熟悉的声音、熟悉的气味,安全感瞬间包围了她,她不想再挣扎了,她太累了,想睡过去,一直不醒来地睡过去。水下缺氧的窒息感再次袭来,她再次闭上了眼睛。

海都协和医院刚开过国际专家远程会诊。宁霞幼年曾因EB病毒感染并发嗜血细胞综合征,如果脏器没有物理性创伤,宁霞的状况可能会好一些。可是,这次物理性创伤之后,她身体的各个受伤器官都被感染了,现在肝脏、脾脏、肾脏、腹部都有了病灶。故而,她的生命用药物仅可以维持两三个月。而这期间,对病人来说,疼痛是最难熬的。宁霞的主治医生覃教授的话,每一个字都像是一个钉子揳在梁云霄的心脏上,他的心在不停地颤抖,浑身打着哆嗦。

看到流着眼泪从医生办公室里走出来的梁云霄,宁虹即便没问,也知道姐姐的情况不好了。她扶着墙,努力让自己不至于倒下去。悲痛顿时如开闸的洪水席卷了她的身体,她捂着嘴在走廊的拐角处大哭了一场。几乎就在那一瞬间,宁虹萌生了一个念头:她不应该再待在学校里了。宁霞这个"姐妈"养她小,她就该养宁霞老。万一宁霞有什么不测,她会做小米粒的妈妈,替姐姐把小米粒养大。长期生活在苦难和不安状态下的宁虹始终是个悲观主义者,她总是把一切预想到最糟糕的状况。

宁霞出事的第二天,丁春草就来到了宁州。宁霞不在,她要照顾小米粒的起居。宁霞转到海都之后,丁春草打电话想到医院照顾宁霞,梁云霄拒绝了。宁霞病危的事,他暂时不希望小米粒知道。他要丁春草为小米粒做好心理建设,说爸爸和妈妈一起出差了,要很久才能回来。聪明的小米粒根本不信,用绝食的办法对付所有拒绝带她去看妈妈的人。丁春草和宁虹只好答应她,等妈妈身体好一些,转回宁州,再带她去看。于是,看妈妈就成了小米粒好好吃饭、好好睡觉的动力。小米粒表现得越好,宁虹和丁春草的心里就越难过。

宁霞再次被疼醒了,这种疼痛,远胜生小米粒的时候。她想,可能是因为在产床上的时候,她时刻都在努力去面对新生和希望,所以没觉得有多疼,而此刻的疼那么彻骨,是因为她即将迎来死亡。已经很多天了,生不如死的疼痛让她很希望生命能快点终结,她心里很清楚,她可能好不了了。既然生命要终结,不如让那一天早点到来。她对死亡已经不再那么恐惧了,剩下的只有不甘,她有许许多多事还没做完呢。

似乎从贾玲离开那年开始,她每天睁开眼睛就有做不完的事情。眼下,宁虹还没有结婚,小米粒还没有长大,她跟梁云霄幸福的生活也才刚刚开始。她要离开了,可她爱着的人还要继续生活。她想,她该安排她离开以后的事情了。宁霞是个坚强的人,从贾玲选择抛弃他们的那天起,她就选择了坚强。每次深潜的时候,她都会对自己说,命运虽是深不可测的大海,可她绝对不愿做那个甘于屈服的溺亡者。

姚子期在香港参加完宁州港的上市敲钟仪式之后,第一时间赶到了海都,给宁霞送去托同学从世界各地带回来的特效药和止疼药。宁霞苦笑着告诉姚子期："大海已经在召唤我了,很多次,我都能听到月塘湾海底的涛声。"

姚子期在海都协和医院陪了宁霞三天,直到第四天早晨,姚子期接到了徐正生的电话,说宁州港上市之后要对财务进行审计,她才跟宁霞说要回去几天,很快就会回来。

可惜,宁霞没有等到姚子期再回来。第五天夜里,宁霞离开了这个世界。姚子期不知道的是,生命最后的几天里,宁霞每天都在打杜冷丁。有了它,最起码在离去的时候,她不会因疼痛而让面孔变得那么不堪。

那天夜里,戴着呼吸机的宁霞把脑袋靠在梁云霄的胸膛上,已经不能说话了。此刻,她就想安静地在他的怀里离开。宁霞的执拗,让所有人都无可奈何。她一身新衣,靠在梁云霄的臂弯里,耳朵紧贴着他的胸膛。这个胸膛温暖而宽阔,她听着他如大海涛声般的心跳,慢慢地停止了呼吸。医生、护士都围上来,去掉了她身上密密麻麻的仪器。梁云霄就那样抱着宁霞,把她的脸贴向自己的胸膛,用自己的身体温暖着宁霞开始慢慢变凉的身体。可是,宁霞身体的热量还是在慢慢地消失,身体一点一点从柔软变得僵硬。梁云霄的脑子是木的,没有任何思维活动,他想大声地哭出来,可是他的大脑不听指挥。阳光从窗户上照射进来,天终于亮了,可宁霞美丽的笑容就这样从由熟悉变得陌生的脸上全部消失了……

3

梁云霄不知道自己是如何松开宁霞身体的,更不知道自己是如何离开那间病房的。他的脑子都是混沌的,他觉得自己像是身处海底,悲痛让他近乎不能呼吸。哪怕宁霞的遗体已经从医院拉到了殡仪馆,他还抱有幻想,觉得宁霞还会醒过来。所有人的劝解都没有用,他不跟任何人说话,只是自言自语,不停地念叨着:"她肯定还会醒过来的。"

姚子期和宁虹守护在宁霞的遗体边,不停驱赶着他,他却一次又一次地靠近,焦急地、亲切地呼喊着宁霞,让她快点醒过来。梁云霄这个样子,让姚子期感悟了什么叫失魂落魄,梁云霄又是那个行走的"尸体"了。姚子期心里很着急,可此刻她已经做不了大学时代的"赶尸人"了,这个男人的魂魄已经被另外一个他心爱的女人带上了云霄。

宁虹告诉姚子期,其实宁霞确诊之后,梁云霄就开始变得异常了,做起事情来总是颠三倒四,似乎是在用这种办法来掩饰内心的恐慌。很多次,宁虹还能听到他在没人的地方自言自语:"不会的,她不会离开我的,肯定不会。"

宁虹觉得,眼前这个男人对宁霞离去的伤痛,远比她这个亲妹妹的要大得多。她本不相信这个世界上有生死相依的爱情。父母婚姻的悲剧,让她相信了"夫妻本是同林鸟,大难临头各自飞";宁嘉南跟姚子期的爱情,让她相信了"乱花渐欲迷人眼,男人都有花花心"。可她对梁云霄和姐姐宁霞之间的爱情却深信不疑。宁霞跟梁云霄爱情生活的浪漫、婚姻生活的甜蜜,宁霞生病后,梁云霄的不离不弃,让宁虹对爱情虚无论产生了质疑。宁虹忍不住想,姐姐的一生多半是不幸的,要说其中的有幸之处,应该就是遇上了这个男人吧。

宁霞的身后事繁忙纷杂,可处理这些,梁云霄又是谁都替代不了的。丁春草匆匆来到殡仪馆,虽然是白发人送黑发人,但她还是强忍悲痛,狠狠抓住了梁云霄的双臂,摇晃着他的身体,庄重而严肃地说:"儿子,妈知道你心里难过,过去宁霞是这个家里的天,现在她已经走了,你就是家里的天,你要是也塌了,谁来给这个家遮风挡雨?"

丁春草的话像锥子一样扎疼了梁云霄,他不得不开始接受眼前这个现实:他的小霞走了,永远不会回来了。

丁春草指着哭红了眼睛、哭哑了喉咙,像虫儿一样蜷缩在宁虹怀里的小米粒继续说道:"你还有年幼的孩子,四个老人,一个未出嫁的妹妹。"丁春草很心疼儿子,可此刻她的话很重,"你别让宁霞在天之灵看不起你。"

锥刺般的疼痛穿破心灵,让梁云霄为之一震。是的,母亲说得对,宁霞走了,生活还得继续。

这个冬天出奇地冷。海风贼一样在宁州湾海岸登陆,还裹挟着飞舞的雪花,肆虐抽打着宁州殡仪馆昏昏沉沉的建筑,以及匆匆而来的送别的人们。梁云霄木然、机械地守候在宁霞的水晶棺边,带着宁虹、小米粒、宁海楼、宁海魁、齐英、老贾,接待这些来瞻仰宁霞遗容的人。宁霞是因为救人受伤离世的,尽管梁云霄、宁海楼坚决要求让宁霞安静地走,但追悼会还是开得很隆重,宁州港来了很多人,大巴车来了很多辆。

姚江河、姚子期陪着罗子坤和何梅来了。何梅心里很难过,她是真的喜欢宁霞,连声哀叹:"好人无长寿,宁霞善良得让人心疼。"说完,泪眼婆娑。

罗子坤拍了拍梁云霄的肩膀,连声叹息,劝他节哀。

徐正生亲自主持了追悼会,讲了话,接着,被宁霞救的那个卢晓晓也哭着发了言。宁霞的遗体告别仪式,来了几百人。宁霞躺在鲜花簇拥的水晶棺里,一脸安详。入殓师给宁霞的脸上涂抹了太多的腮红,让人觉得有些陌生。小米粒看了,用嘶哑的声音哭喊:"爸爸,小姨,那不是妈妈,我要妈妈,我要我妈妈回家。"

众人无不动容,哭声、唏嘘声一片。

4

宁霞的遗体告别仪式结束后,人们陆陆续续离开殡仪馆。贾山一身黑色西装,陪着一直活在宁家姐妹仇恨和诅咒中的姐姐贾玲来了。贾玲穿着黑色的长款毛呢褂子,戴着黑色的墨镜和一顶黑色的帽子,墨镜下的眼睛想必是肿着的。她手里握着几束白色菊花,脸色惨白。宁虹的眼睛里立刻就喷出了怒火,发了疯似的冲向贾玲,吼叫道:"你来干什么?我姐都是被你们给害死的,你们来干什么?!"

寂静肃穆的殡仪馆里,尚未离开的人们瞬间投来惊诧的目光。梁云霄拉住了宁虹,用嘶哑的声音说:"宁虹,你让她见你姐最后一面吧,你姐要怪,就怪我吧。"

这是贾玲离开宁霞二十多年后第一次见到女儿,没想到却是永别。梁云霄猜不出她此刻的情绪是忏悔更多,还是失去骨肉的悲痛更多,只知道她看到宁霞遗容的那一刻就哭晕过去了。贾山扶着姐姐,也开始号啕大哭。然而,这些撕心裂肺的哭喊和迟来的救赎并没削减宁虹对他们的仇恨。

梁云霄没怪他们,因为对于他来说,宁霞的死,他才是罪魁祸首。一切罪孽都来自他这个失职的丈夫,他答应结婚后不再让宁霞受累受苦,给她幸福的,可是,他没有兑现他的承诺。

其实,宁霞在海都住院的时候,贾玲闻讯已经匆匆回国了。老贾、贾山带着她来医院看望宁霞,可宁霞不愿见她。宁霞告诉梁云霄和宁虹:"你们转告她,她非要见,就等我死了吧。"

宁虹听完,愤怒地抓起床头柜上的水果刀,冲出病房,指着贾玲和贾山说道:"我姐都是被你们害的,如果你们敢靠近我姐一步,不是你们死,就是我死!"她边说边前进,把贾玲和贾山逼到了走廊尽头。

老贾哭着希望宁虹能原谅她的妈妈,说这些年她妈妈在外面也很不容易。宁虹呵斥老贾:"你要再替她说话,明天就从我家离开,我不会再认你这个外公,我跟你们姓贾的断绝关系,反正你们姓贾的没有一个好东西。"

她又哭着控诉贾玲:"二十多年不露面,现在我姐快死了,你回来了。我为世界上有你这样的母亲感到羞耻,你要是想回来忏悔,你就去死,把我姐姐的命换回来!"

贾玲离开医院以后,让贾山打电话,在医院门口的咖啡厅见了梁云霄一面,贾山没陪同。梁云霄用冷漠、木然的目光打量着坐在他对面的女人。她的身材和容貌保持得比较好,皮肤白皙紧致,面色红润,衣着也很时尚得体。她的实际年龄与丁春草差不多,可是她比丁春草看起来要年轻许多。看样子,她在希腊港城的生活过得不错。但她过得越不错,梁云霄对她的鄙视就越多。这个逃离为人妻、为人母责任的女人,把一切苦难都留给了宁霞。

贾玲似乎也看出了梁云霄对她的冷淡,没有直接提见宁霞最后一面的要求,而是拿出一袋西药和一张银行卡,说:"小梁,你是个好孩子。宁霞这孩子命苦,她……"

梁云霄不想听她解释,把东西推回给她,说:"你也说了,宁霞命苦,她这个时候已经用不到这些了。"

贾玲顿时愣住了,流着眼泪问:"没有办法了吗?真的没有办法了吗?"

梁云霄摇了摇头说:"协和医院的国际专家远程会诊过了。所以,这段时间,我不想让她受到打扰。"

贾玲急切地说:"国内医疗条件不行,我们可以出国,去欧洲,去美国。"

梁云霄冷笑:"她身上到处都打着钢钉,怎么坐十几个小时的飞机?况且,你怎么知道欧洲的月亮就一定比国内的圆,美国的空气就一定比国内的甜?"

贾玲语塞,梁云霄盯着她继续说道:"她的这个病,一方面是因为这次事故,另一方面是因为小时候得病留下的病根。一个十岁的孩子,带着一个两岁的妹妹,还要照顾瘫痪的父亲,我真想不出来,当初你怎么就能下得去这样的狠心。"

贾玲低下头,擦着眼泪问梁云霄:"我说我是被逼的,你信吗,孩子?"

贾玲哭着讲述了一切。原来,她当年并不是像别人说的那样,跟那个希腊厨子跑了,而是借了钱跟蛇头偷渡去的希腊。宁海魁受伤后,家里又欠下了外债,宁虹还要吃奶粉,家里是一贫如洗,贾玲就带着贾山,跟村里的人一起偷渡去了希腊。想着等赚了钱,还了欠款,就给宁海魁治伤。可是,到了希腊,她语言不通,又没有一技之长,被逼无奈,就去找了在宁州开饭馆时认识的那个希腊货轮上的厨子。两人合伙开了一家中餐馆,刚开始两年虽然没挣到什么钱,且还要顾着贾山的吃喝,但贾玲还是给家里寄钱了。第三年餐馆开始盈利,那个希腊厨子算账总是跑单,她就开始让贾山负责收银。钱一多,贾山就起了心思,乘人不备卷走了餐馆里所有的钱,上了一家中国货轮回国了。希腊厨子找不到贾山,很是恼火,喝醉了酒以后把贾玲给打了,让她老老实实开餐馆还债。酒醒之后,这个希腊厨子觉得理亏,就没再追问钱的事。他是个鳏夫,平时对贾玲不错,一来二去,两个人就在一起了。

这些年,贾玲没少给家里寄钱,最多的一年,一次就寄了两万多欧元。宁海魁的腿脚不方便,贾玲也怕希腊厨子多心,只能寄给娘家人。但她不信贾山,先是寄给父亲老贾,后来知道老贾的钱也都会给贾山,根本交不到宁霞姐妹手里,就把钱寄给海山远房表姐吴婶,宁霞跟吴婶在千江门渔港的大排档就是那个时候建起来的。梁云霄想起他和宁霞结婚时,吴婶给的那笔钱好像也是贾玲寄回来的。贾玲还说,她这些年不回来的原因是她跟希腊厨子也有了两个儿子、一个女儿。贾玲羞愧地说:"我知道,在宁家人眼里,我就是一个烂得不能再烂的女人,我回来,宁霞和宁虹会更恨我。"

梁云霄听完贾玲断断续续的叙述,心里很不是滋味,他终于明白宁霞、宁虹恨贾山的原因了,可这也不是贾玲那么多年对两个女儿缺乏照顾的理由。

贾玲说:"我知道这都是我犯下的罪孽,也不求宁霞、宁虹能原谅我,但有一点我想让她们知道。我心里不是没有她们,不是不爱她们,我是爱不成。"

贾玲醒来后,被贾山搀扶着离开了。临走时,她的目光落在了小米粒身上。小米粒怯怯地向后退了退,那模样像极了宁霞小时候。贾玲一阵揪心,流着眼泪离开了殡仪馆。后来,据贾山说,贾玲回到希腊后心脏出了毛病,每天晚上都会心口疼。

5

宁霞就要彻底离开这个世界了。殡仪馆后面就是火葬场,高高的烟囱傲然伸向灰蒙蒙飘雪的苍穹,那是肉体化成青烟,灵魂通往天堂的通道。此后,宁霞靓丽的身影将在另一个时空里穿行了。

上大学的时候,梁云霄看过许多关于平行时空的书,书中说,人死后将进入另外一个世界,死亡并不是终结,而是另一个开始。人的灵魂并不是由大脑所创造的,而是超越物质的存在,肉体死亡之时,灵魂将会继续存在于另一个世界。那时候他总觉得这有些荒诞不经,可是此刻,他宁愿相信那些荒诞不经的东西都是真的。如果这个事情存在,那么宁霞只不过是暂时地离开他。十五年前他去过一次火葬场,目睹了火化梁海生的过程。熊熊的烈火中,梁海生冰冻的身子在一个小时后变成了一堆灰烬。火化这件事,曾经让他怀疑过生命的意义。每个人肉体的最终结局就是变成那么一小撮尘土?现在,他的爱人也要变成这样了。那样一具充满活力的,曾经光滑得像缎子、像海豹一样的身体,现在也要变成尘土了,这样的现实还是让他心碎。

宁霞曾经说过,如果她死了,要把她的骨灰带到月塘湾去,撒在大海里,这样梁云霄将来无论走到哪里,只要能嗅到大海的气息,就能感受到她的呼吸。梁云霄犹豫再三,还是决定违背宁霞的遗愿,为宁霞选一个漂亮的骨灰盒。

十五年前,梁海生的骨灰盒也是他选的。那天,他捧着骨灰盒跟一张黑白照片从火葬场里出来,好像是一场演出或者电影散场了,他完全不知道自己该去哪儿。骨灰盒是花八十块钱买的,是所有木盒里最廉价的,火葬场里的最低配置。本来还有一种青花瓷的,但很容易碎,他若是捧在怀里,别人会误以为他捧了一坛黄酒。那时天气比较热,他坐在公交车上,木盒里散发着一种味道,可能是木头的味道,抑或是父亲烧焦的骨头的味道,总之不太好闻。

梁云霄为宁霞选了双层的骨灰盒,内为雕花檀木,镶嵌着金丝勾勒的莲花图案,古朴而庄重,外面是定制的古窑烧制的木红色景德镇窑变红瓷。这种瓷器像岩石一样坚固,耐压和抗撞击能力很强,还可以把宁霞的照片影印上去。外盒设置了密封防水机关,木盒装进去,瓷盒关上就密封了,永远不漏水。内部的木盒是现成的,瓷器的烧制需要半年。梁云霄出了订金,要老板一定要赶在七夕之前送到海山月塘湾的观澜居去。

宁虹怀抱宁霞的骨灰和遗像,静静地坐在梁云霄的车里。他们先驱车去海山,然后再坐船去月塘湾宁霞的墓地安葬她。按当地的规矩,送终的事应该小米粒来做。小米粒太小,宁虹替代了小米粒。

宁霞的临时墓建在月塘湾观澜居旁边的树林里,濒临大海,夏天到来的时候,普陀水仙满山遍野。墓地是宁霞为自己选的,说那个地方视野开阔,可以看到远处那片海。梁云霄明白,宁霞心中的最佳长眠地是月塘湾四十米水下的那个崖洞,她在生命最后的日子里曾不止一次地提到那里。她说:"我做梦了,梦到了那个长满珊瑚和水草的地方,就像是一个海底的花园。"

墓碑的用料是上等的青田石,梁云霄亲手用刀子镌刻了隶书:爱妻宁霞之墓。墓碑的后面有一段他苦思冥想的碑文:

> 宁州宁霞者,乃月塘湾梁氏云霄之妻也。生于癸亥年农历七月七日,卒于乙未年农历腊月二十七日,卒年三十又二。万里浩渺沧海,霞于云霄之上。识于东海凤凰湾之海底,若游鱼,若鲲鹏。曾相约,爱至海竭而不息,情至石烂而不枯。悲乎,霞落月塘,云霄无彩。
>
> 愚夫梁云霄立于丙申年七月七日。

墓碑他刻了两块,大的高一点二米、宽八十厘米,小的高半米、宽三十厘米。

等到那个窑变之后坚固的骨灰盒送到,太平洋的暖风也会将月塘湾海水荡涤干净,他会选择一个月朗星稀之夜,连同宁霞的骨灰一起,送到她希望去的地方,这是他们两个人最后的秘密。

宁霞的墓里安放了她十里红妆时的那身嫁衣,算是她的衣冠冢。下葬这天,姚子期早早地陪着丁春草,带着小米粒回到了月塘湾。村里也来了很多人,大家都惦念着宁霞的好,是她给月塘湾带来了好日子。

下葬仪式办得简简单单,结束后,梁云霄把骨灰盒放置在了观澜居二号民宿里。宁霞终归是要归属大海的,她是真正的海的女儿。梁云霄望着骨灰盒,静静地坐到了天亮。窗外漫天飞雪,一夜之间,白了渔村和海岛。

第六章

1

　　丙申年的春天就这样到了。梁云霄尚未从丧妻的悲痛中恢复过来，海山港的码头技改又深陷困境。春天换届，周晓乙正式上任海山市市长。职务已变，职级未调，所以周晓乙没有太大的喜悦。不过，去海山是一方大员正职，有了干事业的空间，这也算是进步。所以，履任的第一天，他就把姚江河、梁云霄、国资委副主任姜思远叫到了办公室，跟他们商讨海山港上市的事。梁云霄随着姚江河一进办公室，周晓乙就微笑着起身，跟二人握手。他拉着梁云霄的手说："云霄同志，我对宁霞同志的不幸去世感到万分悲痛，同时，也对这位同志的伟大壮举深表敬意，我调来海山之前，已经跟宁州市委领导做了专门汇报，这样的同志一定要评为烈士，号召全市人民向她学习。"梁云霄苦涩一笑，心想：如果不是因为上市筹备委员会冲数据，也不会导致这样的悲剧发生。现在，他说这些又有什么用呢？

　　一阵寒暄之后，周晓乙言归正传。他说："宁州港上市之后，股价一路飙升，这是个好兆头，海山港也不能落后啊。我的意思是，我们大干一年，争取年底，江河同志也去香港敲钟。"梁云霄心里为技改的事着急，于是就说："市长，海山港的基础比较薄弱，是不是等全面技改完成之后，再提上市……"梁云霄的话还没说完，就被周晓乙打断了："小梁啊，时间不等人啊。我觉得，技改工作不能耽误海山港的吞吐吨位和标箱数据，可以两条腿走路嘛。"梁云霄又补充道："市长,可技改已经展开了。"周晓乙有些不高兴了,说:"开始了可以停下来。生产还是第一位的,不能完不成指标。"

周晓乙转头又对姚江河说:"江河同志啊,你们今年的计划目标太低了,数据要再翻一番,争取给出一个好的数据来。"姚江河直接告诉他说:"如果不搞技改,这个数据好像还定高了。"周晓乙盯着姚江河和梁云霄看了一眼说:"看来,我要到你们港口集团搞一下深入调研了,我不能犯官僚主义错误,你说是不是呀,老姜?"

姜思远早年做过海山港的副总,跟姚江河搭过班子,他很清楚姚江河的性格,就是个认死理的人。于是,他就顺着周晓乙的话说:"市长,您就是重视调查研究,您什么时候有时间,我这就安排。"姚江河说:"我随时欢迎周市长、姜副主任去调研。"周晓乙微笑着说:"没有调查研究,就没有发言权嘛。我下周一就到港口集团去。今天我找你们来,就是先吹吹风。你们也别有压力,那就先这样。"

回港口的路上,梁云霄跟姚江河在车内沉默了很久。梁云霄终于忍不住了,说道:"师父,我看技改的事要泡汤了。"姚江河说:"你干你的,码头的技改已经开始了,这个时候停下来,再改回去?"梁云霄说:"我看,这事他要是干不成,是不会甘心的。我们和徐主任商量一下吧。"姚江河长叹一口气说:"算了,管委会的情况不太好,今年这个单位能不能存在,还是个问题。"梁云霄一惊,赶紧问道:"上面又有大动作了?"姚江河点了点头,说:"两港真正一体化的事可能要往前迈一步了。"梁云霄笑着说:"怪不得,我们的周市长这么着急,两港一旦真正合起来,未来的大集团可是升格了,海山、宁州两港就真成了两只翅膀,鲲鹏击水,就彻底腾空了。"姚江河说:"你也别高兴得太早,眼下这就是个坎儿,先想一想,能不能先过了周市长这一关吧。"

宁海楼站在宁州港口集团办公大楼的窗口,望着浊浪翻滚的大海,心情极不平静。宁州港上市了,股票价格喜人。宁霞的离世,却让宁海楼深陷愧疚之中。宁霞那么年轻就撒手人寰,宁虹固执己见地休了学。梁云霄调到了海山港,小米粒天天喊着要爸爸妈妈。无奈之下,梁云霄只好把宁海魁、小米粒、宁虹都接到了海山港。宁霞去世后,老贾无颜再住在女婿家里,带着小玛瑙也回海山住了。热热闹闹的宁家老屋,眼下就剩下宁五洲。接连遭受打击,宁五洲的身体每况愈下,人总是犯迷糊,前几天,他去海边钓鱼,人竟然走丢了。

家事不顺,公事堵心。昨夜,姚子期把李子木给打了。

财务总监打了分管副总,而且,这个财务总监还是宁海楼的前儿媳妇,孙子的母亲。一大早,这事就在港口机关传得沸沸扬扬。事情的起因是姚子期申请调动。昨天上午,姚子期向宁海楼申请回到海山去。她主要是考虑梁云霄正在码头上忙着技改,她回到了海山,就能帮他照顾一下小米粒的生活,宁虹也可以回学校读书了。而且,小豌豆和小米粒在一起也能有个伴。宁海楼答应了,但是李子木坚决不同意。李子木要求姚子期把公司的财务审计完了之后再离岗,明眼人都明白,李子木是在追求姚子期,他之所以找出各种工作理由,目的只有一个,那就是继续纠缠姚子期。

姚子期这次跟李子木算是彻底翻脸了。昨夜,她把公司所有的账目都交给了公司的副总会计师兼财务副总监,并向李子木汇报这件事。上级审计部门的审计组已经撤离,公司的财务也很规范,只要按照上市公司的章程,要求各部门贯彻好财务制度就可以了。但李子木觉得,公司还没有找到新的财务总监和总会计师,姚子期就暂时不能走。两个人讨论着这个问题,不知不觉就到了深夜。办公楼里的人已经走完了,李子木动了心思,向姚子期表白:"我给你明说了吧,我是真心不想放你离开宁州。我喜欢你十几年了,这颗心从来没有改变过。"李子木说着就单膝跪地,"亲爱的,嫁给我吧,我会给你幸福的。"

姚子期看着李子木拙劣的表演,冷笑道:"李子木,十几年前我不喜欢你,现在更不。当初我之所以答应调到宁州来,主要是为了宁州港能够顺利上市。是的,你现在是很风光,也很得意。可是,你经手成功的上市公司,有几个是你完成的?你只不过是踩着颜辉的肩膀,摘了他的桃子而已。别人不清楚,我还能不清楚吗?操刀这几家上市公司的IPO团队,一个是我的老师汉斯,一个是我妈苏淑琴。从头到尾,我都参与了宁州港的上市筹备,你所有的操作和表现,在这个行业里就是这个。你还以宁州港第一功臣自居,哪里来的自信?"姚子期说着伸出一个小拇指。

姚子期朝上竖起的小拇指,像一把利剑刺穿了李子木的自尊。他满怀期望的表白遭到拒绝,所谓的辉煌业绩遭到揭底,这样的羞辱让他无地自容。可是,面对眼前梦寐以求的女神,外表强大、内心自卑的他只有一个念头——征服她。李子木知道,夜深人静的大楼里没有一个人,这就是天赐良机。他鼓起勇气,上前就抱住了姚子期,开始不老实起来。可是,他万万没想到,此刻的姚子期,已经不是十六年前在大学读书的青涩少女了。她是一个孩子的妈妈,一个内心强大、体魄强健的女人。姚子期丝毫没有给他机会,挣脱后照着他的裆部就是一脚。这一脚踹中了李子木的要害,他惨叫一声倒在地上,高度近视眼镜就掉在了地上。姚子期这天正好穿了一双半高跟的皮鞋,紧接着她再次照着李子木的脸上踩了两脚。鞋跟不是很尖利,但重力很集中,一瞬间,李子木的脸上两块乌青的瘀痕就起来了……

宁海楼对李子木这样的无耻之举很是愤怒。刚开始,周晓乙在酒桌上开玩笑,要给李子木和姚子期做媒,宁海楼就觉得这个玩笑开得有些过分。他拿着姚子期的调动报告找到徐正生,徐正生很生气,当下就批给了宁州港口管理局。徐正生说:"这个人心里盛不了半碗水,若做了宁州港的接班人,怎么得了?"徐正生当下就给宁州市交通运输局和市委组织部打了电话。宁海楼跟徐正生聊了聊下一步港口发展的事,徐正生说:"我这个尴尬的主任,早就做够了,赶紧撤掉吧,企业就应该做企业的事,彻彻底底地实现政企分开。"

姚子期带小豌豆回海山,齐英很是不舍。姚子期笑着说:"妈,要不等爸爸退了休,你们就一起到海山来住。"齐英知道这是姚子期的客套。姚子期那么年轻,那么漂亮,身后追求她的男人不止李子木一个,她早晚是要嫁人的。小豌豆终归是要离开她、离开宁家的。夜里,齐英躺在宁海楼身边,无论如何也睡不着。宁嘉南办完了宁州的事,回到欧洲去了。此刻,他正跟赵艾米坐着斯蒂芬公司的豪华邮轮,进行新婚环球旅行。宁海楼搂了搂齐英的肩膀说:"要是能把小梁跟子期撮合在一起,那就好了。"齐英叹了口气说:"小梁是个好孩子,对咱们家小豌豆差不了,可问题是,老二那个家,累赘太大了,就怕子期和姚家不同意吧。"宁海楼说:"那倒不一定,明天我开车送子期和小豌豆回海山,到时候,探一下姚江河和姚老爷子的口风。"

2

宁海楼开车把姚子期和小豌豆送到了姚家老屋,正逢周末,梁云霄带着小米粒也来这里玩。两个孩子见面,高兴得不行。等梁云霄帮着姚子期、宁海楼卸完了东西,姚四海的饭菜也烧好了,姚江河就留宁海楼在家里吃饭。姚子期、姚四海一边吃饭,一边看着两个孩子相互喂饭,兄妹二人十分亲昵。

宁海楼、姚江河、梁云霄一边吃饭,一边讨论着下一步港口的走向。梁云霄说:"国家经济发展太快,长三角经济的崛起带动了整个长江经济带的发展,国家海洋战略提出之后,贸易向外是大势所趋,港口的任务会越来越重。海都大洋港二期,建成就是电气化,甚至信息化、智能化了,未来无人港口会成为时代的趋势,两港如果不进行技术改造,很难跟得上长三角和长江流域经济带发展的步伐。"

宁海楼笑着说:"我跟你师父明年怕是都要退休了,怎么干,那是你们的事。"梁云霄苦笑着说:"海山港这不也在筹备上市嘛,恐怕我在海山的技改,又要泡汤了。"宁海楼皱了一下眉头说:"省里不是准备把宁州—海山港中间那一道杠彻底拿掉吗?海山港仍然准备单独上市?"姚江河苦笑着说:"周市长来我这里调研刚走,我这里估计今年不会消停。"宁海楼又说:"要不小梁你再回宁州去,把宁州湾的几个泊位给改了,如果直接上智能化,那就更好了。宁州港上市后,不缺钱,你想怎么改就怎么改,我支持你。"梁云霄苦笑不答。

姚江河说:"你那儿?你那儿有个搅屎棍,小梁要去你那儿技改,还不把狗脑子打出来?"宁海楼脸一红,继而嗤之以鼻说:"这个人,哼,他快搅和不了了。"姚江河说道:"可据我所知,他最有可能成为你的继任者。"宁海楼说:"这不还有一年嘛,就他的德行,我看未必。"宁海楼的手段,梁云霄和姚江河都很清楚,他若不想隐忍,堪称"谈笑间,樯橹灰飞烟灭"。梁云霄和姚江河相视一笑。梁云霄说:"我见过脸皮厚的人,就是没想到这个人脸皮厚得如此自信,真是世间奇葩。"

姚子期痛打完李子木的第二天早晨,姚江河、梁云霄正在陪调研组开会。

周晓乙接了个电话,当场就发了脾气:"你活该。这事你还有脸给我打电话。你甭狡辩,这事徐正生都跟我说了。你别以为你做成了一点事情,就能忘乎所以。这件事你自己处理,好自为之吧。"周晓乙放下电话对姚江河说:"这个李子木,太不像话了。他还有脸说,他被你们家子期打得住进医院了,真是可笑至极!老姚啊,子期调回海山这事,我大力支持,热烈欢迎。宁州港能顺利上市,子期的表现令我刮目相看,真是长江后浪推前浪,一浪更比一浪强啊。我跟组织部说了,她回到海山港,就做海山港分管财务的副总兼总会计师。这次海山港的上市,由她来主导。"

其实,那天晚上的事,姚子期下楼之后就告诉了姚江河和梁云霄。梁云霄很是气恼地说道:"听完你的话,我也有了想揍他一顿的冲动。"姚子期在电话那端咯咯笑了说:"你还是算了,你要是打掉他两颗门牙,警察又得找你。"梁云霄知道姚子期是在说大学时他跟李子木决斗的旧事,于是,他笑着说:"他这癞蛤蟆掉到脚面上,不咬人,他膈应人,不揍他,天理难容。"姚子期又笑着对梁云霄说:"这事你别管了,我明天就带着小豌豆回海山了。你这即将主持海山港工作的领导,打算怎么安排我?"梁云霄苦笑着说道:"我可安排不了你,周市长早为你安排好了,做上市筹备小组的副组长,直接对他负责。"姚子期苦笑说:"我怎么这么命苦啊,做完一个,又来一个。"梁云霄笑着说:"能者多劳嘛。"

众人吃完饭,梁云霄和姚子期带着小米粒和小豌豆在院子里玩。宁海楼望着四个人嬉笑打闹的情景,就试探性地问姚江河:"江河兄,我要是话说错了,你别骂人。我觉着,云霄要是跟子期走到一起,宁霞在天之灵也能瞑目了。"姚江河长叹说:"时过境迁,哪有那么容易呢,看他们自己吧。"宁海楼也感叹说:"真是造化弄人啊。"宁海楼说着起身,跟姚四海告辞。

他走到院子里的时候,姚子期要小豌豆跟爷爷告别。宁海楼就抱着小豌豆亲着说:"你要是想爷爷、奶奶、太爷爷了,你就给爷爷打电话,爷爷开车来接你好不好?"小豌豆说:"好。"宁海楼放下小豌豆,回头看了一眼姚子期和梁云霄,心有不舍,但还是放心地走了。

姚子期重新回到了自己的办公室,做了海山港分管财务的副总兼总会计师。分管后勤的副总贺大年拿着钥匙来找姚子期说:"子期,知道你要回来,新房子我就给你留了一套,跟梁副总住对门,家具和家电我都添置好了,钥匙你拿好。"看着贺大年一脸坏笑的样子,知道他这是故意把她跟梁云霄安排住到了对门,姚子期心里有些高兴,但还是一脸严肃地问:"爬子叔,你这几个意思?"贺大年嘿嘿一笑说:"这不兜兜转转又到一起了嘛。当初我就觉得,过日子还得是小梁这样的,这些年,你是放着海水不洗船,白白便宜了他们老宁家。"

贺大年心直口快,姚子期哭笑不得,板起脸说:"爬子叔,你好歹也是高层领导了,还满嘴跑火车。饭可以乱吃,酒可以乱喝,话不能出去乱说。"贺大年又笑着说:"我就这样说了,你想怎么样吧。过完年我就退休了,争取退休前喝上你们的喜酒。"姚子期故作气恼地说:"爬子叔,不理你了。"贺大年笑着就走了。

新宿舍取名安澜居,距离大海和港口有些距离。徐正生做常务副市长的时候,在门口为港口开了班车。早七点到晚九点,十分钟一班,从家里到单位二十分钟车程。这里是新区,幼儿园、学校、医院、商场、大剧院、菜市场一应俱全,生活很便利。梁云霄和姚子期住对门,早晨,姚子期会送两个孩子去幼儿园,然后自己开车去港口上班。偶尔,两家人也会去对面商场里的餐厅吃吃饭、看看电影,姚子期买了一辆奥迪小轿车,两个孩子都很喜欢,双休日她会带着两个孩子去海边或者去郊外。偶尔,梁云霄也会跟着一起出去,这个时候,梁云霄就会开着他的大越野,带着大伙去野餐。宁虹虽然也想跟着去,但是,家里有一个行动不便的老人,她只能望而兴叹。

宁虹带着父亲宁海魁跟梁云霄一起到海山后,俨然一副女主人的姿态。可是,过日子就是柴米油盐酱醋茶,这对从小衣来伸手、饭来张口的宁虹来说,确实有些难度。宁虹带了几天小米粒,结果把家里弄得一团糟。宁虹很是懊恼。宁霞生命的最后几天时间里,曾跟宁虹认认真真地聊过一次。宁虹是她从小带大的,她很清楚宁虹的性格。宁霞说:"宁虹,姐希望你尽快回到学校里去。姐这辈子最大的遗憾就是读书读得太少了,所以姐最大的愿望,就是你能读个博士,跟罗老师和何老师一样成为一个大学教授。小米粒的事,你不要管,有你姐夫。你是我带大的,我带你,是因为爸残了,不能带你。你姐夫不一样,他可能会有新的爱人,新的生活。你千万不要认为,我走了,你带小米粒是天经地义的。不是的,你应该有你的生活和幸福。这句话,你千万要记住,你就做好小米粒的姨,千万别想着要做她的妈。你听姐的话,去过你的生活。这无论对你,还是对你姐夫,对小米粒,都好。"

宁霞的话言犹在耳,可是宁虹还是决定留下来,她就要做小米粒的妈。在月塘湾宁霞的墓地,宁虹再次被梁云霄给宁霞亲手镌刻的碑文感动了。梁云霄对宁霞的爱,才是人间真正的爱情,海枯石烂、忠贞不渝。墓碑上的文字,宁虹用手机拍了下来。夜里,身边小米粒睡熟之后,她会在心里默诵。这个男人,可以托付终身。姐姐既是不幸的,也是幸运的。她遇到了这样一个男人,有了一段轰轰烈烈、缠缠绵绵的爱情。

刚搬到海山的时候,梁云霄还未完全从失去宁霞的痛苦中走出来,精气神像是一下子被抽走了,人也苍老了许多,走路喜欢低着头,背也好像有些佝偻了。宁虹望着意气风发的姐夫一下子变成了这个样子,很是心疼。她很想像姐姐宁霞那样安慰他,可是,她不能。姐夫和小姨子的禁忌,让她不敢越雷池半步。她知道梁云霄是不会同意的,她害怕一旦惹怒了梁云霄,她就只能尴尬地离开。

姚子期调回海山之后,宁虹明显看到了梁云霄状态的变化。他佝偻的背开始挺直了,长期阴沉的脸上偶尔也有了笑容。姚子期就像是梁云霄的一道光,光照下来,枯树也开始绿意盎然。更重要的是,他们就在一个楼上办公,一起上班,一起下班,偶尔还会一起吃饭、看电影。小米粒和小豌豆两个人有血缘关系,玩起来两个家来回串,对门也成了梁云霄经常去的地方。浓浓的醋意开始从宁虹的心底升起。论相貌和学识,宁虹觉得自己不输姚子期。她长得几乎跟宁霞当年一模一样。关键的一点是,她还有小米粒。天一黑,小米粒谁都不要,只跟她一个人。宁虹开始按照宁霞年轻时候那样打扮自己,发型、服饰、言谈举止、生活习惯,甚至生活中的每一个细节。那天,她洗完澡,穿了一件跟宁霞一模一样的睡衣在客厅里走动。梁云霄从外面应酬回来,眼睛顿时就直了。她太像宁霞了,以至于梁云霄情不自禁地冲她喊了一声:"小霞……"如果不是小米粒在房间里喊小姨,梁云霄可能根本不会从梦幻般的臆想中醒过来。

夜里,宁虹习惯搂着小米粒睡,她像宁霞那样亲着小米粒,直到她慢慢睡去。第二天,小米粒醒过来,趴在她身边说:"小姨,我还以为妈妈回来了呢。"宁虹泪眼婆娑,她搂着小米粒说:"以后,小姨就是妈妈。"

3

午夜,梁云霄从梦境中醒来。他在梦里见到了宁霞,十年前在水下,在海山宿舍里,青春四射的宁霞。最近一段时间里,他总觉得宁霞的身影时常出现在自己身后,或者是自己凝眸神往的地方。屋子里弥漫着宁霞身上那种熟悉的味道,那是一种芦荟美体乳的香气,宁霞用了很多年了,她就喜欢这个牌子。盛夏已经悄然来临,宁州的夏天很湿热,空气也变得黏稠起来。他起身开灯到客厅去倒水,因为家里住着宁虹,梁云霄睡觉的时候也穿着睡衣。睡衣是宁霞给他买的,平时洗过之后,宁霞都会放一块芦荟香皂在里面,这样他穿的时候也会有这种味道了。这是宁霞身上的味道。宁霞走后,很长一段时间他没有嗅到这种味道了。他把这种从视觉、嗅觉上的感受归结于他太思念宁霞了。是的,他是真的太想念她了。想起宁霞,他的心脏就骤缩一下,那种因思念和悲伤带来的疼痛瞬间蔓延全身。

客厅里关着灯,他迷迷糊糊地伸手去摸索客厅里的开关。这时,他就听到卫生间里传来哗哗的流水声,继而,水停了。一个身影从亮着灯的卫生间里出来,是宁霞。薄如蝉翼的睡衣如同轻纱一样曼舞,轻纱之下是曼妙的身姿。他一下子就有了想去拥抱她的念头,他叫了一声:"小霞!"对方却没有回答他,梁云霄揉了揉眼睛打开了灯,这才发现,对面站着的不是宁霞,而是宁虹。

梁云霄的脸一下子热了起来,他尴尬地说了一声:"宁虹,以后起夜,记着开灯。"宁虹笑着说:"都那么熟了。我能摸得到,你摸不到吗,学长?"搬到海山之后,宁虹已经不再叫他"哥""姐夫""姓梁的",而是亲昵地叫他学长。宁虹端着一盆温水,拿着一条湿毛巾朝着卧室走去。梁云霄问她:"你这是干什么?"宁虹说:"小米粒总是赖在我身上睡,我怕她起痱子了,就给她擦一擦身子。"梁云霄说:"不能开空调吗?"宁虹说:"空调吹多了,小孩子会感冒的。"宁虹一闪身,就朝卧室走去,回头还冲梁云霄笑了一下,这一笑,像极了宁霞。

梁云霄坐在沙发上,努力使自己的心绪平复下来。他掐了一下自己的大腿,对自己说:"不能这样哦,绝对不能。"他想起那天晚上醉酒,如果不是小米粒喊小姨,他说不定就真的认错人了。梁云霄决定等到新学年快开学的时候,一定要终止宁虹的休学。她必须尽快回到学校去。不然,长期这样下去,他早晚会出事的。可是,宁虹又是个极其敏感的女孩子,还曾经有过抑郁症。梁云霄开始琢磨,这件事该如何跟宁虹说。这话是由他来说,还是由岳父宁海魁来说?这话说得不好,容易触发她的敏感神经,这个家已然是这样了,再出现一个精神不正常的宁虹,他承受不了的。

梁云霄没想到这件事他刚提出来,就在家里掀起了一场轩然大波。

这天,梁云霄早早下班,做了一大桌子菜,又让吴婶派人送了焖鱼、海鲜锅子过来。他叫来对门的姚子期、小豌豆,一共六个人在一起吃饭。早在上班的时候,梁云霄就跟姚子期沟通好了,晚上吃饭的目的就是劝宁虹回到学校去。毕竟,罗子坤带完这一届硕士生,就只带博士或者博士后了。开学之后,宁虹要是再不去学校,就得退学了。机会难得,时不再来。而在前一天,他也跟岳父宁海魁商量好了,大家一起努力劝宁虹回学校。

开饭后,姚子期和宁虹先盯着两个孩子吃饱了饭,让他们去书房看动画片。然后,姚子期开始说:"小梁,我听说颜辉的绿色石化城今年招了一批东海交大的研究生,工资比我们海山港进的本科生高出了一倍多。"梁云霄看了一眼宁虹说:"我听说跟你我的差不多,加上五险一金,接近一万五了。我们的本科生,不到八千块,可怜。"宁海魁咳嗽一声说:"看来,这不读书,还是不行啊。"

敏感的宁虹一下子就听明白了,她把碗筷往桌子上一推说:"什么意思?不想让我在这个家里待了呗?碍着你们的眼了?"

梁云霄和姚子期一脸尴尬。

宁海魁瞪着宁虹说:"你这孩子,什么话?大家还不是为了你的未来着想。研究生读了一半就不读了,可惜不可惜?"

宁虹一声冷笑说:"姓梁的,姚子期,你们要是想搬到一起过,就明着跟我说,别拐弯抹角的。我带着我爸、小米粒这就回宁州。我当年才两岁,我姐一个中专生都能把我带大,我就不信,我带不大我姐的孩子。"

宁虹说着站起身来要走。

| 681 |

梁云霄感觉触到了宁虹的敏感神经,这事有些麻烦了。于是,他故作生气地说:"你别胡说八道,我跟你子期姐是为你好。我跟罗教授打了电话了,你已经休学一年了,再休下去,只能退学。东海交大的研究生考上不容易,保个研也不容易。"宁虹接着又冷笑一声:"说什么爱我姐到海枯石烂,纯粹是做戏。她才走了不到一年,尸骨未寒,你就旧情复燃了。还有你姚子期,我姐可是你最好的朋友,你还是我的前堂嫂,我侄子小豌豆的亲妈。怎么,你这么快就等不及了?哼,白莲花。"

姚子期心里也有些生气,可还是忍住了,表面波澜不惊地说:"宁虹,你为什么这么想,我不明白。对,我是你姐最好的朋友,不然今天我也不会在这里劝你,你姐临走的时候跟我谈了三天,其中一天谈的是你姐夫和小米粒,两天谈的都是你。她最大的愿望是你能继续读书,读硕士,读博士,将来带着小米粒做个文化人。她还谈了你的偏执,你的敏感,你的固执,她让我跟你姐夫一起关心你,爱护你,管束你。不然,我跟你说这些,我吃饱了撑的?"

宁虹哼了一声,说:"你别说得我姐向你托孤似的,我还不知道你的心思,在宁州待得好好的,见姓梁的回来了,你也回来了,还搬到了对面。你怎么不搬到一张床上去?"

梁云霄有些忍不下去,满腔怒火想要爆发,可想到宁虹的情绪,还是压着怒火说:"你越说越不像话了。"

姚子期更加恼火,可她还是不动声色,挑了一只虾,用纤细的手指剥着虾壳说:"我告诉你,宁虹,我就是跟梁云霄搬到一张床上去,脱光了面对面躺着,也比你想的纯洁。我跟他的清白,对得起你姐。倒是你,宁虹,你学不上,工作不找,整天打扮得跟你姐一模一样,在你姐夫面前晃来晃去,你到底想干什么?我搞不明白,你姐走之前跟你说的那些话,都让狗给吃了吗?举头三尺有神明,你姐在天上看着呢。宁虹,你就作吧。"

姚子期说完把虾扔在锅子里,抱起正在看动画片的小豌豆,出门走了。她话说得很直接,直击宁虹的内心深处。她顿时羞得满脸通红,胸脯不停地起伏,哭着说道:"看似冠冕堂皇,其实是男盗女娼……"

宁海魁听不下去了,啪的一声拍了桌子怒吼道:"宁虹,你都胡说八道些什么?小梁,你去劝一下子期,让她别往心里去。宁虹,你这真是要把我给气死啊。"宁虹哭着进了卧室,抱着小米粒大声哭了起来。小米粒愣愣地望着宁虹说:"小姨,你怎么了?"宁虹哭着说:"小姨带你回宁州,你回不回?"小米粒问:"爸爸跟子期阿姨、小豌豆和外公也回宁州吗?"小米粒的一句话,把宁虹问住了。

姚子期面对宁虹的谩骂心如止水。梁云霄很是尴尬,也很恼火。姚子期既要工作,还要帮着他带孩子,现在又无端遭受这样的指责,让他心里很过意不去。他敲开姚子期的门,一脸歉意说:"子期,我能想到宁虹反应强烈,没想到宁虹会这样说话,对不起,让你受委屈了。"姚子期淡淡一笑说:"她还是个孩子,我不会跟孩子一般见识的。我只是觉得,宁虹有些走火入魔,今后,她的麻烦只怕比小米粒、二叔还要大。你就姑且受着吧。"

梁云霄长叹一口气说:"我也不知道该怎么办了。"

梁云霄突然想到了宁霞,他不知道宁霞跟姚子期说了些什么,也不知道面对宁虹这样的情况该怎么办。农历七月七日就要到了,他要去一次月塘湾,他跟宁霞最后的约定该兑现了。

4

织女相思泪,烟雨锁月塘。

丙申年农历七月七日,这天下了一场绵绵细雨。

夜晚的时候,天放晴了。海面上没有大浪,却铺了一层薄薄的雾霭。殡仪馆前一天打来电话说,景德镇那边打来电话,货已经到了。是夜,弯月西斜,星光满天。梁云霄背着宁霞的骨灰下水了。八月的月塘湾,水下很热闹。电鳗、水母、灯笼鱼、幽灵蛸、斧头鱼、猫鲨鱼、比目鱼、海马……清澈碧蓝的海底瞬间被点亮了,海底无比璀璨。这些鱼类游动着,时而聚合,时而分散,宛若天上的星河、城市上空的烟花。

五彩斑斓的珊瑚丛林里,成群结队的鱼类打着灯笼,吸引着他朝着大海深处的崖洞游去。宁霞为自己选择的真正的墓地就在这里了,宽敞的崖洞口,珊瑚丛像是盛开的花海,这块和足球场一样大的地方,则像是一座美丽的花园。坐在洞口,能看到前面广阔的大海和无边的星空。这个地方,梁云霄从五月起,如果没有要紧的事,几乎每个周末都会来。他带着工具,在尽量不改变生态环境的情况下,对洞内进行了简单的修整。墓地设在岩石上,可以镶嵌固定下宁霞的瓷棺。紫红色窑变烧制的瓷棺上,有自然形成的珊瑚花一样的图案。骨灰盒就放在密闭的瓷棺里,跟珊瑚树浑然一体,唯有那张照片上露出的笑脸,面朝着大海。那座小小的墓碑,矗立在青色的珊瑚石边,很是醒目。

安置完这一切,梁云霄悬浮在宁霞墓碑前,用深潜的手语跟宁霞交流着,往事如烟,一幕幕呈现在眼前。心底的泪水,早已滂沱。他讲了宁虹、小米粒、宁海魁,讲了自己这些日子的悲伤、思念、痛苦、彷徨、无奈……这一天,梁云霄在水下足足待了五十分钟,直到氧气耗到了最后一格,这才上浮。

观澜居的窗口前,梁云霄坐了整整一夜。天亮的时候,他接到了颜辉的电话。

绿色石化城的项目已经开工了,作为资本的运作方,颜辉的工作可以告一段落了,颜辉问他:"你是不是在月塘湾?"梁云霄惊愕,就问他说:"你怎么知道?"颜辉说:"清明的时候,我去过一次月塘湾,看到了宁霞的墓碑。兄弟,节哀。"颜辉希望梁云霄在月塘湾等他两天。罗子坤现在就在龙山湾的项目上陪祁省长参加开工仪式,颜辉要梁云霄约姚子期一起到月塘湾,大家一起待上两天,放松一下,顺便聊一些事。梁云霄就答应了。梁云霄不知道颜辉接下来会干些什么,直觉告诉他,颜辉这次组局,似乎跟未来港口的发展有关。梁云霄正打算去省城找罗子坤商量宁虹的事,没想到罗子坤人就在海山。梁云霄开始检讨自己,宁霞去世之后,他已经很久没跟老师联系了。

姚子期是午后到的,黄昏,颜辉带着罗子坤也到了。依旧是阳台烧烤,只是烧烤的人却换成了三嫂和丁春草。物是人非,罗子坤和颜辉颇为梁云霄惋惜。宁霞是一个难得的好人,贤惠的妻子,能干的内助。果然,颜辉和罗子坤说的就是未来宁州—海山港的事,罗子坤透露了一个消息,管委会在年底一定会"寿终正寝"。梁云霄不解地问:"那徐主任去哪儿?"罗子坤微微笑了笑说:"能干事的人,终归是要有去处的。不过他暂时还走不了,宁州、海山两港中间那一条横线取消不了,他可能还不能走。"

姚子期看了一眼颜辉,明知故问道:"未来两港的当家人,会是谁?"梁云霄看着罗子坤猜测道:"会不会是个搞资本的?"罗子坤笑了,颜辉也笑着说:"这也有可能,变数很大,你懂的。"

罗子坤望着远处的沧海感叹说:"我看了龙山湾绿色石化城,感触颇深。国资统盘,民企主投,苍茫大海上,一锤子砸下去一千个亿,这个气魄,十几年前,我想都没敢想,小梁,你敢想吗?"梁云霄说:"我上台讲一个十万吨级的深水码头,腿都打哆嗦。"四个人都笑了起来。

罗子坤说:"国家经济战略要有新的调整,振兴海洋经济的重头戏真正开锣了。"罗子坤看了一眼梁云霄,接着说:"小梁,我知道你刚失去了宁霞,工作上也不太顺心,可逝者已逝,你再悲伤、再颓废,宁霞也不能复生,让活着的人活得更幸福,悼念逝去的人才更有意义。我跟你师母都熟识宁霞,她不仅爱你,而且崇拜你,她崇拜你的志向、你的能力、你的成绩。我希望你能从悲痛中走出来,抓住这个机遇,把海山港做成现代化港口的标杆。这样,你跟宁霞和她的亲人念叨起这些事情的时候,他们才会觉得,在宁霞有限的生命里,爱上你这样一个人,为你付出那么多,才算有意义。"梁云霄羞愧地低了头。

罗子坤顿了顿,又说:"这点你就不如子期,子期航运金融专业的博士论文答辩已经通过了。"梁云霄这才知道,姚子期不声不响已经完成了在职博士的课程。他顿时觉得,在不知不觉中,他已经耗去了太多的时光。于是,梁云霄看着罗子坤说:"老师,我想回学校去读您的博士,您还要我吗?"罗子坤愣了一下,笑着说:"你现在已经是海山港的中流砥柱,仕途发展也很好。不是说你非要去读博士,我是说,你应该不断地加强学习,不要总躺在功劳簿上沾沾自喜。大洋港的发展已经提前迈出了一大步,他们的智慧港口已经开始了,你要是再不迎头赶上,肯定会被甩出去很远。"

梁云霄一脸愁苦地说:"老师,我最近很困惑。您看,我在宁州港和海山港,就是撑竿跳,也摸不到全球一流港口发展的天花板,更何况,体制和思维的滞后,我也跳不起来,谁给我那根竿子啊?"姚子期说:"老师,他说的是实际情况,海山现在铆足劲儿地要海山港上市,他的技改可能要中断了。"

颜辉也长叹一声说:"这个窗口期,有人怕是要大做文章了。我听说,他们在运作一个三十万吨,甚至是四十万吨铁矿石码头的合资项目。"梁云霄像是突然间明白了什么,顿悟道:"我说他们最近为什么找我调沙鳖岛附近的资料,他们是想拿这片海域讲资本故事?"罗子坤说:"那片海域距离国际航线最近,我看这里面大有文章。"

姚子期问颜辉:"颜哥,即便是拿沙鳖岛基建,引入资本,但从资本运营角度上来讲,以海山港的基础设施、资产体量、吞吐量、财务报表、市场影响力,即便是上市成功,市值也不会太乐观。"

颜辉说:"那要看两港真正的融合度怎么样了,我最近也提了一个海山港上市的方案,以宁州港收购海山港,海山港持股宁州港的方式来实现资产的融合。这个方案徐主任和祁省长基本认可。"

梁云霄顿时兴奋了起来:"这才是两港融合的正路。"

罗子坤泼冷水道:"颜辉,你这可是把两港打碎了重塑,凤凰涅槃,难度不小啊。"

颜辉也感叹道:"是啊,打破体制、建制、地域限制的过程太复杂,两港之间这一道横线,我们走了十几年。所以,子期、小梁,一旦我被架到这座火山上,你们俩可要为我加水,切莫添薪啊。"

姚子期笑着说:"颜哥,你这还没上任,就开始给我们提要求了。"几个人就又笑了。

梁云霄说:"颜哥,我刚才正跟老师聊我读博的事,你这一句话就转到港口一体化上去了。老师,我想接着跟您读书,我是认真的。"

罗子坤脸色一沉说:"你要是能把那个小姨子劝回学校来,我就答应你读博。这个宁虹,我是听了宁霞的话才收的她。结果呢,休学一年不来上课。她是我最后一个硕士研究生,可别搞得我关不了门,不能善终啊。"

梁云霄说:"老师,您今天不来,我也会去找您,其一是找您为我解惑,其二就是为了宁虹复学的事。您放心,我一定尽快让她回到学校去。"

四个人喝着酒,吃着烧烤,丁春草和三嫂就把贻贝面端了上来。罗子坤特别喜欢吃丁春草做的贻贝面。颜辉一边吃着面,一边悄声询问姚子期说:"子期,我听说,你把宁州港分管财务的副总给打了?"姚子期笑着说:"真是好事不出门,坏事传千里。"梁云霄说:"该打,我是不在宁州,我要是在,他的后槽牙也保不住。"

颜辉听梁云霄讲过他在大学痛打李子木进派出所的事,哈哈笑了起来。笑过之后,他又一脸严肃地说:"那你们两个可要小心了。他不久也要调到海山了,当市国资委的副主任,可能跟海山港上市有关。"姚子期一脸愁苦地说:"我怎么那么倒霉啊,他还阴魂不散了。"梁云霄说:"不用怕他,海山是我们的本土,我想他不会忘记当初是怎么灰溜溜离开海山港的。"

5

海山市国资委新任副主任李子木一行来海山港考察上市的工作。姚江河借故身体不舒服,让梁云霄代表港口做接待。梁云霄带着分管货代工作的曹海强在港区等到了李子木和另外一名副主任姜思远。虽然颜辉提前告知了他李子木要来海山的消息,梁云霄也做好了心理建设,可是当他看到李子木那张脸的时候,心里的厌恶还是不由自主地冒了出来。

李子木戴了一顶遮阳帽、一副墨镜,尽可能遮掩住脸上姚子期高跟鞋留下的乌青。李子木明知故问道:"你们姚总和分管财务的副总为什么没来呢?"梁云霄反问了李子木一句:"你说呢?"李子木很尴尬,他很清楚梁云霄话里有话。

随后,梁云霄对姜思远说:"姜副主任,我最近忙着码头上的技改工作,李副主任是海山港的老人,如果他想故地重游,就让胡副总陪着你们转转,失陪了。"梁云霄说完就走了,让李子木很是懊恼。

李子木站在已经变得十分陌生的海山港主港感慨万千,当年的机关宿舍楼还在,他想起那个雨天他在众人的奚落和起哄声中颓然离开的情景,内心的恨意再次生疼起来。如果不是梁云霄的出现,他可能会跟宁霞有一段值得回忆的美好时光。大学时期,因为追求姚子期的事,他被这个家伙弄得名声狼藉;后来到海山港,又因为追求宁霞的事,他在港口没有了立足之地。今天,他又有了追求姚子期的机会,可是她却跟梁云霄旧情复燃。这个梁云霄,就是他的克星,是他摆脱不了的噩梦。

李子木去拜会了老领导周晓乙,周晓乙的态度有些冷淡。他直言不讳地说:"你最近,有些飘啊。"李子木低着头,他知道周晓乙接下来要骂人,果不其然,周晓乙怒气冲冲地:"如果不是要尽快推进海山港上市,我也不会调你来。可是我调你来是干正事的,不是来惹事的。像你这样的青年才俊,什么样的女孩找不到,非要在一个离了婚的女人的树上吊死?"李子木小声说:"领导,我这是对爱情的执着。"周晓乙扑哧一声笑了说:"没想到你还是个情种。是,你是很执着,可人家无情啊。多情总被无情伤,这句话你不是不知道吧?"李子木点头应诺,一脸谦卑。

周晓乙又问:"你对海山港上市的事怎么看?"李子木说:"海山港发展起步比较晚,品牌、资产、吞吐量、财报当然没法跟宁州港比,可海山港是个潜力股,只要资本运作得当,照样可以取得很好的成绩。"周晓乙评价道:"你出的那个改制方案我看了,斯蒂芬公司、斯兰特公司、香港国际航运投资公司的投资意向我也看了。总体架构还是不错的,由这三家入资新港基建、码头租赁、船舶代理、特色仓储物流四项业务,确实能提升海山港的国际影响力,收购山海国际航运集团也能提升公司体量,很有想法。"

李子木又说:"我担心的是这样的调整,海山港、港口管理委员会以及市里会有不同的声音。"周晓乙说:"改革嘛,总会有不同的声音。"李子木就把他去海山港考察时遭受到的冷遇跟周晓乙说了。周晓乙皱起眉头,再次谆谆教导道:"我还是希望你以事业为重,海山港要加快上市的步伐,你怎么追求姚子期是你自己的事情,但千万不要因为个人的感情问题影响重中之重的工作。姚江河可不是宁海楼,这个人很执拗,爱较真。另外,他在港口系统很有威望,你可千万别犯了众怒,否则,谁也帮不了你。"李子木点头答应说:"领导您放心,我会妥善解决的。"

海山港上市筹备小组正式宣布成立,周晓乙亲自挂帅担任组长,姚江河、李子木担任副组长,组员有梁云霄、姚子期、姜思远、曹海强。梁云霄本来是不想参加这个筹备组的,可他担心李子木会借着这个机会向姚子期发难,所以还是参加了这个筹备组。

筹备组第一次预备会开得很糟糕。梁云霄翻看了李子木准备的上市方案，毫不客气地说："市长，我觉得这个方案值得商榷，这四项业务，目前是海山港以及自贸区的重点业务，而斯蒂芬公司、斯兰特公司这两家公司，都是我们的主要客户。收购的一家本地民营公司，也是公司的船舶挂靠公司……"李子木不屑地看了梁云霄一眼，打断他说："客户，挂靠公司，就不能变股东了吗？"梁云霄说："当然能变成股东，可我们必须考虑海山港企业股权的安全问题。我的意见是，海山港的上市，必须保持资产、资本的纯洁性，如果要提升企业品牌和体量，完全可以考虑跟宁州港的合作。毕竟，省里港口一体化新的改革方案还没下来，宁州—海山港本来就是一个品牌。"

听完梁云霄说的话，周晓乙和李子木都笑了。李子木嘲弄说："这些年，提起宁州大港，好像就你梁云霄最不服气吧，怎么，这个时候开始跪舔了？况且，宁州港都已经独立上市了，海山港为什么就不能？"梁云霄冷笑了一声说："李副主任，我从来没有对宁州港在东海的地位有质疑，也从未停止过追赶它的脚步，我只是说了我的意见。"李子木还想说什么，周晓乙制止他道："既然征求意见，你得容别人说话嘛。子期，你说说。"周晓乙看了一眼姚子期。

姚子期看了一眼脸上还留着乌青的李子木，说："市长，海山港上市筹备工作起步比较晚，现在，股权结构又做了那么大的调整，我认为，眼下上市的条件还不成熟，我们还是要做好充足的准备才行。"李子木则看着姚子期说道："姚总监，你说这话，我就得批评你了。多年前，为了争取资本的支持，海山港就开始谋求上市，现在算起来，也筹备多年了吧，这个时候你说条件不成熟，你这个财务总监是怎么当的？"姚子期轻蔑一笑，根本就没理会他。

梁云霄盯着李子木看了一会儿说："李副主任，你说得没错，海山港是想尽快走上资本市场的道路，可这一步怎么迈，也不是我们能说了算的。海山港的情况跟宁州港不一样，宁州港的股权是独立的，而你给出的这一套方案完全不一样。海山港是宁州港的前院，这个篱笆，我们必须扎牢。"

李子木笑着说："那我就问问你，什么叫改革？什么叫开放？什么叫跟国际接轨？什么叫走向深港大船、走向深蓝？梁云霄，十几年前，你在宁州港的长篇大论，言犹在耳，你现在却说要扎篱笆，你是不是越活越倒退了？还扎篱笆呢，传出去真是笑掉大牙。"

梁云霄接过他的话茬说:"我不怕别人笑我,你也不要偷换概念。我是说过,走出去,请进来。国家'一带一路'倡议已经提出,未来,我们也有可能在欧洲、亚洲、非洲去建港口,但我们从来不想去他们院子里做主人。我们也欢迎来我们东海的客人,但我绝不欢迎进了我们的院子就想做主人的客人。你可能不了解海山的历史,约三个甲子之前,如果不是海山人的奋勇抗争,如果不是当时的清政府脑子还算清醒,海山很有可能成为英国的殖民地。海山群岛的地理位置不一样,它是东海之门,我们必须确保海洋战略的安全,这就是我想要表达的。"

周晓乙说:"好了,梁副总啊,你扯远了。这个方案呢,先供大家讨论,和外资、民营企业以什么形式合作,我们都可以商榷,总之上市的筹备工作尽快完成。即便是干到年底最后一天,年度计划也必须完成。你说呢,老姚?"

姚江河一直看着他们争吵,一语不发,直到听见周晓乙问他,才清了清嗓子说:"市长,目前省委、省政府对宁州—海山港一体化改革的深化政策还没出来,我还是建议等海山的港口升级改造和大陆连岛工程完善之后,再商讨上市的事,至于海山港以什么形式上市,还要报请省政府之后再说。"

周晓乙告诫姚江河:"老姚,你要想清楚,时下,海山港是我们海山市的港口,一旦新的改革方案下来,那可就不一定了。宁州港上市,市场运营很成功,资本充裕,基建发展也很快,这事不能等。"

姚江河微微一笑道:"站在海山港眼下发展的角度上,我赞同市长的意见,可是站在百年大计的角度上,我们还是拿不准。我的建议是,再等等。"

李子木压抑许久的怒火终于憋不住了,他想说什么,却被周晓乙摆手制止了。周晓乙虽然也很愤怒,但他始终保持着微笑说:"大家都再想一想,想好了,我们再开这个会。"

会议不欢而散。会后,李子木紧跟在周晓乙身后进了他的办公室。进屋后,关上门,李子木就开始发牢骚:"市长,您对他们也太客气了。"周晓乙微微一笑道:"我还是那句话,改革嘛,总会有不同的声音。而且,梁云霄说得也不是没有道理。外资的持股比例、参与形式还是需要斟酌。"李子木问:"市长,那省能源投资集团在龙山湾的千亿民营资本投资的绿色石化城项目,您怎么看?"周晓乙立马反应过来,反问道:"你是说改变一下外资的投资方式?"李子木会心一笑说:"市长,您还记得山海国际航运集团吧?"周晓乙说:"我当然记得,它不是在宁州湾上市的吗?"李子木说:"他们这几年财报不错,也可以多上船舶,拆分之后,成立山海国际远洋集团,斯蒂芬公司本来就是大股东,如果斯兰特和香港国际航运投资公司也进来,由海山港跟新成立的山海国际远洋集团合资启动沙鳖岛三十万吨铁矿石码头项目,如此一来,这三家的资本就被牢牢地套在了海山,而且我们是跟山海国际远洋集团合作,而不是和外资企业了,我看他们还能说什么。"

周晓乙点了点头说:"那你就着手干吧。"

李子木说:"好,资本的事我这就去安排,可是码头报批的事,市长,您得抓紧,机遇稍纵即逝,我担心斯兰特、汉斯和宁嘉南变卦。"

周晓乙一脸严肃地说:"干好你的,我该怎么做,用不着你操心。"

6

午夜的海上,无风三尺浪。游艇在无船、无人的海面上微微颠簸,人在船上轻轻摇动。游艇舱里,真的就是一个装饰奢华的酒吧,取名海猫。设在游艇最底层,玫瑰灯光之下,几个年轻女子穿着清凉,扭着海鳗一样的身姿在台上舞动着。船是贾山新上的接待船,能钓鱼,能睡觉,能吃饭,能喝酒,能看电影,还能唱唱歌。三间棋牌室,还可以摸摸麻将,打打扑克。这艘船隶属于山海国际航运集团公共关系部,说白了,就是公司接待贵宾的逍遥场所。干这个,贾山算是个行家。贾山问李子木说:"老弟,我刚上的这条船怎么样?"李子木笑着看了一眼贾山说:"贾总,你是越来越上道了。"贾山叫来一个高大帅气的男服务生说:"叫你们小苏经理来。"服务生就用对讲机呼叫了小苏经理。

粉紫色的灯光里,一个身材修长,身着职业短裙的女子款款走来。李子木一脸惊愕,这个女子身穿职业装,远远看去,跟姚子期几乎长得一模一样。那女子走到李子木跟前,微笑着对二人说:"李总好,贾总好。"贾山说:"小苏是我招聘到公司公共关系部的,她就负责这条船。"李子木笑着说:"贾总,你有心了。"贾山对小苏说:"以后,李总来了,你就亲自陪着,没有李总,就没有你的今天,更没有更好的明天。"小苏蹲下身来,半跪在李子木的脚边,斟满了两杯洋酒,举起其中一杯说:"李总,以后我就只为您服务了。"李子木和小苏碰了酒杯,小苏仰脸就把酒喝干了。李子木拍了拍身边的真皮沙发,小苏就像一条鱼一样溜进了李子木的怀里。

贾山欲走,李子木却示意他坐下来。李子木咬着小苏的耳朵说了几句话,小苏咯咯地笑着起身说:"那你们聊,我回头见识一下李总解锁的新技能。"说完,小苏就扭动着腰肢走了,一边走,一边告诉吧台把音乐停了,船舱里的灯光瞬间就暗了下来。

李子木拍了拍贾山的肩膀说:"贾总啊,老板在海山也就干这一届,机不可失,时不再来,你要想办法把一部分优质资产转移到海山来,未来公司在海山拿地、税收、环保等方面都能得到照顾。有老板这个资源,你不用,该多亏呀。"李子木的提议让贾山十分兴奋。他信誓旦旦地说:"李主任,我唯您马首是瞻,您怎么说,我怎么干。"李子木笑了笑说:"如果不出意外,海山港很快就会上市。所以,海山的船代、货代、港口租赁、项目基建等诸多业务,该拿的,还是要尽快去拿。"贾山说:"这事过去不太好拿,现在估计更不好拿,梁云霄回到海山港了,我看姚江河的意思,是想把海山港所有的业务都交给他。过去,他还是我的外甥女婿,现在宁霞死了,从他那里拿资源,我估计很难。"

李子木说道:"他不行,就去找别人。我跟分管货代工作的曹海强打了个招呼,他是当年姜副总的人,你去找他。"贾山点头说:"好,我明天就去落实。"李子木又说:"我联系了宁嘉南、斯兰特和汉斯,他们这几天要一起来了。这样,你好好安排一下,我们一起到海上聚一下。我们努把力,再造一个新的山海集团出来,搭上海山港上市的这艘快船。"

东海的雨季提前到来了。夜色如墨,苍茫大海上的夜晚更黑。几乎整个夜晚,贾山都未能入眠。山海国际航运集团上市之后,公司发展得太快了,仅仅是去年一年,公司就有六艘十万吨以上的集装箱船出坞,三家造船厂同时加班加点打造船只,今年还有六艘船要进行试泊、试航。集装箱标箱去年的产量是三万只箱子,不说销售额,租金一年就收三个多亿,钱就像大海上的鱼群,不停地聚拢而来。公司越是赢利,股票行情就越好,股价一路飙升,整整涨了七块多。李子木给他估算过,年底肯定涨到二十块以上。激动、兴奋、焦躁和不安不断袭扰着他,这一年多来,他几乎每天晚上都睡不好觉。

这段时间,李子木又为他勾画了另外一张蓝图,更令他血脉偾张。在李子木的运作下,拆分出来的新公司已经注册了,办公地点设在海山港的自贸新区,十层楼的独栋,房租价格很低,取了个名字叫山海国际远洋集团,主要经营国际航运、船舶代理、货物代理、码头泊位转租。贾山紧跟李子木,李子木紧跟周晓乙,大树底下好乘凉。斯兰特公司深港码头泊位合同到期,如果能取而代之,就能拿到本地民营企业的优惠政策,到时候即便再转租给斯兰特,也能赚到大笔的差价。

7

漫长的雨季,雨就是这么无休止地下着。

凤凰湾深水码头,工人们仍在冒雨作业。进入五月份以来,海山港的吞吐量剧增,码头在超负荷运转。梁云霄和分管业务部的副总卢明、技术部主任胡彪冒雨检查了整个码头的设备安全情况,然后驱车返回港区。梁云霄被任命为常务副总经理后,开始从姚江河那里接手诸多纷杂的事务,大家心里都明白,姚江河在为自己的退休做铺垫。

回主港区的车上,胡彪满腹牢骚地说:"梁总,工人们太累了,再这样下去,设备得不到检修和保养,也受不了啊。"梁云霄就问卢明:"卢总,这个月斯兰特公司的货轮入港率怎么这么高啊?"卢明说:"下个月,他们公司泊位的租期就要到了。"梁云霄问:"租期到了接着参加竞标,接着续租不就行了吗?"卢明笑说:"斯兰特担心下个租期轮不到他,现在十万吨以上的深水码头泊位就那么几个,货轮进港卸货那是要排长队的。"梁云霄也笑着说:"都说三十年河东三十年河西,这才刚刚过去十年,风水就轮流转了,斯兰特也有着急的时候啊。"

梁云霄从凤凰湾码头回到办公室,刚脱下雨衣,分管货代工作的副总曹海强就拿着两份报告敲门进来了。梁云霄看了看报告,问曹海强说:"凤凰湾二期的两个泊位,山海国际远洋集团要接租? 怎么,斯兰特公司不再续租了吗?"曹海强又指着另外一份报告说:"市里下发了《关于大力扶持民营航运企业发展的通知》,您看,山海国际远洋集团的报告上有周市长的批示,要求我们重点帮扶。而且,他们出的租金比斯兰特公司的还要高一些。"梁云霄皱了皱眉头问:"这不是租金高低的问题,公司有制度,深港泊位租赁,那是需要竞标的,这个恐怕是不行,所有企业一视同仁。"曹海强问:"那周市长的批示怎么回?"梁云霄又问:"姚总怎么说?"曹海强说:"姚总说他最近身体不舒服,所有的报告让你先拿意见。"梁云霄说:"我的意见很简单,公开竞标。市场经济,一切还得按照市场规矩办,既然是泊位难求,那就租金高、业务量大的得之。那个山海国际,好像是新成立的公司吧? 我觉得他们要参加竞标,够呛。"

曹海强似乎明白了什么,也不再坚持了,转身就出了门。办公室肖秘书抱着厚厚一沓文件夹进来说:"梁总,姚总要我把这些待处理的文件、通知、报告先让您批个意见。"梁云霄就问:"肖秘书,姚总这是什么意思?"肖秘书笑着说:"他是这么交代的,具体情况我也不清楚。"梁云霄说:"好吧,你放这儿,我先看看。"肖秘书就走了。梁云霄看了文件夹里上面下发的文件和通知,有发改委的,有国资委的,有市政府的,还有交通运输厅和港口管理委员会的。政出多门,梁云霄觉得无所适从,他把文件整齐码放在办公桌上,出门去找姚子期。

姚子期的办公室在走廊的另一头,屋内绿意盎然,几盆玫瑰正值花期,花朵怒放,花香四溢。姚子期穿一身米色的职业装,拿着一把小剪刀,修剪着繁茂的枝叶。梁云霄进来就是一肚子牢骚:"你倒是有闲情逸致,我那边都快忙死了,我师父他老人家到底是怎么想的,把那么多文件、报告都堆到了我的办公桌上。"姚子期没有理会梁云霄发的牢骚,继续修剪着她的花花草草说:"你都说了,他是老人家嘛,总得有人接替他。你是他徒弟,你不顶,谁替他顶?"

梁云霄说:"他可是我的亲师父,他还没退休,这就开始撒手不管了。"姚子期笑着说:"你不是老说他未雨绸缪吗,山雨欲来风满楼,他再不未雨绸缪,那就不是你师父了。"姚子期放下剪刀,洗了一下手,为梁云霄倒了一杯望山茶说:"海山港上市的事,可能要有新的动作,斯蒂芬公司、斯兰特公司、香港国际航运投资公司可能要入资山海国际远洋集团。"梁云霄端着茶杯,眉头紧皱:"是要明修栈道,暗度陈仓?"姚子期说:"原先那个方案,市里也没有放弃,这个方案也是未雨绸缪。"

梁云霄说:"看来,这次我真得去找一趟徐主任和颜哥了。省里的政策迟迟下不来,交通运输厅、国资委、发改委、市政府,一个媳妇四个婆婆,我们真不知道该怎么办了。"姚子期说:"眼下,我们最想知道省里是怎么想的,港口一体化,下一步该怎么走。"姚子期看了一下手表,接着对梁云霄说:"汉斯和我妈到海山了,约我晚上去见一面。晚上你接小米粒的时候,顺便替我接一下小豌豆。"梁云霄问:"他们的动作怎么那么快?"姚子期说:"不仅是汉斯,国家推进海上丝绸之路重大倡议,这艘巨轮要出远海,国际资本已经瞄准了海山港。斯蒂芬公司的董事长赵芬芳已经来海山了,斯兰特昨天也到了。"

梁云霄看了看窗外雨雾蒙蒙的天,心里无比烦躁。

"这该死的雨季,不知道什么时候是个尽头。"梁云霄像是对姚子期说,又像是自言自语。

8

梁云霄开车接小米粒和小豌豆回到安澜居的时候,看到贾山的车就停在门口。他皱了一下眉头,带着两个孩子上了楼。他敲开了姚子期家的门,姚四海正在做晚饭。梁云霄就把两个孩子交给了他,然后才打开自家的门。贾山正在客厅里坐着跟宁虹聊天。梁云霄有些奇怪,两个水火不容的人,怎么还能坐在一起聊天。贾山和宁虹见梁云霄回来,结束了看似愉快的聊天。宁虹回自己的屋子里去了。这几天,梁云霄跟宁虹正在冷战。梁云霄给她下了最后通牒,休学到了最后一个月,她再不回学校,就会被劝退。

梁云霄清楚贾山来的目的,他肯定是为了接租凤凰湾深水码头泊位的事而来。梁云霄越来越讨厌贾山,他越来越能理解宁霞的那句话,她这个舅舅就是条蚂蟥,离他越远越好。宁海魁见梁云霄不高兴,心里也很烦。宁霞走后,宁海魁对贾山的厌恶和憎恨陡增。他劝岳父老贾说:"不是我不想让你跟小玛瑙继续留在家里,宁霞是怎么得的这个病,又是怎么死的,你心里也很清楚,我是真的不想见到贾山这个人。"老贾就带着小玛瑙走了。

这次贾山登门之前先给宁虹发了短信,不然,他根本进不了这个门。宁海魁见贾山还没有走的意思,就催促他说:"贾山,家里没做你的饭,我也不去吃你的什么大餐,该干什么就去干什么吧。"贾山有些尴尬地说:"姐夫,我来找小梁说点事,说完就走。"宁海魁又生气又无可奈何地说:"你这脸皮还真够厚的。"说完,划着轮椅去了自己的屋子。

梁云霄把贾山带进了自己的书房,关上门说:"如果你是为码头泊位来的,我就明白地告诉你,赶紧回去准备竞标的标书,但就目前而言,山海远洋跟地中海、马士基、斯兰特、斯蒂芬以及日本的四大远洋公司没法比,基本没戏。"贾山一脸尴尬地问:"这事就真的不能通融?"梁云霄干脆地说:"最起码,在我这儿是没有可能。"贾山说:"小梁,宁霞走了,我心里也很难过,可我们自家的生意,你不能不照顾……"梁云霄慌忙打断了贾山说:"你打住,这是你贾山的生意,跟我们毫无干系。过去你对宁霞有承诺,可宁霞已经走了,人死账灭,你给再多富贵,我不接,也接不住。你走吧,从今以后,我不希望我们有任何关联。"

贾山猜测,宁霞走的时候,肯定没有把股权证的事告诉梁云霄。此刻,他想把这事讲出来,那些股份根据现在的股价兑现,很可能过亿。可是,话到嘴边,贾山还是咽下去了。他想,此刻如果他把这事说出来,不仅股权证会被退回来,他跟梁云霄的关系还可能会就此终结。他不想跟梁云霄彻底决裂,因为他心里清楚,这个世界上,即便是父亲老贾,也没有梁云霄跟他的关系纯粹。梁云霄每次帮他,都是不求回报的。可是,当下他也很迷茫、很恐惧。公司发展太快,就像吹气球,越吹越大。公司越大,他心里就越没底。尤其是在他搭上了李子木这条线之后,他就更恐惧了。他相信一句话:常走夜路,肯定会遇到鬼。

眼下,他一个人管理那么庞大的一家公司,以他的才识和能力,确实很吃力。他就像是走在四周漆黑的道路上,魑魅魍魉如影随形。过去,只要身后站着梁云霄,不管前面有什么豺狼虎豹、妖魔鬼怪,他都很有底气。现在,身后没了这个人,夜路他真的不敢大步往前走。这些年,公司也招聘了许多人才,可他真正能信任的,却没几个。想到这里,贾山就叹了口气说:"小梁,我确实不知道我什么事得罪了你,以至于你对我的怨恨那么深。"

梁云霄微微一笑道:"贾总,你说错了,你没得罪我,我对你也没有那么多的怨恨,我只想告诉你一句:道不同,不相为谋。"贾山一脸真诚地说:"可我需要你为我谋,没有你,我恐怕什么也干不成。"梁云霄看了一眼贾山说:"你说笑了。我不知道你今后会走到哪一步,但作为曾经的亲戚也好,曾经的兄弟也罢,我最后只想劝诫你一句:千万莫与虎谋皮。虎是会吃人的,别到时候肉被虎吃光了,人还身陷囹圄。好了,你走吧,以后我这儿你少来,你来了,我也不会见你。"

贾山很尴尬地站在书房里,用乞求的眼神看着梁云霄。梁云霄的表情很冷漠,神色也很坚定。贾山知道再待下去已毫无意义,于是,他默默出了书房,跟待在房间里的宁海魁、宁虹打了招呼,离开了安澜居。他知道这次梁云霄不会再帮他了。

宁虹半掩着房门,看到贾山失望地走了,想关上门,却被书房里的梁云霄看到了。梁云霄说:"宁虹,你出来,我有话问你。"宁虹来到客厅,见梁云霄余怒未消,就说:"我可没惹你。"梁云霄笑着说:"别像一只敏感的刺猬,我还没开始说话,你浑身的刺就竖起来了。我就想问问你,返校的事,你想得怎么样了?这事总得有个说法。"

宁虹没有回答,低下了头。梁云霄没到家之前,贾山告诉她说:"如果你实在不想读书,就到我们的山海国际远洋集团来,先跟着小庞他们做两年技术,然后就进集团高层。山海国际远洋集团里必须有自己人,交给别人,我不放心。"贾山说得情真意切。贾山还对宁虹讲了一个秘密:宁霞持有上市公司山海国际航运集团百分之三的股份,那可是一笔不少的钱,足够宁虹和小米粒、宁海魁一生衣食无忧。宁虹在心里算了一下,根据山海国际航运集团的股价,这笔钱确实多得惊人。

见宁虹半信半疑,贾山就把副本拿给宁虹看:"股权证不是假的吧。我说过,我不会丢下你们不管的。"宁虹这才想起来,宁霞临走之前告诉过她,宁家老屋那个糖果盒子里给她和父亲留了一样东西,不到迫不得已的时候,不要拿出来。宁霞还特别嘱咐宁虹,这样东西是她留给宁虹和父亲的,不能告诉梁云霄,也不要跟他扯上任何关系。宁虹猜想,这个东西,可能就是股权证。

梁云霄从宁虹不乐意的情绪中感觉到她是铁了心不想回学校去了,于是他叹一口气说:"宁虹,我无法强迫你按照我的意愿来规划你今后的人生,你是成年人了,但愿日后你不要为今天的决定而后悔。"宁虹说:"我不后悔。"梁云霄说:"那就行。好了,你可以安排你今后的人生了。"宁虹冷漠地问:"你这是要赶我走吗?"梁云霄说:"我没这个意思。只是从今天之后,你再做出任何选择,我都不会再说你了。"

9

凤凰湾大酒店矗立在烟雨之中,远处的跨海大桥在云雾中若隐若现。楼顶景观西餐厅,姚子期和苏淑琴的饭吃得并不开心,聊得也不愉快。苏淑琴竟然很坚定地认为,李子木其实是一个优秀的男人。苏淑琴感叹说:"在看人上,你的眼光其实是很有问题的。譬如之前那个宁嘉南,再譬如现在这个梁云霄。"苏淑琴得到了许多关于梁云霄的负面信息,冥冥之中,姚子期觉得,这些信息很大程度上来自李子木在苏淑琴耳边的添油加醋。姚子期反唇相讥道:"那你的眼光也好不到哪里去,譬如那个英国佬,我们唯一不同的是,你第二次离婚时,也仅仅得到了一笔财富而已。"姚子期对苏淑琴的反击丝毫不顾及她的面子,苏淑琴心里很恼火,但她懒得跟姚子期争论。苏淑琴笑着说:"所以啊,这就是我们的人生教训,我已经年过半百,也没有打算再婚,可是你不一样,你才三十多岁,人生还没过半。我觉得那个李子木,虽然个子矮了些,但性格很温和,感情专一,还很会照顾人,生活是需要互补的。宁嘉南就不行,他是个朝秦暮楚的人。梁云霄更不行,他的性格太要强,太爱钻牛角尖,跟你爸太像了。他老婆病了那么久,他都没有发现,这样一个人不值得托付终身。"

姚子期没再接苏淑琴的话茬,她擦了擦嘴,准备尽快结束这场不和谐的聚餐。其实,早在晚饭没有开始之前,她们已经就姚子期工作的事进行了一次很不和谐的争论。这次苏淑琴跟汉斯不仅是以海山港上市IPO团队成员的身份来的,汉斯整合了全球国际航运金融资本,在香港成立了HBR国际航运金融公司,一跃成为国际港运金融市场最大的资本操盘手。这次,汉斯也是冲着海山港口集团来的。汉斯和苏淑琴都希望姚子期能辞去海山港的职务,加入到HBR公司来。姚子期告诉他们,她暂时还没考虑辞职的问题。苏淑琴说:"你不为自己考虑,也总得考虑一下小豌豆吧。香港的教育环境,总比海山和宁州强。"

苏淑琴十分喜欢姚子期的儿子姚遥。上次,她操刀山海国际航运集团上市筹备时,曾经在海山住过一段时间。姚子期带着小豌豆跟她接触过几次。这孩子越长越像姚子期,也就是越来越像她。小豌豆大眼睛,高鼻梁,皮肤白皙,浑身上下透着贵族气息。姚子期把孩子教育得很好,小小年纪就能跟她用简单的英语对话,只是发音稍微有些海山口音。

苏淑琴年过五十岁的时候,开始后悔没有生个儿子。她跟那个英国船代公司经理再婚后也曾意外怀孕,那个生命在她肚子里待了三个月,可最终为了工作,她还是选择了放弃。那时候,她对带孩子很排斥,她对被年幼的姚子期拴在沧海孤岛上的那几年懊恼不已。可是,随着年龄越大,苏淑琴对孩子的喜欢就越发强烈,更何况是隔代亲。苏淑琴不止一次地想说服姚子期,等孩子上小学的时候,就把他送到中国香港或者英国,她亲自来带。小豌豆待在海山,都被姚四海跟姚江河给带坏了。这次聚餐,苏淑琴再次提出这个问题。姚子期坚决地掐断了她的念头:"我的孩子,是不会让你带的。"

外面的雨很大,姚子期起身准备离开。苏淑琴说:"我和汉斯的意见,希望你能考虑考虑,这是个机会,错过了很可惜。"姚子期说:"谢谢你和汉斯的关心,我会考虑的。"分手时,苏淑琴乞求地望着姚子期说:"子期,有可能的话,你把小豌豆带到宾馆来,跟我一起待两天,可以吗?"姚子期说:"看情况吧。你那么忙,等你休假的时候再说吧。"

姚子期回到家里的时候,梁云霄正带着小豌豆和小米粒拼着乐高。乐高是梁云霄专门为小豌豆买的,一组简易的超级舰队。梁云霄一边带着两个孩子拼乐高,一边为两个小朋友讲故事。梁云霄对小豌豆说:"你要好好吃饭,好好学习,将来做舰队司令,统率舰队,纵横四海。"小豌豆一脸崇拜地望着梁云霄,表情严肃而向往。小豌豆问:"我能做舰队司令吗?"梁云霄说:"当然,你是大海的儿子。但是,你们必须学会勇敢,胆小的孩子是做不了舰队司令的。舰队司令,要保卫我们的大海,所以你得强壮、勇敢,要能战胜惊涛骇浪。"

最近一段时间,小豌豆特别喜欢跟梁云霄待在一起。姚子期本来有些担心,没有父亲陪伴成长的小豌豆,比起小米粒来说,胆子是有些小。姚子期曾经听梁云霄讲过,月塘湾的男人,刚满月就要到海里去接受海浪的洗礼。

梁云霄见姚子期回来,就让两个孩子继续拼着乐高,他问姚子期说:"跟你妈和汉斯聊得怎么样?"姚子期说:"国际港运资本云集,海山港这次上市,恐怕会很热闹。"梁云霄说:"我晚上跟颜哥和徐主任打了电话,港口管理委员会也拿出了一个方案。颜哥的方案是宁州港收购海山港,采取两港股份互持,仍以宁州海山港的名义上市。"姚子期眼前一亮地说:"这个方案很大胆,却也很安全。"

梁云霄一脸忧郁地说:"但我觉得,这个方案会面临很大的困难。宁州港上市之后,股价一直上涨,他们会担心,停牌之后,捆绑海山港上市,会拉低股价。眼下,海山港资本云集,采取合资独立上市的风头正劲,周市长也不会同意这个方案。"

姚子期说:"那就要看省里对港口一体化的决心了。"

第七章

1

海山港上市的呼声一浪高过一浪,一时间关于海山港上市的传言甚嚣尘上。两家国际港运巨头,一家国际港运金融大鳄,还有一家股票一直飙升的民营企业。四家公司的加盟,让股民对海山港这只股票的期望倍增。李子木组局,周晓乙宴请了斯兰特、宁嘉南、汉斯和贾山,算是初步的接触碰面。周晓乙很兴奋,国家海上丝绸之路倡议在全球公布,资本大潮则乘风而来。这对过去一直缺钱的海山港来说无疑是个大好时机。

宴会上,最近不大喜欢喝酒的周晓乙喝多了些。送走众人,李子木跟在周晓乙后面送他上车。周晓乙说:"你也上来吧。"李子木欣喜地上了他的车。不做周晓乙的秘书之后,李子木已经很长时间没有跟周晓乙同乘一辆车了。这次他是以得力下属的身份上了市长的车,这种被重视的感觉显然不同。

周晓乙对李子木的工作十分满意。车上,周晓乙兴奋的情绪持续不减。李子木趁机给他泼冷水:"市长,我听说管委会也拿出了一份方案。他们那份方案,您看了吗?"周晓乙说:"宁州港收购海山港,宁州不会同意,我更不同意。这个你们不要管,尽快筹备,这是海山港跟国际资本接轨的大好机会。这会儿只能成功,不能失败。"李子木心里也明白,海山的市委书记年底就要到站了,这事关系到周晓乙能否再上一步。

天又亮了,又是一个不眠之夜。徐正生从办公桌前走到窗口,望着窗外波涛汹涌的大海，伸了个懒腰。这几天，他一直在思考海山港上市的两个方案。国家海洋战略调整之后，国际航运资本十分敏感。海山港的资本大潮来袭，是多年来从未遇到的时代机遇。可是海山港一旦跟国际资本接轨，两港一体化融合发展就遇到了新的障碍。

常务副主任颜辉敲门进来。徐正生望着沉稳、干练的颜辉很是欣慰。眼前这个曾经的奶油小生，经过龙山湾绿色石化城项目的锤炼，人的变化还是很大的。身上的赘肉已经没有了，白皙的皮肤也黑了许多。从省能源投资集团调进港口管委会的几个月里，他一直泡在宁州、海山港搞调研，还跑了全球排名前五的上市港口集团，拿出了海山港上市的这份方案。方案发到宁州、海山两市、两港之后，反馈回来的意见很不乐观，很显然双方都不同意这份方案，省里对这份方案的意见也摇摆不定，东海省围绕海山港是单独上市，还是跟宁州港捆绑上市的讨论就此展开。国有企业改革进入深水区，这个深水区到底有多深，他也吃不准。

颜辉站在徐正生的身后问："主任，你又一夜没睡吗？"徐正生望着满眼血色的颜辉反问一句说："你不也没睡吗？"颜辉说："我又对海山市政府提交的上市方案进行了研究。按照他们这个方案上市，国际资本的进入，必然能推高海山港的股价。但是，资本历来都是嗜血的巨兽，安全发展才是我们所要达到的目标，正所谓，站在不同的角度看风景，风景自然不同。"

徐正生苦笑着说："你倒是想得开。你的这个方案出炉，就把宁州、海山两地的领导给得罪了。按照你的方案实施，两港就要砸碎了重组。"

颜辉说："涅槃，才能重生。"

"或许，这是我们港口管委会最后的使命。"徐正生的这句话像是自言自语，又像是对颜辉说的。继而，他又说道："颜辉，如果我们的这个方案被推翻了，那么我们管委会就真正失去了存在的意义。"

颜辉说："事实上，这漫长的十几年里，一直都在隔靴搔痒。"徐正生笑着评价道："精辟。越搔越痒。"颜辉也被逗笑了。

"或许，我这个地方你就不该来。这个方案不成，单位还能寿终，你我却不能安寝。"

"我听梁云霄说过,汉子死在浪尖上,懦夫死在板板上。身处风口浪尖,要么乘风破浪,要么沉入海底。"

"你还别说,你跟梁云霄可真是太像了。他对你这个方案怎么看?"

"我跟小梁沟通过几次,他认为我们这个方案才是两港一体化最终想要的结果。"

徐正生对颜辉说:"明天省里开预备会,你叫上他一起去听一听。"

颜辉苦笑着说:"主任您这是要让他目睹两市领导集中火力对我们进行炮击?"

徐正生问:"你怕了?"

颜辉说:"怕?怕我就不来您这儿了。为了一体化,向我开炮!"

徐正生哈哈笑了起来。

梁云霄坐在东海省政府会议室的角落里,但他还是能感受到会场上十足的火药味。宁州、海山两市的党政领导空前地团结,同时把炮口对准了坐在对面的徐正生和颜辉。

周晓乙率先发难:"我坚决反对管委会提出的这个上市方案。我们国企改革很多年了,改革不是重回吃大锅饭的路子。事实证明,当初宁州港单独上市的决策就是对的,港口发展很好,宁州的经济发展也很好,唯一美中不足的,就是没有真正实现跟境外资本的接轨,在境外资本大舞台上赢得更高的股价。海山港的基础条件不如宁州,保税区、自贸区、江海联运中心枢纽服务区,联合港口的建设,急需资本的进入。过去,我一直在宁州工作,我深知,海山的企业不能总是依靠宁州不停地输血。所以,宁州港也好,其他的基础设施也好,急需跟国际资本接轨。眼下,国家海洋战略为我们提供了跟国际资本市场接轨的机会,丧失了这样的机会,你我都是时代的罪人。"

周晓乙的发言慷慨激昂,他对海山提出的上市方案似乎十分自信。梁云霄看了一眼坐在对面的徐正生和颜辉,以及主持这次会议的郑副省长。三人的表情都十分严肃。

宁州市长也是由副省长兼任的,姓乔。乔市长说:"说实话,我对管委会提出的这个方案的前景，也不太乐观。海山进来，很可能会引起金融市场的动荡，拉低宁州港的股价与市值，这对宁州港未来的发展是不利的。港口既然要推向市场，就要按照市场化的规律办事，所以，我还是比较赞同周市长他们提出的方案。"

众人的目光一下子集中到了徐正生和颜辉的身上。颜辉正要抢先发言，却被徐正生制止了。徐正生神色十分凝重，他环视了一下会议室里的众人，用嘶哑的嗓音开口道："各位领导的意思我都明白了，大家都是站在本位主义的角度上考量海山港上市的问题。过去我做过海山港的总经理、海山的副市长，后来又到了管委会主任这个位置上，我亲身经历了海山港这些年的发展。沧海孤悬，缺人缺钱。我更能深刻体会资本对海山群岛发展的重要性，也感谢宁州市委、市政府这些年对海山的支持，更能理解此刻各位为了宁州港自身发展所持有的态度。但是，还有一个问题，今天要跟大家在这里探讨，那就是东海港口一体化的战略问题。宁州—海山港中间这个横杠，我们宁州、海山两港走了十三年了，至今，我还没看到它有可圈可点的作为。过去，我们归结于交通问题。可是现在，大桥已经通车很多年了，现在的两港仍然是两个独立的个体。不久的将来，仍会以两个独立上市港口的形式出现在国际航运市场。

"有人说，这些年港口一体化改革一直在隔靴搔痒，我们这个管委会就是鸡肋。是的，我承认，这些年它一直悬空在上，没有发挥应有的作用。最近，我一直在想，我想得很苦恼、很难受、很悲哀，也很沮丧，难道说，当初我们的一体化战略错了吗？当然不是。东海是国之大门，宁州、海山两港是国之重器。它们不仅是国家经济发展的引擎，还是国门安全的盾牌。我们提出了以宁州港收购海山港、相互持股的方式，两港捆绑上市，实现两港真正的融合，完全是基于港口发展和海洋战略安全考虑的。各位领导和同志，我最后再提醒大家思考这个问题，海山港一旦独立上市，我们对港口一体化十三年的祈盼、十年的努力将化为泡影。"

梁云霄暗暗佩服徐正生。徐正生的这段话，洞穿纷扰，直击要害。

周晓乙显然有些羞怒，但很快恢复了微笑。他半开玩笑地对徐正生说："徐主任，你扣的这个帽子够大，我们接不住。我们从来没有否认过东海港口一体化战略的正确性。但是,我也希望管委会和省领导,尊重我们地方上的意见。"

徐正生又说:"我只是阐述港口一体化战略和宁州—海山港口管理委员会这些年存在的尴尬事实,没有想给谁扣帽子的意思。如果我们的意见和建议对两市、两港的建设和发展产生不了任何影响,那么我建议省委、省政府让它尽快消失。"

徐正生无疑是背水一战。

郑副省长一脸严肃地说:"正生同志先别激动,先听一下大家的意见。"郑副省长环视了一下参加会议的发改委、国资委、交通运输厅、证监局,说:"你们都是相关业务部门,这个事你们也发表一下意见。"

众说纷纭,大部分人都赞成宁州、海山两市的意见。

周晓乙看了一眼徐正生,又看了一眼郑副省长,继续发言:"郑副省长,海山港上市已是箭在弦上,国际资本市场变幻无常,两家航运巨头和一家金融巨头,不会给我们太多的考虑时间,这样的机会稍纵即逝!"

郑副省长心里很不舒服,其实早在开会之前,主抓交通、财政、金融的常务副省长已经跟他交换过意见。他认为,宁州港已经独立上市了,如果海山港上市的条件成熟,也可以进入上市程序。如果两港要合,上市之后也可以再合,反正这些年两港一体化也就是这样走过来的,事实证明,两家港口都发展得相当不错。省委那边,书记也在等中央的政策,祁省长去中央党校学习去了,省政府这边,也就是常务副省长在负责。郑副省长也明白,周晓乙在会前可能已经向常务副省长汇报过了。

郑副省长看了一眼周晓乙说:"今天这个会,我拍不了板。未来海洋战略,是国家战略,省委、省政府也在讨论,一切尚未有定论。等我梳理完大家的意见,会专门向省政府和省委汇报,大家还是等通知吧。"

会就这么散了。省里的态度仍然是雾里看花,宁州、海山两地的政府却是旗帜鲜明地亮出了自己的态度,他们反对两港的真正融合。散会后,梁云霄看到了徐正生和颜辉的愤怒和无奈。

运河小码头,烟雨朦胧。梁云霄陪着徐正生、颜辉在东海小码头餐馆喝了一顿大酒,这是梁云霄第一次看到徐正生醉酒。窗外秋雨绵绵,五十四度的烈酒也无法驱散徐正生和颜辉内心的悲凉。舌头已经有些僵硬的颜辉说:"十年的港口管委会,像是一个挂在嘴边的笑话。"徐正生也苦笑着说:"看来,我那句话要应验了,管委会即将寿终,你我却不能安寝。"

2

烟波浩渺的公海上,贾山、李子木陪着斯兰特、宁嘉南和汉斯几个人一边钓鱼,一边聊得很高兴。贾山不知道从哪里弄来了两个东欧美女,身材一个比一个火辣,面孔一个比一个精致。汉斯和斯兰特坐在船头,聊着国际航运市场的变化。国际资本已经从中国海上丝绸之路的雄心大变革中嗅到了商机,汉斯预言,随着中国经济体量和产业链规模的提升,这里未来将是全球航运最具活力的资本猎场。宁州港已经上市,港口发展也日趋成熟,岸线资源也消耗殆尽,未来资本风暴的中心,将是海山这片海域。

宁嘉南的状态比上次更好。去年,老斯蒂芬去世了。满脸悲伤的赵芬芳眼泪还没擦干净,律师就来了。斯蒂芬的三个儿子,希望继母召开股东会议,对公司的股份进行分割,重新选举掌舵人。在这场惊心动魄的家族财产争夺战中,宁嘉南再次见识了那个身材娇小、看似柔弱的江南老太太的铁腕。心机颇重的赵芬芳接连打出了四张牌:拉拢外系股东,查找对方财务漏洞,分化三个继子,收买地方法官。一系列的动作都在悄无声息中进行,宁嘉南从中感受到了权谋的力量。

圣诞节的前两天,老太太召开了股东大会。大会上,赵芬芳的四张牌,张张奏效,赵芬芳不仅保住了董事长的位置,还把老斯蒂芬最有力量的小儿子拉上了自己的战车。股东大会之后,赵芬芳就开始悄然起用自己的人,宁嘉南也是在这个时候进入斯蒂芬公司权力中心的。过去一年,斯蒂芬公司因为内卷严重,全球业务大部分都是亏损的,只有宁嘉南负责的亚太分公司的财务报表好看一些。

山海国际航运集团发展很快,宁嘉南和赵艾米投对了项目,这确实为赵芬芳争了脸。瑞典国际海事学院博士的光环,还是给宁嘉南带来了好运。赵艾米相继又为他生了两个孩子,而且都是男孩。狂荡不羁的赵艾米根本不像三个男孩的母亲,照样派对不断、夜夜笙歌。宁嘉南对赵艾米的混乱生活状态,也变得不那么敏感了,毕竟身处豪门,没人会把他的敏感当回事。

宁嘉南开始把重心放在了事业和孩子上。三个男孩,他教育得很好,中国公司和亚太地区的业务也做得风生水起。宁嘉南接替赵艾米,成为斯蒂芬国际投资公司的总裁。赵艾米基本不太管事情,宁嘉南成了实际控制人。高大英俊的外形,博士总裁的身份,春风得意的宁嘉南,走路都带着风。

宁嘉南与斯兰特的合作也越来越多。宁嘉南汲取了在宁州湾港口项目上折戟沉沙的教训,人变得踏实起来,做人身段放低,做事谨小慎微。斯兰特也感叹道:"看来,时间才是人最好的老师。"

众人结束了钓鱼,开始在游艇三层的餐厅就餐。贾山这次带来了三个高级西餐厨子,每道菜都是精心准备。几道开胃小菜过后,就上来了烤乳猪。HBR公司总裁汉斯操刀,斯兰特、斯蒂芬公司入资,这场资本的盛宴,李子木组得相当完美。觥筹交错,推杯换盏,汉斯、斯兰特、宁嘉南、李子木几个人喝得很高兴。酒酣之际,周晓乙的电话从东海打来。周晓乙在电话里说:"小李啊,常务副省长认可了你的方案,证监会那边的口子也打开了,接下来,就看你的了。"李子木接电话的时候,故意把外放打开了。大家听后,又是举杯相庆。

大海开始涨潮了,颠簸的游艇上,海猫酒吧的狂欢刚刚开始。酒吧狂欢持续到午夜,众人都喝多了酒,开始回到自己的包厢里睡觉。宁嘉南在厕所里吐完,出门的时候,看到游艇狭窄的过道上闪过一个熟悉的身影。他揉了揉眼睛,向前追了几步,跟那个女子打了个照面,没错,分明就是姚子期!美丽精致的面孔,修长的身材,纤细的腰,她身上穿的白衬衫,一步裙包裹的臀部,连嘴角挂着的微笑都让宁嘉南似曾相识。

宁嘉南顿时蒙了。他搞不明白,此刻姚子期怎么会出现在贾山的游艇上。醉酒的宁嘉南叫了一声:"子期!"女子笑了笑说:"您认错人了,我是游艇上的经理。"宁嘉南这才缓过神来,原来这女子只是跟姚子期长得相像罢了。仔细看,她虽然更年轻,却没有姚子期的淡泊、从容和雅致。她的胸部更丰满,化过淡妆的脸上显着风尘。

这时,二楼包厢里传来李子木的大喊声:"小苏……"宁嘉南就见那女子朝着二楼包厢走去。贾山出了包厢朝着下面走来,正好遇上宁嘉南和小苏。几乎在一瞬间,贾山吓出了一身冷汗。他暗自冲小苏摆了摆手说:"李总喝多了,你去叫一下小苏。你忙你的去吧,等会儿,他那儿我去应付。"贾山故意大声说话,把话说给宁嘉南听。

小苏疑惑地看了一眼贾山,迅速下了二层包厢,离开时,再次跟宁嘉南擦肩而过,跟他打了个招呼说:"宁总,我就在一层的办公室,您有什么需要,叫我小梅就行。"宁嘉南点头说好。

贾山顿时觉得,今天让小苏继续留在游艇上很愚蠢,一时间他也想不出如何向宁嘉南解释。他能告诉宁嘉南,李子木是因为对姚子期求而不得,夜里把小苏当成替代品来满足他醒酲的欲望?绝对不能。

宁嘉南对贾山挑眉道:"现在,贾总招员工越来越有段位了。"

贾山就赔着笑说:"公司人事部招的人,放在公共关系部搞接待。我第一次见也吓了一跳,觉得她跟子期长得太像了,就提她做了副经理,今天不是你要来吗,我就临时把她调到了船上。"贾山说完嘿嘿赔笑。

宁嘉南听了,心里竟然有些莫名感动,就笑着说:"小舅,你还真是用心良苦啊。"贾山说:"你放心,赵总要是回国,我肯定会让她消失。"宁嘉南哈哈一笑说:"不用,她又不是姚子期。"宁嘉南说完,转身回了一层自己的包厢。

贾山擦了头上的冷汗,就听到二层包厢里李子木还在喊:"小苏……"

贾山一脸阴沉地推开门对李子木说:"李主任,你疯了,宁总就在一层包厢里。他刚才在过道里碰到了小苏。你这是想要坏事吗?"

李子木一听,酒也醒了一半,一拍脑袋说:"哎呀,这酒是真不能喝了啊,差点儿坏了大事。"

贾山苦笑着心想:酒壮尿人胆,女色迷心窍,你李子木早就有些得意忘形了。

3

秋天,海岛法国梧桐树上的叶子越来越少。姚江河胃部出现了病变,切除了一半胃。手术后,梁云霄跟姚子期轮流守着他。姚江河住院期间,港口生产、经营、技术、设备、基建、财务、管理,一大摊子事情都交给了梁云霄,梁云霄忙得脚不沾地,才请了一个护工照顾姚江河。

市委组织部从国资委派来了一名书记,正是当年的姜思远。姜思远比姚江河小那么一两岁,人保养得却很好,头发梳得油光滑亮,架着一副眼镜。离开海山港十年,他又回来了。上任第一天,他就找梁云霄谈了话。姜思远说:"小梁啊,你年轻有为,也很能干。事情你就放手去干,我为你们年轻人做好服务。我呢,就是个快退休的人,被周市长赶鸭子上架,过渡一下就去颐养天年了。"

梁云霄很清楚姜思远的手段,当年,他取代姚江河担任常务副总之后,海山港被清洗了一个遍。姜书记的话,也就只能听听。于是,他笑着对姜思远说:"姚总在住院,您来了就是主心骨,我听您的。"梁云霄随即写了个报告,申请辞去常务副总的职务,只负责港口的技术部门。

姜思远诧异地望着梁云霄问:"这是你师父的意思?"梁云霄说:"我就是个搞技术的,抓管理和运营,您才是行家。"姜思远故作为难地说:"你这个小梁,只知道心疼你师父,就是不知道心疼我。这个时候辞职,我都这把年纪了,你是想把我这一百多斤也交待在这儿呀。"

梁云霄看了一眼姜思远半真半假的样子,心里一笑,继续说道:"姜书记,眼下港口上下都在忙着上市,副总们各管一摊儿,您居中掌舵,一切运转都很顺利。技术改造已经停下来了,我只在纸上琢磨,琢磨得越深,就越觉得心里没谱,我们跟国际一流港口的差距还是很大,比如信息化程度的问题,设备引进的问题,人才、技术引进的问题,等等。我想出去走一走,实地看一下全球最先进的自动化港口。我不是借鉴,也不是照搬,而是希望我们研发的那套自动化系统在落地之后能够实现超越。所以,借着这个空当,我想出去一趟。"

梁云霄说着,又递上一份关于出国考察自动化港口的报告。梁云霄心里清楚，姜思远来海山港担任这个书记，其实就是来为海山港上市做稳定工作的。李子木和周晓乙也清楚，他梁云霄不知道什么时候给他们出点幺蛾子，上市工作可能就会有麻烦。所以他断定，姜思远会批准他的两个报告。

果然，姜思远沉思片刻说："海山港正在冲刺上市，按理说，我不该放你出去，可你话都说到这儿了，我要说不放你去，你就得说我这个老头子不思进取了。"他嘴上说着不愿意，但手还是顺当地提笔，在报告上签下了自己的名字，"你去找子期支取点儿经费，穷家富路，不能委屈了自己。另外，出去之后，好好看、好好学，宁州山水集团上的那套自动化设备，我有幸参观过，真是好。祁省长多次表扬过你。自动化改造，咱们海山港也不能落后。我跟上级领导报告一下。"

梁云霄拿着出国考察的报告连声说："谢谢书记，谢谢书记。"

出了姜思远办公室的门，梁云霄心生一阵鄙夷，继而又莫名其妙地感到一阵轻松。到底是逃离之后的愉悦感，还是听之任之的解脱？梁云霄也说不清楚。

梁云霄开车去医院看姚江河，就把辞去常务副总和出国考察的事跟他和姚子期说了。姚江河恼火地骂他："你可真是扶不上墙的东西，梯子都给你搭好了，你硬是往下出溜。"梁云霄憨憨一笑，没有解释。他心里很明白，姚江河是想把海山港交给他，只是这个心思有些一厢情愿。坊间传言，等海山港上市之后，李子木要接姚江河的位置，之所以派姜思远来，就是来占位子的。

这个消息，梁云霄从区委书记大刘那里得到了证实。大刘从区里调到市人大常委会任副秘书长，他的消息来源基本准确。这个秋天，大刘的心情也很不好，区委书记去人大常委会做副秘书长，基本是被挂起来了，喝茶看报，坐吃等死罢了。大刘人还很年轻，四十岁不到，正是干事业的好时候，人就被这么搁置了。

坊间还有传言，说是大刘被调离发展势头很猛的云海区，是因为沙鳖岛三十万吨铁矿石码头项目的事。沙鳖岛铁矿石项目是海山港上市的配套项目，由斯蒂芬公司、斯兰特公司、HBR国际航运金融公司、山海国际远洋集团联合入资，与海山港投资公司共同发起的。项目在海山港过会的时候，梁云霄跟姚子期都在外面出差,姜书记拍了板。可报告拿到港口管委会,被徐正生给否了。颜辉认为,未来国际钢铁市场低迷,这个项目会有市场风险。可是,被管委会驳回的项目由海山市发改委、国资委绕过港口管委会审批,强行上马了。为此,徐正生跟周晓乙彻底撕破了脸,关系变得水火不容。徐正生一怒之下写了辞职报告。可是,他的报告省委没有批准,只是安排他去国家行政学院学习。

沙鳖岛那片海域,梁云霄很是熟悉,那是他和宁霞长期捞海的地方,典型的海底牧场。沙鳖岛附近海域海底地势平坦,是大自然馈赠的天然锚地。斯兰特和海山港合作多年,很知道什么地方最值钱,早就瞄准了海山最好的锚地。梁云霄有些痛惜,可项目已经完成了规划、设计、征地、炸岛,施工单位已经进场。项目从筹划到开始施工,梁云霄都没有参与。设计稿是尼德教授做的,宁嘉南带来了欧洲技术团队公开招标的施工方,眼下,一切成为定局,无可挽回。资本兴风作浪,梁云霄虽心有不甘,但也无计可施。梁云霄对海山港的未来十分迷茫,即便他能顺利接替姚江河的位置,也不知道该如何应对未来的局面。

见姚江河心事重重,梁云霄说:"当初,您让我干那个常务副总,您说是因为您要养病,让我替您,那我干。现在港口有了当家的,我再干,那就是为人操刀。噢,我跟您一样,替别人把刀磨利了,回过头来让他们拿着刀子架在我们的脖子上?与其这样,不如自戕。"姚子期笑了,梁云霄这个比喻很贴切。姚江河做了多年的常务副总,总是为他人作嫁衣。

姚江河瞪着梁云霄说了两个字:"狭隘!"继而,又开始了他的谆谆教导:"小梁,你不能揣着自己的小心思去做工作。海山港,那是国之重器,怎么能只考虑个人的得失?不行,我不能在医院耗着了,我得回去。"

姚子期一听就急了:"您现在回去就能力挽狂澜啊?您也太高看自己了。徐正生,您的大徒弟,官至正厅,手腕比您还硬,在省里的会议上,敢跟副省长拍桌子,可那又怎么样,还不是螳臂当车,学习去了。眼下,您哪也别去,就在医院里养病。为了海山港,您胃都被切去一半了,怎么,还想把那一半也丢那儿?"

姚江河说:"即便是做不了什么,我也不能在医院耗着了,总待在医院里,能把我憋死。"

梁云霄笑着说:"您要真想出院,也得等我从外面考察回来。"

姚江河盯着梁云霄看了一会儿，问道："小子，你不会想逃跑吧？"姚江河早听姚子期说，梁云霄下定决心要去读罗子坤的博士。人过三十不读书，年过四十不学艺。梁云霄已经三十多了，如果不是在海山港不如意，决然不会产生去读书的念头。

梁云霄知道姚江河担心他撂挑子不干，就笑着说："师父，您放心，我就是走，也得等到您在岗位上退休。我是您的徒弟，不能拆您的台不是？"

姚江河笑了笑说："还算你小子有良心。"

梁云霄起身跟姚江河告别，姚子期也跟着出来。两个人沿着医院病房的路并肩走着去停车场取车。姚子期望着梁云霄一脸的忧虑，心里明白，这个男人又开始纠结了。于是，她提议一起到海边走走，梁云霄说好。姚江河手术之后，两个人很少在一起聊天了。上市工作进入倒计时，姚子期负责对接汉斯他们的IPO团队，梁云霄管着港口一大摊子事，两个人虽住对门，却很少在一起聊天。

两个人驱车来到了黑石滩，沿着光滑的黑色鹅卵石滩涂并肩走着。秋天的海已经变得姜黄，这里的海滩却很干净。鹅卵石黑得发亮，踩上去很舒适。姚子期穿了件紫色的毛呢大衣，身材修长，脚步款款，人显得高雅而从容。梁云霄还是那身工装，人更清瘦一些，身姿伟岸。二人就这样静静地走着，多日来纷杂的、烦恼的事情似乎很快烟消云散了。

梁云霄问姚子期："上市的情况怎么样？"

姚子期说："也就那样，资金招募早已经完成了，股票预计先期发行两亿五千万股，后期发行十亿股，单等沙鳖岛的三十万吨铁矿石码头项目开工，就放开售股。"

梁云霄一脸担忧地说："我有点儿想不通，这次上市，汉斯加上你妈，那么多的IPO大咖，怎么选择用这样的项目来讲资本故事？"

姚子期点了点头说："我也有点儿担心。颜哥曾经提醒过，国际钢材市场可能会因为国内基建放缓发生波动，这个时候上马沙鳖岛这样大的项目，会影响未来股价的走向，可是，项目已经上马，上市箭在弦上，这事多说无益。"

梁云霄说："资本市场的事情我不太懂，但站在海山港的立场上，我还是不建议这样去赌。"

姚子期说:"说说你的看法。"

梁云霄说:"我觉得,港口的发展,必须抓住它的职能和使命所在,核心就是技术和服务。海山不产一滴油,但未来它可能是全球最大的石油、化工贸易中心;海山可能不产铁矿,但未来它可能是世界上最大的矿石交易中心。最先进的港口技术和一流的服务,才是未来在市场中博弈的利器。"

姚子期微笑着点了点头说:"厉害啊,你继续说下去。"

梁云霄接着说:"全球航运发展日新月异。宁州港、海山港的吞吐量已经上来了,但跟全球一流港口相比,自动化程度、标准化管理、信息化运营等诸多方面都存在很大的差距。未来海山港上市之后,在国际化竞争中还是处于劣势。这几天,我心里有一个不祥的预感,"梁云霄的眼神中掠过一丝忧虑,他站定了看着姚子期,"海山港未来可能会面临一场危机。"

姚子期点了点头说:"这样的预感,我早就有了。海山港的主要业务是铁矿石、煤炭、石油、建材、粮食等大宗商品,其中,铁矿石更是主要业务。国家经济经过上一波基建内需拉动之后,钢材市场已经饱和,这就意味着,海山港正在面临不可预测的产业风险。"

梁云霄看着远处波浪翻滚的大海,长叹一口气:"这就是我要紧盯技术改造和服务管理的原因,不能靠所谓的资本运作去赌运气。"

姚子期也叹了一口气,说道:"你的判断是对的,一年来,海山港的财务报表其实并不乐观,沙鳖岛三十万吨铁矿石码头的资金投入太大了,账面上其实已经负债过多了。如果不想出新的办法,海山港很难度过航运市场的严冬。"

梁云霄问:"上市之后,会不会好一些?"

姚子期望着远处波涛汹涌的大海,满脸担忧地说:"不知道。说实话,我最近也很困惑。港口自动化发展很快,国际航运金融业比想象中发展得更快。融资、保险、货币管理、兑换、结算、金融产品、衍生商品都在随着信息产业的不断发展,不断变化。我也想出去走走,到全球最牛的几家港口去看看。可是,我的腿上绑着个小豌豆,身不由己了。"姚子期说着,从黑石滩上捡起一块黑色鹅卵石扔向大海。

梁云霄心里很清楚,一个单亲妈妈带小男孩的苦恼,小豌豆特别黏她,性格上有些懦弱。姚子期跟他说过好几次,想一个人多出去几天,忍痛把小豌豆扔给他和姚四海,让他们带到码头上,去男人堆里混上一段时间,可是她每次都舍不得。

梁云霄也从黑石滩上捡起一块黑色鹅卵石扔向涌来的巨浪,说:"好了,我们不想这些了,今天我请你去吃大排档怎么样?然后,再一起去逛逛书店或者去看场电影。"

姚子期高兴地说:"我请你吧,爱乐乐团来海山演出,我请你听音乐会。"

"我听你的。"

多么熟悉,却又是多么遥远的话语。姚子期动情地望着梁云霄,他这句"好,我听你的"言犹在耳。梁云霄也觉得自己的回答是那么熟悉,当年,青涩的少男和少女,也曾经就这样站着,深情凝视,进行一样的对话。

汹涌的波涛声中,德彪西的名曲《大海》的第一乐章拉开了序幕。梁云霄和姚子期闭着眼睛,聆听由庞大乐队演奏的世界名曲。梁云霄的脑海里浮现出梦境般变幻的海。清澈的海、浑浊的海、宁静的海、波浪翻滚的海、惊涛骇浪的海,时而是安详静谧的海底,时而是巨浪拍打浪尖。命运在此之上,在此之下,他的眼前浮现出了梁海生、丁春草、宁霞、姚子期……不知不觉,他泪流两行。这就是他恨着、他爱着、他喜欢、他厌恶、他逃离、他亲近的海啊。它托付着一切,颠覆着一切,不管你愿不愿意,命运的巨浪都会把你带到远方。

姚子期几乎是靠着他的肩膀听完了三个乐章。他们的身体时隔十几年之后,再次贴得那么近,近得梁云霄能听到她的呼吸,嗅到她身体上散发出来的幽香,能感受到她起伏的心跳。不知不觉中,这个曾经远离他,此刻却又近在咫尺的女人,再次让他怦然心动。他的心猛烈地抖动着。在已经逝去的青春里,是他身边的这个女人给了他摆脱命运的力量。他是那么想真真切切地爱她,把自己那颗心完整地交给她。可是,命运的巨浪残酷地颠覆了这一切。

后来,他又是那么刻骨铭心地爱着宁霞。宁霞虽然死了,但他永远无法忘记她。他那颗已经随着宁霞的骨灰埋葬在海底的心,还会浮出水面吗?他能放下宁霞,爱上他曾经爱过的女人吗?他没有足够的信心,他跟姚子期能有一个新的开始,他能给姚子期一颗完整的心,因为他的那颗心都给宁霞了。

闭着眼睛、听着交响乐的姚子期,此刻内心也像波澜起伏的大海,她的耳边响起了宁霞死前的嘱托:那是个能在茫茫大海惊涛骇浪之上给你木板的男人,如果真的爱,为什么不可以重新开始? 宁霞是流着眼泪说完这句话的,姚子期也是流着眼泪听完这句话的。宁霞的生命是短暂的,但是姚子期是那么羡慕她,虽然生活艰辛如浪尖行船,可她仍然可以把自己完完整整地交给她的爱人。姚子期有些懊悔,当初,梁云霄要远离她的时候,她应该伸出手拉住他,哪怕是一起被命运的巨浪卷入海底,哪怕是走向覆灭,他们的爱也灿烂辉煌过。

不知不觉,姚子期的手抓住了梁云霄的手。她能感觉到梁云霄的手在抖,他的心、他的身体都在猛烈地抖动。她纤细的手指,从容、娴熟地穿过梁云霄的指缝,直到与他十指紧扣。梁云霄的眼泪瞬间流了下来。是啊,是这只温暖的手,曾经拉着他走过苦难的青春岁月。

未来,又像无边无际无法预测的大海,让他的心绪波浪翻滚。直到所有的人都站起身来,开始鼓掌,他们还静静地坐在那里,沉醉其中。一个渔民的儿子,一个大海的女儿。大海,跟他们的命运,跟他们的爱、恨、情、仇紧密地融合在了一起。

观众撤离了,乐手也撤离了,他们仍然就这么静静地坐着。历尽沧桑,现在他是她的水手,未来船将驶向何方,一切都是未知的。

4

梁云霄怀着复杂的心情踏上了遥远的旅途。结婚之后,他越来越惧怕远行。家里有太多的牵挂,顽皮的女儿小米粒,残疾的岳父宁海魁,还有那个像宁霞的影子一样的宁虹,尽管他已经安排好了家中的一切,但还是无法做到心无牵挂。

宁海魁经过一次手术之后,已经可以起身走几步,但腿部的肌肉萎缩太久,需要长期按摩。梁云霄每天晚上回来,都要为他按摩,监督他做康复训练。小米粒活泼可爱。她说,爸爸不在,她也可以监督外公锻炼。小米粒的言谈举止和神情都特别像宁霞,惹得宁海魁热泪纵横。

这天晚上,宁海魁见梁云霄心神不定,就问他出了什么事。梁云霄说,他最近可能要出差,去一趟欧洲。宁虹告诉梁云霄,有事他尽管去忙,这个家她来管。宁虹靠在厨房门口说话的样子,让梁云霄再次想到了宁霞。他走神的一瞬间,宁虹羞涩地笑了。梁云霄才缓过神来,他太思念宁霞了。这些年,宁霞已经成了他生命中不可缺少的一部分。过去一段时间,他觉得自己已经接受了宁霞离开的事实,可是他眼前总是会浮现宁霞在他身边的样子。

宁虹考上了港务局的事业编,然后很快就调到了海山港的技术科。上次班子开会,姜书记提议让宁虹成为中层后备干部名单。会上,梁云霄虽然提了反对意见,但事情还是成了。姜思远说:"宁虹毕业于名牌大学,是以全市第一名的成绩考进港务局的,而且还自愿申请从市局机关到企业来工作,条件在那里摆着呢,工作干得也不错,举贤不避亲,未来港口要发展,资本和人才,两样都不能缺。"

梁云霄隐约觉得,宁虹工作的事,背后一定有贾山的影子。他几次想劝宁虹,没必要非待在港口,但每次话到嘴边就又咽回去了。宁虹朝九晚五,下班后就待在家里,照顾宁海魁和小米粒,操持家务,也很不容易。参加工作后的宁虹,似乎成熟了很多,话也变得不多,就是默默地做事。宁虹像宁霞的影子一样,渗透到梁云霄的生活里,让他有些抓狂。生活和情感的牢笼,让他时刻感觉像是在无氧深潜,近乎窒息。他想逃离,却一直找不到一个合适的理由。

梁云霄去北京办理签证,联系了正在国家行政学院学习的徐正生。他很迷茫,却没人能为他解惑。徐正生给了他一个茶馆的地址。下午四点,梁云霄雇了一辆人力黄包车,东折西拐,才在后海附近找到那个四合院茶楼的招牌。梁云霄进了院子,又穿过一条青石小路,才找到古色古香的茶馆。

徐正生早早地来了,正在跟一个人一边喝茶,一边聊天。

梁云霄定睛一看,这人竟然是在中央党校学习的祁省长。

梁云霄惊讶地问候了一声:"省长好。"

徐正生说:"小梁,等你考察回来,可能就不能再叫省长了,得改口叫祁书记了。"梁云霄这才想起来,坊间一直在传,东海省的书记到点儿了,祁省长要升任东海省的书记。

祁省长笑着说:"你小子,到了北京,就知道跟你大师哥联络,是不是早把我这小老头儿给忘了?"

梁云霄说:"省长,您官儿太大了,我个儿矮,够不着。"

祁省长掏出一封信递给梁云霄说:"你够不着?为了你这封信,上个月,我在老领导的办公室里挨了半个小时批。这封信他批了一大段话,让我转给你。"

梁云霄接过那封信,打开看了一下。信是上个月他写给当年那位省委领导的,主要是讲了港口一体化实施之后,宁州、海山两港发展的实际情况和自己对政策的迷茫。梁云霄是突发奇想写的这封信,信寄出的时候,他也没有抱什么希望。老领导日理万机,哪有时间看他的信,更何况,他的这封信写得太长,共十三页,还有很多宁州、海山两港与国外一流港口的数据对比。

梁云霄用颤抖的手捧着这封信,仔细地阅读着信上的批示:"港口一体化十年,没看到实质性进展,战略机遇期,时间宝贵,错过实在可惜。东海战略位置特殊,港口国之重器,万望重视。此信由祁明同志转交东海省委传阅。"

祁省长端起茶喝了一口说:"老领导这次的话说得很重,事情出在地方,思想根源还在省委,我已经做了深刻检讨,这种局面必须尽快改变。"三个人围绕东海港口未来发展的问题,在茶馆聊了一个多小时。祁省长说:"小梁,这次出国认真看、仔细学,科学技术就是生产力,你说得没错,港口的核心在于它的服务职能上,我们要想成为海洋强国,技术不能落后于人。"

黄昏时分,祁省长起身先走了,他晚上还有事情。徐正生带着梁云霄去小菜馆吃了顿卤煮。吃饭的时候,梁云霄低着头小心地问徐正生:"师兄,我是不是给咱们东海惹祸了?"

徐正生说:"你是惹祸了,而且是大祸临头。"

梁云霄心里一沉,放下了手中的碗。

徐正生笑着问道:"怎么,你怕了?"

梁云霄说:"是有点怕,可事已至此,怕有什么用。"

徐正生笑了笑说:"这封信,要说惹祸,的确是惹大祸,可祸不是你惹下的,而是十几年来的官本位思想惹下的。是该下猛药了。"

梁云霄说:"你是说,港口一体化要提速了?"

徐正生说:"那也未必。港口一体化的推进,不可能一蹴而就,还得看东海这一届省委、省政府的决心。"

徐正生吃完饭,擦了擦嘴,说:"小梁,说实话,前些日子我也写了篇文章,可我没你这么大胆,直接往北京寄,我给了祁书记。"

徐正生长叹一口气,说:"我们这些人,都是被头顶的官帽子给束缚了,不敢说话了。小梁啊,师哥这辈子佩服的人不多,师父算一个,你算一个。我佩服师父的隐忍,佩服你的勇敢。祁省长知道你实名给老领导写信的事之后,很是吃惊,但我一点儿也不奇怪。我想起了你当年在宁州国际港口深水泊位专家论坛上的那一番演讲,想起你在斯兰特公司邮轮上竞标时的发言。那时候,我以为你只是年轻,无知者无畏,可是现在,我认为这是属于弄潮儿的勇敢,这点你比师哥强。你出去看吧,没有比较就看不出差距,没有比较,就没有赶超的决心。小梁,我很看好你,你比师父、比我更知道东海港口缺什么、需要补什么。"

梁云霄告别徐正生,开始一个人孤独的旅行。他的第一站,是香港维多利亚港。夜晚,他住在维多利亚海湾金融城的大楼上,他可以看到远处灯火辉煌的深圳湾。这几年,维多利亚港的地位明显下降,深圳港发展却很快。大湾区战略提出后,深圳港几乎一天一个模样。梁云霄去深圳港、广州港看过,他们的电气化改造已经进行得差不多,节能减耗做得也不错。梁云霄在酒店里拨弄着一个地球仪:荷兰,鹿特丹港;德国,汉堡港;西班牙,阿尔赫西拉斯港;英国,伦敦港;比利时,安特卫普港……这些都是全球自动化程度很高的港口,他在寻找自己可能到达的锚地。

酒店的电话响了。梁云霄一脸疑惑地拿起了电话,电话里竟然传来了姚子期的声音:"楼顶西餐厅的牛排不错,小酌一杯怎么样?"

梁云霄一阵惊喜,他强压着内心的激动问道:"子期,你怎么知道我在这里?"

姚子期说:"少废话,上来你就知道了。"

维多利亚海湾金融城酒店的顶层西餐厅在十九楼。远眺海湾,灯火辉煌。梁云霄到的时候,姚子期正坐在景观餐位上吹着海风。她穿了一身套装,外套里面是件米色的衬衣,还化了淡淡的妆,优雅而靓丽。她笑吟吟地望着吃惊的梁云霄问:"孤独旅途上多一个人,你不介意吧?"

梁云霄坐下,用难以置信的目光看着姚子期:"怎么可能,你不是开玩笑吧?"

姚子期微微一笑说:"怎么,你能出去考察智能化码头,就不允许我去考察信息化服务?"

梁云霄露出不相信的神色。

姚子期说:"是真的,我请了假。"

梁云霄又问道:"那小豌豆呢?"

姚子期说:"我妈带他来香港了。"

梁云霄惊喜地问:"这么说,我们可以一路同行?"

姚子期嗔怪地看了他一眼说:"怎么,不乐意?"

梁云霄憨憨一笑,说道:"我求之不得。"

姚子期看着他憨态可掬的样子,再一次想到了两个人上大学时的情景,脱口而出两个字:"憨憨!"

久违的称呼,让二人都陷入了回忆。姚子期紧接着说:"点餐吧,今天这顿,你请。"

梁云霄兴奋地打了个响指叫服务员,二人开始点餐。酒很快上来了,法国干红倒在醒酒器里。

梁云霄问:"这个时候,假不好请吧?"

姚子期点了点头说:"还好,上市的事情遇到些麻烦。"

梁云霄不解地问:"证监会不是已经过会了吗,还有什么问题?"

姚子期说:"说是沙鳖岛深水码头的审批手续出了些问题,需要补办手续。"

梁云霄沉思一会儿说:"三十万吨深水码头泊位,他们怕是还规划了兼停四十万吨矿船的泊位。"

姚子期吃惊地问:"你怎么什么都知道?"

梁云霄微微一笑说:"码头规划,都有预留空间的。这不算是什么大问题,补办手续不难,并不影响IPO进程。"

姚子期说:"就怕不只是这些问题,昨天晚上,周市长召集筹备小组开会,脸色很不好,说是上面有不同的声音再次出现。"

梁云霄学着周晓乙的口吻说:"改革嘛,总会有不同声音的,我们不能因为有不同声音就不干事情。小姚同志啊,你不要把问题想得那么复杂。"

姚子期笑着打了梁云霄一下,咯咯笑着说:"去你的。"姚子期笑过之后说:"你还真别说,你学他学得可真像。"

服务员端来了牛排。梁云霄举杯说:"来,为我们的旅途愉快,干一杯!"

姚子期举起了酒杯,看到面前乐观的梁云霄,她心里很高兴。这才是她心目中梁云霄应该有的样子。维多利亚港灯火璀璨,夜色很迷人,她眼前这个男人成长得更加迷人,胡子刮得很干净,刚毅俊秀的脸上没有了稚嫩和青涩,腮边的一对酒窝,笑起来很迷人,眼角微微出现的小皱纹,把那双大眼睛衬托得更加成熟和沉稳。他灰色的西服敞开着,里面是雪白的衬衣,领带打得很规整。他是个可以很粗犷,也可以很精致的男人。

这顿饭吃得很愉悦,酒喝得也很高兴。自从那次考察,她和宁嘉南发生情变之后,她的心情很久没有这样好过了。一瓶红酒显然不够,姚子期打了个响指,叫来服务员,她想再开一瓶。梁云霄制止了她:"说是小酌,适可而止,旅途漫漫,我们有的是机会。"

姚子期说:"这次旅行,你听我安排。再开一瓶。"

梁云霄说:"不,这次旅行,我是团长,我来安排,不能让小豌豆看到一个醉酒的妈妈。"

姚子期看了一眼梁云霄坚定的眼神,心有不甘,但还是很满意地说:"好,我听你的。"姚子期说完这句话之后,心里竟然升起了丝丝的甜蜜,可她嘴上还是说:"我这句话说得真别扭。"

梁云霄说:"慢慢你就会适应的。"

姚子期闪动着明亮的双眼,说:"是吗?那我得考评一下,看看你是不是合格。"

5

海山港IPO招股书被证监会终止审核。消息一出,舆论哗然。出师不利,周晓乙、李子木很是郁闷。姜思远被连夜叫到了政府大楼汇报港口财务情况。姜思远说："募集资金的安排大部分拟用于沙鳌岛矿石周转码头工程，其中一部分用于补充流动资金，改善财务状况，满足港口对运营资金和实现战略发展的需求。"

李子木对姚子期这个时候休假很是恼火，问姜思远："这个时候，你们的高层要么待在医院里不出来，要么出国考察，要么休假，他们这是什么意思？"

姜思远苦笑着说道："李主任，你不是说要耳根子清净吗？梁云霄提出港口技术改造迫在眉睫，要跟国际港口缩小技术差距，姚子期说要提升港口信息化服务水平，也想出去看一看，这样的理由，我无法反驳。"

李子木更是恼怒，他不由自主地嘟囔了一句："哼，这个时候，还双宿双飞了？"

周晓乙闭着眼睛，看似睡着了，其实一直在一边听，一边思索。他听到李子木这句话，就有些生气，说："什么双宿双飞？这个时候，你还在胡扯什么，我要的是尽快解决问题。"

周晓乙突然间发难，吓了李子木一跳。他稳了一下心神，慌忙说："是，市长，要解决问题。我认为，接下来我们有三件重要的事情要做。一、控制舆情，给股民信心；二、安抚股东，稳住基本盘；三、尽快完善手续，重整旗鼓。"

周晓乙点了点头，继续闭上眼睛说："那还等什么，快去做吧。"

李子木小心翼翼地凑上来说："赵芬芳一行要来海山，市长，怕是您要亲自出面接待他们一下。斯兰特公司这边，您也要亲自跟斯兰特打个电话，矿石码头那边，他必须追加投资。"

周晓乙嗯了一声，就没再说话了，李子木就拉着姜思远悄悄出了门。

周晓乙这几天心情极其不好。这几天，省委领导都在传阅老领导批转下来的一封信，这封信表达了对港口一体化十年被掣肘、迟滞不前的不满，老领导对东海省、海山市领导的批评很严厉。写这封信的人虽然是实名，但省委领导并未公开写信人的身份。周晓乙被叫到省城挨了批评，回来之后，情绪有些低落。周晓乙和李子木对此还分析过，周晓乙觉得，写信人很可能就是梁云霄。因为北京的老领导，在东海任职的时候，曾经在宁州听过梁云霄的演讲，考察海山的时候，也曾听过梁云霄对凤凰湾深水大港项目的汇报。

李子木上了姜思远的车。他靠着后面的车座半眯着眼睛问姜思远："姚子期什么时间走的？"

姜思远说："昨天飞的香港，跟她妈妈一起走的，还带了她儿子。"

李子木接着问："她知道眼下的情况吗？汉斯这边需要稳住，IPO团队是不能松懈的。"

姜思远说："汉斯回英国了，IPO团队暂时都撤回了香港，这事李主任你是知道的。"

李子木接着问："你说，她是不是和梁云霄一起商量好的，在香港会合，一起出国考察？"

姜思远说："那倒说不好。两个人是同学，梁云霄还是姚江河的徒弟，一起出去倒也有可能。"

李子木恶狠狠地说："不是可能，而是一定，给梁云霄打电话，让他回来。"

姜思远说："这恐怕不好吧？他是打了报告，港口管委会也批了的。"

李子木有些气恼说："码头设备有故障，让他回来。"

姜思远说："我问问情况。"姜思远打了梁云霄和姚子期的电话，两个人的手机都无法接通，姜思远猜测说："可能在飞机上，也可能太晚了，休息了。"

李子木的做派让姜思远心里很恼火。当初这个像一条狗一样跟在他屁股后面摇尾乞怜的家伙，现在竟然还学着周晓乙的样子，对他颐指气使。

李子木显然也觉察到了姜思远的不快，就闭着眼睛没再说话。他显然很懊恼。最近一段时间，港口有人跟他反映，梁云霄跟姚子期的关系更加密切了。二人都在港口的时候，倒还好一些，毕竟都有孩子的牵绊。现在，孤男寡女在外面，碰到一起自然是干柴烈火。或许，等他们回来，就要宣布在一起了。李子木想到这里，心里更着急了，对梁云霄的恨意也陡然剧增。梁云霄就是他命中的克星，他必须想办法让这个人从海山港彻底消失。

梁云霄和姚子期在伦敦机场刚落地，就收到了未接电话的信息。信息显示，电话都是姜思远打来的。等行李的工夫，姚子期就给姜思远回了个电话。

姜思远问她："子期啊，你是不是跟小梁在一起啊？"

姚子期说："对，在一起。我们准备先去伦敦港，然后去德国的汉堡港。"

姜思远说:"港口码头上出了些事情,你转告梁云霄,让他马上终止考察,明天务必赶回来。"

姚子期眉头一皱说:"回去?姜书记,您开什么玩笑,您觉得这国际航班是搭出租车呢?再说了,码头上有什么情况胡彪处理不了?何况,我爸昨天就出院了,下周一就上班。有他在,您还有什么处理不了的事情?"

姚子期一阵狂轰滥炸,电话那端姜思远立马哑火了。

梁云霄问姚子期:"老姜他有什么事?"

姚子期说:"有人背后搞小动作,想让你终止考察,马上回去。"

梁云霄笑了笑说:"这个老姜,可真是杆老枪,人家指哪儿,他打哪儿。"

姚子期说:"不理他们,别坏了心情。"

姜思远坐在办公室里,心情十分郁闷。梁云霄是他签字派出去的,他还说了那么多冠冕堂皇的话,这个时候打电话让他回来,明摆着就是自己打脸。姚子期是筹备组批的假,她出去考察是不是和梁云霄在一起,关你李子木什么事?是,你喜欢人家姚子期,想跟人家好,可人家根本看不上你。他们两个人,一个丧妻,一个离婚,都是自由身,这会儿人家就是要领证,你拿人家也没有办法。

可是,早晨一上班,李子木又催促他给梁云霄和姚子期打电话,要他们结束考察,尽快回国。他知道,他即便是打电话,也不会有结果。不出所料,他电话打过去,又挨了姚子期一顿骂。

姜思远正在郁闷,姚江河敲门进来了。姜思远慌忙上前说:"哎呀,姚总,你这身体,不在医院好好养着,这么快就出院了?"

姚江河笑着说:"怎么,老姜你不希望我出院?"

姜思远赔笑说:"我可没这意思,港口几千号人,眼巴巴盼望着你康复回来呢。可话又说回来了,我们这个年纪,什么名啊,权啊,利啊,都不如有个好身体,你说是不是啊?"

姚江河没工夫跟他啰唆,直奔主题:"我听说码头上出事了?出了什么事?"

姜思远一听就知道坏事了,慌忙解释说:"我听说是几个桥吊机出了问题,我给胡彪他们打了电话,他们处理了。"

姚江河继续穷追猛打:"几个桥吊机出了故障就打电话让梁云霄从伦敦飞

回来?外汇是橘子皮啊?老姜,这人是你派出去的,现在又火急火燎地叫回来,你这是跟这小子闹着玩儿?"

姜思远哑口无言。他知道再解释下去,姚江河肯定跟自己翻脸。姚江河摇摇头说:"老姜啊,咱们都快六十岁的人了,要点脸。"

姚江河说完就出门走了。姜思远愣愣地站在办公室里,羞愤难当。

6

姚子期和梁云霄的考察之旅繁忙充实又不乏浪漫。每天,他都会把时间安排得很满,但绝对不缺乏乐趣。傍晚来临的时候,已经结束了一天的参观和访问,他们会在夕阳下的海边漫步,或者在海边的沙滩长椅上坐一坐,或是去港口小镇的商店里逛一逛,在咖啡店喝上一杯咖啡。两个人聊着当天参访的心得体会,或是当地的文化、建筑、风土人情。他们甚至还去汉堡广场喂鸽子,在渔村渔民的船上喂海鸥。他们听了当地音乐大厅的交响乐,偶尔也挽臂驻足,聆听流浪歌手的乡村音乐。

这一切,都是梁云霄提前安排好的,周密而不违和,时刻制造一些小惊喜。譬如,早晨的一枝玫瑰,夜晚的一株夜来香。他们之间的相处,好像没有了什么约束,梁云霄变得从容而自信,像个儒雅的绅士。她越来越觉得,梁云霄的变化真的很大。以往沉闷的他变得很健谈,在与当地港口的负责人交往中也是得体而自如。那些傲慢的同行,他见过几次后,也能谈得很投机,聊起来像是许久不见的朋友。当然,他在外国同行面前没有表现出任何自卑,他很专业,也很自信。这次出国,她原本准备做好他的翻译和助手,可是反过来,她成了时刻被他牵引着往前走的那个人。

姚子期觉得在这趟旅途中看到了不一样的梁云霄,她像是看到了一个熟悉而陌生的人。看来,年龄不一样,身份不一样,关系不一样,相处的感受就完全不同。大学时期,在懵懂的爱情世界里,姚子期是梁云霄的发光体,她的爱照亮、牵引着他走过黯淡的青春时光。他不幸的遭遇、自卑的内心让她心生怜惜,她把拯救梁云霄当作自己的使命和责任,她就像一把火燃烧着自己,希望能温暖对方。可是,这种炽热的爱给梁云霄带来了很大的心理负担,她的爱越炽热,梁云霄就越惧怕。

经历过跟宁嘉南的婚变之后,姚子期曾经检讨过自己的两段感情。她跟梁云霄那段不能称之为爱情的情感,反而变得更加真实。她不敢断定,那时的梁云霄有多爱她,可是她能肯定,他主动结束那段感情,不是因为不爱她,而是因为他不能爱。

整个旅程中,梁云霄都没有向她表白或者示爱。这次她跟他一起出来,她曾设想过,他们会拥抱、接吻,甚至会上床。虽然什么也没有发生,但她并没有感到失望。这样的相处让她很放松,也很愉悦。梁云霄没有安排去荷兰鹿特丹港的行程,因为他知道那是她的伤心地。她特地提醒他说:"鹿特丹港可能是这些港口中自动化水平最高的港口,你应该去看看的。"他却说:"正因为这样,我才不去看它。我这次出来,最主要的是考察设备,而不是他们的技术。真正的技术,我们是学不到的。而我觉得最好的设备,应该还是在德国。"

他们在德国停留的时间就长了一些。梁云霄看了很多家航运机械设备厂,还看了它们的工业芯片。他和这些厂家的厂长、销售经理还交上了朋友,有两家企业甚至跟他谈起了合作,他们希望可以用最先进的港口自动化设备入股,参与港口的升级改造、运营管理,但梁云霄拒绝了。

姚子期很是不解地问他:"实现港口自动化不一直是你的梦想吗?"

梁云霄摇着头说:"这些年我们吃了太多的亏。造不如买,买不如租,租不如入股。自己的港口,必须自己改造。海山大部分港口码头都是我参与建设的,如何改出效益来,我最清楚。"他还补充道:"我已经在设计我们自己的港口自动化系统了。这把钥匙,任何时候都要掌控在我们自己的手里。"

姚子期看到了他眼中的自信,他太知道他们这次出国需要什么了。

最后一站,梁云霄决定带姚子期去西班牙的阿尔赫西拉斯港,这里是地中海最大的港口,却很快就被中国收购的希腊港给打败了。他想去看个明白,到底是什么原因导致了阿尔赫西拉斯港的迅速落败。果然,梁云霄和姚子期参观完这家港口,得出的结论是:管理和技术才是港口立于不败之地的两大法器。

从西班牙最南端的阿尔赫西拉斯港,两个人坐着邮轮前往最北端的巴塞罗那港。夜色中的大海波涛汹涌,两个人站在邮轮的舷边,聊起他们在大学时常常聊起的话题。梁云霄说:"我父亲死后,我很恨大海,更恨大船。所以,我不喜欢别人在我面前说,他想当远洋邮轮的船长。"姚子期问他:"现在你还这么想吗?"梁云霄说:"我做不了船长,只能做个大副。"姚子期看一眼梁云霄,继续问道:"为什么不是船长,而是大副?"梁云霄回答:"我就是个开船下锚的人,做不了船长,但我可以开着船,带着我爱的人,周游四海。"

姚子期苦涩地笑了,她想起了宁嘉南。

梁云霄见状也露出了苦涩的笑。梁云霄明白,当初,姚子期选择了一个带她上船的人,而不是开船的人。

第八章

1

　　幸福而欢愉的时光总是流逝得太快,二十天就这样悄无声息地在天空、海洋、陆地间穿梭,以至于姚子期在飞机落地海山机场的那一刻,还恍然如梦。更令她措手不及的是,梁云霄推着行李刚刚走出机场,就被两个人迎面拦住,其中一个人说:"我们是市纪委的,梁云霄同志,请你跟我们走一趟。"

　　二人愕然。姚子期惊讶地问对方:"你们是不是搞错了?"

　　说话的人个子不太高,三十几岁的样子,戴着眼镜,脸上和鼻子上长满了粉刺,上身穿着干部夹克,胸前别着党徽。他对梁云霄和姚子期亮出工作证说:"没有搞错。我们是请梁云霄去说明一些情况。姚子期同志,希望你近期不要外出,我回头也会找你核实一些情况。"

　　姚子期看了一下他的工作证,确实是市纪委的人,名叫郝运。于是,她严肃地说:"不用回头找我,我这就跟他一起走。"另外一名纪委人员却阻止说:"姚子期同志,请你配合我们的工作。"

　　梁云霄刚开始有些蒙,继而很冷静地看了两个人一眼,转头对姚子期说:"子期,听他们的吧。他们已经不叫我同志了。"

　　梁云霄的冷静和从容,让两个纪委办案人员有些惊讶,郝运接着说:"是不是同志,等案情清楚之后再说。"

　　梁云霄把行李交给了姚子期,对她说:"子期,你帮我把行李拿回去吧。身正不怕影子斜,我跟他们走一趟。"梁云霄说完,就跟着两人上了市纪委的车。姚子期望着开走的车一脸疑惑,立马打电话给姚江河。

市纪委带走梁云霄,是因为省纪委转交下来两封匿名检举信,检举梁云霄的问题有四大项:一是梁云霄在凤凰湾一期、二期项目中跟施工方勾结有受贿行为,跟材料供货商有不正常的经济往来;二是梁云霄在上市民营企业内部有持股行为;三是参与其配偶、亲属开办的旅游餐饮公司,侵占国家资源,套取国家文旅配套资金;四是梁云霄跟姚子期长期保持不正当男女关系,以出国考察为由公款旅游。

姚江河怒不可遏,大骂小人作祟。姜思远劝慰姚江河说:"老姚,我也相信小梁,市纪委也是例行公事,身正不怕影子斜,小梁把问题说明白,就没事了。"姚江河冷笑了一声说:"欲加之罪,何患无辞。"姜思远叹口气说:"但愿小梁这次没事,否则折了这样的人才,我们海山港的损失可就大了。"姚江河再次冷笑着说:"有证据就实名举报,我这人一生就憎恨背后刮阴风的人。"姜思远叹着气出门走了。

姚江河打电话给徐正生。徐正生说:"子期正往我这里赶,我们见了面再细说。师父,你先别着急,我相信小梁的为人。另外,既然举报信是省纪委转下去的,我会向省里建议,由省纪委下去调查。"徐正生学习归来,正在筹备东海省海洋港口发展委员会。听到这个消息,他也很恼火。冥冥之中,他觉得这件事似乎并没有那么简单。

梁云霄坐在海边招待所的一个小屋里。那个叫郝运的调查组长带着另外两个人就跟他开始了漫长的、近乎无厘头的游戏。刚开始,三个办案的人员对他还算客气。他们问了梁云霄很多问题,譬如在凤凰湾任项目经理时跟施工方老马的关系,跟那些水泥、钢材供货商的关系,月塘湾旅游餐饮公司的情况,跟山海国际航运集团的股权问题,梁云霄均给予明确回答。项目和月塘湾公司的事,他心里有底,跟贾山之间的经济问题,他干干净净。他唯一没有底的是,贾山和宁霞之间的经济往来。宁霞已经不在了,留下来的所有存款和住房都在宁虹那里。

梁云霄在问答间始终保持着坦然和从容,偶尔还会跟这些人开开玩笑。可是,当他们问起他跟姚子期的关系时,梁云霄开始严肃了起来。那个叫郝运的家伙问题问得很刁钻,也很赤裸,他问这次他们出境考察时,有没有住在一起,是否发生了关系,有没有用公款旅游,为通奸提供便利。这个浑蛋竟然用"通奸"两个字来界定他跟姚子期的关系,瞬间把梁云霄惹怒了。一直隐忍的梁云霄一跃而起,挥拳就对郝运下手了。这次郝运没有那么"好运",虽然屋子里的另外两个人出面拉了偏架,但梁云霄还是砸碎了郝运的眼镜,打破了他的鼻子。

自此之后,市纪委换来的人对他就没有那么客气了。梁云霄也不愿意跟他们再沟通了。每天吃完饭,他就坐在那里,三缄其口。任凭他们拍打吼叫,他始终坐在那里,闭着眼睛权当他们是空气,视若无物。反正他坐着就能睡着,有时候甚至还打起了呼噜。等他养足了精神,他就看自己从国外带回来的那些设备资料,再不停地画图纸。这帮人对他有些无可奈何,一个号称是市纪委"铁撬杠"的干部恼羞成怒地说:"我撬开过那么多处级违纪干部的嘴,却从来没有见过这样的,铁豌豆一粒。"

姚子期当天也被另外一组人叫去问话了。姚子期觉得他们问的问题和他们的行为十分可笑。梁云霄的财务问题,姚子期最清楚,他从不参与跟供货商的资金往来,设备供货的投标招标流程都很正规,每一笔账目都清清楚楚,这里面没有他公款吃饭报销的任何一张发票。这组调查人员来了两男一女,他们对姚子期的问话,是在港口集团的会议室进行的,梁云霄所经手事务的一切账目,姚子期都带到了会议室,账目审了一周也没发现任何问题。

关于她跟梁云霄不正当男女关系的问题,她自然不认。姚子期反问那个四十多岁、一脸严肃的女干部说:"我认为,我跟梁云霄之间的男女关系很正当。我们大学时是同班同学,梁云霄后来成了我爸的徒弟,和我不是亲人胜似亲人。他的妻子是我前夫的堂妹,是我的好姐妹。这样的男女关系算正当,还是不正当?"

女干部说:"我说的不是这个。"

姚子期立刻就来气了,问:"那你到底想问什么?性关系?对不起,我很想有,可目前还真没有。"姚子期很生气,话也讲得很直白。

女干部面色有些尴尬地说:"子期同志,我们也是例行公事,目的也就是想把问题弄明白。"这次谈话之后,这组人也草草收场了。

夜幕降临,颜辉在海山望海茶楼等来了姚子期。港口管理委员会名存实亡,颜辉跟着徐正生在筹备东海省海洋港口发展委员会的事。姚子期看到颜辉的脸色有些严肃,就知道梁云霄的事她还是想简单了。梁云霄的事,有两个方面对他不利:一个是宁霞持股山海国际航运集团的事,另一个就是月塘湾旅游餐饮公司的事。宁霞持股是实情,调查组在山海国际航运集团查到了宁霞持有百分之三的股份,股权证存根就是证据。而金子携款潜逃的案子也破了,她在英国被抓,被引渡回来判刑了。金子在海山市公安局的案宗里有关于月塘湾旅游餐饮公司成立、经营、股权分配所有情况,宁霞和梁家是最大的受益人,这里面还牵扯到了大刘和徐正生给予的政府配套设施和资金的支持,所以徐正生和大刘也被调查了。不过调查结果显示没有问题,因为政策扶持合规合法,月塘湾旅游餐饮公司被云海区文旅收购时资产优质,估值跟同期市场相比,相对偏低,没有出现国有资产流失。事实上,这件事是政府和当地群众赚了大便宜。眼下,月塘湾文旅集团发展势头很猛,成了云海区文旅支柱产业。

姚子期听完整件事后悲愤交加地说:"宁霞要是活着,她也会因这件事冤死。"

颜辉说:"现在最致命的,是宁霞手里的股份。根据山海国际此刻的市值,这可是大几千万,甚至上亿了。贾山是梁云霄一手扶持起来的,从小公司到集装箱厂,如果纪委咬定这是官商勾结、利益输送,这事情就大了。"

姚子期想了想说:"宁霞跟贾山的经济账,从来就没有算清过。我相信梁云霄不会跟贾山有利益上的往来。贾山给宁霞股份的事,梁云霄都不见得知道。"

颜辉说:"可这需要证据。"

姚子期想了想,说:"我去找宁虹。"

2

宁虹觉得她的人生再次进入了至暗时刻。那个下午,她得知梁云霄被带走的消息后,顷刻间,她的整个世界都崩塌了。从记事起,她就是一个极其缺乏安全感的人。命运就像一个对他们家纠缠不休的海上魔鬼,它一次次发动海啸,摧毁她的家园。父亲残了,母亲逃了,她的家被巨浪击成了齑粉,宁霞就是她那个家里留下的唯一半寸木板,她是死死地拽住这块木板才得以苟延残喘。后来,梁云霄来了,他跟宁霞一起给了她一个温暖的家。可是,命运的巨浪再次来袭,宁霞死了,这个给了她短暂温暖的堡垒再次分崩离析。此刻,她只剩下梁云霄这半寸木板了,可该死的魔鬼再次找上了他们,梁云霄被抓了。

一连好几天,宁虹的脑袋是空的,人是傻的。父亲宁海魁唉声叹气,郁郁寡欢,小米粒昼夜哭泣,要找爸爸。宁虹却无可奈何,她只能傻傻地坐在窗前,望着窗外发呆。纪委的人来家里搜查了两次,没有搜到什么有价值的东西。梁云霄名下的存款,不到十万块,根本没有搜到检举信里所反映的所谓的几千万巨款和价值上亿的股权证。纪委的人又让宁虹带着,搜查了他们在宁州的那套楼房,那里有宁霞留给宁虹和小米粒的不到两百万的定期存单、宁州和月塘湾四套观澜居的房本,而这些存款和房本的来历,宁霞在记账本里写得清清楚楚,有海山千家门大排档的分红,月塘湾公司资产出售时的收款凭证,捞海的收益,等等。纪委来搜查的人员说,等梁云霄的事情查清楚之后,该没收的没收,该返还的返还。

梁云霄和姚子期的事,在港口传得沸沸扬扬。宁虹心里很恼火,嘴上骂那些人不干正事,就会诬陷冤枉好人,心里却恨姚子期恨得咬牙切齿。她搞不明白,姚子期怎么也跟着梁云霄一起去了欧洲。梁云霄跟她一起回来就被抓了,这个不知羞耻的女人,一定是她害了梁云霄。她在家里不停地咒骂着姚子期。晚上,宁虹为小米粒洗完澡,在沙发上为她剪指甲。小米粒不愿意配合,烦躁的宁虹就训斥她说:"指甲里都是灰,都成野孩子了。"小米粒一听就哭了起来。幼儿园里,几个小朋友都知道小米粒的妈妈没了,总是叫她"野孩子",小米粒伤心极了。加上,她也快一个月没有见到梁云霄了,心里愈加孤单和害怕。

姚子期拎着她和梁云霄在国外给小米粒精心挑选的衣服和玩具敲门进来了。小米粒见是姚子期,就哭着朝她跑了过来。小米粒仰着满脸泪痕的脸问姚子期:"干妈,我爸爸什么时候能回来呀?"姚子期心里一疼,亲着小米粒说:"爸爸这几天正在加班,很快就会回来的。你看,爸爸让我给你买了玩具和衣服。"小米粒拿着玩具就高兴了起来,说:"爸爸要回来了,爸爸要回来了。"姚子期看着小米粒高兴的样子,忍不住眼泪流了下来。

小米粒抱着玩具在沙发上玩了起来。姚子期和宁海魁、宁虹说:"叔叔,宁虹,我相信梁云霄是清白的,他不会有事的,我们会一起努力,帮他洗清冤屈。"

宁虹白了一眼姚子期,没好气地说:"你帮他?你不害他就行了。你没听到外面都在传什么吗?"姚子期惊讶地看着宁虹问:"宁虹,你怎么也相信那些人说的话?"宁虹嗤之以鼻地说:"做了,还不让人说?"姚子期想对宁虹发火,但还是忍了说:"宁虹,现在不是犯浑的时候,我们得想办法让你姐夫出来。"宁虹轻蔑地看了一眼姚子期:"你说得轻巧,你有什么办法让他回来?"姚子期说道:"你姐走的时候,有没有跟你说过,贾山曾经给过她一张股权证?"宁虹说:"说过,怎么啦?"姚子期紧接着问:"她说没说,她拿股权证的时候,你姐夫知道不知道?"宁虹说:"他不知道,他要是知道了,我姐肯定得还回去。他跟我姐说过很多次了,一定要跟贾山把账的事给扯明白。"

姚子期急切地问:"那你知道股权证是怎么来的吗?贾山凭什么给你姐价值那么多钱的股权证?"宁虹说:"从我两岁起,他就欠我们家钱,还吞了姓贾的给我们寄的抚养费。怎么啦,他不喝我和我姐的血,怎么可能有潜钓场?没有潜钓场,怎么会有拆迁款?没有拆迁款,怎么能办公司?才拿他百分之三,不拿他百分之三十就不错了。"姚子期又气又急地说:"这个时候你就别说这个了,赶紧去找股权证,我们一起去找贾山说清楚,不然,你姐夫怕是真的出不来了。"

宁虹一听,立刻慌了。宁海魁长叹道:"到底还是贾山这个害人精。他这个浑蛋,活着就是为了祸害我们的。宁虹,推上我,我们一起去找这个灾星。"宁虹拿起电话要给贾山打电话,姚子期制止道:"我们可能还得找你外公,金子被抓了,就关在海山,月塘湾公司的事也得弄明白。月塘湾的公司,你外公是法定代表人。"宁虹更是欲哭无泪,怒骂道:"那就是一窝毒蛇,张口咬死人的毒蛇。"

姚子期开车带着宁虹、宁海魁、小米粒去了宁家老屋。宁虹从老屋的旧橱柜里拿出了一个很大的写着希腊文的糖果盒子。盒子里除了股权证,还有两套账本,一套是月塘湾旅游餐饮公司的明细账,上面写着每一笔钱的投入、支出、分红,时间、地点,经手人的签字;一套账本记的是贾山给宁霞的欠条,计划还款日期,折算公司股份的证明,时间可以追溯到上个世纪的九十年代。姚子期捧着股权证和账本，悲喜交加。宁霞是个事无巨细的人，她做的这一切，完全可以作为贾山折算股份的有效证据，梁云霄就有了出来的机会。

姚子期给徐正生打了个电话，把股权证和宁霞生前留下账本的事说了。电话那端，徐正生沉思片刻说："这样，省纪委的人这几天也要去海山了，你可以带着证据、证人去找他们。市纪委那边，你们暂时就不要去了。"

姚子期瞬间明白了徐正生的用意。市纪委那边的人，不可信。

姚子期决定带着宁海魁、宁虹几人一起去找贾山。

3

贾山这几天寝食难安。梁云霄的事，他很清楚是李子木弄的。这件事做得过火了。这几天夜里，他把自己这十几年来走过的路再次梳理了一遍，好像他的每一个关键时刻都离不开梁云霄的帮助。可是，李子木却用这样的手段把梁云霄送进去了。昨天夜里，李子木给他打了电话，告诉他说："老贾，这几天，省纪委的人要下来了。这是关键时刻，你不能有妇人之仁，只要你咬死说股票给宁霞这事梁云霄是知道的，就可以了。另外，你还要记住，这里面没有赠予这一说，这是你对梁云霄这些年来对你公司帮助的回报。"贾山没有立刻答应他，贾山心里明白，他要是这么说了，那可就是行贿。可是，他如果不这么说，李子木这边他过不了关。梁云霄出事后，宁海魁曾经给他打过电话，老贾也哭着求过他，要他花些钱，找找人。他很清楚，梁云霄要是折了，他姐夫那个家就彻底完了。

贾山没敢回家，也没去两家公司的办公室。海山市纪委的人去宁州拿了宁霞股票证的副本，李子木说这是对付梁云霄的利器。临走前，市纪委的人说会随时来找他核实情况。贾山就告诉公司副总小庞，市纪委的人再来，就说他去北方港谈业务去了。然后，他就带着秘书胡玫在滨海别墅里待着。入资海山港上市的事暂时搁浅了，短时间很难重启。上次在梁云霄家里碰了钉子之后，他也很懊恼。有时候他就想，宁州公司效益不错，股票一直在涨，他拥有一个上市公司也就算了。可转念一想，还是觉得有些不甘心。海山是他发家的地方，这会儿机会不错,资本云集,山海国际远洋集团即便是搭不上海山港上市这班船,也可以另起炉灶,再弄一个独立的上市公司。有十几艘三十万吨巨轮浩浩荡荡出远洋,那才是大事业。梁云霄是帮他成了事,可那都是小打小闹。像这样的大事业,他离不开李子木。这个时候跟李子木闹掰了,不是明智之举。况且,自从山海国际在宁州上市之后,他们的利益就紧密地绑定在一起了,他想掰开,也难了。

胡玫像是猜中了他贾山内心的纠结,蜷缩在他的怀里说:"贾总,生意上的事可以赌一把,输了大不了赔点钱,可是官场上赌人这种事,千万不能轻易做决定。我觉得梁云霄这次好像不单单是因为李子木跟他之间的矛盾,背后可能更复杂。"

到底是名牌大学的研究生,智商够用。公司敲钟上市那天夜里,胡玫跟他上了床。这个傲气十足的女人,放下了她高知白领的架子,脱光了主动爬上了他的床。女人,就像海底滑腻的海鳗,拿捏它的七寸,无论如何想挣脱,也是他的囊中之物。胡玫的七寸,就是她的野心。她想做海山公司的市场总监。

胡玫向贾山建议:"这种事,你就躲起来,股权证你已经给了宁霞了。折算的也好,赠予的也好,反正股票在宁家人手里。纪委真的来查,让他们去取证,该是怎么回事,就怎么回事,不是你说什么就是什么,那得有证据。现在是信息时代,要的是实锤。假的东西,你瞒不住;真的东西,你也藏不住。万一有一天真相曝光,上市公司一夜之间就完蛋。"

贾山猛地亲了一口胡玫说:"好,就听你的。"

贾山没想到,姚子期、宁虹带着宁海魁、老贾这么快就找上了门。这里,老贾曾经带着小玛瑙住过几天,他没想到,老贾这么快就把他给卖了。老贾几乎是高声骂着"畜生"进来的,他拿着宁霞留给他的账本以及贾山的八十几张借条,这里面有欠贾玲的,有欠宁海魁的,有欠梁云霄的,更多的是欠宁霞的。宁虹拿着计算器,当面跟贾山算账。不算不知道,这么一算,一共是一百七十六万八千元。这里面还有四张贾山亲自签字的几个公司的占股证明,真要折算起来,从潜钓场的股份算起,现在他的家产得有三分之一是宁霞的。

老贾大骂贾山说:"猪狗都不如的东西。当年你姐为了帮你,抛夫弃女,至今人还在国外;宁霞用自己潜水猎鱼的钱,借给你去做生意,为了帮着你租货场,她把自己存的嫁妆钱都给了你。每次你都说要兑现股份,可直到宁霞死,也没见到你一分现钱。"老贾哭得声嘶力竭。他一边哭一边扇着自己的脸说:"宁霞是咋死的,你不清楚吗?那是你害死的,是你打了金子,让她卷走了公司几百万啊。宁霞一下子就病倒了。她就是病着,还带着你跟那个女人的孩子啊,你但凡有一点儿良心,也不能拿着这一张废纸,去害小梁啊。你说,他从给你做潜水员开始,帮了你多少啊,就你这样没有良心、没有脑子的蠢货,你怎么能开那么大的公司啊?宁霞啊,外公对不起你,外公就是死了,也没脸去见你啊。"老贾啪啪打着自己的脸,老泪纵横。

贾山更是羞愧难当。姚子期和胡玫劝着老贾,宁虹却冷漠地看着贾山,那阴冷的眼神像是能杀人。贾山从心里有些惧怕这个外甥女。贾山沮丧地坐在沙发上问宁虹:"你说,你想要我怎么办吧?"宁虹说:"我就希望你实话实说,你给我姐股权证的时候,是不是告诉她,这事不能让我姐夫知道?"贾山语塞。宁虹急了,声音更阴冷地说:"贾山,我姐已经被你害死了,今天我就让你说句实话,就这么难吗?"

贾山长叹一口气,点燃了一根烟,把他那天开车到港口去找宁霞送股权证的情景说了一遍:"那天下着雨,我把宁霞叫到我车里说,给不了她百分之十的股份,让她先拿着这个,剩下的我继续给她代持着,但这事不能让小梁知道,知道了,他肯定得退回来。"

姚子期气恼地问贾山:"为什么市纪委找你要那股权证副本的时候,你没把这话说清楚?"

贾山狡辩说:"他们拿股权证副本的时候什么都没有问,就拿走了,说是回头随时找我,到现在他们也没找我啊。"

宁海魁用拐杖杵着地声嘶力竭地说:"那你为什么不主动去跟纪委的人说清楚?"

贾山低下了头。

宁虹冷笑着说:"那样的话,我姐夫就顺利出来了,你说对不对?"

宁海魁气得近乎发疯,他说:"贾山,过去你做了那么多混事,我都没对你说过一句狠话,从今天起,我、宁虹、小梁和小米粒,跟你贾山一刀两断,永不来往。"

胡玫解释说:"大家都消消气,这几天,我一直跟贾总在一起,我可以做证,他可从来没有想着要害梁总的意思。纪委办案,那都是讲证据的,既然你们手里掌握了那么多证据,去找纪委说清楚,肯定比贾总用嘴说有力。"

宁虹嗤之以鼻地说:"你算哪根葱?我们该怎么做,还用你教?"

胡玫生气地说:"那依宁小姐的意思,该怎么办?"

宁虹说:"欠账还钱,你把欠我跟我姐的钱还了,股票你拿走。你的那些股票有多少个亿,我们不稀罕。我跟我姐捡垃圾吃的时候,也没见过你一个钢镚儿,从今以后,我们家的人你别再沾了。我们会拿着这些证据去纪委,我不求你能为我姐夫说好话,讲良心、说真话就行了。"

宁虹说完又威胁道:"我还告诉你,我聘请了律师,找了媒体,你要不讲真话,我就会起诉你,曝光你,让你的山海国际远洋集团臭名远扬。"

4

冬去春来,这个春天真的很魔幻。海山港IPO果真卷土重来,报纸、互联网、手机新闻铺天盖地宣传。海山港上市的消息在网上被炒得火热,海山证券交易大厅,大批股民跃跃欲试,期待着这只股票上市,一飞冲天。

西装革履的李子木、姜思远陪着周晓乙驱车前往海都交易所。今天是海山港股票上市敲钟的日子,三个人的脸上都洋溢着即将成功的喜悦。周晓乙说:"几经磨难,海山港还是迎来了这么一天,希望这临门一脚踢得漂亮。"李子木信心百倍地说:"您放心吧市长,这只股票一定会涨到四十块,海山人民将永远铭记这一天。"就在这时,周晓乙的电话响了,省领导在电话里郑重通知周晓乙:海山港终止上市。

周晓乙愣住了。汽车在高速路安全港停了下来,周晓乙下了车,站在那里,许久无法平复自己的心情。周晓乙告诉司机说:"前面高速路口下去,我们返回宁州。"重新上了车,李子木和姜思远一头雾水。李子木小心地问周晓乙:"市长,准时敲钟,我们还有很多事要做。"周晓乙沮丧地告诉李子木:"你什么事情都不要做了,我们再次被叫停了。"

周晓乙去了宁州市市长办公室,市长也是刚刚得到这个消息。海山港上市再次被叫停,传递出的一个信号是,另外一个方案可能要上马了。宁州市市长说:"看来宁州—海山港中间那道横杠,这次可能要彻底消失了。"周晓乙说:"宁州港和海山港如果真正融合,我们就很可能会失去对港口的控制权,省里怕是要彻彻底底把港口拿走了。我们必须再做一下努力,港口城市以港而兴,没有港口,还叫什么港城?您的级别比我高,话语权比我大,在这件事情上,我们两个要团结。"

宁州市市长说:"我觉得不大好办,你也知道,去年刚成立的东海港口发展委员会,那是宁州—海山港口管委会的升级版,徐正生提了分管副省长,还兼东海省海洋港口发展委员会的主任。"周晓乙点了点头说:"老徐肯定要推行宁州港收购海山港、两港一起捆绑上市的方案,我记得当时您是坚决反对的。"宁州市市长说:"全球航运市场很不稳定,不是我没提醒你,老周,海山港上市,未来确实存在风险。"周晓乙恳切地说:"那我更不能把这个风险转嫁给宁州了。要不,我们一起去一次省里?"宁州市市长想了想说:"缓一缓,看一看。"周晓乙说:"那徐正生来说服您的时候,您可千万要顶住啊。"宁州市市长点头称好。

海山港上市再次被叫停,舆论顿时爆棚。有的说:"省里一直都说手心手背都是肉,每次到了关键时候,海山港就是后娘养的。"有的说:"省里是要把港口全部收走了,以后海山港跟咱们海山就没什么关系了。"有的还说:"未来钢铁市场低迷,海山港主打石油、铁矿石,港口效益要走下坡路了。"

周晓乙、李子木回到海山,宴请了斯兰特、宁嘉南、汉斯、贾山四个股东。斯兰特和宁嘉南并没有那么悲观,汉斯的脸色很不好,贾山就是个打酱油的。周晓乙心里很清楚,斯兰特和宁嘉南在海山港拿到了想拿到的理想锚地和未来的优质挂靠码头,而汉斯看中的却是资本的回报,这次饭吃得不咸不淡,大家各怀心事。

汉斯第二天就带着IPO团队返回了香港。姚子期开车送汉斯去机场。汉斯的情绪很沮丧,他说:"没想到会是这样的结果,看来和政府打交道,风险还是很大的。"姚子期没有接话。汉斯知道姚子期刚刚被纪委调查,受了委屈,便问她:"子期,你考虑不考虑去香港?如果你愿意去,最起码能缓解我这次来海山的沮丧感。"姚子期笑着说:"那好吧,我可以考虑。"汉斯顿时高兴了起来:"那这次我来海山,还是很有价值的。"

海山港上市再次遇挫,李子木感觉冲第三次上市的可能性不大了,他的心情也很沮丧,而且令他心情糟糕的事不止这一件。梁云霄的事出现了大反转,省纪委插手了。送走斯兰特和宁嘉南,李子木跟贾山去了他的会所。贾山和他讲了宁虹手里的证据,以及自己的迫不得已。李子木嘲讽贾山道:"自古成大事者,不能有妇人之仁。贾总,你就是顾虑太多。"

贾山则更关心新成立公司上市的事,他问李子木:"海山港是国企,上市制约太多,我们的山海远洋能否一试?"李子木说:"我们今天就是要商议这个事。贾总,这件事情要想做成,前期你怕是要出点儿血。"贾山说:"钱的事,好说。"李子木又说:"另外,梁云霄的事,也得有个了结。我就怕这小子钻牛角尖,让大家下不来台。看来,很多事情我们得做在前面。"

省纪委调查组入住的宾馆每天人头攒动。海山港两千多干部职工联名签字向省纪委调查组递交了申诉书。月塘湾几百个村民联合签名并选出十名代表来到了省纪委调查组住的宾馆,主动汇报了月塘湾旅游餐饮公司的情况。三嫂作为代表之一,流着眼泪对省纪委调查组的负责人说:"领导,你们可以到月塘湾看看老百姓的日子过得怎么样,听听他们对这件事是怎么说的。当初,宁霞提议弄这个公司,就是为了报恩,为了让落叶岛、月塘湾的老百姓过上好日子。现在,月塘湾文旅集团每年为国家赢利几千万,旅游产业也带动起来了,老百姓的日子过得更好了。可是宁霞却为此大病一场,人也没了。当初,那可是人家宁霞自己的产业,他们这样整人,宁霞在九泉之下也不会闭眼的。"

省纪委调查组走访了港口的一线码头,港口无论年轻的还是年老的一线工人,说起梁云霄在海山港的作为,都是交口称赞。

梁云霄抱着一沓厚厚的图纸,走出了滨海小招待所阴暗潮湿的房间,回头望去,他算了算,他在招待所整整待了三个月。这三个月里,他画了厚厚的六本草图,都是港口自动化改造的图纸。宾馆外面的阳光真是好,空气也新鲜,连海风吹来的气息都带着一股腥甜。梁云霄看着远处,一群人正迎着阳光朝他走来。走在最前面的是姚子期,她穿了一套白色格子的毛料西服裙,头发散披过肩,走在几个身穿蓝色工装的男人的前面,显得特别耀眼。

三个月,他没刮胡子,头发也乱糟糟的。姚江河、姚子期、卢明几个人来接他的时候,差点没有认出他来。姚子期满眼泪光地望着他,向他奔跑过去,在众目睽睽之下拥抱了他。梁云霄也回抱着姚子期,任凭她激动、喜悦、心疼的泪水打湿了他的脖子。姚子期悄声告诉梁云霄:"梁云霄,我辞职了。"梁云霄听完微微一愣。姚子期又说:"这样,就不会有人说,同公司的高管有不正当男女关系了。"梁云霄听完又将姚子期抱得更紧了一些。

当天,梁云霄把两本装订好的图册递给姚江河说:"师父,这两本是凤凰湾项目自动化改造的图纸,您和卢总先看看。"

姚子期辞职了,姚江河也似乎知道梁云霄要来干什么了。这小子轴劲儿上来了,他来也是辞职的。于是他就说:"我不看,那是你的事,你跟卢总定。你出来了,这是你跟他们的事。"梁云霄说:"师父,我下定决心了,要去读书。"众人惊讶地望着梁云霄,唯有姚子期早有所料。姚江河说:"我不准。"梁云霄说:"您不准,我就辞职。"姚江河说:"我也不准。"梁云霄看着姚子期说:"别人辞职您准了,到我这儿您就不准了?"姚江河说:"你不一样。回去洗洗澡,理理发,陪着小米粒玩几天,赶紧给我上班。子期,你陪他去理发,换身衣服再回家,他这个样子,别把小米粒给吓着了。"

梁云霄去海山最好的洗浴中心洗了澡,又去理了发。趁着这个空当,姚子期去商场买了一套新西装、一件白衬衣、一双新皮鞋。她交给洗浴中心的男服务员,让梁云霄一定换上。洗完澡、换上新衣服的梁云霄,又像换了一个人,他人瘦了一些,但似乎更精神了,劫后余生,他的目光显得更坚定了。姚子期走过去,挽着梁云霄的臂弯走在人声嘈杂的大街上。梁云霄突然对姚子期说:"既然活过来了,我们换个新的活法?"姚子期扭过头去,微笑地看着他说:"先回家去吧,别让小米粒等急了。"

梁云霄回到那个久违的家。小米粒扑过来,在他的脸上、额头上不停地亲吻着,一边亲吻一边兴奋地喊:"爸爸终于回来了,我爸爸不是坏人。"宁虹和宁海魁站在一边,也是泪眼婆娑。宁虹憔悴多了,连宁海魁也变得更加苍老。宁虹做了一桌子菜,还摆上了酒。吃饭时,梁云霄对宁虹和宁海魁说:"爸,宁虹,凤凰湾的技改一结束,我想带着小米粒到东海去,一边准备读博士,一边照顾她。"宁海魁点了点头说:"你想怎么做,就怎么做吧,爸不拦你。"

宁虹看了一眼梁云霄说:"我也去。"宁海魁瞪一眼宁虹,呵斥她说:"你去干什么?"梁云霄没有拒绝宁虹,微笑着问道:"说说理由?"宁虹说:"理由有三:一是小米粒是女孩,你一个男人带着不方便;二是我是姐姐带大的,现在姐姐走了,我这个小姨应该替姐姐把小米粒带大;三是你这次读博专修的是机械力学,你想躲到大学里,目标就是实现港口信息化,可是搞科研是要做实验的,你人一进实验室,就什么都忘了,既带不好小米粒,也读不好书、做不好项目。"

梁云霄想了想,低头喝酒。宁海魁心里其实也不想让梁云霄把小米粒带走,他哽咽着说:"小米粒走了,咱们这个家就散了。"说完也开始落泪。梁云霄喝完一杯酒说:"那我们全家都走。"宁虹和小米粒欢欣鼓舞。梁云霄说:"爸,宁虹,我对你们也有要求。"宁虹兴奋地望着梁云霄说:"你说,姐夫。"梁云霄说:"宁虹,你再考一次研究生,接着读完你的书。爸,你的康复不能停下来,停下来就前功尽弃了。"宁虹和宁海魁点头答应了。小米粒也坐在梁云霄的怀里说:"爸爸,你跟我提什么要求呢?"梁云霄刮了一下她的鼻子说:"小米粒要到东海交大的附属幼儿园去上学了,你得听老师的话,好好学习,做个好孩子。"

5

丁酉年八月,东海省海洋港口发展委员会正式成立。海山港IPO偃旗息鼓后,紧接着又传来一个令人震惊的消息,股票市场实力雄劲的宁州港停牌了。大家心里都明白,宁州—海山港中间一条横杠,怕是要彻底拿掉了。海山港凤凰湾项目实现了油改电,港口技改的电气化初步改造样板形成了。这一年,根据两港数据统计,港口货物吞吐量位居全球第一,集装箱吞吐量超越了香港维多利亚港,排名第四。庆功会上,分管副省长徐正生在宁州港宴请姚江河、宁海楼、梁云霄等两港的领导。

宴会上,欢悦正盛,酒兴正酣。徐正生对在座的人说:"当年,在'寰球天鹅号'邮轮上那个跟斯兰特放话的小子,站起来,把你说的那句话再说一遍。"梁云霄笑着站起来说道:"那个小子,年纪已经不小了,也三十好几了。"众人都笑了。梁云霄酒喝得不少,身体也有些摇晃了,他扶着桌子,开口就给大家泼了盆冷水:"这个数据说明不了什么,全球航运市场日新月异,大家一天不努力,这个数据很快就会被别人超越。宁州、海山两港,能有今天的业绩,是意料之中的事,它靠的是历史给予的机遇,是长三角经济崛起和重要的地理位置。科技发展,一日千里,宁州港也好,海山港也罢,如果不提高港口的现代化水平,实现真正的一体化,那么我们就会拖长三角经济发展的后腿,我们就对不起当年我们省的老领导为我们画下的那张宏伟蓝图。"众人的表情顿时严肃了起来。

梁云霄接着宣布了一个令人震惊的消息:"对不起大家了,我不能陪大家接着创造新的数据了。我决定辞职,离开这片大海,离开港口了。"众人为之愕然。姚江河呵斥他说:"胡说八道什么,你喝多了吧。"梁云霄说:"我没喝多。我决定了,裸辞,不带走海山一丝云彩。"梁云霄说完,晃着身子走出了宴会厅。

徐正生、姚江河、宁海楼都十分不解。宁海楼对姚江河说:"我早说了,他在海山港干得不顺心,就调到我们宁州港来,你还舍不得,你看,这下鸡飞蛋打了吧。"姚江河对徐正生说:"正生,你劝劝他,现在他就听你的。"徐正生面带微笑说:"师父,我劝也没有用啊。你常对我们说,人生如海,每个人都有迷航的时候,你得允许人家修正自己的航向。"

姚子期辞职走了。梁云霄辞职的消息再次传到了周晓乙那里。周晓乙十分惊讶,他看了市纪委的调查材料之后更是大发雷霆,他把市纪委分管的副书记和李子木都叫来大骂了一顿。他痛骂李子木看似聪明,其实比猪都蠢。李子木很委屈地说:"市长,现在看来,海山港独立上市已经不可能了,我是想……"周晓乙说:"你想什么?我们是出海口,是港城。海山要发展,那就要依港而兴。"周晓乙心里很痛惜,海山走了两个具有国际视野的港口人才。周晓乙心里也很清楚,海山未来五年的发展,仅靠资本很难实现腾飞。更为重要的是,梁云霄是连祁书记都很器重的人才,这样的人才,在他的任上裸辞走了,而且在裸辞之前被市纪委关了三个月。这件事的影响显然极其不好。他和祁书记曾经是中央党校的同学,祁书记一向雷厉风行,说话从来不给面子。梁云霄的事情要是处理不好,祁书记那里就很难交代。

  李子木当初说要查梁云霄的时候,拿出了许多铁证。什么股权证啊,他老婆的非法所得啊,周晓乙看后触目惊心,心想梁云霄即使是领导重视的人才,作风出现问题,他们也得挥泪斩马谡。可是,三个月查下来,竟然是这样一个结果。

  李子木垂首被训,嘴里却嘟囔着说:"我也没想到那个憨憨,竟然会冲冠一怒为红颜,裸辞离开。"周晓乙开始对李子木心生厌恶,他再次靠在椅子上闭着眼睛说:"你以为梁云霄是你?李子木,你这辈子成不了大才,更难堪大任。"李子木备感沮丧地离开了周晓乙的办公室。

  梁云霄要裸辞离开海山港的消息一经传出,港口一片哗然。姚四海跑到姚江河的办公室里大骂了一场。他对姚江河说:"那小子现在可是海山港的龙门吊,大梁倒了,海山港也就完了。"姚江河故作生气地回了父亲一句:"没了他梁屠户,难道海山港就得吃混毛猪吗?"姚四海知道,海山港最不愿让梁云霄走的就是姚江河。梁云霄一走,等于抽掉了他的大梁。

  周晓乙打电话给梁云霄,希望在他走之前,跟他好好谈一次。这件事造成的恶劣影响,他必须弥补、消除。第一次跟梁云霄单独面对面地坐着,周晓乙觉得,这个年轻人身上,确实有一种海边岩石一样的气场。周晓乙说:"小梁,我们算是老熟人了,都是老海港人。你从海山到宁州,我从宁州到海山,兜兜转转,总在一起。我也算是你从大学实习生成长为现在海山港高管的见证人。我很遗憾,也很抱歉,平时未能给予你帮助和关心,反倒是批评更多一些,这次还差点冤枉了你,真的很抱歉。"

  周晓乙话说得很坦诚,梁云霄在心里一阵冷笑,但嘴上还是说:"批评也是帮助。市长不必如此,这些年,我真的很感谢您,没有鞭策,就没有进步。"

  周晓乙尴尬一笑,说:"小梁,这次市纪委调查你的事,我已经批评了相关的部门和办事人员,要求他们向你道歉,之前没收的你亡妻的财产,也会让他们如数还回去。这件事我也有责任,我已经向市委、省委做出了检讨,这是其一。其二呢,即便你要走,也不必裸辞。你从普通职员干到处级干部,很不容易,另外,你是海山港的中流砥柱,你的离开,不仅是海山港的重大损失,还是海山市的重大损失。眼下海山一个国际标准集装箱厂,一个月塘湾文旅集团,都是你发起组建的。你即便不在港口,也是抓经济的好手。人活一世,草木一秋,我是真想在退休前,在海山干一番事业,所以,我想挽留你。"

梁云霄笑着说:"感谢市长的关心,我去意已决。"周晓乙话锋一转,又说:"这几天,我找了东海交大的院长、书记,也找了省里的领导和组织部的领导,即便是你要去读博士,也不必裸辞。罗子坤教授也希望你到东海交大的国家级海洋工程研究所,去协助他项目攻关。这样,你去组织部办个手续,算是保留级别,正常调动。"

周晓乙的真诚,让梁云霄有些愕然。分手时,周晓乙握着梁云霄的手说:"海山是你大展宏图之地,欢迎梁博士学成归来,共图大业。"望着梁云霄离开的背影,周晓乙如释重负。他的危机公关奏效了。如此一来,梁云霄的离开就只是调动,而非裸辞了。

风雨潇潇,凤凰湾码头跨海大桥观景台,梁云霄站在那里,跨海大桥远处的港口群尽收眼底。车停在了安全岛上,雨刮器不停地摇摆,宁虹、小米粒和宁海魁坐在车里。小米粒打开车窗喊:"爸,下雨了,你快回来。"宁虹制止她说:"你跟外公在车里坐着,我去叫你爸爸。"宁虹打了把雨伞,站在了梁云霄身边。

不远处的桥下,就是凤凰湾项目,远处龙门吊的横梁上的字还清晰可见:宁州—海山港。梁云霄像是自言自语道:"这短短的一条横杠,在那里却横了十几年。它就像是砸不烂的栅栏铁索,只有等到它消失的那天,凤凰才能飞起来。"

| 第六卷 | **驭四海**

骢骏驰骋,飞身有翼。
纵横四海,踏浪而来。

第一章

1

  梁云霄去省文化馆参加小米粒的涂鸦画展。小米粒画的是两头海中的白象。蔚蓝的底色,像天空,像海洋,更像是星空倒映在海洋里。两头白象像是踏着云,踩着浪,行走在灿烂星海之间。小白象走在前面,回首凝眸召唤后面的大白象。梁云霄拉着小米粒的手问她说:"为什么这样画?"小米粒告诉他说:"我梦见妈妈了,她就是后面那头海中的白象。"梁云霄的眼泪瞬间泉水般奔涌而出。小米粒仰着脸问他说:"爸爸,我画得不好吗?"梁云霄哽咽着回答说:"好,这张画得很好,爸爸很喜欢。"在东海交大,小米粒最喜欢去的就是罗子坤的家。何梅退休了,在家里画画,她很喜欢小米粒。何梅说,看到小米粒,总能想起宁霞的样子。小米粒越长越像宁霞,言谈举止都像。何梅的画室里有宁霞的画像,画像上的宁霞美得让人心碎。小米粒对宁霞的印象有些模糊了,宁霞走的时候,她还太小。有一段时间,小米粒很沮丧,她对梁云霄说:"如果我能跟何奶奶那样就好了,我可以自己画出心目中妈妈的模样。"梁云霄说:"只要你心里想着她,你就能把妈妈画成你想象中的样子。"于是,小米粒就把自己和妈妈画成了星辰大海中的白象。

  梁云霄望着这张画,内心感动之余,备感欣慰。小米粒很有绘画的天赋。没错,宁霞和小米粒就是他的海中白象,像太阳,像月亮,越过一波一波的海浪,带着那种神秘的力量,照亮他,温暖他,鼓舞他,引领他走向星辰大海。

小米粒获得省里儿童涂鸦画展的一等奖,她拿着奖状和画对梁云霄说:"爸爸,等展览完了,我就把这张画送给你。"梁云霄亲了小米粒一口说:"好,爸爸一定一辈子收藏在身边。"梁云霄就把这张画拍了照片,发给了何梅,随手又把它设置成了自己的手机屏保。何梅看到小米粒的画,又听说画作获奖很高兴,打电话过来说:"小梁,我决定做一桌子菜,祝贺我们的小米粒获得人生第一个大奖。"

梁云霄觉得,他该带着小米粒回一趟海山。丁春草的身体不太好,旅游淡季来东海住过一段时间,月塘湾的海水开始变蓝,她就又回去了。贻贝海鲜面馆已经成了月塘湾5A级景区的网红打卡点,旅游旺季,一天卖出过三千多碗贻贝面。这已经不是挣钱的问题了,"体验十里红妆,吃丁妈贻贝面"已经成了月塘湾的旅游品牌。梁家的小白楼成了月塘湾的一个景点,十里红妆从月塘湾码头到小白楼,这段渔村路成了梁宝赚钱的利器,可没人知道,当年那个新娘已经深埋在了不远处的海底。梁云霄跟宁虹和宁海魁商量,准备等宁霞祭日回一趟月塘湾。梁宝打电话说,月塘湾文旅集团推出了一个项目,叫开渔节海上烟火。梁云霄离开海山之后,除了宁霞祭日,他很少回来,即便回来也是来去匆匆。至于宁州或海山港,他几乎没再去过。

梁云霄博士读的是机械力学,毕业后就留校,现在已经是副教授了,也成了国家级海洋工程研究所的研究员。罗子坤十分重视梁云霄的两个课题:一个课题是宏观的,叫东海港口群江、海、陆、铁、空立体联运信息化平台;一个课题是微观的,叫数控智联码头。这两个课题从未来十年看,都是很有前瞻性的。

罗子坤给了梁云霄两个保障:科研经费和科研人才。两个课题刚通过国家送审,就被宁州海山港和海都大洋港盯上了,经费很充足。至于人才,东海交大从来就不缺人才。在东海交大,梁云霄就是个传奇。关于他的坊间传说,被演绎得神乎其神。他们这个学长,有过两个大港建设的经历,有着两项国家级大项目,上过桥吊龙门吊,下潜过海底,可上九天揽月,可下五洋捉鳖。梁云霄的两个实验室,都是热门项目。梁云霄带了两个研究生,一个是机械力学专业的,一个是海洋信息化专业的。两个人一瘦一胖,一高一矮。高瘦的叫张世恒,矮胖的则是一名巴基斯坦留学生,名叫斯哈。宁虹和小米粒戏谑地称他们为梁博士的哼哈二将。宁虹也硕士毕业了,她主要的研究方向是国际多式联运与信息化。宁虹毕业后在梁云霄的课题组里做助理研究员,梁云霄的哼哈二将,归宁虹管。

梁云霄带着拿了奖状的小米粒去何梅家里吃饭,路上接到了宁虹的电话。宁虹说:"梁老师,宁州海山港的颜总来了。"

梁云霄离开海山港的第二年,海山港IPO被彻底终止,宁州、海山两港采取股权置换的方式合并成立港口集团重新上市。宁州—海山港口管委会的牌子被摘了下来,宁州海山港口集团的牌子在宁州挂了起来。横在两港之间的那道铁栅栏终于被拆除了,两港实现了彻底的资产融合。

港口集团成立后,以此为平台对东海五家大港口进行了大整合,集团从各市国资委收回了港口资产,由此结束了东海港口群雄逐鹿的局面。为了推进两港真正融合,徐正生以副省长的身份兼任了海山市市委书记,跟市长周晓乙搭档。颜辉做了港口集团的总经理,两港合并后,宁州港和海山港相继成了集团的分公司。宁海楼和姚江河都退休了,在省海洋港口发展委员会做顾问。

宁虹接着问梁云霄:"颜总问你晚上有空吗?"梁云霄说:"颜哥来了,有空没空也得见啊。小米粒拿了画展一等奖,何老师要办庆功宴。吃饭就算了,我们去青藤茶餐厅喝茶聊聊天,我也很长时间没见他了。"数控智联码头的课题出来之后,国内外十几家港口都在联络合作的事,他的电话就一直不断。这几天,他钻在实验室里梳理数据,工作电话就交给宁虹了。梁云霄猜测,颜辉这次从宁州港赶来,也是冲着这两个课题来的。

宁虹听完后高兴地说:"我们家小米粒真是棒,我安排好之后先去罗老师家,我们好好给她祝贺一下。"宁虹是个合格的助手,工作安排得井井有条。只是,她仍然没有开始一段恋情。张世恒曾试着追求过她,结果碰得满头包。

罗子坤年纪大了,他的活动太多,项目也很多,人一旦太累,身体就有些糟糕。可他还是闲不住,这又刚从海都大洋港回来。大洋港的三期工程已经开工了。这两年,大洋港发展势头很猛,去年拿下集装箱标箱的全球第一。他建议梁云霄把数控智联码头课题放在大洋港,梁云霄说他还没想好。

梁云霄带着小米粒进了罗家。十几年了,罗家没有太大的变化,只是人都见老了。何梅是真的显老了,脸上虽然没有太多的皱纹,但头发都白了。她也不去染发,说是要保持鹤发童颜。何梅拿过许多国际大奖,她教出来的学生也遍及世界各地,在油画界算得上是大拿。可是,她从来没有像今天这样高兴过。她抱着小米粒亲了又亲,不停地竖起大拇指说:"星辰大海,海中白象。太有想象力了。不,这就是爱的力量。"何梅说着,不禁泪眼婆娑,"宁霞要是能看到这幅画该有多好。"小米粒就说:"何奶奶,我妈妈肯定能看到的。海中白象是月亮的化身,她会发光。"何梅收住眼泪说:"对,你妈妈会发光。"童言无忌,梁云霄心想,宁霞就是个能发光的人。

罗子坤也很伤感,但他还是忍住了,说:"这个时候,就别说那么多悲伤的事情了。来,大家都高兴起来,为小米粒拿到人生中第一个大奖干杯。"小米粒举杯跟大家一一碰杯。

饭后,梁云霄和罗子坤说,颜辉晚上要来找他。罗子坤说:"我知道,这个颜辉很能干,宁州、海山两港合并之后,以资产融合为纽带,彻底把两港捆在一起了。可人的思想转变还是需要一个过程。我觉得,数控智联码头的课题你还是尽量在大洋港落地。这些年,大洋港没起内讧,已经完成了电气化初期改造,而宁州、海山两港大部分还是柴油动力。还有一点,国家产业链日趋成熟,长三角不仅是国家经济的发动机,也是全球经济的发动机。海都是国际化大都市,更是长三角经济的龙头。有句话,我必须告诉你,东海是中国的东海,不仅仅是东海省的东海。你要以全球化的视野去看这个问题,否则,宁州海山港和海都大洋港就会重蹈过去宁州、海山两港的覆辙。"

梁云霄说:"我懂,老师,我相信颜辉也懂这个道理。我打算把东海港口群江、海、陆、铁、空立体联运信息化平台这个项目给他们,我想利用宁州的地理条件,先把宁州港跟'世界工厂'金州的陆港连接起来,实现火车直接进港。"罗子坤点了点头说:"嗯,这就对了。可是这个项目很费钱。"梁云霄说:"那我先摸一摸颜总的口袋,看看钞票够不够厚。"罗子坤呵呵笑了。

2

  青藤茶餐厅依然是上大学时候的样子,闹中取静,古色古香。唯一有所变化的是,老板把墙凿开了,在运河边弄了个小码头。一部分客人从喧嚣的闹市进了茶馆,不愿意待在茶馆,就从小码头上了船,一边欣赏东海运河的夜色美景,一边喝茶品茗。梁云霄按照宁虹发给他的房间信息去找颜辉,颜辉却打电话让他到码头上来。梁云霄在码头上找到了等他的颜辉,二人上了小船,梁云霄这才发现,小船的小桌子上摆放的不是茶具,而是醉蟹、海蜇、牛肉、茭白四碟精致的小菜和两坛状元红老酒。梁云霄在罗子坤家已经喝了些白酒,就问颜辉说:"颜哥,不是说喝茶,怎么改喝酒了?"颜辉说:"君子之交淡如水,朋友无酒不成席。来,我们两个喝点老酒,聊聊天。"梁云霄笑着说:"这个理由,可以有。"两个人就推杯换盏,小酌了起来。

  天空下着蒙蒙细雨,运河两边红灯笼星星点点,颇有一番情趣。

  梁云霄猜得没错,颜辉是为两个课题来的。梁云霄端详着坐在对面的颜辉。颜辉人胖了许多,眼袋也很大,显然是熬夜太久造成的下眼睑充水,五十岁不到的人,鬓角也有了白发。他最近的压力很大。颜辉说,事实上,他从东海省海洋港口发展委员会成立那天起,就没有睡过一个囫囵觉。当初叫停了海山港的IPO,深夜停牌了宁州港的股票,宁州、海山两地立刻炸了锅。颜辉一边喝酒,一边讲述着宁州—海山港刚撤掉中间那一道杠时的情况。

  颜辉说:"你不知道,当时那是乱成了一锅粥。周晓乙先找到当时的徐主任,两个人吵了一架,紧接着,宁州市的党政一把手找到了省里。争论的焦点都是港口资产的问题。这些年,两地在两港上的投资可不少。也就是祁书记有魄力,不然这事还真难落实下去。"

  梁云霄问:"我听说为了能把事情落实下去,徐副省长下到海山做了市委书记。"颜辉笑着说:"宁州的书记、市长都是副省级,祁书记为了顺利推动两港融合,可见是下了很大的决心。深化港口一体化改革是国家重大战略,两家港口捆绑上市,就是要打破体制的壁垒,彻底地把两座港口融合起来,实现彻底的一体化。"颜辉接着又说:"神仙打架,凡人遭殃,你小子是不是提前得到了什么消息,自己先逃跑了,留下你老哥我在火上烤。"梁云霄苦笑着说:"我哪有这能耐。当时我是一门心思要推进港口的技改,只是在那种情况下,根本推不动。你说我逃跑也对,但我当时更多的是迷茫,我不知道前面的路该怎么走了。"颜辉也感叹说:"是啊。十几年都推不动的改革,很难一蹴而就。你可能不知道,祁书记当时的压力也很大。"

颜辉讲了当初东海省委书记祁明跟宁州、海山两地领导谈话时的情景。这件事在坊间流传了很久,梁云霄多少也知道一些。当时,祁书记对两地的领导严肃地说:"你们要站在全局上看问题,看大,不要看小。两座港口给城市创造的GDP不过区区百亿,但未来港口的江海联动将会为东海省,乃至周边外省,增加几万亿的经济增长。"祁明还向他们讲了中央领导对东海港口战略布局的总体规划。十几年前,这位中央领导在东海任职时布下的这盘大棋,看到的不仅是东海,还有长三角的全局、国家经济战略的全局。

颜辉说:"当时两地的领导都没有表态,他们还心存幻想,祁书记就生气了。他告诉周晓乙几个人:'你们要是觉得干不好、不好干,就回省里来,我换人去干。'"梁云霄说:"这话是够狠的。我想没祁书记放这狠话,这事在海山真推行不下去。颜总,我听说徐书记到了海山也不好干吧?"颜辉说:"别提了,不是不好干,而是很难干。昨天还在骂你呢,说你跑了就不回去了,早把他这个大师兄给忘了。海山调整了经济战略,把发展现代化海上港城作为了重点,国家让海山做试点。你知道,海山的底子薄得很,资金需求太大,他的压力大得很。"

梁云霄长叹一口气说:"人苦点、累点没关系,就怕事情干得不顺心。"颜辉笑着说:"这话说得都对,可人活于世,有多少事是顺着你的心思来的?好了,酒过三巡,叙旧到此结束,我们说正事。你的两个课题,我都想要。"颜辉的话说得很有底气,继而他又说:"港铁联运的事,你的那篇论文刚一发表,我就开始着手布局了。金州市领导这几天也要过来。过去,他们的欧洲班列都是从新疆出国门去欧洲,火车要是进了港,他们就是两条腿走路了。港铁联运这事这两天就定下来,你的人要赶紧到位。"梁云霄笑着举杯说:"知己就是知己,来,我们干一杯。"两个人碰杯,杯中酒已经干了。梁云霄再去倒酒,却发现一坛黄酒已经见底。

颜辉打开另一坛说:"看来,今天我备的酒好像少了些。"酒坛打开,醇香四溢。颜辉倒满酒,接着又说:"那个数控智联码头的课题,我想放在海山凤凰湾。"梁云霄笑说:"颜哥,你是土匪吗?硬抢。"颜辉说:"这可不是我抢,是你们家徐老大。我这次出门的时候,他专门让我转告你,这事你要是不答应,以后你回海山,他可不理你。"颜辉说着,再次举杯:"小梁,徐老大对我们都有知遇之恩,来,我替他敬你一杯。"梁云霄端着酒杯,沉思许久说:"颜哥,话说到这儿了,我也不瞒你,这事我怕是要对不起你和大师兄了。这个课题,我打算给海都大洋港。"

颜辉一愣,叹了口气,没再说话。梁云霄说:"颜哥,我知道我做这个决定,你跟大师兄会不高兴,可我还得这么做,理由我不说,你也懂。颜哥,宁州港跟海山港合并之后,你现在也是东海巨无霸,你不会也把海都大洋港当成敌人了吧?"颜辉笑着说:"不能够,我有自知之明。吞吐量上我们是占优,但集装箱标箱这一块,海都的大洋港那才是第一。海都是国际化大都市,背靠国际金融,上接长江沿线五省,宁州和海山都比不了。另外,海都这几年区域竞争激烈,电气化水平也比我们高,数控智联码头落地海都去做试验田,我服。小梁,你做得对,来,我敬你一杯。"二人再次碰杯。梁云霄说:"徐书记那边,你怕是还得替我说说好话。"颜辉喝完酒说:"这事我不管,我只是个捎话的人。"梁云霄指着颜辉笑着说:"颜哥,你不替我说话可以,但只准添凉水,不准烧底火。"颜辉哈哈笑了。

颜辉喝着杯中酒问道:"小梁,你跟子期的事,是怎么打算的?"梁云霄说:"她刚升了副总,带着孩子在香港,也挺忙的。"颜辉叹了一口气说:"子期是个好女人,如果你心里没其他打算,那就赶紧把她娶了吧,这一转眼,也朝着四十上奔了。时光流逝,莫再错过了。"梁云霄苦笑着说:"颜哥,说实话,我们两个错过了太多。命运这鬼东西,确实磨人。"颜辉也苦笑着说:"我也说实话,小梁,我这十几年,遇到的女人也不少,子期是我最心仪的一个。当初,宁霞为我们撮掇,我也做了不少努力。可感情这东西,是勉强不了的。她心里有你,在经历过和宁嘉南的婚变之后,她不可能再把那颗心交给任何一个男人了。这一点,其实当时我就想明白了。"

梁云霄说："颜哥,我们俩之间的感情,可能很难用男女之间的爱情来概括。"颜辉说："我懂,更多的还有亲情。可是有件事我得提醒你。"梁云霄看了一眼颜辉,他已经醉眼蒙眬。颜辉说："你那个小姨子宁虹,怕是你跟子期之间最大的障碍。"梁云霄苦笑,没再说话。颜辉说："不是我替子期说话,这事对她不公平。"梁云霄说："这个我明白。"颜辉说："光明白不行,你得想办法解决。"梁云霄说："早些年,宁虹出现过一些心理问题,我怕逼得紧了,会出事。"颜辉摇头叹气道："你们这都是什么命啊。"

3

深夜,暗红色的灯笼把细雨朦胧中的运河点缀得格外古朴。梁云霄和颜辉在青藤茶餐厅码头下船,二人都有些微醺。宁虹和颜辉助理的车都停在茶馆门口,两个人见颜辉和梁云霄晃悠着出来,赶紧打着伞迎上来。梁云霄和宁虹把颜辉送上了车,看着车消失在朦胧的雨巷里。宁虹又扶着梁云霄上车,梁云霄说："也就几步路,我走着回去就行。"宁虹一脸严肃地说："你都喝成这样了,还能走?"宁虹在梁云霄的眼里,还是青涩稚嫩的。她穿了件白色的丝绸衬衣,搭配牛仔裤,长发松散地披在肩膀上,散发着青柠檬洗发水的淡淡清香。宁虹的发型、装扮跟宁霞年轻时一模一样。可是梁云霄心里,宁霞的影子像是越来越模糊了,他努力地想着宁霞的样子,可是却怎么也想不起来。宁虹越像宁霞,他脑海中宁霞的样子就越不真实。他打开手机,屏保上小米粒那幅画映入眼帘。他想起自己对小米粒说过的话:只要把她想成心中的样子,那她就是他深深思念的宁霞。

小米粒已经睡了,睡得很熟。宁虹悄声告诉他,小米粒等他等了很久。宁霞走后,小米粒一直跟着宁虹睡。梁云霄曾经告诉过宁虹,等小米粒上了小学,就在附近买一套大点的房子。学校为梁云霄安排了两室一厅的公寓,梁云霄跟宁海魁住一间,宁虹跟小米粒住一间。房子住得有些拥挤,但收拾得很干净。客厅靠阳台的地方放了一张书桌,梁云霄要加班的时候,就住在客厅。海山市纪委退还了宁霞的那些存款,梁云霄把钱交给宁虹存了起来。他计划等宁虹出嫁的时候,在宁州或东海买套房子。至于小米粒和宁海魁的生活,则由他自己来负担。宁虹坚决不要姐姐拿命换来的钱,她把钱都存定期,还给小米粒买了教育基金。宁虹洗完澡,陪小米粒睡了。梁云霄坐在客厅的阳台上,望着窗外夜色中的蒙蒙细雨。他想姚子期了。这时候,姚子期的微信来了,问他什么时候回月塘湾。梁云霄想了想,给姚子期回了一首诗:君问归期未有期,月塘夜雨涨秋池。何当共剪西窗烛,却话月塘夜雨时。姚子期看完,颇为感动。她知道,梁云霄跟她一样,都在思念着对方。

　　姚子期刚刚加完班回到公寓。几年英国大都市生活的经历,让她很快适应了香港的快节奏生活。姚子期是以普通求职者的身份入职HBR国际航运金融公司的,这是她答应汉斯和苏淑琴入职时提出的一个条件,她要求不能透露他们之间的关系,她想从头做起。公司的人力资源部总监一边翻看着姚子期的简历,一边端详着端庄靓丽的姚子期,有些愕然。HBR国际航运金融公司正在进军中国大陆航运金融行业,姚子期的学历、履历、行业经验,对公司来说无疑是雪中送炭。可是,眼前这个女人只想求得一个业务主管的位置。人力资源部总监告诉她,HBR国际航运金融公司亚太航运金融中心正在筹建,缺一个副总裁。姚子期用标准的英语告诉他,她不做副总裁,她想从亚太航运金融中心的部门主管或者是副主管做起,如果能分管新加坡、釜山、日本方面的业务更好。人力资源部总监十分诧异地问她说:"为什么不是中国?"姚子期说:"中国我太熟悉了,我想熟悉一下其他国家港口金融产品的开发和运营情况。"

　　就这样,姚子期做了亚太地区港口金融产品部的副主管,开始了紧张而繁忙的职场生活。香港的工作节奏跟她在海山朝九晚五的生活反差极大。姚子期的业务能力,很快引起了HBR高层的注意,分管副总拿着姚子期交上来的财报来找汉斯说:"本来可以拿高管年薪的高知人才,为什么喜欢干主管的业务?"汉斯笑着告诉他说:"这是一个目光高远的人。你们是不会理解的。"姚子期在亚太副主管、主管的位置上干了一年半,接着又去欧洲总部待了一年。汉斯和苏淑琴不干了,让她尽快返回香港。姚子期原本还想在英国再干一年,可是,小豌豆的成长出了问题。她不得已还是回到了香港,被董事会任命为分管投资公司的副总裁。

小豌豆一直是苏淑琴带的,姚子期从英国回香港过年时,发现小豌豆的行为表现越来越女性化。她就跟苏淑琴商量,想把小豌豆送回海山去,苏淑琴坚决不同意。苏淑琴把小豌豆出现这样的情况归结于姚子期不结婚、家里没有男人的原因。她希望姚子期尽快找一个男人成家,家里有了男人,小豌豆的成长环境就不一样了。苏淑琴不停地给姚子期安排相亲,几乎把身边熟悉的单身男人给姚子期介绍了个遍。虽然这些男人不乏商业、政界、律政精英,可姚子期还是忍无可忍。她对苏淑琴说:"你以为我是你吗,离开男人会死啊?"苏淑琴就对着她吐槽:"看,你就是逆向生长的结果,当初我把你放在港口,姚江河硬生生把你培养成了男人。"苏淑琴不同意姚子期把小豌豆送回海山,姚子期就在紫荆花公寓租了一套两居室的房子,搬出了苏淑琴的大房子。她雇了一个菲佣帮着操持家务,小豌豆还是由她自己带。她一个人虽然忙了些,但可以帮助小豌豆纠正一些女性化的动作。

姚子期把小豌豆的这个变化告诉梁云霄。她有些沮丧地说:"我真后悔把小豌豆带到香港来了。当初,就应该把他留给我爷爷和我爸,把他扔进港口的男人堆里去,说不定会有所改观。"梁云霄笑着说:"那倒也不一定。正好,暑期也到了,你带着小豌豆回来吧,我们一起回月塘湾,把小米粒他们都赶到大海里去。"姚子期高兴地说:"好。"梁云霄得到姚子期的积极回应,心里就很高兴。他到卫生间洗了个澡,一个人躺在宁海魁对面的床上,想着即将能见到姚子期,心里格外地甜蜜。

第二天,姚子期就去找汉斯请假,她决定带着小豌豆回海山。汉斯准允了她的假期,可他还是想了想说:"子期,我希望你晚走两天,斯蒂芬公司和斯兰特公司的高管到了香港,跟公司商议跟进山海国际远洋集团上市的事情,这个案子,我想让你来跟。"斯兰特、斯蒂芬、HBR三家公司入资山海远洋捆绑海山港上市,IPO已经彻底搁浅,姚子期也曾向汉斯建议彻底放弃。可汉斯认为,中国"一带一路"倡议朋友圈越来越大,对公司发展是个机会,就一直没有撤资。"这次跟上次不一样,斯兰特又有了新的布局。"汉斯说着,就给了姚子期一本厚厚的策划案,"你一边休假,一边好好看看这个案子。这件事我觉得靠谱。"姚子期接过策划案翻看了一下,顿时惊呆了。这是一份斯蒂芬、斯兰特公司跟山海国际远洋集团合资收购X国两家港口的案子。姚子期问:"您认为这个耗资百亿的收购案成功率有多大?"汉斯说:"目前为止,我认为成功率很大。"姚子期说:"那好吧。我认真看,提前做好准备。"姚子期说完,把策划案放进了自己随身带的包里。汉斯接着又说:"晚上的接待宴会,我希望你能参加。"姚子期对斯兰特不是很感冒,加之,她预测,斯蒂芬公司的代表很可能就是宁嘉南,就不太愿意去。可她望着汉斯期待的眼神,还是答应了。

香港太平山顶餐厅,身穿晚礼服的姚子期陪着汉斯和欧洲两大航运投资公司的代表见面。果然,来的代表都是她不愿意见到的熟人,一个是斯兰特,另一个就是宁嘉南。宁嘉南望着光彩照人的姚子期,内心极不平静,他也没想到会在这样的情景下遇到姚子期。两个人愣了很久,作为主人,出于礼貌,姚子期还是很不情愿地伸出手。宁嘉南跟姚子期握了握手说:"好久不见。"姚子期说:"是,好久不见,祝贺你做了斯蒂芬国际投资公司的总裁。"宁嘉南苦笑,没再接着话茬说下去。宁嘉南和赵艾米的婚姻,再次因赵艾米出轨陷入了极度危机。面对赵艾米的羞辱,宁嘉南忍了。宁嘉南把自己忍下这种羞辱,自嘲为西方的婚姻观。赵芬芳呵斥了赵艾米,安慰了宁嘉南。赵芬芳让宁嘉南考虑一下三个孩子,宁嘉南最终还是原谅了赵艾米。尽管已年近不惑,可他还是没明白赵艾米是不是真的爱他,他又是不是真的爱赵艾米。整个聚餐过程,他看了姚子期很多次,可是姚子期每次回应的目光都是冰冷的。他知道,他们之间已经覆水难收。

西餐很丰盛,可是姚子期这顿饭吃得很别扭。尽管如此,姚子期还是陪着汉斯完成了这次礼节性的会见。终于,汉斯举杯结束了这次难挨的聚餐。坐着缆车下来,宁嘉南在停车场对姚子期说:"子期,我想看看孩子,可以吗?"姚子期冷漠地看了他一眼说:"不可以。"宁嘉南说:"我知道你恨我,可是我有做父亲的责任,也有看他的权利。"姚子期冷冷地说:"你可以找律师,我们可以打官司。如果你想惹怒你的女人,失去你现在拥有的一切,请便。"姚子期轻蔑地看了宁嘉南一眼,上了自己的车,然后一脚油门就离开了,她不想多看那个男人一眼。

姚子期留下的那句话直击宁嘉南的软肋。和姚子期打官司争夺儿子的探视权,他敢吗?此刻的宁嘉南,真的不敢。宁嘉南在心里暗暗发誓:一定要让自己强大起来才行。

汉斯亲自开车送斯兰特回酒店。两个人是多年的老相识,斯兰特对汉斯把这个案子交给姚子期的决定表示反对。他说:"亲爱的汉斯,商场如战场,我还是建议你在商务活动中去掉你大学教授的书生气。我希望这次我们合作项目的具体细节,不要让姚子期参与。"汉斯一脸疑惑地问:"为什么?我认为她更了解中国的国情,更能为我们的项目服务。"斯兰特说:"我更了解中国的国情。汉斯,我们未来运作的这个项目,竞争对手很可能会是中国航运公司或者港口,让一个中国籍经理人来操作这个案子,不太妥当。"汉斯微笑着说:"宁嘉南也是中国籍。"斯兰特却告诫他说:"人和人是不一样的。"

4

姚子期收拾行囊,准备带小豌豆回海山。苏淑琴匆匆赶来劝阻,她以为姚子期是带小豌豆回海山港。苏淑琴说:"你不要担心经济压力,我有存款,有房子,拿着公司的分红,我还有国际高级会计师和高级经济师的资质,有会计事务、IPO团队……"姚子期笑着说:"你的这些跟我有什么关系,我没能力养他吗?"苏淑琴说:"这些都是你的,都是小豌豆的。"苏淑琴说得很真诚,也是她的真实想法。苏淑琴跟她的第二任丈夫离婚后分到了家产,在香港算是富人。现在,她的生活里就只剩下钱了。年龄越大,记忆的闸门想关都关不住。过去,她努力用繁忙的工作来打消一切念头,可是去年,她得了一场病,割掉了一只乳房,暂停了手头的工作。空闲下来,她就会在空荡荡的山顶别墅里想念姚子期,回忆自己曾在沧海孤岛的那些日子,回忆姚江河和她曾经有过的、甜美的、酸涩的、痛苦的爱恨情仇。

小豌豆也不想离开香港,这里有迪士尼、摩天轮、游乐场、浅水湾,还有宠爱他、能满足他任何要求的外婆,更多说着英语的小伙伴。虽然他偶尔也会想起海岛上的外公、外曾祖父,跟他玩得很好的小米粒,可是,香港现代生活方式还是让他很留恋,但他拗不过严厉的母亲。小豌豆从记事起就很怕姚子期,他哭闹的时候,只要看到姚子期的脸板起来,立刻就会停下来。单亲家庭的孩子都很有危机感,很害怕生命中的唯一依靠会消失。当然,他也知道外婆的阻拦是没用的。高傲的苏淑琴哀求着姚子期:"子期,别把小豌豆留在海山,我求你。"望着苏淑琴这个样子,姚子期的心就软了,于是,她笑着说:"我就想暑期带他回海山一趟,还没想好是不是把他留在那儿。"

苏淑琴不信。姚子期清楚苏淑琴的小心思,她是想跟着去。姚子期试探地问了一句:"要不,你也跟着我一起去?"苏淑琴就高兴地答应道:"好,我这就回家收拾东西。"姚子期只得无奈摇头。她觉得大病之后的苏淑琴变得很可笑,有时候刁钻刻薄得像个市井妇人,有时候幼稚单纯得像个孩子。只是慢慢地,她也明白了,其实,人老了真的就跟孩子一样,很害怕失去唯一的依靠,心高气盛的苏淑琴也不例外。

姚子期把自己的行程告诉了梁云霄。梁云霄激动不已,晚饭的时候,他跟宁虹和宁海魁说,暑期他想带着小米粒到月塘湾住一段时间。小米粒高兴得手舞足蹈,宁虹和宁海魁也很高兴。宁海魁说:"你们去吧,我守家。"宁虹就说:"要去还不得一家人都去?我回宁州接上我爷爷,我们一起去。"梁云霄要接待姚子期一家三口,宁虹这样安排,他觉得有些不妥。宁虹见梁云霄眉头紧锁,显然知道自己提出的安排有些唐突了,于是她解释道:"我想我姐了,想去看看她。"宁虹这样的理由无可反驳。梁云霄便说:"那就大家一起回去吧。"小米粒兴奋地拉着外公去收拾东西。宁海魁经过长时间的康复训练,装上假肢后,竟然奇迹般地站了起来。虽然走路有些蹒跚,但在小米粒和宁虹的鼓励下,他每天都在练习行走。宁海魁觉得,但凡他有站起来走路的希望,他就不会放弃。毕竟,他已经拖累宁霞和梁云霄太多了。

盛夏的月塘湾迎来了一个家庭旅游团,丁春草在码头上等来了一大帮客人。梁云霄带着宁虹、宁海魁、小米粒,宁海楼带着齐英、宁五洲,姚子期带着姚四海、姚江河、苏淑琴和小豌豆都来了。这个暑期,观澜居四套民宿木楼没有接待游客,因为人一下子住满了。沙滩上帐篷支起来,潜水的潜水,钓鱼的钓鱼,好不快活。小豌豆和小米粒在大海边玩沙子、玩水。小豌豆果然神态、举止有点像女孩,说话也有点嗲声嗲气的,尾音向上挑。姚江河、宁海楼、姚四海和宁五洲四个老男人看了,都很痛心。海边长大的男人,站在海里是根擎天柱,倒下是条浪尖上的船。

梁云霄却和大家说:"大家千万不要指责他,这样孩子会产生自卑心理。回港口待一个暑假,很快就会调整好的。"看着小豌豆的样子,梁云霄替姚子期着急的同时也不禁感慨,跟小豌豆相比,小米粒无疑是幸运的。她人漂亮、聪明、有礼貌,做事有主见,也很自信,说话像个小大人。梁云霄很感激宁虹的付出,虽然她很年轻,但还是让小米粒感受到了母爱的温暖。小米粒跟小姨和外公的感情都很好,亲情总是难以割舍的。梁云霄不敢想象,宁霞走后,如果没有宁虹照顾小米粒,他们一家的日子会怎么样。可是,看着宁虹以一副女主人的样子在招呼姚子期一家人,梁云霄心里还是有些别扭。颜辉说得没错,宁虹就是他和姚子期在一起的障碍。

物以类聚,人以群分。梁云霄突然觉得,把这么多人聚合在一起,就是个易炸的火药桶。他把宁虹叫到一边说:"你来做这个旅游团的团长,出了麻烦你解决。"宁虹顿时发起愁来:"这里面最难搞的是我爷爷和姚爷爷,除此之外,还有苏阿姨和我伯母。"梁云霄就笑着说:"你能把这个团长做好,将来去带数控智联码头的团队就没问题。"

宁虹就开始动脑筋,琢磨着如何带好这个团。她决定采取人盯人的办法。她先找了宁海楼和姚江河说:"二位伯伯,你们要各自管好各自的爹,别让他们吵架。"紧接着,她又去找丁春草,希望她能帮助自己盯着苏淑琴。丁春草把贻贝海鲜面馆交给了三嫂,也加入了这个大家庭的旅游团。姚子期和梁云霄没想到,苏淑琴和丁春草竟然聊得很起劲,能说会道的齐英倒像是个外人。宁虹心里清楚,苏淑琴在姚子期和宁嘉南的婚变上,对齐英耿耿于怀。齐英也在责怪苏淑琴没有带好他的孙子,生生把一个男孩子带成了女娃娃。

宁虹跟丁春草商量说:"阿姨,你陪好苏阿姨就行了,我伯母这边我看着。"宁虹很能干,性格也有些像宁霞。丁春草去省城看病的那些日子,都是宁虹照顾的。梁云霄省城的家里,宁虹拾掇得很利索,把小米粒、梁云霄的生活也料理得很好。细心的丁春草还发现,宁虹对梁云霄有些一厢情愿。私下里,丁春草就告诫儿子说:"你没这个心思,就跟她说清楚,别耽误了人家。"梁云霄哭笑不得地说:"该说的我早就跟她说了,就差撵她出门了。可她这种情况,我能撵吗?"丁春草叹了口气说:"儿子,你遇到的怎么都是愁人的事。"

观澜居的阳台上,梁云霄向宁海楼、姚江河询问起了港口的情况。姚江河、宁海楼在任上没有实现两港的真正融合,现在两个人都退休了,却总能见上面。颜辉喜欢召集两个人开会,要么带着姚江河去宁州,要么带着宁海楼来海山。颜辉很谦卑,也很有魄力。宁州、海山两港合在一起,干部职工还算满意,只是海山港的情况还是不如宁州。李子木把港口搞得乌烟瘴气,上市也没上成,干部职工心情很郁闷,士气很低落。国际钢铁和煤炭市场低迷,海山港的财务情况不太好。海山港干部职工的工资跟宁州的相比差一大截,大家的意见也很大。姜思远到了退休年龄,人还没有退。卢明做了总经理,手腕还是软了些。

姚江河看一眼梁云霄说:"当初你要是不走,海山港或许会好些。徐书记现在的日子也不好过,他想做很多事情,但主要还是缺钱。"宁海楼苦笑着说:"老姚啊,咱们都退下来了,就别管那么多了,海山港在你的任上能干成这样,已经很不错了。小梁,你千万别听你师父的,海山不能回,你要回也是回宁州。你的两个课题我都看了,落地宁州,天时地利与人和,是事半功倍,可要落地到海山,我看悬。港口技改的事就是个例子,你要是留在宁州,能有那'牢狱之灾'?"姚江河有些不服气,可宁海楼说的却是事实。在梁云霄被纪委带走的这件事上,姚江河一直内心愧疚。

三个人正在说话间,宁虹跑过来说:"快,二位赶紧把各自的爹从海滩上领回来吧,他们打起来了。"梁云霄、宁海楼、姚江河慌忙往沙滩上跑。远远望去,宁五洲和姚四海在沙滩上扭打在了一起。姚四海、宁五洲活了一辈子都不对付,见了面仍然是打着嘴上官司。尤其是在小豌豆的问题上,宁五洲私下里总跟姚四海较劲。宁五洲说:"当初就不应该把小豌豆带走,好好的孩子,现在跟个小娘们儿一样。"姚四海则又旧事重提:"那也比你们老宁家的人强,老太太靠墙喝稀粥,卑鄙无耻加下流。"两个人骂着骂着,就在沙滩上撕扯了起来。

梁云霄、宁虹、姚子期等几个人帮着宁海楼和姚江河把各自的爹领回观澜居的住处。宁海楼和姚江河就在各自的屋子里训斥自己的父亲,不该吵架、打架,让一大家子人看着难受。二人批评完各自的爹,回头又跟梁云霄讲起两个老人的现状。他们每天最喜欢做的事,都是站在港口桥吊塔附近的大海边,望着不停起降的集装箱发呆,有时候一站就是老半天。姚四海还是喜欢喝酒,早晨喝,中午喝,晚上还得喝,除了喝酒就是看桥吊机的起落。宁五洲的情况更糟糕,他已经有些老年痴呆,总是偷偷往宁霞出事的集装箱堆场上跑,而且还总迷路,有好几次都是被港口的保卫部门给送回家里的。宁海楼和姚江河聊起各自的父亲,都禁不住唉声叹气。梁云霄却很受触动,他说:"这就是他们这一代的港口工人,生于斯,长于斯,死于斯,他们的心里,除了大海和港口,可能也就没有别的了。"

5

白色的海浪一波推着一波,袭上金沙滩。姚子期、宁虹身穿游泳衣,披着防晒服坐在遮阳伞下,望着梁云霄带着两个孩子在沙滩上的浪涛里玩。宁虹直接跟姚子期摊牌说:"子期姐,我一直很尊重你,也尊重你跟梁老师的感情,你们怎么样我管不着,可我有一个要求,那就是别让我跟小米粒分开。我是我姐带大的,我姐走了,我得把小米粒带大。所以,你们要是再婚,把小米粒留给我吧。"姚子期微微一笑说:"这事好像你跟我说不着,你得跟你姐夫说。"宁虹继续保持着严肃的表情说:"我跟他说过很多次了,他再婚可以,必须把小米粒留给我。"姚子期没理会宁虹的咄咄逼人,仍然保持着微笑说:"这好像不太符合法律规定。"宁虹说:"我的命好像比法律管用。他要不答应,就试试看。"宁虹说着脱掉防晒服,露出年轻的身体。她起身冲向大海浪涛,朝着小米粒大喊:"小米粒,小姨来了。"

姚子期望着宁虹窈窕的背影,淡然一笑,摇了摇头。她不屑于宁虹的挑战,倒是有些心疼梁云霄。她很清楚,梁云霄是个内心敏感、有边界感、自制力很强的男人。上大学时,她的身材和容貌肯定比宁虹要好得多,梁云霄要想得到她有许多的机会,可是他没越雷池一步。二十天的欧洲之行,在异国有那么多独处的机会,他们甚至连一次暧昧的接吻都没有。梁云霄不是宁嘉南,他始终保持着一个男人的自制力和边界感。她猜测,宁霞去世后,宁虹一定让梁云霄活得很纠结和煎熬。

梁云霄带着小豌豆在大海上冲浪。梁云霄告诉小豌豆:"你是大海的儿子,大海的儿子是真正的男子汉,要敢于搏击风浪,迎接挑战。"小米粒戴着游泳圈一边游一边冲着小豌豆喊:"汉子死在浪尖尖,懦夫死在床板板。知道什么是懦夫吗?就是胆小鬼。"小豌豆则反击她说:"你才是胆小鬼。"梁云霄带着小豌豆拼命地搏击在浪涛之间。

宁海楼觉得,他这次带着齐英和宁五洲来月塘湾,有点欠考虑。他不知道姚子期还带了苏淑琴和姚江河、姚四海。于是,一周过后,他就决定辞别丁春草,带齐英和宁五洲先回宁州。当然,这次来,他还是很有收获。他看到弟弟宁海魁装上假肢能走路了,孙子小豌豆也见到了,他相信,梁云霄要是亲自上手教导,没定型的小豌豆肯定能养好。他最不放心的还是宁虹。私下里,他拉过宁海魁低声说:"海魁啊,宁虹年龄不小了,该嫁人了,她嫁了人,你也回宁州来。小梁这些年不容易,他也该有自己的生活了。"宁海魁点了点头说:"哥,我明白你的意思,等九月份,小米粒上了小学,宁虹嫁人不嫁人,小梁答应不答应,我都回宁州。你看,我这也能走两步了,不能总拖累别人。"宁海楼备感欣慰地说:"海魁,你能想到这一点,我很高兴。尽快回来吧,老屋我收拾好了,到时候,我也搬回去。我们跟爸住在一起。"宁海魁高兴地点头答应。

宁海楼带着宁五洲走的第二天,姚江河也带着姚四海回了海山。姚四海虽然不愿意走,想多陪小豌豆几天,但姚江河对他说:"小梁要带小豌豆去冲浪,去潜水,要把他锻炼成一个真正的男子汉,您就别在这儿捣乱了。"姚江河临走之前跟苏淑琴聊了一次。苏淑琴得病做手术时,姚江河没去看她。姚江河问了她身体康复的情况,然后就告诫她说:"子期虽然跟你去了香港,但我不希望你对她的婚姻和情感生活干涉太多。"苏淑琴却一脸愁苦地告诉他说:"这事我们不干涉恐怕还真不行了。她一个女人带个男孩子确实不行,我们得劝她尽快找个合适的男人,赶紧成个家。"姚江河心想:你一个把婚姻和家庭当成裤腰带的女人,怎么突然对女儿成家这么重视了?他虽然心里不舒服,嘴上还是说:"她现在跟着你,你跟她说就行了。"

苏淑琴有些气恼地说:"我为她介绍了不少社会精英,可她就认准你的那个徒弟了。"姚江河说："他们也算是年少相识，真要走到一起，也没什么不可以。"苏淑琴很生气地说："他带着个瘫子岳父不说，还有个想做他老婆的小姨子。你得去管好你的徒弟，让他把跟子期结婚的心思收起来吧，别再祸害子期了。"姚江河说："这个事，我管不了。我劝你也别管，你越搅和越乱。"苏淑琴很恼怒，可姚江河没再理会她，带着姚四海离开了。

苏淑琴没办法，只好去找丁春草倾诉，丁春草听了，心里也替梁云霄发愁。儿子才三十几岁，还带着一个女儿，今后的日子还长，应该早点再婚。丁春草也不同意宁虹和梁云霄走到一起，姐夫娶了小姨子，两个人相差快十岁，传出去也不好听。

苏淑琴又说："宁虹的事如果他解决不了，我不同意子期跟他在一起。"丁春草苦笑着对苏淑琴说："这事我问过我儿子，他对宁虹没那个心思，就当她是个小妹妹。小米粒是她小姨带大的，不能硬撑她走。要不，我先找亲家公聊聊？"

清晨，月塘湾下起了绵绵细雨。宁虹起床就被宁海魁叫到了观澜居三号房。宁海魁对宁虹说："你陪着我到你姐墓上去看看吧，我想跟她说说话。"宁虹有些诧异地说："小米粒还没醒，离中元节还有几天呢。"宁海魁说："我们先去，我跟你也有话说。"宁虹有些不情愿地搀扶着宁海魁，沿着一条石板路朝着宁霞的墓地走去。宁虹摆放好水果供品，宁海魁冲着宁虹说："给你姐跪下。"宁虹没有听宁海魁的，她站在墓碑前，看了宁海魁一眼说："爸，我知道你想跟我说什么，你想说的话我姐临走前都跟我说了，可她的话我不同意。"宁虹望着墓碑上宁霞面带微笑的照片流着眼泪说："姐，我不管他姓梁的会爱上谁，跟谁结婚，我只有一个要求，我要把小米粒带大，直到她大学毕业。我不奢求姓梁的能像你活着的时候一样关爱我，只求他不把小米粒带走，这就是我的底线。"

宁海魁怒气冲冲地说："小米粒不是你的孩子，你不能拿孩子去逼你姐夫。"宁虹说："我没逼他，他一个男人，小米粒他是带不好的。哪怕是姚子期，你看她把小豌豆带成什么样了？"宁海魁说："等他们成了家就好了。"宁虹说："那我呢？没有小米粒，我活不了。"宁海魁怒吼道："宁虹，做人不能太自私！"宁虹说："爸，你说错了，我这是无私。我想好了，回东海我就去买房子，我把小米粒接走。他跟姚子期有儿子，小豌豆就是他的儿子，她姚子期带着儿子回来就是来找父爱的。"

宁海魁给了宁虹一记耳光,挨了打的宁虹没有任何反应。宁海魁说:"人活着得有自知之明,今天当着你姐的面,我打了你,是因为你该打。你知道你这样会让你姐夫多为难吗?"宁虹说:"他还说今生只爱我姐一个呢,我姐就不为难吗?你想跟我姐说什么就赶紧说,小米粒快醒了,她睁开眼找不到我会着急的。"宁虹说完,又对着宁霞的墓碑鞠了三次躬,说:"姐,你放心,我带你的女儿,比你带我差不到哪里去。这辈子,我就是死,也会把她带大,培养成才。"宁虹说完转身先走了,她身后传来宁海魁悲怆的哭声:"小霞,爸对不起你,对不起小梁啊……"宁虹没有理会宁海魁的哭诉,她虽然没哭,可心里很悲伤。

从墓地回来,宁虹就给小米粒穿衣服,她要带小米粒离开月塘湾。小米粒哭着不愿意走,宁虹的脸就拉下来说:"你要是不走,小姨就走了,你以后别想再见到小姨。"小米粒就不哭了,乖乖地跟着宁虹去月塘湾码头乘船。梁云霄和丁春草追到码头。宁虹找的借口是小米粒的幼小衔接班要开学了,她得去上课。交大附小的学生卷得厉害,不上补习班,一年级上课,她肯定跟不上。梁云霄知道宁虹在耍小孩子脾气,没拆穿她。小米粒委屈地说:"豌豆哥哥就不上补习班……"宁虹眼睛一瞪打断她说:"豌豆哥哥人家在香港上学,人家外婆是富豪,你是什么?穷人家的孩子。穷人家的孩子只有靠自己。"梁云霄的脸色不好看了,说:"宁虹,你怎么能跟孩子这样说话?"宁虹说:"怎么,我说得不对吗?"梁云霄苦笑着说:"你说得对。可是,我的孩子,我有我的方法来教育。小米粒,到爸爸这儿来。你跟豌豆哥哥再玩几天,跟爸爸一起回去。"

小米粒怯怯地望着宁虹问:"小姨,可以吗?"宁虹看了一眼小米粒说:"你自己选。"宁虹的这句话,一下子把梁云霄给惹怒了。梁云霄厉声喝道:"你为难一个孩子干什么?你有什么资格让她选?太过分了!"宁虹一下愣住了,梁云霄的狠话终于说出口了。宁虹还想说什么,宁海魁也赶到了码头。他厉声喝道:"宁虹,你不作能死吗?不想待,你就跟我走,真是胡闹得没边了。"

丁春草一脸歉意地挽留宁海魁:"亲家公啊,好不容易来一趟,怎么说走就走呢?宁虹,你们都留下,多玩几天,等中元节给宁霞上完坟再走。"宁海魁说:"亲家母啊,感谢你的好意,住那么久了,也该回去了。"这时,船到了,宁海魁对宁虹说:"你不是闹着要走吗?走吧。"宁虹看着抱着小米粒一脸怒气的梁云霄,哭着跳上了船。船走了,小米粒担心地对梁云霄说:"小姨这次是真的生气了。"

宁虹走的时候,姚子期带着小豌豆还没起床。苏淑琴看到梁云霄抱着小米粒回来了,宁虹和宁海魁却没有回来,心里一下子明白了。她跟着丁春草去了小白楼。丁春草说:"虽然很为难,我还是去找亲家公了。他是个明事理的人,也是个苦命人。"苏淑琴见丁春草很难过的样子,就安慰她说:"我们这也是为了宁虹好。"丁春草不再说话了。苏淑琴有些尴尬地说:"妹妹,我也该走了,海山还有点事。"丁春草竟然也没挽留她。

梁云霄送苏淑琴到码头乘船。苏淑琴对梁云霄说:"小梁,说实话,我是不看好你跟子期的婚事的。而且,你的生活里还有一个宁虹,我心里就更别扭。可是没办法,她心里除了你,没有别人。你们年龄都不小了。希望你能把宁虹的事处理好,不要再让岁月蹉跎了。"梁云霄说:"我会的,阿姨。"姚子期知道宁虹和宁海魁走的事情后,就对梁云霄说:"这事怕是又让你为难了。"梁云霄说:"没事,是该做决断的时候了,否则,对你很不公平。"姚子期无奈地说:"这对宁虹来说,也很残酷。"梁云霄说:"时间越久,就越残酷。"姚子期点了点头说:"是啊,如果这样想也没错。"

梁云霄无疑是教授水上、水下技能的好老师。从大学开始,这是他挣钱生存的技能。梁云霄像是为小豌豆打开了征服大海的奇幻之门,很快,小豌豆、小米粒跟着他学会了冲浪和潜水的基本动作。这天,梁云霄牵着小米粒的手跟姚子期商议,打算带小豌豆去玩潜水。姚子期微笑着说:"人我交给你,你想怎么折腾就怎么折腾,千万不要心疼他。"梁云霄问姚子期:"要不,我们一起下水吧?"小米粒也鼓动说:"干妈,我们一起陪着男子汉去潜水。"姚子期想起大学时梁云霄教她潜水的样子,也心动了。

月塘湾的潜水场开辟了儿童潜水区域,水不是太深,里面放养了很多五彩缤纷的鱼类和珊瑚虫,很是漂亮。梁云霄和姚子期拉着小豌豆、小米粒下潜到了三米深的海底。姚子期的身材除了丰腴一些,和年轻时没什么变化,梁云霄则变得更加健硕。小豌豆刚到水下,显得胆怯拘束,他紧紧地抓着梁云霄和姚子期的手。小米粒就显得大胆得多,她在梁云霄的鼓励下,松开了梁云霄的手,在水下翩翩起舞。小豌豆也很快就被水下美妙奇幻的情景给迷住了。成群的、色彩艳丽的鱼儿在身边游来游去，仿佛触手可及，却又很快像鸟儿一样飞走了。水下还有漂亮的珊瑚，珊瑚下又有各种海螺、贝壳，一只像云彩一样的水母空悬在水中，仿佛是一个奇幻的世界。慢慢地，小豌豆松开两人的手，开始按照梁云霄教他的动作跟海底世界的生物打着招呼。慢慢地，他开始和小米粒在水下狂欢……

日子就这样悄无声息地流逝，小豌豆的潜水、冲浪、游泳技术日渐娴熟。梁云霄每天带着小豌豆，姚子期每天带着小米粒，感情也日渐融洽。

中元节这天，姚子期要梁云霄陪着她单独去了一趟宁霞的墓地。事实上，梁云霄上午已经带着小米粒去过了。姚子期在墓碑前对宁霞说："宁霞，对不起，我又要走了，暂时还无法兑现你对我说的话。我等宁虹彻底长大吧，等着她做出最终的选择。"梁云霄站在一边，听着姚子期嘟嘟囔囔说了很久的话。之后，两人回到观澜居的阳台上，望着夜色中的大海聊天。

梁云霄问姚子期："你刚才跟宁霞说了些什么？"

姚子期说："如果有机会，我会告诉你的。"

第二章

1

姚子期接到汉斯的电话,说公司要举办一个欧亚国际峰会,要她尽快回香港商议筹备工作。回去之前,姚子期在青藤茶餐厅单独见了梁云霄。这地方她熟,大学时经常到这里来。那是个下午,茶馆里的人还不多,外观变化不大,进去却别有洞天,后门开了,小码头上船来船往。梁云霄说:"等你下次回来,我们晚上再来,晚上的运河上别有一番风景。"姚子期说:"好。"两人坐下喝茶,聊起了宁虹回家后的情况。梁云霄带着小米粒回到家中时,宁海魁已经被宁海楼接回宁州了。宁海魁的理由是,他想回宁家老屋住上一段时间。那地方院子大,他练习走路更方便。另外,宁五洲总是走丢,他和宁海楼跟父亲住在一起,相互也有个照应。宁虹则坚持在交大附小对面买了一套二手房,三室一厅,正带着哼哈二将兴师动众地搬家,而且还专门为梁云霄弄了一个像样的书房。

姚子期笑着说:"宁虹动静还挺大。"梁云霄说:"她爱怎么折腾就怎么折腾。那房子反正我不去住,小米粒也不准去。"姚子期劝慰梁云霄说:"这些年,宁虹也不容易,小米粒要真想去住,你也不用拦着,她对孩子是真的好。她不在的这几天,小米粒不好带吧?"梁云霄说:"还好,就是晚上她一个人住一个房间,不肯入睡。"姚子期笑了笑说:"慢慢习惯就好了。"

姚子期低头操作着手机,她给梁云霄发送了一个精美的电子邀请函,说:"我发给你一个东西,你看一下。"梁云霄打开,发现是一张国际航运联盟欧亚峰会论坛的邀请函。姚子期说:"这届峰会是我们公司办的,联盟轮值主席汉斯把会议筹备工作交给了我。届时全球各大航运巨头将汇集香港维多利亚港,进行营运联盟、财务联盟、物流联盟,全球航运、港口企业进入了大联合、大交融、大共享的时代。这次峰会的主题就是:联合、交融、共享。"

梁云霄看完邀请函,笑着说:"感谢姚女士的邀请,不胜荣幸。"姚子期说:"你可千万别感谢我,鉴于东海交大梁云霄教授在国际航运行业学术界的地位和声望不断提升,论文曾一度成为航运行业争相付诸实践的范本,组委会要求我务必邀请到你。欢迎赏光。"二人礼节性地握手,然后都笑起来。

黄昏时分,两人出茶餐厅的时候下起了雨,梁云霄准备开车送姚子期母子去机场。姚子期说不用,她叫了车。梁云霄和姚子期打着雨伞等车,他把雨伞朝着她的身子倾斜着,另外一个肩膀就露在了伞外面。姚子期挽住了他的胳膊,把他的身子拉进来,两个人的头就碰在了一起。姚子期踮起脚尖,一下子就吻住了他的嘴唇。他怔了一下,一只手揽住了她的腰肢,一只手打着雨伞,把她的唇完全地吻住了。雨伞罩住了两个人的头,他们吻了很久。这一吻,迟到了十几年,烟雨流连醉三生。她嘴里的茶香还没有散尽,还带着那种久违的馨香。

网约车停在他们对面不远的地方,在雨中打着双闪,雨刮器来回摇摆,司机隐约能看到对面的两人在亲吻。终于,他们停下来。姚子期狠狠亲了梁云霄一口,在他耳边轻轻说:"既然你迟迟不愿低下高贵的头颅来吻我,那就让我踮起脚尖来吻你吧。"姚子期说完,冒着雨跑向了网约车。梁云霄还愣愣地站着,心想:我们的爱情是不是现在正式开始了?

网约车很快开动了,他看到姚子期按下车窗冲他喊:"我们香港见。"

姚子期走了,梁云霄很期待和她再次相见。回到学校后,梁云霄开始考虑这次峰会的事。他写了很多论文,也参加过很多类似的国际峰会。有时候,罗子坤不愿意参加的会议就让他去参加。渐渐地,梁云霄成了业界崭露头角的新星。他把自己准备的发言主题《中国海上丝绸之路,智慧开启人类与海洋命运共同体之路》发给了姚子期,内容重点讲的是在经济全球化背景下,国际航运的联合、交融和共享以及中国大港的扛鼎担当。

宁虹很想参加这次峰会,她向梁云霄提了,梁云霄不置可否,只是把发言稿交给了张世恒和斯哈,让他们再核对一遍数据。宁虹立刻就敏感起来,她觉得梁云霄这次去香港肯定不会带她了。从月塘湾回来,宁虹以为梁云霄会再跟她讲一通大道理,结果他什么话也没说,对她的事情也不过问。宁虹搬家没多久,在新买的房子里住了半个月,人又回来住了。她找了许多搬回来的理由:实验室上班不方便,接送小米粒要过马路不安全,小区停车也不方便,交警动不动就贴罚单,等等。梁云霄没反驳,没制止,大有一副你爱怎样就怎样,漠不关心的样子。

梁云霄的不管不问,反而让宁虹很失望,很生气,也很伤心。小米粒放学后,何梅早早地给接走学油画去了,很晚才回到家里。宁虹搬走后,梁云霄在她住的那间屋里添置了一张上下两层的儿童榻榻米床,有楼梯一样的收纳柜,造型卡通,样式很可爱,小米粒很喜欢。小米粒睡上面,下面就成了她摆满毛绒玩具的儿童乐园。宁虹再回来,直呼梁云霄把她扫地出门了。梁云霄也没跟她吵,帮着小米粒把毛绒玩具收到楼梯的收纳柜里,一脸严肃地对小米粒说:"小米粒,你已经上小学了,以后要单独睡在上面,知道吗?"继而,他严肃地对宁虹说:"你爱小米粒,这没有问题,可她已经上小学了,可以一个人睡觉了,你不能一直惯着她。"宁虹点了点头。

宁虹在下铺铺着自己的床单和被褥,心里有些甜蜜。梁云霄没下狠心赶她走,说明她在这个家里还是有位置的。

梁云霄原本打算带哼哈二将去见见世面,但两个人很奇怪地一致举荐宁虹跟着去。梁云霄笑了。这两个家伙,好像早就看出了宁虹想跟着他去香港的心思,主动放弃了。梁云霄把宁虹叫来,宁虹似乎已经提前做了不少功课,拿着厚厚一摞产品资料说:"梁老师,我知道我们这次去香港要摸排智联芯片的市场情况,所以我已经带着张世恒和斯哈先筛选了几家公司的同类产品做了质量、价格对比,这是资料,您先看一下。"

梁云霄翻看了一下资料,果然做得很详细。不得不说,宁虹是个得力的助理,做事很仔细,也能未雨绸缪。梁云霄赞许地看了她一眼说:"你先筛选一下,工业芯片,不一定要最贵的,但一定要最合适的。国内的也选几家,我们要跟他们进行实质性的接触。"宁虹问:"要跟大洋港方面进行沟通吗?"梁云霄说:"你先带着张世恒去大洋港,跟他们技术部的杨总工接触一下,看一下他们的预算。国企的钱不是橘子皮,要把价格压下来。这个系统要在东海港口乃至全国大港普及,如果价格太高,会增加运营成本。"宁虹高兴地走了,为梁云霄做事,她心里很欢喜。

宁虹越来越觉得自己离不开梁云霄。最初,她以为她不愿离开梁云霄的家,更多的原因在小米粒身上。可回到学校之后,她发现不是。她更加坚定地认为,她是爱上梁云霄这个男人了。她觉得,自己对这个男人的爱,比姐姐宁霞的爱更疯狂,更彻底。晚上闭上眼睛,她想的是这个男人;睁开眼睛,第一个念头就是渴望看到这个男人。她愿意为这个男人奉献自己的一切。从青春期开始,她的心里就没有除他之外的任何一个男人了。他是她的氧气,她的水,她的光,失去他,她会枯萎、会窒息。有时候,她也会为自己这样病态的、疯狂的、痴迷的爱感到恐惧,她不能想象失去他自己会怎么样。她心里也很清楚,这个男人不爱她,她的爱是没有结果的,甚至连开花的机会都没有。他的爱给了姐姐,姐姐走后,他的爱转移到了姚子期的身上,可她还是控制不住去爱他。

她不是没有接触优秀男人的机会,也不是没吸引社会精英的资本。她有漂亮的容貌,性感的身材,聪明的头脑,不差的学识。这几年,追求她的男人有很多,可这些男人都无法走进她的心。她的心里永远把爱定格在那样一个画面里:健硕俊美的男人,戴着头盔,风驰电掣地从跨海大桥上疾驰而过。后车座上,坐着长发飘飘的少女,少女把脸和身体紧贴在那个肌肉凸起的脊背上,跟他融为一体。她就是这个男人身体的一部分,离开他,她就像是风中飘荡的那片叶子,会在这个世界上消失得无影无踪。梁云霄的那辆摩托车,宁虹视若珍宝,虽然搬了几次家,可每次宁虹都把它当成重点保护对象,还定期对车体、零部件进行擦拭、保养,所以那辆车虽然是老爷车,但性能一直还不错。

宁虹和张世恒一起到大洋港商议数控智联码头项目预算。大洋港对课题落地的事很重视,预算不断加码。技术部的杨总工更是豪情万丈,他对宁虹和张世恒说:"请回去转告梁教授,我们有信心把这个项目做成精品。大洋港去年已经坐上了全球集装箱标箱第一的宝座,这个项目一旦运营,将是全球第一个数控智联无人码头,这将是世界航运史上划时代的里程碑。"杨总工的话,把宁虹和张世恒血脉里的激情点燃了,两个人激动得不行。宁虹说:"杨总,您尽管放心,我们回去之后,一定会向梁老师汇报,和他一起把这个项目做好。"

夜里,宁虹和张世恒住在道桥集团旗下酒店最好的楼顶海景房。直到晚宴快结束的时候,她才知道,这家酒店是张世恒家的。宁虹接触的男人中,算得上是她的男性朋友的,也就只有张世恒了。张世恒是梁云霄大学同学张达的堂弟,张达虽然已经是国内民营航运企业巨头,但在他们张家的商业版图里,只能算是小板块。张世恒的父亲张道,也就是张达的小叔,那才是家族的扛鼎大拿。张道早年收购了海都的一家工程机械厂,后来企业就发展成了国际上屈指可数的上市公司道桥重工,全球五分之一的港口、铁路、桥梁、建筑塔吊、桥吊、起重机设备都是张家产的。张世恒虽然是个富二代,秉性却跟张达有着本质的区别。他为人不张扬,做事很认真,算是梁云霄开门收下的第一个弟子。张道和张达带着家眷亲自出面宴请了他们二人。宴会上,张家人对宁虹亲热得有些过分,直觉告诉宁虹,张家人已然把她当成张家未来的儿媳妇了。

晚宴上,因为业务进展顺利,宁虹高兴地喝了点酒,面色绯红。送走众人,宁虹打电话邀张世恒到楼顶的小花园吹海风。万丈高楼,星辰大海,国际化海都的夜色很迷人。远处大洋港灯火通明,货轮、邮轮往来穿梭。小花园绿植葳蕤,花团锦簇。张世恒难掩内心的兴奋和激动,他和宁虹很少有这样独处的机会。两个人吹着秋日的海风,望着迷人的夜景。张世恒期待着浪漫的事情发生,可是,宁虹接下来的话,却让他心情骤然变冷。宁虹严肃地对他说:"我明白你的心思,可是,我不是你要寻找的另一半,我的心,我的魂,我的一切都已经融进了另外一个男人的身体里。我们之间,不可能。"张世恒沉默了许久,说:"师姐,我知道你说的那个男人是谁。没关系的,我可以等。"

2

维多利亚海湾金融城的迷人夜色,对贾山来说,已不再是风景。他来的次数太多了,每次都住在这里,已经视觉疲劳了。他这次参加国际航运联盟欧亚峰会论坛,不是来当看客的,而是作为上市公司山海国际航运集团的董事局主席和即将上市的山海国际远洋集团公司的总裁做主题发言的。大时代的浪潮把这个生在凤凰湾孤岛上、初中都没读完的渔民的儿子推到了国际航运的巅峰舞台。胡玫准备了中英文版本的发言稿,他们要做同步发言。贾山提前三天来到香港,跟斯兰特、宁嘉南、汉斯商议了山海远洋上市的事。然后,就是胡玫带着他去免税城购置参加峰会和晚宴的行头。四套衣服,两个人花了小一百万。镜子前,他试穿了价值不菲的西装,胡玫试穿了镶钻的晚礼服。贾山有些恍若梦境,穿上西装的他和身穿晚礼服的胡玫,像是走上婚礼殿堂的新郎和新娘。

昨晚,在松软的席梦思床上,胡玫再次向他提出了结婚的事。贾山抚摸着她光滑的脊背,没有拒绝,也没有答应,这就是他的态度。自从胡玫提出去山海国际远洋集团做高管的想法被贾山掐死之后,胡玫就不再像以前那样谋求权力了,而是使出浑身解数,想要成为这个航运帝国的女主人。但贾山怎么可能让她如愿。贾山始终认为,女人就像海底的鳗鱼,光滑、狡黠,一旦拿捏不住,尖嘴利齿会朝着你的要害咬一口。金子就是这样的例子。这个该死的女人,就是她狠狠一口咬死了宁霞,也让他失去了梁云霄这个最好的兄弟。一朝被蛇咬,十年怕井绳。金子血淋淋的教训,让他提起来就咬牙切齿。金子从海外引渡到海山判刑之后,他从来都没去看过她,也不让小玛瑙去看。这样的女人,就是条臭鱼,臭死在监狱里最好。

两个人试穿了行头,开始换衣服。胡玫换衣服时从来不避他,赤裸裸在他面前展现妖娆的身体。胡玫的身材和容貌都是一等一的,可是面对这样的诱惑,贾山就像看维多利亚海湾的风景,同样是视觉疲劳,没有激情,没有冲动。生意做得越大,他的雄心也就越大,他在乎的是征服多少个商业对手,而不是征服多少个女人。这次峰会,张达也会来。他背后有海都国际金融的资本,有百亿级上市公司道桥集团的站台,可那又怎样?这次峰会,他只能是台下的看客。这次峰会,山海远洋和斯蒂芬公司、斯兰特公司、HBR公司的战略联盟才是主角。贾山换了休闲装,显得很干练。胡玫换了一件宝石蓝的连衣裙,戴着新买的首饰,显得很华贵。贾山看一眼胡玫,就要她换身简单的衣服。胡玫很不理解地说:"我这样不漂亮吗?"贾山瞪了她一眼说:"我们去机场接人,你漂亮有什么用?"胡玫有些不愿意,但还是迅速换了一身职业套装。他们要去机场接客人,宁嘉南和赵艾米到了。现在,斯蒂芬公司是贾山最大的金主。

两个人坐上公司在香港办事处的奔驰商务车前往机场。路上,李子木打来了电话。李子木辞职了,在山海国际做了执行总裁,名义上是职业经理人,实际上也是大股东。他的股份不多,但代持的股份不算少。没让李子木来参加会议,是宁嘉南的主意,他们现在有些貌合神离。宁州公司主打的是泊位、货场租赁和航运物流业务。宁州、海山两港合并之后,颜辉把两港的泊位、货场的转包业务全部收回了公司,航运物流业务也开始跟内陆港口实现无缝对接,实现航运物流的互联互通,终结了货物中转市场的混战局面。当然,颜辉也没把民营公司的口子收得太紧,山海国际和山海远洋毕竟也是他的大客户,两个人的来往还算密切。

李子木接管山海国际后,就开始进军海外航运市场金融板块业务。他利用跟银行、金融机构的关系,做远洋期货、船舶代理、堆场、仓储业务。李子木辞职后,表面上跟周晓乙日渐疏远,可私下里两个人却走得很近。而在山海远洋这边,贾山和宁嘉南的关系看起来亲密无间,可李子木曾私下嘲笑道,贾山就是宁嘉南砧板上的一条死鱼。这话传到贾山耳里,他也只是笑笑。

贾山和胡玫在机场贵宾厅接到了宁嘉南和赵艾米。宁嘉南身穿一套西装,身形高大挺拔。赵艾米衣着华贵,但人却很瘦,很憔悴。贾山暗自庆幸他让胡玫回去换了身衣服,不然,胡玫的招摇一定会让赵艾米不高兴。斯蒂芬公司的真正当家人不是宁嘉南,而是赵艾米的外婆赵芬芳。贾山指着胡玫对赵艾米说:"赵总,从今天起,胡秘书就是您的助理,有什么事,您就吩咐她替您去办。"赵艾米在山海国际和山海远洋都有自己的眼线,知道胡玫跟贾山的关系,也很清楚她在山海集团的颐指气使的做派。此刻,她望着一身职业装打扮,软语谦卑的胡玫,还是很满意地点了点头说:"那我就恭敬不如从命了。"贾山、胡玫把宁嘉南和赵艾米安排到酒店,然后四个人去吃夜宵,接着再去夜场喝酒,娱乐到下半夜才散去,各自回房间睡觉。赵艾米对贾山的表现很满意,她对宁嘉南说:"亲爱的,我觉得这个贾山,真是让人刮目相看。"宁嘉南也说:"这个人的变化还是挺大的。"

第二天,贾山让胡玫陪着赵艾米、宁嘉南去澳门玩,他一个人拎着礼品去看苏淑琴。贾山去看苏淑琴,是为了实现宁嘉南的一个愿望。宁嘉南知道姚子期带着儿子姚遥在香港,他想看一眼儿子。贾山先给苏淑琴打了个电话。苏淑琴不在山顶别墅,说是在姚子期家里教外孙弹琴。贾山心里一阵狂喜,就带着厚礼敲开了姚子期家的大门。苏淑琴不讨厌贾山。山海国际用的是她和汉斯的IPO团队,前些年宁州、海都有些民营企业在香港上市,贾山的公司在这里面算是发展得比较好的,公司财务报表年年看好,股票市值稳中有升,这让苏淑琴在业界说起来也很有面子。

小豌豆上了小学二年级,身体也健壮了起来,说话彬彬有礼,钢琴弹得也像模像样。贾山为他带来了新款苹果平板电脑和高端的乐高战舰拼图,这些都是小豌豆最喜欢的礼物。小豌豆很高兴,亲热地叫他舅公。贾山打发小豌豆去房间玩乐高,就跟苏淑琴聊起姚子期和梁云霄的事。贾山说:"大姐,我认识梁云霄不算晚,还是插草为香、歃血为盟的兄弟,他也曾是我的外甥女婿。他这人没话说,是个好人,聪明、能干,跟子期也算是年少相识,感情笃深。可是,我也不看好他们再婚。婚姻不是谈恋爱,风花雪月搞浪漫,那得柴米油盐酱醋茶,一天一天过日子。梁云霄这人是工作狂,顾不了家,子期也是个女强人,舍不了事业。当然,这些都还不是最重要的,最重要的是梁云霄这个人太重感情,心太软。宁虹一直住在他家里,他撵不走。这事解决不了,他和子期再婚的事就得无限期拉扯,子期这个年纪,拖不起。"贾山的话很对苏淑琴的胃口,两人自然聊得很投机。

说话间,姚子期开门回家了。她进门看到贾山,先是一愣,再看苏淑琴,显然和贾山聊得很开心,就知道他们肯定没少聊自己。贾山没等她下逐客令就起身告辞了,毕竟他来拜访的目的已经达成了。

贾山走后,姚子期对苏淑琴说:"妈,这个人我不喜欢,以后别往家里领。"苏淑琴说:"是他自己找来的。"姚子期生气地责怪苏淑琴说:"你不告诉他,他怎么知道我住在这里?以后,我不希望在家里看到他。"

3

夜色中的维多利亚海湾紫荆大厅,国际航运联盟欧亚峰会论坛盛况空前,来自全球的一百二十家重要港口、三百多家企业参加了这次会议。中国来了颜辉等几十家大港的负责人。熙熙攘攘的嘉宾沿着大厅的红毯走来。宁嘉南挽着夫人赵艾米,斯兰特、尼德和夫人艾丽斯缓缓走过红毯,大屏幕上出现了特写。姚子期穿着一身紫色天鹅绒的旗袍,胸前戴着礼宾花朵,隆重地介绍:"现在走来的是斯蒂芬国际航运集团公司副总裁赵艾米女士,斯蒂芬国际航运金融投资集团总经理宁嘉南先生,斯兰特国际航运集团总裁斯兰特先生,瑞典国际海事学院教授尼德先生,瑞典国际海事学院校董艾丽斯夫人……"众人掌声一片。

姚子期接着介绍:"后面走来的是东海交通大学教授梁云霄先生以及助理宁虹女士!"西装革履的梁云霄和身穿晚礼服的宁虹一起走在红毯上。赵艾米挽着宁嘉南的臂膀,望着站在峰会一侧鲜花簇拥的讲台边,用娴熟、纯正的英语介绍来宾的姚子期,这个女人今天真是光彩照人。

汉斯进行了主题发言,讲述了二十一世纪国际航运建立欧亚联盟的重要性,并宣布斯蒂芬公司、斯兰特公司和HBR公司三家航运金融巨头正式签约,共同打造欧亚金融体系,为全球航运企业服务。尼德教授则发布了二十一世纪欧亚航运企业及重点港口白皮书。梁云霄的发言更是语惊四座,他用一组翔实的数据概述了中国东海、渤海、南海重要港口为欧亚经济做出的贡献和重要的地位,讲述了中国航运经济的崛起以及未来中国海上丝绸之路规划,对构建海洋命运共同体乃至人类命运共同体的美好愿景做出了展望。

梁云霄说:"女士们,先生们,我赞同峰会组委会提出的联合、交融、共享的主题,但更提倡共同为构建海洋命运共同体、人类命运共同体奉献和担当。中国有句古话,水能载舟,亦能覆舟,所以我的主题词是:奉献、和平与担当。过去五年,全球航运吞吐量排名前十的港口,中国占了七个,很可能今后还会占据更多席位,中国港口、航运行业的崛起道路坎坷,步履艰难,可它必将乘风破浪,引领全球航运走进二十一世纪的大航海时代。中国的海洋经济发展和海洋经济战略,历来秉承合作、和平、共享、服务的伟大宗旨,不搞零和博弈,只搞合作共赢,共同为人类福祉服务……"台下掌声一片,参会的航运大佬们都对中国海上丝绸之路充满了期待。这场峰会,无疑是梁云霄的高光时刻。

峰会的晚宴在金色宴会大厅举行。尼德带着夫人向梁云霄走来。虽然他头发雪白,但精神矍铄。梁云霄和姚子期起身和尼德碰杯。时间如白驹过隙,尼德感慨万千地说:"梁,你的演讲很精彩,让我一下子想起了你当年在宁州的演讲,让我想起了那个青葱少年,那个差点成为我学生的梁云霄。而且,当年你所讲的一切,今天都实现了。"梁云霄说:"谢谢教授,我为我当时的年轻气盛深表歉意,对未能前往瑞典国际海事学院学习,未能成为您的学生深表遗憾。"尼德高兴地说:"不,梁,你还有机会。如果你愿意,你就来瑞典国际海事学院做交流学者,我们可以做同事,向全球更多的航运企业分享中国港口发展的成功经验和合作共赢的全球理念。"艾丽斯插话道:"我代表瑞典国际海事学院董事局向您发出邀请。"梁云霄说:"谢谢教授和夫人,但可能不久之后我就会离开大学,回到海港去了。"尼德一脸惊愕地问:"为什么?"梁云霄对尼德教授解释道:"中国要为全球航运企业提供一流的港口、一流的航运服务,还需要付出更多的努力。我们的事业都在大海上,不在讲台上。"尼德望着梁云霄刚毅的面孔,赞许地点点头:"你说得对,我们都是大海的孩子,都要回到大海上去。"

这时,颜辉端着酒杯走来。姚子期向尼德介绍说:"教授,这是宁州海山港的颜总。"颜辉向尼德和艾丽斯举起酒杯,真诚地发出邀请:"亲爱的尼德先生,我代表东海港口邀请您和夫人到东海港口去看看,那里的变化真的很大。"尼德答应着说:"我一定会去的,对海山那片看似浑浊却变幻无穷的海,我还是充满了向往。"几个人一边喝酒,一边气氛热烈地聊着。

赵艾米和宁嘉南也在跟贾山、胡玫等人碰杯交流。宁嘉南看着梁云霄和姚子期跟尼德谈笑风生。梁云霄变得成熟稳重,从容自信。姚子期面带微笑,端着酒杯站在梁云霄身边,她看梁云霄的目光充满了深情。梁云霄跟姚子期在一起的事,宁嘉南早有耳闻。他曾经不止一次地想,姚子期是不是真的爱过他。或许,在姚子期的心里,梁云霄从来没有离开过。如果是这样,那他们那些年的感情,又到底算什么呢?

赵艾米看到宁嘉南不时走神,心里很不高兴。这个会场上,她不再是焦点。会场上的几名女性中,姚子期端庄高贵,宁虹清纯淡雅,胡玫艳丽妖娆,都十分耀眼。而她,因产后抑郁,长期夜店酗酒,变得身材干瘪、容颜苍老,人也极其不自信。宁嘉南看姚子期的眼神,让赵艾米心情更加糟糕。她对宁嘉南说:"我累了,送我回去。"宁嘉南说:"亲爱的,我们要不要跟汉斯说一声?"赵艾米生气了,面色一变,厉声喝道:"听不懂我的话吗?我累了,送我回去。"宁嘉南知道赵艾米的神经质又犯了,慌忙说:"好,亲爱的,你别生气,我这就送你回去。"宁嘉南牵着一身华贵晚礼服、拖着长长裙摆的赵艾米朝着甲板下面走去。

出了金色宴会厅,赵艾米就开始发飙:"你心神不定地看着她和她的初恋,是吃醋了吗?是后悔了吗?可恶的东西,你把我给毁了,把我的一切都给毁了,你还后悔了?你算什么东西!"宁嘉南没有反驳她的咒骂,解释肯定会更加惹怒她,于是干脆保持沉默。他的沉默,却让赵艾米更生气。赵艾米继续骂道:"你默认了吗?你要是真后悔了,就赶紧滚到她的身边去。只怕你现在去跪舔她的脚丫子,她也不会理你了吧。没用的东西。"宁嘉南强压着内心的愤怒,但脸上还是在赔笑。

见宁嘉南陪着赵艾米提前离席了,胡玫问贾山:"老公,赵总的公主病怕是又犯了,我要不要去看看?"贾山看了她一眼说:"知道她犯病了你还去,找骂吗?"胡玫就闭嘴了。峰会后半段,贾山也代表山海国际远洋集团发言了。他的发言跟梁云霄演讲般的发言相比,黯然失色。胡玫的英语翻译也不太顺畅,在好几个地方卡了壳。下台后,贾山面对宁嘉南介绍给他认识的国际大佬,心里很自卑。他什么话也插不上,什么事也听不懂,就像对方眼中渺小的异类。他有些后悔来参加峰会,更后悔上台发言。当然,他觉得自己犯的最大的错误,就是没有先找一下和他下榻在同一家酒店的梁云霄。梁云霄毕竟是他的外甥女婿,而且还是亲手把他扶持起来的人。他后悔当初因为李子木得罪了梁云霄。昨晚,他在酒店大堂见到了宁虹,可宁虹对他视而不见,这让贾山的心情很复杂。

贾山和胡玫看到了宴会一隅的宁虹。宁虹正跟张达、大洋港的杨总工以及一帮供货商喝酒交谈,她的目光也不停朝着梁云霄那边张望。于是,贾山朝宁虹他们走了过去。张达端着酒杯祝贺贾山发言成功。贾山心里明白,张达这是在调侃他,奚落他,指不定心里在骂他是一头蠢猪。贾山带着胡玫跟张达几个人碰杯,私下里把宁虹拉到一边。宁虹不想理会他,可这样的场合也不好对他发火。贾山说:"小虹,舅舅知道,我很多事做得不对。可再怎么说,我也是你舅舅。舅舅求你,你跟你姐夫说,我有件大事拿不准,想请他给出出主意。"宁虹冷漠地说:"那我也求你,你别再害他了。"贾山辩解说:"我没想着害他,更不想害你。舅舅赞成你跟你姐夫的事,也帮了你。"宁虹一脸疑惑地说:"你帮了我?"贾山说:"当然。这次来香港,我去了苏淑琴那里,说服了她,她现在也不同意她女儿和你姐夫在一起。"宁虹半信半疑,对贾山说:"我的事,不要你管。"

4

赵艾米在宁嘉南的臂弯里终于睡着了。宁嘉南喂她吃了一颗安定。每天晚上,赵艾米都得靠药物才能熟睡。之后,他跟赵芬芳视频连线。大洋彼岸的赵芬芳看着赵艾米熟睡的样子,询问了宁嘉南峰会的一些情况。宁嘉南说:"外婆,接下来,汉斯要召集另外三家股东商议,艾米这种状态,恐怕不太行。"赵芬芳说:"你让贾山他们公司派个人把她先送回来吧,你在那边盯几天。记住,项目要实现我们主控,斯兰特是个老狐狸,李子木那边我也不太放心。收购港口的项目太大了,游戏规则必须由我们来制定,懂吗?"宁嘉南说:"我知道了,外婆。只是,我担心艾米,我还是想陪着她先回芬兰,然后再回来……"赵芬芳打断了他的话说:"等她醒了,我来跟她说。按我说的去做,明白吗?"宁嘉南望着床上酣睡的赵艾米说:"好,我听您的,外婆。"赵芬芳微笑着切断了连线。

第二天,赵芬芳要赵艾米提前返回北欧。赵艾米有些不愿意走,赵芬芳在电话里笑着对她说:"我亲爱的孩子,我看了峰会的实况视频,也看到了那个叫梁云霄的男人,同时也听说了梁云霄跟姚子期的事。你的丈夫即便想亲近这个女人,人家也未必看得上他,你放心回来吧,不会有问题的。"赵艾米想起梁云霄跟姚子期站在一起谈笑风生的样子,自己也会心地笑了。胡玫不想陪赵艾米回北欧,贾山却瞪着眼睛说:"这是你的工作,必须去。"

赵艾米提前走了,宁嘉南长出了一口气。贾山告诉宁嘉南说:"我已经见到你的儿子姚遥了,他比你想的还要优秀。"宁嘉南表面上波澜不惊,内心却激动复杂。贾山说:"你放心,这次我会让你见到他的。"

午后,维多利亚海湾边的咖啡馆里,梁云霄、姚子期、颜辉三个人喝着咖啡,讨论着宁州海山港是否应该加入欧亚国际航运联盟。姚子期说:"这次欧亚国际航运联盟,通过了港口、航运公司的盟约,几十个国家的百余家港口、航运企业成了联盟会员。粤港澳大湾区的几家港口和北方几家港口都已经签了,颜哥,我看你暂时还没签,你是怎么想的?"颜辉说:"这事我思考了很久,说实话,我有些心动。港口国际化,这一步最终还是要走出去的,这是个机会。"

梁云霄一直没说话,他盯着远处正在涨潮的大海想了很久。颜辉从下面踢了一下他的脚说:"说话。"梁云霄的意见却出乎他们的意料,他说:"宁州海山港在完成海、陆、空、信四港联动和港口自动化改造之前,我建议不加入任何由外方主导的国际联盟,这里面虽然有很多有利的地方,但也有很多坑。"姚子期说:"机遇和风险并存,如果有风险,可以让海山港先试一下水。海山还没通铁路,主打大宗散货业务,港铁联运的改造主要在宁州港,不会受影响。"梁云霄说:"我觉得还是要从这个联盟的局限性、海山港的独立性和活力、信息资源、核心机密等诸多问题上考虑这件事。"颜辉和姚子期都点了点头。

梁云霄接着又说:"颜哥,我认为,东海港口的技术改造和综合服务质量必须尽快提高,国际化浪潮已经到来,如果不是规则的制定者,势必将受制于人。你要想制定规则,你的运营管理和服务质量就得让别人服气。"颜辉说:"是啊,这才是问题所在,我回去之后会向省港口发展委员会提议。我的想法还是加入这个联盟,获取经验是需要冒险的。"

姚子期看了看表,起身说:"我得去学校接小豌豆。"颜辉对梁云霄说:"你们一起去吧,你们三口也好好聚聚。"姚子期莞尔一笑说:"你们两个接着讨论吧,我们三口不差这一会儿。哦,对了,颜哥,你要是做出决定了,尽快告诉我,入盟的最后期限还有半个月。"姚子期说完,起身走了。

颜辉问梁云霄他和姚子期的打算。梁云霄说:"我想尽快,可这事得听子期的。"颜辉笑了笑说:"很希望能早点喝到你们的喜酒,也希望你能把子期再拉回来。我现在独木难支,急需支援。"梁云霄笑着说:"做人不能太贪心。"颜辉笑了笑,接着问梁云霄:"港铁联运的项目什么时间可以开工?"梁云霄说:"回去后我会跟山海国际的小庞研究一下,主要是标箱港铁统一以及装卸问题。我准备直接上数控智联技术,争取一次性把技术性问题解决掉。"颜辉喝完杯子里的咖啡说:"我同意你的方案,这事要快。"

两个人在咖啡馆聊了很久,出来时,夜色已经朦胧。颜辉问:"我先回宁州了,你在香港还要待几天?"梁云霄说:"大洋港的数控智联项目已经开始了,子期给我介绍了几家芯片和传感器的供货商,我见完后就回去。"颜辉说:"那好,我在宁州等你。"

赵艾米走的当天傍晚,贾山开车带着宁嘉南偷偷找到了小豌豆所在的紫荆花小学。远远地,他看到了姚子期和一个菲佣领着一个小男孩上了车。望着自己的儿子,宁嘉南百感交集。贾山驱车跟着姚子期的车到了紫荆花公寓,看到姚子期下车,慌忙喊住了他们。姚子期看到宁嘉南,一脸惊愕。她把小豌豆交给菲佣说:"你带他先回去。"菲佣就带着孩子进了小区。继而,她冷漠地对宁嘉南说道:"我已经和你说过了,不要打扰我们的生活。"宁嘉南说:"我想跟你好好谈谈。"姚子期拒绝道:"我不想跟你谈,这件事也没得谈,如果你不想让儿子知道他还有你这样一个父亲,就请远离他。"宁嘉南说:"我就看看他,远远地看看他,也不可以吗?"姚子期说:"你已经看到了,你可以走了。"宁嘉南还想说什么,姚子期却警告他说:"你如果不想让赵艾米知道你现在所做的一切,你就赶紧走。我也不想再看到你。"姚子期说完,朝着楼上走去。

姚子期一进门,小豌豆就问姚子期:"那个男人是谁,我看到您跟他生气了。"姚子期说:"那个人是个骗子。现在的骗子很多,这样的人不管他对你说什么,你都不要相信。"小豌豆说:"我知道了。"姚子期对菲佣说:"这两天你带着小豌豆去我妈那儿住。"菲佣答应下来。

这时,汉斯的电话来了。汉斯说:"姚,你来一下公司,我们商量一下峰会闭幕和企业签约的事。"姚子期跟菲佣和小豌豆交代了一些事,然后拎着包离开了家。

宁嘉南躲在贾山的车里,情绪很低落。贾山看到姚子期出门上车离开,就对宁嘉南说:"要不,我们现在上去?"宁嘉南长叹一口气说:"算了。"他还是不想和姚子期撕破脸。他清楚姚子期的性格,弄不好,她真的会去找赵艾米。

汉斯找姚子期商议山海远洋、斯蒂芬、斯兰特公司合资收购X国两家港口项目的事。汉斯问姚子期:"这个项目你有什么看法?"姚子期说:"我不清楚公司决策的战略目的是什么,所以,我谈不好。"汉斯笑了笑说:"我们的目的只有一个,赢利。"姚子期想了想说:"那我就明白了。可我认为HBR不能冒着这样的风险,为他们的豪赌买单。我建议,斯蒂芬、斯兰特两家公司要有足够的资金和资产质押,否则,我们的风险很大。"汉斯点了点头说:"我同意。所以,我们要做好准备,实地考察一下X国艾利厄斯特和特雷瑟这两家港口的真实情况。"姚子期接着问汉斯:"是要准备一个高规格的签约仪式吗?"汉斯说:"当然,把舆论规格拉满。"姚子期说:"明白。"

国际航运联盟欧亚峰会论坛正式闭幕,这个环节大部分是企业间的签约环节。HBR国际航运金融公司跟斯兰特公司、斯蒂芬公司和山海国际远洋集团合作的签约仪式无疑很抢眼,姚子期本来不想再见宁嘉南,但汉斯坚持让她主持四家资本联盟的媒体见面会。宁嘉南、斯兰特、贾山、汉斯围坐在峰会论坛的新闻会客厅里,在姚子期的主持下,接受媒体的采访。宁嘉南近距离地坐在姚子期的对面,看着她冷静专业地和国际主流财经媒体记者进行交流。姚子期还介绍他说:"宁嘉南先生就是X国港口收购计划的主导者,接下来由他为大家介绍对艾利厄斯特港和特雷瑟港进行收购的具体情况……"

梁云霄带着宁虹不停地接触工业芯片供应商,和他们进行了前期沟通。几天谈下来,梁云霄觉得都不够理想,他希望能得到最先进的智能芯片,直接进入3.0版本的数控系统。目前德国汉堡港和荷兰鹿特丹港的自动化码头最先进,但至今也没有跨越1.0版本。港口的数控终端太复杂,对计算要求更严格。宁虹有些沮丧。这时,梁云霄接到了姚子期的电话。姚子期在电话里说:"我又联系到了几家数控芯片、传感器、电磁装置的生产厂家,他们可能明天一大早就要离港,你要是感兴趣,我把他们的电话发给你,最好今晚就跟他们谈。"梁云霄听到电话中声音嘈杂,姚子期像是喝了不少酒,就问她说:"子期,你好像喝酒了吧?"姚子期说:"没事,我,我还行,你去忙你的吧……"这时,电话里有男人用英语叫她,姚子期的电话就断了。梁云霄把厂家的电话交给宁虹说:"你先约一下这些人,等他们到了你们先开始,然后给我发个地址,我离开一下,马上就过去。"梁云霄心里清楚,作为峰会的主办方,散伙饭上的酒姚子期自然不会少喝。

联盟会员聚餐宴来了一百多个会员单位,接近两百名代表。姚子期要陪汉斯与会员一一话别,难免要喝酒。她尽量克制,每次就喝一点点,可架不住人太多。她不知不觉就喝多了,汉斯也喝多了,他们的助理也早就喝得没影了。

宴会结束,醉酒的姚子期在门口送着客人。等人都散去,她晃晃悠悠就要倒下,是宁嘉南扶住了她。微醺的宁嘉南搀扶着醉酒的姚子期往停车场走去,姚子期强硬地想推开他,结果没站稳,一个趔趄,差点摔倒,宁嘉南顺势就抱住了她,两个人的脸贴在了一起。宁嘉南看着粉里透红、面似桃花的姚子期,禁不住身心荡漾,不由自主地吻了上去。姚子期啪的一记耳光打在了宁嘉南的脸上,宁嘉南一下子愣住了。姚子期挣脱了宁嘉南,看到梁云霄匆匆赶来,姚子期张开双臂抱住了梁云霄。宁嘉南愣愣地望着梁云霄,一时间不知道该说些什么。姚子期搂着梁云霄的脖子,猛地亲了他一口,把紧攥在手里的车钥匙递给梁云霄,撒娇地对他说:"你怎么才来,给你钥匙,你送我回家。"

梁云霄对宁嘉南说:"宁总,你走吧,我送她回去。"梁云霄抱起姚子期走向停车场。

宁嘉南醉眼蒙眬,眼看着姚子期被梁云霄抱走了,心里顿时五味杂陈。海风呼呼吹来,宁嘉南走在香港喧嚣的大街上,心里突然觉得空荡荡的。

梁云霄抱着姚子期,把她放在了床上。他找来毛巾,为她擦了擦脸。清醒了一点的姚子期一下子抱住了梁云霄的脖子,呜呜地哭了起来。这一夜,姚子期像是找到了出口,把对宁嘉南满腔的恨意和对生活的无奈一股脑借着酒劲全都吐露了出来。姚子期哭着说:"这个浑蛋,他还跟踪了我和小豌豆,他求我允许他见小豌豆,我是不可能让他见的。这一生,他都是我永远抹不掉的耻辱。"

梁云霄一直在听她说,直到她说累了,趴在梁云霄的腿上睡着了。半醉半痴的姚子期在睡梦中呢喃着一首诗:"君问归期未有期,月塘夜雨涨秋池。何当共剪西窗烛,却话月塘夜雨时。"

梁云霄抚摸着她的脸说道:"子期,你要是想好了,咱们就回家。"

5

宁虹一直没有等来梁云霄,就借故打了个电话给他。梁云霄告诉她说:"你按照我给出的条件跟他们谈吧,如果能满足我们的要求,我再跟他们谈。"宁虹陪着两个供应商喝酒喝到很晚。他们也没有梁云霄所要的数控智能芯片,但是他们可以根据梁云霄的要求顶层设计做集成芯片,荷兰对芯片的制造有着得天独厚的条件。宁虹和这两个供应商聊得很顺利,等送走他们,宁虹难掩兴奋地再次给梁云霄打去了电话。电话刚通,宁虹就听到了姚子期在梦中的呢喃。宁虹知道梁云霄跟姚子期在一起,心里很不舒服。宁虹说:"这边客户在等着你,你倒好,乐不思蜀了。"梁云霄的衣服被姚子期给吐脏了,没有找到换洗的衣服。他把衣服洗了,放在空调口吹着。姚子期半睡半醒着,还在不停絮语。菲佣带着小豌豆去苏淑琴家了,梁云霄不可能把姚子期一个人放在家里。于是,他对宁虹说:"我这边走不开,聊完你就先回去休息吧。"宁虹很气恼地说:"陪女人重要还是事情重要?你……"梁云霄说:"你是要教训我吗?"

梁云霄说完就把电话挂了,宁虹备感委屈,返回酒吧要了一打啤酒,自己喝了起来。宁虹想起这几年在梁云霄那里受到的委屈,一边流着眼泪,一边用喝酒来发泄自己的愤怒,一边还给梁云霄打电话、发微信。可是,她的手机迟迟没有动静。两个年轻的男子走过来,其中一个矮个子靠近她说:"小妹妹,不要一个人想不开啊。"宁虹醉眼蒙眬地看了他一眼,伸出手指戳着他的胸口,愤怒地学着梁云霄的口吻一字一句地说:"你——是——要——教——训——我——吗?!"矮个子一愣,笑着伸出手指对着宁虹的胸一字一句地说:"你——不——要——戳——我,你戳我,我也要戳你了。"宁虹顿觉受到了侮辱,操起酒瓶就往矮个子的头上砸去……

凌晨,姚子期被梁云霄的手机铃声给吵醒了。梁云霄一直没睡,此刻正在卫生间冲澡。手机在不停地响,姚子期挣扎着起来,替梁云霄接通了电话。只听电话那头用粤语说道:"请问,你是梁先生吗?这里是九龙警局,有一个叫宁虹的女孩涉嫌故意伤害,请你到警局来一趟。"姚子期一下子就给吓醒了,她翻身起床,敲着卫生间的门说:"梁云霄,你赶紧,宁虹被警察抓了。"

梁云霄和姚子期开车来九龙警局接宁虹。两个人了解情况后才知道,她在酒吧用酒瓶砸了人家的脑袋。那人是潮州来的游客,伤不太重,构不成轻伤,加之是他调戏在先,宁虹被免于刑罚。梁云霄把宁虹保释了出来,宁虹低着头走出警局的门,不理会梁云霄和姚子期。梁云霄知道自己不应该让宁虹单独去酒吧里跟客户谈业务,不顾及她的人身安全,他向宁虹道歉说:"对不起,是我的错,我不该把你一个人留在酒吧。"

宁虹仍然不说话,闷着头朝前走。姚子期深深自责起来,她也不停地道歉:"宁虹,这事怪我,是我喝多了,吐了梁老师一身,他没有衣服换,所以……"宁虹冷冷地说道:"你不用解释,是我人太贱。"梁云霄知道越跟她解释,她就越来劲。他给姚子期使了个眼色,让姚子期先走。第二天,梁云霄没让姚子期送他们去机场。一路上,宁虹没有理会梁云霄,梁云霄也没再跟她提起这件事。

宁虹从香港回来,跟梁云霄一直冷战。小米粒也被她戗得不敢靠近她,悄悄问梁云霄说:"爸爸,你怎么把我们家宁美人给惹成这样了?"最近一段时间,小米粒一直这样称呼宁虹,希望能让她高兴。

大洋港的数控智联码头顺利开工,数控智联控制和终端设备仍然没有得到有效解决。荷兰和德国工业自动化程度比较高,他们那边倒是能生产这样的数控和终端设备,但这样的硬件很难买到手。梁云霄还有另外一种担忧:系统硬件一旦拿到国外生产,势必会泄密。梁云霄、宁虹、张世恒带着采购单跑了几家中国公司,好在工业智能芯片对体积的要求不太严格,找来找去,在深圳和海都找到了两家公司,算是找到了替代方案。宁虹就是个小孩子脾气,梁云霄摸准了在她生气的时候越理会她,她越来劲,所以就像是什么事都没发生一样跟她相处,她反倒不再纠结了。一天,趁着宁虹高兴,梁云霄就问她:"你怎么就把人家的脑袋给砸了?"宁虹说:"谁让你不回我电话。你不是不回吗?我让警察找你。"梁云霄哭笑不得,把大洋港数控智联码头的项目交给了她,让张世恒配合她。

大洋港的码头设备都是道桥重工集团量身打造的,梁云霄想把终端问题交给厂家解决。张道得到这个消息,第二天就让张达和团队来到了东海。张道是顶级的商人,他从这个项目里嗅到了无限的商机。无人码头是全球港口和航运行业跳起来才能够触到的天花板,它的市场前景不可估量。梁云霄带着张世恒在青藤茶餐厅宴请了张道和张达。张达感慨万千地说:"老四,这些年我跟我小叔从商,在资本市场里滚来滚去,最终才弄明白一个道理:科学技术才是核心竞争力。我小叔把一个几百人的小厂打造成百亿资产的重工集团,把日本、德国的重工集团都给干趴下了。贾山当时还是一个半文盲,靠着你帮他弄的那个国际标准集装箱厂,现在也成了资本的宠儿。过去我一直迷信资本,结果这么多年过去了,我现在还是个跑船的。"

张道笑着对张达说:"张达呀,做人逐利不能太短视,你看不见,就走不到。不是小叔批评你,你跟小梁这个兄弟处短了。"张达看了一眼梁云霄,一脸羞愧。梁云霄慌忙对张道说:"小叔,这话也不能这么说。张达在我们同学中干得算不错的了。"张道接着说:"小梁,你别给他打掩护。他是我侄子,秉性我最清楚,从小爱打小算盘,看小不看大。"张达嘴里嘟囔着:"小叔,你别老揭人短。"

张道说:"小梁不是外人,我实话实说。集装箱标箱厂的事,小梁当初就是给了你,你也不见得比贾山干得好。你干不好,小梁就很被动。"张达承认这是事实。

张道又说:"小梁,既然你看得起道桥重工,这事我肯定给你做漂亮。大洋港数控智联码头示范区的设备,根据你的设计,桥吊、龙门吊、摆渡车、叉车、起重机全部去油改电,改交流电,改锂电,要做我们就做国际一流的。"

梁云霄激动地道谢:"那就先谢谢小叔了。世恒,倒酒,我敬你爸爸一杯。"

张道是个雷厉风行的人,当天就指定团队去大洋港签合同,配套设备半年之内必须生产、安装完毕。张道带着张达一行人离开后,梁云霄专门跟张世恒谈了一次。梁云霄问张世恒:"我知道你喜欢宁虹,我也认可你,但我得提前给你打预防针,她因为原生家庭带来的心理问题不小,你急不得,过程中可能还得受不少委屈。如果你受不了,那谁也帮不了你。这些年我把她当成我的亲妹妹,甚至跟小米粒一样,当亲闺女。"

张世恒人有些腼腆，但真诚，他说："师父，我知道她在拿您做标杆，我没您那样优秀，可我是真心喜欢她，也会为她而努力，做一个值得她爱的人。"

　　梁云霄拍了拍他的肩膀说："好，我相信你。"

　　宁虹和张世恒去大洋港盯项目，临走前，把家里的水电卡充满，柴米油盐酱醋茶全部购置齐备，冰箱里塞满了生鲜。走的这一天，她把一把钥匙用红布条系起来挂在小米粒的脖子上说："小姨去项目上了，你必须遵守好跟小姨的约定，听爸爸和何奶奶的话，晚上按时睡觉，早晨起床洗漱，吃早饭不能磨蹭，家里有监控，小姨每天都会检查的。"梁云霄笑着说："你别没完没了，好好干你的项目。"

　　宁虹走了，梁云霄带上斯哈去了宁州，港铁联运项目正式启动了。

第三章

1

日本宫城海域的捕鲸船上,一条刚被猎取的成年虎鲸正在被宰杀、分割,废弃的肢体被抛弃在海里,鲜红的血在海中漫延,大批的凶鱼蜂拥而至。斯兰特要用鲸鱼最宝贵的鲸脑和身上长满的鹅颈藤壶,招待来自欧亚国际航运联盟中的几位航运巨头。这次国际航运联盟欧亚峰会论坛,斯兰特被推举为联盟的主席,汉斯为副主席,宁嘉南为秘书长,他们正跟日本三井公司在内的几家超级航运巨头谋划,如何在中国航运这个超级金矿中掘金。

大海波涛汹涌,甲板上血流成河,船舱里谈笑风生。清水出锅的鹅颈藤壶被端上来,配着清酒,鲜美无比。斯兰特头发有些花白,声音有些嘶哑,但面色红润,底气十足。他招呼众人品尝分到盘中的美味,众人品尝后,都赞不绝口。斯兰特指着盘中的鹅颈藤壶说:"这道美味,是鲸鱼身上的附属物,人们叫它鹅颈藤壶,或者海鸡爪。大家可能要问,我为什么要请诸位吃这个,我讲一个过去的故事,再讲一个未来的设想,大家姑且听听。"

众人一边品尝美味,一边听这个捕鲸人的后代讲古。斯兰特说:"上个世纪七十年代末,中国的南海也好,东海也好,渤海也好,大大小小的都是渔港,即便是货运港口,他们的船也不过万吨,那时候,他们就是大海里鲸鱼身上的附属物,也就是我们盘子里的菜。刺身也好,清煮也好,都是我们的美味。"众人听了都笑了。斯兰特夹了一枚鹅颈藤壶放进口中,喝了一杯清酒,接着说:"可是,四十年,也就四十年,他们成了凶猛的鲸鱼。未来若干年,它将成为一头海上巨物,他们会将海上丝绸之路沿线的航运大单吞卷干净,而在座的诸位,将会成为他们的附庸。"众人立刻停住了手里的筷子。斯兰特继续说:"这不是危言耸听,而是我过去几十年目睹的,未来也将由诸位亲眼见证。"众人不住点头。斯兰特拍了拍手,厨子端上来了鲸脑。斯兰特说:"所以诸位,今天我请大家吃这道菜,鲸脑。大家都是聪明人,这才是我们的主菜。"众人若有所思。

这一年,宁州海山港光芒四射。国际海运联盟行业年会上,中国宁州海山港再次以全球吞吐量第一的业绩荣登榜首。颜辉代表港口集团领取了国际海事协会的金锚大奖,斯兰特为颜辉颁奖的照片一时间刊登在全球各大媒体上。太平洋的暖流开始东移,台风季节来临之前,亚太地区港口集装箱一箱难求,国际集装箱价格不停攀升。作为欧亚国际航运联盟会员港之一,颜辉代表港口集团向全球客户承诺,宁州海山港仍然秉承"强港兴国,服务世界"的宗旨,价格不涨。一言既出,订单雪片般飞来。望着应接不暇的中国港口服务区,欧亚国际航运联盟的会议室里,斯兰特脸上露出了令人难以捉摸的微笑。

颜辉捧着沉甸甸的奖杯载誉归来,心情却十分沉重。从国际航运联盟欧亚峰会论坛归来,宁州海山港也曾为是否入盟展开过激烈的讨论。党委会上,多数人还是同意加入联盟。只是入盟之后,欧亚盟友的船只在宁州海山港的停靠、加油补给的数量翻倍地增长,这给原本就紧张的锚地造成了拥堵。尤其是海山港,六条国际主要航道交错穿过海域,港口泊位不堪重负。

梁云霄一语成谶。

颜辉在大海边找到了正在为宁州港跟江港、河港、陆港、空港的数据联动发愁的梁云霄。实验室里的模拟是一回事,除了技术方面的瓶颈需要突破,真正需要突破的还是思想上的壁垒。首先是港口联动的问题,要解决江海、河海、公路、铁路、航空的货运业务问题,实现物流联动、资源共享,需要突破的障碍太多了,宁州海山港口集团只是一隅,要谋长三角流域的全局,不知道有多少环节、多少数据、多少困难在等着他。当然,这还仅仅是对内的困难,对外还要面对欧亚同行的围堵。时下,国际航运风起云涌,航运联盟群雄四起,欧亚航运市场一片混战。在营运联盟、财务联盟和物流联盟的时代,中国航运要想打破围堵,突出重围,确实困难重重。

颜辉问梁云霄:"不然我们就退群?"梁云霄苦笑说:"我的颜哥,这个时候退群,你不仅没赚到钱,连吃喝也捞不上,甚至还会被国际舆论推上风口浪尖。他们没有把柄都可以造谣,有了这个不履行国际义务的把柄,宁州海山港的国际声誉就彻底毁了。"颜辉说:"那怎么办?"梁云霄说:"我们必须自己强大起来。"颜辉说:"你是说,我们自己建群?"梁云霄捡起一块石头扔进大海里说:"对,建自己的群。"颜辉立刻兴奋起来,继而,他眼中闪烁的光芒又黯淡下来:"要当这个群主,何其难啊。看来,宁州港的数控智能码头不能等大洋港完成之后复制过来,你的工作要加码了。"梁云霄望着远处一浪高过一浪的大海说:"风暴来临,浪尖求生。"

落雨之夜,姚子期站在海山港姚家老屋的窗前,心情也久久不能平静。她这段时间代表斯兰特公司、斯蒂芬公司跟山海国际远洋集团就合资持股的事进行谈判。窗外大潮汹涌,阳台上雨打芭蕉。姚子期对宁州海山港口的处境也感到担忧。这时,梁云霄的电话打过来,两个人交流了这件事。姚子期很生气地说:"当初你的担忧是对的,我也应该及时阻止颜哥签字入盟。我当时考虑的是,如果我们不入盟,就会被他们联手群殴。可入盟之后我才发现,这些航运巨头是想让港口承担原本可以不承担的义务。我越发觉得这个欧亚国际航运联盟就是个坑,明着是为了欧亚港口建群,其实是坑了港口,肥了这帮船舶公司。这些年来,斯兰特这个狡黠的海贼,一直不停地给宁州海山港挖坑。"

梁云霄说:"这也是倒逼港口提高管理和运营能力,一番操作之后,会倒掉一大批体量较小、抗风险能力弱的港口。飓风过后,寸草不生,留下来的就是大树。"姚子期顿悟,像是自言自语,又像是对梁云霄说:"我明白了,他们为什么突然间要合资收购港口。"梁云霄问她说:"你说什么?"姚子期说:"哦,没什么,欧洲X国两座有着五百年历史的大港已经要倒闭了。"梁云霄冷笑道:"这就是资本家。"

大洋港背靠国际化大都市海都,数控智联码头有了道桥重工集团的加盟,项目推进得很快。梁云霄宁州、海都、东海三地跑,人显得很疲惫。大洋港项目在硬件设备完成之后,物联网的控制系统还是出了问题。宁虹开车到宁州去接梁云霄和斯哈,看到梁云霄消瘦的脸颊、乱蓬蓬的胡茬和头发,心疼得不行。一路上,梁云霄坐在副驾驶位置上,竟然睡着了,还打起了呼噜。宁虹就对斯哈说:"你看你,都没把梁老师照顾好,他瘦了,你倒更胖了。"斯哈冲宁虹憨憨地笑着说:"是我的错,净让师父照顾我了。"斯哈来自巴基斯坦俾路支省,中国在他的家乡援建的瓜达尔港已经开航,他研究生毕业后可能就要回国了。梁云霄对他确实很照顾,无论是在宗教习惯、饮食习惯上,还是在生活学习上,都事无巨细地关心他,他们的师生情谊很深,他也很心疼这个凡事亲力亲为的教授。

大洋港的规模在国内屈指可数,十几个泊位,四十几台龙门吊,集装箱码垛一望无际。太阳炙烤着毫无遮掩的码头,集装箱箱体摸上去能把手烫伤。听说梁云霄要来,张世恒把他父亲张道和厂里的技术总监也叫来了,大洋港的分管副总和总工程师老杨带着一帮人都在太阳底下站着等他。梁云霄责怪张世恒说:"你怎么还把你爸和杨总都给叫来了,这么热的天让他们晒着,真是不像话。"张道说:"梁教授,你别怪他,是我自己要来的。"

梁云霄让张世恒开启数控台看了一下,情况很不理想。这是全球第一家数控智联码头,建成之后,整个码头将空无一人,全靠自动化控制。这项技术,前面是无人区,全靠自己摸索。

梁云霄看了一下,码头架构基本成形,但人工智能的控制能力比较差,传感器灵敏度不高,装卸载的精度也不够,每一个模块都在制约着数控码头的合成。梁云霄、张世恒带着一帮机械师捣鼓着无人摆渡车与智能的桥吊、龙门吊,一起修改着方案,汗水把衣服全都打湿了。宁虹站在一边给梁云霄递水、递毛巾,一边劝慰梁云霄说:"人要学习,机器同样也要学习,你着急也没用。"梁云霄看了一眼宁虹说:"这好像不是你一个项目负责人该说的话吧?你不着急,我可着急,今年的台风到来之前,一定得投产运营,不仅这里要运营,宁州湾二期的集装箱码头,如果有可能,也得投产运营。"

宁虹和张世恒一下子惊呆了。宁虹说:"时间也太赶了,你不是说年底能投产就可以了吗?"梁云霄说:"情况有变,宁州海山港的订单在台风到来之前一定得完成,需要这里支援。这个试验场的数据很重要,我把斯哈给你,赶紧动手改。"

张道问梁云霄:"我们硬件需要改动吗?"梁云霄沉思一阵说:"如果涉及

终端数据,还真需要您的支持。"张道说:"好,我把技术总监留给你,如果需要人员,你让宁虹随便调。"梁云霄笑着对宁虹说:"你现在很厉害啊,全球重工企业十强的老总归你调遣。"宁虹羞涩一笑说:"梁老师,你又取笑我。"

2

太阳像个火球,炙烤了浑浊的沧海,然后又在西边云朵间放了一把火,把远处的天海之间烧得通红之后,这才坠入大海。傍晚,梁云霄穿过宁州港一望无际的集装箱码头堆场,走到大海边。不忙的时候,他就会到这里来站一会儿,坐一会儿,看一看落日晚霞,面对波涛汹涌的大海,在脑海里梳理一下一天的工作,思考一些问题,想一些心事。可是此刻,他再次穿过这片堆场,竟然有了恍若隔世的感觉。那个盛夏,梁云霄穿过这片堆场去找宁嘉南讨论进DHDG课题组的情景,宁霞在风雨中救人的壮举……仿佛一幕幕就在眼前。

大洋港数控智联码头项目开始收尾了,预计月底试车运营。宁虹把张世恒派到了这边,留下斯哈做系统调试。张世恒带着参与大洋港项目的十五个技术工人和道桥重工集团三十人的技术团队转场到了宁州港。宁虹人聪明,也能干,执行力极强,从项目落地到项目竣工,她和张世恒协同大洋港和道桥重工集团的技术团队日夜苦战,还真的实现了预期目标。

此刻,张世恒戴着安全帽,紧跟在梁云霄身后不远处。张世恒来到宁州后,就像影子一样紧跟在他身后,除了带着技术团队解决港口设备终端问题,就是照顾他的生活。从早晨睁开眼,到晚上闭眼前,这个瘦高瘦高的家伙就一直跟在他身后,端茶倒水,打饭洗衣,无处不在。而这些事,张世恒以前是很少做的。这个年轻人看似很低调,话不多,人却很自我,骨子里有种卓尔不群的孤傲,这一点特别像大学时期的梁云霄。那时候,梁云霄跟着罗子坤,开始也不喜欢做这些事情。他认为只要把导师交办的事情做好,没必要卑躬屈膝,刻意讨好,那样会降低人的格调。姚江河却不止一次地劝诫他说:"人和人之间的交往,就是得和还的关系。师生也好,师徒也好,朋友也好,夫妻也好,都是人心与人心的关爱,这就是人的烟火气。"这些年,梁云霄就是秉承这个信条过来的,港口是男人群居的地方,男人群居的地方就是江湖。江湖不是打打杀杀,而是人情世故,曲高和寡的人,在这个江湖里很难扎下根。

梁云霄坐在大海边,看到西边渐渐消失的红霞,想了一下近期要干的事情。见张世恒远远地站着,梁云霄就喊他过来说:"你过来,站那么远干什么?"张世恒走近说:"师父,我怕打扰您思考问题。"梁云霄笑着说:"世恒,感谢你这些日子这么照顾我。"张世恒说:"应该的,师父。"进了项目组,张世恒和斯哈就不再叫他老师了,而是叫他师父。梁云霄是从港口一线工人出来的,也喜欢他们这样叫,显然,他们这是投其所好。

梁云霄突然问道:"世恒,你玩过机车吗?"张世恒显然是一头雾水,他实话实说道:"我玩过赛车,没玩过机车。不过我看过机车骑手的视频,戴着装备,快得像风一样,特别炫酷。师父,您骑过机车?"梁云霄笑了笑,接着问他说:"我有一辆机车,是老古董了,你抽时间去把驾照考了,然后回东海把它给我拖过来,我带你玩一趟跨海大桥。"张世恒一下子兴奋起来说:"好!我这就去报名。"

日子太沉闷、太疲惫了,梁云霄很怀念青春燃烧的那种感觉。

姚子期要回香港开会,她准备从宁州坐夜班飞机走,走之前去看一下梁云霄。虽然梁云霄回过几次海山,但他们见面的时间很短。项目紧张,他的时间很宝贵。这次姚子期为梁云霄准备了一大袋吃的、穿的、用的东西,还有一些防晒霜、驱蚊水、感冒药、肠胃药等,当年她也为姚江河准备过。码头上夜以继日的加班,让梁云霄的身体有些透支,她有些心疼。

姚子期到宁州港的时候,梁云霄不在,她也没有通知他。宁州港的技术改造比大洋港的更复杂,不仅要彻底实现油改电,还要通铁路。这几天梁云霄遇到了瓶颈,人很抓狂,此刻正带着道桥集团的技术团队去堆场解决港铁联运和数控智联码头的系统对接问题。张世恒留在宿舍修改系统里的漏洞,见姚子期一个人开车到来,满脸惊讶。

几排集装箱改造的宿舍和办公室,外观很简陋,里面却别有洞天。梁云霄的办公室和卧室是一个集装箱改造的独立空间,屋内电器和办公设备齐全。张世恒在电脑上为姚子期演示了未来数控智联码头的数据建模,数据模拟了数控智能港口的运营。张世恒一边演示,一边介绍说:"项目一旦开始运营,将是全球自动化水平最高的智联码头,集装箱、轨道吊、岸桥、箱车摆渡,全部采取无人驾驶、自动导航、自动排序、自动码垛、自动上钢缆,完成整港的全自动、全智能、全天候货物装卸、物流分拣和进出港。"姚子期一边听,一边不停点头。紧接着,张世恒还为她描绘了宁州海山港口未来的蓝图:"未来的宁州海山港将是一个集江、河、海、陆、空为一体的立体化联合港口群……"

姚子期瞬间明白了,这些年来,梁云霄在心里描绘的竟然是这样一幅宏伟的蓝图。梁云霄住的地方俭朴有序,床铺整洁,床头的一侧放着他跟宁霞、小米粒的合影及何梅为宁霞画的画像,另一侧是一张他们上大学时的合影,那时候的他们一脸稚气,青春烂漫。床边不远处的玻璃柜里,放着一套潜水装置和一个氧气瓶。宁霞去世后,梁云霄很少下水深潜,但潜水设备却保存得很好,氧气罩、潜水镜、猎鱼枪摆放得都很整齐。靠门口的墙边,停着那辆被帆布罩着的机车,头盔、手套都挂在墙上。姚子期就问张世恒:"你师父还有时间骑机车?"张世恒说:"我刚从东海给他托运回来,还没怎么骑。主要是我想学,我也定制了一辆,还没到货。"姚子期笑了笑说:"那你好好学,到时候带着女孩子像风一样飞,炫酷,拉风。"张世恒羞涩地笑了。姚子期看着张世恒的青涩,就想起大学时期的梁云霄。

张世恒说:"师母,您还是去见一下师父吧。"姚子期听到张世恒叫她师母,也没纠正他。张世恒的身份,梁云霄向她介绍过,他是宁虹唯一的男性朋友。姚子期苦笑着说:"我回香港开个会,急着赶飞机。包里有我从美国带回来的药,本来是给我爸吃的,你师父胃不好,辛苦你监督他每天吃一粒。"张世恒用乞求的眼神望着姚子期说:"师母,您既然来了,我求您还是去劝劝师父吧。他这几天人都快疯了,每天只睡两三个小时,这样下去,人会彻底垮掉的。我劝不住他,或许只有您的话,他才会听。"姚子期苦笑一下说:"好吧。"

两个人说着话,就听到外面人声嘈杂。两个人出门,看到一群人围在梁云霄的越野车旁,一个年轻的技工背着一个人跑了过来。宁州港分管技术部的副总陈奎高声喊:"世恒,把你师父放到床上去,赶紧吸氧,他晕倒了。"姚子期慌忙跟年轻技工、张世恒一起把梁云霄放到了床上。姚子期打开潜水装备的氧气瓶试了一下,还好,氧气充足。她把氧气罩放在了梁云霄的鼻子上。此刻梁云霄脸色惨白,双眼紧闭,把她给吓坏了。陈奎长叹一口气,对姚子期说:"每天干二十个小时,铁人也受不了。子期,你得好好劝劝他,不能这样搞。"姚子期拉起梁云霄的手腕,摸了摸脉搏,脸贴着他的胸膛。还好,梁云霄的心跳还是很强劲。于是,她对屋子里站满的人说:"大家先走吧,我陪着就行了。"陈奎说:"医院的医生很快就来了,先让他们看看,不行就赶紧去医院。子期,那就辛苦你了。大家都散了吧。"众人随之散去。

姚子期对被吓得满脸紧张的张世恒说:"世恒,你也先去吧,我陪着他就行。"张世恒看了一眼梁云霄,不舍地关上了门。屋子里顿时安静起来。姚子期在一盆冷水里倒了些开水,试了一下水温,浸泡了毛巾,开始为梁云霄擦脸和身体。被汗水打湿的衣服被脱下来,姚子期心里升腾起些微羞涩的甜蜜。

张世恒带着医生敲门进来的时候,姚子期已经为梁云霄换好了衣服。医生为梁云霄做了全身的检查,挂了两瓶葡萄糖生理盐水。拔掉针头后,医生对姚子期说:"长期熬夜,过度劳累,加之急火攻心,铁打的汉子也受不了。"姚子期说:"我摸着他好像有点发烧。"医生用随身带的电子温度计照了一下梁云霄的头说:"三十八摄氏度多,梁教授的身体很好,估计下半夜会退烧,如果天亮烧还不退就住院。我今晚就住在对面,有什么事你让小张叫我。"姚子期说:"好。谢谢您了。"医生笑着说:"应该的。颜总正从海都往回赶,特意打电话叮嘱,一定要照顾好梁教授。"张世恒就陪着医生出门走了。

窗外开始下雨,雨不大,打在集装箱的箱体上,发出轻微的声音,潮湿的水汽开始漫延到屋里来。姚子期就坐在床边,把梁云霄的脑袋放在自己的腿上,再次端详起眼前这个男人。他睡得很熟,棱角分明的面孔,眼角的皱纹难掩岁月的沧桑,但稍微上翘的唇仍彰显着男人的桀骜不驯。她听到他的嘴里不停地呢喃,像是在做梦。

梁云霄确实在做梦,梦里他在深潜。他置身海底,宁霞在他的前面像鱼一样地游。梁云霄想去追她,却被海草缠住了身体,无论如何也摆脱不了。这时,另外一个修长的身影游过来,是姚子期。她慌乱地扯断那些海草想拯救他,可是海草越来越多。一条巨鲨张开血盆大口朝姚子期冲来,可姚子期还在忙着救他。梁云霄不停地挣扎,不停地呼喊,想提醒她,可是姚子期像是没有听见,还在拼命地扯着海草。他拼尽力气大声呼喊:"子期,子期……"

姚子期听到他的呼唤,俯下身子,不停地吻着他说:"我在这儿,我在这儿。"梁云霄醒了,他看到伏在他身上亲吻着他的姚子期,他们的脸紧贴在一起,距离是那么的近。她身上那种好闻的气息,立刻在他的大脑、身体中弥散开来,他们如梦境一样抱在了一起……

潇潇雨歇,天亮了。他们的身体还缠绕在一起。他们的生命彼此交融在一起,像惊涛骇浪中的大船停泊在港湾,没有任何人、任何事能再把他们分开。他们就这样安静地睡着,或许,两个人已经醒来了。可是,他们都没有睁开眼睛。睡过去吧,没有喧嚣,没有纷扰,没有痛苦,没有忧愁。

画像中的宁霞面带微笑,目光中像是写满了祝福。她的声音仿佛在姚子期耳边萦绕:"子期,如果有可能,你考虑一下我们家憨憨,他真的是一个值得女人去疼的男人啊。"

3

宁虹是清晨听到梁云霄晕倒的消息的,她心急火燎地驱车赶往宁州港。路上,她一直在电话里骂张世恒,骂他为什么那么晚才告诉她。张世恒告诉她,姚子期昨晚守了梁云霄一夜。宁虹心里一下子就凉了。梁云霄曾不止一次地告诫过她,他一直把她当成自己的妹妹,他们根本不可能。宁霞也曾经告诉过她,她知道梁云霄曾经爱过姚子期,但她还是爱上了他,义无反顾地嫁给了他,因为这个男人值得爱。宁霞很自信地说:"只要有真爱,一块海底的岩石,也能被熔化。"宁虹想,如果他跟姚子期没有结果,那她会一直等着他,等到天荒地老。可是此时,宁虹的心一阵绞痛,她把车停在服务区,缓了好大一会儿才缓过来。

宁虹到宁州港项目部的时候雨停了。她把车停好,径直朝着梁云霄的住处走去。张世恒拦住她说:"师父还在睡觉,子期姐也在里面。"张世恒没敢再叫姚子期师母,宁虹听他这样叫,人肯定会发疯。宁虹顿时愣住了,举起想要敲门的手顿时悬在了半空。这时候,门开了,姚子期穿着一身睡衣,披散着长发站在门口。她面色粉红,如出水芙蓉,浑身带着水汽。姚子期微笑着说:"宁虹,你来了。你哥没事了,但还在睡,人没有醒。"宁虹的脑子是空的,她不知道该如何跟姚子期对话。姚子期对昨晚的事轻描淡写,自然得如生活日常。宁虹从姚子期愉悦的心情和坦然的态度中就知道她和姚子期多年的战争结束了,她完败了。

姚子期说:"我今天要回香港,要不,你开车送送我?"张世恒慌忙接话茬说:"我送吧,子期姐。"姚子期瞪他一眼说:"没你的事。你忙你的。"张世恒小心翼翼地看向宁虹。姚子期笑着说:"世恒,你这个姐叫起来比叫师母好听。"宁虹再次一怔,看向了张世恒。张世恒低下了头。

姚子期开着宁虹的车去机场,副驾驶位上坐着心里空荡荡的宁虹。出发之前,姚子期操作手机,发送了一条消息,宁虹的手机叮咚一下响起来。姚子期说:"这是你姐临走之前给我的留言。"宁虹打开手机,看见微信截图里,宁霞对姚子期说:"子期,我走了,云霄和小米粒交给你了。还有宁虹。"姚子期开着车,眼泪不停地流下来。宁虹盯着微信截屏里宁霞的头像,悲怆地喊了一声:"姐!"然后,泣不成声。姚子期像是自言自语,又像是对宁虹说:"宁霞的爱是大海。我们两个的,充其量是海湾而已。"

姚子期在车上再次接到汉斯的电话,她用耳机接听了。姚子期曾向汉斯提出申请,她将不再参与国际航运公司欧亚财务联盟的工作。汉斯说:"姚,你的申请我是不会同意的。中国大陆三十几家会员港口正跟国际航运公司欧亚财务联盟讨论统一币种结算的问题,你是在中国港口财务总监位置上待过的人,你们国内的情况你最熟悉,跟他们谈判的这个角色,你是不二人选。"姚子期戏谑地问:"统一币种?人民币吗?"汉斯沉默了片刻说道:"也不是不能谈。"姚子期说:"如果是人民币的境外结算,我觉得这事还有得谈。"因为宁州海山港的事,姚子期已经开始对欧亚国际航运联盟产生反感。她这次回公司,已经做好了辞职的准备。现在如果她能做成国内港口企业境外人民币结算的事,那么,她这一年来的工作,也算是有了意义。

车到机场门口,姚子期拿下自己的行李,对宁虹说:"张世恒是个好孩子,他跟你的事,你哥跟我说了,我看着不错,你们处处看。"宁虹赌气地说:"我的事不用你操心。"她坐回驾驶位,一踩油门,车就开走了。姚子期冲着车喊:"回去车开慢点。"

颜辉急匆匆赶到项目部,梁云霄刚给大家开完会。颜辉说:"小梁,你可把我给吓坏了。我昨天半夜回到宁州就来了一趟,说是你没太大问题,已经睡了,我就没打搅你。你说,你要有个长短,我可怎么跟子期交代?子期呢?"梁云霄说:"我睁眼人就走了,回香港了,这会儿怕是已经登机了。"颜辉问:"那么着急?"梁云霄说:"汉斯打了好多次电话了,说是要讨论境外结算币种的问题。"颜辉说:"我正准备跟她探讨这个问题呢。那还有什么可讨论的,当然是人民币了。我们的钱我们还做不了主?真是可笑。"梁云霄说:"这事怕没你想的那么简单。"颜辉很气恼地说:"如果连这个都谈不成,我肯定退圈。"

两个人到了梁云霄的办公室,颜辉说:"大洋港的试验港我看了,一个字,牛。全球独一份。"梁云霄苦笑着说:"都是形势逼着赶出来的,还有许多细节需要完善。"颜辉问:"这个月能投产?"梁云霄说:"这个要问你啊,你这次去大洋港不仅是看试验码头吧?"颜辉不好意思地笑了:"还是去求援的。我对他们说了,原本你这个项目是我们宁州海山港想上的,被他们抢去了。现在我的订单太多完不成,请他们伸把手拉一下。"梁云霄问:"台风就要来了,两家港口的吞吐量已经满负荷运转,还有那么多订单一起涌到了宁州海山港,你不觉得其中透着蹊跷?"

颜辉长叹一口气说:"我终于明白了,这是斯兰特在故技重演。"颜辉就把近期的情况跟梁云霄说了。前几天,他从信息部调出了这些订单的资料。这些订单中,大部分是要在周边其他国家港口中转的船舶,一些原本是在季风过后才靠港装卸货物的船只,也提出要提前出入港口。几百艘货轮,几乎一下子涌进了宁州海山港,颜辉顿时明白了,这就是一场人家设计好的棒杀。完不成任务会影响港口声誉,拒接更影响港口的国际声誉。颜辉再次让人审查了一下订单,发现订单里有一半以上的货物都是斯兰特公司的货。

梁云霄听完说:"这就是我拼命抢工期的原因。大洋港的项目基本完成了,这不,正在你这里复制呢。如果这里能投产,就让斯兰特来吧,多多益善。"颜辉立刻瞪大了眼睛,继而感慨地说:"小梁啊,你这是替你颜哥擦屁股啊。哥对不住你,是哥把你逼到了悬崖边上。等这笔订单完成,哥要重重谢你。"梁云霄说:"什么谢不谢的,你还跟我说这个?眼下,大洋港的技术团队、道桥集团的技术团队都在码头上干通宵,你得把宁州海山港两个技术部的人都调过来,大家齐心协力,挑灯夜战吧。"颜辉说:"那还有什么说的?港口技改本来就是两港技术部的事,我们不能眼看着别人为我们拼命吧。我明天下通知,让他们都带着铺盖来。"梁云霄说:"那么就先这么说,大干他个三十天,只要台风不提前来,我们就赢了。"

4

台风如期而至,暴雨倾盆。夜色中的宁州港智慧码头一片辉煌,全天候智能码头,迎着暴风雨接受最后的测试。颜辉带着省海洋港口发展委员会的领导站在指挥室内,看着梁云霄、张世恒、宁虹、斯哈带着技术团队娴熟地操作着电脑,众人心情异常紧张,也异常激动。

暴雨中空无一人的港口,无人摆渡车拖着集装箱有序往来,无人龙门吊吊起集装箱装卸货物,视狂风暴雨如无物。宁虹用手机拍着港口的情景,内心的激动难以言表。数控桥吊在暴风雨中测试装载成功。望着一个个集装箱通过数控引导车进入桥吊车下被稳稳装上货轮,梁云霄泪眼蒙眬。暴风雨中,梁云霄仿佛看到桥吊塔台上的宁霞回眸一笑,冲着他在招手。

此刻,梁云霄的脑海里闪过无数个假设,如果这种场景出现在几年前,宁霞或许就不会在暴风雨中被摇摆的箱体扫倒,她靓丽的身影仍然会出现在这里。如果她还能活着见证桥吊工人不再爬上几十米高的塔吊,坐在操作室内也能完成自己的工作,那会是何等惊喜。宁霞走之前在读结构动力学的本科,那时候,他们设想中的未来港口,就是今天这样。

操作大厅里来了很多新闻记者,他们的镜头记录下了这一时刻,同时也把镜头和采访话筒对准了梁云霄。梁云霄面对新闻媒体的镜头,深情地说了一句话:"中国大港时代,已经来临!"

大洋港的数控智联码头七个泊位,经过一个月的试运营,也于当日正式投产。两家港口进行着视频连线,同时出现在大屏幕上。大洋港和宁州海山港的数控智联无人码头正式投入运营,新航海时代开启。消息公布后,世界震惊。

全球各大新闻媒体争相报道、转载,网络自媒体的消息更是铺天盖地。香港维多利亚海湾,姚子期望着大屏幕上暴风雨中港口作业的壮观场景和梁云霄接受记者采访的视频,禁不住潸然泪下。

台风在东海沿岸折腾了七天才彻底过境,此后绵绵细雨持续了半个多月。多亏大洋港无人码头投产,分担了宁州海山港分流出来的三分之一的货物,宁州海山港无人码头也投产运营,否则,欧亚联盟的货物半个月也无法离港。这次协作,东海诸港不仅打破了市与市之间的地域限制,还实现了同一海域港口的大融合。

宁虹带着张世恒筹建完毕金州的陆港。金州有"世界工厂"之称,是全世界小商品、小家电的集散地,实现海港跟陆港的联动,是梁云霄很看重的一环。年底,宁州港港铁联运正式开通,几十万吨的集装箱货物通过铁路直接入港。开通剪彩这天,祁书记亲自来了。徐正生、周晓乙,宁州的郑书记、陈市长,金州的市长也来了。梁云霄也参加了剪彩仪式。一个个陆港标箱满载着全球急需的小商品、家用电器、电子设备、工程机械在陆港装箱完毕,通过直达火车进入港口,经过自动化分拣直接上船。铁路货运的加盟,大大提升了物流效率,缩短了时间,降低了成本。

祁书记在装满集装箱的巨轮边发表了讲话,他说:"今天将是见证历史的一天,港铁的开通,让金州乃至沿途的货物直接输送到了海上。从今天起,金州这个'世界工厂',真正开始两条腿走路,阔步迈向世界。"随着祁明的一声令下,三十万吨巨轮鸣笛出港,劈波斩浪,消失在苍茫大海上。

深夜,夜色中的跨海大桥灯火辉煌。大桥两边,怒潮狂起,沧浪滔滔,跨海大桥上,一辆机车怒吼着,风一样疾驰在大桥上。全副机车手武装的梁云霄驾驶着机车,把油门拧到了底。后座上坐着戴着头盔的宁虹,一路上她不停地尖叫着,呼喊着。车速很快,宁虹把脸贴在梁云霄钢铁一样的背上,一起飞越大桥。宁虹的心里悲喜交加。今天,这个男人要以这样的方式跟她做彻底的告别。她闭着眼睛享受着他带着她飞翔的感觉。时间很短暂,十五公里的大桥,也就十分多钟的样子。梁云霄突然就刹住了车,轰鸣声戛然而止,宁虹睁开眼睛看去,海山桥头堡安全区站着一个高大的男孩,他拎着头盔,戴着墨镜,浑身机车装备，靠着一辆崭新的哈雷戴维森，英气逼人。这个男孩自然是张世恒。梁云霄对宁虹说："宁虹，下车。"宁虹一脸迟疑地下了车。梁云霄说："接下来，回家的路，他来带着你飞。"梁云霄接着又对张世恒说："小子，我把宁虹交给你了。"机车发动机的轰鸣声再度响起，梁云霄已经疾驰而去。

张世恒鞠躬做了个邀请的动作说："尊敬的女王陛下，请上车。"

哈雷戴维森像一道黑色的闪电，疾驰驶向宁州的方向。

全球航运市场低迷，欧亚诸国十几家港口相继破产。这一年，唯独中国港口凭借国家经济的繁荣一枝独秀。宁州海山港连续七年稳居全球港口吞吐量第一，大洋港再次摘取了集装箱标箱的年度桂冠。欧亚国际航运联盟总部，姚子期给斯兰特和汉斯再次带来了不好的消息。她跟中国港口的谈判很不顺利，中国入盟的三十几家港口联合要求，港口的境外结算一律采用人民币结算，否则，他们明年会退出欧亚国际航运联盟的结算体系，改用境内结算。

斯兰特很懊恼，汉斯也很无奈。这一年，欧洲航运经济的数据十分糟糕。斯兰特说："即便我们采用了境外人民币结算，欧亚联盟里也留不住东海大港了，大海上历来是靠实力说话的。"汉斯无奈地摊开手，耸了耸肩说："这就是现实。"斯兰特背靠着大班椅，半闭着眼睛对汉斯说："我是捕鲸人的后代，多少惊涛骇浪都过来了，大海历来是勇敢者的乐园，我们最初追踪的那两条目标鲸已经搁浅了。"斯兰特打电话给宁嘉南，约他明年到地中海去收获龙涎香。姚子期听明白了他们的谈话。X国两座港口的收购项目，正式开启了。

姚子期在随汉斯回公司的路上对他说："汉斯，大海是勇敢者的乐园，但也是勇敢者的坟墓。中国有句俗话：'淹死的人，都是会水的。'我不建议HBR参与这次冒险家的游戏。"汉斯说："我们站在船上，看他们在水中游戏。"姚子期十分担忧，HBR是全球最好的国际航运金融信托公司之一，但这艘大船在惊涛骇浪中会不会颠覆，很难说。汉斯看出了姚子期的担忧，说："请相信我的专业能力和规避风险的能力。"

5

春天在霏霏细雨中悄然来临。这个春天,梁云霄被任命为宁州海山港的副总裁,分管集团技术中心、集团信息中心以及海外港口业务。据说任职前,梁云霄的职务是执行总裁。但上级领导找他谈话时,梁云霄拒绝了。颜辉很恼火地说:"你这人真是不上道,别人拼命往上爬,就你嫌自己官大。"梁云霄说:"我就是个渔民的儿子,走不了仕途。我也不想被官场纷扰所羁绊,就想在大海上做点我能做的事。"梁云霄和颜辉商议,宁州海山港退出欧亚国际航运联盟,在宁州筹办"海上丝路"国际航运峰会,筹建"海上丝路"国际航运联盟。

徐正生也从海山调任宁州市市长。他比梁云霄晚到任三个月,到任第二天,他就接到了梁云霄的祝贺电话。徐正生调侃他说:"小梁,欠我的你该还了啊。我在海山苦战多年,你未献一策。"梁云霄说:"我这就去见您,给您送份大礼。"徐正生说:"家里和办公室就别来了,咱们俩找个小馆子喝上一杯,让我看看你的大礼。"

烟雨小巷,宁州菜馆,四菜一汤,青梅煮酒。两个人聊得很高兴,梁云霄就把港口集团在宁州举办"海上丝路"国际航运峰会和国际航运联盟的打算跟徐正生说了。说完之后,梁云霄举着杯子问他:"我这份大礼还可以吧?"徐正生跟梁云霄碰杯,喝一口老酒,看了梁云霄好大一会儿,笑着问:"你小子是不是钻进我脑子里来了?"徐正生的施政纲领还没有公布,但他早就跟祁书记做了汇报,把宁州建设国际化港城的调子定下来了。宁州向海而兴,依港带城,依城兴港,打造世界级物流枢纽、航运金融中心、数字化智慧之城、旅游之城的绿色海洋战略构想也早就成形了。徐正生说:"苍茫大海之上,实力就是地位。大洋港、宁州海山港,今天都是国际航运领域的领头羊。数控智联无人码头的投产运营,那更是新航海时代的开启。这事要办就往大了办,把有海的国家、有海港的地方政府都拉进来,'朋友圈'越大越好。"梁云霄得到了徐正生的支持,心里很高兴,再次举起杯子说:"那我们走一个?"徐正生高兴地跟梁云霄碰杯说:"走一个。"二人一饮而尽。

香港维多利亚海湾金融城,HBR国际航运金融中心顶层小花园,鲜花簇拥。汉斯、斯兰特、宁嘉南代表公司签署了投资收购X国两家港口的战略协议。这时,三个人的手机几乎同时收到了"海上丝路"国际航运峰会的邀请。斯兰特对汉斯说:"亲爱的汉斯,我早就说过,即便是我们答应了他们境外人民币结算的要求,他们还是会退盟的。"汉斯问身边的姚子期说:"你关注一下我们会员参会的报名情况。"姚子期说:"好的。"斯兰特冷笑一声说:"我是不会参加他们的峰会的。我也会告诫我们欧洲的会员,不要参加这个峰会。"斯兰特和宁嘉南走后,姚子期低声询问汉斯:"这个峰会您参加吗?"汉斯思考了很久说道:"你的建议呢?"姚子期说:"我建议您去看一看,我相信您会不虚此行。"汉斯点了点头说:"那好吧,你陪我一起去吧。"

六月,夜色中的宁州市港口博物馆显得格外迷人。花团锦簇的博物馆主楼人头攒动,宁虹、张世恒站在门口迎接来自全球各大港口、航运公司、港口工程公司、设备公司、船舶公司、货代公司、班轮公司以及相关产业的代表,还有"一带一路"沿线滨海国家的政府官员,各国海事、航运学院的专家。宁虹进入宁州海山港信息中心做了副主任,张世恒在技术部做工程师,这次是被宁虹抓来做公差的。宁州海山港的"朋友圈"拉得真是够大,吸引了亚、欧、非、北美、南美、大洋六大洲,五十多个国家,四百多家企业,三千多名嘉宾参加,涵盖了"一带一路"沿线的国家和地区,全球十大码头经营商、二十大货代公司、二十大班轮公司、四十大集装箱港口、二十大国际性航运中心几乎全来了。宁虹忙得焦头烂额,她找到正在跟徐正生聊天的梁云霄说:"梁总,我完蛋了,我们发出去五百张邀请函,来了三千人,我四处跑酒店、餐饮地点,可是一时半会儿到哪儿去找那么多床位,那么多餐位啊?"梁云霄说:"这就是你的问题了,你是信息中心副主任,信息滞后、预判不准、反应能力太差,以后会耽误大事的。"徐正生笑了笑说:"你别怪宁虹,我也没想到会来这么多人。小梁,你这个'朋友圈'拉得够气派。"徐正生又对宁虹说:"你们忙好会议就行了,吃喝拉撒的事还是市政府来吧,这样的朋友多多益善,莫说来三千,来三万我更高兴。"

盛会开了七天,论坛办了几十场,合作会员三百多家,大项目合作签了十几个,代表们共同发布了"共时代、共命运、共丝路、共强港"的大会宣言。"海上丝路"国际航运联盟以开放包容、合作共赢为目的,备受欢迎。峰会论坛的三个圈格外火爆:港口圈发布了《全球自动化码头建设报告》,航运圈发布了《国际航道全球港口发展报告》,信息圈发布了《世界一流港口综合评价报告》。

尼德接到邀请函,提前一周就来了,罗子坤亲自作陪。二人站在数控智联码头的操控室内,亲自操作了现代化无人港口。论坛上二人都发了言。峰会结束的那天晚上,徐正生、梁云霄、颜辉宴请罗子坤和尼德。两个老头竟然都喝醉了。罗子坤对尼德说起了十几年前宁州那次论坛,他指着身边的梁云霄对众人说:"当年,我们就在这座港口博物馆里,喋喋不休地争论是在宁州还是在海山建一座十万吨泊位,就是这个狂妄的小子大放厥词,现在看来,当年这个家伙,想象力还是差了点啊。"两个人哈哈大笑,笑过之后,尼德感慨说:"时光走得太急,世界变化更快。"他说这话的时候,声音颓废而苍老。

汉斯不虚此行,他兴奋地对姚子期说:"姚,你是对的。傲慢的斯兰特差点让我失去一次大好的机会。这次峰会,让我们举办的峰会黯然失色。"汉斯为自己未能发布一份《全球航运金融报告》懊悔不已。他根本没有准备,峰会三个圈的智库都发出了自己的声音,唯独金融这一块留下了遗憾。姚子期说道:"老师,您不要担心,明年,这样的峰会和论坛只会更隆重。"汉斯感叹道:"中国的航运经济发展太快,明年能不能轮到我们发言,都很难说了。话语权,历来掌握在强者的手里。"姚子期笑了笑,没再跟他聊下去。汉斯是个真正的智者,他总能十分客观、发展地去剖析问题。这也是姚子期一直很钦佩他的地方。

汉斯在峰会结束后,继续在宁州待了三天。李子木、贾山、张达带着宁州、海都、海山三地的几个民营航运富豪,高规格地单独宴请了汉斯,众人相谈甚欢。李子木对中国金融政策和金融产品的熟知以及他对未来的预测令汉斯刮目相看。李子木很看重X国港口的收购项目。"一带一路"倡议日趋成熟,国内的民营资本正在兴起一股海外收购狂潮。中国企业相继收购了巴基斯坦、澳大利亚、希腊等国的港口,都是中国资本出海收购的成功案例。X国港口收购项目会是个漂亮的资本故事,这个故事足以让那些民营企业家热血沸腾。汉斯更加兴奋,他更没想到,峰会过后,航运金融圈一下子火爆了起来。

而这一切,汉斯却没有告诉姚子期。梁云霄带着姚子期一起回了海山。东海交通大学在海山办了分校,附属中学、小学一起落户海山本岛。梁云霄跟姚子期去看学校,二人商议,准备把小米粒和小豌豆都转到交大分校的小学去。据说,这所全封闭学校的师资力量、教学质量和办学条件非常不错。去年高考,海山市有一千二百多名学生超过本科重点线,而梁云霄和姚子期高考那一年,整个海山群岛,超过本科重点线的不超过一百人。

第四章

1

梅雨季,烟雨朦胧的跨海大桥最为迷人,山、海、船、桥像海浪中动态的水墨画。梁云霄每次驱车行驶在这座跨海大桥上,内心都很不平静。第一次离开家去省城上学,他和姚子期一起坐的是船。大学实习,他从宁州港到海山港,坐的也是船。那时候他看浑浊苍茫的海,总觉得大煞风景,满眼的无奈和厌恶。后来,他跟宁霞谈恋爱,他和宁霞来往于海山和宁州之间坐的还是船。那时总觉得时间太慢,满眼焦躁和着急。海山人受孤悬沧海之苦久矣,这座大桥就像一根锚绳,一条脐带,有了它,孤悬于沧海之上的那些孤岛,不再惶恐,不再飘摇,不再胆怯,因为大桥的这一端是宁州,是东海省,是海都,是长江三角洲,是广袤的长江中下游平原、华北平原以及祖国的山川、河流,是沃土万里的富饶江山。雨刮器拨开水雾,大桥上的路标蓝底白字写着"宁州海山港凤凰湾码头"。当年他离开海山时,宁州和海山中间那道横杠还在那里横着。他想起尼德的那句话:"时光走得太急,世界变化更快。"

姚子期见梁云霄心事重重,就问他怎么了,梁云霄缓和了一下凝重的心绪,说:"子期,说实话,我最大的愿望就是我们回月塘湾去,在山顶建一座海边的图书馆,一杯咖啡,一碗我妈做的贻贝面,坐在阳台上,读读书,写写文章,面朝大海,等待春暖花开。"姚子期对他描绘的未来很憧憬,幸福地说:"好,我听你的。"继而,梁云霄苦笑说:"我躲在大学里,还是让他们给拉出来了。看来,这个梦想,短时间很难实现。"姚子期嗔怪地打了他一下说:"嘁,这话算你白说。"

东海交大海山分校附属小学建在海山新区,背靠礁石,面朝大海,蓝瓦蓝墙,绿草如茵,植被葱茏。学生们还没有放暑假,一群小学生在上体育课,在绿得耀眼的足球场上狂奔。现在的校长就是小米粒在东海交大附小读一年级时的教导主任。姚子期和梁云霄看完小学部,接着去看了中学部。中学部的基础设施更好,教室宽敞明亮,课桌共有几百张,开放式食堂里有五十几个档口,六人一间的宿舍自带卫生间。学校竟然还建了一座海洋博物馆,透过博物馆的大玻璃窗,就可以看到远处苍茫的大海和威武壮观的海港。姚子期不禁赞叹:"今天的孩子真是太幸福了。"梁云霄想起自己读中学那会儿,感触更深。他十二岁离家到海山上学,每个月坐渔船回一次落叶岛。宿舍三十人一间,食堂只有三个档口,吃饭要排长队,每次排到,肚子已经饿得咕咕叫了。

这几年,海山的变化很大。没有了港口的羁绊,徐正生跟周晓乙搭档还算和谐。海山的高等教育、高新技术产业、海岛旅游产业发展很快。原生态海岛环境风景怡人,现代化新兴港城时尚靓丽,很快受到了东海乃至全国的高校、高新技术研发企业的青睐,现代化海上港城的雏形已显。不得不说,周晓乙对发展区域经济还是很有办法和想法的。

梁云霄跟着姚子期回了姚家老屋。姚四海的身体还算硬朗,每天被一帮徒弟、徒孙围着宠着,日子很逍遥。倒是姚江河,经历一场大病之后,身体不是很好,人很瘦,精神状态也不是太好,总会觉得困顿。两个人听说梁云霄和姚子期想把孩子放到海山读书,都很高兴。晚饭,姚四海张罗了一桌酒,贺大年、胡彪和卢明都来了。宁州举办的"海上丝路"国际航运峰会,姚江河没有参加,但看了实况视频。他感慨地说:"终于轮到我们召集朋友开会了,而且会还开得很不错。"姚江河很少当面表扬人,姚子期听后就说:"爸,'很不错'这三个字,过去我可很少听到。"姚江河笑着说:"不错就是不错,这是客观事实。"他是真的很满意。

地中海某国,特雷瑟湾碧波荡漾,宁嘉南、斯兰特、汉斯三人躺在沙滩椅上晒太阳。港口收购已经到了关键时刻,这两座港口位置很好,是海上丝绸之路的必经之地。李子木的资本故事讲得很好,几家狂热的民营企业已经派人来考察了。完成特雷瑟湾艾利厄斯特港和特雷瑟港的收购,建成贯通欧亚大陆的航运枢纽,就能实现航线突围。三个人商议,要迅速拿下这两座濒临倒闭的深海港口的控股股份,等待中国大陆热钱的入笼。宁嘉南有十足的把握干成这件事,因为远在大洋彼岸的李子木正游走在几家航运大佬之间鼓吹游说。

斯兰特望着远处的大海说:"宁,我觉得你要尽快完成两件事。第一,说服你们的老大赵芬芳,尽快完成你们的入资。第二,你跟汉斯去找李子木,给他的资本故事加新料。汉斯,IPO要冲击华尔街,你们的速度也要加快。至于我们斯兰特公司,这个月底,资产质押全部完成,我的钱全部到账。"汉斯赞许地点头:"斯兰特先生向来是雷厉风行。"斯兰特说:"大海变幻莫测,时机稍纵即逝,不然大鱼就溜走了。"

宁嘉南闭着眼睛听着,内心难掩激动和紧张。斯蒂芬公司出资十亿欧元不是小数目。这些年,他投的几个项目还算顺利,山海国际和山海远洋都给公司挣到了钱,在欧洲的几个项目也有所斩获,可要由他来主导这样的项目,他心里还是直打鼓。宁嘉南起身,太阳很毒,晃得他有些睁不开眼。他决定尽快赶回公司,说服赵艾米和赵芬芳,然后返回海山,去找李子木、贾山商议这件事。前几天,李子木打电话给他,说国内的情况比他们想象的更乐观,二轮、三轮融资的雪球可以滚得更大。有了李子木托底,宁嘉南又开始有了信心。这几年,李子木的能力越来越让他刮目相看了。辞职后的李子木如龙入水,在国内航运金融圈混得风生水起。另外,他还有张达的资金支持。张达想进首轮,可他跟李子木商量了一下,还是让张达进二轮。宁嘉南告别斯兰特和汉斯,朝着远处的沙滩车走去。

山海国际远洋集团会议室,李子木指着地球仪上的一大片蔚蓝海域,为股东们讲述了一个中国民营航运企业集体出海、港遍天下的资本故事。李子木的演讲很具煽动性:"这是千秋伟业,要是干成了,我们将在中国乃至世界航运史上留下不朽的一笔,我们将是新世纪的郑和,我们的壮举将彪炳史册,流芳千古。这是名的部分,说到利,这件事,由HBR国际航运金融信托公司托底,斯蒂芬公司和斯兰特公司两家航运巨无霸都已经入局,资本的回报率,我不说大家也可以放开了去想。北方民营港口收购了澳大利亚的达尔文港,四年已经回本开始赢利了。你们想,大几十亿元的投资,四年就回本了,这是什么速度?"

李子木从爱国情怀讲到资本回报,讲得大家热血沸腾。

赵艾米再次怀孕了。宁嘉南搞不明白,赵艾米接二连三地生孩子,赵芬芳却很鼓励,甚至是乐此不疲,对孩子们也百般宠爱。后来他去问李子木,李子木说这是好事:"未来的斯蒂芬公司要姓赵了,换句话说,要姓宁了。"宁嘉南仔细想了想,确实是这样的情况。老斯蒂芬跟前妻生了三个儿子,加上赵艾米的母亲,一共四个孩子。可第三代,除了赵艾米的三个儿子,以及赵艾米小舅的女儿之外,基本算是后继无人。宁嘉南猜测,如果没有大的变故,赵艾米生完,可能还会生。家族需要延续,继承人需要优中选优。

宁嘉南没忘记他回来的目的,成功说服了赵艾米。赵艾米认为,只要看到国内资金池子水满,这事就稳赚不赔。她要宁嘉南不要去正面直攻赵芬芳,先拿着资料去找两个舅舅。资本家的嗅觉都是灵敏的,老斯蒂芬的两个儿子早就对宁嘉南的这个项目进行了深入的调查和考证,自是垂涎三尺。所以,三个人谈得很投机。公司董事会上,二舅率先提出这个议题,大舅紧接着附议。小舅见两个哥哥态度很坚决,索性随波逐流。赵芬芳看了一眼宁嘉南,没有拍板,也没有反对。赵芬芳的态度,让宁嘉南看清了自己在斯蒂芬公司的真正位置。这个身穿旗袍、鹤发童颜、慈眉善目的江南女人,嘴上一直把他当作亲人、自己人,其实心里对自己的信任是打了折扣的。赵艾米让他不要着急,赵芬芳很快就会来找他。果然,第二天,赵芬芳就把宁嘉南叫到了办公室,说:"我看了项目的详细资料,这是机遇,同时也面临着巨大的投资风险。集团不会为海外金融公司做诚信抵押,但如果你能说服你的两个舅舅以他们名下的资产做抵押,我就同意。"

本来这是赵芬芳的婉拒,因为她断定两个小斯蒂芬不会拿全部身家出来做宁嘉南的赌注,谁知结果出乎她的预料。宁嘉南找到两个小斯蒂芬,说:"二位舅舅,实在不行,我只有把首轮给中国那些土豪了。他们已经募集到了我需要的资金,只是这样的机会太可惜了。"宁嘉南给两人看了几家中国民营企业的投资意向合同,两人左想右想了两天就给宁嘉南回话:他们愿意质押个人名下资产的股权,各出三亿欧元,入资地中海两港收购项目。宁嘉南欣喜若狂,赶忙去见赵芬芳。赵芬芳用异样的目光看了他一眼,微微一笑,说:"既然这样,我也为你出一亿欧元,剩下的你自己去想办法。"

十亿欧元还差三亿,赵艾米为宁嘉南出主意:"实在不行,只有到山海国际那边想想办法。"宁嘉南觉得这是唯一的办法,就要买机票回国。赵艾米不同意,宁嘉南动之以情:"亲爱的,我在斯蒂芬公司能不能真正立足,在此一举了。"

2

周晓乙和李子木的关系再次进入蜜月期,交往日渐频繁了起来。

周晓乙最大的愿望是重新返回宁州,可是徐正生却捷足先登,做了宁州的市长,还兼着省里的副省长。宁州这几年发展得更快,在省里经济排名一直名列前茅。这里面有着周晓乙的心血付出,宁州湾新区等一大批重大项目都留下了他的影子。现在这样的局面,让他心里很不舒服。徐正生上任那天,周晓乙特意送徐正生到宁州。白天面带笑容,晚上他叫来李子木,两个人喝了一顿大酒。周晓乙酩酊大醉,不由感叹,十几年弹指一挥间,他和徐正生任职的城市调了个个儿。可这样的调换,有着天壤之别。周晓乙感慨上苍造化弄人,李子木反过来安慰他:"我刚辞职的时候,心里也很不痛快,现在想明白了,自己千万别跟自己较劲,退一步海阔天空。"周晓乙长叹一口气说:"对于我来说,没有退路,退一步就是闲云野鹤,咸鱼一条。"

周晓乙再次用欣赏的眼光望着眼前这个曾被自己骂得体无完肤的秘书。这几年,他发展得真是不错。李子木辞职后,在贾山的山海国际做执行总裁,后来脱离出来成立了山海国际金融信托公司,做成了两家民营航运公司在深交所和港交所的上市,也为海山引进了几家大型企业和不少金融投资。海山的金融市场很活跃,李子木有着不错的成功案例,也有在香港投行的不错业绩,所以,他在当地金融圈里很有声望。海外购港项目,宁州全球"海上丝路"国际航运峰会之后,李子木向周晓乙汇报过,只不过当时周晓乙没当回事,没想到这件事经过发酵,竟然越搞越大了。"海上丝路"国际航运峰会的影响力很大,国家也很重视,峰会之后,北京、东海先后来了多个调研组,考察的都是海洋经济,这是国家对海洋经济发展的一个最强有力的信息提示。

李子木眼含热泪,把话说得情真意切:"现在,宁州、海山、海都的资本已经锚定了这个项目,公司融资原本想定在宁州和海都,可是这样的话,未来海山就少了一个资产几百亿甚至上千亿的大型企业。宁州的发展,凝聚了老领导您多年的心血,招商引资,引进企业,筹划项目,抓基础设施,那时候您受的苦,受的罪,别人不知道,我李子木心里最清楚。现在,桃子熟了,却被姓徐的摘走了。老领导,说实话,眼下我的钱已经足够多了,生不带来,死不带去,我就是想为老领导助上一把力。老领导不再上一步,我不甘心,死不瞑目。"

不甘心。对,周晓乙觉得时下把他折磨得最苦的就是不甘心。周晓乙思考了半个月,组了个局,让李子木宴请了海山四大国有银行的行长。项目书和相关手续行长们都看了,项目优质,程序合规,纷纷答应会按时放贷。

李子木的资本盛宴即将开席,贾山心里却很忐忑,最近一段时间又开始失眠了。两个港口他和胡玫一起去看了,地理位置确实很理想。山海国际的船在这里有了泊位,确实能省很多费用。可对贾山来说,李子木迈出的这一步太大了,大得有些超出他的想象。这是一场豪赌,押上的是他的全部身家,他就不能不考虑后果。经过几个晚上的痛苦折磨,贾山决定去找梁云霄。宁州海山港的自动化改造,宁州港的港铁联运项目,用的也还是山海国际标准集装箱厂的改造箱体。这次峰会上,贾山和张达一样,也是最大的受益者,集装箱厂拿到了全球各大港口的许多订单。贾山很感激梁云霄的不计前嫌,关键时刻还是想着自己,于是带着小庞登门致谢,却被梁云霄拒之门外。梁云霄隔着门告诉他们:"用你们的箱体,是因为你们的质量可靠,改装得也很成功,并不是因为我跟你们有什么关系。你们要是不走,我们就停止合作。"两个人只得悻悻地走了。

梁云霄正在海山港口集团龙山绿色石化城二期工程项目上蹲点。海山港和大洋港合作的国际石油期货贸易示范区已经开始运营了,未来,这里将是全球最大的以人民币结算的石油期货交易中心,大批的中东石油运到这里的战备储油码头,然后发往全球各地。苍茫大海上,成排的几十万吨海上储油罐一片雪白,一朵朵蘑菇云伫立在那里,邮轮停泊之后,瞬间通过管道装卸。二期工程比颜辉负责的一期项目更大,石油码头的技术保障更为复杂,科学管理、安全运营始终是首先要解决的大问题。梁云霄在这里一待就是半个多月,中间姚子期来了一趟,还是带着那个大帆布包。汉斯要带她去X国处理两个港口收购的事,她是来道别的,顺便把小豌豆也带回了海山,等暑期结束,就送他去东海交大海山分校的附属小学读书。梁云霄并不想让姚子期去,姚子期自己也不想去,可是汉斯却要她全程跟踪。其实她很清楚,汉斯的心里很不踏实,因为这个项目太大了。她告诉梁云霄,这是汉斯第一次要她介入谈判的事,迄今为止,她也不太清楚两个港口内部的股权结构和股权分配的问题,汉斯说这是高度的商业机密。梁云霄隐约感觉到,这场疯狂的收购计划似乎并没那么简单。

梁云霄不舍地望着姚子期的客轮离港,正要转身离开,就听到停靠在码头的一艘游艇上有人喊他,定睛一看,却是贾山。贾山叫住梁云霄就下了船,说有事找,梁云霄便领着他回了自己的住处。集装箱改装的住处很简陋,一张床,一张桌子,一组简易沙发,外加一个玻璃茶几。贾山环视一圈,问:"你这么大的集团领导,怎么还像当初在凤凰湾项目部那样,苦巴巴地守在工地?"

梁云霄说:"我就来看看,没什么问题,也就回去了。"他懒得跟贾山啰唆,让贾山赶紧说正事,贾山就把收购港口项目的事说了。他沉思一阵,说:"我觉得你还是要回到自己熟悉的实体行业里来。金融市场就像风暴天的大海,你摸不到方向,也找不到自己的锚地。"贾山很苦恼:"这些业务跟你们集团的业务重叠,你们是海上巨物,我们民营企业就是小虾米,怎么跟你们争?"梁云霄说:"错。长三角经济带的活力强劲,高科技制造业蓬勃发展,未来国内外航运的市场盘子更大,到时候,航运市场将一箱难求。宁州海山港不是你们民营企业的竞争对手,而是你们的平台。"

贾山有些听不懂,梁云霄进一步解释:"宁州、海山的国际航运平台已经搭建起来了,很快就会成为东海乃至全国航运企业的万船母港、航运之家。你的船,你的箱体,你的货代客户,是对这个平台有益的补充。虽说现在国际航运市场低迷,山海国际航运集团面临的问题很多,比如技术和运营发展模式的升级改造。但国有企业也是一样的,只要突破这个瓶颈,就会有更广阔的前景。再说,面对激烈的国际竞争,东海航运企业普遍面临这样的困境,又不是只有你一家。我觉得,省里在海洋经济发展战略上会有相应政策出台。所以,我不建议你的公司深度涉足金融市场。另外,我还建议,为规避风险,山海国际也好,山海远洋也罢,要尽快跟李子木的融资平台实现企业关联的切割。国家反腐力度很大,'老虎''苍蝇'一起打,万一李子木出现问题,你不仅公司受损,还会有牢狱之灾。"

贾山感激地望着梁云霄说:"关键时刻,还得是自己的亲兄弟啊。"梁云霄苦笑:"我不是金融专家,这只是一家之言,话也不好听,总是泼你冷水,何去何从,贾总你自己定夺。"贾山不住点头:"忠言逆耳,我脑子容易发热,需要有人给我泼泼冷水。好兄弟,在我这儿,你的每一句话都很值钱。就这样做,这样稳妥。"

3

贾山从龙山湾回来,美美地睡了一个安稳觉。第二天上班,他要胡玫召集股东开一个视频会议,重组山海国际航运集团。胡玫一头雾水,李子木更觉可笑。宁嘉南也到了海山,见贾山变了风向,很是惊讶,也很恼火。股东会议上,贾山提出山海国际金融信托公司跟两家母公司切割关联。李子木惊讶地问道:"贾总,山海国际和山海远洋金融板块跟HBR公司合作后,航运金融产品运营不错,公司是赚到大钱了的。这个时候,你抛开金融板块,把航运物流、集装箱、货场租赁的破烂业务重新捡起来,去吃宁州海山港的残羹冷炙,太愚蠢了。"

李子木从来没有把贾山这个老板看在眼里。在他看来,贾山也就是个臭跑船的、砸箱子的土老帽儿。两个人的关系也随着这几年的身份变化变得没有那么融洽了。李子木辞职后,借着山海国际这个明星民企的金字招牌,控股主导金融板块,年年分红占大头,赚得盆满钵满,公司却很少得到他的资金助力。另外,他有两个代持股票的人,两双白手套年年套现,数目惊人。贾山隐忍多年,早生不满:"李总,在你眼里,我就是个臭跑船的、砸箱子的,山海国际、山海远洋就是靠着跑船和砸箱子弄起来的。我不想沾你金融板块的光,占你的便宜。"

李子木很恼火,他没想到,一向隐忍的贾山居然翻脸了。他索性顺水推舟:"那就进行资产清算,我把航运金融板块从公司彻底剥离,另外组局。"贾山当场答应。这招釜底抽薪,让李子木很不舒服。他起身对贾山说:"我的股份,我要现金。"贾山毫不犹豫地回答:"可以。"

宁嘉南稳住慌乱的心绪,劝李子木:"师哥,你们这样做,二轮、三轮融资时会影响股东信心的。"李子木自信地对宁嘉南说:"没有他贾屠户,我们也不吃混毛猪。你放心,我们的盘子只会越做越大,贾山这只蠢猪,他以后就是跪着来求我,这场饭局也没他的席位。"不过他嘴上虽然这么说,心里还是有些虚。没有了山海国际和山海远洋背书,终究会影响四大银行放款。

山海国际在港交所停牌一个月,进行公司重组。贾山一次性结算收回了李子木和两个代持人的股份。最近几年他谨小慎微,公司的家底很厚,自己的荷包也是鼓鼓的。过去他一直惧怕李子木跟周晓乙的关系,最近两年倒不怕了,国家反腐力度很大,省里一年抓了十几个厅级以上的官员。周晓乙去宁州的事没戏了,李子木如此张狂,问题也到了不得不解决的时候。

李子木离开山海国际,背靠HBR国际航运金融公司,在海山成立了蓝海国际航运金融信托投资公司,域外港口收购项目照样被炒得火热。域外特雷瑟湾港口集团IPO冲刺华尔街的新闻报道,也在全球铺开了。李子木这些年在金融圈没有白混,朋友圈很广,宁州、海山和海都的船舶公司、航运公司、海洋工程公司、造船厂、修船厂、私募基金公司、商业银行的激情,同时激发了周晓乙的雄心。周晓乙对李子木的雄才大略赞叹不已,他认为,在资本运营方面,李子木是有才华的。李子木对他说:"老领导啊,这个贾山就是头喂不熟的狼,这些年您可真是帮了他不少忙,就为了把公司留在宁州,结果他硬是把我从公司里给挤出来了。这个狼心狗肺的东西!"周晓乙一笑:"你跟他一般见识干什么?"李子木嗤之以鼻:"您说得也是,一个砸箱子、臭跑船的,我是不能跟他一般见识。可是老领导啊,银行放款这事,您得过问一下。"周晓乙答应了:"好。"

宁嘉南向赵芬芳汇报了山海国际重组的事,他也坚持从贾山那里撤股,拿出一部分资金投入到港口收购的项目里。可令他没想到的是,赵芬芳不允。她不仅支持贾山的决定,还另外注资一亿欧元,增持山海国际的股份,填补了李子木和自然人离开的资金套现空额。山海国际股票再次开盘,竟然还上涨了一块多。贾山很高兴,关键时刻,斯蒂芬公司站在了他这一边。宁嘉南为了能从山海国际拿到三亿欧元的资金缺口,就跟贾山道出了他原本不愿意说出的秘密。在李子木口吐莲花讲述的资本故事里,股东们到时候拿到的是溢价后二轮、三轮的股权。宁嘉南说:"小舅,山海国际以我的名义入股,拿到的股权跟斯兰特的一样,是没有溢价的首轮原始股,我从我的股份里拨出来给你。"见贾山还是有些犹豫不定,宁嘉南又说:"如果你还是不放心,我会以斯蒂芬公司在山海国际的股权做质押,从你这儿拿一亿欧元入资港口收购项目,这样的风险我来担。"

这个诱惑不能说不大。贾山想了想,这样的机会或许就是百年不遇。于是他痛下决心:"嘉南,我们合作这么多年,小舅从来没有不相信你。这样吧,我也不能让你那么为难,两亿欧元投资算你的,我承担一个数。"宁嘉南又说:"小舅啊,李子木二轮、三轮融资是为我们这个项目托底的,山海国际和山海远洋一点都不投,大家会怎么想?到时候,李子木拿这个数说事,你很难入局。这样吧,公司再拿出一亿欧元入二轮,这一个亿,算我们两家的,我们风险共担。这样一来,你既是原始股的股东,又是二轮入资的股东。李子木那儿我去说。"

宁嘉南第二天就去了海山。四亿欧元换算成人民币,差不多是山海国际、山海远洋这十几年挣下的所有家底。贾山心里就想,公司质押了斯蒂芬公司的股权,万一赌输了,斯蒂芬公司的股份也就不多了。这样一来,整个公司,除了长兴集团那点股份外,其余的都姓贾了。

宁嘉南的斡旋很成功,李子木接受了山海国际的一亿欧元入资,很高兴地说:"这个臭跑船的,还算他识大体。让他跟着我去做股东代表谈判吧。"

HBR公司跟特雷瑟港和艾利厄斯特港的股权交割也已经完成。特雷瑟湾港口集团IPO也到了冲刺的阶段,单等李子木二轮资金募集完成,一切就尘埃落定了。

深夜,梁云霄收到一封从伦敦神秘人处转发来的加密电子邮件,他看完后,大吃一惊。他曾深入研究过这两座港口,地理位置很好,地中海的货源也不缺,但设备陈旧,管理模式落后,在国际市场上的排名比较靠后。目前的价格谈得太高了,这样的价格,可以在X国特雷瑟湾的黄金海岸另外选址,重建两座现代化国际大港。要命的是,这两座港口最大的控股方是斯蒂芬公司和斯兰特公司。

贾山接到梁云霄电话时,人已经到了特雷瑟湾,他和李子木以及另外三个大股东正准备上斯兰特的邮轮。梁云霄得知贾山最终还是没挡住资本的诱惑,上了船,无奈地对贾山说:"那你就祈祷海神保佑你吧。"

特雷瑟湾滨海酒吧,乡村乐手敲打着手鼓唱着歌。汉斯和姚子期一边喝酒,一边商量着明天的事。斯蒂芬公司和斯兰特公司的资金已经入账,资产质押手续也已经办完,花旗银行、纽约银行以及华尔街金融机构的信托资金也到账了,汉斯操盘的国际资本盛宴拉开了序幕。

4

"寰球天鹅号"邮轮静静地停泊在碧波荡漾的特雷瑟湾。李子木、贾山以及股东代表们乘坐游艇去邮轮上签约。合同签署当天,第一笔钱很快从蓝海国际航运金融信托投资公司的账上划走了。贾山突然想起梁云霄的话,打电话过去。梁云霄问他:"港口最大的控股股东是斯蒂芬公司和斯兰特公司吧?你们这就是花着买大黄花的钱去买臭带鱼,吃着很香,就继续。"

贾山想说什么,梁云霄直接挂断了电话。贾山急匆匆地找到宁嘉南,说:"嘉南,这事好像不对头啊,什么首轮、二轮、三轮,这就是圈钱啊。"宁嘉南很不高兴,板着脸说:"港口收购之后,肯定还要进行升级改造,航道、港城都要疏浚,泊位还要增加三十个,堆场的纵深还要拓展,这些钱可能还不够。"

第二天,斯兰特安排了一条钓鱼船,让贾山和另外三个老板去远海海钓了。贾山和股东找到李子木,说出了自己的疑虑。李子木告诉他们:"港口收购和在华尔街上市是需要资本故事的,没有这个故事,再硬的盘子也会崩碎。特雷瑟湾港口集团的IPO已经在冲击华尔街了,大家拭目以待,你们投入的资本肯定会得到高额回报的。"几个股东代表终于看明白,所有股东和线上股民都上了李子木的大船,这个时候,他们只能跟着他乘风破浪,提前下船无疑会被呛死在水里。

梁云霄接到了省里的电话通知,中航海运要在地中海兴建一座现代化港口,点名要他随考察组前往X国进行实地考察。姚子期和汉斯完成了双方签约的任务,完善材料,准备一周后去华尔街,筹备特雷瑟湾港口集团上市事宜。梁云霄打来电话告知她自己要过去的事,她说:"项目的情况我一个字都不能说,涉及商业机密,这是我最基本的职业操守。还有,你最近身体不太好,如有可能,就别过来了,这里天气也不太好。"梁云霄听出她的语气不对,紧张地道:"那怎么行,我这是公务。倒是你,什么时候回来?"姚子期也明白了,聪明的梁云霄已经预感到了她的处境。既然无法阻止,那就顺其自然。于是姚子期说:"你来吧,这边我还熟悉一些,也能照顾你。"梁云霄的心情更紧张了,他知道姚子期在异国他乡一定遇到事了。

其实姚子期不是遇到事了,而是她就是冲着这件事来的。她再次来特雷瑟湾就是为了证实她最初的预判:这场收购,可能就是宁嘉南、斯兰特、李子木联手上演的一场资本游戏。刚开始,她不知道汉斯是不是局中人,如果连汉斯都是局中人,那他为什么还坚持把她拉进来?后来她终于搞明白了,汉斯让她介入的目的,就是增加这件事的可信度,愚蠢的宁嘉南和李子木其实也是他们这个局的局外人。汉斯把这件事做得合理合法合规,没有丝毫破绽,融资、收购、上市,完全按照程序一步步往前走,每个环节、每个细节都相当缜密。她要泄露底牌,就有泄露商业机密入狱的风险。可恶的汉斯,用道德把她绑架到了这个局里。最初,她也认为斯兰特、汉斯弄这么大一个局出来,就是冲钱来的,直到她得知,中航海运要在特雷瑟湾建设港口的时候,才明白他们背后的局可能更大。他们是不想让中国人在这里立足,如果非要立足,那么就必须付出更为惨痛的代价,让中国人互相撕咬,来毁掉这里的一切。可是这一切,她不能跟梁云霄在电话里说明,她强烈怀疑自己的电话很可能已经被斯兰特监听了。

姚子期的预感是对的,她的电话确实被斯兰特的人监听了。当斯兰特得知梁云霄要来特雷瑟湾的消息时,大吃一惊。他叫来了李子木,要他立刻通知国内的财务,尽快打款。

宁虹听到了梁云霄跟姚子期的通话,提醒他:"新闻报道特雷瑟湾很不安全,常有恐怖分子和海盗出没。"梁云霄说:"中航海运已经跟当地政府进行了接洽,他们会提供安保措施。况且,我还有斯哈这个很好的向导和助理。斯哈的妈妈就是X国人,他外公家就在特雷瑟湾,表兄弟都曾是特雷瑟港的工人。"宁虹还是很担心:"贾山他们的事你千万别掺和,断人财路等于杀人父母,会很危险。"梁云霄笑道:"我看你是警匪片看多了。"

梁云霄带着斯哈驱车去省城跟中航海运公司的人会合。祁明的秘书驱车赶来,拦住他说:"书记要跟你谈谈。"

祁明是想问梁云霄对民营企业收购域外两座港口的事怎么看。梁云霄说:"情况不是太了解,所以不敢妄下结论。民营资本出海,只要合理合法合规,能赚到钱,没什么不好的。"祁明说:"道理是这个道理,可能不能规避风险,是个大问题。"梁云霄把那份邮件的打印稿给了祁明,有些无奈地说:"合同已经签了,收购已经开始。"祁明翻看了厚厚的打印稿,冷笑了一声:"真是无处不在啊。"继而轻描淡写地说:"你这次随中航海运考察时,顺便掌握一下真实情况,其他任何事都不要关注。记住,把子期安全带回来。"梁云霄答应了。

其实此时,梁云霄还不知道,蓝海国际航运金融信托投资公司的大笔资金外流,金融监管机构关于这项收购项目的调查已经启动了。

梁云霄随中航海运考察组到特雷瑟湾的第一件事就是去找姚子期,却没有找到。贾山的电话也没有打通,梁云霄心里很着急。不过这也并没有影响他对特雷瑟湾黄金海岸线深水港口和航运物流枢纽建设的考察。当地政府对中国考察团的到来十分高兴,毕竟刚卖出去两个港口,又多出来一个港口,天上的馅饼掉个不停。

有了政府的帮助,梁云霄和斯哈分别拿到了特雷瑟湾以及特雷瑟港和艾利厄斯特港的资料。项目无疑是好项目:两座港口具备天然优势,航道、泊位已相对成熟。但也有弊端:航道需要疏浚,泊位太少,海域不够开阔,主航道发展受限。中航海运选择的位置更好,如果新港建成,这两座港口将毫无竞争力可言。最重要的一点是,中航海运筹建新港的总预算比两个港口的收购价格便宜很多,土地租用期还多出了三十年。

夜里,梁云霄向祁明汇报了具体情况,祁明沉思了一会儿,道:"如此说来,问题就来了。为什么会出这样的价格?"梁云霄叹了口气:"两座港口的实际控股股东,是斯兰特和斯蒂芬公司。"祁明说:"我明白了。"

李子木和宁嘉南对梁云霄的到来十分敏感,很快,蓝海国际航运金融信托投资公司股东要求召开线上股东大会。李子木已经意识到他的资本故事里出现了意想不到的插曲,他匆匆去找宁嘉南,二人再去找斯兰特商量应对措施。斯兰特让李子木电话催促国内尽快打款,可国内却传来坏消息,金融监管机构突然叫停了蓝海国际的款项支付。李子木赶紧打电话给周晓乙:"国内银行暂缓款项支付,这边的项目没法进行啊。"

周晓乙告诉他:"这是正常的金融监管。项目经得起调查。"

蓝海国际航运金融信托投资公司的股东大会在线上召开,在没有李子木的情况下做出决议,暂时终止跟斯兰特公司、斯蒂芬公司的合约。李子木顿感危机重重:这次,他玩脱了。

特雷瑟湾机场,李子木拉着行李箱去赶飞往欧洲的班机,一名中国警务联络官带着几个当地军警正在等他。

周晓乙正在主持发展海洋经济、实现共同富裕的处级领导干部会议。会上,他对党员干部提出了"为官一任,造福一方"的要求。省纪委干部站在会议室门口,周晓乙的秘书在他耳边低声说了一句话,周晓乙听罢,讲完最后一句话,起身对大家深鞠一躬。

李子木被抓后,很快把一切都供了出来。从贾山的山海国际航运集团上市开始,周晓乙就利用他人持有股份。紧接着,山海国际远洋航运集团、蓝海国际航运金融信托投资公司的持股分红和一系列的经济问题都浮出水面,周晓乙的弟弟和妻子的非法所得、不明财产超过了两亿元。

祁明和徐正生愤怒之余备感痛惜,无论如何也想不到周晓乙竟然是这样的一个两面人。最终,周晓乙因涉嫌利用职权非法牟利、收受贿赂、泄露国家商业机密、严重渎职造成巨额国有资产流失等诸多罪名,被依法批捕。

梁云霄没有关注所发生的这一切,他在异国他乡发疯似的寻找姚子期,可姚子期一点音讯都没有。他在酒店后花园的大海边见到了宁嘉南,他问宁嘉南有关姚子期的消息,宁嘉南竟然一无所知。宁嘉南问梁云霄:"中航海运集团为什么会突然要在这里建港?"梁云霄冷笑着告诉他说:"中航海运集团早在一年前就开始布局了。"宁嘉南根本不相信。他不相信斯兰特、汉斯会这样愚蠢。梁云霄顿时无语,他对宁嘉南说:"说你蠢,你还偏执地认为自己很聪明。我想,斯兰特和汉斯的布局,早在你加入这场闹剧之前就已经开始了。"宁嘉南又问:"我该怎么办?"梁云霄回了宁嘉南四个字:"悬崖勒马。"

梁云霄不想再跟宁嘉南啰唆了,此刻,姚子期的安危比任何事情都重要。梁云霄驱车前往大使馆,直接去找了中国警务联络官付涛寻求帮助,希望能通过他尽快找到姚子期。付涛得到消息,说姚子期因涉嫌泄露商业机密被当地警方抓走了,他们正在协调,因为警方并没有足够的证据证明收购的详细情况是从姚子期那里泄露出去的。

5

阳光真好,好得有些晃人眼。异国警察局的大门打开了,姚子期用手遮掩着刺眼的光线。不远处,梁云霄和付涛朝她走来,梁云霄张开双臂拥抱了她。

蓝海国际航运金融信托投资公司域外收购港口的资本闹剧就此收场,流向海外的资本大部分被追回。中航海运入资重组的蓝海国际金融集团,重新开启了跟斯兰特和宁嘉南的谈判,希望把两港也纳入囊中,梁云霄根据考察的情况给出了合理的价格。赵芬芳紧急召回宁嘉南,要他立刻跟中国代表谈判,尽快把价格降下来,赔钱也转让给他们。小斯蒂芬向宁嘉南转达了赵芬芳的意思,可是,一场全球史无前例的疫情灾难在中国降临。斯兰特兴奋地说:"上帝伸出了幸运之手,中国港口要完蛋了。"

蓝海国际金融集团与特雷瑟港口集团进行线上谈判时,斯兰特的态度很强硬:"你们给出的价格必须符合我的心理预期。五十亿欧元,一分都不能少。"梁云霄笑着说:"斯兰特先生,我从来不相信什么上帝之手,您将再次为您的傲慢付出代价。"梁云霄很自信,也很善意。斯兰特望着他坚毅的目光,顿时觉得,谈判的整个气场都在他那边。那个嘴角上翘的年轻人仍然没有给他留任何面子。谈判结束,斯兰特仍冷冷地坐在那里,一切恍若隔世。

宁州海山港作为全球航运的心脏,受到全球关注。姚江河、宁海楼、姚四海、宁五洲和所有的港口人都在为万人大港感到担心。梁云霄召集集团公司高层会议,告诉大家:"人类面临生死存亡的灾难,作为全球第一大港,必须肩负起时代的重任。"众人表情肃穆,满脸的庄重和神圣。

梁云霄又交代宁虹:"信息中心要密切关注全球疫情情况。中国是全球医疗设备和医疗产品供应链最全的国家,我们不仅是全球抗疫的最前线,同时也是全球抗疫的发动机。从今天开始,宁州海山港开启救援绿色通道,把装满口罩、消毒液、呼吸机等抗疫物资的货轮发往全球各地。"

疫情浩劫席卷全球,各国港口纷纷沦陷停工,航运企业不断倒闭,可东海港口仍然一枝独秀,数控智联码头昼夜作业不息,吞吐量再创历史新高。斯兰特公司也因此陷入经济危机而破产,斯蒂芬公司也到了破产的边缘。上帝的幸运之手没有降临到他们的头上,厄运的乌云却压顶而来。

斯兰特公司的倒闭,让宁嘉南不得不单独面对港口项目的资本压力。当他拿着两个港口的升级改造计划去找赵芬芳和赵艾米的时候,迎接他的是赵艾米的冷笑:"我很感激你帮助我和外婆夺得了斯蒂芬集团的绝对控制权。我那两个蠢得像猪一样的舅舅,他们的资产即将被公司收回,可以滚蛋了。而你,宁嘉南,也可以带着东西滚了。"宁嘉南没想到会是这样的结果。他承受着巨额债务带来的压力不说,两座港口也经营不善。他每天痛不欲生,只好回到宁州,找到宁海楼,希望他能从中斡旋,让自己能跟梁云霄谈谈,自己可以答应中航海运的要求,以最低的价格将两座港口转让出去。宁海楼拒绝了他,说中航海运在特雷瑟湾的超级大港已经开工了,他那两座破港失去了最好的转让时机。

贾山因行贿罪被判处有期徒刑三年零七个月,幸运的是,他的山海国际远洋航运集团在听取梁云霄的建议后进行了技术改造,并且搭上了江河联运、陆海联运的快车,发展得很好,成了东海民营航运企业中的翘楚。不幸的是,监狱里,贾山被查出了癌症,他提出申请,希望能见梁云霄和宁虹一面。梁云霄得到消息，带着宁虹、老贾、宁海魁、小米粒和小玛瑙一起去看了他。贾山当着众人的面，叫律师公布了他的遗嘱：将名下全部资产平均分配给宁虹、小米粒、小玛瑙。贾山很后悔当初所做的一切，梁云霄鼓励他早日战胜病魔，尽快出狱，把公司做得更大更强。

时光就是砥砺一切的神器。折腾了人类三年的疫情就这样过去了，东海港口经受住了疫情灾难的洗礼，成为惊涛骇浪中的挪亚方舟。

疫情结束后的第一个国庆节，港口集团公司迎来了邮轮母港开启的日子。宁州海山港"幸福国光号"豪华邮轮华灯骤亮，甲板上国歌嘹亮，国旗飘扬，各国游客、嘉宾满脸笑容。集团公司副总裁梁云霄郑重宣布：宁州海山港口集团年吞吐量突破20亿吨，蝉联全球第一。众人欢声雷动。

深夜，梁云霄和姚子期站在高高的船头上，望着流光溢彩的邮轮从一片辉煌的港城开过，甜蜜地拥抱在了一起。

宁虹辞职了，她犹豫再三，还是决定接管贾山的公司。她低价回购了宁嘉南砸在手里的两座港口，加入了宁州海山港口联盟。斯哈成了宁虹的职业经理人。港口开航那天，梁云霄和姚子期都去了。斯哈对港口的未来运营充满信心，因为对面就是中航海运的超级大港。斯哈说："我们不搞竞争，大树底下好乘凉，争取有一天，我们也能成为像他们那样的大树。按梁老师的话说，就是'乘风破浪会有时，直挂云帆济沧海'。"

张世恒做了港口的技术总监，宁虹走后，他也找到梁云霄要求辞职。梁云霄知道他是要去追求宁虹，虽然不舍，还是同意了。可是宁虹却没同意，她告诉张世恒："姐夫太累了，你得帮他。"

尾声

甲辰龙年,春暖花开。

月塘湾观澜居附近建起了一座椭圆形的海洋图书馆,有点像北京奥运会的主体育场鸟巢,到处都是棱角。图书馆的馆长是从宁州海山港高管职务上请辞的梁云霄,管理员则是姚子期和罗子坤夫妇,还有爱做贻贝面的丁春草。

跨海大桥通了之后,岛上的年轻人大部分都到宁州、东海、海都去了,附近的一些小渔村没什么人,屋子上爬满了绿藤,倒是成了游客来寻觅的"绿野仙踪"。小岛曾一度沉寂,可是这几年却火爆了起来,出去的年轻人都回来了,外地游客和旅居的外地人也越来越多。他们像是岛上的候鸟,五月份来,十月份走,行在海上看岛,坐在岛上看海。

图书馆是免费对外开放的,坐在图书馆的玻璃窗前,外面就是一望无际的大海,一片片绿色的小岛如同飘荡的叶子。

观澜居几十间民宿住着国际海洋智库联盟的成员,他们也像是从远方飞来的鸟儿,在这里驻足、停留、观澜、听涛……

智库联盟是张世恒张罗的,他现在是新成立的省海洋经济发展厅的处长,每年要向全球发布一份关于全球海洋发展的海洋智库报告。

咖啡、绿茶、贻贝面,一本好书,关于海洋的。大船、港口、航线、洋流、台风、飓风、经济、生态海底世界……来借书的人有各国的专家,也有游客,他们交流着大海的故事。

梁云霄和姚子期很忙,空暇时,也会坐在阳台上远眺大海。梁云霄说:"'大陆连岛'也好,'港口一体化'也好,还有今天的'一带一路'也好,都是在诠释我们共同的理念——海洋经济就是开放经济。自古以来,海洋就是开放的象征,人类开放的历程,就是人类利用海洋、征服海洋的历程。"

姚子期笑着说:"亲爱的,我很忙啊,能不能讲点别的?"

梁云霄说:"好!我爱你!"